মধ্যযুগের ভারতের ইতিহাস

সুলতানী আমল

ত্রয়োদশ থেকে ষষ্ঠদশ শতাব্দী

অনিরুদ্ধ রায়

ওরিয়েন্ট ব্ল্যাকসোয়ান

মধ্যযুগের ভারতের ইতিহাস: সুলতানী আমল (ত্রয়োদশ থেকে ষষ্ঠদশ শতাব্দী)

ওরিয়েন্ট ব্ল্যাকসোয়ান প্রাইভেট লিমিটেড

রেজিস্টার্ড অফিস

৩-৬-৭৫২ হিমায়ৎনগর, হায়দ্রাবাদ ৫০০ ০২৯, তেলাঙ্গানা, ভারত

e-mail : centraloffice@orientblackswan.com

অন্যান্য অফিস

কলকাতা, গুয়াহাটি, চেন্নাই, নয়ডা, নয়াদিল্লি, পাটনা,

বিশাখাপত্তনম, ব্যাঙ্গালুরু, মুম্বাই, হায়দ্রাবাদ

প্রথম প্রকাশ : ২০০৫

পুনর্মুদ্রণ : ২০১০, ২০১১, ২০১২, ২০১৫

২০১৭, ২০১৮, ২০১৯, ২০২১, ২০২২, ২০২৩

ISBN : 978 81 250 2867 3

036898

মুদ্রক

বি. বি. প্রেস, নয়ডা

প্রকাশক

ওরিয়েন্ট ব্ল্যাকসোয়ান প্রাইভেট লিমিটিড

৩-৬-৭৫২ হিমায়ৎনগর, হায়দ্রাবাদ ৫০০ ০২৯, তেলাঙ্গানা, ভারত

e-mail : info@orientblackswan.com

বন্ধুবর
অধ্যাপক সুখময় মুখোপাধ্যায়ের
স্মৃতির উদ্দেশে—

সূচীপত্র

মুখবন্ধ

অষ্টাদশ শতাব্দীর দ্বিতীয়ার্ধ থেকে ইংরাজ আমলারা প্রধানতঃ ইউরোপীয় ভ্রমণকারীদের উপর লেখার উপর নির্ভর করে প্রাক-ইংরেজ যুগের ভারতভূখণ্ডের ইতিহাস লিখতে শুরু করেন। এছাড়াও, ফার্সী শেখার অনুবাদের কাজও শুরু হয়ে যায়। ঐ সব লেখনীর একটা বড় উদ্দেশ্য ছিল প্রাক-ইংরেজ যুগের ভারতীয় ধ্যান-ধারণা ও রাজনৈতিক ইতিহাসকে জানা ঊনবিংশ শতাব্দীর গোড়া থেকেই দেখানো হতে থাকে যে ভারতীয় রাজ্য ব্যবস্থা ইংরেজদের তুলনায় খারাপ ছিল। কিন্তু দিল্লীর সুলতানদের উপর লেখা কম হয়েছিল। ওঁরা বেশি ব্যস্ত ছিলেন প্রাক্-ইংরাজ যুগের মুঘলদের অবক্ষয় দেখানোর জন্য যা ঊনবিংশ শতাব্দীর শেষ থেকে জোরদার হয়ে ওঠে। এর সঙ্গে দেখানো হচ্ছিল যে হিন্দু ও মুসলমান আলাদা রাষ্ট্র ও তাদের ধর্ম ও সমাজ-জীবনের মধ্যে বিস্তর ফারাক রয়েছে। এর ফলে দুই সম্প্রদায়ের মধ্যেকার বিভেদ ক্রমেই তীব্র হচ্ছিল। বলা প্রয়োজন যে কিছু ভারতীয় ঐতিহাসিক এই ধরণের মতবাদ মেনে নিয়েছিলেন, যার ফলে ইতিহাসের লেখনীর মধ্যে কিছু বিচ্যুতি শুরু হয়েছিল।

মুঘল বংশের ইতিহাস সাম্প্রতিক কালে যত বেশী লেখা হয়েছে, সুলতানী, সুলতানী যুগ সম্পর্কে লেখা হয়েছে তার থেকে অনেক কম। তার ফলে সুলতানী যুগের ইতিহাসের বহু তথ্য অজানা রয়ে দিয়েছিল, বিশেষত বাংলা ভাষাভাষী অধিক-পাঠিকার কাছে। এর তুলনায় সুলতানী যুগের বাংলার ইতিহাস নিয়ে সাম্প্রতিক কালে কয়েকটা প্রকাশনা হয়েছে যার মধ্যে আবদুল করিম, সুখময় মুখোপাধ্যায় ও যদুনাথ সরকারের সম্পাদিত কালে অবশ্য কয়েকটি প্রকাশনা হয়েছে যার মধ্যে আবদুল করিম, সুখময় মুখোপাধ্যায় ও যদুনাথ সরকারের সম্পাদিত প্রকাশনা উল্লেখযোগ্য (শেষে তালিকা দেখুন)। কিন্তু ২০০২ সালে এই বইটি রচনা শুরু হবার সময় পর্য্যন্ত বিশেষ কিছু বেরোয়নি। এখানে শুধু রাজনৈতিক ইতিহাসের পালাবদলের কথা লেখা ছাড়াও ধর্ম, সমাজ, কলা ও প্রযুক্তি সম্পর্কে আলোচনা করা হয়েছে। সুলতানী যুগের বাণিজ্যের উপরে বাংলা ভাষায় বিশেষ লেখা নেই। এখানে ঐ সময়ের বাণিজ্যর কাঠামো আলোচনা করা হয়েছে। উল্লেখযোগ্য যে বিজয়নগরের ইতিহাস নিয়ে বাংলা ভাষায় বিশেষ কিছু নেই। এখানে সংক্ষিপ্তভাবে বিজয়নগরের ইতিহাস আলোচনা করা হয়েছে।

যে কোন সময়ের ভারতভূখণ্ডের ইতিহাস লিখতে গেলে কয়েকটি পরস্পর- বিরোধী মতবাদ সামনে এসে পড়ে, যেগুলি কোন না কোন সময়ে উপকথায় পরিণত হয়েছে ও সাধারণ মানুষের মানসিকতায় দৃঢ়ভাবে গেঁথে গিয়েছে। এখানেও ঐ ধরণের মতবাদের আলোচনা যথাস্থানে করা হয়েছে এবং আধুনিকতম গবেষণায় কী প্রমাণিত হয়েছে, সেটাও বলা হয়েছে। বিভিন্ন ক্ষেত্রে প্রচলিত ধারণার পক্ষে আমি মত দিই নি এবং কেন দেওয়া যাচ্ছে না, সেটাও আলোচনা করেছি। কয়েকটি বিষয় নিয়ে কোন আলোচনা করা হয়নি নি এবং কোন মতামতও দেওয়া হয় নি যার মধ্যে পড়ে, চৈতন্যদেবের মৃত্যুর ঘটনা। বাংলার ইতিহাসের সন্ধিক্ষণে চৈতন্যর আবির্ভাব ও তাঁর কার্যকলাপ অবশ্য বিশেষভাবে আলোচিত হয়েছে। চৈতন্যদেবের জীবনী নিয়ে সুযোগ্য ঐতিহাসিকরা

বাংলা ও ইংরাজীতে প্রচুর লিখেছেন। সুতরাং আমি এই বিরাট কালক্রমের কাঠামোর মধ্যে ঐ নিয়ে আলোচনা করিনি।

রাজনৈতিক ইতিহাস এখানে প্রাধান্য পেলেও, তার মধ্যে বিভিন্ন বিষয় ও মতবাদ নিয়ে আলোচনা আছে। যেমন সুলতান ও অভিজাতদের মধ্যে ক্ষমতার লড়াই, অভিজাতদের মধ্যে গোষ্ঠিদ্বন্দ, উলেমা ও সূফিসন্তদের সঙ্গে দিল্লীর সুলতানদের সম্পর্ক, সুলতানী শাসনের কাঠামো, বিভিন্ন বিভাগ, সুলতানদের অর্থনৈতিক সংস্কার, সুলতানাতের অবক্ষয় ইত্যাদি রয়েছে। উল্লেখযোগ্য যে প্রায় সব বিষয়েই সমকালীন ভারতীয় বিদেশী ভ্রমণকারীদের বিশেষ কোন বক্তব্য কেন মানা যায় না সে কথা ও পরিষ্কারভাবে বলেছি। নগরায়ণ ও কারিগরদের সম্পর্কে হয়ত আরো বেশি লেখা যেত, কিন্তু বইটির পরিসর আর বাড়াতে চাই নি। এ ছাড়া মধ্যযুগের নগরায়ণ সম্পর্কে বাংলা ভাষায় অন্যত্র লিখেছি।

বাংলা ভাষায় এত বড় কাঠামোতে আধুনিক গবেষণার সাহায্য নিয়ে সুলতানী যুগের আলোচনামূলক ইতিহাস লেখা আমার পক্ষে সহজসাধ্য ছিল না। এই জন্য বহুজনের অকুণ্ঠ-সাহায্য পেয়েছি। আমার সুযোগ্য ছাত্র ও বেহালার সরকারী প্রশ্নতত্ত্বশালার অধিকর্তা শ্রী প্রতীপ মিত্র বই যোগান দিয়ে ও বিভিন্ন বিষয়ে আলোচনা করে প্রভূত উপকার করেছেন কলিকাতা বিশ্ববিদ্যালয়ের আমার প্রাক্তন বিভাগ ইসলামীয় ইতিহাস ও সংস্কৃতির অধ্যাপিকা রত্নাবলী চট্টোপাধ্যায় একইভাবে নানান লেখা দিয়ে ও আলোচনা করে উপকার করেছেন। ওঁদের সাহায্য ছাড়া এই কাজ করা সম্ভব ছিল না। পশ্চিমবঙ্গ সরকারের প্রত্নতত্ত্ব বিভাগের অধিকর্তা গৌড়ের গোমতী দরজার ছবিটি প্রচ্ছদপটে ব্যবহার করতে দিয়েছেন। ওঁকে ধন্যবাদ জানাই।

কলকাতার এশিয়াটিক সোসাইটি ও ন্যাশানাল লাইব্রেরীর কর্মীদের কাছে আমি কৃতজ্ঞ। ওঁরা বিভিন্ন সময়ে বই এর জোগান দিতে কুণ্ঠা করেন নি। অনেক সময়ে বহু খোঁজাখুঁজি করে বই এনে দিয়েছেন।

ওরিয়েন্ট লংম্যান নানান অসুবিধার মধ্য দিয়ে প্রকাশনা করেছেন। কলকাতা বিশ্ববিদ্যালয় থেকে অবসর নেওয়ার ফলে বই লেখার সময় পেলেও, ওঁদের আন্তরিক সাহায্য ছাড়া ও প্রকাশনা করা হয়ত সম্ভব হত না। এ জন্য ওঁদেরকে আমার ধন্যবাদ জানানোটা নিতান্তই আনুষ্ঠানিক নয়। এ ধরনের বড় কাঠামোর লেখার জন্য আমার পরিবার আমাকে যে যথেষ্ট সাহায্য ও সময় দিয়েছেন সেটা বলাই বাহুল্য।

সুলতানী যুগের ইতিহাসের খুঁটিনাটি নিয়ে যাঁর সঙ্গে আলোচনা করেছি বহুদিনও যাঁর লেখা বইগুলি আমাকে বিশেষ উৎসাহ দিয়েছে আমার পরম বন্ধুবর সুখময় মুখোপাধ্যায় আর নেই। ওঁর অকাল প্রয়াণে বাংলার ইতিহাস লেখাতে একটা অপূরণীয় ক্ষতি হল এটা বলাই বাহুল্য। আমার এই সামান্য অবদান ওঁর স্মৃতির উদ্দেশে উৎসর্গ করলাম।

নানা ধরনের ছোটখাট ভূল ও মতবিভেদ থাকা অসম্ভব নয়। সহৃদয় পাঠক-পাঠিকা যদি সে সম্বন্ধে আমার দৃষ্টি আকর্ষণ করেন তাহলে বাধিত হব।

কলিকাতা

অনিরুদ্ধ রায়

১

মধ্যযুগের ভারতের ইতিহাস রচনার উপাদান

স্বাধীনতার পূর্ব পর্যন্ত যে ইতিহাস রচনা হয়েছে তাতে প্রাধান্য পেয়েছে বিভিন্ন রাজা ও তাদের রাজত্বের কাহিনী। এই ধরনের ইতিহাস লেখা নিয়ে রবীন্দ্রনাথ ঠাকুর ব্যঙ্গ করে কবিতা লিখেছিলেন। ইংরেজ আমলের প্রথম দিকে রাজনৈতিক ইতিহাস লেখা হলেও, ইংরেজ ঐতিহাসিকদের মধ্যে অর্থনৈতিক ইতিহাস লেখা শুরু হয় বিংশ শতাব্দীর তৃতীয় দশক থেকে। সুলতানী ও মুঘল যুগের কৃষিব্যবস্থা বাণিজ্য ইত্যাদি নিয়ে লিখতে থাকেন ইতিহাসবিদ মোরল্যান্ড।

স্বাধীনতার পর থেকে বংশানুক্রমিক ইতিহাস, যুদ্ধ ইত্যাদি নিয়ে লেখা হতে থাকলেও, সামাজিক ও অর্থনৈতিক ইতিহাসের সমস্যা ভারতীয় ঐতিহাসিকদের আলোচ্য বিষয় হয়ে ওঠে। সম্রাট ও তাঁর বংশধরদের ইতিহাস লেখা ছাড়াও, শহরের ইতিহাস, কৃষক সমাজের কথা, জমিদারদের উত্থান ও পতন ইতিহাসের আকর্ষণীয় বিষয়বস্তু হয়ে দাঁড়ায়। এর সঙ্গে সঙ্গে চলে আসে বিভিন্ন এলাকার ইতিহাস লেখার প্রচেষ্টা যার মধ্যে একটা বড় অংশ থাকে বিভিন্ন আঞ্চলিক ভাষায় লেখা ইতিহাসের উপাদান খোঁজা। এর জন্য শুধু রাজনৈতিক ইতিহাসের উপাদান যথেষ্ট নয়। এর সঙ্গে প্রয়োজন আঞ্চলিক ভাষায় লেখা সমকালীন সাহিত্য ও দলিল, মুদ্রার ওপর আলোচনা, তাম্রপত্র ও শিলালেখ। এসব থেকে মধ্যযুগের ভারতের সাধারণ ও ধনীদের জীবনযাত্রা, কারিগর ও কৃষকদের অবস্থা, উৎপাদনের চেহারা, ধীরে ধীরে রাজশক্তির অবক্ষয় ও নতুন রাজশক্তির আবির্ভাব বোঝা যায়। বাংলা সমকালীন মঙ্গলকাব্য ও বৈষ্ণব সাহিত্য থেকে ওই ধরনের সামাজিক ইতিহাস রচনার প্রচুর উপাদান পাওয়া যায়।

খ্রিস্টিয় অষ্টম শতাব্দী থেকে আরব ভৌগোলিকদের লেখায় ভারতীয় উপকূল সম্বন্ধে কিছু জানা গেলেও, সেগুলি স্পষ্ট হয়ে ওঠে মার্কো পোলোর উল্লেখে। কিন্তু প্রথম বিদেশী ভ্রমণকারী যিনি বহু বছর ভারতে বাস করে চতুর্দশ শতকের ভারতকে দেখেছিলেন, তিনি মরক্কোর অধিবাসী ইবন বতুতা। এর আগে আল বেরুনী তাঁর অমর রচনায় হিন্দুস্থান ও হিন্দুদের সম্পর্কে সহানুভূতিশীল মনোভাব নিয়ে লিখেছেন, যা পরবর্তীকালে আকবরের প্রখ্যাত ঐতিহাসিক আবুল ফজল গ্রহণ করেছেন।

পঞ্চদশ শতাব্দীর প্রথম থেকে আমরা চারটি চীনা পর্যটক দলকে উপকূলবর্তী অঞ্চলে (বাংলা সমেত) আসতে দেখি। এদের লেখা আঞ্চলিক বিবরণ সঙ্কলন করেন মা হুয়ান, যিনি ১৪৩৬ খ্রিস্টাব্দে ভারতে এসেছিলেন। এই সঙ্কলনের ইংরেজি অনুবাদ হওয়ার ফলে বাংলা ও দক্ষিণ ভারতের উপকূলের অবস্থা জানা যায়। এছাড়া পারসিক পর্যটক (পক্ষান্তরে দূত) আবদুর রাজ্জাকের ভ্রমণ কাহিনী থেকে বিজয়নগর ও দক্ষিণ ভারতের বিভিন্ন অঞ্চলের বিবরণ পাওয়া যায়।

পঞ্চদশ শতাব্দীর দ্বিতীয় দশক থেকে আমরা ইউরোপীয় পর্যটকদের বিবরণী পাই। নিকোলাই কন্টির দক্ষিণ ভারতের বর্ণনা এ প্রসঙ্গে উল্লেখযোগ্য। দুর্ভাগ্যবশতঃ পর্তুগীজ মহাফেজখানার দলিলগুলি এখনও অনুবাদ হয়ে প্রকাশ হয়নি। ১৫২১ সালে বাংলা সম্পর্কে এক পর্তুগীজ দোভাষীর বিবরণ পাওয়া গিয়েছে, যার ওপর নানারকম লেখাও প্রকাশিত হয়েছে। রবার্ট সিওয়েল ঊনবিংশ শতাব্দীর শেষে দুজন পর্তুগীজের (ডোমিঙ্গো পায়েস ও ফারনাও নুনিজ) বিজয়নগর সম্পর্কে বর্ণনা লিপিবদ্ধ করেছেন। পঞ্চদশ শতাব্দীতে রাশিয়ান পর্যটক এ. নিকিতিন ও জেনোয়ার অধিবাসী হিয়েরেনিমো দ্য সান্টো স্টিফানোর লেখা পাওয়া যায়। ভেনিসের অধিবাসী নিকোলাই কন্টির লেখাতে দক্ষিণ ভারত ও বিজয়নগর সম্বন্ধে অনেক কিছু জানা যায়। এঁরা সমকালীন শহরগুলি সম্পর্কে নানা তথ্য দিয়েছেন।

ষষ্ঠদশ শতাব্দীর শুরু থেকে এশিয়াতে পর্তুগীজদের সাম্রাজ্য বিস্তারের সঙ্গে সঙ্গে আমরা পর্তুগীজ ভ্রমণকারী ও ঐতিহাসিকদের লেখা পাই। ভাস্কো দা গামার ডায়েরি ছাড়াও আলবুকার্কের *কমেন্টারিস* (তাঁর ছেলের লেখা) থেকে সমকালীন দক্ষিণ ভারতের অবস্থার কথা পাওয়া যায়, যদিও প্রথমদিকের পর্তুগীজ রচনা ছিল প্রধানত বিজয়নগর ও কালিকটকে ঘিরে। ঐতিহাসিক কামোয়েন ১৫৫৩ থেকে ১৫৬৯ সাল পর্যন্ত ভ্রমণ করে তাঁর ইতিহাস লেখেন।

এই সীমাবদ্ধ পরিধি থেকে বেরিয়ে আসেন লুডভিকো দ্য ভারথেমা যিনি ছিলেন বোলোইনার (ইতালি) অধিবাসী। ইনি পশ্চিম উপকূলের চাউল, মাঙ্গালোর ইত্যাদি উপকূলবর্তী শহর ছাড়াও স্থলপথে দেশের অভ্যন্তরে যান। এর ফলে স্থলপথের বাণিজ্যের যে চিত্র তিনি দিয়েছেন সেটি বিরল।

ষষ্ঠদশ শতাব্দীর প্রথম দিকে দুয়ার্ত বারবোসার বর্ণনা অত্যন্ত আকর্ষণীয় যদিও সন্দেহ প্রকাশ করা হয়েছে যে এটি ভূপর্যটক ম্যাগেলানের লেখা। এ ছাড়াও প্রশ্ন ওঠে যে বারবোসা ষোল বছর ধরে ভারত ভূখণ্ড ও দক্ষিণ-পূর্ব এশিয়ার যেসব দেশগুলি ঘুরেছেন বলে দাবি করেন সেসব দেশে তিনি নিজে গিয়েছিলেন কিনা। অনুমান করা হয় বারবোসার লেখার অনেকাংশই অন্যদের থেকে নেওয়া।

সুলতানী যুগে বিদেশী পরিব্রাজকদের লেখার সীমাবদ্ধতা চোখে পড়ে। পর্যটকরা স্থানীয় ভাষা না জানায় বহুসময়েই পরমুখাপেক্ষী ছিলেন। তাঁদের অবস্থানের সময়ও ছিল অল্প। পর্তুগীজদের লেখার মধ্যে তাদের বিজয় কাহিনীই বেশি বলা হয়েছে। ষষ্ঠদশ শতাব্দীর প্রারম্ভে পর্তুগীজ লেখক টমে পিরেস বিভিন্ন দেশ সম্পর্কে মালাক্কাতে বসে লিখেছেন। কেবল ১৫২১ সালের পর্তুগীজ দোভাষীর লেখায় আমরা

দেশের ভিতরকার অবস্থার কিছু চেহারা পাই, যা আগেই উল্লিখিত হয়েছে। পরবর্তীকালে পর্তুগীজ ঐতিহাসিকদের লেখা ও রেখাচিত্র— যেমন জোয়াও দ্য ব্যারোসের লেখা ও রেখাচিত্র— এইসব নাবিক ও পর্যটকদের রচিত ভ্রমণ কাহিনীর ওপর ভিত্তি করে করা।

অষ্টম শতাব্দীতে আরবদের সিন্ধুদেশ বিজয় থেকেই নানা ইতিহাস পাওয়া যায়। ইবনাল আসিরের লেখা *কামিলাৎ-তারিখ* ত্রয়োদশ শতাব্দীর তৃতীয় দশকের লেখা। এর মধ্যে মুহম্মদ ঘোরীর বিষয়ে বহু তথ্য জানা যায়। পশ্চিম এশিয়াতে মঙ্গোল আক্রমণের তথ্য পাওয়া যায় আতা মালিক জুয়াইনির লেখা থেকে। উনি মঙ্গোল নেতা ইলাকুর অধীনে কাজ করতেন। মুহম্মদ বিন কাসিমের সিন্ধু অভিযানের মুখে আরবী ভাষায় *চাচনামা* অত্যন্ত গুরুত্বপূর্ণ গ্রন্থ। এই গ্রন্থটি ফার্সি ভাষায় অনুবাদ হয়। পরবর্তীকালে এটি ভিত্তি করে সিন্ধুপ্রদেশ জয়ের ইতিহাস লেখা হয়েছে। গজনীর সুলতান সবুক্তগীন ও সুলতান মাহমুদের সম্পর্কে জানা যায় আবু নাসের বিন উতবির লেখা *কিতাব্‌ল-ইয়েমেনি* থেকে।

সুলতান মাহমুদের রাজসভার সভাসদ আল বেরুনীর লেখা *তারিখ-ই হিন্দ* সমকালীন ভারতবর্ষের প্রামাণ্য দলিল। আগেই বলা হয়েছে যে আল বেরুনী সমসাময়িক হিন্দুধর্ম ও সমাজকে সহানুভূতির চোখে দেখেছেন। দ্বাদশ শতাব্দীর শেষ থেকে ত্রয়োদশ শতাব্দীর তৃতীয় দশক পর্যন্ত সামরিক ঘটনাবলীর বিবরণ পাওয়া যায় হাসান নিজামী রচিত *তাজ-উল মাসির* গ্রন্থে। দিল্লি সুলতানী যুগের আদিপর্ব এতেই ধরা আছে। ফকর-ই মুদাব্বিরের রচনা *আদাবুল হার্ব* ইলতুৎমিসের সময়ের যুদ্ধ কৌশল ছাড়াও রাজার কর্তব্য কি হওয়া উচিত সে বিষয়ে আমাদের খবর দেয়। সমসাময়িক ইতিহাসের তথ্য দিয়েছেন মীনহাজ-উস সিরাজ তাঁর অমর গ্রন্থ *তবাকৎ-ই নাসিরি* তে। ১২৬০ সালে দিল্লিতে বসে এই গ্রন্থ রচনা করলেও, মিনহাজ ১২৪৫ সালে বাংলাতে এসে বক্তিয়ার খলজীর নদীয়া বিজয় সম্পর্কে তথ্য নেন— যেগুলি প্রামাণ্য বলে পরবর্তী ঐতিহাসিকরা ধরে নিয়েছেন। পরবর্তীকালে ফার্সি ভাষায় ইতিহাস রচনাকালে এই সময়ের ঘটনাবলী মীনহাজের রচনা থেকেই নিয়েছেন ঐতিহাসিকেরা।

সুলতানী যুগের ইতিহাসের উপাদান সমসাময়িক সাহিত্য রচনার মধ্যে পাওয়া যায়। বাংলার মঙ্গল ও বৈষ্ণব সাহিত্য এই বিষয়ে অগ্রণী ভূমিকা পালন করেছে। ফার্সি ভাষায় রচিত আমীর খসরু'র কয়েকটি রচনা এই পর্যায়ের মধ্যে পড়ে। আমীর খসরু (সম্পূর্ণ নাম আবুল হাসান আমীনুদ্দীন খসরু) জালালুদ্দীন খলজী ও মুহম্মদ তুঘলকের সমসাময়িক কবি। তাঁর *দিয়ল রানী-খিজির খান* মূলত প্রেম কাহিনী হলেও আলাউদ্দীন খলজী ও তাঁর পূর্বসূরীদের সামরিক অভিযানের বিষয়ে তথ্য দিয়েছেন। দিল্লির সমসাময়িক সাংস্কৃতিক জীবনের চিত্র আমীর খসরু তুলে ধরেছেন তাঁর বন্ধুকে অযোধ্যা থেকে লেখা একটি চিঠিতে যেটি ওঁর *ঘুনায়তুল কমল*-এর মধ্যে রয়েছে। আলাউদ্দীন খলজী সম্পর্কে উনি আরও তথ্য দিয়েছেন ওঁর *হস্ত বিহিস্ত* রচনায়। সমকালীন সাংস্কৃতিক ও শিক্ষা জগতের ছবি পাওয়া যায় ওঁর অনেকগুলি

চিঠির সঙ্কলনের মধ্যে *(ইজাজ-ই খসরুভী)*। ইতিহাসের দিক থেকে বোধহয় ওঁর সব থেকে প্রামাণ্য গ্রন্থ হল *খাজাইন-উল ফুতু।* এর মধ্যে রয়েছে আলাউদ্দীন খলজীর দাক্ষিণাত্য অভিযান। উল্লেখযোগ্য যে খসরু এই অভিযানে সঙ্গী ছিলেন। বোঘরা খান ও তাঁর ছেলে কায়কোবাদের সঙ্গে ঐতিহাসিক মিলন সম্পর্কে খসরু লিখেছেন *কিরানুস সাদাইন* গ্রন্থে। সুলতানের সঙ্গে উনি অযোধ্যা পর্যন্ত গিয়েছিলেন। বলবান ও অন্যান্যদের প্রশংসা করেছেন খসরু বিভিন্ন কবিতায়, যেগুলি সঙ্কলিত করা হয়েছে *ওয়াস্তুল হায়ৎ* গ্রন্থে। এছাড়া তাঁর *তুঘলকনামাতে* গিয়াসুদ্দীন তুঘলকের সিংহাসন লাভের বর্ণনা রয়েছে।

আমীর খসরু'র কাব্যগুলিতে ইতিহাসের সাল-তারিখ ও বিভিন্ন সামরিক রাজনৈতিক ঘটনার বিবরণ নিখুঁতভাবে দেওয়া হয়েছে। বিভিন্ন অভিযানের তিনি ছিলেন প্রত্যক্ষদর্শী। এছাড়া সুলতানীযুগের সাংস্কৃতিক ও ধর্মীয় জীবনের যে চিত্র তিনি দিয়েছেন তার মূল্য অপরিসীম ও প্রায় বিরল।

সুলতানী ইতিহাসের সব থেকে প্রামাণ্য গ্রন্থ জিয়াউদ্দীন বারানীর *তারিখ-ই-ফিরোজশাহী*। গ্রন্থটি ১৩৫৯ সালে শেষ করে উনি সুলতান ফিরোজ তুঘলককে এটি উৎসর্গ করেন বিশেষ উদ্দেশ্য নিয়ে। মুহম্মদ তুঘলকের সময়ে তৎকালীন বিচার ব্যবস্থা ও সেই সংক্রান্ত নানা অবিচারের সঙ্গে বারানী যুক্ত থাকার ফলে মুহম্মদ তুঘলকের শাসনকাল শেষ হলে উনি একঘরে হয়ে যান। এই বইটি তিনি লিখেছিলেন প্রধানত সুলতানের নেকনজরে পড়বার আশায়। পরবর্তীকালে স্মৃতি থেকে লেখার ফলে তথ্য ও সালের গোলমাল ও পর্যাপ্ত তথ্যের অভাব দেখা যায়। এ সত্ত্বেও বলা যায় যে খলজী ও তুঘলকদের শাসনকালের রাজনৈতিক ও সাংস্কৃতিক জীবনের চেহারা এতে পাওয়া যায়। মীনহাজ যেখানে শেষ করেছেন, বারানী সেখান থেকে শুরু করেছেন। সম্ভবত এই বইটির পরের অংশ উনি লিখতে চেয়েছিলেন ওঁর *ফতোয়া-ই জাহান্দারী* তে। কিন্তু এখানে উনি বিস্তৃতভাবে আলোচনা করেছেন রাষ্ট্র সম্পর্কে, যার ওপর উনি আগের বইতে বিক্ষিপ্তভাবে বলেছেন। অর্থনৈতিক ইতিহাসের দিক থেকে বারানীর গুরুত্ব অপরিসীম। বারানীই প্রথম সমসাময়িক ঐতিহাসিক যিনি দেখিয়েছেন যে অতিরিক্ত কর চাপালে কৃষি উৎপাদন ব্যহত হয় ও রাজস্ব কমে। মুহম্মদ বিন তুঘলকের সময়ে কর ও রাজস্ব সম্পর্ক তিনি বলেছেন। তাঁর দেওয়া পণ্যের মূল্যমান সঠিক বলে ধরা হয়েছে।

বারানীর সমসাময়িক ঐতিহাসিক সামস-ই সিরাজ আফিফ তিনটি বই লেখেন। এর মধ্যে *তারিখ-ই ফিরোজশাহী* বইটি পাওয়া গিয়েছে। বইটি লেখা হয় তৈমুর লং-এর ভারত অভিযান এবং ভয়ানক দিনগুলির পরিপ্রেক্ষিতে যখন উনি ফিরোজশাহী যুগের স্বাচ্ছন্দ্য ও শান্তির দিকে তাকিয়ে আছেন।

ফিরোজাবাদ শহরের জুম্মা মসজিদের গম্বুজ থেকে যে শিলালিপি পাওয়া যায় সেখানে সম্ভবত ফিরোজ শাহের রচনার *(ফুতুয়াত-ই ফিরোজশাহী)* নিদর্শন মেলে। এতে ফিরোজ শাহের দৃষ্টিভঙ্গি ও নীতির বর্ণনা পাওয়া যায়। ইসামীর *ফুতুয়াত-উস সালাতিনে* ভারতীয় শাসকদের গজনীর যুগ থেকে আলাউদ্দীন বাহমন শাহ পর্যন্ত

আলোচনা করা আছে। লেখকের পূর্বপুরুষরা সুলতানী শাসকগোষ্ঠী ইলবারি তুর্কিদের ঘনিষ্ঠ ছিলেন। উল্লেখযোগ্য যে মুহম্মদ বিন তুঘলকের চরিত্র অত্যন্ত নিষ্ঠুরভাবে লেখক এখানে চিত্রায়িত করেছেন। এই রচনাটিই নাসিরুদ্দীন মাহমুদের শেষ কয়েক বছরের একমাত্র প্রামাণ্য সাক্ষী। আলাউদ্দীন খলজীর বাজার নিয়ন্ত্রণের ওপরে দিল্লির শেখ নাসিরুদ্দীন চিরাগের লেখা *খয়রাত মজলিস* উল্লেখযোগ্য। এখানে উল্লেখিত পণ্যের মূল্য বারানীর তালিকার সঙ্গে মেলে। ব্রিটিশ মিউজিয়ামে রক্ষিত কয়েকটি ফার্সিতে লেখা ছেঁড়া পাতা পাওয়া গিয়েছে। এগুলি অধ্যাপক মাহদী হাসান চিহ্নিত করেছিলেন মুহম্মদ বিন তুঘলকের আত্মজীবনী বলে, যদিও এর সঠিক প্রমাণ পাওয়া যায়নি। এই রকমই আর একটি অনামী লেখাতে (*শিরাৎ-ই ফিরোজ শাহী,* ১৩৭০ সালে সমাপ্ত) ফিরোজ শাহের জীবনের বিভিন্ন দিক নিয়ে আলোচনা করা হয়েছে। চিস্তি সম্প্রদায়ের সন্তদের নিয়ে, বিশেষত শেখ নিজামুদ্দীন আউলিয়াকে নিয়ে ১৩৮৪ সালে সৈয়দ মৌলানা বিন মুহম্মদ কিরমানি লেখেন *নিয়ারুল আউলিয়া।* এর মধ্যে মুহম্মদ বিন তুঘলকের সঙ্গে শেখ নিজামুদ্দীন আউলিয়ার সম্পর্ক বর্ণনা করা আছে। ইয়াহিয়া বিন সিরহিন্দি লিখেছেন *তারিখ-ই মুবারক শাহি* যেখানে সাধারণভাবে সবুক্তগীন থেকে সৈয়দ বংশীয় মুবারক শাহ পর্যন্ত ইতিহাস আছে। পরবর্তী তুঘলক ও সৈয়দ বংশের ইতিহাস রচনার জন্য এর গুরুত্ব অপরিসীম। লোদী যুগের ওপর বিশেষ লেখা পাওয়া যায় না। বাহলুল লোদীর রাজত্বকাল নিয়ে লিখেছেন আহম্মদ ইয়াদগার *(তারিখ-ই সালাতিন-ই আফগান)।* সূর বংশ ও লোদী বংশ সম্পর্কে জানা যায় নিয়ামতুল্লার *মকজান-ই আফগানী* ও আবদুল্লা রচিত *তারিখ-ই দাউদী* গ্রন্থে।

দিল্লিতে সুলতানী শাসন শুরু হবার সঙ্গে সঙ্গে বিভিন্ন জায়গায় মসজিদ, বড় দরজা, সরাইখানা ও হাম্মাম (স্নানঘর) তৈরি হতে থাকে। এই সময় পাওয়া যায় প্রচুর সংখ্যায় শিলালিপি, যা ইতিহাসের পাথুরে প্রমাণ বলে অনেকেই মনে করেন। এগুলি বিভিন্ন সময়ে সঙ্কলিত হয় এবং অনুবাদ করে প্রকাশিত হয়। সুলতানদের জয় করা বিভিন্ন প্রদেশ পরবর্তীকালের স্বাধীন রাজ্যগুলিতে প্রচুর সংখ্যায় শিলালিপি পাওয়া যায়, যার সবগুলির প্রকাশনা এখনও হয়নি। ঐতিহাসিক নবুরো কারাসিমা অভিযোগ করেছেন যে দক্ষিণ ভারতের মধ্যযুগের প্রায় পঞ্চাশ হাজার শিলালিপির মধ্যে কেবলমাত্র এক-তৃতীয়াংশ প্রকাশিত হয়েছে।

সুলতানী যুগের প্রথম দিকের মুদ্রাগুলিকে ঘোড়া ও ষাঁড় জাতীয় বলে ধরা হয়। এই মুদ্রার মধ্যে কয়েকটিতে দেবনাগরী অক্ষর রয়েছে। কিছুদিনের মধ্যেই সুলতানের নামাঙ্কিত মুদ্রা বের হতে থাকে। এর থেকে সুলতানী আমলের অর্থনৈতিক অবস্থার পরিবর্তনের কথা জানা যায়। প্রাদেশিক সুলতানদের মুদ্রাগুলি থেকে তাঁদের শাসনকালের তারিখ মোটামুটিভাবে জানা গেলেও, সবসময়ে এই পদ্ধতি স্বীকার করা যায়নি। শিলালেখগুলির সম্বন্ধেও ওই একই ধরনের সাবধানতা অবলম্বন করা প্রয়োজন; তবে শিলালেখ থেকে শাসনব্যবস্থা সম্পর্কে কিছু তথ্য পাওয়া যায়।

২

পটভূমিকা ঃ তুর্কি অভিযান

সপ্তম শতাব্দী থেকেই ভারতভূখণ্ডের পশ্চিম উপকূলে ইসলাম ধর্মাবলম্বী আরব বণিকরা আসতে থাকে। এদেশে সাদর অভ্যর্থনা পেতে এদের কোনও সমস্যা হয়নি। লম্বা আলখাল্লা পরা লোকেরা একটি বাড়িতে, যেখানে কোনও মূর্তি নেই, নির্ধারিত সময়ের পরে প্রার্থনার জন্য মিলিত হচ্ছে— এ দৃশ্য কিছুকালের মধ্যে স্থানীয় অধিবাসীদের কাছে সহজ হয়ে আসে। বাণিজ্যের পসরা নিয়ে ঘোরার সঙ্গে সঙ্গে অন্য এক ভিন্ন সাংস্কৃতিক জগৎ ধীরে ধীরে উন্মীলিত হতে থাকে। নিচু শ্রেণীর লোকেদের কাছে এই স্বাধীনতা ও বাণিজ্যিক সমৃদ্ধি একটা নতুন পথের দিশারী হয়ে দাঁড়ায়।

সিন্ধু প্রদেশে শুধুমাত্র যাজক বা বণিকেরা আসেনি। এখানে সৈন্য বোঝাই যুদ্ধ জাহাজ নিয়ে আরবেরা অভিযান করে। দ্বিতীয় খলিফার রাজত্বের সময় কোঙ্কন উপকূলে এই ধরনের সামুদ্রিক অভিযান হয়। এই ধরনের অভিযান থেকেই পরবর্তীকালে মুহম্মদ বিন কাশিমের বিজয় অভিযান হয়। কিন্তু সিন্ধু বিজয় ইসলামকে ভারত ভূখণ্ডের অভ্যন্তরে নিয়ে যায়নি, যার ফলে আরবরা সাম্রাজ্য তৈরি করতে সক্ষম হয়নি। ভারত ভূখণ্ডে যে নতুন সংস্কৃতি শিকড় গড়তে শুরু করেছিল, দশম শতাব্দী নাগাদ তা স্তিমিত হয়ে আসে। ভারতীয় ভূখণ্ডের রাজন্যবর্গ এদের শুধু বণিক হিসেবে দেখা ছাড়া আর কিছু ভাবতে পারেনি।

নতুন সাম্রাজ্য গড়ার কাজ প্রধানত পড়েছিল তুর্কিদের হাতে। এদের তখনও ইসলামে ধর্মান্তকরণ সম্পূর্ণ হয়নি এবং তরোয়ালই ছিল এদের প্রধান অস্ত্র। কিন্তু এদের ছিল জাত্যাভিমান এবং নতুন ধর্মান্তরিতদের অফুরন্ত উৎসাহ। এরা প্রধানত পারসিক সংস্কৃতিতে অভিজ্ঞতা সঞ্চয় করেছিল।

অষ্টম শতাব্দী থেকে মধ্য এশিয়ার ঘন ঘন পট পরিবর্তন হয়েছে। তুর্কি জাতিদের মধ্যে সেলজুক, ঘাজ, খিতাই, ইলবারি ও কারমুখ উপজাতিরা বারবার এসে আস্তানা গেড়েছে মধ্য এশিয়ার বিভিন্ন অঞ্চলে। এ সব জায়গায় তারা ছোট ছোট রাজ্য গড়ে

তোলে। পিছন থেকে চাপ আসার ফলে তারা আরও এগিয়ে যায় এবং ইরান, ইরাক আফগানিস্তান ও ভারত ভূখণ্ডের বিস্তীর্ণ অঞ্চল দখল করতে থাকে। কেবলমাত্র মঙ্গোলদের চাপেই কয়েক জায়গায় তারা পিছু হটে যায়।

দশম শতাব্দীর মধ্যেই তুর্কিদের সঙ্গে সিন্ধু নদের ওপারে কাবুলের হিন্দু শাহীদের যোগাযোগ হয়। গজনী রাজত্ব স্থাপনের পঞ্চাশ বছরের মধ্যেই ওই রাজত্বের বিলোপ হয় ও তুর্কিরা রবি নদীর তীর পর্যন্ত চলে আসে। সিন্ধু নদের পূর্বদিকে আর একটি মুসলমান রাজত্ব স্থাপিত হয়। সিন্ধুর আরবরা যে কাজ পারেনি, তুর্কিরা সে কাজ পেরেছিল। ভারতের ভৌগোলিক বৈশিষ্ট্যের সন্ধান পেয়ে এরা গাঙ্গেয় উপত্যকার মুখে চাপ দিতে শুরু করে। প্রায় দুশো বছর ধরে গজনীর শাসকরা পাঞ্জাব শাসন করে। যার ফলে ভারতের রাজনৈতিক মানচিত্রে এদের স্থান রয়েছে। এদের পরবর্তী লক্ষ্য ছিল হিন্দুস্থান জয় করা।

এরা মাহমুদ বংশের ওপর নির্ভর করেছিল আর্যাবর্তের অভ্যন্তরে প্রবেশ করার জন্য। কিন্তু মাহমুদের বংশধরেরা এই কাজ করতে পারেনি। ওদের মধ্য এশিয়ার সাম্রাজ্য তুর্কি সেলজুকদের হাতে চলে যায়। তুর্কিস্তান থেকে নবাগতদের ভিড়, গজনী বংশধরদের অভ্যন্তরীণ পারিবারিক বিরোধ ও গোষ্ঠীদ্বন্দ্বে জীর্ণ হওয়ার ফলে পাহাড়ি এলাকার ঘোরী বংশের এক শাহানসাবানী করদাতার ক্ষমতা বেড়ে যায়। এদের চাপে গজনীর বংশধররা ক্রমশঃ ভারতীয় সীমান্তের নিজেদের এলাকায় পিছিয়ে আসতে থাকে। উত্তর দিকে ঘোরীদের চাপ ও পূর্বদিকে রাজপুত রাজাদের অবস্থিতি ওদের অবস্থা সঙ্গীন করে তোলে। এর ফলে এরা ভারতীয় রাজন্যবর্গের সঙ্গে সমঝোতা করতে বাধ্য হয়। ইতিহাস শাহানসাবানীদের দায়িত্ব দেয় এই ঐতিহাসিক কর্তব্য পূরণের জন্য।

গজনীর সিংহাসনে সুলতান মাহমুদ বসার দেড়শ বছরের মধ্যেই দুটি সাম্রাজ্যের উত্থান-পতন দেখা যায়। মধ্য এশিয়াতে সেলজুকরা গজনাভিদ বংশের হাত থেকে ক্ষমতা কেড়ে নিলেও বেশিদিন ধরে রাখতে পারেনি। ওদের সরিয়ে আর একটি নতুন বংশ আসে। সেলজুকদের শেষ রাজা ছিলেন সুলতান সঞ্জর যিনি গজনী, সমরখন্দ এবং ঘোর জয় করেছিলেন। এর পরেই কারা-খিতাই নামে পরিচিত দক্ষিণের তুর্কিরা ওদের হারিয়ে ১১৩৭ খ্রিস্টাব্দে সমরখন্দ দখল করে নেয়। এর পরবর্তী যুদ্ধগুলিতে সঞ্জর হেরে গেলে ধীরে ধীরে ছোট রাজ্যগুলি স্বাধীন হয়ে যেতে থাকে। সঞ্জরের উত্তরাধিকারীরা এই সব রাজাদের সঙ্গে বোঝাপড়া করতে বাধ্য হয়।

মধ্য এশিয়ার ইতিহাসের উল্লেখযোগ্য ঘটনা হচ্ছে খাওয়ারিজম ও ঘোর রাজ্যের উত্থান এবং তাদের নিজেদের মধ্যে ক্ষমতার দখল নিয়ে লড়াই। এই লড়াইয়ের মধ্যে আমরা যাব না, এখানে শুধু ঘোর রাজ্যের উত্থান সম্পর্কে আলোচনা করব, যা ওদের ভারত ভূখণ্ডের অভিযানকে বুঝতে সাহায্য করে।

ঘোর রাজ্যে ইসলাম আসার আগে ধরে নেওয়া হয় যে ওখানে মহাযান বৌদ্ধমত প্রচলিত ছিল। কাবুল, গজনী ও বুস্ত ছিল প্রাক্-ইসলামী জগৎ ও ভারতের মধ্যেকার বাণিজ্য সেতু। ভারতীয় বণিকরা কাবুল ও গজনীতে গজনাভিদদের রাজত্বের শুরুতে

ছিল এরকম উল্লেখও পাওয়া যায়। গজনীর সুলতান মাহমুদের (৯৯৮–১০৩০ খ্রি.) সময় থেকে ইসলামের রাজনৈতিক ও সাংস্কৃতিক প্রভাব বাড়তে থাকে। উনি কারামি (ধর্মীয়গোষ্ঠী)-দের সাহায্য করতে থাকেন, যার ফলে ঘোর, ঘরজিস্তান, বামিয়ান ও আশেপাশের অঞ্চলগুলিতে ওদের প্রভাব বাড়তে থাকে। পরবর্তীকালে কারামিরা ইসলাম ও বৌদ্ধদের মধ্যেকার সেতু হয়ে দাঁড়ায়। ইসমাইলি ধর্মীয় গোষ্ঠীর কাছ থেকে দূত সুলতান আলাউদ্দীন জাহানসুজের কাছে আসার পর ধর্মীয় গোলমাল শুরু হয়ে যায়। ইসমাইলিরা ঘোরের অধিবাসীদের ওদের ধর্মবিশ্বাসে রূপান্তরিত করতে চেয়েছিল। সুলতান আলাউদ্দীন সম্ভবত রাজনৈতিক কারণে ইসমাইলিদের আসতে দিয়েছিলেন। কারামিদের প্রভাব খর্ব করা তাঁর একটা উদ্দেশ্য ছিল; শেষ পর্যন্ত আলাউদ্দীন কারামিদের পক্ষে আসেন।

সুলতানী যুগের ঐতিহাসিক মীনহাজের মতে গিয়াসউদ্দীন ও তার ভাই মুইজুদ্দীন কারামি ছিলেন। পরবর্তীকালে তারা যথাক্রমে সুন্নীদের সফি ও হানাফি মতবাদে বিশ্বাসী হন। কিভাবে এটা হয়েছিল মীনহাজ তার বর্ণনা দিয়েছেন। ওদের কারামি মতবাদ ছেড়ে দেওয়ার সঙ্গে খোরাসান ও গজনীতে ওদের ক্ষমতা বিস্তারের সম্পর্ক আছে। কারামি মতবাদ থেকে সুন্নী মতবাদে নিয়ে যাওয়ার জন্য মুসলমান সাধু-সন্তদের কার্যকলাপ প্রচুর সাহায্য করেছে। এদের মধ্যে শেখ আবদুল কাদির জিলানি (১০৭৭–১১৬৬ খ্রি.) ও মৌলানা ফকরুদ্দীন রাজিরের (১১৪৪–১২০৭ খ্রি.) নাম উল্লেখযোগ্য। এই কাজ চলতে থাকে প্রায় ত্রয়োদশ শতাব্দী পর্যন্ত।

আরবদের সিন্ধুদেশ অভিযান সম্পর্কে *চাচনামা* গ্রন্থ ছাড়া তথ্য বিশেষ নেই। খলিফা ওমরের পরবর্তী খলিফার শাসনকালে সমুদ্রপথে ভারত অভিযানের নিষেধাজ্ঞা উঠে গেলে ইরাকের শাসনকর্তা হজ্জাজ ভারত অভিযানের পরিকল্পনা করেন। ৭১০ খ্রিস্টাব্দ থেকে অভিযান শুরু হয়। দু'বছর পরে এ অভিযান সফল হয়। বলা হয়ে থাকে সিন্ধুদের রাজা দাহিরের কাছে হজ্জাজ ক্ষতিপূরণ দাবি করলে সে দাবি অগ্রাহ্য করা হয়। ৭১২ খ্রিস্টাব্দে মুহম্মদ বিন কাশিম সিন্ধুর দেবল বন্দর আক্রমণ করেন। স্থানীয় জাট ও মেড় অধিবাসীরা কাশিমকে সাহায্য করলে উনি দেবল দখল করেন। সিন্ধু নদের তীরে যুদ্ধে দাহিরের মৃত্যু হয়। এর পর আরও কয়েকটি জায়গা আরবদের হাতে আসে। কাসিম দেশে ফিরলে তাঁকে খলিফার আদেশে হত্যা করা হয় (সম্ভবত ৭১৫ খ্রি.)।

কাশিমের মৃত্যুর পর সুযোগ্য নেতার অভাবে আরব সৈন্যদল হতোদ্যম হয়ে পড়লে হিন্দুরাজারা তাদের রাজ্যগুলি আবার অধিকার করেন। খলিফার ঘোষণা অনুযায়ী শুধুমাত্র মুসলমানই স্বাধীনভাবে রাজত্ব করতে পারবে। তাই সিন্ধুতে পৌঁছালে দাহিরের ছেলে জয়সিংহ মুসলমান হন। কিন্তু স্থানীয় মুসলমান শাসনকর্তা জুনাইদ খলিফার এই ঘোষণাকে বিশেষ আমল দেননি। তিনি জয়সিংহকে আক্রমণ করে হত্যা করেন। এই ঘটনা দেখায় যে সিন্ধুর আরবীয় শাসন দুর্বল হয়ে পড়েছে। এর কিছুকাল পরে পুলকেশী চালুক্য ও নাগভট্ট প্রতিহার সিন্ধু আক্রমণ করে নবাগত শাসকদের অবস্থা খারাপ করে তোলে। আব্বাসিদ বংশ প্রতিষ্ঠার পর

আরবদের আর একবার উত্থান হয়, কিন্তু আব্বাসিদদের পতনের পর থেকে সিন্ধুদেশের বিভিন্ন মুসলমান রাজারা স্বাধীনভাবে রাজত্ব করতে থাকে। আগেই বলা হয়েছে যে আরবরা প্রায় তিনশো বছর সিন্ধু শাসন করলেও হিন্দুস্থানে যেতে পারেনি। রাজনৈতিক দিক থেকে আরবদের সিন্ধু বিজয় গুরত্বপূর্ণ না হলেও, ধর্মীয় ও সংস্কৃতির দিক থেকে এই বিজয়ের যথেষ্ট গুরুত্ব আছে। এর ফলে দুই সভ্যতার মধ্যে কিছু কিছু বিষয়ে আদান-প্রদান হয়েছিল বলে মনে করা যেতে পারে। এদের মধ্যে সঙ্গীত, নানা ধরনের উৎপাদন, চিকিৎসা, জ্যোতির্বিদ্যা ইত্যাদি উল্লেখযোগ্য। সম্ভবত আরব পণ্ডিতরা এই সিন্ধু বিজয়ের সূত্র ধরে ভারতে এসেছিলেন। এই পণ্ডিতদের মধ্যে উল্লেখযোগ্য হল আল বেরুনী। ওঁর বিখ্যাত গ্রন্থ *তারিখ-ই-হিন্দ* -এ ভারতীয় সভ্যতা ও সংস্কৃতি সম্বন্ধে ওঁর অভিমত পাওয়া যায়। আরবরাও ভারতীয় দর্শন ও অন্যান্য বিষয় তাঁদের দেশে নিয়ে গিয়েছিলেন বলে মনে করা হয়।

আব্বাসিদের পতনের পর থেকে তুর্কিরা প্রভাব বিস্তার করতে থাকে। আলপ্তগীন সামানিদদের রাজ্যের মধ্যে গজনী নামে একটা ছোট রাজ্যর প্রতিষ্ঠা করেন। ওঁর মৃত্যুর পর ওঁর জামাই সবুক্তগীন ৯৭০ খ্রিস্টাব্দে সিংহাসনে বসেন। সবুক্তগীন মধ্য এশিয়ার রাজনীতির মধ্যে প্রবেশ করে রাজ্য বিস্তার করার খুব সুবিধা পাননি। ফলে তিনি আরও পূর্বে ভারত অভিযানের পরিকল্পনা করেন। এই বিস্তারে প্রথম প্রতিপক্ষ ছিলেন শাহীবংশের রাজা জয়পাল। বলা হয় যে গজনীর পরিকল্পনা বানচাল করতে জয়পাল প্রথম আক্রমণ করেন ও ব্যর্থ হন। জয়পাল আর একবার গজনী আক্রমণ করলেও সাফল্য লাভ করেননি। তবে একটা যুদ্ধ-বিরোধ চুক্তি স্বাক্ষরিত হয়েছিল। ৯৮৬ খ্রিস্টাব্দে সবুক্তগীন জয়পালকে আক্রমণ করলে আর একটি চুক্তি স্বাক্ষরিত হয়। মনে করা হয় যে চুক্তিটি জয়পালের পক্ষে অবমাননাকর হয়েছিল। কারণ ৯৮৮ খ্রিস্টাব্দে সবুক্তগীন চুক্তি না পালন করার জন্য জয়পালকে আক্রমণ করেন। উল্লেখযোগ্য যে জয়পালকে সাহায্যের জন্য দিল্লি থেকে কনৌজ পর্যন্ত বিভিন্ন রাজন্যবর্গ এগিয়ে এসেছিলেন। কিন্তু জয়পাল পরাজিত হন। অবশ্য এর কিছুদিনের মধ্যে সবুক্তগীনের মৃত্যু (৯৯৭ খ্রি.) হলে উনি শেষ পর্যন্ত হিন্দুস্থানে প্রবেশ করতে পারেননি।

সবুক্তগীনের মৃত্যুর পর ওঁর বড় ছেলে সুলতান মাহমুদ নানা গোলমালের মধ্যে সিংহাসনে বসেন। উচ্চাভিলাষী সুলতান মাহমুদ কয়েকবার ভারত অভিযানে এসে ধনদৌলত লুণ্ঠন করেন। ওঁর বারবার অভিযানের কারণ নিয়ে বিতর্ক আছে। মাহমুদের সরকারি ঐতিহাসিক বলেছেন ধর্মপ্রচার করার জন্যই ছিল ওই অভিযান। কিন্তু ধর্মপ্রচার ছাড়াও লুটতরাজ (বিশেষত মন্দিরগুলির ধনরত্ন) যে তাঁর আর একটা বিশেষ উদ্দেশ্য ছিল তার প্রমাণ পাওয়া যায়। সুলতান মাহমুদ হাজার খ্রিস্টাব্দ থেকে সতেরোবার ভারত অভিযান করেছিলেন বলে ধরা যায়, যদিও সবগুলি অভিযানের তথ্য পাওয়া যায় না।

প্রথম অভিযানে মাহমুদ জয়পালকে পরাজিত করে অনেক টাকা মুক্তিপণ হিসেবে নিয়ে চলে যান। জয়পালের পুত্র আনন্দপাল রাজা হন। সাত বৎসর পর

(১০০৪ খ্রি.) মাহমুদ আনন্দপালকে পরাজিত করেন। এই সময় মাহমুদ মূলতান আক্রমণ করেন এবং সেখানকার মুসলমান শাসনকর্তা মাহমুদকে বাৎসরিক কর দিতে স্বীকৃত হন। কিছুকাল পরে আনন্দপাল অন্য হিন্দু ও মুসলমান রাজাদের একত্র করে মাহমুদের বিরুদ্ধে রুখে দাঁড়ানোর চেষ্টা করেন। কিন্তু আনন্দপাল ও তাঁর সঙ্গীরা যুদ্ধে হেরে যান। কাংড়া ও বিস্তীর্ণ অঞ্চল গজনীর অন্তর্ভুক্ত করে প্রচুর ধনরত্ন নিয়ে মাহমুদ গজনীতে ফিরে যান। ১০১৪ খ্রিস্টাব্দে মাহমুদ থানেশ্বর অধিকার করলেও তখনও পর্যন্ত হিন্দুস্থানের ভিতরে আসেননি। বোধহয় এই উদ্দেশেই মাহমুদ দুবার কাশ্মীর অভিযান করেছিলেন, কিন্তু সফল হননি। কাশ্মীরে ব্যর্থ হয়ে (১০১৫ খ্রি.) মাহমুদ মথুরার যাত্রাপথের দুর্গগুলি দখল করে কনৌজের কাছে পৌঁছে যান (১০১৯ খ্রি.)। প্রতিহার রাজা আত্মসমর্পণ করে মাহমুদকে প্রচুর ধনরত্ন দিলেও মাহমুদ কনৌজ লুণ্ঠন করেন। এরপর তিনি গজনীতে প্রত্যাবর্তন করলে কালীশ্বরের চন্দেলারাজ কনৌজ দখল করে নেন। মাহমুদ কালীশ্বরের রাজাকে শাস্তি দেবার জন্য আবার কনৌজে এলে চন্দেলারাজ পালিয়ে যান। কিন্তু পরে প্রচুর ধন-সম্পত্তির বিনিময়ে তিনি মাহমুদের সঙ্গে সন্ধি করেন (১০২১–২২ খ্রি.)। গোয়ালিয়রের রাজাও মাহমুদের বশ্যতা স্বীকার করেন। ১০২৫ খ্রিস্টাব্দে মাহমুদ আজমীরের মধ্য দিয়ে এসে গুজরাটের সোমনাথ মন্দির লুণ্ঠন করার চেষ্টা করেন। রাজপুত রাজন্যবর্গ বাধা দিলে মাহমুদকে ফিরে যেতে হয়। অবশ্য পরের বছরই মাহমুদ আবার অভিযান করেন এবং সোমনাথ মন্দির ধ্বংস করে তার অগণিত ধনরত্ন লুণ্ঠন করে ফিরে যান। ফেরার পথে জাঠেরা নানা জায়গায় চোরাগোপ্তা আক্রমণ চালিয়ে মাহমুদের প্রত্যাবর্তন কষ্টকর করে দেয়। অবশেষে ১০২৭ খ্রিস্টাব্দে মাহমুদ জাঠেদের বিরুদ্ধে অভিযান করে জয়ী হন।

বলা হয়ে থাকে যে সুলতান মাহমুদ ভারতে সাম্রাজ্য গড়তে চাননি। গুজরাটের কাথিয়াওয়াড় অঞ্চলের অনিলওয়ারাতে সোমনাথ মন্দির লুণ্ঠন এবং এর আগে পাঞ্জাবে তাঁর কার্যকলাপ থেকে মনে হয় যে মাহমুদ গোটা ভারত জয় করতে চাননি। কিন্তু বিভিন্ন অভিযানে ওঁর সৈন্যরা বুন্দেলখণ্ড পর্যন্ত এত অভ্যন্তরে চলে গিয়েছিল যে সীমান্তবর্তী অঞ্চলে তাঁর নিজস্ব এলাকার প্রয়োজন ছিল। ১০২১ খ্রিস্টাব্দে উনি গজনী থেকে প্রচুর সংখ্যায় কারিগর নিয়ে পাঞ্জাবের দিকে যান। উদ্দেশ্য ছিল ওখানে একটা স্থায়ী আস্তানা তৈরি করা। প্রথমেই তিনি সোয়াট উপত্যকার উপজাতিদের ধর্মান্তরিত করেন। এদের মধ্যে বাজাওর ও কাফিরিস্তানের উপজাতিরাও রয়েছে। এরা আগে ছিল বৌদ্ধ। ওখানে দুর্গ তৈরি করার পর মাহমুদ কাশ্মীরের গিরিপথের লোহকট দুর্গের কাছে আসেন। ক্রমে পাঞ্জাবের প্রায় সবটাই তাঁর দখলে আসে। লাহোরে একজন শাসনকর্তা রেখে বাকি অংশগুলি বিভিন্ন সেনাপতিদের অধীনে রাখা হয়। উল্লেখযোগ্য যে মাহমুদ এখানে লুণ্ঠন করেননি। ওখানকার রাজা ত্রিলোচনপাল আগেই মারা গিয়েছেন এবং নিদার ভীম আজমীরে পালিয়ে গিয়েছেন। ১০২৬ খ্রিস্টাব্দে উনি মারা গেলে কাল্লুর বংশ লোপ পায়। এখানে অবশ্য ধর্মান্তকরণের বা লুণ্ঠনের কোনও তথ্য পাওয়া যায়নি।

মাহমুদের মনে যে সাম্রাজ্য প্রতিষ্ঠার বাসনা ছিল তার বহিঃপ্রকাশ ঘটে যখন তিনি সোমনাথ মন্দির লুণ্ঠন করে অনিলওয়ারার দিকে যান। এখানকার রাজা পরমদিও মাহমুদের বিরুদ্ধে সৈন্য পাঠিয়েছিলেন যার ফলে মাহমুদকে বেশ বেগ পেতে হয়েছিল। রাজা সোমনাথ থেকে কিছু দূরে খান্দা দুর্গে আশ্রয় নিলে, মাহমুদ ওখানে আসেন। রাজা পালিয়ে গেলে মাহমুদ অনিলওয়ারা দখল করেন। বলা হয় যে মাহমুদ অনিলওয়ারায় তাঁর রাজধানী করবেন বলে চিন্তা করেছিলেন। কিন্তু ওঁর সৈন্যরা এতে রাজি হল না। তারা খোরাসান ছাড়তে রাজি নয়। সোমনাথের এক সাধুকে (দেবশরম) গুজরাটের শাসনকর্তা করে মাহমুদ গজনীর দিকে যাত্রা করেন। দেবশরম কিছুকাল উপঢৌকন পাঠানোর পর তার শত্রুরা তাকে সরিয়ে দেয়।

রাজপুত রাজারা এবার মাহমুদের ফেরার পথে বাধা দেবার সংকল্প করলেন। মাহমুদের সৈন্যরা প্রচুর ধনরত্ন নিয়ে যুদ্ধ করার পক্ষে ছিল না। সুতরাং মাহমুদ সিন্ধুর মরুভূমির মধ্য দিয়ে মূলতানে যাওয়া স্থির করলেন। সোমনাথ মন্দিরের এক সাধু ওদের পথ দেখাতে রাজি হল। দেড়দিন যাবার পর সে জানায় যে সে ইচ্ছাকৃতভাবে ওদেরকে এমন এক ভুল পথে নিয়ে এসেছে, যেখানে জল পাওয়া যায় না। ওকে হত্যা করার পর অবশ্য খোঁজাখুঁজি করে জল পাওয়া গেল। পথে জাঠেরা বিভিন্ন জায়গায় আক্রমণ করা সত্ত্বেও মাহমুদ সৈন্যসমেত গজনী পৌঁছান। মনে হয় মাহমুদ ভারতে সাম্রাজ্য বিস্তার করা নিয়ে দ্বিধাবিভক্ত ছিলেন। ভারতে সাম্রাজ্য তৈরির ধারণাটি দানা বাঁধতে পারেনি তাঁর মনে। কতটা ধর্মপ্রচার তিনি করেছিলেন তাও বলা শক্ত। সীমান্তের বৌদ্ধ উপজাতিদের ধর্মান্তরিত করা ছাড়া ধর্মপ্রচার বিশেষ করেছিলেন বলে তথ্য নেই। ভারতের বিপুল ঐশ্বর্য লুণ্ঠন করে ফিরে গেছেন এমন তথ্য রয়েছে। এর জন্য মধ্য এশিয়ার রাজনীতি কতটা দায়ী আমরা বিচার করে দেখব।

আগেই আমরা দেখেছি যে ১০২৭ খ্রিস্টাব্দে সুলতান মাহমুদ জাঠেদের শিক্ষা দেবার উদ্দেশে তাঁর শেষ অভিযান শুরু করেছিলেন। মূলতানে ১৪০০ নৌকা তৈরি করে সমগ্র সৈন্য নিয়ে তিনি জাঠেদের বিরুদ্ধে যাত্রা করেন। জাঠেরা চার হাজার নৌকা সংগ্রহ করে বাধা দিলেও শেষকালে তারা পরাস্ত হয়। মাহমুদের নৌকাগুলিতে লোহার বর্গা লাগানো ছিল। এর সঙ্গে ছিল ওঁর ন্যাপথার ব্যবহার। জাঠেরা প্রায় সকলেই মারা যায় ও তাদের পরিবার বন্দী হয়। ঐতিহাসিকরা মাহমুদের ভারত অভিযানই প্রধানত আলোচনা করেছেন। কিন্তু মধ্য এশিয়ায় রাজনীতি ওঁকে বারবার আলোড়িত করেছে মাহমুদের জীবনের শুরু থেকেই।

লামঘান ও পেশোয়ার সবুক্তগীনের হাতে পড়ার প্রায় বারো বছর বাদে সামানিদ রাজত্বে বিদ্রোহ শুরু হয়। সামানিদ রাজা আমীর নূহ'র বিরুদ্ধে খোরাসানের শাসনকর্তা বিদ্রোহ করলে রাজা সবুক্তগীনের কাছে সাহয্যে চান। সবুক্তগীন ও তাঁর ছেলে মাহমুদ বিদ্রোহীকে সম্পূর্ণভাবে পরাস্ত করেন এবং মাহমুদকে খোরাসানের শাসনকর্তা করা হয় ৯৯৪ খ্রিস্টাব্দে। উনি নিশাপুরে বসবাস করতে থাকেন এবং পারস্যের একটা প্রদেশ কার্যত গজনীর অন্তর্ভুক্ত হয়ে যায়। ৯৯৭ সালে সবুক্তগীন

মারা গেলে, তাঁর ইচ্ছামতো ছেলে ইসমাইল সিংহাসনে বসেন। মাহমুদ ছোট ভাইয়ের বিরুদ্ধে যুদ্ধ করে গজনীর কাছে ইসমাইলকে বন্দী করে জুরজানের দুর্গে রাখেন। ত্রিশ বছর বয়সে মাহমুদ গজনীর সিংহাসন লাভ করেন।

ইসমাইলের সঙ্গে যুদ্ধের সময়ে বোখারার আমীর নূহ'র মৃত্যু হয়। ওঁর ছেলে মাসুর আর একজনকে খোরাসানের শাসনকর্তা নিযুক্ত করেন। মাহমুদ প্রতিবাদ করলে তা অগ্রাহ্য করা হয়। মাহমুদ নিশাপুরের দিকে অগ্রসর হলে মাসুরও যুদ্ধ করতে আসেন। কিন্তু খোরাসানের শাসনকর্তা মাসুরকে বন্দী করে অন্ধ করে দেয়। এরপরে তার ছোট ভাই সামানিদকে সিংহাসনে বসায়। মাহমুদ বিদ্রোহীদের তাড়িয়ে খোরাসান মুক্ত করেন ও বিদ্রোহীরা বোখারাতে আশ্রয় নেয়। মাহমুদ কিছু করার আগে কাশগরের ইলাকু খান বোখারা দখল করে সামানিদ বংশ শেষ করে দেন ৯৯৯ খ্রিস্টাব্দে। ওই বছরের শেষে খলিফা মাহমুদকে সুলতান ও অন্যান্য উপাধি দিলে মাহমুদ সামানিদদের স্থলাভিষিক্ত হন। বলা হয়, উনি প্রতিজ্ঞা করেন যে প্রতি বছর হিন্দুদের বিরুদ্ধে অভিযান করবেন। কিন্তু মাহমুদ ত্রিশ বছরে মাত্র সতেরো বার অভিযান করতে সক্ষম হয়েছিলেন।

ওঁর ভারত অভিযানগুলির শেষের দিকে মাহমুদ আবার মধ্য এশিয়ার দিকে তাকাতে শুরু করেন। ১০২২ খ্রিস্টাব্দের শেষ দিকে মাহমুদ সৈন্য নিয়ে অক্সাস নদী পার হয়ে তিগিন দখল করেন এবং সমরখন্দের রাজাকে বন্দী করে ভারতে পাঠানো হয়। এর ফলে অন্যান্য রাজারা মাহমুদের বশ্যতা স্বীকার করে নেয়। এই সময়ে সেলজুক এবং তুর্কিদের মধ্যে গোলমাল শুরু হয়।

সামানিদ রাজত্বের সময়ে তুর্কিদের সেলজুক উপজাতিরা জাক্সটারেস অতিক্রম করে বোখারার নূর শহরে বসতি স্থাপন করে। ওখান থেকে প্রতি বছরই তারা খাওয়ারজমের দার্গখানা আক্রমণ করত। এদের নেতা ছিল সেলজুকের (যার নামে উপজাতি) ছেলে ইসরায়েল। অন্যান্যদের মতো ইসরায়েল মাহমুদের বশ্যতা স্বীকার করতে এসেছিল। মাহমুদ ইসরায়েলকে নজরবন্দী করে তার চার হাজার সৈন্য পরিবার সমেত অক্সাস নদীর ওপারে পাঠিয়ে দিলেন। ইসরায়েল ও তার দুই ছেলেকে দূরের কালাঞ্জর দুর্গে পাঠানো হয়। কিন্তু সেলজুকদের বাৎসরিক অভিযান বন্ধ করা যায়নি এবং শেষকালে গজনী সাম্রাজ্য সেলজুকদের চারণ ক্ষেত্রে পরিণত হয়। কিন্তু তখনকার মতো মাহমুদ সমস্যার সমাধান করেছিলেন। সুতরাং মাহমুদের পিছুটান বরাবরই ছিল এবং সত্যিই তিনি গুজরাটে রাজধানী করতে চেয়েছিলেন কিনা বলা শক্ত।

সুলতান মাহমুদ ছিলেন এশিয়ার যুবরাজ। ভারতে সাম্রাজ্য গড়ার স্বপ্ন কতদূর দেখেছিলেন বলা যায় না। তবে মূলতান ও লাহোরে শাসনতন্ত্র বসানো, পাঞ্জাব কায়েম করা এবং অনিলওয়ারা অভিযান তাঁর সাম্রাজ্য অভিলাষী মনের পরিচয় দেয়। অত্যন্ত সাহসী ও সাবধানী এই অসাধারণ যোদ্ধা বুন্দেলখণ্ড পর্যন্ত এগিয়েছিলেন। তবে পাঞ্জাব অতিক্রম করে গাঙ্গেয় উপত্যকা অভিমুখে তিনি অগ্রসর

হননি। কিন্তু মাহমুদের অভিযানগুলি দেখলে বোঝা যায় যে তিনি প্রথমে ঘাঁটি তৈরি করছিলেন। অন্যদিকে মধ্য এশিয়ায় সাম্রাজ্য বিস্তার ছিল তাঁর মূল লক্ষ্য।

সুলতান মাহমুদ ছিলেন সংস্কৃতিবান— বোদ্ধা কতটা ছিলেন বলা শক্ত। তাঁর দরবারে কবিরা *কাসিদা* ও *কিতা* পড়ে বিস্তর টাকা পেয়েছিল। অন্যদিকে তিনি বিখ্যাত বৈজ্ঞানিক আভিসেনাকে (ইবন সিনা) তাঁর দরবারে আমন্ত্রণ জানালে তিনি তা গ্রহণ করতে অসম্মত হন। ফলে মাহমুদের ক্রোধ এড়ানোর জন্য আভিসেনাকে দেশে দেশে ঘুরে বেড়াতে হয়। আভিসেনার বন্ধু আল বেরুনীকে তিনি ভারতে নির্বাসন দিয়েছিলেন যার ফলে আমরা *কিতাব-উল-হিন্দ* পাই। একদিকে সুলতান মাহমুদ পারসিক সংস্কৃতির পৃষ্ঠপোষক ছিলেন, আবার অন্যদিকে ছিলেন মধ্যযুগীয় বর্বরতা ও রাজশক্তির চরম বিকাশের অন্যতম পথপ্রদর্শক। এর ফলে ইসলামের সাম্যবাদ তাঁর অধীনস্থ হয়ে যায়। *শরিয়ত* অগ্রাহ্য করে বা অন্যভাবে ব্যবহার করে তিনি হিন্দুরাজরাজড়ার সঙ্গে যুদ্ধ করেছেন, অগণিত মন্দির ধ্বংস করে সোনা, রুপো লুণ্ঠন করেছেন। এসব দেখলে ওকে ধর্মান্ধ মনে হতে পারে। তবে সুলতান মাহমুদ ধর্মান্তকরণ করেননি। তাঁর নিজের সৈন্যদলের মধ্যে ভারতীয় সৈনিকদের পূজা-অর্চনায় ব্যাঘাত ঘটাননি। সুতরাং ভারত অভিযানের আসল উদ্দেশ্য ছিল ধনসম্পদ লুণ্ঠন করা। হয়ত তিনি এদিক থেকে আলেকজান্ডারের সমকক্ষ হতে চেয়েছিলেন।

মাহমুদের ভারত অভিযান সফল হয়েছিল প্রধানত ভারতীয়দের মধ্যে একতার অভাবের জন্য। যখন ভারতীয় রাজন্যবর্গ মিলিতভাবে বাধা দিয়েছেন, যা একবার কি দুবারের বেশি হয়নি, তখন নেতৃত্বের অভাব ও সৈন্যদের মধ্যে শৃঙ্খলার অভাবই বেশি ফুটে উঠেছিল। ভারতীয়দের যে সাহসের অভাব ছিল না তা বহুবার প্রমাণিত হয়েছে। কিন্তু শুধু সাহস ও আত্মত্যাগ দিয়ে সুলতান মাহমুদের মত দক্ষ সেনাপতিকে হারানো যায় না এটা তারা বোঝেনি।

মাহমুদের ভারত অভিযানের ফলে ভারতীয়দের মধ্যে অরাজকতার ছবিটি পরিস্ফুট হয়ে ওঠে। একইসঙ্গে ভারতে প্রবেশদ্বার উন্মুক্ত হয়ে পড়ে। শাসক হিসেবে মাহমুদ কোনও কৃতিত্ব দেখাতে পারেননি। তাঁর মৃত্যুর কয়েক বছরের মধ্যে সেলজুক তুর্কিরা গজনাভিদ বংশের বিনাশ সাধন করে।

মৃত্যুর আগে সুলতান মাহমুদ তাঁর এক পুত্র মুহম্মদকে রাজা হবার জন্য *ফারমান* দিয়েছিলেন ও খলিফাকে দিয়ে সেটি সমর্থনও করিয়েছিলেন। উজীর হাসনাকও মুহম্মদকে চাইছিলেন। মাহমুদের অন্য পুত্র মাসুদ খোরাসান থেকে গজনীর দিকে এগোলে মুহম্মদের দল ভেঙে যায়। মাসুদ মুহম্মদকে অন্ধ করেন এবং উজীর ও অন্যান্যদের হত্যা করেন। কিছুকাল পরেই অবশ্য বোঝা যায় যে মাসুদ তার বাবার গুণাবলী পাননি।

মাসুদের সামনে দুটো বিপদ ছিল— পুবদিকে হিন্দুস্থানের রাজারা ও পশ্চিমদিকে সেলজুকরা। কিন্তু হিন্দুস্থানের রাজাদের মধ্যে ঐক্য ছিল না। এই সময় মাসুদের প্রথম কাজ ছিল পশ্চিমের সেলজুকদের বিনষ্ট করা। কিন্তু যখন সেলজুকদের বিপদ বাড়ছে, তখন মাসুদ স্থির করলেন হিন্দুস্থান আক্রমণ করবেন।

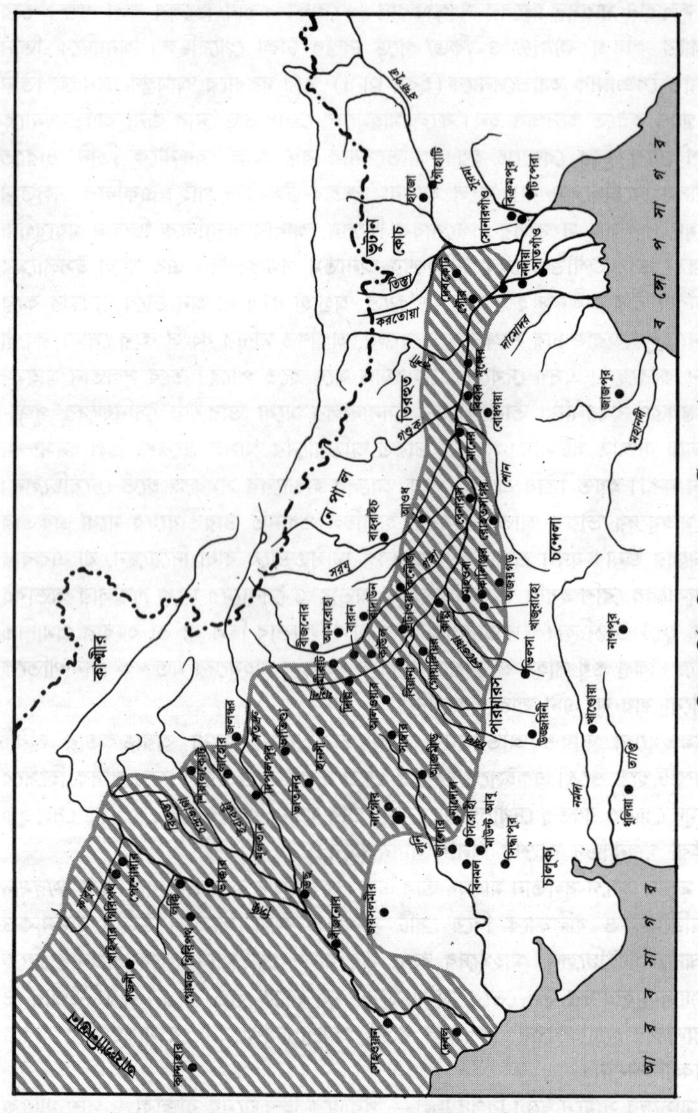

প্রাথমিক তুর্কি অভিযানের পরবর্তী সময়ে উত্তর ভারত

প্রথমেই মাসুদ পাঞ্জাবের সামরিক ও অসামরিক শাসন বিভক্ত করলেন। সব অ-সামরিক আমলাদেরকে এক সাধারণ লোকের (আবুল হাসান আলির) অধীনে নিয়ে আসা হল। সৈন্যরা এক তুর্কি সেনাপতি আলি আরিয়া অধীনে রইল। এরা দুজনেই আলাদাভাবে গজনীর অধীনে ছিল। এদের দু'জনের মধ্যে গোলমাল বাধলে আলি আরিয়ারকে বন্দী করা হল (মার্চ ১০৩১) এবং গজনী থেকে আহমদ নিয়ালতিগিন কে নতুন সেনাপতি করে পাঠানো হল।

নিয়ালতিগিন দ্রুতবেগে গঙ্গা ও যমুনা নদী পার হয়ে বারাণসী পর্যন্ত পৌঁছে যান। ওখানকার বাজার লুণ্ঠন করে তিনি প্রচুর ধনরত্ন জোগাড় করেন। এরপর তিনি লাহোরে পৌঁছে অ-সামরিক শাসনকর্তাকে দুর্গে অবরোধ করেন। সেই চরম বর্ষার সময় (জুলাই ১০৩৩) নিয়ালতিগিনের বিরুদ্ধে যেতে এক হিন্দু সেনাপতি ছাড়া গজনীতে কেউ রাজি হল না। এই হিন্দু সেনাপতি তিলক ছিলেন এক সাধারণ নাপিতের ছেলে। তাঁর গজনীর সেনাপতি হওয়ার অধ্যায়টি ছিল রোমাঞ্চকর।

গজনী থেকে সৈন্য নিয়ে তিলক নিয়ালতিগিনের সামনে লাহোরে এলে, নিয়ালতিগিন লাহোর থেকে পালান। প্রধানত হিন্দু সৈন্য নিয়ে তিলক ওঁকে আক্রমণ করেন এবং নিয়ালতিগিনের মাথার জন্য পাঁচলক্ষ দিরহাম ঘোষণা করেন। নিয়াল-তিগিনের কোনও মুসলমান সৈন্য ধরা পড়লে তার ডান হাত কেটে নেওয়া হতো। ফলে নিয়ালতিগিনের তুর্কি সৈন্যরা তিলকের দলে চলে এল এবং নিয়ালতিগিন যুদ্ধে পরাস্ত হলেন। নিয়ালতিগিন পালালে জাঠেরা তাঁকে তাড়া করে এবং সিন্ধু নদী পার হবার সময়ে ওঁকে ধরে হত্যা করে। এর পরে মাসুদ পাঞ্জাবের শাসন দুভাগে ভাগ করা রদ করে ওঁর ছেলে মাজদুদের হাতে দেন। কিন্তু এরপরেও পাঞ্জাব প্রদেশের গোলমাল সম্পূর্ণভাবে মিটে যায়নি।

সেলজুকদের উত্থান নিয়ে বিস্তৃত লেখার প্রয়োজন নেই। মাসুদ যুদ্ধে হেরে গেলে, আমলা ও দাসেরা ওঁকে হত্যা করে ওঁর অন্ধ ভাই মুহম্মদকে সিংহাসনে বসায়। ১০৪১ খ্রিস্টাব্দে মাসুদের আর এক ছেলে মৌদাজ যুদ্ধে মুহম্মদকে হারিয়ে ওকে হত্যা করে। মৌদাজ গজনীতে সুলতান হয়ে বসলেও, পাঞ্জাব থেকে যায় ওর ভাই মাজদুদের হাতে। মাজদুদ মূলতান থেকে বেরিয়ে লাহোর দখল করলে ওঁর রাজ্যের সীমানা সিন্ধু থেকে হানসী ও থানেশ্বর পর্যন্ত বিস্তৃত হয়েছিল। ১০৪২ খ্রিস্টাব্দে মৌদাজ যুদ্ধে জিতে লাহোর দখল করেন। মাজদুদের মৃত্যু রহস্যজনকভাবে নিজের তাঁবুর মধ্যেই হয়েছিল।

গজনী সাম্রাজ্য যখন পশ্চিমে আক্রান্ত ও গৃহযুদ্ধে লিপ্ত তখন হিন্দুস্থানের রাজারা রাজ্য উদ্ধার করার জন্য দিল্লির রাজার নেতৃত্বে এক সম্মিলিত বাহিনী তৈরি করলেন। এরা হানসী ও থানেশ্বর দখল করে গজনীর আমলাদের তাড়িয়ে দেন। সুলতান মাহমুদ নগরকোট দখল করে নিজের হাতে রেখেছিলেন। হিন্দু রাজাদের কাছে এর পুনরুদ্ধার ধর্ম ও শক্তির প্রতীক হয়ে দাঁড়াল। তারা এবার এই দুর্গ অবরোধ করল। ওখানকার মুসলমান সৈন্যরা গজনীর কাছে সাহায্য চাইলে, গজনী সৈন্য পাঠাতে পারেনি। ফলে ওরা প্রাণের ও সম্মানের শর্তে দুর্গ সমর্পণ করে। ভিতরের মন্দির

আবার নতুন করে বানানো হয় এবং নতুন মূর্তির প্রতিষ্ঠা করা হয়। লাহোরে গজনীর সৈন্যরা তখন অন্তর্দ্বন্দ্বে লিপ্ত ছিল এবং নগরকোট রক্ষার জন্য কিছু করেনি। যখন তারা শুনল যে দশ হাজার হিন্দু অশ্বারোহী ও বড় সংখ্যক পদাতিক লাহোরের দিকে আসছে, তখন তারা ঘটনার গুরুত্ব বুঝে সৈন্য জমায়েত করতে লাগল। হিন্দু সৈন্যরা অবশ্য লাহোর অবরোধ না করে পিছিয়ে যায়। ফলে লাহোর ও রবি নদীর ওপর বড় শহরগুলি গজনীর হাতে থাকে। কিন্তু বিস্তৃত গ্রামাঞ্চল হিন্দুদের হাতে চলে যায়। মাহমুদ যে মুসলমানি ছাপ রেখে গিয়েছিলেন, তা সহজেই মুছে যায়। তবে হিন্দুদের একত্রিত প্রচেষ্টায় যে সফলতা এসেছিল সেই ধারা হিন্দুরা বজায় রাখতে পারেনি।

গজনীর পরবর্তী ইতিহাস আমাদের আকর্ষণ করে না। দ্বাদশ শতাব্দীর মধ্যেই গজনী বংশের পতন হয় ও সেলজুক সাম্রাজ্য বিনিষ্ট হয়। এদের ধ্বংসস্তূপের ওপর খাওয়ারজম ও ঘোর রাজত্ব গড়ে ওঠে।

৩

ঘোরীদের ভারত অভিযান

ঘোরীদের উত্থানের ইতিহাস কল্পকথার সঙ্গে মিশে আছে। প্রথম প্রাপ্ত তথ্য অনুযায়ী সুলতান মাহমুদ ১০১০ খ্রিস্টাব্দে ঘোরী রাজবংশের মুহম্মদ শূরকে পরাজিত করে গজনীর অধিনতা স্বীকার করতে বাধ্য করান। ঘোরীর রাজবংশকে শানসাবানী বংশ বলা হয়। গজনীবংশের শেষ দিকের সুলতান বাহরাম শাহ ঘোরীবংশের কুতুবুদ্দীনকে মিথ্যা অপবাদে গজনীতে হত্যা করেন। ঘোরীবংশের সইফুদ্দীন সূরী গজনী দখল করলে বাহরাম শাহ পালিয়ে যান। কিন্তু কিছুদিন পরে গজনীর আমলারা বিশ্বাসঘাতকতা করে সইফুদ্দীনকে বাহরাম শাহর হাতে তুলে দেন। এক বৃদ্ধ গরুর ওপর চড়িয়ে সইফুদ্দীনকে গজনীর রাস্তায় ঘোরানো হয় ও পরে হত্যা করা হয়। এই হত্যার প্রতিশোধ নেবার জন্য ঘোরীর আলাউদ্দীন হোসেন গজনী আক্রমণ করে অধিকার করেন। সাতদিন ধরে তাঁর সৈন্যরা অবাধে হত্যালীলা ও লুটতরাজ চালায়। এই হত্যাকাণ্ড থেকে বৃদ্ধ, শিশু ও মহিলারাও বাদ যায়নি। আলাউদ্দীন এর পরে সেলজুকদের আক্রমণ করলে সুলতান সঞ্জরের কাছে পরাজিত হন। পরবর্তীকালে আলাউদ্দীন ও তাঁর পুত্রের মৃত্যু হলে আলাউদ্দীনের ভাই বাহাউদ্দীন সামের দুই ছেলে গিয়াসুদ্দীন ও সিহাবুদ্দীন ঘোরীর কর্তা হন।

গিয়াসুদ্দীন সুলতান হয়ে তাঁর ছোট ভাই সিহাবুদ্দীনকে গজনী দখল করতে পাঠান। আলউদ্দীনের সময়েই বাহরাম শাহর ছেলে খসরু শাহ সুলতান সঞ্জরের সাহায্যে গজনী দখল করতে চেয়েছিলেন। কিন্তু ঘিজ তুর্কিদের হাতে সঞ্জর বন্দী হলে খসরু শাহকে লাহোর নিয়েই সন্তুষ্ট থাকতে হয়। গজনী ঘিজ তুর্কিদের দখলে ছিল। ১১৬৯ খ্রিস্টাব্দে গিয়াসুদ্দীন ও সিহাবুদ্দীন গজনী দখল করেন। দুই ভায়ের মধ্যে সম্পর্ক খুব ভাল ছিল। সিহাবুদ্দীনের আকাঙ্ক্ষা ছিল বেশি, কিন্তু গিয়াসুদ্দীন ওই আকাঙ্ক্ষাকে দমন করতে পেরেছিলেন।

যখন আফগানিস্তানে গজনী ও ঘোরের মধ্যে লড়াই চলছে, তখন উত্তরে খাওয়ারজম বংশের উত্থান হচ্ছে। খাওয়ারজমের শাসনকর্তা আতিসিজ সেলজুকদের বিরুদ্ধে বিদ্রোহ করে ওই সাম্রাজ্যের অনেকখানি অংশ নিজের দখলে নিয়ে আসে। ওই বংশের আলাউদ্দীন মুহম্মদ, সিহাবুদ্দীনের সমসাময়িক, খাওয়ারজম সাম্রাজ্য

ইরাক থেকে জাক্সার্টারেস পর্যন্ত প্রসারিত করে। কিন্তু ওই সাম্রাজ্যের ভিতরের বাঁধন বিশেষ শক্ত ছিল না এবং প্রাদেশিক শাসনকর্তারা সবসময়ে সুলতানের আদেশ মানতেন না। কিন্তু খাওয়ারজমরা ভাল যোদ্ধা। জাক্সার্টারেসের ওপারের কারাখিতাই তুর্কিদের সঙ্গে অনবরত যুদ্ধ করে তারা ঠেকিয়ে রেখেছিল। খাওয়ারজমদের সঙ্গে যুদ্ধ করে সিহাবুদ্দীন পারবেন না জেনে তিনি তখন হিন্দুস্থানের দিকে মন দিয়েছিলেন।

হিন্দুস্থানে সুলতান মাহমুদের আক্রমণের রেশ তখন মিলিয়েছে কিনা সন্দেহ। কিন্তু একটা পরিবর্তনের আভাস পাওয়া যাচ্ছিল। যদিও কোনও বিশাল সাম্রাজ্য সিহাবুদ্দীনের সামনে ছিল না, তবে তিনটি রাজপুত রাজ্য—গুজরাটের অনিলওয়ারা, আজমীর ও কনৌজ একত্রে তৈরি হচ্ছিল এই আক্রমণ মোকাবিলা করার জন্য। শতাব্দীর সঞ্চিত ধনরাশি মাহমুদ নিয়ে গিয়েছিলেন। সুতরাং বিজিত রাজ্যের কাছ থেকে রাজস্ব ছাড়া সিহাবুদ্দীনের আর কিছু পাবার আশা ছিল না। ততদিনে পারসিক সংস্কৃতি মুসলমানদের আর উদ্দীপ্ত করছে না। তবুও সিহাবুদ্দীনের ক্রমাগত প্রচেষ্টায় যে জয় এসেছিল সমকালীন মুসলমানদের আদর্শচ্যুত নৈতিক পতনের মধ্যে সেটাই বিস্ময়কর।

সুলতান মাহমুদের মতই সিহাবুদ্দীন প্রথম দিকে অত্যন্ত সতর্কতার সঙ্গে পা ফেলেছেন। ১১৭৫–৭৬ খ্রিস্টাব্দে গিয়াসুদ্দীন ওকে মূলতান দখল করতে বলেন। এটি তখন ছিল কারমাথিয়ানদের হাতে। সিহাবুদ্দীন মূলতান দখল করে উছ দখল করেন। উছের রানী বিশ্বাসঘাতকতা করে দুর্গটি সিহাবুদ্দীনের হাতে তুলে দেন এবং তাঁর স্বামীকে হত্যা করেন। সিহাবুদ্দীন হিন্দুরাজার মেয়েকে ধর্মান্তরিত করে বিয়ে করেন এবং রানী ও তাঁর মেয়েকে গজনীতে কোরান শেখার জন্য পাঠিয়ে দেন। দু'বছর পরে দুজনেরই মৃত্যু হয়।

মূলতান ও উছ আলি কিরমাজের হাতে দিয়ে সুলতান গজনীতে ফিরে আসেন। সিহাবুদ্দীনের এই ধরনের আচরণে যে নৈতিকতা ছিল না তা আরও স্পষ্ট হয়ে ওঠে তাঁর আফগান নেতাদের হত্যা করার মধ্যে দিয়ে। এই অনৈতিক কার্যকলাপ ছিল অত্যন্ত স্বাভাবিক। সিহাবুদ্দীনের মৃত্যুর বিশ বছর পরে চেঙ্গিস খানের আক্রমণের মধ্যে এই অনৈতিকতা দেখতে পাওয়া যায়। সমকালীন মুসলমান রাজনীতিবিদদের মধ্যেও এই ধরনের আচরণ লক্ষ্য করা যায়।

১১৭৮-৭৯ খ্রিস্টাব্দে সিহাবুদ্দীন মূলতান থেকে সিন্ধুর মরুভূমির মধ্যে দিয়ে গুজরাটে প্রবেশ করেন। গুজরাট ছাড়িয়ে দাক্ষিণাত্যের ধনী মন্দিরগুলি সুলতান মাহমুদের ধ্বংসলীলার হাত থেকে রক্ষা পেয়েছিল। সিহাবুদ্দীনের লক্ষ্য সেদিকে থাকলেও তিনি এ অভিযানে সাফল্য লাভ করতে পারেননি। গুজরাটের ভীমদেও তাঁর রাজপুত সৈন্যদের নিয়ে প্রচণ্ড যুদ্ধের পর সিহাবুদ্দীনকে গুজরাট ত্যাগ করতে বাধ্য করেন। সিহাবুদ্দীনের অধিকাংশ সৈন্যের মৃত্যু হয়। পরাজিত সিহাবুদ্দীন তবু হাল ছাড়েননি, যদিও তাঁর পরিকল্পনার কিছুটা বদল করেছিলেন। এবার হিন্দুদের আক্রমণ না করে তিনি লাহোরের মুসলমান আক্রমণ করেন যাতে পাঞ্জাব তাঁর

দখলে আসে। এই উদ্দেশে উনি ১১৭৯–৮০ সালে পেশোয়ার দখল করেন। পরের বছর (১১৮০–৮১ খ্রি.) তিনি লাহোর আক্রমণ করেন। তখন খসরু শাহর ছেলে খসরু মালিক ছিলেন লাহোরের কর্তা। কিন্তু সিহাবুদ্দীনের সৈন্যদের প্রতিরোধ করার ক্ষমতাই ছিল না খসরু মালিকের। সিহাবুদ্দীনের সঙ্গে শান্তি স্থাপনের উদ্দেশে তিনি তাঁর পুত্র মালিক শাহকে জামিন দিতে রাজি হলেন। সেই সময় সিহাবুদ্দীন গজনীতে ফিরে যান। কিন্তু এই শান্তি ছিল অত্যন্ত ক্ষণস্থায়ী। ১১৮১ সালে সিহাবুদ্দীন লাহোর অবরোধ করলে খসরু মালিক দুর্গের দরজা বন্ধ করে দেন। সিহাবুদ্দীন গজনী ফিরে যাওয়ার পথে আশেপাশের গ্রামাঞ্চল লুট করে লাহোর থেকে চলে গিয়ে শিয়ালকোটের দুর্গ অধিকার করেন। রাজ্যের এত কাছে ঘোরী শক্তির অবস্থান খসরু মালিককে অস্বস্তিতে ফেলে। তিনি খোক্কর উপজাতির সাহায্য নিয়ে শিয়ালকোট দুর্গ অবরোধ করেন কিন্তু এই অবরোধ সফল হয়নি। বিফল হয়ে তিনি লাহোরে ফিরে যান।

পাঁচ বছর পরে সিহাবুদ্দীন স্থির করলেন যে তিনি লাহোর জয় করবেন কৌশলে। মালিক শাহকে তাঁর পিতার কাছে পাঠিয়ে তিনি সৈন্য নিয়ে অন্যপথ ধরে রবি নদী পেরিয়ে লাহোর দুর্গের সামনে এলেন। খসরু মালিক আত্মসমর্পণ করলে তাকে পরে হত্যা করা হয়। এইভাবে লাহোর সিহাবুদ্দীনের অধীনস্থ হয়। গজনীবংশের কাউকে বেঁচে থাকতে দেওয়া হল না। সম্পূর্ণ সিন্ধু প্রদেশ এবং পাঞ্জাবের অধিকাংশ সিহাবুদ্দীনের দখলে এল। ফলে রাজপুত শক্তির সঙ্গে লড়াই অবশ্যম্ভাবী হয়ে উঠল। সিহাবুদ্দীন এদের আক্রমণ করতে উদ্যত হলেন।

১১৯১ সালে সিহাবুদ্দীন গজনী থেকে হিন্দুস্থান অভিযান শুরু করেন। আজমীরের রাজার আমলাদের হাত থেকে তিনি ভাতিন্দা ছিনিয়ে নেন। এটি মালিক জিয়াউদ্দীন তুলাকির অধীনে রাখা হয়। এর পরে সিহাবুদ্দীন ফিরে যেতে চান। কিন্তু হঠাৎ খবর পান যে আজমীরের রাজা রাই পিথোরা, তার ভাই খন্দ রাই (দিল্লির রাজা) দু লক্ষ ঘোড়সওয়ার ও ত্রিশ হাজার হাতি নিয়ে ভাতিন্দার দিকে আসছেন। সিহাবুদ্দীন এদেরকে থামানোর জন্য এগিয়ে যান। তরাইন গ্রামের কাছে সরস্বতী নদীর পারে থানেশ্বর থেকে কিছু দূরে যুদ্ধ হয়। সিহাবুদ্দীনের বাঁ দিক ও ডান দিকের সৈন্যদল বিপর্যস্ত হয়ে যায় ও কেন্দ্রে বেশি সৈন্য অবশিষ্ট থাকে না। এদের সামনে যে সব আফগান ও খলজী নেতারা ছিল তারাও যুদ্ধক্ষেত্র ছেড়ে পালায়। সিহাবুদ্দীনের সেনাপতিরা এই অবস্থায় ওঁকে লাহোরের দিকে পালাতে উপদেশ দেয়। সিহাবুদ্দীন এই উপদেশ উপেক্ষা করে রাজপুতদের কেন্দ্র আক্রমণ করেন। সুলতান খন্দ রায়ের বিশাল হাতিকে বর্শা দিয়ে আঘাত করলেও খন্দ রায়ের হাতি সুলতানের ঘোড়াকে আঘাত করে। সুলতান ঘোড়া থেকে পড়ার উপক্রম করলে এক খলজী সৈন্য সুলতানের ঘোড়ার পিঠে চড়ে সুলতানকে যুদ্ধ ক্ষেত্রের বাইরে নিয়ে যায়। মতান্তরে বলা হয় যে সুলতান আহত হয়ে ঘোড়া থেকে মাটিতে পড়ে যান ও রাত্রে কয়েকজন তুর্কি দাস ওখানে সুলতানকে পায়। এরপরেই রাই পিথোরা ভাতিন্দা অবরোধ করেন। প্রায় দেড় বছর ধরে অবরোধ চলার পর ভাতিন্দার সৈন্যরা দুর্গ

সমর্পণ করে। সিহাবুদ্দীন ঘোরে ফিরে ঘোরী, খলজী ও খোরাসানী আমীরদের কঠোর শাস্তি দেন। এরপর সিহাবুদ্দীন গজনীতে ফিরে আবার এক সৈন্যদল তৈরি করেন রাই পিথোরার ওপর প্রতিশোধ নেবার জন্য।

পরের বছরই এক লক্ষ সাত হাজার পারসিক, তুর্কি ও আফগান সৈন্য নিয়ে সিহাবুদ্দীন হিন্দুস্থানের দিকে যাত্রা করেন। প্রথমে পেশওয়ার পৌঁছে কয়েকদিন থেকে তিনি মূলতান ও পরে লাহোর যান। লাহোর ও অনান্য জায়গার শাসনতান্ত্রিক বন্দোবস্ত করে রাই পিথোরার কাছে আজমীরে দূত পাঠান মুলসমান হবার জন্য। একটা ক্রুদ্ধ উত্তর পাঠিয়ে রাই পিথোরা হিন্দুস্থানের রাজাদের কাছে আবেদন করেন ওঁকে সাহায্য করার জন্য। ফেরিস্তার লেখা অনুযায়ী রাই পিথোরা তিন লক্ষ রাজপুত ও আফগান ঘোড়সওয়ার ও পদাতিক নিয়ে যুদ্ধের জন্য অগ্রসর হন। সুলতানও যুদ্ধের জন্য অগ্রসর হয়ে সরস্বতী নদীর পাড়ে তরাইনে আবার মিলিত হন দ্বিতীয়বার ১১৯২ সালে। প্রায় দেড়শো রাজপুত রাজা সেখানে উপস্থিত ছিলেন। গতবারের বিজয়ী রাজপুতেরা তাদের শত্রুকে এক উদ্ধত চিঠি পাঠান। সুলতান যদি অনুতপ্ত হয়ে ফিরে যান রাজপুতেরা ওঁর কোনও ক্ষতি করবে না। সিহাবুদ্দীন ওই চিঠির এক বিনয়ী উত্তর দিয়ে জানান তিনি তাঁর ভায়ের আদেশে যুদ্ধক্ষেত্রে এসেছেন। পরদিন সকালে রাজপুতেরা যখন প্রাত্যহিক কাজে ব্যস্ত, সিহাবুদ্দীন অপ্রত্যাশিতভাবে তাদের আক্রমণ করেন। প্রাথমিকভাবে কিছুটা পর্যুদস্ত হলেও রাজপুতেরা বেশ একটু পিছিয়ে প্রধান দলের সঙ্গে যোগ দিতে পেরেছিলেন। এবারের যুদ্ধে সিহাবুদ্দীন অত্যন্ত কুশলতার সঙ্গে সৈন্য সাজিয়েছিলেন। তাঁর সৈন্যদলকে চারভাগে ভাগ করেছিলেন যাতে প্রত্যেক ভাগই পর্যায়ক্রমে যুদ্ধ ও বিশ্রাম করতে পারে। এছাড়া পশ্চাদপসরণের ভান করায় রাজপুত সৈন্যদলকে বিভক্ত করতে সক্ষম হয়েছিলেন। সকাল থেকে সন্ধে পর্যন্ত যুদ্ধ চলাকালীন সিহাবুদ্দীন বারো হাজার বাছাই অশ্বারোহী নিয়ে আক্রমণ করেন। রাজপুত সৈন্যদলের সামনের সারি এই আক্রমণে ভেঙে যায়। খন্দ রাই ও অন্যান্য অনেক রাজপুত রাজা নিহত হন এবং রাই পিথোরা বন্দী হন। পরে ওঁকে হত্যা করা হয়।

সিহাবুদ্দীনের মানসিক দৃঢ়তা ও নীতিবিহীন রাজনীতি তাঁকে আজমীরের রাজার বিরুদ্ধে জয় এনে দিয়েছিল। কিন্তু হিন্দুস্থান জয় করা অন্য ব্যাপার। আজমীরের রাজার অধীনে বহু জমিদার যুদ্ধ করার জন্য প্রস্তুত ছিল। তাছাড়া বহু শহরই ছিল সৈন্য দিয়ে ঘেরা। সিহাবুদ্দীনের সেনাপতিরা আলাদাভাবে ওইসব শহরগুলিকে ওদের অধীনে নিয়ে এলেন।

তরাইনের যুদ্ধের পরে সিহাবুদ্দীন সরস্বতি, হানসী ও সামানা নিজের দখলে নিয়ে আসেন। আজমীরের ভার দেন রাই পিথোরার জামাই রাই কোলাকে। দিল্লির রাজা প্রচুর উপঢৌকন দিয়ে সিহাবুদ্দীনের অধীনতা স্বীকার করেন এবং এর ফলস্বরূপ দিল্লি শহরকে লুণ্ঠনের হাত থেকে বাঁচান। এরপর কুতুবুদ্দীন আইবককে পাঞ্জাবের শাসনকর্তা করে সিহাবুদ্দীন গজনীতে ফিরে যান। কুতুবুদ্দীন আইবক মীরাট ও দিল্লির দুর্গ দখল করে কুহরাম থেকে তাঁর রাজধানী সরিয়ে অনেন। তিনি

কোয়েল (আলিগড়) দখল করেছিলেন কিন্তু নানা কারণে দোয়াবের দিকে আর অগ্রসর হতে চাননি। এর মধ্যে তিনি বারান (বুলন্দশহর) দখল করেন। দিল্লিতে তাঁর স্থায়ী চক্র গড়ে তোলার পিছনে ছিল রাজনৈতিক-ভৌগোলিক উদ্দেশ্য। এখান থেকে তিনি রাজপুত রাজাদের ওপর ভালোভাবে নজরদারী করতে পারবেন।

১১৯৩ খ্রিস্টাব্দে আইবককে গজনীতে ডেকে পাঠানো হয়। এর কারণ অবশ্য পরিষ্কারভাবে জানা যায় না। পরবর্তীকালের ঐতিহাসিক ইসামী *(ফুতুয়াত-উস সালাতিন)* লিখেছেন যে আইবকের বিরুদ্ধে নানা অভিযোগ উঠেছিল। কিন্তু আইবক গজনীতে প্রায় ছয় মাস থেকে আবার ফিরে আসেন। গজনী থেকে ফেরার পথে আইবক যমুনা অতিক্রম করে কোয়েল (বর্তমান আলিগড়) জয় করেন।

১১৯৫ খ্রিস্টাব্দে আইবকের কোয়েলে ব্যস্ততার সময়ে সিহাবুদ্দীন (উপাধি মুইজুদ্দীন) ভারতে আসেন প্রধানতঃ গহড়বাল উচ্ছেদ করার জন্য। দিল্লি থেকে পঞ্চাশ হাজার অশ্বারোহী নিয়ে সিহাবুদ্দীন চন্দওয়ারের কাছে যুদ্ধে জয়ী হন। কিন্তু পুরো গহড়বাল রাজ্য দখল করা যায়নি। সামরিক দিক থেকে এই যুদ্ধের গুরুত্ব খুব বেশি। এইসময় বেশ কিছু স্থানে যেমন বারাণসীতে সৈন্য রাখার ব্যবস্থা করা হয়েছিল। কনৌজের জয়চন্দ্র তখনো অপরাজিত তাই কনৌজ জয়ের জন্য আরো কয়েকবছর অপেক্ষা করতে হয়েছিল।

১১৯৫–৯৬ সালে সিহাবুদ্দীন আবার ভারতে আসেন। এবারে তিনি বিয়ানা আক্রমণ করেন। ওখানকার রাজা কুমারপাল যাদো ভাট্টি রাজপুত ছিলেন। সিহাবুদ্দীন আক্রমণ করলে তিনি ঠঙ্করে গিয়ে শিবির গড়লেন। কিছুদিন পরে অবশ্য তিনি আত্মসমর্পণ করতে বাধ্য হন। ঠঙ্কর অধিকৃত হলে তার দায়িত্ব দেওয়া হয় বাহাউদ্দীন তুঘ্রিলকে। সিহাবুদ্দীন এর পরে গোয়ালিয়র আক্রমণ করলে পরিহার বংশের রাজা ওঁর বশ্যতা স্বীকার করে নেয়।

ইতিমধ্যে আজমীরে ফের বিদ্রোহ শুরু হলে আইবক কঠোর হাতে তা দমন করেন। উনি এরপর অনিলওয়ার দিকে গেলে চালুক্য রাজা যুদ্ধ করার জন্য প্রস্তুত হন। কিন্তু যুদ্ধে চালুক্য রাজা দ্বিতীয় ভীম হেরে গিয়ে অনিলওয়ারা ছেড়ে পালিয়ে যান। তবে ওখানে একজন মুসলমান আমলা রাখলেও অবস্থার বিশেষ পরিবর্তন হয়নি। আইবক বলেছিলেন যতদিন রাজস্থানের দুর্গগুলি তুর্কিদের হাতের বাইরে আছে, ততদিন অনিলওয়ারা তুর্কিদের সম্পূর্ণ করায়ত্ত হবে না। তুর্কিদের অবশ্য সাধারণ নীতি ছিল সম্ভাব্য স্থানগুলিতে স্থানীয় হিন্দু রাজাকে বশ্যতা স্বীকার করিয়ে রেখে দেওয়া। শিলালেখর সাক্ষ্য থেকে দেখা যায় যে চালুক্যরা আবার অনিলওয়ারা তাদের দখলে রেখেছিল প্রায় ১২৪০ খ্রিস্টাব্দ পর্যন্ত।

কুতুবুদ্দীন আইবক এবার রাজপুতানা বিজয়ে মন দিলেন। প্রথমে উনি সিরোহি দখল করেন ও পরে মুদাব্বিরের মতানুসারে ১১৯৯–১২০০ খ্রিস্টাব্দে উনি মালব আক্রমণ করেন। কিন্তু এটা বোধহয় নিছক অভিযান ছিল। রাজপুতানার কিছু অংশ জয়ের পর আইবক বুন্দেলখণ্ডের চন্দেলা বংশের দিকে তাকান। ১২০২ খ্রিস্টাব্দে উনি কালাঞ্জর অবরোধ করলে এই অবরোধ দীর্ঘস্থায়ী হয়। এরপরে কালাঞ্জর দখল

হলে উনি মহোবা ও খাজুরাহো দখল করেন এবং হাসান আর্নাল নামে এক সেনাপতির অধীনে এই স্থানগুলি রাখা হয়।

বাহাউদ্দীন তুঘ্রিল বিয়ানার ঠঙ্করকে উন্নত করার জন্য বণিকদের নানা উৎসাহ দিয়েছিলেন। ওখানে মুসলমানদের বসতি বাড়ানোর ব্যবস্থাও করেন। বলা হয় যে হিন্দুস্থানের ও খোরাসানের বণিকরা এখানে বসতি করেছিল। কিন্তু ঠঙ্করকে তাঁর লোকজনের থাকার উপযুক্ত জায়গা মনে না হওয়ায় বাহাউদ্দীন বিয়ানার মধ্যে একটা নতুন শহর তৈরি করেন যার নাম দেন সুলতানকোট। এটিকে মূল ঘাঁটি করে উনি গোয়ালিয়রের কাছে একটা নতুন দুর্গ তৈরি করেন যেখানে ওঁর সৈন্যরা থাকতে পারবে। সিহাবুদ্দীন গোয়ালিয়র জয়ের অসম্পূর্ণ কাজ বাহাউদ্দীনকে দিয়ে গিয়েছিলেন। একবছর পরে বাহাউদ্দিন গোয়ালিয়রের দুর্গ অবরোধ করেন এবং ১২০০ সালে দখল করেন। গোয়ালিয়রের রাজা সরাসরি আইবকের সঙ্গে যুদ্ধের জন্য তৈরি হতে থাকেন। এই সময়ে বাহাউদ্দীনের অকস্মাৎ মৃত্যু হলে সমস্যার সমাধান হয়ে যায়।

পূর্বভারতে তুর্কি আগমন

তুর্কিরা এবার উত্তর ভারত থেকে পূর্ব ভারতে ছড়িয়ে পড়ে যদিও পূর্ব ভারতের অভিযান খুব সুসংঘবদ্ধ ছিল না। এই অভিযানের প্রধান নায়ক ছিলেন মালিক ইয়াজ্জুদীন বখতিয়ার খলজী। বখতিয়ারের পূর্বপুরুষ ছিলেন গরমশীরের অধিবাসী; উনি কাজের খোঁজে গজনীতে আসেন। ওখানে সামান্য কাজ পেলে সেটি প্রত্যাখ্যান করে বখতিয়ার দিল্লি আসেন। কিন্তু ওঁর চেহারা খুব খারাপ হওয়ায় সৈন্যদলে ভর্তি হতে পারেন না। দিল্লি থেকে বখতিয়ার বাদাউনে যান। ওখানে সিপাহসালার হিজবরদ্দীন হাসান আদিব, বাদাউনের *মুক্তা*, ওঁকে দলে নেন। মীনহাজের মতে বখতিয়ারের এটাই প্রথম চাকরি ছিল। অবশ্য ইসামী বলেছেন যে বখতিয়ার প্রথমে চাকরি পান জিতুরের রাজা জয়সিংহের কাছে। শেষ মতের পক্ষে সমর্থন পাওয়া না গেলেও এটি হওয়া খুব অসম্ভব নয়, কারণ রাজপুত রাজারা ভাড়াটে আফগান সৈন্যদের দলে নিতেন।

বখতিয়ার একেবারে অজানা পরিবারের নয়। ওঁর কাকা মুহম্মদ বিন মাহমুদ দ্বিতীয় তরাইনের যুদ্ধে বীরত্বের সঙ্গে লড়েছিলেন। পরবর্তীকালে মুহম্মদ একটা ছোট জায়গার ইক্তাদার হয়েছিলেন। এরপর উনি অযোধ্যা গেলে আরও বড় জায়গার ইক্তাদার হন।

বখতিয়ার ওই অঞ্চলের ছোট রাজপুত রাজাদের রাজ্য আক্রমণ করতে থাকেন এবং ক্রমশঃ মানের ও বিহারের মধ্যে অভিযান চালাতে থাকেন। ওই সব অঞ্চল থেকে অধিকৃত অস্ত্র, ঘোড়া, অর্থ ইত্যাদি নিয়ে ওঁর অভিযান আরও বাড়াতে থাকেন। ওঁর কাছে দুর্গ ভাঙার মতো কামান ছিল না এবং উনিও রাজাদের নজরে পড়ার মতো খুব বেশি কিছু করতে চাইছিলেন না। ওঁর উদ্দেশ্য ছিল কম রক্তক্ষয় করে

বেশি অর্থ সংগ্রহ করা। সুতরাং গ্রামাঞ্চলে যেখানে দুর্গ নেই বা বড় কোনও সৈন্যদল নেই, ওই সব জায়গা আক্রমণ করাই ছিল ওঁর কৌশল।

মীনহাজ বলেছেন বখতিয়ার মাত্র দুশ অশ্বারোহী নিয়ে বিহার আক্রমণ করেন। তিনি বলেন বিহারের অধিবাসীরা ব্রাহ্মণ ছিল। তবে, এই উক্তিটি বোধহয় ঠিক নয়। সম্ভবত এটা ছিল বৌদ্ধদের আশ্রম। পঞ্চদশ শতাব্দীর তিব্বতী লেখক তারানাথ বলেছেন যে বখতিয়ার ওই সময়েই বিক্রমশীলা ও নালন্দা দখল করেন এবং ওদণ্ডপুরীতে একটা দুর্গ বানান। পরবর্তীকালের বৌদ্ধ পরম্পরাতে বলা হচ্ছে যে ১২০০ সালের আগেই বখতিয়ার এই দুর্গ স্থাপন করেছিলেন। তারিখ নিয়ে সন্দেহ থেকে যায় কারণ পরবর্তী তারিখ হিসেব করলে মনে হয় এটা সম্ভবত ১২০১ সালের আগে হয়নি।

নানারকম উপহার নিয়ে বখতিয়ার কুতুবুদ্দীন আইবকের কাছে আসেন। ঐতিহাসিক হাসান নিজামী বলছেন যে ওই সাক্ষাৎ হয় ২৩শে মার্চ ১২০৩ সালে বাদাউনে। কালাঞ্জর অভিযান করে আইবক সবে ফিরে এসেছিলেন। আইবক বখতিয়ারের সাফল্যের জন্য তাঁকে নানা সম্মানে ভূষিত করলে অন্য তুর্কি সেনাপতিরা ঈর্ষান্বিত হয়ে বখতিয়ারকে একটি বড় হাতির সঙ্গে লড়াই করতে বাধ্য করান। বখতিয়ার গদার আঘাতে হাতিটিকে তাড়িয়ে দিলে আইবক বখতিয়ারের সাহসের পরিচয় পেয়ে তাঁকে আরও সম্মান দেন। বখতিয়ার এরপরই বিহারের দিকে যাত্রা করেন।

বাংলায় তখন লক্ষ্মণ সেন রাজত্ব করছেন। অশীতিপর এই বৃদ্ধ তাঁর সুবিচার ও বদান্যতার জন্য বিখ্যাত ছিলেন। তাঁর রাজধানী তখন ছিল নদীয়াতে। বাংলাদেশের প্রত্নতত্ত্ববিদ জ্যাকেরিয়া এই নদীয়াকে নওদা বলে বর্তমান গৌড়ের বিশ মাইল পশ্চিমে ধরেছেন। তবে এ মত গৃহীত হয়নি। মনে হয় নদীয়া তখন গঙ্গার পশ্চিম পাড়ে ছিল। মীনহাজ বখতিয়ারের অভিযান বর্ণনা করতে গিয়ে গঙ্গানদী পার হবার কথা বলেননি।

বখতিয়ার সেন রাজ্যের সীমানায় এসে পৌঁছালে, সেই খবর নদীয়াতে পৌঁছে যায়। জ্যোতিষিরা রাজাকে রাজ্য ত্যাগ করতে বলেন কারণ তাদের গণনার সঙ্গে বখতিয়ারের 'আজানুলম্বিত বাহু' মিলে গিয়েছিল। শহরের ব্রাহ্মণ ও বণিকরা শহর ছেড়ে পূর্ববঙ্গে ও কামরূপে পালিয়ে যায়। শিলালেখ থেকে জানা যায় যে ১২০৩ খ্রিস্টাব্দে রাজা লক্ষ্মণ সেন 'মহাশান্তি' যজ্ঞ করেছিলেন।

বিহার থেকে কোন পথ দিয়ে বখতিয়ার ও তাঁর সৈন্যদল এসেছিল মীনহাজ বলেননি। বর্ণনা থেকে মনে হয় যে ওরা ঝাড়খণ্ডের মধ্য দিয়ে সোজা নদীয়াতে এসেছিল। ওইপথ দিয়ে বৌদ্ধরা ও বণিকরা যে অন্ততঃ একাদশ শতাব্দী পর্যন্ত যাতায়াত করত তার বহু নিদর্শন আছে। পরবর্তীকালে অন্য সৈন্যদল এ পথে এসে ছিল।

মীনহাজ বলছেন যে মাত্র আঠারো জন অশ্বারোহী নিয়ে বখতিয়ার নদীয়া শহরের দরজায় আসে। অশ্ববিক্রেতা মনে করে ওদের কেউ বাধা দেয় না। বখতিয়ারের

সৈন্যদল পিছনে আসছিল। বখতিয়ার ওই আঠারো জনকে নিয়ে প্রাসাদের সামনে গিয়ে প্রাসাদ আক্রমণ করেন। রাজা লক্ষ্মণ সেন তখন দুপুরের খাওয়ার জন্য বসেছিলেন। এই সময় শহরের দরজার দিক থেকে প্রচণ্ড কোলাহলের আওয়াজ ভেসে আসে। লক্ষ্মণ সেন ওই অবস্থায় পিছনের দরজা দিয়ে গঙ্গায় পৌঁছে নৌকা করে পূর্ববঙ্গে চলে যান। প্রায় বিনা বাধায় বখতিয়ার রাজার স্ত্রী ও অনান্য মহিলাদের এবং চাকর ও রক্ষীদের ধরে ফেলেন। তারা বহু হাতি ও ধনরত্ন পেয়েছিল। রাজা লক্ষ্মণ সেন সোনারগাঁও থেকে কিছুকাল রাজত্ব করেন।

ব্রাহ্মণ ও বণিকেরা নদীয়া ছেড়ে চলে যাওয়ার পরেও লক্ষ্মণ সেন শহর রক্ষার জন্য বিশেষ কোনও ব্যবস্থা নেননি। শহর থেকে দূরে বিভিন্ন জায়গায় গুপ্তচর মোতায়েন করলে বখতিয়ারের সৈন্যদলের উপস্থিতির কথা জানা যেত। এছাড়া রাজা তাঁর বিশাল ধনরত্নরাশি অন্য জায়গায় সরিয়ে রাখারও কোনও ব্যবস্থা করেননি। এর থেকে মীনহাজের বক্তব্য সম্পর্কে প্রশ্ন রয়ে যায়। মীনহাজ ১২৪৩ খ্রিস্টাব্দে লক্ষ্মণাবতীতে এসে বখতিয়ারের দু জন প্রাচীন সৈনিকদের কাছ থেকে এই কাহিনী শুনে ১২৬০ সালে লিপিবদ্ধ করেন। স্বভাবতই নদীয়াতে বখতিয়ারের আসার আগের অবস্থা তাদের জানা ছিল না। এছাড়া নদীয়াতে তখনও প্রচুর বিত্তশালী মানুষ ও তাদের সম্পত্তি ছিল কারণ বখতিয়ার তিনদিন ধরে নদীয়া লুণ্ঠন করেন।

বখতিয়ার নদীয়াকে তাঁর রাজধানী করতে চাননি। উনি আরও উত্তরে গিয়ে লক্ষ্মণাবতী জয় করেন ১২০৫ সালের মে মাসের কিছু পূর্বে। ওই সময়ে তাঁর গৌড় বিজয়ের মুদ্রা পাওয়া যায়। এর থেকে মনে করা যেতে পারে যে ১২০৪ সালের শেষে বা ১২০৫ সালের প্রথমে বখতিয়ার প্রথমে নদীয়া ও কয়েকদিন পরে লক্ষ্মণাবতী জয় করেন। লক্ষ্মণাবতী জয় করতে কোনও বাধা পেয়েছিলেন বলে মনে হয় না। অন্তত মীনহাজ তার উল্লেখ করেননি। সম্ভবত লক্ষ্মণ সেন লক্ষ্মণাবতী ছেড়ে নদীয়াতে রাজধানী বসালে লক্ষ্মণাবতী প্রায় জনশূন্য হয়ে যায়। কেন লক্ষ্মণ সেন লক্ষ্মণাবতী পরিত্যাগ করেছিলেন বলা যায় না। তবে বখতিয়ারের ভয়ে করেছিলেন বলে মনে হয় না। কারণ তাহলে তিনি নদীয়ার সুরক্ষার আরও চেষ্টা করতেন। এটা হতে পারে যে গঙ্গা দিক পরিবর্তন করে লক্ষ্মণাবতী শহরের মধ্যে ঢুকছিল এবং এতে তিনি বিপদের আভাস পেয়েছিলেন। মীনহাজ বখতিয়ারের তৈরি মাদ্রাসা, মসজিদ ইত্যাদি লক্ষ্মণাবতীতে দেখেছিলেন, যার কিছুই এখন অবশিষ্ট নেই।

বখতিয়ার যে গঙ্গার পশ্চিম পাড় সম্পর্কে বেশি উৎসাহী ছিলেন নিম্নবঙ্গের তুলনায়, সেটা বোঝা যায়। তিনি বীরভূমে নাগরের কাছে লাখানোর অবধি তাঁর রাজ্যসীমানা প্রসারিত করেন। কিন্তু বখতিয়ারের এই মনোভাব পরে পালটে যায়। উনি বাংলার উত্তর-পূর্বের তিব্বত ও তুর্কিস্তানের প্রতি আকৃষ্ট হন। কেন তিনি সহজলভ্য হিন্দু জমিদার ও রাজাদের আক্রমণ না করে ওই দুর্গম পাহাড়ী এলাকার দিকে গিয়েছিলেন সেটা বোঝা যায় না। এটা হতে পারে যে তিনি তুর্কিস্তানের সঙ্গে যোগাযোগের একটা নতুন পথ খুঁজছিলেন। আবার হতে পারে যে তিনি উত্তর-পূর্ব দিকের বাণিজ্য দখল করতে চাইছিলেন। যে কারণেই হোক বখতিয়ার হঠাৎ ঝাঁপিয়ে

পড়েননি। তিনি ওখানকার কয়েকটি উপজাতির সঙ্গে যোগাযোগ করে সাহায্যের আশ্বাস পেয়েছিলেন। লক্ষ্মণাবতী ও তিব্বতের মধ্যে তিনটি উপজাতি ছিল যাদের চেহারা তুর্কিদের মতন ও তাদের ভাষা মিশ্র। এদের এক নেতাকে ধরে বখতিয়ার ইসলামে ধর্মান্তরিত করেন। এই আলি মেজ পথপ্রদর্শক হতে রাজি হয়।

তিব্বত আক্রমণের জন্য বখতিয়ার লক্ষ্মণাবতীর উত্তরে দেবকোটে (স্থানীয় নাম বানগড়) একটা ঘাঁটি করেছিলেন। ওখান থেকে তিনি বর্ধনকোটে যান। এরপর বেগমতি নদী পার হয়ে তিনি ব্রহ্মপুত্রের পাড় ধরে দশদিন পরে একটা পাথরের সাঁকোর কাছে আসেন। এই সময় কামরূপের হিন্দু রাজা ওঁকে জানান যে পরের বছর যদি উনি আসেন তাহলে রাজা ওঁকে সাহায্য করতে পারেন। বখতিয়ার এই কথায় কান না দিয়ে দুজন আমীর এবং কিছু সৈন্য ওই সাঁকোর কাছে পাহারাতে রেখে নদী পেরিয়ে ষোল দিনের দিন তিব্বতের খোলা জায়গায় এসে পৌঁছান। ওখানে সারাদিন স্থানীয় সৈন্যদের সঙ্গে যুদ্ধ হয়। এ সময় বখতিয়ার খবর পান যে কাছের করবাট্টান শহর থেকে পঞ্চাশ হাজার তুর্কি অশ্বারোহী ওঁর বিরুদ্ধে আসছে। ততদিনে ওঁর সৈন্যরা এত ক্লান্ত হয়ে পড়েছিল যে বখতিয়ার ফিরে যাওয়া মনস্থ করলেন। ফিরে সাকোঁর কাছে এসে দেখলেন যে সাঁকোটি ভেঙে ফেলা হয়েছে। দুজন আমীর নিজেদের মধ্যে ঝগড়া করে সাঁকোটি অরক্ষিত রেখেছিল। তাই কামরূপের সৈন্যরা এটি ভেঙে দিয়েছে। তখন কাছের একটা মন্দিরে রাতের মতো বখতিয়ার আশ্রয় নিলে কামরূপের সৈন্যরা মন্দিরের চারপাশ ঘিরে বাঁশের দেওয়াল তুলতে শুরু করে। বখতিয়ার অবশ্য তৎক্ষণাৎ আক্রমণ করে বাঁশের দেওয়াল ভেঙে নদীর কাছে পৌঁছান। ওখানে ওঁর সৈন্যরা ঘোড়া সমেত নদী পার হবার চেষ্টা করলে বহু সৈন্য ডুবে যায়। বখতিয়ার মাত্র একশো সৈন্য নিয়ে নদীর অপর পারে পৌঁছান। ওখান থেকে উনি দেবকোটে পৌঁছে যান।

বখতিয়ারের যাত্রাপথ নিয়ে বিতর্ক আছে। ঐতিহাসিক হাবিবুল্লা পথটি নির্ধারণ করে দিয়েছেন নলিনীকান্ত ভট্টশালীর লেখার উপর ভিত্তি করে এবং সেটিই গৃহীত হয়েছে। বর্ধনকোট পাওয়া যায় কিন্তু রাভমতি বা বেগমতি নদীর খোঁজ পাওয়া যায়নি। সিলহাকোতে পাথরের সাঁকো পাওয়া গিয়েছে যেটি বারনদীর ওপরে অবস্থিত। এই নদীটি পরে ব্রহ্মপুত্রের সঙ্গে মিলিত হয়েছে। গৌহাটির বিপরীত দিকে পাওয়া একটি সংস্কৃত শিলালেখতে (১২০৬) দেখা যায় যে তুরুস্ক সৈন্যরা ওখানে পরাজিত হয়েছিল। যাইহোক দেবকোটে ফিরে এসে বখতিয়ার অসুস্থ হয়ে পড়েন। ওখানে তাঁকে হত্যা করে তাঁর এক অনুচর।

মধ্য এশিয়াতে মুইজুদ্দীনের (সিহাবুদ্দীন) পরাজয় হলে ভারত সীমান্তে বিদ্রোহ হয়। আইবককে সঙ্গে নিয়ে সিহাবুদ্দীন ১২০৬ খ্রিস্টাব্দে বিদ্রোহীদের পরাজিত করেন। আইবককে দিল্লি পাঠিয়ে সিহাবুদ্দীন গজনী যাত্রা করেন। সিন্ধু নদের তীরে দামিয়াক নামে এক জায়গায় সন্ধ্যার নমাজ পড়ার সময় ওঁকে হত্যা করা হয়। হত্যাকারীর স্বরূপ সম্বন্ধে বিভিন্ন মতামত আছে।

সিহাবুদ্দীনের শাসনতান্ত্রিক ক্ষমতা সম্পর্কে বিশেষ কিছু জানা যায় না। উনি

যেসব স্থান দখল করেছিলেন সেখানে মুসলমান শাসনের কোনও ইতিহাস ছিল না। বলা যেতে পারে যে সিহাবুদ্দীন সরাসরি শাসনতন্ত্র প্রতিষ্ঠা করেননি।

সিহাবুদ্দীন ও তার ভাই গিয়াসুদ্দীন ঘোরে সংস্কৃতির পরিবর্তন করেন। বিভিন্ন পণ্ডিতদের সাহায্য দান করে পিছিয়ে পড়া এলাকাগুলিতে ধর্মীয় শিক্ষা দেবার ব্যবস্থা করেন। ফলে ঘোর ধীরে ধীরে শিক্ষা ও সংস্কৃতির কেন্দ্র হয়ে দাঁড়ায়। স্থাপত্য বিদ্যার ক্ষেত্রেও বেশ কিছু উন্নতি তাঁরা নিয়ে আসেন।

সিহাবুদ্দীন অনুমান করতে পারেননি যে তাঁর মৃত্যুর মাত্র চোদ্দ বছরের মধ্যে মঙ্গোল বাহিনী তাঁর অধিকৃত জায়গার অধিবাসীদের নির্মমভাবে হত্যা করবে। তিনি ভাবতে পারেননি মধ্য এশিয়ার মুসলমান রাজ্যগুলি সম্পূর্ণ উধাও হয়ে যাবে। দিল্লির সুলতানই একমাত্র শক্তি হবে যিনি মঙ্গোলদের ক্ষমতার সামনে দাঁড়াতে পারবেন। ওই সময়ে মুসলমান অতীন্দ্রিয়বাদ কেন্দ্রগুলি (সিলসিলাগুলি) শৈশব অবস্থার মধ্য দিয়ে অতিক্রান্ত হচ্ছিল। মঙ্গোল আক্রমণের পরে এই আলোড়ন অন্যান্য মুসলিম রাজ্যে ছড়িয়ে পড়ে। এর ফল সুদূরপ্রসারী হয়েছিল। গজনী বংশের শেষদিকে পারসিক অতীন্দ্রিয়বাদ গজনী ও হেরাটে গড়ে উঠতে থাকে যার চূড়ান্ত পর্যায় দেখা যায় নিশাপুরের শেখ ফরিদুদ্দীন আতারের (১২৩০ খ্রিঃ) মধ্যে। যখন মুইজুদ্দীন তাঁর বিজয়রথ চালাচ্ছিলেন, তখন গজনী, হেরাট, চিস্তি ও অনান্য শহরে এইসব সিলসিলা শুরু হয়েছিল, যার ফলে মুসলমান সমাজের নৈতিক ও আধ্যাত্মিক পরিবর্তন শুরু হয়ে যায়।

অনেক সময়েই ঘোরীদের অভিযানের মূলে ধর্মপ্রচার ছিল মুখ্য এমন বলা হয়ে থাকে। গভীরভাবে দেখলে এই ধারণা যে কত অমূলক সেটা বোঝা যায়। মুসলমান সৈন্যরা এসেছিল কিন্তু তারা ইসলামের প্রতিনিধি হয়ে আসে নি। অধিকাংশ সময়ে রাজনৈতিক উদ্দেশ্যই ছিল প্রধান। পারস্য ও মধ্য এশিয়াতে ঘোরীরা যেভাবে অধিকার করেছে, ভারত ভূখণ্ডেও তারা একইভাবে ক্ষমতা বিস্তার করেছে। তারা হিন্দু ও মুসলমানদের বিরুদ্ধে সমভাবে লড়েছে। মুইজুদ্দীন এবং প্রথম দিকের দিল্লির সুলতানরা হিন্দু রাণাদের যে বিভিন্ন জায়গায় রেখেছিলেন, সে কথা সমসাময়িক ঐতিহাসিক হাসান নিজামী লিখে গিয়েছেন। দিল্লি ও আজমীরের শাসনতন্ত্রে কোনও পরিবর্তন হঠাৎ নিয়ে আসা হয়নি। এর পিছনে ছিল তাদের রাজনৈতিক অভিসন্ধি, ধর্মান্ধতা নয়। ঐতিহাসিক ইবন আসিরের মতে পুরানো হিন্দু শাসকদের হাতে অনিলওয়ারা ফিরিয়ে দেওয়া হয়েছিল। আজমীর জয় করে মুইজুদ্দীন রাই পিথোরার পুত্রকে দিয়েছিলেন এই শর্তে যে সে অনুগত থাকবে। দিল্লি জয়ের পর খন্দ রায়ের উত্তরাধিকারীদের হাতে শাসন ক্ষমতা দেওয়া হয়। চৌহানরা রাই পিথোরার পুত্রকে আক্রমণ করলে কুতুবুদ্দীন আজমীরে সরাসরি তাঁর শাসন বসান এবং পিথোরার পুত্রকে রণথম্ভরের শাসক করে দেওয়া হয়।

সমকালীন তিনজন ঐতিহাসিক হাসান নিজামী, মীনহাজ ও ফকরুদ্দীন মুদাব্বিরের মধ্যে প্রথম দুজন তুর্কিদের সাফল্যের কারণ ব্যাখ্যা করেননি। ওদের কাছে তুর্কিদের সামরিক অভিযানের কৌশল বা অন্য কিছুর বিশেষ গুরুত্ব ছিল না।

এই বিজয় ছিল ওদের কাছে ভগবানের দান। ভীম দেওয়ের কাছে তুর্কিদের পরাজয় সম্পর্কে এরা বলেছেন যে ভীম দেওয়ের সঙ্গে অনেক সৈন্য ও হাতি ছিল। এমন মন্তব্যের বিশেষ কোনও মূল্য নেই। বরং তুর্কিদের জয় সম্পর্কে ফকরুদ্দীন ঘোড়ার ব্যবহারকেই বিজয়ের প্রথম অস্ত্র বলে ধরেছেন। এই উক্তির তাৎপর্য অনেক বেশি। এর থেকে ভারতীয় সৈন্যদের সামরিক দুর্বলতা এবং তুর্কিদের শৌর্যের পরিচয় পাওয়া যায়। সব মিলিয়ে বলা যায় যে কোনও মধ্যযুগীয় ঐতিহাসিকই তুর্কিদের সাফল্যের কারণ ব্যাখ্যা করেননি। ইংরাজ ঐতিহাসিকরা ভারতের তুর্কি শাসন প্রতিষ্ঠার জন্য ভারতীয়দের শান্ত স্বভাবকে দায়ী করেছেন। কিন্তু বিনা যুদ্ধে মঙ্গোলদের কাছে তুর্কিদের পরাজয়ের কোনও ব্যাখ্যা মেলে না। যদুনাথ সরকার অবশ্য মুসলিম সাফল্যের অন্যতম কারণ হিসেবে ধর্ম ও আইনের ক্ষেত্রে ইসলামের সামাজিক সমতাকে মনে করেছেন। তবে মুসলমানদের ধর্মীয় উন্মাদনাকে তুর্কিদের জেতার কারণ বলে ধরা যেমন ভুল হবে, তেমনি ভুল হবে যদি ভাবা হয় যে রাজপুত সৈন্যরা শান্তিপ্রিয় বলে হেরেছে। ওই সময়ে বহু তুর্কি উপজাতি যারা ভারতে এসেছিল তাদের ইসলাম সম্পর্কে স্বচ্ছ ধারণা ছিল না। মনে করা যেতে পারে ভারতীয়দের পরাজয়ের পিছনে এখানকার সমাজব্যবস্থা অনেক বেশি দায়ী ছিল। জাতিভেদ প্রথার ফলে একটা সামরিক সংহতি বা একতাবদ্ধ সৈন্যদল গড়ে উঠেনি। প্রতিপক্ষ ভারতীয়দের মধ্যে দেশের জন্য একতাবদ্ধ সংগ্রাম করার প্রচেষ্টা বিশেষ দেখা যায় না। তারা শাসকবর্গের দুরবস্থায় খুব বেশি বিচলিত হয়েছিল বলে মনে হয় না। এর ফলে শহরগুলি ও দুর্গগুলি সহজেই বশ্যতা স্বীকার করে এবং গ্রামাঞ্চলের ওপর তুর্কিদের কর্তৃত্ব বেড়ে যায়। এ ছাড়া যুদ্ধ করার দায়িত্ব ছিল প্রধানত রাজপুতদের ওপরে এবং আপামর জনসাধারণের কোনও সামরিক শিক্ষা ছিল না। বড় বড় ভারতীয় সৈন্যদলের আনুগত্যও ছিল বিভক্ত। যদুনাথ সরকার বলেছেন ভারতীয় সৈন্যদের মধ্যে কোনও গতিশীলতা ছিল না। অপরপক্ষে তুর্কিরা তাদের ঘোড়সওয়ার নিয়ে তীব্র গতিতে আক্রমণ করত। এই কৌশল ভারতীয় সৈন্যদের কাছে অজ্ঞাত ছিল। দ্বিতীয় তরাইনের যুদ্ধে এই গতিশীলতা তুর্কিদের জয় এনে দেয়। তুর্কিদের এই গতির সঙ্গে যোগ হয়েছিল ঘোড়ার পিঠ থেকে তীর ছোঁড়া। এটা ধীরগতি রাজপুত সৈন্যদের পক্ষে মারাত্মক হয়ে দাঁড়িয়েছিল।

উত্তর ভারতে ও বাংলায় তুর্কিদের বিজয়ের ছাপ রাজনীতি, সমাজ ও অর্থনীতির ওপর পড়েছিল। অবশ্য এই প্রভাব পড়তে বহু সময় লেগেছে। একাদশ ও দ্বাদশ শতাব্দীতে ভারতের বহুবিভক্ত ও আলাদা রাজ্যগুলি বিলুপ্ত হয়ে যায়। প্রথম দিক থেকে তুর্কিরা একটা কেন্দ্রীভূত রাজনৈতিক সংস্থা গড়ে তোলার চেষ্টা করে, যার সব ক্ষমতা থাকে রাজার হাতে। ওরা *ইক্‌তা* প্রথাকে ব্যবহার করেছিল সামন্তপ্রথা বিধ্বস্ত করার জন্য। বহু শতাব্দী ধরেই শীতকালে রাইরা ও রাণারা নিজেদের মধ্যে রক্তক্ষয়ী সংগ্রাম চালিয়ে এসেছিল। হর্ষবর্ধনের পরে উত্তর ভারতে কোনও শাসনতান্ত্রিক একতা গড়ে উঠেনি। কিন্তু তুর্কিরা এক প্রজন্মের মধ্যেই একটি রাজধানী ও একক শাসনব্যবস্থা গড়ে তুলতে সক্ষম হয়। রাজাই যে অনান্য উচ্চপদস্থ

আমীরদের সঙ্গে আলোচনা করে বিভিন্ন পদে লোক নিয়োগ, বদলি ইত্যাদি করছেন এটা রাই পিথোরা তৃতীয়র কাছে তাঁর অধীনস্থ রাইদের নিয়ে করা প্রায় অসম্ভব ছিল। মধ্য এশিয়ার রাজ্যের সঙ্গে উত্তর ভারতের এক বিশাল অংশ একটা শাসনতন্ত্রের ছত্রছায়ায় এলে মধ্য এশিয়ার সঙ্গে সংযোগ বেড়ে যায়। এই সংযোগ প্রথমদিকের বৌদ্ধ যুগের পরে বিনষ্ট হয়ে গিয়েছিল। আবার অষ্টম শতাব্দী থেকে হিন্দু রাজ্যর উত্থান হলে মধ্য এশিয়ার সঙ্গে রাজনৈতিক সংযোগ অনেকাংশে ছিন্ন হয়ে গিয়েছিল। এই যোগাযোগ প্রথমদিকের তুর্কি শাসনে আবার ফিরে আসে। দ্বাদশ শতাব্দীর শেষে ভারতের সঙ্গে এশিয়া ও আফ্রিকার কয়েকটি বন্দরের যোগ অনেক বেড়ে যায়।

ঐতিহাসিক মুহম্মদ হাবিবের মতে তুর্কি বিজয়ের আর একটা ফল হল উত্তর ভারতে 'শহর বিপ্লবের' সূচনা। যেসব পুরানো রাজপুত শহরগুলিতে জাতিভেদ প্রথা প্রবলভাবে বিদ্যমান ছিল সেইসব শহরও সব ধরনের লোকেদের জন্য খুলে দেওয়া হল। এদের মধ্যে রয়েছে হিন্দু-মুসলমান, উচ্চ ও নিম্নশ্রেণী, কারিগর, ব্রাহ্মণ, চণ্ডাল ইত্যাদি। তুর্কিরা বা পরবর্তী মুঘলরা জাতিভেদ প্রথাতে হাত দেয়নি। কিন্তু উচ্চ জাতই যে জীবনের সব কিছু নিয়ন্ত্রণ করবে এটা মানতে রাজি হয়নি। এর ফলে নতুন শহর বানানোর জন্য নিচু জাত ও নিচু শ্রেণীর লোকেরা সরকারকে সাহায্য করেছে।

সামরিক দিক থেকেও ভারতীয় সৈন্যবাহিনীতে তুর্কিদের বিজয়ের ছাপ দেখতে পাওয়া যায়। তুর্কি প্রভাবের ফলে যুদ্ধ করা বা যুদ্ধ শিক্ষা কেবল মাত্র কোনও জাত বা গোষ্ঠীর মধ্যে আর আবদ্ধ ছিল না। এই শিক্ষা খুলে দেওয়া হয় সর্বসাধারণের জন্য। এর ফলে ভারতীয় সৈন্যদলে কোনও বিশেষ জাতির প্রাধান্য রইল না। যাদের শিক্ষা দেওয়া হতো এবং যারা সৈন্যদলে থাকার জন্য মাহিনা পেত—এদের নিয়ে সৈন্যদল তৈরি হল। ক্রমশ পাইকের বদলে এল অশ্বারোহী ঘোড়সওয়ার যাদের গতি ছিল পূর্ববর্তী ভারী বর্ম পরিহিত সৈন্যদের থেকে অনেক বেশি। ভারতীয় সৈন্যদের মঙ্গোল আক্রমণ ঠেকাতে পারার মধ্যে এই পরিবর্তনের সফলতা অনুভব করা যায়।

তুর্কি আক্রমণের আর একটা ফল হচ্ছে এক নতুন শাসনতান্ত্রিক ভাষার ব্যবহার শুরু হওয়া। রাজপুতদের সময়ে এই ভাষা স্থানীয় ভাষার সঙ্গে মিশে বিভিন্ন জায়গায় ভিন্ন ভিন্ন শব্দ তৈরি করেছিল। তুর্কিরা প্রথম থেকেই সীমিত ভাবে ফার্সী ভাষা তাদের এলাকার মধ্যে ব্যবহার করতে শুরু করেন। আমীর খসরু কিছুকাল পরে লিখেছেন যে ভারতীয় ভাষাগুলি বিভিন্ন জায়গায় ভিন্ন ভিন্ন হলেও ফার্সী ভাষা হিন্দুস্থানের একপ্রান্ত থেকে অন্য প্রান্ত পর্যন্ত ব্যবহৃত হয়।

তুর্কি আক্রমণের প্রাক্কালে কোনও কোনও জায়গায় মুসলমানরা বসতি স্থাপন করেছিল। এরা তুর্কিদের আক্রমণের সময়ে কি করেছিল তা খুব স্পষ্ট নয়। কেবল আমীর খসরু এই বিষয়ে দাক্ষিণাত্যের মুসলিম মনোভাব সম্পর্কে জানিয়েছেন। দাক্ষিণাত্যে আলাউদ্দীন খলজী ও মালিক কাফুর যখন ভেরা পাণ্ডবকে আক্রমণ

করেন তখন স্থানীয় মুসলমানরা আলাউদ্দীন খলজীর বিরুদ্ধে যুদ্ধ করেছিল। তবে উত্তর ভারতের মুসলমানরা কি করেছিল তার কিছুই জানা নেই। সমকালীন ঐতিহাসিকদের নীরবতা থেকে মনে হয় যেসব মুসলমান সৈন্যদলে ছিল না তারা কোনও পক্ষেই যুদ্ধ করেনি। তুর্কি বিজয়ীরা এদের কোনও উচ্চপদ দেয়নি কেবল ইমামুদ্দীন রাইহান ছাড়া। কিন্তু ভারত পতন এত তাড়াতাড়ি হওয়ায় বোঝা যায় যে তুর্কি দাস আমলারা এদের ঘৃণার চোখে দেখতেন। দিল্লি সুলতানরা এদের সৈনিক পদে নিলেও এদেরকে হিন্দুস্থানী বলে উল্লেখ করেছেন। এটা মনে রাখা দরকার যে এই ভারতীয় মুসলমানরাই হিন্দুস্থানী ও ফার্সী জানত। ফলে সরকারী দপ্তরে তাদের কাজে লাগানো ছিল জরুরী। সবশেষে বলা যায় যে তুর্কি শাসন অত্যন্ত দ্রুততার সঙ্গে ভারত ভূখণ্ডে ছড়িয়ে পড়েছিল এবং সেটা সম্ভব হয়েছিল ভারতীয় জনগণের তুর্কি শাসন গ্রহণ করার মধ্যে। এর পিছনে অবশ্যই রাজনৈতিক ও সামাজিক কারণগুলি ছিল। সেইসব কারণ ভালো করে অনুসন্ধান করার প্রয়োজনীয়তা এখনো রয়েছে।

৪

দিল্লির তুর্কি সুলতানাত

শাসক-শ্রেণী ঃ ফার্সী ঐতিহাসিকরা ভারতে তুর্কি শাসকদের বংশানুযায়ী বিভক্ত করেছেন, যেমন— মুইজি, কুতবী, শামসী ও বলবানী। বিভাজনটি বংশগত ভাবে ঠিক হলেও বিভিন্ন শাসকের আমলে যে পরিবর্তনগুলি ঘটছিল সেদিকটা খুব ভালো বোঝা যায় না। আধুনিক লেখকরা সেই শাসকদের বিভিন্ন নাম দেন। যেমন— পাঠান, দাসবংশ, মামেলুক, ইলবারি তুর্কি ইত্যাদি। যেহেতু ওই শাসকেরা নিশ্চিতভাবে পাঠান নয়, তাই পাঠান নামটি এখানে ব্যবহার করা যায় না। ওই শাসকদের দাস বংশও বলা যায় না কারণ যারা সুলতান হয়েছিলেন, তাঁরা সকলেই দাসত্ব থেকে মুক্তি লাভ করেছিলেন সুলতান হবার আগেই। মামেলুক কথাটি হয়ত প্রযোজ্য কারণ শব্দটির অর্থ হল মুক্ত পিতামাতার দাস সন্তান। ইলবারি কথাটিও সবক্ষেত্রে মেলে না। ইলতুৎমিস ইলবারি তুর্কি ছিলেন বটে, তবে কুতুবুদ্দীন ছিলেন না। বলবান নিজেকে ইলবারি তুর্কি বললেও মীনহাজ এই তথ্যটি স্পষ্ট করেন নি। সুতরাং এদের তুর্কি সুলতান বলাটাই ইতিহাসের দিক থেকে সম্মত।

সাধারণত ১২০০ খ্রিস্টাব্দ থেকে ১২৯০ খ্রিস্টাব্দ পর্যন্ত একটা একক ধরা হয়ে থাকে। এই সময়ে শাসকদের মধ্যে একধরনের রাজনৈতিক অস্থিরতা দেখতে পাওয়া যায়। মুইজুদ্দীন ঘোরী প্রথমে তাঁর পরিবার থেকে উচ্চপদস্থ আমলা নিযুক্ত করেন যাদের মধ্যে ঘোরের উপজাতিয় নেতারাও ছিল। মীনহাজ বলছেন যে তিনি বেশি নির্ভর করেছিলেন তাঁর দাস-আমলাদের উপরে। হঠাৎ মৃত্যু হবার ফলে উনি উত্তরাধিকারী ঠিক করে যেতে পারেননি। ফলে ওঁর পরিবার ও দলের সঙ্গে দাস-আমলাদের গৃহযুদ্ধ হয়। আফগানিস্তানে দাস-আমলারা জিতলেও এই বিজয় বেশি দিন স্থায়ী হয় নি। আলাউদ্দীন খাওয়ারজম মধ্য এশিয়ার ঘোরীদের জায়গাগুলি জয় করলে শুধু ভারতীয় জায়গাগুলি ঘোরীদের হাতে থাকে।

চতুর্দশ শতাব্দীর ঐতিহাসিক জিয়াউদ্দীন বারানী বলবানের পূর্ববর্তী সময়ের শাসক শ্রেণিকে দুটি ভাগে ভাগ করেছেন। কুতুবুদ্দীন, ইলতুৎমিস এবং তুর্কি দাস-আমলারা তুর্কি এবং পারসিকদের মধ্যে একটা সমতা রেখেছিলেন। এই সব তুর্কি ও পারসিকরা ছিল সম্মানিত পরিবারের যারা ভারতে এসেছিল উপযুক্ত কাজের

আশায়। ওইসব সুলতানরা চাইছিলেন যে শাসনতান্ত্রিক ক্ষমতা যেন কোন একটা গোষ্ঠীর হাতে সম্পূর্ণ চলে না যায়। ১২১৮ খ্রিস্টাব্দে চেঙ্গিস খানের মধ্য-এশিয়া আক্রমণের ফলে বাইরে থেকে লোকেদের আসা খুব কমে যায়।

বারানীর প্রথম বিভাজনের মধ্যে দেখা যায় দাস-আমলাদের পূর্ণ কর্তৃত্ব। ইলতুৎমিসের উত্তরাধিকারীদের অপদার্থতার সুযোগ নিয়ে এই সব তুর্কি দাস-আমলারা একের পর এক সুলতান এবং যারা তাদের দলে নেই তাদের হত্যা করেছে। এর ফলে রাজ্যে অরাজকতার সৃষ্টি হয়। তুর্কি দাস-আমলারা যখন নিজেদের মধ্যে যুদ্ধে ব্যস্ত হিন্দু রাইরা তখন তাদের দুর্গগুলি পুনরুদ্ধার করতে সক্ষম হয়। এমনকি দেশের প্রধান সড়কগুলি বিপজ্জনক হয়ে পড়ে। মেওয়াতিরা অবাধে দিল্লির আশ-পাশে লুটতরাজ চালাতে থাকে।

দ্বিতীয় বিভাজনের প্রধান ব্যক্তিত্ব হলেন বলবান। বলবান ছিলেন ইলতুৎমিসের দাস-আমলা ও তাঁর ডান হাত। ইলতুৎমিসের নাতি নাসিরুদ্দীন মুহম্মদকে তিনি কোন কাজ করতে দেন নি। পরবর্তী সময়ে বলবান সুলতান হয়ে তাঁর আগের নীতি বদল করে দাস-আমলাদের হত্যা করতে থাকেন। বাকি যারা থাকে, তাদের হত্যা করেন আলাউদ্দীন খলজী।

উল্লেখযোগ্য যে মঙ্গোল আক্রমণের কারণ দেখিয়ে বলবান কোন রাজপুত রাজার বিরুদ্ধে লড়েন নি। কিন্তু বলবান সিংহাসন আরোহণ করার এক বছর আগে মঙ্গোল নেতা ইলাকু বা হুলাকু মিশরে হেরে গিয়ে মারা যান। ইলতুৎমিস বা আলাউদ্দীন খলজীর তুলনায় বলবান বিশেষ কিছু কৃতিত্ব রেখে যান নি। এমনকি তাঁর আমলারা ওঁর আদেশ অগ্রাহ্য করলে, তিনি তাদের হত্যা করেন। বাংলার শাসক তুঘ্রিল বলবানের পাঠানো সৈন্যদলকে দুবার পরাজিত করেছিলেন। পারসিক রাজার এক সীমান্ত সেনাপতি বলবানের বড় ছেলেকে মেরে ফেলতে সমর্থ হন। এত সহজে জালালুদ্দীন খলজী তুর্কি দাস-আমলাদের হাত থেকে ক্ষমতা নিতে পেরেছিলেন বলে বোঝা যায় যে কাঠামোটা কত নড়বড়ে হয়ে গিয়েছিল।

সাম্প্রতিক কালে এক মনোজ্ঞ আলোচনায় অধ্যাপক ইরফান হাবিব ত্রয়োদশ শতাব্দীতে শাসক শ্রেণীর মধ্যেকার দ্বন্দ্বের ওপর আলোকপাত করেছেন যার সারাংশ এখানে দেওয়া যেতে পারে। এতে ত্রয়োদশ শতাব্দীর অভিজাতদের মধ্যে হানাহানির জাতিগত সমস্যার চেহারা পাওয়া যায় এবং ভিতরকার লড়াইয়ের কারণগুলিও আমরা পেতে পারি।

যেহেতু ঘোরীরা ভারত ভূখণ্ডে প্রথম আধিপত্য বিস্তার করে সুলতানাত প্রতিষ্ঠা করে সুতরাং ওদের শাসকশ্রেণীর চেহারা দেখা দরকার। বর্তমান আফগানিস্তানের মধ্যে ঘোর নামে একটি প্রদেশ ছিল। এর পাশাপাশি কয়েকটা এলাকাও এর মধ্যে ছিল। পার্বত্য বাধা থাকা সত্ত্বেও এর কিছুটা অংশে ছিল ইরানীয় প্রভাব। ওখানে তুর্কি প্রভাব প্রায় ছিলই না। এখানকার অধিবাসীরা পারসিক আরব রাজার বংশধর বলে দাবি করে।

দ্বাদশ শতাব্দীতে ঘোর রাজ্য প্রসারিত হতে শুরু করলে, শাসকশ্রেণীর মধ্যে নতুন উপাদান আসতে থাকে, যার মধ্যে উল্লেখযোগ্য হল খলজ (খলজী) উপজাতি। ধরে নেওয়া হচ্ছে যে খলজ উপজাতিরা ঘোরের পিছনে বসবাস করত এবং এরা মূলত ছিল তুর্কি। এই থেকে এবং পরবর্তী উৎস থেকে বর্তমান ঐতিহাসিকরা ধরেছেন যে খলজরা ছিল তুর্কি। কিন্তু ত্রয়োদশ শতাব্দীতে কেউই এদের তুর্কি বলে ধরছেন না। এদেরকে ঘোরের অধিবাসী বলে ধরা হচ্ছে, যদিও এরা ঘোরের সীমান্তে থাকত। ইয়াজ খলজী, যিনি পরে বাংলার সুলতান হন, কোন সামরিক উপজাতিভুক্ত ছিলেন না। তিনি ছিলেন একজন সাধারণ লোক। বখতিয়ার খলজী ছিলেন গরমশীরের অধিবাসী যা ঘোরের একটা প্রদেশ বলে মনে করা হয়।

খলজীরা প্রথম দৃষ্টি আকর্ষণ করে যখন তারা দ্বাদশ শতাব্দীর দ্বিতীয়ার্ধে সেলজুক তুর্কিদের সঙ্গে যুদ্ধে ঘোরের রাজাকে পরিত্যাগ করে। কিন্তু ঘোর যুদ্ধে পরাজিত হলেও খলজীরা ঘোরের শাসকশ্রেণীর মধ্যে থেকে যায়। ১২০৬ সালে মুইজুদ্দীনের ভাই গিয়াসুদ্দীন মাহমুদ ঘোরের সিংহাসন দাবি করলে গরমশীরের খলজী খান ও মালিকরা ওঁর সঙ্গে যোগ দেয়। এটা পরিষ্কার যে ঘোর রাজ্যর মধ্যে খলজীদের একটা বড় অংশ জনগণের মধ্যে ছিল। ভারতে আসার পরও ঘোরের সঙ্গে তাদের মেলবন্ধন অটুট ছিল।

ঘোরীরা গজনী দখল করার পর (১১৭৩–৭৪ সাল) সিহাবুদ্দীন (মুইজুদ্দীন) ভারত অভিযান করলে, খলজীরা তাঁর সঙ্গে আসে। প্রথম তরাইনের যুদ্ধে (১১৯১ সাল) এক খলজী যুবক ওঁকে উদ্ধার করেছিলেন। কিন্তু ভাতিন্দা, মূলতান ও লাহোরে শাসনকর্তারা কেউ খলজী ছিলেন না। এরা ঘোরের তুশাক শহরের অধিবাসী এবং কেউ কেউ কারমুখ উপজাতির নেতা। উল্লেখযোগ্য যে দ্বিতীয় তরাইন যুদ্ধের (১১৯১ সাল) আগে কোন তুর্কি ভারতে এদের সঙ্গে আসেনি।

তরাইনের দ্বিতীয় যুদ্ধের পর অবস্থার প্রচুর পরিবর্তন হয়। বিহার ও বাংলার কিছু অংশ খলজীরা দখল করলেও ঘোরীর সেনানায়করা নতুন রাজ্য জয়ে বিশেষ সুবিধা করতে পারে নি। এইসব জায়গার অধিকাংশই দখল করেছিল সিহাবুদ্দীনের তুর্কি দাসরা। কুতুবুদ্দীন আইবক ছিলেন সিহাবুদ্দীনের তুর্কি দাস। বিজিত জায়গাগুলি সিহাবুদ্দীনের দাসেদের হাতে দেওয়া হয়েছিল। কয়েকজন ঘোরী সেনানায়কের হাতে বড় বড় ইক্‌তা ছিল যার মধ্যে ছিল হানসী, মূলতান ইত্যাদি।

অন্যদিকে কুতুবুদ্দীন আইবকের উত্থান ছিল চমকপ্রদ। ওঁর দায়িত্বে তুর্কি শাসন পূর্ব ভারত পর্যন্ত পৌঁছে গিয়েছিল। গজনী থেকে ভারত পর্যন্ত পথের নিয়ন্ত্রণ ছিল সিহাবুদ্দীনের প্রধান দাস তাজুদ্দীন ইলদুজের হাতে। সুতরাং দেখা যাচ্ছে যে, সিহাবুদ্দীনের শেষ পনেরো বছরে ঘোরী সেনানায়কদের সরিয়ে তুর্কি দাসরা তাদের কর্তৃত্ব কায়েম করেছে। এর প্রধান কারণ সম্ভবত এই যে ঘোরী শাসনতন্ত্রের এমন সামরিক কাঠামো ছিল না যার উপর নির্ভর করে ভারত বিজয় করা যায়। ইসলামিয় জগতের এই সময় প্রধান ছিল ইক্‌তা প্রথা। কিন্তু ঘোরীদের রাজতন্ত্র ছিল উপজাতি ও পরিবার ভিত্তিক। সেনাপতিরা ছিলেন প্রধানত সিসবালী উপজাতির। এই

উপজাতিভিত্তিক পরিবারের হাত থেকে ধনরত্ন ও রাজ্য বাঁচানোর উদ্দেশে সিহাবুদ্দীন হাজার হাজার তুর্কি দাস কেনেন। এদের উনি নিজের ছেলের মতোই ভালোবাসতেন। তাঁর বিজিত ভারতীয় এলাকাগুলিকে সিহাবুদ্দীন নিজের সম্পত্তি বলে মনে করতেন। সিহাবুদ্দীন ঘোরের সুলতান হন ১২০৩ সালে। ঘোরের জায়গাগুলিতে উনি কোন দাস পাঠান নি। এগুলি ছিল রাজপরিবার ও অভিজাতদের অধীনে।

বিজিত ভারতীয় এলাকাগুলি থেকে ঘোরের অভিজাতদের বাদ দেবার কতকগুলি অসুবিধা ছিল। তুর্কিরা কেবল সেনানায়ক ও রাজার প্রধান রক্ষী হতে পারত। এদের সৈন্যদলে ছিল ঘোরের অধিবাসী যাদের মধ্যে খলজীরাও ছিল। তরাইনের দ্বিতীয় যুদ্ধে একলাখ বিশ হাজার অশ্বারোহী সৈন্যদের (যা স্পষ্টতই অতিরঞ্জিত সংখ্যা) মধ্যে তুর্কিরা ছিল ক্ষুদ্র একটা অংশ মাত্র। এতবড় সংখ্যায় অ-তুর্কি সৈন্য থাকার ফলে ক্ষমতা অ-তুর্কিদের হাতে যাবার সম্ভাবনা ছিল বেশি। বাংলায় খলজী বিজয় ওই ইঙ্গিত দেয়। এটা মনে রাখতে হবে যে বখতিয়ার খলজী দিল্লিতে চাকরি না পেয়ে অযোধ্যাতে এসে খলজীদের একত্রিত করে বিহার ও বাংলায় অভিযান করেন। ফলে ভারত ভূখণ্ডে একটা খলজী রাজ্য স্থাপিত হয় যা ১২২৭ সাল অবধি চলেছিল।

এটা স্বাভাবিক যে তুর্কি দাসদের অকস্মাৎ উত্থান পুরানো ঘোরী ও খলজী অভিজাতদের হিংসার উদ্রেক করেছিল। এরা মনে করেছিল জয়ের অধিকারে ভারত ভূখণ্ড তাদের। ফলে এদের মধ্যে গোলমাল লেগেই ছিল যার বিবরণ মীনহাজ দিয়েছেন বখতিয়ারের তিব্বত অভিযানের বর্ণনার মধ্যে। সিহাবুদ্দীনের মৃত্যুর পর এই দুই গোষ্ঠীর বিরোধ সামনে চলে আসে।

১৫ই মার্চ ১২০৬ সালে সিহাবুদ্দীনের মৃত্যু হলে পর ঘোরী আমীররা সুলতানের সৈন্যদের মধ্যে এক জনকে সুলতান করতে চান। অপরদিকে সুলতানের তুর্কি দাসেরা যারা মালিক ও আমীর হয়েছে, অন্যজনকে চায়। এরা সুলতানের কোষাগার দখল করে গজনীর কাছে এক যুদ্ধে ঘোরী মালিক ও আমীরদের পরাজিত ও হত্যা করে। তাজুদ্দীন ইলদুজ গজনী দখল করলে, সারা ভারত ভূখণ্ডের বিজিত এলাকা কুতুবুদ্দীন আইবকের হাতে চলে যায়। তুর্কি আমীরদের এটা হল বিশাল জয়।

তুর্কি আমীরদের মধ্যে একতার অভাব ছিল। ইলদুজ ও তাঁর জামাই আইবক নিজেদের মধ্যে যুদ্ধ করেন। ১২১০ সালে আইবক মারা গেলে তুর্কি দাসদের দুই গোষ্ঠীর মধ্যে রক্তক্ষয়ী সংগ্রাম হয়। ইলবারি তুর্কি উপজাতির প্রধান ও আইবকের দাস ইলতুৎমিস যিনি বাদাউনের মুক্তা ছিলেন, দিল্লি দখল করেন। মীনহাজ বলছেন যে কুতবী তুর্কি ও আমীরদের সঙ্গে মুইজি তুর্কি ও আমীরদের সংঘর্ষ হয়। ইলতুৎমিস বিদ্রোহ কড়াভাবে দমন করেন। মুইজি বলতে এখানে মুইজুদ্দীনের দাসদের এবং কুতবী বলতে কুতুবুদ্দীন আইবকের দাসদের বোঝাচ্ছে। মুইজি দাসদের মধ্যে ইলদুজ ও কাবাছা বিশেষ উল্লেখযোগ্য। এরা দুজনেই নিজেদের বিজিত রাজ্যের শাসক ছিলেন এবং দুজনেরই ইলতুৎমিসের হাতে মৃত্যু হয়। বাংলায় ১২২৭ সালে খলজী বংশ শেষ হয়ে যায়।

ইলতুৎমিসকেই দিল্লি সুলতানদের আসল প্রতিষ্ঠাতা বলা যায়। ক্ষমতা প্রতিষ্ঠা করতে প্রথম দিকে তিনি কুতবী দাসদের সাহায্য নিলেও, পরে তিনি নিজের অসামান্য দক্ষতায় বংশমর্যাদায় কুলীন শাসকদের তুলনায় নিজের শ্রেষ্ঠত্ব প্রমাণ করেন। উনি নিজের একদল তুর্কি দাস সৃষ্টি করেন। মীনহাজ এরকম পঁচিশজন দাসদের জীবনী লিখেছেন। এদেরকে *শামসী* মালিক বলা হত। বারানীও এদের আবির্ভাব নিয়ে মন্তব্য করেছেন। এর সঙ্গেই ইলতুৎমিস প্রায় সমসংখ্যক *তাজিক* বা পারসিক আমলাদের নিয়োগ করেছিলেন। তাঁর শাসনতন্ত্রে এছাড়াও ছিল খলজী ঘোরী ও আমলারা।

মঙ্গোল আক্রামণের ফলে বাগদাদ ও মিশরের বাজারে দাসের সংখ্য বৃদ্ধি পেয়েছিল। এদের অধিকাংশই এসেছিল অ-মুসলমান উপজাতি থেকে। ইলতুৎমিস এসব জায়গা থেকেই দাস সংগ্রহ করেছিলেন। মীনহাজ যে পঁচিশ জন *শামসী* দাসের কথা বলেছেন তার মধ্যে মাত্র একজন তুর্কি নয়। এর নাম হিন্দু খান এবং এর আদি বাস ছিল মথুরাতে। মীনহাজ এদের জীবন বৃত্তান্ত জানিয়েছেন কারণ এদের প্রভুর মৃত্যুর পর এরা সকলেই গুরুত্বপূর্ণ পদ ও প্রভাব বিস্তার করেছিল।

এদের মধ্যে তিন চারজন গুরুত্বপূর্ণ পদ পেয়েছিল। ইলতুৎমিস এদের *খান* উপাধি দেন। এই উপাধি কোন ঘোরী অভিজাত বা সিহাবুদ্দীনের দাসেদের মধ্যে পাওয়া যায় না। এই উপাধির গুরুত্ব এই যে মঙ্গোলরা তাদের রাজাকে *খান* বলত। ইলতুৎমিসের পরবর্তী সুলতানরা অবশ্য এই উপাধির গুরুত্ব অনেক কমিয়ে দেন।

তবে আসল ক্ষমতা ও অর্থ ছিল ইক্‌তার মধ্যে, উপাধির মধ্যে নয়। মীনহাজ লিখেছেন যে একজন কিভাবে এক ইক্‌তা থেকে অন্য ইকতাতে বদলি হত। কিন্তু ইলতুৎমিসের তুর্কি দাসেরা কেন্দ্রীয় কোন উচ্চপদ পায় নি। এমনকি বড় ইক্‌তা পেলেও ওই ধরনের উচ্চপদ দেওয়া হয়নি। এর থেকে বোঝা যায় যে ইলতুৎমিসের অভিজাতদের মধ্যে মুক্ত বা দাস নয় এরকম লোক খুব কম ছিল না। মীনহাজ ইলতুৎমিসের রাজত্বের শেষে কুড়ি জন এ রকম অভিজাতের উল্লেখ করেছেন। এর মধ্যে তিন জন ওঁর *শামসী* মালিকের তালিকায় আছে— অন্য তিনজন ছিল দাস-আমলা। একজন ছিল তুর্কি। সাতজনের মধ্যে তিন জন ছিল ঘোরী, দুজন খলজী ও একজন তাজিকিস্তানের। বাকি পাঁচ জনের মধ্যে তুর্কি নাম পাওয়া যায় না এবং এরা কেউই দাস নয়।

ইলতুৎমিসের মৃত্যুর সময়ে উজীর ছিলেন নিজামুল মুল্ক মুহম্মদ জুনাইদি। উনি ছিলেন তাজিক বা পারসিক ভাষাভাষী। দবীরের পদে ছিলেন তাজুল মুল্ক মাহমুদ যাকে তাজিকরা পরে হত্যা করে। আরো দুটি গুরুত্বপূর্ণ পদে ছিলেন ঘোরের উপজাতির দুই নেতা ওয়াকিল-ই দার ও আমীর-ই হাজিব।

ইলতুৎমিসের গুরুত্বপূর্ণ মুক্তাদের মধ্যে ছিলেন মালিক আলাউদ্দীন জানি, যিনি ছিলেন তুর্কিস্তানের যুবরাজ। এঁর হাতে ছিল লাহোর। এর আগে তাঁর অধীনে ছিল বিহার ও বাংলার ইক্‌তা। জানি হানসীর মুক্তা ও দাস ছিলেন না। ইলতুৎমিসের সময়ে এটা গুরুত্বপূর্ণ ছিল যে ঘোরী রাজ্যের প্রধান অভিজাতরা দাসের দাসকে অভিবাদন জানাচ্ছে, বিশ্বস্ততার প্রতিজ্ঞা করছে। এর ফলে তাঁর আধিপত্য সুদৃঢ় হয়।

অন্যদিকে মঙ্গোল আক্রমণের ফলে জীবিত ঘোরী অভিজাতদের কাছে কোন বিকল্প ছিল না। ১২১২-এর পরে তারা সদলবলে ভারতে পালিয়ে আশ্রয় গ্রহণ করে। ইলতুৎমিস তাদের গ্রহণ করেন নি, যার জন্য মীনহাজ ওঁর খুব প্রশংসা করেছেন। মীনহাজ নিজেও উদ্বাস্তু ছিলেন। বলা নিষ্প্রয়োজন যে মঙ্গোল আক্রমণের সময়ে প্রচুর সংখ্যা সৈন্য ভারতে এসেছিল। সেই সময় আফগানিস্তানে খাওয়ারিজমদের অধীনে ছিল খলজী, তুর্কোমান ও ঘোরীরা। ১২২১—২২ সালে তারা পরাজিত হলে ভারতে পালিয়ে আসতে থাকে। এর ফলে দিল্লি সুলতান ও তাদের অভিজাত সৈন্যদের বড় একটা অংশ ছিল ঘোরী-খলজী অর্থাৎ যারা তুর্কি নয়। এদের উপস্থিতির ফলে অ-তুর্কি অভিজাতদের জোর বেড়ে যায়।

সুতরাং ইলতুৎমিসের অভিজাতদের মধ্যে ছিল তাঁর তুর্কি দাসের দল যারা বহু সংখ্যক ইক্‌তা নিয়ে ছিল। এর সঙ্গে ছিল মুক্ত (দাস নয়) অভিজাতরা যারা বাইরে থেকে এসেছে, কিন্তু দরবারে উচ্চপদ পেয়েছে। এদেরও ইক্‌তা ছিল এবং দুটি দল শক্তিতে ছিল প্রায় সমান। এই দুটি ভিন্ন দল নিয়ে গঠিত হয়েছিল শাসকশ্রেণী তুর্কি ও তাজিক গোষ্ঠী। কিন্তু মীনহাজ এদের দুটি বিভিন্ন জাতির গোষ্ঠী বলছেন না। সুলতানের দাসেদের সবাই ছিল তুর্কি। কিন্তু অভিজাতদের মধ্যে তুর্কি ভাষাভাষীর লোক ছিল যারা দাস নয়। পারসিক ভাষাভাষী বা তাজিকদের মধ্যে কেউই দাস ছিল না এবং তারাই ছিল শাসকশ্রেণীর মধ্যে মুক্ত অভিজাত যারা দাস নয়। খাওয়ারিজম দরবারের পারসিক সংস্কৃতিঘেঁষা অভিজাতরা ওই তাজিকদের সঙ্গে বেশি মিশতেন। সুতরাং তুর্কি ও তাজিকদের মধ্যে যে তফাৎ ছিল সেই একই তফাৎ দেখা যায় দাস ও মুক্ত অভিজাতদের মধ্যে।

১২৩৬ সালে ইলতুৎমিসের মৃত্যুর পর প্রায় তিন দশক ধরে কয়েকটি গুরুত্বপূর্ণ পরিবর্তন এসেছিল সুলতানী শাসকশ্রেণীর মধ্যে। প্রায় একশো বছর পরে বারানী এই পরিবর্তনের ব্যাখ্যা দিয়েছেন। উনি বলেছেন যে মঙ্গোলদের আক্রমণের ফলে বহু মালিক, ওয়াজির ইত্যাদি গুণী অভিজাতরা ইলতুৎমিসের দরবারে আশ্রয় পায়। ওঁর মৃত্যুর পর তুর্কি দাসদের প্রাধান্য বেড়ে গেলে তারা ওই সব অভিজাতদের ধ্বংস করে। এরপর সেই দাসেরা নিজেদের মালিক, খান ইত্যাদি ঘোষণা করে ধনরত্ন সঞ্চয় করে বিলাসের মধ্যে কাল কাটায়। চল্লিশ জন দাস সকলের প্রভু হয়ে বসে যারা সকলেই আগে ইলতুৎমিসের দাস ছিল। এটা সম্ভব হয়েছিল ইলতুৎমিসের উত্তরাধিকারীদের অদক্ষতার জন্য।

বারানীর এই বক্তব্য দিল্লি সুলতানাতের ১২৩৬ থেকে ১২৬৬ সালের রাজনৈতিক ইতিহাসের মূল সাক্ষ্য। চল্লিশজন দাস যে খান হয়ে গিয়েছিল সেটি ঐতিহাসিক সত্য। এই উপাধি ইলতুৎমিস জীবনের শেষ দিকে ব্যবহার করতে শুরু করেছিলেন যদিও এর ব্যবহার ছিল কম। কিন্তু সব *শামসী* মালিকরাই ওঁর মৃত্যুর পরে এই উপাধি গ্রহণ করেছিল। চল্লিশ সংখ্যাটি সত্য বলে গ্রহণ না করলেও বলা যায় যে অল্প সংখ্যক *শামসী* মালিক সব ক্ষমতা দখল করেছিলেন। মীনহাজ পঁচিশ জনের কথা বলেছেন যার মধ্যে বিশজন গুরুত্বপূর্ণ ইক্‌তা নিয়ে ছিল।

মীনহাজ তাঁর বইতে এই সময়কার বিশদ বিবরণ দিয়েছেন। ওঁর তথ্য বারানীর তথ্যের সঙ্গে হুবহু মিলে যায়, যার ফলে মনে করা যায় যে বারানী মীনহাজের বই থেকেই লিখেছেন। মীনহাজ বলবানের ভক্ত ছিলেন, ফলে তাঁকে সমস্যার সামনে পড়তে হয়েছিল বিশেষত যখন তিনি মুক্ত অভিজাতদের ধ্বংসের কথা বলছেন। মীনহাজ ছিলেন ঘোরের অধিবাসী ও তাজিক। নিজের সমবেদনা লুকিয়ে রেখে তিনি মূল তথ্যগুলি দিয়েছেন।

ইলতুৎমিসের মৃত্যুর অব্যবহিত পরে কয়েকজন মুক্তা রুকনুদ্দীন ফিরোজকে সুলতান বলে মানতে অস্বীকার করে। চারজন বিদ্রোহী অভিজাতদের মধ্যে মাত্র একজন ছিল *শামসী* দাস। বাকি তিনজন ছিল তাজিক। উজীর জুনাইদি, যিনি নিজে তাজিক, ওদের সঙ্গে যোগ দেন। বিরোধটা তখন একটা জাতিগত পর্যায়ে চলে যায়। তুর্কি আমীর ও সুলতানী দাসরা তখন তাজিকদের হত্যা করে। এরপরে তুর্কি আমীররা দিল্লিতে গিয়ে রাজিয়াকে সুলতান করে। ইলতুৎমিসের মৃত্যুর পর প্রধান বিষয় ছিল যে মুক্ত অভিজাতরা বা তাজিকরা তাদের আগেকার পদ ও প্রভাব অক্ষুণ্ণ রাখতে পারবে কিনা। কিন্তু এদের পরাজয় হয়। এরপরে রাজিয়ার উত্তরাধিকারী মুইজ্জুদীন বাহরামকে সিংহাসনচ্যুত করা হয়। আমীর ও তুর্কিরাই এটা করেছিলেন। কারণ হিসাবে দেখানো হয়েছিল যে তিনি তুর্কিদের কাছ থেকে পদ কেড়ে নিয়েছিলেন।

১২৫৫ সালের জুন মাসে নায়েব-উল মুল্ক কুতুবুদ্দীন হাসানের হত্যাকে তুর্কি মালিকদের উন্নতির চরম শিখর বলে ধরা যায়। কুতুবুদ্দীন ছিলেন ঘোরীর অভিজাত এবং বলবান ও তাঁর বিরুদ্ধ দলের মধ্যে একটা বোঝাপড়ার চেষ্টা করেছিলেন। ইসামী এই হত্যার মধ্যে কোন জাতিগত বিদ্বেষ পান নি। কিন্তু বারানীর লেখা থেকে একটা দ্বন্দ্বের ছবি পাওয়া যায় দাসদের একটা ছোট গোষ্ঠীর আধিপত্যের চেষ্টা ও আমলাদের স্বৈরাচারের মধ্যে। দাসদের মধ্যে যে অভ্যন্তরীণ টানাপোড়েন ছিল সেটা পরপর কয়েকজন সুলতানের মৃত্যু থেকে বোঝা যায়। ১২৪৯ সালে বলবান নায়েব-উল মুল্ক হলে তাঁর বিপক্ষে বিরুদ্ধ দল গড়ে ওঠে। প্রধানত অভিজ্ঞ *শামসী* মালিকরা এই বিপক্ষ দলে ছিলেন। এর সঙ্গে কয়েকজন মুক্ত (দাস নয়) তুর্কিও ছিলেন। এদের মধ্যে মালিক জানির ছেলে অন্যতম।

ভারতের সীমান্তে মঙ্গোলদের উপস্থিতির ফলে এই বিভেদ আরো বাড়ে। ১২৫৩ সালে যখন বলবানকে নায়েবের পদ থেকে সরিয়ে দেওয়া হল তখন তাঁর নিজের আত্মীয় শের খান ও জালালুদ্দীন মঙ্গোলদের দরবারে গিয়েছিলেন এবং সামরিক সাহায্য পেয়েছিলেন। মঙ্গোলরা প্রথমে একদলকে উৎসাহ দেয় ও পরে অন্যদলকে প্রতিশ্রুতি দেয়। মঙ্গোলদের ক্ষমতা এরপরে কমে গেলে ওরা উত্তর ভারতের রাজনীতিতে অংশ গ্রহণ করতে পারেনি।

ইলতুৎমিসের মৃত্যুর পর ত্রিশ বছর ধরে সুলতানদের রাজনীতিতে দলাদলি থাকলেও এক ধরনের একতা দেখা যায়। এর থেকে মনে হয় যে তুর্কি ও তাজিক, দাস ও মুক্ত অভিজাতদের মধ্যে বিভেদ থাকলেও একটা মিশ্র সংস্কৃতি শাসকশ্রেণীর

মধ্যে ছিল। মীনহাজ বলবানের ভাই কিশলু খানের খুব প্রশংসা করেছেন। কারণ তিনি তুর্কি মালিক হলেও তাজিক অভিজাত ও খলজী আমীরদের প্রভূত সাহায্য করেছিলেন। অভিজাতদের মধ্যে তাজিক ও খলজীদের একটি গুরুত্বপূর্ণ অংশ বলে ধরা হচ্ছে।

অন্যদিক থেকে বাইরের লোকেদের বিরুদ্ধে তুর্কি ও তাজিকরা এক হয়েছিল। যখন রাজিয়া হাবসী ইয়াকুতকে *আমীর-ই আখুর* পদে নিয়োগ করেন তখন এর বিরুদ্ধে তুর্কি, ঘোরী ও তাজিকরা এক হয়েছিল। কারণ ইয়াকুত ছিলেন একজন আবিসিনিয় এবং এই পদটি আগে তুর্কী আমলাদের আয়ত্ত্বে ছিল। একই ভাবে বলবান ১২৫৪ সালে সুলতানের বিরুদ্ধে গেলে একে ন্যায্য বলে ধরা হয়েছিল পরিস্থিতির কারণে। ভারতীয় মুসলমান বংশোদ্ভূত ইমাদুদ্দীন রাইহান আদেশ দিচ্ছিলেন যা অন্যদের কাছে অসহ্য বলে মনে হয়েছিল কারণ তুর্কি, দাস, ঘোরী ও খলজী অভিজাতরা এ সব কাজ নিজেদের অধিকার বলে ধরে নিয়েছিলেন। এটাই বারানী বলেছেন যে উচ্চ পদগুলি উচ্চ বংশীয় লোকেদের জন্য রাখা প্রয়োজন। তুর্কিরা প্রায়ই চেষ্টা করেছিল তাজিকদের ক্ষমতা কমিয়ে দেওয়ার এমনকি তাদের হত্যা করার, যা তারা ইলতুৎমিসের ও বলবানের মৃত্যুর পর ১২৮৯–৯০ সালে করেছিল। তখন তাদের উদ্দেশ্য ছিল প্রধানত খলজী অভিজাত ও সেনানায়কদের খতম করা। কিন্তু খলজীরা যে ১২৯০ সালে ক্ষমতা দখল করেছিল তা ভুঁইফোড় হিসাবে করেনি। বরঞ্চ তারা ছিল প্রাক্‌তুর্কি যুগের শাসনশ্রেণীর অংশ। জালালুদ্দীনের ক্ষমতা দখল একদিক থেকে যেমন তুর্কিদের উপর অধিপত্য বিস্তার ইঙ্গিত করে, অন্যদিক থেকে এটা ঘোরী অভিজাতদের হাতে ক্ষমতা ফিরে পাবার আভাস দেয়। অবশ্য শেষকালে আলাউদ্দীন খলজীর সময়ে এ সবই ধুয়ে মুছে যায়, যার জন্য বারানী তাঁর আগেকার সোনালী দিনগুলির কথা স্মরণ করে দীর্ঘশ্বাস ফেলেছেন।

দিল্লির সুলতান (১২০৬–১২৩৫)

মুইজুদ্দীনের অকস্মাৎ মৃত্যু তাঁর আমলাদের এক কঠিন অবস্থার মধ্যে ফেলে দেয়। দিল্লির সরকার তখনো ঠিকমতো স্থায়ী হয়নি। মুইজুদ্দিনের শাসনকালে শেষদিকের বিদ্রোহগুলিই এর প্রমাণ। ঘোরীদের মধ্যে এশিয়ার অঞ্চলগুলি খাওয়ারজম শাহের নজরের মধ্যে ছিল। কিন্তু ভারতীয় এলাকাগুলির প্রধান সমস্যা ছিল হিন্দু রাইদের পুনরুত্থান। চন্দেলা রাজা ১২০৬ সালে কালিঞ্জর দখল করে তুর্কিদের দক্ষিণে যাওয়া বন্ধ করে দেন। গহড়বাল বংশের হরিশচন্দ্র বাদাউন ও ফারুকাবাদে আবার দখল কায়েম করেছিলেন। প্রতিহাররা গোয়ালিয়র দখল করলে তুর্কিদের কয়েক বছর লেগে যায় এটি পুণর্দখল করতে। অন্যদিকে বাংলাদেশে বখতিয়ারের তিব্বত অভিযান ব্যর্থ হয়। এরপর তাঁর মৃত্যু হলে খলজীদের মধ্যে অন্তর্দ্বন্দ্ব শুরু হয়ে যায়। মুইজুদ্দীনের সময়ে তুর্কিরা প্রায় সমগ্র উত্তর ভারত জয় করেছিল। কিন্তু ওঁর মৃত্যুর পরে দেখা গেল যে তুর্কিদের হাতে শুধু সিন্ধু ও পাঞ্জাবের কিছু অংশ রয়েছে।

মুইজুদ্দীন কোন পুত্র রেখে যান নি। ওঁর ভাইপো গিয়াসুদ্দীন মাহমুদের হাতে ছিল গজনী ও ঘোরের দায়িত্ব। কিন্তু মুইজুদ্দীন নিজের পরিবারের্র কারোর প্রতি আস্থা রাখতে পারেন নি। তিনি অনেক বেশি নির্ভরশীল ছিলেন তার তিন প্রধান আমলা তাজউদ্দীন ইয়ালদুজ, নাসিরুদ্দীন কাবাছা ও কুতুবুদ্দীন আইবকের উপর। প্রথম দুজন প্রধানত আফগানিস্তান ও উত্তর সিন্ধুতে ক্ষমতাসীন ছিলেন। কুতুবুদ্দীন আইবক দাস হলেও আমলা হিসেবে তাঁর যোগ্যতা ছিল বেশি। তরাইনের যুদ্ধের পর থেকে উনি ভারতীয় এলাকা শাসন করছিলেন। শেষদিকে মুইজুদ্দীনের প্রতিনিধি হিসাবে তিনি দিল্লি থেকে শাসনকর্তার কাজ করছিলেন। ১২০৬ সালে মুইজুদ্দীন ওঁকে মালিক উপাধি দিয়ে প্রচুর ক্ষমতা দেন।

লাহোরের অধিবাসীদের অনুরোধে উনি দিল্লি থেকে লাহোরে এসে রাজকীয় ক্ষমতা গ্রহণ করেন ২৪শে জুন ১২০৬ খ্রিস্টাব্দে। আইনগত দিক থেকে তখনো তিনি দাস ছিলেন যদিও ঘোরের গিয়াসুদ্দীন মাহমুদ ওঁকে সুলতান উপাধি ও রাজকীয় দণ্ড পাঠিয়েছিলেন। ১২০৮ সালে আইনগতভাবে তিনি দাসত্ব থেকে মুক্ত হন। ওঁর শিলালেখতে শুধু মালিক ও সিপাহসালার উপাধি পাওয়া যায়।

এদিকে যখন খাওয়ারজম শাহ সমস্ত পারস্য ও মধ্য এশিয়া দখল করে গজনীর দিকে এগোচ্ছেন, তাজুদ্দীন ইয়ালদুজ তখন গজনী দখল করে মুইজুদ্দীনের ভারতীয় এলাকাগুলি দাবি করেন। এই আক্রমণ ঠেকাতে না পারলে শেষ পর্যন্ত ভারতীয় এলাকাগুলি খাওয়ারজম শাহের কবলে চলে যাওয়ার সম্ভাবনা ছিল। তাই উত্তর-পশ্চিমে ভালোভাবে দৃষ্টি রাখার জন্য আইবক লাহোরের থাকাই মনস্থ করলেন।

গজনীতে খাওয়ারজমের দলের লোক ছিল। ১২০৮ সালে তাদের চাপে ইয়ালদুজ গজনী ত্যাগ করে পাঞ্জাবের দিকে এগোন। আইবকের আশঙ্কা সত্য হতে চলেছে দেখে উনি প্রথমে ইয়ালদুজকে তার পুরানো জায়গাতে (কারমান) ফিরে যেতে বাধ্য করেন। এরপর আইবক গজনী অধিকার করবার জন্য অগ্রসর হন। এই কাজ তাড়াতাড়ি করার জন্যে তাঁর সামরিক শক্তি বেশি ছিল না। গজনী দখল করার চল্লিশ দিন পরে গজনীর অধিবাসীরা ওঁর শাসনের উপর বীতশ্রদ্ধ হয়ে পড়ে। এই অবস্থায় ইয়ালদুজ আবার এগিয়ে এলে আইবক লাহোরে ফিরে যান। ফলে রাজপুতদের বিরুদ্ধে অভিযান চালানো আইবকের পক্ষে সম্ভব ছিল না। বখতিয়ারের মৃত্যুর পরে দিল্লির সঙ্গে বাংলার সংযোগও ছিন্ন হয়ে গিয়েছিল। আইবকের পক্ষে সেদিকে মনোনিবেশ করা সম্ভব ছিল না। বাংলাতে খলজী অভিজাতরা বখতিয়ারের হত্যাকারী আলি মর্দানকে বন্দী করে মুহম্মদ সেরানকে নেতা করে। আলি মর্দান পালিয়ে দিল্লি গিয়ে আইবককে বোঝাতে পারেন যে বাংলাতে তাঁর হস্তক্ষেপ কত জরুরী। কাইমাস রুমিকে আইবক বাংলাতে পাঠালে খলজী অভিজাতরা ওকে স্বীকার করে না। রুমি অবশ্য হিসামুদ্দীন ইয়াজকে দেবকোটে বসিয়ে বাংলার শাসনভার ন্যস্ত করেন। তবে রুমি চলে যেতেই ইয়াজকে তাড়িয়ে দেওয়া হয়। আলি মর্দান তখন লাহোরে আইবককে বোঝাতে পারেন যে ওঁর হাতে বাংলার ভার তুলে দেওয়া দরকার।

চৌগান খেলতে গিয়ে আইবক ঘোড়া থেকে পড়ে গিয়ে ১২১০ সালে মারা যান। ততদিনে উত্তর-পশ্চিমে বিপদ ঘনিয়ে এসেছে আইবক বুঝতে পেরেছিলেন এবং তার জন্য দিল্লিকে প্রস্তুতও করছিলেন। কুশলী সামরিক যোদ্ধা ছাড়াও আইবক অত্যন্ত উন্নত রুচির মানুষ ছিলেন। তাঁর দাক্ষিণ্যের হাত ছিল দরাজ। সমকালীন ঐতিহাসিকদ্বয়, হাসান নিজামী ও ফকরুদ্দীন মুদাব্বির ওঁর দাক্ষিণ্য পেয়েছিলেন ও দুজনেই তাঁদের ইতিহাস ওঁর নামে উৎসর্গ করেছেন। দুবার অন্ততঃ উনি মুইজুদ্দীনের কাছে প্রার্থনা করে পরাজিত হিন্দু রাজাদের প্রাণ বাঁচিয়েছেন। বলা বাহুল্য যে ভারতে মুইজুদ্দীনের সাফল্যের পিছনে ছিল আইবকের অক্লান্ত পরিশ্রম ও আনুগত্য।

ইলতুৎমিস

আইবকের মৃত্যুর পর লাহোরের আমলারা ওঁর ছেলে আরম শাহকে নেতা হিসাবে মনোনীত করলেও দিল্লির অভিজাতরা এই মনোনয়ন মেনে নেয় না এবং তারা ইলতুৎমিসকে আহ্বান করে। ইলতুৎমিস ছিলেন আইবকের জামাই ও বাদাউনের শাসনকর্তা। আরম শাহ দিল্লির বিরুদ্ধে যুদ্ধ যাত্রা করলে, ইলতুৎমিস সহজেই তাকে পরাজিত করেন ও সম্ভবত হত্যা করেন। আরম শাহ মাত্র আট মাস রাজত্ব করেছিলেন।

ইলতুৎমিসের নাম নিয়ে যথেষ্ট বিতর্ক আছে। সমকালীন ঐতিহাসিকদের লেখায়, শিলালেখ ও মুদ্রায় বিভিন্ন নাম পাওয়া যায়। ঐতিহাসিকরাও নানা নাম ব্যবহার করেছেন। ১৯৫০ সালে তুর্কি ঐতিহাসিক হেকমৎ বায়ুর ওঁকে ইসেতমি বলে উল্লেখ করেছেন। কিন্তু ভারতে সাধারণভাবে ফার্সী কবি ও ঐতিহাসিকরা ইলতুৎমিস লেখায় ওই নামটি ব্যবহার করায় এই নামটিই প্রচলিত হয়।

ইলতুৎমিসের ছিলেন তুর্কি ইলবারি উপজাতির। ওঁর পিতা ইলেতমিস খান ছিলেন ওই উপজাতির নেতা এবং ওঁর পরিবার ছিল বড়। ইলতুৎমিসের প্রথম জীবন স্বচ্ছল অবস্থায় কাটে। অত্যন্ত সুদর্শন, নম্র স্বভাব ও প্রখর বুদ্ধিসম্পন্ন ইলতুৎমিসকে ওঁর ভাইরা দাস হিসাবে এক দাস ব্যবসায়ীর কাছে বিক্রি করে দেয়। কিছুকাল পরে ওই ব্যবসায়ী ইলতুৎমিসকে বোখারার সদর-ই জাঁহার এক আত্মীয়র কাছে বিক্রি করে। এটি ছিল এক সম্ভ্রান্ত পরিবার এবং ইলতুৎমিস এখানে যত্নের মধ্যে ছিলেন। ওরা অবশ্য কিছুদিন পরে ওকে বোখারা হাজি নামে এক দাস ব্যবসায়ীর কাছে বিক্রি করে। ওখান থেকে আর একজন দাস ব্যবসায়ী ওকে কিনে গজনীতে নিয়ে আসে। সম্ভবতঃ ইলতুৎমিস কিছু সময় বাগদাদে কাটিয়েছেন। তখনো বাগদাদের সংস্কৃতির প্রদীপ একেবারে নিভে যায় নি। এখানে ওঁর পরিচয় হয় বিখ্যাত লেখক শেখ সিহাবুদ্দীন সুরাবর্দীর সঙ্গে এবং সেইসময় ওখানকার অনান্য অতিন্দ্রীয়বাদী সাধুদের সঙ্গেও যোগাযোগ হয়। গজনীর দাস বাজারে ইলতুৎমিসকে আনা হলে সুলতান মুইজুদ্দীন হাজার সোনার মুদ্রা দিয়ে ইলতুৎমিস ও অন্য এক দাস তামঘাজ আইবককে কিনে নিতে চান। ব্যবসায়ী এই দামে বিক্রি করতে অস্বীকৃত হলে, সুলতান গজনীতে ওদের বিক্রি বন্ধ করে দেন। দুবছর পরে আবার ওই

ব্যবসায়ী গজনীতে এলে, কুতুবুদ্দীন আইবকের অনুরোধে সুলতান ওকে দিল্লিতে গিয়ে ইলতুৎমিসকে বিক্রির অনুমতি দেন। ওখানে ইলতুৎমিস ও তামঘাজ আইবককে এক লক্ষ জিতাল দিয়ে কুতুবুদ্দীন কিনে নেন। তামঘাজ *মুক্তা* পদে উঠেছিলেন, কিন্তু কুতুবুদ্দীন ও ইয়ালদুজের মধ্যে যুদ্ধ চলাকালীন তিনি প্রাণ হারান।

ইলতুৎমিস প্রথমেই *সর-জন্দর* বা দেহরক্ষীদের প্রধান হন। এরপরে ওঁর উন্নতি তাড়াতাড়ি হতে থাকে এবং উনি *আমীর-ই শিকার* পদে উন্নীত হন। গোয়ালিয়র বিজয়ের (১২০০ খ্রিঃ) পরে ইলতুৎমিস সেই শহরের আমীর হন। এর চার বছরের মধ্যে ইলতুৎমিস ইক্তাদার হয়ে গেলেন। পরে তিনি বারাণ ও তার আশেপাশের জায়গার ইক্তাদার হয়েছিলেন। ওঁর কাজে সন্তুষ্ট হয়ে কুতুবুদ্দীন ওঁকে বাদাউনের *ইক্তা* দেন যেটা দিল্লি সুলতানদের তৃতীয় বড় *ইক্তা*। ১২০৫–৬ সালে মুইজুদ্দীন গজনী থেকে বেরিয়ে খোক্কর উপজাতির বিদ্রোহ দমন করতে গেলে আইবক ও ইলতুৎমিস সঙ্গে ছিলেন। ইলতুৎমিস খোক্করদের পরাজিত করলে মুইজুদ্দীন ওঁকে খেলাৎ দেন ও দাসত্ব থেকে মুক্ত করার জন্য কাগজ তৈরি করার আদেশ দেন। উল্লেখযোগ্য যে আরো প্রধান দাসরা, যেমন ইয়ালদুজ, আইবক ও কাবাছা তখনো পর্যন্ত দাসত্ব থেকে মুক্তি লাভ করেননি। হয়ত এইকারণেই তখনকার মতো ইলতুৎমিসের দাসত্ব থেকে মুক্তি লাভের খবর জনসাধারণকে জানানো হয় নি।

ইলতুৎমিস দিল্লিতে প্রভু হলেও, অন্তর্দ্বন্দ্বের ফলে যে বিভাজন তৈরি হয়েছিল তার প্রভাব পড়েছিল প্রান্তিক এলাকাগুলিতে। বাংলাতে আলি মর্দান নিজেকে সম্রাট বলে ঘোষণা করেছেন। কাবাছা মূলতানে ঘাঁটি গেড়ে তাঁর এলাকা প্রথমে ভাতিন্দা, কুহরাম ও সরসুট এবং এরপর আরম শাহের মৃত্যুর পরে লাহোর পর্যন্ত প্রসারিত করেন। ফলে রাজপুত রাজারা উপঢৌকন পাঠানো বন্ধ করে দিয়ে বশ্যতা অস্বীকার করতে থাকে। ছোট রাজ্য জালোরের চৌহান রাজা স্বাধীনতা ঘোষণা করে। রণথম্ভরে রাই পিথোরার ছেলে বশ্যতা অস্বীকার করে।

নতুন সুলতানের অবস্থা এমন সুরক্ষিত ছিল না যে তিনি তৎক্ষণাৎ অভিযান করতে পারেন। অথচ স্বাধীন রাজার মতো ব্যবহার করাও ওঁর পক্ষে অসুবিধাজনক ছিল। আইবকের মৃত্যুর পর ইয়ালদুজ নিজের স্বাধীনতা ঘোষণার জন্য তৎপর হয়ে উঠেছিলেন। ইলতুৎমিসের পক্ষে সংকট দেখা দিল যখন দিল্লির তুর্কি দেহরক্ষীরা আরম শাহের পক্ষে বিদ্রোহ করল। প্রবল যুদ্ধ করে ইলতুৎমিস তাদের দমিয়ে রাখেন। দিল্লির আশেপাশের জায়গাগুলির উপর দখল কায়েম করতে ইলতুৎমিসকে কয়েকমাস অক্লান্ত পরিশ্রম ও কৌশলী পরিচালনা করতে হয়েছিল। এর পরেও ওঁর শাসন ক্ষমতা বিস্তৃত ছিল পূর্বদিকে বারাণসী ও পশ্চিমে শিওয়ালিক পাহাড় পর্যন্ত।

আফগানিস্তানের ঘটনাবলী ইলতুৎমিসের বিপদ বাড়িয়ে দিয়েছিল। ১২১৫ সালের কিছু আগে ইয়ালদুজের সৈন্যরা লাহোর থেকে কাবাছাকে হারিয়ে দিয়ে পাঞ্জাবের বড় অংশ দখল করে নেয়। এর ফলে খাওয়ারজম শাহের হিন্দুস্থানে আসার সুযোগ বেড়ে যায়। আইবকের সময়েও একই অবস্থার সৃষ্টি হয়েছিল। আইবক গজনী দখল করেও ধরে রাখতে পারেন নি। ইলতুৎমিস আইবকের পথে না গিয়ে সৈন্য

সংগ্রহ করতে লাগলেন। খাওয়ারজম শাহ ইয়ালদুজকে ১২১৫ সালে গজনী থেকে বিতাড়িত করলে ইয়ালদুজ লাহোরে চলে এসে হিন্দুস্থানের রাজা বলে দাবি করেন। এরপর ইলতুৎমিস ইয়ালদুজকে তরাইনের যুদ্ধে হারিয়ে বন্দী করেন। এর ফলে গজনীর সঙ্গে বিচ্ছিন্নতা চূড়ান্ত হয় এবং দিল্লীতে স্বাধীন শাসনতন্ত্র প্রতিষ্ঠা হয়।

সম্ভবত কাবাছাকে লাহোরের শাসনক্ষমতা দেওয়া হয়েছিল। হাসান নিজামী ইলতুৎমিস ও কাবাছার মধ্যে একটা বোঝাপড়ার কথা বলেছেন। ১২১৭ সালে ওই বোঝাপড়ার শর্তপূরণ না হলে ইলতুৎমিস সৈন্য নিয়ে বিয়াস নদী পেরিয়ে লাহোরের দিকে অগ্রসর হন। কাবাছা লাহোর ত্যাগ করে পালিয়ে যান ও ইলতুৎমিস বিনা বাধায় লাহোরে ঢুকে তাঁর নিজের শাসনক্ষমতা প্রয়োগ করেন।

কিন্তু এই বিজয় ওঁকে সমগ্র পাঞ্জাবের অধিশ্বর করেনি। কাবাছা সিন্ধুতে কিছুকাল ছিলেন। আরো পরে ইলতুৎমিস চীনাব ও ঝিলম উপত্যাকার অঞ্চলগুলি অধিকার করেন। লাহোর দখল করার তিন বছরের মধ্যে সিন্ধুনদীর ওপার থেকে যে ঝড় ওঠে মধ্য এশিয়াকে তা প্রায় ধ্বংস করে ফেলে। তেমুজিন (ফার্সীতে উচ্চারণ চেঙ্গিস)-এর নেতৃত্বে মঙ্গোলরা বিশাল খাওয়ারজম সাম্রাজ্যর উপর দিয়ে অভিযান চালায় তরোয়াল ও আগুন নিয়ে। খাওয়ারজম শাহ কাস্পিয়ান সমুদ্র উপকূলে পালিয়ে যেতে বাধ্য হন। ওঁর পুত্র জালালুদ্দীন মানকবানিকে মঙ্গোলরা সমস্ত খোরাসান ধরে তাড়া করে বেড়ায়। মানকবানি অবশেষে পাঞ্জাবে পালালে ইলতুৎমিসের সদ্য বিজিত অঞ্চল ওঁর হাতে পড়ে। মানকবারনি উত্তর সিন্ধুতে বসে স্থানীয় নেতার মেয়েকে বিবাহ করেন। ওদের কাছ থেকে সাহায্য নিয়ে উনি কাবাছার জায়গাগুলি দখল করেন। এর ফলে কাবাছা সিন্ধুসাগর দোয়াব থেকে পালিয়ে যেতে বাধ্য হন। মানকবারনি তিন বছর পশ্চিম পাঞ্জাবে থাকাকালীন ওই এলাকায় ইলতুৎমিসের কর্তৃত্ব কমে যায়। মানকবারনি শিয়ালকোট এলাকার দুর্গ দখল করে নদীর আশেপাশের অঞ্চলে লুণ্ঠন চালাতে থাকেন। উনি লাহোর পর্যন্ত অগ্রসর হয়ে দিল্লির সাহায্য প্রার্থনা করেন।

ইলতুৎমিস ওঁকে আশ্রয় দিয়ে চেঙ্গিস খানের বিরাগভজন হতে চাননি স্বাভাবিক কারণেই। মানকবারনিকে আশ্রয় না দিলে উনি আবার পাঞ্জাবে অত্যাচার শুরু করেন। এর ফলে ইলতুৎমিস সৈন্য সংগ্রহ করতে থাকেন। মানকবারনি তখন কাবাছার দিকে মন দেন। ফলে ইলতুৎমিস অনেকটা স্বস্তি পান। ১২২৪ সালে মানকবারনি ভারত ত্যাগ করে চলে যান। কিন্তু ততদিনে পশ্চিম পাঞ্জাবের রাজনৈতিক পরিবর্তন ঘটছে। যতদিন চেঙ্গিস খান বেঁচে ছিলেন ততদিন পাঞ্জাব বা সিন্ধুর সঙ্গে ইলতুৎমিস কোন রকম রাজনৈতিক সম্পর্ককে এড়িয়ে চলেন। ওঁর প্রতিপক্ষ কাবাছাকে বিনষ্ট করতে সক্ষম হন। উল্লেখযোগ্য যে কাবাছা মানকবারনির আগমনের ও তার পরবর্তী ঘটনাবলীর ফলে যে ধাক্কা খেয়েছেন তাতে ওঁর শক্তিক্ষয় হয়েছিল।

খাওয়ারজম যুদ্ধের সঙ্গে সঙ্গেই মঙ্গোলরা মানকবারনির পিছু তাড়া করে মূলতান পর্যন্ত আসে। ফলে মানকবারনির খলজী অনুচর ও অভিজাতরা দলে দলে ভারতে ঢুকতে থাকে। এর ফলে কাবাছার অবস্থা খারাপ হয়ে যায় এবং ইলতুৎমিস সহজেই

ভাতিন্দা, কুহরাম, সরসুট ও হাকরা নদীর পার দখল করে নিতে সক্ষম হন। ইতোমধ্যে চেঙ্গিস খান আফগানিস্তান ছেড়ে চলে গিয়েছেন এবং কাবাছা তাঁর বিদেশী শত্রুদের নিয়ে ব্যস্ত। ফলে ইলতুৎমিস সহজে লাহোর দখল করে নেন। ১২২৪ সালে ইলতুৎমিস কাবাছাকে শেষ করার জন্য উছে অভিযান চালান। কাবাছা একদল সৈন্য দুর্গে রেখে সিন্ধু নদীর নীচের দিকের দ্বীপ দুর্গ ডাকারে চলে যান। তিন মাস পরে উছ দুর্গের পতন হয়। ইলতুৎমিসের উজীর এরপর ডাকার দুর্গকে ঘিরে রাখে। কাবাছা অনন্যোপায় হয়ে ইলতুৎমিসের কাছে দূত পাঠান সন্ধির জন্য। উনি চান নিঃসর্ত আত্মসমর্পণ। ফলে দুর্গ আক্রান্ত হয় ও কাবাছা পালাতে গিয়ে সিন্ধু নদীতে ডুবে মারা যান।

কাবাছার মৃত্যুর ফলে মুইজুদ্দীনের পশ্চিম ভারতীয় অঞ্চলে দিল্লির কর্তৃত্ব সুদৃঢ় হয়েছিল। মূলতান ও উছ শাসনকর্তার অধীনে ছিল। দেবলের সুমরা রাজ, শিহামুদ্দীন চানিসার বশ্যতা স্বীকার করলে তাকে দিল্লি সুলতানের অধীনে রাখা হয়। বারোটি বিখ্যাত দুর্গ দিল্লির হাতে চলে আসে এবং ইলতুৎমিসের শাসন সমুদ্র অবধি পৌঁছে যায়। ওঁর নামে মুদ্রা ও *খুৎবা* কুসদার ও মাকান অবধি চলে। অবশ্য উত্তরের দিকে সিন্ধু সাগর দোয়াব অঞ্চলে তাঁর শাসন কতটা কার্যকরী ছিল এ নিয়ে সন্দেহ আছে। কিন্তু মানকবারনির ভারতীয় অঞ্চলগুলি যে ইলতুৎমিসের সেনাপতি সৈফুদ্দীন হাসান কুরলাগের হাতে ছিল এ নিয়ে সন্দেহ নেই। উত্তর-পূর্ব পাঞ্জাবে ইলতুৎমিস ওঁর শাসন শিয়ালকোট ও জানের অবধি বিস্তৃত করেছিলেন। সম্ভবত জলন্ধরও ওঁর দখলে ছিল।

ইলতুৎমিসের প্রধান সমস্যা হয়ে ওঠে পাহাড়ী এলাকার উপজাতিদের দমন করা যারা লাহোর ও মূলতানে অতর্কিত আক্রমণ করত। মীনহাজ বলেছেন যে নন্দনার দুর্গ ইলতুৎমিসের শাসনকর্তা দখল করেছিল। মালিক ঐতিগিনকে কূজাহর শাসনভার দেওয়া হয়। কিন্তু এ সত্ত্বেও বলা যায় যে ইলতুৎমিসের জীবিতকাল পর্যন্ত পশ্চিম পাঞ্জাবে ওঁর কর্তৃত্ব খুব জোরদার হয় নি। ইলতুৎমিস পরিকল্পনা করেছিলেন বামিয়ান দখল করার। কিন্তু অসুস্থ হয়ে পড়ায় সে কাজটি হয় নি।

অন্য দিকে অবশ্য ইলতুৎমিস অনেক বেশি সাফল্য অর্জন করেছিলেন। আইবকের মৃত্যুর পর পূর্বে দিল্লির কর্তৃত্ব প্রায় মুছে গিয়েছিল। ১২২৫ সালের পর ইলতুৎমিস এদিকে মন দিতে পারেন। বাংলাতে দুবছর আলি মর্দান বিনা বাধায় রাজত্ব করার পর ওঁর আমলারা ওঁকে হত্যা করে। ওরা আবার ইসামুদ্দীন ইওয়াজকে নেতা করে। সম্ভবত ১২১১ সালের পর ইসামুদ্দীন সুলতান গিয়াসুদ্দীন উপাধি নিয়ে নিজেকে স্বাধীন রাজা বলে ঘোষণা করেন। উনি লাখনৌতির সঙ্গে লাখনৌর ও দেবকোটে উঁচু বাঁধ দিয়েছিলেন যার কিছু অংশ এখনো রয়েছে। উনি ইলতুৎমিসের ব্যস্ততার সুযোগ নিয়ে বিহার দখল করেন ও আশেপাশের হিন্দু রাজ্যগুলি, যেমন জাজনগর (উড়িষ্যা), তিরহুত, বঙ্গ ও কামরূপ আক্রমণ করে উপঢৌকন আদায় করেন। মিথিলার ইতিহাসে অবশ্য ওই আক্রমণের কোন উল্লেখ পাওয়া যায় না। অন্যদিকে উড়িষ্যার রাজা একটি শিলালেখতে দাবি করেন যে তিনি রাঢ় ও বারেন্দ্রর যবনদের

হারিয়েছেন। পূর্বদিকে সেন বংশীয় রাজাদের সঙ্গে যুদ্ধে কোন পক্ষই সুবিধা লাভ করতে পারেনি। কামরূপের উপঢৌকন পাওয়া মাত্র একবারই হয়েছিল কিনা বলা শক্ত। শুধু বলা যেতে পারে যে উত্তর বিহারে প্রধানত ভাগলপুরে অঞ্চলে গিয়াসুদ্দীন ইয়াজ খলজী কিছুটা কর্তৃত্ব রাখতে পেরেছিলেন কারণ ওই পথই ছিল লাখনৌতি থেকে দিল্লি যাবার পথ।

মঙ্গোল আক্রমণের আশংকা দূর হলে, ইলতুৎমিস ইওয়াজের বিরুদ্ধে অভিযান শুরু করেন। প্রথমে তিনি গঙ্গার দক্ষিণে বিহারের অঞ্চলগুলি দখল করে নিজের শাসনকর্তা নিয়োগ করেন। ১২২৫ সালে ইলতুৎমিস গঙ্গার পাড় ধরে অগ্রসর হন। ইওয়াজও এগিয়ে এসে নদীর ধারে বিহারে ওকে আটকানোর পরিকল্পনা করে। তবে সম্ভবত কোন যুদ্ধ হয়নি কারণ একটা বোঝাপড়া হয়েছিল। ইওয়াজ ইলতুৎমিসকে রাজা বলে মেনে ক্ষতিপূরণ দিতে স্বীকার করেন। এছাড়া বিহার সম্পূর্ণভাবে ইলতুৎমিসের হাতে চলে যায় ও তিনি মালিক জানিকে এর শাসনকর্তা নিযুক্ত করেন। উনি চলে গেলে, ইওয়াজ জানিকে হঠিয়ে দেন ও আবার স্বাধীনতা ঘোষণা করেন। ইলতুৎমিস ওঁর পুত্র নাসিরুদ্দীন মাহমুদকে আদেশ দেন (তখন তিনি অযোধ্যার শাসনকর্তা) ইওয়াজকে শাস্তি দিতে। ১২২৬–২৭ সালে যখন ইওয়াজ পূর্বদিকে যুদ্ধে ব্যস্ত ছিলেন, নাসিরুদ্দীন মাহমুদ হঠাৎ লাখনৌতির সামনে এসে শহর দখল করেন ইওয়াজ তাড়াতাড়ি ফিরে যুদ্ধ করেন ও তাঁর মৃত্যু হয়। লাখনৌতি দিল্লির অধীনে চলে যায়।

নাসিরুদ্দীন মাহমুদ তাঁর বাবার প্রতিনিধি হিসেবে বাংলা শাসন করছিলেন। অকস্মাৎ তাঁর মৃত্যু হলে আবার গোলমাল শুরু হয়। ওঁর মৃত্যুর ঘটনার সঙ্গে বল্কা খলজী নামে একজনের বিদ্রোহের যোগাযোগ থাকা অসম্ভব নয়। বল্কা খলজীর স্বরূপ খুঁজে পাওয়া শক্ত। কেউ কেউ মনে করেছেন যে উনি আলাউদ্দীন দৌলত শাহ বিন মৌদাদ, যাঁর ১২২৯ সালের মুদ্রা পাওয়া গিয়েছে। মুদ্রার একদিকে ইলতুৎমিসের নাম থাকলেও তিনি দ্বিতীয়বার বাংলায় আসেন সম্ভবত ১২৩০ সালে। যুদ্ধে মৌদাদের মৃত্যু হয়। এরপর বাংলা ও বিহারকে আলাদা প্রদেশ করা হয়।

এই সব ঘটনার পরিপ্রেক্ষিতে রাজপুত রাজারা তাদের রাজ্য পুনরুদ্ধার করতে সচেষ্ট হয়েছিল। কালিঞ্জরের আশেপাশে চৌহানরা প্রায় সারা শতাব্দী ধরেই কর্তৃত্ব বজায় রেখেছিল বলে শিলালেখ পাওয়া গিয়েছে। গোয়ালিয়র ও ঝাঁসিতে প্রতিহার বংশ ১২২০ থেকে ১২৩১ সাল পর্যন্ত রাজত্ব করছিল বলে প্রমাণ আছে। রণথম্ভরের চৌহান পরিবার আশেপাশের রাজাদের নিজেদের অধীনে এনেছিল। জালোর ও তার কাছাকাছি জায়গায় রাজত্ব করছিল উদয়সিংহ যার উল্লেখ হাসান নিজামী করেছেন। উত্তর আলোয়ারও রাজপুত পরিবারের হাতে চলে যায়।

১২২৬ সাল থেকে ইলতুৎমিস ওইসব জায়গা নিজের দখলে আনা শুরু করেন। প্রথমে রণথম্ভর অবরোধ করে দখল করেন। পরের বছর মান্দোরে অভিযান চালিয়ে দখল করেন। কাবাছার মৃত্যু হলে পর, উনি রাজপুতানা বিজয় জোরদার করেন।

উদয়সিংহ বশ্যতা স্বীকার করেন ও তাকে উপঢৌকন পাঠাতে বলা হয়। রাজপুত দলিলে দেখা যায় যে ইলতুৎমিস গুহিলটদের রাজধানী নাগদা আক্রমণ করলে পরাজিত হন। গুজরাটের চালুক্যদেরও ইলতুৎমিস পরাস্ত করতে পারেননি। কিন্তু উনি বিয়ানা ও থানেশ্বর আবার দখল করেছিলেন। ইলতুৎমিসের শাসনকর্তারা রাজপুতানা অঞ্চলে এই ধরনের আক্রমণ চালাতেই থাকে। ১২৩৪–৩৫ সালে তুর্কিরা মালবে ঢোকে এবং ভীলসা ও উজ্জয়িনী লুণ্ঠন করে। কিন্তু এগুলি কেবলমাত্র লুটেরাদের আক্রমণ ছাড়া আর কিছুই নয় কারণ পরমার বংশ কোনও জায়গা হারায়নি। শতাব্দীর প্রায় শেষ পর্যন্ত তারা স্বাধীন ছিল।

১২৩১ সালে ইলতুৎমিস গোয়ালিয়র অবরোধ করেন। মীনহাজের মতে প্রতিহার রাজা মঙ্গলদেও একবছর লড়াই করে এক রাতে দুর্গ ছেড়ে চলে যান। ইলতুৎমিস এখানকার শাসনভার দেন রসিদুদ্দীনের হাতে। ১২৩৩–৩৪ সালে ইলতুৎমিসের সেনাপতি মালিক তেয়াসি কালিঞ্জর আক্রমণ করেন। রাজা পালিয়ে গেলে, তেয়াসি আশেপাশের শহরগুলি লুণ্ঠন করে প্রচুর ধনরত্ন পান। তবে তেয়াসির কালিঞ্জর দখল করা হয়নি। তিয়াসি শেষপর্যন্ত অতিকষ্টে ধনরত্ন নিয়ে দিল্লি ফিরে যেতে সক্ষম হন। মনে হয় বাঘেলা বংশের সঙ্গেও এই সময় যুদ্ধ হয়েছিল, যদিও কোনও জায়গা তুর্কিরা দখল করতে পারেনি। জাজপেল্লা বংশের শাহরা দেবের সঙ্গেও অমীমাংসিতভাবে যুদ্ধ হয়েছিল। এটা পরিষ্কার যে এসব জায়গা দখল করে রাখবার মত অবস্থা তুর্কিদের ছিল না।

গাঙ্গেয় উপত্যকায় হিন্দুদের উত্থান বন্ধ করবার জন্য ইলতুৎমিস সচেষ্ট ছিলেন। বাদাউন ওঁর দখলে ছিল বলে ধরা হয়। কনৌজ ও বারাণসী তুর্কিদের কাছেই ছিল। কিন্তু বাদাউনে গহড়বাল বংশ কিছুকাল রাজত্ব করেছিল। সম্ভবত রাষ্ট্রকূট বংশের লক্ষণপাল ওদের কাছ থেকে কয়েকটি জায়গা ছিনিয়ে নেন। পূর্ব রোহিলখণ্ডে কাথেরিয়া রাজপুতরা অহিছত্রতে তাদের ক্ষমতা অক্ষুণ্ণ রাখতে পেরেছিল। কিছু পরে এটি ইলতুৎমিসের হাতে চলে আসে। সম্ভবত ভৈরব ও গোগরা নদীর আশপাশও তুর্কিদের হাতে এসেছিল। অযোধ্যা ও দোয়াবে জোর করে তুর্কিশাসন বজায় রাখতে হয়েছিল। অযোধ্যার শাসনকর্তা যুবরাজ নাসিরুদ্দীন মাহমুদ বারবার হিন্দু বিদ্রোহীদের বিরুদ্ধে 'ধর্মযুদ্ধ' করেছেন। মীনহাজ বলেছেন বারতুরের (পক্ষান্তরে পৃথ্বি) বিরুদ্ধে বারবার যুদ্ধ করা হয়েছে এবং একলক্ষ বিশ হাজার মুসলমান শহীদ হয়েছে। উত্তর বিহারে মিথিলা তুর্কিদের জয়ের তালিকার মধ্যে ফেলা হয়। এর সত্যতা নিয়ে সন্দেহ আছে।

১২৩৬ সালে ইলতুৎমিস বামিয়ানের দিকে রওনা হন। এটা তখন মানকবারনির সেনাপতি সৈফুদ্দীন হাসান কারমাদের দখলে ছিল, যাকে মঙ্গোলরা বহু চেষ্টা করেও হঠাতে পারেনি। গজনী ও সিন্ধুর মধ্যেকার পথ এরই দখলে ছিল। এখানেই ইলতুৎমিস অসুস্থ হয়ে পড়েন ও ঢাকা পালকি করে দিল্লি এসে পৌঁছান ২০শে এপ্রিল। ৩০শে এপ্রিল ১২৩৬ সালে ইলতুৎমিস মারা যান।

ভারতে মুসলমান রাজত্ব ওঁর সময় থেকেই শুরু হয়েছিল। ইলতুৎমিস একটা

স্বাধীন রাজ্য, একটা রাজধানী, রাজতন্ত্র এবং একটা শাসক শ্রেণী তৈরি করে গিয়েছিলেন। হিন্দুস্থানে ঘোরীদের যে আলগা ও ছড়ানো কাঠামো ছিল, উনি তাকে সুসংহত করে যান। মধ্যযুগের দিল্লি শহরের প্রধান স্থপতি ছিলেন ইলতুৎমিস। ওঁর সময়ে এই শহরের মিনার, মসজিদ, মাদ্রাসা ও অসংখ্য পুষ্করিণী তৈরি হয়। মঙ্গোলদের তাড়নায় বহু লোক মধ্য এশিয়া থেকে চলে এসে দিল্লিতে আশ্রয় নেয়, যার ফলে এর কলেবর বৃদ্ধি পায়। উনি তুর্কিদের সাংস্কৃতিক কেন্দ্রও তৈরি করেছিলেন। দিল্লির সমকালীন সাহিত্য সবসময়েই শহরকে *হজরৎ-ই দেলহী* বলে লিখেছে।

ইলতুৎমিস শুধু রাজনৈতিক রাজতন্ত্র বংশগতভাবে সৃষ্টি করে যাননি, এর মর্যাদা বাড়ানোর জন্য পারসিক রাজতন্ত্রের পরম্পরা ভারতীয় ভূখণ্ডে এনেছিলেন, অবশ্য কিছু অদলবদল করে। সম্ভবত এগুলি তিনি বাগদাদ থেকে যে বইগুলি এনেছিলেন ওঁর ছেলেদের শিক্ষার জন্য, তার মধ্যে পেয়েছিলেন। ইলতুৎমিসের রাজতন্ত্র প্রধানত নির্ভর করেছিল একটা সামরিক শাসনতান্ত্রিক প্রতিষ্ঠানের উপর যা নিয়ন্ত্রণ করত মূলত বিদেশীরা। এই শাসকশ্রেণীর আলোচনা আমরা আগে করেছি।

তুর্কিদের ভারতীয় ভূখণ্ডের ইতিহাস ১১৯১ সাল থেকে ১২১০ সাল পর্যন্ত ঘোরী পরম্পরার উপর চলেছিল। নানা কারণে ইলতুৎমিস দিল্লিকে গজনী ও ঘোর থেকে বিচ্ছিন্ন করে দেন। বলা যেতে পারে যে তিনি সম্পূর্ণভাবে ভারতীয় রাজ্য গঠন করেছিলেন যদিও তার শাসকশ্রেণী ছিল বিদেশী। বাগদাদের খলিফা যখন এই রাজ্যকে স্বীকৃতি দেন, তখন থেকেই এর শাসন ব্যবস্থা আইনানুগ হয়ে ওঠে। মুইজুদ্দীন সেরকম কোনও শাসনতন্ত্র তৈরি করতে পারেননি। ইলতুৎমিস তাঁর শাসনব্যবস্থায় একটি আইনসম্মত ধারা তৈরি করেছিলেন। এরই সঙ্গে উনি ইক্‌তা প্রথা, সৈন্যদল গঠন ও মুদ্রাব্যবস্থা করে যান।

ইলতুৎমিস সৈন্যদলকে রাজার সৈন্যদল হিসেবে গঠন করেন। কেন্দ্র থেকে এটি গঠন করা হতো এবং সৈন্যদের মাহিনাও কেন্দ্র থেকে দেওয়া হতো। দিল্লির সুলতানদের মধ্যে মুদ্রা ব্যবস্থায় ইলতুৎমিসের অবদান সব থেকে বেশি। উনি দিল্লিতে রূপার তঙ্কা ও তামার জিতাল চালু করেন। ওঁর তঙ্কার অনুকরণে পরবর্তী সুলতানরা তাদের মুদ্রা চালু করেছিল। ইলতুৎমিসের তঙ্কাতে টাঁকশালের নাম থাকত যে প্রথা পরবর্তীকালেও অব্যাহত ছিল। এছাড়া শাসনতন্ত্রের বিভিন্ন দিকের জন্য উনি নানারকম নিয়ম চালু করে দিয়ে যান।

ইলতুৎমিস আশা করেছিলেন যে ওঁর বড় ছেলে নাসিরুদ্দীন মাহমুদ সুলতান হবেন ওঁর মৃত্যুর পরে। ১২২৯ সালে যখন বাগদাদের খলিফার কাছ থেকে খেলাৎ আসে, ইলতুৎমিস তখন নাসিরুদ্দীনকে লাল চাদর দিয়ে সম্মানিত করেন। মীনহাজ লিখছেন যে তখন সবাই মনে করেছিলেন নাসিরুদ্দীন এই শামসী রাজ্যের উত্তরাধিকারী। কিন্তু এর কিছুকাল বাদে নাসিরুদ্দীনের মৃত্যু হয় এবং উত্তরাধিকারী পাবার সমস্যা ইলতুৎমিসের সামনে আসে। উনি ওঁর কন্যা রাজিয়াকে মনোনীত করেন। এই মনোনয়ন থেকে বোঝা যায় ইলতুৎমিস সমকালীন সামাজিক বিধিনিষেধের বেড়াজাল থেকে মুক্ত

ছিলেন। যখন ইলতুৎমিস গোয়ালিয়র অভিযানে যান, তখন তিনি রাজিয়ার হাতে দিল্লির শাসনভার দিয়েছিলেন। ১২৩২ সালে গোয়ালিয়র থেকে ফিরে রাজিয়ার কর্মনৈপুণ্যে মুগ্ধ হয়ে ইলতুৎমিস তাঁর *মুসরিফ-ই মামলকাত* তাজুল মুল্ক মাহমুদ দবীরকে আদেশ দেন রাজিয়ার উত্তরাধিকার নিয়ে আদেশপত্র তৈরি করার জন্য। এটি তৈরি করার সময়ে কয়েকজন আমীর অনুরোধ করেন তাঁর বয়স্ক পুত্রদের মধ্যে কাউকে তাঁর উত্তরাধিকারী হিসেবে নির্বাচিত করার জন্য। কিন্তু ইলতুৎমিস মনে করতেন যে তাঁর পুত্ররা অপদার্থ। রাজিয়াকে শাসনভার দেওয়া উপলক্ষে একটি বিশেষ মুদ্রাও তৈরি করা হয়েছিল।

ইলতুৎমিসের মৃত্যুর পর প্রাদেশিক আমলারা রুকনুদ্দীন ফিরোজকে সিংহাসনে বসায়। মীনহাজ বলেছেন যে নাসিরুদ্দীনের মৃত্যুর পর লোকেরা রুকনুদ্দীনকেই উত্তরাধিকারী বলে ভেবেছিল। সম্ভবত এই সময়ে একটা মুদ্রা করা হয় যেখানে ইলতুৎমিস ও রুকনুদ্দীন ফিরোজের নাম একসঙ্গেই রয়েছে। এটা হতে পারে যে ইলতুৎমিসের রাজত্বের শেষদিকে ওঁর মত পরিবর্তন করেছিলেন, যার ফলে অভিজাতরা রুকনুদ্দীন ফিরোজকে সিংহাসনে বসাতে বিশেষ আপত্তি করেননি।

রুকনুদ্দীন ফিরোজ

বংশগত সমস্যা ঃ খলিফার স্বীকৃতির ছয় সপ্তাহের মধ্যে ইলতুৎমিসের বড় ছেলে নাসিরুদ্দীন মাহমুদের মৃত্যু সংবাদ এসে পৌঁছায়। ইলতুৎমিস যদিও ওঁর মেয়ে রাজিয়াকে উত্তরাধিকারী হিসেবে মনোনীত করেন তবু তাঁর মৃত্যুর পর প্রাদেশিক অভিজাতরা রুকনুদ্দীন ফিরোজকে সিংহাসনে বসায়।

ইলতুৎমিসের শাসনকালে ফিরোজের প্রথম নিয়োগ হয় বাদাউনে ১২২৮ সালে। পরের কয়েক বছর ইলতুৎমিস ফিরোজের কার্যকলাপের প্রতি তীক্ষ্ণ দৃষ্টি রাখলেও, রাজিয়াকে তাঁর সঙ্গে রাজকার্যের মধ্যে রাখতেন। রাজিয়ার কর্মনৈপুণ্য নিয়ে কারুর মনে সন্দেহ ছিল না। কিন্তু ফিরোজ ছিলেন অপদার্থ। ওঁর মা, শাহ তুরকান ছিলেন প্রধান ষড়যন্ত্রকারীদের একজন এবং আমলাদের সঙ্গে তিনি ভালো বনিবনা রেখেছিলেন। ফলে ইলতুৎমিসের মৃত্যুর পর ফিরোজ সিংহাসনে বসেন।

ফিরোজ সিংহাসনে বসার পর দিল্লির সাধারণ লোকে তাঁর প্রতি আনুগত্য জানায়নি। প্রাদেশিক আমলারা চলে গেলে পর ফিরোজ আমোদ-প্রমোদে মত্ত রইলেন এবং সব ক্ষমতা তাঁর মায়ের হাতে চলে গেল। রাজকোষ এই আমোদে প্রায় শূন্য হয়ে গেল। ওঁর মা ছিলেন নিষ্ঠুর প্রকৃতির। তিনি ইলতুৎমিসের অন্যান্য স্ত্রী ও তাদের ছেলেমেয়েদের নানাভাবে উৎপীড়ন করতে লাগলেন। এর ফলে ফিরোজের দলের লোকেরা একটা পরিবর্তনের চেষ্টা শুরু করল। উজীর জুনাইদী সুলতানকে ছেড়ে প্রাদেশিক শাসনকর্তাদের কাছে গেলেন যারা দিল্লি অভিমুখে যাত্রা করেছে। ফিরোজের ছোট ভাই, গিয়াসুদ্দীন তখন ছিল অযোধ্যাতে। সে লাখনৌতির খাজনা দিল্লির পথে লুট করে ও কয়েকটা শহর আক্রমণ করে বিদ্রোহ শুরু করে। মূলতান,

লাহোর, হানসী ও বাদাউনের শাসনকর্তারা একজোট হয়ে দিল্লির দিকে আসতে থাকে। ফিরোজ সৈন্যদল নিয়ে যুদ্ধ যাত্রা করলে, ওর সেনাপতিরা বিদ্রোহ করে দিল্লিতে ফিরে আসে। প্রাদেশিক শাসনকর্তারা এরকম আশা করেনি।

ফিরোজের অনুপস্থিতির সুযোগে রাজিয়া ফিরোজের মার বিরুদ্ধে সুকৌশলে জনমত গড়ে তোলেন। রাজিয়া শুক্রবারের নমাজে বিক্ষুব্ধদের লাল জামা পরে সামনে এসে ইলতুৎমিসের নাম করে শাহ তুরকানের অপকীর্তি প্রচার করার অনুরোধ করেন। ইলতুৎমিসের স্মৃতি ও শাহ তুরকানের উৎপীড়ন জনতাকে উত্তেজিত করে। এরপর সেনাপতিদের সাহায্যে ফিরোজ ফিরে আসার আগেই রাজিয়া সিংহাসনে বসেন। শাহ তুরকান বন্দী হন ও পরে মারা গেলে ফিরোজের সাত মাসের শাসন শেষ হয়।

রাজিয়া

রাজিয়াকে সিংহাসনে বসিয়ে সেনাপতিরা ও সাধারণ লোকেরা ইলতুৎমিসের শেষ ইচ্ছা পূরণ করছিল। কিন্তু এতে প্রাদেশিক শাসনকর্তাদের অধিকার ক্ষুণ্ণ হয়েছিল। তারা ফিরোজকে সরাতে চাইছিল ঠিকই কিন্তু ঘটনা যা ঘটেছিল তাতে তারা ক্ষুব্ধ হয়েছিল। ফলে তারা দিল্লির দিকে সৈন্য নিয়ে আসতে থাকে। রাজিয়া মহিলা বলে ওরা ক্ষুব্ধ তা নয়, কিন্তু সমস্ত কাজ যেভাবে করা হয়েছিল সেটা আইনগত ছিল না। উজীরও এ ব্যাপারে কিছু জানতেন না বলে তিনিও ক্ষুব্ধ ছিলেন। এরা শহরের সামনে এসে আস্তানা গেড়ে যুদ্ধ শুরু করার অবস্থা সৃষ্টি করে। রাজিয়া মালিক তেয়াগিকে অযোধ্যার শাসনকর্তা নিযুক্ত করেছিলেন। কিন্তু সৈন্য সংগ্রহ করে আনার সময় মালিক্ বিদ্রোহীদের হাতে বন্দী হন। পরে তিনি মারা যান। রাজিয়া মালিক সালারি ও কবীর খানের সঙ্গে গোপনে বোঝাপড়া করেন যে উজীরকে বন্দী করা হবে। এই বোঝাপড়া বিদ্রোহীদের জানিয়ে দেওয়া হয়, যার ফলে বিদ্রোহীর উজীর ও অন্য কয়েকজনকে ধরে হত্যা করে।

এই বিজয়ের ফলে রাজিয়ার অবস্থার উন্নতি হয় ও তিনি সরকার গঠন করার দিকে মন দেন। খাজা মুইজুদ্দীনকে উজীর করা হয়। প্রথমে সৈফুদ্দীন আইবক ও কিছুকাল পরে তাঁর মৃত্যু হলে মালিক হাসান ঘোরীকে প্রধান সেনাপতি করা হয়। কবীর খান বিদ্রোহীদের প্রতি বিশ্বাসঘাতকতার পুরস্কারস্বরূপ লাহোরের শাসনকর্তার ভার পান। তুঘ্রিল-ই তুঘন খান হন বিহারের শাসনকর্তা, পরে তুঘ্রিল জোর করে লাখনৌতি দখল করেন। তখন রাজিয়ার প্রতি ওঁর বিশ্বস্ততা জানালে ওঁকে উচ্চপদে নিয়োগ করা হয়। হিন্দু খানের অধীনে থাকে উছ এবং বাদাউন যায় মালিক ঐতিগিনের হাতে। ফলে সারা দেশের অভিজাতরাই রাজিয়ার শাসন মেনে নেয়।

ইলতুৎমিসকে যদি বলা হতো যে তাঁর মৃত্যুর ত্রিশ বছরের মধ্যে তাঁর এক দাস তাঁর বংশের শেষ প্রদীপও নিভিয়ে দেবে, তাহলে তিনি বিস্মিত হতেন বলে বোধ হয় না। ঐতিহাসিক বারানী ওই ত্রিশ বছরের দুটি বৈশিষ্ট্য লক্ষ্য করেছিলেন—

একটি জনগণের দুর্বলতা ও অন্যটি তুর্কি দাসদের ক্ষমতার দখল। উনি বলেছেন যে চেঙ্গিস খানের আক্রমণ এড়াতে বহু শিক্ষিত উচ্চবংশীয়যুক্ত অভিজাত ভারতে পালিয়ে এসেছিলেন যাদের উপস্থিতির ফলে ইলতুৎমিসের সভা আলোকিত হয়ে ওঠে। তুর্কি দাসেরা নানারকম ছলছুতোয় এই সব অভিজাতদের হত্যা করে। এরপরে এই সব তুর্কি দাসেরা "খান হয়ে যায় ও ক্ষমতার শীর্ষে" চলে আসে। এরা খুব জাঁকজমকপূর্ণ বিলাসী জীবন যাপন করত। এদের মধ্যে চল্লিশ জনের হাতে ছিল প্রধান ক্ষমতা এবং এরা প্রত্যেকেই সমানভাবে জায়গা ও দপ্তর নিজেদের মধ্যে ভাগ করে নিয়েছিল। ১২৬০ সালের সেপ্টেম্বরে মীনহাজ যখন তাঁর *তবাকৎ-ই নাসিরী* শেষ করেন তখন তিনি বারানীর উক্তির সমর্থন করেছেন।

রাজিয়ার সিংহাসন প্রাপ্তি কতকগুলি বৈশিষ্ট্য তুলে ধরে। দিল্লির সাধারণ লোকেরা ইতিহাসে প্রথম সুলতান কে হবে সেটা ঠিক করে দেয়। দ্বিতীয়ত, রাজিয়া এটাকে একটা বোঝাপোড়ার মধ্য দিয়ে নিয়ে যান, যার মধ্যে সিংহাসনচ্যুত হবার শর্ত রয়েছে। ঐতিহাসিক ইসামী বলেছেন যে রাজিয়া একটা বোঝাপড়া করেছিলেন, উনি যদি পুরুষদের থেকে ভালো কাজ না করতে পারেন, তাহলে ওঁর মাথা কেটে ফেলা হবে। তৃতীয়ত, এক মহিলার অধীনে কাজ করতে রাজি হওয়ার মধ্যে তুর্কিদের উদার মানসিকতার পরিচয় পাওয়া যায়। চতুর্থত, এই ধরনের সিংহাসনপ্রাপ্তিতে ধর্মীয় শ্রেণীর কোনও ভূমিকা দেখা যায় না। একজন মহিলার সিংহাসনে বসা ইসলাম বিরোধী কিনা এ বিষয়ে সমকালীন উলেমাদের ভূমিকার কথা জানা যায় না। মীনহাজ, যিনি ধর্মীয় শাস্ত্রতে বিদ্বান ছিলেন, এ সম্বন্ধে কিছু বলেননি। তবে তিনি বলেছেন যে রাজিয়ার মধ্যে সুলতান হবার সব গুণই ছিল।

কিন্তু ওই অবস্থার মধ্যে একটা দ্বন্দ্বের সম্পূর্ণ নিরসন হয়নি। যে সব অভিজাতরা ফিরোজের বিরুদ্ধে বিদ্রোহ করেছিল তারা এক যুবরানীর সিংহাসনে বসা মেনে নিতে পারছিল না। অবশ্য এই বিপদ সম্বন্ধে রাজিয়া সচেতন ছিলেন। একটা সংকট এড়ালেও রাজিয়া রাজশক্তির পুনঃপ্রতিষ্ঠা নিয়ে চিন্তিত ছিলেন। ত্রয়োদশ শতাব্দীর ভারতে রাজশক্তির শৌর্যের প্রচারের মধ্যেই রাজার পরাক্রম প্রকাশ পেত। তাই রাজিয়াকে দেখাতে হয় যে তিনি পুরুষ সুলতানের চেয়ে কম নয়। এইজন্য মেয়েদের পোশাকের বদলে উনি পুরুষদের পোশাক পরতেন, খোলা দরবারে বসতেন ও ঘোড়ায় চড়ে বাইরে যেতেন। এটা মনে করা অসম্ভব নয় যে এই সময় থেকেই ঘোড়াদের অধিকারী হাবসী জামালুদ্দীন ইয়াকুতকে রাজিয়া অনেক সুযোগ সুবিধা দিচ্ছিলেন। হয়ত রাজিয়ার পরিকল্পনা ছিল ওই হাবসীর মাধ্যমে তুর্কি দাসদের দল ভেঙে দেবেন। হাবসীর ওই পদটি, *আমীর-ই আখুর,* সব সময়েই এক তুর্কির হাতে ছিল। ইসামী বলছেন যে ফিরোজের সিংহাসনে বসার পর থেকেই ইয়াকুত রাজিয়ার দিকে ছিলেন।

রাজিয়ার রাজত্বের তৃতীয় বছর থেকেই তাঁর উদ্দেশ্য পরিষ্কার হয়ে আসে। সামরিক অভিজাতরাও সেই উদ্দেশ্য বুঝতে দেরি করেনি। তাদের আধিপত্যকে খর্ব

করার চেষ্টা চলছে এটা তারা বুঝেছিল। সুতরাং দরবারের মালিক ও আমীররা গোপনে ষড়যন্ত্র শুরু করল। এদের সঙ্গে দিল্লির আশপাশের অভিজাতরাও যোগ দেয়। তারা যে শুধু রাজিয়াকে সরাতে চেয়েছিল তা নয়, ভবিষ্যতে রাজারাও যাতে কোনও ক্ষমতা অধিকারী না হয়, সে চেষ্টা করেছিল।

রাজিয়ার সামনে অন্য সমস্যাও মাথা চাড়া দিয়ে উঠেছিল। রাজপুতরা রণথম্ভর দখল করার চেষ্টা করলে, প্রথম বছরেই রাজিয়া মালিক কুতুবুদ্দীন হাসান ঘোরীকে পাঠান। উনি ওখানকার দুর্গ থেকে তুর্কি মালিক ও সৈন্যদের সরিয়ে আনতে পেরেছিলেন। কিন্তু রাজপুতরা রণথম্ভর দখল করে আশেপাশের এলাকাও মুক্ত করে। উত্তর-পশ্চিম রাজপুতানার প্রায় সবটাই চৌহানদের হাতে চলে যায়। এর ফলে দিল্লির সুলতানাতের মান-মর্যাদা নষ্ট হয়। ওই সময়ে গোয়ালিয়র পুনরায় দখল করার জন্য রাজিয়া সৈন্য পাঠালে তারা গোয়ালিয়রের কাছে পরাজিত হয়। রাজপুতদের কাছে পরাজয় ও ধীরে ধীরে রাজিয়ার শাসনতন্ত্রে অ-তুর্কি আমলাদের নিয়োগ তুর্কি দাস-আমলাদের তাদের স্বার্থ বিরোধী বলে মনে হয়েছিল।

রাজিয়ার বিরুদ্ধে প্রথম বিদ্রোহ করেন মালিক ইজুদ্দীন কবীর খান আয়াজ। ইলতুৎমিস এঁকে অনেক আগে দাস হিসেবে কিনে মূলতানের শাসনকর্তা করেছিলেন। কিন্তু পরে ওখানকার কাজে অসন্তুষ্ট হয়ে ওঁকে সরিয়ে একটা ছোট জায়গা দেন। রুকনুদ্দীন ফিরোজ ওকে সুনামের ইক্‌তাদার করেন। কিন্তু কবীর খান ফিরোজের বিরুদ্ধে গিয়ে রাজিয়ার দলে যোগ দেন। রাজিয়া ওঁকে লাহোরের শাসনকর্তা করে দেন। কবীর খান কাউকে বিশ্বাস করতেন না। অত্যধিক উচ্চাকাঙ্ক্ষার ফলে তিনি সকলের আগে রাজিয়াকে গদিচ্যুত করার চেষ্টা করেন। কবীর খানের অকস্মাৎ বিদ্রোহ থেকে মনে করা যেতে পারে যে ওঁর সঙ্গে দিল্লির ষড়যন্ত্রকারীদের যোগাযোগ ছিল না। ১২৩৮--৩৯ সালে রাজিয়া ওঁর বিরুদ্ধে এগোলে কবীর খান রবি নদী পার হয়ে সোদ্রাতে পালান। রাজিয়া ওর পিছনে এবং মঙ্গোলরা ওঁর সামনে থাকায় কবীর খান রাজিয়ার কাছে আত্মসমর্পণ করেন। ওঁর কাছ থেকে লাহোরের ইক্‌তা কেড়ে নিয়ে মূলতানের ইক্‌তা দেওয়া হয়।

রাজিয়া দৃঢ়তার সঙ্গে বিদ্রোহ দমন করলেও এরপর বিদ্রোহ কার্যকর হতে শুরু হয়। ষড়যন্ত্রকারীরা বুঝতে পেরেছিল যে দিল্লির মধ্যে রাজিয়ার বিরুদ্ধে কিছু করা শক্ত। কারণ দিল্লির অধিবাসীরা রাজিয়ার পক্ষে ছিল। প্রাদেশিক শাসনকর্তাদের একক বিদ্রোহ কার্যকরী হবে না, যা কবীর খানের বিদ্রোহে দেখা দিয়েছিল। সুতরাং ষড়যন্ত্রকারীরা চাইল যে একদিকে রাজিয়াকে দিল্লির বাইরে নিয়ে যেতে হবে এমন একটা সময়ে যখন প্রাদেশিক শাসনকর্তারা একযোগে বিদ্রোহ করবে। রাজিয়াকে দিল্লির বাইরে নিয়ে যাবার কাজ করাতে হবে এমন লোককে দিয়ে যার উপর রাজিয়ার বিশ্বাস আছে অর্থাৎ যাকে রাজিয়া নিয়োগ করেছে। এই বিশ্বাসঘাতকতার কাজ করার জন্য ষড়যন্ত্রীরা বেছে নিয়ে ছিল *আমীর-ই হাজিব* ইকতিয়ারউদ্দীন ঐতিগিন। উনি ছিলেন কারাখিতাল তুর্কি ও ইলতুৎমিস ওঁকে কিনেছিলেন। রাজিয়া

ওকে প্রথমে নিয়োগ করেন বাদাউনের ইক্‌তাদার হিসেবে ও পরে *আমীর-ই হাজিবের* উচ্চপদ দেন।

তুর্কি আমলাদের কাছ থেকে অবশ্য কৃতজ্ঞতা বা দয়া-মায়া আশা করা যেত না। অলিখিত নিয়ম হয়ে গিয়েছিল যে কেবল শামসী পরিবার সিংহাসনে বসতে পারবে। সুলতানের ক্ষমতা নায়েবের হাতে দেওয়া যাবে। কিন্তু অভিজাতরা ঐতিগিনকে নায়েব করতে পারে যদি নতুন সুলতান আসে। আরো একজন দাস-আমলাকে রাজিয়া উঁচুপদে বসিয়েছিলেন। তিনি হলেন ইখতিয়ারউদ্দীন আলতুনিয়া। ইলতুৎমিসের মৃত্যুর সময়ে তিনি ছিলেন কেবল *সর-ছত্রধার* (মাথার ওপরে চাঁদনী ধরার প্রধান)। রাজিয়া ওকে প্রথমে বারাণের ইক্‌তাদার ও পরে ভাতিন্দার ইক্‌তাদার করেন। রাজিয়া যখন লাহোর অভিযানে ব্যস্ত, তখন এরা রাজিয়ার বিরুদ্ধে ষড়যন্ত্র করতে থাকে। মীনহাজ যেহেতু নাসিরিয়া মাদ্রাসার অধিকর্তা হয়েছিলেন ষড়যন্ত্রকারীরা ওঁকে দলে নেয়নি। ফলে মীনহাজ ষড়যন্ত্র সম্বন্ধে বিশেষ তথ্য দিতে পারেননি। কিন্তু উনি লিখছেন যে হাবসী ইয়াকুতকে উচ্চপদ দেওয়ার ফলে ঐতিগিন ও আলতুনিয়ার মধ্যে গভীর সম্পর্ক গড়ে উঠতে থাকে এবং আলতুনিয়া ষড়যন্ত্র করতে থাকে রাজিয়াকে সরানোর জন্য।

৩রা এপ্রিল ১২৪০ সালে রাজিয়া দিল্লি পৌঁছান। এইসময় ভাতিন্দাতে আলতুনিয়ার বিদ্রোহের খবর শুনে দশদিন পরে ভাতিন্দার উদ্দেশে রাজিয়া যাত্রা করেন। যখন রাজিয়া ভাতিন্দার দুর্গের সামনে এসেছেন, তখন দিল্লির দাস-আমলারা বিদ্রোহ করে ও হাবসী ইয়াকুতকে হত্যা করে। এর পরে রাজিয়াকে বন্দী করে ভাতিন্দার দুর্গে পাঠানো হয়। এই খবর দিল্লিতে আসা মাত্র দিল্লির দাস-আমলারা মুইজুদ্দীন বাহরামকে সুলতান করে সিংহাসনে বসায়। এর পরে তারা নিজেদের মধ্যে উচ্চপদ ও ইক্‌তা ভাগ করে নেয় যার মধ্যে আলতুনিয়ার কোনও অংশ ছিল না। ঐতিগিনকে করা হয়েছিল *নায়েব-ই মামলুকাত*। ওঁর হাতে ছিল সম্পূর্ণ শাসন ভার। কিন্তু দু'মাসের মধ্যে নতুন সুলতান ঐতিগিনকে হত্যা করলেন। বিদ্রোহের জন্য শেষ পর্যন্ত আলতুনিয়া কিছুই পেলেন না।

এই গোলমেলে অবস্থার সুযোগ গ্রহণ করে রাজিয়া আলতুনিয়াকে বিবাহ করেন। এই বিবাহ থেকে দু'জনেই সুবিধা পাবেন মনে করেছিলেন। এইসময় আলতুনিয়া যেসব সৈন্য সংগ্রহ করেন তার মধ্যে ছিল জাঠ, খোক্কর ও রাজপুত। দু'জন অভিজাতের সাহায্যও পান। এদের নিয়ে দিল্লির দিকে এগোলে, সুলতান বাহরাম অগ্রসর হন। ১২৪০ সালের সেপ্টেম্বর-অক্টোবরের যুদ্ধে রাজিয়া ও আলতুনিয়া পরাজিত হয়ে পিছু হটে যান। এর পরে ওদের সৈন্যরা পালিয়ে গেলে ১৪ই অক্টোবর ১২৪০ সালে হিন্দুদের সঙ্গে যুদ্ধে ওঁরা দু'জনেই মারা যান।

রাজিয়ার সময়কার একটি বৈশিষ্ট্য হচ্ছে ইসমাইলিদের আক্রমণ। এদের নেতা নূর তুর্ক সমকালীন উলেমাদের পার্থিব জিনিসের প্রতি লোভের জন্য মার্চ ১২৩৭ সালে দিল্লির জুম্মা মসজিদ আক্রমণ করে। এরা হানাফি ও সফি মতবাদকে অস্বীকার

করেছিল। মীনহাজ যে বর্ণনা দিয়েছেন তার সঙ্গে নিজামুদ্দীন আউলিয়ার বক্তব্য মেলে না। মুহম্মদ নূরের উনি খুব প্রশংসা করেছেন।

রাজিয়া যে খুব যোগ্য সুলতান ছিলেন তার বহু প্রমাণ আছে। কবীর খানের বিদ্রোহ দমন করা ছাড়াও মঙ্গোলদের বিরুদ্ধে খাওয়ারজমের ছেলেকে আশ্রয় দেননি। রাজিয়া বুঝেছিলেন যে তুর্কি দাস-আমলাদের আধিপত্য ভাঙা দরকার এবং এজন্য তিনি পদক্ষেপ নিয়েছিলেন অ-তুর্কি আমলার গোষ্ঠী তৈরি করার। এর ফলে ওঁকে সিংহাসন ও প্রাণ দুইই হারাতে হয়। কিন্তু তিনিই ভারতে প্রথম তুর্কি মহিলা যিনি পর্দা প্রথার বিরুদ্ধে গিয়ে রাজকার্য পরিচালনা করেছিলেন, যার সমতুল্য দৃষ্টান্ত বিরল। অবিবাহিত ঐতিহাসিক ইসামী রাজিয়া ও হাবসী ইয়াকুতের সম্পর্ক নিয়ে যে ইঙ্গিত দিয়েছেন তার মধ্যে কোন সত্যতা নেই।

মুইজুদ্দীন বাহরাম শাহ

২১শে এপ্রিল ১২৪০ সালে মুইজুদ্দীন বাহরাম শাহ সিংহাসনে বসেন। রাজিয়া তখন ভাতিন্দার দুর্গে বন্দী ছিলেন। ৫ই মে ১২৪০ সালে অভিজাতরা ওঁর আনুগত্য স্বীকার করে। কিন্তু শাসন ক্ষমতা চলে যায় ঐতিগিনের হাতে। সুতরাং সুলতান ও নায়েব দুজনেই ক্ষমতাশালী হয়ে ওঠেন। মীনহাজ বলছেন যে বাহরাম শাহর মধ্যে কয়েকটা গুণ ছিল। কিন্তু রক্ত ঝরাতে তাঁর কোনও ভয় ছিল না। খুনিদের মধ্যে তিনিও যে একজন ছিলেন, সেটা অভিজাতরা বোঝেননি।

ইতোমধ্যে ক্ষমতা করায়ত্ত করে ঐতিগিন সুলতানের এক বোনকে বিবাহ করেছিলেন। যার ফলে ওঁর প্রতিপত্তি আরও বেড়ে যায় সুলতানের কতকগুলি বিশেষ অধিকার তিনি ব্যবহার করতে থাকেন। বাহরাম শাহ ওই অবস্থার অবসান ঘটাতে চান। ফলে ৩০শে জুলাই ১২৪০ সালে *কাশের-ই সফেদ* প্রাসাদে ধর্মীয় আলোচনার সময় দু'জন তুর্কি ঐতিগিনকে খুন করে। তারা উজীরকেও আক্রমণ করে কিন্তু তিনি প্রাণে বেঁচে যান। এটা হয়েছিল এমন সময় যখন রাজিয়া ভাতিন্দা থেকে দিল্লির দিকে অগ্রসর হচ্ছেন। বাহরাম *হাজিব* হিসেবে নিয়োগ করেছিলেন বদরুদ্দীন লস্কর রুমিকে। কিন্তু বদরুদ্দীন ষড়যন্ত্র শুরু করেন। এই ষড়যন্ত্রের মধ্যে দিল্লির কাজিরাও ছিলেন। বাহরাম খবর পেয়ে ষড়যন্ত্রকারীদের বন্দী করেন। বদরুদ্দীনকে বাদাউনের ইক্তাদার করে পাঠানো হয়। কাজীরা পদত্যাগ করেন ও কেউ কেউ দিল্লি ছেড়ে চলে যান। তিনমাস পরে বদরুদ্দীন দিল্লিতে এলে ওঁকে বন্দী করা হয়। পরবর্তীকালে বদরুদ্দীন ও তাঁর কয়েকজন সঙ্গীকে হত্যা করা হয়।

ঐতিগিনের মৃত্যুর ফলে বাহরামের সঙ্গে আমীরদের বোঝাপড়ায় চিড় ধরে। বদরুদ্দীনের মৃত্যুর পরে ওই ফারাক আরও বেড়ে যায়। উলেমারাও বাহরামের প্রতি অত্যন্ত অসন্তুষ্ট হয়েছিলেন। মিহিরের কাজীর মৃত্যুর পর তাঁরাও বাহরামের বিরুদ্ধে গেলেন। সব থেকে প্রতিহিংসাপরায়ণ ব্যক্তি ছিলেন উজীর যিনি একটা সুযোগ খুঁজছিলেন। ১২৪১ সালে মঙ্গোলরা লাহোর অবরোধ করলে উজীরের সঙ্গে সৈন্য

পাঠানো হয়। উজীর ওখানে গিয়ে আমলাদের ভয় পাইয়ে দেন এই বলে যে ওঁর কাছে আমলাদের ধরার গোপন আদেশ আছে। এর ফলে সৈন্যরা বিদ্রোহ করে দিল্লি যাবার জন্য তৈরি হয়। বাহরাম *শেখ-উল ইসলামকে* পাঠান সৈন্যদের শান্ত করার জন্য। কিন্তু শেখও গোপনে ওই ষড়যন্ত্রের মধ্যে ছিলেন এবং তিনি বিদ্রোহের আগুন আরও বাড়িয়ে দেন। তারা দিল্লি অবরোধ করলে, দিল্লির অধিবাসীরা প্রতিরক্ষার ব্যবস্থা করে। শেষকালে শহরের মধ্যে বিদ্রোহ শুরু হলে দিল্লির পতন হয় এবং বাহরামকে হত্যা করা হয়।

আলাউদ্দীন মাসুদ

বাহরামের পতনের ফলে রাজশক্তি একটা বড় ধাক্কা খায়। ফিরোজের কনিষ্ঠ পুত্র আলাউদ্দীন মাসুদ সিংহাসনে বসেন এবং বিভিন্ন দল মিলে একটা যুক্ত সরকার গঠন করেন। ঘোরের থেকে পালিয়ে আসা এক যুবরাজ মালিক কুতুবুদ্দীন হাসানকে নায়েব করা হয়। উনি শামসী দাসেদের দলের বাইরে ছিলেন। মালিক কারাখাস খান হন *আমীর-ই হাজিব* ও বাহরাম শাহর বিরুদ্ধ দলের নেতা কাম্বলি খান নাগৌর, মান্দোর ও আজমীরের শাসনভার পান। উজীরই ছিলেন এই সরকারের কেন্দ্রবিন্দু, তুর্কি মালিকরা ক্রমশ দেখলেন যে তাদের অবস্থার কোনও উন্নতি হয়নি। নায়েব কেবলমাত্র নামেই রইলেন। উজীর তাঁর নিজের অবস্থা শক্ত করার জন্য তুর্কি মালিকদের অভিজাতদের তালিকা থেকে বাদ দিতে শুরু করেন। এর ফলে তুর্কি মালিকরা উজীরকে হত্যা করলে ওদের ক্ষমতা নিরঙ্কুশ হয়। এরপর এক বশংবদ উজীর নিয়োগ করা হয়। যুক্ত সরকার ভেঙে যাবার ফলে কারাখাস খানকে *আমীর-ই হাজিবের* পদ থেকে সরিয়ে ওদের দলের এক কনিষ্ঠতম সদস্য বলবানের ওপর ওই দায়িত্ব ন্যস্ত করা হয়।

কিন্তু কর্মনৈপুণ্যের জোরে বলবান ধীরে ধীরে অনেক ক্ষমতা পেয়ে যান। রাজকীয় শাসনতন্ত্র ওঁর হাতে চলে আসার পর বলবান রাজপুত ও মঙ্গোলদের দমন করার চেষ্টা করেন। ওঁর মনে হয়েছিল যে সামরিক ক্ষমতার অভাবের ফলেই নানা গোলমাল দেখা দিয়েছে। এর পরে আলাউদ্দীন মাসুদের চার বছরের রাজত্বকাল মোটামুটি শান্তিতে কেটেছিল।

মীনহাজ বলেছেন একদল অকর্মণ্য লোক মাসুদের সংস্পর্শে আসে এবং ওঁকে নানারকম অপ্রিয় কাজ করতে উত্যক্ত করে। মাসুদ মালিকদের হত্যা করতে থাকেন। এর ফলে রাজ্যের কাজকর্মে বিঘ্ন ঘটে। রাজ্যের মালিক এবং আমীরেরা সুলতান নাসিরুদ্দীন মাহমুদকে গোপনে চিঠি পাঠিয়ে দিল্লি আসার আহ্বান জানায়। মাহমুদ গোপনে দিল্লি পৌঁছে মাসুদকে কারাগারে বন্দী করেন এবং নিজে সিংহাসনে বসেন। মাসুদের পতন নিয়ে মীনহাজ যা বলেছেন তা গ্রহণযোগ্য নয়। যখন দিল্লির সৈন্যরা মঙ্গোলদের পরাজিত করে এবং প্রায় গোপনে মাসুদের কাকা নাসিরুদ্দীন মাহমুদ সিংহাসনে বসেন, সেটা খুবই সন্দেহজনক। এখানে কোনও শর্তসাপেক্ষে সিংহাসনে বসার কথা পাওয়া যায় না। মালিকদের ক্ষমতাও কমে গিয়েছিল ও তাদের দলও

সংহতি হারিয়েছিল। নাসিরুদ্দীনের শাসনকালেও বলবানের ক্ষমতা একইভাবে চলতে থাকে। এর থেকেই বলা যেতে পারে যে ব্যক্তিগত আকাঙ্ক্ষার জন্য মাসুদের পতন হয়েছিল। বলা যেতে পারে এই পতন প্রাসাদ অভ্যুত্থানের ফলে হয়েছিল। সম্ভবত মাহমুদের মায়ের সঙ্গে হাত মিলিয়ে বলবান এর মধ্যে জড়িত ছিলেন।

নাসিরুদ্দীন মাহমুদ

১০ই জুন ১২৪৬ সালে নাসিরুদ্দীন মাহমুদের রাজত্বকাল শুরু হয়। মাহমুদের সময় রাজ্যের নীতির কোনও পরিবর্তন হয়নি। বলবান ছিলেন প্রধান মালিক এবং তিনি যা বলতেন সুলতান তাই শুনতেন। বলবান তাঁর ছোট মেয়ের সঙ্গে সুলতানের বিবাহ দেন। মাসুদের পতনের কিছুদিনের মধ্যেই কুতুবুদ্দীন হাসানও সরে গেলে পদটি খালি হয়। ১২৪৯–৫০ সালে বলবান নিজে ওই পদ গ্রহণ করেন। ওঁর ছোট ভাই কিশলু খান *আমীর-ই হাজিব* হন। ওঁর এক আত্মীয় শের খান লাহোর ও ভাতিন্দার শাসনকর্তা হন। বশংবদ উজীর আবু বকর থাকেন কারণ উনি বোধহয় বলবানের দলে যোগ দিয়েছিলেন। সুলতান অত্যন্ত শান্ত স্বভাবের ও ভীতু প্রকৃতির ছিলেন বলে বলবানের পক্ষে ক্ষমতা দখল করা সম্ভব হয়েছিল, যে সুবিধা ঐতিগিন পাননি।

কিন্তু বলবানের এই ধরনের ক্ষমতা দখলের বিপক্ষে ষড়যন্ত্র শুরু হয়েছিল। ১২৬০ সালে কিছু ভারতীয় মুসলমান ও বলবানের বিপক্ষীয় তুর্কিদের চাপে সুলতান মাহমুদ বলবান ও তার ভাইদের ক্ষমতা থেকে সরিয়ে দেবার আদেশ দেন। ওঁদের দিল্লি ছেড়ে নিজেদের ইক্‌তাতে চলে যেতে বলা হয়। নতুন সরকারে *ওয়াকিল-ই দর* ইমামুদ্দীন রাইহান প্রধান হয়ে দাঁড়ান। উজীর আবু বকরকে সরিয়ে জুনাইদিকে উজীর করা হয়। শের খানকে ভাতিন্দা ও মূলতান ছাড়তে বাধ্য করা হয়। মীনহাজকে প্রধান কাজীর পদ থেকে সরানো হয়।

রাইহান নতুন তুর্কি আমলাদের নিয়ে উচ্চপদগুলি নিজের দখলে রাখেন। এদের মধ্যে ভারতীয় মুসলমানরা থাকার ফলে সাধারণ তুর্কিদের মনে রাইহানের বিরুদ্ধে ক্ষোভ জমা হতে থাকে। বলবান এই বিক্ষোভকে সামরিক রূপ দিতে পেরেছিলেন। প্রাদেশিক তুর্কি আমলারা, বিশেষত দিল্লির আশেপাশের এলাকাগুলি, বলবানের সঙ্গে যোগ দেয়। ১২৫৪ সালের রমজান মাসে এই দল দিল্লিতে যায়। রাইহান যুদ্ধ করতে চেয়েছিলেন, কিন্তু মাহমুদ দৃঢ়চেতা লোক ছিলেন না। ফলে উনি সমঝোতা করতে রাজি হলেন। বলবানের দল সুলতানের বশ্যতা স্বীকার করতে রাজি হল যদি রাইহানকে সরিয়ে দেওয়া হয়। ওকে প্রথমে বাদাউন ও পরে ভইরচে পাঠানো হয়। বলবান আবার নায়েব হন। ওঁর আত্মীয়রা পুরানো পদ ফিরে পায়। মীনহাজ ও আবু বকরও ওদের পদ ফিরে পায়।

এই গোলমালে অবশ্য রাজ্যের নীতির বদল হয়নি। বরং চেষ্টা হতে থাকে কেন্দ্রীয় সরকারের ক্ষমতা আরও বাড়ানোর জন্য, যার মধ্যে তুর্কি অভিজাতদের ক্ষমতা সঙ্কুচিত হবে না। কিন্তু রাজধানীতে পালা বদলের ছাপ প্রদেশে পড়তে বাধ্য। দূরত্বের

ফলে ওখানকার উচ্চাকাঙ্ক্ষী লোক স্বাধীন হতে চাইতে পারে। ইলতুৎমিসের মৃত্যুর ফলে সুলতানাতে এর সংহতি সুদৃঢ় হতে পারেনি।

খলজী অভিজাতদের বিদ্রোহ বাংলাতে দমন করে বাংলা ও বিহার আলাদা করে দেওয়া হয়েছিল। তুঘন খান রাজিয়া ও বাহরাম শাহের প্রতি বাইরে আনুগত্য প্রকাশ করেছিলেন। বাহরাম শাহের রাজত্বর শেষ দিকে তুঘন খান লাখনৌতির সামরিক শাসকের সঙ্গে ঝগড়া করে শহর দখল করেন। এর পরে উনি বিহার দখল করেন। পরবর্তী সুলতানের রাজত্বের প্রথমদিকে উনি কারা, মানিকপুর, অযোধ্যা ও আরও দূরে অভিযান চালান। মাহমুদের সরকারের হাতে অত ক্ষমতা ছিল না তুঘন খানকে থামানোর। তুঘন যখন অযোধ্যা দখল করতে যান, তখন মীনহাজ লাখনৌতি যাবার পথে ওঁকে বুঝিয়ে ফেরত পাঠান। এরপরে তুঘন জাজনগরের হিন্দু রাজার কাছে পরাজিত হলে বলবানের সুবিধা হয়ে যায়। জাজনগর লাখনৌতি আক্রমণ করার চেষ্টা করলে তুঘন খান দিল্লির কাছে সৈন্য পাঠানোর আবেদন করেন। অযোধ্যার শাসনকর্তা তামুর খানকে ওঁর সাহায্যর জন্য পাঠানো হয়। লাখনৌতি পৌঁছালে জাজনগরের সৈন্যরা চলে যায় ও তামুর খান লাখনৌতি অবরোধ করে তুঘন খানকে বশ্যতা স্বীকার করতে বাধ্য করান। ১২৪৬ সালে দু'জনেই মারা যান। এর পরের লাখনৌতির ইতিহাস পরিষ্কার নয়। সম্ভবত ১২৬০ সালের প্রথমে কারার শাসনকর্তা আসলাম খান লাখনৌতি দখল করেন। ওখানকার শাসনকর্তা ইয়ুজবাকী তখন পূর্ববঙ্গে ছিলেন। ইয়ুজবাকী তাড়াতাড়ি ফিরে এলে যুদ্ধে মারা যান। এই রকমভাবে জায়গা দখল করার ব্যাপারে মাহমুদের সরকারের প্রায় কিছুই করার ছিল না। আসলামের নামে কোনও মুদ্রা না পাওয়ার ফলে ধরে নেওয়া হয়েছে যে তিনি স্বাধীনতা ঘোষণা করেননি। আসলাম সম্ভবত ১২৬৭ সালে মারা যান। ওঁর ছেলে তার্তার খান ওঁর জায়গায় বসেন।

বাংলার গোলমালের তুলনায় সেই সময় রাজধানী অনেক বেশি শান্ত ছিল। কিন্তু কেন্দ্রীয় সরকারে গোলমাল দেখা দিলে তার রেশ গঙ্গা-যমুনা-দোয়াব, বিশেষত অযোধ্যায় পড়ে। বলবান রাজ্যের নীতি বদলাননি। প্রতি বছর হিন্দুস্থানে অভিযান করার ফলে বিদ্রোহ আর মাথা চাড়া দিয়ে উঠতে পারেনি। ইলতুৎমিসের সময়ের চাইতে বাহরাম শাহের রাজত্বর শেষ দিকে মঙ্গোলরা আরও বেশি ভয়ঙ্কর মূর্তি ধারণ করে। ১২৫৫ সালে তাদের অভিযানের ফলে পাঞ্জাব ও সিন্ধুর অবস্থা বদলে যেতে থাকে। মাহমুদের সরকার যখন সর্বশক্তি সংগ্রহ করে এই মঙ্গোলদের মোকাবিলা করতে তৈরি হচ্ছিল, তখন অযোধ্যায় বিদ্রোহের বীজ বপন হয়। সুলতানের সৎ-পিতা কুরলুখ খান ছিলেন তুর্কি দলের বিপক্ষে। ফলে বলবান ওঁকে বিশ্বাস করেননি। রাইহানকে সরানো হলে কুরলুখ হন তাঁর বিশেষ বন্ধু। অযোধ্যা ও ভইরচ থেকে তারা মাহমুদের ক্ষমতা ক্ষুণ্ণ করার চেষ্টা করতে শুরু করে। বলবান খবর পেয়ে রাইহানকে তাঁর পদ থেকে সরিয়ে সঞ্জুর সিওস্তানিকে ওখানে পাঠালেন। কুরলুখ তাঁর বন্ধুর সাহায্যার্থে এসে সঞ্জুরকে বন্দী করলেন। সঞ্জুর তাঁর বন্দীদশা থেকে পালিয়ে একদল সৈন্য সংগ্রহ করে সরযু নদী পার হয়ে রাইহানকে যুদ্ধে

পরাজিত ও নিহত করেন। এর পরে কুরলুখ খানকে বলা হয় অযোধ্যা থেকে ভইরচে যেতে। উনি প্রকাশ্যে বিদ্রোহ শুরু করেন ও একটা যুদ্ধে জয়ী হন। ফলে দিল্লির হাত থেকে অযোধ্যা প্রায় স্বাধীন হয়ে যায়। এরপর বলবান যুদ্ধে নামলে বিদ্রোহীরা হিমালয়ের পাদদেশে পালায়। বলবান ওদের পিছনে তাড়া করে খুঁজে না পেয়ে আশেপাশের হিন্দু রাজা ও উপজাতিদের আক্রমণ করে লুটতরাজ করেন এই ভেবে যে ওরা বিদ্রোহীদের সাহায্য করেছে। ১২৫৬ সালে বলবান ফিরে গেলে কুরলুখ আবার বেরিয়ে আসেন ও অযোধ্যা দখল করেন। পরে কারা ও মানিকপুর দখল করার ব্যর্থ চেষ্টা করেন। এরপর কুরলুখ সিরমুর পাহাড়ে রাজা রামপালের কাছে আশ্রয় পান। বলবানের অনুরোধে রামপাল কুরলুখকে তাড়াতে রাজি না হলে, ১২৫৭ সালে বলবান রামপালের রাজ্য আক্রমণ করেন। কিন্তু কুরলুখ ধরা পড়েননি।

পাঞ্জাব ও সিন্ধুতে কেন্দ্রীয় সরকারের ক্ষমতা খর্ব হয়ে এসেছিল। এখানে ক্রমাগত মঙ্গোল অভিযান চলছিল। মানকবারনি পারস্য ও ইরাকে মঙ্গোলদের ঠেকাতে পারেননি ঠিকই, কিন্তু এখানে উনি প্রতিরোধের চেষ্টা করেছিলেন। ওঁর মৃত্যুর আগেই গজনী মঙ্গোল সাম্রাজ্যের মধ্যে চলে গিয়েছিল। মঙ্গোলরা এরপর স্থির করে যে প্রথমে সিন্ধু নদীর পার পর্যন্ত দখল করবে ও পরে হিন্দুস্থানের গজনীর প্রদেশগুলি অধিগ্রহণ করবে। রাজিয়ার রাজত্বের শেষ দিকে মঙ্গোলরা চীনাব অবধি পৌঁছে গিয়েছিল। তবে পশ্চিমের শাসনকর্তা প্রাণপণে মোঙ্গলদের ঠেকানোর চেষ্টা করেছিলেন। দিল্লি সৈন্য পাঠাতে না পারায় ওরা আত্মসমর্পণ করতে বাধ্য হয়। ১২৪১ সালে লাহোরের ওপর সংঘবদ্ধ আক্রমণ শুরু হয়। স্থানীয় শাসনকর্তা সাহায্য চেয়েছিলেন, কিন্তু উজীরের ষড়যন্ত্রের ফলে সৈন্যরা দিল্লি চলে আসে। এর পরে মঙ্গোলরা চলে গেলে লাহোর আবার দখল করা হয়।

১২৫৫ সালে কিশলু খান তার পুরানো জায়গা মূলতান ও উছ ফিরে পান। ওখানে বসে উনি বিদ্রোহ শুরু করেন এবং মঙ্গোল নেতা হুলাকুর প্রতি আনুগত্য জানান। সেই সময় কিশলু খান এক মঙ্গোল প্রতিনিধিকে আসতে দেন। ফলে মঙ্গোলদের হাতে সম্পূর্ণ সিন্ধু প্রদেশ চলে যায়। মাহমুদের সরকারের পক্ষে মঙ্গোলদের বিপক্ষে যুদ্ধ করা সম্ভব ছিল না।

কিশলু খান মঙ্গোলদের কাছে আশ্রয় নিলে বলবানের সঙ্গে তাঁর পুরানো শত্রুতার কথা মনে পড়ে যায়। ১২৫৭ সালের প্রথম দিকে তিনি সৈন্য নিয়ে বিয়াস নদী ধরে হিমালয়ের পাদদেশে যান প্রধানত কুরলুখ খানের সঙ্গে যোগ দেবার জন্য। ওখানে উভয়ে মিলিত হলে সম্মিলিত বাহিনী দিল্লির দিকে যাত্রা শুরু করে। এদের ঠেকাতে গুরুত্ব বুঝে বলবান একটি শক্তিশালী সৈন্যদল গড়ে তোলেন এবং সামানা পর্যন্ত ওদের অগ্রসর হতে দেন। যুদ্ধের ঠিক আগে দিল্লির উলেমাদের একটা অংশ গোপনে কিশলু খানকে দিল্লিতে আমন্ত্রণ করে। কিন্তু এটি বলবানের কাছে প্রকাশ হয়ে যায়। উনি তক্ষুনি সুলতানকে খবর পাঠান যাতে ওইসব ষড়যন্ত্রকারীদের দিল্লি থেকে বিতাড়িত করা যায়। কিশলু খান জানতেন না যে উলেমাদের পরিকল্পনা ফাঁস হয়ে গিয়েছে। সামনাসামনি যুদ্ধ এড়িয়ে উনি দিল্লির কাছে পৌঁছে যান। ওখানে উনি

জানতে পারেন যে ওঁর দলের লোকেরা ধরা পড়েছে এবং শহরের অধিবাসীরা যুদ্ধ করার জন্য তৈরি। ফলে কিশলু খান উছে ফিরে যান। কুরলুখ খানের বিষয় কিছু জানা যায় না। এর কিছুকাল কিশলু খান ইরানে হুলাকুর সঙ্গে দেখা করতে যান। বোধহয় উদ্দেশ্য ছিল দিল্লি আক্রমণের জন্য সৈন্য সংগ্রহ করা। ১২৫৭ সালের শেষে একদল মঙ্গোল সৈন্য সিন্ধুতে আসে। মঙ্গোলরা অবশ্য দিল্লি আক্রমণ করেনি। ১২৫৮ সালের প্রথম দিকে বলবান সামরিক প্রস্তুতিতে ফাঁক রাখেননি। মীনহাজের লেখা হঠাৎ বন্ধ হয়ে গেলে কিশলু খানের বিদ্রোহের শেষ অংশের তথ্য জানা যায় না। পরবর্তীকালে ইসামী লিখছেন যে ১২৫৮ সালের পর বলবান মূলতানে অভিযান চালিয়েছিলেন কিশলু খানের বিরুদ্ধে। বলবান মূলতানের দিকে এগোলে কিশলু খান তাঁর পুত্র মুহম্মদকে ওখানে রেখে পাঞ্জাবে চলে যান। মূলতানের অধিবাসীরা বলবানের কাছে শহর সমর্পণ করে। মুহম্মদ পালিয়ে তার পিতার কাছে চলে যায়। কিশলু খান পাঞ্জাব ছেড়ে বামিয়ানে গিয়ে দুবার চেষ্টা করেন মূলতান দখল করার জন্য, সম্ভবত মঙ্গোলদের সঙ্গে নিয়ে। বোধহয় বলবান হুলাকুর সঙ্গে একটা অনাক্রমণের চুক্তি করেছিলেন এবং এর ফলেই বলবানের পক্ষে সিন্ধু আবার দখল করা সম্ভব হয়েছিল। ছয় বছর পরে বারানী লিখছেন যে বলবানের রাজ্যলাভের পরে তাঁর পুত্রকে সিন্ধুর শাসনকর্তা করেছিলেন।

বুন্দেলখণ্ড ও রাজপুতানা

বলবানের প্রচেষ্টায় সুলতানাতের পূর্বদিকে বাংলা ও বিহার সুলতানদের নাম মাত্র দখলে থাকলেও, দক্ষিণদিকের সীমানায় গোলমাল হতেই থাকে। ইলতুৎমিস দক্ষিণ ভারত পুনরায় দখল করার যে পরিকল্পনা করেছিলেন সেটি ছিল তাৎক্ষণিক। ওঁর মৃত্যুর পর ১২৪০ এবং ১২৪১ সালে দানপত্রে দেখা যাচ্ছে যে কালিঞ্জরের চন্দেলা বংশ ক্ষমতা প্রসারিত করেছে। ১২৮০ সালের দাহি তাম্রপত্রে তুর্কিদের পরাজয়ের কথা আছে। এমনকি মথুরা ও গোয়ালিয়রের রাজারা যে হিন্দু তারও উল্লেখ আছে। ভার রাজপুতদের পরম্পরা থেকে জানা যায় যে উত্তর-পশ্চিম বুন্দেলখণ্ডের দখল তাঁরাই নিয়েছিলেন অন্ততঃ ১২৮০ সাল পর্যন্ত। কারার ইক্‌তার একশ মাইল দূরে নতুন রাজপুত বংশের উত্থান লক্ষ্য করা যায়। কাল্পি ও চুনারের মধ্যবর্তী জায়গা ও টন নদীর উপত্যকা রেওয়া বাঘেলাদের হাতে চলে যায়। সুতরাং যমুনার দক্ষিণের অধিকাংশই রাজপুতদের দখলে থাকে। অযোধ্যা বা বাদাউন থেকে তুর্কিরা কয়েকটা অভিযান চালালেও বিশেষ সুবিধা হয়নি। ১২৪৭ সালে বলবান এক হিন্দু রাজার বিরুদ্ধে অভিযান করেন যিনি কারা ও কালিঞ্জরের মধ্যবর্তী জায়গায় স্বাধীনতা ঘোষণা করেছেন। কিন্তু বলবান তার দুর্গ দখল করলেও সেই রাজাকে ধরা যায়নি।

যমুনার দক্ষিণে গোয়ালিয়রের কাছে আর একটা শক্তিশালী রাজপুত বংশ প্রতিষ্ঠিত হয়। ১২৪৭ সাল নাগাদ চহরদেব নারওয়ারের পরিহারদের সরিয়ে জাজপেল্লা বংশ শুরু করেন। ইলতুৎমিসের রাজত্বের শেষদিকে এঁর বিরুদ্ধে অভিযানের কথা বলা হয়েছে। ১২৩৩ সালের আগে এর নামাঙ্কিত মুদ্রা পাওয়া যায়

গোয়ালিয়র, ঝাঁসি ও নারওয়ারে। মুসলমান ঐতিহাসিকরা একে হিন্দুস্থানের সব থেকে বড় রাজা বলতে দ্বিধা করেননি। উনি নারওয়ার থেকে গোয়ালিয়র আক্রমণ করলে রাজিয়া সৈন্য পাঠান। সেবারে কিছু করতে না পেরে রাজিয়া আর একবার সৈন্য পাঠান যাতে তাঁর সৈন্যদের দিল্লিতে ফেরত আনা যায়। চহরদেবের রাজত্বের সীমা গোয়ালিয়র ও চান্দেরী থেকে মালব পর্যন্ত পৌঁছেছিল। ১২৫১ খ্রিস্টাব্দে এর বিরুদ্ধে রাজিয়া অভিযান করেন। উনি নারওয়ার ও গোয়ালিয়র দখল করেন। চহরদেব পরে আবার এগুলি দখল করেন। ওঁর মুদ্রা থেকে মনে করা হয় যে অন্তত ১২৫৯ সাল পর্যন্ত উনি স্বাধীনভাবে রাজত্ব করেছিলেন। ১২৭৯ সাল পর্যন্ত গোয়ালিয়র ওঁর উত্তরাধিকারীদের দখলে ছিল। শিলালেখ থেকে জানা যায় ওই বংশের শেষ রাজা গণপতি ১২৯৮ সাল পর্যন্ত রাজত্ব করেছিলেন।

রাজপুতানার উপর তুর্কিদের দখলও অনেক কমে যায়। ইলতুৎমিসের মৃত্যুর পর বিতাড়িত চৌহানরা রণথম্ভর আক্রমণ করতে থাকে যার নেতৃত্ব দেন ভাগবত। রাজিয়ার রাজত্বের প্রথমদিকে চৌহানদের আক্রমণ ঠেকাতে ওঁকে সৈন্য পাঠাতে হয়। কিন্তু ওখানে টিকে থাকা শক্ত হচ্ছে বলে দুর্গ ভেঙে দিয়ে সৈন্যরা দিল্লি ফিরে আসে। *হাম্মীরা মহাকাব্যতে* চৌহান বংশের রণথম্ভর পুনঃপ্রতিষ্ঠার কথা বলেছে। মীনহাজের লেখা থেকে মনে করা যেতে পারে যে তুর্কিদের দখলে থাকা মেওয়াত, চৌহানরা অধিগ্রহণ করেছিল। বুঁদির বংশের ওপরও চৌহানদের আধিপত্য হয়েছিল বলে মনে করা যেতে পারে। চৌহান বংশের পুনরুত্থান রাজপুতানাতে তুর্কি শাসনের পক্ষে বিপজ্জনক হয়ে দাঁড়িয়েছিল। উল্লেখযোগ্য যে ওই একই সময়ে মেওয়ারের গুহিলট বংশের পুনরুত্থান ঘটে। ১২১৩ সাল থেকে ১২৫২ সালের শিলালেখতে জয়ত্রসিংহের কথা লেখা আছে যিনি মালব, গুজরাট, মারওয়ার দখল করেছিলেন ও তুর্কিদের পরাজিত করেছিলেন।

১২৪৮ সালে বলবান রণথম্ভরে সৈন্য পাঠান। ফার্সী সূত্রে ওই দল কত শহর লুটপাট করেছে তার বিবরণ আছে কিন্তু রণথম্ভরের জয়ের কথা নেই। সম্ভবত রণথম্বরের যুদ্ধে বলবানের প্রধান সেনাপতি মারা যায় ও সৈন্যদল ফিরে আসে। পরবর্তীকালেও বলবান তাঁর নাগৌরের ইকতা থেকে রণথম্ভর, বুঁদী ও চিতোরের ওপর আক্রমণ চালান। ১২৫৮ সালেও উনি ওই ধরনের অভিযান চালিয়েছিলেন।

আগেই বলা হয়েছে যে মেওয়াতের জাদো ভাট্টি রাজপুত বংশ ক্ষমতায় ফিরে আসছিল। এর ফলে বিয়ানার তুর্কিরা আলাদা হয়ে পড়ে। পূর্ব রাজপুতানায় এই রাজপুতরা অন্য রাজপুতদের সঙ্গে সন্ধি করে গেরিলা যুদ্ধ শুরু করে দেয়। বাহরামের রাজত্বের প্রথম দিকে বলবান এদের বিরুদ্ধে সৈন্য পাঠান। মেওয়াতি বিদ্রোহীদের সঙ্গে রণথম্ভরের বিদ্রোহীদের যোগাযোগ ছিল বলে জানা যায়। মনে হয় যে রাজপুত বংশগুলি একজোট হয়ে দিল্লির বিরুদ্ধে সুসংহত লড়াই শুরু করেছিল। তুর্কিদের মতো ওই রাজপুতানার নেতারাও তুর্কি অধিকৃত অঞ্চলে লুটপাট করেছিল। ১২৫৬ সালে মাল্কা নামে এক নেতার অধীনে মেওয়াতিরা হানসী লুণ্ঠন করে। তারা বিয়ানাতেও অভিযান চালায়। মাহমুদের রাজত্বের শেষদিকে এরা দিল্লির দরজা পর্যন্ত

দিনের বেলায় লুণ্ঠন করে। ১২৫৮ সালে বলবান দুবার এদের বিরুদ্ধে অভিযান চালিয়ে কিছু করতে পারেননি। রণথম্ভরের রাজা জয়ত্রসিংহ ও তাঁর ছেলে হাম্মিরার নেতৃত্বে রণথম্ভরের ক্ষমতা অনেক বেড়ে যায়। মালব, চিতোর, মেওয়ার, আবু ও সমগ্র উত্তর রাজপুতানার ওপর আধিপত্য বিস্তার করেন।

দক্ষিণ-পশ্চিমে জালোরের চৌহানরা তুর্কিদের শর্ত অস্বীকার করে স্বাধীনতা ঘোষণা করে। ক্রমে ওরা পরমারদের কাছ থেকে মান্দোর ছিনিয়ে নেয় ও পরে ওদের রাজধানী চন্দ্রাবতী দখল করে। পশ্চিমপ্রান্তে জয়সলমীরের ভাট্টিরা বারবার তুর্কি আক্রমণ প্রতিহত করতে থাকে।

এভাবে বারবার দিল্লির কর্তৃত্ব অস্বীকার করা হয়। এই অবস্থা চলতে থাকে বলবানের রাজত্বের প্রথমদিক পর্যন্ত।

বলবানের রাজত্ব

নাসিরুদ্দীন মাহমুদ প্রায় বিশ বছর রাজত্ব করতে পেরেছিলেন প্রধানত তাঁর অত্যন্ত বিশ্বাসভাজন নায়েব বাহাউদ্দীন বলবান উলুঘ খান সঙ্গে থাকায়। তুর্কি ইলবারি উপজাতির ঘরে বলবানের জন্ম হয়। প্রথম জীবনেই তাঁকে দাস হিসেবে বিক্রি করে দেওয়া হয় এবং ইলতুৎমিস ওঁকে কিনে নেন। মাহমুদের সিংহাসন পাবার ঘটনাবলীর মধ্যে ওঁর একটা ভূমিকা ছিল বলে মনে করা হয়। মাহমুদের রাজত্বের চতুর্থ বছরে বলবানের মেয়েকে মাহমুদ বিয়ে করার পর বলবান *নায়েব-ই মামলিকাত* পদ ও উলুঘ খান উপাধি পান।

কি করে মাহমুদের রাজত্ব শেষ হল সেটা সম্পূর্ণভাবে জানা যায় না কারণ মীনহাজ হঠাৎ তাঁর ইতিহাস ১২৬০ সালে শেষ করে দেন। জিয়াউদ্দীন বারানী নাসিরুদ্দীনের মৃত্যু সম্পর্কে নীরব। *তারিখ-ই মুবারক শাহীর* উপর ভিত্তি করে মধ্যযুগের অধিকাংশ লেখকই বলেছেন যে মাহমুদ অসুখে মারা যান। কিন্তু সমস্ত শামসী উত্তরাধিকারীদের যে হত্যা করা হয়েছিল সে বিষয় একটা অন্য সন্দেহ নিয়ে আসে। ইবন বতুতা লিখছেন যে নায়েব (অর্থাৎ বলবান) নাসিরুদ্দীন মাহমুদকে হত্যা করে সুলতান হন। ইসামী লিখছেন যে মাহমুদকে বিষ দিয়ে হত্যা করা হয়েছিল এবং দিল্লির অধিবাসীরা এটা জানত।

১২৬৬ সাল নাগাদ সুলতান নাসিরুদ্দীন তাঁর ৩৭তম বছরে পড়েছিলেন। উলুঘ খান ওঁর থেকে সম্ভবত বিশ বা চব্বিশ বছরের বেশি বয়সী ছিল। ১২৫৩ সালে কুতলুঘ-কিশলু গোষ্ঠী ক্ষমতায় এলে মাহমুদের চার পুত্রের মধ্যে জ্যেষ্ঠ পুত্রকে *আমীর-ই-হাজিব* করে। ওর বয়স কম বলে কিশলু খান ওর কাজ দেখাশোনা করতে থাকে। উলুঘ খান ক্ষমতায় এলে মাহমুদের জ্যেষ্ঠ পুত্রকে ওই পদ থেকে সরিয়ে দেন। এরা ছাড়াও ১২৬৬–৬৭ সালে ইলতুৎমিসদের আরও বংশধর বেঁচে ছিলেন।

১২৬৬–৬৭ সালে দিল্লিতে নাসিরুদ্দীনের মৃত্যু নিয়ে যতই আলোচনা হোক না কেন বলবানের সিংহাসনে বসতে অসুবিধা হয়নি। ফেরিস্তা বলেছেন যে বলবান যখনই ইলতুৎমিসের কোন বংশধরকে তাঁর প্রতিদ্বন্দ্বী বলে মনে করেছেন, তখনই

তাকে গোপনে হত্যা করেছেন। ইসামী বলছেন যে বলবান সিংহাসনে বসার পর সব আমলাই তাঁর আনুগত্য স্বীকার করে। অন্যান্য আমীররা, যারা আগের রাজত্বে প্রধান ছিলেন, তাদের কি হল জানা যায় না। মীনহাজ এবং তাঁর ছেলে আয়াজের কি হল সেও জানা যায় না। গিয়াসুদ্দীন বলবান এমনভাবে চলতে থাকলেন যেন তিনি অতিমানব ও আফ্রসিয়াবের বংশধর যাকে ঈশ্বর এনেছেন।

সিংহাসনে বসার পরই বলবানকে কতকগুলি সমস্যার সম্মুখীন হতে হয়। ওঁর প্রথম দৃষ্টি ছিল আর কেউ যেন ওর প্রতিপক্ষ না হতে পারে। এর ফলে অভিজাতদের সঙ্গে ওঁর সম্পর্ক নতুনভাবে সাজাতে হয়। তুর্কি দাস-আমলাদের আধিপত্য বন্ধ করার জন্য তিনি সক্রিয় হন। দিল্লি সুলতানাতে একটা নতুন রাজতন্ত্র আনতে বলবান বদ্ধপরিকর হন যাতে তাঁর হাতে অপরিসীম ও অপ্রতিদ্বন্দ্বী ক্ষমতা আসে।

তবে সিংহাসনে বসার পর তাঁর প্রধান কাজ হল রাজ্যে শান্তি ও শৃঙ্খলা নিয়ে আসা। নায়েব থাকার সময়ে উনি বুঝেছিলেন যে স্থায়ী সামরিক ও পুলিশের কর্তৃত্বের প্রয়োজন অপরিসীম। রাজ্যে শান্তি ও সুবিচারের ব্যবস্থা থাকলে জনগণ মান্য করবে, বলবান তা জানতেন। বলবানের আসার আগেই শান্তি ও শৃঙ্খলা অনেকটা ভেঙে পড়েছিল। দিল্লির শহরতলিতে লুটতরাজ, বাণিজ্যপথের অনিশ্চিয়তা, দোয়াবে বিদ্রোহ, অযোধ্যা হাতছাড়া ইত্যাদি সব মিলিয়ে সুলতানাতের মধ্যে অশান্তি দেখা গিয়েছিল। বারানী এই অরাজক অবস্থার পূর্ণ চিত্র দিয়েছেন। জঙ্গলে ঘেরা দিল্লির শহরতলীতে মেও দস্যুদের অত্যাচারে প্রধান রাজপথগুলি অত্যন্ত বিপজ্জনক হয়ে উঠেছিল। শহরের পশ্চিম দরজা বিকেলে নামাজের আগে বন্ধ রাখতে হতো ও ওখানকার তালাও থেকে কেউ ভয়ে জল আনতে যেতে পারত না। একবছর ধরে লড়াই করে ও জঙ্গল পরিষ্কার করে বলবান মেওদের নির্মূল করেন ও গোপালগীরে একটা দুর্গ তৈরি করে পথের ধারে থানা স্থাপন করেন। সৈন্যদের রাখার জন্য ওইসব জায়গা করমুক্ত করে দেওয়া হয়।

মেওদের দমন করে সুলতান দোয়াবের দিকে দৃষ্টি দেন। অবাধ্য গ্রামগুলি বিনষ্ট করে দেওয়া হয় এবং বাকি শহর ও গ্রাম ইক্‌তা হিসেবে দেওয়া হয় এমন সব লোকেদের যারা ওইগুলো রক্ষণাবেক্ষণ করতে পারবে। বড় বড় জঙ্গল কেটে পরিষ্কার করা হয়। দোয়াব অঞ্চলে শান্তি ফিরিয়ে বলবান অযোধ্যার পথে ছ'মাস থেকে দস্যু ও তস্কর নির্মূল করেন। এরপর এই পথ বিপন্মুক্ত হলে আবার বাণিজ্য শুরু হয়। সব জায়গা থেকেই উনি দাস-দাসী, গবাদি পশু দিল্লিতে নিয়ে আসেন, যার ফলে দিল্লিতে এসবের দাম পড়ে যায়। বিভিন্ন জায়গায় দুর্গ ও মসজিদ তৈরি করা হয়। দুর্গগুলি আফগানদের দেওয়া হয় ও তাদের জন্য আশেপাশের কর্ষণযোগ্য জমি করমুক্ত করে দেওয়া হয়। এর পর থেকে তিন প্রজন্ম পর্যন্ত হিন্দুস্থানে যাবার পথে কোনও গোলমাল হয়নি। দস্যুদের আস্তানা জালালিকে একটা দুর্গে পরিণত করে আফগানদের বসানো হয়।

এই সব কাজ যখন হচ্ছে তখন সুলতান খবর পান যে কাথেরের বিদ্রোহীরা লুণ্ঠন করছে বাদাউন ও আমরোহা পর্যন্ত। ওখানকার ইক্‌তাদাররা ওদের দমন করতে

পারছে না। বিরাট সৈন্যদল নিয়ে বলবান দিল্লি থেকে দুদিন ও তিনরাত পরে ওখানে পৌঁছান। বারানী লিখছেন যে বলবান সাধারণভাবে সকলকে হত্যার আদেশ দেন। এর সত্যতা জানা যায় না। বলবান কয়েকদিনের মধ্যেই বিদ্রোহীদের নির্মমভাবে হত্যা করেন। এর ফলে জালালুদ্দীনের সময় পর্যন্ত কাথেরে বিদ্রোহীরা আর মাথা তুলতে পারেনি। এর থেকে মনে হয় যে বারানীর বক্তব্য অবিশ্বাস্য নয়।

বারানী বলছেন যে বলবান এর পরে আরও অভিযান করেছিলেন। বিভিন্ন অভিযানের শেষে তিনি অনেক ঘোড়া সংগ্রহ করে দিল্লিতে নিয়ে আসেন। দিল্লিতে তখন ত্রিশ বা চল্লিশ তঙ্কাতে (টাকা) ঘোড়া পাওয়া যেত। ধীরে ধীরে কয়েক বছরের মধ্যেই সুলতান তাঁর শাসিত অঞ্চলে শান্তি ও শৃঙ্খলা ফিরিয়ে আনেন। এর পরে বলবান তাঁর রাজ্যনীতি সম্বন্ধে একটি স্থির সিদ্ধান্ত নেন। রাজ্যবিস্তার যুক্তিযুক্ত হবে না, বরং শাসিত অঞ্চলেও শৃঙ্খলা ও সংহতি বজায় রাখাই একান্ত প্রয়োজন তা তাঁর মনে হয়েছিল। বলবান এই অভ্যন্তরীণ শান্তি ও সংহতির উপর জোর দিয়েছিলেন। এর অনেকগুলি কারণ ছিল। প্রথমত রাজপুতরা প্রায়শই বিদ্রোহ করছিল এবং যে কোনও সময়ে তারা একতাবদ্ধ হয়ে আক্রমণ করতে পারত। সুতরাং শাসনতন্ত্র ঠিকমত চালানো প্রয়োজন হয়ে পড়েছিল। দ্বিতীয়ত, মঙ্গোলরা দিল্লির খুব দূরে ছিল না এবং যে কোনও সময়ে আক্রমণ করার সম্ভাবনা ছিল। মঙ্গোলদের আক্রমণের কথা ভেবে বলবান নিজেকে প্রস্তুত রেখেছিলেন। দিল্লি ছেড়ে বেশি দূর তিনি কখনো যেতেন না।

নিজে তুর্কি অভিজাতদের একজন ছিলেন বলে বলবান ওই শ্রেণীর ক্ষমতা ও দুর্বলতা সম্পর্কে অবহিত ছিলেন। অভিজাতদের সম্পর্কে তিনটি বিষয়ে তাঁর ধারণা খুব স্পষ্ট ছিল—ক) আমীরেরা উচ্চাকাঙ্ক্ষী হওয়ায় পূর্ববর্তী সুলতানদের ক্ষমতা নিয়ন্ত্রিত করেছে; খ) বলবানের মৃত্যু হলে পুত্রদের সঙ্গে তাঁর সিংহাসন নিয়ে লড়াইয়ের সম্ভাবনা; গ) সীমান্ত এলাকায় অভিজাতদের একচেটিয়া অধিকার।

সুলতানের ক্ষমতাকে যাতে তুর্কি আমীররা আর কখনোই অতিক্রম করতে না পারে তার জন্য তিনি যে পথ গ্রহণ করেছিলেন তা তুর্কি আমীরদের পক্ষে মারাত্মক হয়েছিল। তিনি ইলতুৎমিসের বংশধরদের সবাইকে হত্যা করেন। ছোরা ও বিষের সাহায্যে যে কোন অভিজাত তাঁর উত্তরাধিকারীদের প্রতিপক্ষ হতে পারে, তাই তিনি তাদের হত্যা করেন। এছাড়া তিনি যে চল্লিশের দলের (তুর্কান-ই চেহেলগনির) তাদের প্রধান নেতাদের হত্যা করেন, যার ফলে ওদের ক্ষমতা সম্পূর্ণ বিনষ্ট হয়ে যায়। এরপর নেহাতই ঈর্ষান্বিত হয়ে উনি নিজের প্রধান আত্মীয়দের হত্যা করেন। অভিজ্ঞ এবং বিশিষ্ট যোদ্ধা শের খানকেও তিনি বিষপ্রয়োগে হত্যা করেন।

একদিক থেকে দেখতে গেলে বলবান তাঁর নিজের ও তাঁর পরিবারের স্বার্থকে এত গুরুত্ব দিয়েছেন যে তুর্কি শাসক শ্রেণীর স্বার্থ রক্ষা হয়নি। এদের মধ্যেকার গুণসম্পন্ন লোকগুলিকে হত্যা করার ফলে খলজীরা যখন এসেছে, তখন বাধা দেবার মত কোনও নেতা তুর্কি শাসকশ্রেণীর মধ্যে পাওয়া যায়নি। সুতরাং এদের পতনের

জন্য বলবানের নীতিকে দায়ী করা যায়, যদিও শাসনতন্ত্র সুসংহত করার ফলে খলজীদের সময়ে সাম্রাজ্য বিস্তার সম্ভব হয়।

সামরিক নীতি

বলবানের কাছে সরকারের প্রধান স্তম্ভ ছিল দক্ষ সামরিক বাহিনী। একে সুসংহত করা ওঁর কাছে জরুরি মনে হয়েছিল। ইলতুৎমিসের পরম্পরা প্রায় বিনষ্ট হয়ে গিয়েছিল। সুতরাং একে নতুন করে ঢেলে সাজানোর প্রয়োজন ছিল। প্রথমেই বলবান সৈন্যসংখ্যা প্রচুর বাড়িয়ে দিলেন ও কয়েক হাজার বিশ্বস্ত সেনাপতি নিযুক্ত করলেন সৈন্যদের কেন্দ্রবিন্দুতে। ওদের মাহিনার জন্য কতকগুলি গ্রামের খাজনা নির্দিষ্ট করে দেওয়া হল। এই সঙ্গে সাধারণ সৈনিকদের মাহিনা বাড়ানো হল। ওঁর ছেলে বোঘরা খানকে বলেছিলেন যে সৈন্যদের খুশি রাখার জন্য কোনও কার্পণ্য না করতে। সৈন্যদলকে সুস্থ ও সজাগ রাখার জন্য বলবান প্রতি শীতে খুব ভোরে হাজার অশ্বারোহী ও হাজার তীরন্দাজ নিয়ে রেওয়ারির পথে বেরিয়ে পড়তেন শিকারের ছুতোয়, ফিরে আসতেন গভীর রাতে।

বলবান দৃষ্টি রেখেছিলেন সৈন্যরা অভিযান চালানোর সময় যাতে সাধারণ গরিব লোকের ওপর কোনও অত্যাচার না করে সেদিকে, এমনকি নদী পার হবার সময় বলবান সৈন্যদের নিয়ে অপেক্ষা করেছেন যাতে বৃদ্ধ ও অশক্ত লোকেরা আগে পার হতে পারে। বলবান সৈন্যদের বিচারের জন্য *কাজী-ই লস্কর* নিয়োগ করেছিলেন সততার ওপর নির্ভর করে। কিন্তু এদের সম্বন্ধে বিশেষ তথ্য নেই। এটুকু জানা যায় যে বলবানের সময় সৈন্যবিষয়ক মন্ত্রী *(আরজ-ই মামালিক)* ছিলেন আমীর খসরুর কাকা ইমাদুল মুল্ক। ইনি ইলতুৎমিসের সময়ে প্রথমে দাস-আমলা ছিলেন। নিজের গুণে তিনি উচ্চ পদ পান এবং ত্রিশ বছরের গোলমালের সময়েও পদ হারাননি। বলবানের সময়ে সৈন্যদের অবস্থা যে ভালো হয়েছিল, তার অনেকখানি কৃতিত্ব মুল্কের। সৈন্যদের জন্য মঞ্জুরীকৃত অর্থ বলবান উজীরের হাত থেকে সরিয়ে ওঁর হাতে দিয়েছিলেন।

সৈন্য বিভাগের সংস্কারের সঙ্গে জড়িয়ে আছে ইক্তার সংস্কার। বলবান প্রথমেই তুর্কি সৈন্যদের ইক্তাগুলি সম্পর্কে অনুসন্ধান করেন। ইলতুৎমিস ছোট বড় বহু ইক্তা দিয়েছিলেন। এর মধ্যে ইক্তাদার তুর্কি সৈন্যদের তিনি দোয়াবে ইক্তা দিয়েছিলেন। এদেরকে বসানো হয়েছিল দোয়াবে তুর্কি শাসন ধরে রাখার জন্য। কিন্তু এদের এলাকায় কেন্দ্রীয় সরকারের জন্য এদের কোন শাসনতান্ত্রিক ক্ষমতা ছিল না বা কেন্দ্রকে কোন আর্থিক সাহায্য করার কথা ছিল না। ওদের সামরিক কাজের জন্য মাহিনা দেবার পরিবর্তে এই ছোট ইক্তাদাররা জমির একটা অংশের খাজনা তুলতে পারতেন। ইলতুৎমিস কড়া নজর রেখেছিলেন এদের উপর। কিন্তু ওঁর মৃত্যুর পর, সমগ্র ইক্তা শাসন ভেঙে পড়ে এবং ইক্তাদাররা কেন্দ্রীয় সরকারকে উপেক্ষা করতে থাকেন। কেন্দ্রীভূত ক্ষমতা বাড়ানোর জন্য যে ইক্তা প্রথা শুরু হয়েছিল, সেটা ক্রমে বিকেন্দ্রীকরণের দিকে চলে গিয়ে রাজনৈতিক ক্ষমতার বিকেন্দ্রীকরণ ঘটতে থাকে।

এই অবস্থা বলবানের ধারণার সঙ্গে মেলে না। উনি অনুসন্ধান করে জানলেন যে দোয়াবের এই দুহাজার ইক্‌তাদারদের অনেকেই মারা গিয়েছে এবং যারা বেঁচে আছে তাদের মধ্যে অনেকেই এত বৃদ্ধ ও অশক্ত যে সামরিক কর্তব্য করা তাদের পক্ষে সম্ভব নয়। ওরা *দেওয়ান-ই আরজ* এর সঙ্গে বোঝাপড়া করে ইক্‌তাগুলো উত্তরাধিকারীদের প্রাপ্য করে নিয়েছে। সেলজুক পরম্পরায় এই ধরনের উত্তরাধিকার দেওয়া হয়। কিন্তু বলবান বিভিন্ন বিষয়ে সেলজুকের পরম্পরা নিলেও, এ বিষয়ে নিতে চাইলেন না।

বলবানের আদেশে এই ইক্‌তাগুলি সরকারে চলে আসে। প্রাক্তন ইক্‌তাদারদের কিছু ক্ষতিপূরণ দেওয়া হয়। বৃদ্ধ ও অশক্ত ইক্‌তাদারদের বিশ বা ত্রিশ তঙ্কা পেনসন হিসাবে দেওয়া হয় এবং যুবকদের সৈন্যদলে নেওয়া হয়। ওদেরকে নগদ টাকায় মাহিনা দেওয়া হতে থাকে। স্বভাবতই এই আদেশের ফলে ইক্‌তাদাররা গোলমাল শুরু করে এবং কোন কোন তুর্কি নেতা দিল্লির কোতোয়াল মালিক ফকরুদ্দীনের সাহায্য চায় আদেশ তুলে নেবার জন্য। বলবান পরে ওই আদেশ বাতিল করে দেন।

রাজনৈতিক ক্ষমতা কেন্দ্রীভূত করার প্রচেষ্টায় বলবান শাসনতন্ত্রের উপর ক্ষমতা ব্যবহার করতে থাকেন। সমস্ত ধরনের নিয়োগ তিনি নিজে করতেন বা তাঁর সম্মতি নিয়ে করা হতো। বারানী আমরোহাতে একটা সাধারণ পদে নিয়োগের জন্য বলবানের নির্দেশের কথা বলেছেন। প্রাদেশিক শাসনকর্তাদের নিয়মিত প্রতিবেদন পাঠাতে হতো। তাদের শাসনের হিসাব পরীক্ষার জন্য দক্ষ হিসাব-পরীক্ষা প্রথা তৈরি করা হল। প্রান্তিক এলাকায় শাসনের জন্য যেমন মূলতান বা লাখনৌতি তিনি নিজের ছেলেদের শাসনকর্তা করে পাঠান। পশ্চিম সীমান্তে তাঁর বড় ছেলেকে পাঠিয়েছিলেন, কারণ ওখান থেকেই তিনি নিজে সুলতান হয়েছি।

যদিও বলবান নিজে ছিলেন *নায়েব-ই মামলুকাত* তবু তিনি এ ব্যবস্থা করলেন যে কোন একজন আমলার হাতে বেশি ক্ষমতা থাকবে না। উজীরের কাছ থেকে সামরিক ও আর্থিক ক্ষমতা কেড়ে নিয়ে তার কর্তৃত্ব হ্রাস করেন। খাজা হাসানকে উনি উজীর করেছিলেন যেহেতু ওর পক্ষে ক্ষমতা দখল করা সম্ভব ছিল না।

সঠিক খবর পাওয়ার জন্য বলবান *বারিদ* বা গুপ্তচর নিয়োগ করেন যারা তাঁর পুত্রদের প্রাদেশিক শাসনকর্তাদের ও সেনাপতিদের কার্যকলাপ নিয়মিতভাবে বলবানকে জানাতো। বারানী বলছেন যে বলবান এই সব লোকেদের সম্বন্ধে ভালো করে অনুসন্ধান করার পর নিয়োগ করেছিলেন। বলবান তাঁর পুত্রকে উপদেশ দিয়েছিলেন যে এইসব গুপ্তচরদের দরবারের কাছে আসতে দেওয়া উচিত নয়। পুত্রকে উপদেশ দেওয়ার মধ্য দিয়ে ভালো শাসন বলতে কি বোঝায় বলবান তা বুঝিয়েছেন। কর ব্যবস্থা সম্পর্কে বলেছেন মাঝারি ধরনের কর হওয়া উচিত। সরকার খাজনার অর্ধেক খরচ করে বাকি অর্ধেক বিপদের দিনের জন্য জমিয়ে রাখবে। সৈন্যদের মাহিনা নিয়মিত দিতে হবে।

বারানী বলছেন যে এইভাবে বলবান একটা দক্ষ শাসনতন্ত্র তৈরি করে সাধারণ মানুষের মধ্যে শান্তি ও শৃঙ্খলা এনে দিয়েছিলেন যা তারা বহু বছর ধরে চাইছিল।

বলবান মালিক ও আমিরদের প্রতি কঠোর মনোভাব দেখালেও সাধারণ লোকেদের প্রতি সদয় ব্যবহার করেছেন, যদিও নিচু শ্রেণীতে জাত লোকেদের প্রতি তাঁর ঘৃণা ছিল।

বলবানের সৈন্যদলে ভারতীয় হিন্দু বা মুসলমানদের জায়গা ছিল না। এই সৈন্যদল কতটা দক্ষ ছিল এ নিয়ে সন্দেহ থেকে যায়। ইলতুৎমিস ও তাঁর পুত্র শাহজাদা নাসিরুদ্দীন সহজেই বাংলার বিদ্রোহ দমন করতে পেরেছিলেন। বলবান ও তাঁর সৈন্যদল ওই ধরনের বিদ্রোহ দমন সহজে করতে পারেনি। প্রায় দু-বছর পরে ওই বিদ্রোহ দমন করা হয় এবং কেবল সৈন্যসংখ্যা বেশি ছিল বলে এটা সম্ভব হয়েছিল। পশ্চিম সীমান্তের চিত্রটা অবশ্য অন্যরকম। যথেষ্ট সাবধানতা সত্ত্বেও, মঙ্গোল সেনাপতিদের সামনে বলবানের সৈন্যদল পরাজিত হয়েছিল।

তুঘ্রিলের বিদ্রোহ

বলবানের সিংহাসন আরোহণের সময়ে বাংলার শাসনকর্তা তার্তার খান তেষট্টিটি হাতি পাঠিয়ে ছিলেন। এর পরের শাসনকর্তা তুঘ্রিল খান ছিলেন বলবানের দাস। ইসামী বলছেন যে তুঘ্রিল ১২৭৫ সালে বলবানের বিরুদ্ধে বিদ্রোহ করেন। বলবানের দাসেদের মধ্যে এটাই প্রথম বিদ্রোহ এবং দমন না করতে পারলে অনান্য জায়গায় বিদ্রোহ শুরু হতে পারে.একথা বলবানের মনে হয়েছিল।

তুঘ্রিলের বিদ্রোহের পিছনে রয়েছে তাঁর জাজনগর অভিযান। ওখান থেকে হাতি ও প্রচুর ধনরত্ন নিয়ে এনেছিলেন তুঘ্রিল। তবে সুলতানকে এর থেকে কিছু পাঠান নি এই ভেবে যে বৃদ্ধ সুলতান মঙ্গোল সমস্যা নিয়ে জড়িত রয়েছেন। উনি নিজেকে লাখনৌতির রাজা ঘোষণা করে সুলতান মুঘিসুদ্দীন উপাধি নেন। ওঁর নামে খুৎবা পড়া হয় ও নামাঙ্কিত মুদ্রা তৈরি হয়। ওঁর দানশীলতায় বহু লোকে আকৃষ্ট হয়।

তুঘ্রিলের বিদ্রোহের খবরে বলবান বিস্মিত হয়েছিলেন। বারানী বলছেন যে সুলতান কয়েকদিন খেতে বা ঘুমোতে পারেন নি। তুঘ্রিলকে ঠেকাতে অযোধ্যার শাসনকর্তা মালিক ঐতিগিনকে পাঠালেও সরযু (বর্তমানে ঘাঘরা) নদী পার হবার পরই তুঘ্রিল যুদ্ধে ওঁকে হারিয়ে দেন। নানারকম উপহার দিয়ে তুঘ্রিল বলবানের অনেক মালিক ও আমিরদের নিজের দলে টেনে নেন। ফেরার পথে হিন্দু উপজাতিরা বারবার বলবানের সৈন্যদের আক্রমণ করে। ফলে বলবান এত রেগে গিয়েছিলেন যে আমিন খানকে (ঐতিগিন) হত্যা করে তার মৃতদেহ অযোধ্যার দরজায় ঝুলিয়ে দেন। বারানীর মতে এই হত্যা মানুষের মনে গভীর দাগ কেটেছিল। তারা বলাবলি করতে থাকে যে সুলতানের পতন শুরু হয়েছে।

বলবান এরপর দিল্লির বাছাই করা সেনাপতিদের অধীনে তুঘ্রিলের বিরুদ্ধে সৈন্য পাঠান। এদের নেতা ছিলেন বাহাদুর। তুঘ্রিল প্রথমেই বাহাদুরের কেন্দ্রে আক্রমণ করে সৈন্যদের ছত্রভঙ্গ করে দেন। বাহাদুর দিল্লিতে পৌঁছলে বলবান ওকেও হত্যা করার সিদ্ধান্ত নেন। বাহাদুরের বন্ধুরা ওর জীবন বাঁচাতে সাহায্য করে। বলবান তখন বাহাদুরকে দরবার থেকে বের করে দেন।

এই দুটি পরাজয়ের ফলে বলবান ১২৮০–৮১ সালে সিদ্ধান্ত নেন যে উনি নিজেই অভিযানে যাবেন। তার আগে উনি দিল্লিকে সুরক্ষিত করেন। ওঁর প্রথম অভিযান ছিল সুনাম ও সামানাতে যা ওঁর দ্বিতীয় পুত্র বোঘরা খানের হাতে ছিল। উনি প্রথমে এই প্রদেশ ভেঙে অনেকগুলি ছোট ছোট প্রদেশ তৈরি করলেন। এগুলি সামরিক আমলাদের হাতে দেওয়া হল। সমগ্র সুনাম দেখাশোনার ভার রইল মালিক সঞ্জের হাতে। সামানা দেওয়া হল বলবানের জ্যেষ্ঠ পুত্র সুলতান মুহম্মদকে। পরবর্তীকালে ওঁকে সিন্ধু প্রদেশের ভার দেওয়া হয়। ওঁর উপর ভার থাকে মঙ্গোলদের আক্রমণ ঠেকানোর। দিল্লি শাসনের ভার দেওয়া হয় কোতোয়াল মালিক ফকরুদ্দীনের উপর। এর পর বোঘরা খানকে নিয়ে বলবান বর্ষাকালেই পূর্বদিকে যাত্রা করেন। অযোধ্যায় পৌঁছে উনি দুই লক্ষ সৈন্য, রসদ, হাতি, ঘোড়া ইত্যাদি সংগ্রহ করেন। তবে বিভিন্ন জায়গায় বর্ষার জন্য থামতে থামতে সৈন্যরা অগ্রসর হয়। ওঁর আসার খবর পেয়ে তুঘ্রিল ঢাকার কাছে হাজিনগরে পালানো ঠিক করেন। বলবান চলে গেলে উনি আবার ফিরে আসবেন এমন ইচ্ছে তাঁর ছিল।

বলবান লাখনৌতিতে গিয়ে কয়েকদিন ছিলেন সৈন্যদের সাজানোর জন্য। সেখানে বারানীর মায়ের পিতা, সিপাহসালার হুসামুদ্দীনকে শাসনকর্তা করেন। বলবান এরপর সোনারগাঁও পৌঁছে যান। সোনারগাঁওয়ের রাজা দনুজ রাই ওঁর সাক্ষাতে প্রতিজ্ঞা করেন যে তুঘ্রিলকে ধরতে সাহায্য করবেন। এরপরে বলবান আরো পূর্বদিকে যান ও কয়েকদিন পর হাজিনগরের ১২০ মাইলের মধ্যে আসেন। কিন্তু তুঘ্রিলের কোন খোঁজ পাওয়া যায় না। এক দল সৈন্যকে খোঁজ নিতে আগে পাঠালে, তারা জানতে পারে তুঘ্রিল কাছেই আছেন এবং পরের দিন তুঘ্রিল হাজিনগর যাবেন।

তুঘ্রিলের ধারণা ছিল না যে বলবান অত তাড়াতাড়ি এত সৈন্য নিয়ে এতদূরে চলে আসতে পারবেন। ফলে কোন পাহারার ব্যবস্থা ছিল না। হাতি ও ঘোড়াগুলিও ছাড়া ছিল। বলবানের এক সেনাপতি শেরন্দাজ খান এসে পৌঁছালে তুঘ্রিল স্নানাগার থেকে বেরিয়ে রেকাবহীন ঘোড়ায় চড়ে নিকটবর্তী নদীর দিকে যেতে থাকেন। বলবানের সৈন্যদল ওর পিছনে তাড়া করে। নদীর কাছাকাছি পৌঁছালে বলবানের এক সৈন্য কুঠার ছুঁড়ে তুঘ্রিলকে ঘোড়া থেকে ফেলে দেয়। তুঘ্রিলের মাথা কেটে নিয়ে শরীরটা নদীতে ফেলে দেওয়া হয় এবং তুঘ্রিলের মাথা সুলতানের কাছে পাঠানো হয়। বলবান লাখনৌতি পৌঁছালে বাজার থেকে দুই মাইল ধরে দুপাশে সারি দিয়ে শূলে তুঘ্রিলের অনুচরদের ঝুলিয়ে দেওয়া হয়েছিল। বারানী বলছেন যে বলবানের মতো এরকম ভয়ঙ্কর শাস্তি দিল্লির আর কোনও সুলতান দেননি।

তিন বছর পরে বলবান দিল্লিতে ফিরলে নানা উৎসব হয়। যে সব সৈন্যরা তুঘ্রিলের হয়ে যুদ্ধ করেছিল, তাদের শূলে চড়ানোর আদেশ দেন। কিন্তু তাদের আত্মীয়-স্বজনদের কান্নাকাটি ও সৈন্যদের কাজীর অনুরোধে মৃত্যুদণ্ড মাপ করা হয়। এই সৈন্যদের মধ্যে কেউ কেউ শাস্তি এড়ানোর ভয়ে শেখ ফরিদের কাছে আশ্রয় নিয়েছিল।

পশ্চিম সীমান্ত রক্ষার জন্য বলবান নানারকম ব্যবস্থা নিয়েছিলেন। ১২৭০ সালে

তিনি লাহোর গিয়ে দুর্গের সংস্কার করেন। মঙ্গোলরা লাহোরের আশেপাশের গ্রামগুলি জনশূন্য করেছিল। বলবান ওগুলিতে পুনরায় বসতির ব্যবস্থা করেন। ১২৪১ সালে মঙ্গোলরা লাহোর আক্রমণ করে ফিরে গেলে লাহোর আবার দিল্লির দখলে যায়। সীমানা মাঝে মাঝে পরিবর্তিত হলেও লাহোর, দিপালপুর, সুনাম, সামানা, উছ ও মূলতান সব সময়েই দিল্লির হাতে ছিল। এই সমগ্র পশ্চিম প্রদেশগুলি বলবান তাঁর ছেলে ও উত্তরাধিকারী সুলতান মুহম্মদের হাতে দিয়েছিলেন। বলবানের অন্য ছেলে বোঘরা খানের অধীনে ছিল লাখনৌতি। বলবান মদ্যপান করতেন না, কিন্তু সুলতান মুহম্মদের এই অভ্যাস ছিল, যদিও বাড়াবাড়ি করেন নি। বলবানের তুলনায় মুহম্মদ ছিলেন উচ্চ শিক্ষিত এবং তাঁর ব্যবহার ছিল অমায়িক। মূলতানে সুলতান মুহম্মদের দরবারে বহু শিক্ষিত ব্যক্তি ছিলেন। সেখানে ফিরদৌসীর *শাহনামা* পড়া হতো ও কবিতা নিয়ে আলোচনা হতো। আমীর খসরু ও আমীর হাসান ওঁর কাছে পাঁচ বছর ছিলেন।

সুলতান মুহম্মদ কার্যভার গ্রহণ করার পর মঙ্গোলরা দুবার আক্রমণ করে। মুহম্মদ সৈন্য পাঠালেও মঙ্গোলরা সহজেই জয়ী হয়। ইতিমধ্যে বলবান দিল্লিতে ফিরে এসে সুলতান মুহম্মদকে ডেকে পাঠান। কিন্তু মুহম্মদ দিল্লি আসার আগে ১২৮৫ সালে সুমরার উপজাতিদের বিদ্রোহ থামানোর জন্য তাদের বিরুদ্ধে যাত্রা করেন। উনি যাত্রাল নামে এক জায়গায় তাঁবু ফেলে বিদ্রোহীদের মোকাবিলা করতে থাকেন। ওঁর আসার খবর পেয়ে তিন হাজার মঙ্গোল অশ্বারোহী আসে গোপন পথ দিয়ে। সুলতান মুহম্মদের সেনাপতিরা ওঁকে মূলতানে ফিরে যেতে বলে। কিন্তু সুলতান মুহম্মদ যুদ্ধ করতে মনস্থ করেন। আমীর খসরু বলছেন দলের পর দল মঙ্গোল সৈন্যরা রবি নদী পার হয়ে হঠাৎ এসে উপস্থিত হয়। ভারতীয়রা যুদ্ধ করলেও শেষ পর্যন্ত পালাতে বাধ্য হয়। সুলতান মুহম্মদ নিজের চারপাশে সৈন্যদের না দেখে নদীর দিকে যাবার চেষ্টা করলে নিহত হন। এই ঘটনার পরে সুলতান মুহম্মদকে বলা হতো খান-ই শহিদ। মঙ্গোলরা ওঁর মৃতদেহ নিজেদের দেশে নিয়ে যাবার চেষ্টা করলে, মুহম্মদের শ্বশুর প্রচুর টাকা দিয়ে মৃতদেহটি নিয়ে আসেন। মঙ্গোলরা যথারীতি লুণ্ঠন করে ফিরে যায়।

সুলতানের মৃত্যুতে অশীতিপর বৃদ্ধ বলবান চরম আঘাত পেয়েছিলেন। ওঁর মৃত্যুর মধ্যেই বলবান তাঁর বংশ শেষ হয়ে যাবার ঘণ্টাধ্বনি শুনতে পাচ্ছিলেন। এর পরে তিনি লাখনৌতি থেকে বোঘরা খানকে ডেকে পাঠান। ওঁর দুই নাতি, কাইখসরু ও কায়কোবাদ তখন খুবই অল্পবয়স্ক। বলবান বলে পাঠান বোঘরা খান না এলে ইলতুৎমিসের মৃত্যুর পর যে অবস্থা হয়েছিল সেই অবস্থার পুনরাবৃত্তি হবে। বোঘরা খান দিল্লিতে আসতে রাজি হন এবং বাবার কাছে দু তিন মাস থাকার পর বলবানের স্বাস্থ্যের উন্নতি হওয়ায়, উনি লাখনৌতি রওনা হয়ে যান সুলতানের অনুমতি ছাড়াই। অনেক চেষ্টা করেও ওঁর খোজ পাওয়া যায়নি ফিরিয়ে আনার জন্য। এরপর বলবান আর বেশিদিন বাঁচেননি। মৃত্যু আসন্ন বুঝে উনি কোতোয়াল, উজীর ও অনান্য উচ্চপদস্থ আমলাদের ডেকে জানিয়ে দেন যে তাঁর বড় ছেলের পুত্র কাইখসরুকে উনি মনোনীত

করেছেন সিংহাসনে বসার জন্য। তবে ওঁর মৃত্যুর পর ওই আমলারা কাইখসরুকে সিংহাসনে বসাতে রাজি হল না। ওঁকে মূলতানে পাঠিয়ে দিয়ে বোঘরা খানের ছেলে কায়কোবাদকে ওরা সিংহাসনে বসায় মুইজুদ্দীন উপাধি দিয়ে।

বারানী বলবানের খুব প্রশংসা করেছেন। বিভিন্ন জায়গায় দুর্গ ও সামরিক থানা বসিয়ে বলবান দেশে শান্তি ও শৃঙ্খলা এনেছিলেন। এই সব কাজ না করলে খলজীদের সাফল্য আসত কিনা সন্দেহ। শহরে ও খালিসা গ্রামগুলিতে সরকারি আমলারা শান্তিরক্ষা করতেন। অন্যান্য গ্রামে হিন্দু জমিদাররা এই কাজ করতেন। বলবান উচ্চঘরে জন্মের ওপর জোর দিয়েছিলেন, অর্থাৎ যারা তুর্কি দাস আমলাদের বংশধর বা যারা বিদেশী, তাদেরই এই শ্রেণীর মধ্যে ফেলেছিলেন। কিন্তু বলবান দুটি সামাজিক পরিবর্তনের দিকে নজর দেন নি। প্রথমটি হল যে অসংখ্য নিচুশ্রেণীর হিন্দু অর্থাৎ তাঁতি, মাহুত ইত্যাদি মুসলমান হয়ে যাচ্ছিল। তারা এটা মানতে নারাজ ছিল যে তুর্কি দাসদের বংশধররাই শুধু রাজত্ব করবে। দ্বিতীয়ত, বহু হিন্দু ফার্সী শিখে কাজ করতে চাইছিল। এদের প্রয়োজন ছিল ভূমি রাজস্ব ও হিসাব রক্ষকের কাজে যেখানে দুই ভাষার প্রয়োজনীয়তা খুব বেশি দেখা যাচ্ছিল। পরবর্তীকালে এই সামাজিক পরিবর্তন প্রায় বিপ্লবের পথ ধরে এসেছিল, যা বলবান বোঝার চেষ্টা করেননি।

সৈন্য সংস্কারের ক্ষেত্রে বলবানের দুর্বলতা বোঝা যায়। বলবান বোঘরা খানকে উপদেশ দিয়েছিলেন দিল্লির বিরুদ্ধে বিদ্রোহ না করতে কারণ দিল্লি সহজেই তা দমন করতে পারবে। কিন্তু তুঘ্রিলের বিদ্রোহ দমন করতে বলবানের লেগেছিল দুই বছর। বলবান কোনও হিন্দু রাজার বিরুদ্ধে যুদ্ধ করেন নি, সম্ভবত এই কারণে যে ওঁর মূল কর্তব্য ছিল মঙ্গোল আক্রমণ ঠেকানো। কিন্তু ওঁর সেনাপতিরা সীমান্তে মঙ্গোল আক্রমণ ঠেকাতে পারেনি। ইসামী বলেছেন যে মঙ্গোলরা জিতেছিল প্রধানত তাদের সংখ্যাগরিষ্ঠতার জন্য। সীমান্তে কমসংখ্যক সৈন্য রাখার জন্য বলবানকেই দায়ী করতে হয়। কেবলমাত্র ত্রিশ হাজার অশ্বারোহী নিয়ে মঙ্গোলরা সুলতান মুহম্মদকে হারিয়ে দেয়। অসামরিক ক্ষেত্রে আমলাদের নিয়োগের সময় বলবান যেমন উচ্চঘরের জন্ম দেখাতেন, তেমনি সামরিক সেনাপতিদের নিয়োগের সময়েও একই নীতি প্রয়োগ করেছিলেন। এর ফলে দক্ষ সেনপতির অভাব ছিল। উল্লেখযোগ্য ঘটনা হল বলবানের মৃত্যুর এক প্রজন্মের মধ্যেই আলাউদ্দীন খলজী সম্পূর্ণ অন্য নীতি নিয়েছিলেন যার স্তম্ভ ছিল আনুগত্য ও দক্ষতা। সামরিক ও অসামরিক ক্ষেত্রে বলবান ও তাঁর শাসকশ্রেণী দক্ষতার পরিচয় দিতে পারেনি।

মামলুক বংশের শেষ ঃ মুইজুদ্দীন কায়কোবাদ

১২৮৭ সালে সতেরো-আঠারো বছরের ছেলে কায়কোবাদ সিংহাসনে বসেন। বলবানের কাছে থাকার ফলে কঠিন নিয়মের মধ্যে ওঁর শিক্ষা হয়েছিল। উনি সাহিত্য, তীরধনুক ও বর্শা ছোঁড়া ইত্যাদি সবই শিখেছিলেন। কখনও মদ্যপান করেননি। কিন্তু সুলতান হবার পর ওঁর জীবনধারা বদলে যায়। সারাক্ষণ তিনি মদ ও মহিলাদের মধ্যে ডুবে ছিলেন। বলবানের গোঁড়া রক্ষণশীল দরবার এরপর হয়ে উঠেছিল নৃত্যরতা মহিলাদের

ও গায়কদের জায়গা, যেখানে নানারকমের ভাঁড়ামি স্থান পেয়েছিল। যমুনার পাড়ে কালুখড়িতে উনি একটা নতুন প্রাসাদ তৈরি করেন এবং সেখানে নানাধরনের আমোদ-প্রমোদ ও হৈ-হুল্লোড়ের মধ্যে কাল কাটাতে থাকেন। বারানী ওই সময়কার জীবনযাত্রার চিত্তাকর্ষক বর্ণনা দিয়েছেন।

এই সময়ে রাজ্যের কাজ দেখাশোনা করতেন কয়েকজন আমলা। বারানী লিখছেন যে ওই কয়েকজন আমলা না থাকলে কায়কোবাদের রাজত্ব এক সপ্তাহও টিকত না। এরাই ছিল বলবানী যুগের শেষ শামসী আমলা। এদের মধ্যে মালিক নিজামুদ্দীন ও মালিক কাওয়ামুদ্দীন ইলাকা দবীরের কথা উনি বলেছেন, যদিও শেষোক্ত জন রাজনীতির মধ্যে যেতেন না। মালিক নিজামুদ্দীন ছিলেন কোতোয়াল মালিক ফকরুদ্দীনের ভাইপো ও জামাই। ওঁর পদ ছিল সামান্য *দাদবেগ।* কিন্তু কার্যক্ষেত্রে উনি *নায়েব-ই মামলুকাত* হয়ে উঠেছিলেন। এর ফলে ওঁর দলের লোকেদের উনি বিভিন্ন পদে নিয়োগ করতে সক্ষম হন। অত্যন্ত উচ্চাকাঙ্ক্ষী হবার ফলে কায়কোবাদের দুরবস্থা ক্রমশ বাড়তে থাকে। নিজামুদ্দীন সুলতান হবার বাসনা পোষণ করতেন। ওঁর স্ত্রী প্রাসাদ নিয়ন্ত্রণ করতেন এবং ওঁকে বলা হত সুলতানের মা।

নিজামুদ্দীনের বিরুদ্ধে প্রধান অভিযোগ ছিল যে তিনি কাইখসরুকে হত্যা করেছিলেন সিংহাসনের প্রতিদ্বন্দ্বী বলে। বারানী বলেছেন যে কায়কোবাদ যখন মদ্যপানরত তখন নিজামুদ্দীন এই আদেশ করিয়ে নেন। ইবন বতুতা ও ইয়াহিয়া সিরহিন্দি অবশ্য নিজামুদ্দীনকে এর জন্য দায়ী করছেন না। ইসামী বলছেন যে কাইখসরু মঙ্গোলদের সঙ্গে যোগাযোগ করার জন্য ওদের দেশে গিয়েছিলেন। কিন্তু মঙ্গোলরা তখন গৃহযুদ্ধে লিপ্ত থাকায় কাইখসরু দেশে ফিরে আসেন। এই ঘটনার ফলে কায়কোবাদ ওঁকে হত্যা করার আদেশ দেন নিজামুদ্দীনের পরামর্শে।

নিজামুদ্দীনের পরামর্শে অন্যদেরও শাস্তি দেওয়া হয়েছিল। উজীর খাজা খাতিরকে গাধার পিঠে চড়িয়ে সারা শহর ঘোরানো হয়েছিল। এর ফলে তুর্কি মালিক ও আমীররা নিজামুদ্দীনকে ভয় ও অপছন্দ করতে শুরু করেন। নিজামুদ্দীন পরিকল্পনা করেছিলেন সমস্ত তুর্কি মালিক ও আমীরকে হত্যা করবেন। মঙ্গোলদের যুদ্ধ জেতার উৎসব উপলক্ষ্যে দরবারে আমীরদের ডেকে এনে কয়েকজনকে হত্যা করা হয়, কয়েকজনকে নির্বাসনে পাঠানো হয় এবং যারা নিজামুদ্দীনের দলে ছিলেন তাঁদের পুনর্নিয়োগ করা হয়।

নিজামুদ্দীন যখন এইসব কাজ করছিলেন, তখন মঙ্গোল নেতা লাহোর ও মূলতানের মধ্যবর্তী অংশে লুণ্ঠন করতে থাকে। কেন্দ্রীয় সৈন্যরা অগ্রসর হলে তারা পিছিয়ে যায়। কিন্তু এই বিপদ সত্ত্বেও নিজামুদ্দীন তাঁর নীতি বদলাননি। তিনি আমীর ও মালিকদের হত্যা করতে থাকেন। কোতোয়াল ফকরুদ্দীন তখন নব্বই বছরের বৃদ্ধ। নিজমুদ্দীনের ভবিষ্যতের কথা ভেবে শঙ্কিত হয়ে তিনি নিজামুদ্দীনকে বোঝানোর চেষ্টা করে ব্যর্থ হন। ইতিমধ্যে লাখনৌতিতে বোঘরা খান স্বাধীনতা ঘোষণা করে সুলতান নাসিরুদ্দীন নাম নিয়ে সিংহাসনে বসে নিজের নামে খুৎবা ও মুদ্রা জারি করে বসেন। কায়কোবাদের ও নিজামুদ্দীনের সঙ্গে অনেক চিঠি বিনিময় হয়। বোঘরা খান নিজামুদ্দীনের পরিকল্পনা

বুঝেছিলেন ও কায়কোবাদকে ইঙ্গিতপূর্ণ চিঠি লিখে সাবধান করার চেষ্টা করেন। এতে ফল হচ্ছে না দেখে বোঘরা খান ছেলেকে বোঝানোর জন্য সসৈন্যে দিল্লির দিকে এগোতে থাকেন। বারানী বলেছেন যে কায়কোবাদ তাঁর বাবার সঙ্গে মিলিত হবার ইচ্ছা প্রকাশ করেছিলেন। নিজামুদ্দীন প্রাণপণে চেষ্টা করেছিলেন এদের দু'জনের মধ্যে অন্যদিকে সংঘর্ষ ঘটানোর। কিন্তু বোঘরা খান এটা বুঝে দরবারের সর্বরকম নিয়মকানুন অনুসরণ করায় এই চেষ্টা সফল হয়নি।

এরপর কিছুদিন কায়কোবাদ মদ্যপান ও আনুষঙ্গিক কাজকর্ম বন্ধ রেখেছিলেন। কিন্তু এক সপ্তাহের মধ্যেই তিনি আবার পুরানো জীবনের উচ্ছৃঙ্খলতায় ফিরে যান এবং অল্পদিনের মধ্যে তিনি অসুস্থ হয়ে পড়েন। নিজামুদ্দীনকে তিনি মূলতানে যাবার আদেশ দিলেন। নিজামুদ্দীন নানা ছুতোয় যাত্রা পিছিয়ে দিতে থাকেন। এর মধ্যে তুর্কি আমলারা সুযোগ পেয়ে যায় এবং নিজামুদ্দীনকে বিষ প্রয়োগে হত্যা করে। বারানী নিজামুদ্দীনের শাসনতান্ত্রিক দক্ষতার প্রশংসা করলেও তার আকাশছোঁয়া আকাঙ্ক্ষা ও অনৈতিক কাজকর্মের নিন্দা করেছেন। নিজামুদ্দীনের মৃত্যুর পর কয়েকজন বলবানী আমলা ফিরে এসে কায়কোবাদের অধীনে কাজ করেছিল।

নিজামুদ্দীনের মৃত্যুর পর কায়কোবাদ মালিক ফিরোজ খলজীকে (পরবর্তীকালে জালালুদ্দীন খলজী) সামানা থেকে ডেকে পাঠিয়ে *আরজ-ই মুমালিক* ও একই সঙ্গে বারাণের শাসনকর্তা করেন। ফিরোজ খান তাঁর ভাই সিহাবুদ্দীনের ছেলে আলি গুরশস্পের, (পরবর্তীকালে আলাউদ্দীন খলজী) সঙ্গে বলবানের অধীনে বেশ কিছুদিন কাজ করেছিলেন। মঙ্গোলদের সঙ্গে যুদ্ধে ফিরোজ খানের বেশ নাম হয়েছিল। ফিরোজ খানকে শায়েস্তা খান উপাধি দেওয়া হয়।

কিছুকাল পরে অভিজাতদের মধ্যে দুটি দল তৈরি হয়। একটির নেতৃত্ব দেন ফিরোজ খান ও অন্যটির নেতৃত্বে ছিলেন ঐতিগিন সুরখা। প্রথম দল চাইছিলেন শাসকশ্রেণীতে নতুন মুখ ঢোকাতে। দ্বিতীয় দল বলবানের বংশকে ক্ষমতায় রাখতে চাইছিলেন, যার ফলে পুরানো তুর্কি অভিজাতদের স্বার্থ রক্ষা হবে। ততদিনে কালুখরি প্রাসাদে কায়কোবাদের শরীর ও মন অবসন্ন হয়ে গিয়েছে। এর ফলে মালিক কাচ্ছিন এবং মালিক সুরখা কায়কোবাদের ছেলে কায়মাসকে সিংহাসনে বসান দ্বিতীয় শামসুদ্দীন উপাধি নিয়ে। চবুতরা নাসিরীতে তাঁর অভিষেক হয়।

এদিকে তুর্কি মালিকরা ফিরোজ খানের দলকে সরিয়ে দেবার ষড়যন্ত্র করে। এরা একটা তালিকা তৈরি করে যাদেরকে হত্যা করা হবে, যার মধ্যে ফিরোজ খানের নাম ছিল সবার উপরে। খলজী মালিকরা তখন অন্য জায়গায় সৈন্য পরিদর্শন করছিলেন। এই ষড়যন্ত্রের কথা শুনে ফিরোজ খান তাঁর বাসস্থান গিয়াসপুরে সরিয়ে নিয়ে যান এবং মঙ্গোল আক্রমণ ঠেকানোর ছুতো করে ওঁর আত্মীয়দের বারাণ থেকে ডেকে পাঠান। যেসব আমীরদের নাম হত্যার তালিকায় ছিল, তারাও ওর সঙ্গে যোগ দেয়। পরের দিন তুর্কি আমীররা ফিরোজ খানকে দরবারে আসতে বলে। কিন্তু ফিরোজ খান ওদের মতলব বুঝে দেরী করতে থাকলে মালিক কাচ্ছিন জরুরী তাগাদা দিতে আসেন। ফিরোজ খান প্রথমে ওঁর সঙ্গে ভালো ব্যবহার করলেও অবিলম্বে ওঁর মাথা

কেটে ফেলেন এবং সামনাসামনি লড়াই শুরু হয়। ফিরোজ খানের ছেলেরা প্রাসাদে গিয়ে কায়মাসকে ধরে নিয়ে আসে। ঐতিগিন ও কয়েকজন তুর্কি আমীর কায়মাসের মুক্তির চেষ্টা করলে, তাদের বন্দী করে হত্যা করা হয়। কোতোয়াল ফকরুদ্দীনের ছেলেরাও বন্দী হয়। ওদের প্রাণ বাঁচানোর জন্য ফকরুদ্দীন দিল্লির অধিবাসীদের কাইমাসের মুক্তির চেষ্টা থেকে বিরত রাখেন।

মনে হয় খলজীরা ওই সময়ে সিংহাসনে বসার জন্য প্রস্তুত ছিল না। গোলমাল মিটে গেলে ফিরোজ খান কায়মাসকে কালুখড়ি প্রাসাদে নিয়ে যান। প্রথম দিকে খলজীরা নিজেদের জীবন রক্ষার জন্যই একাজ করেছিল। মালিক চাজ্জুকে *ওয়ালি* করে ফিরোজ খান পশ্চিম সীমান্তে চলে যাবেন বলে প্রস্তাব দিয়েছিলেন। কিন্তু চাজ্জু চাইলেন কারা ও মানিকপুরের শাসনকর্তা হতে। কোতোয়াল ফকরুদ্দীনও ওয়ালি হতে চাইলেন না। এর ফলে ফিরোজ খান সুলতানের *ওয়ালি* হলেন। কায়মাস তিন মাসের কিছু বেশি সময় সিংহাসনে ছিলেন। কায়কোবাদ তখনো প্রাসাদের একটা ঘরে অবসন্ন জীবন যাপন করছিলেন। তবে এমন রাজনৈতিক ব্যবস্থা বেশিদিন চলে নি। ফিরোজ খান সক্রিয় হয়ে এক মালিককে পাঠান কায়কোবাদকে হত্যা করার জন্য। সেই মালিক কায়কোদাবাদের মৃতদেহ বিছানার চাদরে জড়িয়ে যমুনার জলে লাথি মেরে ফেলে দেন। ওঁর মৃত্যুর সঙ্গে সঙ্গে সুলতান মুইজুদ্দীনের সময় থেকে ক্ষমতা দখল করা তুর্কি দাস আমলাদের রাজত্ব শেষ হয়ে যায়। এরপরে শুরু হয় নতুন বংশ।

দশম শতাব্দীর আগে থেকেই খলজীরা তাদের দেশ থেকে সরে এসে প্রথমে হেলমান্দ উপত্যকা ও পরে শামঘানে বসতি স্থাপন করেছিল। তুর্কিস্তান থেকে যে সব নতুন গোষ্ঠী এসেছিল তারা খলজীদের তুর্কি বলে স্বীকার করত না। প্রথমদিকের ঐতিহাসিকরা তাদেরকে আলাদা গোষ্ঠী বলে ধরেছিল। এই কারণেও বলবানের তুর্কি শাসক শ্রেণী ও দিল্লির অধিবাসীরা ওদেরকে তুর্কি নয় বলে ঘৃণা করত। সুতরাং ফিরোজের *আরজ-ই মুমালিক* পদে নিয়োগ তুর্কিদের পছন্দ হয়নি। এর সঙ্গে যোগ হয়েছিল সুরখা ও কাচ্ছিনের আকাঙ্খা ও ঈর্ষা। সুতরাং জাতি, বৈরীতা, ব্যক্তিগত ঈর্ষা ও রাজনৈতিক মতভেদ—সব মিলিয়ে দু দলের লড়াইকে অবশ্যম্ভাবী করে তুলেছিল।

কায়কোবাদের নিস্তরঙ্গ জীবন ও অপমানকর মৃত্যুতে লোকের মনে কোন ছাপ ফেলে নি। বারানী বলছেন যে সুরখা ও তার দল কায়মাসকে কালুখড়ি প্রাসাদ থেকে উদ্ধার করার চেষ্টা করলে ফিরোজ খলজীর সৈন্যদের সঙ্গে সংঘর্ষ হয় ও সুরখা মারা যায়। ফিরোজ খলজী তখনি কায়মাসকে বন্দী করে নিজে সিংহাসন বসেন। কায়মাস সম্ভবত বন্দী অবস্থায় মারা যান। ওঁর মৃত্যুর কোন তথ্য পাওয়া যায় না। তবে দিল্লির অধিবাসীরা এই বিপ্লব ভালোভাবে নেয় নি এবং ফিরোজ খলজীকে বেশ কিছুদিন কালুখড়ি প্রাসাদে বাস করতে হয়েছিল।

৫

খলজী বংশ

জালালুদ্দীন ফিরোজ খলজী

জুন ১২৯০ খ্রিস্টাব্দে সুলতান জালালুদ্দীন ফিরোজ খলজী কালুখড়ি প্রাসাদে সিংহাসনে আরোহণ করেন। এই আরোহণ শুধু বংশগত পরিবর্তন নয় আরো অনেক বেশি তাৎপর্যমূলক। পঁচিশ বছর আগে বলবানের সিংহাসনে বংশগত পরিবর্তন হলেও জাতিভিত্তিক শাসকশ্রেণীর বদল হয়নি। তথাকথিত অ-তুর্কি খলজী বংশের ক্ষমতা লাভের মধ্য দিয়ে বোঝানো হলো যে জাতিভিত্তিক একচেটিয়া ক্ষমতা অধিকার বেশিদিন ধরে রাখা যাবে না। নতুন শক্তি তখন ক্ষমতার অংশ চাইছে। একটি সুসংহত শাসনব্যবস্থা চালু করার জন্য নতুন দৃষ্টিভঙ্গী, নতুন সমাজ ব্যবস্থার প্রয়োজন হয়ে পড়েছিল।

দিল্লির অধিবাসীদের মানসিক অবস্থার কথা ভেবে সুলতান তাঁর দিল্লির প্রবেশ বিলম্বিত করেছিলেন। সেইসময় তিনি কায়কোবাদের অসম্পূর্ণ কালুখড়ি প্রাসাদে বেশ কিছুকাল ছিলেন। শাসনতান্ত্রিক পুনর্বিন্যাসের ফলে ওঁর দলবল ও আত্মীয়-স্বজনরা ভালো পদগুলি পেয়েছিলেন। কিন্তু পুরানো অভিজাতদের বিনষ্ট করার কোন নীতি তিনি গ্রহণ করেন নি। বলবানের বন্ধুস্থানীয় ফকরুদ্দীনকে তিনি দিল্লির কোতোয়াল করেন এবং খাজা খাতিরকে উজীর হিসেবে পুনর্বহাল করেন। মালিক চাজ্জুর অনুরোধে তাঁকে কারা ও মানিকচুরের শাসনকর্তা করা হয়। ফিরোজের ভাই যুগরাশ খানকে *আরজ-ই-মুমালিক* করা হয় এবং ওর ভাইপো আহমদ চাপকে করা হয় *নায়েক-ই-বারবেগ*।

জালালুদ্দীন ফিরোজ তুঘলক দেখালেন যে তিনি আগেকার সুলতানদের থেকে সম্পূর্ণ ভিন্ন প্রকৃতির। বারানী বলেছেন যে দিল্লির অধিবাসীরা ক্রমশ ওঁর শান্তস্বভাব ও উদারনীতির প্রতি আকৃষ্ট হল। পুরানো আমীররা পদ পাবার জন্য ওঁর কাছে যেতে শুরু করল। ওঁদের অনুরোধে ফিরোজ দিল্লিতে প্রবেশ করে লাল প্রাসাদে গিয়ে সিংহাসনে না বসে আমলাদের জায়গায় রইলেন। এর ফলে লোকেদের মনে ধারণা দৃঢ় হল যে সুলতান রাজ্যে শান্তি চান। সত্তর বছরের বৃদ্ধ সুলতান জানালেন রাজমুকুট তাঁর মাথায় জোর করে পরানো হলেও তিনি মনেপ্রাণে খাঁটি মুসলমান

রয়ে গিয়েছেন এবং কয়েকদিনের ক্ষমতার লোভে উনি মুসলমান রক্ত ক্ষয় করবেন না।

কিছুদিনের মধ্যেই ওর শান্তির নীতির সামনে বড় বিপদ এসে গেল। ১২৯০ সালের আগষ্ট মাসে মালিক চাজ্জু কিশলু খান, যিনি বলবানের ভাইপো, কারাতে বিদ্রোহ ঘোষণা করলেন। এর সঙ্গে ১২৮৭ সালে বাংলাতে বোঘরা খানের বিদ্রোহের মিল পাওয়া যায়। হয়ত মালিক চাজ্জু আশা করেছিলেন যে তাঁর আত্মীয় বোঘরা খান ওঁকে সাহায্য করবেন। মালিকের বিদ্রোহে যোগ দিয়েছিল অযোধ্যার শাসনকর্তা আমীর আলি হাতিম খান ও আরো কয়েকজন বলবানী ওমরাহ। ওই অঞ্চলের কয়েকজন হিন্দু রাজা মালিকের বিদ্রোহে যোগ দিয়েছিল সম্ভবত বলবানের পরিবারের প্রতি পুরানো আনুগত্যের ফলে। মালিকের সঙ্গে প্রচুর হিন্দু পদাতিক সৈন্য (রাওয়াত) যোগ দেয়। বারানী বলছেন যে চাজ্জু সুলতান মুঘীসুদ্দিন উপাধি নিয়ে *খুৎবা* ও মুদ্রা চালু করেন। দোয়াব অঞ্চলের সরকারি আমলারা বিপদ বুঝে পশ্চিমে সরে যেতে থাকে। চাজ্জু গঙ্গার বাঁদিকের পাড় ধরে রামগঙ্গা দিয়ে বাদাউন ও আমরোহা হয়ে দিল্লির দিকে এগোতে থাকলেন। বাদাউনে ওঁর সঙ্গে যোগ দেবার জন্য দুজন বলবানী মালিক সৈন্যসমেত তৈরি হয়ে ছিল।

ফিরোজ শান্ত স্বভাবের হলেও সামরিক দক্ষতা তাঁর ছিল। তাঁর জ্যৈষ্ঠ পুত্র খান-ই খানানকে রাজধানীতে রেখে উনি কোয়েল (আলিগড়) অতিক্রম করে বাদাউন অভিমুখে চললেন যাতে রোহিলখণ্ডের পথ বন্ধ করা যায়। দ্বিতীয় ছেলের সঙ্গে সৈন্য দিয়ে চাজ্জুকে আটকানোর জন্য পাঠালেন। ওঁর ছেলে আরকালি খান রামগঙ্গা পৌঁছে নৌকা করে সৈন্য পাঠালেন। চাজ্জুর দলবল বিচলিত হয়ে উত্তরের দিকে চলে গেল। আরকালি খান ওদের পিছনে তাড়া করলেন। ইতিমধ্যে সুলতান ফারুখাবাদের কাছে গঙ্গা পার হয়ে রোহিলখণ্ডের মধ্যে দিয়ে অগ্রসর হলেন। আরকালি খানের সঙ্গে চাজ্জুর লড়াই অমীমাংসিত থাকে। চাজ্জু যখন রাতে খবর পেলেন যে বড় সৈন্যদল নিয়ে সুলতান আসছেন, তখন তিনি কয়েকজন অনুচর নিয়ে গোপনে স্থানত্যাগ করেন। পরদিনের যুদ্ধে আরকালি খান সহজেই জয় লাভ করে কয়েকজন অভিজাতকে বন্দী করে। রাণা ভীমদেও (চাজ্জুর দলের) মারা যান। কয়েকদিন পরে চাজ্জুও ধরা পড়েন।

এদেরকে নিয়ে আরকালি খান রোহিলখণ্ডে ওঁর পিতার সঙ্গে মিলিত হন। সম্মিলিত বাহিনী ঘাঘরা নদীর পার ধরে গিয়ে স্থানীয় জমিদারদের শাস্তি দেয় ও জঙ্গল পরিষ্কার করে হিন্দুস্থানের রাস্তা প্রশস্ত করে দেয় ও বাকিদের মুক্ত করে দেয়। ওঁর ভাইপো আহমদ চাপ সর্বসমক্ষে এদের শাস্তি চাইলে, সুলতান শাস্তি দিতে অস্বীকার করেন ও সিংহাসন তাঁর অন্য কোন আত্মীয়ের জন্য ছেড়ে দেবার প্রস্তাব দেন। উল্লেখযোগ্য যে পরাজিত ও মুক্ত অভিজাতরা ওঁকে আর কোন বিপদে ফেলে নি।

আরকালি খানকে সুনাম-দিপালপুরের মূলতান সীমান্তে নিয়োগ করার পরই মঙ্গোলরা আর একবার আক্রমণ করে। সীমান্ত এলাকায় ফিরোজ বহুদিন ধরে

সেনাপতির কাজ করেছিলেন। তিনি তখনি সৈন্য নিয়ে রওনা হয়ে যান। কয়েকদিন ধরে ছোটখাটো সংঘর্ষের পর মঙ্গোলরা ফিরে যেতে রাজি হয়। হলাকুর এক নাতি, উলুঘ ইসলাম ধর্মে দীক্ষিত হয়ে ভারতে থেকে যাবার ইচ্ছা প্রকাশ করলে দিল্লির কাছে ওঁদের থাকার বন্দোবস্ত করে দেওয়া হয়। এমনকি প্রায় একহাজার ঠগীকে যখন হত্যা ও অত্যাচারের অভিযোগে বন্দী করে নিয়ে আসা হয়, সুলতান তাদের ক্ষমা করে লাখনৌতি সীমান্তে থাকার অনুমতি দেন।

এ সব সত্ত্বেও বলা যায় যে সুলতানের সামরিক শক্তির অভাব ঘটে নি। একই বছরে তিনি রাজপুতানার চৌহানদের বিরুদ্ধে যাত্রা করেন। চৌহানশক্তি বিখ্যাত রাজা হাম্মিরের অধীনে রণথম্ভরে কেন্দ্রীভূত ছিল ও ক্রমশ প্রসারিত হচ্ছিল। সেই সময় সুলতানের বাহিনী আজমীরকে প্রায় আলাদা করে ফেলে এবং হরিয়ানার কয়েকটি প্রদেশের উপর চাপ দিতে থাকে। মেওয়াতিরাও তখন আবার তাদের লুটতরাজ শুরু করে দিয়েছিল। সিন্ধুর সীমানা ঠিক রাখতে গেলে এদের দমন করা দরকার এটা ফিরোজ বুঝেছিলেন। কিন্তু স্থায়ীভাবে জায়গা দখল করতে গেলে যে কাঠামো ওঁর থাকা দরকার সেটা ফিরোজের ছিল কিনা সন্দেহ।

আলোয়ারের মধ্যে দিয়ে গিয়ে সুলতানী সৈন্যরা চৌহানদের প্রান্তসীমা মান্দাওয়ার অবরোধ করে। কোনরকম প্রতিরোধ না থাকায় সহজেই দুর্গের পতন হয়। রণথম্ভরের দিকে অগ্রসর হবার পথে সুলতানী সৈন্যদল ঝাইনে পৌঁছায়, যেটি ছিল চৌহানদের রাজধানীতে যাবার দরজা। বড় রাজপুত দলকে হারিয়ে, সুলতানী সৈন্যদল দুর্গের কাছে পৌঁছে যায়। যুদ্ধে রাজপুত সেনাপতি মারা যায় ও রাজপুত সৈন্যরা পালায়। এরপরে রাজপুতরা ঝাইন দুর্গ ত্যাগ করে রণথম্ভর দুর্গে আশ্রয় নেয়। ঝাইনের পতন সহজ হলেও রণথম্ভর দুর্গ দখল করা সহজ ছিল না। দুর্গটি ছিল উঁচু খাড়া পাহাড়ের উপরে। সুলতান দুর্গ অবরোধ করেন। ইতিমধ্যে রাজধানীতে ষড়যন্ত্র শুরু হয়ে গিয়েছে ফিরোজের কাছে সেই খবর এসেছে। ওই খাড়াই পাহাড়ের দুর্গ দখল করতে কত মুসলমানের রক্ত ঝরবে এটা ভেবে ফিরোজ ফিরে যাওয়া স্থির করলেন। ভাইপো আহমদ চাপ অবশ্য বোঝানোর চেষ্টা করেছিলেন যে ওইভাবে ফিরে গেলে হিন্দুরা শক্তিশালী হবে। কিন্তু ফিরোজ ফিরে যাওয়াই স্থির করেন।

সুলতানের এই মানসিকতা ও শান্তির নীতি অনেকেরই মনঃপুত হয়নি। বিভিন্ন আসরে যেখানে অতিরিক্ত মদ্যপান করা হতো সেখানে নানা রকম কথা উঠত, যার মধ্যে সুলতানকে সরিয়ে দেবার কথাও উঠেছিল। খবর পেয়ে সুলতান এদের ডেকে পাঠান ও তীব্র ভর্ৎসনার পর তাদের ক্ষমা করে দেন। যে কয়েকজন আমীর এই আলোচনায় অংশ নিয়েছিল, তাদেরকে যার যার ইক্তাতে এক বছরের জন্য পাঠিয়ে দেওয়া হয়।

কায়কোবাদের সময় থেকে এক দরবেশ একটা বিরাট *খানকা* তৈরি করে প্রচুর পরিমাণে অর্থব্যয় করে খাওয়া দাওয়া করাতেন। এই দরবেশ সিদি মৌলা ছিলেন বিদেশী ও কোন বিশেষ গোষ্ঠীর ছিলেন না। এখানে বলবানী যুগের আমলারা প্রায়ই আসতেন। এদের মধ্যে কাজী জালাল ছিলেন অন্যতম। কথিত আছে দুজন হিন্দু

আমলাকে দিয়ে সুলতানকে হত্যা করার ষড়যন্ত্র করা হয়েছিল এখানেই। মঙ্গোল নেতা উলুঘ খান এখানে আসতেন সুলতান হবার আশায়। সুলতানের অনুপস্থিতিতে আরকালি এদের বন্দী করেন ও সুলতান ফিরলে বিচারের জন্য আনা হয়। এরা অবশ্য সমস্ত অভিযোগ অস্বীকার করে। এদের বিরুদ্ধে অভিযোগ প্রমাণিত হয়নি। তবে সুলতান ওই দুজন হিন্দুকে হত্যা করেন এবং কাজী জালালকে ও অনান্য বলবানী আমলাদের নির্বাসনে পাঠান। সিদি মৌলা অভিযোগ অস্বীকার করলেও অনান্য কালান্দররা ওকে হত্যা করে। এই ঘটনায় জনমানসে বিরূপ প্রতিক্রিয়ার সৃষ্টি হয়। সুলতানের চরিত্রের যে ছবিটা পাওয়া যায়, এটি তার ব্যতিক্রম বলে ধরা যেতে পারে।

কারার শাসনকর্তা হিসাবে ফিরোজ তার মৃত বড় ভাইয়ের ছেলে আলি গুরশাস্পকে (পরে আলাউদ্দিন খলজী) নিয়োগ করেছিলেন। ছোট বেলা থেকে ফিরোজ ওঁকে লালন-পালন করেছিলেন এবং নিজের কন্যার সঙ্গে ওঁর বিবাহ দিয়েছিলেন। অত্যন্ত মুখরা স্ত্রী ও উদ্ধত শ্বাশুড়ির কাছে থেকে আলির চরিত্র ফিরোজের বিপরীত হয়েছিল। সবসময়েই ওর মনে হয়েছিল যে ওঁর আশা-আকঙ্ক্ষাকে ওরা দমিয়ে রাখছে। সুতরাং পরিবারের শাসন থেকে স্বাধীন হবার স্বপ্ন তিনি দেখতে শুরু করলেন। কারাতে ওঁর এই স্বপ্নকে সাহায্য করত মালিক চাজ্জুর পুরানো দলবল। আশেপাশের হিন্দু রাজাদের লুট করে বেশ কিছু টাকা পাওয়া গেলে আলি মালব পরমারদের রাজ্য আক্রমণ করবেন স্থির করলেন। পরমারদের অবস্থা খারাপ হয়ে এসেছিল ও বাঘেলা, যাদব ও চৌহানরা বিছিন্ন হয়ে গিয়েছিল। ওখানকার মন্দিরগুলি মাঝে মাঝে লুণ্ঠিত হলেও ধনসম্পত্তি প্রচুর থেকে গিয়েছিল।

১২৯৩ সালের শেষে আলি চান্দেরীর মধ্যে দিয়ে ভিলসা আক্রমণ করেন। প্রতিরোধের সময় না থাকার ফলে আলি পুরানো শহর ও মন্দিরগুলি লুট করে প্রচুর ধনরত্ন পান। এগুলি সুলতানকে পাঠিয়ে উনি ওঁর কাছে আরো প্রিয় হয়ে উঠেন। কিন্তু এখান থেকে আলি জানতে পারেন দক্ষিণ ভারতের অপরিসীম ধনরত্নের কথা ও ওখানে যাবার পথ। মুসলমান সৈন্যরা বিন্ধ্য পর্বত পেরিয়ে যায় নি। ওপারের যাদবরা উত্তর ভারতের ঘটনাবলী নিয়ে মাথা না ঘামিয়ে নিজেদের ব্যক্তিগত বিবাদ নিয়েই মত্ত ছিল। আলি পরিকল্পনা করলেন গোপনে এই রাজ্যে অভিযান করবেন এবং তারপরে তিনি স্বাধীনতা ঘোষণা করবেন।

ইতিমধ্যে মুগ্ধ সুলতান আলিকে *আরজ-ই মুমালিক* পদে নিয়োগ করেছেন যেটি আলির পিতার অধিকারে ছিল। একই সঙ্গে ওঁকে অযোধ্যার শাসনকর্তাও করা হয়। আলি এর পরে আর্জি পাঠান যে এদেশের উদ্বৃত্ত খাজনা থেকে উনি সৈন্য সংগ্রহ করবেন। সুলতান এতেও মত দেন।

১২৯৫ সালের শীতে বারানীর কাকা আলাউল মুল্ককে কারার শাসনকর্তা হিসাবে রেখে আটহাজার অশ্বারোহী নিয়ে আলি বুন্দেলখণ্ডের মধ্যে দিয়ে ঘাট পেরিয়ে যাদবদের রাজধানী দেবগিরিতে পৌঁছালেন। রাজা রামাচন্দ্র দেবের সৈন্যদের নিয়ে ওঁর ছেলে সিংঘানা তখন রাজধানীর বাইরে ছিলেন। অপ্রস্তুত অবস্থায় রাজা রামাচন্দ্র প্রচুর অর্থ দেবার প্রতিশ্রুতি দিলেন। সিংঘানা এই সময়ে এসে পড়লে পিতার অনুরোধ উপেক্ষা

করে আলিকে আক্রমণ করেন ও পরাজিত হন। আলি ও তাঁর সৈন্যরা রাজধানী লুণ্ঠন করে প্রচুর ধনরত্ন, হাতি, ঘোড়া, রেশম বস্ত্র পান যা তাদের ধারণার অতীত ছিল। বন্দর শহর হওয়ার এইসব দ্রব্য বহির্বিশ্বের সঙ্গে বাণিজ্যের মাধ্যমে সংগৃহিত হয়েছিল।

আলির এই গোপন সাফল্যের কথা দিল্লিতে পৌঁছালে ফিরোজ খুবই ক্ষুব্ধ হয়েছিলেন। আবার ওই বিশাল ধনরত্ন পাবার আশায় গোয়ালিয়রে যান আলিকে অভ্যর্থনা জানানোর জন্য। উনি ভাবছিলেন যে কারাতে ফিরে যাবার আগে আলি ওঁর কাছে আসবে। যখন আলির কারাতে সরাসরি ফিরে যাবার কথা দিল্লিতে চালু হতে লাগল, ফিরোজ তাঁর মন্ত্রণাসভা আহ্বান করলেন। বাস্তববাদী আহমদ চাপ আলিকে শাস্তি দেবার কথা বলেন এবং এই বিশাল ধনরত্ন নিয়ে কারাতে আলি পৌঁছালে ভবিষ্যতের পরিণাম ভয়াবহ হবে সেটাও জানালেন। সুলতানকে অনুরোধ করা হল চান্দেরীতে গিয়ে আলিকে ধরতে। কিন্তু আলির সুলতানের যে বিশ্বাস ছিল ওপর সেটা বদলানো গেল না। তিনি দিল্লিতে ফিরে গেলেন এই ভেবে যে আলি ক্ষমা প্রার্থনা করে ধনরত্ন পাঠিয়ে দেবে। দরবারে আলির ছোট ভাই, যার সঙ্গে সুলতানের আরেক কন্যার বিবাহ হয়েছে, আলির কথামতো সুলতানকে নানারকম প্রতিশ্রুতি দিতে থাকল। ইতিমধ্যে আলি কারাতে ফিরে একটি প্রতিবেদকের সঙ্গে ক্ষমা প্রার্থনা করে চিঠি লেখেন যাতে তিনি দরবারে আসতে পারেন। সুলতান তখুনি ক্ষমা করে চিঠি পাঠান। কিন্তু আলি ওই পত্রবাহকদের আটকে রেখে দেন যাতে তারা দিল্লিতে ফিরে গিয়ে আলির সামরিক প্রস্তুতির কথা না জানাতে পারে। আলির পরিকল্পনা ছিল ঘাঘরা নদী হয়ে লাখনৌতি দখল করা যেখানে বলবানের নাতি সুলতান রুখনুদ্দীন কাইখাউস স্বাধীনতা ঘোষণা করেছেন। কিন্তু ওঁর কাকার ওঁর প্রতি অন্ধ বিশ্বাস আরো প্রলুব্ধকর ভবিষ্যতের ঈঙ্গিত দিল। আলির ছোট ভাই আলমাস বেগ ফিরোজকে বোঝাতে সমর্থ হল যে সুলতান ব্যক্তিগতভাবে আলির সাক্ষাতে ক্ষমা প্রদর্শন না করলে আলি আত্মহত্যা করবে। অত্যন্ত উদ্বিগ্ন হয়ে ওই বৃদ্ধ তাঁর আদরের ভাইপোকে বাঁচানোর জন্য আলমাস বেগকে আলির কাছে পাঠান।

বারানী বলেছেন যে ফিরোজের ধ্বংস তাঁকে চুল ধরে টেনেছিল। সুরক্ষার কোন ব্যবস্থা না করে বৃদ্ধ সুলতান তাঁর আদরের ভাইপোর ফাঁদে পা দিলেন। আহমদ চাপকে প্রধান সৈন্যদল নিয়ে স্থলপথে কারাতে পাঠানো হল। জুলাই ১২৯৬ সালের সকালে হাজার সৈন্য নিয়ে সুলতান গঙ্গা দিয়ে ঘন বর্ষার মধ্যে নৌকা করে কারা যাত্রা করলেন। আলি অবশ্য কোন ঝুঁকি নিতে রাজি হলেন না। বিশে জুলাই যখন নৌকাগুলি কারার কাছে এসেছে, তখন আলমাস বেগকে আলি পাঠালেন সুলতানকে অনুরোধ করতে যেন সৈন্যদের নৌকাগুলি অপর পাড়ে রাখা হয় যাতে আলি ভয় পেয়ে আত্মঘাতি না হয়। যে কয়েকজন সৈন্য সুলতানের সঙ্গে ছিল তাদেরও ওই একই অজুহাতে অস্ত্র রেখে যেতে বলা হল। অন্য দিকে দেখা গেল আলির সৈন্যরা গঙ্গা-যমুনার সঙ্গমস্থলে সারি দিয়ে পাড়ে দাঁড়িয়ে আছে। আলি তাঁকে অভ্যর্থনা করতে না আসায় অনুযোগ করতে শুরু করলে আলমাস বেগ আবার সুলতানকে মিষ্ট কথায় বোঝাতে সক্ষম হন। ফিরোজ মনঃক্ষুণ্ণ হয়ে বসে থাকেন। শেষে তীরে

উঠবার সময় আলি তাঁর অনুচরদের নিয়ে উপস্থিত হয়ে কাকার পায়ে ভূমিষ্ঠ হন। সুলতান ওঁকে তুলে ওঁর ভালোবাসার প্রতি অবিশ্বাসের জন্য মৃদু অনুযোগ করেন। তখনই আলি সংকেত দেবা মাত্র সুলতানকে আঘাত করা হয়। প্রথম আঘাতটা বিশেষ কার্যকরী হয় নি। সুলতান তাঁর নৌকার দিকে দৌড়াতে শুরু করলে দ্বিতীয়বার আঘাত করা হয় যার ফলে সুলতান মাটিতে পড়ে যান। এরপর ওঁর মাথা কেটে বর্শার ডগায় লাগিয়ে রাখা হয়। বিশ্বাসঘাতক ভাইপো তখন নিজেকে সুলতান বলে ঘোষণা করেন। নৌকার অভিজাত ও সৈন্যদের হত্যা করা হয়। সৈন্যদলের সঙ্গে আহমদ চাপ দিল্লিতে ফিরে যান।

জালালুদ্দীনের রাজত্ব মামুলক বংশের বিভিন্ন পরীক্ষা নিরীক্ষা ও খলজীদের সাম্রাজ্যবাদী নীতির মাঝখানে সেতু হিসেবে গড়ে উঠেছিল। তুর্কিদের জাতিগত অধিপত্যের নীতি শেষ করেছিলেন জালালুদ্দীন এবং ইন্দো-মুসলিম রাষ্ট্রের ভিত তৈরি করে দিয়েছিলেন। ওঁর মানবিকতা ও শান্তির নীতি, যার সঙ্গে ছিল কিছু পরিমাণ 'রোমান্টিসিজম' ওই পরিবর্তনকে সহজ করে তুলতে পেরেছিল। ত্রয়োদশ শতাব্দীতে মানবিকতা ও ভালোবাসার মধ্য দিয়ে নানারকম বিপদ ও বিভিন্ন জাতির মধ্যে ওই ধরনের রাষ্ট্র গড়া যে সম্ভব নয়, সেটা জালালুদ্দীন নিজের জীবন দিয়ে বুঝিয়ে গেলেন। ওঁর এই প্রচেষ্টা তৎকালীন মানসিকতায় একটি বিপরীত দৃষ্টান্ত।

আলাউদ্দীন খলজী

জালালুদ্দীন ফিরোজ খলজীর বড় ভাই সিহাবুদ্দীন মাসুদের বড় ছেলে ছিলেন আলি গুরশাস্প। ওঁর আরো তিন ভাই ছিল যাদের মধ্যে কেবল আলমাস বেগের কথা ইতিহাসে পাওয়া যায়। আলি ত্রিশবছর বয়সে সুলতান এবং পঞ্চাশ বছর বয়সে মারা যান। সমসাময়িক ঐতিহাসিকরা বলেছেন যে ভগবান যার সহায় সকলেই তার।

আলি সুলতান হয়ে উপাধি নেন আলাউদ্দিন ওয়াদ্দীন মুহম্মদ শাহ যদিও ইতিহাসে তিনি আলাউদ্দীন খলজী নামেই পরিচিত। আলাউদ্দীন ধর্মান্ধ ছিলেন না। প্রার্থনা করতেন তবে জুম্মা প্রার্থনায় যোগ দেন নি। উলেমাদের খাওয়া পরার ব্যবস্থা তাঁর *সদর-ই সুদূর* দেখতেন। আলাউদ্দীন তাদের নিয়ে বা তাদের বিরোধী মুসলমান দার্শনিকদের নিয়ে মাথা ঘামান নি। তিনি নিজেকে মুসলমান বলে পরিচয় দিতেন এবং বলতেন যে তিনি ভগবানের কাজ করছেন। আলাউদ্দীন দাবি করতেন যে তিনি অভিজ্ঞতার ভিত্তিতে এসেছেন। বিভিন্ন রকম অপ্রত্যাশিত বিপদ তিনি সাহসের সঙ্গে মোকাবিলা করেছেন। সর্বোপরি তিনি তাঁর সাম্রাজ্যকে একটা শাসনতান্ত্রিক আইনের মধ্যে এনেছিলেন যা আর কোন সুলতান তাঁর আগে করে যেতে পারেনি। তাঁর স্নেহপ্রবণ সত্তর বছরের বৃদ্ধ কাকাকে হত্যা করে কাটা মাথা বর্শার উপর লাগিয়ে ছাউনীতে ঘোরানো ত্রয়োদশ শতাব্দীর ইতিহাসের পরিপ্রেক্ষিতে অনৈতিক ছিল বলে মনে হয় না। ওর সমসাময়িক লেখক আমীর খসরু বা পরবর্তী কালের লেখক ইসামী এ সম্পর্কে নীরব ছিলেন।

কারাতে সিংহাসন আরোহণ করার পর দুদিন কেটে যায় নতুন সরকার তৈরি করতে ও দিল্লিতে যাত্রা করার প্রস্তুতিতে। ওঁর আত্মীয় ও বন্ধুদের নতুন নতুন পদ ও উপাধি দেওয়া হয়। আলমাস বেগ হন উলুঘ খান। আলাউদ্দীনের শালা মাহরুকে উপাধি দেওয়া হয় আলপ খান। আলাউদ্দীন তাঁর ঘনিষ্ঠ বন্ধুদের আমির করেন এবং যারা আগে আমীর ছিল তাদেরকে উন্নীত করে মালিক উপাধি দেওয়া হয়।

তখন ছিল প্রবল বর্ষা। তার মধ্যেই আলাউদ্দীন সৈন্য সংগ্রহ করতে শুরু করেন। তিনি স্থির করেন যে তাঁর সৈন্যদল দুভাগে ভাগ হয়ে যাবে। প্রথম দলটি ওঁর নেতৃত্বে বাদাউন ও বুলন্দশহর হয়ে ও দ্বিতীয় দলটি জাফর খানের নেতৃত্বে কোয়েল হয়ে দিল্লি যাবে। এই বিলাল সৈন্য সংগ্রহ ও তাদের ব্যবহার আলাউদ্দীনের রাজনৈতিক কুশলতার পরিচয় দেয়। সিংহাসন আরোহণের তিন সপ্তাহের মধ্যে আলাউদ্দীন যাত্রা শুরু করেন। শহর ও গ্রামের মধ্যে দিয়ে যাবার সময় তিনি সোনার মুদ্রা ছড়াতে ছড়াতে যান। পথে যত অশ্বারোহী পাওয়া যায় সবাইকে দলে স্থান দেন। বাদাউনে পৌঁছানোর সময় ওঁর সৈন্য-সংখ্যা এক লক্ষ ছাড়িয়ে যায়। বুলন্দশহরে বড় বড় জালালি অভিজাতরা এসে ওঁর দলে যোগ দিলেন। এঁদের প্রত্যেককে উনি ত্রিশ থেকে ষাট মন সোনার মুদ্রা ও ওদের সৈন্যদের তিনশ রূপার মুদ্রা দিলেন। এর ফলে দিল্লির অভিজাতরাও যোগ দেবে কিনা ভাবতে লাগল। যমুনার জল কম থাকায় ওঁকে অক্টোবর মাস অবধি অপেক্ষা করতে হল।

জালালুদ্দীন ফিরোজের মৃত্যুর খবর দিল্লিতে পৌঁছানের পর দরবার তিনদিন শোক পালন করে। এরপরে কাউকে না জানিয়ে *মালিকা ই জাঁহা* ওঁর সর্বকনিষ্ঠ পুত্র ছেলে কাদের খানকে সিংহাসনে বসান। উপাধি দেওয়া হয় রুকনুদ্দীন ইব্রাহিম। এরপরে উনি কালুখড়ি প্রাসাদ থেকে দিল্লির *কসর-ই সবজ* এ দরবার সরিয়ে নিয়ে আসেন। উনি অভিজাতদের মধ্যে ইক্‌তা বিতরণ শুরু করেন ও লিখিত আদেশ দিতে থাকেন। ওঁর দ্বিতীয় পুত্র আরকালি খান আগেই মুলতানের শাসনকর্তা হয়ে চলে গিয়েছিলেন। মায়ের ব্যবহারে ক্ষুব্ধ হয়ে উনি স্থির করেন যে দিল্লিতে আসবেন না। তবে সন্দেহ থেকে যায় যে ওঁর পিতার মৃত্যুর পর আরকালি খান সময়মতো দিল্লি এসে পৌঁছাতে পারতেন কিনা। তবে তাঁর ভবিষ্যৎ সুরক্ষার্থে কোন চেষ্টা কেন করেন নি সেটা বোঝা শক্ত।

অক্টোবরের দ্বিতীয় সপ্তাহে আলাউদ্দীন যমুনা পেরিয়ে সিরিতে ছাউনি ফেললেন। রুকনুদ্দীন ওঁকে ঠেকাতে এগিয়ে এসেছিলেন কিন্তু মাঝরাতে ওঁর বাঁদিকের সৈন্যদল আলাউদ্দীনের দলে যোগ দেয়। ফলে তাড়াতাড়ি কিছু ঘোড়া ও টাকা নিয়ে উনি মূলতানের দিকে যাত্রা করেন। ওঁর সঙ্গে ওঁর মা ছাড়া, আহমদ চাপ, মালিক কুতুবুদ্দীন আলভি ও তাঁর পুত্ররা ছিল।

পরদিন দিল্লিতে যত আমলা ছিল সবাই আলাউদ্দিনের আনুগত্য স্বীকার করে নেয় ও কোতোয়াল দুর্গের চাবি ওঁর হাতে দিয়ে দেয়। ২১শে অক্টোবর ১২৯৬ সালে আলাউদ্দীন দিল্লির *কসর-ই সবজ*তে (সাদা প্রাসাদ) সিংহাসন আরোহণ করেন। এই প্রসাদটি ইলতুৎমিস তৈরি করেছিলেন। সিরির *কসর-ই লাল* (লাল প্রাসাদ) যেটি

বলবানের তৈরি, ওঁর রাজকীয় থাকার জায়গা হিসাবে ঠিক হয়। *হাজার সুতুন* (হাজার স্তম্ভ) প্রাসাদ তৈরি না হওয়া পর্যন্ত আলাউদ্দীন লাল প্রাসাদে ছিলেন।

শুরুতে আলাউদ্দীন চাইছিলেন গোলমাল না করে তাঁর শাসন যেন লোকেরা মেনে নেয়। এই জন্য তিন ধরনের দল থেকে সরকার তৈরি করেন—পুরানো মামলুক রাজত্বের যারা আমলা পদে ছিলেন, জালালুদ্দীনের আমলারা যারা তাঁর দিকে এসেছে এবং সেই সব আমলা যাদের আলাউদ্দীন নিজে নিয়োগ করেছেন। খাজা খাতিরকে উজীর করা হয়। কাজী সদরুদ্দীন আরিল হন *সদর-ই জাঁহা*। বারানী বলছেন যে ওই কাজী বিশেষ জ্ঞানী ছিলেন না কিন্তু উনি দিল্লির অপরাধীদের খোঁজখবর খুব ভালোভাবে জানতেন। কোন অপরাধী তাঁর দরবারে প্রতারণা করার সাহস পেত না। ইমাদুল-উল মুল্ককে করা হয় *দেওয়ান-ই-ইনশা*। মালিক ফকরুদ্দীন কুচি যিনি ফিরোজের সঙ্গে কারা গিয়েছিলেন এবং ওখানে বন্দী হন, তাঁকে ক্ষমা করে দিল্লির *বরবেগ* পদে নিয়োগ করা হয়। নসরৎ খানকে প্রথম বছরে দিল্লির কোতোয়াল নিযুক্ত করা হয়। ঐতিহাসিক বারানীর কাকা আলাউল মুল্ককে কারা ও অযোধ্যার শাসনকর্তা করা হয়। বারানীর পিতা, মুইদুল মুল্ক, আরকালি খানের আমলা ছিলেন। তিনি বারানের শাসনকর্তা নিযুক্ত হন। বড় মালিক জৌনা *নায়েব-ই ওয়াকিলৎ* নিযুক্ত হন। ওইসময় আলাউদ্দীন বিভিন্ন ধরনের দানের মাত্রা বাড়িয়ে দেন। প্রত্যেকটি সৈন্যকে এক বছরের আগাম মাহিনা ও ছয় মাসের মাহিনা *ইনাম* দেওয়া হয়। বারানী বলছেন যে ওই বছরে অভিজাত ও সাধারণ লোকেরা এত আনন্দ পেয়েছে যা তিনি এর আগে আর দেখেন নি।

উত্তর ভারতে প্রায় নব্বই বছর তুর্কি আধিপত্য থাকা সত্ত্বেও দিল্লির সুলতানেরা আংশিক ক্ষমতার অধিকারী হয়েছিলেন। পশ্চিমে রবি নদী ছিল সুলতানের রাজ্যের সীমানা। সীমানা ও দিপালপুরকে ধরা হতো গুরুত্বপূর্ণ প্রান্তিক থানা। লাহোর ছাড়িয়ে পাঞ্জাব কারুরই অধীনে নয়—এখানে হয় খোক্করররা বিদ্রোহ করছে, নয় মঙ্গোলরা আক্রমণ করছে। মূলতান ছিল আরকালি খানের হাতে যে আলাউদ্দীনের বিরুদ্ধে ছিল এবং দিল্লির পলাতকদের আশ্রয় দিচ্ছিল। রাজপুত রাজারা তখন স্বাধীনতা ঘোষণা করেছে। চিতোর ও রণথম্ভর এদের প্রধান দুটি কেন্দ্র। আরো দক্ষিণে গুজরাটে বাঘেলারা ছিল স্বাধীন। মধ্য ভারতে ধর, উজ্জয়িনী ও চান্দেরী মাঝে মাঝে দিল্লির অধীনতা স্বীকার করেছে। বিন্ধ্য পাহাড়ের দক্ষিণে বিভিন্ন হিন্দু রাজারা নিজেদের মধ্যে লড়াই করছে। দেবগিরির যাদবরা তাদের সম্মান ও ক্ষমতার পুনরুদ্ধার করেছে। সুতরাং দিল্লির ক্ষমতা ভারতভূখণ্ডে অত্যন্ত সীমিত ছিল।

আলাউদ্দীনের বাসনা ছিল ভারতসম্রাট হওয়ার। কিন্তু এই উচ্চাকাঙ্ক্ষী শাসকের সামনে অনেক প্রতিকূলতা ছিল। প্রথম দুবছর আলাউদ্দীন শাসনতন্ত্রের ত্রুটি বিচ্যুতি সারানোর চেষ্টা করেন। পরে শুরু হয় তাঁর সামরিক অভিযান। ওঁর প্রথম কাজ হয় আগের সুলতানের পরিবারবর্গকে শেষ করে দেওয়া। এই কাজ উনি ওঁর দুজন বিশ্বস্ত সেনাপতি উলুঘ খান ও জাফর খানের উপর ছেড়ে দেন। ত্রিশ থেকে চল্লিশ হাজার সৈন্য নিয়ে এরা মূলতান যাত্রা করে। আরকালি খান শহর সুরক্ষার ব্যবস্থা

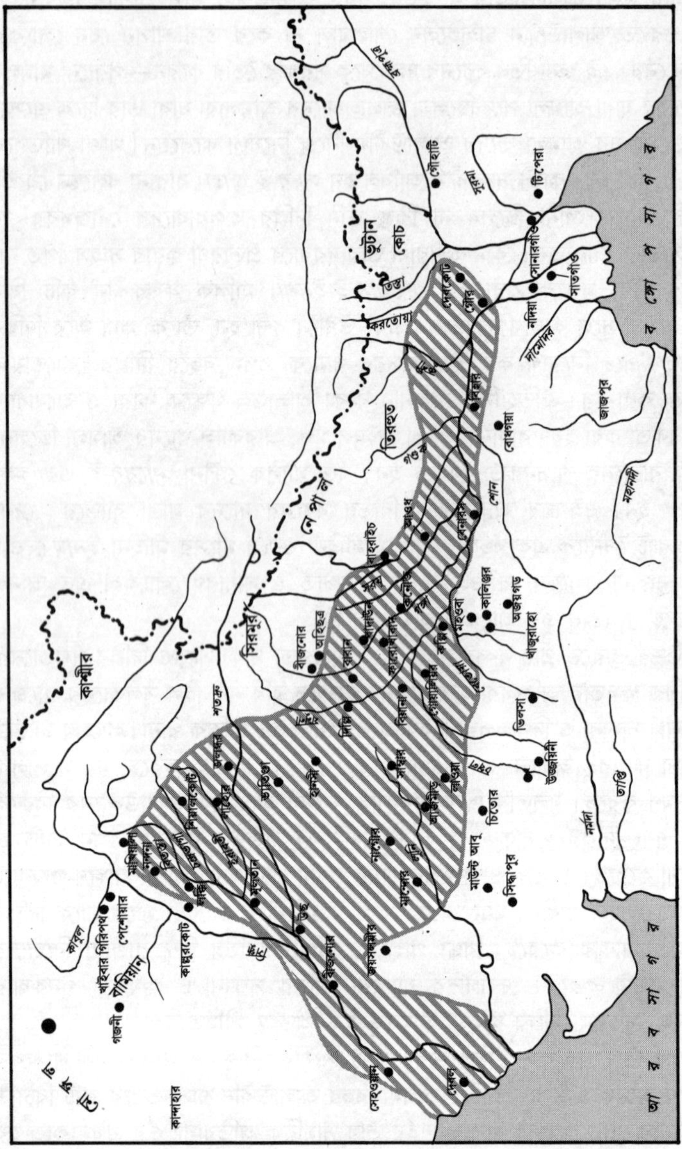

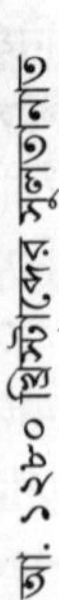

আ. ১২৮০ খ্রিস্টাব্দের সুলতানাত

করেছিলেন। তাই এরা শহর অবরোধ করে। শেষে কোতোয়াল ও শহরের গণ্যমান্য লোকেরা বিশ্বাসঘাতকতা করে শহর খুলে দেয়। জালালি পরিবারের লোকেরা শেখ রুকনুদ্দীনের সাহায্য চাইলে উনি সেনাপতিদের কাছ থেকে এদের প্রাণ রক্ষার আশ্বাস পান, যদিও তা রক্ষা করা হয় নি। শহর দখল করে জালালুদ্দীনের পরিবার সমেত দুই পুত্র ও অনুচরদের বন্দী করা হয়। এদের দিল্লি নিয়ে যাবার পথে সুলতানের লোকেরা আরকালি খান, রুকনুদ্দীন ইব্রাহিম, উলুঘ ও আহমদ চাপকে অন্ধ করে, তাদের পরিবারবর্গ, দাসদাসী ও সম্পত্তি বাজেয়াপ্ত করে নেয়। জালালুদ্দীনের দুই পুত্রকে বন্দী করা হয়। আরকালি খানের পুত্রদের মেরে ফেলা হয়। মালিক-ই জাঁহা ও হারেমের অনান্য মহিলাদের দিল্লিতে নজরবন্দী করে রাখা হয়।

১২৯৭ সালের শেষে আবার মঙ্গোল আক্রমণ শুরু হয়। এরা বিয়াস, ঝিলম ও শতদ্রু নদী পেরিয়ে খোক্কারদের গ্রামে ঢুকে অগ্নিসংযোগ ও লুণ্ঠন করতে থাকে। উলুঘ খান খুব তাড়াতাড়ি সৈন্য নিয়ে গিয়ে ১২৯৮ সালের পাঁচই ফেব্রুয়ারি ওদের বিতাড়িত করে প্রায় বিশ হাজার মঙ্গোলকে হত্যা করেন। বন্দীদের দিল্লিতে নিয়ে এসে হত্যা করা হয়।

রাজত্বের দ্বিতীয় বছরে নসরৎ খানকে উজীর করা হয় এবং কারার শাসনকর্তা আলাউল মুল্ককে ফকরুদ্দীনের জায়গায় দিল্লির কোতোয়াল করা হয়। আলাউদ্দীন এবার স্থির করেন যে মিশ্র সরকার তিনি তৈরি করেছেন তা ভেঙে দেবেন এবং যে সব আমলাদের তিনি নিজে নিয়োগ করেন নি তাদের সরিয়ে দেবেন। এরাই ছিল পুরানো মামেলুক বংশের শেষ কয়েকজন আমলা। জালালুদ্দীনের থেকে ওঁর কাছে চলে এসেছিল এরকম কয়েকজন আমলাও এদের মধ্যে ছিল। মামেলুক রাজত্বের বৈশিষ্ট্য ছিল রাজতন্ত্র ও অভিজাতদের মধ্যে সর্বদা ক্ষমতার লড়াই। চাজ্জু ও আমীর আলির বিদ্রোহ এবং দরবারে অভিজাতদের বিশ্বাসঘাতকতা আলাউদ্দীনকে শিক্ষা দিয়েছিল যে এরা বিশ্বাসযোগ্য নয়। সুতরাং আলাউদ্দীন স্থির করলেন যে তিনি নিশ্চিতভাবে বুঝিয়ে দেবেন যে তিনিই কর্তা। বারানী বলছেন যে সব জালালি অভিজাতরা জালালুদ্দীনকে ছেড়ে দিয়ে আলাউদ্দীনের পক্ষে এসে প্রচুর টাকা ও পদ পেয়েছিল তাদের ও তাদের পরিবার এবং সম্পত্তি আটক করা হয়। এদের মধ্যে কিছু লোককে অন্ধ করে ও বাকিদের হত্যা করে ওই সব সম্পত্তি *খালিসা* করে নেওয়া হয়। কিছু সম্পত্তি আলাই আমীরদের দেওয়া হয়। মাত্র তিনজন আমির, যাঁরা জালালুদ্দীনকে পরিত্যাগ করে নি, বেঁচে যায়। আলাউদ্দীন তাদের নিজপদে বহাল রাখেন। এ সব থেকে প্রায় এক কোটি টাকা পাওয়া যায় যা রাজকীয় কোষাগারে রাখা হয়।

আলাউদ্দীন এবার দেশ বিজয়ে মন দিলেন। প্রথম আক্রমণ স্থান ছিল গুজরাট যেটি তখনও তুর্কিদের ক্ষমতার বাইরে ছিল। রাজপুতানা ও মালব তখনও তুর্কিদের দখলে আসে নি। কেন ওই দেশগুলির মধ্যে দিয়ে এত দূর দেশ প্রথম আক্রমণ করলেন সেটা বোঝা শক্ত। রাজপুত চারণ কবি বলছেন যে গুজরাটের রাজা করণ বাঘেলা তাঁর এক মন্ত্রীর স্ত্রীকে অপহরণ করলে, ওই মন্ত্রী আলাউদ্দীনের কাছে

সাহায্য প্রার্থনা করেন। *রসমালাতে* এরকম একটা ইঙ্গিত পাওয়া যায়। ২৪শে ফেব্রুয়ারী ১২৯৯ সালে উলুঘ খান ও নসরৎ খানের নেতৃত্বে এক বড় সৈন্যদল পাঠানো হয়। প্রায় বিনা বাধায় এরা জয়সালমীরে গিয়ে শহর লুঠ করে। রাজা করণ বাঘেলা মন্ত্রীদের পরামর্শে রাজ্য ত্যাগ করে পলায়ন করেন। ইসামী বলছেন যে করণ দেবগিরির রামদেবের কাছে আশ্রয় পেয়েছিলেন ও পরে তার সাহায্যে ওই রাজ্যের সীমানায় বাগলানে গিয়ে স্থায়ীভাবে বসবাস করেন। আলাউদ্দীনের সৈন্যদল রাজধানী অনিলওয়ারা ও অনান্য শহর লুট করে প্রচুর ধনরত্ন ও দাসদাসী পায়। এদের মধ্যে ছিল এক দাস কাফুর হাজারদিনারী এবং করণ বাঘেলার রানী কমলাদেবী। খাম্বাজ বন্দর লুট করে ধনী মুসলমান বণিকদেরও রেয়াৎ করে নি সৈন্যদল। সোমনাথ মন্দির, যেটি কুমারপাল আবার তৈরি করেছিলেন, সেটি ভেঙে দেওয়া হয়েছিল বলে আমীর খসরু বলেছেন। লুট করা সব মাল দিল্লিতে নিয়ে আসা হয়। আলাউদ্দীন কমলাদেবীকে তাঁর হারেমে স্থান দেন। এত সহজে গুজরাট জয় এটাই ইঙ্গিত করে যে করণ বাঘেলা খুব জনপ্রিয় ছিলেন না এবং তাঁর কোন সামরিক প্রস্তুতি ছিল না। আলাউদ্দীনের শ্যালক আলপ খান গুজরাটের শাসনকর্তা নিযুক্ত হন।

গুজরাট থেকে ফেরার পথে উলুঘ খান ও নসরৎ খান আলাউদ্দীনের সেনাপতিদের ও সৈন্যদের বিদ্রোহের মুখে পড়েন। এরা সুলতানের জন্য রাখা লুটের অংশ দিতে রাজি ছিল না। হঠাৎ এক ভোরে এরা উলুঘ খানের তাঁবু আক্রমণ করলে তিনি পালিয়ে প্রাণ বাঁচান। বিদ্রোহীরা নসরৎ খানের ভাই মালিক আইজুদ্দীন এবং আলাউদ্দীনের বোনের এক ছেলেকে হত্যা করে। বিদ্রোহীরা এরপর পালায়। এদের কয়েকজন রাজা করণ বাঘেলার কাছে আশ্রয় নেয়। বিদ্রোহীদের পরিবারবর্গকে দিল্লিতে নানা অসম্মানের মধ্যে ফেলা হয় ও তাদের ছেলেমেয়েদের হত্যা করা হয়। বারানী বলছেন যে মহিলাদের বন্দী করা ও ছেলেমেয়েদের হত্যা করা ওই বছর থেকে শুরু হয়।

গুজরাট অভিযানের সময়ে মঙ্গোলরা সিরি দুর্গ অধিকার করে। জাফর খান রীতিমত লড়াই করে সেই দুর্গ পুনরুদ্ধার করেন ও মঙ্গোলদের বন্দী করে দিল্লিতে পাঠান। বারানী বলছেন যে ওই সময় থেকেই আলাউদ্দিন জাফর খানকে সরিয়ে দেবার কথা ভাবছিলেন। জাফর খান যতদিন আলাউদ্দীনের আদেশ মান্য করেছেন, ততদিন ওর উপর আলাউদ্দীনের বিশ্বাস অটুট ছিল। পরবর্তীকালে এই বিশ্বাস চলে যায়। আমীর খসরু তাঁর পরের বইতে জাফর খানের নাম উল্লেখ করেন নি।

জাফর খান দিল্লিতে ফেরার পর আলাউদ্দীনের সমালোচকরা ওঁর সম্পর্কে নানা গুজব ছড়ায়। প্রায় পঞ্চশ বছর পরে বারানী এগুলিকে সত্য বলেছেন। বারানী বলেছেন যে আলাউদ্দীন ঘোষণা করেছিলেন নবীর যেমন চার বন্ধু ছিল, ওঁরও চারজন খান রয়েছে—উলুঘ, নসরৎ, জাফর এবং আলাপ। ওদের সাহায্যে উনি এক নতুন ধর্ম স্থাপন করবেন। কিন্তু এই তথ্য মেনে নেওয়া যায় না। কারণ বারানী বলছেন যে আলাউদ্দীন জাফর খানকে সরাতে চান, উনি উলেমাদের সঙ্গে যোগাযোগ

রাখতেন না ইত্যাদি। ইসলামে আলাউদ্দীনের বিশ্বাস ছিল অশিক্ষিত অজ্ঞদের মতো। ওই নতুন ধর্ম সম্বন্ধে বারানী কিছু তথ্য দেন নি। অনান্য লেখকরা এ সম্পর্কে কিছু বলেন নি এবং আলাউদ্দীনের প্রতি তাদের শ্রদ্ধা ছিল। সুতরাং বারানীর বক্তব্য মানা যায় না। আসলে আলাউদ্দীন ওই সময়ে 'দ্বিতীয় আলেকজান্ডার' উপাধি নিয়েছিলেন যা *খুৎবা* তে বলা হয়েছিল ও মুদ্রাতে পাওয়া যায়। অন্য মুসলিম রাজারা ও এই ধরনের উপাধি নিয়েছিলেন। বারানী বলছেন যে ওঁর কাকা আলাউল মুল্ক আলাউদ্দীনকে নতুন ধর্ম প্রচার করা থেকে বিরত রাখেন। আলাউদ্দীনের প্রধান কাজ ছিল মঙ্গোল আক্রমণ ঠেকানো ও রাজপুতানাকে দমন করে রাখা। এগুলো না হলে আলেকজান্ডারের মতো দেশ জয় করার কথা চিন্তা করা তাঁর পক্ষে সম্ভব ছিল না।

১২৯৯ সালের শেষে ট্রান্স্-অক্সিয়ানার খান দু লাখ সৈন্য পাঠান দিল্লি দখল করার জন্য। যেহেতু ওদের উদ্দেশ্য ছিল দিল্লি দখল, ওরা কোন শহর লুঠ না করে একটা ঘোরানো রাস্তা দিয়ে গিয়ে সিন্ধু নদী পার হয়। মূলতানের সৈন্যরা সেই সময় দুর্গের মধ্যে আশ্রয় নিয়েছিল। জাফর খান মঙ্গোল সেনাপতি কুতলুঘ খানকে যুদ্ধের জন্য আহ্বান করলে, তিনি তাতে কর্ণপাত করলেন না। বহুলোক দিল্লিতে গিয়ে আশ্রয় নিলে মসজিদে, দোকানে বা রাস্তায় লোকেদের স্থানাভাব হয়। বাইরে থেকে খাদ্যশস্য আসা বন্ধ হয়ে যায় এবং শহরে জিনিসপত্রের দাম অস্বাভাবিক ভাবে বাড়তে থাকে। মঙ্গোলরা ছমাস ধরে যাত্রা করার পর দিল্লির শহরতলির ছয় মাইল দূরে ছাউনী ফেলে।

ইসামী বলছেন যে আলাউদ্দীন দুমাস সময় পেয়েছিলেন মঙ্গোলদের বিরুদ্ধে প্রস্তুতির জন্য। এর থেকে মনে হয় যে মঙ্গোলরা সিন্ধু নদী পার হওয়ার পর ওঁর কাছে খবর পাঠানো হয়েছিল। আলাউদ্দীন লাল প্রাসাদ থেকে বেরিয়ে যমুনার পাড়ে সিরিতে ছাউনি ফেলে সব সেনাপতিদের তাড়াতাড়ি ডেকে পাঠালেন। আলাউল মুল্ক অবশ্য ওঁকে যুদ্ধ না করার উপদেশ দিয়েছিলেন এবং আলোচনার মাধ্যমে ফয়সালা করতে বলেছিলেন। তবে আলাউদ্দীন যুদ্ধ করা মনস্থ করলেন। তিনি শহর ও দুর্গ আলাউলের হাতে দিয়ে সৈন্য নিয়ে বেরোলেন। আলাউল বাদাউনের দরজা খোলা রেখে সব দরজা বন্ধ করে দিলেন।

দিল্লির শহরতলি কিলিতে দুই দল একপাশে নদী ও অন্যপাশে কাঁটাঝোপ, জঙ্গলকে রেখে যুদ্ধের জন্য প্রস্তুত হল। আলাউদ্দীনের দক্ষিণে ছিলেন জাফর খান এবং বাঁয়ে নসরৎ খান। উলুঘ খান ছিলেন নসরতের পিছনে। কিন্তু আলাউদ্দীন প্রথমে আক্রমণ করতে চাইলেন না এবং তাঁর সেনাপতিদের স্থান ত্যাগ না করার আদেশ দিলেন। কুতলুঘ খান যখন চারজন দূত আলাউদ্দীনের কাছে পাঠান সেনাপতিদের নাম জানার জন্য, আলাউদ্দীন তাঁদের ওই কাজে অনুমতি দেন, কারণ তাঁর যুদ্ধের জন্য তাড়া ছিল না। তাছাড়া পূর্ব দিক থেকে রোজই সৈন্য আসছিল তাঁর দলে যোগ দিতে। ওদিকে মঙ্গোলদের খাবার ফুরিয়ে আসছিল। কিন্তু এই সময়ে জাফর খান অধৈর্য হয়ে পড়েন ও আক্রমণ করেন। ওদের চিরাচরিত প্রথা অনুযায়ী

মঙ্গোলরা পিছিয়ে যেতে থাকে। জাফর খানও ওদের ধরবার জন্য পিছনে তাড়া করেন। প্রায় ছত্রিশ মাইল তাড়া করার পর যখন উনি থামলেন, ততক্ষণে মঙ্গোলরা ওদের ঘিরে ধরেছে। জাফর খান যুদ্ধে মারা যান, কিন্তু এক-তৃতীয়াংশ মঙ্গোল সৈন্য বিনষ্ট হয়। আরো তিন দিন অপেক্ষা করার পর মঙ্গোলরা ফিরে যায়। এরপর আলাউদ্দীন শহরে ফিরে এলে উৎসব শুরু হয়।

মধ্যযুগের ভারতবর্ষে অন্য রাজ্যের লোকেদের রাজনৈতিক আশ্রয় দেওয়া শত্রুতার কাজ বলে ধরা হতো। বিয়ানার শাসনকর্তা উলুঘ খান রণথম্ভরের রাজা হামির দেবের কাছে খবর পাঠান যে কয়েকজন মুসলমান মঙ্গোল ও মুহম্মদ শাহ তাঁর রাজ্যে আশ্রয় নিয়েছে। ওই শত্রুদের উনি হয় হত্যা করবেন, নয়তো উলুঘ খানের কাছে পাঠিয়ে দেবেন। এর অন্যথায় যুদ্ধ বাধবে। হামিরের উপদেষ্টারা ওঁকে রাজি হতে বললে উনি অস্বীকার করেন। এরপরে উলুঘ খান যাত্রা শুরু করলে অযোধ্যার শাসনকর্তা নসরৎ খানকে আলাউদ্দিন সাহায্যর জন্য পাঠান। ঝাইন দখল করে তারা রণথম্ভর অবরোধ করে। নসরৎ খান এতে মারা যান। এরপর হামির দেব সৈন্য নিয়ে বেরিয়ে এসে যুদ্ধে উলুঘ খানকে পরাজিত করলে, উলুঘ খান ঝাইনে চলে যান এবং আলাউদ্দীনকে জানান যে একমাসের মধ্যে সাহায্য না এলে দুর্গের পতন হবে।

সুলতান আল্লাউদ্দীন রওনা হয়ে পথে কিছু সময় শিকারে ব্যস্ত থাকেন। তখন তাঁর ভাইপো আকত খান ওঁকে আক্রমণ করলে সুলতান অজ্ঞান হয়ে মাটিতে পড়ে যান। তাঁকে মৃত মনে করে আকত খান তখন রাজার ছাউনীতে গিয়ে নিজেকে সুলতান বলে ঘোষণা করে সিংহাসনে বসেন। ওখানকার আমলারা ওঁর কথায় বিশ্বাস করে। কিন্তু ছিন্ন মস্তক না দেখানোয় আকত খানকে হারেমে ঢুকতে দেওয়া হয় না। ইতিমধ্যে জ্ঞান ফিরে পেয়ে আলাউদ্দীন ঝাইনে উলুঘ খানের কাছে চলে যাওয়া মনস্থ করলে মালিক হামিরুদ্দীন তাঁকে শহর ত্যাগ করতে নিষেধ করেন। এরপর আলাউদ্দীন যখন তাঁর ছাউনীতে পৌছান আকত খান তখন পালান। পরে উনি ধরা পড়েন ও ওঁর মাথা কাটা হয়। আকতের ছোট ভাই কুতলুঘ খানকেও তখনি হত্যা করা হয়। যারা এই ষড়যন্ত্রের মধ্যে ছিল প্রত্যেককেই শাস্তি দেওয়া হয়।

আলাউদ্দীন রণথম্ভরের সামনে এলে অবরোধ জোরদার করা হয়। পরিখার মধ্যে বালির বস্তা ফেলে উঁচু করে পাঁচিলের সমান করা হয় যদিও দুর্গের সৈন্যদের সাহসী সুরক্ষায় বহু সৈন্য মারা যায়। সুলতানী সৈন্যরা গ্রামাঞ্চল লুঠ করে। এমনকি তারা ধর শহর পর্যন্ত পৌঁছে গিয়েছিল। আমীর খসরুর মতে মার্চ নাগাদ অবরোধ শুরু হয়ে বর্ষাকাল পর্যন্ত চলেছিল। এই মধ্যবর্তী সময়ে আলাউদ্দীনের ভগ্নীর দুই পুত্র মালিক উমর এবং মঙ্গু খান আলাউদ্দীনের বিরুদ্ধে সৈন্য সংগ্রহ শুরু করে। কিন্তু এদের বিদ্রোহ গুরুতর ছিল না—সহজেই ওদের দমন করে হত্যা করা হয়।

কিলির যুদ্ধের পরেই দিল্লির কোতোয়াল ফকরুদ্দীন মারা যান। তাঁর জায়গায় দিল্লির কোতোয়াল হন বায়াজিদ তিরমিজি। সেই সময়ে সিরিতে আলাউদ্দীন একটা দুর্গ বানাচ্ছিলেন। সিরির কোতোয়াল হন আলাউদ্দীন আইয়াজ, ওঁর পুত্র মুহম্মদ আইয়াজ মুহম্মদ বিন তুঘলকের বিখ্যাত ওয়াজির ছিলেন। বায়াজিদ দিল্লিতে তাঁর

রূঢ় স্বভাবের জন্য অপ্রিয় ছিলেন। আলাউদ্দীন সেইসময় রণথম্ভর নিয়ে ব্যস্ত। এই সুযোগ নিয়ে মৃত ফকরুদ্দীনের আমলা হাজী মৌলা বিদ্রোহ করেন। বারানী একে ভয়ানক দুষ্ট প্রকৃতির লোক বলেছেন।

রমজান মাসে হাজী মৌলা সৈন্য নিয়ে বাদাউনের দরজা দিয়ে ঢুকে বায়াজিদকে ডেকে এনে হত্যা করেন ও ঘোষণা করেন যে সুলতানের আদেশে তিনি ওই কাজ করেছেন। এরপরে হাজী সিরির কোতোয়ালকে ডাকলে তিনি খবর পেয়ে সিরির দরজা বন্ধ করে দেন। কোতোয়ালীর কিছু লোকের সাহায্যে হাজী ভিতরে ঢুকে লাল প্রাসাদ দখল করে কোষাগার, বন্দীশালা ইত্যাদি দখল করেন। এরপর বন্দীদের ছেড়ে দিয়ে ইলতুৎমিসের ভগ্নীর এক পুত্র আলভিকে সিংহাসনে বসিয়ে আমলাদের বাধ্য করে তাকে আনুগত্য জানাতে। কোষাগারের অর্থ বিলিয়ে দিয়ে প্রচুর দুষ্কৃতি জোগাড় করে দিল্লি নিজের নিয়ন্ত্রণে রাখেন। ইতিমধ্যে আমরোহা থেকে মালিক হামীরুদ্দীন সৈন্য নিয়ে গজনীর দরজা দিয়ে ঢুকে দুদিন চেষ্টার পর হাজী ও তার দলবলকে কোণঠাসা করে হাজীকে হত্যা করেন। এরপরে আলভিকে হত্যা করে তার কাটা মাথা বর্শার আগায় লাগিয়ে সারা দিল্লি ঘোরানো হয়। যারা কোষাগার থেকে টাকা নিয়েছিল তাদের বন্দী করা হয় এবং সব টাকাই কোষাগারে জমা দেওয়া হয়। এর সাতদিন পরে উলুঘ খান ওই সব দুর্বৃত্তদের হত্যা করেন। মালিক ফকরুদ্দীনের পরিবার এর কিছু না জানলেও তাদেরকেও হত্যা করা হয়।

ইতিমধ্যে রণথম্ভরে দুর্ভিক্ষ দেখা দিয়েছে। জুলাই মাসে জহর ব্রত করে রানী রঙ্গা দেবী ও অনান্য মহিলারা মৃত্যুবরণ করলে হামির দেব সৈন্য নিয়ে বাইরে এসে যুদ্ধে মারা যান। ১০ই জুলাই ১৩০১ সালে আলাউদ্দীন দুর্গে প্রবেশ করেন ও উলুঘ খানকে দুর্গের কিল্লাদার করে দিল্লি ফিরে যান। ওখানে গিয়ে বহু সদরকে উনি নির্বাসনে পাঠান। উলুঘ খান বিরাট সৈন্যদল তৈরি করেন ওয়ারাঙ্গল ও মা'বার জয় করার জন্য। কিন্তু চার-পাঁচ মাস পরে, উলুঘ খান মারা যান।

আলাউদ্দীনের রাজ্যলাভের পরে তিনটি বিদ্রোহ হওয়ায়, উনি রণথম্ভরে এক পরামর্শ সভা ডাকেন। সেখানে তিনি বিদ্রোহের চারটি কারণ ব্যাখ্যা করেন: ক) রাজা লোকেদের ভালো-মন্দ অবস্থা সম্পর্কে সঠিক খবর রাখেন নি। খ) বিভিন্ন মজলিসে অত্যধিক পরিমাণে মদ্য পানের ফলে বিদ্রোহের ভাব হয়। গ) আমীর ও মালিকদের মধ্যে খুব বেশি মেলামেশা ও আত্মীয়তা হয়। ঘ) লোকেদের হাতে প্রচুর অর্থ থাকায় সৈন্য সংগ্রহ করার সুবিধা কারণগুলির পরিপ্রেক্ষিতে আলাউদ্দীন নিম্নলিখিত ব্যবস্থা গ্রহণ করেন;

ক) টাকা বাজেয়াপ্ত করা ঃ কারণগুলি ব্যাখ্যা করে আলাউদ্দীন টাকা বাজেয়াপ্ত করাই প্রথম কাজ বলে স্থির করলেন। তবে অবিমিশ্র ভাবে টাকা বাজেয়াপ্ত করা হয় নি। রাজ্যলাভের পর আলাউদ্দীন সব ধরনের দানখয়রাতে টাকা বাড়িয়ে ছিলেন। এবারে আলাউদ্দীন আদেশ দেন যে ওই ধরনের জমি যা আগে *খালিসাতে* ছিল এবং করমুক্ত দান করা হয়েছে, সেগুলি আবার *খালিসাতে* ফেরত আসবে। এর মধ্যে কিছু ব্যতিক্রম করা হয়েছিল। বারানী বলছেন যে এর ফলে মালিক, আমীর, সরকারি

কর্মচারি, হিন্দু মূলতানী বণিক ও সাহুদের হাতে ছাড়া আর কারুর কাছে কোন টাকা ছিল না।

খ) সংবাদ সংগ্রহ করা ঃ জনসাধারণের অবস্থা জানার জন্য আলাউদ্দীন স্থির করলেন যে তিনটি সূত্র থেকে তিনি খবর সংগ্রহ করবেন– বিভাগীয় কর্তা, বারিদ বা সংবাদ সংগ্রহকারক যারা সুলতানকে নিয়মিত খবর পাঠাবে এবং মুনহি বা গুপ্তচর। দুটি প্রধান জায়গা থেকে খবর সংগ্রহ করা হতে লাগল। অভিজাতদের বাড়ি ও বাজার। গুপ্তচররা ওই সব খবর সংগ্রহ করে পাঠাতো। অভিজাতরা এর ফলে অত্যন্ত ভীত হয়ে পড়ল।

গ) মদ্যপান নিবারণ ঃ আলাউদ্দীনের মদ্যপান নিবারণ আদেশের মধ্যে কোন ধর্মীয় ব্যাপার ছিল না। আলাউদ্দীন মদ্যপানের বিরুদ্ধে ছিলেন না। কিন্তু যেহেতু এটা ছিল রাজনৈতিক চাহিদা, অতএব উনিও মদ্যপান বন্ধ করে দিলেন। বাদাউনের দরজার পিছনে রাজকীয় কাঁচের ও পোর্সিলিনের মদের পাত্রগুলি ভেঙে ফেলা হল। হাতিতে চড়ে আমলারা দিল্লি শহরের মধ্যে মদ্যপানের বিরুদ্ধে আদেশ ঘোষণা করলেন। মদের দোকানদার ও মদ্যপ্রস্তুতকারকদের দিল্লির বাইরে বের করে দেওয়া হল। কিন্তু কিছু লোক চিনি থেকে নিজেদের বাড়িতে মদ তৈরি করে চড়া দামে গোপনে বিক্রি করতে লাগল। গোপনে শহরে বাইরে থেকে মদ নিয়ে আসা হতে লাগল। বাদাউনের দরজার সামনে শুকনো কুয়ো খুঁড়ে যেসব লোক আদেশ অমান্য করেছে তাদেরকে ওর মধ্যে ফেলে দেবার আদেশ দিলেন আলাউদ্দীন। এর মধ্যে অনেকেই মারা গিয়েছিল। কিছু লোক বহুদিন চিকিৎসার পর সুস্থ হয়। দিল্লির দশ মাইলের মধ্যে শহরগুলিতে মদ পাওয়া যেত না এবং মদ খাওয়ার জন্য লোককে বহুদূরে যেতে হতো। জুয়া খেলা ও ভাঙ খাওয়াও নিষিদ্ধ করা হয়েছিল। পরে আলাউদ্দীন আদেশ দেন যে কেউ যদি নিজের খাওয়ার জন্য নিজের বাড়িতে মদ তৈরি করে ও বিক্রি না করে বা মজলিসে বিতরণ না করে, তাহলে তার শাস্তি হবে না।

ঘ) অভিজাতদের নিয়ন্ত্রণ ঃ রাজ্যলাভের পর পুরানো রাজত্বের অভিজাতদের আলাউদ্দীন হত্যা করতে দ্বিধা বোধ করেন নি। এবারে তাঁর নিজের নিয়োজিত আমলাদের নিয়ন্ত্রণ করার পালা। ঘটনার প্রায় পঞ্চাশ বছর পরে বারানী লিখছেন যে আলাউদ্দীন মালিক, আমীর, দরবারের আমলা ও দায়িত্বপূর্ণ পদে যারা আছে তাদেরকে একে অপরের বাড়ি যাওয়া বা মজলিসে যাওয়া নিষিদ্ধ করে দিলেন। খুব কঠোরভাবে এই আদেশ কার্যকরী করা হয়েছিল, যার ফলে অভিজাতদের বাড়িতে আমন্ত্রণ-নিমন্ত্রণ বন্ধ হয়ে গেল। এমনকি দরবারে বসেও তারা একে অপরের সঙ্গে স্বচ্ছন্দে কথা বলত না। ওদের বাড়িতে কোন অভ্যাগতকে রাখতে হলে বা বিবাহের উৎসব করতে গেলে, উজীর সৈয়দ খানের মাধ্যমে সুলতানের অনুমতির প্রয়োজন ছিল। মামেলুক বংশের অভিজাতদের মধ্যে যে সজীবতা দেখা গিয়েছিল আলাউদ্দীনের রাজত্বে তা উবে যায়, যার ফল কি হয়েছিল সেটা পরে বিবেচ্য।

ঙ) ভূমি রাজস্ব ঃ ভূমি রাজস্ব সংস্কারে আলাউদ্দীন প্রথম সুলতান যিনি গ্রামে এই রাজস্ব সংস্কার পৌঁছে দেন। এই সম্পর্কে বারানী বিস্তারিতভাবে লিখেছেন। বারানী এসেছিলেন সরকারি আমলার পরিবার থেকে। সুতরাং গ্রামের মোড়ল ও রাই, রাণাদের মধ্যে যে প্রভেদ আছে, সেটা ভালোই জানতেন। গ্রামের মোড়লকে বোঝানোর (একাধিক গ্রামের একজন মোড়ল হতে পারে) জন্য বারানী ব্যবহার করেছেন *খট, মুকদ্দম* ও *চৌধুরী* শব্দগুলি। আরবিক শব্দ *মুকদ্দম* মানে গ্রামের প্রধান বা প্রথম ব্যক্তি। এখানে বারানী বোঝাচ্ছেন গ্রামের বা গ্রাম-সমষ্টির মোড়ল। *চৌধুরী* হিন্দি শব্দ এবং বারানী একে *মোকদ্দম* ও *খটের* সমার্থক ধরেছেন। *খট* হিন্দি শব্দ নয় এবং সম্ভবত ফার্সী শব্দ *খত* থেকে এসেছে। এর দ্বারা *খট* বা গ্রামের রাজস্ব সংগ্রহ করা হতো। ঐতিহাসিক মোরল্যান্ড এই শব্দটিকে গ্রামের সমষ্টিগত জমা বলে ধরেছেন।

এই মোড়লদের সম্পর্কে আলাউদ্দীন বিয়ানার কাজী মুঘীসুদ্দীনের কাছে অভিযোগ করেছিলেন। এরা সুন্দর কাপড় পড়ে ভালো ঘোড়ায় চড়ে একে অপরের সঙ্গে যুদ্ধ করে। কিন্তু এক জিতালও *খারাজ* (ভূমি রাজস্ব), জিজিয়া, ঘরাই ও চরাই ইত্যাদি কর দেয় না। বরঞ্চ এরা নিজেদের এলাকা থেকে *খতি* বলে কর তোলে, নানান মজলিসে মদ্যপান করে এবং রাজস্ব আমলাদের কাছে আসে না।

বারানী বলছেন যে আলাউদ্দীন চিন্তা করতে লাগলেন যে কিভাবে ওই সব 'হিন্দু' *খট* থেকে *বালাহার* (নিচু জাতের কৃষক), পর্যন্ত লোকেদের কাছ থেকে খারাজ আদায় করা যাবে যাতে দুর্বলের উপর বোঝা না হয়। আলাউদ্দীন এর জন্য দুটি আইন করলেন। জমি মাপ করে প্রতি *বিশোওয়া* ফসলের অর্ধেক কর হিসাবে চাষী দেবে। এই করের মধ্যে *খট* ও *বালাহারের* কোন তফাৎ থাকবে না। কোন রকমের কর বা *খত* খটদের হাতে থাকবে না। দ্বিতীয়ত যে গবাদি পশু দুধ দেয় তাদের চারণ ক্ষেত্র ঠিক করে দেওয়া হবে, যা নির্দিষ্ট করা হবে ওই গবাদি পশুর অধিকারির বাড়িতে বসে। পরবর্তীকালে ফেরিস্তা বলছেন যে গবাদি পশুর সংখ্যা প্রত্যেকের জন্য নির্দিষ্ট করা হল যার মধ্যে *মুকদ্দম* থেকে সাধারণ চাষী রয়েছে। চাষের জন্য নির্দিষ্ট করা হল চারটি বলদ, দুটি গরু, চারটি ছাগল-ভেড়া ইত্যাদি যার থেকে বোঝা যায় যে চারণ ক্ষেত্রের অভাব তখন ছিল না।

এই দুটি আইন সরকারকে সরাসরি কৃষকের সঙ্গে যোগাযোগ করিয়ে দিল। কিন্তু এই আইন চালু করতে প্রচুর সংখ্যায় লোক দরকার হয়েছিল সে কথা বারানী বলেন নি। মুখ্য দলিল ছিল *পাটওয়ারী* বা গ্রামের হিসাব রক্ষকের *বহি* এবং এই দলিল দেখাশোনার জন্য দোভাষী আমলার প্রয়োজন হয়েছিল। খট, *মুকদ্দম* ও *চৌধুরীর* ধনরত্ন নিতে আলাউদ্দীনের বিশেষ অসুবিধা হয় নি। বারানী বলছেন, এরা এমন ভয় পেয়েছিল যে, শহরের একজন পেয়াদা কুড়িজন মোড়লের কাছ থেকে অর্থ জোগাড় করতে পারত। হিন্দুদের ঘরে কোনও রকমের, সোনা, রূপা বা সিক্কা, যার সাহায্যে বিদ্রোহ হয়, পাওয়া যেত না। এদের স্ত্রীরা মুসলমানদের ঘরে দাসীর কাজ করতে লাগল।

আলাউদ্দীনের আসল সমস্যা হল রাজস্ব বিভাগকে সুসংহত করা। ওঁর রাজস্ব বিভাগীর মন্ত্রী, শরফ কুলী, দক্ষতার সঙ্গে কয়েকবছর কাজ করে। সুলতানের অধীনে সমস্ত জমি জরিপ করে প্রতি বিশোওয়ার ফসল থেকে *খারাজ,* ঘরাই ও চরাই এমনভাবে বসালেন যেন এটা একটা গ্রামের উপর বসানো হচ্ছে। এর ফলে মোড়লদের মধ্য থেকে বিদ্রোহ বা অবাধ্যতা সম্পূর্ণভাবে চলে গেল। *খারাজ* সকলের কাছ থেকে একই হারে নেওয়া হতে লাগল।

কোথায় কোথায় এই আইন বলবৎ করা হয়েছিল বারানী তার তালিকা দিয়েছেন। সেটি অবশ্য ভৌগোলিক দিক থেকে বোঝা শক্ত। এর ব্যাখ্যা করে ঐতিহাসিক মোরল্যান্ড বলছেন যে ওই আইন ধীরে ধীরে নদীবহুল দেশ দিল্লি ও দোয়াবের বাকি অংশে চালু করা হয়েছিল। রোহিলখণ্ড, মালব ও বিহারে পরে চালু হলেও, গুজরাটে হয়নি। মূলতান বাদে পাঞ্জাবের বাকি অংশে চালু হয়েছিল। কিন্তু মোরল্যান্ডের বক্তব্য অনুযায়ী আলাউদ্দীন সমস্ত রাজা বা জমিদারদের শেষ করে দিয়েছিলেন, একথা মানা যায় না। ওই সব রাজা বা জমিদারদের কৃষকদের উপর হস্তক্ষেপ করেন আলাউদ্দীনের এমন উদ্দেশ্য ছিল না। এর থেকে বলা যেতে পারে যে যেখানে মোড়লরা গ্রামের কৃষকদের ভূমিরাজস্ব দিত ও যেগুলি অনেক ক্ষেত্রেই জমিদারদের গ্রামের মধ্যে ছড়িয়ে ছিল, সেগুলি আলাউদ্দীন *খালিসা* বা সরকারী জমিতে রূপান্তরিত করেছিলেন। ওই সব গ্রামে সরকার সরাসরি গ্রামের কৃষকদের সঙ্গে যোগাযোগ রাখতেন। আলাউদ্দীন কোনো আমলাকে *খালিসা* জমির দায় অর্পণ করতে চান নি। রাজা বা জমিদারদের জমিতে হাত দেওয়া হয় নি। এটা অবশ্য বলা দরকার যে সুলতানী সরকার শক্ত হলেই এইসব রাজারা বা জমিদাররা কর দিতেন। অধ্যাপক মুহম্মদ হাবিব বলেছেন যে আলাউদ্দীন এই দুই শ্রেণীর অর্থাৎ গ্রামের মোড়ল ও সাধারণ কৃষকের মধ্যেকার বিরোধ কাজে লাগিয়েছিলেন। বারানী বলেছেন আলাউদ্দীন আদেশ দিয়েছিলেন যে শতকরা পঞ্চাশ ভাগ উৎপাদনের কোন ব্যতিক্রম না করে কর হিসাবে নেওয়া হবে। কিন্তু বারানী এটাও বলেছেন যে আলাউদ্দীনের আদেশ ছিল যে কৃষকরা অন্তত উৎপাদনের একটা অংশ রাখতে পারে, যাতে তাদের এক বছর থেকে আরেক বছরের খরচ চলে যায়। কিন্তু তারা টাকা পয়সা জমিয়ে রাখতে পারবে না। এই আপাত বিরোধী মন্তব্য থেকে মনে করা যেতে পারে যে আলাউদ্দীন চেয়েছিলেন অভাব বা দুর্ভিক্ষের সময়ে সাধারণ লোকের হাতে কিছু উৎপাদন থাকুক, কিন্তু তারা যেন ধনী না হয়ে উঠে।

দু রকম প্রথা চালু হয়েছিল, যদিও বলা শক্ত কেন ওই ধরনের নীতি নেওয়া হয়েছিল। কোন কোন গ্রামের মোড়লদের মাধ্যমে প্রতিটি গ্রাম থেকে আলাদা করে কর দাবি করা হতো। আবার জমিদারদের ক্ষেত্রে তাদের সমগ্র এলাকা থেকে একটা থোক টাকা দাবি করা হতো। এই ফারাক সম্ভবত ঐতিহাসিক পরম্পরা থেকে এসেছে। প্রাক্-সুলতানী যুগ থেকে যে সব জমিদাররা থোক টাকা দিয়ে এসেছে তাদের পরম্পরার পরিবর্তন করা হয় নি। অন্য জায়গায় যেখানে জমিদারদের অস্তিত্ব আর নেই, সেখানে মোড়লের মাধ্যমে গ্রামগুলির উপর আলাদা করে কর দাবি করা হয়েছে।

বারানী বলেছেন যে সরকারি কৃষকদের কাছ থেকে খাজনা নেওয়ার ফলে কর সংগ্রহকারকদের মধ্যে টাকা তছরুপ করার প্রবণতা বেড়ে যায়। তাদেরকে কাজ থেকে বরখাস্ত করলেও বিশেষ ফল হয় না। নায়েব উজীর শরফ কুলী নানা রকম ভাবে চেষ্টা করেছিলেন আমলা, হিসাবরক্ষক ও করসংগ্রহকারকদের কাছ থেকে আদায় করা অর্থ বের করার। এমনকি এর জন্য শারীরিক শাস্তিরও প্রয়োগ করা হয়েছিল। এই অর্থ দেবার জন্য ওই সব লোকেরা মুচলেকা দিতে বাধ্য হয়েছিল। বারানী বলছেন অবস্থা এমন হয়েছিল লোকেরা তাদের মেয়েদের সঙ্গে ওদের বিবাহ দিত না। শুধু দিল্লিতেই দশ হাজার আমলা দুর্দশাগ্রস্ত হয়েছিল।

যতদিন জমিদার সুলতানকে তাঁর প্রাপ্য অর্থ বা উপঢৌকন দিত ততদিন জমিদার ও তার কৃষকদের মধ্যে হস্তক্ষেপ করার আইনত অধিকার আলাউদ্দীনের ছিল না। আলাউদ্দীনের সংস্কার প্রধানত *খুট, মুকদ্দম* ও *চৌধুরীদের* কাজের মধ্যে সীমাবদ্ধ ছিল। ১৩১১ সালে আমীর খসরু বলছেন যে বড় বড় জমিদাররা আলাউদ্দীনের দরবারে এসে আনুগত্য স্বীকার করেছিলেন। উলেমাদের উপদেশ অগ্রাহ্য করে নিজের অভিজ্ঞতার ভিত্তিতে আলাউদ্দীন বুঝেছিলেন যে সীমাবদ্ধ ক্ষমতায় এদের সঙ্গে বোঝাপড়া করা জরুরী। হিন্দু জমিদার ও সাধারণ লোকেরা রাজ্য শাসনে উত্তরাধিকারীর দাবি মেনে চলে। মুসলমান পরম্পরা যেটা আলাউদ্দীন তৈরি করতে চাইছেন তার ভিত্তি হল আনুগত্য ও দক্ষতা। সুতরাং যেসব জমিদার কর দিতে রাজি তাদের ও তাদের প্রজাদের জীবনযাত্রার মধ্যে আলাউদ্দীন হস্তক্ষেপ করতে চান নি। কিন্তু বড় বড় শহরের জীবনযাত্রার অনেক পরিবর্তন হয়েছিল।

একটা ছোট সংখ্যক উলেমা আলাউদ্দীনের এই বোঝাপড়ার নীতি কঠোরভাবে সমালোচনা করেছিল। অবাস্তব ধারণা নিয়ে এই সব উলেমারা মনে করেছিল যে হিন্দুদের শেষ করে দেওয়া সম্ভব হবে। ১৩৫৭ সালের পর লেখা *ফতোয়া-ই জাহান্দারীতে* বারানী এ সম্বন্ধে লিখেছেন। ধর্মযুদ্ধ করে অধিবাসীদের ভারত ভূখণ্ড থেকে সরানোর বিষয়টি বারানী বলেছেন কোন মুসলমান সুলতানই গ্রহণ করেনি। বারানী সুলতানদের এই দুর্বলতা সম্বন্ধে সজাগ ছিলেন। সারা মধ্যযুগ ধরেই আমরা গোঁড়া উলেমাদের ধর্মযুদ্ধের দাবি ও তা অগ্রাহ্য করে সুলতানদের বোঝাপড়া দেখতে পাই।

ভূমিরাজস্ব সংস্কার ছাড়াও আলাউদ্দীন অনেকগুলি অর্থনৈতিক আইন চালু করেন। বারানী বলছেন যে মঙ্গোল আক্রমণের পরে আলাউদ্দীন সিরিতে প্রাসাদ তৈরি করে সেখানে থাকতে শুরু করেন। এখানে তাঁর রাজধানী হয়েছিল। দিল্লির পাঁচিল, দুর্গ ও পথের মধ্যেকার দুর্গগুলির সংস্কার করা হয়। দুর্গগুলিতে অস্ত্র ও শস্য মজুত রাখা হয়। মঙ্গোল সীমান্তের দুর্গগুলিও জোরদার করা হয়। এই সঙ্গে আলাউদ্দীন জিনিসপত্রের দামও বেঁধে দেন যার বর্ণনা বারানী দিয়েছেন। ঐতিহাসিক মোরল্যান্ড বলেছেন যে এগুলি অতিরঞ্জিত করে লেখার মতো কোন উদ্দেশ্য বারানীর ছিল না এবং সীমিত অর্থনীতির জ্ঞানের ফলে ওঁর লেখাতে অতিরঞ্জন সম্ভব ছিল না। অনান্য সমসাময়িক লেখকরা বারানীর বক্তব্য সমর্থন করেছেন।

তারিখ-ই ফিরোজশাহীতে বারানী এমনভাবে লিখছেন যেন আলাউদ্দীনের অর্থনৈতিক সংস্কারের মূল উদ্দেশ্য ছিল শুধু মঙ্গোলদের বিরুদ্ধে দক্ষ সৈন্যদল মোতায়েন রাখা। বার্ষিক খাজনা থেকেই এদের মাহিনা দেওয়া হবে। দক্ষ ও সুসজ্জিত এক ঘোড়ার সৈন্যর মাহিনা ঠিক করা হল বছরে ২৩৪ তঙ্কা। আর একটি ঘোড়া থাকলে সে আরো ৭৮ তঙ্কা পাবে। আরো বেশি মাহিনা দিলে আলাউদ্দীনের জমানো ধনরত্ন পাঁচ-ছয় বছরের মধ্যে শেষ হয়ে যাবে। যদি জিনিসপত্রের দাম কম থাকে তাহলে ওই বেতনে জীবনযাপন সম্ভব। কিন্তু রাজ্যের সাধারণ ব্যবসা বাণিজ্যর উপর জোর করা চলবে না।

বারানী প্রথমে এটা বোঝাতে চান যে আলাউদ্দীনের অর্থনৈতিক সংস্কার একটা সামরিক পদক্ষেপ। কিন্তু এর পর বারানী বিস্তৃতভাবে এই সংস্কারগুলির যে আলোচনা করেছেন তার থেকে দেখা যায় যে এগুলি শুধু সামরিক কারণেই করা হয় নি। সামরিক কারণ অপসারিত হবার পরেও আলাউদ্দীন এগুলি চালু রেখেছিলেন। পরে বারানী সব সুলতানকেই ওই ধরনের মূল্য নিয়ন্ত্রণ করার কথা বলেছেন। একদিক থেকে সৈন্য রাখা ও মূল্য নিয়ন্ত্রনের মধ্যে একটা সম্পর্ক আছে। বারানী মনে করছেন যে মূল্য নিয়ন্ত্রণ ছাড়া দেশের উন্নতি সম্ভব নয়। কিন্তু ভালো বর্ষার ফলে মাল চলাচলের বণিকরা ও বাজারের সওদাগররা উচ্চমূল্যে জিনিসপত্র বিক্রি করে। লাভ বেশি থাকায় সব ধনী ব্যক্তিরাই এই ধরনের ব্যবসা করে। বারানী বোঝাতে চেয়েছেন যে,. বেশি দ্রব্যেমূল্যের ব্যবসা হিন্দুদের হাতে থাকায় টাকাপয়সা মুসলমানদের হাত থেকে হিন্দুদের হাতে চলে যায়।

১৩১১ সালে লেখা *খাজাইন-উল ফুতুতে* আমীর খসরু সুলতান ও তাঁর শাসন পদ্ধতির খুব প্রশংসা করেছেন। সুলতান বিভিন্ন দিকে কৃষকদের উপর থেকে *খারাজ* ছাড় দিয়েছেন। এর কারণ বোধহয় যে হিন্দুস্থানের রাইদের ধনরত্ন তাঁর কোষাগারে এসে গিয়েছে। সর্বসাধারণ যাতে সহজে জীবনযাত্রা নির্বাহ করতে পারে, এ জন্য তিনি কারিগরদের উপর থেকে করের বোঝা কমিয়েছেন। এরা আগে উচ্চমূল্যে বিভিন্ন দ্রব্য বিক্রি করত। ওদের দেখাশোনা ও নিয়ন্ত্রণ করার জন্য এক সৎ আমলাকে বসিয়েছেন। বাজারের পাথরের ওজন ঠিক আছে কিনা দেখার জন্য পরীক্ষক নিযুক্ত করা হয়েছে। ওদের কড়াকড়ির ফলে পাথরের বদলে লোহার ওজন ব্যবহার করা হতে থাকে এবং ওজনের মাপ ওজনের মধ্যে খোদাই করা হয়। এর অন্যথা হলে নানা ধরনের শাস্তির ব্যবস্থা থাকে।

দেশে শান্তি আনার জন্য আলাউদ্দীন সিন্ধু নদীর তীর থেকে পুবদিকের সমুদ্র পর্যন্ত খোলা তরবারী হাতে শাসন করার ফলে দেশ থেকে চুরি, ডাকাতি, পকেটমারী, ছিনতাই দূর হয়। এছাড়া আলাউদ্দীন শস্যর দাম এত কম রেখেছিলেন যে শহর ও গ্রামোঞ্চলের লোকেদের উপকার হয়। অনাবৃষ্টির ফলে ফসল না হওয়ায় আলাউদ্দীন সরকারী শস্য ভাণ্ডার থেকে শস্য দিতেন। এছাড়া আলাউদ্দীন *দার-উল আদল* (বিচারের প্রাসাদ) তৈরি করেছিলেন যেখানে সবধরনের শিল্পজাত দ্রব্য, বাইরে থেকে আনা কাপড় ও অনান্য ধরনের দ্রব্য খোলা হতো। খসরু খুব উচ্চমানের কয়েক ধরনের

কাপড়ের কথা বলেছেন বর্তমানে যার সমতুল্য মান পাওয়া শক্ত। এখানে সব ধরনের ফল বিক্রি হতো যাতে সবাই এক দামে কিনতে পারে।

খসরু'র এই মন্তব্যগুলি পঁয়তাল্লিশ বছর পরে বারানীর লেখায় সমর্থন পায়। কিন্তু ঘটানাবলী ও সিদ্ধান্তর মধ্যে বিশেষ সামঞ্জস্য পাওয়া যায় না। প্রশ্ন করা যেতে পারে কিসের ভিত্তিতে অর্থনৈতিক আইনগুলি করা হয়েছিল। মধ্যযুগের সব লেখকরা এই দিকটা তাদের আলোচনায় বাদ দিয়েছেন। *তারিখ-ই ফিরোজশাহীর* লেখক মাঝখানে সাধারণ বাজার নিয়ে আলোচনার সময়ে অর্থনীতি সম্বন্ধে কিছুটা বলেছেন। আলাউদ্দীন রাত-দিন পরিশ্রম করে উৎপাদনের ব্যয়ের মূল্য নির্ধারণ করেন। সাধারণ ছোটখাট বস্তু যেমন সুচ, চিরুনী, চটি, জুতো, টুপি ইত্যাদি কিছুই ওঁর নজর এড়ায়নি। পরবর্তী কালে *ফতোয়া-ই জাহান্দারী* লেখার সময়ে বারানী আরো বিস্তৃতিভাবে এর ব্যখ্যা দিয়েছেন। রাজা সমস্ত জিনিসের মূল্য নির্ধারণ করবেন তার উৎপাদনের খরচের ভিত্তিতে। সবথেকে শক্ত কাজ ছিল শস্যর মূল্য নির্ধারণ করা। এরপরে বণিকদের তাদের লগ্নীর জন্য লাভ রেখে ও কারিগরদের মাহিনা ধরে সমস্ত জিনিষের মূল্য নির্ধারণ করা হত। আলাউদ্দীন পথঘাট ঠিক করে দিয়েছিলেন কিন্তু মাল পরিবহন ব্যবস্থা সুসংহত ছিল না। বণিকরাও কম দামে কিনে বেশি দামে বিক্রি করত। আলাউদ্দীন কয়েকজন বণিককে সরকার থেকে টাকা দিয়ে তাদের নিয়ন্ত্রণ করতেন। ফলে পুরো ব্যবস্থাটাই ধীরে ধীরে ওঁর নিয়ন্ত্রণে এসেছিল। সরকারীভাবে জোর করে উনি মূল্য কমাননি এবং সেটা হয়ত সম্ভবও ছিল না। পরবর্তীকালে কোন কোন সুলতানের সময়, যাঁরা এ দিকে মন দেননি, বাণিজ্য দ্রব্যের মূল্য কমে যাওয়া থেকে মনে হয় যে আলাউদ্দীন একটা স্বাভাবিক বাজার ব্যবস্থা তৈরি করতে সক্ষম হয়েছিলেন।

আলাউদ্দীন সম্ভবত হিন্দু সাহু, যারা টাকার লেনদেন করে, তাদের কোন রকম পৃষ্ঠপোষকতা করেন নি। দু ধরনের হিন্দু বণিক ছিল যারা প্রায় একচেটিয়া ব্যবসা করত। একদল হচ্ছে নায়ক, যারা শস্যের ব্যবসা করত ও অন্যদল হচ্ছে মূলতানী বণিক যারা কাপড়ের ব্যবসা করত। নতুন আইনের ফলে তাদের অসুবিধা হয়েছিল কিন্তু তাদের লাভ মোটামুটি ভাবে অক্ষত ছিল।

ফেরিস্তা বলছেন যে আলাউদ্দীনের তঙ্কা ছিল সোনার ও রুপোর। রুপোর তঙ্কা ছিল পঞ্চাশ জিতালের সমান। জিতাল তামার মুদ্রা, যদিও এর ওজন পাওয়া যায়নি। সমকালীন অন্যান্য তামার মুদ্রা দেখলে মনে হয় যে জিতালের ওজন ছিল দুই তোলার কিছু কম। তখন এক মণ ছিল চল্লিশ সের ও এক সের ছিল চব্বিশ তোলা ওজনের। পরবর্তী কালের সুলতানের মুদ্রার অবক্ষয় হয়েছিল। কিন্তু আলাউদ্দীনের রুপোর তঙ্কা প্রায় আড়াইশো বছর ধরে তার উচ্চমানের রুপার জন্য টিকে ছিল।

আলউদ্দীন দিল্লির কয়েকটা বাজারের সংস্কার করেন। প্রথমটি ছিল কেন্দ্রীয় শস্যর গুদাম বা মান্ডি যেখান থেকে বিভিন্ন মহল্লায় নিয়ন্ত্রিত দরে শস্য বিক্রি করা হতো। দ্বিতীয়টি ছিল *সর-ই আদল,* যেটি ছিল কাপড়, চিনি, মশলা, শুকনো ফল, মাখন ও প্রদীপের তেলের জন্য একমাত্র বাজার। তৃতীয় বাজারটি ছিল ঘোড়া, দাস-দাসী ও গবাদি পশুর। চতুর্থ বাজারটি ছিল অন্যান্য সব দ্রব্যর জন্য।

শস্য বাজার বা 'মান্ডি'

ক) বিভিন্ন শস্যর জন্য মূল্য নির্ধারণ করা অত্যন্ত শক্ত ব্যাপার ছিল। কিভাবে এটা করা হয়েছিল জানা যায় না কিন্তু খসরু ও বারানী বলছেন যে কোন দ্রব্যের মূল্য বৃদ্ধি করা যেত না। সরকার থেকে দাম বেঁধে দেওয়া হয়েছিল মণ অনুযায়ী—গম ৭১/২ জিতাল, বার্লি ৪ জিতাল, চাল ৫ জিতাল, ডাল ৫ জিতাল, ছোলা ৫ জিতাল ইত্যাদি। যতদিন আলাউদ্দীন বেঁচে ছিলেন, এই দামের কোন বৃদ্ধি হয়নি। তখনকার দিনে এটা ছিল বিস্ময়ের ব্যাপার। বর্তমানের দাম অনুযায়ী বলা যায় যে একটা রূপার তঙ্কা (যার মধ্যে ইংরেজ যুগের ভারতীয় টাকার থেকে বেশি রুপো ছিল) দিল্লিতে ৮৮ সের গম, ৯৮ সের ছোলা, চাল ইত্যাদি কিনতে পারত।

খ) দ্বিতীয় আইনের মধ্যে পড়ে শস্য বাজারের নিয়ন্ত্রক হিসেবে মালিক উলুঘ খানের নিয়োগ। ওঁকে প্রচুর ক্ষমতা ও লোকজন দেওয়া হয়েছিল। ওঁর সঙ্গে একজন সহকারী নিয়ন্ত্রক ছিলেন। এর সঙ্গে শস্য বাজারের খবরাখবর সুলতানকে দেবার জন্য এক সংবাদ সংগ্রহকারীকেও নিয়োগ করা হয়।

গ) তৃতীয় আইনে ছিল কেন্দ্রীয় শস্যাগারে শস্য আনার ব্যবস্থা। আলাউদ্দীন আদেশ দিয়েছিলেন যে দোয়াব অঞ্চলের *খালিসা* জমি থেকে শস্যতে খাজনা নেওয়া হবে এবং দিল্লিতে কেন্দ্রীয় শস্যাগারে নিয়ে আসা হবে। এর ফলে প্রতিটি মহল্লায় দু-তিনটি বাড়ি সুলতানের শস্যে ভর্তি হয়ে গিয়েছিল।

ঘ) চতুর্থ আইনে শস্য চালানকারীদের নিয়ন্ত্রণ করার দায়িত্ব দেওয়া হল মালিক কাবুলকে। সাম্রাজ্যের সমস্ত শস্য চালানকারী নেতাদের গলায় শিকল বেঁধে মালিক কাবুলের কাছে নিয়ে আসা হল। বলা হল যতক্ষণ তারা শর্ত পূরণ না করছে ততক্ষণ তারা ওইভাবে বাজারে থাকবে। তারা একে অপরের জামিন থাকবে। তাদের পরিবার নিয়ে তারা যমুনা নদীর পাড়ে গ্রামে বসবাস করবে এবং মালিক কাবুল ওদের কাজকর্ম দেখাশোনা করার জন্য কর্মচারী নিয়োগ করবেন। এর ফলে এরা এত শস্য দিল্লিতে নিয়ে আসতে লাগল যে সুলতানের শস্যভাণ্ডার খোলার প্রয়োজন হল না।

ঙ) পঞ্চম আইনে নিষেধ করে দেওয়া হল যে কেউ কম দামে কোন দ্রব্য কিনে সরকারী দামের ওপরে বিক্রি করতে পারবে না। কেন্দ্রীয় অর্থদপ্তর দোয়াবের বিভিন্ন লোক ও আমলাদের কাছ থেকে লিখিত মুচলেকা নিল যে এই কাজ তারা করতে দেবে না। যদি কেউ এমন কাজ করে তাহলে তাকে কৈফিয়ত দিতে হবে ও তার শস্য বাজেয়াপ্ত হবে। এর ফলে ওই ধরনের কাজ একেবারে বন্ধ হয়ে গেল।

চ) ষষ্ঠ আইনে বলা হল যে সাধারণ আমলারা ও খাজনা বিভাগের কর্মচারীরা এটা দেখবে যে কৃষকরা তাদের শস্য মাঠ থেকে সরাসরি শস্য চালানকারী বণিকদের হাতে নগদ টাকায় বিক্রি করবে। ওই শস্য কৃষকরা বাড়ি নিয়ে যেতে পারবে না। কেন্দ্রীয় অর্থ দপ্তর দোয়াবের বিভিন্ন ব্যক্তি ও খাজনা বিভাগের আমলাদের (মুতাশরিফ) কাছ থেকে মুচলেকা নিল যে তারা কৃষকদের কাছ থেকে জোরের সঙ্গে

খাজনা আদায় করবে যাতে কৃষকরা শস্যের ব্যবসায়ীদের কাছে খুব কম দামে শস্য বিক্রি করতে বাধ্য হয়। তবে কৃষকরা তাদের শস্য বাজারে নিয়ে গিয়ে সরকারী দামে বিক্রি করার সুযোগ পাবে যাতে তাদের নিজেদের লাভ থাকে।

ছ) সপ্তম আইনে দেখা যাচ্ছে যে সুলতান প্রতিদিনই তিনটে আলাদা জায়গা থেকে শস্যের বাজারের খবর পেতেন। প্রথমটি আসত মান্ডি নিয়ন্ত্রকের কাছ থেকে। দ্বিতীয় খবরটি সংগ্রহকারকদের কাছ থেকে ও তৃতীয়টি আসত গুপ্তচরদের কাছ থেকে। উল্লেখযোগ্য যে আলাউদ্দীন অশিক্ষিত ছিলেন না। ফেরিস্তা বলছেন যে তিনি এই সব প্রতিবেদন দেখতেন। যখন মান্ডির নিয়ন্ত্রক শস্যর দাম অর্ধেক জিতাল বাড়ানোর জন্য দু-একবার অনুমোদন করেন, ওঁকে শারীরিক শাস্তি দেওয়া হয়।

আলাউদ্দীনের সময়ে দিল্লিতে কোন দুর্ভিক্ষ হয়নি, শস্যর দামও বাড়েনি। কিন্তু বৃষ্টি না হলে শস্য বিক্রি নিয়ন্ত্রণ করা হতো। কেন্দ্রীয় বাজার থেকে প্রতিটি মহল্লার দোকানে একটা নির্দিষ্ট মাপের শস্য দেওয়া হতো, যা নির্ভর করত মহল্লার জনস্যংখ্যার উপর। কেন্দ্রীয় বাজার এটা অনুমতি দিয়েছিল যে এক ব্যক্তি একবার আধমণ শস্য কিনতে পারবে। এছাড়াও কেন্দ্রীয় বাজার থেকে যে সব অভিজাতদের জমি নেই তাদের পরিবারবর্গ ও অনুচরের সংখ্যা অনুযায়ী শস্য দিত। বাজারে ওই সময়ে কোন বিশৃঙ্খলা দেখা দিলে বাজারের নিয়ন্ত্রককে শাস্তি পেতে হতো।

সর-ই আদল

সর-ই আদল ছিল অনেকাংশে সরকারী অনুদানপ্রাপ্ত একটা বাজার যেখানে শিল্পজাত দ্রব্য ও বিদেশ থেকে আমদানী করা দ্রব্য বিক্রি করা হতো। এখানে যে সব দ্রব্য আনা হতো তার মধ্যে ছিল কাপড়, চিনি, শুকনো ফল, ঘি, প্রদীপের তেল ও নানা ধরনের গাছগাছড়া ও শিকড় যেগুলি উনানী হাকিমরা পারস্য ও মধ্য এশিয়া থেকে আনানোর কথা বলতেন। এগুলি বেশ কিছুকাল থাকলেও নষ্ট হবার সম্ভাবনা ছিল না।

প্রথম আইনে *সর-ই আদল* স্থাপন করার কথা বলা হয়েছিল। সুলতান আদেশ দিয়েছিলেন বণিকদের খরচে বা সরকারি খরচে আনা সমস্ত দ্রব্যই। এই *সর-ই আদলে* নিয়ে আসা হবে। কোন দ্রব্য এখানে না এনে অন্য জায়গায় নিয়ে গেলে ওই দ্রব্য বাজেয়াপ্ত হবে এবং বিক্রেতার কড়া শাস্তি হবে। এখানে সব দ্রব্যই সরকারি দামে বিক্রি করা হবে। এ বাজারটি সকাল থেকে দুপুর একটা পর্যন্ত খোলা থাকত।

দ্বিতীয় আইনে দ্রব্যর মূল্যর কথা বলা হয়েছে যার বর্ণনা বারানী দিয়েছেন। কিন্তু রেশম কাপড় সম্পর্কে তিনি আয়তন না বলে শুধু মূল্য বলেছেন। নানা ধরনের রেশম কাপড়ের কথা উনি বলেছেন যেগুলি বর্তমানে পাওয়া যায় না। তবে ওইসব রেশমী বস্ত্রের মূল্য খুব কম ছিল না, তিন তঙ্কা থেকে ষোল তঙ্কা পর্যন্ত। তাঁতের কাপড়, সাধারণ বিছানার চাদরের মাপে, দাম ছিল ছয় জিতাল থেকে ছত্রিশ জিতাল পর্যন্ত। এক তঙ্কাতে বিশ গজ সূক্ষ বোনা বা চল্লিশ গজ মোটা কাপড় পাওয়া যেত। অনান্য দ্রব্যর মধ্যে এক সের মিছরির দাম ছিল আড়াই জিতাল, দেড় সের ঘির দাম এক জিতাল, পাঁচ সের নুনের দাম ছিল এক জিতাল।

তৃতীয় আইনে বণিকদের নথিভুক্ত করার কথা বলা হয়েছে। সাম্রাজ্যের সমস্ত বণিক জাতিধর্ম নির্বিশেষে কেন্দ্রীয় বাণিজ্য দপ্তরে নথিভুক্ত করবে। এদের ব্যবসা-বাণিজ্য নিয়ন্ত্রণ করা হবে। দিল্লিতে যে সব বণিকরা বাইরে থেকে দ্রব্য পাঠাত তারা প্রতি বছর সেই পণ্য দ্রব্যই নিয়ে আসবে ও সরকারি দামে *সর-ই আদলে* বিক্রি করবে। এর ফলে বণিকরা আশেপাশের জায়গা থেকে এত পণ্য দ্রব্য নিয়ে আসতে লাগল যে *সর-ই আদলে* সেগুলি জমে গেল এবং ওই পণ্য বিক্রি করা সম্ভব হল না।

চতুর্থ আইন ছিল মূলতানী বণিকদের সম্পর্কে। বহুদূর থেকে যে সব দামী পণ্য আসত সেগুলিতে সরকারী অনুদান দিতে হতো। মূল্য নির্ধারণ করা হয়েছিল ক্রেতার ক্রয়-ক্ষমতার উপর নির্ভর করে। বণিকরা যদি সরাসরি ক্রেতাকে বিক্রি করতে পারত, তাহলে বেশি দামে বিক্রি করে তারা লাভ রাখতে পারত। সুলতান মূলতানী বণিকদের বড় গোষ্ঠীকে *সর-ই আদলের* আমলা হিসাবে নিয়োগ করে সরকারি কোষাখানা থেকে কুড়ি লাখ তঙ্কা দিলেন। এরা সাম্রাজ্যের বিভিন্ন প্রান্ত থেকে দ্রব্য কিনে *সর-ই আদলে* সরকারি মূল্যে বিক্রি করত। এটা এমনভাবে করা হয়েছিল যাতে ওই সব দ্রব্য সাধারণ বণিকদের হাতে না পড়ে।

পঞ্চম আইন ছিল পরওয়ানা আমলা অর্থাৎ যারা অনুমতি দেবে তাদের নিয়োগ সম্পর্কে। যে সমস্ত দামী কাপড় যা সাধারণ লোকেরা কিনবে না, সেগুলি বিক্রির জন্য ওই আমলারা অনুমতিপত্র দেবেন। এই অনুমতি দেওয়া হতো আমীর, মালিক ও অনান্য অভিজাতদের তাদের আয়ের ভিত্তিতে। *সর-ই আদলে* সস্তা দরে ওই কাপড় কিনে বেশি দামে অন্যদের কাছে বিক্রি করার অনুমতি দেওয়া হতো না।

ঘোড়া, দাস ও গবাদি পশুর বাজার

চারটে আইন এই সবকটি বাজারের ক্ষেত্রে প্রযোজ্য ছিল—গুণগত মান বিচার করে দ্রব্যের মূল্য নির্ধারণ, বণিক ও পুঁজিবাদীদের অপসরণ, দালালদের উপর কড়া নজর এবং বাজারে ব্যক্তিগত নজরদারী ও অনুসন্ধান। সাম্রাজ্যের সৈন্যদের ঘোড়া তাদের মান অনুযায়ী তিন ভাগে ভাগ করা হতো। প্রথম মানের ঘোড়ার দাম ছিল একশো থেকে একশো কুড়ি তঙ্কা। দ্বিতীয় মানের ছিল আশি থেকে নব্বই তঙ্কা ও তৃতীয় মানের ছিল ষাট থেকে সত্তর তঙ্কা। টাট্টু ঘোড়া সৈন্যদলে নেওয়া হতো না। এগুলি বিক্রি হতো দশ থেকে পঁচিশ তঙ্কাতে। যেহেতু যে কোন অশ্বারোহী সৈন্য হতে গেলে নিজের ঘোড়া ও সাজসরঞ্জাম কিনে নিয়ে আসতে হতো, সেহেতু ঘোড়ার বণিকরা দালালদের সাহায্যে বেশি দামে ঘোড়া বিক্রি করত। সৈন্যদলে ভর্তি হলে সরকার থেকে ঘোড়ার বণিকদের বন্দী করে দূরের দুর্গে পাঠিয়ে দেওয়া হতো। কড়া আদেশ দেওয়া হতো যে ঘোড়ার বণিকরা বা তাদের লোক ঘোড়ার বাজারের কাছে আসতে পারবে না। বড় বড় ঘোড়ার দালালদের পরীক্ষা করার পর দোষী সাব্যস্ত হলে ঘোড়ার বণিকদের মতো বন্দী করে দূরের দুর্গে পাঠিয়ে দেওয়া হতো। কিন্তু অভিজ্ঞ ঘোড়ার দালাল ছাড়া সরকারি কাজকর্ম সম্ভব নয়। এরা ঘোড়ার মান ঠিক করে মূল্য নির্ধারণ করত। তাছাড়া দূরদূরান্ত থেকে ও বিদেশ থেকে যেসব বণিক ঘোড়া নিয়ে আসত তারা

দিল্লির ঘোড়ার বণিকদের কাছে বেচত। এরা আস্তাবলে ঘোড়া রাখার ব্যবস্থা করত যতদিন না ক্রেতা পাওয়া যায়। বারানী বলছেন যে আলাউদ্দীন এই মধ্যবর্তী দিল্লির ঘোড়ার মালিকদের সরিয়ে দিয়েছিলেন। ফেরিস্তা বলছেন যে আলাউদ্দীন ওই সব ঘোড়ার বণিকদের যে শাস্তি দিয়েছিলেন সেটা ছিল ক্ষণস্থায়ী। কিছুদিন পরে যখন মূল্য স্থিতি হল, তখন এদের অনুমতি দেওয়া হল ঘোড়া কেনা-বেচার। কিন্তু ওরা সরকারি মূল্যর ওপরে বিক্রি করতে পারত না।

চতুর্থ আইনে বলা হচ্ছে যে বড় বড় ঘোড়ার দালালরা ঘোড়া নিয়ে সুলতানের কাছে আসবে দুমাসের মধ্যে। এদের সম্বন্ধে গুপ্তচর লাগিয়ে ভালোভাবে অনুসন্ধান করা হতো যাতে বেশি দামে এরা কোন বাজারে ঘোড়া বিক্রি করতে না পারে। এভাবে দু-এক বছরের মধ্যে ঘোড়ার দাম ধার্য হয়ে যেত।

দাস ও গবাদি পশুর বাজারে ওই একই প্রথা অবলম্বন করা হয়েছিল। ঘরের কাজের জন্য দাসীর দাম ঠিক করা হয়েছিল পাঁচ থেকে বারো তঙ্কার মধ্যে। রক্ষিতা হিসাবে যেসব দাসীরা থাকবে তাদের প্রত্যেকের দাম ছিল বিশ থেকে চল্লিশ তঙ্কার মধ্যে। খুব কম দাসই বিক্রি হতো একশো থেকে দুশো তঙ্কার মধ্যে। যে সব দাসেদের মূল্য ছিল হাজার তঙ্কার উপরে, তাদের কেনার মতো কোন সাহসী লোক ছিল না। গুপ্তচরদের কাছ থেকে সুলতান এ সব সংবাদ পেতেন। সুশ্রী তরুণ দাস বিক্রি হতো বিশ থেকে ত্রিশ তঙ্কায়। অভিজ্ঞ দাসেদের মূল্য ছিল দশ থেকে পনেরো তঙ্কা। কিন্তু অনভিজ্ঞ তরুণ দাস কেনা যেত সাত থেকে আট তঙ্কায়।

ভালো মালবাহী পশু কেনা যেত চার থেকে পাঁচ তঙ্কায় যেটা পরবর্তী কালে ত্রিশ থেকে চল্লিশ তঙ্কা পর্যন্ত উঠেছিল। দুগ্ধবতী গরু পাওয়া যেত তিন থেকে চার তঙ্কাতে। অনান্য গবাদি পশুরও আনুপাতিক মূল্য ছিল।

ওঁর স্মৃতি থেকে *তারিখ-ই ফিরোজশাহীতে* বারানী যে বর্ণনা দিয়েছেন তা মূলত দিল্লি শহরের। উনি প্রাদেশিক রাজধানী, কসবা বা গ্রামাঞ্চল নিয়ে কিছু বলেন নি। পরবর্তীকালে বারানী ইঙ্গিত দিয়েছেন যে দিল্লির বাজার ব্যবস্থা প্রাদেশিক রাজধানীগুলিতেও ছিল। ঐতিহাসিক মোরল্যান্ড মনে করছেন যে দিল্লি বাইরের জগৎ থেকে আলাদা ছিল এবং এই মূল্য নিয়ন্ত্রণগুলি কেবল মাত্র দিল্লি শহরেই সীমাবদ্ধ ছিল যেখানে সৈন্য সমাগম হতো। কিন্তু সব সৈন্য দিল্লিতে ছিল না এবং এই নিয়ন্ত্রণগুলি প্রদেশেও চালু না হলে তাদের মাহিনা বাড়াতে হতো। আলাউদ্দীন দিল্লির বাজারকে বাইরের জগৎ থেকে আলাদা করে রাখবার কথা ভাবেন নি। তিনি চেয়েছিলেন যে *সর-ই আদলের* দ্রব্য বাইরে না যাক। কিন্তু তাঁর এরকম কোন ব্যবস্থা ছিল না যে দ্রব্য বাইরে যাওয়া উনি বন্ধ করতে পারেন। এ ছাড়া মূলতানী বণিকরা বাইরে থেকে মাল কিনে দিল্লিতে নিয়ে আসত। এর বদলে তারা উত্তর ভারতের পণ্য বিক্রি করত ওই সব জায়গায়। সুতরাং দাম কম না থাকলে বা নির্ধারিত মূল্য না থাকলে ওরা এসব করতে পারত না। যে টাকা ওদের দেওয়া হয়েছিল, সেগুলি ওরা খরচ করত অভিজাতদের জন্য দামী কাপড় এনে। সুতরাং ফেরিস্তার মতো যে ওই সংস্কারগুলি সাম্রাজ্যের অধিকাংশ অংশের জন্য করা হয়েছিল সেটাই সত্য বলে মনে করা সঙ্গত।

বারানী মনে হয় ধরে নিচ্ছেন যে আলাউদ্দীনের উদ্দেশ্য ছিল শুধু দিল্লি শহরকে দুর্ভিক্ষ থেকে বাঁচানো। এর ফলে তিনি তৃতীয় আইনের খসড়া করেছিলেন। তৃতীয় আইন সম্পর্কে বারানী বলছেন যে দোয়াবের *খালিসা* গ্রামগুলি থেকে উৎপাদনের অর্ধেক ও ঝাইন *খালিসা* গ্রামের উৎপাদন শস্যে খাজনা হিসাবে নিয়ে যাওয়া হবে দিল্লিতে। এতে দিল্লি শহরে শস্য উপচে পড়বে ঠিকই, কিন্তু অন্য শহরগুলিতে শস্যের অভাব হবে। বারানী এখানে তাঁর নিজের ভাষা ব্যবহার করেছেন, সরকারি দলিল থেকে বলেন নি। ফেরিস্তা আবার দুটি নিয়মাবলী লিখেছেন। উনি লিখছেন যে খাজনার অংশ শস্য নিয়ে বিভিন্ন শহরে জমা রাখা হবে। এছাড়া পঞ্চম আইনে উনি লিখেছেন যে রায়তরা নিজেদের প্রয়োজনীয় শস্যটুকু বাদ দিয়ে বাকি অংশ মাঠেই বিক্রি করবে। শস্যের যে অংশটি নিজের বাসায় নিয়ে যাবে বলে ঠিক করা হয়েছে, তার বেশি এতটুকু শস্য নিতে পারবে না।

ফেরিস্তার লেখা থেকে আলাউদ্দীনের সংস্কার সম্বন্ধে পরিষ্কার ধারণা পাওয়া যায়। *খালিসা* থেকে শস্যে খাজনা নিয়ে বিভিন্ন শহরে রাখা হতো এবং রায়তরা তাদের প্রাপ্য অংশটুকুই বাড়ি নিয়ে যেতে পারত। বাকিটা তাকে মাঠেই বণিকদের কাছে বেচে দিতে হতো। তারা অবশ্য ওখানে না বিক্রি করে শহরের বাজারে বিক্রি করতে পারত সরকারি দামে। আমীর খসরু বলছেন যে দুর্ভিক্ষের সময়ে *খালিসা* গ্রামের কোন খাজনা নেওয়া হতো না। দিল্লিতে দাম অবশ্য বেশি থাকত অনান্য শহরের তুলনায়, কেবল মূল্যবান রেশম কাপড়ের দাম সব জায়গায় সমান ছিল।

সুলতানী যুগে আলাউদ্দীনের অর্থনৈতিক সংস্কারগুলি তাঁর সাফল্যর দিকে আমাদের দৃষ্টি ফেরায়। জাহাঙ্গীরের সময়ে ফেরিস্তা লিখছেন যে আলাউদ্দীনের মূল্যমান বিভিন্ন সময়ে অপরিবর্তিত ছিল। ওঁর আগে কেউ আর এই কাজ করতে পারেন নি।

আলাউদ্দীনের রাজত্বের সাফল্যর কারণ সম্পর্কে বারানী আংশিক সত্য বলেছেন। সম্রাটের অশেষ গুণ ও ব্যক্তিগত প্রচেষ্টা ছাড়াও ওঁর আমলাদের সততা এর কারণ। কিন্তু এ কথা মনে রাখা দরকার যে সরকারি জোর জবরদস্তি করে আলাউদ্দীন মূল্যমান কমান নি। বারানী ওঁর দেওয়া সম্পত্তির কথা বারবার বলেছেন। কিন্তু আলাউদ্দীন মূল্যমান নির্ধারণ করেছিলেন উৎপাদনের ভিত্তিতে। যারা এটা মানে নি, তারাই শাস্তি পেয়েছে। আলাউদ্দীন এটা জানতেন যে ওঁর ব্যক্তিগত প্রচেষ্টার ফলে নিয়ন্ত্রণ একটা নির্দিষ্ট জায়গায় পৌঁছাতে পারে, কিন্তু সর্বত্র যেতে পারবে না। মূল্যমান কমে যাবার ফলে মাহিনাভুকদের সুবিধা হবে। কারণ মাহিনা মূল্য অনুযায়ী কমবে না। এমনকি শ্রমের মূল্যও কমতে সময় লাগবে। আলাউদ্দীন সম্ভবত এটা জানতেন। কিন্তু এ সমস্তই নির্ভর করছিল তাঁর উপর, যার ফলে তাঁর মৃত্যুর পর এ ছবিটা বদলে যায়।

রাজ্যবিস্তার

১৩০২-০৩ সালের শীতে আলাউদ্দীন দুটি জায়গা আক্রমণের পরিকল্পনা করেন। দেবগিরি থেকে প্রচুর ধনরত্ন পাবার ফলে উনি মনস্থ করেন তেলিঙ্গানার রাজধানী ওয়ারাঙ্গল আক্রমণ করার। এর রাজা ছিলেন কাকতীয় বংশের প্রতাপরুদ্র দেব।

উলুঘ খান প্রস্তুতি নিয়ে ছিলেন কিন্তু হঠাৎ ওঁর মৃত্যু হয়। আলাউদ্দীন তখন চিতোরের বিরুদ্ধে যুদ্ধ যাত্রা শুরু করেছেন। ওয়ারাঙ্গল অভিযানের ভার দেওয়া হয় মালিক জৌনা (বড়) ও মালিক চাজ্জুকে। কোন পথ দিয়ে এরা গিয়েছিল জানা যায় না, কারণ মালব তখনো স্বাধীন ছিল। এর ফলে এদের যাত্রা দীর্ঘ হয়ে যায় ও এরা পরাজয় বরণ করে। বর্ষার মুখে ওয়ারাঙ্গল পৌঁছে এরা কিছুই করতে পারে নি। মালপত্র খুইয়ে এরা ফিরে আসে।

আমীর খসরু চিতোর অভিযানে সুলতানের সঙ্গে ছিলেন এবং ওঁর *খাজাইন উল ফুতুতে* বর্ণনা রেখে গিয়েছেন। রণথম্ভরের পরেই চিতোরের রাণা ছিলেন শক্তিশালী। খসরুর বর্ণনা থেকে বোঝা যায় যে চিতোর দুর্গ ছিল দুর্ভেদ্য। সমতলভূমি থেকে খাড়া উঠে গিয়ে এটি ছিল পৌনে চার মাইল লম্বা ও মাঝখানে বারশো গজ চওড়া। আট মাইলের উপরে এর ব্যাসার্ধ এবং দুর্গের উচ্চতা কোন জায়গাতেই পাঁচশো ফুটের বেশি নয়। দুর্গের মধ্যে জলাশয় ছিল। রাজার প্রাসাদের সামনে ছিল বিরাট হ্রদ। রাজার সৈন্যদল ছিল সুসংহত ও সজ্জিত। পাহাড়ের পূর্বদিকে ও কিছুদূরে ছিল দুটি শাখার সঙ্গম—গাম্ভেরী ও বেরাচ। দুর্গের উত্তর দিকে একটা ছোট পাহাড় ছিল যাকে বলা হত চিতোরী।

আলাউদ্দীন ২৮শে জানুয়ারী ১৩০৩ সালে যাত্রা শুরু করেন। কবে এরা এসে পৌঁছেছিল জানা যায় না। সুলতানের ছাউনী ছিল গাম্ভেরী ও বেরাচের মধ্যে। ওঁর সৈন্যরা দুর্গকে চারপাশ দিয়ে ঘিরে ধরে। আলাউদ্দীন বাস করছিলেন চিতোরীতে। ওখান থেকেই তিনি যুদ্ধ পরিচালনা করতেন। খসরু বলছেন যে বর্ষার মধ্যে দু-মাসে সৈন্যরা দুর্গের 'কোমর' পর্যন্ত গিয়ে আর অগ্রসর হতে পারছিল না। সুলতান আদেশ দিয়েছিলেন যে *মঞ্জানিকের* (পাথর ছোঁড়ার যন্ত্র) সাহায্যে দুর্গ আক্রমণ করা হোক। এরপর সৈন্যরা চারপাশ দিয়ে আক্রমণ করবে। খসরু বলছেন যে দুবার সামনাসামনি আক্রমণ বিফল হয়েছিল। তবে কোন মহামারী বা দুর্ভিক্ষ শেষপর্যন্ত দুর্গের প্রতিরোধ ব্যবস্থায় গোলমাল করেছিল। রাজা ২৫শে আগষ্ট ১৩০৩ সালে নিজেই এসে দুর্গ সমর্পণ করেন যেদিন সুলতান দুর্গে ঢোকেন। খসরু বলছেন যে তিনিও সঙ্গে ছিলেন। দুর্গের অধিপতি রাজা রতন সেন বছর দুয়েকের জন্য রাজা হয়েছিলেন এবং অনান্য রাজাদের কাছে থেকে কোন সাহায্য পান নি। দুর্গ সমর্পণ সম্পর্কে খসরু বলছেন যে রাজা দরজা খুলে বেরিয়ে, নদী পার হয়ে সুলতানের ছাউনীতে যান। যদিও উনি বিদ্রোহী বলে সুলতানের কাছে পরিচিত তবুও আত্মসমর্পণ করায় ওঁকে মৃত্যুদণ্ড দেওয়া হয়নি। উল্লেখযোগ্য যে খসরু রণথম্ভরে জহর ব্রত করার উল্লেখ করেছেন, কিন্তু চিতোরের বেলায় করেন নি যদিও তিনি ওখানেই ছিলেন। এর থেকে মনে হয় যে চিতোরের জহর ব্রত পরবর্তী কালের কল্পিত কাহিনী।

রাজা ও তাঁর পরিবারকে মৃত্যুদণ্ড দেওয়া হয় নি। কিন্তু সুলতান আদেশ দেন তিন হাজার মুকদ্দমকে হত্যা করার। ওঁর উদ্দেশ্য ছিল যে সাধারণ রায়তরা এর ফলে আর মাথা উঁচু করার সাহস পাবে না। চিতোরের শাসনকর্তা করা হল আলাউদ্দীনের সাত বা আট বছরের পুত্র খিজির খানকে এবং চিতোরের নামকরণ করা হল

খিজিরাবাদ। শাসন ক্ষমতা দেওয়া হল আলাউদ্দীনের এক দাস মালিক শাহিনের উপর। ইনি আলাউদ্দীনের প্রিয়পাত্র ছিলেন এবং *নায়েব-ই বরবেগের* কাজ করতেন। এর পরই মঙ্গোলদের আগমনের খবর পেয়ে সুলতান তাড়াতাড়ি দিল্লি রওনা হয়ে যান।

দুটি ভিন্ন দূরদেশের অভিযানের সময়ে দিল্লি ও হিন্দুস্থানে কোন সৈন্য ছিল না। সম্ভবত সীমান্তবর্তী থানাগুলি থেকেও সৈন্য সরিয়ে আনা হয়েছিল। মঙ্গোলরা এই খবর জেনে তারঘির অধীনে প্রায় চল্লিশ হাজার অশ্বারোহী দিল্লি দখল করার জন্য পাঠায়। সুলতানের দিল্লিতে আসার আগে তারঘি দিল্লি পৌঁছালে তিনি সাফল্য পেতেন। তবে সুলতান ওঁর আসার আগে ফিরে এলেও দিল্লির অবস্থা শোচনীয় হয়ে গিয়েছিল। মূলতান, দিপালপুর বা সমানায় তত সৈন্য ছিল না যাতে মঙ্গোলদের আটকানো যায়। এরা দিল্লিতে পিছু হঠে আসতে বাধ্য হল। আলাউদ্দিন দিল্লিতে পৌঁছানোর এক মাস পরেই মঙ্গোলরা দিল্লি অবরোধ করে। চিতোর আক্রমণের সময়ে বর্ষায় সৈন্যদের অস্ত্রশস্ত্রর ক্ষতি হয়েছিল। মঙ্গোলরা নদী নালাগুলি দখল করে নেওয়ার ফলে মালিক জৌনা (বড়) সৈন্য নিয়ে এগোতে পারছিলেন না। হিন্দুস্থানের সৈন্যরা এর ফলে কোয়েল (আলিগড়) ও বাদাউনে থাকতে বাধ্য হয়।

এই অবস্থায় খুব অল্প সংখ্যক সৈন্য নিয়ে সুলতান বেরিয়ে এসে সিরিতে ছাউনী ফেলেন। ছাউনীর চারপাশে পরিখা কাটা হয় ও তার বাইরে কাঠের পাঁচিল তোলা হয়। এর মধ্যে ছিল শহরে যাবার একটা দরজা। অগ্রগামী সৈন্যদের সঙ্গে মঙ্গোলদের দু'একটা ছোটখাট সংঘর্ষ হয়েছিল যদিও কোন পক্ষই জয়লাভ করেনি। এটা পরিষ্কার যে আলাউদ্দীন আক্রমণের কথা না ভেবে প্রতিরক্ষার কথাই চিন্তা করছিলেন, যার ফলে নজরদারী খুব জোরদার করা হয়েছিল। এর ফলে মঙ্গোলদের যে প্রধান উদ্দেশ্য ছিল অর্থাৎ রাজকীয় ছাউনীতে ঢোকা, সেটা সফল হয় নি। ওই সময়ে বারানী দিল্লিতে ছিলেন। তিনি বলছেন যে মানুষেরা মঙ্গোলদের ভয়ে এত ভীত হয়েছিল যা আগে তারা কখনো হয় নি। উনি আরো বলছেন যে মঙ্গোলরা যমুনার পাড়ে যদি আর একমাস থাকত তাহলে শহরে বিদ্রোহ দেখা দিত। কারাভানে মাল আনা বন্ধ হয়ে যাবার ফলে কাঠ, জল, পশুদের খাদ্য প্রায় পাওয়াই যাচ্ছিল না। মঙ্গোলরা শহরতলির বিভিন্ন জায়গায় হঠাৎ আসার ফলে শহরে শস্য আসা বন্ধ হয়ে গিয়েছিল। দুমাস দিল্লি অবরোধ করার পর তারঘি উপায় না দেখে ফিরে যান। আলাউদ্দীনের সময় মতো ফিরে আসাই তারঘির পরাজয়ের বড় কারণ।

পদ্মিনী উপকথা

তৎকালীন কোন ঐতিহাসিকই ১৩০৩ সালে পদ্মিনীর কথা বলেন নি। খসরু, বারানী, ইসামী ও সমসাময়িক লেখকরা এ সম্বন্ধে নীরব। আলাউদ্দীন চিতোর দুর্গ অধিকার করে রাজা রতন সেনকে ক্ষমা করে অত্যন্ত তাড়াহুড়োর মধ্যে দিল্লি ফিরে এসেছিলেন। রতন সেনের স্ত্রী বা অনান্য মহিলাদের নিয়ে মাথা ঘামানোর সুযোগ তাঁর বিশেষ ছিল না।

১৫৪০ সালে, অর্থাৎ চিতোরের পতনের ২৩৭ বছর পরে, রায়বেরিলীর কাছে ছোট একটা শহরের অধিবাসী, মালিক মুহম্মদ জয়সী *পদ্মাবৎ* নামে হিন্দিতে একটা কবিতা লেখেন। মালিক মুহম্মদ জয়সী ফার্সী অক্ষরে হিন্দি ভাষায় এটি লিখলেও, অযোধ্যার পরম্পরা বলে যে তিনি ফার্সী শব্দ যথাসম্ভব পরিহার করেছেন। এর মমার্থ বোঝাতে গিয়ে কবি নিজেই বলেছেন যে এখানে চিতোর হচ্ছে শরীর, রাজা হচ্ছে মন, সিংহল হচ্ছে হৃদয়, পদ্মিনী হচ্ছে জ্ঞান ও আলাউদ্দীন মানে কামনা। রোমান্টিক কবিকে ইতিহাসের ঘটনা বা ভৌগোলিক স্থান মানতে হবে এরকম কোন কথা নেই। ওঁর লেখাতে দেখা যায় যে সাত-আট বছর অবরোধ চালানোর পরেও আলাউদ্দীন চিতোর জয় করতে পারেন নি। উনি কৌশলে রাজাকে বন্দী করে দিল্লিতে নিয়ে আসেন এবং রাজার সিংহলী স্ত্রী পদ্মিনীকে না দিলে রাজাকে ছাড়বেন না ঘোষণা করেন। রাজাকে অবশ্য পরে গোপনে উদ্ধার করে চিতোর নিয়ে আসা হয়।

পরবর্তীকালে ফেরিস্তা *পদ্মাবৎ* না পড়ে ও কেবল মাত্র শুনে একে ইতিহাসের ঘটনার সঙ্গে খাপ খাওয়ানোর চেষ্টা করেছেন। রাজপুত চারণ কবিরা দিল্লির ইতিহাস না জেনে ও রোমান্টিকতায় মুগ্ধ হয়ে এ গল্পটি গেয়ে বেড়িয়েছেন। রাজস্থানী ঐতিহাসিকদের অন্যতম প্রধান ঐতিহাসিক গৌরীশঙ্কর ঝা এ গল্পের মধ্যে ইতিহাসের ঘটনার কত অমিল আছে তা দেখিয়েছেন। ঐতিহাসিক কে. এস. লাল বলেছেন যে এই গল্পকথার কোন ঐতিহাসিক ভিত্তি নেই।

আলাউদ্দীনের সময়ে চিতোর কিভাবে শাসন করা হয়েছিল, তার কোন তথ্য পাওয়া যায় না। খিজির খান সুলতানের সঙ্গেই চলে এসেছিলেন। মালিক শাহিন সুলতানের ভয়ে গুজরাটের রাজা করণের কাছে আশ্রয় নেন। খিজির খানের হাত থেকে চিতোর সরিয়ে রাজার ভগ্নীর এক পুত্রর (মালদেও) হাতে দেওয়া হয়। কিছুকালের মধ্যে ইনি শক্তিশালী হয়ে ওঠেন। কিন্তু সুলতানের প্রতি আনুগত্য অটুট থাকে। উনি প্রতি বছরই উপঢৌকন নিয়ে সুলতানের দরবারে আসতেন। সুলতানের বিভিন্ন অভিযানে তিনি সৈন্য নিয়ে অংশ গ্রহণও করেছিলেন। ১৩১০ সালের আলাউদ্দীনের একটা শিলালেখ চিতোরে পাওয়া যায় যার থেকে জানা যায় যে চিতোরের রাজা স্বাধীন ছিলেন না। ফেরিস্তা বলছেন যে আলাউদ্দীন যখন মৃত্যুশয্যায়, তখন চিতোরের রাই বিদ্রোহ করে সুলতানী আমলাদের হত্যা করেন ও স্বাধীনতা ঘোষণা করেন। আনুমানিক ১৩২১ সালে মালদেওর মৃত্যু হলে, শিশোদিয়া বংশের হামির মেওয়ার এর উপর শাসন কায়েম করেন।

আলি বেগ, তারতাক এবং তারঘির আক্রমণ

১৩০৫ সালে আলি বেগ, তারতাক এবং তারঘি তুর্কিস্তান থেকে বেরিয়ে ঝিলম নদী পার হয়ে সিন্ধুর দিকে আসেন। তারঘি এর আগে দুবার এসেছিলেন এবং সম্ভবত এখান থেকে ফিরে যান। আলি বেগ কিন্তু চেঙ্গিস খানের বংশধর ছিলেন। তিনি এবং তারতাক পঞ্চাশ হাজার অশ্বারোহী নিয়ে চতুর্দিক ছারখার করতে করতে এগিয়ে

আসেন। পাহাড়ের তলার অধিবাসীরা গঙ্গা পেরিয়ে পালাতে থাকে। সীমান্তবর্তী এলাকার সেনাপতিরা দিল্লিতে পিছু হঠে যান। মঙ্গোলরা সীমান্তের দুর্গগুলি, এমনকি দিল্লি এড়িয়েও, দোয়াব অঞ্চলের দিকে এগোতে থাকে। সুলতান ত্রিশ হাজার অশ্বারোহী দিয়ে মালিক নায়েককে পাঠান এদের প্রতিরোধ করার জন্য। এই হিন্দু সেনাপতির অধীনে অন্যান্য সেনাপতিদের নেওয়া হয় যাদের নাম ইসামী পরবর্তীকালে করেছেন। খসরু বলছেন যে সুলতানী সৈন্যরা আমরোহা জেলার কাছে মঙ্গোলদের সামনে আসে ১৩০৫ সালের বিশে ডিসেম্বর। মঙ্গোলরা দুবার আক্রমণ করে ব্যর্থ হলে আলি বেগ ও তারতাক আত্মসমর্পণ করেন। বারানী বলছেন যে বিশ হাজার মঙ্গোল সৈন্য নিহত হয়েছিল। বাকিদের দিল্লিতে আনা হয় ও সুলতান বিজয়ীদের সম্মানে বিশাল দরবার আহ্বান করেন। কিছু বন্দীকে হত্যা করা হয় ও অন্যদের বন্দী করে রাখা হয়। দুই নেতাদের মধ্যে একজন মারা যান ও আরেকজনকে ছেড়ে দেওয়া হয়।

পরের কিছুকাল মঙ্গোলরা আলি বেগ ও তারতাকের পরাজয়ের প্রতিশোধ নিতে চেষ্টা করে। তখন একটা সৈন্যদল না পাঠিয়ে তারা তিনটি সৈন্যদল পাঠায় কাবক্, ইকবাল এবং তাইবুর নেতৃত্বে। এরা সিন্ধু প্রদেশে কিছুটা আলোড়ন তুললেও সামনা এবং কুহ্‌রামে কিছু করতে না পেরে নগৌরের দিকে যায়। সুলতান আলাউদ্দীন তাঁর সৈন্যদলকে ভাগ না করে ওদের আক্রমণ করতে পাঠান। প্রথম মঙ্গোল দলটি পর্যুদস্ত হয় ও ওদের নেতা কাবক্ ও তার সৈন্যদলকে দড়ি বেঁধে দিল্লি আনা হয়। মঙ্গোলদের মাথা কেটে মাথার পাহাড় গড়ে তোলা হয়। অন্য দুটি মঙ্গোল দল পালিয়ে যায়। বারানী বলছেন যে এর পরে মঙ্গোলরা আর আসেনি, যদিও প্রতি শীতে দিপালপুরের শাসনকর্তা গাজী মালিক মঙ্গোলদের খোঁজে সীমান্তে যেতেন। সমকালীন একটা চিঠি থেকে জানা যায় যে সুলতানের নামে খুৎবা গজনীর জামা মসজিদে পড়া হতো।

মালব বিজয়

আমীর খসরু বলেছেন যে ১৩০৫ সালের মধ্যে হিন্দুস্থানের বড় বড় রাজারা সুলতানের অধীনতা স্বীকার করেছিলেন। ওই সময়ের মধ্যে আলাউদ্দীনের অর্থনৈতিক সংস্কার সুবিন্যস্ত হয় ও সৈন্যদল সুসংহত হয়ে যায়। আলাউদ্দীন এবার মালব, সিওয়ানা ও জালোর আক্রমণ করবেন বলে স্থির করেন।

মালবের রাজা ছিলেন মহলাক দেব কিন্তু ওঁর মন্ত্রী কোকা প্রধান ছিলেন অনেক বেশি শক্তিশালী। মালবের সৈন্যদলে ছিল প্রায় চল্লিশ হাজার অশ্বারোহী ও অগণিত পদাতিক। আলাউদ্দীনের দশহাজার অশ্বারোহী এদের হারিয়ে দেয় ও কোকা প্রধান নিহত হয়। আইন-উল মুল্ক এর শাসনকর্তা নিযুক্ত হন। উনি এরপর মাণ্ডু দুর্গ আক্রমণ করেন যেখানে রাজা মহলাক দেব বাস করছিলেন।

মাণ্ডু দুর্গের ব্যাসার্ধ ছিল প্রায় ষোল মাইল যার চারপাশে ছিল খোলা মাঠ। মহলাক তাঁর ছেলের নেতৃত্বে একদল সৈন্য পাঠান। কিন্তু তারা পরাজিত হয়। আইন-উল মুল্ক দুর্গ অবরোধ করেন। মহলাকের একজন প্রহরী বিশ্বাসঘাতকতা করে

গোপন পথ দিয়ে সুলতানী সৈন্যদের দুর্গের ভিতরে নিয়ে আসে। মহলাক কিছুদূরে পালালেও ধরা পড়ে যান এবং নিহত হন। ২৪শে ডিসেম্বর ১৩০৫ সালে দুর্গ দখল হয়।

সিওয়ানা ও জালোর দখল

এক জায়গায় খসরু লিখছেন যে দিল্লির কাছেই এক রাজাকে স্বাধীনভাবে থাকতে দেওয়া হয়েছিল। কিন্তু অন্য জায়গায় তিনি লিখছেন যে দিল্লির সৈন্য পাঁচ-ছয় বছর ধরে সিওয়ানা অবরোধ করেও কিছু করতে পারে নি। সিওয়ানার রাজা শীতল দেবের দুর্গ ছিল খুব মজবুত এবং ওঁর রায়ত ও মেওরা ওঁর প্রতি অনুগত ছিল। ১৩০৯ সালের তেসরা জুলাই সুলতানের নেতৃত্বে এক সৈন্যদল রওনা হয়। দুর্গের পুবদিকে সুলতান ছাউনী ফেলেন এবং দুর্গ অবরোধ করা হয়। এরপরে দুর্গ আক্রমণ করলে সারা দিন লড়াই চলে। ৯ই সেপ্টেম্বর ১৩০৯ সালে শীতল দেবের মৃতদেহ সুলতানের সামনে আনা হয়। কামালুদ্দীন গুরগকে ওখানকার শাসনকর্তা করা হয়।

আলাউদ্দীনের সৈন্যরা জালোর দখল করেছিল এ বিষয়ে সন্দেহ নেই, যদিও সমকালীন কোন ঐতিহাসিক এ বিষয়ে কিছু বলেন নি। পরবর্তীকালে *তারিখ-ই মুবারক শাহীতে* বলা হচ্ছে যে কামালুদ্দীন জালোর দখল করেন এবং সেই বছরই এর রাজা মারা যান। জালোরের রাজা কানহর দেব ও তাঁর পরিবার যুদ্ধে নিহত হয়েছিলেন যা রাজপুত সূত্র থেকেও পাওয়া যায়। ঐতিহাসিক কে. এস. লাল বলেছেন যে জালোর বিজয়ের সঙ্গে সঙ্গে রাজপুতানার বড় বড় রাজ্যগুলি আলাউদ্দীনের দখলে চলে আসে। মারওয়ার-এর রাজধানী যোধপুরও যে আলাউদ্দীনের দখলে আসে তার প্রমাণ পাওয়া যায় ১৩০১ সালের একটি শিলালেখ থেকে।

সুলতানী সাম্রাজ্যের মূল অংশগুলিতে আলাউদ্দীন তাঁর সংস্কারগুলি প্রয়োগ করেছিলেন। দাক্ষিণাত্যের চারটি রাজ্য ও সুদূর দক্ষিণের রাজ্যগুলি থেকে উনি বিস্তর ধনরত্ন নিয়ে এসেছিলেন। কিন্তু ওখানকার শাসনব্যবস্থায় কোন হস্তক্ষেপ করেন নি। তিনি স্থির করেছিলেন যে, ও তখনকার রাজারা উত্তরাধিকার সূত্রে তাদের রাজ্য শাসন করতে পারে, যদি তারা যথাসময়ে তাঁকে উপঢৌকন পাঠায়। কিন্তু আলাউদ্দীনের রাজপুতানা সম্বন্ধে কি নীতি ছিল, তা সমকালীন ঐতিহাসিকরা পরিষ্কারভাবে বলেন নি। এটা ঠিক যে ওখানকার কোন রাজার স্বাধীনতা তিনি মানতে রাজি ছিলেন না। পথঘাটের শান্তি রাখা অবশ্য কর্তব্যর মধ্যে ছিল। সম্ভবত তিনি রাজপুতানার কিছু অংশ সরাসরি নিজের শাসনাধীনে নিয়ে আসার চেষ্টা করেছিলেন। কিন্তু পরবর্তীকালে এই কাজ অসম্ভব বোধ হওয়ায় ছেড়ে দিয়েছিলেন। রণথম্ভর ও ঝাইন জয় করে ওঁর অর্থনৈতিক নিয়ন্ত্রণের মধ্যে আনা হয়। কিন্তু চিতোরের পর আর কোন রাজ্য সরাসরি শাসনাধীনে আসেনি। সম্ভবত সেরকম কোন ধনরত্নও পাওয়া যায়নি। আলাউদ্দীন ছোট জমিদারদের ছেড়ে দিয়েছিলেন। রাজপুতানার রাজাদের অভ্যন্তরীণ দ্বন্দকলহের ফলে আলাউদ্দীনের বিরুদ্ধে কোন

সমবেত প্রচেষ্টাও ছিল না। বরঞ্চ দক্ষিণের রাজ্যগুলির বিশাল ধনরত্ন তাঁকে অনেক বেশি আকৃষ্ট করেছিল।

দাক্ষিণাত্য ও সুদূর দক্ষিণ অভিযান

১২৯৭ সালে আলপ খান মূলতানের শাসনকর্তা হয়েছিলেন। ওই সময় রাজা করণ দ্বিতীয়বার অনিলওয়ারা দখল করলে কারা বেগকে পাঠানো হয় তাকে প্রতিরোধ করার জন্য। রাজা করণ আবার বাগলানে চলে যান। এরপর আলপ খানকে ওখানকার শাসনকর্তা করে পাঠালে, উনি মঙ্গোল আক্রমণ প্রতিহত করেন।

১৩০৬-০৭ সালে আলাউদ্দীন দক্ষিণের দুটি রাজ্যে আভিযান চালাবেন বলে স্থির করেন। আলপ খানকে আদেশ দেওয়া হয় রাজা করণকে বাগলান পাহাড় থেকে বিতাড়িত করতে। রাজা করণ দুমাস ধরে আলপ খানকে প্রতিরোধ করেন। এরপরে আক্রমণ সহ্য করতে না পেরে রাজা করণ দেবগিরির কাছে পলায়ন করলে আলপ খান পিছনে তাড়া করেন। কিন্তু রাজা করণ হঠাৎই উধাও হয়ে যান। পরে জানা যায় যে তিনি ওয়ারাঙ্গলে আশ্রয় নিয়েছেন।

দেবগিরির রাজা রামচন্দ্র দেব আলাউদ্দীনকে উপঢৌকন না পাঠালে ওঁর বিরুদ্ধে অভিযান করা স্থির হয়। ইসামী পরে বলছেন যে রাজা গোপনে আলাউদ্দীনকে জানান যে ওঁর ছেলে ও কিছু অভিজাত ওঁকে উপঢৌকন পাঠাতে বাধা দিয়েছেন। অর্থাৎ উনি চাইছেন যে দিল্লি থেকে সৈন্য পাঠানো হোক। আলাউদ্দীন ত্রিশ হাজার অশ্বারোহী সৈন্য সংগ্রহ করে মালিক কাফুরকে নেতৃত্বের দায়িত্ব দিলেন। সিরাজুদ্দীন খাজা হাজী, যুদ্ধবিষয়ক মন্ত্রী, সৈন্যদের দেখাশোনার ভার নিলেন। আলপ খানকে নির্দেশ দেওয়া হল এদের সাহায্য করার।

খসরু বলছেন যে আলাউদ্দীন আদেশ দিয়েছিলেন যে দেবগিরির রাজা ও তাঁর পরিবারের যেন কোন ক্ষতি না হয় এবং এ আদেশ পালিত হয়েছিল। দেবগিরির সৈন্যরা বিশেষ কোন প্রতিরোধ করতে পারেনি। রামচন্দ্র দেব আত্মসমর্পণ করেছিলেন। কিন্তু ওঁর পুত্র একাংশ সৈন্য নিয়ে পালিয়ে যান। ফেরিস্তা বলছেন যে কাফুর দাক্ষিণাত্যে ঢোকার পর অধিবাসীদের উপর কোন অত্যাচার করেননি। কাফুর রাজা রামচন্দ্র দেবকে দিল্লিতে নিয়ে গেলে আলাউদ্দীন তাঁকে যথেষ্ট সম্মান প্রদর্শন করেন। ছমাস দিল্লিতে অভ্যাগত হিসাবে থাকার পর রামচন্দ্র দেবকে *রাঘব রায়ান* উপাধি দিয়ে ও এক লক্ষ স্বর্ণমুদ্রা সমেত ফেরত পাঠানো হয়। সম্ভবত ওই সময়ে রামচন্দ্রের মেয়ে জাঠ্যপালির সঙ্গে আলাউদ্দীনের বিবাহ হয়।

মালিক কাফুরের ওয়ারাঙ্গল অভিযান বিষয়ে আমীর খসরু *খাজাইন-উল ফুতুতে* লিখেছেন। পরবর্তীকালে বারানী লেখেন। কিন্তু বারানীর দাক্ষিণাত্যের ভৌগোলিক অবস্থান সম্পর্কে সম্যক জ্ঞান ছিল না। এছাড়াও তিনি অন্তত দুটি বিষয়ে ভুল তথ্য দিয়েছেন, যেগুলি পরবর্তীকালের ঐতিহাসিকরা নকল করেছেন। উল্লেখযোগ্য যে বারানী তাঁর স্মৃতি থেকে লিখেছেন যে মালিক কাফুর ওয়ারাঙ্গল যাবার পথে দেবগিরি যান নি। কারণ তার প্রয়োজন ছিল না। দ্বিতীয়ত মা'বার যাবার পথে

কাফুর দেবগিরিতে গেলে রামচন্দ্র দেব তাঁক সাদরে অভ্যর্থনা করেন। তখনো তাঁর মৃত্যু হয় নি।

আলাউদ্দীন মালিক কাফুরকে ওয়ারাঙ্গল অভিযানের নেতৃত্ব দিয়ে নির্দেশ দিয়েছিলেন যে রাজা রুদ্রদেব যদি তাঁর ধনরত্ন, হাতি, ঘোড়া ইত্যাদি দিতে রাজি হন, তাহলে তাঁর রাজ্য দখল করা হবে না। এছাড়া রাজাকে কাফুরের সামনে আনার প্রয়োজন নেই বা দিল্লিতে পাঠানোর দরকার নেই। ছোটখাট ভুল ত্রুটি ধরা হবে না বা কোনরকম অত্যাচার করা হবে না। ঠিকমতো ও তাড়াতাড়ি সংবাদ পাবার জন্য আলাউদ্দীন সারা পথ ধরে থানা বসিয়ে ছিলেন যেখানে সংবাদ সংগ্রহকারক ও ঘোড়া মোতায়েন থাকবে।

৩১শে অক্টোবর ১৩০৯ সালে সৈন্যরা যাত্রা শুরু করে। ১৩১০ সালের প্রথম দিকে তেলিঙ্গানার সীমান্ত পেরিয়ে ঢোকার সময়ে রায়তদের সঙ্গে ছোটখাটে সংঘর্ষ হয়। ওখান থেকে অধিবাসীরা ওয়ারাঙ্গল পালিয়ে যেতে থাকে। কোন প্রতিরোধ না করে পালিয়ে যাবার ফলে কাফুরের কাজ সহজ হয়ে যায়। ১৮ই জানুয়ারী ১৩১০ সালে কাফুরের সৈন্যদল ওয়াঙ্গলের শহরতলীতে পৌঁছে যায়। কাছের এক পাহাড় ওরা দখল করে যেখান থেকে ওয়ারাঙ্গলের দুর্গ দেখা যায়।

ওয়ারাঙ্গল দুর্গের দুটি পাঁচিল ছিল যার বাইরে ছিল এক পরিখা। প্রতাপরুদ্র দেব ভিতরের দুর্গে থাকতেন যার আর একটা পাঁচিল ছিল। রায়তরা বাইরের পাঁচিলে যুদ্ধের জন্য জায়গা নিয়েছিল। এর বাইরে ছিল শক্ত মাটির একটা পাঁচিল যেটা পাথর ছুঁড়ে ভাঙাও শক্ত। ১৯শে জানুয়ারী মালিক কাফুর পাহাড়ের উপর তাঁর ছাউনী ফেলেন। দুর্গটি সম্পূর্ণভাবে অবরোধ করা হয়। দশ হাজার সৈন্যদলকে (তুমান) ১২৫০ গজ জায়গার ভার দেওয়া হয়। সৈন্যদলের তাঁবুর সামনে কাঠের পাঁচিল বসানো হয়। ওয়ারাঙ্গলের *মুকদ্দম* মানিক দেব রাতে একহাজার অশ্বারোহী নিয়ে আক্রমণ করলে পরাজিত হন।

এরপরে সামনের পরিখা ভরাট করে কাঠের মই পাঁচিলের থেকে উঁচু করে লাগানো হয়। *মঞ্জানিকের* সাহায্যে পাথর ছুঁড়ে বিভিন্ন জায়গায় পাঁচিল ভেঙে ফেলা হয়। ১৪ই ফেব্রুয়ারি সবদিক থেকে দুর্গ আক্রমণ করা হয়। বিকেল নাগাদ সুলতানী সৈন্যরা পাঁচিলের একটা অংশ নিজেদের দখলে আনতে পারে। ১৫ই ও ১৬ই ফেব্রুয়ারী বহুক্ষণ রক্তক্ষয়ী যুদ্ধের পর বাইরের দুর্গ সুলতানীদের দখলে আসে। এরপরে আসে একটা পরিখা ও পাথরের দুর্গ। পরিখার জল কিভাবে অন্যদিকে ঘোরানো যায় এটা যখন ভাবা হচ্ছে, তখনই যুদ্ধ শেষ হয়ে গেল। প্রতাপরুদ্র দেব আত্মসর্মপণ করলেন। রাজা বিশ হাজার দেশী ও বিদেশী ঘোড়া ও একশো হাতি দিতে রাজি হলেন। এ ছাড়া উনি প্রচুর সোনা ও মূল্যবান পাথর দিলেন। মালিক কাফুর সুলতানের কাছে প্রতিজ্ঞামতো এতে রাজি হলেন। এগুলি সংগ্রহ করতে ওঁর আমলাদের কয়েকদিন লেগে গেল।

বিশে মার্চ ১৩১০ সালে সৈন্যরা দিল্লি অভিমুখে রওনা হয়। ৯ই জুন ১৩১০ সালে ওরা দিল্লি পৌঁছায়। ২৩শে জুন বাদাউন দরজার সামনে একহাজার উটের

পিঠে আনা ধনরত্নের প্রদর্শন হয়। সাধারণ লোকেরাও এগুলি দেখার অনুমতি পেয়েছিল।

দোরসমুদ্র ও মা'বার অভিযান

খসরু বলছেন যে মঙ্গোলদের আর সিন্ধু নদী পার হবার সাহস ছিল না। আলাউদ্দীনের সাম্রাজ্য তখন সমুদ্র থেকে সমুদ্র পর্যন্ত বিস্তৃত হয়েছে। সুতরাং আলাউদ্দীন সুদূর দক্ষিণে অভিযানের পরিকল্পনা করলেন।

দোসরা ডিসেম্বর ১৩১০ সালে মালিক কাফুরের নেতৃত্বে যমুনার পাড় থেকে সৈন্যদল মা'বার অভিমুখে যাত্রা শুরু করে। তেলিঙ্গনার রাজা তেইশটি হাতি পাঠান উপঢৌকন হিসাবে। পথে দেবগিরিতে রামচন্দ্র দেব সাদর অভ্যর্থনা জানান। ২৬শে ফেব্রুয়ারি ১৩১১ সালে দশহাজার অগ্রগামী অশ্বারোহী নিয়ে কাফুর দোরসমুদ্র অবরোধ করেন। পাঁচিল দেওয়া দুর্গের সামনে একটা পরিখা ছিল। ২৭ শে ফেব্রুয়ারি বল্লাল দেব ও অনান্য আমলারা দুর্গ সমর্পণ করেন। রাজা তাঁর ধনরত্ন দিতে ও বাৎসরিক উপঢৌকন দিতে রাজি হন। পরিবর্তে, বল্লাল দেবকে প্রাণে মারা হয় না। দোরসমুদ্রের হাতিগুলি দিল্লি পাঠানো হয় ও সারারাত ধরে রাজার ধনরত্ন সংগ্রহ করা হয়।

১০ই মার্চ ১৩১১ সালে সুলতানী সৈন্যরা মা'বার অভিমুখে রওনা হয়। পাঁচদিন পরে তারা সীমান্তে পৌঁছায়। ওখানে একটা পর্বত পেরিয়ে একটা দুর্গ দখল করে এবং বীর-চোল রাজ্যের উদ্দেশ্যে রওনা হয়। ওই রাজার সঙ্গে ওঁর ভাইয়ের তখন যুদ্ধ চলছিল। ফলে কোন প্রতিরোধব্যবস্থা ছিল না। ওই রাজ্যের সামনে পৌঁছালে রাজা বীর পাণ্ড্য আরব সমুদ্রের এক দ্বীপে আশ্রয় নেবেন স্থির করেন। কিন্তু কোন কারণে সেটা করা সম্ভব হয়নি। যখন প্রতিপক্ষ বীর-চোলের কাছাকাছি পৌঁছায় তখন রাজা বীর পাণ্ড্য এক রাত্রে কানানোরে পালিয়ে যান। কিন্তু ওখান থেকেও উনি জঙ্গলে পালাতে বাধ্য হন। ওই রাজার কিছু মুসলমান সৈন্য আত্মসমর্প করলে ওদের ক্ষমা করা হয়।

এর পরে সুলতানী সৈন্যরা বীর-চোলে পৌঁছে দেখে রাজা পলায়ন করছেন। ইতিমধ্যে বর্ষা শুরু হয়ে গ্রামাঞ্চল প্লাবিত হয়ে যায়। রায়তদের সঙ্গে সুলতানী সৈন্যদের সংঘর্ষ চলতে থাকে। এরই মধ্যে সৈন্যরা রাজা বীর পাণ্ড্যকে খুঁজতে থাকে। বর্ষা শেষ হলে সুলতানী সৈন্যরা প্রচুর ধনরত্নসহ ১০৮টি হাতি পায়। কিন্তু রাজার খোঁজ পাওয়া যায় না। ব্রহ্মপুরী-চিদাম্বরম মন্দির থেকে কাফুর রাজার হাতিদের খুঁজে পান। মন্দিরটি ধনরত্নে পরিপূর্ণ ছিল এবং এগুলি সব লুণ্ঠন করা হয়। এরপরে সৈন্যরা বীর-চোলে ফিরে আসে। ওখানকার মন্দিরের তলা পর্যন্ত খোঁড়া হয় লুকানো ধনরত্নের সন্ধানে।

১৩ই এপ্রিল ১৩১১ সালে সৈন্যরা যাত্রা শুরু করে। মাদুরাই শহরে পৌঁছালে রাজা সুন্দর পাণ্ড্য পালিয়ে যান। এখানে কিছু না পেয়ে ক্রুদ্ধ কাফুর মন্দিরে আগুন

লাগিয়ে দেন। ফেরিস্তা বলেছেন যে কাফুর এখানে একটা মসজিদ নির্মাণ করেছিলেন। কিন্তু খসরু এ সম্বন্ধে নীরব থাকায়, এটা কতদূর সত্য তা বলা শক্ত। খসরুর মতে সৈন্যরা ৫১২ টি হাতি, ৫০০০ ঘোড়া ও পাঁচশ মন দুর্মূল্য রত্ন সংগ্রহ করেছিল। ২৫শে এপ্রিল ১৩১১ সালে কাফুর দিল্লি অভিমুখে রওনা হন। ১৯শে অক্টোবর সুলতান আলাউদ্দীন বিশাল দরবারে কাফুরকে অভ্যর্থনা দেন। ফেরিস্তা বলছেন যে আলাউদ্দীন এই অভিযানে যা ধন-দৌলত সংগ্রহ করেছিলেন তা গজনীর সুলতান মাহমুদের থেকে বেশি।

বলা প্রয়োজন যে আলাউদ্দীন বিনা প্ররোচনায় দক্ষিণে এই দুটি অভিযান চালিয়েছিলেন। তিনি চেয়েছিলেন খুব কম রক্ত ঝরিয়ে ওঁর অধীনতা সবাই স্বীকার করুক ও তিনি প্রচুর ধনদৌলত সংগ্রহ করুন। রাজ্য জয় করে নিজের অধীনে রাখার ওঁর কোন উদ্দেশ্য ছিল না। আলাউদ্দীনের এই দুই উদ্দেশ্যই সফল হয়েছিল।

১৯শে অক্টোবর ১৩১১ সালের দরবারের আগে সুলতান এক পাশবিক নরহত্যার পরিকল্পনা করেন। কাফুরের সঙ্গে মা'বারে যে পাঁচজন সেনাপতিকে পাঠানো হয়েছিল তার মধ্যে আবাজী মুঘল ছিলেন মঙ্গোল, যিনি সম্প্রতি মুসলমান হয়েছিলেন। হিন্দু রাজ্য আক্রমণ করার আগে আবাজী হিন্দুদের ওই আক্রমণের কথা জানিয়ে দেন, যার ফলে হিন্দুরা অকস্মাৎ আক্রমণ করে বহু সুলতানী সৈন্য হতাহত করতে পারে। তিনদিন পরে আবাজী ফিরে এলে কাফুর ওঁকে কারারুদ্ধ করে দিল্লিতে নিয়ে যান। সুলতান ওর মাথা কেটে ফেলার আদেশ দেন।

এই সময়েই একটা ষড়যন্ত্র শুরু হয়। দিল্লিতে তখন দশ হাজারের বেশি নব-মুসলমান মঙ্গোল ছিল। বারানীর মতে কয়েকজন নব-মুসলমান আমীরদের কোন কাজ ছিল না এবং নিয়ম অনুযায়ী ওদের মাহিনা ও *ইনাম* কমিয়ে দেওয়া হয়েছিল। এরা ষড়যন্ত্র করে যে সুলতান যখন মাত্র কয়েকজন অনুচর নিয়ে বাজপাখী ওড়াতে আসবেন, দু-তিনশো মঙ্গোল অশ্বারোহী তখন ওদের হত্যা করে নতুন মঙ্গোল সরকার প্রতিষ্ঠা করবে। সুলতানের গুপ্তচরেরা এই ষড়যন্ত্রের কথা সুলতানকে জানালে তাঁর আদেশে একদিনে পঁচিশ ত্রিশ হাজার নব-মুসলমানদের হত্যা করা হয়। এদের বেশিরভাগই ওই ষড়যন্ত্রের কথা কিছুই জানত না।

মা'বার থেকে ফিরে আসার পর মালিক কাফুরকে *মালিক নায়েব* উপাধি দেওয়া হয়। ইতিমধ্যে দেবগিরির রাজা রামচন্দ্র দেব মারা গেলে তাঁর ছেলে ভিল্লমা রাজা হয়ে বিদ্রোহী করেন। মালিক কাফুরকে দেবগিরি পাঠানো হলে, ভিল্লমা পালিয়ে যান ও মালিক কাফুর দেবগিরির শাসনকর্তা হন। ইসামী বলছেন যে কাফুর এত সততা ও ন্যায়পরায়ণতার সঙ্গে শাসন করেছিলেন যে দেশে শান্তি বজায় ছিল। এরপরে সুলতানের পুত্র শাদি খানের সঙ্গে আলপ খানের কন্যার বিবাহ উপলক্ষে তিনি দিল্লি চলে যান।

বেশ কয়েক দশক পরে স্মৃতিরোমন্থন করতে গিয়ে বারানী আলাউদ্দীনের আমলাদের তিন ভাগে ভাগ করেছেন। প্রথম ভাগে রয়েছে আলাউদ্দীনের ওইসব আমলারা যারা সুলতান জালালুদ্দীনকে হত্যার ষড়যন্ত্রে ছিলেন। বারানী বলছেন যে

এদের কেউ চার বছরের বেশি বাঁচে নি। কিন্তু আলপ খানের বেলায় এটা খাটে না। এই সব আমলাদের মধ্যে ছিলেন আলপ খান ছাড়া উলুঘ খান, নসরৎ খান, জাফর খান, মালিক আলাউল মুলক, মালিক ফকরুদ্দীন জৌনা, মালিক আসঘারী, মালিক তাজউদ্দীন কাফুর ইত্যাদি। এরা প্রত্যেকেই বড় যোদ্ধা ও শাসক ছিলেন, যাদের দক্ষতার ফলে আলাউদ্দীনের সাম্রাজ্য গড়ে উঠে।

দ্বিতীয়ভাগেও দক্ষ আমলারা ছিলেন যাদের মধ্যে নাম করা যায় মালিক হামিরুদ্দীন, মালিক আইজুউদ্দীন, আলপ খানের ভাই নিজামুদ্দীন উলুঘ খান, খাজা হাজি ইত্যাদি। মালিক হামিরুদ্দীন ছিলেন *নায়েব-ই ওকালত*। মালিক শরফ কুলি ছিলেন *নায়েব উজীর* ও খাজা হাজী ছিলেন *নায়েব-ই আর্জ*। মালিক আইজুদ্দীন ছিলেন *দবীর-ই মুমালিক*। জীবনের শেষ চার-পাঁচ বছর আলাউদ্দীনের মালিক কাফুরের প্রতি অন্ধ বিশ্বাস জন্মায় ও ওঁকে উনি প্রধান আমলা করে দেন। হামিদুদ্দীন ও আইজুদ্দীনের পদ কেড়ে নেওয়া হয় ও শরফ কুলিকে মৃত্যুদণ্ড দেওয়া হয়। বদরুদ্দীনকে *দবীর* করা হয়। এই সময়ে আলাউদ্দীন অভিজ্ঞ আমলাদের দূরে সরিয়ে রাখেন এবং আগেকার মতো আলোচনা বন্ধ করে দেন। উনি চাইছিলেন যে রাষ্ট্রর ক্ষমতা তাঁর পরিবার ও ভৃত্যদের মধ্যে সীমাবদ্ধ থাকবে এবং রাষ্ট্রীয় নীতি নির্ভর করবে ওঁর মর্জির উপর। এর ফলে শাসনতন্ত্রে নানারকম ভুলভ্রান্তি শুরু হয়।

বারানী অবশ্য বলছেন যে শাসনতন্ত্রে নিচুজাতের লোকেদের আগমনের ফলে শাসনতন্ত্র নষ্ট হয়ে যায়। বারানী বলছেন যে আলাউদ্দীনের শেষদিকে মালিক কিরণ, যিনি *আমীর-ই শিকার* ছিলেন এবং মালিক কারা বেগ প্রচুর সম্মান লাভ করেছিলেন। এরাই ছিলেন বারানী বর্ণিত তৃতীয় ভাগের আমলা। যেহেতু কাফুরের কোন পরিবার ছিল না আলাউদ্দীন ওকে বেশি বিশ্বাস করতেন। আলাউদ্দীনের বহু দক্ষ ও অনুগত আমলা ছিল যাদের পরবর্তী প্রজন্ম সুলতানকে রক্ষা করতে সম্মত হয়েছিল। এমনকি যখন কেন্দ্রীয় শাসন ভেঙে পড়েছে তখনো আলাউদ্দীনের প্রাদেশিক শাসনব্যবস্থার রেশ দেখা যাচ্ছিল প্রায় পঞ্চদশ শতাব্দী পর্যন্ত। তাঁর শাসনকালে আলাউদ্দীন তাঁর আমলাদের শিখিয়েছিলেন তাদের নির্ধারিত জায়গায় থাকতে এবং ওই আমলারাও তাদের নিজেদের সুরক্ষার জন্য সিংহাসনে যিনি বসবেন, তার প্রতিই আনুগত্য প্রকাশ করতে রাজি ছিল।

জীবনের শেষদিকে যখন আলাউদ্দীন মাঝে মাঝেই যন্ত্রণার মধ্যে অচৈতন্য হয়ে পড়ছিলেন তখন মালিক কাফুরই ছিলেন ওঁর প্রধান উপদেষ্টা। এই সময়েই কাফুর নানাধরনের ষড়যন্ত্রের মধ্য দিয়ে শাসনযন্ত্র নিজের নিয়ন্ত্রণে আনার চেষ্টা করেন। বড় বড় আমলারা সুলতানের ব্যক্তিগত ব্যাপার সম্বন্ধে নিরপেক্ষ থাকলে প্রাসাদে দুটি গোষ্ঠী গড়ে উঠে। একদিকে ছিলেন গুজরাটের শাসনকর্তা আলপ খান ও তাঁর ভগ্নী মালিকা জাঁহা। ওঁদের গোষ্ঠী দলে ভারী ছিল এই কারণে যে আলাউদ্দীনের দুই পুত্রই, খিজির খান ও শাদি খান আলপ খানের কন্যাদের বিয়ে করেছিলেন। অন্য গোষ্ঠীর নেতা ছিলেন মালিক কাফুর। বারানী বলছেন যে আলপ খান ও কাফুরের মধ্যে জীবন মরণ সংগ্রাম শুরু হয়ে গিয়েছিল।

কি ধরনের অসুখ আলাউদ্দীনের হয়েছিল এটা বলা শক্ত। সমকালীন ঐতিহাসিকরা নানা কথা বলেছেন এ ব্যাপারে। তবে মাঝে মাঝেই খুব যন্ত্রণায় উনি অজ্ঞান হয়ে যেতেন। এর মধ্যে খিজির খান ও মালিকা জাঁহা বিভিন্ন উৎসবে মগ্ন ছিলেন। ফলে এরা আলাউদ্দীনের সেবার প্রতি অমনোযোগী হন। এতে আলাউদ্দীন কষ্ট পেতে থাকেন ও আলপ খান এবং কাফুরকে ডেকে পাঠান। *মালিক নায়েব* হওয়ার ফলে কাফুরের হাতে রাজ্যের শাসনক্ষমতা ছিল, যদিও আলাউদ্দীন চিতোর জয়ের পরে খিজির খানকে তাঁর উত্তরাধিকারী করেছিলেন। খিজির খানের উচ্ছৃঙ্খলতায় সমস্ত আমলারাই বিরক্ত হয়েছিলেন।

মালিক কাফুর আলপ খানকে হত্যা করতে সমর্থ হন। এতে আলাউদ্দীনের কতটা সায় ছিল বলা শক্ত। এরপর কাফুর আলাউদ্দীনের নির্দেশ নিয়ে খিজির খানকে আমরোহাতে পাঠান। ওখানে তিনদিন থাকার পর বিনা অনুমতিতে খিজির খান দিল্লিতে এলে, আলাউদ্দীনের নির্দেশে ওকে বন্দী করে গোয়ালিয়র দুর্গে পাঠান হয়। কাফুর এর পরে সিয়ানার শাসনকর্তা কামালুদ্দীনকে দিয়ে জালোরের শাসনকর্তা ও আলপ খানের ভাই নিজামুদ্দীন উলুঘ খানকে হত্যা করান। কিন্তু গুজরাটের সৈন্যরা বিদ্রোহ করে কামালুদ্দীনকে হত্যা করে। এরপরে চিতোরের রাণা ও দাক্ষিণাত্যের রামচন্দ্র দেবের জামাই হীরপাল দেব বিদ্রোহ করলে ওদের দমন করার আগেই আলাউদ্দীনের মৃত্যু হয়।

১৩১৬ সালের ৪ঠা জানুয়ারী রাতে আলাউদ্দীনের মৃত্যু হয়। ওই দিন সকালে কাফুর বড় বড় আমলাদের নিয়ে আলাউদ্দীনের শয্যার পাশে সভা করে স্থির করেন যে আলাউদ্দীন ও রামচন্দ্র দেবের মেয়ে জাঠ্যপালির ছয় বছরের পুত্র সিংহাসনে বসবে। ততক্ষণে আলাউদ্দীন অচৈতন্য হয়ে পড়েছেন। এটাও ঠিক হয় যে কাফুর রাজ্যের নায়েব হয়ে কাজকর্ম চালাবেন। জামা মসজিদের সামনে যে সমাধি সৌধ করা হয়েছিল ওখানে আলাউদ্দীনকে কবর দেওয়া হয়।

কাফুরের রাজ্যশাসন

আলাউদ্দীনের মৃত্যুর পরদিন সভা ডেকে কাফুর সিহাবুদ্দীনকে সিংহাসনে বসান। আলাউদ্দীনের বাকি সব পুত্রদের নতুন সুলতানের প্রতি আনুগত্য প্রকাশ করতে বলা হয়। যে পঁয়ত্রিশ দিন কাফুর রাজ্য শাসন করেছিলেন, তার প্রতিটি সকালে একটা ছোট দরবার বসানো হতো। দেবগিরি ছেড়ে আসার সময়ে কাফুর আইন-উল মুল্কের এর হাতে ওখানকার শাসনভার দিয়ে এসেছিলেন। কাফুর ওঁকে আদেশ দিলেন সৈন্য নিয়ে দিল্লি আসতে। পথে আইন-উল মুল্ক খবর পেলেন যে ওঁকে গুজরাটের শাসনকর্তা করা হয়েছে। যখন তিনি চিতোরের কাছে এসেছেন, তখন খবর পেলেন যে কাফুর নিহত হয়েছেন। ওঁরা ওখানেই অপেক্ষা করবেন বলে স্থির করলেন।

ফিরোজ শাহ কাফুরের সমাধিসৌধের সংস্কার করলে, তবে তাঁর *ফুতুহাতে* কাফুরের প্রতি কোন শ্রদ্ধা দেখান নি। কাফুর যদি দুটি নিয়ম মেনে চলতেন তাহলে হয়ত আরো বেশিদিন বাঁচতেন। প্রথমটি হচ্ছে তাঁর প্রভুর পরিবারের প্রতি শ্রদ্ধা ও

দ্বিতীয়টি হল অভিজাতদের সঙ্গে পরামর্শ করে রাজ্য শাসন করা। কিন্তু কাফুর তার প্রভুর পরিবারদের আঘাত করতে শুরু করেন এমনভাবে যে অভিজাতদের ভয় হয়েছিল যে উনি ওঁদেরও হত্যা করবেন। প্রথমদিনেই কাফুর শাদি খান এর চোখ অন্ধ করার নির্দেশ দেন। আলাউদ্দীনের প্রধান মহিষীর (মালিকা জাঁহা) সমস্ত ধনরত্ন ও ক্ষমতা কেড়ে নিয়ে প্রাসাদের এক কোণায় ওঁকে রাখা হয়। মুবারক খানকে বন্দী করা হয়। কাফুর রামচন্দ্র দেবের মেয়ে জাঠ্যপালিকে বিবাহ করেন।

আলাউদ্দীনের দেহরক্ষী পাইকরা স্থির করে যে তারা কাফুরকে হত্যা করবে। এদের নেতা মুবাসসীর কাফুরকে হত্যা করে ওর মাথা কেটে ফেলে, যদিও কাফুর ওদের হত্যা করার ষড়যন্ত্রের কথা আগে আঁচ করতে পেরেছিলেন।

কুতুবুদ্দীন মুবারক শাহ খলজী

কাফুরের মৃত্যুর পরদিন সকালে অভিজাতরা সভা করে মুবারক খানকে *নায়েব-ই মুল্ক* হতে অনুরোধ করে। মুবারক তাঁর মাকে নিয়ে অন্য জায়গায় চলে যেতে চান তা কিন্তু সকলের অনুরোধে শেষ পর্যন্ত নায়েব হতে রাজি হন। কয়েক সপ্তাহ পরে তিনি অভিযোগ করেন যে জাঠ্যপালী ওঁকে বিষপ্রয়োগ হত্যা করার চেষ্টা করছে। অভিজাতরা এবার সিহাবুদ্দীন ওমরকে বন্দী করে গোয়ালিয়র দুর্গে পাঠান ও ওখানে ওঁকে অন্ধ করা হয়। কিন্তু জাঠ্যপালীর বিরুদ্ধে কোন ব্যবস্থা নেওয়া হয় না। ১৮ই এপ্রিল ১৩১৬ সালে নানারকম উৎসবের মধ্য দিয়ে মুবারক শাহ সুলতান হন।

বারানী বলেছেন যে সিংহাসনে বসার সময় মুবারক ধারণা দিয়েছিলেন যে তিনি একজন ধার্মিক রাজা। যে পাইকের দল কাফুরকে হত্যা করে মুবারকের সিংহাসন প্রাপ্তির পথ সুগম করে দিয়েছিল, তারা অভিজাতদের থেকে বেশি সম্মান দাবি করতে লাগল। ওরা অভিজাতদের মতো দরবারে বসার জায়গা ও খেলাৎ দাবি করতে লাগল। মুবারকরে আদেশে ওদের কাছের কোন শহরে নিয়ে গিয়ে হত্যা করা হয়।

জনপ্রিয় হবার জন্য মুবারক প্রথমেই আলাউদ্দীনের বন্দীদের (প্রায় আঠারো হাজার) প্রথম দিনেই মুক্তি দেন। আলাউদ্দীনের শেষদিকে কোন আর্জি গ্রহণ করা হতো না। মুবারক আবার আর্জি গ্রহণ করার আদেশ দেন। ওঁর চার বছর চার মাস রাজত্বকালে সৈয়দ উলেমাদের জন্য দান বাড়ানো হয়। সৈন্যদের মাহিনা বাড়ে ও বহুলোক তাদের পুরানো জমি ও গ্রাম, যেগুলি আলাউদ্দীনের সময়ে *খালিসাতে* পর্যবসিত করা হয়েছিল, ফেরত পায়। সমস্ত রকম জবরদস্তি কর তুলে নেওয়া হয়। এ সবের ফলে আলাউদ্দীনের অর্থনৈতিক সংস্কারগুলিও বিলীন হয়ে যায়। এর ফলে শস্য ও অনান্য জিনিসের দাম বাড়তে থাকে। *সর-ই আদলের* মূল্য নিয়ন্ত্রণ ধ্বসে যায়। দাস-দাসীরও দাম বহুগুণ বাড়ে। মাহিনাও প্রায় চারগুণ বেড়ে যায়। আগে যে ভৃত্যর মাহিনা ছিল দশ তঙ্কা, তা বেড়ে এখন সত্তর আশি তঙ্কাতে দাঁড়ায়। এমনকি কোন কোন ক্ষেত্রে এটি বেড়ে বছরে একশো তঙ্কা হয়। আলাউদ্দীন মদ প্রস্তুত করা

ও মদ্যপান নিয়ে যে নিষেধাজ্ঞা জারি করেছিলেন মুবারক শাহ তা অক্ষুণ্ণ রাখলেও, ওই আদেশ আর কেউ মানে নি। এ সবের ফলে কয়েক শ্রেণীর লোকেদের কাছে মুবারকের জনপ্রিয়তা বৃদ্ধি পায়। বারানী বলেছেন মুবারক যদিও আলাউদ্দীনের প্রবর্তিত নিয়মকানুন নতুন করে চালু করেন নি ওঁকে তবু আলাউদ্দীনের বিশ্বস্ত ও দক্ষ আমলারা তাদের কাজ ঠিকমতই করছিল। এর ফলে কোনদিকে কোন গোলমাল হয়নি। অনান্য নতুন সুলতানদের মতো মুবারক শাহও অবশ্য কতকগুলি নতুন নিয়োগ করেন। মালিক দিনারকে জাফর খান উপাধি দেওয়া হয় ও কিছুপরে সুলতান ওর কন্যাকে বিবাহ করেন।

কাফুর মুবারকশাহকে অন্ধ করেননি কেন তা বোঝা যায় না। সম্ভবত তিনি ওঁকে সম্ভাব্য সুলতানদের মধ্যে ধরেন নি। কিন্তু মুবারকের রাজত্ব স্থায়ী হলে মুবারক খলিফাতুল্লাহ (নীরব প্রতিনিধি) উপাধি নেন। এই ধরনের কাজ করার মতো তাঁর ক্ষমতা ছিল না এবং কোন কোন ঐতিহাসিক একে নির্বুদ্ধিতা বলেছেন।

মুবারক প্রথমদিকে তাঁর কাজের জন্য জনপ্রিয় হলেও, একটি চারিত্রিক দোষের ফলে প্রাণ হারান। তিনি উদগ্র কামনা-বাসনার অধিকারী ছিলেন। এই বাসনা চরিতার্থ করার জন্য তিনি ছেলে বা মেয়ে কাউকেই ছাড়তেন না। বারানী বলছেন যে মুবারক শাহ হাসান নামে একটি বারাদু জাতের হিন্দু দাসের প্রেমে এমনভাবে মগ্ন হয়েছিলেন যে তাঁর রাজত্বের প্রথম বছরেই তাঁকে সম্মান দিয়ে খসরু খান উপাধি দেন। আমীর খসরু বলছেন যে যখন হাসান থাকত না, তখন সুলতান তার ভাই হুসামুদ্দীনকে ডেকে নিতেন। বারানী আরো বলছেন যে সুলতান হাসানকে তাঁর উজীর করেছিলেন যদিও হাসান সবসময়ই উপায় খুঁজছিল সুলতানকে হত্যা করার।

ইতিমধ্যে আইন-উল মুল্ক দেবগিরির সৈন্য নিয়ে চিতোরে থেমে ছিলেন। সুলতান মালিক তুঘলকের সাহায্যে ও নানা খেলাৎ দিয়ে ওদের পাঠান গুজরাটের বিদ্রোহ দমন করার জন্য। বিদ্রোহীরা অনিলওয়ারার সামনে যুদ্ধ করতে প্রস্তুত হলে, আইন-উল মুল্ক ওদের নিবৃত্ত করতে চেষ্টা করেন। ওদের নেতাদের নানা প্রলোভনও দেখানো হয়। এর ফলে যুদ্ধের দিনে বহু বিদ্রোহী নেতা দিল্লির সৈন্যদের দিকে যোগ দেয়। বিদ্রোহের নেতা হায়দার ও তাদের অনুচররা যুদ্ধক্ষেত্র থেকে পালায়। ইতিমধ্যে সুলতান মালিক দিনার জাফর খানকে গুজরাটের শাসনকর্তা নিয়োগ করেছেন। জাফর খান গুজরাটের হিন্দু রাজা ও জমিদারদের সঙ্গে সমঝোতা করে ভালোভাবে গুজরাট শাসন করেছিলেন।

মুবারক শাহের রাজত্বের দ্বিতীয় বছরে জাফর খান দিল্লি ফিরে এলে সুলতান প্রায় বিনা কারণে ওকে হত্যা করেন। হাসানের ভাই হুসামুদ্দীনকে গুজরাটের শাসনকর্তা করা হয়। এই দুই ভাই সুলতানের হাত থেকে মুক্তি খুঁজছিল। বলা হয় যে হুসামুদ্দীন ইসলাম ধর্ম পরিত্যাগ করে তার বারাদু জাতের লোকজনদের নিয়ে গুজরাটে বিদ্রোহের পরিকল্পনা করছিল। কিন্তু গুজরাটের অভিজাতরা ওকে বন্দী করে দিল্লি পাঠালে সুলতান তাকে তেমন শাস্তি না দিয়ে দরবারের এক উঁচু পদে নিয়োগ করেন। এবারে এক উচ্চ অভিজাত, ওয়াউদ্দীন কুরেশীকে গুজরাটে

শাসনকর্তা হিসাবে পাঠানো হয়। এরপরে ওঁকে গুজরাট থেকে দিল্লিতে এনে উজীর করা হয়। ওঁকে *তাজউল* মুল্ক উপাধি দেওয়া হয়। আইন-উল মুল্ক দেবগিরির শাসনকর্তা নিযুক্ত হন।

আলাউদ্দীনের নীতি ছিল দাক্ষিণাত্যের কোন রাজ্য সরাসরি অধিগ্রহণ না করা। কারণ সুদুর দিল্লি থেকে ওই রাজ্য চালানো প্রায় অসম্ভব। কিন্তু ভীল্লমার বিদ্রোহের পর কাফুরকে পাঠাতে হয়েছিল সাময়িকভাবে দেবগিরি অধিগ্রহণ করার জন্য। এরপর আইন-উল মুল্ক এর শাসনকর্তা হন। মুবারক শাহ রামচন্দ্র দেবের জামাই হীরপাল দেবকে এর শাসনকর্তা করেছিলেন। পুরানো রাজার নায়েব রঘু বরাবরই দিল্লির অনুগত ছিলেন। রঘু ও হীরপাল দেবগিরির স্বাধীনতা ঘোষণা করলেন।

রাজা হওয়ার পর মুবারক দেবগিরি যাবার প্রস্তাব দিয়েছিলেন, কিন্তু অভিজাতরা আরো কিছুদিন ওঁকে দিল্লিতে থাকার উপদেশ দেয়। দ্বিতীয় বছরে (এপ্রিল ১৩১৭ সালে) মুবারক বিশাল সৈন্যবাহিনী নিয়ে যাত্রা শুরু করেন। দেবগিরি কোন বাধা দেয়নি এবং মারাঠা জমিদাররা সহজেই বশ্যতা স্বীকার করেছিল। দুজন ষড়যন্ত্রকারী হীরপাল ও রঘু পালিয়ে যায়। কিন্তু কাছাকাছি পাহাড়ে হীরপালকে আহত অবস্থায় বন্দী করা হয়। মুবারক ওর মাথা কেটে ফেলার আদেশ দেন।

ওয়ারাঙ্গলের রাজা প্রতাপরুদ্র দেব দ্বিতীয় বছরে উপঢৌকন না পাঠানোয় সুলতান খসরু খানকে ওখানে পাঠান। আলাউদ্দীনের বিখ্যাত মন্ত্রী খাজা হাজীরের হাতে সৈন্যদের ভার ছিল। ওয়ারাঙ্গলের দ্বিতীয় অবরোধও প্রথমটার মতোই হয়। খসরু খান আনমকোণ্ডা পাহাড়ে ছাউনী ফেলেছিলেন। দুর্গ অবরোধ করলে ওয়ারাঙ্গলের সৈন্যরা দুর্গের মধ্যে আশ্রয় নেয়। রাতে দেওয়ান মেহতা সুলতানী সৈন্যদের আক্রমণ করে ব্যর্থ হন। সুলতানী সৈন্যরা এরপর চারপাশ থেকে দুর্গ আক্রমণ করলে প্রচুর রক্তক্ষয়ী সংগ্রামের পর বাইরের পাঁচিল তাদের দখলে আসে। এর পরেই প্রতাপরুদ্র শান্তি প্রার্থনা করেন। রাজা একশো হাতি, বারোশো ঘোড়া ও কিছু ধনরত্ন পাঠান। খসরু খান পাঁচটি জেলা চান ও ষাটটি সোনার ইঁট বাৎসরিক উপঢৌকন চান। আলোচনার পর ঠিক হয় যে একটি দুর্গ ও বাৎসরিক চল্লিশটি সোনার ইঁট পাঠানো হবে।

সুলতান যখন দেবগিরির দিকে যচ্ছিলেন, তখন আলাউদ্দীনের পুত্র এবং জালালুদ্দীনের ভাইপো যুগরাশ খান, মুবারককে হত্যার ষড়যন্ত্র করে। তাদের গোপন পরিকল্পনা ফাঁস হয়ে গেলে, তাদেরকে বন্দী করে হত্যা করা হয়। মুবারক লোক পাঠিয়ে যুগরাশ খানের সমস্ত পুত্রদের রাতেই বন্দী করেন এবং পরদিন সকালে তাদের মস্তক ছিন্ন করা হয়। এতেই তৃপ্ত হন নি মুবারক। তিনি যুগরাশ খানের বংশের উনত্রিশ জন শিশুকে বন্দী করে হত্যা করেন। এরপর ঝাইনে পৌঁছে গোয়ালিয়র দুর্গে অন্ধ অবস্থায় বন্দী তাঁর তিন ভাই—খিজির খান, শাদি খান ও সিহাবুদ্দীন খানকেও হত্যা করেন। দাক্ষিণাত্যে যাবার সময় মুবারক শাহ দিল্লি শহর ও কোষাখানা এক দাসের হাতে দিয়ে যান। ওই অনভিজ্ঞ দাসকে ওয়াফা মালিক উপাধি দিয়ে তিনি দিল্লি ছেড়ে গেলেন সম্পূর্ণ অযোগ্য লোকের হাতে। সম্ভবত ওই

দাস সুলতানের বিরুদ্ধে ষড়যন্ত্র শুরু করেছিল। দিল্লিতে ফিরে মুবারক একে হত্যা করেন। আশাউদ্দীনের ষড়যন্ত্রের পর মুবারক শাহকে হত্যার নেশায় পেয়ে বসে। কিন্তু দাক্ষিণাত্য থেকে ফিরে বিশেষত গুজরাট ও দেবগিরি জয় করার পর, মুবারকের জনপ্রিয়তা বেড়ে যায় ও আমীররা তাঁর প্রতি অনুগত থাকে। ফলে দেশে শান্তি ও শৃঙ্খলা বজায় থাকে। ওই ষড়যন্ত্রের ফলে মুবারকের 'ধার্মিক চরিত্র' বদলে যায়। উনি প্রতিহিংসাপরায়ণ হয়ে ওঠেন। বারানী বলছেন যে যারা ওঁর কাছের লোক, তাদের সম্পর্কেও কটুক্তি করতে থাকেন। প্রাসাদের ভিতরে বা বাইরে কারুর সাহস হয় না ওঁকে রাজ্যের বিষয়ে কোন কথা বলবার। সুলতানের চারিত্রিক পরিবর্তনের সঙ্গে সঙ্গে দরবারের চেহারাও বদলে যায়। ভাঁড় ও সাধারণ মেয়েরা *হাজার সুতুন* প্রাসাদের ছাদ থেকে রাজ্যের বড় বড় মালিক ও তাদের পরিবারদের অশ্রাব্য ভাষায় গালাগালি করতে থাকে। সুলতান দরবারে মেয়েদের পোশাক পরে আসতে থাকেন। আলাই মালিকরা এসব নীরবে সহ্য করে গেলে, সুলতান ও তাঁর বিদুষকদের সাহস আরো বেড়ে যায়।

দেবগিরি ছেড়ে আসার আগে সুলতান দেবগিরির ভার এক দাস মালিক ইয়ূজ-বাকির হাতে দিয়েছিলেন। সুলতান চলে গেলে মালিক ইয়ূজ দেবগিরির বাইরে কাঠের দুর্গ তৈরি করে স্বাধীনতা ঘোষণা করেন ও নিজের নামে মুদ্রা বের করেন। তিনি উপাধি নেন শামসুদ্দীন। খবর পেয়ে মুবারক শাহ খসরু খানকে দেবগিরি পাঠিয়ে নিজে মা'বারের দিকে রওনা হয়ে যান। মালিক ইয়ূজকে দিল্লিতে ধরে নিয়ে এসে তাঁর নাক, কান কেটে ফেলা হয় ও তাঁর অনুচরদের হত্যা করা হয়। পরবর্তী কালে মালিক ইয়ূজকে সামানার শাসনকর্তা করা হয়েছিল। আইন-উল মুল্ক মুলতানীকে দেবগিরির শাসনকর্তা করা হয়।

মা'বারে খসরু খানকে বিশেষ পরিশ্রম করতে হয়নি। দুজন রাজাই শহর ছেড়ে পালিয়েছিল। পাটান শহরে সিরাজ তাকী নামে এক ধনী মুসলমান বণিক ছাড়া আর সবাই পালায়। খসরু ঐসব ধনরত্ন আত্মসাৎ করে তাকীর কন্যাকে বিয়ে করেন। তাকী বিষ খেয়ে আত্মহত্যা করে। আসলে খসরু খান ও তার সেনাপতিদের মধ্যে গোলমাল হচ্ছিল এবং খসরু খান প্রাণপণে চেষ্টা করেন মুবারকের কাছ থেকে দূরে থাকতে।

বাকী সেনাপতিরা খসরুর গতিবিধির উপর নজর রেখে সুলতানকে জানায় যে খসরু পালানোর চেষ্টা করছেন। খসরুকে দিল্লিতে ডেকে পাঠানো হয় এবং সুলতান আবার খসরুতে আসক্ত হয়ে পড়েন। কয়েক মাসের মধ্যেই খসরু ওই সব সেনাপতিদের বিরুদ্ধে সুলতানের মন বিষিয়ে তোলেন। সৈন্যরা দিল্লিতে ফিরলে, বড় দুই মালিক খসরুর বিরুদ্ধে প্রমাণসহ অভিযোগ পেশ করেন। কিন্তু সুলতানের মন তৈরি হয়ে গিয়েছিল। ওই দুজন মালিকের ইক্তা কেড়ে নিয়ে চাকরি থেকে বরখাস্ত করা হয়। বারানী বলছেন যে বিজ্ঞ ব্যক্তিরা বুঝতে পেরেছিলেন যে সুলতানের মৃত্যু এগিয়ে আসছে। এর ফলে দরবারে খসরু খানের ক্ষমতা অপ্রতিহত হয়ে যায়।

দিল্লির শহরতলি গিয়াসপুরে শেখ নিজামুদ্দীন আউলিয়া ছিলেন চিস্তি গোষ্ঠীভুক্ত। তাঁর কাছে হিন্দু ও মুসলমানরা সমানভাবে যাতায়াত করত। শেখের একজন ভক্ত হিন্দীতে শ্রীকৃষ্ণের নামগান করতেন। শেখ সাধারণ জীবনযাপন করতেন ও যা কিছু দান হিসেবে পেতেন, গরিবদের বিলিয়ে দিতেন। আলাউদ্দীন খলজী এঁকে শ্রদ্ধা করতেন। খিজির খান এই শেখের চেলা ছিলেন কিন্তু আনন্দ উৎসবের মধ্যে শেখকে ভুলে গিয়েছিলেন। খিজির খানকে হত্যার পর মুবারক শাহ স্থির করলেন যে শেখকে তাঁর অধীনে নিয়ে আসতে হবে। উনি প্রথমে শেখের প্রতিদ্বন্দী হিসাবে শেখজাদা জামকে সাহায্য করেন। তাতে কোন ফল না হওয়ায় উনি মূলতান থেকে শেখ রুকনুদ্দীনকে আনান। তাতেও কোন লাভ হল না। সুলতান তাঁর সভাসদদের শেখের কাছে যেতে নিষেধ করলেন। এমনকি এটাও ঘোষণা করেন যে শেখের কাটা মাথা আনতে পারলে হাজার তঙ্কা দেবেন। বছরের প্রথম দিনে অনান্যদের মতো শেখ সুলতানকে অভিবাদন করতেন লোক মারফত। মুবারক ঘোষণা করলেন যে পরের বছর শেখ নিজে না আসলে তাকে জোর করে নিয়ে আসা হবে। এরপর শেখ গিয়ে ওঁর মায়ের সমাধিতে প্রার্থনা করে ফিরে এলেন। পরের দিন সকালে দেখা গেল যে সুলতানকে হত্যা করা হয়েছে।

খসরু খান ইতিমধ্যে সুলতানকে বোঝাতে পেরেছেন যে বড় বড় মালিকদের মতো তাঁরও নিজস্ব দল থাকা দরকার। তাই সুলতান মত দিলে খসরু তাঁর অনুচরদের গুজরাট থেকে নিয়ে আসেন। এদের সংখ্যা দশ হাজারের কম নয়। এরা ষড়যন্ত্র করে যে সুলতানকে *হাজার সুতুন* প্রাসাদের মধ্যে হত্যা করা হবে। এই উদ্দেশ্যে খসরু সুলতানের কাছে প্রার্থনা জানায় যে তাঁর দলের লোকেদের রাত্রে প্রাসাদের মধ্যে ঢোকবার অনুমতি দেওয়া হোক ও দরজার চাবি ওঁর কাছে দেওয়া হোক। তিনতলা প্রাসাদের একতলায় মালিক কাফুরের ঘরে খসরু খানের থাকার ব্যবস্থা ছিল। ওই ঘরেই খসুরুর বারাদু সৈন্যরা জমায়েত হচ্ছিল। প্রাসাদের দোতলায় ছিল সুলতানের ঘর ও দরবার কক্ষ এবং তিনতলায় ছিল হারেম।

৯ই জুলাই ১৩২০ সালের রাত্রে প্রাসাদের পাহারাতে ছিলেন মুবারক শাহর শিক্ষক কাজী জিয়াউদ্দীন। উনি একসঙ্গে অনেক বারাদুকে একতলায় দেখে রাজাকে দোতলায় খবর দেন। সুলতান ভয়ানক ক্রুদ্ধ হয়ে ওঁকে যেতে বলেন। কাজী একতলায় নামলে জাহারিয়া নামে এক হিন্দু বারাদু ওঁকে হত্যা করে। এতে গোলমাল শুরু হলে সুলতান খসরুকে তদন্ত করতে বলেন। খসরু জানায় যে সুলতানের ঘোড়াগুলি ছোটাছুটি করছে বলে গোলমাল হচ্ছে। ইতিমধ্যে কয়েকজন বারাদু দোতলায় পৌঁছে সুলতানের প্রহরীদের হত্যা করলে সুলতান ব্যাপার বুঝে তিনতলায় পালাতে যান। খসরু খান ওঁর চুল ধরে আটকে রাখেন। এরমধ্যে জাহারিয়া খান ওখানে উপস্থিত হয় এবং মুবারকের মাথা কেটে ফেলে উঠানে ফেলে দেয়। নীচে তখন বারাদুরা প্রাসাদের অন্যান্যদের হত্যা করতে শুরু করেছে।

মুবারক হত্যার পরে খসরু খানের সামনে দুটো সমস্যা ছিল। প্রথমটা অপেক্ষাকৃত সহজ—আলাউদ্দীনের বংশধরদের বিনষ্ট করা। দ্বিতীয়টি ছিল বড় বড় অভিজাতদের

তাঁর প্রতি আনুগত্য স্বীকার করানো। প্রথমটির জন্য বারাদুরা তিনতলায় হারেমের মধ্যে ঢুকে আলাউদ্দীনের বাকী ছোট ছোট ছেলেদের, এমনকি মেয়েদেরও হত্যা করে। জাঠ্যপালীকেও তারা ছাড়েনি। সূর্যোদয়ের মধ্যেই ওখানে যারা ছিল তারা খসরুকে সুলতান বলে মেনে নেয়। খসরু সুলতান নাসিরুদ্দীন নামে সিংহাসনে বসেন। সাম্রাজ্যের সমস্ত মসজিদ থেকে খসরুর নামে খুৎবা পড়া হতে থাকে এবং ওঁর নামে মুদ্রাও বের করা হয়।

আলাউদ্দীনের বড় বড় ওমরাহর মধ্যে অনেকেই খসরুর সরকারে যোগ দেন। এদের মধ্যে ছিলেন তাজ-উল মালিক, মালিক আইন-উল মুল্ক মূলতানী ও আরো অনান্যরা। এদের অনেককেই বড় বড় পদ দেওয়া হয়েছিল। মালিক তুঘলকের পুত্র মালিক ফকরুদ্দীন জৌনাকে *আখুর-বেগ* করা হল। কোন বারাদু বা কোন হিন্দুকে কোন পদ দেওয়া হল না। খসরু খানের ছোট ভাই হুসামুদ্দীনকে *খান-ই খানান* উপাধি দেওয়া হয়। আমীর খসরু বলছেন যে খসরু খানের কাকা রণধলকে (যিনি এই ষড়যন্ত্রের মধ্যে বড় অংশ নিয়েছিলেন) *রায়-রায়ান* উপাধি দেওয়া হয়। জাহারিয়া, যে সুলতানকে হত্যা করেছিল, তাকে মোতি ও হীরের পোশাক দেওয়া হয়।

বারাদুদের বিদ্রোহ একাধিক অর্থে গুরুত্বপূর্ণ। দিল্লি সাম্রাজ্য যখন শক্তির শিখরে, তখন এই বিদ্রোহ একটা সংকট এনে দেয়। কিন্তু এই সংকট হিন্দু-মুসলমান সম্পর্কের সংকট নয় বা ইসলামের ভূমিকার সংকট নয়। এটা কেবলমাত্র রাজশক্তির ভূমিকার সংকট। প্রশ্ন অবশ্য থাকে যে কতদিন এরা ক্ষমতায় থাকবে। আসলে আলাউদ্দীনের শাসনব্যবস্থায় বড় বড় অভিজাতরা এমনভাবে কেন্দ্রীয় সরকারকে মানতে অভ্যস্থ হয়ে গিয়েছিল যে প্রথমে তারা এটা স্বভাবসিদ্ধ ভাবে মেনে নেয়।

জিয়াউদ্দীন যায়ানী অবশ্য বারাদু বিদ্রোহকে হিন্দু-মুসলমান সংঘর্ষ হিসাবে দেখেছেন। কিন্তু বারানীর বক্তব্যর মধ্যে কিছু ভুল রয়ে গিয়েছে। উনি বলেছেন যে কুতুবুদ্দীনের কয়েকজন দাস, যারা বড় বড় আমীর হয়েছিল, তাদেরকে হত্যা করা হয়। কাজী জিয়াউদ্দীনের পরিবার পালিয়ে যায়। খসরু খান সুলতানের বিধবা স্ত্রীকে বিবাহ করেন। বারাদুরা হারেমের মধ্যে ঢুকে তাণ্ডব করতে থাকে। বারানী আরো বলছেন যে পাঁচ ছয় দিন বাদে প্রাসাদের মধ্যে মূর্তিপূজা শুরু হয়ে যায়। বারাদুরা বড় বড় আমীর ওমরাহদের বাড়িগুলি সমস্ত জিনিসপত্র ও দাস-দাসী সমেত নিয়ে নেয়। কোরানেরও অমর্যাদা করে। সাম্রাজ্যের সমস্ত হিন্দুরা আশা করেছিল যে দিল্লি আবার একটা হিন্দু শহর হয়ে যাবে।

এই বিবরণী থেকে বারানীর চিন্তাধারার তিনটি ধারা দেখা যায়। কাজী জিয়াউদ্দীনের বাড়ি ছাড়া বারানী আর কোন অভিজাতর বাড়ি লুট হওয়ার দৃষ্টান্ত দেন নি। উনি যা বলেছেন তা হওয়া সম্ভব নয় কারণ এরা সবাই সরকারের উঁচুপদে নিয়োজিত হয়েছিলেন। দ্বিতীয়ত মনে রাখতে হবে যে খসরু খুৎবা ও মুদ্রার দ্বারা নিজেকে একজন মুসলমান সুলতান হিসাবে দেখাতে চেয়েছিলন। সেক্ষেত্রে প্রাসাদের মধ্যে তিনি মূর্তি পুজো চালু করবেন, এটা ভাবা যায় না। তৃতীয়ত এখানে এবং অন্য জায়গাতে বারানী এক ছোট হিন্দু দলের সঙ্গে সাম্রাজ্যের সমস্ত হিন্দুকে মিলিয়ে

দিয়েছেন। যে সব হিন্দু সৈন্যরা পুরাতন মুসলমান সেনাপতিদের অধীনে ছিল, তাদের আনুগত্যে কোন ফাটল ধরে নি। খসরু খান কোন হিন্দু রাষ্ট্র তৈরি করেন নি। দিল্লি শহরও হিন্দু শহর হয়ে যায় নি কারণ খসরু খান বড় বড় পদগুলিতে মুসলমান অভিজাতদের নিয়োগ করেছিলেন। রাজপুতানার বড় বড় রাজারা বা অগণিত হিন্দু জমিদাররা খসরু খানকে কোন সাহায্য করেনি। খসরু খানের সরকার গঠন হলে আমীর খসরু যে বর্ণনা দিয়েছেন, সেটা অনেক বেশি যথাযোগ্য বলে মনে হয়। প্রায় সব সামরিক সেনাপতিরা খসরুর আনুগত্য প্রকাশ করে।

খসরু খানের মধ্যে রাজ্য চালানোর মতো গুণ ছিল না। তিনি তাঁর উপদেষ্টাদের কথামতো কাজ করতেন। এই অল্পবয়স্ক অনভিজ্ঞ সুলতান তাঁর মতনই অনভিজ্ঞ লোকেদের উপদেষ্টা করেছিলেন। দিপালপুরের শাসনকর্তা গাজী মালিক তুঘলক আনুগত্য প্রকাশ করতে রাজি হননি। দিল্লির দুলক্ষ সৈন্য দেখে তুঘলক কোন পদক্ষেপ নিতে দ্বিধা করছিলেন। এই পদক্ষেপ নিতে সাহায্য করেন তুঘলকের অসাধারণ গুণসম্পন্ন পুত্র ফকরুদ্দীন জৌনা। জৌনা বন্ধুদের সঙ্গে গোপনে পরামর্শ করলে ওঁর বন্ধুরা ওঁকে ওঁর পিতার সঙ্গে যোগাযোগ করতে বলেন। জৌনার দূত ফিরে এসে জানায় তুঘলক ওঁকে বাহরাম আইবার পুত্রকে নিয়ে যথাসম্ভব তাড়াতাড়ি দিপালপুরে আসতে নির্দেশ দিয়েছেন। এক বিকেলে ওঁরা বেরিয়ে দিল্লির দুই মাইল দূরে দিপালপুরে গেলেন সরস্বতী নদী পেরিয়ে। ইতিমধ্যে সরস্বতীর পাড়ের দুর্গ তুঘলক দখল করে রেখেছিলেন।

পিতা-পুত্র আলোচনা করে যুদ্ধ করাই স্থির করলেন। ওঁরা আশেপাশের পাঁচ সেনাপতিকে পাঁচটি একই ভাষায় চিঠি পাঠান। ওদের প্রতিক্রিয়া থেকে বোঝা যায় কেন্দ্রীয় সরকারের প্রতি ওদের ভীতি এবং সম্ভ্রম কত গভীর ছিল। চিঠি পেয়ে একমাত্র বাহরাম আইবা তাঁর সৈন্য নিয়ে তুঘলকের সঙ্গে যোগ দেন। মূলতানের শাসনকর্তা মুঘলাতি ভীষণ ক্ষুব্ধ হন। নিজেদের মধ্যে গোলমালে অবশ্য মুঘলাতি মারা যান। সামানার প্রাক্তন হিন্দু দাস, মালিক ইয়ূজবাকি চিঠিটা খসরু খানের কাছে পাঠিয়ে দেন। তবে অধিবাসীরা ওকে হত্যা করে। সিস্তানের শাসনকর্তা তুঘলকের দিকে যেতে চেয়েছিলেন, কিন্তু সময়মতো পৌঁছাতে পারেন নি। হোসাঙ কামালুদ্দীনের ছেলে ও জালোরের শাসনকর্তা ইচ্ছাকৃতভাবে ঠিক সময়ে পৌঁছান নি, যদিও তুঘলককে সাহায্য করবেন বলেছিলেন। উজীর আইন-উল মুল্ককেও চিঠি পাঠানো হয়েছিল। তিনি ওই চিঠি খসরু খানকে দেখান। তুঘলক অবশ্য এমন হবে অনুমান করেছিলেন কারণ এরপরে উনি মৌখিক খবর পাঠান। মুল্ক জবাব দেন যে উনি কোন দলে যাবেন না এবং তুঘলক দিল্লিতে এলে উনি সরে যাবেন।

তুঘলকের দাবি ছিল যে উনি মহান ইসলামের জন্য, আলাউদ্দীনের পরিবারের প্রতি আনুগত্যের জন্য এবং দিল্লির অপরাধীদের ধরার জন্য যুদ্ধ করতে চাইছেন। কিন্তু ওঁর অনুগতদের কাছে এগুলির বিশেষ কোন মূল্য ছিল না। আমীর খসরু বলছেন যে তুঘলকের সৈন্যসংখ্যা কম হলেও এরা ওঁর অধীনে তাতারদের বিরুদ্ধে যুদ্ধ করেছে ও সবাই উত্তরের আবহাওয়ার লোক। এদের মধ্যে রয়েছে তুর্কি, মঙ্গোল,

গ্রীক, রুশ, খোরাসানী ইত্যাদি। এদের সঙ্গে দুটি হিন্দুগোষ্ঠী ছিল—খোক্কর ও মেওয়াতি--যাদের কথা খসরু বলেননি। এদের রাজারাও দলে ছিলেন, তুঘলকের নিজের পরিবারও ছিল। এই সময়ে সিন্ধু থেকে উপঢৌকন নিয়ে দিল্লিতে যাচ্ছে এরকম একটা যাত্রীদল ধরা পড়ে। ওই ধনসম্পদ দিয়ে তুঘলক সৈন্যদের সুসজ্জিত করে তোলেন।

ফকরুদ্দীন জৌনা যখন তাঁকে পরিত্যাগ করলেন, খসরু খানের মনে হয়েছিল যে তাঁর বাড়ির একটা স্তম্ভ চলে গিয়েছে। উপদেষ্টাদের কথায় আলাউদ্দীনের তিন অন্ধ পুত্রকে তিনি হত্যা করেন। মালিক কুতলঘের অধীনে চল্লিশ হাজার অশ্বারোহী সরস্বতীর তীরে পাঠানো হয়। ইসামী তাঁর লেখায় এই সরস্বতী যুদ্ধের বর্ণনা দিয়েছেন, যদিও যুদ্ধের সঠিক স্থান নির্ধারণ করা সম্ভব নয়। সরস্বতী পার হয়ে সিরসা দুর্গ এড়িয়ে সুলতানী সৈন্যদল সারারাত ধরে অগ্রসর হয়ে সকালে তুঘলকের সৈন্যদের মুখোমুখি হয়। তখন যুদ্ধ করা ছাড়া আর কোন উপায় ছিল না। তুঘলক মাঝখানে ছিলেন ও জৌনা ছিলেন তাঁর সামনে। জৌনা পিছন থেকে খোক্করদের সামনে নিয়ে আসেন। ইসামী বলছেন যে খোক্করদের আক্রমণ এত তীব্র হয়েছিল যে কুতলঘের সামনের সারি পিছু হঠে যায় ও কুতলঘ নিহত হন। খান-ই খানান, যিনি জীবনে কোন যুদ্ধ করেন নি, মাঝখানে সরে এসে যুদ্ধ করা স্থির করেন। খোক্কর নেতা গুলচন্দ্র খান-ই খানানকে বধ করে তাঁর ছত্র নিয়ে আসেন। এটি এরপর তুঘলকের মাথায় ধরা হয়। পরাজিত সৈন্য ও তাদের নেতাদের তুঘলক ক্ষমা করেন। এরপর তুঘলক সৈন্য নিয়ে দিল্লির দিকে রওনা হন।

পরাজিত সৈন্যদল দিল্লিতে ফিরে এলে খসরু খান স্থির করেন যে তিনি যুদ্ধ করবেন। এজন্য কোষাখানা থেকে লাখ লাখ টাকা সৈন্যদের ও অনান্যদের মধ্যে বিতরণ করা হয় যাতে তারা অনুগত থাকে। *তুঘলক নামাতে* বলা হচ্ছে যে মালিক ও আমীররা কোটি কোটি তঙ্কা নিয়ে নেয়। হিন্দুরাও প্রচুর তঙ্কা পায়। বারানী বলছেন যে প্রতিটি সৈন্যই আড়াই বছরের বেতন পেয়েছিল। খাজনার সব দলিল পুড়িয়ে ফেলা হয়।

সৈন্যসমেত খসরু খান সিরি প্রাসাদ থেকে বেরিয়ে হাউজ-খাস-এর পিছনে ছাউনি ফেলেন। এই সৈন্যদলের অর্ধেক হিন্দু ও অর্ধেক মুসলমান। যে সব মুসলমান সৈন্য হিন্দুদের অধীনে ছিল, তারা আনুগত্য প্রকাশে দ্বিধা করেনি। খসরু খান তাঁর ছাউনির সামনে একটা ছোট পরিখা কাটান। একটা মাটির পাঁচিলও তৈরি করা হয়। ওই রাতেই আলাই-উল মুল্ক উজ্জয়িনী ও ধর-এ পালান।

শুক্রবার সকালে খসরু খান আক্রমণ করেন। ওঁর বাঁদিকে ছিল বারাদুরা। এছাড়া ওদের চারপাশ ঘিরে ছিল দশ হাজার বারাদু অশ্বারোহী। উভয়পক্ষেই হিন্দু মুসলমান সৈন্য ছিল। তুঘলক ওই দিন সকালে যুদ্ধ করতে চাইছিলেন না কিন্তু খসরুর আক্রমণের ফলে ওঁকে যুদ্ধ করতে হয়। ইসামী বলেছেন যে তুঘলক ছিলেন মাঝখানে। গুলচন্দ্র খোক্করদের নিয়ে পিছনে ছিলেন। ফকরুদ্দীন জৌনা ছিলেন ডান দিকে। তুঘলকের ভগ্নীর পুত্র বাহাউদ্দীন ও বাহরাম আইবাকে বাঁ দিক রক্ষণের ভার দেওয়া হয়েছিল।

ইসামী ও আমীর খসরু দুজনেই একমত হয়ে বলেছেন যে খসরু খানের আক্রমণ এতই তীব্র ছিল যে তুঘলকের কাছে মাত্র তিনশো সৈন্য দাঁড়িয়ে থাকে। বারাদুরা ফকরুদ্দীনকে তীব্রভাবে আক্রমণ করে সরিয়ে দিয়ে ভিতরে ঢুকতে শুরু করে। তুঘলকের সৈন্যরা যখন প্রায় ছত্রভঙ্গ হয়ে গিয়েছে তখন খসরু খান আদেশ দেন তুঘলকের মালপত্র লুট করতে। শায়েস্তা খান তুঘলকের তাঁবুর দড়ি কেটে দেয়। তুঘলক পালিয়েছে ভেবে খসরু খানের সৈন্যরা যুদ্ধ ছেড়ে লুণ্ঠনে ব্যস্ত হয়ে পড়ে।

এই সংকটের মধ্যেও তুঘলকের শান্তভাব ছিল। উনি ওঁর সেনপতিদের ডেকে মাত্র পাঁচশো সৈন্য নিয়ে খসরু খানকে আক্রমণ করেন। তখন ওঁর সৈন্যরা লুটতরাজে ব্যস্ত। তুঘলক খসরুকে সামনে দিয়ে আক্রমণ করলেন। গুলচন্দ্র ও খোক্করদের পাঠালেন খসরুকে পিছন থেকে আক্রমণ করার জন্য। দুদিক থেকে আক্রমণের ফলে অনভিজ্ঞ খসরু খান পালালেন। ওঁর সৈন্যরা নেতাকে তাঁর জায়গাতে না দেখে পালাতে শুরু করল। গুলচন্দ্র খসরুর ছত্রধারীকে বধ করে ওই ছত্র তুঘলকের মাথার ওপরে ধরলেন।

ইসামী বলেছেন যে পরদিন সকালে সব জীবিত বারাদুকে হত্যা করা হল দিল্লির শহরের রাস্তায়। আমীর খসরু বলেছেন যে খোক্কর, আফগান, মঙ্গোল ও মেওয়াতিরা কোনও বাধা মানেনি। বারাদু নয় এরকম পরাজিত হিন্দু সৈন্যদের কাছ থেকে সব কিছু কেড়ে নেওয়া হয়েছিল। রাণা ও রাজাদের মূলব্যান অলঙ্কার বিশেষ করে লুণ্ঠন করা হয়।

যুদ্ধের পর তুঘলক তাঁর ছাউনিতে ফিরে যান এবং দিল্লির সব বড় ওমরাহরা এসে তাদের আনুগত্য প্রকাশ করে। সিরি প্রাসাদের চাবি নিয়ে আসেন মুহম্মদ আইয়াজ ওঁর বাবার পক্ষ থেকে। পরদিন সকালে, ৬ই সেপ্টেম্বর ১৩২০, দুপাশে দাঁড়ানো ওমরাহদের সারির মধ্য দিয়ে সামরিক শোভাযাত্রা করে তুঘলক *হাজার সুতুন* প্রাসাদে যান। উনি প্রাসাদের দরজার কাছে নেমে বলেন যে সকলকে ক্ষমা করবেন এবং আমীর ও মালিকদের তাঁর পাশে বসান। তবে উনি নিজে সিংহাসনে বসলেন না। খসরু খান ও *খান-ই খানানকে* তাঁর অনুচররা পরিত্যাগ করে। *খান-ই খানান* এক দিন মজুরের কুঁড়েঘরে লুকিয়ে ছিলেন। ওখান থেকে মালিক জৌনা ওঁকে ধরে নিয়ে এলে ওঁকে আগে দিল্লি শহরে ঘোরানো হয়। এর পরে ওঁকে হত্যা করে ওঁর মৃতদেহ একটা বুরুজ থেকে মাথা নিচু করে ঝুলিয়ে দেওয়া হয়। খসরু খান একা তিলপতে পালিয়ে ছিলেন। তিনদিন বাদে উনি দিল্লিতে ফিরে এসে ওঁর প্রভুর সমাধির বাগানে লুকিয়ে ছিলেন; ওঁকে ধরে ফেলা হয় এবং যেভাবে মুবারক শাহকে হত্যা করা হয়েছিল ঠিক একইভাবে *হাজার সুতুন* প্রাসাদের দোতলা থেকে মাথা কেটে নীচের উঠানে ছুঁড়ে ফেলা হয়।

৬

তুঘলক বংশ

সুলতান গিয়াসুদ্দীন তুঘলক

আমীর খসরুর *তুঘলকনামা* থেকে মনে হয় যে তুঘলক নামটি ওঁর ব্যক্তিগত নাম, উপজাতীয় পদবী নয়। আফিফ বলছেন যে প্রথম রাজার নাম ছিল সুলতান তুঘলক ও দ্বিতীয় রাজার নাম সুলতান মুহম্মদ। শিলালেখ ও মুদ্রার সাক্ষ্য থেকে এর সমর্থন মেলে। ফিরোজ শাহ ও তার পরবর্তী বংশধরেরা তুঘলক নামটি কোনদিন ব্যবহার করেনি। সুতরাং গিয়াসুদ্দীন তুঘলকের বংশধরদের তুঘলক বলা ইতিহাসসম্মত নয়।

তুঘলকরা কোন্ উপজাতি থেকে এসেছিলেন এ নিয়েও যথেষ্ট বিতর্ক রয়েছে। ইবন বতুতা বলেছেন যে এঁরা ছিলেন তুর্কিদের কারাউনা উপজাতির অন্তর্গত এবং এরা বসবাস করতেন সিন্ধু ও তুর্কিস্তানের মাঝে। বতুতার এই বক্তব্য অন্যরা সমর্থন করেন নি। কারাউনা উপজাতি কারা এ নিয়েও সন্দেহ আছে। মার্কো পোলো বলেছেন যে এদের বাবা তার্তার ও মা ভারতীয়। কেউ কেউ বলেন যে কারাউনা শব্দটি সংস্কৃত *কারানা* থেকে এসেছে যার মানে মিশ্র জাতি। ফেরিস্তা লাহোরে অনুসন্ধান করে জেনেছিলেন যে গিয়াসুদ্দীনের বাবা ছিলেন বলবানের দাস এবং মা ছিলেন স্থানীয় জাঠ পরিবারের মেয়ে। পরবর্তীকালের ইতিহাসে বলা হচ্ছে যে মঙ্গোল সৈন্যদের মধ্যে কারাউনা উপজাতির একটা জায়গা ছিল। সুলতান গিয়াসুদ্দীন কারাউনা উপজাতীয় কিনা বলা যায় না। এ সবের থেকে ঐতিহাসিকরা মনে করছেন যে মধ্য এশিয়া, পারস্য দেশে ভারতবর্ষে মঙ্গোল বা তার্তার বা তুর্কি বাবা অথচ তুর্কি নয় এমন মা'র বংশধরদের কারাউনা বলা হতো।

সমকালীন ঐতিহাসিকরা বলছেন যে আলাউদ্দীন খলজীর রাজত্বের সময়ে তুঘলকরা ভারতে এসেছিলেন। আমীর খসরু অবশ্য বলেছেন যে নানা জায়গায় কাজের খোঁজে ঘুরবার পর তুঘলককে জালালুদ্দীন খলজীর কাছে নিয়ে যাওয়া হয়। কোথা থেকে উনি এসেছিলেন এটা *তুঘলকনামা*তে বলা হয়নি। এর থেকে মনে করা যেতে পারে যে তুঘলকের জন্ম ভারতবর্ষে হয়েছিল। উলুঘ খানের অধীনে রণথম্ভর যুদ্ধে উনি যথেষ্ট শৌর্যবীর্য প্রদর্শন করেন। আলাউদ্দীন খলজীর সময়ে উনি আরও

উঁচু পদ ও সম্মান পান। আলাউদ্দীন ওকে সীমান্ত প্রহরী হিসেবে দায়িত্ব অর্পণ করেন। ইবন বতুতা মূলতানের জামা মসজিদে একটা শিলালেখ দেখেছিলেন যেখানে মঙ্গোলদের বিরুদ্ধে ওঁর উনত্রিশটি যুদ্ধজয়ের উল্লেখ ছিল। জালালুদ্দীনের মৃত্যুর পর উনি আলাউদ্দীনের ভাই উলুঘ খানের কাজে যোগ দেন ও তার মৃত্যুর পর আলাউদ্দীনের দলে আসেন। বারানী এই সময়েই ওঁর নাম প্রথম উল্লেখ করেন। যদিও আলাউদ্দীনের সময়েই ওঁর দ্রুত উন্নতি হয়েছিল, কিন্তু মালিক কাফুরের কার্যকলাপের বিরুদ্ধে উনি কোনও প্রতিবাদ করেননি। মুবারক শাহ সুলতান হবার পর তিনি তুঘলককে আইন-উল মুল্কের কাছে পাঠিয়েছিলেন তাকে বোঝানোর জন্য। এই কাজে তুঘলক সাফল্য পেয়েছিলেন।

নানারকম টালবাহানা করে গাজি মালিক (গিয়াসুদ্দীন) সিংহাসনে বসার পর সরকার পুনর্গঠন করেন যার মধ্যে ওঁর আত্মীয় স্বজন ও বন্ধুদের অন্তর্ভুক্ত করা হয়েছিল। ওঁর ভাইপো মালিক আশাদউদ্দীনকে *নায়েব বারবেগ* করা হয়। আর এক ভাইপো মালিক বাহাউদ্দীনকে *আরজ-ই মুমালিক* ও সুলতানের জামাই মালিক শাদীকে *দেওয়ান-ই ওয়াজিরাত* (অর্থবিভাগ) করা হয়। কাজী কামালুদ্দীন হন প্রধান কাজী। দিল্লি শহরের কাজী করা হয় কাজী শামসুদ্দীনকে। বলবানের দৃষ্টান্ত নিয়ে উনি ওঁর ছেলেদের বড় বড় উপাধি দেন। মালিক ফকরুদ্দীনকে উলুঘ খান উপাধি দেওয়া হয়। বাকি চার ছেলেও বিভিন্ন উপাধি পায়। বাহরাম আইবাকে কিশলু খান উপাধি দেওয়া ছাড়া সুলতান ওকে ভাই বলে সম্বোধন করেন। ওঁর ইক্তার সঙ্গে মূলতানের ইক্তা যোগ করা হয়। তাতার খানকে জাফরাবাদ ইক্তা দেওয়া হয়। বুরহানুদ্দীনের পুত্র কুতলুঘ খানকে দেবগিরির *নায়েব-উজীর* করা হয়।

সাম্রাজ্যের সমস্যা

গিয়াসুদ্দীনের সামনে অনেকগুলি সমস্যা উপস্থিত হয়েছিল। আলাউদ্দীনের মৃত্যুর পর কেন্দ্রে নানারকমের পালা বদলের ফলে সাম্রাজ্যর বিভিন্ন অংশে গোলযোগ দেখা দেয়। সিন্ধুতে স্থানীয় রাজা অমর থাট্টা সিন্ধুর অংশ দখল করে কার্যত স্বাধীন হয়ে যান। গুজরাটেও নানান গোলযোগ উপস্থিত হয়।

রাজপুতানাতে চিতোর, নাগৌর ও জালোর সাম্রাজ্যের মধ্যে ছিল, কিন্তু যে কোনও মুহূর্তে রাজপুত নেতারা এগুলি আক্রমণ করতে পারত। বাংলাতে বলবানের বংশধর শামসুদ্দীন ফিরোজ ১৩২২ সালে মারা গেলে ওঁর দুই ছেলের মধ্যে গোলমাল বাধে। গিয়াসুদ্দীন বাহাদুর শাহ সোনারগাঁও থেকে লাখনৌতি দখল করে তাঁর দুই ভাইকে তাড়িয়ে দেন। মিথিলা ও উড়িষ্যা তখনো হিন্দু রাজাদের দখলে ছিল।

আলাউদ্দীন খলজী দাক্ষিণাত্য সরাসরি অধিগ্রহণ করেননি কিন্তু মুবারক শাহ এই নীতি পরিত্যাগ করেন। দিল্লিতে গোলমাল লাগলে তেলিঙ্গানার প্রতাপরুদ্র দেব ভদ্রকোট দুর্গ দখল করে সুলতানী সৈন্যদের তাড়িয়ে দেন। এরপরে উড়িষ্যা আক্রমণ করে ওঁর রাজ্যের সীমানা পশ্চিম ঘাট থেকে জালার নদী পর্যন্ত প্রসারিত করেন। মা'বার দিল্লির দখল চলে যায়। হোয়সালার বীর বল্লাল কার্যত স্বাধীন হয়ে যান।

শাসনতন্ত্রের মধ্যেও নানা বিশৃঙ্খলা দেখা যায়। আলাউদ্দীনের তৈরি আর্থিক ব্যবস্থা ভেঙে পড়ে। মুবারক শাহ ও খসরু সৈন্যদলকে নিজের দলে আনার জন্য অকাতরে অর্থ বিলিয়েছিলেন। এর ফলে রাজকোষ প্রায় শূন্য হয়ে পড়েছিল। বারানী বলেছেন এই অবস্থা থেকে গিয়াসুদ্দীন উন্নতি করতে সক্ষম হন।

অর্থনৈতিক সংস্কার

সিংহাসনে আরোহণের পর গিয়াসুদ্দীন প্রথমেই কোষাগারের দিকে নজর দিলেন। তিনি যে ভূমি-রাজস্ব সংস্কার করেন, সেটি ছিল আলাউদ্দীনের কঠোরতা ও মুবারক শাহের উচ্ছৃঙ্খলতার মাঝামাঝি পথ। বারানী বলেছেন যে তাঁর সব শাসনতান্ত্রিক কাজেরই নীতি ছিল মাঝামাঝি পথ ধরে চলা।

গিয়াসুদ্দীন তিনটি স্তরে সমস্যার সমাধান করার চেষ্টা করেছিলেন—মুক্তাদের (প্রাদেশিক শাসনকর্তা), মুকদ্দম (গ্রামের মোড়ল) ও কৃষকদের মধ্যে। সুলতানের নীতি ছিল যে কৃষকদের কাছ থেকে চাপ দিয়ে ভূমি-রাজস্ব সংগ্রহ করা হবে। কিন্তু এই চাপ এত ভারী যেন না হয় যে কৃষক সর্বস্বান্ত হয়ে পড়বে যার ফলে সে আর কৃষিকার্য করবে না। অর্থাৎ আলাউদ্দীনের কর এত বেশি ছিল যে কৃষকরা কৃষিকার্য সম্প্রসারণের চেষ্টা করত না। ফলে এরা অত্যন্ত দারিদ্র্যের মধ্যে কাল কাটাত। মুক্তাদেরও সমস্যা ছিল। কৃষকদের সঙ্গে মুক্তাদের যোগাযোগের মাধ্যম হতে মুকদ্দমরা রাজি হচ্ছিল না কারণ তাদের নানা সুবিধা বাতিল করা হয়েছিল। কোষাগারে রাজস্ব আনতে গেলে এই অবস্থার পরিবর্তন প্রয়োজনীয় ও জরুরি ছিল।

কৃষকদের ভার লাঘব করার জন্য গিয়াসুদ্দীন আলাউদ্দীনের জমি জরিপ করে *বিশোওয়া* প্রতি উৎপাদন নির্ধারণ করে কর নেওয়ার প্রথা বাতিল করে দেন। এর বদলে তিনি চালু করেন শস্য ভাগাভাগি *(হুকুম-ই হাসিল)* করার প্রথা। এর দুটি সুবিধা ছিল। প্রথমত উৎপাদন বেশি হলে কৃষক বেশি অংশ পাবে। দ্বিতীয়ত কোনও কারণে ফসল না হলে কর দিতে হবে না। বারানী এই প্রথার খুব প্রশংসা করেছেন। কিন্তু সরকার কতটা অংশ কর দাবি করত সে সম্বন্ধে বারানী খুব পরিষ্কার ধারণা দেন নি। ওঁর বক্তব্য থেকে মনে হয় যে সরকারের দাবি উৎপাদনের এক-দশমাংশ বা তার কাছাকাছির বেশি ছিল না। সুলতানের উদ্দেশ্য ছিল চাষীদের ভার লাঘব করার সঙ্গে সঙ্গে রাজস্ব বাড়ানো। পরম্পরাগতভাবে দাবি ছিল এক-পঞ্চমাংশ যা আলাউদ্দীন বাড়িয়ে উৎপাদনের পঞ্চাশভাগ করেছিলেন। কিন্তু আলাউদ্দীনের প্রথায় দুর্ভিক্ষ প্রতিহত করার ব্যবস্থা ছিল। পরবর্তীকালে অবশ্য এই প্রথা চালানো সম্ভব হয়নি। বারানী বলেছেন যে কুতুবুদ্দীন মুবারক শাহ লোকেদের করের ভার কমিয়ে ছিলেন। কিন্তু তিনি রাজস্বপ্রথা বন্ধ করেছিলেন এটা বলা যায় না। সম্ভবত গিয়াসুদ্দীন মুবারক শাহের কর প্রথাই রেখেছিলেন। কেবল যে সব জায়গায় সম্ভব, সেখানে এক-দশমাংশ বা তার কাছাকাছি কর বাড়াতে আদেশ দিয়েছিলেন। বারানীর পরের বক্তব্য থেকে বোঝা যায় যে প্রচলিত করের উপরে গিয়াসুদ্দীন এক-দশমাংশ বা তার কাছাকাছি বাড়তি কর বসিয়েছিলেন। বারানী অবশ্য বলেছেন যে এই বর্ধিত কর ধীরে ধীরে

চাপানো হয়েছিল, হঠাৎ করা হয়নি। রাজস্ব বিভাগের আমলাদের গিয়াসুদ্দীন আদেশ দিয়েছিলেন কৃষিকার্য সম্প্রসারণ এবং ধীরে ধীরে কর বাড়ানোর জন্য। মুক্তা ও প্রাদেশিক শাসন কর্তারা কিভাবে কর সংগ্রহ করবে তার পরিষ্কার নির্দেশ দেওয়া হয়েছিল।

আলাউদ্দীনের নীতি ছিল গ্রামের মোড়লকে (মুকদ্দম) সাধারণ কৃষকের পর্যায়ে নামিয়ে নিয়ে আসা। গিয়াসুদ্দীন এতে বিশ্বাস করতেন না। তিনি মনে করতেন যে রাজস্ব আদায়ের প্রথার মধ্যে মোড়লদের একটা বড় ভূমিকা আছে, যেটা তারা পরম্পরাগতভাবে ও বংশানুক্রমে করে আসছে। তিনি তাই ওদের পুরানো অধিকার ফিরিয়ে দিলেন। ওদের জমি ও চারণক্ষেত্র করের আওতার বাইরে রাখা হল। কিন্তু একই সঙ্গে এই নির্দেশ দেওয়া হল যে তারা যেন স্বচ্ছলতার মুখ দেখে বিদ্রোহী না হয়ে ওঠে।

এই নতুন ব্যবস্থায় ইজারা প্রথার কোনও স্থান ছিল না। কিন্তু একটা স্তরে এটা এড়ানো সম্ভব ছিল না কারণ শাসনকর্তারা ইজারার শর্ত অনুযায়ী তাদের পদ ধরেছে। যে উদ্বৃত্ত রাজস্ব তারা কোষাগারে পাঠাবে সেটা নির্ধারিত করা আছে এবং সেটা প্রতি বছর পরিবর্তন করা যায় না। বারানীর *তারিখ-ই ফিরোজ শাহীর* বিভিন্ন অংশ থেকে মুক্তা ও প্রাদেশিক শাসনকর্তাদের জন্য যে আইন করা হয়েছিল তার ছবি পাওয়া যায়। সুলতান মালিক ও আমীরদের তাদের জমির থেকে এক-দশমাংশের কাছাকাছি নিতে রাজি ছিলেন। ওদের আমলা প্রতিনিধিরা যদি তাদের মাহিনার উপর আর আধ-শতাংশ দাবি করে, তাহলে কোনও ক্ষতি হবে না। ওই বাড়তি সংখ্যা লিপিবদ্ধ করা হবে না যাতে পরে তাদের উপর কোন অত্যাচার না হয়। কিন্তু এর থেকে বেশি নিলে তাদের শাস্তি পেতে হবে এবং ওদের কাছ থেকে ওই টাকা উদ্ধার করা হবে। ইজারা প্রথার এই পরিবর্তনের ফলে মুক্তা ও শাসনকর্তাদের উপর দায়িত্ব বেড়ে যায়। তাদের এখন কর্তব্য হয় জোরজবরদস্তি না করে যেন রাজস্ব আদায় করা যায় ও মোড়লরা তাদের দেয় টাকা কৃষকদের ওপরে যেন না চাপায়। কিন্তু এ সত্বেও বলা যায় যে জমি জরিপ করার প্রথা একেবারে বাতিল হয়ে যায়নি। এর বদলে ধীরে ধীরে আসে শস্য-ভাগ করার প্রথা। কৃষকদের রক্ষা করার জন্য বিভিন্ন ব্যবস্থা নেওয়া হয়েছিল। আমলাদের জন্য আইন তৈরি করা হয়েছিল এবং তার সঠিক প্রয়োগের দিকে নজর দেওয়া হয়েছিল।

সৈন্যদলের সংস্কার

আলাউদ্দীন খলজী যে বিশাল সৈন্যদল তৈরি করেছিলেন সেটা তাঁর বংশধরদের হাতে নষ্ট হয়ে যায়। গিয়াসুদ্দীন ভালো যোদ্ধা ছিলেন এবং দুবছরের মধ্যে সৈন্যদের মধ্যে সংহতি ফিরিয়ে আনেন। ওঁর নীতি ছিল আর্থিক ও অন্যান্য দিক থেকে সৈন্যদের খুশি রাখা। বারানী বলছেন যে পিতামাতার দিকে যতটা দৃষ্টি দেওয়া দরকার তার থেকে উনি সৈন্যদের দিকে বেশী নজর দিতেন। বারানী অবশ্য ভুল করে বলেছেন যে সিরাজুদ্দীন খাজা হাজী সৈন্যদের মন্ত্রী ছিলেন। খাজা হাজীর এই সময়ে কোন সন্ধান

পাওয়া যায়না। সুলতান গিয়াসুদ্দীন এটা দেখেছিলেন যে সৈন্যদের যেন ঠিক সময়ে ঠিক মাহিনা দেওয়া হয়। একই সঙ্গে তিনি আলাউদ্দীন খলজী প্রবর্তিত *হুলিয়া* ও *দাগ* প্রথা আবার চালু করেন। দুবছরের মধ্যে সৈন্যদল সুসংগঠিত হলে সুলতান দূরে অভিযানের পরিকল্পনা করেন।

ওয়ারাঙ্গল অভিযান

সুলতান এবার সাম্রাজ্যের প্রান্তিক এলাকাগুলিতে অভিযান করে সম্মান পুনরুদ্ধারের চেষ্টা করেন। ইতিমধ্যে প্রতাপরুদ্র দেব স্বাধীনতা ঘোষণা করে উপঢৌকন পাঠানো বন্ধ করে দিয়েছিলেন। সুলতানের ছেলে উলুঘ খান ১৩২১ সালে বিশাল বাহিনী নিয়ে রওনা হয়ে যান। দেবগিরিতে কিছু সময় কাটিয়ে তিনি তেলিঙ্গানার রাজধানী ওয়ারাঙ্গলে পৌঁছে যান। দাক্ষিণাত্যের মধ্যে ওয়ারাঙ্গল দুর্গ অত্যন্ত মজবুত বলে খ্যাত ছিল। এর সত্তরটি বুরুজ এক-একজন ওমরাহের অধীনে ছিল। উলুঘ খান দুর্গ অবরোধ করলেন।

ইসামীর মতে ছয়মাস ধরে অবরোধের পরও সাফল্যের সম্ভাবনা দেখা গেল না। উলুঘ খানকে সন্দেহ করে সুলতান সাপ্তাহিক চিঠি পাঠাতে লাগলেন। ইসামী এই ভুল বোঝাবুঝির উল্লেখ করে উলুঘ খানকে দায়ী করেননি। উলুঘ খান দুর্গের মধ্যে যাবার পথ বন্ধ করে দিলে দুর্গের মধ্যে খাদ্যাভাব দেখা দিতে লাগল। প্রতাপরুদ্র দেব শান্তির প্রস্তাব দিলেন। তিনি উপঢৌকন পাঠাবেন যদি উলুঘ খান দুর্গের অবরোধ তুলে নেন। মালিক কাফুর এতেই সন্তুষ্ট হয়েছিলেন। কিন্তু উলুঘ খান দুর্গ দখল করতে চান। ফলে তিনি আলোচনা করলেন না।

বারানী ও ইসামী দুজনেই বলেছেন প্রায় একমাসের মতো দিল্লি থেকে কোন খবর আসেনি যাতায়াতের অব্যবস্থার জন্য। এছাড়া, উলুঘ খানের সৈন্যদের মধ্যে গোলমাল দেখা দিচ্ছিল, কারণ তারা অতদিন দেশ ছেড়ে থাকতে রাজি হচ্ছিল না। বতুতা বলেছেন যে যুবরাজ বিদ্রোহের কথা ভাবছিলেন। তবে এর সত্যতা নিয়ে সন্দেহ আছে। বারানী বা ইসামী, যাঁরা কেউই উলুঘ খানকে পছন্দ করতেন না, একথা বলেননি। এরা দুজনেই অন্যদের এই গোলমালের জন্য দায়ী করেছেন। একটা গুজবও ছড়িয়েছিল যে সুলতান মারা গিয়েছেন। ফলে বড় বড় সেনাপতিরা দিল্লি যাবার জন্য ব্যস্ত হয়ে উঠেছিল। উলুঘ খানের অবস্থা খারাপ হয়ে গেল যখন গুজব ছড়ালো যে অন্য কাউকে সিংহাসনে বসানো হয়েছে। কয়েকজন বড় বড় সেনাপতি প্রতাপরুদ্রর সঙ্গে গোপনে সমঝোতা করল যে তারা ফিরে যাবে এবং প্রতাপ তাদের আক্রমণ করবেন না। তারা ওদের ছাউনিতে আগুন লাগিয়ে তাড়াহুড়ো করে রওনা হল।

এই ধরনের বিশ্বাসঘাতকতার ফলে উলুঘ খানের পক্ষে পিছু হটে যাওয়া ছাড়া আর কোন উপায় ছিলনা। পথে উনি আর একবার ওদের ফেরানোর চেষ্টা করে ব্যর্থ হন। উনি তখন আশেপাশের জমিদারদের বিদ্রোহী সেনাদের হত্যা করার আদেশ দিলে বহু সৈন্য মারা যায়। দেবগিরিতে পৌঁছালে উলুঘ খানের ছোট ভাই মাহমুদ খান ষড়যন্ত্রকারীদের ধরে দিল্লি নিয়ে যান। সেখানে ওদের কঠোর শাস্তি দেওয়া হয়। দিল্লি থেকে আরেকটা বড় সৈন্যদল উলুঘ খানকে পাঠানো হয় তেলিঙ্গানা জয় করার নির্দেশ

দিয়ে। এর থেকেই বোঝা যায় যে উলুঘ খানের প্রতি সুলতানের কোন সন্দেহ ছিল না। ওয়ারাঙ্গল যাবার পথে বিদর ও আরও সাতটা দুর্গ দখল করে দিল্লি সঙ্গে যোগাযোগের পথ খোলা রাখেন।

প্রতাপরুদ্র দেব বিস্মিত হলেও দুর্গ ছাড়তে রাজি হলেন না। প্রায় পাঁচমাস অবরোধ চলার পর দুর্গের মধ্যে দুর্ভিক্ষের অবস্থা সৃষ্টি হল। শেষ পর্যন্ত প্রতাপরুদ্র দুর্গ সমর্পণ করলে সুলতানী সৈন্যরা দুর্গ দখল করে। ওরা কয়েকটা দপ্তরের বাড়ি ভাঙে ও লুটতরাজ করে। রাজা ও তাঁর আত্মীয় পরিজনকে দিল্লি পাঠানো হয়। সুলতানের সঙ্গে দেখা হবার আগেই প্রতাপরুদ্র দেব মারা যান।

এরপরে উলুঘ খান গুট্টি, রাজামুন্ড্রি ও আরও কয়েকটা জায়গা দখল করেন। ১৩২৩ সালে উনি মাদুরা দখল করেন। উলুঘ খান তেলিঙ্গানাকে দিল্লির শাসনের মধ্যে নিয়ে আসেন ও ওয়ারাঙ্গলের নাম বদলে রাখা হয় সুলতানপুর। উনি তেলিঙ্গানাকে কয়েকটা ছোট ছোট অংশে ভাগ করে দেন। পুরানো হিন্দু আমলারা তাদের পদেই ছিল এবং জনসাধারণের মন পাবার জন্য হিংসাবৃত্তি এবং মন্দির ধ্বংস করা ইত্যাদি বন্ধ করে দেন। এসব সত্বেও তেলিঙ্গানার উপর দিল্লির জোর বিশেষ ছিলনা।

জাজনগর অভিযান

উড়িষ্যার রাজা দ্বিতীয় ভানুদেবকে শাস্তি দেবার জন্য এই অভিযান হলেও, একে তেলিঙ্গানা অভিযানের ফল হিসাবে ধরা যায়। ভানুদেব প্রতাপরুদ্র দেবকে সাহায্য করেছিলেন। ১৩২৪ সালের মাঝামাঝি উলুঘ খান ওয়ারাঙ্গাল থেকে রওনা হয়ে সমুদ্রপাড় ধরে গিয়ে রাজামুন্ড্রি দখল করেন। উড়িষ্যার সীমান্তে পৌঁছালে ভানুদেব বিশাল সৈন্যবাহিনী নিয়ে প্রতিরোধ করেন। প্রচণ্ড যুদ্ধের পর ভানুদেবকে পরাজিত করে উলুঘ খান বহু যোদ্ধা হাতি ও ধনরত্ন দিল্লিতে পাঠান। রাজামুন্ড্রির ১৩২৪ সালের সেপ্টেম্বর মাসে একটা শিলালিপিতে উলুঘ খানের যুদ্ধ জয়ের উল্লেখ আছে।

গুজরাট অভিযান

ইসামী বলেন যে জাজনগর অভিযানের কিছু পরেই গুজরাটে বিদ্রোহ হয়, যদিও উনি কোন নেতার নাম করেননি। সুলতান মালিক শাদিকে বিদ্রোহ দমনে পাঠান। শাদি ওখানে খুন হন যার ফলে মনোবল হারিয়ে দিল্লির সৈন্যরা দিল্লিতে ফিরে আসে। কোন কোন ঐতিহাসিক ইসামীর এই বক্তব্য সম্বন্ধে সন্দেহ প্রকাশ করেছেন।

বাংলা অভিযান

গুজরাটে পরাজয় সুলতানের অন্য দিকে অভিযান চালানোর পরিকল্পনা ব্যর্থ হতে দেয়নি। বাংলায় গৃহযুদ্ধ ও অরাজকতা গিয়াসুদ্দীনের দৃষ্টি আকর্ষণ করেছিল। বলবানের দ্বিতীয় পুত্র বোঘরা খান বাংলাতে একটা স্বাধীন রাজ্য গড়ে তুলেছিল। ১৩২২ সালে শামসুদ্দীন ফিরোজ শাহ মারা গেলে তার চার পুত্রের মধ্যেগৃহযুদ্ধ শুরু হয় ও গিয়াসুদ্দীন বাহাদুর একছত্র রাজা হন। অষ্টাদশ শতাব্দীর শেষের দিকে লেখা *রিয়াজস সালাতিনে* বলা হয়েছে যে দুই ভাই নাসিরুদ্দীন ও সিহাবুদ্দীন দিল্লিতে উপস্থিত হয়ে গিয়াসুদ্দীনের

সাহায্য প্রার্থনা করেন। ইসামী বলেছেন যে গিয়াসুদ্দীন তুঘলক যখন গোমতি নদী পার হয়েছেন তখন নাসিরুদ্দীন ওঁর কাছে আসেন।

দিল্লি ছেড়ে আসার আগে গিয়াসুদ্দীন তুঘলক উলুঘ খানকে দিল্লিতে ডেকে একটা সংসদ তৈরি করে দেন। ওঁর সঙ্গে ছিলেন *আখুর বেগ* সাহিন ও আহমদ আইয়াজ। গিয়াসুদ্দীন তিরহুতের (মিথিলা) কাছে এলে নাসিরুদ্দীন কয়েকজন জমিদার ও রাজাকে নিয়ে এসে সাহায্য প্রার্থনা করেন। মধ্যযুগের পরবর্তী ঐতিহাসিকরা নাসিরুদ্দীনকে লাখনৌতির রাজা বলেছেন। এতে মনে হয় নাসিরুদ্দীন সম্ভবত দিল্লি আসেন নি, কিন্তু তাঁর অনুচরদের পাঠিয়েছিলেন।

গিয়াসুদ্দীন তুঘলক বাহরাম খানের নেতৃত্বে সৈন্য পাঠান, যে-দলে নাসিরুদ্দীনও ছিলেন। লাখনৌতির কাছে যুদ্ধ হয়। গিয়াসুদ্দীন বাহাদুর প্রথমে আক্রমণ করলেও পরাজিত ও বন্দী হন। নাসিরুদ্দীনকে লাখনৌতির করদ রাজা হিসাবে ধরা হয়। সোনারগাঁ ও সাতগাঁ তাতার খানের অধীনে রাখা হয়। গিয়াসুদ্দীন তুঘলক ও নাসিরুদ্দীন ইব্রাহিম শাহর নাম যুক্ত করে মুদ্রা প্রচলন করা হয়।

তিরহুত আক্রমণ

বাংলা থেকে ফেরার পথে সুলতান তিরহুত আক্রমণ করেন। ইসামী বলেছেন যে রাজা জঙ্গলে পলায়ন করলে সুলতানী সৈন্যরা পিছু নেয়। কিন্তু রাজা ওখানে দুর্গের মধ্যে আশ্রয় নিলে সুলতানী সৈন্যরা দুর্গের চারপাশ পুড়িয়ে দেয়। আহমদ খানের অধীনে তিরহুত রেখে সুলতান দিল্লি ফিরে আসেন।

আফগানপুরের ঘটনা

তিরহুত জয়ের পরে গিয়াসুদ্দীন তুঘলক তাঁর নতুন শহর তুঘলকাবাদের দিকে রওনা হয়ে যান। পূর্বদিকে যাবার আগে উনি এই শহরের প্রতিষ্ঠা করে গিয়েছিলেন। এই শহরে ঢোকার আগে সাত আট মাইল দূরে একটা ছোট গ্রামে (আফগানপুর) বড় কাঠের মঞ্চ ও সামিয়ানা খাটিয়ে ওঁর বিশ্রামের ও খাওয়া দাওয়ার ব্যবস্থা করা হয়। বারানী বলছেন যে খাওয়ার পরে যখন মালিক ও আমীররা বাইরে এসেছেন হাত ধোবার জন্য তখন কাঠের মঞ্চটি ভেঙে পড়ে। সুলতান ও চার-পাঁচ জন এর তলায় চাপা পড়ে মারা যান।

মধ্যযুগের পরবর্তী ঐতিহাসিকরা এই ঘটনা সম্পর্কে দুধরনের মত প্রকাশ করেছেন, যার উপর ভিত্তি করে বর্তমান কালের ঐতিহাসিকরা ভিন্ন মত পোষণ করেন। একদলের মতে মুহম্মদ তুঘলক ষড়যন্ত্র করে গিয়াসুদ্দীনকে মেরেছেন। অন্য দলের মতে এটা নিছকই দুর্ঘটনা। প্রথম দলের মধ্যে আছেন উল্‌সি হেগ ও ইশ্বরীপ্রসাদ। দ্বিতীয় দলে অনান্যদের মধ্যে রয়েছেন আগা মাহদি হোসেন।

ওই ঘটনার প্রায় আট বছর পরে ভারতে আসেন ইবন বতুতা। তিনি যুবরাজ জৌনাকে সন্দেহ করেন ও নানা ঘটনা ও কারণ দিয়ে এর ব্যাখ্যা করেন। বতুতাই বলেন যে তেলিঙ্গানা অভিযানের সময় থেকেই বাবা ও ছেলের মধ্যে ভুল বোঝাবুঝি

শুরু হয়। কিন্তু বতুতা শেষে বলেছেন যে গিয়াসুদ্দীনের নির্দেশমতোই ওই মঞ্চ তৈরি করা হয়েছিল।

১৩৫০ সালে ইসামী তাঁর লেখা শেষ করেন। ওই ঘটনার বিবরণ দিতে গিয়ে তিনি বলেন যুবরাজ উলুঘ খান তাঁর পিতার জন্য অপেক্ষা করছিলেন। সুলতানকে দেখে তিনি তাঁর পা ছুঁয়ে সম্মান জানান। ইসামী আরও বলেছেন যে যুবরাজের নির্দেশমতো ওই মঞ্চ তৈরি করা হয়েছিল। ইসামীর মতে গিয়াসুদ্দীনের মন ইতিমধ্যে তাঁর পুত্রর প্রতি বিষিয়ে উঠেছিল। সুলতান এরপর সামিয়ানায় প্রবেশ করে আসন গ্রহণ করেন এবং তার বিশাল হাতির দলকে তাঁর সামনে দাঁড় করাতে আদেশ দেন। এর ফলে মাটি দুলে উঠে ও মঞ্চ ভেঙে পড়ে। ইসামী বলছেন যে যুবরাজ আহমদ আইয়াজের সঙ্গে ষড়যন্ত্র করে এই ঘটনা ঘটান। পরবর্তী কালে আহমদ আইয়াজ উজীর নিযুক্ত হন।

যুবরাজ ষড়যন্ত্র করেছিলেন কিনা বা এটা নেহাতই দুর্ঘটনা এটা সমকালীন বা পরবর্তী লেখকদের লেখা থেকে প্রমাণ করা শক্ত। তুঘলক বিপ্লবের সময় থেকে ঘটনা পরম্পরা বিশ্লেষণ করলে হয়ত একটা ধারণা করা সম্ভব।

সুলতান মুহম্মদ নাসিরুদ্দীন খসরুর *আখুর-বেগ* হয়েছিলেন। কিন্তু ওই শাসন সহ্য করতে না পেরে দিপালপুরে ওঁর পিতার কাছে চলে যান। তারপর থেকে ওঁর পিতার পাশে থেকে যুদ্ধ করেছেন। দুবার তেলিঙ্গনা অভিযানে তিনি প্রধান সেনাপতি ছিলেন। গিয়াসুদ্দীন যদি ওঁকে সন্দেহ করতেন তাহলে দ্বিতীয় অভিযানের নেতৃত্বের দিতেন না। আসলে ইসামী ছিলেন সুলতান মুহম্মদের বিরোধী। বাংলায় যাবার আগে গিয়াসুদ্দীন ওঁর ছেলেকে দিল্লিতে ডেকে নিয়ে সংসদ তৈরি করেছিলেন। এর থেকে খুব স্পষ্ট যে গিয়াসুদ্দীন ওঁর ছেলেকে সন্দেহ করতেন না। বতুতা বলেছেন যে গিয়াসুদ্দীনের সঙ্গে শেখ নিজামুদ্দীন আউলিয়ার গোলমাল বেধে ছিল ও যুবরাজ শেখের ভক্ত ছিলেন। এর ফলে বাবা ও ছেলের মধ্যে তিক্ততা বাড়ে। শেখের সঙ্গে গিয়াসুদ্দীনের গোলমালের কারণ হল যে নাসিরুদ্দীন খসরু প্রচুর টাকা শেখকে দিয়েছিলেন, সেটা গিয়াসুদ্দীন ওর কাছ থেকে চাইছিলেন। চিস্তি সিলশিলার সন্তরা রাষ্ট্রের ব্যাপারে নাক গলাননি এবং ওই গোলমালের জন্য বাবা ও ছেলের মধ্যে তিক্ততা এসেছিল একথা বোধহয় বলা সঙ্গত হবে না। মনে হয় বতুতা ও ইসামী অন্যদের কাছে শুনে লিখেছেন। মনে রাখা দরকার যে ইসামী নিজেই বলছেন গিয়াসুদ্দীনের আদেশেই হাতিদের দৌড় করানো হয়েছিল। সুতরাং ওঁদের বক্তব্যর মধ্যে নানারকম ফাঁক পাওয়া যায়।

এইসব ঘটনা বিচার করলে এটা নিঃসন্দেহে বলা যায় যে গিয়াসুদ্দীনের মৃত্যুর জন্য তাঁর ছেলে দায়ী নন। সুলতান মুহম্মদ বিন তুঘলক সিংহাসনে বসার পর তাঁর মায়ের সঙ্গে তাঁর সম্পর্ক ভালো ছিল। এছাড়া, গিয়াসুদ্দীনের অন্য কোন ছেলে বা অভিজাতদের কোন গোষ্ঠী সিংহাসনের দাবিদার হয়নি।

কেউ কেউ বলেছেন যে বাজ পড়ে মঞ্চটি ভেঙে পড়েছিল। ঈশ্বরীপ্রসাদ ঘটনার সময় নির্ধারিত করেছেন ১৩২৫ সালের ফেব্রুয়ারী-মার্চ মাসে। উনি বলেছেন যে ওই সময়ে বজ্রপাতের সম্ভাবনা বেশি। অন্যদিকে মাহদী হাসান ঘটনার সময় ঠিক করেছেন

১৩২৫ সালের মে মাসে। বারানী সম্বন্ধে বলা হচ্ছে যে উনি সব ঘটনা খুলে বলেন নি, যদিও এর কারণ স্পষ্ট নয়। কিন্তু ইসামী ও বতুতা দুজনেই বলেছেন যে মঞ্চটি ভেঙে পড়ার কারণ হচ্ছে মঞ্চটি খুব তাড়াতাড়ি বানানো হয়েছিল এবং এর ভিত খুব মজবুত হয়নি।

নিজামুদ্দীন আউলিয়ার সঙ্গে সম্পর্ক

বলা হয়ে থাকে যে সুলতান গিয়াসুদ্দীনের সঙ্গে শেখ নিজামুদ্দীন আউলিয়ার সম্পর্ক ভালো ছিল না। এর কারণ হিসাবে বলা হয় যে খসরু খান শেখকে পাঁচ লাখ তঙ্কা দিয়েছিলেন। শেখ ওই টাকা গরিবদের মধ্যে বিলিয়ে দেন। গিয়াসুদ্দীন সুলতান হয়ে খসরু যাদের টাকা দিয়েছে তাদের সবার কাছ থেকে টাকা ফেরত চান। শেখ জানান যে ওই টাকা তিনি বিলিয়ে দিয়েছেন। বলা হয় যে ওই উত্তরে সুলতান ক্রুদ্ধ হন ও শেখের বিরোধী হন। এই ঘটনাকে অতিরঞ্জিত করে দেখানো হয়েছে। গিয়াসুদ্দীন জালালুদ্দীন খলজীর সময় থেকে উচ্চপদে ছিলেন এবং সম্ভবত শেখকে খুব ভালো করে চিনতেন। সমকালীন নাসিরুদ্দীন চিরাগের মতে নিজামুদ্দীনের *খানকায়* অকাতরে ধন-দৌলত আসত কিন্তু শেখ তখুনি সেগুলি বিলিয়ে দিতেন। শাসক বংশের ওঠাপড়া বা পালাবদলের সঙ্গে শেখের কোন সংস্রব ছিল না। গিয়াসুদ্দীন তুঘলক এসব জানতেন না, এমন হতে পারে না।

এছাড়া অন্য কারণও দেখানো হয়। *সিয়ারুল আউলিয়ার* লেখক আমীর খুরদ বলছেন যে শেখ *সামা* মজলিস করতেন যেটা উলেমাদের পছন্দ ছিল না। এরা গিয়াসুদ্দীনের কাছে অভিযোগ জানালে উনি বিদ্বৎজনের সভা ডাকেন। সেই সভায় শেখ নিজামুদ্দীনও উপস্থিত ছিলেন। সেখানে উলেমারা খারাপ ব্যবহার করে প্রধানত শেখের প্রতি ব্যক্তিগত আক্রোশে। সুলতান ওই সভায় সম্পূর্ণ নিরপেক্ষ ছিলেন। কিন্তু এ ঘটনার মধ্য দিয়ে এটা বোঝা যায় না যে কেন গিয়াসুদ্দীন শেখের প্রতি অসন্তুষ্ট হবেন। পক্ষান্তরে বলা যায় যে তিনি শেখের দিকেই ছিলেন, কারণ তিনি উলেমাদের আর্জি নাকচ করে দেন।

গিয়াসুদ্দীন তুঘলক নীল রক্তের দাবি করেননি। তিনি নিজের বুদ্ধির জোরে ও বাহুবলে নিচুতলা থেকে উঁচু জায়গায় গিয়েছিলেন। এই উত্তরণ আকস্মিক নয়; ওঁকে ধাপে ধাপে বাধা অতিক্রম করে উপরে উঠতে হয়েছে।

শাসনতান্ত্রিক সংস্কারে তিনি মধ্যবর্তী পন্থা নিয়েছিলেন। আমলাদের কাজের জন্য তিনি আইন করে যান। আমলাদের উঁচুপদে বসানোর কারণ তাঁর কাছে ছিল তাদের দক্ষতা ও তাঁর প্রতি আনুগত্য। নীল রক্ত এখানে প্রাধান্য পায় নি। ওইসব আমলাদের মাহিনা তিনি বাড়িয়েছিলেন যাতে তারা ছোটখাট চুরি বা তছরুপের লোভে না পড়ে। ওঁর আর্থিক সংস্কারের ফলে হিন্দু জমিদাররা উপকৃত হয়েছিল, কারণ ওদের পুরানো সম্মান ও অধিকার উনি ফিরিয়ে দিয়েছিলেন। ওঁর সৈন্যদলের মধ্যে হিন্দু সেনাপতি ও সাধারণ সৈনিক ছিল। খসরু খানের কাছ থেকে উলেমারা যে টাকা পয়সা পেয়েছিল, সেসব উনি ওদের ফেরত দিতে বাধ্য করেন। পুলিস ও বিচার বিভাগেরও উনি সংস্কার

করে মানুষের মনে বিশ্বাস জাগিয়ে তোলেন। পথঘাট ওঁর সময়ে চোর ও ডাকাতের উপদ্রব থেকে মুক্ত ছিল। আলাউদ্দীন খলজীর আদর্শ ও কর্মপদ্ধতিতে উনি এক নতুন মাত্রা যোগ করেছিলেন। দিল্লি সুলতানের শাসনতন্ত্রে তিনি একটা উদার ধারার প্রবর্তন করে যান।

সুলতান মুহম্মদ বিন তুঘলক (১৩২৪–৫১)

মধ্যযুগের আর কোন সুলতান তাঁর সময়কালে এত বির্তকিত হয়ে ওঠেননি যা মুহম্মদ তুঘলকের ক্ষেত্রে হয়েছিল। ইতিহাসের দিক থেকে দেখলে বলা যায় যে ওঁর ছাব্বিশ বছরের রাজত্ব যেমন আশ্চর্যজনক তেমনি বিয়োগান্ত ও করুণ। ওঁর বিভিন্ন পরিকল্পনার মধ্যে যে সম্ভবনা ছিল সেগুলি কার্যকর হয় নি; বেশিরভাগ ক্ষেত্রে তা পরিত্যক্ত হয়েছিল। কোনদিনও তাঁর প্রজাদের সঙ্গে সখ্য স্থাপিত হয় নি। ওদের মনস্তত্ত্ব বোঝার চেষ্টা তিনি কখনো করেন নি। তাই তাঁর পরিকল্পনাও প্রজারা গ্রহণ করে নি। প্রজাদের কার্যকলাপে তিনি সন্দেহ প্রকাশ করতেন তাই প্রজারাও ওঁর উদ্দেশ্য সম্পর্কে সন্দিহান ছিল। এভাবে প্রতিটি পরিকল্পনার মধ্যে যে তিক্ততা সৃষ্টি হয় তার রেশ পরবর্তী পরিকল্পনায় প্রতিফলিত হয়। ফলে প্রজাদের সঙ্গে তাঁর চরম বিরোধিতা তৈরি হয়।

মুহম্মদ তুঘলকের রাজত্ব দিল্লী সুলতানাতের ইতিহাসে একটা মোড় বলে ধরা যায়। ওঁর সময়েই দিল্লির সুতলানাত তার শিখরে পৌঁছে যায়। কিন্তু তারপরের বিদ্রোহের ধ্যারা ওই সুলতানাতের ভিত নাড়িয়ে দেয়। সুলতান তাঁর বিভিন্ন পরিকল্পনার মধ্য দিয়ে ভারতের রাজনৈতিক ও শাসনতান্ত্রিক একতার স্বপ্ন দেখেছিলেন। তাঁর মৃত্যুর সময় দেখা যায় যে বিভিন্ন প্রদেশের স্বাধীনতার ফলে সুলতানাত অনেক ছোট হয়ে গিয়েছে। নানা ধরনের চিন্তাভাবনা ও সংস্কার ওঁর পরিকল্পনাগুলির মধ্যে চলে আসায় হয় ওঁকে দেখা হয়েছে বাস্তববোধহীন আদর্শবাদী হিসেবে অথবা রক্তঝরানো অত্যাচারী শাসক হিসেবে। ওঁর অগাধ পাণ্ডিত্য থাকা সত্ত্বেও এটা মেনে নিতে কোন বাধা নেই যে মুহম্মদ তুঘলক ছিলেন মূলত একজন যোদ্ধা, যিনি বলবান বা আলাউদ্দীনের থেকে যুদ্ধক্ষেত্রে অনেক বেশি সময় দিয়েছেন।

সুলতান গিয়াসুদ্দীন তুঘলক তাঁর উত্তরাধিকারী হিসাবে মুহম্মদকে অনেক আগেই নির্বাচিত করেছিলেন। ওঁর সিংহাসন প্রাপ্তি নিয়ে তাই কোন গোলমাল হয়নি। চল্লিশদিন শোক পালনের সময় তিনি তুঘলকাবাদে ছিলেন। এরপর সিংহাসন আরোহণের জন্য তিনি দিল্লিতে আসেন এবং *দৌলত খানা*তে সিংহাসনে বসেন। এখানে বহু সুলতান অভিষিক্ত হয়েছেন। তাঁর সিংহাসন আরোহণ উপলক্ষে শহরের ঘর, বাড়ি, বাজার ইত্যাদি সাজানো হয়।

সুলতানকে নিয়ে শোভাযাত্রা যখন বাদাউন দরজা দিয়ে শহরে ঢোকে, তখন বৃষ্টির মতো সোনা ও রূপার মুদ্রা পড়তে থাকে। বারানী বলেছেন যে সব ধরনের এবং সব বয়সের লোক ওইসব সোনা রূপার মুদ্রা নিয়ে সুলতানের নামে জয়ধ্বনি দিতে থাকে। আলাউদ্দীন খলজীর প্রথম দিকের সময় ছাড়া এ ধরনের দান আর কোন সুলতান করেন নি।

বারানী ও ইসামী এই আনন্দময় পরিবেশকে সুলতানের রাজ্যশাসনের পটভূমিকা হিসাবে ধরেছেন। পরের দিকে যে ভয়াবহ নিষ্ঠুরতা ও বিদ্বেষ তৈরি হয়েছিল এই উৎসব ছিল তার সম্পুর্ণ বিপরীত। সিংহাসনে বসার পর উনি মুহম্মদ নাম নেন ও উপাধি নেন *আবুল মুজাহিদ*। বারানী বলছেন যে তিনি জনসাধারণকে আশ্বাস দেন যে তিনি তাঁর মৃত পিতার পথ অনুসরণ করবেন। এরপর দিল্লি সুলতানাতের পরম্পরা অনুযায়ী বিভিন্ন বিভাগে আমলা নিয়োগ করেন। যারা রাজ্যের মূল শাসকশ্রেণী হবে তাদের উপাধি ও সম্মান দেওয়া হয়। অজ্ঞাত কারনে বারানী নতুন নিয়োগের তালিকা দেননি। কিন্তু ইয়াহিয়া বিন সিরহিন্দি এই তালিকা দিয়েছেন। তালিকার মধ্যে আছে ঃ *নায়েব বারবেগ* মালিক ফিরোজ, *খাজা-ই* জাঁহা-মালিক আইয়াজ, *ইমাদুল মুল্ক* মালিক সরতেজ, *কতলু খান* ও *লাখনৌতির ইক্‌তা* মালিক পিন্দার খলজী, *নিজাম উল মুল্ক ও লাখনৌতির উজীর* মালিক হুসামুদ্দীন, *আজমাল উল মুল্ক ও সাতগাঁওয়ের ইক্‌তা* মালিক ইজুউদ্দীন ইত্যাদি।

ইসামী তাহমাসিরিনের আক্রমণের যে বিবরণ দিয়েছেন তার সঙ্গে ইবন বতুতার বক্তব্যের মিল নেই। মঙ্গোলদের মীরাটে পৌঁছানোর খবর পেয়ে সুলতান সৈন্যদল পাঠান। এক যুদ্ধেই মঙ্গোলরা ছত্রভঙ্গ হয়ে পালিয়ে যায়। মুহম্মদ বিন তুঘলককে আর বিদেশী আক্রমণ সহ্য করতে হয়নি। ইয়াহিয়া সিরহিন্দি বলছেন যে সুলতান মঙ্গোলদের পিছু তাড়া করে কালানৌর অবধি গিয়েছিলেন এবং ওই দুর্গে সীমান্ত ঘাঁটি বসান। বতুতা বোখারাতে দুমাস তাহমাসিরিনের আতিথ্য গ্রহণ করেছিলেন। উনি ভারতে আসার পর জানতে পারেন যে তাহমাসিরিনকে তাঁর এক ভাই সরিয়ে দিয়েছে, যার ফলে তাহমাসিরিন সিন্ধুতে এসে সাধারণভাবে বসবাস করতে থাকেন। পরে জানা যায় সে আসল তাহমাসিরিন নয়। আসল তাহমাসিরিন ১৩৩২ সালে বাজান শহরে মারা যান।

তাহমাসিরিনের আক্রমণের পরে সুলতান কালানৌর ও পেশোয়ার দখল করেন। সৈন্যদের এক বছরের মাহিনা আগাম দিয়ে সুলতান লাহোরে যান। এরপর পেশোয়ার দখল করার জন্য সৈন্য পাঠালে তারা মঙ্গোল এলাকায় লুটতরাজ করে। কালানৌর ও পেশোয়ার দখল করে ওখানে সুলতানের নামে *খুৎবা* পড়া হয়। মঙ্গোলরা যাতে আবার না আসতে পারে সেজন্য এই দুটি ঘাঁটি জোরদার করা হয়।

বাহাউদ্দীন গুরশাস্পের বিদ্রোহ

ইনি ছিলেন সুলতানের দূরসম্পর্কের ভাই। বতুতা বলছেন যে ইনি সুলতানের প্রতি আনুগত্য স্বীকার করতে রাজী হননি। ইসামী অবশ্য বলছেন যে সুলতানই ওঁকে গুরশাস্প উপাধি দিয়ে সাগরে পাঠিয়েছিলেন, যেখানে উনি খুব জনপ্রিয়তা অর্জন করেন। এরপরে গুরশাস্প বিদ্রোহ করলে খাজা জাঁহা আহমদ আইয়াজকে গুজরাট থেকে ওঁর বিরুদ্ধে পাঠানো হয়। সৈন্য আসার খবর পেয়ে গুরশাস্প গোদাবরী নদী পার হয়ে দেবগিরি থেকে পশ্চিমে যেতে থাকে। এখানে যে যুদ্ধ হয় তাতে গুরশাস্প প্রথম দিকে জয়লাভ করতে থাকলেও ওর সৈন্যদলের একাংশ সুলতানী সৈন্যদের

দলে যোগ দেয়। এর ফলে গুরশাস্প পরাজিত হয়ে পরিবার সমেত নদী পার হয়ে সাগরে চলে যান। সেখান থেকে উনি পালিয়ে কাম্পিলার রাজার কাছে আশ্রয় নেন। ইতিমধ্যে সুলতানী সৈন্যরা ওঁর পিছনে তাড়া করে কাম্পিলাতে উপস্থিত হয়। মুহম্মদ তুঘলক নিজে দৌলতাবাদে উপস্থিত হয়ে আরো সৈন্য পাঠান। দুবার গুরশাস্প এবং কাম্পিলার রাজা আক্রমণ করেও সুলতানী সৈন্যদের হঠাতে না পেরে ওঁরা কামতা দুর্গের মধ্যে আশ্রয় নেন। দুমাস ধরে অবরোধ চলার পর সুলতানী সৈন্যরা দুর্গের মধ্যে ঢোকে। গুরশাস্প ও রাজা তখন আনেগুণ্ডিতে পালিয়ে যান। সুলতানী সৈন্যরা ওই দুর্গ অবরোধ করলে একমাস অবরোধ চলে। এরপরে দুর্গের পতন হয়। রাজার পরিবার জহর ব্রত করে ও রাজা যুদ্ধক্ষেত্রে প্রাণ দেন। রাজার এগারো জন ছেলেকে বন্দী করে সুলতানের কাছে নিয়ে যাওয়া হলে উনি ওদের সঙ্গে ভালো ব্যবহার করেন। ইবন বতুতা দেখেছেন যে এরা সবাই ইসলাম ধর্ম গ্রহণ করে। গুরশাস্প ওখান থেকে পালিয়ে এক রাজার কাছে আশ্রয় নিলে তিনি ওঁকে সুলতানী সৈন্যদের হাতে তুলে দেন। ইসামী বলছেন যে এই রাজা হচ্ছেন দোরসমুদ্রর বীর বল্লাল তৃতীয়, যিনি হোয়সালা বংশের রাজা ছিলেন। গুরশাস্পকে লোহার শিকলে বেঁধে সুলতানের কাছে আনা হলে তিনি জীবন্ত অবস্থায় ওঁর চামড়া তুলে ফেলার আদেশ দেন ও চামড়ার মধ্যে খড় ইত্যাদি ভর্তি করে সারা শহর ঘোরানো হয়। বতুতা বলেছেন ওই চামড়া এরপর সিন্ধুতে পৌঁছালে বাহরাম আইবা কবর দেবার আদেশ দেন। সুলতান ওই ঘটনায় অত্যন্ত ক্রুদ্ধ হয়েছিলেন। জনসাধারণের মনে ওই ভয়াবহ দৃশ্য ও পরিণতি সুলতানের বিরুদ্ধে গিয়েছিল। পরবর্তীকালে কিশলুর বিদ্রোহ এই ধরনের কাজের ফল বলে ধরা যায়।

গুরশাস্প অভিযানের সময়ে সুলতান ও তাঁর সেনাপতিদের হিন্দুধর্মের প্রতি উদারতার পরিচয় পাওয়া যায়। সুলতানী সৈন্যরা কল্যাণের মধুকেশ্বর মন্দিরে শিবলিঙ্গ ভাঙলে, মন্দিরের ঠাকুর মালা আহমদ আইয়াজ এর কাছে প্রার্থনা করেন ওই শিবলিঙ্গ ঠিক করে দিতে এবং সেই অনুযায়ী আহমদ আইয়াজ আদেশ দেন। এর বিবরণ পাওয়া যায় কল্যাণের শিলালেখ থেকে।

কোন্দাহানা বিজয়

দেবগিরির কাছে কোন্দাহানা দুর্গের অধীশ্বর ছিলেন নেগ নায়েক। সুলতান দেবগিরি থেকে এর বিরুদ্ধে অভিযান করে দুর্গ অবরোধ করেন। আট মাস অবরোধ চলার পর খাদ্যাভাব দেখা দিলে নায়েক দুর্গ সমর্পণ করেন। সুলতান ওঁকে সম্মানের সঙ্গে পুনঃপ্রতিষ্ঠিত করেন।

বাহরাম আইবার বিদ্রোহ

ইসামী বলেছেন যে কোন্দাহানা বিজয়ের পর সুলতান যখন দেবগিরিতে বিশ্রাম নিচ্ছেন তখন খবর আসে যে মূলতানে বাহরাম আইবা বিদ্রোহ করেছেন। খবর পেয়ে সুলতান খুব তাড়াতাড়ি দিল্লি পৌঁছে যান। কিন্তু তখনই তিনি মুলতান অভিযান

করেননি। বাহরাম আইবা কিশলু খান ছিলেন সুলতানের বন্ধু ও অভিজ্ঞ বীর যোদ্ধা। ওঁর এই বিদ্রোহকে সুলতানের ভয়াবহ শাস্তির পরোক্ষ ফল বলে ধরা যেতে পারে।

বতুতা বলেছেন যে সুলতান আলি খাট্টারীকে পাঠান বাহরামকে আনার জন্য কিন্তু তিনি আসতে অস্বীকার করেন। ইয়াহিয়া বিন সিরহিন্দি বলেছেন যে খাট্টারী বাহরাম ও তার জামাইয়ের সঙ্গে এত খারাপ ব্যবহার করে যে জামাই ওকে হত্যা করে। এরপর বিদ্রোহ করা ছাড়া আর কোনও পথ ছিল না।

সুলতান দিল্লি থেকে যাত্রা করে আবুহরে পৌঁছালে যুদ্ধ হয়। সুলতান শত্রুদের ধোঁকা দেবার জন্য শেখ ইমাদউদ্দীনকে রাজার ছাতার তলায় বসিয়ে দেন। বাহরাম ইমাদউদ্দীনকে সম্রাট ভেবে হত্যা করে যখন আনন্দে মগ্ন, তখন সুলতান লুকানো জায়গা থেকে বেরিয়ে এসে আক্রমণ করে সৈন্যদের ছত্রভঙ্গ করে দেন। বাহরামকে হত্যা করে তার মাথা সুলতানের কাছে নিয়ে এলে সুলতান মুলতানের লোকজনকে হত্যা করার আদেশ দেন। শেষপর্যন্ত নিহত ইমাদউদ্দীনের ভাই রুকনুদ্দীন সুলতানকে বুঝিয়ে নিরস্ত করেন।

কমলপুর বিদ্রোহ

বতুতা বলছেন যে এই সময়ে সিন্ধুর কমলপুরের অধিবাসীরা বিদ্রোহ করে। সুলতান খাজা জাঁহাকে পাঠালে তিনি বিদ্রোহ দমন করে কাজী ও খাতিবকে হত্যা করেন।

গিয়াসুদ্দীন বাহাদুরের বিদ্রোহ

বাহরাম আইবার বিদ্রোহের সময়ে গিয়াসুদ্দীন বাহাদুর (ডাকনাম বুরা) বিদ্রোহ করেন। বতুতা বলেছেন যে গিয়াসুদ্দীন তুঘলক বুরাকে দিল্লিতে বন্দী করে রেখেছিলেন। সিংহাসনে আরোহণের পর সুলতান মুহম্মদ গিয়াসুদ্দীনকে মুক্ত করে লাখনৌতির শাসনভার দেন। ওঁর নিজের সৎভাই বাহরাম খানকে সোনারগাঁওর ভার দেওয়া হয়। গিয়াসুদ্দীন ও সুলতানের নামে মুদ্রার প্রচলন করা হয়, যদিও খুৎবা পড়া হয় লাখনৌতিতে সুলতানের নামে। বুরা দিল্লির সব অনুশাসনই মেনে চলেন। কিন্তু তাঁর ছেলেকে দিল্লিতে পাঠান না এই ছুতোয় যে ওঁর ছেলে ওঁর আদেশ মানে না। সুলতান দলজিৎ তাতারীর অধীনে সৈন্য পাঠান এবং বাহরাম খানকে নির্দেশ দেন ওর সঙ্গে যোগ দিতে।

ইসামী বলেছেন যে সুলতান যখন মূলতান থেকে দিপালপুরে এসে পৌঁছেছেন তখন বাহরাম খানের কাছ থেকে খবর পান যে বুরা বিদ্রোহী হয়ে প্রচুর রক্তক্ষয় করেছেন। বাহরামের সঙ্গে যুদ্ধে বুরা শেষপর্যন্ত হেরে গিয়ে বন্দী হন এবং জীবন্ত অবস্থায় তার চামড়া খুলে খড় ভর্তি করে পাঠানো হয়। এই বিদ্রোহ ১৩৩০–৩১ সালে হয়েছিল।

দেবগিরিতে শাসনকেন্দ্র

দাক্ষিণাত্যে সুলতান যে একটা শাসনকেন্দ্র তৈরি করার পরিকল্পনা নিয়েছিলেন তা নিয়ে ঐতিহাসিকদের মধ্যে প্রচুর ভুল বোঝাবুঝি হয়েছে। এই ভুল বোঝাবুঝির

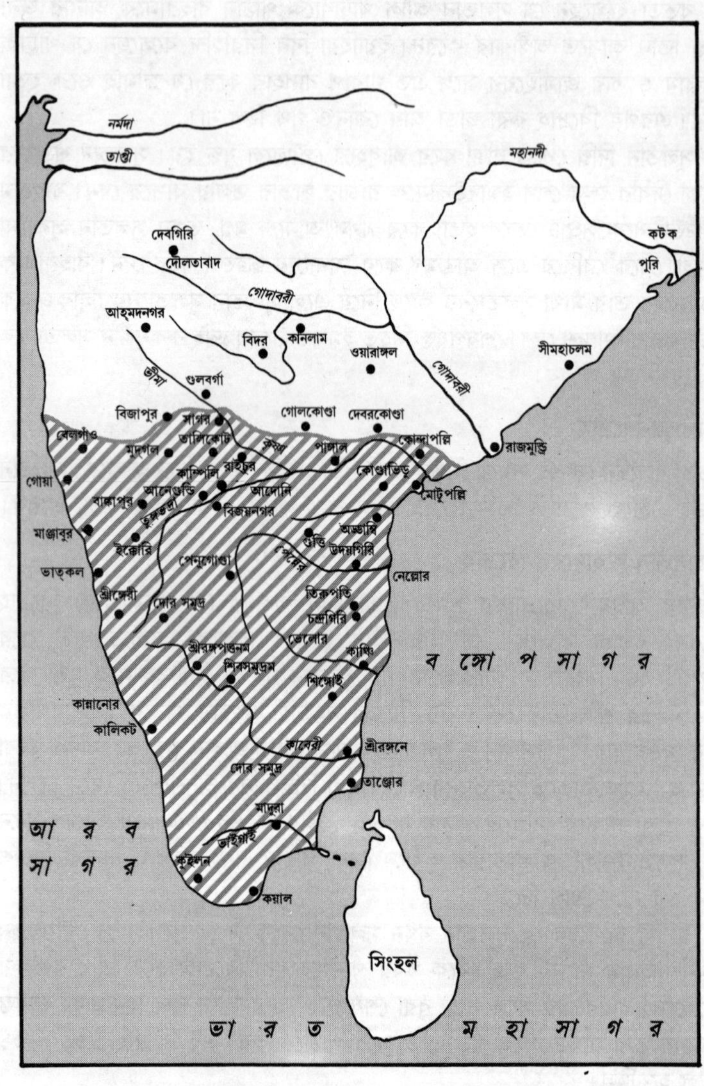

মুহম্মদ বিন তুঘলকের সাম্রাজ্য (আ. ১৩৩৫ খ্রি.)

কারণের মধ্যে রয়েছে সমকালীন লেখকদের লেখা, যেগুলি নিঃস্বার্থভাবে লেখা হয়নি। ঐতিহাসিকরা এই পরিকল্পনার পিছনের কয়েকটি উদ্দেশ্য ব্যাখ্যা করেছেন। বারানী বলেছেন যে সুলতান তাঁর রাজধানী দেবগিরিতে করা স্থির করলেন কারণ এটা তাঁর সাম্রাজ্যের কেন্দ্রে অবস্থিত। এর সমান দূরত্বে ছিল দিল্লি, গুজরাট, বাংলা, তিলঙ, মা'বার, দোরসমুদ্র ও কাম্পিলা। ভৌগোলিক দিক থেকে অবশ্য এই বক্তব্য সঠিক নয়। যেটা বারানীর বক্তব্য থেকে পাওয়া যায় সেটা হল যে দাক্ষিণাত্য নিয়ন্ত্রণ করতে হলে দেবগিরি কেন্দ্র হিসেবে উপযুক্ত মনে হয়েছিল।

এই ঘটনার পাঁচ বছর পরে ইবন বতুতা ভারতে এসেছিলেন। উনি বলেছেন যে সুলতানের বিরুদ্ধে প্রধান অভিযোগ ছিল যে উনি দিল্লির অধিবাসীদের দিল্লির বাইরে পাঠিয়েছিলেন। দিল্লির কিছু অধিবাসী নাম না করে সুলতানের বিরুদ্ধে গালাগালি দিয়ে চিঠি লিখত, যার ফলে সুলতান এই ব্যবস্থা নেন। কিন্তু এর পরেই বতুতা লিখেছেন যে সুলতান সরকারি খরচে দিল্লির অধিবাসীদের জন্য বাড়ি করে দেন। সুতরাং অনুমান করা যায় যে গালাগালি দেওয়া চিঠি ওদের দিল্লির বাইরে পাঠানোর কারণ নয়, বরং বলা যেতে পারে এই ঘটনার ফলশ্রুতি হল ওইসব চিঠি।

ইসামী বলেছেন যে সুলতান দিল্লির লোকেদের সন্দেহ করতেন। ওদের মহারাষ্ট্রর দিকে জোর করে পাঠিয়ে সুলতান ওদের ক্ষমতা নষ্ট করতে চাইছিলেন। ইসামীর বক্তব্য থেকে মনে হয় যে তিনি প্রমাণ করতে ব্যস্ত যে সুলতান ও জনগণের মধ্যে গভীর বিদ্বেষ ছিল এবং সুলতানের সব পরিকল্পনার পিছনেই এই বিদ্বেষ কাজ করেছে।

সম্ভবত বাহাউদ্দীন গুরশাস্পের বিদ্রোহের পরেই সুলতানের মনে হয় দক্ষিণের বিদ্রোহ দমন করতে গেলে দক্ষিণে একটা শক্তিশালী শাসনকেন্দ্র গড়ে তোলা দরকার। ওঁর উপদেষ্টারা উজ্জয়িনীর নাম করেছিল, কিন্তু উনি দেবগিরি পছন্দ করেন। ১৩২১ সালে আমীর খসরু দেবগিরির খুব প্রশংসা করেছেন। দিল্লির সব সুলতানরাই দাক্ষিণাত্য নিয়ন্ত্রণ করার চেষ্টায় অসুবিধা ভোগ করেছেন। সুতরাং এই সিদ্ধান্ত একদিনে হঠাৎ হয়নি।

ঐতিহাসিক মুহম্মদ হাবিব লিখেছেন যে আলাউদ্দীন মালিক কাফুরের চারটি অভিযানের সময় দক্ষিণের রাজাদের ধনরত্ন নিয়েছিলেন, কিন্তু তাদের জমি অধিগ্রহণ করেননি। সুলতান মুবারক শাহ এই নীতি বদলে দেন। উনি দেবগিরির যাদবদের সরিয়ে তার রাজত্ব ছোট আমলাদের মধ্যে ভাগ করে দিয়েছিলেন, যাদের বলা হতো *সাদ* আমীর অর্থাৎ একশো সৈন্যর সেনাপতি। এদের কাজ ছিল খাজনা সংগ্রহ করা ও স্থানীয় নেতাদের দমিয়ে রাখা। এরা ছাড়া দেবগিরিতে আর কোনও মুসলমান ছিল না। দেবগিরির দক্ষিণে যেসব হিন্দু রাজারা ছিলেন তাঁরা সম্মান হারালেও ক্ষমতা হারাননি। এঁরা একত্র হলে সুলতানী সৈন্যদের ওখান থেকে এবং রাজপুতানা ও মালব থেকে হঠিয়ে দিতে পারতেন। সুলতান মুহম্মদ তুঘলকের ধারণা হল যে যতদিন ওয়ারাঙ্গলের রাজা রয়েছেন, ততদিন দেবগিরির শাসনের বিপদের সম্ভাবনা থাকবে। ওঁর পিতার সময়ে উনি প্রথমবার ওয়ারাঙ্গল আক্রমণ করে সাফল্য লাভ

করেননি। দ্বিতীয় আক্রমণে সাফল্য পাবার পর উনি দেবগিরির মতো ওয়ারাঙ্গলকেও *সাদ* আমীরদের হাতে তুলে দিলেন। এর পরেও অবস্থার বিশেষ পরিবর্তন হয়নি। দক্ষিণের হিন্দু অধিবাসীরা উত্তর ভারতের শাসন সহজে মেনে নিতে পারছিল না। সুতরাং এক দশকের বেশি ওই ব্যবস্থা টিকবে না মনে করা হয়েছিল। ভারতে ইসলামের সাফল্য অনেকাংশে নির্ভর করেছিল শাসকদের স্থানীয় জনগণের সঙ্গে নিজেদের মানিয়ে নেওয়ার উপর।

মুইজুদ্দীন ও প্রাথমিক তুর্কি শাসকরা ভারতে দুটি কারণে সাফল্য লাভ করেছিলেন। একটি হচ্ছে যে মধ্য এশিয়া ও পারস্য দেশ থেকে মঙ্গোলদের তাড়নায় বহুসংখ্যক লোক উদ্বাস্তু হয়ে ভারতে আশ্রয় নিয়ে স্থায়ীভাবে থেকে যায়। একই সময়ে চিস্তি ও সুরাওয়ার্দিরা গ্রামে ও শহরে ধর্ম প্রচার করে বহুসংখ্যক ভারতীয়দের ইসলাম ধর্মে দীক্ষিত করে তোলে। বিভিন্ন নিচুতলার পেশার লোক, বারানী যাদের ঘৃণা করেতেন, সামাজিক সমতা পাবার জন্য ইসলামে আকৃষ্ট হয়েছিল। এরাই সদ্যগঠিত সুলতানাতকে শক্তি দিয়েছিল টিকে থাকার।

সুলতান মুহম্মদ তুঘলক শেখ ফরিদুদ্দীনের মতবাদে বিশ্বাস করে সীমাবদ্ধ দৃষ্টিভঙ্গীর বদলে উদার দৃষ্টিভঙ্গী গ্রহণ করেছিলেন। দিল্লির অধিবাসীরা সুখে স্বচ্ছন্দে ছিল। সুলতান মনে করলেন যে দক্ষিণে গিয়ে এদের সাহায্যে নতুন সামাজিক ও অর্থনৈতিক কেন্দ্র গড়ে তুলবেন। কিন্তু এর জন্য প্রচুর জোগাড়যন্ত্র প্রয়োজন। ওখানে মুসলমান সংস্কৃতি প্রসারের জন্য আধ্যাত্মবাদী সাধুসন্তদেরও ওখানে নিয়ে যাওয়ার প্রয়োজন হয়।

কারোর মতে সুলতান মুহম্মদের সিংহাসনে আরোহণের পরে সাম্রাজ্যর ভারসাম্য উত্তর থেকে দক্ষিণে সরে গিয়েছিল। মঙ্গোলদের অত্যাচারের ফলে পাঞ্জাবের গুরুত্ব কমে যায়। সুতরাং মুহম্মদ বিন তুঘলক যখন দাক্ষিণাত্য অভিযানে যান তখন তিনি একটা অর্থনৈতিক শক্তির প্রতিনিধি হিসেবে গিয়েছিলেন, যে শক্তি চাইছিল, রাজধানী এমন একটা অঞ্চলে যাক যা অনেক বেশি সমৃদ্ধ। এর ফলে সরকারের কাঠামো ধরে রাখা সহজ হবে। সমসাময়িক ও পরবর্তী ঐতিহাসিকদের লেখা থেকে মনে হয় যে দাক্ষিণাত্যে যাওয়াটা ছিল রাজনৈতিক কারণে উপযোগী। যখন সুদূর বাংলা ও মা'বারে একই সঙ্গে বিদ্রোহ হচ্ছে তখন সুলতানের পক্ষে ওই অঞ্চলের কাছে থাকা জরুরি ছিল।

দাক্ষিণাত্য পরিকল্পনার কাজ কয়েকটি স্তরে ভাগ করে করা হয়েছিল প্রধানত সাধারণ লোকেদের সুবিধার কথা ভেবে। ইয়াহিয়া সিরহিন্দি ১৩২৬–২৭ সালে বলছেন যে দিল্লি থেকে দেবগিরি, তথা দৌলতাবাদের রাস্তার দু'মাইল অন্তর স্থানে সুলতান বিশ্রামের জায়গা তৈরি করেন। ওই সব এলাকাকে আরও উন্নত করে তোলা হয়। ওখানকার বাসিন্দাদের উনি জমি দেন। জমি থেকে প্রাপ্ত খাজনা ব্যয় করা হত ওদের মাহিনাতে। রাস্তার দুপাশে গাছ লাগানো হয়। প্রথমে সুলতানের পরিবার, মালিক, আমীর তাদের দাস-দাসী, ঘোড়া ইত্যাদি দেবগিরিতে পাঠানো হয়। এরপরে সৈয়দ শেখ ও দিল্লির বড় বড় লোকেদের সুলতান পাঠান। ইসামী বলেছেন

যে ছয়টি কারাভান ভর্তি করে লোকেদের জোর করে দৌলতাবাদে পাঠানো হয়। ইয়াহিয়া বলেছেন যে ১৩২৮ সালে সুলতান লোকেদের যাবার আদেশ দেন। যারা যাবে তাদের যাতায়াতের সুযোগ-সুবিধা দেওয়া হয়। দৌলতাবাদে নতুন আগন্তুকদের বিনা খরচে থাকা ও খাওয়ার ব্যবস্থা করা হয়। বারানী বলেছেন যে লোকেদের যাবার সময়ে ও দৌলতাবাদে আসার পরে সুলতান উদারভাবে দান করেন। সুলতান দেবগিরি শহর নতুন তৈরি করে নাম রাখেন *কুব্বাতুল ইসলাম।* তবে বিশাল এলাকা জুড়ে প্রাসাদোপম বাড়ি তৈরির পরিকল্পনাকে বাস্তব রূপ দিতে চেষ্টা করায় ছয় বছরেও শহর তৈরি শেষ হয়নি। সুলতান শহরটিকে বিভিন্ন শ্রেণীর লোকেদের জন্য বিভিন্ন মহল্লায় বিভক্ত করেন। একটা মহল্লা নির্ধারিত হয় সৈন্যদের জন্য। অন্যটি কাছারির জন্য। বিচারক ও জ্ঞানী ব্যক্তিদের জন্য আর একটা মহল্লা ঠিক হয়। শেখ ও ফকিরদের জন্য আলাদা মহল্লা থাকে। এছাড়া খোলা জায়গায় মসজিদ, মিনার, বাজার, হাম্মাম, রুটি তৈরির উনুন ইত্যাদি করা হয়। কোনও মহল্লার লোককেই এসবের জন্য অন্য মহল্লার ওপর নির্ভরশীল হতে হয় না।

সমকালীন ঐতিহাসিকদের বক্তব্য যে আপামর জনসাধারণকে দৌলতাবাদে সরিয়ে নিয়ে যাওয়া হয়েছিল এটা সত্য নয়। কেবল মাত্র উচ্চ শ্রেণীর লোকেদের সরানো হয়েছিল যাদের মধ্যে ছিল অভিজাত, উলেমা, শেখ। সাধারণ হিন্দুদেরও সরানো হয়নি যার প্রমাণ পাওয়া যায় ১৩২৭ ও ১৩২৮ সালের দিল্লি থেকে পাওয়া দুটি সংস্কৃত শিলালেখ থেকে। হিন্দুরা যে দিল্লিতে ওই সময়ে শান্তিতে বাস করছিল সেটা পরিষ্কার। কিন্তু বারানী ও ইসামী শুধু শাসক ও উচ্চ শ্রেণীকে দেখে সবাইকে দৌলতাবাদে নিয়ে যাওয়া হয়েছিল ভেবেছেন। দক্ষিণে রাজধানী সরানোর জন্য দিল্লির উচ্চশ্রেণী ও বিদ্বজ্জনের যাওয়ার প্রয়োজন ছিল।

এরকম জোর করে অভিজাত, উলেমাদের নিয়ে যাওয়ার ফল হয়েছিল খারাপ। এর আগের দেড়শো বছরের বেশি সুলতানাত-এর রাজধানী ছিল দিল্লি এবং তার নিজস্ব শহরের জীবনযাত্রা ও সাংস্কৃতিক জগৎ গড়ে উঠেছিল। লোকেদের কাছে মসজিদ, মাদ্রাসা, খানকা, বাজার, বিভিন্ন বাড়ি, মিনার, সমাধিসৌধ ইত্যাদির একটা আকর্ষণ ছিল ও সেগুলি ছিল তাদের কাছে অনেক স্মৃতি বিজড়িত। 'হজরত দিল্লি' হবার একশো বছর পরে আমীর খসরু যখন অযোধ্যা গিয়েছিলেন, তখনই তাঁর দিল্লির জন্য মনখারাপ লাগত। বিগত দেড়শো বছরে দিল্লি অধ্যাত্মবাদের কেন্দ্র হয়ে ওঠার ফলে বহু খানকা ইত্যাদি গড়ে ওঠে যেখানে হাজার হাজার লোক আসত। দাক্ষিণাত্যে জোর করে ধর্মীয় লোকেদের নিয়ে যাওয়ার ফলে দিল্লির ধর্মীয় জীবনে বড় আঘাত আসে। সমকালীন এক লেখক মন্তব্য করেছেন যে দিল্লির কয়েকটি সমাধিসৌধ ছাড়া বাকিগুলিতে মোমবাতি জ্বালানোর কোনও লোক ছিল না। বারানী ও ইসামীর লেখায় দিল্লির ধ্বংসের যে কথা পাওয়া যায়, তা প্রধানত এই সাংস্কৃতিক জগৎ বিনষ্ট হয়ে যাওয়ার কথা। বারানীর কাছে দিল্লি বলতে বোঝাতো অভিজাতদের ও সাধুসন্তদের থাকার জায়গা। ইসামীর বৃদ্ধ পিতামহ দৌলতাবাদে যাবার পথে তিলপতে মারা যান ও উনি সুলতান মুহম্মদকে কোনদিন ক্ষমা করেননি। উল্লেখযোগ্য যে ঘটনার চার-পাঁচ

বছর পরে যখন ইবন বতুতা দিল্লিতে আসেন, তখন তিনি দিল্লির সমৃদ্ধির কথাই বলেছেন। এত জনবহুল শহর যে জনশূন্য হয়েছিল এটা ওঁর লেখায় পাওয়া যায় না।

মুহম্মদ বিন তুঘলকের দৌলতাবাদে অধ্যাত্মবাদী সাধু-সন্তরা সুখী ছিল না। অধ্যাত্মবাদীরা *ওয়ালিয়াৎ-এ* (অর্থাৎ কোনও জায়গার মধ্যে আধ্যাত্মবাদী নিয়ন্ত্রণ) বিশ্বাস করত। ওদের গুরুরা ওদের কাজ করার ক্ষেত্র নির্ধারণ করে দিয়েছিলেন এবং বিশেষ বিশেষ জায়গার লোকেদের ধর্মীয় শিক্ষাদানের জন্য বিশেষ জায়গাও ঠিক করে দিয়েছিলেন। যখন সুলতান দৌলতাবাদে ওদের যাবার আদেশ দেন, তখন ওদের মনে হয় যে তাদের খানকা জীবনে রাষ্ট্র হাত গলাচ্ছে। ফলে ওরা ওই আদেশ মানতে ইতস্তত করছিল। সুলতানের কাছে এই আচরণ বিদ্রোহের সমান। সুলতান অবশ্য আদর্শগতভাবে এর মোকাবিলা করার চেষ্টা করেন—তিনি প্রচার করেন যে রাষ্ট্র ও ধর্ম অঙ্গাঙ্গিভাবে জড়িত। অধিকাংশের কাছে সুলতানের আদেশ অমান্য করা সহজ ছিল না। শেখ নাসিরুদ্দীন চিরাগ তাঁর দিল্লির সিলশিলাতে শান্তভাবে বসে সমস্ত রকম অপমান ও উৎপীড়ন সহ্য করেছিলেন। সুলতান অধিকাংশ সাধু-সন্তদের দিল্লি থেকে দৌলতাবাদে জোর খাটিয়ে নিয়ে যেতে পেরেছিলেন ঠিকই, কিন্তু তিনি এই কাজ করে তাঁর জনপ্রিয়তা হারিয়ে ছিলেন।

মুহম্মদ বিন তুঘলক ছিলেন স্বেচ্ছাচারী ও তাঁর আদেশ অমান্য করাকে উনি বিদ্রোহের মধ্যে ফেলতেন। বারানী, ইসামী ও বতুতা সুলতানের ভয়াবহ শাস্তির কথা বলেছেন। এগুলি থেকেই বোঝা যায় যে লোকেদের কাছে সুলতান মুহম্মদ কতটা অপ্রিয় হয়ে পড়েছিলেন। ইসামী বলেছেন যে-সব সাধু-সন্ত ও অন্যান্য লোকেরা দৌলতাবাদে যেতে রাজি হচ্ছিল না, তাদেরকে জোর করে বাড়ি থেকে টেনে নিয়ে যাওয়া হয়েছিল। কোতোয়ালের লোকেরা তাদের চুল ধরে টেনে নানারকম উৎপীড়ন করে। ইসামী নাটকীয়তা সৃষ্টি করে বলছেন যে কারাভানের দুপাশে লোক কাঁদতে কাঁদতে যাচ্ছিল, যেন তাদের কবর দেওয়া হবে।

ইসামীর লেখা থেকে বোধ হয় যে গ্রীষ্মকালের গরমে এই ঘটনা ঘটেছিল এবং এর ফলে লোকের কষ্ট আরও বেড়ে যায়। উনি বলেছেন যে গরম সূর্য মাটিকে গরম লোহার মতো করে রেখেছিল, তার ওপর দিয়ে লোকেদের হাঁটতে হচ্ছিল। ইসামীর কাব্য-প্রতিভার অতিশয়োক্তি বাদ দিলেও, এটা বলতে কোনও দ্বিধা নেই যে দিল্লি থেকে দৌলতাবাদ যাওয়াটা ছিল উৎপীড়নের সমান। ইসামী প্রথম বাহমণি রাজার রাজত্বকালে এটা লিখছেন যে দিল্লির এক দশমাংশ লোক দৌলতাবাদ পৌঁছাতে সক্ষম হয়েছিল। কিন্তু যারা পৌঁছেছিল তাদের জন্য ভাল ব্যবস্থা ছিল।

সাধারণত এটা বলা হয়ে থাকে যে দৌলতাবাদে দিল্লি থেকে রাজধানী সরিয়ে নিয়ে যাওয়া হয়েছিল। তবে এই ধারণা সত্য নয় কারণ সুলতান দৌলতাবাদকে দ্বিতীয় শাসনতান্ত্রিক শহর হিসেবে তৈরি করেছিলেন। সমসাময়িক এক লেখক বলেছেন যে সাম্রাজ্যের দুটি রাজধানী ছিল —দিল্লি ও দৌলতাবাদ। সমসাময়িক দুটি মুদ্রা থেকে এই ধারণার সমর্থন মেলে।

দৌলতাবাদে রাজধানী স্থানান্তরিত করার প্রাথমিক ফল হল সুলতানের প্রতি জনগণের বিদ্বেষ। বহু সময় ধরেই এই বিদ্বেষ লোকেদের মধ্যে ছিল যার ফলে সুলতানের প্রতি তাদের বিশ্বাস ভেঙে যায়। দূরপ্রসারী ফল দেখলে অবশ্য বলা যায় যে দৌলতাবাদে স্থানান্তর সুলতান মুহম্মদের সাফল্য বহন করে। উত্তর ও দক্ষিণ ভারতের মধ্যে যে পাঁচিল ছিল সেটা ভেঙে যায়। অবশ্য দিল্লির দক্ষিণে সুলতানদের শাসন ক্ষমতা বেশিদূর যায়নি। এটা ঠিক যে বারানী বলেছেন দৌলতাবাদের চারপাশেই ছিল মুসলমানদের কবর। কিন্তু এই কবরের মধ্য দিয়েই উত্তর ও দক্ষিণ ভারতের একতা বাড়ছিল। এই সব লোক আসার ফলেই যে বাহমণি রাজ্যের উত্থান সম্ভব হয়েছিল, সে সম্বন্ধে সন্দেহ নেই।

ইসামী বলছেন যে দিল্লির লোকেরা দৌলতাবাদে রওনা হলে পর, সুলতান গ্রামাঞ্চল থেকে কৃষক এনে দিল্লিতে বসান। অভিজাত ও সংস্কৃতিবান লোকেরা দিল্লি ছেড়ে গেলে ওই জায়গায় 'অসভ্য' লোকেদের নিয়ে আসা হয়েছিল। কিন্তু বারানী পরিষ্কার বলেছেন যে দেশের অন্যান্য জায়গার অভিজাতদেরও আমন্ত্রণ জানানো হয়েছিল দিল্লিতে বসবাস করার জন্য। তাই, ১৩৩৪ সালে ইবন বতুতা যখন আসেন তখন তিনি দিল্লিতে জ্ঞানী, আধ্যাত্মবাদী ও সংস্কৃতিবান লোকে পরিপূর্ণ দেখেছেন। স্থানান্তরের কোনও বিষময় ফল উনি প্রত্যক্ষ করেননি। ফেরিস্তার মতে ১৩২৮–২৯ সালে মঙ্গোলরা দিল্লির কাছে আসে ও পাঞ্জাব লুট করে। এতে সুলতান নিজের ভুল বুঝতে পেরে দেবগিরি থেকে জনগণকে আবার দিল্লিতে ফিরিয়ে নিয়ে আসেন। দেবগিরি অবশ্য শাসনকেন্দ্র হিসেবে থেকে যায়।

প্রতীক মুদ্রা

দাক্ষিণাত্যের ঘটনার পরেই সুলতান প্রতীক মুদ্রা চালু করেন। তখনকার দিনে রৌপ্য মুদ্রার নাম ছিল *তঙ্কা* ও তামার মুদ্রার নাম ছিল *জিতাল।* রৌপ্য মুদ্রার বদলে সুলতান ব্রোঞ্জের একটি মুদ্রা চালু করেন এবং দাবি করেন যে এই মুদ্রাকে রৌপ্য মুদ্রার সমান মূল্য হিসেবে দেখা হোক। অর্থাৎ *জিতাল তঙ্কা* হিসেবে চালানোর কথা সুলতান বলেছেন। অসুবিধা হল এই যে বাজারে বড় লেনদেনে রৌপ্য মুদ্রার অন্তর্নিহিত রৌপ্যর ওপরে মুদ্রার মূল্য নিরূপণ হতো। অর্থাৎ জীবিত রাজার প্রথম বছরের রৌপ্য মুদ্রার মূল্য মুদ্রার লেখ অনুযায়ী হতো। কিন্তু কয়েক বছর পরে তার মূল্য কমে যেত।

সাধারণ মুদ্রা ও প্রতীক মুদ্রার মধ্যে পার্থক্য ছিল। বারানী বলেছেন যে প্রতীক মুদ্রার ধাতু ছিল তামা। কিন্তু ফেরিস্তা বলেছেন যে ওই ধাতু ছিল পিতল। যে মুদ্রাগুলি পাওয়া গিয়েছে সেগুলি ফেরিস্তার বক্তব্যকেই সমর্থন করে। এছাড়া সাধারণ মুদ্রাতে লেখনী ছিল আরবী ভাষায়। কিন্তু প্রতীক মুদ্রাতে ফার্সী ভাষাতেও লেখনী ছিল। বিশেষ যত্ন নেওয়া হয়েছিল যাতে ওই লেখনী পড়া যায়। ফার্সী ভাষায় যে লেখনী ছিল তাতে বল্গা হচ্ছে যে মুহম্মদ তুঘলকের রাজত্বকালে এটি চালু করা হয়েছে। কোনও রাজত্বের বছর না থাকায় এটা পরিষ্কার যে এর মূল্য অন্তর্নিহিত

ধাতুর ওপর নির্ভরশীল নয়, বরং সুলতানের নামের ওপর নির্ভরশীল। আরবী ভাষাতে ধর্মীয় কথা বলা হয়েছে।

প্রতীক মুদ্রার সাফল্য বহু বিষয়ের ওপর নির্ভর করতো। সরকার এই মুদ্রাকে খাজনা ও অন্যান্য বিষয়ে গ্রহণ করবে। দ্বিতীয়ত, এই মুদ্রা এমনভাবে প্রস্তুত করা দরকার যাতে সাধারণ লোক এর নকল মুদ্রা বানাতে না পারে। নকল করলে তাদের কঠোর শাস্তি হওয়া দরকার যার জন্য ভাল পুলিশি ব্যবস্থার প্রয়োজন। বিদেশী বণিকদের ও বহির্বাণিজ্যর জন্য একই সঙ্গে রৌপ্যমুদ্রা চালু থাকা দরকার। প্রয়োজনে সরকার ওই প্রতীক মুদ্রার বদলে রৌপ্য মুদ্রা দিতে পারবে।

প্রতীক মুদ্রা এশিয়াতে নতুন নয়। ত্রয়োদশ শতাব্দীতে চীনে কুবলাই খান ও ইরানে কাইখাটু খান এই ধরনের মুদ্রার প্রচলন করেছিলেন। ইরানের ওই মুদ্রা সাফল্য লাভ করেনি। কুবলাই খান কাগজের মুদ্রা করেছিলেন এমনভাবে যে কালি ও কাগজ নকল করা সম্ভব ছিল না। তাছাড়া ওই মুদ্রার বদলে তিনি সোনা বা রুপো দিতে রাজি ছিলেন।

প্রশ্ন ওঠে সুলতান মুহম্মদ প্রতীক মুদ্রা চালু করার চেষ্টা করলেন কেন? বারানী বলেছেন যে সুলতানের বিদেশ দখলের পরিকল্পনার ফলে ও অসাধারণ দয়াদাক্ষিণ্যের ফলে কোষাগার শূন্য হয়ে গিয়েছিল, আর তাই প্রতীক মুদ্রা। ওই বক্তব্যকে অবশ্য অর্ধসত্য বলা যায়। সম্ভবত খোরাসান অভিযান ও কারাচিলে পরাজয়ের ফলে সুলতান আর্থিক ঘাটতি পূরণের চেষ্টা করছিলেন। কিন্তু কোষাগার শূন্য হয়েছিল বলা যাবে না। কারণ যখন এই ব্যবস্থা চালানো গেল না, তখন সুলতান ওই সব প্রতীক মুদ্রার বদলে সোনা ও রুপো দিয়েছিলেন। তাই সুলতানের মানসিকতার মধ্যে প্রতীক মুদ্রা প্রচলনের উত্তর খুঁজতে হবে। সুলতান মুহম্মদ সাময়িকভাবে কোনো সমস্যা মিটানোর চেষ্টা করতেন না। এটাও সম্ভব যে ওই সময় থেকেই সারা পৃথিবীতে এবং ভারতে রুপোর ঘাটতি দেখা দিয়েছিল। পরবর্তীকালের ঐতিহাসিকরা দেখিয়েছেন যে সোনার তুলনায় রুপোর দাম বাড়ছিল। এর ফলে ওই সময়ে দেখা যায় যে রুপোর মুদ্রার মধ্যে রুপোর ভাগ কমে যাচ্ছে এবং সোনার মুদ্রায় সোনার ভাগ বাড়ছে। দক্ষিণ ভারতের ধনরত্ন প্রায় শেষ হয়ে এসেছিল তখন। এর মধ্যে সুলতান মুহম্মদ টাঁকশালের সংখ্যা বাড়িয়েছেন এবং সুলতান আরও উচ্চ মূল্যের মুদ্রা বের করেছেন যার মধ্যে মিশ্র ধাতু অনেক বেশি ছিল। সামরিক শক্তি বাড়ানো ও দেবগিরিতে দ্বিতীয় রাজধানী তৈরি করার পেছনেও বহু অর্থ ব্যয় হয়। ফলে সুলতানকে এমন মুদ্রা বের করতে হয় যাতে রুপো থাকবে না, কিন্তু তার মূল্য হবে রুপোর মুদ্রার সমান।

এই প্রতীক মুদ্রার ফলাফল বিভিন্ন দিকে দেখা যায়। বারানী বলেছেন যে লোকে ওই সময় এত বেশি এই প্রতীক মুদ্রা তৈরি করতে থাকে যে প্রতিটি হিন্দু বাড়ি টাঁকশালে পরিণত হয়। ঐতিহাসিক এডওয়ার্ড টমাস বলেছেন যে সরকারি টাঁকশালের আমলারা যে সব যন্ত্রপাতি ও ধাতু নিয়ে ওই মুদ্রা তৈরি করেছিল, সেগুলো ছিল সহজলভ্য। মুদ্রার মধ্যে এমন কোনও চিহ্ন ছিল না যার অনুকরণ করা

কঠিন। কিন্তু ঐতিহাসিক মুহম্মদ হাবিব অন্য কারণ দিয়েছেন। মিশ্র ধাতুর মুদ্রায় সরকারি টাঁকশালে একটা বিশেষভাবে ধাতু তৈরি হত, যেটা কষ্টিপাথরের সাহায্যে ধরা যেত, কিন্তু তার কলাকৌশল সাধারণ লোকেরা জানত না। সুলতান আশা করেছিলেন যে এই প্রতীক মুদ্রাও ওই একই রকমভাবে ব্যবহৃত হবে, অর্থাৎ ধাতুর ওজনের ওপরে। কিন্তু এখানে বিশেষ কলা কৌশল না থাকায়, সাধারণ লোকেরা নকল প্রতীক মুদ্রা সহজেই তৈরি করতে পেরেছিল। এর ফলে বাজার নকল প্রতীক মুদ্রায় ছেয়ে যায়। ফলে সকলকে শাস্তি দেওয়া সম্ভব হয় না। যাদের কাছে ওই নকল মুদ্রা ছিল, তারা সবাই যে ওই নকল মুদ্রা তৈরি করেছিল তা নয়। এর ফলে কাউকেই শাস্তি দেওয়া যায় নি। এরপর সুলতান আদেশ দেন প্রতীক মুদ্রার বদলে কোষাগার থেকে ভালো মুদ্রা দেওয়া হবে। শেষ পর্যন্ত নকল প্রতীক মুদ্রার বদলে নতুন মুদ্রা দেওয়া হল না বটে, তবে কাউকে শাস্তি দেওয়া হয়নি। তুঘলকাবাদে ওই প্রতীক মুদ্রার পাহাড় হয়ে গেল, যেগুলি পরবর্তীকালে হয়ত গলানো হয়েছিল। কিন্তু যে সব নকল প্রতীক মুদ্রা কোষাগারে আনা হয়নি, সেগুলি চলতে লাগল। এগুলির অন্তর্নিহিত ধাতুর ওপর মূল্য নির্ধারণ হতো এবং প্রদেশে এইগুলির চল ছিল বেশি।

অন্যান্য ফলাফলের মধ্যে দেখা যায় যে লোকেরা রৌপ্য মুদ্রা জমিয়ে প্রতীক মুদ্রা খরচ করছে। যার ফলে রৌপ্য মুদ্রার চলাচল কমে যায়। খাজনা দেওয়া হতে লাগল প্রতীক মুদ্রাতে যার ফলে খট, মুকদ্দম ইত্যাদির হাতে রৌপ্যমুদ্রা জমতে থাকে। এমনকি অস্ত্রও কেনা হতে লাগল এই প্রতীক মুদ্রাতে। বিদেশী বণিকরা প্রতীক মুদ্রা নিতে রাজি না হওয়ায় আমদানী অনেক কমে গেল। এ সবের ফলেই সুলতান প্রতীক মুদ্রা তুলে নেন।

খোরাসান অভিযান

বারানী বলেছেন যে খোরাসান ও ইরাক জয়ের জন্য মুহম্মদ তিন লক্ষ সত্তর হাজার সৈন্য সংগ্রহ করেন। ওঁর মতে এই পরিকল্পনা সুলতানের বিভিন্ন অপকীর্তির মধ্যে একটা এবং মন্তব্য করেছেন যে বিদেশী লোকেদের কথা শুনে উনি কোষাগারের টাকা উড়িয়ে দিয়েছেন এবং এ সব দেশ উনি জয় করতে পারেননি। বরং এর ফলে নিজের দেশের উপর ওঁর নিয়ন্ত্রণ চলে যায়। বারানী বলেছেন যে এই তিন লক্ষ সত্তর হাজার সৈন্যকে নগদ টাকা ও ইক্তাতে মাহিনা দেওয়া হতো। অস্ত্রশস্ত্র কেনার জন্য প্রচুর অর্থ ব্যয় করা হয়েছিল। এক বছর ধরে এদের মাহিনা দেওয়া হয়েছিল এই আশায় যে পরের বছর যে ধনরত্ন পাওয়া যাবে তাতে খরচ উঠে যাবে। কিন্তু ওই সৈন্যদের কোন সামরিক অভিযান না হওয়ায় পরের বছর এদের মাহিনা দেবার মতো অর্থ ছিল না। অন্য কোনও সামরিক অভিযানেও এই সৈন্যদের লাগানো যায়নি।

এই অভিযানের পরিকল্পনার পিছনে সুলতানের কি উদ্দেশ্য ছিল বারানী তার ব্যাখ্যা দেননি। কিন্তু এটা বিশ্বাস করা যায় না যে উনি সুলতানের উদ্দেশ্য জানতেন না, কারণ ওঁর সঙ্গে সুলতানের ঘনিষ্ঠ সম্পর্ক ছিল। সমকালীন লেখক আমীর খুরদ

বর্ণনা দিয়েছেন যে কিভাবে সুলতান জনসাধারণকে তাঁর পরিকল্পনায় সায় দিতে বলেছিলেন। যখন দেবগিরিতে রাজধানী স্থানান্তরিত হচ্ছিল তখন সুলতান মুহম্মদ এই পরিকল্পনা করেন। এজন্য তিনি দিল্লির মৌলানা ও সুফি সাধকদের ডেকে চেঙ্গিস খানের বংশধরদের বিরুদ্ধে ধর্মযুদ্ধ ঘোষণা করতে বললে তারা রাজি হয়নি। ইরান ও ইরাক থেকে বহু অভিজাত এর আগে এসে সুলতানকে বুঝিয়ে ছিল যে ওই দেশ জয় করা কিছু কঠিন নয়। মধ্য এশিয়াতে তখন ইল খানেদের নিয়ন্ত্রণ প্রায় চলে গিয়েছে ও তৈমুর লঙ তখনো আসেননি। সুলতান মুহম্মদ এই রাজনৈতিক শূন্যতার সুযোগ গ্রহণ করতে চাইছিলেন, যদিও খোরাসান বলতে তিনি কি বুঝেছিলেন তা খুব স্পষ্ট নয়। এক বছর ধরে সৈন্য জমায়েত করার ফলে লোকেদের মধ্যে যে আশা জেগেছিল, তা বিনষ্ট হয়ে যায়। কোষাগারের অর্থ বিনা কারণে খরচ হওয়া ছাড়াও পরিকল্পনা বাতিল হলে বেকারের সংখ্যা বৃদ্ধি পায় ও সুলতানের জনপ্রিয়তা কমতে থাকে।

সেহওয়ানের বিদ্রোহ

১৩৩৩ সালে ইবন বতুতা সেহওয়ানে এসে দেখেন যে শহরের প্রাচীর থেকে বিদ্রোহীদের মৃতদেহ ঝুলছে। সুতরাং ওই বছরই বিদ্রোহ হয়েছিল বলা যায়। সেহওয়ানের হিন্দু শাসনকর্তা রতনকে হত্যা করে দু'জন অভিজাত প্রায় দশ লাখ টাকার সরকারি সম্পত্তি লুট করে পালায়। ওরা একটা বিরাট সৈন্যদল জোগাড় করে যারা দু'জন অভিজাতদের একজনকে (কাইজার-ই রুমী) নেতা বলে ঠিক করে। মূলতানের শাসনকর্তা ইমাদুল-উল মুল্ক সরতেজ এদের পরাজিত করে বিদ্রোহীদের মৃতদেহ সেহওয়ান শহরের প্রাচীরে ঝুলিয়ে দেন।

কারাচিল অভিযান

কুমায়ুন-গাড়োয়াল এলাকার কাংড়া জেলার কুলু অঞ্চল কারাচিল এলাকা বলে খ্যাত। বতুতা বলেছেন যে এই এলাকা দিল্লি থেকে দশ দিনের পথ। ওই অঞ্চলে রাজপুত রাজারা রাজত্ব করতেন। চীনারা ওখানে ঢোকবার চেষ্টা করছিল। তারা ওখানে একটা মন্দির তৈরি করে তাদের নিয়ন্ত্রণ বাড়ানোর চেষ্টা করছিল। বারানী খোরাসান অভিযানের সঙ্গে কারাচিল অভিযান জুড়ে দিয়েছেন। তিনি বলেছেন যে খোরাসানে যাবার জন্য কারাচিল এলাকা দখল করা প্রয়োজন ছিল। কিন্তু যেহেতু কারাচিল খোরাসানের পথে পড়ে না, এজন্য বারানীর বক্তব্য মানা যায় না। পরবর্তীকালে ফেরিস্তা বলেছেন যে সুলতানের আসল লক্ষ্য ছিল চীনদেশ জয় করা। যেহেতু কোন সমকালীন লেখক এ কথা বলেননি, অতএব ফেরিস্তার বক্তব্যও মানা যায় না। আসলে সুলতান সীমান্ত এলাকা সুরক্ষিত করতে চাইছিলেন, যার জন্য তিনি এই অভিযান করেন।

দশ হাজার সৈন্য দিয়ে ওঁর ভাইপো খসরু মালিককে এই অভিযানে পাঠানো হয়। সুলতান বিস্তৃত নির্দেশ দিয়েছিলেন কোথায় কোথায় সামরিক ঘাঁটি বসানো হবে,

যাতে সৈন্যদের জন্য সহজে খাদ্য পৌঁছাতে পারে। এই অভিযান কতদূর যাবে সে সম্পর্কেও সুলতানের স্পষ্ট নির্দেশ ছিল। সৈন্যরা জিড্যা নামে একটা জায়গা দখল করলে সুলতান ওখানে কাজী ও খাতিবকে পাঠান। সুলতান চেয়েছিলেন সৈন্যরা ওই এলাকা পেরিয়ে যাবে না। কিন্তু সহজ সাফল্যে উৎসাহিত হয়ে খসরু মালিক জিড্যা পেরিয়ে তিব্বতের দিকে রওনা হন। ত্রয়োদশ শতাব্দীতে বখতিয়ার খলজী যে ভুল করেছিলেন খসরু মালিকও ওই একই ভুল করলেন। কিছুদিন পরে বৃষ্টি নামায় অভিযান বন্ধ হয়ে যায় ও সৈন্যদের মধ্যে নানা অসুখে অনেকেরই মৃত্যু হয়। পাহাড়ী লোকেরা উঁচু জায়গা থেকে বড় বড় পাথরের চাঁই ফেলে সৈন্যদের অবস্থা শোচনীয় করে তোলে। বারানী বলেছেন যে মাত্র দশজন লোক ফিরেছিল। অন্যদিকে বতুতা বলেছেন যে মাত্র তিনজন লোক ফিরেছিল।

খসরু মালিকের এই উৎসাহের জন্য সুলতানের ব্যক্তিগত কোনও দোষ ছিল না, যদিও তিনি দায়িত্ব এড়াতে পারেন না। প্রচুর অর্থ ও লোকবলের অপচয়ের ফলে সাধারণ লোকেদের মধ্যে ততদিনে অসন্তোষ এসে গিয়েছিল। বতুতা বলেছেন যে এর পর সুলতান ওই এলাকার অধিবাসীদের সঙ্গে শান্তি স্থাপন করেছিলেন একটা শর্তে যে ওরা ওঁকে একটা নির্দিষ্ট অঙ্কের টাকা দেবে। এরা যেহেতু পাহাড়ের পাদদেশে থাকে, অতএব ওখানকার জমি সুলতানের অনুমতি ব্যতীত এরা ব্যবহার করতে পারবে না। দামাস্কাস থেকে লেখা একটি বইতে *(মাসালিক-উল অবসর)* বলা হয়েছে যে কারাচিলের লোকেরা সুলতানের অধীনে ছিল এবং ওরা ওঁকে কর দিত।

দুর্ভিক্ষ এবং মা'বার ও বাংলায় বিদ্রোহ

সুলতান মুহম্মদ বিন তুঘলকের রাজত্বের প্রথম দশক সাফল্যমণ্ডিত বলা যায়। আলাউদ্দীন খলজীর শাসিত এলাকা থেকে ওঁর শাসিত এলাকা বড় ছিল এবং সুলতান মুহম্মদ ওঁর বিরুদ্ধে বিদ্রোহগুলি সহজেই দমন করতে পেরেছিলেন। কিন্তু এই সময়ে দুটি বিপর্যয় আসে যার প্রতিকার করার উপায় বোধহয় ওঁর ছিল না। একটি হচ্ছে দুর্ভিক্ষ ও অন্যটি মহামারী বা বুবনিক প্লেগ।

বারানী এ সম্বন্ধে যা লিখেছেন সেটা ওঁর স্মৃতি থেকে নেওয়া। উনি নিজেই বলেছেন যে সুলতান মুহম্মদের ঘটনাবলী উনি ঐতিহাসিক কালক্রম অনুযায়ী লিখছেন না। উনি দুর্ভিক্ষ সম্বন্ধে প্রথমে যা বলেছেন তার সবটা মেনে নেওয়া শক্ত। উনি বলেছেন যে সুলতানের আদেশে দোয়াবে কৃষকের ভূমি রাজস্ব দশগুণ থেকে বিশগুণ বাড়িয়ে দেওয়া হল। এই রাজস্ব সংগ্রহ হতে লাগল বল প্রয়োগ করে। ফলে দুর্বল কৃষকরা ধ্বংস হয়ে গেল ও ধনী কৃষকরা-সর্বস্ব হারিয়ে বিদ্রোহী হল। ওই অঞ্চলের সমস্ত কৃষিকার্য বন্ধ হয়ে গিয়ে এলাকা ধ্বংস হয়ে গেল। অন্যান্য জায়গার কৃষকরা ভয় পেল যে তাদেরও ওই রকম অবস্থা হবে এবং সেই ভীত কৃষকেরা জঙ্গলে লুকিয়ে রইল। এর ফলে সমগ্র দোয়াবে দুর্ভিক্ষ দেখা দিল এবং শস্যের দাম ভীষণভাবে বাড়তে থাকল। ওই বছর বর্ষা না হওয়ায় দুর্ভিক্ষ চরমে উঠল এবং হাজার হাজার লোকের মৃত্যু হল। সুলতানের ভূমি রাজস্ব বাড়ানোর সঙ্গে বর্ষা না

আসার ও পরে দুর্ভিক্ষ হওয়ার প্রকৃতপক্ষে কোনও সম্পর্ক নেই। তবে বারানীর বক্তব্য থেকে মনে হয় যে দুর্ভিক্ষের পরেও সুলতান কৃষকদের কাছ থেকে সমকালীন বাজারদরে শস্য বা টাকা চেয়েছিলেন যার ফলে ওদের অবস্থা আরও খারাপ হয়ে যায়। বারানী এমনভাবে লিখছেন যেন কিশলু খানের বিদ্রোহের পরই দুর্ভিক্ষ এসেছিল। কিন্তু খোরাসানের ও কারাচিলের অভিযানের সময়ে বা দৌলতাবাদে স্থানান্তরের সময়ে দুর্ভিক্ষ হয়নি। দুর্ভিক্ষের মধ্যে এ কাজগুলি করা সম্ভব ছিল না। বারানী বলেছেন যে ছয় বছর (১৩২৮–৩৪ সাল) যখন সুলতান দিল্লিতে ছিলেন তাঁর আমীর ও সৈন্যদের সঙ্গে এবং যখন তাদের পরিবার দেবগিরিতে ছিল, তখনই দোয়াবের সর্বনাশ শুরু হয় সরকারি কর বাড়ানোর জন্য। হিন্দুরা তাদের শস্যের গোলা পুড়িয়ে তাদের গবাদি পশু বাড়ি থেকে বের করে দেয়। সুলতান ফৌজদার ও শিকদারদের আদেশ দেন ওদের ঘরবাড়ি লুট করার জন্য। কয়েকজন মুকদ্দম ও চৌধুরীকে হত্যা করা হয়। ওদের এলাকাগুলি পুড়িয়ে দেওয়া হয়। ওদের অনেকেই জঙ্গলে আশ্রয় নেয়। ওই সময়ে সুলতান বারাণে শিকারে গিয়েছিলেন। উনি আদেশ দেন যে ওই এলাকা ধ্বংস করে ওখানকার হিন্দু নেতাদের মিনার থেকে ঝুলিয়ে দিতে। সুলতান নিজে সৈন্য নিয়ে কনৌজ থেকে ডালমাও পর্যন্ত এলাকা লুণ্ঠন করেন। অধিবাসীরা জঙ্গলে পালালে জঙ্গল ঘিরে ফেলা হয়। যারা ধরা পড়ে তাদের মৃত্যু হয়।

বারানীর ওই বক্তব্যের সঙ্গে ইবন বতুতার বক্তব্য মেলে না। বতুতা দিল্লিতে আসেন ১৩৩৪ সালের মার্চ মাসে যখন দোয়াবে ভয়াবহ দুর্ভিক্ষ শুরু হয়েছে। এর ফলে দিল্লিতে খাদ্যাভাব হলে সুলতান দিল্লিতে ছ'মাস ধরে শস্য বিতরণ করার আদেশ দেন। ওই আদেশ মতো কাজী, কেরানী, আমীর রাস্তায় রাস্তায় ঘুরে দোকানগুলি দেখেন এবং লোকেদের প্রয়োজন দেখে ছ'মাসের মতো শস্য দেবার ব্যবস্থা করেন। প্রতিদিন বারো ছটাক করে শস্য দেবার হিসেব করা হয়। এর থেকে মনে হয় যে অন্যান্য শহরে পরবর্তী খারিফ শস্য না আসা পর্যন্ত ওই ব্যবস্থা করা হয়েছিল।

বারানী ও ইবন বতুতা বলেছেন যে সুলতান কনৌজে শুনলেন মা'বারের শাসনকর্তা সৈয়দ আহসান শাহ বিদ্রোহ করেছেন। আটজন অনুগত আমীরকে তিনি হত্যা করেন এবং সৈন্যরা ওঁর সঙ্গে যোগ দেয়। বতুতা বলেছেন যে সৈয়দ আহসান শাহর রাজধানী ছিল দিল্লি থেকে ছ'মাসের পথ। আহসান শাহ ভেবেছিলেন যে লম্বা পথ ও দোয়াবের দুর্ভিক্ষের ফলে সুলতান কিছু করতে পারবেন না। দুর্ভিক্ষ ততদিনে দোয়াব থেকে মালব ও পূর্ব পাঞ্জাব পর্যন্ত ছড়িয়ে পড়েছিল। সৈয়দ আহসানের ছেলে ইব্রাহিম খারেতাদার সাম্রাজ্যের আমলা ছিলেন। তা সত্ত্বেও আহসান এই ঝুঁকি নিয়েছিলেন। সুলতান দিল্লিতে এসে আটদিনের মধ্যে সৈন্য প্রস্তুত করে মা'বারের উদ্দেশে রওনা হয়ে গেলেন। ইব্রাহিম খারেতাদার ছিলেন হানসী ও সরস্বতির শাসনকর্তা। ওঁকে ওঁর পরিবারবর্গ ও আত্মীয়স্বজন সমেত আটক করে পরে হত্যা করা হয়। উজীর খাজা-ই জাঁহা ধরে পৌঁছে জানতে পারেন যে তাঁর ভাইপো তাঁকে

হত্যা করার চক্রান্ত করছে। সুতরাং ওখান থেকে উনি মা'বারে পালান। ওখানে গিয়ে জাঁহা ষড়যন্ত্রকারীদের দিল্লি পাঠান। পরে ওদের হত্যা করার আদেশ দেওয়া হয়। উজীরকে এরপর বলা হয় দিল্লি এসে শাসনভার গ্রহণ করতে।

সুলতান দৌলতাবাদে পৌঁছে মাস খানেক থাকেন। এরপর উনি বিদরে পৌঁছান। ওখানে তখন ভয়াবহ মহামারী শুরু হয়েছিল। বহু দাস-দাসী, আমীর, সৈন্য মারা যায়। এদের মধ্যে সুলতানের কাছের লোক দৌলত শাহ ও হেরাটের আমীর আবদুল্লারও মৃত্যু হয়। বতুতা সেই সময়ে ওখানে ছিলেন না। কিন্তু যখন তিনি মাদুরাতে পৌঁছান তখন সেখানে প্লেগ মহামারীর আকার ধারণ করেছে। প্রতিদিন বহু মানুষের মৃত্যু হচ্ছে। ইসামী বলেছেন যে সুলতানের শয়তানের মতো কাজকর্মের ফলে বিষাক্ত বাতাস এই মহামারী বহন করে এনেছে। উনি বলেছেন যে সুলতান যে সব সৈন্য নিয়ে গিয়েছিলেন তার মধ্যে মাত্র এক তৃতীয়াংশ ফিরে এসেছিল। সুলতান নিজেও এই মহামারীতে আক্রান্ত হয়েছিলেন। কিন্তু শেষদিকে এর প্রকোপ কমে যায়। উনি এবং আরও কয়েকজন বেঁচে যান।

দৌলতাবাদে পৌঁছে সুলতান মালিক মকবুলকে ওয়ারাঙ্গল-এর ভার দেন। বিদর ও সংলগ্ন এলাকা নসরৎ খানকে বছরে একলক্ষ টাকায় ইজারা দেওয়া হয়। দেবগিরি ও মহারাষ্ট্রের শাসনভার দেওয়া হয় কুতলুঘ খানকে। বিদ্রোহী হোসাঙ শাহ ক্ষমা প্রার্থনা করলে তাকে ক্ষমা করা হয়।

সৈন্যদের শোচনীয় অবস্থা ও সুলতানের অসুস্থতার সঙ্গে নানারকম গুজব ওঠে। বতুতা বলেছেন যে সুলতান যখন দৌলতাবাদে পৌঁছালেন তখন সেখানে অরাজকতা চলছিল। বতুতার মতে সুলতান মুহম্মদের শাসনের ভিত্তি ছিল সামরিক শক্তি। কিন্তু মহামারীর ফলে কেন্দ্রীয় সৈন্যদল নিস্তেজ হয়ে পড়েছিল এবং প্রায় দশ বছর সুলতান দূরপাল্লার অভিযান করেননি। এমনকি ১৩৪৫ সালে তিনি গুজরাট আভিযানে গেলে যে সৈন্যদল ওঁর সঙ্গে গিয়েছিল, সেটি ছিল আগেকার দলের ছায়া মাত্র। আসলে সুলতানের নিজের অধীনে এরকম কোনও সৈন্যদল ছিল না। ছোটখাট বিদ্রোহ হলে এলাকার সেনাপতিরা ওদের দমন করতে পারত। কিন্তু এই দশকে (১৩৩৪–১৩৪৫) বড় কোনও প্রাদেশিক শাসনকর্তা বিদ্রোহ করলে তাকে দমন করার মতো শক্তি সুলতানের ছিল না। ১৩৩৪ সালের পর আলাউদ্দীন বাহমণি শাহর সিংহাসনে আরোহণ ওই কেন্দ্রীয় দুর্বলতার দিকেই আমাদের দৃষ্টি আকর্ষণ করে। ১৩৩৪ সালের পর মহামারীর বিপর্যয় ও কেন্দ্রীয় দুর্বলতার প্রতিকার হিসেবে সুলতান প্রায় বিচার না করেই শাস্তি দিতেন। উনি ভেবেছিলেন যে শাস্তির ভয়ে বিদ্রোহ আর হবে না। ওঁর শেষ সতেরো বছরের রাজত্বের এটাই ছিল বৈশিষ্ট্য।

অসুস্থ অবস্থায় সুলতান দেবগিরি থেকে দিল্লির পথে ধর নামক স্থানে থামেন। দোয়াব অঞ্চলে অনাবৃষ্টির ফলে দুর্ভিক্ষের অবস্থা সৃষ্টি হয়েছিল, তবে অযোধ্যা অঞ্চলে বৃষ্টি হয়ে ভালো ফসল হয়। সুলতানের ছাউনিতেও খাদ্যাভাব দেখা যায় যদিও আইন-উল মুল্ক প্রতিদিনই খাবার পাঠাতেন। এর মধ্যে লাহোরের শাসনকর্তা

মালিক তাতারকে হত্যা করে হুলাজুন (মঙ্গোল নেতা), তাঁকে সৈন্যদল নেওয়া হয়েছিল, হুলজুন বিদ্রোহী হলে খাজা জাঁহা তাকে পরাজিত করে লাহোর থেকে বিতাড়িত করেন। বারানী বলেছেন যে দোয়াবের লোকেরা অযোধ্যায় যেতে চাইলে সুলতান আপত্তি করেননি।

সোনরগাঁওয়ে সুলতানের সৎভাই বাহরাম খানের মৃত্যু হলে, সিলাহদার মালিক ফকরুদ্দীন নিজেকে স্বাধীন বলে ঘোষণা করেন। লাখনৌতির শাসনকর্তা কাদের খান অন্যান্য আমীরদের নিয়ে যুদ্ধে ফকরুদ্দীনকে পরাজিত করলে ফকরুদ্দীন পালিয়ে যান। কাদের খান সোনারগাঁওয়ে থেকে প্রচুর অর্থ সংগ্রহে করেন। কিন্তু ওই অর্থ তিনি রাজার কোষাগারে জমা দেন না। এমনকি সৈন্যদের মাহিনা দেওয়াও তিনি বন্ধ করে দেন। ফকরুদ্দীন ফিরে এলে ওই সৈন্যরা কাদের খানকে পরিত্যাগ করে ফকরুদ্দীনের সঙ্গে যোগ দেয়। যুদ্ধে কাদের খান মারা যান ও ফকরুদ্দীন আবার স্বাধীন রাজা হন। তাঁর এক দাস মুখলিসকে লাখনৌতির শাসনকর্তা করেন।

ইতিমধ্যে কাদের খানের যুদ্ধমন্ত্রী, আলি মুবারক, মুখলিসকে হত্যা করে লাখনৌতি দখল করেন। আলি দিল্লিতে খবর পাঠান শাসনকর্তা পাঠানের জন্য যাতে তিনি দিল্লি ফিরে যেতে পারেন। সুলতান মহম্মদ যাকে লাখনৌতি পাঠাবেন স্থির করেন তাঁর মৃত্যু হলে আর কাউকে পাঠানো হয় না। মালিক ফকরুদ্দীনকে পরাজিত করার জন্য আলি মুবারক নিজেকে রাজা বলে ঘোষণা করা ছাড়া অন্য উপায় থাকে না। উপাধি নেন সুলতান আলাউদ্দীন। এরপর মালিক হাজী ইলিয়াস অন্যান্য আমির ও মালিকদের সঙ্গে সড়যন্ত্র করে আলি মুবারককে হত্যা করেন ও সুলতান শামসুদ্দীন নাম নিয়ে লাখনৌতির সিংহাসনে বসেন। ১৩৪০ - ৪১ সালে হাজী ইলিয়াস সোনারগাঁও অভিযান করে ফকরুদ্দীনকে বন্দী করে লাখনৌতিতে নিয়ে আসেন ও হত্যা করেন। এরপর থেকে সোনারগাঁও লাখনৌতির অধীনে চলে যায় ও লাখনৌতি দিল্লির নিয়ন্ত্রণের বাইরে যায়। এটা ভাবা শক্ত যে সুলতান মুহম্মদ বাংলাকে ভুলে গিয়েছিলেন। প্রকৃতপক্ষে তাঁর তখন এমন অবস্থা হয়েছিল যে সেরকম কোনও লোক ও সৈন্য পাচ্ছিলেন না বাংলাতে পাঠানোর জন্য। ফলে বাংলা দিল্লি সাম্রাজ্যের বাইরে চলে যায়।

দুর্ভিক্ষ ও মহামারীর ফলে সুলতান মুহম্মদের সামরিক ও আর্থিক অবস্থা শোচনীয় হয়ে পড়েছিল তার প্রমাণ পাওয়া যায় যখন দক্ষিণের দুটি রাজ্য স্বাধীন হয়ে যায়। সুলতান যখন তাঁর সৈন্যদলের অবশিষ্ট অংশ নিয়ে দিল্লিতে পৌঁছান তখন এটা পরিস্কার হয়ে গিয়েছিল যে উত্তর ভারত থেকে দক্ষিণ নিয়ন্ত্রণ করা যাবে না। ১৩৩৬ সালে হরিহর ও তাঁর ভাই বুক্ক তুঙ্গভদ্রা নদীর দক্ষিণে স্বাধীন রাজ্যের প্রতিষ্ঠা করেন যেটি পরে বিজয়নগর সাম্রাজ্যে রূপান্তরিত হয়। সুলতান যখন দিল্লিতে ছিলেন তখন (আনুমানিক ১৩৩৫ সাল) কানাইহা নায়ক ওয়ারাঙ্গলে বিদ্রোহী হয়। ওখানকার শাসনকর্তা মালিক মকবুল ওখান থেকে পালিয়ে দিল্লি পৌঁছান। ওয়ারাঙ্গল স্বাধীন হয়ে যায়। কানাইহার এক আত্মীয় ইসলাম ধর্মে দীক্ষিত হয়েছিল। সুলতান তাকে

কাম্পিলাতে পাঠালে সে আবার হিন্দুধর্ম গ্রহণ করে এবং কাম্পিলাতে স্বাধীন রাজ্যের প্রতিষ্ঠা করে। এর ফলে সুলতানের সর্বভারতীয় শাসনতন্ত্র গঠন করার স্বপ্ন দূর হয়ে যায়। বারানী বলেছেন যে শুধু গুজরাট ও দেবগিরি সুলতানের হাতে থাকে।

সম্ভবত কারাচিল অভিযানের ব্যর্থতার পর সুলতান মুহম্মদ কাংড়া জেলার নগরকোট অভিযানে নিজে যান। উদ্দেশ্য ছিল সীমান্ত সংরক্ষণ করা। এই অভিযান সম্পর্কে বিশদ তথ্য পাওয়া যায় না, কিন্তু সুলতান যে নিজে গিয়েছিলেন তার উলেখ কয়েকজন সামসাময়িক লেখকের লেখায় পাওয়া যায়। এটাও বলা হয় যে এই অভিযানে সুলতান ধর্মীয় উদারতা প্রদর্শন করে জ্বালামুখির মন্দিরে হাত দেননি।

মাসুদ খানের বিদ্রোহ

মাসু খান ছিলেন সুলতানের সৎভাই। ওঁর মা ছিলেন আলাউদ্দীন খলজীর মেয়ে। ব্যাভিচারের অভিযোগে সুলতান ওঁর মাকে পাথর ছুঁড়ে মারার আদেশ দিয়েছিলেন। এর ফলে মাসুদের মনে তীব্র অসন্তোষ জমা হয়। দু'বছর পরে মাসুদের বিরুদ্ধে অভিযোগ আনা হয় যে সে বিদ্রোহ করার পরিকল্পনা করছে। ওই অভিযোগ তাকে দিয়ে স্বীকার করানোর জন্য যেসব অত্যাচার হতে পারে তা অনুমান করে ভয়ে মাসুদ সব স্বীকার করেন। ফলে বাজারের মাঝখানে তাঁকে হত্যা করা হয় এবং তিনদিন তার দেহ ওখানে রাখা হয়। বতুতা এঁকে চিনতেন এবং বলেছেন যে এত ভালো সুন্দর চেহারর লোক তিনি আর দেখেননি।

সুনাম ও সামানার বিদ্রোহ

এখানকার কৃষকরা ভূমিরাজস্ব দিতে অস্বীকার করে এবং তারা নিজেদেরকে বাড়িতে বন্ধ করে থাকে। সুলতান নিজে এই বিদ্রোহীদের বিরুদ্ধে অভিযান করেন ও ওদের পরাজিত করে দিল্লিতে নিয়ে আসেন।

কারাতে বিদ্রোহ

১৩৩৮ সালে কারাতে নিজাম মইন বিদ্রোহ করেন। উনি কয়েক লক্ষ টাকায় কারার খাজনা ইজারা নিয়েছিলেন কিন্তু তার মাত্র এক-দশমাংশও ফেরত দিতে পারেন না। তখন তিনি সুলতান আলাউদ্দীন উপাধি নিয়ে স্বাধীনতা ঘোষণা করেন। অযোধ্যার শাসনকর্তা আইন-উল মুল্ক অন্যান্য আমীরদের নিয়ে ওঁকে পরাজিত করেন। জীবন্ত অবস্থায় ওঁর চামড়া খুলে নিয়ে খড় ভর্তি করে দিল্লিতে পাঠানো হয়। কারার ইক্তা দেওয়া হয় সুলতানের বোনের স্বামী শেখজাদা বুস্তামিকে।

বিদরে নসরৎ খানের বিদ্রোহ

১৩৩৮-৩৯ সালে তাজ-উল মুল্ক নসরৎ খান, যিনি সিহাব সুলতানী নামে খ্যাত ছিলেন, বিদরে বিদ্রোহ করেন। ১৩৩৪ সাল নাগাদ ওঁকে বিদরের শাসনকর্তা করা হয়েছিল এই শর্তে যে উনি কেন্দ্রকে এক কোটি তঙ্কা দেবেন এবং কৃষিকার্যেরও সম্প্রসারণ করবেন। কোন শর্তই তিনি পূরণ করতে পারেন নি। সুলতান তাঁকে

কোন শাস্তি দেওয়ার আগেই তিনি ভয় পেয়ে বিদ্রোহ করেন। ফলে কুতলুঘ খান ওঁর বিরুদ্ধে অভিযান চালিয়ে ওঁকে বন্দী করেন।

গুলবর্গাতে আলি শাহ নাথুর বিদ্রোহ

নসরৎ খানের বিদ্রোহের কিছু সময় পরে এই বিদ্রোহ হয়। আলি আদিল শাহ নাথু ছিলেন আলাউদ্দীন খলজীর বিখ্যাত সেনাপতি জাফর খানের ভাইপো। ওঁকে কর সংগ্রহ করার কাজ দেওয়া হয়েছিল। এই কাজ করার সময়ে উনি গুলবর্গার হিন্দু মুক্তা ভীরণকে হত্যা করে গুলবর্গা ও বিদর নিজের নিয়ন্ত্রণে নিয়ে আসেন। কুতলুঘ খান ওঁর বিরুদ্ধে অভিযান করে ওঁকে বন্দী করে দিল্লি পাঠান। সুলতান আলি শাহ এবং ওঁর ভাইকে গজনীতে নির্বাসনে পাঠান। এরপরে সুলতানের অনুমতি ছাড়া ওরা ফিরে এলে ওদের বধ করা হয়।

আইন-উল মুল্কের বিদ্রোহ

আমীর মাহরুর ছেলে আইন-উল মুল্ক সুলতান মুহম্মদ বিন তুঘলকের ঘনিষ্ঠ বন্ধু ছিলেন। ওঁকে অযোধ্যা ও জাফরাবাদের শাসনকর্তা করা হয়। দোয়াব দুর্ভিক্ষের সময়ে উনি অযোধ্যা থেকে প্রচুর সাহায্য করেছিলেন। ওঁর ভাইদের সাহায্যে উনি নিজের ইকতাতে দুর্বৃত্তদের দমন করে এলাকায় শান্তি ও সমৃদ্ধি নিয়ে আসেন। সম্রাটের ছাউনিতে দুর্ভিক্ষের সময়ে উনি প্রতিদিন পঞ্চাশ হাজার মন গম ও চাল পাঠাতেন। এছাড়া উনি কোষাগারে সত্তর-আশি লক্ষ তঙ্কা পাঠিয়েছিলেন। স্থানীয় জনগণের মধ্যে উনি জনপ্রিয় হয়ে উঠতে থাকলে সম্রাট ওঁকে সন্দেহ করতে থাকেন। দোয়াবের দুর্ভিক্ষের সময়ে সুলতান অযোধ্যাতে বসবাসের জন্য লোকেদের যাওয়া বন্ধ করে দিয়েছিলেন। কিন্তু বহু অভিজাত ও দপ্তরের কেরানী অযোধ্যাতে গিয়ে আইন-উল মুল্কের কাছে আশ্রয় পান। এতে সুলতানের সন্দেহ আরও বাড়তে থাকে। এইসব লোকেদের মধ্যে কয়েকজনের বিরুদ্ধে তহবিল তছরুপের অভিযোগ ছিল। আইন-উল মুল্ক এদের ভালোভাবে গ্রহণ করে কতকগুলি গ্রামের ভার এদের ওপর দেন।

সুলতান মনে করলেন যে আইন-উল মুল্ককে দৌলতাবাদে বদলি করা প্রয়োজন। দৌলাতাবাদে তখন একজন অভিজ্ঞ শাসকের প্রয়োজন ছিল। কুতলুঘ খান ওখানে পেরে উঠছিলেন না। আইন-উল মুল্ক মনে করলেন যে এই বদলির মাধ্যমে সুলতান তাঁর ক্ষমতা খর্ব করতে চাইছেন যাতে পরে ওঁকে ধ্বংস করতে পারেন। যে সব অভিজাতরা ও অন্যান্যরা ওঁর কাছে আশ্রয় নিয়েছিল, তাঁরা বলেছিল যে সুলতানের মনে দুরভিসন্ধি রয়েছে।

ইতিমধ্যে সুলতানের কাছ থেকে আদেশ আসে যে সব আমীর ও অন্যান্য লোকেরা আইন-উল মুল্কের কাছে আশ্রয় নিয়েছে তাদের শিকলে বেঁধে দিল্লি পাঠাতে হবে। এতে আইন-উল মুল্ককের সন্দেহ বেড়ে যায়। সুলতান তখন ছিলেন দোয়াবে। আইন-উল মুল্ক ও তাঁর ভাইরা সুলতানের জিনিসপত্র অধিগত করে গঙ্গা পার হয়ে পালিয়ে যান। সুলতান স্থির করেন যে দিল্লি গিয়ে সৈন্য সংগ্রহ করে আক্রমণ করবেন। কিন্তু বিদেশী

অভিজাতরা— পারসিক, তুর্কি, খোরাসানী ইত্যাদি—আইন-উল মুল্কের বিরোধী ছিলেন, কারণ উনি ছিলেন ভারতীয় বংশদ্ভুত আমীরদের নেতা। এই বিদেশী অভিজাতদের মতামত গ্রহণ করে সুলতান চারপাশ থেকে সৈন্য সংগ্রহ করে কনৌজ দুর্গে চলে যান। ইতিমধ্যে আইন-উল মুল্ক ও তাঁর ভাইরা সুলতানের ছাউনি ভেবে ভুল করে উজীরের ছাউনি আক্রমণ করে যেখানে বিদেশী অভিজাতদের সৈন্যদল ছিল। যুদ্ধে আইন-উল মুল্ক পরাজিত হয়ে পালাতে গেলে ওঁর প্রধান সঙ্গী মালিক ইব্রাহিম বানজি বিশ্বাসঘাতকতা করে ওঁকে ধরিয়ে দেয়। আইন-উল মুল্ককে ষাঁড়ের পিঠে চড়িয়ে সারা শহর ঘোরানোর পর শৃঙ্খলাবদ্ধ অবস্থায় সুলতানের সামনে আনা হয়। চারদিন পরে সুলতান ওকে ক্ষমা করে একটা বাগানের তদারকির ভার দেন। ওঁর ভাইদের আর কোনও খোঁজ পাওয়া যায় না। সুলতান খাট্টাতে মারা যাওয়ার সময়ে আইন-উল মুল্ক মূলতানে ছিলেন। বিদ্রোহী নসরৎ খানকেও একটা বাগানের তদারকীর কাজ দেওয়া হয়েছিল। আইন-উল মুল্কের অনুচরদের অবশ্য হত্যা করা হয়।

সাদাহ আমীরদের বিদ্রোহ

সুলতানের রাজত্বের শেষ কয়েক বছর কেটে যায় *সাদাহ* আমীরদের বিদ্রোহ দমন করতে, যারা খাম্বাজ থেকে দৌলাতাবাদ পর্যন্ত ষড়যন্ত্রের জাল বিছিয়ে ছিল। এর ফলে সাম্রাজ্যের আবহাওয়ার সম্পূর্ণ বদল হয়ে যায়। এই বিদ্রোহ পরবর্তীকালে স্বাধীন বাহমণি রাজ্যের উদ্ভব ও প্রতিষ্ঠা করে।

সাদাহ শব্দটি *(আমীরণ-ই সাদাহ)* প্রধানত প্রথমে তুর্কি ও মঙ্গোলদের সৈন্য কাঠামোকে বোঝায় যেখানে দশমিক প্রথা ব্যবহার হতো। অর্থাৎ খানদের দশ হাজার অশ্বারোহী, মালিকদের এক হাজার, আমীরদের একশ ইত্যাদি। কাইকোবাদকে বোঘরা খানের উপদেশের কথা উদ্ধৃত করতে গিয়ে বারানী দশমিকভাবে সৈন্য কাঠামো থাকার কথা উল্লেখ করেছেন। তুর্কি শাসনের প্রথম দিকে *সাদাহ* মঙ্গোলদের বোঝাত। কায়কোবাদ ও জালালুদ্দীন খলজী কয়েকজন মঙ্গোল সাদাহ আমীরকে হত্যা করেছিলেন বলে বলা হয়। সম্ভবত এই শব্দটির মূল ছিল মঙ্গোলদের কাঠামোর মধ্যে কিন্তু ভারতবর্ষে এর বৈশিষ্ট্যগুলি বিকশিত হয়। আগে যেটা কেবল মাত্র সামরিক কাঠামোর মধ্যে ছিল, এবার সেটা অসামরিক শাসনতন্ত্রের কাঠামোর মধ্যে চলে আসে। ঐতিহাসিক ঈশ্বরীপ্রসাদ প্রশ্ন তুলেছেন যে ওই আমীররা একশো লোকের সেনাপতি ছিল নাকি একশো গ্রামের অধিকারী ছিল। একজন *সাদাহ* আমীরের অধীনে কত সৈন্য ছিল তার পরিষ্কার বিবরণ পাওয়া যায়নি। কিন্তু এরা যে অসামরিক শাসনতন্ত্রের কাজ করত তার প্রমাণ রয়েছে। বলা হচ্ছে যে দোয়াবে কর-সংগ্রাহকদের ওপরে *সাদাহ* আমীর নিয়োগ করা হয়।

সুলতান মুহম্মদের প্রতি এরা বীতশ্রদ্ধ হয়ে পড়ে যখন সুলতান দাক্ষিণাত্যে শাসনের জন্য নতুন পরিকল্পনা গ্রহণ করেন। এই পরিকল্পনা ছিল দাক্ষিণাত্যকে চারটি অঞ্চলে বিভক্ত করে একাধিক মালিকের অধীনে রাখা। এই চারজন মালিক দৌলতাবাদের উজীরের অধীনে কাজ করবে। ইমাদুল মুল্ক সরতেজকে ওয়াজির করা

হল এবং এক হিন্দু, ধারা, ওঁর নায়েব নিযুক্ত হয়। কিন্তু এই পরিকল্পনা সম্পূর্ণভাবে কাজে লাগানো যায়নি।

সুলতান কুতলুঘ খানকে দাক্ষিণাত্য থেকে সরিয়ে তার ভাই আইন-উল মুল্ককে ওই জায়গায় পাঠান। সমকালীন একজন ঐতিহাসিক কুতলুঘ খানের কাজের খুব প্রশংসা করেছেন। কিন্তু বারানী বলেছেন যে কুতলুঘ খানের অধীনে দাক্ষিণাত্যের টাকা-পয়সার অপচয় হচ্ছিল। যেহেতু কুতলুঘ খান সম্রাটের ক্রোধ থেকে বহু লোককে বাঁচিয়েছেন, *সাদাহ* আমীররা মনে করল যে এই বদলির পরেই ওদের ওপর আক্রমণ আসবে। এই আশঙ্কা পরে বাস্তবে পরিণত হয়েছিল।

সুলতান আজিজ খাম্মারকে মালবের শাসনকর্তা করে পাঠান। তাকে এই নির্দেশ দিয়েছিলেন যে *সাদাহ* আমীররা বিদ্রোহ করছে এবং তার কাজ হবে বিদ্রোহী *সাদাহ* আমীরদের নির্মূল করা। তাকে কয়েক লাখ টাকাও দেওয়া হল। আজিজ ধরে পৌঁছে ৮৯ জন *সাদাহ* আমীরকে বন্দী করে হত্যা করেন। সুলতান এই কাজে খুশি হয়ে *খেলাৎ* পাঠান ও অন্যান্য অভিজাতদের নানারকম দান পাঠাতে বলেন। খোলাখুলি *সাদাহ* আমীরদের বিরুদ্ধে যুদ্ধ ঘোষণা করায় তারা ষড়যন্ত্র ছেড়ে সংঘবদ্ধ বিদ্রোহের জন্য তৈরি হয়। ওদের কাছে এটা হয়ে দাঁড়ায় জীবনধারণের যুদ্ধ।

গুজরাটের বিদ্রোহ

দাভোল ও বরোদাতে যে বিদ্রোহের আগুন জ্বলে উঠেছিল তার ভিন্ন ভিন্ন ব্যাখ্যা বারানী, ইসামী ও বতুতা দিয়েছেন। এই ব্যাখ্যার মধ্যে দ্বন্দ্ব খুব কম এবং একটি অপরটির সঙ্গে জড়িত। বতুতা বলেছেন যে সুলতান গুজরাটের নায়েব-উজীর মুকবিলকে লিখেছিলেন কাজী জালাল ও একদল আফগানকে বন্দী করার জন্য। আফগানরা তা জানতে পেরে বিদ্রোহী হয়ে ওঠে। বিদ্রোহীরা খাম্বাজের কোষাগার লুণ্ঠন করে। ইসামী বলেছেন যে মুকবিলের অত্যাচারের ফলেই এই বিদ্রোহ হয়েছিল। বারানী আবার বলেছেন যে মুকবিল যখন রাজস্ব দিল্লিতে নিয়ে যাচ্ছিলেন তখন বরোদা ও দাভোলের *সাদাহ* আমীররা রাজস্ব এবং কয়েকজন বণিকের মালপত্র লুণ্ঠন করে। বারানী বলেছেন যে এর ফলে গুজরাটে সাড়া পড়ে যায় এবং ওই অর্থ নিয়ে বিদ্রোহীরা সংগঠিত হতে থাকে।

বিদ্রোহীরা এরপর খাম্বাজ শহরে গিয়ে শহর দখল করে এবং শহরের ভার তাঘি নামে একজনকে দেওয়া হয়। ওখানে তখন পূর্বতন *শাহনা-ই বরগা* তাঘি শিকলে বাঁধা অবস্থায় দিন কাটাচ্ছিল। বিদ্রোহীরা ওকে মুক্ত করে এবং ওদের দলের পঞ্চম নেতা হিসেবে মনোনীত করে। তাঘি অবশ্য ওদের হাত থেকে পালিয়ে অনিলওয়ারাতে মুকবিলের সঙ্গে যোগ দেয়।

মালবের শাসনকর্তা আজিজ খাম্মার বিদ্রোহের খবর পেয়ে সৈন্য নিয়ে এগোলে যুদ্ধ হয়। যুদ্ধে খাম্মার নিহত হয় ও মুকবিল পরাজিত হয়। বিদ্রোহীরা প্রচুর পরিমাণ অস্ত্র ও টাকাপয়সা পায়। বারানী বলেছেন যে বরোদা ও দাভোলের বিদ্রোহের কথা শুনে সুলতান দিল্লি থেকে ১৩৪৪ সালে জানুয়ারি মাসে গুজরাটের দিকে রওনা হন।

এর আগে কুতলুঘ খান আবেদন করেন যে এই সাধারণ বিদ্রোহীদের বিরুদ্ধে সুলতানের যাওয়াটা তাঁর মর্যাদার পক্ষে হানিকর। কুতলুঘ খান নিজে যেতে রাজি ছিলেন। কিন্তু সুলতান তাঁর অনুরোধ রাখলেন না। সুতরাং *সাদাহ* আমীরদের বিদ্রোহ যথেষ্ট তাৎপর্যপূর্ণ। এ পর্যন্ত সুলতান শাসকশ্রেণীর বড় বড় নেতার বিরুদ্ধে গিয়েছেন, কিন্তু শাসনতন্ত্রের নিচু তলার বিদ্রোহ এই প্রথম। এই কারণেই ইসামী বাহমণি রাজ্যের প্রতিষ্ঠাতার উত্থান সম্পর্কে বেশি কিছু লেখেননি।

যাবার আগে সুলতান শেখ মুইজুদ্দীনকে গুজরাটের শাসনকর্তা নিযুক্ত করেন। ওকে তিন লক্ষ তঙ্কা দেওয়া হয় সৈন্য সংগ্রহ করে তাদের প্রস্তুত করার জন্য। এটা পরিষ্কার যে মহামারীর এত দিন পরেও কেন্দ্রীয় সৈন্যদলের দুর্বলতা পরিষ্কারভাবে দেখা যাচ্ছিল, যে সম্বন্ধে ইসামী মন্তব্য করেছেন। উনি বলেছেন যে অশ্বারোহীর সংখ্যা চার হাজারের বেশি পাওয়া যায় নি এবং সৈন্যরা নৈরাশ্যে ভুগছিল এবং ওরা ছিল উদাসীন এই অভিযানে। রওনা হবার আগে সুলতান একটা পরিষদ গঠন করেন যার নেতৃত্বে ছিলেন মালিক কবীর, যাকে কাবুলা বলা হত।

পথে সুলতান খবর পান যে খাম্মার যুদ্ধে মারা গিয়েছে। সুলতান সুযোগ মতো থেমে থেমে সৈন্য সংগ্রহ করে এগোচ্ছিলেন। *সাদাহ* আমীরদের কাজকর্ম বিভিন্ন জায়গায় ছড়িয়ে ছিটিয়ে ছিল। সুতরাং সুলতানকে বিভিন্ন দিকে সৈন্য পাঠাতে হচ্ছিল। নাগৌরে পৌঁছে সুলতানের ছাউনিতে খাদ্যাভাব দেখা দেয়। সুলতান এক অগ্রগামী সৈন্যদল পাঠান দাভোল ও বরোদাতে। এদের সঙ্গে বিদ্রোহীদের যুদ্ধ হলে অনেক বিদ্রোহী মারা যায় ও বাকিরা দৌলতাবাদে পালিয়ে যায়।

ভারুচের দুর্গ ছিল কামারের হাতে। ওখানে সুলতান সৈন্য পাঠিয়ে নির্দেশ দেন যে তারা দুর্গের মধ্যেই থাকবে। এই খবর পেয়ে প্রায় সাত হাজার অশ্বারোহী নিয়ে বিদ্রোহীরা ভারুচ দুর্গ আক্রমণ করে। হাতাহাতি লড়াইতে সুলতানী সৈন্য কম থাকলেও তারা জয়লাভ করে ও কাজী জালাল ও অন্যান্যরা বাগলানাতে রাজা মানদেবের কাছে আশ্রয় নেয়। রাজা প্রথমে ওদের আশ্রয় দিলেও পরে ওদের যথাসর্বস্ব কেড়ে নেন। ইতিমধ্যে সুলতান মালিক মুকবিলকে সৈন্য নিয়ে *সাদাহ* আমীরদের ধরতে পাঠান। নর্মদার তীরে যুদ্ধে মুকবিল জয়ী হন ও বহু বিদ্রোহীকে হত্যা করেন। ওদের পরিবার ও সম্পত্তি দখল করে নেওয়া হয়। কেউ কেউ দৌলতাবাদে পালাতে সক্ষম হয় ও কেউ কেউ গুজরাটের মুকদ্দমদের কাছে আশ্রয় পায়। সুলতান কিছুদিন ভারুচে থেকে বাকি খাজনা সংগ্রহ করার ব্যবস্থা করেন।

সুলতান দুজন নিষ্ঠুর আমলাকে দৌলাতাবাদে পাঠান বিদ্রোহী *সাদাহ* আমীরদের ধরবার জন্য। একই সঙ্গে তিনি দৌলতাবাদের শাসনকর্তা আইন-উল মুল্ককে আদেশ দেন *সাদাহ* আমীরদের ভারুচে পাঠানোর জন্য। আইন-উল মুল্ক ওদের পাঠালে, পথের মধ্যে দু'জন *সাদাহ* আমীর, নুরুদ্দীন ও ইসমাইল মাখ আফগান, বিদ্রোহ করে নিজেদের মুক্ত করে দৌলতাবাদ পৌঁছায়। আইন-উল মুল্ক দুর্গের দরজা বন্ধ করে দিলে ওরা দুর্গ আক্রমণ করে। তিনদিন যুদ্ধের পর বিদ্রোহীরা জয়ী হয়। বিপুল সম্পত্তি বিদ্রোহীদের হস্তগত হয়। ওখানে ইসমাইল মাখ সুলতান নাসিরুদ্দীন নাম

নিয়ে সিংহাসনে বসেন। নুরুদ্দীন খাজা-ই-জাঁহা উপাধি নিয়ে উজীর হন। সৈন্যদের পনেরো মাসের মাইনে দেওয়া হয় ও প্রচুর টাকা সাধারণ লোকেদের মধ্যে বিতরণ করা হয়। দাক্ষিণাত্যের প্রথম স্বাধীন রাজ্যের পত্তন হয়, যেটি পরে বাহমণি রাজ্যে রূপান্তরিত হয়েছিল।

ইসামী বলেছেন যে দৌলতাবাদের খবর শুনে সুলতান তিন দিন তিন রাত ঘুমাননি। চতুর্থ দিনে তিনি ঘোষণা করেন যে তিনি আর কাউকে হত্যা করবেন না। সুলতান ছয় মাস ধরে সৈন্য সংগ্রহ করে যত্নসহকারে সব ব্যবস্থা করে দৌলতাবাদ রওনা হলেন। এবারে যুদ্ধে বিদ্রোহীরা পরাজিত হল। হাসান কাংশু, যিনি পরবর্তীকালে হয়েছিলেন বাহমণি বংশের প্রতিষ্ঠাতা, পালিয়ে গিয়ে সৈন্য সংগ্রহ করতে থাকেন। ইসমাইল মাখ পরিবার সমেত ধারাগিরিতে পালালে ধরা পড়ে, কিন্তু সুলতান তাকে বন্দী করে রাখেন। সুলতান ওখানে থেকে নানা ব্যবস্থা করেন ও অভিজাতদের ইক্তা দেন। ইতিমধ্যে বিদ্রোহীরা পালিয়ে গিয়ে গুলবর্গাতে ঘাঁটি করেছে। সুলতান ইমাদুল মুল্ক সরতেজকে সৈন্য সমতে পাঠান ওদের ধ্বংস করার জন্য। এই সময় খবর আসে যে গুজরাটে তাঘি বিদ্রোহী হয়েছে।

বাহমণি রাজ্যের জন্ম

দৌলতাবাদের যুদ্ধ সুলতানাত এর কাছে একটা বড় জয়। দিল্লির পরিষদ বারানীকে পাঠায় সুলতানকে অভিনন্দন জানানোর জন্য। ইতিমধ্যে সুলতান দৌলতাবাদ দুর্গে একটা বড় সৈন্যদল রেখে ভারুচের দিকে রওনা হয়ে গিয়েছেন। পথে বারানীর সঙ্গে তাঁর দেখা হয়। কিন্তু দাক্ষিণাত্যে তখন প্রচুর গোলমাল চলছে এবং এটা পরিষ্কার ছিল না যে একবার বিজয়ের পরেই ওই সব গোলমাল বন্ধ হয়ে যাবে।

পরে সুলতান যখন অনিলওয়ারা যাবার জন্য প্রস্তুত হচ্ছেন, তখন খবর আসে যে হাসান কাংশু লোকজন নিয়ে ইমাদুল মুল্ক সরতেজকে আক্রমণ করে হত্যা করেছে। সরতেজের সৈন্যরা ছত্রভঙ্গ হয়ে গিয়েছে। দৌলতাবাদের আমীররা ভয়ে পালিয়েছে ও হাসান দৌলতাবাদ দখল করেছে। ৩রা আগস্ট ১৩৪৭ সালে হাসান দৌলতাবাদ দুর্গে বাহমণি বংশের প্রতিষ্ঠা করেন। ইসমাইল মাখ নতুন রাজাকে স্বীকার করে নেয়। সুলতান ওই খবরে অত্যন্ত বিচলিত হয়ে পড়েন এবং বুঝতে পারেন যে দাক্ষিণাত্যকে সাম্রাজ্যর নিয়ন্ত্রণে রাখা যাবে না। উনি এটাও বুঝতে পারেন যে বাহমণির শক্তিকে দমন করে রাখা তাঁর পক্ষে সম্ভব হবে না।

গিয়াসুদ্দীন তুঘলক তুর্কিস্থানের এক বণিকের কাছ থেকে দাস হিসেবে তাঘিকে কিনেছিলেন। মুহম্মদ বিন তুঘলক ওকে দরবারের অধ্যক্ষ (*শাহনা-ই বরগা*) করে দেন। পরে কর্তব্যে অবহেলার জন্য তাঘিকে নির্বাসনে পাঠানো হলে, খাম্বাজে কাজী জালালের বিরুদ্ধে তাঘি সুলতানের হয়ে কাজ করে। সুলতান এতে খুশি হয়ে ওকে পুরানো পদে বহাল করেন। সুলতান যখন দাক্ষিণাত্যে ছিলেন তখন তাঘি দরবারে না গিয়ে গুজরাটের বিদ্রোহী *সাদাহ* আমীর ও মুকদ্দমদের সঙ্গে হাত মিলিয়ে বিদ্রোহী হয়।

সুলতান গুজরাট প্রদেশ শান্ত করে এক বিরাট সৈন্যদল নিয়ে তাঘির পিছনে তাড়া করেন। তাঘি ভারুচ থেকে খাম্বাজে পালায় ও সেখান থেকে অসওয়ালে যায়। সুলতান অসওয়ালে পৌঁছালে তাঘি পাটানের দিকে রওনা হয়। সুলতান পথে ওকে ধরে তাকালপুরের যুদ্ধে পরাজিত করলে, তাঘি পাটানে পালায়। ওখান থেকে ও যায় গিরনার ও সেখান থেকে থাট্টা। সুলতান ওর পিছনে থাট্টায় উপস্থিত হন। কাথিওয়ার থেকে থাট্টা যাবার পথে সুলতান রোগভোগের পর ২০শে মার্চ ১৩৫১ সালে সোন্দা নামে এক গ্রামে শেষ নিশ্বাস ত্যাগ করেন। বারানী মন্তব্য করেছেন যে অবশেষে লোকেরা সুলতানের হাত থেকে মুক্তি পায় এবং সুলতান লোকেদের হাত থেকে মুক্তি পান।

সুলতান ও খলিফা

সম্ভবত ১৩৩৯ সাল থেকে সুলতান মুহম্মদ বিন তুঘলক খলিফা সম্বন্ধে উৎসাহ দেখাতে শুরু করেন। বারানী বলেছেন যে তিনি বারংবার খলিফা সম্বন্ধে অনুসন্ধান করেন। জানতে চান বাগদাদের পতনের পর খলিফার কি হল। যখন তিনি জানলেন যে খলিফা মিশরে রয়েছেন, তখন তিনি আনন্দের আতিশয্যে সব ধনরত্নই ওঁকে পাঠাবেন ভাবছিলেন। কিন্তু পথঘাট অশান্ত থাকায় তা আর পাঠাননি। প্রশ্ন হচ্ছে যে খলিফা সম্বন্ধে এই উৎসাহ আন্তরিক কিনা বা মুসলমান মৌলভিরা যে বিরুদ্ধাচরণ করছে তাদের নিরস্ত করার জন্য এটা করা কিনা। খিলাফতের মর্যাদা কি মুসলমানদের মনে ওঁর সম্বন্ধে ভালো ধারণা এনে দিতে পারত? এটা ভাবা খুব শক্ত যে বাইরের মুসলমান জগতের সঙ্গে সুলতানের ঘনিষ্ঠ সাংস্কৃতিক যোগ থাকা সত্ত্বেও সুলতান বহু দশক ধরে জানতেন না যে একজন আব্বাসীয় খলিফা মিশরে আছেন। এটা হতে পারে যে রাজত্বের শেষদিকে যখন নানা গোলমাল মাথাচাড়া দিয়ে উঠেছে, তখন সুলতান মুহম্মদ মুসলমান উলেমাদের ভাল নজর পাবার জন্য এই উৎসাহ দেখিয়েছিলেন। ১৩৪১ থেকে ১৩৫১ সাল পর্যন্ত চারপাশের বিদ্রোহ দমন করতে উনি খুব ব্যস্ত ছিলেন, সুতরাং খলিফাকে ব্যবহার করে লোকেদের বিশ্বাস ফিরে পাবার এক চেষ্টা করেছিলেন। *সিরাৎ-ই ফিরোজ শাহীর* অনামা লেখক বলেছেন যে প্রচুর পরিমাণে বই পড়ার পর সুলতান বুঝতে পারেন যে খলিফার মতো রাজনৈতিক নেতার প্রয়োজন ক্ষমতা ধরে রাখার জন্য। ঐতিহাসিক আফিফ বলেছেন যে সুলতানের শিক্ষক, কুতলুঘ খান ওঁকে খলিফার আশীর্বাদ নেওয়ার উপকারিতা বোঝান। আইনগতভাবে ক্ষমতা চালাতে গেলে যে খলিফার মতো রাজনৈতিক নেতা পাওয়া দরকার এটা একটা বিশেষ সময়ে সুলতানের মনে হয়েছিল। ওই সময়ে যে তাঁর শাসন ভীষণ বিপদের মধ্য দিয়ে চলেছিল, এটা কাকতালীয় নয়। সমকালীন এক লেখক বলেছেন যে খলিফার কাছ থেকে আশীর্বাদ পাওয়ার ফলে ওঁর শত্রুরা হতভম্ব হয়ে গিয়েছিল।

১৩৪০–৪১ সালে মুহম্মদ বিন তুঘলক মুদ্রা থেকে ওঁর নিজের নাম সরিয়ে নিয়েছিলেন কারণ তাঁর শাসনের বৈধতা সম্পর্কে তাঁর নিজের মনে সন্দেহ উপস্থিত

হয়েছিল। তখন পর্যন্ত কোনও খলিফা তাঁর শাসন স্বীকার করেনি। ১৩৪১–৪২ থেকে তিন বছর মুদ্রাতে *মুস্তাকফি বিল্লাহ* লেখ দেওয়া হতে থাকে। পরে তিনি শুক্রবারও ইদ প্রার্থনা বন্ধ করে দেন এবং খলিফা আশীর্বাদ পাঠালে আবার শুরু তা করেন। ১৩৪৩ সালে দ্বিতীয় আল-হাকিমের কাছ থেকে *মনসুর* পাওয়া যায়, যার জন্য নানারকম উৎসবের আয়োজন করা হয়। বারানী, বতুতা ও অন্যান্যরা বলেছেন যে সুলতান খলিফার দূতদের প্রচুর সম্মান দেখান। *সিরাৎ-ই ফিরোজ শাহীতে* বলা হয়েছে যে এরপর প্রতি বছরই সুলতান খলিফার কাছ থেকে *মনসুর* পেতে থাকেন।

কৃষি নীতি

সুলতান মুহম্মদ বিন তুঘলক এক সুদূর প্রসারী কৃষিনীতির পরিকল্পনা করেছিলেন। কিন্তু তাঁর অন্যান্য পরিকল্পনার মতো এটিও ব্যর্থ হয়। দুর্ভিক্ষের পরের বছরগুলিতে কৃষির দুরবস্থা ও কম উৎপাদন হওয়ার জন্য তিনি একটা নীতি প্রণয়ন করার পরিকল্পনা করেন। বারানী বলেছেন যে ১৩৪০–৪৩ সালে যখন সুলতান দিল্লিতে ছিলেন, তখন তিনি চেষ্টা করেছিলেন কৃষিকে পুরানো অবস্থায় ফিরিয়ে আনার জন্য। কিন্তু বারানী বাস্তব অবস্থার কথা বলেননি।

মধ্যযুগের কৃষকদের কাছে এটা পরিষ্কার ছিল যে অনুর্বর জমি *(উষর)* চাষ করে লাভ নেই। তারা এটাও জানত যে আধা-উষর জমিতে চাষ করা সম্ভব কিন্তু তার জন্য প্রচুর পরিশ্রম ও খরচ লাগবে। সুতরাং বারানী যে মন্তব্য করেছেন—সুলতান এক ফোঁটা জমিও কৃষিকাজ থেকে বাদ দিলেন না— এটা সত্য নয়। এটাও মনে রাখা দরকার যে মধ্যযুগে উর্বর জমির কোনও অভাব ছিল না। তবে প্রয়োজন ছিল বীজ, গবাদি পশু ও হাল। সুলতান প্রথমে কৃষকদের এগুলোই দেবার চেষ্টা করেছিলেন।

বতুতা বলেছেন যে দুর্ভিক্ষের বছরগুলিতে সুলতান আদেশ দিয়েছিলেন রাজধানী শহরগুলির বাইরে কূপ খনন করে কৃষিকাজ করার জন্য। এর জন্য তিনি লোকেদের টাকা-পয়সা ও বীজ দিয়েছিলেন। এর পর উনি শস্যভাণ্ডার বাড়ানোর জন্য লোকেদের কৃষিকাজ করতে বাধ্য করান। এটা প্রায় সরকারি কৃষির সামিল। কিন্তু সরকার এতে সাফল্য না পেলে ইজারা প্রথায় চাষ শুরু করা হয়। সরকারি কর্মচারিদের না দিয়ে ইজারা দিয়ে কাজ করানো ঠিক হয়েছিল কিনা বলা শক্ত। কিন্তু ওঁর ব্যক্তিগত পছন্দমতো ফসল করার জন্য উনি কৃষকদের নির্দেশ দেন।

বারানী বলেছেন যে কৃষির উন্নতির জন্য সুলতান কতকগুলি নিয়ম করেছিলেন। এগুলি অবশ্য কার্যকর করা যায়নি। কৃষির উন্নতির জন্য একটি সরকারি দপ্তর খোলা হয় যাকে বলা হতো *দেওয়ান-ই আমীর-ই কোহী*। এর জন্য আমলাও নিয়োগ করা হয়। সারা দেশকে কাগজে কলমে ষাট মাইল থেকে ষাট মাইলে ভাগ করা হয়। এর মধ্যে নিয়ম করা হয়—ছিটে ফোঁটা জমিও চাষ না করে রাখা যাবে না এবং প্রতিটি ফসলই বদলানো হবে। যেমন বার্লির জায়গায় গম চাষ করা হবে, গমের জায়গায় আখের চাষ করা হবে, আখের জায়গায় আঙুর ইত্যাদি। প্রায় একশো শিকদার এই

সব জায়গায় নিয়োগ করা হবে। লোভী লোক এবং বিপজ্জনক অভিযানকারীরা তিন বছরের মধ্যে তিন লক্ষ বিঘা অনুর্বর জমি কৃষিকাজ করে তিন হাজার ঘোড়সওয়ার-এর জোগান দেবে এমন লিখিত প্রতিশ্রুতি দেয়। এই বিপজ্জনক অভিযানকারীদের নানারকম দ্রব্য দান করা হল—ব্রোকেডের জামা, সাজসরঞ্জাম শুদ্ধ ঘোড়া ও নগদ টাকা। প্রত্যেককে তিন লক্ষ তঙ্কা দেবার অঙ্গীকার সরকার করল এবং কেউ কেউ নগদ টাকায় পঞ্চাশ হাজার তঙ্কা তখুনি পেয়ে গেল। যেহেতু অনুর্বর জমিতে চাষ করা সম্ভব নয়, এরা নিজেদের কাজের জন্য টাকা খরচ করে ফেলল। কোষাগার থেকে দুবছরের মধ্যে প্রায় সত্তর লক্ষ তঙ্কা হিসেবে আগাম দেওয়া হল। তিন বছরের মধ্যে এরা ওই অনুর্বর জমির একশো ভাগের একভাগ বা হাজার ভাগের একভাগও কৃষির মধ্যে নিয়ে আনতে পারল না। যদি সুলতান থাট্টা থেকে ফিরতে পারতেন, তাহলে ওদের একজনকেও উনি শাস্তি না দিয়ে ছাড়তেন না।

শাসক শ্রেণী

মুহম্মদ বিন তুঘলকের অধীনে শাসক শ্রেণীর সম্পূর্ণ পরিবর্তন হয়। আলাউদ্দীন খলজীর ধারণা ছিল শাসক শ্রেণী তৈরি হবে আনুগত্য ও দক্ষতার দ্বারা, জাতিগত বৈশিষ্ট্যের জোরে নয়। এ ব্যাপারে আলাউদ্দীন খলজীর সঙ্গে একমত হলেও মহম্মদ বিন তুঘলক এর মধ্যে নতুন দিক এনেছিলেন। বারানী সুলতানের রাজত্ব পাবার পর আমলাদের তালিকা দেননি। কিন্তু ইয়াহিয়া সিরহিন্দি একটি তালিকা দিয়েছেন। বারানী পরবর্তীকালের কয়েকজন আমলার নাম দিয়েছেন। অন্যান্য সমকালীন দলিল থেকেও কয়েকজনের নাম পাওয়া যায়। এ সবের থেকে বোঝা যায় যে মুহম্মদ বিন তুঘলকের শাসক শ্রেণীর মধ্যে সাতটি অংশ ছিল। প্রথমত যারা বা যে সব পরিবার আলাউদ্দীন খলজীর সময় থেকে রয়েছে; দ্বিতীয়ত, ধর্মান্তরিত পরিবার যাদের সম্প্রতি উঁচু পদে নিয়োগ করা হয়েছে; তৃতীয়ত, ধর্মীয় পরিবার বা মরমিয়া যাদেরকে সুলতান নিয়োগ করেছেন; চতুর্থত, বিদেশী আমলা; পঞ্চমত, আফগান পরিবার; ষষ্ঠত, *সাদাহ* আমীর এবং সপ্তম, হিন্দু আমলারা।

সুলতান মুহম্মদের আগে বা পরে এত ভিন্ন পটভূমিকার লোক শাসক শ্রেণীতে নেওয়া হয়নি। এতে সরকারের মূল শক্তি বেড়ে গিয়েছিল কিনা বা সুলতানের অবস্থান দুর্বল হয়েছিল কিনা সেটা বিচার্য বিষয়। পুরানো অভিজাতদের মধ্যে ছিলেন সুলতানের উজীর *খাজা-ই জাঁহা* আহমদ আইয়াজ। ইনি ছিলেন আলাউদ্দীন খলজীর সময়ে সিরির কোতোয়াল মুহম্মদ আইয়াজের ছেলে। আহমদ আইয়াজ সুলতানের সমস্ত নীতি প্রণয়নের সঙ্গে জড়িত ছিলেন, যার ফলে ওঁকে সুলতানের মৃত্যুর পর কষ্ট পেতে হয়। কুতলুঘ খান সুলতান মুহম্মদের শিক্ষক ছিলেন এবং ওর দুই ভাই, কামালুদ্দীন ও নিজামুদ্দীন, উঁচুপদ পেয়েছিলেন। ১৩৩৫ সালে কুতলুঘ খান দৌলতাবাদের উজীর হন। উনি দক্ষিণের সমস্যার মোকাবিলা করতে না পারার ফলে দক্ষিণে বিপর্যয় ঘটে। এর পরেই মাদুরা, কাম্পিলা, ওয়ারাঙ্গল ও বিজয়নগর রাজ্যগুলির উত্থান ঘটে। আইন-উল মুল্ক নামকরা আমলা ছিলেন যিনি শাসনে

দক্ষতার সঙ্গে গভীর পড়াশুনার সমন্বয় ঘটাতে পেরেছিলেন। বতুতা বলেছেন যে হিন্দুস্থানী অভিজাতরা ওঁকে ওদের নেতা বলে মনে করত। বিদেশী অভিজাতরা এটা পছন্দ করত না এবং ওঁর সঙ্গে নানাধরনের শত্রুতা করত। অযোধ্যার শাসনকর্তা হিসেবে উনি খুব ভালো কাজ করেছিলেন। পরবর্তীকালে ফিরোজ শাহর অধীনে ওঁর আরও পদন্নোতি ঘটে। নতুন অভিজাত সম্প্রদায় আসার ফলে এই পুরানো অভিজাত পরিবারগুলি শাসনতন্ত্রের ওপর তাদের কর্তৃত্ব হারাতে থাকে।

তুঘলকের সময়ে শাসক শ্রেণীর মধ্যে আরেকটি গুরুত্বপূর্ণ উপাদান ছিল হিন্দু ধর্ম থেকে ধর্মান্তরিত ওমরাহরা। আজিজুদ্দীন খাম্মার ও কাওয়ানুল উল মুল্ক মকবুল এই দলে ছিলেন। বারানী আজিজুদ্দীনের নিচু পরিবার সম্বন্ধে রূঢ় সমালোচনা করেছেন। ইবন বতুতা ওকে আময়োহাতে কর সংগ্রহকারক হিসেবে দেখেছিলেন। পরে উনি মালবের শাসনকর্তা হন। কিন্তু ধর্মান্তরিতদের মধ্যে কাওয়ানুল উল মুল্ক সব থেকে উঁচুপদ পেয়েছিলেন। উনি ওয়ারাঙ্গলের হিন্দু অভিজাত পরিবারে জন্মগ্রহণ করেন। নিরক্ষর হওয়া সত্ত্বেও উনি ছিলেন কাজে দক্ষ। উনি বিভিন্ন পদে কাজ করেছেন। কখনো মূলতান, বাদাউন ও গুজরাটের শাসনকর্তা, আবার পরে সমগ্র সাম্রাজ্যের নায়েব-উজীর হয়ে উনি দিল্লিতে ছিলেন। আরও কয়েকজন ধর্মান্তরিত হিন্দু আমলা হয়েছিলেন যাঁদের মধ্যে কাম্পিলার রাজার ছেলেও ছিলেন। এদের ওপর সুলতানের গভীর বিশ্বাস ছিল এবং একজনের ওপর ভার ছিল সুলতানের পানীয় জল সরবরাহ করার।

বিদেশীদের প্রতি সুলতান মুহম্মদের বিশেষ অনুরাগ ছিল এবং তিনি ওদের উঁচুপদে নিয়োগ করেছিলেন। বতুতাও এ সম্বন্ধে মন্তব্য করেছেন। অধিকাংশ বিশ্বাসী পদে উনি এদের বসিয়ে ছিলেন। সুলতানের শালাও ছিলেন বিদেশী। তাঁর সাম্রাজ্যে এদেরকে সম্মানসূচক সম্বোধন করার জন্য তিনি আদেশ দিয়েছিলেন। কিন্তু এরা স্থানীয় ভাষা ও স্থানীয় সমস্যা জানত না বলে সাম্রাজ্যের যে কোন জায়গাতে এদের নিয়োগ করা যেত না। সাধারণত বিচার বিভাগে বা দানখয়রাৎ বিভাগে এদের নিয়োগ করা হতো। এরা মোটামুটি অনুগত থাকলেও ইবন বতুতার সুলতানের নীতি সম্বন্ধে কঠোর সমালোচনা থেকে বোঝা যায় এদের ওপরে স্থানীয় চাপ কিছু কম ছিল না।

সুলতান মুহম্মদ একটা নতুন নীতি শুরু করেন—এটি হচ্ছে ধার্মিক পরিবারকে শাসনযন্ত্রের কাজে নিয়োগ করা। সুলতানের যুক্তি ছিল এটি নতুন নয়, খলিফাদের সময়েও এ ধরনের নিয়োগ করা হতো। এই যুক্তি অবশ্য মেনে নেওয়া যায় না কারণ সুলতানের সময়ে দেশ ও কালের প্রচুর পরিবর্তন হয়েছে। এ ছাড়া সুলতানী শাসনযন্ত্রে আমলাদের যুদ্ধবিদ্যায় কিছু শিক্ষা নিতে হতো, যেটা ধার্মিক পরিবারের লোকেদের পক্ষে সম্ভব ছিল না। এর ফলে নানারকম গোলমালের সূত্রপাত হয়। শেখ মুইজুদ্দীনকে একটা সংকটজনক মুহূর্তে গুজরাটের শাসনকর্তা করা হয় এবং তিনি বিদ্রোহীদের হাতে মারা যান। শেখ ইমামুদ্দীন বাহরাম আইবারের বিরুদ্ধে যুদ্ধ করে মারা যান। শেখ সিহাবুদ্দীনকে খাজনার দপ্তরের প্রধান করা হয়েছিল। ওঁর কাজ ছিল বকেয়া

খাজনা জোর জবরদস্তি করে আদায় করা। দিল্লির মরমিয়া সাধুর পক্ষে এই কাজ ছিল অসম্ভব। এই গোষ্ঠী শাসনতন্ত্রে কোনও রকম প্রভাব খাটাতে পারেনি।

কয়েকটি আফগান পরিরার সুলতান মুহম্মদের সময়ে শাসনযন্ত্রের মধ্যে ছিল। মালিক মাখ এবং মালিক শাহ লোদী এদের মধ্যে উল্লেখযোগ্য। বারানী বিশেষ করে এদের নাম করেছেন। এরা অবশ্য সুলতানের নীতির সঙ্গে মানিয়ে চলতে না পেরে বিদ্রোহ করে।

সুলতান মুহম্মদের অধীনে বহু হিন্দুকে গুরুত্বপূর্ণ পদে নিয়োগ করা হয়। শিলালেখ থেকে সাহা রাজা নামে সুলতানের এক উজীরের নাম পাওয়া যায়। ধারা নামে দাক্ষিণাত্যে এক নায়েব-উজীর ছিলেন। রতন ছিলেন সেহওয়ান-এর শাসনকর্তা। গুলবর্গার শাসনকর্তা হিসেবে নিয়োগ করা হয় ভীষাণ রাইকে এবং ওঁকে কোহিরের ইক্‌তা দেওয়া হয়। পুরানো অভিজাত মুসলমান পরিবাররা হিন্দুদের উচ্চপদে নিয়োগ ওঁদের স্বার্থের পরিপন্থী বলে মনে করতেন। এছাড়া তাঁদের প্রাপ্য সুযোগ সুবিধেও হ্রাস পাচ্ছে এটাও তাঁদের মনে হতো। উল্লেখযোগ্য যে সুলতান মুহম্মদের বিরুদ্ধে মুসলমান আমলাদের বিদ্রোহ হলেও, হিন্দু আমলাদের কোনও বিদ্রোহ নেই।

বিভিন্ন ধরনের উপাদান থাকার ফলে শাসকশ্রেণীর মধ্যে টানা পোড়েন বেড়ে যায় যার ফলে শাসকশ্রেণীর মধ্যে একতা পাওয়া যায় না।

মূল্যায়ন

মধ্যযুগের ভারতীয় ইতিহাসে সুলতান মুহম্মদ বিন তুঘলক এক আশ্চর্য ব্যক্তিত্ব। সমসাময়িকদের থেকে তিনি অনেক বেশি গুণের অধিকারী ছিলেন। ওঁর ব্যক্তিগত জীবন ছিল সমসাময়িকদের থেকে অনেক বেশি পরিচ্ছন্ন। তিনি নানা দোষ থেকে মুক্ত ছিলেন। মধ্যযুগের যে কোনও বিদ্যায় উনি পারদর্শী ছিলেন। ওঁর করায়ত্ত বিষয়ের মধ্যে ছিল সাহিত্য, ইতিহাস, দর্শন, কাব্য, ন্যায়, অঙ্ক, ঔষধ, জ্যোতির্বিদ্যা ইত্যাদি। উনি আরবী ভাষা পড়তে পারতেন, তবে বলতে পারতেন না। ওঁর স্মৃতিশক্তি ছিল অসাধারণ। সম্পূর্ণ কোরান ও হাদিসের বেশ কিছু অংশ ওঁর মুখস্থ ছিল। বারানী ওঁর বক্তৃতা দেবার ক্ষমতার ভূয়সী প্রশংসা করেছেন। এসব সত্ত্বেও দিল্লির সুলতানদের মধ্যে তিনি বোধহয় সবথেকে বেশি সময় যুদ্ধক্ষেত্রে কাটিয়েছেন এবং সম্ভবত কোনও যুদ্ধেই পরাজয় বরণ করেননি। বারানী বলেছেন যে ওঁর চলাফেরা সৈনিকের মতোই ছিল। উনি শুরু করেন মুবারক খলজীর সময়ে *আমীর-ই হাজিব* হিসেবে এবং জীবন শেষ করেন এক সাধারণ বিদ্রোহীর পিছনে তাড়া করে সুদূর থাট্টাতে। আর কোনও সুলতানকে বোধহয় এত সুসংহত বিদ্রোহ দমন করতে হয়নি। তিনি মধ্যযুগের ইতিহাসের আকর্ষণীয় ব্যক্তি হয়ে থাকবেন তাঁর বিভিন্ন শাসনতান্ত্রিক সংস্কার ও বিদেশের সঙ্গে সাংস্কৃতিক যোগাযোগের জন্য। এশিয়া ও আফ্রিকার রাজাদের সঙ্গে যোগাযোগ করে তিনি একটা নতুন পথ তৈরি করে নিয়েছেন। খোরাসান, ইরাক, সিস্তান, হেরাট, মিশর, ট্রান্‌স্‌-অক্সিয়ানা, তাঞ্জিয়ার ইত্যাদি থেকে লোকেরা ওঁর দরবারে আসত।

তবে এত গুণের অধিকারী হয়েও সুলতান মুহম্মদ তাঁর প্রধান উদ্দেশ্য সফল করতে পারেননি। তিনি চেয়েছিলেন এক সর্বভারতীয় সাম্রাজ্যের জন্য এক সর্বভারতীয় শাসনযন্ত্র, যা হিমালয় থেকে দোর-সমুদ্র এবং থাট্টা থেকে লাখনৌতি পর্যন্ত বিস্তৃত হবে। তাঁর স্বপ্ন সফল হয়নি যদিও সম্পূর্ণ দাক্ষিণাত্য তাঁর অধীনে ছিল। পশ্চিমঘাটের স্বাধীন রাজ্যগুলি (কালিকট সমেত) ওঁর সার্বভৌমতা স্বীকার করে নেয়। বারানী বলেছেন এত রাজস্ব আর কোনও সুলতানের সময়ে দিল্লির কোষাগারে আসেনি। *মাসালিক উল অবসরের* লেখক বলেছেন এই বিশাল সাম্রাজ্যে নব্বইটি বন্দর আছে যেখানে পৃথিবীর সব দ্রব্য আসে ও যার ওপর রাজস্ব নেওয়া হয়। সাম্রাজ্যের তেইশটি প্রদেশ রয়েছে।

চতুর্দশ শতাব্দীর ভৌগোলিক সীমাবদ্ধতার মধ্যে এই বিশাল সাম্রাজ্য সুলতান নিজে নিয়ন্ত্রণ করতেন। যখনই কোনও জায়গা দখল হতো তখনই বিভিন্ন স্তরের আমলা নিয়োগ করা হতো যারা খাজনা আদায়ের বন্দোবস্ত করত। দক্ষিণকে ভালোভাবে নিয়ন্ত্রণ করার জন্যই সুলতান দৌলতাবাদে একটি নতুন শাসনকেন্দ্র স্থাপন করার চেষ্টা করেছিলেন।

দশ বছর পরে অবশ্য এই পরীক্ষা নিরীক্ষা ব্যর্থতায় পর্যবসিত হয়। মধ্যযুগীয় ভৌগোলিক ও অন্যান্য প্রতিকূল অবস্থায় উত্তরণের উপায় ছিল না সুলতানের। মধ্যযুগের সম্ভবত তীব্রতম দুর্ভিক্ষ ও তার সঙ্গে বুবনিক প্লেগ কেন্দ্রীয় সৈন্যদের প্রায় ধ্বংস করে ফেলে, যার ফলে বিকেন্দ্রীকরণের শক্তিগুলি বাড়তে থাকে। এই সময় অসংখ্য লোকের হত্যার নির্দেশ সুলতান দিয়েছিলেন। ফলে বিদ্রোহ আরও সুগঠিত হয়ে ওঠে।

তবে সুলতান মুহম্মদের ব্যর্থতাকে বাড়িয়ে দেখার প্রবণতা বোধহয় ঠিক নয়। আলাউদ্দীন খলজীর সময়ে দিল্লি সুলতানাতের যে সীমানা ছিল, সুলতান মুহম্মদ সেটাই রেখে গিয়েছিলেন। সাধারণ লোকেরা অবশ্য সুলতান ও তাঁর নীতি, বিশেষত তাঁর অবাধে হত্যার মাধ্যমে শাস্তি দেবার প্রথা সহজভাবে নেয়নি। এ সত্ত্বেও সন্দেহ নেই যে লোকে ব্যক্তিগতভাবে ওঁকে শ্রদ্ধা করত। মনে রাখতে হবে যে শরিয়তে এই ধরনের হত্যার অনুমোদন আছে এবং সবক্ষেত্রেই কাজীরা ওই হত্যা অনুমোদন করে ফতোয়া দিয়েছে।

সুলতানের কাজের প্রকৃত মূল্যায়ন করতে গেলে তিনটি দিক দেখা দরকার। প্রথমত, সুলতান মুহম্মদের মতো আর কোনও সুলতানই এত বেশি সংখ্যক ও এত সুগঠিত বিদ্রোহের সম্মুখীন হননি। তিনি যে এগুলি সামলে উঠেছিলেন সেটা প্রমাণ করে যে তাঁর বহু দক্ষ ও অনুগত আমলা ছিল। এটা মনে রাখতে হবে যে বিদ্রোহীদের সাফল্য এসেছিল মোটামুটি ওইসব এলাকা থেকে যেগুলি আলাউদ্দীন খলজীর মৃত্যুর পরে অধিগ্রহণ করা হয়েছিল। তবে এই অধিগ্রহণ উচিত ছিল কিনা এটা বিচার্য বিষয়।

দ্বিতীয়ত, অল্প কয়েকজন দিল্লি সুলতানদের মধ্যে সুলতান মুহম্মদ ছিলেন অন্যতম যাঁকে হত্যা করার কোনও চেষ্টা করা হয়নি। সমকালীন ঐতিহাসিকদের কথা

ধরলে বলা যায় যে হাজার হাজার লোকের ওঁর ওপর বিশেষ রাগ ছিল। সুলতান যে নিজেকে রক্ষা করার বিশেষ কোনও ব্যবস্থা নিয়েছিলেন তাও জানা নেই। তৃতীয়ত, সুলতান মুহম্মদ তাঁর কোনও উত্তরাধিকারী না রেখে মারা যান। সিন্ধু নদীর ধারে দু'দিন তাঁর সৈন্যদলের কোনও রাজা ছিল না। রাজা হবার পর ফিরোজ শাহকে থাট্টা থেকে দিল্লি আসতে হয়েছিল। যদি আমলাদের বড় অংশ অনুগত না থাকত, তাহলে তারা তুঘলক বংশ শেষ করে দিতে পারত। ওই সময়ে বড় বড় প্রদেশের শাসনকর্তারাও বিদ্রোহ করতে পারত। কিন্তু তারা ফিরোজ শাহকে আনুগত্য দেখাতে দেরি করেনি। এটা ঠিক যে প্রান্তিক জায়গাগুলি যেমন বাংলা, দাক্ষিণাত্য ও সুদূর দক্ষিণ সাম্রাজ্যের বাইরে চলে গিয়েছিল। কিন্তু উত্তর ভারতের সব বিদ্রোহ দমন করা হয়েছিল।

সমকালীন ও পরবর্তী ঐতিহাসিকরা ভিন্ন ভিন্ন ভাবে সুলতান মুহম্মদের চরিত্রের মূল্যায়ন করেছেন। কেউ কেউ বলেছেন যে উনি 'অসঙ্গতিতে ভরপুর' ছিলেন। কেউ বলেছেন যে উনি 'অভূতপূর্ব সৃষ্টি' বা 'ভুল ধরনের আদর্শবাদী'। কেউ বলেছেন যে উনি 'পাগল রাজা'। কিন্তু এগুলো সবই একটা জটিল চরিত্রের আংশিক মূল্যায়ন। বিদেশীরা সুলতান মুহম্মদের বিদেশীদের প্রতি অনুগ্রহ ও দাক্ষিণ্যের জন্য ওঁর ভূয়সী প্রশংসা করেছেন। ইবন বতুতা সুলতানের প্রশংসা করার পর তাঁর অবাধ শাস্তি দেবার প্রবণতাকে অভিযুক্ত করেছেন। ইসামী ওঁকে স্বৈরাচারী ও ধর্মবিচ্যুত বলেছেন। সুলতানের ব্যক্তিত্বের মধ্যে ইসামী ভালো কোনও গুণ পাননি। ওঁর মতে সব বিদ্রোহই উপযুক্ত কারণে হয়েছিল। বারানী সুলতানের সমালোচনা করলেও, এটা স্পষ্ট যে তিনি সুলতানের পক্ষেই ছিলেন।

ফিরোজ তুঘলক

২০শে মার্চ ১৩৫১ সালে সিন্ধু নদীর পূর্বপারে থাট্টা থেকে প্রায় পঁয়ত্রিশ মাইল দূরে দশ দিনের অসুখে সুলতান মুহম্মদ বিন তুঘলক মারা যান। বারানী বলেছেন যে সুলতানের ছাউনিতে পুরুষ ও মহিলা মিলিয়ে দু'লক্ষ লোক ছিল। সুলতানের কোনও ছেলে ছিল না এবং তিনি কোনও উত্তরাধিকারী নির্বাচন করে যাননি। এর ফলে গৃহযুদ্ধের সম্ভাবনা ছিল। মুসলমান রাজাদের প্রচলিত পরম্পরা অনুযায়ী নতুন সুলতানকে সমবেত আমলা ও বিশিষ্ট লোকেরা নির্বাচিত করতেন। সাধারণত রাজকীয় পরিবারের মধ্য থেকেই এই নির্বাচন করা হতো। কিন্তু সেই সময় সব আমলারা একস্থানে ছিল না। কেন্দ্রীয় সরকারের বড় বড় আমলারা দিল্লিতে ছিল। এ ছাড়া বড় বড় প্রদেশের শাসনকর্তাদের মতামত ছিল গুরুত্বপূর্ণ। বারানী বলেছেন ওই অবস্থা থেকে পরিত্রাণ পাওয়া সম্ভব হয় কারণ সুলতানের ছাউনিতে ওই সময় উপস্থিত ছিলেন সুলতান মুহম্মদের ছোট ভাই মালিক রাজাবের ছেলে কমলুদ্দীন ফিরোজ। তিনি তখন সুলতানের তৃতীয় উচ্চপদস্থ আমলা ছিলেন।

সুলতানের মৃত্যুর পরই আমলারা ব্যবস্থা করেছিল যে সুলতানকে সাহায্য করতে আসা মঙ্গোল সেনাপতি আলতুন বাহাদুর ছাউনি থেকে দূরে থাকবেন। ২২শে মার্চ

নেতৃত্বহীন সৈন্যদল সিস্তানের দিকে যাত্রা শুরু করল। সেইসময় একজন মঙ্গোল নেতা নওরোজ কারগান মঙ্গোল সেনাপতিকে সুলতানের নেতৃত্বহীন দলকে আক্রমণ করার জন্য আহ্বান জানায়। থাট্টার অধিবাসীরাও আক্রমণ করে। সুলতানী সৈন্যরা অবশ্য ওই আক্রমণ প্রতিহত করতে সক্ষম হয়।

দুদিন এই অরাজক অবস্থা চলার পর আমলা ও সেনাপতিরা কমলুদ্দীন ফিরোজকে নেতা নির্বাচন করতে রাজি হয়। কিন্তু সুলতান মুহম্মদের বোন তাঁর ছেলে দাওয়ার মালিককে সুলতান করতে চান। শেষ পর্যন্ত দাওয়ার মালিককে *আমীর-ই হাজীব* করা হবে ঠিক হয়। কিন্তু ওই প্রতিশ্রুতি রাখা হয়নি। ফিরোজ সুলতানের পদ গ্রহণ করতে প্রথমে রাজি না হলেও সকলের বারংবার অনুরোধে রাজি হন।

আফিফের পূর্বপুরুষরা তুঘলক পরিবারের সঙ্গে খলজীদের সময় থেকেই পরিচিত ছিলেন। আফিফ ফিরোজের প্রথম জীবনের কথা বলেছেন। সুলতান গিয়াসুদ্দীন তাঁর ছোট ছেলে রাজাব-এর সঙ্গে বিবাহ দেন হিন্দু রাজা রণমল ভাট্টির মেয়ে বিবি নইলার। ওই বিবাহের ফলে কমলুদ্দীন ফিরোজের জন্ম হয় ১৩০৯–১০ সালে। ফিরোজের সাত বছর বয়সে তাঁর বাবার মৃত্যু হয় এবং সুলতান ফিরোজকে নিজের ছেলের মতোই যত্ন করে বড় করেন।

ফিরোজের আঠারো বছর বয়সের সময়ে সুলতান মুহম্মদ সিংহাসনে বসেন। তিনি ফিরোজকে বিভিন্ন বিভাগের কাজ সম্পর্কে শিক্ষা দেন। কিন্তু সুলতান মুহম্মদ ফিরোজকে সামরিক শিক্ষা দেননি। যারা ফিরোজকে সিংহাসনে আরোহণ করতে দেখেছে, তারা বুঝতে পারেনি যে ওই পঁয়তাল্লিশ বছর বয়স্ক যুবক সাম্রাজ্যে আটত্রিশ বছর ব্যাপী শান্তি এনে দেবেন। ফিরোজের রাজত্বের উল্লেখযোগ্য বৈশিষ্ট্য হচ্ছে জিনিসপত্রের দাম সস্তা কিন্তু মজুরি অনেক বেশি, বিশেষ কোনও বিদেশী আক্রমণ নেই, কোনও দুর্ভিক্ষ বা মহামারী নেই। কোনও বড় ধরনের বিদ্রোহ নেই। একবার মাত্র হত্যা করার জন্য আক্রমণ ও কয়েকবার বিষ দেবার চেষ্টা হয়েছিল কিন্তু কোনও প্রাসাদ অভ্যুত্থান নেই। ফিরোজের আর একটি বৈশিষ্ট্য ছিল যে তিনি রাজপরিবার ও সরকারি চাকুরেদের ও তাদের পরিবারদের সুরক্ষার ব্যবস্থা করেছিলেন। সরকারি চাকুরেদের প্রতিশ্রুতি দেওয়া হয়েছিল যে তাদের ছেলেরা পরবর্তীকালে তাদের জায়গায় চাকুরি পাবে। আমলারাও দেখল যে সরকার তাদের হিসেব নিয়ে বিশেষ মাথা ঘামাচ্ছে না। এর ফলে সম্ভবত ফিরোজ শাহর রাজত্ব মধ্যযুগের ভারত ইতিহাসের মধ্যে ঘুস নেবার জন্য বিখ্যাত হয়ে আছে। সাধারণ বুদ্ধির সুলতান ফিরোজ দুর্বল লোক ছিলেন না। কিন্তু স্বৈরাচারী রাজাদের উপাদান তাঁর মধ্যে ছিল না। ভয় দেখিয়ে বা হত্যার বিধান দিয়ে রাষ্ট্রের শক্তি বাড়ানোর তাঁর কোনও পরিকল্পনা ছিল না। কি হচ্ছে তা যে তিনি বুঝতেন না তা নয়, তবে সেগুলি সম্বন্ধে চোখ বন্ধ করে থাকতেন। এর ফলে তাঁর মৃত্যুর পর রাষ্ট্রের কাঠামো ভেঙে পড়ে। কিন্তু ওঁর যা গুণ বা চরিত্র তাতে অন্যরকম নীতি নেওয়া তাঁর পক্ষে অসম্ভব ছিল।

তাঁর সিংহাসনে বসার পর সৈন্যরা ঠিকভাবে যাত্রা শুরু করে। তিনদিন বাদে তিনি এক সৈন্যদল পাঠালে তারা মঙ্গোলদের হটিয়ে দেয়। সিস্তানে ফিরোজ শাহর নামে খুৎবা পড়া হয়। সমগ্র সাম্রাজ্যে ফিরোজের সিংহাসনে আরোহণ ঘোষণা করা হয়। গুরুত্বপূর্ণ আমলাদের কাছে খেলাৎ পাঠানো হয়। দিল্লিতে খাজা-ই জাঁহার কাছে দূত যায়। যে সব বিদেশীরা ছিল তাদেরকে উপহার দিয়ে দেশ ছেড়ে যেতে বলা হয়। ফিরোজ তাঁর সৎভাই ইব্রাহিমকে *আমীর-ই হাজিব* করেন। ওঁর দাস বসিরকে *আরজ-ই মুমালিক* করা হয় *ইমাদুল-উল* মুল্ক উপাধি দিয়ে। সৈন্যদের সঙ্গে সুলতান মুহম্মদের মৃতদেহ রাজকীয় সমারোহে দিল্লি নিয়ে যাওয়া হয়। বারানী বলেছেন যে সারা পথ ধরে ফিরোজ মুসলমান ধর্মাবলম্বীদের সঙ্গে আলোচনা ও প্রার্থনা করে কাটান।

দিল্লিতে পৌঁছানোর আগে ফিরোজ খবর পান যে খাজা-ই জাঁহা পয়লা এপ্রিল ১৩৫১ সালে ছয় বছরের এক বালককে গিয়াসুদ্দীন মুহম্মদ নামে সিংহাসনে বসিয়েছেন। এই আচরণ বিদ্রোহের নামান্তর। ওই ছেলেটিকে সুলতান মুহম্মদের পুত্র বলে পরিচয় দিয়ে সারা রাজ্যে ঘোষণা করে দেওয়া হয়। মূলতানে পৌঁছানো পর্যন্ত ফিরোজ এ খবর গোপন রাখেন। কিন্তু জানাজানি হয়ে গেলে সব আমলারাই বলতে থাকে যে সুলতান মুহম্মদের একটি কন্যা ছিল কিন্তু কোনও পুত্র ছিল না।

খাজা-ই জাঁহা আহমদ আইয়াজের বিদ্রোহ

চুরাশি বছর বয়স্ক আহমদ আইয়াজ ছিলেন মূলত অ-সামরিক আমলা। উনি কেন ফিরোজ ও সৈন্যদলের বিরুদ্ধে গেলেন তা বোঝা যায় নি। লোকেরা সাধারণভাবে বিশ্বাস করত যে ফিরোজ সুলতান হবার খবর পেয়ে আহমদ বিদ্রোহ করেন। বিভিন্ন লোকেদের কাছ থেকে শুনে আফিফ বলেছেন যে সাধারণ লোকেদের ধারণা সত্য নয়। আহমদের কাছে খবর পৌঁছায় যে সুলতান মুহম্মদ মারা গিয়েছেন এবং মঙ্গোল আক্রমণের ফলে অরাজকতার সৃষ্টি হয়েছে ও ফিরোজ ও তাতার খানকে খুঁজে পাওয়া যাচ্ছে না। আফিফ বলেছেন যে আহমদ ও ফিরোজের মধ্যে খুবই স্নেহের সম্পর্ক ছিল। সুতরাং সুলতানাত রক্ষা করার জন্য আহমদ আর একজনকে সিংহাসনে বসান। দিল্লির অধিকাংশ আমলাই ওঁর সঙ্গে এ বিষয়ে একমত ছিল।

অপ্রাপ্তবয়স্ক একজনকে সিংহাসনে বসানো মধ্যযুগের একটা সাময়িক পদক্ষেপ কারণ পরে তাকে সরানো যায়। কিন্তু আহমদ আরও সঠিক খবরের জন্য অপেক্ষা না করে তাড়াহুড়ো করে একটি অজানা পিতামাতার সন্তানকে সিংহাসনে বসিয়ে নিজের ওপর ভারী দায়িত্ব তুলে নিয়েছিলেন। যখন ফিরোজের সিংহাসনে আরোহণের খবর দিল্লিতে আসে, তখন *নায়েব উজীরের* (মালিক মকবুল) নেতৃত্বে অধিকাংশ আমলাই ফিরোজের পক্ষে রায় দেন। সেটা তারা চিঠিতে ফিরোজকে জানিয়েও দেয়। খাজা জাঁহারও এটা করা উচিত ছিল। কিন্তু আইনগত দিক থেকে ওই কাজ ঠিক হলেও ওঁর পতন অবশ্যম্ভাবী ছিল। কিন্তু নিজের ভুল স্বীকার না করে আহমদ তিনটি পরস্পর বিরোধী নীতি অনুসরণ করতে চেষ্টা করেন। প্রথমত, তিনি

যুদ্ধের জন্য প্রস্তুত হলেন। কোষাগারে অর্থ না থাকায় উনি রুপোর ও সোনার বাসনপত্র গালিয়ে মাত্র বিশ হাজার অদক্ষ ও অনভিজ্ঞ ঘোড়সওয়ার জোগাড় করতে পারলেন। দ্বিতীয়ত, তিনি একই সঙ্গে আলোচনা শুরু করলেন। ফিরোজের একটা শর্ত ছিল—খাজা আত্মসমর্পণ করলে তাঁকে ক্ষমা করা হবে। তৃতীয়ত, খাজা সবসময়েই আশা করছেন যে পুরানো দিনের কথা ভেবে, ফিরোজ ওঁকে ক্ষমা করবেন। যদি অবস্থার উন্নতি না হয়, তাহলে তিনি অন্তিম উপায় অবলম্বন করবেন। শেখ নিজামুদ্দীন আউলিয়ার শিষ্য হিসেবে উনি জানতেন কি ভাবে মৃত্যুবরণ করতে হয়।

২৩শে আগস্ট ১৩৫১ সালে নায়েব উজীর আরও কয়েকজনকে নিয়ে আগ্রোহায় ফিরোজের কাছে পালিয়ে আসেন। ওই দিন ফিরোজের ছেলে ফৎ খানের জন্ম হয়। ওই দিনই খবর আসে যে বিদ্রোহী তাঘিকে সুলতানী আমলারা হত্যা করেছে। মূলতান ছেড়ে আসার পর ফিরোজের অবস্থার উন্নতি হয়। বড় বড় আমলা ও হিন্দু রাজারা ওঁকে সুলতান বলে মেনে নেয়। সিরসার কাছে বিভিন্ন শরফ ও বণিকরা কয়েক লক্ষ টাকা ওঁকে দেয় যার সাহায্যে ফিরোজ সৈন্যদের মাহিনা দিতে পারেন। কিন্তু এ টাকা উনি ঋণ বলে নিয়েছিলেন এবং দিল্লিতে গিয়ে শোধ দেবার প্রতিশ্রুতি দেন।

১৪ই আগস্ট খাজা-ই জাঁহা স্থির করলেন যে তিনি ফিরোজের আনুগত্য স্বীকার করবেন। আগ্রোহার পরে উনি সাধারণ অপরাধীদের মতো ফিরোজের দরবারে হাজির হলেন। ফিরোজ ওঁকে ক্ষমা করে আবার উজীর পদে নিয়োগ করবেন ভেবেছিলেন। কিন্তু ওঁর আমলারা এ প্রস্তাব নাকচ করে দেন। ফিরোজ মাত্র দু'জন আমলা নিয়োগ করেছিলেন। সুলতান মুহম্মদের পুরানো আমলারা নিজ নিজ পদে বহাল ছিল। এরা চাননি যে ফিরোজ পূর্বতন সুলতানের মতো স্বৈরাচারী হন এবং উচ্চ আমলাদের সুলতানকে মন্ত্রণা দেওয়ার পুরানো অধিকার ওদেরকে ফিরিয়ে দেওয়া হোক ওরা একযোগে জানায় যে খাজা পুরানো যুগের একমাত্র প্রতিনিধি যাকে ধ্বংস করা উচিত। ফিরোজ খাজাকে আমলাদের হাতে ছেড়ে দিলে ওঁকে হত্যা করা হয়।

৮ই সেপ্টেম্বর ১৩৫১ সালে ফিরোজ দিল্লিতে সিংহাসনে বসেন। বারানী বলেছেন মাত্র চার-পাঁচ জন অভিজাতকে হত্যা করা হয়েছিল। ওদের পরিবারদের কোনও ক্ষতি করা হয়নি। সুলতান মুহম্মদের শালাকে দেশ ছেড়ে চলে যেতে বলা হয়েছিল।

শাসনতান্ত্রিক নিয়োগ

ফিরোজের শাসনতন্ত্রে মালিক মকবুলকে উজীর নিযুক্ত করা হয়। উপাধি দেওয়া হয় খান-ই জাঁহা। উনি ছিলেন তিলঙের হিন্দু ও তিলঙের রাজার কাছে উনি উচ্চপদে কাজ করতেন। ধর্মান্তরিত হওয়ার পর সুলতান মুহম্মদ ওঁকে মকবুল নাম দেন। এর পর উনি দিল্লি শহরের নায়েব উজীর হন যদিও উনি নিরক্ষর ছিলেন। এর পরে উনি মূলতানের শাসনকর্তা হন ও পরে সাম্রাজ্যের নায়েব উজীর হন। খাজা-ই জাঁহার

মৃত্যুদণ্ডের মধ্যে মকবুলের কোনও হাত ছিল না। ১৩৬৮–৬৯ সালে ওঁর মৃত্যুর আগে পর্যন্ত উনি ফিরোজের সঙ্গে ঘনিষ্ঠভাবে কাজ করেছেন। ফিরোজ ওঁকে নানারকম রাজকীয় সুবিধা দিয়েছিলেন।

বারানী বলেছেন, যে কারণে ফিরোজ শাহর রাজত্ব বহুদিন টিকে ছিল, সেটি হচ্ছে *সিয়াসৎ* বন্ধ করা। বারানী বলেছেন যে হত্যার শাস্তি বিধানকে *সিয়াসৎ* বলা হয়, যদিও প্রথমে এর মানে অন্যরকম ছিল। যেহেতু শরিয়তে রাজার উল্লেখ নেই, অতএব রাজার বিরুদ্ধে বিদ্রোহের কোনও শাস্তি বলা নেই। সাধারণত এই মৃত্যুদণ্ড দেওয়া হতো রাষ্ট্রের বিরুদ্ধে বিদ্রোহীদের বা রাজার বিরুদ্ধে অপরাধের জন্য। ফিরোজ এই মৃত্যুদণ্ডের বদলে কম শাস্তির প্রথা চালু করেন। অ-রাজনৈতিক কাজের জন্য মুসলমানরা কাজীর বিচার অনুযায়ী শাস্তি পাবে। অত্যাচার করাও ফিরোজ বন্ধ করেছিলেন। কিন্তু চুরি বা হত্যার শাস্তি দিতে ফিরোজ কুণ্ঠিত হননি। আসলে বন্দীদশাই ছিল প্রাপ্য শাস্তি কিন্তু রাজ্যের আইনে জেলখানার কোনও উল্লেখ না থাকায় ওই শাস্তি দেওয়া শক্ত হয়ে পড়ে।

আর্থিক ব্যবস্থা

অর্থবিভাগের হিসাব পরীক্ষক খাজা ফকর শাদী তাঁর কাগজপত্র ঠিক করেই রেখেছিলেন। ওঁর কাগজে সে সব লোকের নাম ছিল যাদের পূর্ববর্তী সুলতান ঋণ দিয়ে গিয়েছিলেন। ঋণের পরিমান প্রায় দু'কোটি তঙ্কার সমান। এছাড়া খাজা জাঁহা বহুলোককে সোনা রুপোর তৈজসপত্র ও নগদ টাকা দিয়েছিলেন। এদের নামের তালিকাও ছিল। ফিরোজের হাতে ওই তালিকা দিলে, কোয়ামুল-উল মুল্কের পরামর্শমতো ফিরোজ এই সব ঋণ মাপ করে দেন এবং ওই নামের তালিকা সমেত বই দরবারে সকলের সামনে ধুয়ে পরিষ্কার করে ফেলা হয়।

বারানীর মতে ফিরোজের দীর্ঘস্থায়ী রাজত্বের দ্বিতীয় কারণ ছিল কর ব্যবস্থা। ফিরোজ শাহর সময়ে ছিল খারাজ (ভূমি রাজস্ব) ও জিজিয়া, যা উৎপাদনের ওপরে নেওয়া হতো। মধ্যযুগের শরিয়াত বইতে বলা হচ্ছে যে জিজিয়া নেওয়া হবে অ-মুসলমানদের কাছ থেকে অ-মুসলমান থাকার জন্য। কিন্তু বারানী, আমীর খসরু, শেখ নিজামুদ্দীন আউলিয়া ও অন্যান্যরা বলেছেন যে জিজিয়া মানে সেই সমস্ত কর যেগুলি ভূমি-রাজস্বর মধ্যে পড়ে না। মধ্যযুগের শরিয়াত হিসেবে আওরঙ্গজেব জিজিয়া কর ভারতে আরোপ করেছিলেন। কিন্তু জিজিয়ার দু ধরনের অর্থ কিছুটা বিভ্রান্তির সৃষ্টি করে।

আফিফ বলেছেন যে ফিরোজের সময়ে রাজ্যের আয় আবার নতুন করে বিবেচিত হয়। করের পরিমাণ নির্ধারণের দায়িত্ব দেওয়া হয় খাজা হুসামুদ্দীন জুনাইদের ওপর। দু'বছর ধরে সারা রাজ্য ঘুরে নানা পরীক্ষা নীরিক্ষার পর তিনি সাম্রাজ্যের আয় স্থির করেন ছয় কোটি পঁচাত্তর লক্ষ তঙ্কা। ফিরোজ শাহর প্রায় চল্লিশ বছরের রাজত্বে এটাই ছিল দিল্লি সুলতানাতের আয়।

আফিফের বক্তব্যে বোঝা যায় যে রাষ্ট্রের আয় বাড়েনি। কিন্তু মধ্যযুগে রাষ্ট্র করের অংশ ঠিক করা হত ফসলের ওপরে। অর্থাৎ ফসলের উৎপাদন যদি বাড়ে, তাহলে মোট কর বাড়বে, তার হার অপরিবর্তিত থাকলেও। ফিরোজের রাজত্বের দ্বিতীয় ভাগে শস্যের উৎপাদন প্রচুর পরিমাণে বেড়ে যায়। ফলে স্বাভাবিক ভাবেই রাষ্ট্রের আয়ও বেড়ে যায়। ঐতিহাসিক মোরল্যান্ড বলেছেন ফসলের কতটা অংশ রাষ্ট্রের প্রাপ্য সে বিষয়ে সমসাময়িক লেখকেরা কিছু বলেননি। মূলতানের শাসনকর্তা, আইন-ই মাহরু এক জায়গায় বলেছেন যে তাঁর সৈন্যদের মাহিনা দেওয়া হত অর্ধেকটা রুপোর তঙ্কায় ও অর্ধেকটা শস্যে। এই নিয়ম পুরানো কৃষকদের পক্ষে প্রযোজ্য ছিল। নতুন কৃষকরা সরকারকে খাজনা দিত কেবল শস্যে।

আফিফ বলেছেন যে ফিরোজ শাহ লোকেদের জীবন ধারণের জন্য ভূমি-রাজস্ব *(ওয়াজা)* দিয়েছিলেন। এইভাবে তিনি তাঁর সব সৈন্যকে ভূমি-রাজস্ব *(ওয়াজা)* দিয়ে মাহিনা দিতেন। সুলতান আলাউদ্দীন খলজী তাঁর সৈন্যদের মাহিনা দিতেন নগদ টাকায়। তিনি চাইতেন না যে দুশো-তিনশো অধিবাসী কোনও একজন *ওয়াজদারের* অধীনে থাকুক। এছাড়া কয়েকজন ওয়াজদার মিলিত হলে গোলমাল সৃষ্টি করতে পারে। কিন্তু ফিরোজ শাহ গ্রাম, জেলা এমনকি শহরের ভূমি-রাজস্ব *ওয়াজদারদের* হাতে দেন। আফিফের এই বক্তব্য অবশ্য মানা যায় না। ফিরোজ শাহ গ্রামের ভূমি-রাজস্ব দিলেও, কর সংগ্রাহকরা অর্ধেক কর রাষ্ট্রের জন্য রাখতেন। সুতরাং কর সংগ্রহ করাটা রাষ্ট্রের আমলাদের হাতেই ছিল। এছাড়া, এই ভূমি-রাজস্ব গণনা করা হত তঙ্কা ও জিতালে। সুতরাং উৎপাদন বাড়লে সরকারি রাজস্বের পরিমাণও বাড়বে। অর্থাৎ সরকার যদি ওইসব গ্রাম থেকে কোনও কর না নেয়, তাহলে *ওয়াজদারদের* মাহিনা বেড়ে যাবে যার ফলে গোলমালের সৃষ্টি হবে। আফিফ অবশ্য পরে বলেছেন অনেক সৈন্যই নগদ টাকায় মাহিনা পেত।

সৈন্যরা ও তাদের সেনাপতিরা এই সব ভূমি-রাজস্বের আদেশ *(ইতলাক)* নিয়ে গ্রামে গেলে, কর সংগ্রহকারকরা ওদের ভূমি-রাজস্বের অর্ধেক দিয়ে দিত। আবার শহরে তারা ওই *ইতলাক* ভাঙাতে পারত। কিন্তু এখানে তারা পেত ভূমি-রাজস্বের এক-তৃতীয়াংশ। বহু দালাল ওদের কাছ থেকে *ইতলাক* কিনে ধনী হয়ে হয়ে গিয়েছিল। সৈন্যদের সেনাপতিদের ওই সব গ্রামের কোনও শাসনতান্ত্রিক অধিকার দেওয়া হতো না। অবশ্য দু'এক জায়গায় এর ব্যতিক্রম হয়েছে। অনেক সময়ে এই ব্যতিক্রমীরা হিন্দুদের থেকে জিজিয়া কর তোলে সরকারি অনুমতি ছাড়া এবং এদের বিরুদ্ধে নানা অভিযোগ আসে। ভূমি-রাজস্ব দেবার ক্ষেত্রে একটা তফাৎ ছিল —অ-সামরিক আমলা যাদের অধীনে গ্রাম বা অন্য জায়গা আছে এবং ধর্মীয় সংস্থা বা যারা বৃদ্ধ বয়সের মাসোহারা পেত, তাদের মধ্যে। আমলারা যদি কৃষকদের কাছ থেকে বেশি কর সংগ্রহ করে ধনী হয়ে যায়, তাঁদের ঠেকানোর কোন ব্যবস্থা ফিরোজ শাহর প্রথার মধ্যে ছিল না। এই অতিরিক্ত কর যদি তারা নিজেদের কাছে রেখে দেয়, তাহলে সেটা ঠেকানোর ব্যবস্থা ছিল না। আফিফ এই ধরনের কিছু লোকের ধনী হয়ে যাওয়ার কথা বলেছেন।

অন্য ধরনের ভূমি-রাজস্ব দেওয়া অবশ্য এর থেকে পৃথক। আইন-ই মাহরু বলেছেন যে মূলতান থেকে বছরে তিন লক্ষ টাকা এই ধরনে ব্যয় করা হতো। ওই সব ধরনের ভূমি-রাজস্ব দেওয়া হতো উর্বর ও অনুর্বর জমির ওপর। উর্বর জমি থেকে তারা যা পেত তাতে তাদের জীবনধারণ সম্ভব হতো। অনুর্বর জমি তারা রেখেছিল তাদের দাবি জোরদার করার জন্য। তারা অবশ্য নগদ টাকা চাইলে পেত না।

কেউ কেউ মনে করেন যে এই ধরনের অনৈতিক ভূমি-রাজস্ব নীতি সুলতানাতের পতনের অন্যতম কারণ। আর একটি কারণ হচ্ছে এই যে সমস্ত পদই উত্তরাধিকারীসূত্রে পাওয়া যাবে, এমন ঘোষণা।

আফিফ বলেছেন যে ফিরোজ শাহ তাঁর রাজ্যের সমস্ত ভূমি-রাজস্ব সৈন্যদের দিয়ে দেবার পর আর একটি আইন চালু করেন। যদি কোনও সৈন্য মারা যায়, তাহলে তার পুত্র পিতার পদটি পাবে। পুত্র না থাকলে তার জামাই পাবে। জামাই না থাকলে তার দাস পাবে। দাস না থাকলে তার স্ত্রীরা পাবে। এই আইন ফিরোজ শাহর রাজত্বের চল্লিশ বছর ধরে মানা হয়েছিল। বহুকাল পরে ফিরোজ এই আইনের সংশোধন করে অন্য এক আইন চালু করেন। যদি কোনও সৈন্য ঘোড়ায় চড়ার পক্ষে বৃদ্ধ হয়ে যায়, তাহলে সে তার প্রতিনিধি হিসেবে ছেলেকে পাঠাবে। ছেলে না থাকলে জামাই এবং সে না থাকলে তার দাস যাবে। ফিরোজ তাঁর *ফুতুহাতে* দাবি করেছেন যে তিনি এই নিয়ম শুধু সৈন্যদের জন্যই চালু করেননি, সমস্ত আমলাদের পক্ষেই এই আইন প্রয়োগ করা হয়েছিল। এছাড়াও বলা হয়েছে যে যদি কোনও সরকারি আমলা একাধিক পুত্র রেখে মারা যায়, তাহলে তার সম্পত্তি সব ছেলেদেরই মধ্যেই ভাগ হয়ে যাবে। কেবলমাত্র উচ্চপদস্থ আমলাদের বেলাতে সরকার ঠিক করবে কোন ছেলে ওই পদ পাবে। স্বভাবতই সব সরকারি আমলাই ফিরোজের দীর্ঘ জীবন কামনা করেছিল।

ধর্মান্ধতা

১৩৭৪–৭৫ সালে ফিরোজ ভইরচে সালার মাসুদ গাজীর সমাধিতে প্রার্থনা করতে যান। ওখানে তিনি স্বপ্নে শহীদকে দেখে ধর্মান্ধ হয়ে যান। উনি আদেশ দেন সমস্ত প্রাসাদচিত্র মুছে ফেলার জন্য এবং রেশম ও ব্রোকেডের কাপড়গুলি ধ্বংস করার জন্য। এই সময় এক ব্রাহ্মণকে উনি পুড়িয়ে মারেন কারণ ওই ব্রাহ্মণ এক মুসলমান মহিলাকে হিন্দুধর্মে দীক্ষিত করেছিল। ইসলাম ধর্মে কোনও অপরাধের জন্য পুড়িয়ে মারার শাস্তির বিধান নেই এবং ফিরোজ এই ধরনের কাজ করে ধর্মবিরোধী কাজ করেছিলেন তাতে সন্দেহ নেই।

আফিফ বলেছেন যে ফিরোজ দিল্লির ব্রাহ্মণদের ওপর জিজিয়া আরোপ করেছিলেন। কিন্তু ওঁর স্মৃতি থেকে লেখা এই অংশটি গ্রহণযোগ্য নয়। উনি বলেছেন যে ফিরোজ জিজিয়ার তিনটি স্তর ভাগ করেছিলেন—দশ, বিশ এবং চল্লিশ তঙ্কা। এই তথ্যটিও সঠিক নয়। আসলে আফিফ মধ্যযুগের শরিয়াত বইতে যে অর্থে জিজিয়া ব্যবহৃত হয়েছে তার সঙ্গে অ-কৃষি কর গুলিয়ে ফেলেছেন। শুধু দিল্লির

ব্রাহ্মণদের কাছ থেকে কতটা করই বা পাওয়া যাবে, এ প্রশ্ন আফিফ করেননি। কিন্তু এটাতে সন্দেহ নেই যে শেষ পনেরো বছর ফিরোজ ধর্মান্ধ হয়ে গিয়েছিলেন। ওঁর *ফুতুহাতে* অত্যন্ত গর্বের সঙ্গে ফিরোজ তিনটি নতুন হিন্দু মন্দির ভাঙার কথা বলেছেন—একটি মালবে, একটি সালিহপুরে ও তৃতীয়টি গোহানা শহরে। এর সঙ্গে ফিরোজ আদেশ দিয়েছিলেন যে মুসলমান মহিলারা বাড়ির বাইরে আসবে না বা দিল্লি শহরের বাইরে কোনও সমাধিতে যাবে না। এছাড়া শিয়াদের শাস্তি দেওয়া ও তাদের ধর্মগ্রন্থ পুড়িয়ে ফেলারও আদেশ দেন। যাঁকে অনুচরেরা ভগবান মনে করত সেই আহমদ বিহারীর প্রাণদণ্ড হয় তাঁর এক অনুচর সমেত। নিজেকে *মাহদী* বলে ঘোষণা করায় রুকন নামে একজনের তার অনুচর সমেত প্রকাশ্য জায়গায় প্রাণদণ্ড হয়। আইন-ই মাহরুর এক ভৃত্যকে প্রাণদণ্ড দেওয়া হয় কারণ সে স্বয়ং সত্য বলে ঘোষণা করেছিল। এক পঞ্চমাংশের বদলে সৈন্যদের লুট করা সম্পত্তির চতুর্থ-পঞ্চমাংশ দেবার আদেশ দেন ফিরোজ শাহ। কোরানে এই নির্দেশ দেওয়া আছে যারা স্বেচ্ছায় যুদ্ধ করছে তাদের জন্য, ওই আদেশ প্রযোজ্য, বেতনভুক সৈন্যদের জন্য নয়।

ফিরোজ তাঁর *ফুতুহাতে* দাবি করেন যে তিনি অনেকক্ষেত্রে শুল্ক তুলে দিয়েছিলেন কারণ সেগুলি শরিয়াতে নেই। এই শুল্কগুলি কিসের ওপরে ছিল এ নিয়ে ঐতিহাসিকদের মধ্যে মতভেদ আছে। অধ্যাপক খালিক আহমদ নিজামীর মতামত মেনে নিয়ে নিচে শুল্কগুলির নাম দেওয়া হল।

(১) *মান্দভী-বর্গ*— বাজারে নিয়ে আসা গবাদি পশুর খাদ্য।
(২) *দালাইল-ই বাজারগা*— বাজারে দালালির ওপর শুল্ক।
(৩) *জাহারী*— মাংস বিক্রেতাদের ওপর।
(৪) *আমীর-ই তারাব*— সম্ভবত আমোদ প্রমোদের ওপর কর। সরকার এঁকে নানান উৎসবে আমলা হিসেবে নিযুক্ত করে যাতে উৎসবে গোলমান না হয়।
(৫) *গুল ফারাসি*— ফুলের ওপর কর।
(৬) *জিজিয়া-ই তাম্বোল*— পান বিক্রির ওপর কর।
(৭) *চুঙ্গল-ই ঘাল্লা*— শস্য বিক্রির ওপর কর।
(৮) *খাইয়ালি*— যারা বাজারে শস্য ওজন করে তারা এই কর দেয়।
(৯) *বিলগড়ি*— নীল প্রস্তুতকারকদের ওপর কর।
(১০) *মাহী ফারোসী*— মাছ বিক্রির ওপর কর।
(১১) *নাদ্দাফি*— ধুনুরীদের ওপর কর।
(১২) *সবুন-গড়ি*— সাবান বিক্রির ওপর কর।
(১৩) *রিসমন-ফারোসী*— দড়ি বিক্রির ওপর কর।
(১৪) *রূঘন-গরি*— তেল তৈরির ওপর কর।

(১৫) *নাখুদ-ই বিরিয়ান*— ছোলার ওপর কর।
(১৬) *তাহ-বাজারী*— সর্বসাধারণের জমিতে দোকান ঘরের জন্য শুল্ক।
(১৭) *ছাপ্পা*— ছাপা কাপড়ের ওপর কর।
(১৮) *দাদবেকী*— মামলার ওপর কর।
(১৯) *কিমার খানা*— জুয়াখানার ওপর কর।
(২০) *কোতোয়ালি*— কোতোয়াল যে সব শুল্ক নেন।
(২১) *ইহতিসাবি*— নৈতিক চরিত্র ঠিক রাখার জন্য মহতাসীব যে কর নেন।
(২২) *কাসারী*— কসাইদের ওপর কর।
(২৩) *কুজা ওয়া খিসত পাজী*— ইঁট তৈরির ও কুমোরদের ওপর কর।
(২৪) *ঘরি*— বাড়ির ওপর কর।
(২৫) *চরাই*— পশুচারণের ওপর কর।
(২৬) *মুসাদরাত*— বিভিন্ন ধরনের জরিমানা।
(২৭) *কাবাবী*— কাবাব তৈরির ওপর কর।
(২৮) *খিজাওয়াৎ*— তরকারি ও ফলের ওপর কর।

১৩৭৫–৭৬ সাল থেকে এই করগুলি বাতিল বলে ঘোষণা করা হয়। আফিফ নিজে এই ঘোষণা শুনেছেন যা হাতির পিঠ থেকে কাজী নসরুল্লাহ করেছিলেন। বাতিল করা করের মূল্য ছিল বাৎসরিক ত্রিশ লক্ষ তঙ্কা। এগুলি অবশ্য দিল্লি ও শহরতলির মধ্যেই সীমাবদ্ধ ছিল। ফিরোজ শাহর পক্ষে সাম্রাজ্যের কর-কাঠামো বদলানো সম্ভব ছিল না। ফিরোজ শিলালেখতে এগুলি লিপিবদ্ধ করে গিয়েছিলেন। উল্লেখযোগ্য যে এগুলি অধিকাংশই আমীর ও আমলারা সরকারের অনুমতি না নিয়ে বসিয়ে ছিল এবং পরবর্তীকালে যে আবার তার এগুলি বসাবে এতে সন্দেহ ছিল না। সুলতান মুহম্মদ কতকগুলি কর উছ শহরে বাতিল করে দিলেও পরবর্তীকালে আবার সেগুলি চাপানো হয়। সুতরাং ফিরোজের এই সদিচ্ছা অন্য শহরে কতটা কার্যকরী হয়েছিল বলা শক্ত।

ফিরোজ সম্ভবত এই করগুলি বাতিল করেছিলেন উলেমাদের চাপে পড়ে যারা সারা মধ্যযুগে দাবি করছিল যে কেবলমাত্র শরিয়াত অনুমোদিত করই নেওয়া হবে। আইন-ই মাহরু এ প্রশ্নটি বিবেচনা করে খারিজ করে দিয়েছিলেন। উনি বলেছিলেন শরিয়ত অনুযায়ী কর নিলে, শরিয়ত অনুযায়ী খরচও করা উচিত।

প্রথম বাংলা অভিযান

ফিরোজ শাহ যুদ্ধবিদ্যায় আকৃষ্ট হননি বা প্রথাগত শিক্ষা গ্রহণ করেননি। কিন্তু বেশ কিছু অভিযানে ওঁকে যেতে হয়েছিল। সুলতান মুহম্মদের শেষ দিকে মা'বার, বাংলা ও দাক্ষিণাত্য দিল্লি সাম্রাজ্য থেকে বেরিয়ে যায়। দিল্লি সাম্রাজ্যের আর কোন অংশ যাতে কেউ অধিগ্রহণ না করতে পারে ফিরোজ শাহ সেদিকে নজর দেন। তৎকালীন অবস্থা অনুযায়ী অন্যকে আক্রমণ করলেই তা করা সম্ভব ছিল। উনি তাই দুবার বাংলা অভিযান করেন এবং দুবারই কোনও জায়গার দখল না নিয়ে শান্তি স্থাপন

করতে বাধ্য হন। উনি উড়িষ্যার (জাজনগর) ও কাংড়ার হিন্দুরাজ্য আক্রমণ করেন এবং আগেকার অবস্থানের ভিত্তিতে চুক্তি করেন। ওঁর দীর্ঘ অভিযানের ফলে ওঁকে থাট্টা ও গুজরাটে যেতে হয়েছিল। কিন্তু সৈন্যদের দুরবস্থা দেখে আর কোনও অভিযানে যাবেন না বলে স্থির করেন। ১৩৬৭ সালের পর তিনি শান্তিতে রাজত্ব করতে পেরেছিলেন এবং আর কোনও অঞ্চল হারাননি বা যুক্ত করেন নি।

ফিরোজের সিংহাসনে আরোহণের সময়ে লাখনৌতি ও সোনারগাঁও হাজি ইলিয়াসের দখলে আসে যিনি সুলতান শামসুদ্দীন নামে সিংহাসনে বসেন। বলা হয় ওঁর কুষ্ঠ ছিল এবং ওঁকে ভাঙ দেওয়া হতো। উনি লাখনৌতি থেকে রাজধানী পাণ্ডুয়াতে সরিয়ে নিয়ে যান। হাজী ইলিয়াস পশ্চিমদিকে তাঁর ক্ষমতা প্রসারিত করবেন বলে স্থির করলেন। তিনি তিরহুত (মিথিলা) আক্রমণ করেন এবং এরপর বারাণসী ধরে ভইরচ পর্যন্ত অগ্রসর হন এই অছিলায় যে তিনি সালার মাসুদ গাজীর সমাধিতে প্রার্থনা করতে চান। *সিরাৎ-ই ফিরোজ শাহীতে* আশঙ্কা করা হয়েছে যে উনি নিজামুদ্দীন আউলিয়ার সমাধিতে প্রার্থনা উপলক্ষে দিল্লি আসতে পারেন।

খান-ই জাঁহার উপর সাম্রাজ্যর ভার দিয়ে ৮ই নভেম্বর ১৩৫৩ সালে ফিরোজ বাংলা অভিযান শুরু করেন। পূর্ব উত্তরপ্রদেশের হিন্দু রাজারা ওঁর সঙ্গে সৈন্য নিয়ে যোগ দেন। গোরক্ষপুর ও চম্পারণের রাজা উদয় সিং বিশ লক্ষ টাকা উপঢৌকন দেন। তিরহুতের রাজা ফিরোজকে অভ্যর্থনা করেন ও উপঢৌকন দিতে রাজি হন। কিন্তু তিনি বা অধীনস্থ জমিদাররা অভিযানে অংশ নেন না। রওনা হবার আগে ফিরোজ ঘোষণা করেছিলেন যে বাংলা দখল করা হবে এবং অন্যান্যদের কাছ থেকে ওই বছর কোনও ভূমি-রাজস্ব বা উপঢৌকন দাবি করা হবে না। পরের বছর শুধু পরম্পরার নির্ধারিত কর দাবি করা হবে। বাংলার যে সব আমলারা ও হিন্দু জমিদাররা তাঁদের অনুচরদের নিয়ে আসবেন, তাঁদের দ্বিগুণ জমি দেওয়া হবে। যদি অনুচরের সংখ্যা অর্ধেক হয় তাহলে পঞ্চাশ শতাংশ জমি বাড়ানো হবে। ফিরোজ সমস্ত জমির ওপর উত্তরাধিকার দাবি করেছিলেন এবং সমস্ত অধিবাসীরাই ওই হিসেবে তাঁর প্রজা। বিদ্রোহ না করলে তাদের চিন্তার কারণ নেই।

হাজী ইলিয়াস ফিরোজের পূর্বদিকের যাত্রা বন্ধ করার জন্য কোশী নদীর ধারে প্রতিরোধের ব্যবস্থা করেছিলেন। কিন্তু ফিরোজ বহু ঘুরে নদী পার হয়ে এগিয়ে যান প্রধানত স্থানীয় বন্ধুভাবাপন্ন রাজাদের সাহায্যে। এর ফলে বাংলার রাজধানীতে যাবার আর কোনও বাধা রইল না এবং হাজী ইলিয়াস উপায় না দেখে রাজধানী পাণ্ডুয়াতে গিয়ে অভিজাতদের নিয়ে একডালা দুর্গে আশ্রয় নেন।

একডালা দুর্গ কোথায় ছিল এ নিয়ে মতভেদের নিষ্পত্তি এখনো হয়নি। আফিফ বলেছেন যে একডালা হলো নদীর মধ্যে একটা দ্বীপ যার মধ্যে একটা শহর ও একটা মাটির দুর্গ রয়েছে। উনি বলেছেন যে এর চোদ্দ মাইল দূর দিয়ে একটা নদী চলে গিয়েছে। অধ্যাপক হোদিভালা বলেছেন যে এটা দিনাজপুর জেলার ধনঞ্জয় পরগণায় একডালা গ্রাম, যা মালদা জেলার পাণ্ডুয়া থেকে তেইশ মাইল দূরে। লাখনৌতি বা গৌড় থেকে এটি প্রায় বিয়াল্লিশ মাইল দূরে টাঙ্গন নদীর ধারে। প্রায় পঁচিশ মাইল

জায়গা নিয়ে ছিল একডালা। তাকে ঘিরে ছিল একটি পরিখা যার সঙ্গে খালের সাহায্যে চিরামতি ও বুলিয়া নদীর যোগ রয়েছে। ঐতিহাসিক সরসীকুমার সরস্বতী ও স্টেপলটন যে জায়গা নির্দেশ করেছেন (দিনাজপুরের মধ্যে একডালা গ্রামে) তার সঙ্গে নদীর কোনও মিল নেই। ঐতিহাসিক মমতাজুর রহমান তরফদারও দিনাজপুরের মধ্যেই একডালার অবস্থান ধরেছেন, যদিও সঠিক অবস্থান নির্ণয় করা এখনও সম্ভব হয়নি।

সুলতান ফিরোজ ১৩৫৪ সালের এপ্রিলের শেষে একডালার দক্ষিণে ছাউনি ফেলে এর চারপাশ দিয়ে কাঠের পাঁচিল তৈরি করার আদেশ দেন। দু'দলের সৈন্যদলেই ছিল মুসলমান সৈন্য। যে সব করদাতা হিন্দু জমিদারদের সৈন্য ছিল, তাদের অনেকে ফিরোজের দলে যোগ দিয়েছিলেন।

ইলিয়াস জানতেন যে বর্ষা শুরু হলে ফিরোজের ছাউনি প্লাবিত হয়ে যাবে। ফিরোজও এটা জানতেন এবং নিজেদের ছাউনিতে আগুন লাগিয়ে ওঁরা নদীর পাড় ধরে প্রায় চোদ্দ মাইল দূরে চলে যান লোকচক্ষে ধুলো দেবার জন্য। কয়েকটি *কালান্দারকে* টাকা দিয়ে ইলিয়াসকে বলানো হয় যে দিল্লির সৈন্যদল পালিয়ে যাচ্ছে। ইলিয়াস আক্রমণ করার জন্য দশ হাজার অশ্বারোহী নিয়ে দুর্গ থেকে বেরিয়ে আসেন। ওঁর সঙ্গে ছিল পঞ্চাশটি হাতি ও অসংখ্য পেয়াদা। দিল্লির সৈন্যদলের সংখ্যা প্রায় নব্বই হাজার। ওই দলকে তারা তিনভাগে ভাগ করে নিয়েছিল। ফলে পরাজিত হয়ে বাংলার অশ্বারোহীরা একডালা দুর্গে চলে আসে। তবে দিল্লির সৈন্যদল শহর দখল করলেও দুর্গ দখল করতে পারেনি। আফিফ বলেছেন যে ইলিয়াসের পেয়াদার সংখ্যা ছিল দু'লক্ষ। তার মধ্যে একলক্ষ আশি হাজার মারা যায়। বলা নিষ্প্রয়োজন যে সংখ্যাটি অতিরঞ্জিত।

সমসাময়িক ঐতিহাসিকরা বলেছেন যে ফিরোজ আর এই রক্তপাত দেখতে চাইলেন না। একডালার নাম *আজাদপুর* রেখে উনি পাণ্ডুয়াতে আসেন ও এখানকার নাম রাখেন *ফিরোজাবাদ।* বাংলা থেকে চলে যাবার আগে উনি বাঙালি বন্দী সৈন্যদের ছেড়ে দেবার আদেশ দেন এবং হিন্দু জমিদারদের নিজেদের এলাকায় চলে যেতে বলা হয়। পয়লা সেপ্টেম্বর ১৩৫৪ সালে তিনি দিল্লিতে ফিরে আসেন ও তাঁর জয় হয়েছে এই ঘোষণার প্রমাণ হিসেবে সাতচল্লিশটি হাতি দেখান। ইলিয়াস শাহর কয়েকটি ঘোড়া ও কয়েকজন আমলাকেও বন্দী হিসেবে নিয়ে আসা হয়েছিল। সম্ভবত কোনও সম্মানজনক (দুই পক্ষেই) চুক্তি হয়েছিল কারণ ইলিয়াস শাহর মৃত্যু পর্যন্ত দুই রাজাই বিভিন্ন দ্রব্য বিনিময় করতেন। এর থেকে সন্দেহ থেকে যায় ফিরোজের প্রথম বাংলা অভিযান অবিমিশ্রভাবে জয় হয়েছিল কিনা।

দ্বিতীয় বাংলা অভিযান

মিশরের খলিফা আল হাকিম ১৩৫৫ সালের ১৭ই ডিসেম্বর ফিরোজের কাছে খেলাৎ ও *মনসুর* (আদেশ) পাঠিয়ে ভারতকে ফিরোজের হাতে তুলে দেন। এর দু'বছর পরে সোনারগাঁও'র সুলতান ফকরুদ্দীনের জামাই জাফর খান দিল্লিতে

অভিযোগ করেন যে হাজী ইলিয়াস তাঁকে সোনারগাঁও থেকে হঠিয়ে দিয়েছে। ফিরোজ ওঁকে প্রচুর টাকা দিয়ে নায়েব উজীর করেন। পরের বছর মঙ্গোল আক্রমণ প্রতিহত করার পর হাজী ইলিয়াসের কাছে প্রথামতো উপহার পাঠানো হয়। বিহারে পৌঁছে ফিরোজের আমলারা জানতে পারে যে হাজী ইলিয়াস মারা গিয়েছে এবং ওঁর পুত্র সিকান্দার রাজা হয়েছেন।

১৩৫৯ সালে ফিরোজ আশি হাজার অশ্বারোহী ও চারশো সত্তরটি হাতি নিয়ে বাংলা অভিমুখে রওনা হন। পথে তিনি জৌনপুর শহর তৈরি করে মালিক জৌনার (সুলতান মুহম্মদ বিন তুঘলক) নামে নামকরণ করেন। ইতিমধ্যে সিকান্দার পাণ্ডুয়া ছেড়ে একডালা দুর্গে আশ্রয় নিয়েছেন। ফিরোজ দুর্গ অবরোধ করলেন কিন্তু মুসলমান রক্ত ক্ষয় ও মহিলাদের শোকের জন্য (আফিফের মতে) দুর্গ আক্রমণ করলেন না। অবশেষে সন্ধি হল এবং সিকান্দার জাফর খানকে সোনারগাঁও দিতে রাজি হলেন। কিন্তু জাফর খান সোনারগাঁও যেতে রাজি হলেন না। আফিফের এই মত ঐতিহাসিকরা মেনে নিয়েছেন, যদিও বোঝা যায় যে ফিরোজ যুদ্ধে জয়লাভ করেননি এবং অনির্দিষ্টকাল ওখানে থাকতে রাজি হননি। ফলে তিনি সন্ধি করতে বাধ্য হন।

জাজনগর অভিযান

সুলতান মুহম্মদের সময় থেকেই জাজনগর (উড়িষ্যা) দিল্লির অধীনতা স্বীকার করে নিয়েছিল। উড়িষ্যা নিয়মিতভাবে দিল্লিতে হাতি পাঠাচ্ছিল। কিন্তু ফিরোজের দ্বিতীয়বার বাংলা অভিযানের সময় জাজনগরের রাজা তৃতীয় ভীরণ ভানুদেব বাংলার দিকে যোগ দেন। ফিরোজ কারাতে তাঁর ভাই কুতুবুদ্দীনের কাছে মালপত্র রেখে জাজনগরে অভিযানে যান। আফিফের পিতা ওই অভিযানে সৈন্যদলে ছিলেন। কিন্তু আফিফ ফিরোজের যাত্রাপথ নিয়ে কিছু বলেননি। অন্যান্য সমসাময়িক সূত্র থেকে এই যাত্রার বিবরণ পাওয়া যায়।

ফিরোজ পাঞ্চকোট (বর্তমান পাঞ্চেৎ) দুর্গ আক্রমণ করেন। রাজা তাঁর অধীনস্থ জমিদার নিয়ে প্রবল যুদ্ধ করে হেরে পালিয়ে যান। এরপরে তিনি জাজানগর দখল করে জাজপুরে এসে ফিরোজ দেখেন যে এখানকার অধিবাসীরা সবাই ব্রাহ্মণ। ওদের কোন ক্ষতি না করে, কটকের পনের মাইল দূরে কলকালঘাটি ছাড়িয়ে কটকের পাঁচ মাইল দূরে সরণগড় ও তার কিছু দূরে ছত্রগড় দুর্গগুলি দখল করেন। এরপরে ফিরোজ কটক দখল করে পুরীর জগন্নাথ মন্দিরের মূর্তি ধ্বংস করেন। আফিফের মতে ফিরোজ এখান থেকে কিছু দূরে কাঠের পাঁচিল দিয়ে বড় জঙ্গল ঘিরে হাতি শিকার করতে থাকেন।

গজপতি রাজা যুদ্ধ না করে পালিয়েছিলেন। তিনি এবার আঠাশটি হাতি ও তাঁর উজির আহমদ খান নামে একজন বাঙালি মুসলমান আমলাকে পাঠান ফিরোজ শাহর কাছে। গজপতির শ্বশুর রাজা দবীরও মধ্যস্থতা করেন। এরপর অবশ্য গজপতি রাজা দিল্লির বশ্যতা স্বীকার করে হাতি পাঠানোতে রাজি হন। আফিফের মতে ফিরোজ বলেছিলেন যে তিনি শুধু হাতি শিকার করতে এসেছিলেন। আফিফ আরও

বলেছেন যে উড়িষ্যা অত্যন্ত সমৃদ্ধিশালী দেশ—প্রায় সব জায়গাতেই চাষ-আবাদ হয়। সেখানে কোনও মুসলমান না থাকলেও দিল্লির সৈন্যদের খাবার কোনও অসুবিধা হয়নি। জিনিসপত্রের দাম খুব কম এবং দুই জিতালে ওখানে দাস কেনা যেত।

ফিরোজ জাজনগর থেকে সরাসরি কারাতে ফিরে আসেন এবং দিল্লিতে ফেরেন প্রায় আড়াই বছর পরে ১৩৬১ সালে মে বা জুন মাসে। উনি ৭৩টি হাতি নিয়ে এসেছিলেন সেগুলি নানা উৎসবের মধ্যে প্রদর্শন করা হয়। ফিরোজ এরপরে একটা রাজপ্রাসাদ ও পাঁচিল তৈরি করেন তাঁর নতুন শহর ফিরোজাবাদে। আফিফের মতে ফিরোজ গুনী ও ধর্মীয় ব্যক্তিদের ছত্রিশ লক্ষ তঙ্কা দান করেন। চাষ-আবাদ বাড়ানোর জন্য গরিব কৃষকদের এক কোটি তঙ্কা দেওয়া হয়েছিল। অ-মুসলমানরাও সুখে শান্তিতে ঘর করছিল।

থাট্টা অভিযান (১৩৬৫-৬৭)

সিন্ধুর দক্ষিণে ও থাট্টায় এই সময়ে রাজা ছিলেন জাম ওমরের ভাই আলাউদ্দীন জৌনা ও জাম ওমরের পুত্র সদরুদ্দীন বাহবিনা। মুলতানের শাসনকর্তা আইন-ই মাহরু বাহবিনার বিরুদ্ধে অভিযোগ তুলেছিল যে বাহবিনা বারংবার মঙ্গোলদের দেশ আক্রমণ করতে আহ্বান জানাচ্ছে। জাম ওমর ওকে নিয়ন্ত্রণ করতে ব্যর্থ হয়েছেন। ফিরোজ সুলতান মুহম্মদের থাট্টায় মৃত্যুর কথা মনে রেখে নিজেই এই অভিযানে নেতৃত্ব দেবেন স্থির করলেন। যদিও আফিফের লেখাই এই ইতিহাসের প্রধান উৎস, কিন্তু অধ্যাপক মুহম্মদ হাবিব আফিফের সব বক্তব্য মানেননি।

চারশো আশিটা হাতি ও নব্বই হাজার অশ্বারোহী নিয়ে ফিরোজ যখন যাত্রা শুরু করেন, তখন ওঁর দু'জন বড় যোদ্ধা তাতার খান ও আইন-ই মাহরু মারা গিয়েছেন। থাট্টা শহরটি ছিল নদীর দু'ধারে বিস্তৃত এবং দুটি অংশই ছিল শক্ত পাঁচিল দিয়ে ঘেরা। প্রায় হাজার নৌকাতে পাঁচ হাজার সৈন্য পাঠিয়ে ফিরোজ স্থলপথে অগ্রসর হন। দুর্গ অবরোধ যখন চলছিল, তখন ফিরোজের প্রায় তিন-চতুর্থাংশ ঘোড়া মহামারীতে মারা যায়। শস্য পাওয়া শক্ত হয়ে ওঠে এবং শস্যের দাম তিন-চার তঙ্কার অঙ্কে পৌঁছে যায়। অধিকাংশ অশ্বারোহী সৈনিকের ঘোড়া ছিল না এবং খাবারও পাচ্ছিল না। থাট্টার প্রায় বিশ হাজার অশ্বারোহী ও অসংখ্য পদাতিক দুর্গের বাইরে বেরিয়ে এসে আক্রমণ করলে দিল্লির সৈন্যদলের অবস্থা সঙ্গিন হয়ে পড়ে। সময়মতো ধুলোর ঝড় ওঠায় ফিরোজ বেঁচে যান। ওই সন্ধ্যায় ফিরোজ স্থির করেন যে তিনি গুজরাটে গিয়ে বড় সৈন্যদল সংগ্রহ করে আবার ফিরে আসবেন। ফিরোজের নৌকাগুলি তখন শত্রুদের হাতে পড়ে।

সিন্ধি পথপ্রদর্শকরা ইচ্ছা করেই এই ভগ্নমনোরথ সৈন্যদলকে কচ্ছের রাণের মধ্যে নিয়ে গেল যেখানে নোনা জল ছাড়া আর কিছুই পাওয়া যায় না। শস্যের দাম প্রথমে প্রতি সেরে তিন তঙ্কা পর্যন্ত উঠেছিল। তারপরে আর তঙ্কাও মিলল না। সৈন্য ও সেনাপতিরা ঘোড়ার মাংস ও চামড়া সিদ্ধ করে খেতে লাগল। বহুলোক এই অবস্থায় মারা যাবার পর ওরা রাণ পেরিয়ে বিশাল মরুভূমির মধ্যে পড়ল যেখানে

কিছুই পাওয়া যায় না। অবশেষে বৃষ্টি এলে বিশাল সৈন্যদলের এক ভগ্নাংশ গুজরাটে পৌঁছাল। দিল্লিতে অবশ্য খাজা-ই জাঁহা ছ'মাস ফিরোজের কোনও খবর না পেলেও শাসনকার্য ঠিকমতো চালিয়েছেন। একটি *ফারমান* সেইসময় জালিয়াতি করে বের হয় যে ফিরোজ যুদ্ধে জিতেছেন এবং এই উপলক্ষে দিল্লিতে একুশ দিনের উৎসব পালিত হয়। অবশেষে ফিরোজের *ফারমান* আসে যেখানে উনি ওদের দূরবস্থার খবর জানান।

ফিরোজের ভগ্নীর স্বামী আমীর হোসেনই ছিলেন গুজরাটের শাসনকর্তা। তিনি ফিরোজকে কোনও সাহায্য করেননি কিন্তু গুজরাটের কোষাগারে দু'কোটি তঙ্কা জমিয়ে ছিলেন। ফিরোজ এই টাকা দিয়ে সৈন্যদের মাহিনা দিলেন ও অস্ত্রশস্ত্রে সজ্জিত করলেন। কিন্তু বেশ কিছু সৈন্য টাকাপয়সা নিয়ে দিল্লি ফিরে যায়। দিল্লিতে ওদেরকে খাঁচার মধ্যে পুরে সর্বসমক্ষে দেখানো হয় এবং পরে ছেড়ে দেওয়া হয়। দিল্লি থেকে খাজা-ই জাঁহা ফিরোজকে অস্ত্র ও অন্যান্য জিনিস পাঠান। জাফর খানকে গুজরাটের শাসনকর্তা করা হয় যদিও ওঁর প্রাথমিক কাজ ছিল ফিরোজের অভিযানে সাহায্য করা। ইতিমধ্যে দৌলতাবাদে বিদ্রোহ শুরু হলেও, ফিরোজ প্রথমে থাট্টা দমন করার চেষ্টা করলেন।

কিছুদিন পর ফিরোজের সৈন্যরা হঠাৎ সিন্ধু নদীর পূর্বধারে হাজির হলে, অধিবাসীরা পশ্চিম পাড়ে পালায়। তখন মাঠের ফসল কাটার সময় হয়েছিল, কিন্তু তারা সে সব কাটার সময় পায়নি। পুবদিকের অনেকগুলি গ্রাম দখল করে এবং সম্ভবত পুবদিকের দুর্গ দখল করে ফিরোজ এবার পাশ্চিমপাড় আক্রমণ করা মনস্থ করলেন। থাট্টার অধিবাসীরা সব নৌকা দখল করে নিয়েছিল। সুতরাং ফিরোজ বহুদূরের ভাক্কারে নদী অতিক্রম করে থাট্টাকে উত্তরদিক থেকে আক্রমণ করতে পাঠান জাফর খান ও ইমাদুলমুল বসীরকে। তারা থাট্টার কাছে পৌঁছে গেলে ফিরোজ মুসলমান রক্ত না ঝরানোর জন্য তাদেরকে ফিরিয়ে নিয়ে আসেন।

ফিরোজ স্থির করলেন যে তিনি থাট্টা অবরোধ করে থাকবেন। এজন্য তিনি খাজা-ই জাঁহার কাছে সৈন্য চাইলে, খাজা খুব অল্পসময়ের মধ্যে প্রচুর সৈন্য সংগ্রহ করে পাঠিয়ে দেন। ইতিমধ্যে থাট্টার অবস্থা খারাপ হয়েছে, দুর্গের মধ্যে শস্যাভাব দেখা দিয়েছে। বহু অধিবাসী নৌকা করে নদী পার হয়ে আত্মসমর্পণ করছে। জাম ও বাহবিনা বুঝল যে দুর্গ সমর্পণ করা ছাড়া আর কোনও উপায় নেই। তারা উছের সৈয়দ হাসান বুখারিকে মধ্যস্থতা করতে বলে। বুখারির কথায় জাম ও বাহবিনা নিঃশর্তভাবে আত্মসমর্পণ করে। তাদেরকে দিল্লি পাঠানো হয় ও বছরে দু'লাখ তঙ্কা ভরণপোষণের জন্য দেওয়া হয়। তাদের দরবারে এসে রাজার কাছে বসতে বলা হয়। থাট্টা ও নিচু সিন্ধু এলাকা জাম-এর পুত্র ও বাহবিনার ভাই তাজাবিকে দেওয়া হয়। এরা প্রথমে কয়েক লাখ তঙ্কা উপঢৌকন দেয় ও বছরে টাকা পাঠানোর প্রতিশ্রুতি দেয়। পরে তাজাবি বিদ্রোহ করলে জামকে পাঠানো হয়। জাম ওকে বন্দী করে দিল্লিতে পাঠিয়ে দেন। ফিরোজের মৃত্যুর পর জামকে ছাড়া হলে তিনি নিজের রাজ্যে যাবার পথে মারা যান।

আড়াই বছর পরে ফিরোজ দিল্লিতে ফিরে আসেন। যে সব সৈন্যরা থাট্টা অভিযানে মারা গিয়েছিল, তাদের উত্তরাধিকারীদের নিষ্কর জমি দেওয়া হয়। যারা গুজরাট থেকে টাকা নিয়ে পালিয়েছিল, তাদের মাহিনাও দেওয়া হতে থাকে। ফিরোজ কারুর মনে কোনও ক্ষোভ রাখতে চান না।

ফিরোজের শেষ জীবন

১৩৭১–৭২ সালে গুজরাটের শাসনকর্তা জাফর খান মারা যান। ওঁর পুত্র দুব্য খানকে জাফর খান উপাধি দিয়ে গুজরাটের শাসনকর্তা করা হয়। ২৩শে জুলাই ১৩৭৪ সালে ফিরোজের পুত্র ও উত্তরাধিকারী ফৎ খান মারা যান। ফিরোজ এতে বিচলিত হলেও আর কোনও উত্তরাধিকারী মনোনীত করেননি। ১৩৭৬–৭৭ সালে শামসুদ্দীন দামখানীকে গুজরাটের শাসনকর্তা করা হয়। বহু টাকা ও দাস পাঠানোর প্রতিশ্রুতি দিয়েও দামখানী তা রাখতে পারেননি। পরে তিনি বিদ্রোহ করলে গুজরাটের *সাদাহ* আমীররা ওর মাথা কেটে দিল্লিতে পাঠিয়ে দেয়। ফিরোজের রাজত্বে এই প্রথম এক শাসনকর্তা বিদ্রোহ করেন।

১৩৭৭–৭৮ সালে এক্তিয়ার মুকাদ্দম, রাজা আধারণ বিদ্রোহ করেন কিন্তু পরাজিত হন। ওঁর পরিবারবর্গ সমেত ওঁকে নিয়ে এসে দিল্লিতে বসানো হয়। কাচ্ছি রাজপুতদের রাজা খারকো বাদাউনের শাসনকর্তা সৈয়দ মুহম্মদ ও তার ভাইকে উৎসবে আমন্ত্রণ করে হত্যা করেন। ফিরোজ কাটেহরে অভিযান করে সমস্ত এলাকা ছারখার করে দেন। রাজা হিমালয়ের পাদদেশে কুমায়ুনের রাজার কাছে পালালে, ফিরোজ ওই এলাকাও ছারখার করেন। ফিরোজ তখন বাদাউন ও সম্ভল-এর জন্য দু'জন শাসনকর্তা নিয়োগ করলেও, প্রতি বছর সম্ভল ছারখার করতে থাকেন যা প্রায় পাগলামি ও ধর্মান্ধতার পর্যায়ে পড়ে, কারণ ওই সব এলাকায় বন্য জন্তু ছাড়া আর কিছুই ছিল না।

এতদিনে ফিরোজ-এর বয়স প্রায় নব্বই হয়েছে এবং অশক্ত ও দুর্বল হয়ে পড়েছেন। দ্বিতীয় খান-ই জাঁহা ওঁর মনে সন্দেহ জাগায় যে ওঁর একমাত্র পুত্র কয়েকজন অভিজাতের সঙ্গে মিশে সিংহাসন দখল করার ষড়যন্ত্র করছে। কোনরকম ভাবনা চিন্তা না করে ফিরোজ ওদের বন্দী করার আদেশ দেন। খান-ই জাঁহা দুব্য খানকে ধরে ফেলেন কিন্তু বাকি অভিজাতরা পালায়। শাহজাদা মুহম্মদ (ফিরোজের পুত্র) তাঁর স্ত্রীর ঢাকা পাল্কি করে গোপনে হারেমে পৌঁছে ফিরোজকে সব কথা খুলে বললে তিনি খান-ই জাঁহাকে বন্দী করার আদেশ দেন। গভীর রাতে শাহজাদা ও কয়েকজন অভিজাত খান-ই জাঁহার বাড়ি আক্রমণ করে তাঁর অনুচরদের হত্যা করেন। কিন্তু খান-ই জাঁহা দুব্য খানকে হত্যা করে পালাতে সক্ষম হয় মেওয়ার-এ মাহারিতে। আগস্ট ১৩৮৭ সালে শাহজাদা জাহাননামা প্রাসাদে নাসিরুদ্দীন মুহম্মদ নাম নিয়ে সিংহাসনে বসেন। পুরানো আমলাদের তাদের পদেই বহাল করা হয়। কিন্তু বেশ কিছু নতুন নিয়োগও হয়। মালিক ইয়াকুবকে গুজরাটের শাসনকর্তা করা হয়। প্রথমে ওর কাজ ছিল খান-ই জাঁহার বিদ্রোহ দমন করা। যে সৈন্যদল পাঠানো

হয়েছিল সেটা এত দুর্বল ছিল যে তারা পরাজিত হয়ে ফিরে আসে। সুলতান নাসিরুদ্দীনের বড় কোনও সৈন্যদল পাঠানোর ক্ষমতা ছিল না। দুমাস পরে ফিরোজের দাসরা বিদ্রোহ করে। এদের সংখ্যা ছিল প্রায় লাখ এবং এরা দিল্লিতে ছিল। এদের উদ্দেশ্য ছিল ইমাদুল মুল্ক বসিরের ধনরত্ন লুট করা। ততদিনে ফিরোজ শাহ ফিরোজাবাদের প্রধান প্রাসাদ ছেড়ে দিয়ে কুসাক নুজুলে উঠেছেন। দাসরা এ জায়গাটা দখল করে ফিরোজকে বন্দী করে রাখলে সুলতান নাসিরুদ্দীন দুদিন এদের সঙ্গে যুদ্ধ করেন। তৃতীয় দিনে দাসরা ফিরোজ শাহকে বাইরে বের করে আনলে ওকে দেখে সমস্ত সৈন্যরা ও হাতির মাহুতরা নাসিরুদ্দীনকে ছেড়ে ফিরোজের কাছে চলে যায়। নাসিরুদ্দীন সিরমুর পাহাড়ে পালান। দাসরা ওঁর বাড়ি লুণ্ঠন করে। অবস্থা শান্ত হলে ফিরোজ শাহ তার পুত্র ফৎ খানের পুত্রকে দ্বিতীয় তুঘলক শাহ বলে সিংহাসনে বসান। তুঘলক নাসিরুদ্দীনের দলের আমীর হোসানকে হত্যা করেন ও সামানার শাসনকর্তা ঘালিব খানকে বিহারে পাঠান। ২১শে সেপ্টেম্বর ১৩৮৮ সালে ফিরোজ শাহ শেষ নিঃশ্বাস ত্যাগ করেন।

ফিরোজ শাহর অসামরিক স্থাপত্যশিল্প

ফিরোজ শাহর অসাধারণ নৈপুণ্য ছিল বাস্তুবিদ্যার প্রয়োগ করে স্থাপত্য সৃষ্টি করা এবং খাল খনন করা। বহু টাকা লগ্নী করে প্রাসাদ, বাড়ি, শহর ও খাল খনন করে দিল্লির যে কোনও সুলতানের থেকে ফিরোজ শাহের রাজ্যবাসীর প্রতি দান অনেক বেশি। তাঁর *ফুতুহাতে* ফিরোজ বলেছেন যে বিগত সুলতানদের ও বড় বড় আমীরদের পুরানো প্রাসাদ ও বাড়ি তিনি সারিয়ে নতুন করে তুলেছেন। ওই বইতে উনি কি কি বাড়ি মেরামত করেছিলেন, তার একটা তালিকাও দিয়েছেন : (১) পুরানো দিল্লির *জামী মসজিদ,* (২) দিল্লির *মিনার* যেটি বজ্রাঘাতে ভেঙে গিয়েছিল। এটিকে আরও উঁচু করা হয়। (৩) *শামসী জলাধার*। এটি বন্ধ হয়ে শুকিয়ে গিয়েছিল। কিছু অসৎ লোকেরা নালীগুলি বন্ধ করে দিয়েছিল। (৪) *আলাই জলাধার বা হাউস খাস* —এটি মাটি ভর্তি হয়ে শুকিয়ে গিয়েছিল। লোকে এর মধ্যে কুয়ো খুঁড়ে জল বিক্রি করত। ফিরোজ জলাধারটি আবার নতুন করে খোঁড়ার আদেশ দেন। (৫) ইলতুৎমিসের *মাদ্রাসা,* (৬) *জাহান পনা* —সুলতান মুহম্মদ তুঘলক এর ভিত করে যান। ফিরোজ এটি শেষ করেন।

ফুতুহাতে ফিরোজ বলেন তিনি কতকগুলি সমাধিসৌধ সারান যেমন, (১) ইলতুৎমিসের সমাধি। এর গম্বুজের স্তম্ভগুলি পড়ে গিয়েছিল। ফিরোজ স্তম্ভগুলি মেরামত করে চন্দনকাঠের দরজা লাগান। সমাধিটি বানানোর সময়ে মেঝে কাঁচা ছিল। ফিরোজ এটি পাকা করে দেন। গম্বুজে যাওয়ার জন্য পাথরের একটা সিঁড়ি করা হয় এবং চারটি মিনারের জন্য স্তম্ভ বানিয়ে দেন। এছাড়াও সারানো হয় (২) মালিকপুরে সুলতান মুইজুদ্দীনের সমাধি, (৩) মালিকপুরে সুলতান রুকনুদ্দীন ফিরোজের সমাধি, (৪) সুলতান জালালুদ্দীনের সমাধি, (৫) সুলতান আলাউদ্দীনের সমাধি। এটি একটি বড় বাড়ি ও এর সঙ্গে একটি মাদ্রাসা ছিল। ফিরোজ চন্দনকাঠের

দরজা লাগিয়ে ছিলেন এবং জল রাখার ঘর ও মসজিদের পশ্চিমদিকের দেওয়াল মেরামত করেন। (৬) তাজউদ্দীন কাফুরের সমাধি, (৭) *দারুল আমান*—সুলতান মুহম্মদের ও তাঁর পরিবারের সমাধিসৌধ। ফিরোজ চন্দনকাঠের দরজা লাগান (৮) শেখ নিজামুদ্দীন আউলিয়ার সমাধি, তাঁর নিজের ইচ্ছামত শেখকে খোলা জায়গায় সমাধিস্থ করা হয়। কিন্তু সুলতান মুহম্মদ বিন তুঘলক এর ওপর একটা বড় গম্বুজ করে দেন। ফিরোজ চন্দনকাঠের দরজা ও জানালা করে দেন। গম্বুজের চারপাশ থেকে সোনার শিকল ঝুলিয়ে দেন ও সোনার প্রদীপদান তৈরি করে দেন। একটা নতুন *জামাতখানাও* উনি তৈরি করে দেন। সমাধির চারপাশ দিয়ে অনেকগুলি ঘর নিয়ে তৈরি হয় জামাতখানা যেখানে শেখের শিষ্যরা থাকতে পারবে। এগুলির রক্ষণাবেক্ষণের জন্য যে পুরানো দানগুলি দেওয়া হয়েছিল, ফিরোজ সেগুলি বহাল রাখেন।

বারানী বলেছেন যে ফিরোজের সময়ে তিনটি ইমারত তৈরি হয়েছিল। (১) জামা মসজিদ, যদিও বারানী বলেননি এটা কোথায় ছিল; (২) একটি মাদ্রাসা, আলাউদ্দীনের জলাধারের পাশে এবং (৩) আর একটি মাদ্রাসা যেটি ছিল সিরির বাঁধের ওপরে। জামা মসজিদ ও প্রথম মাদ্রাসাটি তৈরি হয় ১৩৫২ সালে।

হানসীর বিশ মাইল দূরে দুটি গ্রাম ছিল যেখানে গরমের সময়ে জলের অভাব ছিল। বিদেশীরা ভারতে আসার পথে এখানে চার জিতাল দিয়ে জল কিনতে হতো। এখানে খারিফ ঋতুতে খুব সাধারণ শস্য পাওয়া যেত। ফিরোজ শাহ এখানে আড়াই বছর ধরে *হিসার ফিরোজা* দুর্গ তৈরি করেন এবং খাল খনন করে জল আনার ব্যবস্থা করেন। *তারিখ-ই মুবারক শাহীতে* ফিরোজ শাহর খালগুলি সম্পর্কে বিস্তৃত বিবরণ আছে। ১৩৫৫ সালে ফিরোজ শাহ্ দিপালপুরে যান এবং ওখানে যমুনা থেকে খাল কাটান যার মধ্যে আরও সাতটা খালের জল পড়েছে। ওখান থেকে প্রধান খালটিকে উনি হানসী পর্যন্ত নিয়ে যান। খালটিকে এরপর আরো দূরে তাঁর তৈরি করা একটি দুর্গের কাছে নিয়ে যান। এই দুর্গের নাম দেন *হিসার-ফিরোজা*। এর রাজপ্রাসাদের কাছে উনি একটা বড় জলাধার করান যেখানে খাল থেকে জল আসত। উনি রাখ্খার থেকে আর একটা খাল খনন করেন যেটি সিরসার (সরসতি) পাশ দিয়ে গিয়ে হারনি খেরাতে পড়েছে। এখানেও উনি একটা দুর্গ তৈরি করান যার নাম দেন *ফিরোজাবাদ*। আর একটা খাল বুধনীর কাছে যমুনা নদী থেকে এসে *হিসার-ফিরোজাতে* পড়েছিল। এটা ওই জলাধারে পড়লেও আরও দূরে একে নিয়ে যাওয়া হয়েছিল।

মূলতানের শাসনকর্তা আইন-ই মাহরু বলেছেন যে রাষ্ট্রের কাজ হচ্ছে প্রধান খাল খনন করা। ওর থেকে ছোট ছোট খাল খনন করা ও তার রক্ষণাবেক্ষণ করবে রাজ্যের আমলারা। কিন্তু ওর খরচ বহন করবে কৃষকরা বা যাদের ওই গ্রামের খাজনা দেওয়া হয়েছে।

আফিফ হিসার-ফিরোজা শহরের যে বর্ণনা দিয়েছেন তাতে দেখা যায় চারপাশে ঘেরা একটা পাঁচিল ছিল যার সামনে ছিল পরিখা। পাঁচিলের ভিতরে ফিরোজ এক

রাজপ্রাসাদ তৈরি করেন একটা জলাধার সমেত। আমলারাও ওখানে তাদের বাড়ি তৈরি করে এবং হিসার-ফিরোজা এক জনবহুল পরিপূর্ণ সমৃদ্ধিশালী শহর হয়ে ওঠে। ওই প্রদেশের এটা ছিল রাজধানী *(শিক)*, যার অধীনে ছিল হানসী, আগ্রোহা, ফতাবাদ, সিরসা, খিজিরাবাদ ও অন্যান্য এলাকা। মালিক উইলন এর অধিকর্তা ছিলেন।

খালগুলি তৈরি হয়ে গেলে ওখানে খারিফ ও রবি ফসল ফলতে শুরু করে। মাটির নিচের জলের স্তরও ওপরে উঠতে থাকে এবং চার গজ খুঁড়লেই কুয়োতে জল পাওয়া যায়। গুণীজনের সভায় বলা হয় যে খালগুলি তৈরি করতে ফিরোজ প্রচণ্ড পরিশ্রম করেছেন। সুতরাং উৎপাদনের এক-দশমাংশ পাবার অধিকারী ফিরোজ, রাষ্ট্র নয়। খালগুলি থেকে ফিরোজের ব্যক্তিগত আয় ছিল বছরে দু'লাখ তঙ্কা। কিন্তু এটা তাঁর আয়ের একটা অংশ মাত্র। আফিফ বলেছেন যে ফিরোজের মতো এত ব্যক্তিগত আয় দিল্লির আর কোনও সুলতানের ছিল না। পরে একটা আলাদা বিভাগ খুলে আমলা নিয়োগ করা হয় তাঁর ব্যক্তিগত সম্পত্তি দেখাশোনা করার জন্য।

যমুনার ওপর ফিরোজাবাদ শহর

ফিরোজ ও তাঁর আমলাদের বোধহয় সব থেকে দুঃসাহসিক কাজ ছিল ফিরোজাবাদ শহর তৈরি করা, যা এখন আর খুঁজে পাওয়া যায় না। সুলতান যমুনার পাড়ে কাউইন গ্রামটিকে শহরে রূপান্তরিত করবেন স্থির করেন। এর পর ওঁর ছোট বড় আমলারা ওখানে তাদের বাড়ি বানানো শুরু করে। ধনী বণিকরাও পাকা বাড়ি তৈরি করে শহর বাড়াতে থাকে। আফিফ আঠারোটি এলাকার মধ্যে বারোটির নাম করেছেন যার মধ্যে ইন্দারপৎ শহর, মালিকা রাজিয়ার সমাধি, মেহেরৌলি, সুলতানপুর ইত্যাদি রয়েছে। শহরটি তৈরি হলে দশ মাইল বিস্তৃত হয়—ইন্দারপৎ থেকে উঁচু টিলার ওপরে ফিরোজের প্রাসাদ পর্যন্ত। এর মধ্যে আফিফ বলেছেন, আটটি জামা মসজিদ ছিল যার এক একটার মধ্যে শুক্রবারে দশহাজার লোক একসঙ্গে নমাজ পড়তে পারত। পুরানো দিল্লি ও ফিরোজাবাদের মধ্যে যাতায়াতের সুবিধার জন্য ভাড়া নির্দিষ্ট করা ছিল। বারো জিতাল ঘোড়া ভাড়া পাওয়া যেত। পাল্কির ভাড়া ছিল আধ তঙ্কা। আবার গরুর গাড়িতে একজনের বসার জন্য লাগত চার জিতাল। আফিফের জীবদ্দশায় ফিরোজাবাদ প্রায় সম্পূর্ণ ধ্বংস হয়ে যায়। উনি বলেছেন যে তৈমুর মঙ্গোলদের হাতে অধিকাংশ অধিবাসী প্রাণ হারায়; বাকিরা জঙ্গলে পালায়। ওঁর মতে এটা ছিল ভগবানের ইচ্ছা।

১৩৬৭ সালে দিল্লিতে ফিরে এসে ফিরোজ শাহ তাঁর দেশের বাইরে অভিযান করার পরিকল্পনা ত্যাগ করে শিকার শুরু করেন। ফিরোজ সেইসব জায়াগায় শিকারে যেতেন যেখানে যেতে ওর আমলা ও দাসেদের আপত্তি থাকত না। কোনও কারিগর রাজার সঙ্গে যেতে পারত না যতক্ষণ না সে শহরের আমলাকে *(রইস-ই শহর)* ঘুষ দিয়ে অনুমতি জোগাড় করতে পারে। এর থেকে তৎকালীন সমাজ ব্যবস্থার অবক্ষয়ের পরিচয় পাওয়া যায়।

আফিফ বলেছেন ফিরোজ তিনটি নতুন শহর এবং নয়টি প্রাসাদ তৈরি করেছিলেন। এছাড়া উনি সাতটি বাঁধ তৈরির কথাও বলেছেন। ফিরোজ সাধু-সন্তদের জন্য *খানকা* তৈরি করে সরকারি খরচে সেগুলির ভরণপোষণের ব্যবস্থা করেন। ফিরোজ একশো কুড়িটা সরাই তৈরি করেছিলেন দিল্লি ও ফিরোজাবাদে যেখানে পরিব্রাজকরা প্রথম তিনদিন বিনা খরচে থাকতে ও খেতে পারে। ফলে সরাইখানা বদল করে পরিব্রাজকরা প্রায় সারা বছর বিনা খরচে থাকতে ও খেতে পারত৷ এটা পরিষ্কার যে ফিরোজের পূর্তবিভাগ খুব বড় ছিল। বিভিন্ন জায়গা থেকে কারিগরদের নিয়ে আসা হতো এবং প্রতিটি কারিগরগোষ্ঠী তাদের আমলার অধীনে ছিল। এই পূর্তবিভাগের অধিকর্তা ছিলেন মালিক গাজী ও আবদুল হক।

ফিরোজ অশোকের দুটি পাথরের স্তম্ভ খুঁজে পান। বড়টি পাওয়া যায় পাহাড়ের পাদদেশে দিল্লি থেকে প্রায় একশো আশি মাইল দূরে সালুরা ও খিজিরাবাদ-এর মধ্যে নওইরা গ্রামে। ছোটটি পাওয়া যায় মীরাট শহরের কাছে। ফিরোজ ওগুলি কি না বুঝে স্থির করলেন দিল্লি নিয়ে আসবেন। কি করে বড়টি দিল্লি আনা হল তার বর্ণনা আফিফ দিয়েছেন। হাজারখানেক শ্রমিক, কারিগর ও বড় বড় স্থাপত্যবিদদের এই কাজে লাগানো হয়েছিল। কাঁচা চামড়া ও বাঁশের কঞ্চি স্তম্ভের চারপাশে লাগানো হয়েছিল। স্তম্ভটির ভিত খোঁড়া হলে দেখা যায় যে এটি একটি চৌকো পাথরের মধ্যে গর্ত করে বসানো আছে। এই পাথরটিকেও খুঁড়ে স্তম্ভের সঙ্গে বের করা হয়। স্তম্ভের পাশে বড় বড় গাছের গুঁড়ি ফেলা হয় এবং গুঁড়ির মাথা উল দিয়ে ঢাকা হয় এবং গাছের গুঁড়ির ওপর স্তম্ভটিকে হেলান দিয়ে রাখা হয়। এর পর ধীরে ধীরে গাছের গুঁড়িগুলো সরিয়ে বিয়াল্লিশ চাকার একটা গাড়িতে স্তম্ভটিকে শোয়ানো হয়। দুশো লোক দড়ির সাহায্যে প্রতিটি চাকা টানতে টানতে যমুনার পাড়ে নিয়ে আসে। এরপর বড় বড় কয়েকটা নৌকা বেঁধে তার ওপর স্তম্ভটি শুইয়ে নদী দিয়ে ফিরোজাবাদে নিয়ে আসা হয়। এখানে স্তম্ভের জন্য একটা নতুন কাঠামো তৈরি করা হয়। তারপর বহু লোক লাগিয়ে কাঠের পুলির সাহায্যে প্রতিদিন আধগজ করে স্তম্ভটিকে দাঁড় করানো হয়। দাঁড় করানোর সময়ে একটি বাড়ি তৈরি করা হয় এবং শেষকালে বাড়ির মাথায় স্তম্ভটিকে বসানো হয়। আফিফের তখন বয়স বারো বছর। তিনি বলেছেন যে স্তম্ভটি ছিল বত্রিশ গজ উঁচু, যার মধ্যে আট গজ ছিল বাড়ির নিচে। ফিরোজের সময়ে এক গজ ছিল ১৮.৫৪ ইঞ্চির সমান। খোলা স্তম্ভটি ছিল ৩৭ গজ উঁচু।

দ্বিতীয় স্তম্ভটি বসানো হয়েছিল উঁচু টিলার ওপরে *কৌশিক-ই শিকারে।* এর ছিল উচ্চতা ৩২.৫ ফিট।

কারখানা

ফিরোজ শাহর ছত্রিশটি কারখানা ছিল। এগুলি দুটি ভাগে বিভক্ত ছিল। একটি মানুষ ও পশুর খাদ্যদ্রব্য তৈরি করত *(রাতিবি)* ও অন্যটি মানুষের প্রয়োজনীয় অন্যান্য সামগ্রী প্রস্তুত করত *(ঘইর রাতিবি)।* আফিফ বলেছেন যে তাঁর বাবা ও কাকা *আলম খানার* (অর্থাৎ রাজকীয় পদমর্যাদার প্রতীক) ভারপ্রাপ্ত ছিলেন। এছাড়া তাঁদের

অধীনে ছিল *রাকাব খানা* (ঘোড়ার সাজসরঞ্জাম) এবং সৈন্যদলের বামদিকের হাতিশালা। আফিফ ওঁদের সঙ্গে কাজ করেছেন। *রাকিবি খানাতে* মাসে খাবারের জন্য খরচ করা হত এক লক্ষ ষাট হাজার তঙ্কা। এই টাকার মধ্যে লোকজনদের মাহিনা ছিল না। আফিফ অন্যান্য কারখানার খরচের তালিকা দিয়েছেন— *জামদার খানা* (শীতকালের পোশাক) ছয় লক্ষ তঙ্কা। *আলম খানাতে* বাৎসরিক আঠারো হাজার তঙ্কা এবং *ফরাস খানাতে* (কার্পেট ইত্যাদি) বছরে দু'লক্ষ তঙ্কা।

বড় বড় খান ও মালিকদের ভার দেওয়া হয়েছিল এই সব কারখানার। কিন্তু প্রতিদিনের কাজকর্ম দেখতেন একজন আমলা *(মুতাশরিফ)* যাকে ফিরোজ নিজে নিয়োগ করেছিলেন। খাজা আবুল হাসান ছিলেন প্রধান *মুতাশরিফ* অর্থাৎ প্রধান অধিকর্তা এবং সব রাজকীয় আদেশ এঁর কাছেই প্রথমে আসত। আফিফ বলেছেন যে এই সব কারখানার মিলিত আয়-ব্যয় মুলতান শহরের আয়-ব্যয়ের থেকে কম নয়।

কারখানার হিসাব দেখার জন্য আলাদা হিসাব বিভাগ ছিল যেখানে তাদের হিসাব পরীক্ষা করা হত। ইক্তাগুলির হিসাব যেমন গুরুত্ব দিয়ে দেখা হতো না, কারখানার হিসাবও তেমন কড়াভাবে নিয়ন্ত্রণ করা হত না। নানারকম বাজে খরচ ও ঘুষ ইত্যাদি চালু ছিল। যেমন আফিফ বলেছেন যে ফিরোজের আটত্রিশ বছর রাজত্বে প্রদেশের বা কারখানার হিসেব ঠিকমতো পরীক্ষা করা হয়নি। উনি বলেছেন যে ফিরোজ যে অজ্ঞ ছিলেন বা জানতেন না তা নয়। তবে উনি চোখ বন্ধ করে ছিলেন যার ফলে হিসাব পরীক্ষকরাও এগুলি দেখত না।

আফিফ বলেছেন যে ফিরোজ ফল-বাগান করতে খুব পছন্দ করতেন। শুধু দিল্লির শহরতলিতেই ১২০০ বেড়া দেওয়া ফল-বাগান ছিল। কিন্তু ফিরোজ অন্যদের সম্পত্তি অধিগ্রহণ করে ফলের বাগান করেন নি। সারা সাম্রাজ্য জুড়েই উনি ফল-বাগান তৈরি করেছিলেন এবং মালীর অংশ বাদ দিলে, ওখান থেকে আয় হতো বছরে এক লক্ষ আশি হাজার তঙ্কা। দিল্লি এলাকাতেও উনি বাগিচা করেন এবং ওখানকার আঙুর বিক্রি হত জিতাল এক সের।

দাস সংগ্রহ

ফিরোজ খুব উৎসাহের সঙ্গে দাস সংগ্রহ করতেন। ওঁর প্রাদেশিক শাসনকর্তাদের নির্দেশ দিয়েছিলেন যখন তারা খাজনা সংগ্রহ করার জন্য কোনও জায়গা আক্রমণ করবে, তখন সেখান থেকে অল্পবয়স্ক সুন্দর ছেলেদের সংগ্রহ করে তাঁর কাছে আনতে। শাসনকর্তারা এটাও দেখবেন যেন তারা পরিষ্কার ও ভালো পোষাক পরে থাকে। শাসনকর্তারা সাধারণত যেমন দাস পাওয়া যেত তেমন দাসই রাজার কাছে পাঠাতেন। এর বদলে রাজা উন্নতির বা বদলির সময়ে সেই শাসনকর্তাদের মনে রাখতেন। ফিরোজ নিয়ম করলেন যে শাসনকর্তারা যা উপঢৌকন দিচ্ছেন তার মূল্য নিরুপণ করা হবে এবং ওই মূল্য ওদের দেয় টাকার থেকে কমে যাবে। যেহেতু ফিরোজ দাসদের পেতে পছন্দ করতেন, শাসনকর্তারা দাসদের আনতেন। যার ফলে

রাজার দাসের সংখ্যা গিয়ে দাঁড়িয়েছিল এক লক্ষ আশি হাজারে। ফিরোজ সব সরকারি পদই উত্তরাধিকারীদের বলে ধরে নিয়েছিলেন। এইজন্য সম্ভবত উনি চাইছিলেন একদল লোক থাকুক যারা তাঁর ও তাঁর উত্তরাধিকারীদের প্রতি অনুগত থাকবে। ফিরোজ শাহ তাঁর প্রতিটি দাসকেই তার প্রাপ্য অনুযায়ী মাহিনা ও মর্যাদা দিয়েছিলেন। এই অবস্থার পরিপ্রেক্ষিতে বহু পিতাই তাঁর পুত্রকে ফিরোজের কাছে দাস হিসেবে দিতে চেয়েছিলেন। দাসত্ব প্রথা কোনওভাবেই আইন সিদ্ধ ছিল না। খুব সৌভাগ্যবান দাসেদের অভিজাতদের দেওয়া হতো যাতে তারা ওদেরকে নিজের পত্রের মতন বড় করে তুলতে পারে এবং বছরে একবার সুলতানের সামনে নিয়ে আসতে পারে। কিছু দাসকে শিক্ষার জন্য বাছা হয়েছিল এবং কয়েকজনকে হজ করতে পাঠানো হয়েছিল।

দাসেদের জন্য উজীরের অধীনে একটা আলাদা দপ্তর খোলা হয়েছিল। ওদের আলাদা আমলা ও আলাদা কোষাগার ছিল। কিছু দাসকে প্রাদেশিক রাজধানীতে পাঠানো হয়েছিল। বাকিরা ছিল দিল্লিতে। সৈন্যদের মতো দাসেদের মাহিনা দেওয়া হতো জমির খাজনা দিয়ে ও নগদ টাকায়। এদের মাহিনা ছিল দশ তঙ্কা থেকে একশো তঙ্কা বছরে। এই মাহিনা তারা কোষাগার থেকে পেত প্রতি তৃতীয়, চতুর্থ বা ষষ্ঠ মাসে। সমগ্র বিভাগে ও কারখানাতে দাসেদের দেখা যেত। কিন্তু এদের সংগঠনের মূল ছিল চল্লিশ হাজার দাস যারা প্রাসাদরক্ষীর কাজ করত। অবশ্য রাজার প্রতি তাদের আনুগত্য কতটা ছিল, বলা শক্ত। আফিফ বলেছেন যে ফিরোজের মৃত্যুর পরে দলাদলি ও যুদ্ধের মধ্যে দাসেদের হাতে লোকেরা খুব কষ্ট পেয়েছে। শেষকালে দাসেরা এত সাহসী হয়ে উঠেছিল যে তারা বিনা দ্বিধায় ফিরোজের যুবরাজদের মাথা কেটে দরবারের দরজায় ঝুলিয়ে রেখেছিল।

দাম ও মজুরি

আফিফ বলেছেন যে ফিরোজের রাজত্বে দেশে কোনও দুর্ভিক্ষ হয়নি। কৃষক ও কারিগররা প্রচুর পরিমাণে উৎপাদন করেছিল। ফলে যারা খাজনা মাহিনা হিসেবে পেয়েছে, সেই ভাগ্যবানরা প্রচুর লাভ করেছে। কোনও কোনও ক্ষেত্রে এদের আয় দশগুণেরও বেশি বৃদ্ধি পায়। দোয়াব অঞ্চলে কোয়েল পর্যন্ত কোনও পরিত্যক্ত গ্রাম ছিল না এবং কোনও জমিই অনুর্বর হয়ে পড়ে ছিল না। আফিফ বলেছেন যে দোয়াবে এই সময়ে বাহান্নটি সমৃদ্ধিশালী পরগণা ছিল। দোয়াবের বাইরের এলাকাতেও ওই একই অবস্থা পাওয়া যায় প্রতিটি ইক্‌তা বা শিকে। প্রত্যেক দু'মাইলে চারটে গ্রাম ছিল যেখানে সুখী গ্রামবাসীরা বাস করত।

ফিরোজের রাজ্যত্বকে আলাউদ্দীন খলজির সময়ের সঙ্গে তুলনা করা যেতে পারে কারণ আলাউদ্দীন উৎপাদনের খরচের মান-এর জিনিসপত্রের মূল্যে বেঁধে রাখতে সক্ষম হয়েছিলেন যা আর কোনও সম্রাটই পারেননি। আফিফ এটা স্বীকার করছেন যে এমন সমৃদ্ধি আর কোনও সুলতানের সময়ে দেখা যায়নি। কিন্তু আলাউদ্দীনের সময়ে নিচু মূল্যমানের পিছনে ছিল ওঁর ব্যক্তিগত প্রচেষ্টা। উনি বণিকদের লগ্নী

করার টাকা দিয়েছিলেন। তাদের মাইনে দিয়েছিলেন বাঁধা দরে এবং সব দিক দিয়ে ওদের সাহায্য করেছিলেন। আলাউদ্দীন একইভাবে মজুরিও বেঁধে দিয়েছিলেন।

ফিরোজ শাহর রাজত্বে নিচু মূল্যমান সম্রাটের আদেশে হয়নি। হয়েছিল বাজারের জোগান ও চাহিদার ওপর নির্ভর করে। মোটামুটিভাবে রাজত্বে শান্তি থাকায় এটা সম্ভব হয়েছিল। আফিফ কতকগুলি দ্রব্যের দামের তালিকা দিয়েছেন—গম আট জিতাল এক মন, ছোলা ও বার্লি চার জিতাল মন, ঘি আড়াই জিতাল এক সের, চিনি সাড়ে তিন জিতাল এক সের। আফিফ বলেছেন যে কাপড় ও অন্যান্য জিনিসের দামও ছিল নিচু। তবে ভাল বর্ষা না হলে শস্যের দাম বেড়ে হয়ে যেত এক তঙ্কায় মন, যদিও পরে আবার দাম নেমে আসত।

ফিরোজ শাহর প্রথম দশ বছরের রাজত্বের সময়কার আরও সূত্র রয়েছে। সেই সূত্রের সঙ্গে আফিফের বক্তব্যের তুলনা করা যায়। মূলতানের শাসনকর্তা আইন-ই মাহরু একটা চিঠিতে জানাচ্ছেন যে আলাউদ্দীনের সময়ে সৈন্যরা যত সুখে ছিল এখন বোধহয় তা নেই। কিন্তু উনি বলেছেন যে কারিগররা আলাউদ্দীন খলজির সময়ের থেকে আট-দশ গুণ মজুরি বাড়িয়েছে এই যুক্তিতে যে শস্যের দাম ঠিক নেই। কম দামে কিনে বেশি দামে বিক্রি করা বণিক ও কারিগরদের কাছে সাধারণ ব্যাপার হয়ে গিয়েছে। আলাউদ্দীন খলজির সময়ে একটা ভালো ঘোড়ার দাম ছিল ১২০ তঙ্কা। কিন্তু আইন-ই মাহরু দিল্লিতে যে হিসাবে পাঠিয়েছেন তাতে দেখা যাচ্ছে যে ভালো ঘোড়ার দাম উনি ধরেছেন পাঁচশো তঙ্কা।

সমকালীন আর একটি সূত্র *খইরুল মজলিসে* বলা হচ্ছে যে ফিরোজের রাজত্বের প্রথম দিকে অর্থনৈতিক অবস্থা খুব খারাপ ছিল যার ফলে লোকে প্রায়ই আলাউদ্দীন খলজির সময়ের সঙ্গে তুলনা করত। শেখ নাসিরুদ্দীন চিরাগ দুই রাজার সময়েই ছিলেন। তিনি বলেছেন আলাউদ্দীনের সময়ে সব জিনিসেরই কম দাম ছিল। আলাউদ্দীনের সময়ে বিনা পয়সায় নিয়মিতভাবে খাবার বিতরণ *(লঙ্গর)* করা হতো এমন কথা তিনি বলেছেন। কিন্তু ফিরোজ শাহর সময় ওই *লঙ্গরদাররা* আর ছিল না।

এই দুই রাজত্বের মূল্যমান তুলনা করা বোধহয় ঠিক হবে না কারণ মাঝখানে সুলতান মুহম্মদ-এর সময়কালে অসাধারণ দুর্ভিক্ষ হয়েছিল। সুতরাং আইন-ই মাহরু যখন বলেছেন যে জিনিসপত্রের দাম কমে এসেছে, কিন্তু মজুরি নয়, তখন উনি ওই দুর্ভিক্ষের পটভূমিকায় দাম ও মজুরির কথা বলেছেন। আফিফও স্বীকার করেছেন যে শস্যের দাম একজায়গায় দাঁড়িয়ে ছিল না। তবে কতটা কতবার ওঠানামা করেছে এ নিয়ে দুজনের মধ্যে মতভেদ আছে। আইন-ই মাহরু বণিকদের কম দামে কিনে বেশি দামে বেচার কথা বলেছেন। আফিফ সরকারি আমলাদের ঘুষ নেবার কথা বলেছেন। কিন্তু বণিকদের কথা বলেননি। সবদিক দিয়ে বিবেচনা করলে বলা যায় যে আলাউদ্দীনের রাজত্বের শেষ দশ বছরের দামের থেকে ফিরোজ শাহর রাজত্বের মাঝামাঝি সময়ে মূল্যমান পাঁচগুণ বেড়ে গিয়েছিল।

সুলতানী সৈন্যব্যবস্থা ঃ উত্থান ও পতন

কুতুবুদ্দীন আইবক থেকে দিল্লির সুলতানদের শক্তি ছিল তাদের সৈন্যদলের ওপর। আলাউদ্দীন খলজী সামরিক কুশলতা ও আনুগত্যের ওপর ভিত্তি করে সৈন্য সংখ্যা বাড়িয়েছিলেন। তিনি সৈন্যদের দক্ষতা ও নিয়মানুবর্তিতার ওপরে জোর দেন। উত্তর-পশ্চিম সীমান্তে দিল্লির সুলতানরা কয়েকটা দুর্গ করছিলেন। কিন্তু ওঁদের জোর ছিল প্রধানত সৈন্যদের ওপর, হিন্দু রাজারা প্রধানত নির্ভর করেছিলেন তাঁদের সুরক্ষিত দুর্গের ওপর যা ছিল সুলতানদের নীতির থেকে আলাদা। তুঘলকাবাদ দুর্গ ছাড়া দিল্লি সুলতানরা আর কোনও বড় দুর্গ রেখে যাননি।

দিল্লি সৈন্যদলের দক্ষতা নির্ভর করত *আরজ-ই মুমালিকের* নিয়মাবলী কঠোরভাবে মানার উপর। বলা দরকার যে সরকার থেকে অশ্বারোহীদের শিক্ষা দেবার কোনও ব্যবস্থা ছিল না। যাদের নেওয়া হতো তারা যুদ্ধবিদ্যায় শিক্ষিত ছিল। যারা অশ্বারোহী সৈন্য হিসেবে যোগ দিতে চাইত, তারা একটি বা দুটি ঘোড়া নিয়ে আসত অন্যান্য প্রয়োজনীয় অস্ত্র সমেত। ওদের বিদ্যা পরখ করে নেওয়া হতো। যাকে নেওয়া হতো সরকার তার ঘোড়ার মূল্য, অস্ত্রের মূল্য এবং মাহিনা দিত এক বছরের জন্য। ঘোড়ায় *দাগ* দিয়ে দেখানো হতো এটি সরকারি সম্পত্তি এবং অশ্বারোহীর বর্ণনা (*হুলিয়া* বা *চেহারা*) লিখে রাখা হতো। যুদ্ধে ঘোড়া মারা গেলে, সরকার আবার একটা ঘোড়ার মূল্য দিত। প্রতি বছরই *আরজ* বা অশ্বারোহী সংক্রান্ত সমস্ত ব্যবস্থা খতিয়ে দেখা হতো।

আলাউদ্দীন এ বিষয়ে খুব কঠোর ছিলেন। কোন অশ্বারোহী মাহিনা ও ঘোড়ার মূল্য নিয়ে *আরজে* না আসলে তার চরম শাস্তি হতো। সৈন্যদের নগদ টাকায় মাহিনা দেওয়া হতো যার ফলে যুদ্ধমন্ত্রীর হাতে চাকরি বরখাস্তের ক্ষমতা ছিল। মন্ত্রী অবশ্য সাধারণত অশ্বারোহীর সেনাপতির মতামত মেনে চলতেন। আলাউদ্দীনের সময়ের দক্ষতা মুবারক শাহর সময়ে ছিল। তুঘলকরাও এই নিয়ম মেনে চলতেন। সুলতান মুহম্মদ তুঘলকের সময় থেকেই রাজ্যগুলি আলাদা হয়ে যেতে থাকে, যদিও সুলতান মুহম্মদ কোনও যুদ্ধে হারেননি।

ফিরোজ শাহর সিংহাসনে আরোহণের পর সব কিছুই বদলে যায়। ফিরোজ শাহর অভিযানগুলির সঙ্গে মালিক কাফুরের অভিযানগুলি তুলনা করলে তফাত বোঝা যাবে। ফিরোজের মতো করে কেউ যদি আলাউদ্দীনের সময়ে অভিযান করত, তাহলে তার চাকরি চলে যেত। ফিরোজের আইনের ফলে সৈন্যদের দক্ষতা চলে যেতে থাকে। ফিরোজ সৈন্যদের ও তাদের সেনাপতিদের পদ উত্তরাধিকার সূত্রে প্রাপ্ত করে দিলে সরকারের অদক্ষ লোককে ছাঁটাই করার ক্ষমতা চলে যায়। এর ফল তখনি পাওয়া যায়নি যদিও আফিফ দ্বিধাহীনভাবে এর সমালোচনা করেছেন। কাগজে কলমে সাম্রাজ্যের সব খাজনাই সৈন্যদের দেওয়া হয়। কিন্তু ওই আদেশের *(ইতলাকনামা)* বলে প্রতিটি সৈন্য পায় পঞ্চাশ-শতাংশ, বাকি অংশ সরকারি আমলার। যদি কোন সৈন্য দিল্লি অথবা অন্যত্র তবে সে তৎক্ষণাৎ লাভের জন্য তার *ইতলাকনামার* এক-তৃতীয়াংশ কোন দালালের কাছে বিক্রি করত। ওই দালালেরা

তাদের লোক লাগিয়ে ৫০ শতাংশ খাজনার স্বত্ব আদায় করত যা কিনা শুধুমাত্র সৈন্যদের প্রাপ্য ছিল। সুতরাং ধরা যেতে পারে একজন সৈন্যর আসল মাহিনা ছিল *ইতলাকনামায়* লেখা পরিমাণের এক-তৃতীয়াংশ। এই ব্যবস্থার ফলে সৈন্যদের উত্তরাধিকারী সেনাবৃত্তি অবলম্বন না করেন পেনসন বা খাজনার স্বত্ব ভোগ করত।

ফিরোজের মৃত্যুর পর ভূমি-রাজস্ব আর দিল্লি সুলতানাতের হাতে আসে না। বিদ্রোহী শাসনকর্তারা, মুকদ্দম ও হিন্দু জমিদাররা তখন রাজস্ব সংগ্রহ করছে। যে সৈন্যদলের ভয়ে ওরা রাজস্ব দিল্লিতে পাঠাত, সেই ভয় আর নেই। *ইতলাক* এখন ওই সৈন্যদের উত্তরাধিকারীদের অবসরপ্রাপ্ত বৃত্তি হয়ে দাঁড়ানোর ফলে তাদের সামরিক দক্ষতা দেখানোর প্রয়োজনীয়তা আর ছিল না।

থাট্টা থেকে ফেরার পর ফিরোজের সৈন্যদল ধীরে ধীরে সম্পূর্ণ বিনষ্ট হয়ে গেল। কাগজে কলমে আশি হাজার অশ্বারোহী থাকলেও, প্রচণ্ড পরিমাণ ঘুষের ফলে *আরজে* পুরানো বেতো ঘোড়া দেখানো হতো। ক্রমে সেটাও বন্ধ হয়ে গেল। ফিরোজ প্রথমে একান্ন দিন সময় দিলেন ঘোড়া হাজির করার। তাতে কাজ হল না দেখে, ফিরোজ আরও দু'মাস সময় দেন এবং এরপর আরো এক বছর সময় দেওয়া হয়। এর পরেও *আরজ* চলতে থাকে ঘুষের সাহায্যে। বড় বড় আমলারা ছোট আমলাদের কাছ থেকে বাঁধা একটা টাকা নিতেন এবং ছোট আমলারা ছোটখাট ঘুষের সাহায্যে কাগজে কলমে কাজ চালাতেন। ফিরোজ এসব জানলেও কোন প্রতিকার করতে পারেন নি।

বড় আমলারা যে অগাধ ঘুষ নিয়েছিল তা জানা যায় ইমাদুল মুল্ক বসিরের সঞ্চিত ধন থেকে। সরকারের বার্ষিক আয় ছিল ছয় কোটি পঁচাত্তর লাখ তঙ্কা। বসির একাই জমিয়ে ছিলেন তের কোটি মুদ্রা—সরকারে দু'বছরের আয়ের প্রায় সমান। বসির ছিলেন ফিরোজের দাস। রূপড়ির ইক্তা ওঁকে দেওয়া হয়েছিল। কিন্তু উজির ওঁর কাছ থেকে কোনও দাবি করতেন না। নিয়োগ বা অন্য কিছু সম্পর্কে বসির যা কিছু বলতেন, ফিরোজ তাই মেনে নিতেন। চাষীরা যেমনভাবে পাকা কুয়োর মধ্যে শস্য লুকিয়ে রাখে, বসিরও তেমনিভাবে টাকা লুকিয়ে রেখেছিলেন, যা পাওয়ার জন্য ফিরোজের জীবিতকালেই দাসেরা বিদ্রোহ করে। এই বিদ্রোহের মূল কারণ অবশ্য ছিল ফিরোজের সৈন্যদলে ও সরকারি চাকুরিতে বিশৃঙ্খলা। ফলে দিল্লি সুলতানাত ক্রমশ ধ্বংসের পথে চলে যায়।

ফিরোজ শাহর উত্তরাধিকারী

ফিরোজ শাহ দু'জন উত্তরাধিকারী রেখে গিয়েছিলেন। ওঁর পুত্র সুলতান মুহম্মদ রাজা হয়েছিলেন। কিন্তু ফিরোজের দাসেরা ওঁকে সরিয়ে দিলে উনি সিরমুর পাহাড়ে আশ্রয় নেন। ফিরোজ এর পরে রাজ্যের কাজকর্মের ভার তাঁর পুত্র ফৎ খানের পুত্র তুঘলক শাহর হাতে দেন। ফিরোজের দাসেরা এঁকে সুলতান করে এবং ফিরোজ শাহর মৃত্যুর দিনে ২১শে সেপ্টেম্বর ১৩৮৮ তুঘলক শাহের অভিষেক হয়। উনি গিয়াসুদ্দীন তুঘলক শাহ নাম নিয়ে সিংহাসনে বসেন।

মুবারক শাহীতে বলা হচ্ছে যে তুঘলক শাহ কাজকর্ম ছেড়ে মদ্যপান ও আমোদ-প্রমোদে এত ব্যস্ত ছিলেন যে ফিরোজের দাসেরা সাহসী হয়ে ওঠে। উনি ওঁর উজীর মালিকজাদা ফিরোজকে পাঠিয়েছিলেন ওঁর কাকাকে বন্দী করার জন্য। কিন্তু ওই অভিযান ব্যর্থ হয়। সুলতান মুহম্মদ সিরমুর থেকে নগরকোটে এসে আশ্রয় নেন। তুঘলক শাহ দ্বিতীয় (গিয়াসউদ্দীন) তাঁর ভাই সালার খানকে বিনা বিচারে বন্দী করলে তিনি পালানোর চেষ্টা করেন। ফিরোজ শাহর নাতি আবুবকর শাহও পালানোর চেষ্টা করেন।

ইতিমধ্যে ফিরোজের দাসেরা নায়েব উজীর রুকনুদ্দীন জুন্দার নেতৃত্বে বিদ্রোহ করেছে। তুঘলক শাহ ও তাঁর উজীর ফিরোজাবাদ প্রাসাদ থেকে পিছনের দরজা দিয়ে পালানোর চেষ্টা করলে ধরা পড়ে যান। ফিরোজের দাসরা ওঁদের মাথা কেটে প্রাসাদের দরজায় ঝুলিয়ে রাখে।

ফিরোজের নাতি আবুবকর শাহকে সুলতান করা হয়। ওঁর উজির হয় রুকনুদ্দীন জুন্দা। মনে করা হয় যে জুন্দা আবুবকরকে খুন করে নিজেই রাজা হওয়ার ষড়যন্ত্র করেছিলেন। আবুবকর জানতে পেরে জুন্দা ও তার দাস অনুচরদের হত্যা করেন। এর ফলে দিল্লির কোষাখানা আবুবকরের হাতে চলে আসে। কিন্তু প্রদেশের চিত্রটা অন্যরকম। ২৭শে ফেব্রুয়ারি ১৩৮৯ সালে সামানার *সাদাহ* আমীররা শাসনকর্তাকে হত্যা করে তাঁকে ও তাঁর অনুচরদের বাড়ি লুট করে। পরে ওঁর কাটা মাথা নগরকোটে সুলতান মুহম্মদের কাছে পাঠানো হয়।

সুলতান মুহম্মদ এর পরে সামানাতে গিয়ে ৪ই এপ্রিল ১৩৮৯ সালে দ্বিতীয়বার সুলতান হন। *সাদাহ* আমীররা ও পাহাড়ী এলাকার মুকদ্দমরা ওঁর সঙ্গে যোগ দেয়। সুলতান মুহম্মদ দিল্লিতে গিয়ে সিংহাসনে বসেন। কিন্তু সব ফিরোজী দাসরা ওঁর বিরুদ্ধে ছিল এবং তারা ওঁকে বাইরে বের করে দেয়। সুলতান মুহম্মদ এবার এক বলিষ্ঠ পদক্ষেপ গ্রহণ করেন। ১১ই সেপ্টেম্বর ১৩৮৯ সালে যে সব ফিরোজী দাসরা দিল্লির বাইরে মূলতান, লাহোর, হিসার-ফিরোজা, হানসী ইত্যাদি জায়গায় ছিল তাদেরকে হত্যা করার আদেশ দেন। এর পরে ওঁর দ্বিতীয় ছেলে হুমায়ূন খান জানুয়ারি ১৩৯০ সালে দিল্লি আক্রমণ করলে দাসদের প্রতিহত করতে পারে না। দিল্লির লোকেরা তখনও আবুবকরের প্রতি শ্রদ্ধাশীল এবং প্রদেশের লোকেরা সুলতান মুহম্মদকে চায়। ফিরোজী দাসেরা আবুবকরের বিরাগভাজন হয়েছিল কারণ ফিরোজ শাহ ওদের জীবন যাত্রায় যে স্বাচ্ছন্দ্য এনে দিয়েছিলেন, শূন্য কোষাখানা নিয়ে আবুবকর সেটা দিতে পারছিলেন না। আবুবকর সেই সময় কোটলার দুর্গে পালান। ৮ই সেপ্টেম্বর ১৩৯০ সালে দাসরা সুলতান মুহম্মদকে আবুবকরের পালানোর কথা জানায় এবং সুলতান মুহম্মদ তিন দিনের মধ্যে দিল্লি পৌঁছে যান। উনি মুবাশিরকে ইসলাম খান উপাধি দিয়ে উজীর নিযুক্ত করেন। এরপর সুলতান মুহম্মদের প্রথম কাজই হয় রাজার হাতিগুলি দাসদের হাত থেকে নিয়ে পুরানো লোকেদের হাতে দেওয়া। দাসরা এবার বুঝতে পারে তাদের হাতে আর ক্ষমতা নেই। অনেকেই পরিবার সমেত কোটলাতে বাহাদুর নাহিরের কাছে পালায়। যারা দিল্লিতে ছিল

তাদেরকে তিন দিনের মধ্যে দিল্লি ছেড়ে যেতে বলা হয় এবং অবশেষে দিল্লি এদের হাত থেকে পরিত্রাণ পায়। তিন দিন পার হলে সুলতানের কাছে বহু ভাগ্যহীন লোকেদের নিয়ে আসা হয় যারা দাসেদের নিয়ন্ত্রণে ছিল কিন্তু দাস নয়। পরীক্ষার পর বহু ফিরোজী দাসকে হত্যা করা হয়।

সুলতান এরপর শাহজাদা হুমায়ূন ও ইসলাম খানের নেতৃত্বে একটা সৈন্যদল পাঠান আবুবকর, বাহাদুর নাহির ও ফিরোজী দাসেদের বিরুদ্ধে। জানুয়ারি ১৩৯১ সালে মহেন্দ্রি শহরের কাছে যুদ্ধে আবুবকর-এর সৈন্যরা পরাজিত হয়ে পালায়। দিল্লির সৈন্যরা কোটলা অবরোধ করে। সুলতান মুহম্মদও আসেন। বাহাদুর নাহির ও আবুবকর আত্মসমর্পণ করে। বাহাদুরকে *খেলাৎ* দিয়ে কোটলাতে পাঠানো হয়। আবুবকরকে আমরোহাতে বন্দী করে রাখা হয়। শেষে ওখানেই তাঁর মৃত্যু হয়। পরের দু'বছর দোয়াবের হিন্দু জমিদারদের সঙ্গে যুদ্ধে কেটে যায়। শেষে রাজা দাবীর ছাড়া বাকি সবাইকে কানৌজ দুর্গে আলোচনার জন্য ডেকে এনে হত্যা করা হয়। এরপর ১৩৯২ সালে উজীর ইসলাম খানকেও অন্যায়ভাবে হত্যা করা হয়। পরের বছর সুলতান অত্যন্ত অসুস্থ হলে কোটলার বাহাদুরের বিরুদ্ধে সৈন্য পাঠান। লাহোরের দুর্গের অধিকর্তা বিদ্রোহ করলে তার বিরুদ্ধে শাহজাদা হুমায়ূনকে পাঠানো হয়। ২০শে জানুয়ারি ১৩৯৪ সালে সুলতান জালেশ্বরে নিজের তৈরি দুর্গে *(মুহম্মদাবাদ)* মারা যান। ফলে শাহজাদা হুমায়ূন তাড়াতাড়ি দিল্লি ফিরে আসেন।

২২শে জানুয়ারি ১৩৯৪ সালে দিল্লিতে শাহজাদা হুমায়ূন আলাউদ্দীন সিকান্দার শাহ নাম নিয়ে সিংহাসনে বসেন। সব আমলাই তখন নিজ নিজ পদে বহাল থাকে। হাউস খাসের পাশে মৃত সুলতানকে সমাধিস্থ করা হয়। কিন্তু সিকান্দার মাত্র এক মাস যোল দিন রাজত্ব করার পর ৭ই মার্চ ১৩৯৪ সালে মারা যান।

বিগত সাত বছরে দিল্লি সাম্রাজ্য কত ছোট হয়ে গিয়েছে সেটা বোঝা যায় পরবর্তী সুলতানের সিংহাসনে আরোহণের সময়ে। বহু চেষ্টার পর উজীর খাজা-ই জাঁহা আমলাদের রাজি করালে নাসিরুদ্দীন মাহমুদ সিংহাসনে আরোহণ করেন (২৩শে মার্চ ১৩৯৪)। এইসময় নাসিরুদ্দীন নতুন কয়েকটি নিয়োগ করেন যার মধ্যে তিনজনের নাম পাওয়া গিয়েছে। তখন বড় বড় প্রদেশগুলি প্রায় স্বাধীন হয়ে গিয়েছে। অবাধ্য মুসলমান আমীর ও বিদ্রোহী হিন্দু জমিদাররা রাজধানীর পূর্ব ও পশ্চিম দিক অশান্ত করে তুলেছে। আগেকার দিনে চেষ্টা করা হতো এদের সরাসরি নিয়ন্ত্রণে নিয়ে আসার জন্য, এখন অন্য নীতি গ্রহণ করা হল। অন্যান্য আমলাদের কাছ থেকে উজীর খাজা-ই জাঁহা *সুলতানুস শর্ক* উপাধি নিলেন। স্থির করলেন তিনিই পূর্বদিকে, কানৌজ থেকে বিহার, রাজত্ব করবেন। কারণ হিন্দু জমিদাররা এত শক্তিশালী হয়ে উঠেছে যে দিল্লি থেকে তাদের দমন করা সম্ভব নয়। এরপর খাজা-ই জাঁহা এদের দমন করতে সক্ষম হলেন এবং জৌনপুরে শর্কীরাজ্য প্রতিষ্ঠা হল।

সারাঙ খানকে দিপালপুরের শাসনকর্তা করা হয়েছিল। উনি ভেবেছিলেন যে উনিও একই সম্মানের অধিকারী হবেন। উনি দিপালপুরে গিয়ে ওই অঞ্চলকে নিজের নিয়ন্ত্রণে নিয়ে আসেন। এর পরে লাহোরের পঁচিশ মাইল দূরে এক যুদ্ধে লাহোরের

শাসনকর্তাকে পরাজিত করে নিজের ছোট ভাই আদিল খানকে শাসনকর্তা হিসেবে নিযুক্ত করেন। ১৩৯৫–৯৬ সালে সারাঙ মূলতানের শাসনকর্তা খিজির খানকে পরাজিত করে মূলতান দখল করেন। এর পরে উনি সামানার আমীর ঘালিব খানকে আক্রমণ করলে, ঘালিব নসরৎ শাহর উজির তাতার খানের কাছে পালান। ৮ই অক্টোবর ১৩৯৭ সালে এক যুদ্ধে তাতার খান সারাঙকে পরাজিত করেন। নভেম্বর-ডিসেম্বর ১৩৯৭ সালে তৈমুর লঙের নাতি পীর মুহম্মদ সিন্ধু নদী অতিক্রম করে উছ দখল করে। এর পরে পীর মুহম্মদ মূলতান অবরোধ করলে ছয় মাস পরে সারাঙ খান বিনা শর্তে মূলতান ছেড়ে দেন।

দিল্লির ঘটনাবলী (১৩৯৪–১৯৯৮)

আমলারা আগ্রাসী ভূমিকা নেবার ফলে সুলতান নাসিরুদ্দীন মাহমুদের ক্ষমতা বিশেষ ছিল না। তবুও নাসিরুদ্দীন প্রায় বিশ বছর দু'মাস সুলতান ছিলেন। জুন ১৩৯৪ সালে মুকারব খানকে দিল্লিতে রেখে, নাসিরুদ্দীন সাদাত খানকে সঙ্গে নিয়ে বিয়ানা গেলেন। গোয়ালিয়রে এসে উনি খবর পেলেন যে মুবারক খান সারাঙ খানের ভাই ও আরও অন্যান্য আমীরদের সঙ্গে ষড়যন্ত্র করছে। তখন কয়েকজনকে হত্যা করলেও সারাঙ খানের ভাই মাল্লু দিল্লিতে মুকারব খানের কাছে পালায়। সাদাত খান ও সুলতান নাসিরুদ্দীন দিল্লিতে ফিরে আসেন। মুকারব খান শহরে ওদের ঢুকতে না দিলে, শহর অবরোধ করা হয়। তিন-চার মাস অবরোধ চলার পর সুলতান মাহমুদের শুভাকাঙ্খীরা ওঁকে শহরের মধ্যে নিয়ে আসে, যদিও ওঁর হাতি ও মালপত্র সাদাত খানের কাছে রেখে আসতে হয়।

১৩৯৫ সালের বর্ষায় সাদাত খান ফিরোজাবাদ দখল করেন এবং ফিরোজ শাহর নাতি নাসিরুদ্দীন নসরৎ খানকে (ফৎ খানের পুত্র) মেওয়াট থেকে এনে সুলতান করেন। উনি ছিলেন পুতুল মাত্র কারণ সব ক্ষমতা ছিল সাদাত খানের হাতে। কয়েকদিন পরে সাদাত খানের বিরুদ্ধে লোকেরা ক্ষেপে গেলে সাদাত খান দিল্লিতে পালান। ওখানে ওকে হত্যা করা হয়। ফিরোজাবাদে সরকার নতুন করে গঠন করা হয় এবং মূলতানের শাসনকর্তার পুত্র মুজঃফর মুহম্মদকে উজীর করা হয়। এর ফলে দাঁড়ায় দু'জন সুলতান—দিল্লিতে সুলতান মাহমুদ ও ফিরোজাবাদে সুলতান নসরৎ শাহ। মুবারক খান বাহাদুর নাহির ও তার অনুচরদের দিল্লির পুরানো কেল্লার ভার দিয়েছিলেন। মাল্লুকে ইকবাল খান উপাধি দিয়ে সিরি দুর্গের অধিকর্তা করে দেন। প্রতিদিনই দিল্লি ও ফিরোজাবাদের লোকেদের মধ্যে লড়াই লেগে ছিল কিন্তু কোনও দলই জিততে পারেনি। নাসিরুদ্দীন নসরৎ শাহর নিয়ন্ত্রণে ছিল দোয়াবের কিছু অংশ, পাণিপথ, সোনপত, রোহটক এবং ঝজ্জার (দিল্লি থেকে চল্লিশ মাইল দূরে)। সুলতান মাহমুদের নিয়ন্ত্রণে ছিল শুধু দিল্লি ও সিরির দুর্গ। প্রদেশের মালিক ও আমীররা নিজেদেরকে রাজা মনে করে যা ইচ্ছা তাই করতেন।

ইকবাল খান এই স্থিতাবস্থা ভাঙলেন। নানারকম প্রতিজ্ঞা করে উনি নসরৎ শাহকে জাহানপনাতে নিয়ে এলেন। তৃতীয় দিনে ওঁকে হঠাৎ আক্রমণ করলে নসরৎ

শাহ প্রথমে ফিরোজাবাদে পালান ও পরে পাণিপথে তাঁর উজির তাতার খানের কাছে যান। ইকবাল খান ফিরোজাবাদ দখল করে মুকারব খানের সঙ্গে দু'মাস লড়াই করার পর সন্ধি করেন। এর পরে হঠাৎ মুকারব খানকে আক্রমণ করে হত্যা করেন। ইকবাল খানের হাতে তখন সব ক্ষমতা চলে এল ও সুলতান নাসিরুদ্দীন পুতুল হয়ে রইলেন। ইকবালের পরের কাজ হল পাণিপথে তাতার খানের বিরুদ্ধে অভিযান করা। তাতার খানও ওই শুনে দিল্লির দিকে অগ্রসর হলেন। ইকবাল দু'তিন দিনে পাণিপথ দখল করেন; কিন্তু তাতার খান দিল্লির বিরুদ্ধে কিছু করতে না পেরে গুজরাটে তাঁর বাবার কাছে চলে যান। দিল্লি সুলতানাতের যখন এই রকম অবস্থা তখন তৈমুর লঙ ভারত আক্রমণ করেন।

তৈমুর লঙের ভারত আক্রমণ

হিন্দু এবং অসামরিক মুসলমান নিধনে তৈমুর লঙের জুড়ি ছিল না। ছত্রিশ বছর রাজত্বের (১৩৭০–১৪০৫) মধ্যে তৈমুর লঙ রাজনৈতিক ও সামরিক সাফল্য অভাবনীয়ভাবে পেয়েছিলেন। ওঁর অভিযানের মধ্যে ছিল আরব দেশ যা উনি অ-মুসলমানদের দেশ মনে করে ছারখার করে দিয়েছিলেন। ওঁর মৃত্যুর পর উত্তরাধিকারীদের মধ্যে গৃহযুদ্ধ বাধার ফলে ওঁর সাম্রাজ্য ধ্বংস হয়ে যায়। ওঁর মৃত্যুর উনিশ বছর পরে *জাফরনামা* লেখা হয়, যাতে বিশদ তথ্য পাওয়া যায়।

সাধারণত বলা হয় যে চেঙ্গিস খান ও মঙ্গোলদের পরম্পরা তৈমুরের চরিত্রের মধ্যে পাওয়া যায়। কোরান ও মুসলমান পরম্পরা ওঁর চরিত্রে অনেক কম ছিল। তৈমুরের বাবা ও ঠাকুর্দা ধার্মিক মুসলমান ছিলেন এবং তৈমুরও ওই পরম্পরার মধ্যে বড় হয়েছিলেন। তৈমুরের আংশিক *আত্মজীবনীর* মধ্যে দেখা যায় যে তৈমুর ভয়াবহ স্বপ্ন দেখতেন।

তৈমুরের সাফল্যের কারণ ব্যাখ্যা করা শক্ত। ওঁর বিপক্ষে বড় কোনও শক্তি না থাকায় ছোট ছোট নেতাদের একের পর এক উনি হারিয়ে ছিলেন। এছাড়া পেশাদারী সৈন্যদল সংগ্রহ করা ওঁর পক্ষে শক্ত ছিল না, বিশেষত একটা নির্ধারিত সময়ের জন্য। কিন্তু এটা স্থির করা ছিল যে তারা লুটপাট করে ধনসম্পদ আহরণ করে রাখবে। চেঙ্গিস খান পরম্পরা তৈরি করে গিয়েছিলেন যে সৈন্যরা ও মঙ্গোল শাসকশ্রেণী সর্বসাধারণকে হত্যা করে মুসলমান সংস্কৃতিসম্পন্ন শহরগুলি লুটপাট করবে। তৈমুর এই ধারাই রক্ষা করে গিয়েছেন। তবে এর সঙ্গে ছিল তৈমুরের লেখার ক্ষমতা, শাসনতান্ত্রিক দক্ষতা ও সামরিক কুশলতা। ওঁর বিচারবুদ্ধি ছিল পরিষ্কার এবং কার্যসাধন করার জন্য বৈজ্ঞানিক কলাকুশলতা নিতে দ্বিধা করেননি; কয়েকটি ক্ষেত্রে এগুলির উন্নতিও ঘটিয়েছেন। এক কথায় তৈমুর ছিলেন একাধারে ঝুঁকি নেওয়া সৈন্য ও সাবধানী শাসক। ওঁর স্বাস্থ্য ছিল অটুট এবং খোঁড়া হলেও হাঁটতে কোনও অসুবিধা হতো না। প্রায় চব্বিশ ঘণ্টা ঘোড়ার পিঠে থাকতে পারতেন এবং দপ্তরের কাগজপত্র দেখতে কোনও অনীহা ছিল না। নিজের উচ্চাকাঙ্ক্ষা ছাড়া তৈমুরের আর কোনও আদর্শ ছিল না। সিংহাসনে আরোহণের পরে তাঁর মনে এই

ধারণা এসেছিল যে ভগবান তাঁকে পাঠিয়েছেন পৃথিবী শাসন করতে, যে ধারণার উৎপত্তির কারণ, সম্ভবত চেঙ্গিস খান। সেলজুক বা অন্যান্যদের মতো তিনি বিজেতা এলাকাগুলিতে শান্তি ও সমৃদ্ধি নিয়ে আসেননি। নির্বিচারে হত্যা ছাড়া তিনি আর কোনও আইন বা সংস্থা রেখে যাননি। এমনকি নিজের পরিবারের উত্তরাধিকার সম্পর্কেও রাখেননি।

তৈমুরের নাতি পীর মুহম্মদ মনে করলেন যে তিনি তৈমুরের অভিযানের সাফল্যকে ছাড়িয়ে যাবেন। ১৩৯৬–৯৭ সালে তিনি উছ এবং দিপালপুর দখল করেন। বিভিন্ন জায়গায় দারোগা বসিয়ে তিনি মূলতানে সারাঙ খানকে অবরোধ করেন। ছ'মাস পরে বর্ষা আসায় সারাঙ খান আত্মসমর্পণ করেন। লোকেরা পীর মুহম্মদের ওপর ক্ষিপ্ত হয়ে উঠলে, উনি বিপদে পড়ে যান। কিন্তু সুলতান মাহমুদ মূলতানের আশি মাইল দূরে এলে পীর মুহম্মদ বেঁচে যান।

তৈমুরের ভারত অভিযানের প্রধান উদ্দেশ্য ছিল ব্যাপক লুণ্ঠন করা। ১৩৯০ সালের গরমে উনি ট্রান্স্-অক্সিয়ানা থেকে ভারতের দিকে ধীরে ধীরে এগোতে থাকেন। কিন্তু ১৩৯৮–৯৯ সালে শীতের মধ্যে ভারত থেকে তাঁর ফেরা প্রয়োজন ছিল। বেশিদিন ধরে দুর্গ অবরোধ করার মতো সময় তাঁর ছিল না। কাবুল থেকে আফগানিস্তানের মধ্য দিয়ে ওঁর যোগাযোগ ব্যবস্থা অটুট রাখার জন্য বিভিন্ন জায়গায় দুর্গ তৈরি করেছিলেন এবং সেইসব অঞ্চলের অধিবাসীদের চরম দুর্ভোগ হয়েছিল। ২১শে সেপ্টেম্বর ১৩৯৮ সালে নৌকা দিয়ে সাঁকো তৈরি করে উনি সিন্ধু নদী পার হন।

তৈমুরের প্রধান উদ্দেশ্য ছিল দিল্লি লুণ্ঠন করা এবং এর জন্য খুব সাবধানে উনি দিল্লি যাবার পথও ঠিক করেছিলেন। বড় বড় শহরগুলি এড়িয়ে ছোট শহর ও গ্রামাঞ্চল থেকে তিনি সৈন্যদের রসদ সংগ্রহ করেন। নুণ পাহাড়ী এলাকার মুকদ্দমরা তৈমুরকে সাহায্য করেছিল। ঝিলম নদীর উপর এক দ্বীপের রাজা তৈমুরের বিরোধিতা করেছিলেন। কিন্তু তিনি পরাজিত হয়ে নদী দিয়ে পালাতে বাধ্য হন। পয়লা অক্টোবর ১৩৯৮ তৈমুর ঝিলম নদীর সংযোগস্থলে এসে নৌকার সাঁকো প্রস্তুত করে নদী পার হন।

তৈমুরের অভিযানের স্বপক্ষে বলা হয় যে দিল্লির সুলতানাত খুবই দুর্বল ছিল। তৈমুর ধর্মের কারণে কোনও বিভাজন করেননি। ধার্মিক মুসলমান যেমন সৈয়দ ইত্যাদিদের কাছে কোনও ধনরত্ন ছিল না। তাই তারা নিস্তার পায়। কোনও বিচার না করেই উনি লুণ্ঠন করে গিয়েছেন। এটাও বলা দরকার যে ওঁর বিরুদ্ধে হিন্দু ও মুসলমানরা একসঙ্গে বিরোধিতা করেছে। তৈমুরের নীতি ১৩ই অক্টোবর ১৩৯৮ সালে পরিষ্কার হয়ে গেল যখন উনি মূলতানের কিছু দূরে তালাম শহরে পৌঁছালেন। এখানে দুই সম্প্রদায়ের বিশিষ্ট লোকেরা ও ধার্মিক ব্যক্তিরা ওঁর সঙ্গে দেখা করতে এলেন ও দুই লাখ টাকা দিতে রাজি হলেন। দুই লাখ টাকা সংগ্রহ করার সঙ্গে সঙ্গে ওঁর সৈন্যরা শস্য লুণ্ঠন এবং বাড়িঘর পুড়িয়ে অধিবাসীদের বন্দী করতে শুরু করে। এই অত্যাচারের হাত থেকে ধর্মীয় ব্যক্তিরা ছাড়া আর কেউ রেহাই পায় নি।

পীর মুহম্মদকে পঁয়ত্রিশ হাজার টাকা দিয়ে তৈমুর বিয়াস নদী পার হয়ে প্রধান সৈন্যদলকে দিপালপুরে পাঠালেন ও তিনি নিজে সামানার দিকে এগোলেন। দিপালপুরের অধিবাসীরা ইতিমধ্যে পীর মুহম্মদের দারোগাকে তার হাজার তাতার সৈন্য সমেত হত্যা করেছে। ৭ই নভেম্বর এক রাতে প্রায় একশো মাইল অতিক্রম করে তৈমুর ভাটনীর দুর্গে পৌঁছান। বহু হিন্দু ও মুসলমান অধিবাসী এখানে আশ্রয় নিয়েছিল। হিন্দু রাজা দুর্গ সমর্পণ করলেও ওর মুসলমান ভাই যুদ্ধ চালাতে থাকে। দুর্গের মধ্যে হিন্দু ও মুসলমান, স্ত্রী, পুরুষ ও শিশুদের আগুনে পুড়িয়ে ও মাথা কেটে হত্যা করে সব কিছু তছনছ করা হয়। এর পরে হিন্দু ও মুসলমানরা যুদ্ধ করতে মনস্থ করে, কিন্তু পরাজিত হয়। সরসতির অধিবাসীরা পালালে ওদের খুঁজে হত্যা করা হয়। আহরুণীর দুর্গের অধিবাসীদের হত্যা করে দুর্গ মাটির সঙ্গে মিশিয়ে দেওয়া হয়। এই অত্যাচারের কথা জানার ফলে ফতাবাদ, কাইখাল, সামানা, আসুদ্দি ও পাণিপথের অধিবাসীরা দিল্লিতে পালিয়ে যায়।

নভেম্বরের তৃতীয় সপ্তাহে তৈমুরের প্রধান সৈন্যদল সামানা পৌঁছায়। দোসরা ডিসেম্বর কাইখাল থেকে যাত্রা শুরু করে কোনও বাধা না পেয়ে ১১ই ডিসেম্বর যমুনা নদী পার হয়। তৈমুর দিল্লির কাছে জাহানপনার প্রাসাদে থাকতে শুরু করেন। পরের দিন মালিক ইকবাল খান চার হাজার অশ্বারোহী, পাঁচ হাজার পদাতিক ও সাতাশটা হাতি নিয়ে যুদ্ধ করতে আসেন। প্রথম লড়াইয়ের পরই তিনি দিল্লিতে ফিরে যান। তৈমুর প্রায় একলাখ হিন্দু যুদ্ধবন্দীকে, যারা তাঁর কাছে ছিল, হত্যা করেন।

বড় যুদ্ধের আগে তৈমুর তাঁর ছাউনি সুরক্ষিত করে তোলেন। সুলতান মুহম্মদ তুঘলক ও মাল্লু ১৮ই ডিসেম্বর ১৩৯৮-তে দশ হাজার অশ্বারোহী ও চল্লিশ হাজার পদাতিক নিয়ে যুদ্ধে আসেন এবং পরাজিত হয়ে সুলতান ও মাল্লু দিল্লিতে ফিরে আসেন ও কিছু পরে দক্ষিণ দিল্লির দুটি দরজা দিয়ে দুজনে পালান। ২০শে ডিসেম্বর দিল্লি শহরের বিশিষ্ট লোকেরা হাউস খাসে তৈমুরের ছাউনিতে আসেন। তাঁরা তৈমুরের নামে খুৎবা পড়তে রাজি ছিলেন। ওঁরা জামানতের টাকা তুলে দিতে চান। তৈমুর তখন দিল্লির অধিবাসীদের রক্ষার আশ্বাস দেন। কিন্তু তাঁর সৈন্যরা যদি দিল্লি লুট করে, তাহলে সেটা বন্ধ করার কোনও উপায় নেই একথাও জানান।

শরফুদ্দীন আলি ইয়েজদি দিল্লি লুণ্ঠনের বর্ণনা দিয়েছেন। ২৭শে ডিসেম্বর একদল সৈন্য দিল্লির দরজার সামনে জড় হয়ে অধিবাসীদের আক্রমণ করতে শুরু করে। বড় আমীরদের ওই অত্যাচার থামানোর জন্য বলা হয়। ওই সময়ে বড় বড় আমীর, রাজস্ব বিভাগের আমলা ও কেরানীরা দিল্লির দরজার কাছে বসে জামানত তোলার হিসেব করছিলেন। সেইসময় কয়েক হাজার সৈন্য শহরে ঢোকে। এদের ওপর শস্য ও চিনি বাজেয়াপ্ত করার আদেশ ছিল। যে সব অঞ্চল তৈমুরকে বাধা দিয়েছে সেখানকার সৈন্যরা পালিয়ে দিল্লিতে এলে আমীররা তাদের ধরবেন এমন নির্দেশও দেওয়া হয়েছিল। এই কারণেই বহু তার্তার সৈন্য দিল্লি শহরের মধ্যে ঢুকেছিল।

প্রায় পনের হাজার তার্তার সৈন্য শহরের ভিতর ঢুকবার পর হিন্দুদের সঙ্গে গোলমাল বাধে ও লড়াই শুরু হয়ে যায়। তার্তার সৈন্যরা হিন্দুদের বাড়িতে আগুন

ধরিয়ে দিলে বহু স্ত্রী, পুরুষ ও শিশু মারা যায়। হিন্দুরাও কোনও কোনও জায়গায় ভালোমত বাধা দেয়। তৈমুরের আমলারা প্রথম দিকে গোলমালের বিপক্ষে ছিলেন। তাঁরা শহরের দরজা বন্ধ করে দেন যাতে বাইরে থেকে আর সৈন্য শহরে ঢুকতে না পারে। পরের দিন সব সৈন্য শহরের ভিতরে ঢোকে ও শহরের মধ্যে গোলমাল শুরু হয়ে যায়। ২৮শে ডিসেম্বর (শুক্রবার) ব্যাপক লুটতরাজ শুরু হয়ে যায় এবং জাহানপনা ও সিরির অধিকাংশ এলাকা এই গোলমালের মধ্যে পড়ে। ২৯শে ডিসেম্বর একইভাবে লুটতরাজ চলতে থাকে। প্রতিটি সৈন্যই প্রায় স্ত্রী পুরুষ নির্বিশেষে প্রায় দেড়শো জনকে বন্দী করে। সমস্ত মূল্যবান ধনরত্ন নগদ টাকা সমেত লুণ্ঠিত হয় যার মূল্য নিরুপণ করা সম্ভব নয়। গবাদি পশু, তরকারি বা ওষুধপত্রের দিকে কেউ নজর দেয়নি।

রবিবার ৩০শে ডিসেম্বর সৈন্যরা পুরানো দিল্লিতে যায় কারণ ওখানকার জামা মসজিদে বহু হিন্দু পালিয়ে আশ্রয় নিয়েছিল। ওখানে ওদেরকে হত্যা করা হয় ও পুরানো দিল্লি লুণ্ঠিত হয়। সমস্ত বন্দীদের শহরের বাইরে নিয়ে এসে আমলাদের অধীনে রাখা হয়। বিভিন্ন বড় লোকেদের ও অভিজাতদের মধ্যে কারিগরদের ভাগ করে রাখা হয়। শরফুদ্দীন আলি ইয়েজদি তৈমুরের প্রশংসা করে বলেছেন যে এইসব কারিগরদের নেওয়া হয়েছিল কারণ তৈমুর সমরখন্দে একটা বড় মসজিদ তৈরি করতে চাইছিলেন। তৈমুর যে ওই হতভাগ্য শহরের লোকেদের ক্ষমা করেছেন সেটাও বলা হয় বোঝানোর জন্য যে তৈমুর অত্যন্ত ধার্মিক এবং এই হত্যাকাণ্ড সম্পর্কে অজ্ঞ ছিলেন।

সরকারি ইতিহাসে শুধু হিন্দুদের হত্যার কথাই বলা হয়েছে। কিন্তু এটা ভাবার কারণ নেই যে মুসলমানদের ছেড়ে দেওয়া হয়েছিল। একটি বা দুটি যুদ্ধ ছাড়া তৈমুর সারা জীবনই মুসলমানদের হত্যা ও লুণ্ঠন করেছেন। ভারত অভিযানের পরেও তিনি তা চালিয়ে যান। এটা অবশ্য অনুমান করা যেতে পারে, যদিও এই ধারণার কোনও প্রমাণ নেই। কারিগর ছাড়া বাকি বন্দীদের ছেড়ে দেওয়া হয়েছিল।

প্রায় ১৫ দিন তৈমুর দিল্লিতে ছিলেন। সেই সময় ওঁর প্রধান কাজ হল ঘরে ফেরার জন্য এমন একটা পথ বের করা যেখানে বাধা খুব কম আসবে। উনি এমন পথের খোঁজে ছিলেন যেখান দিয়ে যেতে ওঁর সৈন্যরা শস্য, গবাদি পশু, এমনকি মহিলা ও শিশুদেরও অধিগ্রহণ করতে পারবে। মঙ্গোলদের পুরানো অভিজ্ঞতা থেকে উনি দুন অঞ্চলের হিমালয় ও সিওয়ালিকের মধ্যবর্তী এলাকা বেছে নিলেন। কিন্তু মধ্যে রয়েছে মীরাট শহর যেখানে তারামিসিরিন খান আগে পরাজিত হয়েছিলেন। তৈমুরের আমলারা খবর নিয়ে আসে যে ওখানকার হিন্দু রাজা মুসলমানদের সঙ্গে নিয়ে বাধা দিতে কৃতসংকল্প। ৮ই জানুয়ারি ১৩৯৯ সালে দশ হাজার অশ্বারোহী নিয়ে তৈমুর মীরাটের কাছে পৌঁছে যান। পরের দিন তৈমুর পাঁচিল দখল করে শহরে ঢোকেন। প্রায় বিনা বাধায় উনি কিভাবে প্রবেশ করলেন, সেটা জানা যায় না। হিন্দু সেনাপতি সফি সেই সম্মুখ যুদ্ধে মারা যান। ওঁর দুই মুসলমান সেনাপতিদের বেঁধে

তৈমুরের সামনে আনা হয়। এরপর শহরের পুরুষদের মেরে ফেলে মহিলা ও শিশুদের দাসত্বে রাখা হয়।

এরপর সিয়ালিকের রাস্তা পরিষ্কার হয়ে গেল। তৈমুর এখানে এক মাস অত্যাচার ও লুণ্ঠন করে কাটান। এখানকার ছোট ছোট হিন্দু জমিদার ও শান্তিপূর্ণ কৃষকরা আগেই পালিয়েছিল। হরিদ্বার থেকে জুন্না এলাকায় উনি কয়েকটা যুদ্ধের পর সাতটি দুর্গ দখল করেন। ওঁর সৈন্যরা প্রায় দুশো গরু ও বিশজন লোককে বন্দী করে।

হিন্দুস্থানের কোনও আমীরই তৈমুরের সঙ্গে যোগ দেননি। ওঁর প্রতিনিধি হিসেবে তৈমুর খিজির খানকে মনোনীত করেন। বাহাদুর নাহির ওঁর সঙ্গে দেখা করতে এসেছিলেন। কাশ্মীরের ধর্মান্ধ রাজা সিকান্দার দেখা করতে চাইছিলেন। কিন্তু ওঁর কাছে যখন প্রচুর টাকা পয়সা ও ঘোড়া চাওয়া হয়, তখন উনি ফিরে যান। শেখ খোকার ওর সঙ্গে দেখা করলে ওঁর অধীনে যত হিন্দু ছিল সবাইকে ছেড়ে দেওয়া হয়। এরপরে শেখের সঙ্গে গোলমাল হলে ওঁর এলাকাও লুট করা হয়। জম্মুর রাজা যুদ্ধ করে পরাজিত ও জখম হলে, উনি মুসলমান হয়ে প্রাণে বেঁচে যান। তৈমুরের সাম্রাজ্যের পশ্চিম প্রান্তে ততদিনে গোলমাল শুরু হয়ে গিয়েছে। তৈমুর এবার ফেরার জন্য ব্যগ্র হয়ে পড়লেন। প্রধান সৈন্যদলকে ছেড়ে উনি ৩রা মার্চ চীনাব পার হয়ে ১লা মে অক্সাস পৌঁছান। সময়ের কাঠামো যা উনি ধরেছিলেন তার মধ্যেই তাঁর ভারত অভিযান সম্পূর্ণ হয়। আরও সাত বছর বিভিন্ন দেশে অভিযান চালিয়ে তৈমুর ১৬ই ফেব্রুয়ারি ১৪০৫ সালে মারা যান।

তৈমুরের পর দিল্লির ঘটনাবলী

সারাঙ খান মূলতান থেকে খিজির খানকে হঠিয়ে দিলে উনি তৈমুরের ভয়ে মেওয়াতে পালান। তৈমুর তখন খিজির খান, বাহাদুর নাহির, মুকারব খান ও জীরাত খানকে ডেকে পাঠান। খিজির খান ছাড়া বাকিদের বন্দী করা হয়। তৈমুরের মনোনীত প্রতিনিধি হয়ে দিল্লিতে থাকার জন্য খিজির খানকে অনুরোধ করেন। ততদিনে দিল্লিতে ও যে সব জায়গা দিয়ে মঙ্গোলরা এসেছিল, সে সব জায়গায় দুর্ভিক্ষ ও মহামারী শুরু হয়েছে। দিল্লি তখন আর বাসযোগ্য ছিল না। সুতরাং খিজির খান দিল্লি ছেড়ে মূলতান ও দিপালপুরে থাকা মনস্থ করলেন।

নসরৎ শাহ তৈমুরের ভয়ে দোয়াবের কোনও এক জায়গায় পালিয়েছিলেন। তিনি মীরাটে এসে দিল্লি যাওয়া স্থির করলেন। এর আগে তিনি বারাণে মালিক ইকবাল খানের বিরুদ্ধে সৈন্যদল পাঠান। ওঁর সেনাপতি সিহাব খান হিন্দু পদাতিকদের হাতে মারা যায় এবং এই সুযোগে ইকবাল খান দিল্লি রওনা হন। নসরৎ শাহ মেওয়াতে পালান ও ওখানে তাঁর মৃত্যু হয়। ইকবাল খান দিল্লি এসে সিরির দুর্গে বাস করতে থাকেন। দিল্লির যে সব অধিবাসীরা পালিয়েছিল, ধীরে ধীরে তারা আবার ফিরে আসে। কিছুদিনের মধ্যেই সিরি জনসমাগমে পূর্ণ হয়ে যায়। ইকবাল খান দোয়াবের কিছু অংশ ও দিল্লির আশেপাশের জায়গা নিজের নিয়ন্ত্রণে নিয়ে আসতে সক্ষম হন। ১৩৯৯–১৪০০ সালে ইকবাল খান বিয়ানা ও কাটেহর থেকে উপঢৌকন আদায়

করে হিন্দু জমিদারদের সঙ্গে যুদ্ধ করতে থাকেন। এর মধ্যে উনি শামস খান ও মুকারব শাহকে হত্যা করেন। ১৪০১–১৪০২ সালে সুলতান মাহমুদ গুজরাট ও ধরে না থাকতে পেরে দিল্লি আসা মনস্থ করেন। ইকবাল খান ওঁকে অভ্যর্থনা করে জাহানপনার প্রাসাদে নিয়ে আসেন কিন্তু শাসনকার্যের সব ক্ষমতাই নিজের হাতে রেখে দেন। এর ফলে ওঁদের মধ্যে গোলমাল শুরু হয়। এর পরেও ওঁরা একত্রে জৌনপুরের ইব্রাহিম শর্কীর বিরুদ্ধে অভিযান করেন। সুলতান মাহমুদ শিকারের ছুতো করে ইকবালের ছাউনি থেকে বেরিয়ে ইব্রাহিম শর্কীর সঙ্গে দেখা করেন। তবে এদের মধ্যে মতৈক্য হয় না। এরপরে উনি হঠাৎ আক্রমণ করে কনৌজ দখল করেন, শর্কীর শাসনকর্তার হাত থেকে। যতদিন ইকবাল জীবিত ছিলেন, সুলতান মাহমুদকে কনৌজ নিয়েই সন্তুষ্ট থাকতে হয়েছিল।

তৈমুরের আক্রমণের অরাজকতার সময়ে নরসিং দেব গোয়ালিয়র দুর্গ দখল করে নিয়েছিলেন। ওঁর মৃত্যুর পর গোয়ালিয়র ওঁর পুত্র বিরাম দেবের হাতে থাকে। পরের দুবছর ইকবাল বৃথা চেষ্টা করেন গোয়ালিয়র দখল করার। ওঁর কনৌজ দখল করার চেষ্টাও ব্যর্থ হয়। ১৪০৫ সালে ইকবাল খান সামানাতে অভিযান করেন। ওখানে ওঁর ভাইপোর বিরুদ্ধে বাহরাম খান তুর্কো-বাছা বিদ্রোহ করেছিলেন। শেষ পর্যন্ত মিটমাট হলে বাহরাম খান ইকবালের সঙ্গে দেখা করতে আসেন। ইকবাল ওঁর অনুচরদের হত্যা করেন। ইকবালের আসল উদ্দেশ্য ছিল খিজির খানের ক্রমবর্ধমান ক্ষমতা খর্ব করা। অযোধ্যার কাছে যুদ্ধে ১৪ই অক্টোবর ১৪০৫ সালে ইকবাল খান পরাজিত ও নিহত হন। ওঁর কাটা মাথা খিজির খানের রাজধানী খিজিরপুরে পাঠানো হয়।

সুলতান মাহমুদের ক্ষমতাপ্রাপ্তি

ইকবালের মৃত্যুর পরে দিল্লিতে কোনও নেতা না থাকায় আমীররা সুলতান মাহমুদকে দিল্লি আসতে অনুরোধ করলে উনি একটা ছোট সৈন্যদল নিয়ে শহরে আসেন। ইকবাল খানের পরিবারবর্গকে কোয়েলে পাঠানো হয়। দোয়াবের যে অংশ সুলতানের অধীনে ছিল সেখানে দৌলত খানকে ফৌজদার করে পাঠানো হয়। ফিরোজাবাদ প্রাসাদের ভার দেওয়া হয় ইখতিয়ার খানকে।

সুলতান মাহমুদের পূর্ব দিকে ছিলেন ইব্রাহিম শর্কী ও পশ্চিমদিকে ছিলেন খিজির খান। নভেম্বর ১৪০৬ সালে সুলতান মাহমুদ কনৌজের দিকে যান ও দৌলত খানকে সামানার দিকে পাঠান। গঙ্গার দুই পারে দিল্লি ও শর্কীর সৈন্যরা কিছুদিন থাকার পর ফিরে যায়। এর পরে ইব্রাহিম শর্কী কনৌজ আক্রমণ করে চার মাস অবরোধের পর দখল করে। সেপ্টেম্বর ১৪০৭ সালে ইব্রাহিম দিল্লির বিরুদ্ধে যাত্রা করে যমুনা পার হবার সময়ে খবর পান যে জাফর খান গুজরাট থেকে এসে জৌনপুর আক্রমণ করেছে। ফলে ইব্রাহিম ফিরে যান। সুলতান মাহমুদ বারাণ ও সম্ভল আবার দখল করে নেন।

ইতিমধ্যে সম্ভবত জানুয়ারি ১৪০৭ সালে দৌলত খান সামানা আক্রমণ করে

বাহরাম খানকে হত্যা করে দখল করেছে। বাহরাম খান ছিলেন খিজির খানের অধীন। খিজির খান এগিয়ে এলে দৌলত খান পালান। ওঁর সঙ্গে যে সব মালিক ও আমীররা ছিল তারা খিজির খানের প্রতি আনুগত্য প্রকাশ করে। খিজির খান এদের মধ্যে বিভিন্ন ইক্‌তা ভাগ করে দিলে সুলতান মাহমুদের হাতে দোয়াবের কিছু অংশ ও রোহটকের কয়েকটা ইক্‌তা ছাড়া আর কিছুই থাকে না।

মঙ্গোলদের অভিযানের এক দশক পরেও দিল্লি অঞ্চলের এমন অবস্থা হয়েছিল যে সৈন্যদের খাবার যোগান দেওয়া সম্ভব হতো না। ডিসেম্বর ১৪০৮ সালে সুলতান মাহমুদ হিসার-ফিরোজাতে অভিযান করেন এবং খিজির খানের ইক্‌তাদার ওঁর বশ্যতা স্বীকার করে। খিজির খান একদল সৈন্য পাঠান দোয়াব লুট করার জন্য ও আরেকদল সৈন্য নিয়ে তিনি দিল্লি রওনা হন। সিরিতে পৌঁছে তিনি সুলতান মাহমুদকে অবরোধ করেন। ফিরোজাবাদেও ইখতিয়ার খান অবরুদ্ধ হয়ে পড়ে। কিন্তু খিজির খানের সৈন্যরা খাবার সংগ্রহ করতে না পারলে উনি ফিরে যান।

১৪১০–১৪১১ সালে খিজির খান রোহটক দখল করলে সুলতান মাহমুদের অবস্থা খারাপ হয়ে পড়ে। ওঁর ক্ষমতা পুনরুদ্ধারের আর কোনও আশা না দেখতে পেয়ে উনি আমোদ- প্রমোদে মত্ত হয়ে যান। ১৪১১ সালে খিজির খান মেওয়াতের বড় অংশ দখল করে সিরিতে সুলতান মাহমুদকে অবরোধ করেন। ফিরোজাবাদে ইখতিয়ার খান খিজির খানের বশ্যতা স্বীকার করলে, দোয়াবের অংশ ও দিল্লি খিজির খানের নিয়ন্ত্রণে চলে আসে। কিন্তু এপ্রিল ১৪১২ সালে সৈন্যদের খাবার সংগ্রহ করতে না পেরে খিজির খানকে ফিরে যেতে হয়। অক্টোবর ১৪১২ সালে সুলতান মাহমুদ মারা যান। আমীররা দৌলত খানকে ওঁদের রাজা বলে মেনে নেয়। ডিসেম্বর ১৪১৩ সালে খিজির খান দিল্লিতে অভিযান করে সিরিতে দৌলত খানকে অবরোধ করেন। চার মাস অবরোধ চলার পর দৌলত খান বশ্যতা স্বীকার করলে ওঁকে বন্দী হিসেবে হিসার-ফিরোজার দুর্গে পাঠানো হয়। মে ১৪১৪ সালে খিজির খান দিল্লি দখল করেন। ওঁর অধীনে কেন্দ্রীয় সরকারের ক্ষমতা আর একবার ঝলসে ওঠে।

৭

সৈয়দ বংশ (১৪১৪–১৪১৫)

সৈয়দ বংশ ৩৭ বছর রাজত্ব করে। কিন্তু খলজীদের মতো এরা সাম্রাজ্যবাদী ছিল না বা তুঘলকদের মতো শাসন সংস্কারের পথে যায়নি। এদের রাজত্বকাল কেন্দ্রীকরণ শক্তি ও বিকেন্দ্রীকরণের এবং আঞ্চলিক সার্বভৌমতার মধ্যবর্তী স্তর। ছোটখাট জমিদার ও অন্যান্য নেতাদের বিদ্রোহ দমন করার মধ্য দিয়েই এদের শক্তি শেষ হয়ে যায়। সাম্রাজ্য তৈরি করার মতো আদর্শও এদের ছিল না। দিল্লির দুশো মাইলের চারপাশ দিয়েই এদের ক্ষমতা সীমাবদ্ধ থাকে।

জমিদার ও অন্যান্য ছোটখাট নেতাদের বিদ্রোহের ফলে রাজস্ব আদায়ের কোনও স্থিরতা ছিল না। এত অল্পসময়ের মধ্যে এতগুলি ছোটখাট বিদ্রোহকে দমন করার জন্য বোধহয় আর কোনও দিল্লির সুলতানকে এতবার অভিযান করতে হয়নি। এমনকি যে সব অঞ্চল দিল্লির অধীনে ছিল সেগুলিরও নিয়ন্ত্রণ করতেন বিক্ষুব্ধ তুঘলক অভিজাতরা। এদেরকে নিয়ন্ত্রণে আনতে গেলে যে কাঠামোর প্রয়োজন সৈয়দদের তা ছিল না। সৈয়দরা কয়েকজন অনুগত ও দক্ষ আমলা পেয়েছিলেন। কিন্তু তাঁদের কোনও অভিজাত শ্রেণী ছিল না যারা ওঁদের প্রতি অনুগত। ওই অভিজাতরা একই আদর্শ বা একই বংশের নয়। ফলে ওদের অভিযানগুলি কোন সময়েই সম্পূর্ণ হয়নি। কেন্দ্রীয় সরকারের দুর্বলতা ও শাসনতান্ত্রিক প্রথার শিথিলতার ফলে দিল্লির নিয়ন্ত্রণের ক্ষমতা সীমবদ্ধ হয়ে পড়ে। বিভিন্ন ধরনের লোকদের কাছ থেকে বিভিন্ন ধরনের রাজস্ব আদায় করা হতো। এর ফলে রাজনৈতিক ঐক্য বিঘ্নিত হয়ে বিকেন্দ্রীকরণ শক্তি মাথা চাড়া দিয়ে ওঠে। শেষকালে দাঁড়ায় যে সৈয়দ সুলতান ইক্‌তাগুলির বিভাজন করে *শিক* তৈরি করেন। ওই সময়ে এই বিভাজন জনপ্রিয় হয়েছিল। *রায়ত-ই আলা* উপাধি নিলেও সৈয়দ সুলতান এক বড় গোছের ইক্‌তাদার ছাড়া আর কিছুই ছিলেন না।

মুসলমান রাষ্ট্রধারণায় সৈয়দবংশের রাজত্ব একধরনের পরীক্ষা-নিরীক্ষা বলা চলে। বংশের প্রতিষ্ঠাতা খিজির খান এক অভূতপূর্ব রাজনৈতিক অবস্থার মধ্যে পড়েছিলেন। ওঁর নিজের ক্ষমতা ছিল খুবই কম এবং ওঁর উত্থানের জন্য তিনি ঋণী ছিলেন তৈমুরের অভিযানের ওপর। এর ফলে উনি স্বাধীনতা ঘোষণা করতে

পারেননি। *খুৎবাতে* মঙ্গোল রাজা শাহরুখের নাম পড়া হতো যদিও এর সঙ্গে খিজির খানের নামও যোগ দেওয়া হয়েছিল। কিন্তু আশ্চর্যের বিষয় যে মঙ্গোল রাজার নাম মুদ্রাতে ছিল না। বরং তুঘলক সুলতানদের নাম মুদ্রাতে থাকত। অর্থাৎ কিছুদিন আগে যে মুদ্রাগুলি চলছিল সেগুলিই তারা চালাতে চেষ্টা করেছিল শুধু তারিখ বদল করে। রাষ্ট্রজীবনে এই দ্বিচারিতার কারণ হিসেবে অনুমান করা যায় যে সৈয়দরা তাঁদের জনপ্রিয়তা সম্বন্ধে সন্দেহ পোষণ করতেন এবং মঙ্গোল ও তুঘলকদের নামের সান্নিধ্য চেয়েছিলেন। তুঘলকদের একটা পরম্পরাগত শ্রদ্ধার ভাব জনসাধারণের মধ্যে ছিল, যদিও শেষদিকে এটা কমে আসতে থাকে। মঙ্গোলরা সামরিক শক্তির জন্য খ্যাত ছিল। সৈয়দরা যতদিন নিজেদের ক্ষমতা প্রতিষ্ঠিত করতে না পারে, ততদিন এই দ্বিচারিতা তারা চালাতে থাকে। একবার ক্ষমতা প্রতিষ্ঠিত হয়ে গেলে তারা আর এই প্রতীকের ব্যবহার করে না এবং খিজির খানের উত্তরাধিকারী তুঘলকদের নাম মুদ্রা থেকে তুলে দেন। ১৪২৪ সাল থেকে মুবারক শাহ নিজের নামে চালু করলে সৈয়দরা রাজকীয় প্রতীক ও মর্যাদার ব্যবহার শুরু করে।

খিজির খানের রাজত্ব

সুলতান ফিরোজ শাহর বিশিষ্ট আমীর ছিলেন মালিক নাসিরুল মুল্ক মর্দান দৌলত। তিনি মালিক সুলেমান বলে একজনকে দত্তক নেন। এঁর ছেলে হচ্ছেন খিজির খান। মর্দান প্রথমে কারার ইক্তাদার ছিলেন। পরে মূলতানের শাসনকর্তা হন প্রধানত মঙ্গোল আক্রমণ ঠেকানোর জন্য। কারা ও মহোবার ইক্তা তখন মর্দানের দত্তকপুত্রের হাতে দেওয়া হয়। মর্দানের মৃত্যুর পর ওঁর পুত্র মালিক শেখ মূলতানের ইক্তাদার হন। ওঁর মৃত্যুর পর, সুলেমান মূলতানের ইক্তাদার হন। কিছুকাল পরে ওঁর মৃত্যু হলে মূলতানের ইক্তা ওঁর পুত্র খিজির খানকে দেওয়া হয়। এই সব নিয়োগ সুলতান ফিরোজ শাহর সময়ে হয়নি। ফিরোজ শাহর ছেলে সুলতান মুহম্মদ শাহর সময়ে খিজির খান মূলতান পান। বলা নিষ্প্রয়োজন যে ফিরোজ শাহ যে উত্তরাধিকারী আইন করেছিলেন, তার ফলেই কতকগুলি পরিবার নিজেদের ক্ষমতা বাড়াতে সক্ষম হয়। এর পরিণাম হয় এই যে স্বাধীন রাজ্যগুলির উত্থান সম্ভব হয়ে ওঠে। ফিরোজ শাহর মৃত্যুর পর যে রাজনৈতিক অরাজকতা শুরু হয়, তারই মূলে ছিল ইক্তা ও *শিক*-এর মধ্যেকার রাজনীতি। সারা উত্তর ভারত এই অরাজকতা ও রাজনীতিতে আচ্ছন্ন হয়ে থাকে।

৬ই জুন ১৪১৪ সালে খিজির খান সৈন্যসমেত সিরিতে প্রবেশ করে সুলতান মাহমুদের প্রাসাদে অবস্থান করলেন। জনপ্রিয়তা অর্জনের জন্য তিনি বহু টাকার দান ও বৃত্তি দিলেন। যে সব অভিজাতরা খিজির খানকে সাহায্য করেছিল, তাদেরকে নতুন পদ দেওয়া হল। মালিখুসশরক মালিক তুহতাহকে উজির করে *তাজ-উল মুল্ক* উপাধি দেওয়া হয়। সাহারানপুরের ইক্তা ও শিক পান সৈয়দ সলীম। উনি খিজির

খানের প্রধান উপদেষ্টা হলেন। মূলতানের ইক্‌তা ও *শিক* দেওয়া হয় মালিক আবদুর রহমানকে, যাকে মালিক সুলেমান দত্তক পুত্র হিসেবে গ্রহণ করেছিলেন। ওঁকে *আলাউল* মুল্ক উপাধি দেওয়া হয়। মালিক দাউদকে দবীর করা হয়। ইখতিয়ার খানকে দোয়াবের একটা *শিক* দেওয়া হয়। সুলতান মাহমুদ তুঘলকের পুরানো দাসেরা তাদের ইক্‌তা ও *শিক*-এ বহাল থাকে। মালিক খইরুদ্দীন খানকে আরজ-ই মুমালিক করা হয়।

নতুন শাসকশ্রেণীর চরিত্র ও গঠন সম্পর্কে কিছু বলা কঠিন কারণ এ ব্যাপারে বিশদ তথ্য নেই। তবে এটা পরিষ্কার যে বিভিন্ন রাজনৈতিক ও সাংস্কৃতিক গোষ্ঠী থেকে এদের নেওয়া হয়েছিল, যার ফলে এর মধ্যে কোনও একটা গোষ্ঠীর প্রাধান্য ছিল না। ফলে একতার বাঁধনও ছিল না। এই কারণেই, সম্ভবত সৈয়দরা তাদের জন্য একটা বংশগত ও ধার্মিক উচ্চাসন তৈরি করার চেষ্টা করেছিল।

তারিখ-ই মুবারকশাহীর লেখক, যিনি ওই সময়কার একমাত্র সমকালীন লেখক, বলেছেন যে সৈয়দ জালাউদ্দীন বোখারি একবার বলেছিলেন যে মালিক সুলেমান একজন সৈয়দ। এছাড়া তিনি আরও বলেছেন যে খিজির খানের মধ্যে সৈয়দের সব গুণ রয়েছে। যদি লেখক চাইতেন, তাহলে একটা বংশতালিকা তৈরি করে দিতে পারতেন যেখানে ইমামদের কারুর সঙ্গে খিজির খানের পূর্বপুরুষদের যোগ দেখান যেত। কিন্তু সেরকম কিছু করা হয়নি এবং লেখকও এতে বিশ্বাস করতেন না। সম্ভবত তৈমুর ওঁকে সৈয়দ ভেবে রাজ্যশাসনের ভার দিয়েছিলেন। কিন্তু খিজির খানের এই দাবিতে কিছু সুবিধা হয়েছিল বলে মনে হয় না। খিজির খান সৈয়দ ছিলেন কিনা প্রমাণিত হয়নি। হয়ত প্রমাণ করার মতো অবস্থাও ছিল না।

খিজির খানের প্রধান সমস্যা ছিল পূর্ব ও পশ্চিম দিকের ইক্‌তাদার ও জমিদার যারা অধিকাংশ সময়েই একযোগে বিদ্রোহ করত। খিজির খান পূর্বদিকে তাজ-উই মুল্ক কে ও পশ্চিমদিকে জিরাত খানকে পাঠান। ১৪১৪–১৪১৫ সালে তাজ-উল মুল্ক কাটেহর, গোয়ালিয়র, চন্দওয়ার ইত্যাদি দখল করে ওখানকার ইক্‌তাদার ও জমিদারদের বশ্যতা স্বীকার করান।

১৪১৫–১৪১৬ সালে খিজির খান ওঁর পুত্র শাহজাদা মুবারককে পশ্চিমদিকের ভার দেন। শাহজাদা সীমান্তবর্তী এলাকাগুলি শান্ত করে সামানার আমীর জিরাত খান ও অন্যান্য মালিকদের নিয়ে দিল্লিতে আসেন। তিনি সিরহিন্দে তাঁর প্রতিনিধি হিসেবে মালিক সাদ নাদিরাকে রেখে আসেন। জুন ১৪১৬ সালে বাহরাম তুর্কো-বাছা পরিবার বিদ্রোহ করে ও মালিক সাদকে হত্যা করে সিরহিন্দ দখল করে। মালিক দাউদ ও জিরাত খানকে পাঠানো হলে বিদ্রোহীরা পালায় ও ওঁরা দু'মাস পরে দিল্লিতে ফিরে আসেন।

১৪১৬–১৪১৭ সালে গোয়ালিয়রে বিদ্রোহ হলে তাজ-উল মুল্ক গোয়ালিয়র দখল করে লুট করেন ও ওখানকার জমিদারদের কাছ থেকে উপঢৌকন নিয়ে আসেন। ১৪১৬ সালে গুজরাটের সুলতান আহমদ নাগৌর অবরোধ করেন। খিজির খান রওনা হলে আহমদ ফিরে যান। এর পরে খিজির খান ঝাইনের ইলিয়াস খানকে

বশ্যতা স্বীকার করিয়ে গোয়ালিয়র দুর্গ অবরোধ করেন। দুর্গ দখল না করতে পারলেও আশেপাশের এলাকা থেকে খাজনা সংগ্রহ করে ও বিয়ানার খাজনা নিয়ে খিজির খান ফিরে আসেন।

১৪১৭–১৪১৮ সালে তুর্কো-বাছা পরিবার ও তুঘন রাই সিরহিন্দে বিদ্রোহ করে শহর অবরোধ করে। জিরাত খানকে পাঠালে বিদ্রোহীরা অবরোধ তুলে নেয়। জিরাত খান ওদের ধরে ফেলে জরিমানা ও জামিন নিয়ে ফিরে আসেন। ১৪১৮–১৯ কাটেহরে রাজা হরসিং বিদ্রোহ করলে তাজ-উল মুল্ককে পাঠানো হয়। হরসিং কাটেহর বিধ্বস্ত করে কুমায়ুনের পাহাড়ে পালান। ওকে অনুসরণ করতে গিয়ে ওঁর পিছনে তাড়া করে প্রচুর সৈন্য হত্যা করা হয়। আরও সৈন্য পাঠানো হলে হরসিং পাহাড় থেকে নেমে আসেন। দিল্লির সৈন্যরা ইতিমধ্যে প্রচুর লুণ্ঠন, অত্যাচার করে ফিরে আসে। তাজ-উল মুল্ক এরপর বাদাউন ও এটোয়াতে গিয়ে উপঢৌকন নিয়ে দিল্লি ফিরে আসেন। খিজির খান কাটেহরে যাত্রা করে কোয়েলের বিদ্রোহীদের শাস্তি দেন। ১৪১৮ সালের শেষে উনি বদাউন দুর্গ অবরোধ করেন। বিদ্রোহী মহাবৎ খান ছয়মাস ধরে দুর্গ রক্ষা করতে থাকে। এই সময়ে দিল্লিতে ষড়যন্ত্রের খবর শুনে খিজির খান দিল্লিতে ফিরে আসেন। খিজির খান ওই সব অভিজাত ও সুলতান মাহমুদ তুঘলকের পুরানো দাসদের উৎসবে আমন্ত্রণ করে ১৪ই জুন ১৪১৯ সালে সকলকে হত্যা করেন।

ইতিমধ্যে খবর আসে সারাঙ খান নামে একজন দাবিদার সিরহিন্দের কাছে বিদ্রোহ করেছে। সুলতান মালিক সুলতান শাহ লোদিকে সিরহিন্দের ভার দিয়ে পাঠান। সারাঙ পিছু হঠতে হঠতে শেষে পাহাড়ে পালিয়ে যান, যার ফলে ওকে ধরা আর সম্ভব হয় না। ১৪২০ সালের প্রথম দিকে সারাঙ খান তুঘন রাই-এর সঙ্গে যোগ দিয়ে বিদ্রোহ করে। ফেরিস্তা বলেছেন যে যখন তুঘন রাই জানতে পারলেন সারাঙ খানের প্রচুর দামী গহনা ও রত্ন রয়েছে, তখন তিনি ওকে হত্যা করেন।

১৪২০ সালে বারাণ, কোয়েল ও এটওয়াতে বিদ্রোহ শুরু হলে তাজ-উল মুল্ককে পাঠানো হয়। উনি বিদ্রোহীদের দমন করে এটাওয়াতে রাজা সবীরকে অবরোধ করেন। রাজা বশ্যতা স্বীকার করে উপঢৌকন দেন। তাজ-উল মুল্ক চন্দয়ার লুট করে কাটেহরের রাজা হরসিং এর কাছ থেকে রাজস্ব আদায় করেন।

জুলাই ১৪২০ সালে তুঘন রাই বিদ্রোহ করে সিরহিন্দ দখল করে ওই অঞ্চলে লুণ্ঠন করে। মালিক খইরুদ্দীন ও জিরাত খানকে পাঠানো হলে তুঘন পালায়। এরপর ওর ইক্তা দখল করা হয়।

১৪২১ সালে খিজির খান মেওয়াতের দুর্গ দখল করেন ও কোটলার দুর্গ ভেঙে দেন। এরপর গোয়ালিয়র দুর্গ অবরোধ করে আশেপাশের এলাকায় লুণ্ঠন করেন। গোয়ালিয়র বশ্যতা স্বীকার করলে উনি এটওয়া থেকে খাজনা তুলে নেন।

১৩ই জানুয়ারি ১৪২১ সালে উজীর তাজ-উল মুল্কের মৃত্যু হয়। সুলতান ওঁর বড় ছেলে মালিখুস শরক মালিক সিকান্দারকে উজির করেন। এরপর ২০মে ১৪২১ সালে খিজির খানেরও মৃত্যু হয়।

খিজির খান খুব নিচু অবস্থা থেকে তাঁর দক্ষতার গুণে দিল্লির সিংহাসনের বসেছিলেন। সুলতানাত-এর অবস্থা তখন বেশ খারাপ। পাঞ্জাব, কাটেহর, মেওয়াত ইত্যাদি জায়গায় ক্রমাগত বিদ্রোহ হচ্ছে। ভৌগোলিক সুবিধা বিদ্রোহীদের অনেকটাই সাহায্য করেছিল। কয়েকজন মালিকের সাহায্যে খিজির খান বিদ্রোহ দমনে ক্রমাগত চেষ্টা করে গিয়েছেন। খিজির খানের শাসন সম্পর্কে লোকেদের অভিযোগ ছিল না এবং সকলেই ওঁর প্রতি শ্রদ্ধাশীল ছিল।

মুবারক শাহ (১৪২১–১৪৩৩)

মৃত্যুর তিনদিন আগে খিজির খান তাঁর পুত্র মালিক মুবারককে তাঁর উত্তরাধিকারী মনোনীত করে সিংহাসনে বসান। মালিক ও আমীররা এতে সম্মতি দেয়। ২২শে মে ১৪২১ সালে মুবারক শাহ আনুষ্ঠানিকভাবে সিংহাসনে বসেন। তিনি মালিক ও আমীরদের নিজ নিজ পদে বহাল রাখলেও কতকগুলি পরিবর্তন করেন। হিসার-ফিরোজা ও হানসীর ইক্‌তা মালিখুস শরক মালিক বুধককে (সুলতানের ভাইপো) দেওয়া হয়। উত্তর-পশ্চিম সীমান্ত ও পাঞ্জাবের অবস্থা তখন অশান্ত। মালিক রাজাবকে দিপালপুরের ইক্‌তা ও *শিক* দেওয়া হয়।

সিংহাসনে বসার প্রায় সঙ্গে সঙ্গেই যশরথ খোকর ও তুঘন রাই-এর বিদ্রোহ শুরু হয়। শিয়ালকোটের কাছে খোকর উপজাতির নেতা শেখের পুত্র ছিলেন যশরথ। তৈমুর যখন দক্ষিণ পাঞ্জাব দিয়ে যাচ্ছিলেন তখন যশরথ অশ্বারোহী সৈন্য নিয়ে ওঁকে প্রতিরোধ করার চেষ্টা করেন কিন্তু পরাজিত হয়ে শিয়ালকোটে আশ্রয় নেন। তৈমুরের চলে যাবার পরে অরাজকতার সুযোগ নিয়ে যশরথ তাঁর এলাকা বাড়ান ও লাহোর দখল করেন। ১৪২০ সালের মে-জুন মাসে কাশ্মীরে গৃহযুদ্ধে ওঁর সাহায্যপ্রাপ্ত সুলতান জয়নাল আবেদীন বিজয়ী হলে, যশরথের ক্ষমতা বেড়ে যায়। এবারে যশরথ দিল্লির সিংহাসনের দিকে হাত বাড়াতে মনস্থ করেন। খিজির খানের মৃত্যু ওঁকে ওই সুযোগ এনে দিয়েছিল। সুলতান জয়নাল আবেদীনের সাহায্য নিয়ে উনি শিয়ালকোট থেকে বেরিয়ে রবি, বিয়াস ও ঝিলম পার হয়ে লুধিয়ানা থেকে রুপার পর্যন্ত সমগ্র অঞ্চলে অত্যাচার ও লুণ্ঠন করেন। এর পরে শতদ্রু পার হয়ে জলন্ধরে জিরাত খানকে অবরোধ করেন। ওঁকে বাধা দিলেও ওঁকে দমন করার কোন প্রচেষ্টা হয় নি। বরং একটা বোঝাপড়া করা হয় যে জলন্ধর দুর্গ তুঘন রাইয়ের অধীনে থাকবে। পরিবর্তে জিরাত খান তুঘন-রাইয়ের ছেলেকে দিল্লি নিয়ে যাবেন এবং যশরথ দিল্লিতে উপঢৌকন পাঠিয়ে ফিরে যাবেন। বোঝাপড়া হয়ে গেলে পর জিরাত খান সৈন্য সরিয়ে নিয়ে বাইরে এলে যশরথ ওকে বন্দী করে লুধিয়ানা নিয়ে যান। এর পরে ২৩শে জুন ১৪২১ সালে যশরথ সিরহিন্দে মালিক সুলতান শাহ লোদিকে অবরোধ করেন। কিন্তু বহু চেষ্টা করেও দুর্গ দখল করতে পারেন না। খবর পেয়ে মুবারক সিরহিন্দে এগোলে, যশরথ লুধিয়ানাতে চলে যান ও জিরাত খানকে ছেড়ে দিলে জিরাত মুবারকের সঙ্গে যোগ দেন।

সুলতান এবার লুধিয়ানার দিকে এগোলে, যশরথ শতদ্রু নদী পার হয়ে অন্য পাড়ে চলে যান। মুবারক কয়েকজন আমীরকে পাঠান যারা রুপারে নদী পার হয়ে অন্য পাড়ে পৌঁছে যায়। যশরথ তখন জলন্ধরের দিকে পালান। মুবারক ওর পিছনে তাড়া করলে, যশরথ রবি নদী পার হয়ে পালান। কিন্তু মুবারক সৈন্য নিয়ে ওঁর পিছনে তাড়া করেন জম্মুর রাজার সাহায্যে। যশরথের শক্ত দুর্গ তিলহার দখল করে মুবারক এগোলে যশরথ আরও দূরে সরে যান। জানুয়ারি ১৪২২ সাল মুবারক দিল্লি ফিরে আসেন।

তৈমুরের আক্রমণের ফলে লাহোর একেবারে ধ্বংস হয়ে গিয়েছিল। মুবারক নতুন বাড়ি বানিয়ে লোক বসান ও দুর্গটির সংস্কার করেন। লাহোরের ইক্তা মালিখুস শরক মাহমুদ হাসানকে দেওয়া হয়। সামরিক দিক থেকে গুরুত্বপূর্ণ খোকরদের আক্রমণ ঠেকানোর জন্য লাহোরে দু'হাজার অশ্বারোহী রাখা হয়, কিন্তু লাহোরে শান্তি বেশিদিন স্থায়ী হয়নি।

এপ্রিল–মে ১৪২২ সালে যশরথ রবি নদী পার হয়ে বহু সৈন্য নিয়ে লাহোরের সামনে উপস্থিত হয়। ২রা জুনের যুদ্ধে মালিখুস যশরথকে পরাজিত করেন। কিন্তু পরের দিন যশরথ আবার ফিরে আসেন। প্রায় একমাস ধরে দুর্গের বাইরে যুদ্ধ চললেও যশরথকে সম্পূর্ণ পরাস্ত করা সম্ভব হয়নি। যশরথ কালানৌরে গেলে ওখানকার রাজা ভীম ওকে বাধা দেন। যশরথ এবার বিয়াস নদীর পার থেকে সৈন্য সংগ্রহ করতে থাকেন আবার লাহোর আক্রমণ করার জন্য। এর মধ্যে লাহোরে সিকান্দার তুফার নেতৃত্বে বড় সৈন্যদল এলে যশরথ তিলহারের জঙ্গলে পালায়। এবারে দিপালপুরের আমীর মালিক রাজাব, সিরহিন্দের আমীর শাহ লোদী ও রাই ফিরোজ মিঁয়া একসঙ্গে মিলিত হয়ে যশরথের বিরুদ্ধে অগ্রসর হন। জম্মুর কাছে এলে রাজা ভীমও এদের সঙ্গে যোগ দেন। মালিক মুহম্মদ হাসানকেও জলন্ধরে পাঠানো হয়। উজীরের পদ দেওয়া হয় মালিখুস শরক সরওয়ারুল মুল্ককে।

এপ্রিল ১৪২৩ সালে মুবারক শাহ কাটেহর, বাদাউন ইত্যাদি জায়গা থেকে খাজনা সংগ্রহ করে দিল্লিতে ফিরে মালিখুস শরক মাহমুদ হাসানকে আরজ-ই মুমালিক করেন। ওই সময়ে যশরথ ও রাই ভীমের সঙ্গে এক যুদ্ধে ভীম পরাজিত হন ও তাঁর মৃত্যু হয়। যশরথের হাতে প্রচুর ধনসম্পত্তি চলে আসে। উৎসাহিত হয়ে যশরথ কাবুলের মঙ্গোল যুবরাজের সঙ্গে চুক্তি করে দিপালপুর ও লাহোর লুণ্ঠন করে। মালিক সিকান্দার অগ্রসর হলে, যশরথ তাড়াতাড়ি পিছু হটে যায়। এই সময়ে খবর আসে যে চুক্তি অনুযায়ী শেখ আলি (কাবুল) ভাক্কর ও সিয়ান-এর ইক্তা লুণ্ঠন করার জন্য আসছেন। সুলতান মুবারক এই অঞ্চলটি মালিখুস শরক মালিক মাহমুদ হাসানের হাতে দেন।

মাহমুদ হাসান বিশাল সৈন্যদল নিয়ে মুলতানে পৌঁছালে লোকেরা আশ্বস্ত হয়। উনি উদারভাবে দাক্ষিণ্য ও বৃত্তি দেওয়ার ফলে লোকেরা মুবারক শাহর দিকে আসতে থাকে। মূলতানের দুর্গ সারিয়ে উনি ওখান থেকেও প্রচুর সৈন্য সংগ্রহ করেন। এই সময় উত্তর-পশ্চিম সীমান্ত অনেক শান্ত হয়ে আসে।

১৪২৪ সালে ধরের রাজা আলপ খান গোয়ালিয়র দখল করলে মুবারক শাহ্ ওকে পরাজিত করে আলপ খানকে হটিয়ে দেন। পরের বছর ১৪২৫ সালে মেওয়াতিরা বিদ্রোহ করলে মুবারক তাদের তাড়া করে ইন্দুর ও আলওয়ারের দুর্গ দখল করে তাদের বন্দী করেন। ১৪২৬ সালের শেষে বিয়ানার মুহম্মদ খান বিদ্রোহ করলে মুবারক শাহ ওঁর উঁচু পাহাড়ের দুর্গ দখল করে ওকে এবং ওর পরিবারকে বন্দী করে দিল্লি পাঠান (৩১শে জানুয়ারি ১৪২৭)। মালিক মকবুল নামে এক দাসকে বিয়ানার *শিক* দেওয়া হয়। মুবারক এবারে গোয়ালিয়র গিয়ে ওখানকার ঠাকুরদের বশ্যতা স্বীকার করিয়ে খাজনা সংগ্রহ করেন। ইতিমধ্যে মুহম্মদ খান দিল্লি থেকে পালিয়ে বিয়ানার দুর্গ দখল করে নিয়েছেন। মুবারক শাহ্ মালিক মকবুলের হাত থেকে বিয়ানা নিয়ে মালিক মুবারিজকে দেন, যিনি সৈন্য নিয়ে বিয়ানা দুর্গ অবরোধ করেন। মুহম্মদ খান ওখান থেকে পালিয়ে জৌনপুরের ইব্রাহিম শর্কী কাছে আশ্রয় নেন।

সুলতান ইব্রাহিম শর্কী বাদাউনের দিকে এগোলে ওর ভাই, এটওয়ার ইক্‌তাদার মুখতাস খান সঙ্গে যোগ দেয়। মাহমুদ হাসানকে সৈন্য দিয়ে পাঠানো হয় মুখতাসের বিরুদ্ধে এবং মুবারক শাহ্ ইব্রাহিমের বিরুদ্ধে এগোন। ইব্রাহিম পিছিয়ে বিয়ানার দিকে গেলে, মুবারক ওর পিছনে যান। ২৪শে মার্চ ১৪২৮ সালে দুপক্ষে যুদ্ধের পর ইব্রাহিম নিজের এলাকাতে ফিরে যান। বিভিন্ন জায়গা থেকে খাজনা সংগ্রহ করে মুবারক বিয়ানাতে পৌঁছান। মুহম্মদ খান দুর্গে আশ্রয় নিলে দুর্গ অবরোধ করা হয় ও মুহম্মদ খান বশ্যতা স্বীকার করে দুর্গ ছেড়ে মেওয়াতে চলে যান। মাহমুদ হাসানকে বিয়ানা ও আশেপাশের এলাকার ভার দিয়ে মুবারক মে মাসের শেষে ১৪২৮ সালে দিল্লিতে ফেরেন।

জুলাই ১৪২৮ সালে মুবারক মেওয়াতিদের দমন করা মনস্থ করেন কারণ এরা শর্কী রাজাকে সাহায্য করেছিল। মেওয়াতে বন্দী নেতা কাইদুকে হত্যা করা হয় ও মালিক সরওয়ারুল মুল্ককে আদেশ দেওয়া হয় মেওয়াতি এলাকা ছারখার করে দেবার জন্য। এর পরেও বাকি মেওয়াতি নেতারা বশ্যতা স্বীকার করতে চায় না। সরওয়ারুল মুল্ক ওদের দমন করে উপঢৌকন নিয়ে ফিরে আসেন।

১৪২৮ সালের আগস্ট সেপ্টেম্বরে যশরথ খোকর কালানৌর অবরোধ করে মালিক তুহফাকে যুদ্ধে হারিয়ে দেন। মালিক লাহোরে চলে গেলে যশরথ জলন্ধর লুণ্ঠন করে কালানৌরে ফিরে যান। মুবারক শাহ্ জিরাত খান ও ইলাম খান (সিরহিন্দের আমীর) দের আদেশ দেন মালিক তুহফাকে সাহায্য করার জন্য। ওরা আসার আগেই মালিক তুহফা যশরথকে যুদ্ধে পরাজিত করলে, যেসব দ্রব্য জলন্ধরে করায়ত্ত করেছিলেন সব ফেলে যশরথ তিলহরের দুর্গে পালান। ইতিমধ্যে মেওয়াতিরা আবার গোলমাল শুরু করলে সুলতান ফিরে আসেন। এই সময় মালিক রাজাব মারা গেলে, মূলতানের ইক্‌তা মালিখুস শরক মালিক মাহমুদ হাসানকে দেওয়া হয় *ইমাদুল মুল্ক* উপাধি সমেত। ১৪২৯–১৪৩০ সালে সুলতান গোয়ালিয়র গিয়ে বিদ্রোহী জমিদারদের কাছ থেকে খাজনা নিয়ে আসেন। হাতিয়াকান্তের রাজা পরাজিত হয়ে পাহাড়ের দিকে পালান।

সৈয়দ সলীম সরকারের পুরানো আমীর এবং সুলতান মুবারকের সময়ে আমরোহার ইক্‌তা ও সরসূতির *খ্‌ট*-এর অধিকারী ছিলেন। উনি তাবারহিন্দ দুর্গে প্রচুর ধনরত্ন রেখে ছিলেন। মার্চ ১৪৩০ সালে ওঁর মৃত্যু হলে, ওঁর ছেলেদের মধ্যে ইক্‌তা ও পরগণা ভাগ করে দেওয়া হয়। বড় ছেলেকে সৈয়দ খান ও ছোট ছেলেকে সুজাউল মুল্ক উপাধি দেওয়া হয়। জুন ১৪৩০ সালে পওলাদ তুর্কো-বাছা তাবারহিন্দ দুর্গে বিদ্রোহ করেন। উনি ছিলেন সৈয়দ সলীমের দাস। মুবারক শাহ সৈয়দের ছেলেকে বন্দী করে মালিক সরওয়ার ও রাই হিন ভাট্টিকে পাঠান। পওলাদ সন্ধি করার ছলে হঠাৎ আক্রমণ করে দিল্লির সৈন্যদের পরাজিত করেন। ওদের সব মালপত্রও লুট করে নেন। সুলতান নিজে যাবেন মনস্থ করে খুব তাড়াতাড়ি সরসূতি পৌঁছে গেলে পওলাদ তাবারহিন্দ দুর্গে আশ্রয় নেন। মুবারক দুর্গ অবরোধ করে অন্যান্য আমীরদের ডেকে পাঠান। সন্ধির কথাবার্তা কিছুদূর এগিয়ে ভেঙে যায়। সুলতান দিল্লিতে ফিরে গেলেও অবরোধ চলতে থাকে। কিছুদিন পরে ইমাদুল উল মুল্ক মূলতানে ফিরে যান। দু'মাস পরে পওলাদ কাবুলের শেখ আলিকে প্রচুর টাকাপয়সার লোভ দেখিয়ে ভারত আক্রমণে প্রলুব্ধ করেন।

ফেব্রুয়ারি–মার্চ ১৪৩১ সালে শেখ আলি ভারতে পৌঁছালে খোকররা ওর সঙ্গে যোগ দেয়। এরা বিরাট সৈন্যদল জোগাড় করে তাবারহিন্দ পৌঁছায়। এর ফলে দিল্লির আমীররা অবরোধ তুলে নিজেদের ইক্‌তাতে ফিরে যান। পওলাদের কাছ থেকে দুলক্ষ তঙ্কা নিয়ে শেখ আলি পওলাদের মহিলা ও বাচ্চাদের নিয়ে রওনা হয়ে যান। প্রায় তিন সপ্তাহ ভারতে থাকার সময়ে শেখ আলি জলন্ধরের বিস্তীর্ণ এলাকাতে লুটতরাজ করেন। শেখ আলির সঙ্গে কোনরকম সংঘর্ষে আসতে ইমাদুল উল মুল্ককে মুবারক নিষেধ করেছিলেন। ফলে শেখ আলি এগিয়ে এসে মূলতানে পৌঁছান ৭ই মে ১৪৩১ সালে। শেখ আলিকে ১৫ই মে শাহ লোদী বাধা দেবার চেষ্টা করলে লোদী মারা যান। এরপরে শেখ আলি এগোতে থাকলে ইমাদুল উল মুল্ক ওকে যুদ্ধে হারিয়ে দেন। মুবারক শাহ এবার অবস্থার গুরুত্ব বুঝে বড় বড় আমীরদের বহু সৈন্য দিয়ে পাঠান। ঝিলমের পারে এই বিরাট সৈন্যদল শেখ আলিকে পরাজিত করে ওর বহু সৈন্য বিনষ্ট করে। শেখ আলি নদী পার হয়ে সেওর-এর কসবাতে আশ্রয় নেন। সমস্ত মালপত্র ও টাকাপয়সা দিল্লির সৈন্যদের হাতে পড়ে। ওখানে তাড়া খেয়ে শেখ আলি কোনওরকমে কাবুলে পৌঁছান। সেওবের ইক্‌তাদার মুজফর শাহর দুর্গ অবরোধ করা হয়। মূলতানের ইক্‌তা ইমাদুল উল মুল্কের কাছ থেকে নিয়ে মালিক খইরুদ্দীন খানকে দেওয়া হয়, যেটা ইয়াহিয়ার মতে খুব অবিবেচনার কাজ হয়েছিল।

নভেম্বর– ডিসেম্বর ১৪৩১ সালে যখন মালিক তুহফা জলন্ধরের দিকে যাচ্ছিলেন তখন বিরাট সৈন্যদল নিয়ে যশরথ তাঁর সামনে আসে। তুহফা যুদ্ধে পরাজিত হয়ে বন্দী হন এবং যশরথ লাহোর দুর্গ অবরোধ করেন। দুর্গের সৈন্যরা দুর্গ ছাড়তে রাজি হয় না। ইতিমধ্যে শেখ আলি আবার এনে মূলতান এলাকা লুট করতে থাকেন। তুলাম্বা দুর্গ দখল করে এলাকার অধিবাসীদের ওপর নানারকম অত্যাচার করতে

থাকেন, যদিও ওখানকার অধিবাসীরা ছিল উলেমা ও সৈয়দ পরিবারের। মুসলমান মহিলা বা শিশু—কেউই ওই অত্যাচার থেকে বাদ যায় না।

এই আক্রমণের নিষ্পত্তি হবার আগে তাবারহিন্দ দুর্গ থেকে পওলাদ বেরিয়ে এসে রাই ফিরোজের এলাকায় লুটপাট চালাতে থাকে। জানুয়ারি–ফেব্রুয়ারি ১৪৩২ সালে সুলতান মুবারক লাহোরের দিকে রওনা হন। ইতিমধ্যে রাই ফিরোজকে হত্যা করা হয়েছে। সরওয়ার মুল্ক কিছু সৈন্য নিয়ে তাড়াতাড়ি এগিয়ে গেলে যশরথ লাহোরের অবরোধ তুলে তার নিজের তিলহার দুর্গে চলে যান। ওর সঙ্গে থাকে মালিক তুহফা। শেখ আলিও পিছু হটে যান।

যে কোনও বিদ্রোহের পরেই মুবারক শাহ মূলতান ও লাহোরের ইক্‌তাদার বদল করেছেন। এবার লাহোরের ইক্‌তা শাসসূল মুল্কের হাত থেকে নিয়ে খান-ই আজম নসরৎ খানকে দেওয়া হয়। জুলাই–আগস্ট ১৪৩২ সালে যশরথ বড় সৈন্যদল নিয়ে লাহোর দুর্গ অবরোধ করেন। নসরৎ খান ওকে যুদ্ধে হারিয়ে দেন। বিয়ানার একটি বিদ্রোহ দমন করার পর সরওয়ার মুল্ককে পাঠানো হয় তাবারহিন্দ দুর্গ দখল করার জন্য। পওলাদ দুর্গ রক্ষা করতে থাকলে, লাহোর ও জলন্ধরের ইক্‌তা নসরৎ খানের হাত থেকে নিয়ে মালিক হাদাদ কোকা লোদীকে দেওয়া হয়। যশরথ জলন্ধরের সামনে হাদাদকে পরাজিত করলে, হাদাদ পাহাড়ী এলাকাতে পালিয়ে যান। মেওয়াতিরা আবার গোলমাল করলে তাদের দমন করা হয়। কিন্তু গোয়ালিয়র ও এটওয়াতে বিদ্রোহ শুরু হয়ে যায়।

এরপরে খবর আসে যে শেখ আলি তাবারহিন্দের দিকে আসছেন। পূর্বের অভিজ্ঞতা মতো অবরোধ তুলে নেওয়া হবে—এমন সম্ভাবনার কথা মনে হয় মুবারকের। উনি ইমাদুল মুল্ককে পাঠান। শেখ আলি তাড়াতাড়ি সেওর হয়ে লাহোরে পৌঁছে যান। ওখানকার আমীররা প্রথমে দুর্গ বন্ধ করে দেয়। পরে সুযোগ বুঝে এক রাতে দুর্গ ছেড়ে পালায়। শেখ আলির সৈন্যরা ওদের পিছনে গিয়ে মালিক রাজাকে বন্দী করে। এরপরে দিপালপুর দুর্গের সামনে দু'হাজার সৈন্য রাখে শেখ আলি। ওখানে ইমাদুল মুল্কের ভাই থাকায় শেখ আলি দিপালপুরে থাকেন না। জানুয়ারি-ফেব্রুয়ারি ১৪৩৩ সালে সুলতান মুবারক সামানাতে গিয়ে আমীর ও সৈন্য সংগ্রহ করে শেখ আলিকে তাড়া করেন। শেখ আলি তাঁর ঘোড়া ও মালপত্র রেখে পালান। শেখ আলির এক ভাইপো এবং মুজঃফর একমাস সেওর দুর্গ রক্ষা করলেও আত্মসমর্পণ করতে বাধ্য হয়। মুবারকের দত্তক পুত্রের সঙ্গে মুজঃফরের কন্যার বিয়ে হয় ও মুজফর উপঢৌকন দেন। ইতিমধ্যে লাহোরে মঙ্গোলরা আত্মসমর্পণ করে এবং শেখ আলি শেষবারের মতো পালান।

সুলতান মুবারক শাহ লাহোর ও জলন্ধরের ইক্‌তা শামসুল মুল্কের কাছ থেকে নিয়ে ইমাদুল মুল্ককে দেন। শাসমুল মুল্ক পান বিয়ানা। উজির সরওয়ার উল মুল্কের কাছ থেকে হিসাব পরীক্ষা নিয়ে আর একজনকে দেওয়া হয়। কিন্তু এর ফলে নানা গোলমাল ও ঝগড়া শুরু হয়ে যায়। দিপালপুরের ইক্‌তা ওঁর কাছ থেকে নেওয়ার জন্য সরওয়ার উল মুল্কের রাগ ছিল। এখন সেটা আরও বেড়ে যায় কারণ ওঁর

ক্ষমতা কমে যায়। উনি ষড়যন্ত্র করে একটা দল তৈরি করেন যার মধ্যে কয়েকজন হিন্দুও ছিল। এই হিন্দু পরিবাররা বহু বছর ধরে রাজানুগ্রহ পেয়ে এসেছে এবং এরা বিস্তীর্ণ এলাকার দাস-দাসীর মালিক। কয়েকজন মুসলমান আমীর যেমন নায়েব-ই আরজ-ই মুমালিক, আমীর হাজিব (খাস) ও অন্যান্যরাও এই ষড়যন্ত্রে লিপ্ত ছিল। ওই সময়ে সুলতান মুবারক শাহ একটা নতুন শহরের প্রতিষ্ঠা করেছিলেন যার নাম রাখেন মুবারকবাদ। ওই সময়ে খবর আসে যে তাবারহিন্দ দুর্গের পতন হয়েছে এবং পওলাদ মারা গিয়েছে। তার মাথা কেটে দিল্লিতে পাঠানো হয়। মুবারক শাহ তাবারহিন্দে গিয়ে শাসনতান্ত্রিক ব্যবস্থা চালু করে ফিরে আসেন।

রাজধানী থেকে সুলতানের সাময়িক অনুপস্থিতির সুযোগ ষড়যন্ত্রীরা নিয়েছিল। ১৪৩৪ সালের ১৯শে ফেব্রুয়ারি সুলতান যখন শুক্রবারের প্রার্থনায় যাবার জন্য প্রস্তুত হচ্ছিলেন, তখন মীরন সদর রাজরক্ষীদের সরিয়ে নিজের অশ্বারোহী সৈন্যদের নিয়ে আসেন। হিন্দু অভিজাত সিদ্ধিপাল তলোয়ারের ঘায়ে সুলতানকে হত্যা করেন।

মুবারক শাহকে সঙ্কটের মধ্যে দিয়ে সতেরো বছর শাসনকার্য চালাতে হয়েছিল। পুবে ও পশ্চিমে ক্রমাগত বিদ্রোহের মোকাবিলা করতে হয়েছিল। বহু চেষ্টা করেও তিনি স্থায়ী ব্যবস্থা করতে পারেননি। এর জন্য অবশ্য ফিরোজ শাহর প্রথাকে দায়ী করা চলে। বসীর সুলতান ও অন্যান্যদের ঘুষ নেওয়া ও অন্যান্য অপকর্মের ফলে দিল্লি সুলতানাতের সৈন্যদল অদৃশ্য হয়ে গিয়েছিল। এর ফলে কেন্দ্রীয় সরকারের হাতে এমন ক্ষমতা ছিল না যে বিদ্রোহীদের তারা সমূলে বিনষ্ট করতে পারে। বড় বড় প্রদেশের শাসকদের ওপরে তাদের নিয়ন্ত্রণও কমে গিয়েছিল। প্রাদেশিক শাসনকর্তাদের তলার আমলারা উত্তরাধিকার সূত্রে পদ পাওয়ার ফলে কাজেকর্মে গাফিলতি করত। ফিরোজ শাহর পরবর্তী সুলতানরা যে ফিরোজের নীতিগুলি মনে প্রাণে মানতেন তা নয়, কিন্তু তাঁদের অন্য কিছু করার ক্ষমতা ছিল না। ফলে এক সুলতানের মাথা কেটে দরবারের দরজায় ঝোলানো হয়। অন্যদের তাড়িয়ে দেওয়া হয়।

খিজির খান নিজে সুলতানের রাজকীয় প্রতীক ব্যবহার করতে দ্বিধা করেছিলেন এবং তৈমুরের ছোট ছেলের নাম মুদ্রায় রেখেছিলেন। খিজির খান মনে রেখেছিলেন যে তৈমুর তাঁকে সুলতান করেছেন। খিজির খান এমন একটা সময়ের প্রতিনিধি যখন দিল্লির সিংহাসনের প্রতি আনুগত্য চলে গিয়েছে। মুবারক শাহ ওই সীমাবদ্ধতা থেকে বেরিয়ে একটা অনুগত শাসকশ্রেণী তৈরি করার চেষ্টা করেছিলেন। কিন্তু উনি লোকেদের চরিত্র ভাল করে বুঝতেন না। এছাড়া ঘন ঘন আমলাদের বদল করায় তাদের ক্ষমতা গড়ে তোলার সুযোগ দেননি। আসলে মুবারক বা ওঁর পিতার কোনও আদর্শ ছিল না, যার উপর ওঁরা নির্ভর করতে পারেন। বরং প্রাদেশিক সুলতানরা নিজেদের স্বাধীনতা ঘোষণা করার পর, আদর্শ আঁকড়ে ধরে অনেক ভালো ফল করেছিল। ফেরিস্তা মুবারক শাহকে সংস্কৃতিবান সুলতান বলেছেন, যাঁর অনেক ভালো গুণ ছিল। কিন্তু উচ্চাকাঙ্খী অভিযানকারীদের কাছে ওইসব গুণের কোন কদর ছিল না।

মুহম্মদ শাহ (১৪৩৪–১৪৪৩)

সুলতানকে হত্যা করার পর মীরন সদর সরওয়ার উল মুল্ককে হত্যার খবর জানালে তিনি ভান করেন যে তিনি এর মধ্যে জড়িত ছিলেন না। তিনি মুহম্মদ শাহকে সুলতান করার পক্ষে যোগ দিলেন। এঁকে মুবারক শাহ দত্তকপুত্র হিসেবে গ্রহণ করেছিলেন। উনি ছিলেন খিজির খানের ছেলে ফরিদ খান। ১৯শে ফেব্রুয়ারি ১৪৩৪ সালে মুহম্মদ শাহ বিভিন্ন মালিক, আমীর ও সৈয়দদের মত নিয়ে সিংহাসনে বসেন। সরওয়ার উল মুল্ক আনুগত্য দেখালেও কোষাখানার দখল নেন। এর সঙ্গে অস্ত্রশস্ত্র ও হাতিগুলিও করায়ত্ত করেন। ওঁকে খান-ই জাঁহা উপাধি দেওয়া হয়। মীরন সদরকে করা হয় মুইন উল মুল্ক।

অনেক অভিজাতই এই হত্যা পছন্দ করেননি। কিন্তু তখন তাঁদের কিছু করার ছিল না। সরওয়ার এদেরকে সরানোর পরিকল্পনা করেন। অভিজাতদের কয়েকজনকে ডেকে নিয়ে হত্যা করেন, কয়েকজনকে বন্দী করা হয়। এদেরকে সরানোর পর সরওয়ার নিজের একটা দল তৈরি করার চেষ্টা করেন ইক্‌তা বিতরণের মধ্য দিয়ে। সিদ্ধিপালকে দোয়াবের কয়েকটি পরগণা দেওয়া হয়। সিদ্ধিপালের এক দাস, রামুকে পাঠানো হয় বিয়ানা নিয়ন্ত্রণে আনার জন্য। সরওয়ার সমস্ত শাসনতন্ত্রই নিজের নিয়ন্ত্রণে আনার চেষ্টা করেন। কিন্তু তাঁর পরিকল্পনা সাফল্য লাভ করেনি। বিয়ানার দুর্গ দখল করতে গিয়ে রামুর মৃত্যু হয়। ওর মাথা কেটে দুর্গের দরজায় ঝুলিয়ে দেওয়া হয়। মুবারকের প্রতি যে অভিজাতগোষ্ঠী অনুগত ছিল, তারাও এবার প্রতিশোধের কথা ভাবতে থাকে।

সরওয়ারের বিশ্বাসঘাতকতা ও মালিকদের প্রতি উদ্ধত ব্যবহার সাধারণ অভিজাতদের মধ্যে বিতৃষ্ণা এনে দিয়েছিল। খিজির খানের কয়েকজন বড় ইক্‌তাদার নিজের এলাকাতে একযোগে বিদ্রোহ করেন। এদের মধ্যে সম্ভল, বাদাউন, গুজরাটের মালিকরা ছিলেন। সরওয়ার নিজের ছেলে সমেত কয়েকজন আমীরের সঙ্গে বিদ্রোহ দমন করতে সৈন্য পাঠান। সম্ভলের মালিক ইলাহ দাদ প্রথমে যুদ্ধ না করা ঠিক করেছিলেন। কিন্তু কামালুল মুল্ক ও অন্যান্যরা এগিয়ে এলে দিল্লির সৈন্যরা ভীত হয়ে দিল্লিতে ফিরে যায়। ১২ই মে ১৪৩৪ সালে কামালুল মুল্ক আরও সৈন্য জোগাড় করে দিল্লি অবরোধ করেন। সরওয়ার তিন মাস ধরে যুদ্ধ চালাতে থাকেন। ইয়াহিয়া বলেছেন যে মুহম্মদ শাহ আপাতদৃষ্টিতে সরওয়ারের দলে থাকলেও মনেপ্রাণে ওর বিরোধী ছিলেন। তিনিও মুবারকের হত্যার প্রতিশোধ চাইছিলেন। সরওয়ার ও তার দলবল ভীত ছিলেন যে সুলতান তাদের বিপক্ষে যেতে পারেন। ১৪ই আগস্ট সরওয়ার ও মীরন সদরের ছেলেরা রাজপ্রাসাদে ঢুকে সুলতানকে হত্যা করার চেষ্টা করে। সুলতান এর জন্য প্রস্তুত ছিলেন এবং সরওয়ারের প্রচেষ্টা ব্যর্থ হয়। দরবারের সামনে সরওয়ার ও মীরন সদরের ছেলেদের হত্যা করা হয়। সুলতান তখুনি কামালুল মুল্ককে খবর পাঠালে তিনি তাঁর অনুচরদের নিয়ে বাগদাদ দরজা দিয়ে শহরে ঢোকেন। সিদ্ধিপাল নিজের বাড়িতে আগুন লাগিয়ে পরিবারবর্গকে পুড়িয়ে যুদ্ধ করে যায়। সাধারণ কাঁকু ও অন্যান্য ক্ষত্রিয়দের মুবারকের সমাধির কাছে নিয়ে গিয়ে হত্যা করা

হয়। মালিক হোসিয়ার ও কোতোয়াল মুবারককে হত্যা করা হয়। মালিক কামাল ও অন্যান্য অভিজাতরা সুলতান মুহম্মদের প্রতি আনুগত্য জানায়।

এরপর সুলতান মুহম্মদের অভিষেক হয়। কামালকে উজীর করা হয়। মালিক জীমানকে গাজী-উল মালিক উপাধি দিয়ে বাদাউন ও আমরোহার ইক্তা দেওয়া হয়। মালিক ইলাহ দাদের ভাইকে দরিয়া খান উপাধি দেওয়া হয়। মালিক খুন রাজ মুবারক খানকে ইকবাল খান উপাধি দিয়ে হিসার-ফিরোজের ইক্তা দেওয়া হয়। আরও অনেককে ইক্তা বিতরণ করে সুলতান মুহম্মদ বিদ্রোহ দমন করতে মূলতান যান। ওখানে খান-ই খানানকে রেখে উনি দিল্লি ফিরে আসেন। ১৪৩৬ সালে সুলতান যশরথের বিরুদ্ধে সামানা গিয়ে ওর এলাকায় লুটতরাজ করলেও যশরথকে পাওয়া যায়নি।

ইতিমধ্যে বিভিন্ন জায়গায় গোলমালের খবর আসতে থাকে। উত্তর-পশ্চিমে লাঙ্গা উপজাতি বিদ্রোহ করেছে। সুলতান ইব্রাহিম শর্কী কতকগুলি পরগণা দখল করেছেন। গোয়ালিয়রের রাজা উপঢৌকন পাঠানো বন্ধ করে দিয়েছেন। প্রদেশগুলিতে অরাজকতা দেখা দিয়েছে।

এই সময়ে কয়েকজন উলেমা ও আমীর মালবের মাহমুদ খলজীকে অভিযান করার জন্য আমন্ত্রণ জানায়। ১৪৪০ সালে মাহমুদ খলজি দিল্লির সামনে ছাউনি ফেলেন। উপায় না দেখে সুলতান মুহম্মদ সামানা থেকে বাহলুল লোদীকে তাঁর সৈন্য সমেত আসতে বলেন। বাহলুল এলে একদিন ধরে যুদ্ধ হয় যা অমীমাংসিত রয়ে যায়। পরের দিন সুলতান মুহম্মদ শান্তি প্রস্তাব পাঠান। মাহমুদ খলজী উচ্চাকাঙ্খী হলেও প্রস্তাব গ্রহণ করে ফিরে যান। এর কারণ হচ্ছে যে গুজরাটের রাজা মুস্তাক ওই সময়ে মাণ্ডু আক্রমণ করেছিলেন। আর একটা কারণ বলা হয় যে উলেমা ও সৈয়দরা মাহমুদ খলজীকে বুঝিয়েছিল যে তিনি দিল্লিতে সাদর অভ্যর্থনা পাবেন। প্রথম দিনের প্রচণ্ড যুদ্ধের পর মাহমুদ বুঝলেন যে তাঁকে মিথ্যা বোঝানো হয়েছে। যখন তিনি ফিরছিলেন বাহলুল লোদী তাঁর পিছনে তাড়া করে মালপত্র লুট করেন।

১৪৪১ সালে সুলতান মুহম্মদ সামানা গিয়ে বাহলুল লোদীকে দিপালপুর ও লাহোরের ভার দেন। ওঁর ওপর যশরথকে দমন করার ভার পড়ে। কিন্তু যশরথ বাহলুলের সঙ্গে শান্তি স্থাপন করলে বাহলুল ওকে ছেড়ে দেন। সম্ভবত যশরথের কথায় বাহলুল পাণিপথ অবধি এলাকা দখল করে নিয়ে দিল্লি অবরোধ করেন। কিন্তু ওখানে সফল হতে না পেরে উনি ফিরে এসে সিরহিন্দে বিদ্রোহী হন। এর ফলে সুলতান ও আমীরদের যথেষ্ট মর্যাদা হানি হয় এবং দিল্লির পঞ্চাশ মাইল দূরে আর কেউ সুলতানকে মানতে চায় না। ১৪৪৩ সালে সুলতান মুহম্মদ মারা যান।

সুলতান আলাউদ্দীন শাহ (১৪৪৩–১৪৭৬)

সুলতানের মৃত্যুর পর ওঁর ছেলে আলাউদ্দীন আলম শাহ সিংহাসনে বসেন। মালিক বাহলুল ও অন্যান্যরা ওঁর আনুগত্য স্বীকার করেন। কিন্তু কিছুদিনের মধ্যেই বোঝা যায় যে উনি ওঁর পিতার থেকেও অদক্ষ।

১৪৪৫ সালে সুলতান আলাউদ্দীন সামানা যাবার পথে খবর পান যে শর্কী রাজা দিল্লির দিকে আসছেন। সুলতান তাড়তাড়ি দিল্লি ফিরে এসে জানতে পারেন যে ওই সংবাদ মিথ্যা। উজীর হাসান খান সুলতানের ফিরে আসা নিয়ে অনুযোগ করলে সুলতান খুব ক্ষুব্ধ হন। ১৪৪৭ সালে সুলতান বাদাউনে গিয়ে ওখানে স্থায়ীভাবে থাকার ইচ্ছা প্রকাশ করেন। উজীর হাসানের এতে সমর্থন ছিল না। কিন্তু সুলতান উজীরের কথা না শুনে বাদাউনে যান ও পাকাপাকিভাবে থাকার ব্যবস্থা করে। শহর ও কৃষির ভার তাঁর স্ত্রীর দুই ভাইয়ের ওপর ছেড়ে দেন। সুলতান বাদাউনে ১৪৪৮ সালে বসেন। ইতিমধ্যে দুই ভাইয়ের মধ্যে বিরোধ সৃষ্টি হয়। একজন নিহত হয় ও দিল্লির লোকেরা আর এক ভাইকে হত্যা করেন। সম্ভবত হাসান খানের প্ররোচনায়, এরা মালিক বাহলুলকে সুলতান হবার জন্য আহ্বান করে। বাহলুল আলাউদ্দীনকে জানান যে উনি সুলতানের মঙ্গলের জন্য দিল্লি যাচ্ছেন। আলাউদ্দীন উত্তরে জানান যে তাঁর সুলতান হবার কোনও ইচ্ছা নেই এবং উনি বাদাউনে সুখে আছেন। বাহলুল আলাউদ্দীনকে বাদাউন থেকে সরাননি। তাঁর মৃত্যুর সময় (১৪৭৬ সাল) পর্যন্ত গঙ্গার পাড়ে খইরাবাদ থেকে হিমালয়ের পাদদেশ পর্যন্ত অঞ্চলে আলাউদ্দীন রাজত্ব করেছিলেন। ওঁর মৃত্যুর পর বাদাউনের ওপর দাবি আলাউদ্দীনের ছেলেদের বদলে ওঁর জামাই-এর ওপর পড়েছিল। জামাই সুলতান হোসেন শাহ শর্কী জৌনপুরের মধ্যে বাদাউনকে নিয়ে নেন।

৩৭ বছর রাজত্ব করার পর সৈয়দ বংশ বাদাউনে শেষ হয়ে যায়। রাজনৈতিক বা সাংস্কৃতিক দিক থেকে এই বংশের অবদান প্রায় কিছুই নেই, যদিও দিল্লি সুলতানাতের ভেঙে যাবার পথে এই বংশ একটা আবশ্যিক স্তর হিসেবে কাজ করেছিল।

৮

লোদী বংশ (১৪৫১-১৫২৬)

দিল্লি সুলতানাতের শেষ রাজত্বকারী বংশ হলো লোদী বংশ। এদের পঁচাত্তর বছরের ইতিহাস জুড়ে ছিল রাজশক্তির সঙ্গে অভিজাতশক্তির লড়াই এবং কেন্দ্রীয় শক্তির সঙ্গে বিকেন্দ্রীকরণের সংঘাত। ওই সংঘাতের মূলে ছিল রাষ্ট্রনীতি সম্পর্কে আফগানদের ধারণা ও রাজশক্তি সম্বন্ধে তাদের আদর্শবোধ। আফগানদের তীব্র উপজাতীয় আদর্শবাদ দিল্লি সুলতানাতের স্বৈরাচারী শাসনব্যবস্থার বিপরীত হওয়ার ফলে সুলতানাতের রাষ্ট্রপদ্ধতির পরিবর্তন ঘটে। আফগানরা উত্তরাধিকার সূত্রে সুলতান হওয়ার বদলে সামরিক দক্ষতাকে বড় করে দেখত। সুলতানের মনোনীত প্রার্থীকে তাদের বিদায় জানাতে কোনও দ্বিধা ছিল না। দিল্লি সুলতানাতের সৈন্যদল গঠনের মধ্যেও পরিবর্তন দেখা যায়। রাজার সৈন্যর বদলে উপজাতিদের সৈন্যরা দলে জায়গা করে নেয়। আফগান সৈন্যগঠনের মধ্যে কিছু ত্রুটি-বিচ্যুতি দেখা যায়। আগে দিল্লির সৈন্যরা কেন্দ্রীয়ভাবে সৈন্যদলে যোগ দিত। এই প্রথা আফগানদের আমলে বদলে যায়। তুর্কিদের সময়ের সুলতানী আদর্শ, বিশেষ অধিকার ইত্যাদির পরিবর্তন হয়। তুর্কি সুলতানদের দাবি ছিল যে কেবল তাঁরাই হাতি রাখার অধিকারী। কিন্তু আফগানদের সময়ে অভিজাতরা হাতি পোষণ করে এবং যুদ্ধক্ষেত্রে নিয়ে আসে। আজম হুমায়ুন সরওয়ানীর কাছে সাতশো হাতি ছিল বলে বলা হয়েছে। কিন্তু এসব সত্ত্বেও লোদীদের যুগে সম্ভবত তাদের গণতান্ত্রিক আদর্শর জন্য একটা প্রাণের স্পন্দন দেখা যায়, যেটা তাদের বংশকে পঁচাত্তর বছর সিংহাসনে রেখেছিল।

এই যুগের রাজনৈতিক বৈশিষ্ট্য হচ্ছে যে সারা উত্তর ভারত জুড়ে বহুসংখ্যক জমিদারের দেখা পাওয়া যায় এই সময়। কৃষকদের সঙ্গে তাদের সরাসরি যোগ থাকার ফলে তারা খুব সুবিধাজনক অবস্থায় ছিল। তারা সহজেই পদাতিক সৈন্য জোগাড় করতে পারত এবং যুদ্ধক্ষেত্রে নিয়ে আসতে পারত। এই সময়ে বেশ কিছু অভিযানকারীর দেখা মেলে। কিন্তু এদের মধ্যে কেন্দ্রীভূত সাম্রাজ্য তৈরি করার প্রচেষ্টা দেখা যায় না। বরং এদের কার্যকলাপের মধ্যে পাওয়া যায় উপজাতিগত বা জাতিগত বৈশিষ্ট্য। এই সব সীমাবদ্ধতা সত্ত্বেও লোদীরা ভালো কাজ করে রাজনৈতিক কাঠামো বাড়িয়েছিল।

এই সময়ে রাজনীতির কেন্দ্র ধীরে ধীরে দিল্লি থেকে আগ্রাতে সরে যেতে থাকে। এখান থেকে রাজ্যশাসন করা ওদের চিন্তায় সহজ হয়েছিল। আগ্রা থেকে এটাওয়া, কোয়েল ও বাদাউন নিয়ন্ত্রণ সহজ ছিল। ওখান থেকে মেওয়াতিদের ওপর নজর রাখাও যেত। এছাড়া শর্কীদের বিরুদ্ধে অভিযান করাও সুবিধেজনক ছিল। এই নতুন রাজধানী থেকে রাজপুতানার কার্যকলাপের ওপর নজর রাখা সম্ভব ছিল।

এই সময়কার আর একটা বৈশিষ্ট্য হচ্ছে বিভিন্ন লড়াকু গোষ্ঠীর মধ্যে সন্ধির জন্য সমঝোতা। সব পক্ষই বুঝেছিল যে অন্যকে একেবারে সমূলে বিনষ্ট করা সম্ভব নয়। প্রথমদিকে চার বছরের মধ্যে বাহলুল লোদী দু'বার শর্কী সুলতানের সঙ্গে সন্ধি করেছিলেন। এই সন্ধির সময়টা কাজে লাগানো হতো ক্ষতি পুষিয়ে নিয়ে পরের যুদ্ধের জন্য প্রস্তুত হওয়ার জন্য। সুতরাং মাঝে মাঝে সন্ধি হলেও লড়াই বছরের পর বছর ধরে চলতেই থাকত।

কিছু কিছু আফগান অভিযানকারী আগে ভারতে এলেও, প্রধানত সুলতান নাসিরুদ্দীন মাহমুদের রাজত্বকালে বহু আফগান পরিবার ভারতে বসতি স্থাপন করে। মেওয়াতিদের বিরুদ্ধে যুদ্ধে ১২৬০ সালে বলবান তিন হাজার আফগান সৈন্য জোগাড় করেছিলেন। পরবর্তীকালে বলবান আফগান সামরিক থানা দিল্লির আশেপাশে বসিয়েছিলেন। এর ফলে তাদের সামরিক ক্ষমতা ও গুরুত্ব বাড়তে থাকে। আলাউদ্দীন খলজীর অভিজাতদের মধ্যে আফগানরা ছিল। সুলতান মুহম্মদ বিন তুঘলকের অধীনে আফগানরা শাসকশ্রেণীর একটি গুরুত্বপূর্ণ অংশ ছিল। এদের মধ্যে কয়েকজন বিদ্রোহ করে এবং মালিক আফগান নিজেকে দৌলতাবাদে স্বাধীন বলে ঘোষণা করেন। *সাদাহ* আমীরদের মধ্যেও আফগানরা ছিলেন। শাসনতান্ত্রিক ক্ষমতা থাকার ফলে আফগানরা তাদের ক্ষমতা সুসংহত করতে সমর্থ হয়। *সাদাহ* আমীর থাকার ফলে চতুর্দশ শতাব্দীর শেষে বহুসংখ্যক আফগান জমিদারদের দেখা পাওয়া যায়। ফিরোজ শাহ তুঘলক উত্তরাধিকার নিয়ম চালু করলে ওদের ক্ষমতা বাড়তে থাকে। পরবর্তী তুঘলকদের সময়ে উত্তরপ্রদেশের বিভিন্ন পদে আফগানদের নিয়োগ হতে থাকে।

বহু লোদী আফগান বাণিজ্যর জন্যে ভারতে আসে। এদের মধ্যে এক বণিক মালিক বাহরাম ভারতে বসবাস করবেন বলে স্থির করেন। উনি মূলতানের শাসনকর্তার কাছে কাজ শুরু করেন। ওঁর পাঁচ ছেলেই মূলতানে বসবাস করতে থাকেন। খিজির খান যখন মূলতানের শাসনকর্তা ছিলেন, তখন এক পুত্র সুলতান শাহ তাঁর কাছে কাজ করছিলেন। মালিক ইকবালের সঙ্গে যুদ্ধে বীরত্বের জন্য ওঁকে ইসলাম খান উপাধি দিয়ে সিরহিন্দের শাসনকর্তা করা হয়। ওঁর ভাই মালিক কালার পুত্রই বাহলুল লোদী। ওঁর পিতার মৃত্যুর পর বাহলুল সিরহিন্দে ওঁর কাকা ইসলাম খানের কাছে গেলে কাকার কন্যার সঙ্গে ওঁর বিবাহ হয়। ইসলাম খান বারো হাজার আফগান সৈন্য তাঁর উপজাতিদের মধ্যে থেকে সংগ্রহ করেছিলেন এবং ওঁর নিজেদের ছেলেদের বদলে বাহলুলকে তাঁর উত্তরাধিকারী মনোনীত করেন। ইসলাম খানের মৃত্যুর পর ওঁর পুত্র কুতুব খান দিল্লিতে এসে সুলতান মুহম্মদ শাহর কাছে সিরহিন্দে বাহলুলের সৈন্য সংগ্রহ করার কথা জানান। সুলতান মালিক সিকান্দার তুহফার সঙ্গে বড় সৈন্যদল

পাঠিয়ে বাহলুলের আফগানদের দিল্লি পাঠাতে বলেন। সিরহিন্দের আফগানরা খবর পেয়ে সিওয়ালিকের কাছে পালায়। মালিক তুহফা জামিন রেখে ওদের আসতে বলেন। ওরা এলে মালিক ফিরোজ লোদীকে বন্দী করা নিয়ে গোলমাল হয়। বহু আফগানের মৃত্যু হয়। কেউ কেউ বন্দী হয়।। এর ফলে বাহলুল কারাভান লুট করে নিজেদের মধ্যে ভাগ বাঁটোয়ারা করে নেন। অল্প সময়ের মধ্যে আফগানরা শক্তিশালী হয়ে ওঠে ও মালিক ফিরোজ লোদী দিল্লি থেকে পালিয়ে আসেন। বাহলুল আবার সিরহিন্দে গিয়ে বসেন ও যুদ্ধে সুলতানী সৈন্যদের হারিয়ে ক্ষমতা বৃদ্ধি করেন। সিরহিন্দ থেকে পাণিপথ পর্যন্ত সব জায়গাই তিনি দখল করে নেন। বাহলুল সুলতানের কাছে আনুগত্য স্বীকার করে চিঠি পাঠান। তিনি দিল্লিতে আসতে পারেন এক শর্তে যদি হাসান খানকে মেরে ফেলা হয়। উজির হামিদ খান হাসান খানকে হত্যা করলে সুলতান বাহলুলকে সিরহিন্দ ও আশপাশের এলাকা দিয়ে দেন। মালবের মাহমুদ খলজীর আক্রমণের সময়ে বাহলুল বিশ হাজার সৈন্য নিয়ে এগিয়ে এসে বীরত্বের সঙ্গে যুদ্ধ করলে সুলতান বাহলুলকে খান-ই খানান উপাধি দেন। সিরহিন্দে ফিরে বাহলুল লাহোর, দিপালপুর, সানাম এবং অন্যান্য কয়েকটি পরগণা তাঁর অধীনে নিয়ে আসেন। এরপরে উনি দিল্লি অবরোধ করে শহর দখল করতে ব্যর্থ হন ও সিরহিন্দে ফিরে আসেন। যদিও বাহলুল এই সময়ে সুলতান উপাধি নিয়েছিলেন, কিন্তু খুৎবা বা মুদ্রাতে এই উপাধি ব্যবহার করেননি। সুলতান মুহম্মদ শাহের এই সময়ে মৃত্যু হয়।

এরপর বাহলুলের দিল্লির মসনদে বসার পক্ষে উপযুক্ত সময় আসে। উত্তরভারতে তখন কয়েকটা শাসক পরিবার শাসন করছিল প্রায় আধা-স্বাধীন হিসেবে। সীমান্ত এলাকা ছিল উপজাতিদের হাতে। আমীর খান মেওয়াতি শাসন করছিলেন মেহরৌলি থেকে দিল্লির কাছ পর্যন্ত। লোদীদের হাতে ছিল সিরহিন্দ, লাহোর, সামানা, হিসার ফিরোজা ও প্রায় পাণিপথ পর্যন্ত। সম্ভল থেকে দিল্লির কাছ পর্যন্ত ছিল দরিয়া খান লোদীর হাতে। খান তুর্কো-বাছা নিয়ন্ত্রণ করছিলেন কোয়েল। বিয়ানা ছিল দাওদ খান আওহাদীর কাছে। হাসান খানের ছেলে কুতুব খানের অধীনেও কয়েকটা জায়গা ছিল। সুলতানের নিয়ন্ত্রণে ছিল দিল্লি ও সংলগ্ন কয়েকটা গ্রাম। মনে হয় বাহলুলের আসল লড়াই ছিল অন্যান্য নেতাদের সঙ্গে, দিল্লির সুলতানের সঙ্গে নয়, যদিও দিল্লি দখল করাই ছিল বাহলুলের প্রধান উদ্দেশ্য।

একটা সৈন্যদল সংগ্রহ করে বাহলুল দ্বিতীয়বার দিল্লি অবরোধ করেন। এবারেও তিনি দিল্লি দখল করতে না পেরে ফিরে আসেন সিরহিন্দে। সুলতান আলাউদ্দীন বাহলুল খানের মনোনীত হামিদ খানকে বন্দী করেন। কিন্তু হামিদ খান পালিয়ে প্রাসাদের হারেমে গিয়ে মহিলাদের ধনরত্ন নিয়ে নেন। ইতিমধ্যে সুলতান আলাউদ্দীন বাদাউনে চলে যান। হামিদ খান এবার সুলতান হবার জন্য উপযুক্ত কাউকে খুঁজতে শুরু করলে, বাহলুল সৈন্য নিয়ে দিল্লিতে আসেন। হামিদ খান দুর্গে আশ্রয় নেন। কিন্তু পরে দু'জনের সমঝোতা হয়ে যায়। কিছুকাল পরে কুতুব খান লোদীর সাহায্যে হামিদকে বন্দী করলে বাহলুলের পথ পরিষ্কার হয়ে যায়।

বাহলুল লোদী (১৪৫১–১৪৮৯)

১৯শে এপ্রিল ১৪৫১ সালে বাহলুল সিংহাসনে বসেন। ফেরিস্তা বলেছেন যে ওঁর দুবার অভিষেক হয়েছিল—দ্বিতীয়বার সুলতান আলাউদ্দীন সুলতান পদ ছাড়ার পর। ওই সময় পর্যন্ত বাহলুল *খুৎবাতে* আলাউদ্দীনের নাম রেখেছিলেন। বাদাউন থেকে আলাউদ্দীন জানান যে তিনি স্বেচ্ছায় সুলতানের পদ ছেড়ে দিচ্ছেন।

বাহলুলের নয় ছেলে ছিল। নিজামুদ্দীন জানাচ্ছেন এরা ছাড়া আরও ৩৪ জন অভিজাত ছিল, যাদের মধ্যে বিভিন্ন আফগান উপজাতি ও তিনজন হিন্দুর নাম পাওয়া যায়। সাধারণ লোকেরা যে আফগান সংস্কৃতির ওপর বিশেষ শ্রদ্ধাশীল ছিল না তারও প্রমাণ পাওয়া যায়। বাহলুলের সামনে যে সমস্যাগুলি ছিল তার জন্য নানারকম কৌশল, দক্ষতা ও অনুগত শাসক শ্রেণীর প্রয়োজন ছিল। আফগান রাষ্ট্রনীতির আদর্শ ছিল বিকেন্দ্রীভূত ক্ষমতা। কিন্তু দিল্লির সমস্যাগুলির সমাধানের জন্য প্রয়োজন ছিল কেন্দ্রীভূত ক্ষমতার ব্যবহার।

বাহলুলের প্রধান সমস্যা ছিল সৈয়দ পরিবার। যতদিন আলাউদ্দীন বাদাউনে বাস করেছেন, সুলতানের পদ ছাড়লেও, লোদীদের একছত্র ক্ষমতা প্রতিষ্ঠিত হতে পারে নি। এমন সব অভিজাত ছিল যারা আলাউদ্দীনকে আইনগত সুলতান বলে মনে করত এবং তারা লোদীকে সুলতান বলে মানতে রাজি ছিল না। এছাড়া জৌনপুরের শর্কী সুলতান ছিলেন সৈয়দ সুলতানের জামাই। উনি মনে করতেন যে দিল্লির সিংহাসনে বসার দাবি তাঁর বেশি। এরপর ছিল হামিদ খানের দলবল। সুতরাং বাহলুল লোদীর ভিতরে ও বাইরে নানারকম সমস্যা ছিল, যার ফলে ওঁকে খুব সাবধানতার সঙ্গে এগোতে হয়েছিল।

বাহলুলের দুটি জরুরি সমস্যা ছিল—একটা হল কোষাখানা নিয়ন্ত্রণ করা ও অন্যটি রাজধানীতে শান্তি ও শৃঙ্খলা ফিরিয়ে আনা। বাহলুল আফগান সৈন্যদের দিয়ে দুর্গ, কোষাখানা, আস্তাবল ইত্যাদি রক্ষণাবেক্ষণ শুরু করলেন। শহরের মধ্যেও সৈন্য লাগিয়ে শৃঙ্খলা আনা হল। এরপর মূলতান গিয়ে সেখানে শৃঙ্খলা নিয়ে আসেন।

মূলতানে লাঙ্গা উপজাতিদের উত্থানের ফলে শেখ বাহাউদ্দীন জাকারিয়ার বংশধর, শেখ ইউসুফ মূলতান ছেড়ে বাহলুলের কাছে আশ্রয় নিয়েছিলেন। শেখ ইউসুফের পুত্রের সঙ্গে বাহলুলের কন্যার বিয়ে হয়। শেখ চাইছিলেন যে বাহলুল লাঙ্গাদের দমন করুন। ১৪৬৮–১৪৬৯ সালে কুতুবুদ্দীন লাঙ্গা মারা গেলে বাহলুল মূলতানের দিকে রওনা হন। পথে খবর পান যে শর্কী সুলতান দিল্লির দিকে আসছেন। উনি তৎক্ষণাৎ দিল্লি ফিরে আসেন। এরপর তিনি *ফারমান* পাঠিয়ে রোহ-এর আফগানদের ভারতে আসতে বললে বহু আফগান ভারতে এসে বসবাস শুরু করে।

শর্কী শাসকের সঙ্গে সংঘর্ষ

বাহলুল পাঞ্জাবের দিকে গেলে, সুলতান মাহমুদ শর্কী দিল্লি আক্রমণের পরিকল্পনা করেন। সমকালীন আফগান ঐতিহাসিকরা বলেছেন যে আলাউদ্দীনের কয়েকজন অভিজাত মাহমুদ শর্কীকে দিল্লি আসার আহ্বান জানিয়েছিল। বাহলুল মাহমুদকে

সন্তুষ্ট করার চেষ্টা করে ব্যর্থ হন। মাহমুদ একলক্ষ সত্তর হাজার সৈন্য নিয়ে ১৪৫০ সালে দিল্লি আসেন। ওঁর সঙ্গে পদাতিক ছাড়া চোদ্দশো যুদ্ধের হাতি ছিল। বাহলুল তখন সিরহিন্দে ছিলেন। খবর পেয়ে উনি দিল্লির দিকে রওনা হন।

দিল্লি দুর্গ অবরোধ করা হলে আফগানরা দুর্গ রক্ষার চেষ্টা করেন। ইসলাম খানের বিধবা বিবি মাট্টু দুর্গের মহিলাদের পুরুষের পোষাক পরিয়ে দুর্গ রক্ষা করতে থাকেন। বাইরে থেকে শর্কীর সৈন্যরা জ্বলন্ত কাপড় দুর্গের ভিতর ফেলতে শুরু করলে দুর্গের লোকেদের যাতায়াত কঠিন হয়ে পড়ে। এর ফলে সৈন্যরা দুর্গ ছেড়ে দেবার জন্য কথাবার্তা শুরু করে। ওরা মাহমুদের প্রধান সেনাপতি দরিয়া খান লোদীকে গোপনে নিজেদের দলে আনতে সমর্থ হয়।

ইতিমধ্যে বাহলুল পনেরো হাজার সৈন্য নিয়ে দিল্লির সত্তর মাইলের মধ্যে এসে পড়েছেন। সেইসময় মাহমুদ ত্রিশ হাজার সৈন্য সহ ফৎ খান হারডি ও দরিয়া খান লোদীকে পাঠান বাহুলুলের বিরোধিতা করার জন্য। যুদ্ধের মধ্যে দরিয়া খান লোদী তাঁর সৈন্যদের নিয়ে হঠাৎ চলে গেলে ফৎ খান পরাজিত হন। এর ফলে মাহমুদ পিছু হটে জৌনপুরে চলে যান। বাহলুল ওঁকে তাড়া করে প্রচুর মালপত্র পান।

এই যুদ্ধ জেতার ফলে বাহলুলের সম্মান বেড়ে যায়। উনি স্থির করেন যে বিক্ষুব্ধ অভিজাতদের দমন করা দরকার। মেওয়াতের আহমদ খান বশ্যতা স্বীকার করেন এবং ভবিষ্যতে বাহলুলের প্রতি নিষ্ঠা প্রকাশ করে ওঁর কাকাকে জামিন রাখেন। বাহলুল ওর ইক্তা কমিয়ে দেন। সম্ভলের শাসনকর্তা দরিয়া খান লোদী প্রথমে শর্কী সুলতানের সঙ্গে যোগ দিয়েছিলেন। কিন্তু পরে বাহলুলের সঙ্গে যোগ দেন। ওঁর ইক্তাও ছোট করে দেওয়া হয়। বাহলুল এবার স্থানীয় শাসনের দিকে নজর দিলেন। ছোট শাসকরা সবাই ওঁর বশ্যতা স্বীকার করলেও রূপড়ির কুতুব খান স্বীকার করলেন না। শেষ পর্যন্ত ছোট একটা যুদ্ধের পর তিনি বশ্যতা স্বীকার করেন।

শর্কী শাসকদের সঙ্গে লড়াই বাহলুলের প্রধান সমস্যা হয়ে দাঁড়ায়। ১৪৫২ সালে যুদ্ধ চলতে থাকলে একটা সমঝোতা হয় যার ফলে মাহমুদ শামসুদাবাদ শহর বাহলুলকে দিতে রাজি হন এবং মাহমুদ ইব্রাহিম শর্কীর এলাকাতে স্বাধীনভাবে থাকবেন স্থির হয়। কিন্তু বাহলুল রাজা করণকে শামসুদাবাদ দখল নিতে পাঠালে মাহমুদের শাসক শহর ছাড়তে রাজি হয় না। বাহলুল নিজে গিয়ে শহর দখল করলে, মাহমুদ যুদ্ধের জন্য এগিয়ে আসেন। যুদ্ধে কুতুব খান বন্দী হলেও যুদ্ধ অমীমাংসিতভাবে শেষ হয়। ১৪৫৯ সালে মাহমুদের মৃত্যু হলে যুদ্ধ কিছুকাল বন্ধ থাকে। নতুন চুক্তির ফলে শর্কীরা শামসুদাবাদ ফিরে পায়।

কুতুব খান ছিলেন বাহলুলের স্ত্রীর ভাই। চুক্তির মধ্যে কুতুব খানের ছাড়া পাওয়ার কোনও শর্ত ছিল না। ফলে বাহলুল আবার যুদ্ধে যেতে মনস্থ করেন। জৌনপুরের নতুন সুলতান মুহম্মদ শাহ সুসংহত অবস্থায় ছিলেন না। কিছু কিছু অভিজাত ওঁর বিরুদ্ধে ছিলেন। বাহলুলের আসার খবর শুনে, মুহম্মদ শাহ শামসুদাবাদ থেকে রাজা করণকে হঠিয়ে দেন। রাজা প্রতাপ বাহলুলকে ছেড়ে শর্কীদের দলে যোগ দেন। দুই সৈন্যদল মুখোমুখি হয় রূপড়িতে। বাহলুলের কয়েকজন

অভিজাত শর্কীদের দলে যোগ দেন। যুদ্ধে মুহম্মদ শাহের মৃত্যু হয়। সুলতান হোসেন শর্কীর ছোট ভাই জালাল খান জৌনপুরে সিংহাসনে বসার পরই যুদ্ধ করতে আসেন ও বন্দী হন। যুদ্ধসন্ধি বিনিময়ের ফলে তিনি ও কুতুব খান ছাড়া পান। চার বছরের জন্য সন্ধি হয়। শর্কীরা শামসুদাবাদ রাখে। রাজা প্রতাপ বাহলুলের দলে যোগ দেন।

তবে এই চুক্তি হওয়া সত্ত্বেও যুদ্ধ থামেনি। হোসেন শর্কীর সারাজীবন ধরে ওই যুদ্ধ চলেছিল। দিল্লির রাজনীতি ওই যুদ্ধের উপরই আবর্তিত হতে থাকে। হোসেন শর্কী জৌনপুর থেকে সরে গেলে ও শর্কীযুগ নিশ্চিহ্ন হয়ে গেলেও এই যুদ্ধের বিরাম হয় না।

শামসুদাবাদ হাতছাড়া হওয়া বাহলুল মেনে নিতে পারেননি। তিনি ওখান থেকে জৌনা খানকে জোর করে সরিয়ে রাজা করণকে শাসনকর্তা করেন। বাহলুল হিন্দু রাজা ও জমিদারদের সাহায্য পাবার জন্য রাজা প্রতাপের ছেলে বীর সিং দেওলকে দরিয়া খানের নিশান ও ঢাক দেন। দরিয়া খান ক্ষুব্ধ হয়ে বীর সিংকে হত্যা করেন। কিন্তু বাহলুল দরিয়া খানকে কিছু করতে পারেননি।

ইতিমধ্যে চন্দওয়ারে শর্কীদের সঙ্গে বাহলুলের সাতদিনের যুদ্ধ অমীমাংসিতভাবে শেষ হলে তিন বছরের চুক্তি হয়। এই সময়ে হোসেন শাহ বাহলুলের কয়েকজন অভিজাতকে নিজের দলে টেনে আনেন। দল বাড়ার ফলে হোসেন শাহ এক লক্ষ সৈন্য ও এক হাজার হাতি নিয়ে দিল্লি যাত্রা করেন। বাহলুল মালবের খলজীর কাছ থেকে দুহাজার ঘোড়ার বিনিময়ে সাহায্য চান। মাহমুদ রাজি হন। কিন্তু হোসেন এর মধ্যে এলে বাহলুল এগিয়ে আসেন, যদিও যুদ্ধ করার মতো অবস্থা তাঁর ছিল না। অপমানকর চুক্তির পরিবর্তে বাহলুল যুদ্ধ করা মনস্থ করলেন। ইতিমধ্যে হোসেন তাঁর সৈন্যদলের বড় একটা অংশকে বিভিন্ন দিকে লুটতরাজের জন্য পাঠিয়েছেন। এই সুযোগে বাহলুল তীব্রবেগে আক্রমণ করে হোসেনকে পরাজিত করেন। হোসেন যুদ্ধক্ষেত্র থেকে পালান এবং ওঁর হারেম বাহলুলের দখলে আসে।

যুদ্ধে জিতলেও বাহলুল শর্কী শাসকের সঙ্গে সন্ধি করতে চান। হোসেনের মায়ের মৃত্যুর পর বাহলুল ওঁকে শোকবার্তা পাঠান। ওই বছর সুলতান আলাউদ্দীন মারা গেলে হোসেন বাহলুলের সঙ্গে দেখা করে শোক জ্ঞাপন করেন। কিন্তু হোসেন পরাজয়ের কথা ভোলেননি। ১৪৭৯ সালে উনি শামসুদাবাদ দখল করে দিল্লি অভিযান করেন। কিন্তু দুর্গ দখল করার প্রচেষ্টা ব্যর্থ হয়। সন্ধির কথাবার্তা এগোলে হোসেন জৌনপুরের দিকে রওনা হয়ে যান। বাহলুল ওঁর পিছনে আক্রমণ করে ওঁর মালপত্র লুণ্ঠন করেন এবং বহু অভিজাত ও মালিক জাঁহাকে বন্দী করেন। এর মধ্যে হোসেনের উজীর কুতলুঘ খান ছিলেন। হোসেন ফিরে আক্রমণ করলে যুদ্ধে পরাজিত হন। চুক্তির পরে যে সব পরগণা উনি দখল করেছিলেন, সেগুলি বাহলুলকে দিতে বাধ্য হন।

বাহলুল এবার এটওয়া দখল করে হোসেন শর্কীর ভাইকে ওখান থেকে সরিয়ে দিয়ে মুবারক খান লোহানীর ছেলেকে বসান। এরপর কাল্পি দখল করতে গেলে হোসেন শাহর সঙ্গে যুদ্ধ হয়। হোসেন জৌনপুরে পালালে, বাহলুল জৌনপুর দখল

করেন। হোসেন শাহ কনৌজে পালান। বাহলুল পিছনে তাড়া করলে হোসেন রামগঙ্গার কাছে যুদ্ধে হেরে বিহারে পালান। বাহলুল বারবেক শাহকে জৌনপুরের শাসক করে দেন। কিন্তু হোসেন বিহার থেকে সৈন্য নিয়ে এসে জৌনপুর দখল করলে, বাহলুল আবার এসে ওঁকে যুদ্ধে হারান। বাহলুল জৌনপুর সুরক্ষিত করে বারবেককে বসিয়ে কাল্পি, ঢোলপুর ও বারি দখল করেন। জৌনপুরের শর্কী শাসন প্রায় নিশ্চিহ্ন হয়ে যায়।

পরপর কয়েকটা যুদ্ধে জেতার পর ও জৌনপুরের দখল নেবার পর বাহলুলের উচ্চাকাঙ্ক্ষা বেড়ে যায়। তিনি মালবের সুলতান গিয়াসুদ্দীন খলজীর (১৪৬৯–১৫০১) বিরুদ্ধে যুদ্ধ যাত্রা করেন, কিন্তু পরাজিত হয়ে ফিরে আসেন। বাহলুল তাঁর রাজ্য তাঁর ছেলেদের ও আত্মীয় অভিজাতদের মধ্যে ভাগ করে দেন। বারবেক শাহ পান জৌনপুর। মুবারক শাহ নুহানীকে কারা ও মানিকপুর দেওয়া হয়। শেখ মুহম্মদ কুরবান ফারমূলী পান ভইরচ। আজম হুমায়ুন পান লখনৌ ও কাল্পি। খান-ই জাঁহা লোদী পান বাদাউন। নিজাম খানকে দেওয়া হয় পাঞ্জাব ও দোয়াবের কিছু অংশ। এটা বলা শক্ত যে এই বিভাজন আফগান পরম্পরা মেনে করা হয়েছিল কিংবা এই বিভাজন বাহলুলের রাজনৈতিক অভিজ্ঞতার ফসল।

কাশ্মীরে উত্তরাধিকার নিয়ে গোলমাল শুরু হলে, বাহলুল পাঞ্জাবের শাসনকর্তাকে বাহরাম খানকে সাহায্য করার নির্দেশ দেন। কিন্তু যুদ্ধে বাহরামের মৃত্যু হয়। কাশ্মীরিরা পাঞ্জাব আক্রমণ করলে তাতার খান তাদের পরাজিত করে শিয়ালকোট নিজের দখলে রাখেন। কিন্তু ১৪৮৪ সালে তাতার খান শ্রীনগর আক্রমণ করলে পরাজিত হন ও তাঁর মৃত্যু হয়। পরে দিল্লির পশ্চিমের মুক্তা ইউসুফ খান বিদ্রোহী হলে নিজাম খান (পরবর্তী সুলতান সিকান্দার লোদী) ও অন্যান্য বিশিষ্ট অভিজাতরা যুদ্ধে পরাজিত করে। ১৪৮৮ সালে বাহলুল গোয়ালিয়র, হিসার-ফিরোজা, এটওয়া প্রভৃতি জায়গার রাজাদের বিরুদ্ধে গিয়ে বশ্যতা স্বীকার করান। তবে দিল্লিতে ফেরার পথে বাহলুল অসুস্থ হয়ে পড়েন ও ১২ই জুলাই ১৪৮৯ সালে মারা যান।

মূল্যায়ন

পিতৃহীন বাহলুল নিজের দক্ষতায় সিরহিন্দের শাসনকর্তা থেকে সুলতান হয়েছিলেন। ওঁর শাসনক্ষমতা পাঞ্জাব থেকে বিহারের সীমান্ত পর্যন্ত বিস্তৃত ছিল। রাজপুতানার কিছু অংশ ওঁর সীমানার মধ্যে ছিল। বারি, ঢোলপুর ও গোয়ালিয়রের শাসকরা ওঁর বশ্যতা স্বীকার করে উপঢৌকন পাঠাতেন। বাহলুল রাজনৈতিক দিক থেকে ছিলেন বাস্তববাদী ও নিজের উদ্দেশ্য সাধনের জন্য কোনও প্রকার ছল-চাতুরী বা কথার খেলাপ অনৈতিক বলে মনে করতেন না। শর্কীদের বিরুদ্ধে দরিয়া খানকে ঘুষ দিতে কোনও বাধা হয়নি।

বাহলুল আটত্রিশ বছর রাজত্ব করেছেন এবং এতদিন একনাগাড়ে রাজত্ব খুব কম সুলতানই করেছেন। সমসাময়িক রাজনৈতিক অবস্থায় যখন প্রাদেশিক শাসনকর্তারা বিদ্রোহ করে স্বাধীন হচ্ছে, যখন কেন্দ্রীভূত শক্তি ক্রমশ দুর্বল হয়ে পড়ছে, ওই সময়ে

বাহলুল কেন্দ্রীয় শাসন ক্ষমতা বাড়িয়েছেন ও সীমানা অটুট রাখতে পেরেছেন। আফগান গণতান্ত্রিক ভাবাবেগ ও আদর্শের প্রতি শ্রদ্ধা জানালেও বাহলুল রাজকীয় অধিকার ছাড়েননি।

বাহলুলের রাজত্বের দুটি প্রধান সমস্যা ছিল— জৌনপুরের শর্কী শাসকদের সঙ্গে লড়াই ও দোয়াবের রাজপুত রাজাদের দমন। শর্কী শাসকদের উনি জৌনপুর থেকে সরিয়ে দিতে পেরেছিলেন এবং রাজপুত রাজারা বশ্যতা স্বীকার করেছিল।

সামরিক শক্তির পরিচালনায় বিশেষ ব্যস্ত থাকায় বাহলুল অসামরিক শাসনের দিকে মনোযোগ দিতে পারেননি। দিল্লি সুলতানাতের যে কাঠামো ছিল উনি তার কোন পরিবর্তন করেন নি। কোনও কোনও জায়গায় বাহলুল দুজন আমলাকে নিয়োগ করেছেন। কিন্তু বাহলুল পরবর্তীকালে বিখ্যাত হয়েছিলেন *বাহলুলি* মুদ্রা চালু করে। সেটি আকবরের সময় পর্যন্ত প্রধান মুদ্রা হিসেবে চলতে থাকে।

বাহলুলের ব্যক্তিগত জীবন ছিল সরল ও অনাড়ম্বর। সকাল থেকে তিনি লোকেদের আর্জি শুনতেন ও পরবর্তী সময় উলেমাদের সঙ্গে কাটাতেন। ধার্মিক অনুষ্ঠান নিয়ম করে করলেও, বাহলুল ধর্মান্ধ ছিলেন না। বহু রাজপুত রাজা ও হিন্দু জমিদাররা ওঁর ওপর বিশ্বাস রাখতেন এবং বাহলুল তাদেরকে বড় বড় ও গোপন এবং গুরুত্বপূর্ণ কাজে লাগিয়েছিলেন।

বাহলুল সর্বসাধারণের সামনে আফগান পরম্পরা মেনে চলতেন। সমসাময়িক লেখক মুস্তাফি বলেছেন যে বাহলুল সিংহাসনে বসতেন না—একটা ছোট কার্পেটের উপর বসতেন। তাঁর অভিজাতরা দরবারে তাঁর পাশে বসতেন। তাঁর খাবারও আসত কোনও না কোনও অভিজাতর বাড়ি থেকে। তিনি রাজার আস্তাবলের ঘোড়া চড়তেন না। কোনও না কোনও অভিজাত ঘোড়া পাঠাতেন। তাঁর নিজের কোনও দেহরক্ষী ছিল না। বাহলুলের সরকার চলত আফগান *বেরাদারীর* প্রথায়, যেটা সিকান্দার লোদী স্বীকার করে গিয়েছেন।

সিকান্দার লোদী (১৪৮৯–১৫১৭)

বাহলুলের মৃত্যুর স্বল্প পরেই প্রধান অভিজাতরা দিল্লির বাইরে মিলাউলিতে বাহলুলের উত্তরসূরীর খোঁজে মিলিত হয়। এদের মধ্যে তিনটি দল ছিল যারা তিন যুবরাজের পক্ষে ছিল। এই তিন যুবরাজ হলেন নিজাম খান, বারবেক শাহ ও আজম হুমায়ুন। নিজাম খানের মা ছিলেন এক হিন্দু স্বর্ণকারের মেয়ে এবং উনি জোরালোভাবে নিজ পুত্রের প্রতি সমর্থন জানান। ঈশা খান লোদী বারবেক শাহকে সমর্থন করছিলেন। তিনি জানান একজন হিন্দু স্বর্ণকারের নাতির সিংহাসন আরোহণের অধিকার নেই। এতে নিজাম খানের মা অপমানিত হন। খান-ই-জাঁহা এই অপমানের প্রতিবাদ করেন। এরপর এদের মধ্যে বাদানুবাদ হয় এবং নিজাম খান ই শেষপর্যন্ত তাঁর সমর্থকদের নিয়ে বাহলুলকে সমাধিস্থ করেন। ১৬ই জুলাই ১৪৮৯ সালে কালী নদীর ধারে একটা টিলার ওপর (*যেটি কৌশিকি-ফিরোজ* নামে খ্যাত)

নিজাম খানের অভিষেক হয়। এরপর উনি দিল্লি রওনা হয়ে যান। ওঁর প্রধান সমস্যা হয় আফগান অভিজাতদের ওঁর আনুগত্য স্বীকার করানো।

অভিজাতদের বিরুদ্ধে অভিযান

সিকান্দার রূপড়িতে তাঁর ভাই আলম খান লোদীর বিরুদ্ধে অভিযান করেন। আলম খান পাতিয়ালিতে পালিয়ে ঈশা খান লোদীর শরণাপন্ন হন। পরে আলম খান আনুগত্য স্বীকার করলে, সিকান্দার ওঁকে এটাওয়ার ভার দেন। খান জাঁহা লোদীকে রূপড়ি দেওয়া হয়। এরপরে পাতিয়ালিতে ঈশা খান লোদীকে হারিয়ে রাজা গণেশকে পাতিয়ালি দেওয়া হয়। ঈশা খান যুদ্ধে মারা যান। সিকান্দারের ভাই বারবেক শাহ জৌনপুরে আনুগত্য স্বীকার করতে অস্বীকার করলে কনৌজের সামনে যুদ্ধ হয়। সিকান্দার যুদ্ধে জিতলেও, বারবেকের সেনাপতি শেখ মুহম্মদ কুরবানকে ক্ষমা করেন। বারবেক বাদাউনে পালালে ওখানে বন্দী হন। সিকান্দার ওঁকে ক্ষমা করে জৌনপুরের ভার দেন। এই উদারতার ফলে ভাইরা সন্তুষ্ট থাকে। কিন্তু সিকান্দার জৌনপুরের আশেপাশের পরগণাগুলি তাঁর বিশ্বস্ত অভিজাতদের দেন যাতে বারবেক বিদ্রোহী হয়ে শর্কীদের না ডাকতে পারে।

এরপর রাজপরিবারে কেবলমাত্র আজম হুমায়ুন ওঁর বিরুদ্ধে রয়ে গেলেন। সিকান্দার ওঁর বিরুদ্ধে অভিযান করে ওঁকে পরাজিত করেন এবং মাহমুদ খান লোদীকে কাল্পির ভার দেন। এটাই সম্ভবত প্রথমবার যখন সিকান্দার এক বিদ্রোহীকে তার নিজস্ব জায়গায় রাখলেন না। এরপর সিকান্দার জৈথরার শাসনকর্তা তাতার খান লোদীর বিরুদ্ধে অভিযান করেন। উনি বশ্যতা স্বীকার করলে ওঁকে ওখানেই রাখা হয়। সিকান্দার এবার বিয়ানার বিরুদ্ধে অভিযান করেন। এর নেতা সুলতান আসরফ স্বাধীনভাবে ক্ষমতা ভোগ করছিলেন। ওঁর পিতা সুলতান আহমদ জিলানী হোসেন শর্কীকে সাহায্য করেছিলেন এবং ওর পরাজয়ের পর প্রায় স্বাধীন হয়ে গিয়েছিলেন। সিকান্দার শর্কীদের এলাকা দিল্লির মধ্যে নিয়ে আসার পরিকল্পনা করেছিলেন। বিয়ানার বদলে আসরফকে অন্য জায়গা দেবার প্রস্তাব দেন সিকান্দার। আসরফ প্রথমে রাজি হলেও, পরে আপত্তি জানান। সিকান্দার আগ্রার দুর্গ দখল করেন। এই দুর্গটি ছিল হইবৎ জিলানীর অধীনে। জিলানী ছিল আসরফের প্রতি অনুগত। এরপর আসরফ বশ্যতা স্বীকার করলে বিয়ানা দিল্লির অন্তর্ভুক্ত হয় ১৪৯১ সালে। খান-ই খানান ফারমূলীকে বিয়ানার ভার দেওয়া হয়।

দিল্লিতে ফেরার কয়েকদিন পরে সিকান্দার খবর পান যে বাচগোতী রাজপুতরা জুগার অধীনে জৌনপুর আক্রমণ করেছে। ওদের সঙ্গে প্রায় এক লক্ষ সৈন্য আছে। এরা মুবারক খান নুহানীকে বন্দী করে। মুবারকের ভাই শের খান ওই যুদ্ধে মারা যান। এরপর বারবেক শাহ দরিয়াপুরে পলায়ন করেন। ওই সংবাদ পাওয়া মাত্র ১৪৯১ সালে সিকান্দার জৌনপুরের দিকে যাত্রা করেন। বারবেক শাহ ওঁর সঙ্গে মিলিত হন। ওঁর আসার খবর পেয়ে মুবারককে ছেড়ে দেওয়া হয়। ডালমাও পরগণার কাছে কাঠগড়ে সিকান্দার জুগার সৈন্যদলকে আক্রমণ করেন। জুগা যুদ্ধ না করেই

পালায় সুলতান হোসেন শর্কীর কাছে। জুগাকে সমর্পণ করার কথা হোসেন শর্কীকে বলা হলে উনি বিহারে পালিয়ে যান। সুলতান বারবেককে জৌনপুরে বসালেও স্থানীয় জমিদাররা বারবেক শাহকে জৌনপুর থেকে তাড়িয়ে দেয় হোসেন শাহর কয়েকজন অভিজাতর সাহায্যে। বারবেক শাহ্ অত্যন্ত অকর্মণ্য বলে সিকান্দার তাকে বন্দী করার আদেশ দিয়ে নিজে অভিযানে যান। ওখানে বিভিন্ন দুর্গ দখল করে ও বিদ্রোহীদের দমন করে সিকান্দার শের খানের বিধবা স্ত্রীকে বিবাহ করেন।

সিকান্দার এবার হোসেন শাহর সাহায্যকারী রাজা ভীমকে আক্রমণ করলে তিনি পালান। ওঁর পুত্র বীরসিং যুদ্ধে পরাজিত হন। সিকান্দার যখন এই অভিযানে ব্যস্ত ছিলেন তখন হোসেন শাহ শর্কী বিহার থেকে সৈন্যদল নিয়ে অভিযান করেন। সিকান্দার গঙ্গা পেরিয়ে বারাণসীর ত্রিশ মাইল দূরে যুদ্ধে হোসেন শাহকে পরাজিত করলে হোসেন শাহ বাংলার অধীনে ভাগলপুরে আশ্রয় নেন। এরপর মহাবৎ খানকে বিহারে রেখে সিকান্দার ভাগলপুরে যান। পথে তিরহুতের রাজা ওঁর বশ্যতা স্বীকার করেন। বাংলার সুলতান আলাউদ্দীন সৈন্য পাঠান সিকান্দারের বাংলা অভিযান বন্ধ করার জন্য। পাটনার কিছুদূরে বার নামক শহরে এই দুই দলের লড়াই অমীমাংসিত থাকে। শেষপর্যন্ত সন্ধিতে ঠিক হয় যে আলাউদ্দীন সিকান্দারের শত্রুদের আশ্রয় দেবেন না এবং সিকান্দারও আর এগোরেন না। আলাউদ্দীন বিহারের কতকগুলি অংশে সিকান্দারের শাসন স্বীকার করবেন। সিকান্দারের পরবর্তী পদক্ষেপ হয় জৌনপুরে ফিরে এসে শর্কীদের তৈরি বাড়িগুলি ভেঙে দেওয়া। রেওয়ার রাজা হোসেন শর্কীকে আমন্ত্রণ করায়, সিকান্দার রেওয়া আক্রমণ করে সারা দেশে লুটতরাজ চালান। কিন্তু বন্ধোগড় দুর্গ দখল করতে পারেন না। ওখান থেকে জৌনপুরে এসে তিনি শাসনতান্ত্রিক সংস্কার করেন।

১৪৯৯ থেকে ১৫০৩ সাল পর্যন্ত সিকান্দার জৌনপুরে ছিলেন। ওঁর অনুপস্থিতির সুযোগে প্রায় বিশজন বিক্ষুব্ধ অভিজাত ওঁকে হত্যা করে যুবরাজ ফৎ খানকে সুলতান করার ষড়যন্ত্র করে। ফৎ খান এই খবর জানিয়ে দিলে কয়েকজনকে ধরে হত্যা করা হয়। বাকিরা গোয়ালিয়র ও গুজরাটে পালায়। ইতিমধ্যে ঢোলপুরের রাজা বিয়ানার শাসককে হঠিয়ে দিলে, সিকান্দার ঢোলপুরে অভিযান করে দখল করেন। এরপর গোয়ালিয়রও করায়াত্ত হয়। অবশ্য পরে সমঝোতা হলে গোয়ালিয়র ও ঢোলপুর আগেকার রাজাদের ফিরিয়ে দেওয়া হয়।

১৫০৬ সালে বহু খোঁজাখুঁজির পর সিকান্দার আগ্রা শহরে পত্তন করেন। অন্যান্যদের সঙ্গে সিকান্দার নিজে দিল্লি থেকে নৌকা করে গিয়ে উঁচু জায়গা দেখে স্থান নির্বাচন করেন। দেওলী পরগণার দুটি গ্রাম—বাসী ও পইয়া শহরের জন্য নির্বাচন করা হয়। বিয়ানা সরকারের ৫২টি পরগণা থেকে ৯টি পরগণা এর মধ্যে নিয়ে আসা হয়।

১৫০৬ সালে সিকান্দার গোয়ালিয়র ও অন্যান্য জায়গায় সৈন্য পাঠিয়ে দখল করতে ব্যর্থ হন। কিন্তু ১৫১০ সালে মালবে গৃহযুদ্ধ শুরু হলে, সিকান্দার চান্দেরী দখল করেন। মালবের কয়েকটি জায়গা দখল করে, ১৫১১ সালে সিকান্দার রণথম্ভর

দুর্গ আক্রমণ করে দখল করতে ব্যর্থ হন। রণথম্ভরের শাসক ভোর সিকান্দারের বশ্যতা স্বীকার করেন।

মূল্যায়ন

২১শে নভেম্বর ১৫১৭ সালে সিকান্দার সম্ভবত ডিপথেরিয়া রোগে মারা যান। মধ্যযুগের ভারতীয় ইতিহাসে সিকান্দার লোদী এক আকর্ষণীয় ব্যক্তিত্ব ছিলেন। সুলতানের ক্ষমতা ও মর্যাদা বাড়ানোর জন্য উনি কতকগুলি পথ নিয়েছিলেন। আফগান অভিজাতরা তাদের পরম্পরা ছেড়ে ওঁর আনুগত্য স্বীকার করতে বাধ্য হয়। (১) সিকান্দার সিংহাসনে বসতেন ও অভিজাতদের দাঁড়িয়ে থাকতে হত, যা বাহলুলের সময়ের প্রথা থেকে ভিন্ন ছিল। (২) বিভিন্ন জায়গায় তাঁর *ফারমান* গ্রহণ করার নিয়ম চালু করেছিলেন। শাসকরা মাথায় এটি ঠেকিয়ে মসজিদ থেকে সুলতানের জারি করা ফারমান সকলকে পড়ে শোনাত। (৩) অভিজাতদের ক্ষমতা অনেক কমিয়ে দেওয়া হয়। দিওয়ান-ই ওয়াজিরাতে তাদের হিসাব পরীক্ষা করা হতো ও কোনওরকম বিচ্যুতি ঘটলে শাস্তি পেতে হতো। (৪) সুলতানের নিজস্ব গুপ্তচর বাহিনী ছিল যারা নিয়মিত সংবাদ পাঠাত। সুলতান ছদ্মবেশে বিভিন্ন মহল্লা ঘুরতেন।

সুলতান নিজে একজন দক্ষ শাসক ছিলেন এবং সকাল থেকে রাত পর্যন্ত রাজকার্য করতেন। তিনি মাঝরাতে খেতেন এবং তার আগে ব্যক্তিগত দেখাসাক্ষাৎ করতেন। সুলতানের বিচার ব্যবস্থার দায়িত্ব ছিল মিঞা ভূঁইয়ার উপর। সুলতান নিজেও বিচার করতেন। দরিয়া খান সকাল থেকে রাত পর্যন্ত দরবারে আর্জি গ্রহণ করতেন। এর ফলে রাজ্যে শান্তি ও শৃঙ্খলা ছিল। সমসাময়িক প্রায় সব লেখকই এই সময়ে রাজ্যের সমৃদ্ধির কথা বলেছেন। খাবারের ও অন্যান্য জিনিসের দাম কম ছিল। কিন্তু মুদ্রার চালান বিশেষ না থাকায় ও বৈদেশিক বাণিজ্য না থাকায় মুদ্রা সঙ্কোচনের ফলে জিনিসপত্রের দাম কমে গিয়েছিল। ১৪৯৬ সালের অনাবৃষ্টির ফলে কৃষি উৎপাদন ব্যহত হয়। এছাড়া অবশ্য কৃষি উৎপাদনের ঘাটতি ছিল না। সুলতান কৃষিপণ্যের ওপর আমদানি কর বাতিল করেছিলেন। তিনি একধরনের মাপ চালু করেন যাকে *গজ-ই সিকান্দারী* বলা হয়। ভূমি রাজস্বের তালিকাও সিকান্দার তৈরি করেছিলেন। এই তালিকার উপর নির্ভর করে বাবরের সময়ে সারণী তৈরি হয়েছিল।

সর্বসাধারণের নৈতিক জীবনযাত্রা সম্বন্ধে সিকান্দারের সজাগ দৃষ্টি ছিল। ভইরচে মে-জুন মাসে সালার মাসুদ গাজীর স্মরণে যে শোভাযাত্রা হতো, সেটা উনি বন্ধ করে দেন। কারণ শোভাযাত্রার পরে ওখানে অনৈতিক কার্যকলাপ হতো বলে উনি মনে করতেন। মহিলাদের সাধুসন্তদের সমাধিতে যাওয়া, যা ফিরোজ শাহ তুঘলক বন্ধ করার পর আবার চালু হয়েছিল, সেটাও উনি বন্ধ করে দেন। সিকান্দার শীতলাপূজাও বন্ধ করে দেন। তবে বিভিন্ন কবি, শিল্পী, লেখকদের সিকান্দার নানারকমভাবে সাহায্য করতেন। তিনি *গুলরুখী* নামে কবিতাও লিখেছেন। আরব ও পারস্য দেশের গুণীজ্ঞানীরা ওঁর সভায় সাদর অভ্যর্থনা পেত। প্রতি রাতেই সত্তর জন জ্ঞানী ওঁর

কাছে বসে বিভিন্ন বিষয়ে আলোচনা করতো। উনি মুসলিম শিক্ষার পরিবর্তন করে কয়েকটা যুক্তিবাদী বিষয় পড়ানোর ব্যবস্থা করেছিলেন।

এত গুণের অধিকারী হয়েও অন্যদিক থেকে সিকান্দার ছিলেন সংকীর্ণমনা ও ধর্মান্ধ। ওঁর সফল রাজ্য শাসনে কালিমা লেগেছিল অ-মুসলমান ধর্মের প্রতি ওঁর অনুদার মনোভাবের জন্য। প্রথম জীবনে যখন তিনি থানেশ্বরে শাসক ছিলেন, তখন মৌলানা আবদুল্লা অয্যোধানী ওঁর এই ধরনের মনোভাবের জন্য ভর্ৎসনা করেন। সিংহাসনে আরোহণ করার পর উনি নগরকোটের মূর্তি ধ্বংস করেছিলেন। আবার মুসলমান শর্কীদের তৈরি বাড়িও উনি জৌনপুরে ধ্বংস করেন। এটাও ঠিক যে ওঁর সময়ে হিন্দুরা ফার্সী শিখে অধিক সংখ্যায় বিভিন্ন পদে নিয়োজিত হয়েছিলেন। গরিবদের নিয়মিতভাবে বিনা পয়সায় রান্না করা খাবার বিতরণ করা ও বহু গরিব লোকেদের নিয়মিত অর্থসাহায্য করে উনি জনপ্রিয়তা লাভ করেন।

সুলতান ইব্রাহিম লোদী (১৫১৭–১৫২৬)

সিকান্দারের মৃত্যুর পরে ওঁর জ্যৈষ্ঠ পুত্র ইব্রাহিম ২২শে নভেম্বর ১৫১৭ সালে সিংহাসনে বসেন। আফগান অভিজাতরা একজোট হয়ে সুলতানের ক্ষমতা সীমাবদ্ধ করার প্রচেষ্টায় রাজ্যভাগের প্রস্তাব দেয়। এটা ঠিক হয় যে কনিষ্ঠ পুত্র জালাল খান জৌনপুরের শর্কীদের অংশের সুলতান হবেন ও ইব্রাহিম দিল্লির বাকি এলাকায় থাকবেন। জালাল খান আজম হুমায়ুন শেরওয়ানীর ছেলে ফৎ খানকে উজির নিযুক্ত করে জৌনপুরের দিকে যাত্রা করেন। পথে তিনি কাল্পিতে আমোদ-প্রমোদে বহুসময় নষ্ট করেন। ইতিমধ্যে রূপড়ির ইক্তাদার খান জাঁহা লোদী এসে ইব্রাহিমকে বোঝান যে সাম্রাজ্য বিভাজন করলে আফগানদের স্বার্থ ক্ষুণ্ণ হবে। ইব্রাহিম এতে সায় দিয়ে মনস্থ করেন যে জালাল খান জৌনপুরে সুসংহত হবার আগেই ওকে ধ্বংস করা প্রয়োজন। প্রথমে হৈবৎ খানকে *ফারমান* দিয়ে পাঠানো হয় জালাল খানকে দিল্লিতে এসে বিশেষ মন্ত্রণার জন্য। এর আগেই জালাল খান ষড়যন্ত্রের কথা জেনেছেন। ফলে উনি আসতে রাজি হন না। ইব্রাহিম এরপর বড় এক অভিজাতদের দল পাঠান জালাল খানকে বোঝানোর জন্য। কিন্তু জালাল খান এতেও রাজি হন না।

ইব্রাহিম স্থির করেন তিনি জালালী অভিজাতদের নিজের পক্ষে আনবেন। বড় বড় অভিজাতদের কাছে নানারকম প্রতিশ্রুতি দিয়ে *ফারমান* পাঠানো হল। কয়েকজন বড় মালিক ইব্রাহিমের পক্ষে এলেন। এদের মধ্যে ছিলেন বিহারের হাকিম দরিয়া খান নুহানী, গাজীপুরের নাসীর খান এবং অযোধ্যার মালিক শেখজাদা। ২৯ ডিসেম্বর ১৫১৭ সালে ইব্রাহিম দ্বিতীয়বার অভিষেক অনুষ্ঠিত করেন। এই উপলক্ষ্যে বিভিন্ন পদও বিতরণ করা হয়। এই অভিষেক এটাই বোঝায় যে ইব্রাহিম চুক্তি বাতিল করেছেন ও নিজেকে সম্পূর্ণ রাজ্যের অধীশ্বর বলে দাবি করেছেন।

বিপদ বুঝে জালাল খান সৈন্য সংগ্রহ করতে শুরু করেন ও স্থানীয় জমিদারদের সাহায্য চান। এর পরে উনি গোয়ালিয়র অভিমুখে রওনা হন। আজম খান শেরওয়ানী

তখন ওই দুর্গ অবরোধ করেছিলেন। জালাল খান আজম খানকে নিজের দলে টেনে নেন এবং দু'জনে মিলে জৌনপুরের এলাকার বিরোধী অভিজাতদের তাড়িয়ে দেবার পরিকল্পনা করে হঠাৎ আক্রমণ করে অযোধ্যা দখল করেন।

ইব্রাহিম ইতিমধ্যে তাঁর বন্দী তিন ভাইকে হানসী দুর্গে পাঠিয়ে কনৌজ আক্রমণের জন্য অভিযান করেছেন। পথে তিনি শেরওয়ানীর দলত্যাগের খবর পেয়েছিলেন। কিন্তু পরে আবার খবর পান যে শেরওয়ানী ও তার ছেলে ফৎ খান জালাল খানকে ছেড়ে ওঁর কাছে আসছেন। ইতিমধ্যে কোয়েলের জমিদাররা বিদ্রোহী হয়েছিল, কিন্তু তাদের দমন করা হয়।

বহু জালালী অভিজাতরা ইব্রাহিমের পক্ষে যোগ দিলে জালালের বিরুদ্ধে একটা বড় সৈন্যদল কাল্পিতে পাঠানো হয়। এরা পৌঁছানোর আগেই জালাল আগ্রা আক্রমণ করার জন্য ত্রিশ হাজার সৈন্য নিয়ে এগিয়ে যান। দিল্লির সৈন্যরা কয়েকদিন যুদ্ধের পর কাল্পি দুর্গ দখল করে প্রচুর মালপত্র পায়। সুলতান ইব্রাহিম ইতিমধ্যে আগ্রা রক্ষার জন্য সৈন্যদল পাঠিয়েছেন। দিল্লির সেনাপতিরা জালালকে শান্তির প্রস্তাব দেয়। এতে বলা হয় রাজকীয় প্রতীকের ব্যবহার না করে সাধারণ মালিকের মতো জালাল থাকতে পারবেন এবং কাল্পির ইক্‌তা পাবেন। জালাল এই অপমানকর শর্তে রাজি হলেন। কিন্তু ইব্রাহিম স্থির করলেন যে তিনি নিজে অভিযান করে জালালকে হত্যা করবেন। খবর পেয়ে জালাল গোয়ালিয়রে আশ্রয় নেন। দিল্লি, আগ্রা ও অন্যান্য জায়গার শাসনতান্ত্রিক ব্যবস্থা সুসংহত করে ইব্রাহিম ত্রিশ হাজার সৈন্য ও সাড়ে তিনশো হাতি নিয়ে গোয়ালিয়র যাত্রা করেন। গোয়ালিয়রের রাজা মান এই সময়ে মারা গেলে গোয়ালিয়র দুর্গের পতন হয়। জালাল প্রথমে মালবে পলায়ন করেন ও ওখান থেকে অন্য জায়গায় যাবার সময়ে ভীল ও গণ্ড উপজাতিদের হাতে পড়েন। ওরা ওঁকে ইব্রাহিমের কাছে পাঠায়। ইব্রাহিম ওঁকে হানসী দুর্গে বন্দী করে রাখেন। পরবর্তীকালে ওঁকে হত্যা করা হয়।

অভিজাতদের সঙ্গে সম্পর্ক

ইব্রাহিম তাঁর অভিজাত ও মালিকদের সঙ্গে ভালো সম্পর্ক স্থাপন করতে পারেননি। তাঁর উদ্ধত ব্যবহারের ফলে অভিজাতদের মধ্যে ধারণা হয়েছিল যে উনি ওদের সবাইকে শেষ করে দিতে চান।'

সিকান্দার লোদীর সময়ে মিঞা ভূঁইয়া বিচার বিভাগের ভারপ্রাপ্ত ছিলেন। বয়স হয়ে গেলে ওঁর পদমর্যাদা ওঁর পুত্রকে দেওয়া হয়। মিঞা ভূঁইয়া কারাগারে মারা গেলে অভিজাতদের মধ্যে প্রচণ্ড অসন্তোষের সৃষ্টি হয়। এরপর ইব্রাহিম গোয়ালিয়র দুর্গ অবরোধকারী আজম খান শেরওয়ানীকে কারারুদ্ধ করেন। ওঁর পুত্র ইসলাম খান কারাও মানিকপুরে বিদ্রোহ করে। আহমদ খানকে ওর বিরুদ্ধে পাঠালে আহমদ খান পরাজিত হয়। ওই সময়ে আজম হুমায়ুন লোদী ও সইদ খান লোদী লখনৌতে পালিয়ে গিয়ে বিদ্রোহ করে। এরা ইসলাম খানের সঙ্গে যোগাযোগ করে। ইব্রাহিম একটা বড় সৈন্যদল পাঠালে দিল্লির সৈন্যরা পরাজিত হয়। দরবেশ সৈয়দ রাজু

বোখারা এই পরিস্থিতিতে মিটমাটের চেষ্টা করেন, কিন্তু ইব্রাহিম রাজি হন না। উনি একটা বড় সৈন্যদল পাঠান এবং দরিয়া খান নুহানী, নাসির খান ইত্যাদিকে যোগ দেবার আদেশ দেন। এরা ইসলাম খানকে যুদ্ধে নিহত করে সঈদ খান লোদীকে বন্দী করে।

এই সময়ের কিছু পরে দরিয়া খান মারা গেলে ওঁর ছেলে বাহাদুর খান বিদ্রোহীদের নেতা হন। উনি প্রায় এক লক্ষ সৈন্য সংগ্রহ করে বিহারে নিজেকে স্বাধীন রাজা, সুলতান মুহম্মদ, হিসেবে ঘোষণা করেন। ওঁর নামে খুৎবা পড়া হয় ও উনি নিজের নামে মুদ্রা চালু করেন। ইতিমধ্যে গাজীপুরের নাসীর খান নুহানী বিদ্রোহীদের দলে যোগ দিয়েছেন। বাহাদুরের বিরুদ্ধে ইব্রাহিম একটা বড় সৈন্যদল পাঠান। লাহোরের শাসনকর্তা দৌলত খান লোদীর এক পুত্র দিল্লি থেকে পালিয়ে এসে খবর দেয় যে ইব্রাহিম পুরানো অভিজাতদের শেষ করার পরিকল্পনা করেছেন। এই খবরে দৌলত খান বিদ্রোহী হয়ে ওঠেন।

পাণিপথের যুদ্ধ

ইব্রাহিমের প্রতি বিরক্ত হয়ে অভিজাতরা কাবুলে বাবরের কাছে চিঠি পাঠান। সিকান্দার লোদীর ভাই আলম খান চিঠি নিয়ে বাবরের সঙ্গে দেখা করেন। বাবর কয়েকজন সেনাপতিকে পাঠান অবস্থা পরিদর্শন করার জন্য। এরা শিয়ালকোট, লাহোর ও আরও কয়েকটা জায়গা দখল করে বাবরকে জানালে বাবর সৈন্য নিয়ে ১৬ই ডিসেম্বর ১৫২৫ সালে ভারত অভিমুখে যাত্রা করেন। ইতিমধ্যে আলম খান দাবি করেন যে দিল্লি দখল করা হলে উনিই ওটা পাবেন। মুঘলরা এতে রাজি না হলে, চল্লিশ হাজার অশ্বারোহী নিয়ে আলম খান দিল্লি অবরোধ করেন। আগ্রা থেকে আশি হাজার সৈন্য নিয়ে ইব্রাহিম এগিয়ে এলে আলম খান যুদ্ধে পরাস্ত হয়ে পলায়ন করেন।

ইতিমধ্যে বাবর লাহোরে পৌঁছে গিয়েছেন। মীর খলিফা আলম খানকে বুঝিয়ে বাবরের সামনে উপস্থিত করলে বাবর তাঁকে সাদরে অভ্যর্থনা করেন। পরে দৌলত খান ও দিলওয়ার খান বাবরের পক্ষে যোগ দেন। বাবর সানামে পৌঁছে কিছু সৈন্য দিয়ে তারদি বেগকে দিল্লির দিকে পাঠান অগ্রগামী দল হিসেবে। ওঁর সঙ্গে চার হাজার অশ্বারোহী সৈন্য ছিল। ইব্রাহিম দাউদ খানকে দশ হাজার অশ্বারোহী ও কয়েকটি হাতি দিয়ে পাঠান ওঁর মোকাবিলা করতে। হঠাৎ রাতে আক্রমণ করে তারাদি বেগ দাউদ খানকে বন্দী করেন।

ইব্রাহিম এই খবর শুনে সৈন্য নিয়ে এগিয়ে আসেন। সাধারণভাবে বলা হয় যে ইব্রাহিমের এক লাখ সৈন্য ও পাঁচ হাজার হাতি ছিল। এই সংখ্যা অতিরঞ্জিত বলে বোধহয়। মনে রাখতে হবে যে বহুদিন গৃহযুদ্ধ চলার পর কোষাগার প্রায় শূন্য ছিল। অভিজাতরা ওঁর পক্ষে বিশেষ ছিলেন না। বাবর তাঁর আত্মজীবনীতে বলেছেন যে ইব্রাহিমের কৃপণতার ফলে এই যুদ্ধে সৈন্য না বাড়িয়ে প্রচুর *সেবন্দী* (যাঁরা খাজনা সংগ্রহকারকদের সঙ্গে থাকে) নিয়েছিলেন। সুতরাং অনুমান করা যায় ইব্রাহিমের

আসল সৈন্য ছিল বিশ হাজারের মতন এবং অভিজাতদের সৈন্যসংখ্যা ছিল আরও বিশ হাজার। এছাড়া ছিল প্রায় ত্রিশ হাজার পদাতিক সৈন্য যাদের মধ্যে বর্শাধারী ও ধনুকধারী ছিল। আর ছিল অন্যান্য অনুচরবর্গ যারা সৈন্যদের সঙ্গে থাকে।

আত্মজীবনীতে বাবর নিজের সৈন্যসংখ্যার উল্লেখ করেননি। আকবরের সময়কার ইতিহাস থেকে জানা যায় যে ওঁর সঙ্গে ছিল বারো হাজার অশ্বারোহী। এরা ছিল বাছাই করা তুর্কি অশ্বারোহী। এদের সঙ্গে ছিল বন্দুকধারী পদাতিক ও ভারতীয় অভিজাতদের সৈন্য। তাছাড়া লুটের লোভে কিছু আফগান ও তুর্কি অভিযানকারীরা ছিল। ঐতিহাসিক উলসি হেগ বাবরের সৈন্যসংখ্যা ধরেছেন পঁচিশ হাজার। যদুনাথ সরকার এটি মেনে নিয়েছেন। এর ফলে মুহম্মদ হাবিব ও খালিক আহমদ নিজামীর দেওয়া সংখ্যার বদল প্রয়োজন। এছাড়া বাবরের সঙ্গে ছিল কামান যার ব্যবহার তখনো উত্তর ভারতের যুদ্ধক্ষেত্রে হয়নি।

পাণিপথ শহরের পূর্বদিকে দক্ষিণমুখী করে বাবর সৈন্য সাজান। ওঁর সৈন্যসংখ্যা কম বলে সামনে সাতশো মাল বইবার গাড়ি রাখেন। এদের চাকাগুলি তুর্কি প্রথায় কাঁচা চামড়ার দড়ি দিয়ে বাঁধা হয়েছিল। দুটো বাঁধা গাড়ির মধ্যে প্রায় ষোল গজ অন্তর পাঁচ-ছটা ঢাল কাঠের পায়ার ওপর বসানো হয়েছিল। এদের পিছনে বন্দুকধারী পদাতিক ছিল যারা দাঁড়িয়ে বন্দুক ছুঁড়তে পারত। বাবরের ডান দিকে ছিল পাণিপথ শহরের বাড়িগুলি এবং বাঁদিকে এক পরিখা যেটি ছিল যমুনা নদীর শুকিয়ে যাওয়া নালা। বর্ষার পরে যমুনা আরও বাঁ দিকে সরে গিয়েছিল। যেসব অঞ্চলে কোনও প্রাকৃতিক বাধা ছিল না সেখানে বাবর গাছের গুঁড়ি ও ডালাপালা কেটে বাধার সৃষ্টি করেন। গাড়িগুলির মাঝখানে কিছু জায়গা ফাঁকা রাখা হয়েছিল যেখান দিয়ে একশো অশ্বারোহী বাইরে যেতে পারে। শুকনো নালাটি তখন পাণিপথের দুই মাইল পুবে ছিল।

বাবর ছিলেন সৈন্যদের মাঝখানে। ওঁর সামনে, ডাইনে ও বাঁয়ে সৈন্যদল ছিল। সৈন্য দলের শেষে ছিল বাছাই করা তুর্কি অশ্বারোহী সৈন্য, যারা *তওলকামা* অর্থাৎ শত্রুদের পিছনে ঘুরে গিয়ে আক্রমণ করতে অভ্যস্ত ছিল। যখন বাবর ভারতে আসছিলেন, তখন তাঁর সৈন্যরা এই আক্রমণ পদ্ধতি রপ্ত করেছিল। এটাতে ওরা অভ্যস্ত হয়ে গিয়েছিল।

১২ই এপ্রিল থেকে সাতদিন দুই দল যুদ্ধ শুরুর অপেক্ষায় দাঁড়িয়েছিল। ১৯শে এপ্রিল বাবর আক্রমণ করার চেষ্টা করে ব্যর্থ হন। কয়েকদিন পরে দিল্লির সৈন্যরা আক্রমণ করতে ছাউনি ছেড়ে রওনা হয় এবং তিন ঘণ্টায় চারমাইল পথ অতিক্রম করে। বাবর ওইসময় তাঁর ডানদিকের সৈন্য সংখ্যা বৃদ্ধি করছিলেন। দিল্লির অশ্বারোহী সৈন্যরা তখন বাবরের ডান দিক আক্রমণ করতে উদ্যত হয়েও হঠাৎ থেমে যাওয়ায় ওদের আক্রমণের ধার ভোঁতা হয়ে যায়। এর ফলে পিছনের দিকে গোলমাল শুরু হয়ে যায়।

সময় বুঝে বাবর আক্রমণ করেন। ওঁর ডানদিকের ও বাঁদিকের অশ্বারোহী সৈন্যরা ঘুরে গিয়ে শত্রুদের পিছনে আক্রমণ করে। একই সঙ্গে ওঁর ডান ও বাঁদিকের

সৈন্যরা এগিয়ে গিয়ে আক্রমণ করে। দিল্লির সৈন্যরা নিজেদের হাতির ওপর নির্ভর করেছিল। কিন্তু অধিকাংশ হাতির মাহুত মারা গেলে, হাতিগুলি এলোমেলোভাবে দৌড়াদৌড়ি করতে থাকে যার ফলে দিল্লির সৈন্যদের মধ্যে একটা বিশৃঙ্খলার সৃষ্টি হয়। দিল্লির অশ্বারোহী সৈন্যরা ইতিমধ্যে বাবরের ডানদিক আক্রমণ করে এগিয়েছে। ওদের উদ্দেশ্য ছিল যে বাবরের ডানদিকের সৈন্যদলের সঙ্গে পাণিপথ শহরের মধ্যে একটা ফাঁক তৈরি করে মাঝখানে এগিয়ে যাওয়া। কিন্তু বাবর ক্রমাগত ওখানে সৈন্য পাঠিয়ে ওই আক্রমণ ঠেকিয়ে রাখেন।

এইবার বাবর তাঁর মাঝখানের সৈন্যদের সামনে এগিয়ে আক্রমণের নির্দেশ দেন। এদের সঙ্গে দিল্লির সৈন্যদলের জোর লড়াই শুরু হয়, যার ফলে দিল্লির মধ্যবর্তী সৈন্যরা তাদের ডানদিকের সৈন্যদের সাহায্যে যেতে পারল না। বাবরের সেনাপতি ওস্তাদ আলি কুলীর বন্দুকধারী পদাতিকরা আফগানদের লক্ষ্য করে গুলি ছুঁড়তে লাগল মাঝখানে থেকে। মুস্তাক খান রুমীর গাড়িতে বাঁধা কামানগুলি থেকেও গোলাবৃষ্টি হতে লাগল চারপাশে। এখানে উল্লেখ করা প্রয়োজন যে চতুর্দিকে বিরোধিতা সত্ত্বেও আফগানরা ভীমবেগে যুদ্ধ করেছিল। তাদের কয়েকজন সেনাপতি আক্রমণও করে। কিন্তু নিম্নমানের অস্ত্রশস্ত্র ও ভুল কৌশলের ফলে তারা বিশেষ সুবিধে করতে পারে না। ফলে সুলতান ইব্রাহিমের আশেপাশে দু'হাজার আফগান মৃতদেহের স্তূপ জমে ওঠে। এরমধ্যে সুলতান ইব্রাহিমের মৃতদেহও ছিল। বহু আফগান সৈন্য পালালে মুঘলরা ওদের পিছনে তাড়া করে মেরে ফেলে। আফগান ঐতিহাসিক নিয়ামতউল্লা বলেছেন ইব্রাহিম ব্যতীত আর কোনও দিল্লির সুলতানের যুদ্ধক্ষেত্রে মৃত্যু হয়নি।

৯

স্বাধীন রাজ্য বাংলা

বাংলার উত্তরে হিমালয় পর্বতমালা ও পুবে লুসাই, খাসিয়া, জয়ন্তিয়া ইত্যাদি পাহাড়। দক্ষিণে বিশাল সমুদ্র এবং দক্ষিণপ্রান্তে সুন্দরবন বাংলাদেশের স্বাভাবিক বাধা। পশ্চিম সীমান্তও ছিল ঘন জঙ্গলে ঢাকা। এসবের ফলে বাইরে থেকে আক্রমণের আশঙ্কা যেমন কম, তেমনি বাংলার রাজাদের পক্ষে বাইরের রাজ্য দখল করে রাখাও শক্ত ছিল।

বাংলার আরও উত্তরে তিব্বত থেকে বাংলায় যাতায়াতের কথা পাওয়া গেলেও অশ্বারোহী সৈন্যদলের যাওয়া আসা প্রায় অসম্ভব ছিল। মীনহাজ বলেছেন যে তিব্বতের অধিবাসীরা উত্তরবঙ্গের বাজারে টাট্টুঘোড়া বিক্রি করতে আসত। বাংলার সুলতানদের মধ্যে একমাত্র বখতিয়ার খলজী তিব্বত আক্রমণের চেষ্টা করে ব্যর্থ হন। উত্তরপূর্ব সীমান্তে ছিল কোচ, কামতা ও কামরূপ রাজ্য যাদের সঙ্গে বাংলার মাঝে মাঝেই যুদ্ধ হত। পূর্ব সীমান্তে ছিল ত্রিপুরা রাজ্য এবং গোমতি নদী ছিল এর সীমানা। বাংলার সুলতান ইলিয়াস শাহ ত্রিপুরার রাজাকে সাহায্য করেছিলেন। সুলতান আলাউদ্দীন হোসেন শাহ ত্রিপুরার কিছু অংশ জয় করেছিলেন বলে অনুমান করা হয়।

উত্তরভারত থেকে বাংলায় আসার প্রধান পথ ছিল তেলিয়াগড়ের মধ্যে দিয়ে। এই পথটি ছিল গঙ্গা নদীর দক্ষিণ তীর ও রাজমহল পর্বতমালার উত্তরে। এখানে একটি সংরক্ষিত দুর্গ ছিল। তেলিয়াগড়ের পথ ছাড়া আরো দুটি পথে বাংলায় আসা যেত। প্রথম পথটি তিরহুতের মধ্যে দিয়ে এবং দ্বিতীয় পথটি সাঁওতাল পরগণা ও সিংভূমের ভিতর দিয়ে। এই দুই পথ ধরে বারবার সৈন্যবাহিনী বাংলায় এসেছে।

১২০৪ সালের শেষে বা ১২০৫ সালের প্রথমে বখতিয়ার খলজী ঝাড়খণ্ডের পথ দিয়ে এসে প্রথমে নদীয়া ও কিছুপরে লাখনৌতি দখল করেন। বখতিয়ার ছিলেন তুর্কি সম্প্রদায়ের খলজী বংশের। তিনি আফগানিস্থানের গরমশীর এলাকার অধিবাসী ছিলেন। দারিদ্র্যের তাড়নায় বখতিয়ার প্রথমে মুহম্মদ ঘোরী ও পরে দিল্লিতে কুতুবুদ্দীন আইবকের কাছে চেষ্টা করেও কোন কাজ জোগাড় করতে পারেন নি। এর পরে বাদাউনে কিছুদিন কাজ করে অযোধ্যাতে চাকরি পান। অযোধ্যার পূর্ব সীমান্তে

থাকার সময়ে উনি আসেপাশের হিন্দু জমিদারদের রাজ্য দখল করে ধনসম্পদ আহরণ করেন। সৈন্য সংগ্রহ করে তিনি বৌদ্ধদের ওদন্তপুরী বিহার দখল করে নাম রাখেন বিহার শরীফ। এরপরে দিল্লি গিয়ে কতুবুদ্দীনের সঙ্গে সাক্ষাৎ করে ফিরে এসে নদীয়া দখল করেন। বলা হয়ে থাকে যে মাত্র সতেরো জন অশ্বারোহী সৈন্য নিয়ে তিনি বাংলা জয় করেন। মীনহাজ বলছেন যে আঠারো জন ঘোড়সওয়ার নিয়ে ঘোড়া বিক্রেতার ছদ্মবেশে বখতিয়ার শহরে ঢুকে যখন প্রাসাদ আক্রমণ করেন তখন মূল সৈন্যদল শহরের দরজায় পৌঁছেছিল। রাজা লক্ষ্মণ সেন তখন নৌকা করে পূর্ববঙ্গে পালান। বখতিয়ার নদীয়া দখল করে তিনদিন ধরে শহর লুট করেন। এরপর লক্ষনাবতি দখল করে ওখানে রাজধানী স্থাপন করেন। অন্যদিকে লক্ষ্মণ সেন ঢাকা জেলার বিক্রমপুরে তাঁর রাজধানী প্রতিষ্ঠা করেন। তাঁর বহু তাম্রশাসন ওই শহর থেকে বের হয়।

বখতিয়ার তাঁর অধিকৃত এলাকাকে কয়েকটি ভাগে বিভক্ত করে ইক্‌তা প্রথা চালু করেন। এই রকম তিনজন ইক্‌তাদারের নাম পাওয়া যায়। তখন লাখনৌতি রাজ্যের সীমানা ছিল পুবে তিব্বত ও করতোয়া নদী পর্যন্ত, দক্ষিণে পদ্মা, উত্তরে দিনাজপুর জেলার দেবকোট (বর্তমানে বানগড়) থেকে রংপুর শহর পর্যন্ত। পশ্চিমে বখতিয়ার বিহার শরীফ পর্যন্ত আগেই জয় করেছিলেন। সম্ভবত লাখনৌতি রাজধানী স্থাপনের পর, বখতিয়ার নদীয়ার উপর দখল ছেড়ে দিয়েছিলেন।

লক্ষ্মণ সেনের লক্ষনাবতি বা বখতিয়ারের লাখনৌতি কোথায় ছিল এ নিয়ে ঐতিহাসিকদের মধ্যে বিতর্ক আছে। প্রত্নতত্ত্ববিদ্ আলেকজান্ডার ক্যানিংহাম মনে করেন বর্তমান গৌর ধ্বংসস্তুপের উত্তরে লাখনৌতি ‘বল্লাল বাড়ির’ কাছে কথিত, যদিও ওখান থেকে কোন কিছু পাওয়া যায়নি। মীনহাজ ১২৪২ সালে লাখনৌতিতে বখতিয়ারের তৈরি মসজিদ, মাদ্রাসা ও খানকা দেখেছিলেন, যার এখন কোন চিহ্ন পাওয়া যায় না। এটুকু বোঝা যায় যে বখতিয়ার লাখনৌতিতে একটা মুসলমান সমাজ তৈরি করার চেষ্টা করেছিলেন, যা তাঁর মতো নিরক্ষর যোদ্ধার পক্ষে আশ্চর্যজনক।

বাংলার বিরাট অংশ বিশেষত সমগ্র পূর্ববঙ্গ রাঢ়, সমতট ও বারেন্দ্রর কিছু অংশ বখতিয়ারের দখলের বাইরে ছিল। তবুও তিনি কেন তিব্বত আক্রমণ করলেন তা বোঝা শক্ত। এটা হতে পারে যে তিব্বত থেকে তুর্কিদেশের সঙ্গে যোগযোগের পথ আবিষ্কার করাই তাঁর উদ্দেশ্যে ছিল। মেচ উপজাতির এক সর্দারকে ইসলামে দীক্ষিত করে (নাম হয় আলীমেজ) তিব্বতের পথপ্রদর্শক হিসাবে বখতিয়ার ঠিক করেন। ওই সময় তিনি তাঁর ভাই ও এক সেনাপতিকে লাখনৌর (বীরভীম জেলার নানূরে) আক্রমণ করতে পাঠান।

দশহাজার সৈন্য নিয়ে বখতিয়ার তিব্বত যাত্রা করেন। কামরূপের রাজা তাঁকে পরের বছর সাহায্য করার প্রস্তাব দেন। বখতিয়ার ওই প্রস্তাব করার অগ্রাহ্য করে প্রায় তিন সপ্তাহ অভিযান করার পর একটি দুর্গের সামনে তাঁর সৈন্য ও স্থানীয় অধিবাসীদের মধ্যে যুদ্ধ হয়। এরপর বখতিয়ার লাখনৌতি ফেরার চেষ্টা করেন ও তাঁর বহু সৈন্য

মারা যায়। মাত্র একশো সৈন্য নিয়ে শেষপর্যন্ত বখতিয়ার ফিরে আসেন। এই অভিযানের ব্যর্থতার ফলে মুসলমান রাজ্যবিস্তার বাধা পায় এবং সম্ভবত দেবকোটে বখতিয়ার মারা যান (১২০৬ সাল)। ওই একই বছরে মুহম্মদ ঘোরী ঝিলম নদীর তীরে আততায়ীর হাতে মারা যান এবং পূর্ববঙ্গে লক্ষ্মণ সেনেরও মৃত্যু হয়।

বখতিয়ার খলজীর মৃত্যুর পর তাঁর আমলা মুহম্মদ শরীফ খলজী শাসনভার গ্রহণ করে আলী মর্দান খলজীকে কারারুদ্ধ করেন। কিন্তু অন্যান্য আমীরদের নিজ নিজ পদে বহাল রাখেন। কিছুদিন পরে আলী মর্দান পালিয়ে দিল্লিতে কুতুবউদ্দীনের কাছে যান ও তাঁকে বাংলা অভিযানে অনুরোধ করেন। তাঁর আদেশে কাইমাস রুমি (অযোধ্যার শাসন কর্তা) আক্রমণ করলে পশ্চিম সীমান্তে বাংলার ইক্‌তাদার হুসামউদ্দীন ইয়াজ বিনা যুদ্ধে আত্মসমর্পণ করেন ও মুহম্মদ শরীফ দেবকোট ছেড়ে পালান। রুমী ফিরে গেলে শরীফ আক্রমণ করে দেবকোট দখল করেন। এরপর রুমী ফিরে আসেন ও শরীফ যুদ্ধে পরাজিত হয়ে পালান। ইয়াজকে দেবকোটের শাসনভার দেওয়ার কিছুকাল পরে শরীফ সম্ভবত খলজী আমীরদের মধ্যে অন্তর্বিরোধে মারা যান (আনুমানিক ১২০৯ সাল)। শরীফের শাসনকালের মধ্যে দেবকোটের উল্লেখ পাওয়া যায়, কিন্তু লাখনৌতির কোন উল্লেখ পাওয়া যায় না।

হুসামুদ্দীন ইয়াজ খলজী দুবছর লাখনৌতির শাসনকর্তা ছিলেন (১২০৮--১২১০)। এর মধ্যে আলী মর্দান খলজী কুতুবুদ্দীনের সঙ্গে প্রথমে লাহোর ও পরে গজনী যান। ওখানে কুতুবুদ্দীনের মৃত্যুর আগে উনি লাখনৌতির শাসনকর্তা নিযুক্ত হন। আলী মর্দান লখনৌতিতে আমীরদের কাছ জনপ্রিয় ছিলেন না। তাঁর হাতে বখতিয়ার খলজীর মৃত্যু হয়েছে এ কথা অনেকে বিশ্বাস করতেন। এক বিরাট সৈন্যদল নিয়ে আলী মর্দান বাংলায় এলে হুসামুদ্দীন তাঁকে অভ্যর্থনা করেন। ইতিমধ্যে কুতুবুদ্দীনের মৃত্যু হলে ইলতুৎমিস দিল্লির সিংহাসনে বসেন। আলী মর্দান সুলতান আলাউদ্দীন নাম নিয়ে স্বাধীনতা ঘোষণা করেন। মীনহাজের মতে আলাউদ্দীন লাহোর, গজনী, ইস্পাহান ইত্যাদি জায়গায় ইক্‌তা দিতে শুরু করেন। এছাড়া লাখনৌতির খলজী আমীরদের প্রতি নানারকম উৎপীড়ন করতে থাকেন। আলী মর্দান স্বাধীন সুলতান হিসেবে মুদ্রাও চালু করেন।

লাখনৌতিতে আলী মর্দানের মৃত্যুর পর গিয়াসউদ্দীন ইয়াজ খলজী সুলতান হন। বলা হয় যে তিনি রাজধানী দেবকোট থেকে লাখনৌতিতে ফিরিয়ে এনে সুরক্ষার ব্যবস্থা করেন। এছাড়া তিনি নৌবহরও গঠন করেছিলেন। তাঁর মুদ্রায় রাজকীয় উপাধির ব্যবহার পাওয়া যায় ও আব্বাসীয় খলিফাদের নাম পাওয়া যায়। সম্ভবত তিনি খলিফার সনদ পেয়েছিলেন। তিনি লাখনৌতি থেকে দেবকোট ও লাখনৌর পর্যন্ত উঁচু রাজপথ ও মাঝে মাঝে বাঁধ দিয়ে লাখনৌতিকে সুরক্ষিত করে গিয়েছেন। উড়িষ্যার রাজার সঙ্গে তাঁর যুদ্ধের কথা ১২২০ সালের একটি শিলালিপিতে পাওয়া যায়। মীনহাজ বলেন যে উড়িষ্যার রাজা গিয়াসুদ্দীনকে কর দিতে বাধ্য হন। মীনহাজের মতে তিরহুতও গিয়াসুদ্দীনকে কর দিত। ওঁর মত মানলে ধরে নেওয়া যায় কামরূপের রাজাও বাংলাকে কর দিত।

ইলতুৎমিস বাংলা আক্রমণ করে গিয়াসুদ্দীনকে পরাজিত করার পর গিয়াসুদ্দীন কর দিতে স্বীকৃত হন। আলাউদ্দীন জানিকে বিহারের শাসনকর্তা করে ইলতুৎমিস দিল্লি ফিরে গেলে গিয়াসুদ্দীন বিদ্রোহ করে জানিকে বিতাড়িত করেন। ইলতুৎমিস তখন তাঁর জ্যেষ্ঠ পুত্র নাসিরুদ্দীন মাহমুদকে বিহারে পাঠান। নাসিরুদ্দীন অযোধ্যার বিদ্রোহ দমন করে গিয়াসুদ্দীনকে পরাজিত ও বন্দী করেন। পরে তাঁকে হত্যা করা হয়।

১২২৭ সালে নাসিরুদ্দীন মাহমুদ লাখনৌতির সিংহাসনে বসলে লাখনৌতি দিল্লির প্রদেশ হয়ে যায়। ১২৮৭ সাল পর্যন্ত লাখনৌতি দিল্লির প্রদেশ ছিল। এই সময়ের মধ্যে লাখনৌতির কোন না কোন শাসনকর্তা স্বাধীনতা ঘোষণা করেছিলেন। কিন্তু তাদের সে স্বাধীনতা বেশিদিন স্থায়ী হয়নি। বাংলায় এই ষাট বছরের ইতিহাস তাৎপর্যপূর্ণ নয়। দিল্লিতে কেন্দ্রীয় সরকারের দুর্বলতা ও অভ্যন্তরীণ দ্বন্দ্বের ছায়া বাংলাতে পড়েছিল। দলাদলির ফলে বাংলার শাসনব্যবস্থা শিথিল হয়ে যায়। কিন্তু বাংলার শাসনকর্তারা রাজকীয় মর্যাদায় শাসন করতে থাকেন। কেউ কেউ নিজেদের *প্রাচ্যের মালিক* উপাধিতে ভূষিত করেন। এই সময়ে বাংলায় মুসলমান শাসন বিস্তার কার্যত বন্ধ ছিল। এই দুর্বলতার সুযোগে আসেপাশের রাজ্যগুলি ক্ষমতাবান হয়ে ওঠে। উড়িষ্যা, কামরূপ এবং পূর্ববঙ্গের রাজ্যগুলি শক্তিশালী হয়ে ওঠে। পূর্ববঙ্গে সেন রাজাদের পতনের পর বরিশাল, ফরিদপুর অঞ্চলে দশরথ দনুজ মাধব নামে একজন রাজা হন। পূর্বদিকে ব্রহ্মদেশের শান জাতি গৌহাটি আহোম রাজ্যের গোড়াপত্তন করে। এই সময়ে বাংলার মোট পনেরো জন শাসনকর্তা রাজত্ব করেন। এদের মধ্যে দশজন ছিলেন মামেলুক বা দাস। এরা এশিয়ার বিভিন্ন সম্প্রদায়ভুক্ত ছিলেন এবং মঙ্গোল আক্রমণের ফলে এরা এখানে পালিয়ে আসেন। এরা সকলেই ছিলেন তুর্কি জাতির।

নাসিরুদ্দীন মাহমুদ মাত্র দেড় বছর রাজত্ব করেছিলেন। এর মধ্যে তিনি প্রচুর অর্থ সৈয়দ ও উলেমাদের দান করে যান। এর পরে মালিক ইখতিয়ারউদ্দীন বলকা স্বাধীনভাবে রাজত্ব করেন। ইলতুৎমিস ওঁর বিরুদ্ধে সৈন্য পাঠালে উনি পরাজিত হন ও ওঁর মৃত্যু হয়। এরপর বিহারের শাসনকর্তা আলাউদ্দীন জানিকে বাংলার শাসনকর্তা করা হয়। বিহারের শাসনকর্তা হন মালিক সইফুদ্দীন। আলাউদ্দীন জানি ছিলেন তুর্কিস্থানের শাহজাদা যিনি মঙ্গোল আক্রমণের ফলে বিহারে পালিয়ে এসেছিলেন। একবছর কয়েকমাস পরে ওঁকে বাংলা থেকে সরিয়ে দেওয়া হয় এবং মালিক সইফুদ্দীন বাংলার শাসনকর্তা হন। তুঘ্রাল-তুরঘান খানকে বাদাউন থেকে সরিয়ে বিহারের ভার দেওয়া হয়। অষ্টাদশ শতাব্দীর লেখক গোলাম হোসেন বলছেন যে মালিক সইফুদ্দীনকে শেষে বিষ দিয়ে হত্যা করা হয়েছিল।

সুলতান ইলতুৎমিস ইতিমধ্যে দিল্লিতে মারা গিয়েছেন। বাংলায় এক আয়োর খান ওই সময় শাসন ক্ষমতায় আসেন। তুঘ্রাল-তুরঘান ওঁকে যুদ্ধে হারিয়ে লাখনৌতি দখল করে। সম্ভবতঃ রাঢ় ও বারেন্দ্র দুইই ওঁর দখলে ছিল। তুঘ্রাল-তুরঘান ছিলেন কারা-খিট্টা তুর্কি ও ইলতুৎমিসের প্রাসাদের দাস। উনি নয় বছর (১২৩৬–১২৪৫)

বাংলায় রাজত্ব করেন। অযোধ্যা, কারা-মানিকপুর দখল করে উনি প্রায় স্বাধীন রাজার মতোই রাজত্ব করেছিলেন। ১২৪৩–৪৪ সালে জাজনগরের রাজা বাংলার ভিতর ঢুকে লাখনৌতি দখল করলে তুঘ্রাল-তুরঘান আক্রমণ করেন। উড়িষ্যার সৈন্যরা পিছু হটে গেলে তুঘ্রাল উড়িষ্যার মধ্যে কাশিনট দুর্গ আক্রমণ করে পরাজিত হয়ে ফিরে আসেন। ১২৪৫ সালে উড়িষ্যার সৈন্যরা লাখনৌতির দরজা পর্যন্ত পৌঁছে যায়। ইতিমধ্যে দিল্লি ও অযোধ্যা থেকে বড় সৈন্যদল এলে উড়িষ্যার সৈন্যরা পিছু হঠে যায়। মালিক তামার খানের অধীনে দিল্লির সৈন্যদল লাখনৌতির দখল নিতে চাইলে তুঘ্রাল যুদ্ধের জন্য প্রস্তুত হন। মীনহাজের মধ্যস্তায় চুক্তি হলে তুঘ্রাল তাঁর সৈন্য ও ধনরত্ন নিয়ে দিল্লি রওনা হয়ে যান। ওখানে উনি অযোধ্যার শাসনভার নিয়ে ৯ই মার্চ ১২৪৭ সালে অযোধ্যার ভিতরে ঢোকার পর তাঁর মৃত্যু হয়। ওই সময়েই মালিক তামারও লাখনৌতিতে মারা যান। রাঢ় ও বারেন্দ্র উড়িষ্যার রাজা প্রথম নরসিং দেবের হাতে থেকে যায়।

মালিক তামারের দু বছরের দুর্বল শাসনের পর আলাউদ্দীন জানির পুত্র জালালুদ্দীন মাসুদ জানিকে বাংলার শাসনকর্তা করেন সুলতান নাসিরুদ্দীন মাহমুদ। উনি মে ১২৪৭ থেকে মার্চ ১২৫১ সাল পর্যন্ত রাজত্ব করেছিলেন। ওঁর মৃত্যুর পর অযোধ্যার শাসনকর্তা মালিক ইখতিয়ারউদ্দীন উজবেক বাংলার শাসক হন। রাঢ়ে শাসন কায়েম করে উনি ১২৫৩ সালে বারেন্দ্রতে সৈন্য পাঠান। ততদিনে নরসিং দেবের জামাই মাদারনে তাঁর শাসন প্রতিষ্ঠিত করেছেন। ওই সময় তিনটি যুদ্ধ হয় ও শেষ যুদ্ধে ইখতিয়ারউদ্দীন পরাজিত হন। দিল্লির অর্ন্তদ্বন্দের ফলে উনি দিল্লির সাহায্য চেয়েও পাননি। ১২৫৫ সালে মালিক ইখতিয়ারউদ্দীন আবার রাঢ় আক্রমণ করেন। সামনাসামনি যুদ্ধ না করে ইখতিয়ারউদ্দীন অকস্মাৎ বিভিন্ন জায়গা আক্রমণ করে মাদারন দখল করেন। এরপর নদীয়া অধিকার করে উনি রাঢ় নিজের শাসনের মধ্যে আনেন। লাখনৌতি থেকে এক মুদ্রাতে এই বিজয় স্মরণীয় করে রাখা আছে। এরপর ইখতিয়ারউদ্দীন নিজের ক্ষমতায় অগাধ আস্থা থাকায় নিজেকে সুলতান মুঘিসুদ্দীন উপাধিতে ভুষিত করেন।

তখন বলবান দিল্লিতে ক্ষমতায় এসেছেন কিন্তু সুলতান মুঘীসুদ্দীন অযোধ্যা দখল করে নেন। বলবান ১২৫৩ সালে অযোধ্যা দখল করে ফিরে গেলে মুঘীসুদ্দীন আবার অযোধ্যা দখল করে একই সঙ্গে তিনটি প্রদেশের (লাখনৌতি ও বিহার) মালিক হন। এবার তিনি কামরূপের দিকে হাত বাড়ান। কামরূপের ও বাংলার মধ্যে সীমানা ছিল করতোয়া বা মীনহাজের বাগমতি নদী। কামরূপ তখন বারভুঁইয়ার মধ্যে বিভক্ত ছিল যাদের মধ্যে বোড়ো, কোচ ও মেচ ইত্যাদি উপজাতির লোকেরা ছিল বরনদীর পূর্ব পর্যন্ত। এর আরো পূর্বে ছিল অহম রাজ্য যার প্রতিষ্ঠাতা সুখপা তখনো রাজত্ব করছিলেন। বারভুঁইয়ারা রাজত্ব করছিল বর্তমান কুচবিহার, গোয়ালপাড়া ও কামরূপে। সুলতান মুঘীসুদ্দীন করতোয়া পার হয়ে উত্তর পাড় ধরে চলতে লাগলে কামরূপের রাজা পিছু হঠে যান। সুলতান কামরূপ থেকে প্রচুর ধনরত্ন পান। ১২৫৭ সালের বর্ষাকালটা ওখানে কাটাবেন বলে স্থির করলেন সুলতান। কিন্তু বর্ষাকালের

জন্য শস্য মজুদ করার ব্যবস্থা করলেন না। চতুর রাজা পাহাড়ের উপরে নদীর জল বাঁধ বেধে আটকে রাখলেন। চারপাশের লোকেরা শহরে শস্য আনা বন্ধ করে দিল। বর্ষায় বাইরের জায়গাগুলি জলমগ্ন হয়ে যাবার ফলে তুর্কি সৈন্যদের বাইরে বোরোবার উপায় রইল না। এর পরে সুলতান যখন একজন পথপ্রদর্শকের সাহায্যে সৈন্য নিয়ে কোচবিহার এর দিকে পাহাড়ের মধ্য দিয়ে যাচ্ছিলেন, তখন এক স্বল্প পরিসর জায়গায় আক্রান্ত হয়ে পরিবারসহ বন্দী হন। পরে তিনি মারা যান।

এই বিষাদময় ঘটনার পর লাখনৌতি আবার দিল্লির অধীনতা মেনে নেয়। কয়েক মাসের মধ্যে বেশ কয়েকজন শাসনকর্তা লাখনৌতি শাসন করেন। মালিক জাজুদ্দীন প্রায় স্বাধীন শাসক হিসাবে দুবছর রাজত্ব করেন। জুন ১২৫৯ সালে দিল্লিতে দুটি হাতি পেশকাস পাঠালে ওঁকে শাসনকর্তা বলে স্বীকার করা হয়। শেষদিকে উনি পূর্ববঙ্গ আক্রমণ করে পরাজিত হন। পরবর্তী সুলতান ছিলেন দাস তাজউদ্দীন আরসলান। ইলতুৎমিস ওঁকে কিনেছিলেন। বলবানের সময়ে উনি কারার শাসনকর্তা হন। বাংলার সুলতান পূর্ববঙ্গে গিয়েছেন খবর পেয়ে উনি সৈন্য নিয়ে লাখনৌতির সামনে আসেন। সাধারণ লোকেদের সঙ্গে তিনদিন যুদ্ধের পর মালিক তাজউদ্দীন লাখনৌতি দখল করেন। ডিসেম্বর ১২৫৯ সালে বাংলার সুলতান ফিরে এসে যুদ্ধে পরাজিত ও নিহত হন।

মীনহাজ এখানে তাঁর ইতিহাস শেষ করায় তাজউদ্দীনের শাসন সম্বন্ধে বিশেষ জানা যায় না। বিহারের একটি শিলালেখ থেকে জানা যায় যে তাজউদ্দীন বিহার ও লাখনৌতি দখলে রেখেছিলেন এবং ৮ই মার্চ ১২৬৫ সালে মারা যান। ওঁর পুত্র তাতার খান সিংহাসনে বসেন এবং বাবার মতো উনিও দিল্লির অধীনতা স্বীকার করেননি। কিন্তু দিল্লির সুলতান নাসিরুদ্দীন ১২৬৬ সালে মারা গেলে তাতার খান বলবানের কাছে উপঢৌকন পাঠান। সম্ভবত এর দুবছর বাদে তাতার খান মারা যান। তাজউদ্দীনের এক আত্মীয় শের খান সিংহাসনে বসেন। ওঁর মুদ্রায় বলবানের নাম পাওয়া যায়। শের খানের মৃত্যু হলে বলবান আমীন খান নামে এক শাসনকর্তাকে পাঠান। ওঁর উপ-শাসনকর্তা ছিলেন তুঘ্রল খান। বলা হয় যে তাজউদ্দীনের বংশের রাজত্বের সময়ে সুলতানদের ক্ষমতা পূর্ববঙ্গের কিছু অংশে বিস্তৃত হয়। হয়ত এই কারণেই বলবান উপ-শাসনকর্তা নিয়োগ করেছিলেন। পূর্ববঙ্গে তখন মগ আক্রমণ চলছে। সেন বংশ বিধ্বস্ত হয়েছে এবং দশরথ দনুজমর্দন দেবের উত্থান হয়েছে।

সুলতান মুঘীসুদ্দীন তুঘ্রাল (১২৬৮–১২৮১) ছিলেন শেষ মামেলুক সুলতান। প্রাসাদের দাস থেকে নিজের দক্ষতায় উনি বাংলায় শাসনকর্তা নিযুক্ত হন। ওঁর শাসনের সময়ে লাখনৌতি দিল্লির প্রদেশে পরিণত হয়। বিহারকে তুঘ্রাল বাংলা থেকে আলাদা করে দেন। ওখানে আমীন খান নামে শাসক ছিলেন কিন্তু আসল ক্ষমতা ছিল তুঘ্রালের হাতে। আমীন খান সম্বন্ধে বিশেষ কিছু তথ্য পাওয়া যায় না। কিন্তু বারানী তাঁর *তারিখ-ই ফিরোজ শাহীতে* তুঘ্রালের বিদ্রোহ সম্বন্ধে বলেছেন যে দিল্লির লোকেরা বাংলাকে বলত বিদ্রোহী এলাকা। সম্ভবতঃ প্রথম দিকে আমীন খানকে সরিয়ে তুঘ্রাল স্বাধীনতা ঘোষণা করেছিলেন। ত্রিপুরার রাজা রত্না-ফার সঙ্গে

তুঘ্রাল সন্ধি করেন এবং সোনারগাঁও অভিযান করেন। বারানী নরকিল্লার দুর্গ তুঘ্রালের দুর্গ বলে অভিহিত করেছেন। সম্ভবতঃ এই দুর্গ তৈরি করা হয়েছিল চন্দ্রদ্বীপের দনুজমর্দন দেবকে ঠেকানোর জন্য। তুঘ্রাল জাজনগর অভিযান করে প্রচুর ধনরত্ন পেলে আমীন খানকে সরিয়ে নিজেই সুলতান হয়ে স্বাধীনতা ঘোষণা করেন। বলবান তখন প্রতিবছর মঙ্গোল আক্রমণ ঠেকাতে ব্যস্ত ছিলেন। এছাড়া তিনি গুরুতরভাবে অসুস্থ হয়ে পড়লে মিথ্যে তাঁর মৃত্যু সংবাদ রটে যায়। সুস্থ হয়ে বলবান অযোধ্যার শাসক মালিক তুরমতিকে আরো দুজন মালিকের সঙ্গে পাঠান। তিরহুতের কাছে যুদ্ধে তুঘ্রাল জয়লাভ করেন কারণ দুই মালিক বিশ্বাসঘাতকতা করে যুদ্ধ করেনি। পরের বছর (১২৭৮ সাল) আরো একটি সৈন্যদল বলবান পাঠালে সেটিও পরাজিত হয়। এর পরিচালনা করেন অযোধ্যার শাসনকর্তা সিহাবুদ্দীন যাকে বাহাদুর বলা হয়।

১২৭৯ সালে বলবান তাঁর পুত্র বোঘরা খানকে নিয়ে বিরাট সৈন্যদলের সঙ্গে লাখনৌতি যাত্রা করেন। তুঘ্রাল যুদ্ধ না করে প্রথমে জাজনগরে যান ও পরে নৌকা করে তাঁর দুর্গ নরকিল্লাতে পৌঁছান। বলবান দনুজমর্দন দেবের সঙ্গে সন্ধি করে সোনারগাঁওর সীমান্তে এলে তুঘ্রাল দুর্গ ছেড়ে সমুদ্রে পালায়। এর পরে তুঘ্রাল তার পরিবার ধনরত্ন ও সৈন্য নিয়ে জাজনগরের দিকে পালায়। নদীর ধারে থাকাকালীন তুঘ্রাল ধরা পড়ে যায় ও ওর মাথা কেটে ফেলা হয়। লাখনৌতিতে ফিরে বলবান শাসনভার তাঁর ছোট ছেলে বোঘরা খানকে দিয়ে দিল্লি ফিরে যান ১২৮২ সালে।

দুজন মালিককে উপদেষ্টা করে ও বোঘরা খানের জন্য নির্দেশাবলী রেখে বলবান ফিরে যান দিল্লি। বোঘরা খান ১২৮১ থেকে ১২৮৭ সাল পর্যন্ত শাসন করেছিলেন। তিনি ছিলেন বলবানী শাসনের প্রতিষ্ঠাতা। তাঁর শাসনকালে তিনি স্বয়ং লাখনৌতিতে আমোদপ্রমোদে মত্ত থাকতেন এবং রাজ্য চালাত তাঁর অমাত্য। ১২৮৫ সালে বলবানের জ্যেষ্ঠ পুত্রের মৃত্যু হলে বোঘরা খান দিল্লি যান ও মাসদেড়েক পরে পালিয়ে আসেন বাংলাতে। বলবানের মৃত্যু হলে পর বোঘরা খানের পুত্র কায়কোবাদ সিংহাসনে বসেন। বোঘরা খান দিল্লি দখল করার উদ্দেশ্যে সৈন্য নিয়ে অযোধ্যা দখল করলে কায়কোবাদ সৈন্য নিয়ে এগোন। পিতা ও পুত্রর ১২৮৮ সালে মিলনের কথা আমীর খসরু *কিরণ-উস-সাদাউনে* লিখেছেন ১২৮৯ সালে। পরবর্তীকালে ঐতিহাসিকেরা এই তথ্যের উল্লেখ করেছেন। দুজনের আলোচনার ফলে বোঘরা খান (বলবানের মৃত্যুর পর সুলতান নাসিরুদ্দীন বোঘরা খান নামে পরিচিত) বাংলা ও বিহারের স্বাধীন রাজা হিসাবে থাকেন এবং অযোধ্যা ছেড়ে চলে আসেন। কায়কোবাদ কিছুদিন পরে মারা গেলে ওঁর অল্পবয়স্ক পুত্র সিংহাসনে বসে এবং খলজীদের হাতে মারা যায়। ১২৯০ সালের এপ্রিল মাসে বোঘরা খান এই দুঃসংবাদ পান। বোঘরা খান এরপর রাজকীয় প্রতীক ব্যবহার করা ছেড়ে দেন এবং সম্ভবতঃ ১৩০১ সালের সেপ্টেম্বর মাসে সামসুদ্দীন ফিরোজ শাহর লাখনৌতি দখল করার আগে মারা যান।

বোঘরা খানের রাজ্য শাসন ছেড়ে দেবার পর তাঁর পুত্র কাইখাউসকে সিংহাসনে বসানো হয়। ১২৯০ সালের একটা রূপার মুদ্রায় ওঁর নাম পাওয়া যায়। প্রায় আট

বছর ধরে ওঁর যে মুদ্রাগুলি পাওয়া যায় তার থেকে মনে হয় যে উনি বাংলা ও বিহার শাসন করেছিলেন। ততদিনে বাংলার শাসনের চারটি ভাগ হয়ে গিয়েছে—বিহার, সপ্তগ্রাম, বঙ্গ ও দেবকোট। সুলতান রুকনুদ্দীন কাইখাউস তাঁর অধীনস্থ আমলাদের যে স্বাধীন হতে দেননি তার প্রমাণ পাওয়া যায় তাঁর লাখিসরাই (মুঙ্গের), দেবকোট ও সপ্তগ্রামের শিলালেখগুলি (১২৯৭–৯৮) থেকে। ওঁর অধীনস্ত সেনাপতি জাফর খান গাজী এই সময় সপ্তগ্রাম দখল করেন।

কাইখাউসের মৃত্যুর পর সম্ভবত ১৩০১ সালে শামসুদ্দীন ফিরোজ শাহ সিংহাসনে বসেন। তিনি ছিলেন দাস ও শেষে বিহারের শাসনকর্তা। দিল্লিতে খলজীরা মামেলুক রাজত্ব শেষ করে দিলেও বাংলাতে তা আরো কিছুদিন চলতে থাকে। শামসুদ্দীন ওঁর পুত্র তাজউদ্দীন হাতিমকে বিহারের শাসনকর্তা করলেও উনি কোনও বিদ্রোহ করেননি। শামসুদ্দীনের সময়ের বড় ঘটনাগুলি হল যে সুলতানী শাসন পূর্ববঙ্গের সিলেটে ও ময়মনসিং এলাকায় প্রতিষ্ঠিত হয়। একটি শিলালেখ থেকে (যদিও পরবর্তী কালের) সিলেট জয়ের তারিখ ধরা হয়েছে ১৩০৩ সাল। ওঁর এক পুত্র সুলতান গিয়াসুদ্দীন বাহাদুর নামে কয়েকবছর রাজত্ব করেছিলেন। লাখনৌতির টাঁকশাল থেকে ওঁর নামের মুদ্রা পাওয়া যায়। সম্ভবত শামসুদ্দীন ফিরোজ এই সময়ে বিহার ও সপ্তগ্রামে রাজত্ব করছিলেন। বলা হয় যে ওঁর নাম থেকে ত্রিবেণীকে ফিরোজাবাদ বলা হয়। বাহাদুর অবশ্য পরাজিত ও নিহত হন। ইবন বতুতার লেখার উপর ভিত্তি করে শামসুদ্দীন ফিরোজকে বলবানী বংশের রাজা নাসিরুদ্দীন মাহমুদের পুত্র বলা হয়েছে। কিন্তু ওঁর মুদ্রায় এর কোনও প্রমাণ পাওয়া যায় না।

সুলতান গিয়াসুদ্দীন বাহাদুর ১৩১০ থেকে ১৩২৮ সাল পর্যন্ত রাজত্ব করেন, যদিও তাঁর পিতা ১৩১৫ সাল পর্যন্ত নিজেকে সুলতান বলতেন। ১৩১৭ থেকে ১৩১৮ সাল পর্যন্ত ওঁর ভাই সিহাবুদ্দীন ওঁকে লাখনৌতি থেকে হঠিয়ে দেন। ওঁর পিতার মৃত্যুর পর বাহাদুর লাখনৌতি ও সোনারগাঁও দখলে রেখেছিলেন, যদিও সপ্তগ্রামের উল্লেখ ওঁর মুদ্রায় নেই। তুঘলকদের আক্রমণের সময়ে সিহাবুদ্দীন জীবিত ছিলেন বলে মনে হয় না। ১৩২৪ সালে সুলতান গিয়াসুদ্দীন তুঘলক তিরহুত ও বাংলা জয় করার জন্য সৈন্য পাঠান। বাহাদুর ময়মনসিংহতে গিয়াসপুর বলে এক শহর তৈরি করে ওখানে ছিলেন। বাহাদুর লাখনৌতি ফিরে গিয়ে যুদ্ধ করার প্রস্তুতি নিলেন। ইসামী এই যুদ্ধের বর্ণনা দিয়েছেন[1]। বাহাদুর পরাজিত হয়ে স্থলপথে পূর্ববঙ্গে পালাতে গেলে বন্দী হন। লখনৌতি তুঘলক শাহ নাসিরুদ্দীন ইব্রাহিমকে শাসক করেন ও বাহরাম খানকে সপ্তগ্রাম ও সোনারগাঁওর শাসক করেন ১৩২৪ সালে। বাহাদুরকে বন্দী করে দিল্লি পাঠানো হয়।

সুলতান নাসিরুদ্দীন ইব্রাহিম দিল্লির অনুগত হিসাবে ১৩২৪ সাল থেকে ১৩২৬ সাল পর্যন্ত রাজত্ব করেছিলেন। ওই সময়ে ওঁর মুদ্রা পাওয়া যায়। ইতিমধ্যে মুহম্মদ তুঘলক সুলতান হয়েছেন (১৩২৫ সাল) এবং নাসিরুদ্দীন ইব্রাহিম ও বাহরাম খান (তাতার খান নামে পরিচিত তুঘলকের) উচ্চাকাঙ্খা কমানোর উদ্দেশ্যে বাহাদুরকে ছেড়ে দেন। ওঁকে সোনারগাঁওতে পাঠানো হয় অনুগত রাজা হিসেবে। তুঘলক বাংলায়

অনান্য অমাত্যও নিয়োগ করেন। সুলতান নাসিরুদ্দীনকে দিল্লিতে ডেকে পাঠানো হলে তাঁর আর খোঁজ পাওয়া যায় না। বাহাদুর শাহ তিন বছর (১৩২৮ সাল পর্যন্ত) অনুগত সুলতান ছিলেন। এর পরে তিনি লাখনৌতি দখল করলে বাহরাম খানের সঙ্গে যুদ্ধে বাহরামকে পরাজিত করেন। মুহম্মদ তুঘলক মূলতান থেকে এই খবর পান, কিন্তু বাহরাম শেষ পর্যন্ত জয়ী হন ও বাহাদুর নিহত হয়। এর পরে বাংলার তিনটি এলাকা তিন মালিক সুলতানের অনুগত হয়ে প্রায় দশ বছর শাসনের থাকে। বাহরাম খান ১৩২৮ সালে মারা যান। ফকরুদ্দীন এর পর সোনারগাঁওর শাসনভার নেন। উনি ১৩২৯ সালে সুলতান ফকরুদ্দীন মুবারক শাহ উপাধি নেন। অনান্য অমাত্যরা ওঁকে যুদ্ধে পরাজিত করলে ফকরুদ্দীন মেঘনা নদীর অপর পাড়ে গিয়ে ক্ষমতা প্রতিষ্ঠিত করেন।

কাদের খান এবার সোনারগাঁওর আশেপাশে থেকে খাজনা সংগ্রহ করলেন ও ওখানকার কোষাগারের সব সম্পত্তি বাজেয়াপ্ত করেও কেন্দ্রীয় কোষাগারে পাঠালেন না। এমনকি সৈন্যদের মাহিনা দেওয়াই তিনি বন্ধ করে দেন। ফলে সৈন্যদলের মধ্যে অসন্তোষ বেড়ে যায়। এরপর যখন ফকরুদ্দীন নদী পেরিয়ে আক্রমণ করে সৈন্যরা ওঁর সঙ্গে যোগ দেয়। কাদের খানকে সৈন্যরা হত্যা করে। ফকরুদ্দীন এরপর লাখনৌতিতে যুদ্ধ করার জন্যে সৈন্য পাঠালে তারা পরাজিত হয়। সুলতান মুহম্মদ লাখনৌতির জন্য শাসনকর্তা পাঠালে তিনি পথে মারা যান। বাংলা ১৩৩৯–৪০ থেকে দিল্লির শাসনের বাইরে চলে যায়। সাধারণত বলা হয় যে সুলতান মুহম্মদ তুঘলক আবার বাংলায় এসে ফকরুদ্দীনকে সরিয়ে দিয়েছিলেন। কিন্তু সোনারগাঁও থেকে ফকরুদ্দীনের মুদ্রা অন্তত ১৩৫০ সাল পর্যন্ত পাওয়া গিয়েছে।

ফকরুদ্দীনের সৈন্যদের লাখনৌতির কাছে যুদ্ধে হারিয়ে আলী মুবারক নিজে আলাউদ্দীন আলী শাহ নাম নিয়ে লাখনৌতির সিংহাসনে বসেন ১৩৩৯ সালে। ওঁর এক আমলা, ইলিয়াস, ওঁকে হত্যা করে লাখনৌতির সিংহাসনে বসেন। পরে তিনি সোনারগাঁও দখল করলে দুই বঙ্গ এক রাজার অধীনে চলে আসে। ইলিয়াস সম্ভবত আলী শাহর বৈমাত্রেয় ভ্রাতা ছিলেন বলে *রিয়াজ* মনে করেছেন। ফকরুদ্দীন আরো কয়েক বছর সোনারগাঁওতে রাজত্ব করেন ও দক্ষিণে চট্টগ্রাম পর্যন্ত রাজ্য বিস্তার করেন। ১৩৪৯ সালে উনি মারা গেলে সম্ভবত ওঁর পুত্র ইখতিয়ারউদ্দীন গাজী শাহ নাম নিয়ে সিংহাসনে বসেন। ১৩৫২ সাল পর্যন্ত ওঁর মুদ্রা পাওয়া গিয়েছে যার পরে ইলিয়াস শাহ ওঁকে সরিয়ে সিংহাসন দখল করেন।

ইলিয়াস শাহী (১৩৪২–৫৭)

১৩৪২ সালে শামসুদ্দীন ইলিয়াস শাহ ফিরোজাবাদে সুলতান আলাউদ্দীন আলীকে হত্যা করে সিংহাসনে বসেন। তাঁর পূর্ব পরিচয় বিশেষ কিছু জানা যায় না। দুজন সমসাময়িক আরবীয় ঐতিহাসিকের মতে ইলিয়াস ছিলেন পূর্ব ইরানের সিজিস্থানের অধিবাসী। কিভাবে তিনি ভারতে আসেন তার কোনও হদিস পাওয়া যায় না। *রিয়াজে* বলা হয়েছে যে তিনি দিল্লির সুলতান ফিরোজ তুঘলকের ভৃত্য ছিলেন। ওঁর বৈমাত্রেয়

ভাই আলী শাহ বাংলায় এলে কিছুপরে উনিও বাংলায় আসেন। বুখাননের মতে ইলিয়াস আলী মুবারকের ভৃত্য ছিলেন। এতে দেখা যায় যে ইলিয়াস নগণ্য কাজ করতেন। কিন্তু বারানী ও আবুল ফজল দুজনেই ওঁকে আমীর বলে উল্লেখ করেছেন। ফেরিস্তার মতে তিনি সুলতান হয়ে শামসুদ্দীন ভাঙরা উপাধি গ্রহণ করেন। *রিয়াজ* এর মতে আবার অত্যধিক ভাঙ খাওয়ার ফলে তাঁকে ওই নামে ডাকা হতো। শামসী সিরাজ আফিফ ইলিয়াসকে *শাহী বাংলা* বলে অভিহিত করেছেন। ইলিয়াস শাহের কোনও মুদ্রায় ভাঙরার কথা পাওয়া যায় না।

ইলিয়াস শাহের সিংহাসনে বসার সময়ে সমগ্র উত্তর ভারত ছিল বিপর্যস্ত। গোরক্ষপুর, চম্পারণ ও তিরহুতের রাজারা স্বাধীনতা ঘোষণা করেছে। কিন্তু তাদের মধ্যে কোন ঐক্য ছিল না। ইলিয়াস শাহ প্রথমে তিরহুত আক্রমণ করার সিদ্ধান্ত নেন সম্ভবত এই কারণে যে তিরহুতে তখন অন্তর্দ্বন্দ্ব শুরু হয়েছে। তিরহুত জয়ের জন্য ইলিয়াস ১৩৪৬ সালে নেপাল আক্রমণ করেন এবং বিনা বাধায় কাঠামাণ্ডু দখল করেন। ওখানে অনেকগুলি স্তূপ ও মন্দির ভাঙার পর ইলিয়াস ফিরে আসেন।

ইলিয়াস শাহ এবার উড়িষ্যা জয়ে মন দিলেন। সুবর্ণরেখা নদী থেকে গোদাবরী নদী পর্যন্ত সমৃদ্ধ সমতলভূমিতে ছিল অগণিত মন্দিরের ধনরত্ন। তুর্কিরা এতদূর অগ্রসর হতে পারেনি। ইলিয়াস শাহ চিল্কা হ্রদ পর্যন্ত ধ্বংস করতে করতে প্রচুর ধনরত্ন নিয়ে ফিরে আসেন। আরো সৈন্য সংগ্রহ করে এরপর তিনি চম্পারণ ও গোরক্ষপুর আক্রমণ করলে ওখানকার রাজারা তাঁর বশ্যতা স্বীকার করেন। সুলতানের রাজ্যের সীমানা বারাণসী পর্যন্ত পৌঁছে যায়। ভইরচ ও বারাণসী থেকে ফেরার পর সুলতানের উৎসাহের কথা সমসাময়িক *সিরাৎ-ই ফিরোজ শাহীতে* লেখা আছে।

১৩৫৩ সালে ইলিয়াস শাহ মুবারক শাহকে পরাজিত করে সোনারগাঁও দখল করেন। ইতিমধ্যে সুলতান মুহম্মদ তুঘলকের মৃত্যুর পর সুলতান হয়েছেন ফিরোজ শাহ তুঘলক। তিনি নভেম্বর ১৩৫৩ সালের শেষে বাংলা বিজয় করার জন্য দিল্লি থেকে যাত্রা করেন।

প্রায় নব্বই হাজার অশ্বারোহী, পদাতিক ও হাজার নৌকা নিয়ে ফিরোজ অযোধ্যা এলে সেখানে বাংলার সৈন্যরা যুদ্ধ করে পরাজিত হয়। সৈন্যভর্তি নৌকা নদী দিয়ে এগোতে গেলে বাংলার নৌবাহিনী বাধা দেয় কিন্তু পরাজিত হয়ে কুশী নদীতে ঘাঁটি করে। ফিরোজ স্থানীয় রাজার সাহায্যে নেপাল সীমান্তে কুশী পার হয়ে এগোলে বাংলায় সৈন্যরা ঘাঁটি ছেড়ে দিয়ে রাজধানী পাণ্ডুয়ায় ফিরে যায়। ফিরোজ ওদের অনুসরণ করে রাজধানী পাণ্ডুয়া দখল করেন। এর আগেই ইলিয়াস শাহ দিনাজপুর জেলায় বালিয়া ও চিরামতি নদীর মধ্যে এক দ্বীপের মতো জায়গায় একডালা গ্রামে দুর্গ তৈরি করে সামনে পরিখা কেটেছেন। এই দুর্গের মধ্যে তাঁর সব সৈন্য ও বাংলার অভিজাতরা ও তাদের পরিবার ছিল। ফিরোজ শাহ এক *নিশানে* বাঙলার সব সৈন্য মুকদ্দম ও জমিদারদের তাঁর দলে যোগ দেবার আহ্বান জানান এবং সঙ্গে নানারকম প্রতিশ্রুতি দিয়ে একডালা অবরোধ করেন।

ফিরোজের সৈন্যরা বেশিদিন জলাভূমির কষ্টকর অবস্থার মধ্যে থাকতে রাজী না হলে ফিরোজ সৈন্যসহ ফিরে যাবার ভান করেন। কয়েকজন কালান্দারকে তিনি দুর্গের মধ্যে পাঠিয়েছিলেন গুপ্তচর হিসাবে যারা ইলিয়াস শাহকে ওঁর ফিরে যাবার ইচ্ছার কথা বলেন। ইলিয়াস শাহ তাঁর নব্বই হাজার অশ্বারোহী, কয়েকটা হাতি ও বড় সংখ্যক পদাতিক নিয়ে ফিরোজকে অকস্মাৎ আক্রমণ করার জন্য পিছনে যান। ফিরোজ এ জন্য প্রস্তুত ছিলেন এবং একডালার চৌদ্দ মাইল দূরে যুদ্ধ হয়। ইলিয়াস যুদ্ধে পরাজিত হয়ে আবার একডালা দুর্গে আশ্রয় নেন। ওঁর বহু সৈন্য হতাহত হয়।

সিরাত ই ফিরোজ শাহীতে বলা হচ্ছে যে ফিরোজ আবার একডালা অবরোধ করেন। কিন্তু মুসলমান মহিলাদের কান্নাকাটি শুনে দিল্লি চলে যান। বারানী বলছেন যে যুদ্ধের পরই ফিরোজ দিল্লি চলে আসেন। ইলিয়াসের পক্ষ থেকে অন্ততঃ তিন বছর নানা উপহার ও হাতি দিল্লিতে পাঠানো হয়েছিল। ফিরোজের কাছে বারবার পরাজিত হবার ফলে লাখনৌতির পশ্চিম থেকে বাংলার শাসন শেষ হয়ে যায় যদিও বাংলার মধ্যে ইলিয়াস শাহ স্বাধীন ভাবেই রাজত্ব করেছিলেন।

দিল্লির হাত থেকে মুক্ত হয়ে ইলিয়াস এবার কামরূপ জয়ের দিকে মন দিলেন। ১২৪৭ ও ১২৫৭ সালে বাংলার শাসকরা দুবার কামরূপ আক্রমণ করে ব্যর্থ হয়েছিলেন। ১৩২৯ সাল থেকেই কামরূপের অবস্থার অবনতি হচ্ছিল। পুর্বদিক থেকে আহোম ও ব্রহ্মপুত্রর দক্ষিণ থেকে কাছারী উপজাতির আক্রমণে কামরূপ বিপর্যস্ত ছিল। বাংলার সৈন্যরা এই সময়ে আক্রমণ করে কামরূপ দখল করে। ১৩৫৭ সালে সুলতান সিকন্দার শাহের এক মুদ্রা কামরূপ থেকে পাওয়া যায়। বলা যায় যে এর আগেই কামরূপ দখল করা হয়েছিল, যদিও আসামের বুরুঞ্জীতে এর কোন উল্লেখ নেই।

হাজী ইলিয়াসের রাজত্ব সম্বন্ধে বিশেষ কিছু জানা যায় না। তিনি হাজীপুর বলে এক শহরের পত্তন করেন ও ফিরোজাবাদে দিল্লির হাউস-ই খাস এর অনুকরণে একটি জলাধার করে দেন। ওঁর সময়ে রাজধানীর শহরতলিতে বিখ্যাত সাধু আখী সিরাজুদ্দীন ও সেখ বিয়াবানী ছিলেন, যিনি ১৩৫৪ সালে মারা যান। ইলিয়াস শাহর রাজত্ব কবে শেষ হয়েছিল বলা শক্ত। সমসাময়িক পারসিক সূত্র অনুসারে ১৩৫৮ সালে ওঁর মৃত্যু হয়। এরপরে সুলতান ফিরোজ আবার বাংলা আক্রমণ করেন। কিন্তু ওঁর শেষ মুদ্রা পাওয়া যায় ১৩৫৭ সালে। ইলিয়াসের কৃতিত্বের মধ্যে বলা যায় উনি সমগ্র বাংলাকে একটা শাসনের মধ্যে নিয়ে আসেন।

সিকান্দার শাহ (১৩৫৭–১৩৮৯)

ইলিয়াস শাহর মৃত্যুর পর ওঁর পুত্র সিকান্দার শাহ সিংহাসনে বসেন। তিন দশক ধরে উনি রাজত্ব করেন এবং বাংলার স্বাধীনতা হরনের প্রচেষ্টা ব্যর্থ করেন। সিংহাসনে বসার পরেই সিকান্দার আলম খান নামে এক দূতকে দিল্লি পাঠান। কয়েক মাস পরে উনি দিল্লির দরবারে পাঁচটি হাতি পাঠান। এসব সত্ত্বেও দিল্লির বাংলা অভিযান বন্ধ হয়নি।

১৩৫৭ সালে দিল্লিতে আসেন পারস্য দেশীয় অভিজাত জাফর খান যিনি সুলতান ফকরুদ্দীনের জামাই। উনি সোনারগাঁওতে অর্থ বিভাগে উচ্চ পদে ছিলেন। ফকরুদ্দীনের মৃত্যু হলে ও ইলিয়াস গাজী কর্তৃক ১৩৫২ সালে সোনারগাঁও দখল হলে পর জাফর খান নানা বিপত্তির মধ্য দিয়ে দিল্লি হাজির হয়ে সুলতানের কছে সোনারগাঁওর পুনর্দখল চান। ফিরোজ এই সুযোগই খুঁজছিলেন। উনি সিকান্দারকে বশ্যতা স্বীকার করার দাবি জানিয়ে আশি হাজার অশ্বারোহী, চারশো সত্তরটি হাতি ও অসংখ্য পদাতিক নিয়ে লাখনৌতি রওনা হন। তাঁর পিতার মতো সিকান্দারও একডালা দুর্গে আশ্রয় নেন। ফিরোজ আবার একডালা অবরোধ করেন। একদিন দুর্গের একটি মিনার ভেঙে পাঁচিলের উপর পড়লে, ফিরোজের সেনাপতিরা দুর্গ আক্রমণ করতে চায়। কিন্তু ফিরোজ তাদের ঠেকিয়ে রাখেন। এরপরে ১৩৫৯ সালে সন্ধি করে ফিরোজ বাংলা ছেড়ে দিল্লিতে ফিরে যান ও পরের প্রায় দুশো বছর দিল্লি বাংলাকে আর আক্রমণ করেনি। এরপরে শান্তির সুযোগে সিকান্দার ফিরোজাবাদে অনেকগুলি সৌধ করেছিলেন, যার মধ্যে মাত্র একটা (আদিনা মসজিদ) অবশিষ্ট আছে। এই মসজিদ উত্তর থেকে দক্ষিণে ৫০৭ ফিট ও পূর্ব থেকে পশ্চিমে ছিল ২৮৫ ফিট। মাঝখানের চৌহদ্দী ছিল ৪০০ ফিট লম্বা ও ১৫০ ফিট চওড়া। বহু স্তম্ভ দিয়ে এটি তৈরি করা হয়েছিল এবং সমসাময়িক ভারতে এটিই ছিল সবথেকে বড় মসজিদ। সামনের খোলা জায়গায় হাজার হাজার লোক নমাজ পড়তে পারত। *রিয়াজের* লেখক বলেছেন যে এই মসজিদটি নির্মাণকার্য ১৩৬৪ সালে শুরু হয়ে চার বছরেও শেষ হয়নি। পশ্চিম দিকের পাঁচিলে একটি শিলালেখ রয়েছে। দামাস্কাসের বড় মসজিদের সঙ্গে তুলনীয় এই মসজিদে হিন্দু ও বৌদ্ধ স্থাপত্য শিল্পের নিয়মাবলী নেওয়া হয়েছিল। কেউ কেউ বলেছেন যে একটা বৌদ্ধ স্তুপ ভেঙে এটা করা হয়েছে। কিন্তু বিভিন্ন জায়গায় সম্পূর্ণ ও ভাঙা হিন্দু মূর্তি পাওয়া গিয়েছে। সমসাময়িক আরো কতকগুলি সৌধ পাওয়া যায় যার মধ্যে রয়েছে আখী সিরাজুদ্দীনের সমাধি, গৌড়ে কেতোয়ালী দরওয়াজা, শেখ আলাওল হকের সমাধি ইত্যাদি। ইনি ছিলেন আখী সিরাজুদ্দীনের উত্তরাধিকারী।

সিকান্দারের শেষ জীবনে তাঁর ছেলেদের মধ্যে নানা ষড়যন্ত্র শুরু হয়। *রিয়াজ* বলছেন যে প্রথম রানীর সতেরোটি ছেলে এবং দ্বিতীয় রানীর এক ছেলের মধ্যে সিকান্দার দ্বিতীয় রানীর ছেলে গিয়াসুদ্দীনকে বেশি পছন্দ করতেন। এতে প্রথম রানী ক্ষুব্ধ হয়ে গিয়াসুদ্দীনের বিরুদ্ধে ষড়যন্ত্র করতে থাকেন। দ্বিতীয় রানীর ছেলে তখন সোনারগাঁওতে গিয়ে বিদ্রোহ করে। মুদ্রা থেকে দেখা যায় যে সে সোনারগাঁও ও সপ্তগ্রাম দখল করে ফিরোজাবাদের উপর দাবি জানায়। ১৩৮৯ সালে পাণ্ডুয়ার কাছে গোয়ালপাড়াতে যুদ্ধের পর সিকান্দার সম্ভবত যুদ্ধক্ষেত্রেই মারা যান। স্থানীয় পরম্পরা অনুসারে সিকান্দারকে আদিনা মসজিদে সমাধিস্ত করা হয়।

গিয়াসুদ্দীন আজম শাহ

রিয়াজের মতে আজম শাহ তাঁর ভাইদের হত্যা করেছিলেন। বুখানন বলেছেন যে তিনি ভাইদের হত্যা করেন। আজম শাহর সম্পর্কে সূত্র খুব কম। ফিরোজ শাহ দিল্লিতে

দ্বিতীয়বার ফিরে পাবার পর দিল্লির ঐতিহাসিকরা বাংলা সম্বন্ধে কিছু লেখেননি। চীন সম্রাটের সঙ্গে দূত বিনিময়ের জন্য তিনি প্রসিদ্ধি লাভ করেন। বুখাননের মতে শাহাব নামে এক ব্যক্তির সঙ্গে দীর্ঘকাল যুদ্ধের পর আজম শাহ জয়লাভ করেন। চট্টগ্রামে সংগ্রহশালার রক্ষিত মুদ্রা থেকে এটি সত্য বলে মনে হয়। শাহাবকে গিয়াসুদ্দীনের এক ভাই মনে করলে বলা যায় যে ভাইরা তাঁর সিংহাসন প্রাপ্তিতে বাধা দিয়েছিল।

আজম শাহর সঙ্গে কামরূপের যুদ্ধ হয়েছিল বলে মনে করা হয়। সিকান্দারের প্রথম বছরের একটি মুদ্রা ছাড়া কামরূপে ওই সময়ের মুদ্রা পাওয়া যায়নি। মনে হয় কামরূপ বিদ্রোহ করে সিকান্দারের সময়ে এবং আজম শাহ কামরূপ অভিযান করেন। গৌহাটিতে একটা শিলালেখ এদিকে আমাদের দৃষ্টি আকর্ষণ করে। শিলালেখটি আজম শাহর। কিন্তু কোন তারিখ নেই। একটি সংস্কৃত পুঁথিতে বলা হচ্ছে যে ১৩৯৪–৯৫ সালে মুসলমানরা কামরূপ আক্রমণ করে বারো বছর দখলে রাখে। সুতরাং আজম শহর রাজত্বের প্রথম দিকেই এই অভিযান হয়েছিল। এর সমর্থন মেলে *আহোম বুরুঞ্জীতে* যেখানে বলা হয়েছে রাজা সুদঙ্ফার সময়ে (১৩৯৭–১৪০৭) মুসলমানেরা কামরূপ আক্রমণ করেছিল। কিন্তু কামতা রাজ্য আহোমদের সাহায্য করায় আজম শাহ বিশেষ সুবিধা করতে পারেননি। হয়ত কামরূপের অংশ বিশেষ নিয়েই আজম শাহকে খুশি থাকতে হয়। এই ইঙ্গিত গৌহাটির শিলালেখতে পাওয়া যায়।

রিয়াজ-উল সালাতিন আজম শাহর ন্যায়পরায়ণতা ও বিদগ্ধ জনের পৃষ্ঠপোষকতার কথা বলেছেন। উনি আরো বলেন যে পারসিক কবি হাফিজের সঙ্গে আজম শাহর কবিতা বিনিময় হয়েছিল। সমসাময়িক আরবী গ্রন্থ থেকে পাওয়া যায় যে আজম শাহ মক্কা ও মদিনার মাদ্রাসার জন্য বহু অর্থ পাঠান। আজম শাহ সুফিদের অত্যন্ত ভক্তি করতেন। পাণ্ডুয়াতে নূরকুতুব আলম একটি খানকা স্থাপন করেন। বলা হয় যে আজম শাহ ওঁর সহপাঠী ছিলেন। আজম শাহ বিহারের শেখ মুজাফফর *শামস* বলখীকে খুব ভক্তি করতেন।

সুফিরা হিন্দুদের উঁচু পদে নিয়োগ আপত্তি করতেন। ইলিয়াস শাহের সময়ে হিন্দুরা উচ্চ পদ পেতে থাকে এবং হিন্দু সৈন্য ও সেনাপতিরা মিলিতভাবে দিল্লির সৈন্যদের মোকাবিলা করে। আজম শাহের সময়েও হিন্দুরা উঁচু পদ পায়। একজন হিন্দু উজীরও হন। রাজা গণেশ ছিলেন আজমের অমাত্য। বলখী অবশ্য একটা চিঠিতে আজমকে সাবধান করেছেন অবিশ্বাসীদের উঁচুপদে নিয়োগ না করার জন্য। সম্ভবত আজম শাহ এই উপদেশ গ্রহণ করেননি।

শর্কী সুলতানাত প্রতিষ্ঠিত হবার পর আজম শাহ জৌনপুরে দূত পাঠান। উভয়ের উদ্দেশ্য ছিল দিল্লির বিরুদ্ধে এক হওয়া। এছাড়া চীনা সম্রাটের কাছে উনি ১৪০৫, ১৪০৮ ও ১৪০৯ সালে দূত পাঠান। এরপর প্রতি বছরই দূত বিনিময় হতে থাকে। বাংলার আর কোন সুলতান এর আগে চীনদেশে দূত পাঠিয়েছিলেন কিনা বলা যায় না। এই দূত বিনিময়ের প্রথা আজম শাহর মৃত্যুর পরও চলতে থাকে। ১৪৩৮–৩৯ সাল পর্যন্ত বাংলা ও চীনের দূত বিনিময় প্রথা চলে।

চীনা ভাষায় বাংলার সমাজ সম্বন্ধে বেশ কিছু তথ্য পাওয়া যায়। বাংলায় হিন্দু ও মুসলমান দুই জাতি। হিন্দুরা গরুর মাংস খেত না ও স্বামী-স্ত্রী একসঙ্গে বসে খেত না। হিন্দু সমাজে স্বামী বা স্ত্রী আগে মারা গেলে কেউই দ্বিতীয়বার বিয়ে করত না। বাঙালি ব্যবসায়ীরা লোকসান হলেও মিথ্যার আশ্রয় নিত না। কথাবার্তা সাধারণত বাংলা ভাষায় বলা হতো। কেবল কয়েকজন উচ্চপদস্থ মুসলমান ফার্সী ভাষা ব্যবহার করত। উচ্চপদস্থ অমাত্যরা সকলেই পাগড়ী পরত। মেয়েরা সোনার গয়না ব্যবহার করত ও শাড়ী পরত। চাষীরা সারা বছর কাজ করত। বাংলাতে তিনবার ফসল হতো এবং সব কিছুর দাম অসম্ভব সস্তা ছিল। ধান প্রধান উৎপন্ন দ্রব্য ও বছরে দুবার হতো। ফলে বাংলা ছিল সমৃদ্ধ দেশ। চীনা দূতরা বাংলার বস্ত্রশিল্পের বিশেষত সূতী বস্ত্রের বিশেষ প্রশংসা করেছে। মুসলমানরাও বাংলার ব্যবসা-বাণিজ্যের সঙ্গে যুক্ত ছিল। বাংলায় রুপোর মুদ্রার চলন ছিল। সৈন্যদের মাহিনা ও রসদ সরবরাহ করা হতো।

আজম শাহর মুদ্রা ১৪১০–১১ সাল পর্যন্ত পাওয়া যায় এবং মনে হয় যে ওই বছরে তিনি মারা যান। একই বছরে ওঁর মুদ্রায় ওঁর পুত্র সইফুদ্দীন হামজা শাহর নাম পাওয়া যায়।

সইফুদ্দীন হামজা শাহ

মৃত্যুর সময়ে আজম শাহ তাঁর পিতার রাজ্যসীমা অক্ষুণ্ণ রেখে মারা যান। তাঁর মুদ্রা ও চীনা লেখা থেকে জানা যায় যে সপ্তগ্রাম, সোনারগাঁও ও চট্টগ্রাম বন্দরের উপরে তাঁর কতৃত্ব ছিল। হামজা শাহর কোনও শিলালিপি পাওয়া যায়নি তবে তাঁর মুদ্রা থেকে জানা যায় যে তিনি ১৪১০–১১ সাল থেকে ১৪১১–১২ সাল পর্যন্ত (দু বছরের কাছে) রাজত্ব করেছিলেন।

হামজা শাহ চীন দেশের সঙ্গে তাঁর পিতার নীতি অনুসরণ করেছিলেন। ১৪১২ সালে তিনি চীনদেশে দূত পাঠান। ফেরিস্তা হামজা শাহের প্রশংসা করেছেন, যদিও যদুনাথ সরকার মনে করেন যে এ প্রশস্তি গিয়াসুদ্দীন আজম শাহ সম্বন্ধে প্রযোজ্য। আরবী ঐতিহাসিকদের লেখা থেকে দেখা যায় যে হামজা শাহের ক্রীতদাস তাঁকে পরাজিত ও নিহত করে সিহাবুদ্দীন বায়োজিদ নামে সিংহাসনে বসেন।

আবুল ফজল, ফেরিস্তা ও *রিয়াজের* লেখা থেকে জানা যায় যে হামজা শাহের মৃত্যুর পর তাঁর পুত্র শামসুদ্দীন সিংহাসনে বসেন। কিন্তু মুদ্রার সাক্ষ্য থেকে জানা যায় যে হামজার পর বায়োজিদ সুলতান হয়েছিলেন। বায়োজিদ তাঁর মুদ্রায় তিনি যে হামজা শাহের পুত্র এ কথা বলেননি। *রিয়াজ*ও পরিষ্কারভাবে বলেননি যে বায়োজিদ হামজা শাহর পুত্র। উনি বলেছেন যে বায়োজিদ পালিত পুত্র ছিলেন। বুখানন শামসুদ্দীনের কোন উল্লেখ করেননি। উনিই বলছেন যে সিহাবুদ্দীন ছিলেন হামজা শাহর ক্রীতদাস। আরবী ঐতিহাসিকদের লেখা থেকে এর সমর্থন মেলে। ফেরিস্তা বলছেন যে রাজা কানস (গণেশ) সিহাবুদ্দীনকে শিখণ্ডী খাড়া করে রাজ্য চালাতেন। আবুল ফজল ও *রিয়াজের* লেখায় এর সমর্থন মেলে। সিহাবুদ্দীন ১৪১২–১৩ সালে

সিংহাসনে বসেন এবং ১৪১৪–১৫ সালে সিংহাসন চ্যুত হন। আরবী ঐতিহাসিকদের লেখা থেকে জানা যায় যে গণেশ সিহাবুদ্দীনকে আক্রমণ করে হত্যা করেছিলেন। *রিয়াজ* সিহাবুদ্দীনের সিংহাসনচ্যুত হওয়া সম্পর্কে তিনটি মত দিয়েছিলেন, যার শেষের মতটি আরবী ঐতিহাসিকদের মতের সঙ্গে মিলে যায়। যদুনাথ সরকার বলেছেন যে হামজা শাহ ও সিহাবুদ্দীনের রাজত্বকালে আমীরদের ক্ষমতা অনেক বেড়ে যায়। সুখময় মুখোপাধ্যায় এই মত গ্রহণ করেন নি। কিন্তু এই দুজনের স্বল্প রাজত্বকাল ও আমীর গণেশের হাতে নিহত হওয়া যদুনাথ সরকারের মতকেই সমর্থন করে।

আলাউদ্দীন ফিরোজ শাহ

সমসাময়িক কোন ইতিহাসে এঁর নাম পাওয়া যায় না। কিন্তু ওঁর মুদ্রা পূর্ববঙ্গের মুয়াজ্জামাবাদ ও সপ্তগ্রাম থেকে পাওয়া গিয়েছে। এর থেকে নলিনীকান্ত ভট্টশালী অনুমান করছেন ও আবুল করিম সমর্থন করেছেন যে আলাউদ্দীন ফিরোজ শাহ ফিরোজাবাদ থেকে পালিয়ে গিয়ে মুসলমান আমীরদের নিয়ে গনেশের বিরুদ্ধে প্রতিরোধ গড়ে তোলার চেষ্টা করেছিলেন। কিন্তু সম্প্রতি বায়োজিদ শাহর ছেলে আলাউদ্দীন ফিরোজ শাহর ফিরোজাবাদ টাঁকশাল থেকে উৎকীর্ণ মুদ্রা পাওয়া গিয়েছে। এতে অনুমান করা যায় ১৪১৪–১৫ সালে আলাউদ্দীন ফিরোজ শাহ সম্পূর্ণ রাজ্যের সুলতান হয়েছিলেন। গণেশ যে ওঁকে শিখণ্ডী খাড়া করে রাজত্ব চালাচ্ছিলেন এরও কোনও প্রত্যক্ষ প্রমাণ নেই। গণেশ চক্রান্ত ও হত্যা করে ইলিয়াস শাহীর বংশ শেষ করে দিয়েছিলেন আবদুল করিমের এই ধারণাও ভ্রান্ত। বায়োজিদ বা আলাউদ্দীন ফিরোজ শাহ ইলিয়াস বংশের ছিলেন না।

রাজা গণেশ

বাংলার সুলতানদের মধ্যে গণেশই একমাত্র হিন্দু সুলতান। এই নাম, অভ্যুদয় এবং সিংহাসন হারানোর ঘটনা নিয়ে বর্তমানকালে ঐতিহাসিকদের মধ্যে নানারকম মতবিরোধ হয়েছে। উল্লেখযোগ্য যে সমসাময়িক দুজন দরবেশের লিপি ছাড়া গণেশের উল্লেখ কোনও সমসাময়িক পুঁথিতে পাওয়া যায় না। ষোড়শ শতাব্দীর আবুল ফজলের লেখা থেকে *রিয়াজের* লেখা পর্যন্ত অর্থাৎ অষ্টাদশ শতাব্দীর শেষের দিক পর্যন্ত গণেশের উল্লেখ পাওয়া যায়। ফার্সী ঐতিহাসিকরা এঁকে কানস বলে অভিহিত করেছেন। পরবর্তী সংস্কৃত পুঁথিতে (তাং: ১৪৮৭ খ্রিস্টাব্দ) একে গণেশ বলা হচ্ছে। বুখানন যে প্রাচীন পুঁথি থেকে বিবরণ দিয়েছেন, সেটি আর এখন পাওয়া যায় না। কিন্তু সেই পুঁথিতে ওঁকে গণেশ বলা হয়েছে।

গণেশ ছিলেন উত্তরবঙ্গের রাজশাহী অঞ্চলের ভাদুরিয়ার জমিদার। হিন্দু জমিদাররা যে ইলিয়াস শাহের সময়ে বাংলার সুলতানের পক্ষে যুদ্ধ করেছিলেন তার উল্লেখ বারানী করেছেন। সিকান্দার শাহের শেষদিক থেকে তাঁর ছেলে বিদ্রোহ করে তাঁর পিতাকে হত্যা করে সিংহাসন লাভ করেন। এঁর পরের সুলতানরা অযোগ্য

ছিলেন। সুতরাং ইলিয়াস শাহী বংশ শেষ হয় তাদের অর্ন্তদ্বেষের ফলে যার মধ্যে অন্যান্য অমাত্যদের সঙ্গে গণেশেরও হাত থাকা অসম্ভব নয়। কিন্তু গণেশের হাতে অত ক্ষমতা থাকলে তিনি নিজে তখনই সুলতান হতেন, বিশেষত যখন ইলিয়াস শাহী বংশ শেষ হয়ে গিয়েছে। সেটা না হওয়ায় মনে হয় যে পরপর দুজন অযোগ্য সুলতান উপস্থিত হলে দেশে যে বিশৃঙ্খলার সৃষ্টি হয়েছিল, তার সুযোগ গণেশ নিয়েছিলেন। উল্লেখযোগ্য যে আলাউদ্দীন ফিরোজ শাহর মুদ্রার অব্যবহিত পরেই জালালুদ্দীনের কোন মুদ্রা পাওয়া যায়নি। *রিয়াজ* বলেছেন যে ইব্রাহিম শর্কী দরবেশদের অনুরোধে বাংলা আক্রমণ করলে গণেশ রাজত্ব ত্যাগ করেন ও তাঁর পুত্র যদু জালালুদ্দীন নামে সিংহাসনে বসেন। এই তথ্যের সত্যতা সম্পর্কে প্রশ্ন থেকে যায় যেহেতু ইব্রাহিম শর্কী তখন দিল্লির সঙ্গে লড়াই করছেন এবং ওঁকে সাহায্য করছেন আসেপাশের হিন্দু জমিদাররা। সুতরাং এক হিন্দুকে সরানোর জন্য তিনি এতদূরে অভিযান করবেন এটা গ্রহণযোগ্য নয়। আসলে দরবেশের চিঠির উপর ভিত্তি করে গণেশের রাজ্যলাভকে হিন্দু পুনরভ্যুত্থান কিনা ভেবে দেখা দরকার। বিশেষত যখন নূরকুতুব আলমের চিঠি কতটা প্রক্ষিপ্ত এ নিয়ে কিছু সন্দেহ জেগেছে। কিন্তু ইব্রাহিম শর্কী এসেছিলেন এ নিয়ে সন্দেহ নেই কারণ চীনা সূত্র থেকে এর সমর্থন মেলে। বুখাননের বিবরণেও এর সমর্থন মেলে।

আলাউদ্দীন ফিরোজ শাহর শেষ মুদ্রা এবং জালালুদ্দীনের প্রথম মুদ্রার মধ্যে ব্যবধান ছয় মাস। এই অল্প সময়ের মধ্যে নূর কুতুব আলম ও জৌনপুরের দরবেশ আসরাফ সিমানীর মধ্যে চিঠি চালাচালি হয়েছে এবং ইব্রাহিম সসৈন্যে উপস্থিত হয়েছেন। আসলে ইব্রাহিম শর্কী তিরহুতের রাজার সঙ্গে বিরোধ করেছিলেন এবং সে জন্যই এতদূরে এসেছিলেন। আসরফ সীমানীর চিঠিগুলি সত্য বলে ধরলে বলা যায় যে বাংলায় বিশৃঙ্খলার সুযোগ ইব্রাহিম শর্কী গ্রহণ করেছিলেন। দরবেশদের লেখা চিঠিতে 'কাফের' ও মুসলমানদের উপর আক্রমণের খবর পেয়ে ইব্রাহিম শর্কীর বাংলা আক্রমণ করেন—এমন ধারণা করা বোধ হয় ঠিক হবে না।

রিয়াজ বলেছেন যে গণেশ সুলতান হয়ে দরবেশদের কঠোর হাতে দমন করেন। উল্লেখযোগ্য যে কোনও কোনও দিল্লির সুলতানদের সঙ্গে স্থানীয় দরবেশদের সম্পর্ক ভালো ছিল না এবং কোনও কোনও সুলতান দরবেশ হত্যার পরিকল্পনাও নিয়েছিলেন। সুলতান হত্যার মধ্যে দরবেশদের হাত একেবারে ছিল না এটাও বলা শক্ত। যদুনাথ সরকার সন্দেহ প্রকাশ করেছেন যে ইব্রাহিম শর্কী সত্যিই এসেছিলেন কিনা। সুখময় মুখোপাধ্যায় বিভিন্ন পুঁথির সাহায্যে দেখিয়েছেন যে ইব্রাহিম শর্কী এসেছিলেন। *রিয়াজ* বলেছেন যে নূরকুতুব আলমের মধ্যস্থতা গণেশ চাইলে আলম ওঁর পুত্র যদুকে মুসলমান ধর্মে ধর্মান্তরিত করিয়ে সুলতান করান। তবে *রিয়াজের* এ বক্তব্য সত্য নয়। কারণ ১৪২৮–২৯ সালে *সঙ্গীত শিরোমণিতে* বলা হয় যে ইব্রাহিম নিজেই যদুকে ধর্মান্তরিত করে সিংহাসনে বসান। কিন্তু সুকুমার সেন বলছেন যে যদু তাঁর পিতার সঙ্গে বিরোধ করে ইব্রাহিমের সঙ্গে যোগ দিয়ে মুসলমান হয়ে সুলতান হয়েছিলেন।

জালালাদ্দীন মুহম্মদ শাহ ঃ প্রথমবার

রাজা গণেশের পরে জালালুদ্দীনই যে সিংহাসনে বসেছিলেন তা মুদ্রাতে পাওয়া যায়। *রিয়াজ* বলছেন, ওঁর রাজত্ব শুরু হবার পর রাজ্যে ইসলামী আইন শুরু হয়। এক চীনা দল পাণ্ডুয়াতে আসে ১৪১৬ সালের মে জুন মাসে। সেখানে ভোজ সভায় মেষ ও গোমাংসের কাবাব দেওয়া হয়। সুতরাং এটা পরিষ্কার যে ততদিনে ধর্মান্তরিত হয়ে জালালুদ্দীন সিংহাসনে বসেছেন। ১৪১৫ সালের শেষ দিক থেকে ওঁর মুদ্রা পাওয়া যায়।

জালালুদ্দীন সম্পূর্ণ কর্তৃত্ব নিয়ে রাজত্ব করতে পারেননি। নূর কুতুব আলমের একটা চিঠি থেকে জানা যায় যে 'কাফেরের সন্তান' ইসলাম ধর্ম গ্রহণ করে রাজা হলেও, রাজকার্য ছিল একজন বিধর্মীর হাতে। এছাড়া এই কাফেরের ছেলে সিংহাসনে বসায় নিষ্ঠাবান মুসলমানদের কোন লাভ হয়নি। এর থেকে মনে হতে পারে ওঁকে সিংহাসনে বসানোর কোনও ইচ্ছা নূর কুতুব আলমের ছিল না। ইব্রাহিম যে প্রচুর অর্থ নিয়ে ফিরে গিয়েছিলেন তারও উল্লেখ আছে। আরো বলা হচ্ছে যে এতে মুসলমানরা কোনও প্রতিবাদ করছে না। সম্ভবতঃ জালালুদ্দীন সিংহাসনচ্যুত হননি। কিন্তু আসল ক্ষমতা চলে যায় গণেশের হাতে, যিনি ইব্রাহিম চলে যাবার পর আবার আত্মপ্রকাশ করেন। কিন্তু এতে হিন্দুধর্মের ধ্বজা উড়েছিল কিনা সন্দেহ আছে। গণেশের অভ্যুত্থান একটি প্রাসাদ ষড়যন্ত্রের ফলে, সামনাসামনি যুদ্ধের ফলে নয়। দরবেশের চিঠি থেকে মনে হয় মুসলমান আমীররা গণেশকেই প্রথম থেকে সাহায্য করেছেন। আসলে ঐতিহাসিকরা মনে করছেন যে সমাজে যে রকম হিন্দু-মুসলমান বিভাজন রয়েছে রাজনীতিতে একই রকম বিভাজন ছিল। বাংলার সুলতানী ইতিহাসে ওই ধরনের রাজনৈতিক বিভাজন ছিল কিনা ভেবে দেখা দরকার। বাংলায় উচ্চশ্রেণীর মধ্যে কতটা সামাজিক বিভাজন ছিল সেটাও বিবেচ্য। *রিয়াজে* বলা হয়েছে যে গণেশ আজম শাহকে হত্যা করেন। কিন্তু দেখা যাচ্ছে যে গণেশ আজম শাহের বিধবা স্ত্রীকে বিবাহ করেছিলেন এবং তাঁর পুত্র যদুর সঙ্গে আজম শাহের কন্যা নয়নতারার বিবাহ দিয়েছিলেন। ফেরিস্তা বলছেন যে গণেশ মুসলমানদের বন্ধু ছিলেন এবং তাঁর মৃত্যুর পর মুসলমানরা তাঁর দেহ কবর দিতে চায়। সুতরাং *রিয়াজের* বক্তব্য ও দরবেশদের চিঠি অতিরঞ্জিত বলে বোধ হয়। গণেশের পিছনে মুসলমান আমীরদের বড় অংশের সমর্থন না থাকলে দুবার বিনা রক্তপাতে ক্ষমতায় আসতে পারতেন না এবং মুসলমানরা উদাসীন বলে নূর কুতুব আলমকে হা-হুতাশ করতে হতো না।

জালালুদ্দীনের মুদ্রা প্রায় একবছর পাওয়া যায়নি, যার থেকে সুখময় মুখোপাধ্যায় মনে করছেন যে ওই সময়ে গণেশ জালালুদ্দীনকে সরিয়ে নিজে রাজত্ব করেছিলেন। সেই সময়ে দুজন হিন্দু রাজার বাংলা অক্ষরে খোদিত মুদ্রা পাওয়া যাচ্ছে পাণ্ডুয়া (পাণ্ডুনগর), সুবর্ণগ্রাম (সোনারগাঁও) ও চট্টগ্রাম থেকে। এগুলি ১৩৩৯–৪০ শকাব্দর (১৪১৬–১৪১৭ খ্রিস্টাব্দ)। এগুলিতে রাজার নাম দেওয়া আছে দনুজমর্দন দেব ও

মহেন্দ্রদেব। এই দনুজদেবই গণেশ যিনি নিজের নামে মুদ্রা করেছিলেন বলে সুখময় মুখোপাধ্যায় বলছেন। নলিনীকান্ত ভট্টশালী প্রথমে এই মত প্রচার করেন। মহেন্দ্রদেবকে ধরা হচ্ছে যদু বা জালালুদ্দীনের ভাই বলে। গৌড় ও পাণ্ডুয়ার ধ্বংসাবশেষের মধ্যে এদের দুটি মুদ্রা পাওয়া যায়। *রিয়াজ* ও *বুখাননের* লেখায় গণেশের দ্বিতীয়বার সিংহাসন প্রাপ্তির সমর্থন মেলে। যদিও এই মুদ্রাগুলি সরকারী টাঁকশাল থেকে পাওয়া গিয়েছে, কিন্তু মুদ্রাতে বাংলার সুলতান বা অধীশ্বর বলে বলা নেই।

রিয়াজ বলেছেন যে গণেশ সিংহাসনে বসে যদুকে শুদ্ধি করিয়ে হিন্দু করেন এবং মৃত নূর কুতুব আলমের পুত্র আনোয়ারকে হত্যা করেন। ফেরিস্তা ঈঙ্গিত করেছেন যদু কিছুকাল পরে (অর্থাৎ দ্বিতীয়বার সিংহাসনে বসার পর) স্বেচ্ছায় মুসলমান হয়েছিলেন। *রিয়াজ* ও বুখানন দুজনেই বলছেন যে গণেশ যদুকে বন্দী করে রেখেছিলেন। ফেরিস্তাতে এর সমর্থন মেলে না তবে যদু যদি স্বেচ্ছায় দ্বিতীয়বার মুসলমান হয়ে থাকেন, তাহলে পিতা-পুত্রর ঝগড়া বহুদূর পর্যন্ত গড়িয়েছিল বলে মনে হয়।

রিয়াজ বলছেন যে শেখ আনোয়ারের ভাইপো শেখ জাহিদকেও আনোয়ারের সঙ্গে নির্বাসিত করা হয়েছিল। আসরফ সীমানীর একটা চিঠিতে দেখা যায় যে তিনি বিধর্মীর গ্রাস থেকে নূর কুতুব আলমের পরিবারবর্গকে উদ্ধার করার চেষ্টা করছেন। কিন্তু আনোয়ারের মৃত্যু সম্পর্কে কোনও উল্লেখ নেই। এর থেকে মনে হয় যে গণেশের সঙ্গে দুটি স্তরে বিরোধ হয়েছিল—একটি তাঁর ছেলের সঙ্গে ও অন্যটি এক দরবেশের সঙ্গে। দুটি বিরোধই ব্যক্তিকেন্দ্রীক এবং মুসলমান আমীররা এতে হস্তক্ষেপ করেছিল বলে মনে হয় না। সম্ভবত আনোয়ার ও জাহিদকে প্রথমে বন্দী করে রাখা হয়েছিল যার থেকে বলা যায় যে গণেশ নির্বিচারে মুসলমানদের হত্যা করেননি। আসলে গণেশকে হিন্দু পুনরুভ্যুত্থানের প্রতীক হিসাবে না দেখলে বাকী অংশগুলি মেলাতে কোনও অসুবিধা হয় না।

১৪১৮ সালের পর দনুজমর্দন দেবের আর মুদ্রা পাওয়া যায় না। সুতরাং ওই বছর গণেশ মারা গিয়েছিলেন বলে ধরা যায়। চন্দ্রদ্বীপে (বাকলা) আর একজন দনুজমর্দন রাজা ছিলেন বলবানের আক্রমণের সময়ে এ কথা বারানী উল্লেখ করেছেন। গণেশ ওঁর মৃত্যুর বহু বছর পরে ওই উপাধি নিয়েছিলেন একথা স্বীকার করতে কোন বাধা নেই। কারণ চন্দ্রদ্বীপের দনুজমর্দনের হাতে কোনও ক্রমেই পাণ্ডুয়ার বা লক্ষণাবতীর দখল ছিল না একথা জোর করেই বলা যায়। *রিয়াজ* বলেছেন যে গণেশের বন্দী ছেলে যদু ষড়যন্ত্র করে গণেশকে হত্যা করেছিলেন বলে গুজব আছে। সমসাময়িক আরবী ঐতিহাসিক বলছেন যে গণেশের ছেলে তাঁকে আক্রমণ করে হত্যা করেছিলেন।

গণেশ রূপ-সনাতন গোস্বামীর প্রপিতামহকে শুদ্ধি করে দক্ষিণ ২৪ পরগণার নৈহাটিতে গ্রাম দেন (ভাগীরথীর পশ্চিম পাড়ের নৈহাটি নয়)। কিছুকাল পরে ওঁর ছেলের মুদ্রা ফতেহাবাদ (ফরিদপুর) টাঁকশাল থেকে পাওয়া যায়, যার ফলে মনে হয়

গণেশের সময়ে দক্ষিণ-বঙ্গ তাঁর দখলে ছিল। ভাগীরথীর পশ্চিমপাড় থেকে কোন মুদ্রা পাওয়া যায়নি। সপ্তগ্রামে বহুদিন টাঁকশাল থাকা সত্ত্বেও বলা যেতে পারে যে ভাগীরথীর পশ্চিমপাড় গণেশের রাজ্যভুক্ত ছিল না। ফেরিস্তা গণেশের রাজ্য শাসনের ভূয়সী প্রশংসা করেছেন।

দনুজমর্দন দেবের পরেই মহেন্দ্র দেবের মুদ্রা পাওয়া যায়। এঁকে অনেকে যদু বলে ধরেছেন। কিন্তু মনে হয় ইনি ছিলেন যদুর ছোট ভাই, যাঁর উল্লেখ ফেরিস্তা করেছেন। মহেন্দ্র দেবের মুদ্রাতেও দনুজমর্দন দেবের মতো চণ্ডীর নাম রয়েছে। মাত্র কয়েকমাস রাজত্ব করার পরে যদু দ্বিতীয় বার জালালুদ্দীন নাম নিয়ে সিংহাসনে বসেন। এপ্রিল ১৪১৮ সাল থেকে জানুয়ারী ১৪১৯ সালের মধ্যে পরপর দনুজমর্দন, মহেন্দ্র ও জালালুদ্দীনের মুদ্রা পাওয়া গিয়েছে।

জালালুদ্দীন মুহম্মদ শাহ ঃ দ্বিতীয় বার

জালালুদ্দীনের মুদ্রা পাণ্ডুয়া, সোনারগাঁও, সাতগাঁও, মুয়াজ্জামাবাদ, চট্টগ্রাম, রোটাসপুর ও ফতেহাবাদ থেকে পাওয়া গিয়েছে। অর্থাৎ গঙ্গার পূর্ব ও পশ্চিম তীর এবং পূর্ববঙ্গের সমুদ্র পর্যন্ত তাঁর রাজ্য বিস্তৃত ছিল বলে বলা যায়। জালালুদ্দীন ১৪২০ ও ১৪২১ সালে চীন সম্রাটের কাছে দূত পাঠান। চীনা সম্রাট ওঁর কাছে ১৪১৯ ও ১৪২৯ সালে প্রতিনিধি দল পাঠান।

চীনাসূত্র এবং তৈমূরের ছেলে শাহরুখের হেরাট থেকে পাঠানো দূতের লেখা থেকে জানা যায় যে জৌনপুরের সুলতান ইব্রাহিম শর্কী দ্বিতীয়বার বাংলা আক্রমণ করেন। সমসাময়িক ফার্সী লেখকরা এর উল্লেখ করেননি। কিন্তু বুখাননের লেখায় এর উল্লেখ আছে। সম্ভবত ১৪২০ সাল নাগাদ এই আক্রমণ হয়েছিল। চীনা দূত ও শাহরুখের দূত বলেছেন যে তাদের সম্রাটের কথাতেই ইব্রাহিম ফিরে যান। তবে এই ধারণা অমূলক বলে মনে হয়। এই আক্রমণ মেনে নিলে বলা যায় যে প্রথম আক্রমণটিও ধর্মীয় কারণে ছিল না। কারণ ১৪২০ সালে জালালুদ্দীন মুসলমান সুলতান ছিলেন।

আরাকানী সূত্র থেকে জানা যায় যে আরাকান রাজা বাংলার রাজার সামন্ত হন। বর্মার বর্তমান কালের ঐতিহাসিকরা মনে করেছেন যে আরাকান রাজা ১৪৩০ খ্রিস্টাব্দে তাঁর রাজ্য ফিরে পান। ওই সময়ে বাংলার রাজা ছিলেন জালালুদ্দীন।

সংস্কৃত পুঁথি সঙ্গীত শিরোমণি থেকে দেখা যায় যে জালালুদ্দীন রাজ্য প্রাপ্তির লোভে ইসলাম ধর্মে দীক্ষিত হয়েছিলেন। কিন্তু তাঁর ধর্মনিষ্ঠা সম্পর্কে কোন খাদ ছিল না একথা আরবী ঐতিহাসিকদের কাছ থেকে পাওয়া যায়। জালালুদ্দীনের প্রথম দিকের মুদ্রাতে 'খলিফা সহায়ক' শব্দটি পাওয়া যায়। কিন্তু শেষের দিকের মুদ্রাতে তিনি 'খলিফৎ-আল্লাহ' বলেছেন অর্থাৎ তিনি নিজেকে খলিফা বা ইশ্বরের প্রতিনিধি বলেছেন। তাঁর ছেলে আহমদ শাহ প্রথম দিকের মুদ্রাতে 'খলিফা সহায়ক' উল্লেখ করলেও পরের দিকের মুদ্রাতে তিনি নিজেকে খলিফা বলেছেন। আবদুল করিম বলেছেন যে জালালুদ্দীন মিশরের সুলতান ও দামাস্কাসের খলিফার কাছে দূত পাঠান।

মিশরের সুলতানের কাছে তিনি তাঁর প্রতি খলিফার অধিকার হস্তান্তর করার দাবি জানিয়ে ছিলেন। জৌনপুরের সুলতান মিশরের আব্বাসীয় খলিফাদের নাম খোদাই করতেন। তাঁর উপর টেক্কা মারার জন্য জালালুদ্দীন নিজেকে খলিফা বলে দাবি করেছিলেন। এরকম দাবি নতুন নয়। সিকান্দার শাহও এই দাবি করেছিলেন, তবে খলিফার অনুমোদন নিয়ে। জালালুদ্দীন সম্ভবত এই অনুমোদন পাননি। উল্লেখযোগ্য যে বাংলার পরবর্তী সুলতানদের মধ্যে অনেকেই এই কাজ করেছিলেন।

জালালুদ্দীনের সমসাময়িক কবি বৃহস্পতি মিশ্র তাঁর 'স্মৃতি রত্নহার' গ্রন্থের ভূমিকায় লিখেছেন যে জালালুদ্দীন রাজ্যধরকে সেনাপতি করে প্রচুর দান এবং উৎসব করেন। কোনও কোনও ঐতিহাসিক বলেছেন যে রাজ্যধরই জালালুদ্দীন। কিন্তু এই মত মেনে নেওয়া যায় না। বৃহস্পতি বলেছেন যে রাজ্যধরের পিতার নাম ছিল জগদত্ত এবং রাজ্যধর তিনজন সুলতানের মন্ত্রীর পদ পেয়েছিলেন। এ ছাড়া ওঁর নিয়োগের কথা স্পষ্টভাবে লেখা আছে।

রিয়াজ ও বুখানন বলেছেন যে জালালুদ্দীন হিন্দুদের উপর অত্যাচার করেছিলেন। বহু হিন্দুকে উনি মুসলমান হতে বাধ্য করেন। এটি কতদূর সত্য বলা কঠিন। কারণ বৃহস্পতি মিশ্র এর কোনও উল্লেখ করেননি। এ ছাড়া এক হিন্দুকে সেনাপতি করা এই ধারণার বিরুদ্ধে যায়। জালালুদ্দীনের দুটি মুদ্রা পাওয়া গিয়েছে, যার মধ্যে সিংহের মূর্তি খোদাই করা আছে। হিন্দু ধর্মের প্রভাব থাকায় এমন সম্ভব হয়েছিল। উল্লেখযোগ্য যে গিয়াসুদ্দীন আজম শাহের মুদ্রাতে, নাসিরুদ্দীন মাহমুদ শাহ ও জালালুদ্দীন ফতেহ শাহর মুদ্রাতেও ওই সিংহের ছবি পাওয়া যায়। এ প্রায় পরম্পরা হয়ে উঠেছিল এবং এর সঙ্গে ধর্মের সম্পর্ক কম।

শামসুদ্দীন আহমদ শাহ

জালালুদ্দীনের মৃত্যুর পর তাঁর ছেলে শামসুদ্দীন রাজা হন সম্ভবত ১৪৩২–৩৩ সালে। পরবর্তী সুলতানের মুদ্রা পাওয়া যায় প্রায় তিন বছর পরে। সুতরাং শামসুদ্দীন তিন বছর রাজত্ব করেছিলেন। ফার্সী ঐতিহাসিকরা যদিও বলেছেন যে সুলতান শামসুদ্দীন প্রায় ১৬ বা ১৮ বছর রাজত্ব করেছিলেন তবে তা মেনে নেওয়া যায় না। সমসাময়িক কোনও ঐতিহাসিক ওঁর সম্বন্ধে কোনও তথ্য দেননি। ফেরিস্তা ও *রিয়াজ* ওঁর সম্পর্কে পরস্পর বিরোধী উক্তি করেছেন। ফেরিস্তা খুব প্রশংসা করেছেন ও *রিয়াজ* খুব নিন্দা করেছেন। আরবী ঐতিহাসিক বলেছেন যে শামসুদ্দীন মাত্র চোদ্দ বছর বয়সে সুলতান হন।

শামসুদ্দীনের মৃত্যু সম্পর্কে *রিয়াজ* ও বুখানন বলেন যে তাঁর দুই ক্রীতদাস তাঁকে হত্যা করে। জালালুদ্দীন ও শামসুদ্দীনের সমাধি পাশাপাশি রয়েছে। এদের মধ্যে শামসুদ্দীনের সমাধি একটু উঁচু বলে আবিদ আলী বলেছেন যে তিনি শহীদ হয়েছিলেন বলেই এটি উঁচু করা হয়েছিল। এটা মেনে নিলে শামসুদ্দীনের হত্যাকেও মেনে নিতে হয়। খুলনা জেলাতে ওঁর একটি মুদ্রা পাওয়া গিয়েছে। ঢাকা জেলার একটি মসজিদের ভাঙা শিলালিপিতে আহমদ শাহর নাম পাওয়া যায়।

নাসিরুদ্দীন মাহমুদ শাহ

মুদ্রার সাক্ষ্য অনুসারে বলা যায় যে নাসিরুদ্দীন ১৪৩৫–৩৬ খ্রিস্টাব্দে সিংহাসনে বসেছিলেন। *রিয়াজ* ও ফেরিস্তা বলেছেন যে সাদী শামসুদ্দীনকে হত্যা করলে, ইলিয়াস শাহের বংশধর নাসিরুদ্দীন সিংহাসনে বসেন। এর পরই সুলতানদের ইলিয়াস শাহী বংশ বলা হয়েছে। তবে বুখানন এঁকে ইলিয়াস শাহীর বংশধর বলছেন না। বুখানন বলেছেন নাসিরুদ্দীন গৌড়ে বেশ কিছু অট্টালিকা নির্মাণ করে গৌড়েই রাজধানী স্থানান্তরিত করেছিলেন নাসিরুদ্দীন যে ইলিয়াস শাহী বংশের ছিলেন, এর কোনও প্রমাণ পাওয়া যায়নি।

ফেরিস্তা লিখেছেন যে নাসিরুদ্দীনের সময়ে জৌনপুরের সঙ্গে রেষারেষি দূর হয়। সম্ভবত শাহরুখের চিঠি ও চীন সম্রাটের চিঠি এর কারণ। উড়িষ্যার রাজা কপিলেন্দ্রদেব এক শিলালেখতে দাবি করেন যে তিনি গৌড়েশ্বরকে পরাজিত করেছিলেন। মিথিলার কবি বিদ্যাপতি লিখেছেন যে মিথিলার রাজা ভৈরবসিংহ গৌড়েশ্বরকে বশ্যতা স্বীকার করতে বাধ্য করেছিলেন। তিরহুতের পাশে ভাগলপুর ও মুঙ্গের থেকে নাসিরুদ্দীনের শিলালিপি পাওয়া গিয়েছে, সুতরাং ওই অঞ্চলে নাসিরুদ্দীন আধিপত্য বিস্তার করলেও মিথিলা দখল করতে পারেননি।

নাসিরুদ্দীন চীন সম্রাটকে জিরাফ ও নানা উপহার পাঠান ১৪৩৮ ও ১৪৩৯ খ্রিস্টাব্দে। এ বিষয়ে তিনি পূর্ববর্তী সুলতানদের নীতি অনুসরণ করেছিলেন। কিন্তু চীন দেশ থেকে কোনও সাড়া পাওয়া যায়নি। এরপর দুই দেশের মধ্যে সম্পর্ক ছিন্ন হয়ে যায়। সরকারি যোগাযোগ ছিন্ন হলেও বাণিজ্যিক যোগাযোগ ছিল বলে মনে হয়। প্রাচীন বাংলা ভাষায় খোদাই করা লিপিযুক্ত পোর্সিলিনের নানারকম পাত্র গৌড়ে ও সমকালীন সপ্তগ্রামে পাওয়া গিয়েছে। এইসব পাত্র চীনাদের অনুকরণে গৌড়ে তৈরি হয়েছিল বলে কোনও প্রমাণ পাওয়া যায়নি। সুতরাং চীনাদের সঙ্গে সরাসরি বাণিজ্য না থাকলেও অন্য কোন দেশের মাধ্যমে এগুলি এসে থাকতে পারে।

নাসিরুদ্দীনের বেশিরভাগ মুদ্রাই ফতেহাবাদ ও মাহমুদাবাদের টাঁকশাল থেকে পাওয়া গিয়েছে। মাহমুদের স্থান এখনো নির্ণয় করা সম্ভব হয়নি। নাসিরুদ্দীনের সিংহের ছবি দেওয়া সোনার মুদ্রাও পাওয়া গিয়েছে। এ ছাড়া রুপোর মুদ্রা ছিলই। সুতরাং বলা যায় যে ওঁর সময়ে বৈদেশিক বাণিজ্য জোরদার চলছিল। সপ্তগ্রাম থেকে এই সময়ের মুদ্রা ও শিলালিপির সূত্র ধরে বলা যেতে পারে গৌড় রাজধানীর প্রধান বৈদেশিক বন্দর হয়ে দাঁড়িয়েছিল সপ্তগ্রাম। ময়মনসিংহে প্রাপ্ত শিলালিপি থেকে বলা যায় যে পূর্ববঙ্গ ওঁর দখলে ছিল। ফার্সী ঐতিহাসিক নাসিরুদ্দীনের চরিত্রের প্রশংসা করেছেন।

রুকনুদ্দীন বারবাক শাহ (১৪৫৯–৭৪)

নাসিরুদ্দীন মাহমুদ শাহের পুত্র ও উত্তরাধিকারী বারবাক শাহকে শ্রেষ্ঠ সুলতানদের মধ্যে অন্যতম বলে ধরা হয়। পীর মুহম্মদ শাত্তারীর লেখা একটি বইতে ওঁর জীবনী পাওয়া যায়। এ ছাড়া সমসাময়িক ও কিছু পরের বাংলা ও সংস্কৃত গ্রন্থে ওঁর উল্লেখ পাওয়া যায়।

ঐতিহাসিকরা সাধারণত তাঁর রাজত্বকাল ধরেছেন ১৪৫৯ সাল থেকে ১৪৭৪ সাল পর্যন্ত। এর আগে ওঁর কয়েকটি মুদ্রা ও একটি শিলালিপি পাওয়া গিয়েছে। ১৪৭৪-এর পরেও উনি কয়েক বছর রাজত্ব করেছিলেন। এ সব থেকে অনুমান করা হচ্ছে যে বারবাক শাহ প্রথম দিকে ওঁর পুত্রের সঙ্গে যুক্তভাবে রাজত্ব করেছিলেন। অর্থাৎ ১৪৭৫–৭৬ সাল পর্যন্ত তিনি রাজত্ব করেছিলেন সেটা সমসাময়িক সংস্কৃত পুঁথি থেকে বলা হচ্ছে। এই যুগ্ম রাজত্ব সম্ভবত নাসিরুদ্দীনের বংশে চালু হয়েছিল।

১৬৩৩ খ্রিস্টাব্দে লেখা পীর মুহম্মদ শাট্টারীর গ্রন্থে বারবাক শাহের যুদ্ধের কথা পাওয়া যায়। পারস্য দেশের অধিবাসী ইসমাইল বারবাকের সেনাপতি ছিলেন এবং তিনি উড়িষ্যার কপিলেন্দ্রদেবের কাছ থেকে মান্দারণ ছিনিয়ে নিয়ে আসেন। এর কয়েক বছর বাদে কামরূপের বিরুদ্ধে ইসমাইল যুদ্ধ পরিচালনা করেন। কিন্তু এই যুদ্ধে বাংলার সেনাবাহিনী পরাজিত হয়। পরে অবশ্য নানা অলৌকিক ঘটনার সাহায্যে ইসমাইল কামরূপের রাজাকে বশ্যতা স্বীকার করান। এরপরে হিন্দু সামন্তের চক্রান্তে ইসমাইল বিদ্রোহী হয়েছেন অনুমান করে রাজা ৪ঠা জানুয়ারি ১৪৭৪ খ্রিস্টাব্দে ইসমাইলের প্রাণদণ্ড দেন। তবে কামরূপের রাজাকে কামেশ্বর উল্লেখ করায় সংশয়ের সৃষ্টি হয় কারণ ওই নামে কামরূপে কোনও রাজা ছিলেন না। এটা অবশ্য কামরূপ না হয়ে কামতাপুর হতে পারে। কামরূপের রাজা ওই সময়ে বাংলার বশ্যতা স্বীকার করেছেন, এটা ইতিহাস সমর্থিত নয়। ইসমাইল মৃত্যুর পর প্রথমে গাজী ও পরে পীর আখ্যা লাভ করেন।

মুল্লা তকিয়ার *বয়াজে* পাওয়া যায় বারবাক শাহ মিথিলার কিছু অংশ জয় করেছিলেন। ইলিয়াস শাহ তিরহুত (মিথিলা) জয় করেছিলেন তা আগেই জানা গেছে। কিন্তু সুলতান ফিরোজ শাহ তুঘলক এটি ছিনিয়ে নেন। পরবর্তীকালে জৌনপুর তিরহুত জয় করে। পরে জৌনপুরের অবস্থা খারাপ হলে নাসিরুদ্দীন মাহমুদ ভাগলপুর ও মুঙ্গের দখল করেন। *বয়াজ* অনুসারে বলা যায় যে তিরহুতের অংশ বিশেষ বাংলার অধিকারে এসেছিল। একটি সমসাময়িক সংস্কৃত পুঁথি থেকে পাওয়া যায় তিরহুতের রাজা ভৈরব সিংহের রাজ্যে (সিংহাসনে আরোহণ ১৪৭৩-৭৪ খ্রিস্টাব্দ) গৌড়েশ্বরের একজন প্রতিনিধি ছিলেন। এই প্রতিনিধিকে কেদার রায় বলা হচ্ছে। সুতরাং *বয়াজের* উক্তিকে সঠিক বলা চলে। ত্রিপুরার রাজপুত্র রত্নফা বাংলায় পালিয়ে এসে বাংলার রাজার সাহায্যে ত্রিপুরার সিংহাসনে আরোহণ করেন বলে *রাজমালায়* লেখা আছে। কেউ কেউ এই সময়ে বাংলার রাজাকে তুরখল খান বলেছেন। আবার কেউ একে সিকান্দার শাহ বলেছেন। সুখময় মুখোপাধ্যায় একে বারবাক শাহ বলেছেন একটি মাত্র মুদ্রার সাক্ষ্যে। অন্যান্য মুদ্রাগুলিতে আগেকার তারিখ আছে। সুতরাং এ প্রসঙ্গে শেষ কথা বলা যাচ্ছে না।

বারবাক শাহ তাঁর শিলালেখতে পাণ্ডিত্যের দাবি করেছেন। শুধু মুসলমান পণ্ডিতদের নয়, হিন্দু পণ্ডিতদের কাছেও তিনি প্রশংসা পেয়েছেন। তিনি বৃহস্পতি মিশ্রকে ১৪৭৪ খ্রিস্টাব্দে ‘পণ্ডিতসার্বভৌম’ ও ‘রায়মুকুট’ উপাধি দিয়েছিলেন। কবি

মালধর বসু তাঁর *শ্রীকৃষ্ণ বিজয়* কাব্যে (আরম্ভ ১৪৭৩–৭৪ ও সমাপ্তি ১৪৮০–৮১ খ্রিস্টাব্দে) এই তথ্য লিখে গিয়েছেন। কাব্য শুরুর আগে উনি এই উপাধি পেয়েছিলেন। কবি কৃত্তিবাস তাঁর আত্মজীবনীতে গৌড়েশ্বরের কাছে গিয়েছিলেন বলে বর্ণনা দিয়েছেন। কেউ কেউ বলেছেন যে রাজা গণেশই ছিলেন গৌরেশ্বর। কিন্তু সুখময় মুখোপাধ্যায় নানা তথ্য বিচার করে দেখিয়েছেন যে কবি ১৪৬৬ সালে গৌড়ে যান এবং তখন সুলতান ছিলেন বারবাক শাহ। সুলতানের সভায় যাঁরা অমাত্য ছিলেন, তাঁদেরও একটি তালিকা দিয়েছেন কৃত্তিবাস। জগতানন্দ, সুনন্দ (ব্রাহ্মণ), কেদার রায়, নারায়ণ (দাস), গন্ধর্ব রায়, মুকুন্দ রায় ইত্যাদি ওই তালিকায় ছিলেন। নারায়ণ দাস রাজার চিকিৎসক ছিলেন। ওঁর পুত্র মুকুন্দ দাস পরে আলাউদ্দীন হোসেনের বৈদ্য হন। কেদার রায়ের কথা *বয়াজে* উল্লিখিত। সমসাময়িক সংস্কৃত পুঁথিতেও কেদার রায়ের নাম পাওয়া যায়। আবদুল করিম বলেছেন যে কৃত্তিবাস গিয়াসুদ্দীন আজমের সভাতে গিয়েছিলেন। তবে এই মত মানা যায় না। কৃত্তিবাস গৌড়ের প্রাসাদে যাবার পথের যে বর্ণনা দিয়েছেন তার সঙ্গে ১৫১৯ সালের একটি পর্তুগীজ বর্ণনার যথেষ্ট মিল আছে।

বারবাক শাহ হিন্দুদের উঁচুপদে নিয়োগ করতেন যার বহু প্রমাণ আছে। অনুমান করা যায় বাংলা রাষ্ট্র গঠনে তিনি হিন্দুদের একটা বড় অংশকে কাছে পেয়েছিলেন যার ফলে রাষ্ট্রের চেহারা অন্যরকম হয়ে যায়। বাংলা যে শুধু মুসলমানী রাষ্ট্র নয় এটা তিনি প্রতিষ্ঠিত করতে পেরেছিলেন। তাঁর অমাত্যদের মধ্যে ছিলেন চিকিৎসক অনন্ত সেন, দুর্গের অধিপতি ভাদসী রায় (শাট্টারীর গ্রন্থে উল্লিখিত), বিশ্বাস রায় (বৃহস্পতি মিশ্রের ছেলে) ও মন্ত্রী, সত্য রায় বা শুভরাজ খান (সুবর্ণ বণিক) ইত্যাদি। উচ্চপদস্থ মুসলমান কর্মচারীদেরও নাম পাওয়া যায় যাদের মধ্যে ছিলেন ইকরার খান, আজমল খান, খান জাহান, রাস্তি খান ইত্যাদি।

আরাকান রাজ্যের ইতিহাস থেকে জানা যায় যে পঞ্চদশ শতাব্দীর তৃতীয় দশকে আরাকান রাজ বাংলার কিছু অংশ জয় করেছিলেন। ১৩৩৪ সাল থেকে ১৩৫৯ সাল পর্যন্ত রাজা মেং-খরি রাজত্ব করেছিলেন। উনি রামু পর্যন্ত বাংলার অংশ দখল করেছিলেন। এই রামু ছিল চট্টগ্রাম জেলার দক্ষিণ প্রান্তে। মুঘল যুগের ঐতিহাসিক সিহাবুদ্দীন তালিশ বলেছেন যে রামু একটি বন্দর যেটি চট্টগ্রাম থেকে চারদিনের পথ। আরাকানের ইতিহাসে বলা হচ্ছে যে মেং-খরির ছেলে বসো অহিপ্যু চট্টগ্রাম বন্দর দখল করেছিলেন। বার্মার ঐতিহাসিকদের মতে চট্টগ্রাম অধিকার বারবাক শাহর সময়ে ঘটেছিল। মনে হয় ১৪৭৯ খ্রিস্টাব্দের আগে বারবাক শাহ চট্টগ্রাম পুনরায় দখল করে নিয়েছিলেন। চট্টগ্রাম অঞ্চলের একটা শিলালিপি থেকে জানা যায় যে বারবাক শাহ ওই অঞ্চলের অধীশ্বর ছিলেন।

বারবাক শাহ গৌড়ের রাজপ্রাসাদ ফোয়ারা দিয়ে সাজিয়েছিলেন তার শিলালিপি রয়েছে। এটি ১৪৭৬ সালে করা হয়েছিল। বারবাক শাহ ১৪৭৯ সালে পর্যন্ত জীবিত ছিলেন।

শামসুদ্দীন ইউসুফ শাহ (১৪৭৪–৮১)

বারবাক শাহের পুত্র শামসুদ্দীন পিতার রাজত্বের শেষ কয়েক বছর তাঁর সঙ্গে যৌথভাবে রাজত্ব করেন। ওঁর শেষ মুদ্রা পাওয়া যায় ১৪৮১ সালে। ফেরিস্তা ওঁকে বিদ্বান, ধার্মিক ও কুশলী রাজা বলেছেন। তাঁর সময়ে প্রকাশ্যে মদ্যপান নিষিদ্ধ ছিল। তাঁর আদেশে গৌড় ও মালদহে কয়েকটা মসজিদ নির্মাণ করা হয়। প্রত্নতত্ত্ববিদ্ কানিংহামের মতে গৌড়ের লেটিন ও চামকাঠি মসজিদ উনি নির্মাণ করেন। শামসুদ্দীন হিন্দুধর্ম বিদ্বেষী ছিলেন এবং ওঁর মসজিদে মন্দিরের অংশবিশেষ লাগানো আছে। সুতরাং মনে হয় তাঁর পিতার মতো অসাম্প্রদায়িক দৃষ্টিভঙ্গী তাঁর ছিল না। তাঁর আমলে বাংলার সীমানা অটুট থাকে।

নূরুদ্দীন সিকান্দার শাহ

পরবর্তী ফার্সী লেখকদের মধ্যে ইউসুফ শাহর পর নুরুদ্দীন সিকান্দার সিংহাসনে বসেন। কিছুদিনের মধ্যেই তিনি সিংহাসনচ্যুত হন। ফেরিস্তার মতে তিনি সিংহাসনে বসার অযোগ্য বিবেচিত হওয়ায় সিংহাসন হারান। এরপরে ফতে শাহ সিংহাসনে বসেন। *রিয়াজ* বলছেন যে সিকান্দার উন্মাদ ছিলেন। তাই সিংহাসন আরোহণের প্রায় একদিনের মধ্যেই তাঁকে সিংহাসনচ্যুত করা হয়। আবুল ফজলও বলছেন যে তিনি আধ দিন সিংহাসনে বসেছিলেন। *রিয়াজ* আরো বলেছেন যে তিনি ইউসুফ শাহের পুত্র। কিন্তু আর কোন সুত্র এটা সমর্থন করে না। বুখাননের বিবরণীতে এঁর নাম নেই। সম্প্রতি একটি মুদ্রা পাওয়া গিয়েছে যার থেকে সিকান্দারের নাম পাওয়া যায় ও জানা যায় যে উনি নাসিরুদ্দীন মাহমুদ শাহর পুত্র। পরে আরো একটি মুদ্রা পাওয়া গিয়েছে। সুতরাং ওঁর আধদিনের রাজত্বকাল মেনে নেওয়া যায় না। মনে হয় সুলতান হবার কিছুদিন পর উন্মাদ হয়ে যাওয়ার ফলে ওঁকে সরিয়ে ফতে শাহকে সুলতান করা হয়।

জালালুদ্দীন ফতে শাহ (১৪৮১–৮৭)

এঁর বহু মুদ্রা ও শিলালিপি পাওয়া গিয়েছে। ১৪৮১ সাল থেকে সাত বছর সুলতান ছিলেন ফতে শাহ। ওঁর মুদ্রাতে রাজকীয় নামের পরে 'হোসেন শাহি' ও 'সৈয়দ শাহি' পাওয়া যায়। প্রথমটি ওঁর জনপ্রিয় নাম বলে ঐতিহাসিক হাবিবুল্লা মনে করেছেন। দ্বিতীয়টি সম্পর্কে বলা যায় সম্ভবত মায়ের দিক থেকে তিনি সৈয়দ ছিলেন। নাসিরুদ্দীন মাহমুদের পুত্র ফতে শাহ সম্পর্কে ঐতিহাসিক নিজামুদ্দীন বলছেন যে তিনি বিজ্ঞ এবং বুদ্ধিমান ছিলেন। *রিয়াজ* বলছেন যে প্রজাদের সম্পর্কে উনি উদার নীতি অনুসরণ করে চলতেন। বাখরগঞ্জ জেলার সমসাময়িক কবি বিজয় গুপ্ত ফতে শাহর প্রশস্তি করেছেন। এই কবিতার রচনাকাল ১৪৮৪–৮৬ খ্রিস্টাব্দ। উনি ওঁর জনপ্রিয় নাম হোসেন শাহরও উল্লেখ করেছেন। নিজামুদ্দীন ও *রিয়াজ* ফতে শাহর প্রশংসা করেছেন। উল্লেখযোগ্য যে এই কবিতায় বিজয় গুপ্ত হিন্দুদের উপর কাজীর অত্যাচারের কথা বলেছেন। আসলে বিজয় গুপ্ত কাজীদের অত্যাচার ও রাষ্ট্রের অত্যাচারের মধ্যে পার্থক্য

দেখাতে চেয়েছেন। কাজীদের অত্যাচার রাজনৈতিক অত্যাচার নয় সে সম্বন্ধে সমসাময়িক লেখকরা অবহিত ছিলেন। বর্তমানের ঐতিহাসিকরা এই তফাৎ করেননি।

ফতে শাহর সময়ে প্রধান সমস্যা হয়ে দাঁড়িয়ে ছিল বিপুল সংখ্যক হাবসীদের উপস্থিতি ও জনসাধারণের উপর তাদের অত্যাচার। বারবাক শাহ বহু সংখ্যক হাবসী ক্রীতদাস এনেছিলেন এবং পরবর্তী সুলতানরা ওই নীতি অব্যাহত রাখেন। ফেরিস্তা বলছেন যে এদের অত্যাচার কমানোর জন্য ফতে শাহ এদের কঠোর শাস্তি দিয়েছিলেন এবং কয়েকজন নেতাকে নির্বাসিত করা হয়েছিল। এর ফলে হাবসীদের প্রতিপত্তি ও ক্ষমতা কমে গেলে প্রাসাদের প্রধান খোজা (*খওয়াজা সেরা*)ও প্রাসাদ রক্ষীদের সর্দার সুলতানের বিরুদ্ধে ষড়যন্ত্র করে। ফেরিস্তা লিখেছেন যে ওই সময়ে ফতে শাহর উজীর খান জাঁহা এবং আমীর উল-উমারা মালিক আন্দিল সীমান্তে হিন্দু জমিদারদের কাছ থেকে খাজনা সংগ্রহ করছিলেন। ওদের অনুপস্থিতির সুযোগে সুলতানকে হত্যা করা হয়। কিন্তু আবদুল করিম কতকগুলি শিলালিপির সাহায্যে দেখাচ্ছেন যে হাবসী মালিক আন্দিল সীমান্তে ফতে শাহর বিরুদ্ধে বিদ্রোহ করে। ফতে শাহর মৃত্যুর পর হাবসী মালিক আন্দিল রাজধানীতে ফিরে আসে। ফতে শাহর মৃত্যুর সঙ্গে সঙ্গে বাংলার মাহমুদ শাহী বংশ শেষ হয়ে যায়।

হাবসীদের রাজত্ব

সুলতান ফতে শাহর মৃত্যুর পর চারজন হাবসী রাজা ছয় বছর রাজত্ব করেছিলেন। বর্তমানের ঐতিহাসিকরা হাবসী রাজত্বের খারাপ দিক নিয়ে আলোচনা করেছেন। তবে মাত্র দুজনের সম্বন্ধে এ কথা প্রযোজ্য। বাকী দুজন সম্বন্ধে ফার্সী ঐতিহাসিকরা ভালো কথাই বলেছেন।

সুলতান গিয়াসুদ্দীন বারবাক শাহ

আরবী ও ফার্সী ঐতিহাসিকরা এঁর সম্বন্ধে অনেক কথা বলেছেন। ইনি ছিলেন প্রাসাদের প্রধান খোজা (*খওয়াজা সেরা*) এবং ফতেহ শাহর হত্যাকারী। ফেরিস্তা বলছেন যে ইনি সুলতান শাহজাদা উপাধি নিয়ে খোজাদের, নীচ প্রকৃতির লোকেদের ও বেপরোয়া ভাগ্যান্বেষীদের এক জায়গায় নিয়ে আসেন। অমাত্যরা মালিক আন্দিলের নেতৃত্বে এঁকে সরানোর পরিকল্পনা করেন। এর পরে আন্দিল সসৈন্যে গৌড়ে এসে প্রাসাদের মধ্যে বারবাককে হত্যা করে। ফেরিস্তার এই কাহিনীর সঙ্গে নিজামুদ্দীনের কাহিনীর মিল আছে। কিন্তু এ কাহিনীতে যেভাবে হত্যার বর্ণনা রয়েছে সেটি মেনে নেওয়া শক্ত, যদিও হবিবুল্লা ওই বর্ণনা মেনে নিয়েছেন। উল্লেখযোগ্য যে ফেরিস্তা সুলতান শাহজাদাকে হাবসী বলেননি, বাঙালী বলেছেন। তবে এই মতও গ্রহণযোগ্য নয়। সুলতান শাহজাদা মাত্র কয়েক মাস রাজত্ব করেছিলেন।

সৈফুদ্দীন ফিরোজ শাহ (১৪৮৭–৯০)

সুলতান শাহজাদাকে বধ করে সম্ভবত অন্যান্য অমাত্যদের মত নিয়ে সিংহাসনে বসেন

সুলতান সৈফুদ্দীন। প্রথমদিকে উত্তরবঙ্গে ফতে শাহর বিরুদ্ধে স্বাধীন ভাবে রাজত্ব করেছিলেন সুলতান সৈফুদ্দীন। এরপর বাংলার সুলতান হয়ে ১৪৮৯ সাল থেকে তিন বছর রাজত্ব করেন। সেই সময়ের যখন ওঁর মুদ্রা ও শিলালিপি পাওয়া গিয়েছে। নিজামুদ্দীন, ফেরিস্তা ও *রিয়াজ* থেকে জানা যায় যে উনি গৌড়ে একটি মিনার, একটি মসজিদ ও একটি জলাধার তৈরি করেছিলেন। মুনসী শ্যামচাঁদ ওই মিনার ওঁর নির্মিত বলে একটি শিলালিপি উদ্ধৃত করেছেন। কিন্তু কানিংহাম মত দিয়েছেন যে ওই মিনারটি সৈফুদ্দীন হামজা শাহর তৈরি। তবে এমত গ্রহণ করা যায় না। বিভিন্ন জায়গায় ওঁর শিলালিপি পাওয়া গিয়েছে, যার থেকে বলা যায় যে উত্তরবঙ্গ ও পূর্ববঙ্গের অনেকাংশ ওঁর দখলে ছিল। ওঁর মুদ্রাগুলিতে কোন টাঁকশালের নাম নেই।

দ্বিতীয় নাসিরুদ্দীন মাহমুদ (১৪৯০–৯১)

এঁর মুদ্রায় এঁর পিতার নাম না থাকায় ও পরবর্তী ফার্সী ঐতিহাসিকদের মধ্যে মতদ্বৈত থাকায়, এঁর সম্বন্ধে বেশি কিছু বলা যায় না। খুব ছোট অবস্থায় সুলতান হবার ফলে ওঁর আসল ক্ষমতা ছিল ওঁর শিক্ষক এক হাবসীর (হাবস খান) হাতে। পরবর্তীকালে এই হাবস খান আর একজন হাবসীর হাতে মারা যান। ওই হাবসী (সিদি বদী) সুলতান হবার ষড়যন্ত্র করে একরাতে সুলতানকে হত্যা করেন। পরদিন সকালে তিনি সিংহাসনে বসেন। সুতরাং ১৪৯০ সালে সুলতান হয়ে নাসিরুদ্দীন ১৪৯১ সালে মারা যান। বর্ধমানের কালনাতে ওঁর শিলালিপি পাওয়া গিয়েছে, যার থেকে মনে হয় যে পশ্চিমে রাজ্যের প্রসার হচ্ছিল।

শামসুদ্দীন মুজঃফর শাহ্ (১৪৯১–৯৩)

এই হাবসী, শামসুদ্দীন মুজঃফর শাহ নাম নিয়ে সিংহাসন বসে। তিনি ছিলেন একজন হত্যাকারী। পরবর্তী বিভিন্ন ফার্সী ঐতিহাসিকরা মুজঃফর শাহকে নৃশংস ও রক্তপিপাসু বলে অভিহিত করেছেন। বিভিন্ন জায়গায় তাঁর শিলালিপি পাওয়া গিয়েছে। এর থেকে দেখা যায় যে সমগ্র উত্তরবঙ্গ, বিহারের কিছু অঞ্চল ও দক্ষিণবঙ্গের কিছু অংশ তাঁর রাজ্যভুক্ত ছিল। নূর কুতুব আলমের সমাধি ভবনের শিলালিপিতে তাঁর প্রশংসা আছে। নিজামুদ্দীন বলছেন যে যখন তাঁর অত্যাচার চরমে উঠল, তখন অমাত্যরা সৈয়দ হোসেনের নেতৃত্বে ওঁকে হত্যা করে। বাবরের আত্মজীবনীতেও এ কথা লেখা হয়েছে।

আলাউদ্দীন হোসেন শাহ (১৪৯৩–১৫১৯)

আলাউদ্দীন হোসেন শাহ ১৪৯৩ সালে সিংহাসনে আরোহণ করে বাংলার ইতিহাসে এক চমৎকার অধ্যায়ের সূত্রপাত করেন। আরবী, ফার্সী, বাংলা, সংস্কৃত, ওড়িয়া, অসমীয়া, অবধী, পর্তুগীজ ইত্যাদি ভাষায় লেখা বিবরণে আলাউদ্দীনের উল্লেখ রয়েছে। এছাড়া প্রধানত আরবী ভাষায় লেখা শিলালিপি ও মুদ্রাগুলিতে ওঁর উল্লেখ রয়েছে।

আলাউদ্দীনের মুদ্রা ও শিলালিপি থেকে দেখা যায় যে ওঁর পিতার নাম ছিল আসরাফ আল হোসেন ও তিনি সৈয়দ বংশে জন্মগ্রহণ করেছিলেন। *রিয়াজ*-এর রচয়িতা গোলাম হোসেন সলীম বলেছেন যে হোসেন তাঁর পিতা ও ভাই এর সঙ্গে তুর্কিস্থানের তারমুজ শহর থেকে বাংলায় এসে চাঁদপাড়া মৌজায় বসতি স্থাপন করেন। এটি সম্ভবত সত্য, কারণ চাঁদপাড়ার আশেপাশের গ্রামে হোসেন শাহর কয়েকটা শিলালিপি পাওয়া গিয়েছে। কৃষ্ণদাস কবিরাজ সপ্তদশ শতাব্দীর প্রথমে বলেছেন যে হোসেন শাহ প্রথম জীবনে গৌড়ে সুবুদ্ধি রায়ের অধীনে পুকুর কাটার কাজ করতেন এবং কাজে অবহেলার জন্য প্রহৃত হয়েছিলেন। উনি লিখছেন যে হোসেন শাহর পূর্বের নাম ছিল হোসেন খাঁ সৈয়দ। পর্তুগীজ ঐতিহাসিক জোয়াও দ্য ব্যারোস লেখেন যে এক আরব বণিক এডেন থেকে দুশো জন সৈন্য নিয়ে দেশ দখল করেন। পরবর্তী কালে এক অনামা পর্তুগীজ দোভাষীর লেখাতেও একই কাহিনী পাওয়া যায়। কিন্তু হোসেন শাহর পিতা বাইরে থেকে এসেছিলেন না হোসেন শাহ বাংলাতে জন্ম গ্রহণ করেছিলেন এটা সঠিক বলা যায় না। বাংলা সাহিত্য থেকে দেখা যায় যে ওই সময়ে বহু সৈয়দ বাংলাতে বাস করতেন। তবে তুর্কিস্থান থেকে আসা সম্ভ্রান্ত বণিকের ছেলে সুবুদ্ধি রায়ের কাছে পুকুর কাটার কাজ করবে, তা মোটেই গ্রহণযোগ্য নয়।

মুজঃফর শাহের শেষ শিলালিপি পাণ্ডুয়া থেকে পাওয়া যায়। এটি ২রা জুলাই ১৪৯৩ সালের। হোসেন শাহের প্রথম মুদ্রার তারিখ ১২ই অক্টোবর ১৪৯৩। সুতরাং হোসেন শাহের রাজত্বও সেই সময় থেকে শুরু হয়েছিল বলা যায়। সিংহাসনে বসার সময়ে হোসেন শাহর যথেষ্ট বয়স হয়েছিল। ১৪৯৫ সালে সিকান্দার শাহ লোদীর বাংলা আক্রমণের সময়ে বাংলার সৈন্যদের নেতা ছিলেন হোসেন শাহর পুত্র দানিয়েল। হোসেন শাহর কোন কোন নাতনীর ইতিমধ্যে বিয়ে হয়ে গিয়েছিল। অতএব হোসেন শাহ বেশ প্রবীন বয়সে সুলতান হন।

রিয়াজ ও ফেরিস্তা বলছেন যে মুজঃফর শাহর হত্যার পরই অমাত্যরা হোসেন শাহকে সুলতান হিসাবে নির্বাচিত করেছিল। তখন অরাজকতার মধ্যে তিনদিন ধরে গৌড়ে লুটতরাজ চলতে থাকে। হোসেন শাহ হাবসীদের রাজ্য থেকে বের করে দেন। তারা গুজরাট ও দক্ষিণ ভারতে চলে যায়। এ ছাড়া হোসেন শাহ পুরানো পাইক দলকে ভেঙে মুঘল ও আফগানদের সৈন্যদলে নেন। অবশ্য ষষ্ঠদশ শতাব্দীর প্রথম দিকে পর্তুগীজ টমে পিরেসের লেখা থেকে জানা যায় যে কয়েকজন হাবসী তখনো চাকরিতে বহাল ছিল। এপ্রিল ১৪৯৪ সালে নবদ্বীপের এক পণ্ডিতের লেখা থেকে দেখা যায় যে হোসেন শাহর আমলে দেশে শান্তি শৃঙ্খলা ছিল। অর্থাৎ মাস চারেকের মধ্যেই হোসেন শাহ দেশে শৃঙ্খলা ফিরিয়ে আনতে সক্ষম হয়েছিলেন। হোসেন শাহ সিংহাসনে বসার পরে গৌড় ছেড়ে একডালা দুর্গে চলে যান। মনে হয় হাবসী ও পাইকরা সহজে ওঁকে মেনে নেয়নি। হোসেন শাহ একডালায় কতদিন ছিলেন বলা যায় না, তবে দুবছরের মধ্যেই গৌড়ে ফিরে এসেছিলেন এর প্রমাণ আছে।

১৪৭৯ খ্রিস্টাব্দে জৌনপুরের সুলতান হোসেন শাহ্ শর্কী বাহলুল লোদীর কাছে পরাজিত হন। বাহলুলের মৃত্যুর পর পাটনার শাসনকর্তা দিল্লির বিরুদ্ধে বিদ্রোহ করলে ১৪৯৪ খ্রিস্টাব্দে সিকান্দার লোদী পাটনাতে আসেন। ওই সময়ে হোসেন শাহ শর্কী বিদ্রোহ করেন কিন্তু বারাণসীর কাছে যুদ্ধে পরাজিত হয়ে পালান। হোসেন শাহ শর্কী বাংলায় আশ্রয় পেলে ভাগলপুরের কাছে ওঁর থাকার ব্যবস্থা করা হয়। হোসেন শাহ শর্কী আলাউদ্দীনের আত্মীয় ছিলেন। নসরৎ শাহ্র (আলাউদ্দীন হোসেন শাহ্র পুত্র) কন্যার সঙ্গে হোসেন শাহ শর্কীর পুত্র জালালুদ্দীনের বিয়ে হয়েছিল। ১৪৯৫ সালে সিকান্দার লোদী বাংলার বিরুদ্ধে একটা বড় সৈন্যদল পাঠান। এর নেতৃত্ব দেন মাহমুদ খান লোদী ও মুবারক খান লোহানী। আলাউদ্দীনের পুত্র দানিয়েল সৈন্য নিয়ে বিহারের বার নামক স্থানে যুদ্ধ করার জন্য প্রস্তুত হন। কিছুদিন পরে যুদ্ধ না করে সিকান্দার লোদী আলাউদ্দীনের সঙ্গে সন্ধি করে চলে যান। বদাওনী বলছেন যে বহু ঘোড়ার মৃত্যু হবার ফলে ও রসদ কমে আসার ফলে সিকান্দার ফিরে যান। তবে আবদুল করিম মনে করছেন যে কোন সন্ধি হয়নি এবং সিকান্দার বিফল হয়ে ফিরে যান। এই ধারণা সঠিক বলেই মনে হয় কারণ এর পরেও বিহার ও তিরহুতে আলাউদ্দীনের প্রাধান্য অক্ষুণ্ণ ছিল। সম্ভবত সিকান্দার ফিরে যাবার পর আলাউদ্দীন পাটনার কাছাকাছি পর্যন্ত রাজ্য বিস্তার করতে পেরেছিলেন। হোসেন শাহ শর্কী ওখানেই মারা যান।

পশ্চিম সীমান্ত সুরক্ষিত করে আলাউদ্দীন উত্তর-পূর্ব সীমান্তের দিকে মন দেন। তাঁর প্রথম বছরের মুদ্রাতে পাওয়া যায় 'কামরু, কামতা, জাজনগর, উড়িষ্যা বিজয়ী।' প্রথম বছরে নিজের রাজ্য সুসংহত না করেই রাজ্যগুলি উনি আক্রমণ করলেন এটা গ্রহণযোগ্য নয়। আবদুল করিমও একই সন্দেহ প্রকাশ করেছেন। কামরু-কামতাপুরী একই রাজ্য ও আধুনিক কুচবিহার অঞ্চলের অনেকখানি জায়গা নিয়ে ছিল। সপ্তদশ শতাব্দীর প্রথম দিকের লেখা *বাহাবিস্তান-ই-ঘায়েবী* তে বলা হচ্ছে যে এই রাজ্যের পূর্ব সীমায় ছিল মনসা (তখনকার বনসা নদী) এবং অন্য সীমায় ছিল করতোয়া নদী। বারবাক শাহ্র সঙ্গে অমীমাংসিত যুদ্ধের পর বাংলা করতোয়ার পূর্বপাড়ের জমি হারাতে থাকে। কামতাপুর বংশের তৃতীয় রাজা নীলাম্বর তাঁর রাজধানী থেকে ঘোড়াঘাট পর্যন্ত একটা সামরিক রাস্তা তৈরি করেছিলেন। ঘোড়াঘাটে ওঁর একটা দুর্গ ছিল। হাবসীদের ছয় বছরের রাজত্বের সময়ে নীলাম্বর তাঁর সীমানা বাড়ানোর চেষ্টা করেন। মনে হয় মুজঃফর শাহ্র শাসনের গোলমালের সুযোগ নিয়ে উনি সীমান্তে সৈন্য পাঠিয়ে ছিলেন। আলাউদ্দীন প্রথম বছরেই ওই সৈন্যদলকে হারানোর দাবি করেন তাঁর মুদ্রায়।

১৪৯৮ সালে হোসেন শাহ্ বড় সৈন্যদল নিয়ে কামরূপ আক্রমণ করেন। প্রচলিত প্রবাদ অনুযায়ী নীলাম্বরের মন্ত্রী হোসেন শাহকে সাহায্য করেন। শেষকালে রাজধানী জয় করে নীলাম্বরকে গৌড়ে নিয়ে এলে তিনি পালাতে সক্ষম হন। রাজ্য জয় করে ওখানে আফগানদের বসানো হয়। প্রায় হাজো পর্যন্ত জায়গা বাংলার অধীনে আসে। হোসেন শাহ্র এক ছেলে এখানকার শাসনকর্তা নিযুক্ত হন। *আহোম বুরুঞ্জীতে* একে

দুলাল গাজী বলা হচ্ছে। ১৫০২ সালের মালদায় প্রাপ্ত একটি শিলালিপিতে হোসেন শাহ এই জয় উৎকীর্ণ করে রেখেছেন।

রিয়াজের বিবরণ পরবর্তী কালে ব্রহ্মপুত্র উপত্যকায় হোসেন শাহ অভিযানের সঙ্গে মিশিয়ে ফেলেছে। *আহোম বুরুঞ্জিতে*এই অভিযানের পূর্ণ বিবরণ দেওয়া আছে। পরবর্তী কালের ঐতিহাসিক সিহাবুদ্দীন তালিশা এই অভিযানের বিবরণ দিয়েছেন। বিশ হাজার সৈন্য নিয়ে হোসেন শাহর উজীর আক্রমণ করলে আহোম রাজা পাহাড়ে চলে যান। বর্ষার সময়ে আহোমরা পাহাড় থেকে নেমে আসে ও সব পথ বন্ধ করে দিয়ে বাংলার সৈন্যদের পরাজিত করে। কামরূপের উপর অবশ্য বাংলার দখল অব্যাহত ছিল।

রিয়াজ ও পাণ্ডুয়াতে প্রাপ্ত পুঁথির ভিত্তিতে বুখানন বলছেন যে হোসেন শাহ উড়িষ্যা জয় করেছিলেন। চৈতন্যদেবের গ্রন্থকার বৃন্দাবন দাসও এই জয়ের কথা বলেছেন। উড়িষ্যার একটি মাত্র পুঁথিতে ১৫০৯ সালে উড়িষ্যা আক্রমণের উল্লেখ আছে। প্রতাপরুদ্র দেব যখন রাজধানীতে ছিলেন না, তখন হোসেন শাহর সেনাপতি পুরী পর্যন্ত দখল করে বিভিন্ন মন্দির ধ্বংস করে। রাজা প্রতাপরুদ্র দেব ফিরে এসে আক্রমণ করলে বাংলার সৈন্যরা পিছু হটে মান্দারণ দুর্গে চলে যায়। রাজা মান্দারণ দুর্গ অবরোধ করলেও তাঁর এক সেনাপতির বিশ্বাসঘাতকতার ফলে অবরোধ তুলে নেন। মান্দারণ দুর্গ বাংলার হাতে থাকে।

উড়িষ্যার *মল্লপঞ্জিকায়* উড়িষ্যা অভিযানের তারিখ দেখানো হয়েছে ১৫০৯ সাল। বৈষ্ণব কবিতা আবার আরো পরবর্তী সময়কে নির্দেশ করেছে। শ্রীহট্টের শাহ জালাল দরগার শিলালেখতে ১৫১২–১৩ সালে এই অভিযান হয়েছিল বলে বলা হচ্ছে। বৃন্দাবন দাসের লেখা থেকে দেখা যায় যে জানুয়ারী ১৫১০ খ্রিস্টাব্দে যখন চৈতন্যদেব সন্ন্যাস গ্রহণের পর নীলাচলে যান তখন যুদ্ধ চলছিল। এর দু বছর বাদে চৈতন্যদেব যখন দক্ষিণ ভারত থেকে উড়িষ্যাতে আসেন, তখন যুদ্ধ প্রায় শেষ হয়ে গিয়েছে। ১৫১৪ সালে চৈতন্যদেব যখন উড়িষ্যা থেকে বাংলায় আসেন তখন আর যুদ্ধ চলছিল না। তখনো সন্ধি হয়নি এবং উড়িষ্যা থেকে বাংলায় প্রবেশের পথ খোলা ছিল না। অনুমান করা যায় ১৫১২ সাল থেকে ১৫১৪ সাল পর্যন্ত যুদ্ধ বন্ধ ছিল। ১৫১৪ সালে পর্তুগীজ দুয়ার্ত বারবোসাও বলেছেন যে তখন যুদ্ধ আর হচ্ছিল না। ১৫১৫ খ্রিস্টাব্দে আবার নতুন করে দুই দেশের মধ্যে যুদ্ধ বাধে। বৈষ্ণব কবিতায় দেখা যাচ্ছে যে হোসেন শাহ সৈন্য নিয়ে উড়িষ্যা আক্রমণ করতে যান। জরানন্দ অবশ্য বলছেন যে চৈতন্যদেব প্রতাপরুদ্র দেবকে শক্তিশালী গৌড় রাজার সঙ্গে যুদ্ধ করতে নিষেধ করেন। কিছু পরে দেখা যায়, ১৫১৫–১৬ সালে, প্রতাপরুদ্র বিজয়নগরের রাজার সঙ্গে যুদ্ধ করতে যান। ওই অভিযানে চৈতন্যদেবের কোন মন্ত্রণা ছিল কিনা তা বলা যায় না। সুতরাং বলা যায় উড়িষ্যার পুঁথির তারিখ গ্রহণ করার কোন উপায় নেই। এই যুদ্ধে প্রতাপরুদ্র দেব ও হোসেন শাহ দুজনেই জয়ের দাবি করেছেন। কিন্তু কেউই শেষে জয়লাভ করতে পেরেছিলেন বলে মনে হয় না। তবে ১৫১০ সাল থেকে ১৫১৫ সালের মধ্যে হোসেন শাহ উড়িষ্যার দিকে তাঁর

রাজ্য কিছুটা প্রসারিত করতে পেরেছিলেন বলে মনে হয়। মান্দারণ দুর্গের প্রায় চল্লিশ মাইল দূরে মন্ত্রেশ্বর নদী পর্যন্ত বাংলার সীমানা প্রসারিত হয়।

ঐতিহাসিক হাবিবুল্লা হোসেন শাহের সময়ে বাংলার চারবার ত্রিপুরা অভিযানের কথা লিখেছেন প্রধানতঃ ত্রিপুরার *রাজমালার* উপর ভিত্তি করে। কিন্তু মুদ্রিত *রাজমালার* পরের দিকে অংশগুলি পরবর্তী কালে লেখা। এমনকি প্রথম খণ্ডের মধ্যেও কিছু অংশ প্রক্ষিপ্ত রয়েছে।

রাজমালাতে বাংলার প্রথম দুটি অভিযানের কথা আছে। ওই অভিযানে সেনাপতি ছিলেন গোরাই মল্লিক ও হৈতন খান। গোমতী নদীর বাঁধ কেটে দেওয়ার ফলে এঁরা পরাজিত হন। ত্রিপুরা দুবার চট্টগ্রাম অধিকার করে। অলৌকিক ব্যাপারগুলি এবং গোমতি নদীর বাঁধ কাটার ব্যাপারটি বাদ দিলে *রাজামালার* কাহিনী গ্রহণ করা যায়। ধন্যমানিক্য ত্রিপুরা থেকে এসে চট্টগ্রাম দখল করলে বাংলার সেনাপতি তাঁকে গোমতি নদীর ধার পর্যন্ত ঠেলে নিয়ে যান। ওখানেই বাংলার সৈন্যদের পরাজয় হয় বলে মনে হয়। ধন্যমানিক্য দ্বিতীয়বার চট্টগ্রাম দখল করলে বাংলার সেনাপতি আবার তাঁকে গোমতি নদীর পাড় পর্যন্ত ঠেলে নিয়ে যান। এরপর বাংলার সেনারা পিছু হটে ছয়কড়িয়াতে ঘাঁটি গাড়ে। ওই অঞ্চল পর্যন্ত হোসেন শাহর অধিকারে ছিল। ধন্যমানিক্য যে চট্টগ্রাম জয় করেছিলেন তাতে সন্দেহ নেই। কারণ ওই বিজয় উপলক্ষ্যে ওঁর মুদ্রা পাওয়া গিয়েছে। ১৫১৫ খ্রিস্টাব্দের সোনারগাঁওর শিলালিপিতে হোসেন শাহর নাম আছে। চট্টগ্রামের শাসনকর্তা পরাগল খান ও ছুটি খানের দুটি *মহাভারতে* উল্লেখ করা হয়েছে যে ত্রিপুরার রাজা হোসেন শাহর কাছে পরাস্ত হয়েছিলেন। ত্রিপুরার দরজা পর্যন্ত যে হোসেন শাহর দখলে ছিল একথা কবীন্দ্র পরমেশ্বরের *মহাভারতে* আছে। শ্রীকর নন্দীর *মহাভারতে* আছে যে ছুটি খান বাংলার সৈন্য নিয়ে ত্রিপুরার রাজাকে সম্পূর্ণভাবে পরাজিত করেছিলেন। *রাজামালার* মতে বাংলা ও ত্রিপুরার শেষ সংঘর্ষ হয় ১৫১৪–১৫ খ্রিস্টাব্দে। সম্ভবত ছুটি খানের অভিযান *রাজামালা* বর্ণিত ঘটনাবলীর পরে হয়েছিল এবং বাংলার সৈন্যবাহিনী ত্রিপুরার অধিকাংশ জয় করেছিল। পর্তুগীজ ঐতিহাসিক জোয়াও দ্য ব্যারোস বলছেন যে ১৫১৮ সালে যখন পর্তুগীজ সিলভেইরা চট্টগ্রামে আসেন তখন সেটা বাংলার রাজার অধিকারে ছিল। ঐতিহাসিক হাবিবুল্লা লিখছেন যে বাংলা-ত্রিপুরা যুদ্ধের সময়ে আরাকান রাজ চট্টগ্রাম দখল করেন। কিন্তু সমসাময়িক বাংলা পুঁথিতে আরাকান রাজের চট্টগ্রাম অধিকার নিয়ে কিছু লেখা নেই। *রাজ*মালাতেও আরাকান রাজ নিয়ে উল্লেখ নেই। শুধু আছে যে ধন্যমানিক্য রামু দখল করেন। পর্তুগীজ সূত্র থেকে দেখা যাচ্ছে যে আরাকান রাজ ১৫১৮ সালে বাংলার সামন্ত ছিলেন। সম্ভবত আরাকান রাজ চট্টগ্রামে যুদ্ধে পরাজিত হয়ে সামন্তে পরিণত হন।

ইতিপূর্বে জানা গেছে যে হোসেন শাহর সঙ্গে দিল্লির সুলতান সিকান্দার শাহর সন্ধি হয়েছিল। ১৫০৯ সালের সিকান্দার তাঁর অমাত্য হোসেন খান ফারমূলীকে দমন করার জন্য সৈন্য পাঠান হাজী সারঙের নেতৃত্বে। ফারমূলী বাংলায় হোসেন শাহর কাছে আশ্রয় নেন। কিন্তু বিহারের এক অংশ যে হোসেন শাহর অধীনে ছিল তা বোঝা

যায় ষষ্ঠদশ শতাব্দীর প্রথম দিকের হোসেন শাহর একটা শিলালিপি থেকে। ১৫১৭ সালে সিকান্দারের মৃত্যু হলে বাংলা ও উড়িষ্যা প্রকাশ্যভাবে দিল্লির বিরুদ্ধে শত্রুতা শুরু করে। কিন্তু মনে হয় বিহারের শাসনকর্তা দরিয়া খান নুহানী (মৃত্যু ১৫২২) তাদের অভিযান আটকে রেখেছিলেন।

নানা কারণে আলাউদ্দীনকে শ্রেষ্ঠ সুলতানদের মধ্যে অন্যতম বলা হয়। তাঁর সময়ে বহু উচ্চপদস্থ হিন্দুর নাম পাওয়া যায়। এর থেকে মনে করা অসম্ভব নয় যে প্রথমে হাবসীদের বিরুদ্ধে সংগ্রাম ও পরে কামরূপ, আসাম ও ত্রিপুরার সঙ্গে যুদ্ধের জন্য তিনি হিন্দুদের প্রয়োজনীয় ক্ষমতা দিয়েছিলেন। রুকনুদ্দীন বারবাক শাহের পরে এত সংখ্যক হিন্দু অমাত্যদের নাম আর পাওয়া যায় না। আলাউদ্দীনের হিন্দু অমাত্যদের মধ্যে ছিলেন সনাতন ও তার ভাই রূপ, যাঁরা পরে বৈষ্ণব হয়েছিলেন। রূপ ছিলেন *দবীর খাস* ও সনাতন *সাকর মল্লিক* (ছোট রাজা)। রূপ রাজার প্রধান সচিবের কাজ করতেন। এদের ভগ্নীপতি শ্রীকান্ত হাজিপুরে থাকতেন রাজার হয়ে ঘোড়া কেনার জন্য। সনাতনের এক ভাই বাকলাতে রাজার কর্মচারী ছিলেন। সম্ভবত এঁর নাম ছিল রঘুনন্দন। সুবুদ্ধি রায় ছিলেন হোসেন শাহর সুলতান হবার আগে গৌড়ের অধিকারী। হোসেন শাহকে প্রহার করার অপরাধে সুলতান এর জাতি নাশ করেন। রামচন্দ্র খান নামে দুজন ছিলেন। এদের মধ্যে একজন ছিলেন বেনাপোলের জমিদার। ইনি দস্যুবৃত্তি করে বেড়াতেন ও রাজস্ব দিতেন না। পরে ইনি বন্দী হন। দ্বিতীয় জন গৌড়-উড়িষ্যা সীমান্তে শাসনকর্তা ছিলেন। চিরঞ্জীব সেন ছিলেন হোসেন শাহর অমাত্য। যশোরাজ খান ছিলেন হোসেন শাহর এক কর্মচারী। দামোদর ছিলেন আর এক কর্মচারী। কবিরঞ্জন হোসেন শাহ ও তাঁর ছেলে নসরৎ শাহর সরকারি কর্মচারী ছিলেন। হিরণ্য দাস ও গোবর্ধন দাস ছিলেন দুই 'মুলুকের মজুমদার' অর্থাৎ খাজনা সংগ্রহকারক। আর একজন ছিলেন গোপাল চক্রবর্তী। ইনি গৌড়ে থাকতেন। *রাজমালাতে* গোরাই মল্লিককে হোসেন শাহর সেনাপতি বলা হয়েছে।

বিভিন্ন শিলালিপি ও মুদ্রা থেকে জানা যায় যে বাংলাদেশের প্রায় সবটা এবং বিহারের একটা বড় অংশ হোসেন শাহর রাজ্যের মধ্যে ছিল। উত্তরে ব্রহ্মপুত্র নদী পর্যন্ত ওঁর রাজ্যের সীমানা ছিল বলা যেতে পারে। দক্ষিণে ওঁর রাজ্যের সীমা ছিল সম্ভবত খড়গপুর পর্বতমালা। ১৫১৫ সাল নাগাদ বাংলার ও উড়িষ্যার মধ্যে ছিল মন্ত্রেশ্বর নদী (পিছলদার কিছুটা দক্ষিণে)। এই নদীকেই জোয়াও দ্য ব্যারোস দ্বিতীয় গঙ্গা নদী বলছেন। বিভিন্ন শিলালিপি থেকে দেখা যায় যে ২৪ পরগণা জেলার অনেকখানি বর্ধমান জেলার সেলিমবাদ এবং ডায়মন্ড হারবারের দক্ষিণে হাতিগড় ও ২৪ পরগণার হোসেনাবাদ ওঁর রাজ্যের মধ্যে ছিল। দক্ষিণবঙ্গে আধুনিক বাগেরহাট ও আধুনিক ফরিদপুর ওঁর রাজ্যের মধ্যে ছিল। বাখরগঞ্জ ও নোয়াখালি নিয়ে ছিল বাকলা যেটি *খালিসা* করে দেওয়া হয়। চট্টগ্রাম ছিল ওঁর রাজত্বের মধ্যে এবং ফেনী নদী ছিল সীমানা।

হাবসীদের অত্যাচারের মধ্যে হোসেন শাহ সুলতান হন। কিন্তু তাঁর রাজ্যশাসন সম্পর্কে হিন্দু কবিরা প্রশংসা করে গিয়েছেন। ফেরিস্তা বলেছেন যে তিনি

বাংলাদেশের শহরগুলিকে সমৃদ্ধ করে তোলেন। ঘোড়াঘাট পর্যন্ত রাস্তা করেছিলেন ও বহু দীর্ঘ খাল খনন করেছিলেন যার সাক্ষ্য ওঁর শিলালিপিতে রয়েছে। ওঁর সময়ে দুজন পর্তুগীজ ভারথেমা ও বারবোসা বাংলাতে আসেন। বাংলার বন্দরে শুল্ক যে বেশি ছিল এবং বন্দরের কর্মচারীরা জুলুম করত, তার কথা টমে পিরেস বলেছেন। এর ফলে বণিকরা অন্য জায়গায় চলে যেতে থাকে। এর একটা কারণ হয়ত ছিল যে হোসেন শাহর নিজের জাহাজ ছিল ও তিনি বৈদেশিক বাণিজ্য করতেন। হোসেন শাহ বহু যুদ্ধে অংশ নিয়েছেন, যার ফলে মাঝে মাঝে দুর্ভিক্ষ হয়েছে এবং দেশবাসীকে ভুগতে হয়েছে। ১৫০৯ সালে বড় রকমের দুর্ভিক্ষ হয় যার কথা বৈষ্ণব কবিরা বলেছেন। ওঁর মৃত্যুর পরেও গৌড় শহরেই যে খাবারের অভাব ছিল তা পর্তুগীজ দোভাষী বলে গিয়েছেন। হোসেন শাহর অধীনে কর্মচারীদের মধ্যে কয়েকজন কাব্য লিখেছেন। তাঁরা সুলতানের প্রশংসাও করেছেন। কিন্তু হোসেন শাহর উৎসাহ পেয়েছেন, এমন কথা বলেননি। কুৎবন হিন্দি অবধি ভাষায় *মৃগাবতী*তে যে হোসেন শাহর প্রশংসা করেছেন তিনি জৌনপুরের হোসেন শাহ শর্কী। একজন মুসলমান লেখক *ধনুবিদ্যা* নামে বই লিখে সুলতান হোসেন শাহকে উৎসর্গ করেছিলেন। বাংলা সাহিত্যের ইতিহাসে 'হোসেন শাহী আমল' বলাটা বোধহয় সমীচিন নয়। তাঁর রাজত্বকালের মধ্যে বিপ্রদাসের *মনসামঙ্গল* ও কবীন্দ্র পরমেশ্বরের *মহাভারত* ছাড়া উল্লেখযোগ্য বাংলা রচনা আর পাওয়া যায় না। বাংলা সাহিত্য বা বৈষ্ণব সাহিত্যের সমৃদ্ধির মূলে ছিলেন চৈতন্যদেব, হোসেন শাহ নন।

নসরৎ শাহ (১৫১৯–৩২)

১৫১৯ সালে আলাউদ্দীন হোসেন শাহর মৃত্যু হলে তাঁর জ্যেষ্ঠ পুত্র নসরৎ শাহ সুলতান হন। ১৫১৫ সালে তাঁর মুদ্রা থেকে মনে হয় যে তাঁকে উত্তরাধিকারী বলে স্থির করা হয়েছিল। বাবর তাঁর আত্মজীবনীতে বলেছেন যে নসরৎ শাহ উত্তরাধিকার সূত্রে রাজা হয়েছিলেন। তাঁর অনান্য ভ্রাতাদের বন্দী বা হত্যা না করে উনি ওদের খোরপোষ ও মর্যাদা বাড়িয়ে দেন। *রিয়াজ* বলছেন যে উনি ছিলেন সুশাসক ও দৌত্য কার্য ভালো বুঝতেন।

আগেই দেখা গিয়েছে যে লোদীরা বিহার নিয়ন্ত্রণ করার ফলে বাংলার দরজা তাদের সামনে খোলা ছিল। উত্তর বিহারের কিছুটা অংশ হোসেন শাহীদের থাকলেও, সামরিক কোন বাধা দিল্লি ও মুঙ্গেরে ছিল না। ১৫২২ সাল নাগাদ বিহারে নুহানীদের স্বাধীনতা ঘোষণার ফলে, জৌনপুর থেকে পাটনা কার্যত দিল্লি থেকে স্বাধীন হয়ে যায়। এই নতুন স্বাধীন রাজ্য ও বাংলার কাছে সাধারণ শত্রু হল দিল্লি। যার ফলে এদের দুজনের মধ্যে একটা ঘনিষ্ঠতা গড়ে ওঠে। ইব্রাহিম লোদীর দখল থেকে পূর্বদিকের রাজ্যগুলি বেরিয়ে যায়। নসরৎ শাহ এই বিদ্রোহীদের সঙ্গে থেকে একটা বড় অঞ্চল নিজের দখলে আনেন। নুহানী ও ফারমূলীরা জৌনপুর থেকে পাটনা দখল করে নিলে, নসরৎ টঙ্ক নদীর পাড় পর্যন্ত অঞ্চল নিজের দখলে আনেন। *রিয়াজ* বলছেন যে উনি সমগ্র তিরহুত দখল করে তাঁর শালা মাখদুম-ই আলমকে ওখানে বসিয়ে দেন। তিনি

গঙ্গা-গণ্ডকের সঙ্গমস্থলে হাজিপুরে ঘাঁটি করে বিহারে ঢোকার পথ নিয়ন্ত্রণ করতে চাইছিলেন। গণ্ডক পেরিয়ে সারানের উপর দখল কায়েম করে ঘোঘরা নদীর দুপার, অন্তত আজমগড় পর্যন্ত, তাঁর দখলে রেখেছিলেন।

এই জায়গাগুলি আয়ত্বে আসায় নসরৎ বাবরের পাণিপথ যুদ্ধ জেতার পরেও নিশ্চিন্ত ছিলেন। পরাজিত আফগান নায়করা পূর্ব দিকে পালিয়ে এলে, নসরৎ ওদের আশ্রয় দিয়ে বিহারকে মুঘলদের বিরুদ্ধে প্রতিরোধী শক্তি হিসাবে গড়ে তুলতে চাইছিলেন। আগস্ট ১৫২৬ সালে হুমায়ুন কনৌজ ও জৌনপুর থেকে আফগানদের সরিয়ে টঙ্ক নদীর দক্ষিণে ঘোঘরা নদী পর্যন্ত দখল করে নেন। নসরৎ শাহ মুঘলদের শক্তির কথা জেনেই নিরপেক্ষ হবার ভান করছিলেন। বাবরের প্রতিনিধিকে তিনি এক বছরের বেশি সময় নিজের দরবারে রেখেছিলেন এবং তাঁর প্রশ্নের কোন নির্দিষ্ট উত্তর দেননি। এরপরে ওঁকে নিজের দূতের সঙ্গে উপহার ও আনুগত্যের আশ্বাস দিয়ে ফেরত পাঠান। এর ফলে বাবর বাংলাতে যাওয়া স্থগিত রাখেন।

ইতিমধ্যে আফগানরা কনৌজ আক্রমণ করে পরাজিত হয়েছে। বাবরের আসার খবর পেয়ে তারা পিছু হটে যায়। বাবরের আত্মজীবনীর এর পরের অংশ কিছুটা বিনষ্ট হবার ফলে বাবরের মনোভাব জানা যায় না। বাবর ঘোঘরা ধরে এগোতে থাকেন ও শাহ মুহম্মদ ফারমূলীকে সারান ছেড়ে দেন। সারান এর আগে নসরৎ শাহর রাজ্যর মধ্যে ছিল এবং এটা নিশ্চিত যে নসরতের সৈন্যদের সরিয়ে বাবর এটা দখল করেছিলেন। সেই বছরের গোড়ার দিকে বাহার খান নুহানী মারা গেলে নসরৎ শাহ যে কমজোরী হয়ে পড়েন তাতে সন্দেহ নেই। বাবরের গঙ্গা পেরিয়ে বরুসার পর্যন্ত এগোনোর ফলে নসরতের সামরিক ঘাঁটি বিপর্যস্ত হয়ে পড়ে। ইতিমধ্যে শের খান শূর দক্ষিণ বিহারে মুঘলদের অনুগত্য মেনে জৌনপুরের শাসকের সহায়তায় তাঁর নিজের ক্ষমতা বাড়িয়ে তুলছেন। নুহানী বংশের অল্পবয়স্ক রাজা জালাল খানের পক্ষে নেতৃত্ব দেওয়া সম্ভব হচ্ছিল না। মুঘলদের বিরুদ্ধে প্রতিরোধ গড়ে তোলার কাজ সুতরাং রইল নসরৎ শাহর উপরে যদিও উনি মুঘলদের সঙ্গে দূত বিনিময় করেছেন।

নসরৎ এর সামনে এই সময়ে একটা নতুন সম্ভাবনা দেখা দেয়। মাহমুদ লোদী নিজেকে সাম্রাজ্যের দাবিদার বলে আফগানদের এক জায়গায় জড় করতে সমর্থ হন। এর পরে তিনি জালালকে আক্রমণ করে নুহানীদের হটিয়ে দেন। জালাল হাজীপুরে গিয়ে পিতৃবন্ধু নসরতের কাছে সামরিক সাহায্য প্রার্থনা করেন। নসরৎ শাহ সাহায্য না করায় নুহানীরা মুঘলদের হাজীপুরে আটকে রাখেন। নসরৎ এর পরে শের খানকে ওঁদের দলে যোগ দিতে রাজী করান। স্থির হয় তিনদিক থেকে মুঘলদের আক্রমণ করা হবে। ফেব্রুয়ারী ১৫২৯ সালে গঙ্গার দুপার ধরে মাহমুদ ও শের খান চুনার ও বারাণসী আক্রমণ করার জন্য এগোন। *রিয়াজ* বলছেন যে নসরৎ কুতুব খানকে পাঠান মুঘলদের পিছন দিক দিয়ে লখনৌ আক্রমণ করার জন্য। শের খান সহজেই বারানসী দখল করেন। কিন্তু বাবরের আসার খবর পেয়েই মাহমুদ যুদ্ধ না করে মাহোবাতে পালান। শের খান বারাণসী ছেড়ে পিছু হটে আসেন ও কিছুকাল পরে মুঘল আনুগত্য স্বীকার করে নেন। এর ফলে নসরৎ একা হয়ে পড়েন। অনান্য

আফগানরা ঘোঘরা পেরিয়ে পালিয়ে যায় ও মুঘল আনুগত্য স্বীকার করতে চায়। হাজীপুরে মাখদুম-ই আলম তাদের ধরে রাখেন। জালাল ও তার অনুগামীরা বক্সারের মুঘল ছাউনীতে গিয়ে বাবরের আনুগত্য স্বীকার করে। ওদিকে কুতুব খান কয়েকবার আক্রমণ করেও লখনৌ অধিকার করতে পারেননি।

আফগানদের অবিমৃষ্যকারিতার ফলে নসরৎ একা পড়ে গেলেন। এপ্রিল ১৫২৯ সালের গোড়ায় বক্সারের ছাউনী থেকে বাবর নসরৎ শাহের দূত ইসমাইলকে খসড়া প্রস্তাব পাঠান যার মধ্যে একটা শর্ত ছিল যে মুঘলরা বিনা বাধায় ঘোঘরা নদী পার হতে পারবে। বাবর এক দূতকে পাঠালেন নসরতের মতামত জানার জন্য। আফগানরা বশ্যতা স্বীকার করার ফলে মুঘল বিরোধী শক্তি বিশেষ কিছু ছিল না। কিন্তু সম্ভবত দুই আফগান নেতা বিবান ও বায়াজিদকে পালানোর সুযোগ দেবার জন্য নসরৎ একটু দেরি করতে লাগলেন। মাখদুমকে বলা হল যে গঙ্গা-ঘোঘরা নদীর সঙ্গমে প্রতিরোধ ব্যবস্থা জোরদার করার জন্য। বাবর একমাস অপেক্ষা করে আর এক দূত পাঠালেন। ইসমাইলের কাছে সুস্পষ্ট উত্তর চেয়েও না পেয়ে যুদ্ধ করবেন বলে জানালেন। ঘোঘরা নদী থেকে অবিলম্বে নসরৎকে সৈন্য সরাতে হবে, এই আদেশ দিলেন। উত্তর না পেয়ে বাবর সৈন্য পাঠালে ঘোঘরা নদীর পারে যুদ্ধ হয়। বাংলার পদাতিক ও অশ্বারোহী সৈন্যরা নৌকার সাহায্য নিয়ে নসরৎ প্রাণপণে যুদ্ধ করে। কিন্তু শেষপর্যন্ত তারা হটে যায়। মুঘলরা সারানে চলে আসে। ইতিমধ্যে জালাল বাবরের কাছে গিয়ে বশ্যতা স্বীকার করেছে। স্থির হয় উপঢৌকন দিয়ে সে সামন্ত হিসাবে থাকবে। নসরৎ শাহর সামরিকভাবে পরাজয় হলেও দৌত্য কার্যের ফলে বাংলার সঙ্গে মুঘলদের যুদ্ধ ঘোষিত হয়নি। এর কিছুদিন পরে বাবরের দূত ফিরে আসে লস্কর-ওয়াজির হোসেন খান ও মুঙ্গেরের শাহজাদার কাছ থেকে চিঠি নিয়ে। তারা নসরৎ শাহর পক্ষ থেকে বাবরের শর্তে রাজি হয়েছে। বাবর নসরতের রাজ্য আক্রমণ করবেন না জানিয়ে দেন। ১৫২৯ সালের একটা শিলালেখতে দেখা যায় যে ওঁর দখলে ছিল বালিয়া পরগণার খরিদ। এছাড়া বাবর তাঁর নতুন আফগান মিত্রদের সারান ও গোরাক্ষপুর দিয়েছিলেন। ঘোঘরার পাড় থেকে সৈন্য সরানোর অর্থ গণ্ডক নদীর পশ্চিমের অংশ বাবরের হাতে চলে যাওয়া। নসরৎ শাহ ওই চুক্তি সত্যই মানতেন কিনা বলা শক্ত কারণ এটা ছিল বাংলার স্বার্থের বিরোধী। ফলে যুদ্ধ অবশ্যম্ভাবী জেনে নসরৎ আরেকটা মিত্র শক্তি গড়ে তোলার চেষ্টা শুরু করে দেন। নুহানীরা একেবারেই চলে গিয়েছিল এবং শের খান নিজের স্বার্থ সম্বন্ধে এতই সচেতন ছিলেন যে নসরৎ ও মাহমুদকে পুরানো মিত্রশক্তি আবার জাগিয়ে তুলতে বেশ বেগ পেতে হয়েছিল। ১৫৩০ সালে বাবরের মৃত্যুতে মিত্রশক্তি আর একটা সুযোগ পায়। বিবান, বায়োজিদ ও অনিচ্ছুক শের খানকে নিয়ে মাহমুদ জৌনপুর দখল করে লখনৌ আক্রমণ করে। দাদরার যুদ্ধে বিবান ও বায়াজিদ মারা যায় ও শের খান মুঘলদের সঙ্গে চুনারে চলে যান। এর ফলে মিত্রশক্তি ভেঙে যায়। নসরতের আসল উদ্দেশ্য আর গোপন রাখা সম্ভব হচ্ছিল না এবং গুজব ছড়িয়েছিল যে হুমায়ুন বাংলা আক্রমণের জন্য তোড়জোড় করছেন। কিন্তু একা নসরতের পক্ষে মুঘলদের সামনে দাঁড়ানো সম্ভব নয় দেখে তিনি গুজরাটের

বাহাদুর শাহর সাহায্য চান। এর ফলে হুমায়ুন বাংলা আক্রমণ স্থগিত রেখে বাহাদুর দমনে মন দেন।

বাবরের সঙ্গে ১৫২৯ সালে সন্ধি করা বোধহয় বাংলার পক্ষে অন্যদিক দিয়ে প্রয়োজনীয় ছিল। ব্রহ্মপুত্র উপত্যকার আহোম রাজার সঙ্গে সেই বছরই সংগ্রাম শুরু হয়। হোসেনের অভিযান ব্যর্থ হবার ফলে আহোমরা উৎসাহী হয়ে আক্রমণ শুরু করে। জয়ের পর কতটা তার এগিয়েছিল বলা শক্ত। ১৫২৯ সালে আহোম রাজা হঠাৎ ব্রহ্মপুত্রর পাড় ধরে এগিয়ে বাংলার ঘাঁটি হাজো আক্রমণ করেন। সম্ভবত সেই সময় কোন যুদ্ধ হয়নি। কিন্তু আহোমরা নদীর উত্তরে নারায়ণপুরে ঘাঁটি তৈরি করে যার ফলে বাংলার সীমান্তবর্তী শহরটি আক্রান্ত হবার সম্ভাবনা থাকে। বাংলার সৈন্যরা সম্ভবতঃ ওদের ওখানে ঠেকিয়ে রেখেছিল। কিন্তু দুবছর পরে তারা কামান, অশ্বারোহী ও পদাতিক সৈন্য নিয়ে আসামের দারাং অঞ্চল আক্রমণ করে। ত্রিমোহিনীতে নৌকাযুদ্ধের পর বাংলার সৈন্যরা পরাজিত হয়ে কামরূপে চলে আসে। হাজোর বিপরীত দিকে আহোমরা কয়েকটি দুর্গ তৈরি করে। বীর মল্লিকের নেতৃত্বে বাংলার সেনাদল আর একবার আক্রমণ করে পরাজিত হয়।

নসরতের মৃত্যুর পর বাংলার এক সেনাপতি তুরবক আর একবার আক্রমণ করে। নদীর ওপারের যুদ্ধে আহোমরা পরাজিত হয়ে সালা দুর্গে আশ্রয় নেয়। বাংলার সেনারা সিংরি দখল করে। তুরবক ভারী কামান ব্যবহার করে সালা থেকে আহোমদের হটিয়ে দেন কিন্তু পরবর্তীকালে এক নৌযুদ্ধে পরাজিত হন। তুরবকের সাহায্যে হোসেন খানকে পাঠানো হলে এরা আহোমদের প্রধান সৈন্যদলকে মিত্রাত নদীর (শিবসাগর জেলা) ধারে আক্রমণ করে, কিন্তু পরাজিত হয়। আহোমরা যে নৌযুদ্ধে উন্নত, সেটা আর একবার প্রমাণিত হয়ে যায়। এর পরেও আহোমরা ভারালী নদীর যুদ্ধে তুরবকের সৈন্যদলকে হারিয়ে দেয়। এর পর বাংলা বেশি দিন কামরূপ ধরে রাখতে পারেনি। বাংলাতে এর পরে রাজনৈতিক গোলমাল শুরু হলে কুচ বংশের প্রতিষ্ঠাতা বিশ্ব সিং তার পূর্ণ সদ্ব্যবহার করেন। উনি আহোম ও বাংলার অংশ দখল করে কুচবিহার বংশ প্রতিষ্ঠা করেন।

নসরৎ শাহ যখন গৌড়ে তাঁর পিতার সমাধিতে গিয়েছিলেন তাঁর এক দাস তাঁকে হত্যা করে। ওঁর জীবনের শেষ দিকটা নানারকম উচ্ছৃঙ্খল আচরণের ফলে সকলের পক্ষেই কষ্টকর হয়েছিল। উনি মুঘলদের সঙ্গে অত্যন্ত কুশলী ব্যবহার করে আফগানদের সঙ্গে প্রতিরোধ গড়ে তোলার চেষ্টা করেন। এর ফলে মুঘলদের উনি সম্ভাব্য আক্রমণ থেকে ঠেকাতে পেরেছিলেন। যতদিন উনি বেঁচেছিলেন ওঁর পিতার দেওয়া সীমানা অক্ষুণ্ণ রাখতে সমর্থ হন। উদারতার দিক থেকে ওঁর পিতার মত গ্রহণ করেছিলেন। বাংলা সাহিত্যের উন্নতির দিকে ওঁর দৃষ্টি ছিল। সম্ভবতঃ উনিই প্রথম মহাভারতের অনুবাদ করান।

নসরৎ শাহর সঙ্গে ত্রিপুরার রাজা দেবমাণিক্যর সংঘর্ষ হয়েছিল এর প্রমাণ আছে। কয়েকটি মুদ্রা থেকে দেখা যাচ্ছে যে দেবমাণিক্য ভুলুয়া (নোয়াখালি) দখল করেছিলেন। আরেকটা মুদ্রাতে উনি 'সুবর্ণগ্রাম বিজয়ী' বলে নিজেকে অভিহিত

করেছেন। সম্ভবত দেবমাণিক্য ১৫২০–২১ সালে ভুলুয়া ও ১৫৩০–৩১ সালে সোনারগাঁও দখল করেন। ১৫২৪ সালের পর নসরৎ শাহ বা তাঁর পরের সুলতানদের সোনারগাঁও অঞ্চল থেকে কোন শিলালিপি পাওয়া যায়নি। দেবমাণিক্য কিছুদিনের জন্য চট্টগ্রাম অধিকার করে রেখেছিলেন। ১৫২৯ সালে পর্তুগীজরা বলেছে যে চট্টগ্রাম নসরৎ শাহর অধীনে ছিল। ওখানে তারা কুঠি বানানোর অনুমতি চাইছিল। চট্টগ্রাম পুনরুদ্ধারের সময়ে হামজা খানের সাহায্য বাংলার পক্ষে অপরিহার্য ছিল।

আর এক দিক থেকে দেখলে নসরৎ শাহর সময় থেকেই হোসেন শাহী বংশের পতন শুরু হয়ে গিয়েছিল যার পরিণতি দেখা যায় গিয়াসুদ্দীন মাহমুদ শাহর সময়ে। সেই সময় উত্তর-পশ্চিমে গণ্ডকের পশ্চিমের এলাকা বাবরকে ছেড়ে দিতে হয়। পূর্বে বা উত্তর-পূর্বে তাঁর কোন এলাকা ছাড়তে হয় নি। দক্ষিণ-পশ্চিমে কি হয়েছিল বোধগম্য নয়। ১৫৩০–৩১ সালের দুটি শিলালিপি থেকে দেখা যাচ্ছে যে দারকেশ্বর নদীর ওপারের অঞ্চল বাংলার ছিল। এটা মনে করা অস্বাভাবিক নয় যে উড়িষ্যার রাজা প্রাতপরুদ্র বাংলার জায়গাগুলি দখল করতে চাইছিলেন। তবে এ সম্পর্কে বিশদ তথ্য পাওয়া যায় না।

নসরৎ শাহের কার্যকলাপ পর্যালোচনা করতে গেলে এটা মনে রাখা দরকার যে তিনি একটা অস্বস্তিকর অবস্থার মধ্যে ছিলেন প্রধানতঃ তাঁর আফগান মিত্রদের অস্থির রাজনীতির জন্য এবং মুঘলদের উন্নত সামরিক কৌশলের জন্য।

আলাউদ্দীন ফিরোজ শাহ (১৫৩২) ও গিয়াসুদ্দীন মাহমুদ (১৫৩২–৩৮)

মুদ্রার সাক্ষ্য থেকে বোঝা যায় যে নসরৎ তাঁর ছোট ভাই মাহমুদকে উত্তরাধিকারী নির্বাচিত করেছিলেন যদিও বাস্তবে কনিষ্ঠ পুত্র ফিরোজ সিংহাসনে বসেছিলেন। *রিয়াজ* বলছেন যে রাজ্যের ওমরাহদের পরামর্শক্রমে ফিরোজ শাহ সিংহাসনে বসেন। অর্থাৎ মাহমুদের দাবিকে অগ্রাহ্য করা হয়। ফলে ওমরাহরা দুই ভাগে বিভক্ত হয়ে পড়েছিলেন। মাহমুদকে একটা ছোটখাট পদে সরিয়ে দিলে তিনি ফিরোজকে হত্যা করে শেষ পর্যন্ত সিংহাসনে বসেন।

সেই সময় আসামের সঙ্গে বাংলার যুদ্ধ চলছিল। বাংলার সেনাপতি তুরবক আহোমদের সালা দুর্গ আক্রমণ করেন। বাংলার সৈন্যরা যুদ্ধে কয়েকজন আহোম সেনাপতিকে বধ করলেও দুর্গের পতন হয় না। এরপর বাংলার সৈন্যরা স্থল ও জলপথ একসঙ্গে অবরোধ করে। তিনদিন তিনরাত অবরোধের পর বাংলার সেনারা দুর্গ আক্রমণ করলে পরাস্ত হয়। বহু সৈন্য হতাহত হয়। এরপরে বাংলা থেকে আরো সৈন্য ও হাতি পাঠানো হয়। কিন্তু আহোমরা এবারের যুদ্ধেও জয়ী হয়। ১৫৩৩ সালের শেষে বাংলার সেনাপতি হোসেন খান ভারালী নদীর যুদ্ধে পরাজিত ও নিহত হন। বাংলার এই পরাজয় আসে প্রধানত নৌসেনাদের দুর্বলতার জন্য। কিন্তু এই পরাজয়ের ফল ছিল সুদূরপ্রসারী। কামরূপ ও কামতাতে তাদের দখল এর ফলে অনিশ্চিত হয়ে যায়। কুচবিহারে বিশ্ব সিংহ বাংলার সৈন্যদের সরিয়ে দেন।

কবি শ্রীধর তাঁর *বিদ্যাসুন্দর* কাব্যে ফিরোজ শাহর প্রশস্তি করেছেন। সম্ভবত তিনি সাহিত্যের পৃষ্ঠপোষক ছিলেন। ফিরোজ শাহ যখন যুবরাজ তখন তাঁর নির্দেশেই শ্রীধর *বিদ্যাসুন্দর* বা *কালিকামঙ্গল* লেখেন।

ফিরোজ শাহর রাজত্বর সময় নিয়ে কিছু বিতর্ক আছে। *রিয়াজ* বলছেন যে উনি তিন বছর রাজত্ব করছিলেন। কিন্তু চার্লস স্টুয়ার্ট বলছেন যে উনি তিন মাস রাজত্ব করেন। এই মতই অধিকাংশ পণ্ডিত মেনে নিয়েছেন। কয়েকটি মুদ্রা পাওয়া গিয়েছে ১৫৩৩ সালের। কালনার শিলালিপিতেও ১৫৩৩ সাল আছে। এর থেকে মনে হয় যে ফিরোজ নয় মাস রাজত্ব করেছিলেন। বুখাননের পাণ্ডুলিপিতেও পাওয়া যায় যে তিনি নয় মাস রাজত্ব করেছিলেন।

নসরৎ শাহর সময়ে যে বিচ্ছিন্নতাবাদ মাথাচাড়া দিয়ে উঠেছিল, গিয়াসুদ্দীন মাহমুদের সময়ে তা চরমে পৌঁছায়। প্রান্তিক প্রদেশের শাসনকর্তারা প্রায় স্বাধীন হয়ে যায়। দক্ষিণ-পূর্বে মাহমুদের সেনাপতি খোদাবকস খান কর্ণফুলি নদী ও আরাকান পাহাড়ের মধ্যবর্তী অঞ্চলে তাঁর দখল বাড়াতে থাকেন। পর্তুগীজ ঐতিহাসিক জোয়াও দ্য ব্যারোস এই বিষয়ে লিখেছেন। শক্তিশালী নেতারা আরাকান অঞ্চলে তখন বিদ্রোহ করেছিলেন। বাংলা ও ত্রিপুরার মধ্যে এই অঞ্চল নিয়ে বরাবরই গোলমাল ছিল। ব্যারোসের লেখা থেকে মনে হয় যে মাহমুদের রাজত্বকালে ত্রিপুরা ওই অঞ্চলের উপর নিজের অধিকার বাড়াতে সচেষ্ট হয়েছিল। আর এক পর্তুগীজ ঐতিহাসিকের (কাস্তানহেদা) লেখা থেকে জানা যায় যে খোদাবকস তাঁর অঞ্চল দখলে রেখেছিলেন শের খানের আসার আগে পর্যন্ত। এর মধ্যে মাহমুদের অবদান খুবই কম ছিল বলে মনে হয়।

ইতিমধ্যে উত্তর-পশ্চিমে মাখদুম বিদ্রোহ করে মাহমুদের বিরুদ্ধে। মাহমুদের শত্রু হওয়ায় মাখদুমের সঙ্গে শের খানের মিত্রতা হয়। ১৫৩৩ সালে মাহমুদ মুঙ্গেরের শাসনকর্তা কুতুব খানকে মাখদুমের বিরুদ্ধে পাঠান। শের খানের সঙ্গে যুদ্ধে কুতুব খান পরাজিত ও নিহত হন। বাংলার পক্ষে এই পরাজয় একটা বিপর্যয়। নসরৎ যে মুঘল বিরোধী মিত্র শক্তি গড়ে তুলেছিলেন তার আর অস্তিত্ব রইল না এরপর।

মাখদুমের বিরুদ্ধে মাহমুদ আবার সৈন্যদল পাঠালেন। শের খান মাখদুমের পক্ষে যোগ দিতে রাজি ছিলেন কিন্তু জালাল খান নুহানী ওঁকে যোগ দিতে দিলেন না। ফলে যুদ্ধে মাখদুমের পরাজয় হয় ও উনি নিহত হন। এর থেকে মনে হয় যে নুহানীরা মাহমুদের সঙ্গে একটা বোঝাপড়া করছিলেন। মাখদুমের মৃত্যুতে অবশ্য গণ্ডক অঞ্চল আফগান ও মুঘলদের সামনে খোলা অবস্থায় থাকে।

আফগানদের মধ্যে দুটি বিরুদ্ধ দল তৈরি হয়ে ছিল। একটি দল ছিল শের খানের নেতৃত্বে ও অন্যটি ছিল জালাল খানের নেতৃত্বে। জালাল খান শের খানকে হত্যা করার চেষ্টা করে ব্যর্থ হলে জালাল খান মাহমুদ খানের সঙ্গে মিত্রতা করেন। ইব্রাহিম খানের নেতৃত্বে একটা বড় সৈন্যদল পাঠানো হয় শের খানের বিরুদ্ধে। যুদ্ধে ইব্রাহিম খান পরাজিত ও নিহত হলে জালাল খান বাংলায় চলে যান। সূরজগড়ের এই যুদ্ধের ফলে বিহারে শের খানই একমাত্র বড় নেতা থেকে গেলেন।

১৫৩৫ সালে হুমায়ুন গুজরাটে ব্যস্ত থাকার সুযোগ নিয়ে শের খান ভাগলপুর পর্যন্ত অঞ্চল দখল করে নেন। ১৫৩৬ সালে শের খান তেলিয়াগড়ের সামনে এসে দেখেন বাংলার সৈন্যরা পর্তুগীজদের সহায়তার পথ রুদ্ধ করে আছে। ওখানে না যেতে পেরে শের খান ঝাড়খণ্ডের মধ্য দিয়ে গৌড়ের সামনে হাজির হন। বহু টাকা দিয়ে সেবারের মতো মাহমুদ রক্ষা পান। শের খান শেষ পর্যন্ত তেলিয়াগড়ে তাঁর আধিপত্য বিস্তার করেছিলেন।

হোসেন শাহী যুগে বাংলার রাজনৈতিক ও অর্থনৈতিক জীবনে নতুন এক শক্তির আগমন ঘটে। পর্তুগীজরা প্রথমে কালিকট কোচিন ও গোয়াতে আসার পর পূর্বদিকে অগ্রসর হতে শুরু করে। জোয়াও দ্য সিলভেইরো ১৫১৭ সালে বাংলায় জাহাজ পাঠিয়ে বাণিজ্য করার অধিকার চান। হোসেন শাহ সে অধিকার না দেবার ফলে পর্তুগীজরা হোসেন শাহর দুটি বাণিজ্য জাহাজ মালাক্কাতে লুট করে। ১৫১৯ সালে পর্তুগীজরা আর একবার চেষ্টা করলে ও নসরৎ শাহ রাজী হন না। ১৫২৬ সালে পর্তুগীজরা চট্টগ্রাম থেকে এক ইরানী বণিকের জাহাজ অধিকার করে নিয়ে যায়। ১৫২৮ সালে পর্তুগীজরা আবার এলে খোদাবক্স এদের বন্দী করে রাখেন।

১৫৩২ সালে আল আফানসো দ্য মেলো এবং দুয়ার্ত দ্য এ্যাজভেডো চট্টগ্রামে আসেন বাংলার সঙ্গে বাণিজ্য করার অধিকার চেয়ে। বাংলার সুলতান এদের বিশেষ সমাদর করেননি এবং নানা ঘটনার ফলে বহু পর্তুগীজ চট্টগ্রামে মারা যায়। মেলো ও এ্যাজভেডো বন্দী হন। ১৫৩৪ সালে গোয়া থেকে মেনেজেস আসেন এদের মুক্তির দাবি করে। শের খানের আক্রমণের পর থেকেই পর্তুগীজদের প্রতি মাহমুদের মনোভাব বদলে যায়। ১৫৩৭ সালে পর্তুগীজরা জানায় যে পরের বছর থেকে তারা মাহমুদকে সাহায্য করতে পারবে। মাহমুদ এই ভরসায় পর্তুগীজদের কুঠি নির্মাণ করার অনুমতি দেন সপ্তগ্রাম ও চট্টগ্রামে। নিজেদের শুল্ক বিভাগ ও পার্শ্ববর্তী অঞ্চল থেকে খাজনা আদায় করার অধিকারও ওদের দেওয়া হয়। আলাউদ্দীন হোসেন শাহ ও নসরৎ শাহ বাংলার অর্থনৈতিক অবস্থা যে সুরক্ষিত করে রেখেছিলেন, মাহমুদের এই অধিকার দেওয়ার ফলে তা অনেকাংশে ক্ষুণ্ণ হয়।

১৫৩৭ সালে শের খানের অবস্থার প্রচুর উন্নতি ঘটে। বিহারের প্রায় একচ্ছত্র নেতা ও তেলিয়াগড়ের অঞ্চলের অধিকারী হন শেরখান। তিনি দ্বিতীয়বার গৌড়ে আসেন এবং মাহমুদের কাছ থেকে বাৎসরিক উপঢৌকন হিসাবে বিশাল অঙ্কের টাকা চান। মাহমুদ দিতে অস্বীকার করলে শের খান গৌড় অবরোধ করেন। ইতিমধ্যে হুমায়ুন দখল করতে এগিয়ে এলে শের খান অবরোধ তুলে না নিয়ে ফিরে যান। তাঁর ছেলে জালাল খান ও খাওয়াস খান অবরোধ চালাতে থাকে। কিছুদিন পর গৌড়ে খাদ্যের অভাব ঘটায় মাহমুদ সৈন্য নিয়ে বেরিয়ে এসে যুদ্ধ করলে পরাজিত হন এবং হাজীপুরের দিকে পালান। ৫ই এপ্রিল ১৫৩৮ সালে আফগানদের হাতে গৌড় চলে যায়। মাহমুদ হুমায়ুনের সঙ্গে যোগ দিয়ে বাংলার দিকে এগোতে থাকেন। কহলগাঁওর কাছে এসে উনি জানতে পারেন যে আফগানরা ওঁর দুই ছেলেকে হত্যা করেছে। ওই শোক সহ্য করতে না পেরে কিছুদিন পরেই মাহমুদের মৃত্যু হয়। বাংলার স্বাধীন

সুলতানদের আমল ১৫৩৮ সালে শেষ হয়ে যায়। এর পরই বাংলার জীবনে একটা টালমাটাল অবস্থা শুরু হয় যা সপ্তদশ শতাব্দীর প্রথম দিক পর্যন্ত চলতে থাকে।

ঐতিহাসিকরা মাহমুদের এই চরম পরিণতির জন্য তাঁকেই দায়ী করেছেন। নসরৎ শাহ গুজরাটের সঙ্গে যে মিত্রতার বন্ধন শুরু করেছিলেন, তা মাহমুদ অক্ষুণ্ণ রাখতে পারেন নি। সবথেকে মারাত্মক ভুল হয়েছিল নুহানীদের সাহায্য নেওয়া ও শের খানের সঙ্গে শত্রুতা করা। নুহানীরা যে অপদার্থ ও ক্ষতিকারক তার প্রমাণ তাঁর কাছে ছিল। শের খানকে দমন করার জন্য তিনি প্রথম দিকে মুঘলদের সাহায্য নেননি। নসরৎ শাহর যে বিদেশ নীতি ছিল সেটা তিনি নিজ শক্তির উন্মাদনায় বিসর্জন দিয়েছিলেন। শুধু এইটুকু বলা যায় যে তাঁর বিপক্ষে শের খানের মতো কুশলী নেতা তখন ভারত ভূখণ্ডে আর কেউ ছিলেন না।

গৌড় বিজয় ও শূর শাসন

আফগান শের খানের এই আশ্চর্য উন্নতির ফলে হুমায়ুন দিল্লি থেকে জুলাই মাসের প্রথমে (১৫৩৮) বড় সৈন্যদল নিয়ে বাংলার দিকে রওনা হন। পথে তিনি শের খানের সঙ্গে আলোচনা অসমাপ্ত রেখে মাহমুদকে সঙ্গে নিয়ে বাংলার দিকে এগোতে থাকেন। শের খান এই অবস্থায় স্থির করে গৌড়ে জালাল খান ও হাজী খান যে বিশাল ধনরত্ন জোগাড় করেছে, সেটি নিয়ে নেওয়া প্রয়োজন। গঙ্গার পাড় দিয়ে পাঁচশো অশ্বারোহী নিয়ে মুঙ্গেরের কাছে পৌঁছে ওখান থেকে দ্রুতগামী নৌকা করে মাত্র আটচল্লিশ ঘণ্টায় হুমায়ুন পৌঁছানোর অনেক আগেই শের খান গৌড়ে পৌঁছে যান।

গৌড়ে পৌঁছেই শের খান নিজেকে বাংলার স্বাধীন রাজা বলে ঘোষণা করে মুদ্রা চালু করেন। এরপরই জালাল খান ও হাজী খানকে তেলিয়াগড়ে পথ আটকানোর উদ্দেশ্যে পাঠান। এরপর ওই বিশাল ধনরত্ন নিয়ে যাবার ব্যবস্থা করেন। পর্তুগীজরা বলেছে সমগ্র ধনরত্নের মোট অর্থ মূল্য হবে ছয় কোটি টাকা। হাতি, ঘোড়া ও অনান্য গবাদি পশুর সাহায্যে এই বিশাল ধনরাশি নিয়ে শের খান তাঁর পুত্র জালাল খানের সঙ্গে শেরপুরে মিলিত হন। হুমায়ুন যখন গৌড়ে তখন তাঁরা গৌড় ছেড়ে চলে গিয়েছেন। নভেম্বর ১৫৩৮ থেকে এপ্রিল ১৫৩৯ সালের মধ্যে শের খান গৌড় শহর লুঠ করে জায়গায় জায়গায় আগুন ধরিয়ে দিয়ে হুমায়ুনের আসার খবর পেয়ে শহর ছেড়ে চলে যান।

হুমায়ুন শহরে এসে রাস্তাঘাট পরিষ্কার করে বাড়ি ও পাঁচিল মেরামত করে প্রাসাদে বাস করতে লাগলেন। বর্ষার সময়ে গৌড়ে থাকতে ওঁর ভালো লেগেছিল বলে উনি গৌড়ের নাম রাখেন 'জিন্নতাবাদ' (স্বর্গীয় শহর)। বিভিন্ন আমলাদের মধ্যে তিনি বাংলার বিভিন্ন অংশ ভাগ করে দিয়ে গুরুত্বপূর্ণ জায়গায় সৈন্য মোতায়েন করার ব্যবস্থা করে আনন্দ উৎসবে কাল কাটাতে লাগলেন।

ওঁর অনুপস্থিতির সুযোগে শের খান বারাণসী থেকে ভইরচ পর্যন্ত লুণ্ঠন শুরু করে দিলেন। এমনকি গৌড়ের কাছাকাছি অঞ্চলেও লুটপাঠ হয়েছিল। আগ্রাতে হুমায়ুনের ভাই মীর্জা হিন্দল বিদ্রোহ করেন। হুমায়ুনের নিজের সৈন্যদলের মধ্যেও বিশৃঙ্খলা দেখা

দেয়। ফলে জাহাঙ্গীর কুলী বেগকে পাঁচ হাজার সৈন্য দিয়ে প্রদেশের কর্তা করে হুমায়ুন জুলাই ১৫৩৯ সালে গৌড় ত্যাগ করেন।

চৌসার যুদ্ধ জেতার পর শের খান ১৫৩৯ সালে বাংলায় ফিরে আসেন মুঘল শাসক জাহাঙ্গীর কুলী বেগের মোকাবিলা করতে। উনি নিজে নরহীতে ছাউনী ফেললেন ও ওঁর পুত্র জালাল্ খান দক্ষিণ-পশ্চিম দিক থেকে আক্রমণ শুরু করলেন। জাহাঙ্গীর কুলী কিছুদিন যুদ্ধ চালিয়ে কয়েকটিতে হেরে যাবার পর স্থানীয় রাজাদের কাছে আশ্রয় নিলেন। শের খান ওঁকে আলোচনার জন্য নিমন্ত্রণ করে হত্যা করেন। ওঁর অনুচরদেরও হত্যা করা হয়। গৌড়ের পতনের ফলে অনান্য জায়গার মুঘল সেনারা আত্মসমর্পণ করে। চট্টগ্রাম বন্দর তখনো পর্যন্ত মাহমুদ শাহীর আমলাদের হাতে ছিল। ওখানে খোদাবক্স খান ও আমীরজা খানের মধ্যে মতানৈক্য হলে শের খানের সেনাপতি নওয়াজিস পালাতে সক্ষম হন এবং পর্তুগীজ জাহাজ চলে গেলে আবার চট্টগ্রাম দখল করেন। এইভাবে সারা বাংলায় শের খানের কর্তৃত্ব কায়েম হয়। কিন্তু পূর্বে ব্রহ্মপুত্র ও সুরমা নদীর মাঝামাঝি অঞ্চল ওঁর দখলের বাইরে থাকে। সম্ভবত পূর্ব মৈমনসিংহ ও সিলেট শের খানের সীমানার বাইরে ছিল।

দিল্লির সিংহাসনে বসার পর মার্চ ১৫৪১ সালে শের খান আবার বাংলার দিকে মন দেন। বাংলার শাসক খিজির খান তুর্ক, যিনি মাহমুদ শাহের মেয়েকে বিয়ে করেছিলেন, তখন বাংলার স্বাধীন সুলতান হিসাবে সিংহাসনে বসতে শুরু করেছেন। শের শাহ গৌড়ে এসে খিজির খানকে বশ্যতা স্বীকারে বাধ্য করান। ওঁকে বন্দী করা হয়। বাংলাকে এবার কয়েকটা ছোট ছোট অংশে ভাগ করে দেওয়া হয়। প্রতিটি অংশে শের খানের নিজের বিশ্বস্ত লোকেদের হাতে দেওয়া হয়। কাজী ফাজিলাটকে ভার দেওয়া হয় সাধারণ ভাবে এগুলি দেখাশোনা করার জন্য। এটাও বলা অস্বাভাবিক নয় যে শের শাহ যে জাগীরগুলি দিয়েছিলেন তার নেতারাই ভূস্বামী হিসাবে আকবর ও জাহাঙ্গীরের সময়ে বহুদিন ধরে মুঘলদের বিরুদ্ধে লড়াই করেছে। এটা ঠিক যে বাংলার সুলতান হবার পর যে বিপুল অর্থ শের খান পেয়েছিলেন তার সাহায্যে তিনি সৈন্য সংগ্রহ করে দিল্লির সিংহাসনে বসেন।

পঞ্চদশ শতকের মাঝামাঝি থেকেই বিদেশী দাস, ভাগ্য অন্বেষণকারী, নানা ধরনের হাবসী, আফগান ও পর্তুগীজ বণিক বাংলাতে আসছিল। ইসলাম শাহ শূরের রাজত্বের সময়, কালিদাস গজদানী নামে এক রাজপুত, ইসলাম ধর্মে দীক্ষিত হয়ে সুলেমান খান নাম নিয়ে বাংলায় এসে ভাটি অঞ্চলে বসবাস শুরু করেন। ক্রমে উনি ঢাকা ও মৈমনসিংহের দক্ষিণ-পূর্ব অঞ্চলে স্বাধীন রাজ্য গড়ে তোলেন। শের খান তেজ খান ও দরিয়া খান নামে দুজন সেনাপতিকে পাঠান, যারা প্রবল যুদ্ধের পর সুলেমানকে পরাজিত করে। কিছুদিন পরে সুলেমান আবার বিদ্রোহ করলে, তেজ খান ও দরিয়া খান ফিরে এসে আলোচনার সময় তাঁকে হত্যা করে এবং ওঁর দুই পুত্র ঈশা ও ইসমাইলকে তুরানী বণিকদের কাছে বিক্রি করে দেয়।

১৫৩৯ সালের শেষে শের খান বাংলাকে দিল্লির একটা প্রদেশ হিসাবে রেখেছিলেন। কিন্তু ওঁর পাঁচ এবং বছর ওঁর পুত্রের আট বছর রাজত্বের পরে আবার গোলমাল শুরু

হয়ে যায়। ১৫৫৩ সালের ৩০শে অক্টোবর ইসলাম শাহ শূরের মৃত্যু হলে আফগান সাম্রাজ্য ভেঙে যেতে থাকে। ইসলাম শাহর কনিষ্ঠ পুত্র ফিরোজ কয়েক দিনের মধ্যে নিহত হন। শের খানের ভাইপো মুবারিজ খান, মুহম্মদ শাহ আদিল নাম নিয়ে সিংহাসনে বসেন। আফগান অভিজাতরা অন্তর্দ্বন্দ্বে লিপ্ত থাকেন ও কয়েকজন বিদ্রোহী হন।

১৫৫৩ সালে বাংলার শাসনকর্তা ছিলেন মুহম্মদ খান। উনি স্বাধীনতা ঘোষণা করে শামসুদ্দীন মুহম্মদ শাহ গাজী নাম নেন। একবার আরাকান অভিযানের পর উনি আগ্রার দিকে অগ্রসর হন। কিন্তু কাল্পির তিরিশ মাইল পূর্বে ছাপড়াগড়ের যুদ্ধে দিল্লির সেনাপতি হেমু ওঁকে পরাজিত ও নিহত করেন এবং দিল্লি শাবাজ খানকে বাংলার শাসনকর্তা করে পাঠান। ইতিমধ্যে শামসুদ্দীনের ছেলে খিজির খান তাঁর পিতার মৃত্যুর খবর পেয়ে এলাহাবাদের অপর পাড়ে গিয়াসুদ্দীন বাহাদুর শাহ নামে রাজা হন। ১৫৫৫ সালের শেষে উনি বাংলা আক্রমণ করে শাবাজ খানকে পরাজিত করে বাংলা দখল করেন।

ইতিমধ্যে হুমায়ুন পাঞ্জাব এবং দিল্লি দখল করেছেন এবং ওঁর মৃত্যুর পর আকবর পাণিপথের যুদ্ধে হেমুকে পরাজিত ও নিহত করেন। শূর নেতাদের মধ্যে ইব্রাহিম বুন্দেলখণ্ডে পালিয়ে যান। সুলেমান শিবালিক পাহাড়ে আটকে থাকেন এবং মুহম্মদ শাহ আদিল বাংলার গিয়াসুদ্দীনের কাছে এপ্রিল ১৫৫৭ সালের যুদ্ধে পরাজিত ও নিহত হন। আবুল ফজল বলেছেন যে আফগানদের অন্তর্দ্বন্দ্বের ফলে মুঘলদের ভাগ্য ফিরে যায়।

বাংলার গিয়াসুদ্দীন যুদ্ধ জয়ের পর জৌনপুরের দিকে এগোতে থাকেন। কিন্তু পথে মুঘল সেনাপতি খান-ই জামান তাঁকে পরাজিত করেন। এরপর থেকে ওঁর মৃত্যুর সময় পর্যন্ত (১৫৬০ সাল), উনি আর বাংলার বাইরে যাননি। গিয়াসুদ্দীনের শেষ কয়েকটা বছর উত্তর-পশ্চিম সীমান্তের ছোট ভূস্বামীদের বিদ্রোহ দমন করতে কেটে গিয়েছিল। ওঁর মৃত্যুর পর ওঁর ভাই জালাল খান দ্বিতীয় গিয়াসুদ্দীন নাম নিয়ে সিংহাসনে বসেন। উনি মুঘলদের বিরোধিতা করেন নি। ইতিমধ্যে বাংলায় কাররানী পরিবারের উপস্থিতি বোঝা যাচ্ছিল। ১৫৬৩ সালে দ্বিতীয় গিয়াসুদ্দীনের মৃত্যুর পর ওঁর পুত্র (নাম জানা যায় না) সুলতান হন। সাতমাস পরে ওকে হত্যা করে সিংহাসনে বসেন একজন যিনি নিজেকে তৃতীয় গিয়াসুদ্দীন বলে ঘোষণা করেন। এক বছর পর ওঁকে হত্যা করে তাজ খান কাররানী সিংহাসনে বসলে কাররানী বংশের সূচনা হয় ১৫৬৪ সালে।

কাররানী বংশ

আফগানিস্থানে এই বংশের নাম ছিল কাররানী এবং আফগানদের মধ্যে এরা একটা প্রধান সম্প্রদায়। বঙ্গাল (বর্তমান কররম) এলাকায় এদের বাসস্থান ছিল। পরবর্তী কালে এই উপজাতি সম্প্রদায় রোশেনিয়াদের দিকে ঝুঁকেছিল।

শের খানের প্রধান আমলাদের অন্যতম ছিলেন তাজ খান কাররানী। গোয়ালিয়র দরবারে যখন হত্যা ও অরাজকতা শুরু হয়, তখন তাজ খান ওখান থেকে পালিয়ে

আসেন। ১৫৫৩ সালে মুহম্মদ শাহ্ আদিল ওকে পরাজিত করলে তাজ খান গঙ্গার পাড়ে ওঁর অন্যান্য ভাইদের কাছে পৌঁছে যান। এরা ওখানকার খাজনা লুট করে ও সুলতানের হাতির পাল ধরে নিজেদের শক্তি বাড়িয়ে নেয়। ১৫৫৪ সালে চুনারের কাছে হেমু এদের পরাজিত করলে তাজ ও তার ভাই সুলেমান বাংলাতে পালায়। দশ বছর নানা রকম ছলচাতুরী ও শক্তি প্রদর্শন করে ওরা পূর্ব বিহারের কিছু অংশ ও গৌড়ের পশ্চিম অংশ নিজেদের দখলে আনে। আফগানদের অন্তর্দ্বন্দ্বের ফলে ওদের এ কাজ অনেক সহজ হয়ে গিয়েছিল বলে মনে করা হয়।

বাংলার সিংহাসন আরোহণের এক বছরের মধ্যেই তাজ খান মারা যান ও সুলেমান রাজা হন। ১৫৬৫ থেকে ১৫৭২ সাল পর্যন্ত সুলেমান রাজত্ব করেছিলেন। ওঁর রাজত্বকালের মধ্যে উত্তর-পূর্ব ভারতে বাংলা প্রধান শক্তি হিসাবে প্রতিষ্ঠিত হয়েছিল। কোচ রাজ্য থেকে উড়িষ্যার পুরী এবং সোন নদী থেকে ব্রহ্মপুত্র ওঁর রাজ্যের সীমানা ছিল। শূর রাজত্বের বিভিন্ন দাবিদার থাকার ফলে সুলেমানের প্রতিদ্বন্দ্বী প্রায় কেউই ছিল না। মুঘল সাম্রাজ্যও সোন নদীর পাড়ে থমকে দাঁড়িয়েছিল। ওঁর রাজ্যের মধ্যে শান্তি ও বহিঃশক্তিদের সম্পর্কে নানা ধরনের ছলচাতুরী ও কখনো কখনো বল প্রয়োগের ভয় ইত্যাদির ফলে সুলেমানের রাজ্যের সীমানা বাড়তে থাকে। সমগ্র উত্তর ভারতে মুঘল রাজত্ব প্রতিষ্ঠিত হবার ফলে পরাজিত আফগান নায়ক ও সৈন্যরা বাংলাতে ভীড় জমাতে থাকে। তার ফলে সুলেমানের অধীনে শের শাহ্‌র অভিজ্ঞ সৈন্যদের অবশিষ্ট অংশ চলে আসে। কুচবিহার ও উড়িষ্যায় অভিযান চালিয়ে উনি প্রচুর ধনরত্ন সংগ্রহ করেছিলেন। গৌড়ের পূর্ব ও পশ্চিমের অঞ্চল-গুলিতেও উনি ওঁর কর্তৃত্ব কায়েম করেন।

সুলেমান ওঁর হাতির সংখ্যা বাড়িয়ে হাজার করলে সহজে কেউ ওঁর বিপক্ষে যেতে চাইল না। এই দল নিয়ে সুলেমান উত্তর-পূর্ব অঞ্চলের প্রধান শক্তি হয়ে দাঁড়ালেন। এর ফলে ওঁর রাজস্ব বেড়ে যায় এবং উনি বহু মুসলমান জ্ঞানীগুণীদের সাহায্য দিয়ে কোরানের আইন বলবৎ করার চেষ্টা করেন। একই সঙ্গে মুঘলদের সঙ্গে যাতে গোলমাল না হয় সেদিকেও তিনি সজাগ ছিলেন এবং আকবরের সেনাপতিদের নানারকম উপহার নিয়ে তুষ্ট রাখতেন। এছাড়া মসজিদ থেকে আকবর সুলেমানের প্রভু এমন প্রচার করা হতো। তবে সুলেমান নিজে সিংহাসনে বসেননি বা শুধু নিজের নামে মুদ্রা বের করেননি। নিজেকে *আলাই হজরৎ* বলে প্রচার করলেও কোন রাজকীয় প্রতীক ব্যবহার করেন নি। ওঁর এই সাফল্যের পিছনে বড় অবদান ছিল ওঁর উজীর লোদী খানের।

উড়িষ্যার গজপতি বংশের প্রতাপরুদ্র দেবের মৃত্যুর পরে দুর্বল রাজারা দেশের মধ্যে বিদ্রোহ দমন করতে অপারগ হন। ১৫৫৭ সালে নরসিংহ জেনা তাঁর পিতা চক্র প্রতাপ দেবকে বিষপ্রয়োগে হত্যা করলে তিনি বেশিদিন রাজত্ব করতে পারেননি। তাঁর হত্যার পর আর এক পুত্র রঘুনাথ জেনা মন্ত্রীর সাহায্যে সিংহাসনে বসেন। ১৫৬০–৬১ সাল থেকে মন্ত্রী হরিশ চন্দন মুকুন্দদেব নিজেই সিংহাসনে বসে বিদ্রোহ দমন করেন।

১৫৫৯ সাল থেকে মুহম্মদ শাহ আদিলের প্রতিদ্বন্দ্বী, ইব্রাহিম শূর উড়িষ্যায় এসে বসবাস করছিলেন। বাংলার সুলতান ওঁকে ফেরত চাইলে উড়িষ্যার রাজা সম্মত হন না। ১৫৬৫ সালে মুকুন্দদেব আকবরের প্রতিনিধিদের কাছে তাঁর বশ্যতা স্বীকার করে জানান যে সুলেমান বিদ্রোহ করলে তার বিরুদ্ধে ইব্রাহিমকে পাঠানো হবে। মুকুন্দদেব একবার সপ্তগ্রাম অবধি এগিয়ে এসেছিলেন।

১৫৬৭–৬৮ সালের শীতে আকবর যখন চিতোর আক্রমণে ব্যস্ত, সুলেমান তাঁর ছেলে বায়াজিদ ও সিকান্দার উজবেগের নেতৃত্বে উড়িষ্যায় বড় সৈন্যদল পাঠান। মুকুন্দদেব সৈন্য পাঠালে তাঁর সেনাপতিরা বিদ্রোহ করে বাংলার দলে যোগ দেয়। মুকুন্দদেব প্রথমে পালান ও পরে যুদ্ধে নিহত হন। সরঙ্গগড়ের সেনাপতি চন্দ্রভঙ্গ উড়িষ্যার সিংহাসন দখল করেন। সুলেমান ওঁকেও হত্যা করতে সমর্থ হন। এরপর সুলেমান ইব্রাহিম শূরকে নিমন্ত্রণ করে হত্যা করলে উড়িষ্যা বাংলার দখলে চলে যায়।

জাজপুর থেকে সেনাপতি কালাপাহাড়ের অধীনে বড় সৈন্যদল পাঠানো হয় জগন্নাথ মন্দির লুণ্ঠনের জন্য। এই অশ্বারোহী দল স্বল্প সময়ের মধ্যে বিনা বাধায় মন্দিরের কাছে চলে আসে। নিয়াময়উল্লা বলছেন যে সুলেমান জগন্নাথ মন্দিরের অনেকখানি ভেঙে ফেলেন এবং প্রায় পাঁচ আকবরী মন ওজনের বহু সোনার মূর্তি নিয়ে আসেন।

সুলেমানের সিংহাসন আরোহণের প্রায় পঞ্চাশ বছর পূর্বে বিশ্ব সিংহ কোচবিহার রাজবংশের প্রতিষ্ঠা করেন। বিশ্ব সিংহ প্রাচীন বংশের নাম থেকে কামতেশ্বর উপাধি নিয়েছিলেন। উনি রাজ্য বিস্তার করলেও বাংলার সুলতানের সঙ্গে ভালো সম্পর্ক রেখেছিলেন। আহোম রাজার সঙ্গেও ওঁর সম্পর্ক ভালো ছিল। ওঁর দ্বিতীয় পুত্র নরনারায়ণ এবং তৃতীয় পুত্র শুক্লধ্বজ রাজ্যের সীমানা আরো বৃদ্ধি করেছিলেন।

১৫৬৮ সালে নানান যুদ্ধে জয়লাভের পর কোচবিহারের রাজা বাংলা রাজ্য আক্রমণ করেন। আফগানরা ওঁকে যুদ্ধে পরাজিত করে ব্রহ্মপুত্র ধরে তেজপুর পর্যন্ত যায়, কিন্তু স্থায়ীভাবে রাজ্য দখল করার চেষ্টা করে না। এখানেও কালাপাহাড় কতকগুলি মন্দির ধ্বংস করেছিলেন বলা হয়। কয়েক বছর কয়েদ থাকার পর কোচ যুবরাজ শুক্লধ্বজ (ডাক নাম চিলা রায়) ছাড়া পান। এর কারণ উজীর লোদী খান বুঝেছিলেন যে মুঘলদের সঙ্গে সংঘাত অনিবার্য হয়ে আসছে এবং উত্তর-পূর্বে এক মিত্রশক্তির প্রয়োজন আছে। সুলেমান কোচ রাজধানী পর্যন্ত পৌঁছে ফিরে যেতে বাধ্য হন কারণ উড়িষ্যায় তখন বিদ্রোহ শুরু হয়েছে।

১১ই অক্টোবর ১৫৭২ সালে সুলেমানের মৃত্যু হলে ওঁর বড় পুত্র বায়াজিদ সিংহাসনে বসেন। কিন্তু ওঁর উদ্ধত স্বভাবের জন্য আফগান অভিজাতরা ষড়যন্ত্র করে সুলেমানের ভাইপো ও জামাই হানসুকে সুলতান করবেন স্থির করেন। হানসু নুহানীদের সহায়তায় বায়াজিদকে হত্যা করার ষড়যন্ত্র করেন কিন্তু উজীর লোদী খান অন্যান্য বিশ্বস্ত অভিজাতদের সহায়তায় হানসুকে হত্যা করতে সমর্থ হন।

ওঁরা সুলেমানের ছোট ছেলে দাউদকে সিংহাসনে বসান। বায়াজিদ ও দাউদ দুজনেই মুঘল আধিপত্যের বিরোধী ছিলেন। নিজেদের নামে খুৎবা পড়া ও মুদ্রা চালু করে ওঁরা স্বাধীনতা ঘোষণা করেছিলেন। ছোটবেলা থেকেই দাউদ ছিলেন মদ্যপ, উচ্ছৃঙ্খল ও নীচ

স্বভাবের লোক। যে কোন আত্মীয়ই ওঁর প্রতিদ্বন্দ্বী হতে পারে ভেবে তিনি সকলকে হত্যা করেন। এর থেকেও মারাত্মক ফল হল যখন তিনি স্বার্থপর দুজন অভিজাত কুতুব নুহানী এবং গুজর কাররানীর কথায় বিশ্বাস করতে শুরু করলেন। এদের পরামর্শে দাউদ বিশ্বস্ত উজীর লোদী খানের জামাই ইউসুফ খানকে হত্যা করলেন। ইউসুফ খান ছিলেন তাজ খানের ছেলে। দাউদ সুলতান হবার সময় গুজর কাররানী বায়াজিদের এক ছেলেকে সুলতান বলে বিহারে ঘোষণা করেন। ফলে দাউদ লোদীকে সৈন্য দিয়ে পাঠালেন। যুদ্ধের আগেই খবর এল যে মুনীম খান মুঘল সৈন্য নিয়ে এসেছেন। গুজর ও লোদী তখন মুনীম খানকে নানা রকম প্রতিশ্রুতি ও উপহার দিয়ে তাঁকে আশ্বস্ত করেন। ইতিমধ্যে আকবর গুজরাট অভিযান শেষ করে আগ্রায় ফিরে এসে মুনীম খানের কাছে প্রচুর সৈন্যসামন্ত পাঠান। মুনীম খান এসব নিয়ে আরার কাছে পৌঁছে যান। গুজর ও কতলুর পরামর্শে দাউদ লোদীকে নিমন্ত্রণ করে হত্যা করেন। আফগান অভিজাতদের মধ্যে এর ফলে প্রবল অন্তর্কলহ শুরু হয়ে যায় ও মুঘল শক্তির বিরুদ্ধে ভালো প্রতিরোধ গড়ে তোলা সম্ভব হয় না। দাউদ পাটনায় দুর্গে আশ্রয় নিলে মুঘলরা পাটনা দুর্গ অবরোধ করে। ৩রা আগস্ট ১৫৭৪ সালে আকবর বহু যুদ্ধহাতি, বিশাল নৌবহর ও কামান নিয়ে পাটনাতে আসেন।

৬ই আগস্ট ১৫৭৪ সালে আকবর পাটনার বিপরীত দিকের হাজিপুর দুর্গ দখল করে আগুন লাগিয়ে দেন। সেই রাতেই দাউদ নৌকা করে বাংলাতে পালান এবং ওঁর প্রধান সেনাপতি গুজর কাররানী স্থলপথে বাকী সৈন্য নিয়ে আসতে থাকেন। এত গোলমাল হয়েছিল যে বহু আফগান সৈন্য জলে ডুবে মারা যায়। পরদিন সকালে মুঘলরা পাটনা দুর্গে ঢুকে প্রচুর মালপত্র ও অনেক হাতি পায়। আকবর নিজে সৈন্য নিয়ে গুজর খানের পিছনে তাড়া করেন এবং একদিনে পাটনা ও মুঙ্গেরের মাঝামাঝি জায়গা দরিয়াপুরে পৌঁছে যান। পথে ২৬৫টি হাতি, প্রচুর মালপত্র ও ধনরত্ন, যা পলাতক সেন্যবাহিনী ফেলে যাচ্ছিল, আকবরের হস্তগত হয়। আকবর এর পরে ফিরে আসেন। কিন্তু ১৩ই আগস্ট মুনীম খানকে বিশ হাজার অশ্বারোহী সৈন্য সমেত বাংলায় পাঠান আফগানদের প্রস্তুত হবার সময় না দিয়ে আক্রমণ করার জন্য। বিনা যুদ্ধে সুরজগড়, মুঙ্গের, ভাগলপুর ও ফজলগাঁও মুঘলদের দখলে চলে আসে। সহজেই মুঘলরা তেলিয়াগড়ের গিরিপথের পশ্চিমে চলে আসে। স্থানীয় এক জমিদারের সাহায্যে মুঘলরা রাজমহল পাহাড়ের মধ্য দিয়ে গড়কে দক্ষিণে রেখে পিছনে চলে এল। এবারও আফগানরা যুদ্ধ না করে পালায় এবং ১৫শে সেপ্টেম্বর ১৫৭৪ এ মুনীম খান বাংলার রাজধানী তাণ্ডাতে বিনা বাধায় প্রবেশ করেন।

এরপর সপ্তগ্রামের মধ্য দিয়ে দাউদ খান উড়িষ্যাতে পালান। আফগান সেনাপতিরা উত্তর-পূর্ব ও দক্ষিণ অঞ্চলে ছড়িয়ে ছিটিয়ে যায়। তাণ্ডা থেকে মুনীম খান সপ্তগ্রাম, ঘোরাঘাট, বাকলা, সোনারগাঁও ও মাহমুদাবাদে (যশোর, ফরিদপুর) সৈন্যদল পাঠান। ঘোড়াঘাটের জাগীরদার সুলেমান মাঙ্কালী যুদ্ধ করে পরাজিত ও নিহত হন। ওদের সৈন্যদল কোচবিহারে পালায়। দক্ষিণে দাউদের প্রধান উপদেষ্টা শ্রীহরি যশোরে পালিয়ে যায়। আফগান শক্তি বাংলাতে আর ছিলই না বলা যায়। অবশ্য বিস্তির্ণ অঞ্চল জুড়ে

মুঘল খাজনা সংগ্রহ করার কেউ ছিল না।

এই সময়ে টোডর মল্ল আগ্রা থেকে আসেন যুদ্ধ শেষ করার আদেশ নিয়ে। তিনি বর্ধমান থেকে আরামবাগের আট মাইল পশ্চিমে গড়-মান্দারণে পৌঁছে জানতে পারেন যে দাউদ ডেবরা-কাসারীতে আশ্রয় নিয়েছে। আরো সৈন্য নিয়ে তিনি এগোলে, দাউদ দাঁতনের বারো মাইল দক্ষিণ-পূর্বে গড় হরিপুরে চলে যান এবং ওখানে পৌঁছে গভীর পরিখা কেটে পাঁচিল তোলেন। আক্রমণ করতে গেলে জঙ্গলের সংকীর্ণ পথ ধরে চলবার কথা। কিন্তু জঙ্গলের মধ্যে ওই অনিশ্চিত যুদ্ধ করতে মুঘল সৈন্যরা রাজী না হলে মুনীম খান আরো সৈন্য নিয়ে এদের বোঝান। শেষকালে স্থানীয় একজনের সাহায্যে একটা ঘুরপথে জঙ্গলের বাঁ দিক দিয়ে দাউদের ছাউনীর এক পাশে উপস্থিত হন। সেই সময় দাউদ তাঁর পরিবারকে কটকে পাঠিয়ে দিয়ে সসৈন্যে তাঁর ছাউনী থেকে বেরিয়ে আসেন। দাঁতনের ন মাইল দক্ষিণ-পূর্বে তুকারাই এর প্রান্তরে যুদ্ধ হয়।

৩রা মার্চ ১৫৭৫ মুঘলরা যুদ্ধ করতে রাজী ছিল না কারণ দিনটা তাদের পক্ষে শুভ ছিল না। কিন্তু তাদের কাছে খবর আসে দাউদ সব সৈন্য নিয়ে দ্রুত তাদের দিকে এগোচ্ছেন। মুনীম খান তাড়াতাড়ি সৈন্য সাজানো মাত্রই দাউদ খান ভীমবেগে হাতি দিয়ে আক্রমণ করেন। তারা সামনের মুঘল অশ্বারোহী সৈন্যদের হটিয়ে দেয় এবং ওই দিকের মুঘল সেনাপতি খান-ই আলম নিহত হন। বিজয়ী আফগান সেনারা মুঘলদের সামনের সারি ভেঙে কেন্দ্রতে আঘাত করতে থাকে। মুনীম খান আহত হয়ে লড়ে যেতে থাকেন। কিন্তু আফগানদের আক্রমণের সামনে পাঁচ মাইল দূরে সরে যেতে বাধ্য হন। বিজয় হয়েছে মনে করে আফগানরা সেনাপতির মালপত্র লুট করে ও অন্যদের মালপত্র লুট করার জন্য ছড়িয়ে পড়ে। ইতিমধ্যে গুজর খান মুঘল সৈন্যদের মাঝখানে বেশ অনেকটা খোলা জায়গা করে দিয়েছেন। দাউদ সেই স্থান দিয়ে আক্রমণ না করে মুঘলদের বাঁদিকে আক্রমণ করলেন। উনি মনে করলেন মুনীম খান ইচ্ছা করেই পিছু হটে গিয়েছেন ওঁকে ভিতরে টেনে নেবার জন্য। ইতিমধ্যে আফগানদের ডান দিকের সৈন্যদল সিকান্দারের নেতৃত্বে যুদ্ধ না করে পলায়ন করে। এমন আচরণের প্রধান কারণ রাজা টোডর মল্ল তখন ওই স্থানে আফগানদের আক্রমণ আটকেছিলেন। দাউদ এই সময়ে উপস্থিত থেকেও অবস্থার উন্নতি করতে পারলেন না। ইতিমধ্যে পালায়নপর মুঘল সৈন্যদের আবার ফিরিয়ে আনা হয়। এরা তুর্কিদের মতো ঘোড়া থেকে তীর ছুঁড়ত। এইরকম একটা তীরে গুজর খান মারা গেলে আফগান সৈন্য পলকের মধ্যে অদৃশ্য হয়ে যায়। ওরা সেইসময়ে বাঁদিকে আক্রমণ করে অগ্রসর হচ্ছিল। কিন্তু গুজর খানের মৃত্যুতে তারা হতোদ্যম হয়ে পড়ে। দাউদ খানের কাছে গুজর খানের মৃত্যু সংবাদ পৌঁছালে, তাঁর সৈন্যদলও পালাতে থাকে। মুঘলরা এদের তাড়া করে বহু আফগান সৈন্য নিহত করে।

পরের দিন আশী বছরের বৃদ্ধ মুঘল সেনাপতি মুনীম খান সমস্ত বন্দীকে হত্যা করেন। মুঘলদের পক্ষে এই যুদ্ধ খুবই কার্যকরী হয়েছিল যদিও তাদের বহু সেনাপতি মারা যায়। দাউদ খান কটকে পলায়ন করেন এবং ওঁর পিছনে রাজা টোডর মল্ল পশ্চাৎধাবন করতে থাকেন। ১২ই এপ্রিল দাউদ খান দুর্গ থেকে বেরিয়ে এসে মুনীম

খানের কাছে আত্মসমর্পণ করেন। এরপর বাংলা আনুষ্ঠানিক ভাবে মুঘল অধিকারে এলেও মুঘল শাসন কায়েম হতে বেশ দেরি হয়। এদের মধ্যে দাউদের কাছের এক ভাই জুনাইদ খান ঝাড়খণ্ড অঞ্চল থেকে স্বাধীন ভাবে রাজ্য শাসন করে দক্ষিণ বিহারকে বিপন্ন করে তুলেছিল।

দাউদ খান বশ্যতা স্বীকার করার পর মুনীম খানকে অবিলম্বে ঘোড়াঘাট আসতে হয়। ওখানে কালাপাহাড়, বাবু মাঙ্কালি ও অন্যান্য আফগানরা কোচবিহার থেকে ফিরে এসে মুঘল থানা আক্রমণ করছিল। প্রচণ্ড বর্ষার মধ্যে তাণ্ডার তাঁবুতে থাকা বয়স্ক মুনীম খানের সহ্য হচ্ছিল না। উনি পুরানো পরিত্যক্ত রাজধানী গৌড়ে ফিরে আসেন। কিন্তু পরিত্যক্ত ঘরবাড়িতে এত লোকজন হঠাৎ গিয়ে পড়ায় ওখানে মহামারী শুরু হয়। বহু মুঘল তখন বিহারে পালিয়ে যায়। শেষে মুনীম খান তাণ্ডাতে ফিরে আসেন ও দশদিন পরে ২৩শে অক্টোবর ১৫৭৫ সালে মারা যান। বাংলায় মুঘল আমলাদের প্রাণে এত ভয় জন্মায় যে কি করা হবে তা নিয়ে অন্তর্দ্বন্দ্ব শুরু হয়ে যায়। চারপাশ থেকে শত্রুরা এগিয়ে আসাতে সৈন্যরা প্রথমে গৌড়ে যায় ও পরে দিল্লি যাবার জন্য ভাগলপুরে চলে যায়।

এই অপ্রত্যাশিত ঘটনার সুযোগ নিতে দাউদ সচেষ্ট ছিলেন। মুনীমের মৃত্যুর পর হোসেন কুলী বেগকে *খান-ই জাঁহা* উপাধি দিয়ে আকবর বাংলার শাসনকর্তা করে পাঠান ১৫ই নভেম্বর ১৫৭৫-এ। কুলী কয়েকটা যুদ্ধ জিতলেও, ওঁর অমাত্যদের মধ্যে প্রবল অর্ন্তদ্বন্দ্ব শুরু হয়ে যায়। হোসেন কুলী ছিলেন পারস্য দেশের শিয়া সম্প্রদায়ভুক্ত এবং ওঁর অধিকাংশ অভিজাতই ছিলেন তুর্কি ও সুন্নি গোষ্ঠীর। ওঁরা হোসেন কুলীর কছে থেকে আদেশ নিতে চাইল না। কিন্তু রাজা টোডর মল্ল ওদের বুঝিয়ে রাজী করান।

ইতিমধ্যে দাউদ উড়িষ্যায় বিদ্রোহ করেছেন। ভদ্রক ও জালেশ্বর দখল করার পর উনি প্রায় সারা বাংলা আবার দখল করেন। সেইসময় পূর্ববঙ্গের নদী থেকে ইশা খান মুঘল নৌবহরকে সরিয়ে দিয়েছেন; দক্ষিণ-পূর্ব বিহারে জুনাইদ খান স্বাধীনতা ঘোষণা করেছেন; জগদীশপুরের নেতা গজপতি শাহ পথে বণিকদের মাল লুট করছেন; হাজীপুরে মুজঃফর খান তুরবাতি কোনরকমে টিকে আছেন। এমন পারিপার্শ্বিক অবস্থায় খান-ই জাঁহার আমলারা বাংলা ছেড়ে উত্তর ভারতে চলে যেতে চায়। তখন খান-ই জাঁহা এবং রাজা টোডর মল্ল কোন রকমে ওদের বুঝিয়ে বাংলাতে রাখেন।

দাউদ এরপর তেলিয়াগড় গিরিপথ আটকে রাখলেন। কিন্তু মুঘলরা ওঁকে ওখান দিয়ে সরিয়ে দিলে উনি রাজমহলে যান। প্রায় একমাস উভয়পক্ষই সামনা সামনি অবস্থান করে। আকবর ইতিমধ্যে বিহারে সৈন্যদলকে পাঠিয়েছেন। এছাড়া নৌকা করে প্রচুর টাকাপয়সা, যুদ্ধাস্ত্র পাঠিয়েছেন। অন্যদিকে শাবাজ খান বিহারের গজপতিকে দমন করে স্থলপথের যোগাযোগ ব্যবস্থা অটুট রাখছেন।

১০ই জুলাই ১৫৭৬-এ বিহারের সৈন্যদল রাজমহলের সামনে খান-ই জাঁহার সঙ্গে যোগ দিল। বারোই জুলাই প্রচণ্ড যুদ্ধের পর আফগানরা পরাজিত হল। এই যুদ্ধে

ওদের প্রায় সব বড় নেতাই মারা যায়। দাউদ বন্দী হলে পর ওঁর মাথা কেটে ফেলা হয়। কালাপাহাড় ও কতলু নূহানী পলায়ন করে। দক্ষিণ-পশ্চিমে শাবাজ খানও সাফল্য লাভ করেন। গজপতি এক জায়গা থেকে আরেক জায়গায় পলায়ন করে। মুঘলরা জগদীশপুর দখল করে ও গজপতির পরিবারকে বন্দী করে। বাংলায় খান-ই জাঁহা সপ্তগ্রাম অবধি পৌঁছে যান। বিভিন্ন সশস্ত্র আফগান দল তখন ঘুরে বেড়াচ্ছিল। তাদের দমন করা হয়। মাহমুদ খান *খাস-ই খেলের* কাছে দাউদের ধনরত্ন ছিল। দাউদের পরিবারের লোকজনও ওঁর কাছে ছিল। আফগানদের মধ্যে অন্তর্দ্বন্দ্ব বেড়ে গেলে দাউদের মা নৌলাখা ও পরিবারের অন্যান্য লোকেরা খান জাঁহার কাছে আত্মসমর্পণ করে। মাহমুদ আত্মসমর্পণ করলে ওকে হত্যা করা হয় ও দাউদের ধনরত্ন খান-ই জাঁহার হস্তগত হয়।

এরপর খান-ই জাঁহা ভাওয়ালে যান কারণ মুঘল নৌ-অধ্যক্ষ ওখানে বিরুদ্ধাচরণ করছেন। এছাড়া দুজন আফগান নেতাও বিদ্রোহ করেছিল। এরা তিনজনই এরপর বশ্যতা স্বীকার করেন। একদল মুঘল সৈন্য এগরা সিন্দুরে গিয়ে ঈশা খানকে পরাস্ত করেন কিন্তু ঈশা খান পালাতে সক্ষম হন। দুজন আফগান নেতা নৌসেনা নিয়ে মুঘল নৌবাহিনীকে হটিয়ে দেয় যার ফলে ঈশা খান পালাতে পারেন। খান-ই জাঁহা তাণ্ডাতে ফিরে এসে শহরতলিতে একটা সুন্দর শহরের প্রতিষ্ঠা করেন। ওখানেই দীর্ঘ রোগ ভোগের পর ঊনিশে ডিসেম্বর ১৫৭৮ সালে খান-ই জাঁহার মৃত্যু হয়। দাউদ ও আফগানরা পরাজিত হলেও বাংলার পুরো অংশ মুঘল অধিকারে আসতে আরো দু দশকের মতো সময় লাগে।

অর্থনৈতিক অবস্থা

চতুর্দশ শতকের মাঝামাঝি সুলতান ইলিয়াস শাহ সমগ্র বাংলা এক শাসনের অধীনে নিয়ে আসলে বাংলার ইতিহাসে একটা নতুন অধ্যায়ের সূচনা হয়। পঞ্চদশ শতকের দ্বিতীয়ার্ধ থেকে বাংলার রাজনৈতিক জীবনে আবার টালমাটাল অবস্থা শুরু হয়। দিল্লি সুলতানের দুবার বাংলা অভিযান, ত্রিপুরা ও আরাকান রাজাদের সঙ্গে চট্টগ্রাম নিয়ে কড়াকাড়ি, আহোম ও উড়িষ্যার রাজাদের আক্রমণ, পর্তুগীজদের বাংলায় অনুপ্রবেশ ও বঙ্গোপসাগর দখলের চেষ্টা, শের শাহ ও মুঘলদের গৌড় দখল ও মুঘলদের বাংলা বিজয়— সব মিলিয়ে বাংলার জীবন অন্য খাতে বইতে শুরু করে।

পঞ্চদশ শতাব্দীর প্রথমার্ধে চীনা প্রতিনিধি দলের প্রতিবেদনে দেখা গেছে বাংলার শান্তি ও সমৃদ্ধির আকর্ষণীয় চিত্র। এদের আসার প্রায় পঁচাত্তর বছর আগে মরোক্কোর অধিবাসী ইবন বতুতা বাংলায় এসেছিলেন। বাংলার পণ্যের ও খাদ্যদ্রব্যের মূল্য যে উত্তর ভারতের তুলনায় অনেক কম ইবন বতুতা সেকথা বলেছেন। ওঁর বক্তব্যের সঙ্গে মা-হুয়ানের (১৫৩২) বক্তব্য তুলনা করলে একটা বিশেষ পরিবর্তনের আভাস পাওয়া যায়। বাংলায় গুটিপোকা থেকে রেশম ও রেশমের কাপড় শুরু হয়েছে বলে মা-হুয়ান বলেছেন, যা পরবর্তী দুশ বছরে বাংলার সমৃদ্ধির যুগের সূচনা করেছিল।

আদি মধ্যযুগে শহরের অবক্ষয়ের ওপর রামশরণ শর্মার বক্তব্যর সঙ্গে সুর মিলিয়ে নীহাররঞ্জন রায় বলেছেন যে একাদশ থেকে চতুর্দশ শতাব্দী পর্যন্ত বাংলার বাণিজ্য ও নগরায়নের অবক্ষয় হয়েছিল। বিভিন্ন ঐতিহাসিকরা শর্মা ও রায়ের বক্তব্যের বিরোধিতা করেছেন। দক্ষিণ-পশ্চিম বাংলায় (চট্টগ্রাম অঞ্চল) বাণিজ্য একাদশ শতাব্দী থেকেই চলছিল। বখতিয়ার খলজী তিনদিন ধরে নদীয়া লুট করেছিলেন, যদিও প্রধান বণিক ও ব্রাহ্মণরা আগেই পালিয়েছিল। চতুর্দশ শতাব্দী থেকে বাংলার টাঁকশাল শহরের উত্থান লক্ষ্য করা যায়। পঞ্চদশ শতাব্দী থেকে বাংলার বহির্বাণিজ্য পূর্ণভাবে চলতে থাকে। পূর্বদিকে মালাক্কার উত্থান, পশ্চিমে কালিকট ও খাম্বাজের সঙ্গে বাংলার যোগযোগ বর্হিবাণিজ্যের দিকেই আমাদের দৃষ্টি আকর্ষণ করে। পঞ্চদশ শতাব্দীর মাঝামাঝি থেকে সপ্তগ্রামের বাণিজ্যিক উত্থান ও স্থানীয় টাঁকশালের মুদ্রার খবর পাওয়া যায়। প্রায় একই সময়ে পাণ্ডুয়া থেকে রাজধানী গৌড়ে সরানো হয়।

মা-হুয়ান বাংলায় ঘনবসতির কথা বলেছেন। এই বক্তব্য সম্ভবত শহর সম্বন্ধেই প্রযোজ্য বলে ধরা হয়। গ্রামাঞ্চলের জনসংখ্যা শহরের তুলনায় বেশি ছিল বলে ঐতিহাসিক তরফদার মন্তব্য করেছেন। তবে গ্রামাঞ্চলে লোকসংখ্যার তুলনায় জমি বেশি ছিল বলে মনে হয়। যার ফলে গবাদি পশুর সংখ্যা ও চারণ ক্ষেত্রও বেশি ছিল। পঞ্চদশ শতাব্দীর শেষে বিপ্রদাস বলেছেন 'ধেনু চরে লাখে লাখ।' কবি আরো বলেছেন যে গ্রামের হাসান-হোসেন 'শতেক কিষাণ' নিয়োজিত করেছে, যেখানে সবাই লাঙল দিয়ে চাষ করছে। ভূমিহীন চাষীর সংখ্যা বেশি থাকার কারণ অনাবাদী জমি থাকা সত্ত্বেও অধিকাংশ কৃষকের লাঙল, বীজ ও গরু ছিল না। প্রায় এক শতাব্দী পরে মুকুন্দরাম চক্রবর্তীর লেখায় এই অপরিবর্তিত অবস্থার ছবি পাওয়া যায়। তাঁর লেখা থেকে দেখা যায় যে সাধারণ ভূমিহীন কৃষকের সংখ্যাই বেশি।

গ্রামাঞ্চলে ঘনবসতি ছিল বলে মনে হয় না। সমসাময়িক কবিদের লেখায় বিচ্ছিন্ন কিছু গ্রামের কথা আছে। গ্রামের এলাকার বাইরের জমি অনাবাদি ও জঙ্গলে ভরা ছিল। এমনকি সপ্তদশ শতাব্দীর প্রথম দিকে কৃষ্ণদাস কবিরাজের লেখাতেও রামকেলী থেকে কানাই নাট্যশালার পথে ছাড়া ছাড়া বসতির কথা পাওয়া যায়। কবি দুপাশে 'বকুলের শ্রেণী' ও মাঝে মাঝে পুকুরের কথা বলেছেন।

উত্তরবঙ্গ বা পশ্চিমবঙ্গের সঙ্গে পূর্ববঙ্গের উপকূল অঞ্চলে, বিশেষত চট্টগ্রাম অঞ্চলে, তফাৎ ছিল বলে মনে হয়। ষষ্ঠদশ শতাব্দীর প্রথমে বসতি স্থাপন করা হয় তাঁতের কাপড় তৈরি ও আখ চাষের এলাকায়। এর বর্ণনা আমরা পর্তুগীজ দোভাষীর লেখায় পাই। চট্টগ্রাম থেকে জলপথে গৌড়ে যেতে ওই দোভাষী দ্বীপ, ছোট বড় গ্রাম ও শহর দেখেছেন, যেখানে মানুষের সংখ্যা খুবই কম। ষষ্ঠদশ শতাব্দীর শেষ দিকে এই এলাকাগুলিতে আবাদ শুরু হতে থাকে, যার মধ্যে আখের চাষ ও তাঁতের কাপড় তৈরি অগ্রগণ্য ছিল। জেসুইট পাদ্রীদের লেখা থেকে দেখা যায় যে তাঁত ও চিনির বাণিজ্যের জন্য সর্বভারতীয় ও বিদেশী বণিকেরা বাংলায় ভীড় জমিয়েছিল।

গ্রামগুলি জঙ্গলে ঘেরা ও বিচ্ছিন্ন হলেও গ্রামের মধ্যে পথঘাট, মন্দির ইত্যাদির কথা পাওয়া যায়। জয়ানন্দ শ্রীহট্ট অঞ্চলের জয়পুর গ্রামের মধ্যে পুকুর, মন্দির, মঠ,

বাড়ি, বাগান, চারপাশে নানান ধরনের ফলের গাছের কথা বলেছেন। এই ধরনের আরো গ্রাম ছিল যেখানে হাট বসত ও তোলা আদায় করা হতো। অধ্যাপক তরফদার একটি অপরিবর্তনীয় গ্রামজগতের ছবি আমাদের সামনে তুলে ধরেছেন। তবে ওই ছবির কতটা গ্রাহ্য সেটাই বিবেচ্য।

১৫৯৫–৯৬ সালে লেখা আবুল ফজলের *আইন-ই আকবরীতে* বাংলার মধ্যে বিভাজনের নির্দেশ আছে। ১৫৮২ সালে করা রাজা টোডর মল্লর *আসল জমা তুমার* বা *বন্দোবস্ত* এর উপর নির্ভরশীল। টোডর মল্লর সময়ে পূর্ব বাংলা কার্যত মুঘলদের আওতার বাইরে ছিল। ফলে টোডর মল্ল প্রাক-মুঘল আমলের আফগানদের দলিল থেকে তথ্য সংগ্রহ করেছিলেন। টোডর মল্লর *বন্দোবস্তে* কৃষকের কাছে গড়পড়তা উৎপাদনের এক চর্তুথাংশ দাবি করা হয়েছে। জমিদাররা অবশ্য আগে বাঁধা একটা অঙ্কের খাজনা তুলতেন, যদিও মুকুন্দরামের লেখা থেকে দেখা যাচ্ছে যে বাৎসরিক খাজনা ছিল 'হাল পিছু একতঙ্কা'। সম্ভবত জমির জরীপ করার ব্যাপার ছিল না, যা রাজা মানসিংহ ষষ্ঠদশ শতাব্দীর শেষ থেকে কয়েকটি জায়গায় *জাবতী* প্রথার মাধ্যমে চালু করার চেষ্টা করেছিলেন। জমিদাররা অবশ্য কর আদায় করত। হোসেন শাহীর আমলে ইক্‌তা বা জাগীর প্রথায় বড় বড় আমীরদের উল্লেখ পাওয়া যায়। তখন যে *ইজারা* প্রথা চালু ছিল তার প্রমাণ আছে, যদিও এ বিষয়ে বিশদ তথ্যের অভাব আছে।

শিলালেখ বিচার করলে পাওয়া যায় যে হোসেন শাহী আমলে প্রাদেশিক শাসনকর্তা ছিলেন *সর-ই লস্কর ওয়া ওয়াজির* যাঁর হাতে সম্ভবত সৈন্য পরিচালনা ও আর্থিক দায়িত্ব দুইই ছিল। সমকালীন বাংলা সাহিত্যে *সর-ই লস্কর* প্রায় পাওয়া যায় না। আর্থিক বিষয়ের অধিকর্তা বলে *ওয়াজিরের* (বাংলায় উজীর) এর উল্লেখ আছে। সমস্ত প্রদেশে একই প্রথা ছিল কিনা জানা নেই। ছোট শহরগুলিতে মুসলমান থাকলে কাজী ও কোতোয়াল থাকতেন, যা নবদ্বীপে পাওয়া যায়। এদের আর্থিক ক্ষমতা ছিল বলে মনে হয় না। কিন্তু অন্য কোন করসংগ্রাহকের কথা পাওয়া যায় না। তবে গৌড় শহরে এরকম এক হিন্দু আধিকারিকের কথা পাওয়া যায় যিনি ছিলেন সম্ভবত কেন্দ্রীয় কর সংগ্রাহকদের অধিকর্তা। অনেক জায়গায় যেমন সপ্তগ্রামে ইজরাদার নিয়োগ করে এই সমস্যার মোকাবিলা করা হতো। হিন্দুরা অনেক জায়গাতেই এসব কাজ করতেন, যাদের মধ্যে কায়স্থদের সংখ্যা বেশি। হোসেন শাহী আমলের অমাত্যদের তালিকায় ব্রাহ্মণ ছিলেন। সুলতানী আমলের বাংলা সাহিত্যে হিন্দুর উপর কাজীদের অত্যাচারকে কোন কোন ঐতিহাসিক মুসলমান শাসনের অত্যাচার বলে ধরেছেন। কিন্তু সমসাময়িক কবিরা অবহিত ছিলেন যে কাজীদের অত্যাচার সরকারী শাসনযন্ত্রের অত্যাচার নয়। কারণ তাঁরা একই সঙ্গে সুলতানের প্রশংসা করেছেন।

ষষ্ঠদশ শতাব্দীর ইউরোপীয় পর্যটক ও ঐতিহসিকদের লেখা থেকে আমরা বাংলার বৈদেশিক বাণিজ্যের উজ্জ্বল চিত্র পাই। ষোড়শ শতাব্দীর প্রথম দিকে ইতালীর লেখক ভারথেমা সপ্তগ্রাম শহরের প্রশংসা করেছেন। উনি বলছেন যে এখানে সব রকমের শস্য, মাংস, চিনি ও প্রচুর পরিমাণে তুলো পাওয়া যায়। প্রতি বছর এখান থেকে পঞ্চাশটা জাহাজ তাঁতের ও রেশমের কাপড় নিয়ে যাত্রা করে। এই কাপড় সমগ্র

ভারত তথা তুরস্ক, সিরিয়া, পারস্যদেশ ও আরবদেশে যায়। কয়েকঘর নেস্টোরিয়ান খ্রিস্টান ছিলেন যাঁরা বণিক। সমসাময়িক পর্তুগীজ ভ্রমণকারী দুয়ার্ত বারবোসা বাংলার বণিকদের বিলাসী জীবনযাত্রা ও নিজেদের জাহাজে করে দক্ষিণ-পূর্ব এশিয়ার দেশগুলিতে পণ্য নিয়ে যাবার কথা বলেছেন। এমনকি চিনা জাহাজ *জাঙ্ক* ভারত থেকে পণ্য নিয়ে যাচ্ছে তার কথাও বলেছেন। রপ্তানী দ্রব্যর মধ্যে রয়েছে বিভিন্ন ধরনের রং করা কাপড়, গোলমরিচ ও চামড়ার থলি করে চিনি। উল্লেখযোগ্য যে পুরুষ ও মহিলারা চরকায় এসব কাপড় বুনতেন। এই বণিকরা গুজরাতি বা জৈন বণিক নয় বলেই মনে হয়। সম্ভবত এরা তুর্কি, পারসিক ও আরবী বণিক যাদের অনামা পর্তুগীজ দোভাষী গৌড়ের দরবারে নসরৎ শাহর আমলে দেখেছেন। বারবোসা রেশম কাপড়ের উল্লেখ প্রায় করেননি, তাঁতের কাপড়ের কথাই বলেছেন। বাংলার বাণিজ্য যে তখন গুজরাট ও বিজয়নগরের মিলিত বাণিজ্যের থেকে বেশি ছিল সেকথা জোয়রাও দ্য ব্যারোস বলেছেন। এই বিশাল বাণিজ্যর মধ্যে সপ্তগ্রামের হিন্দু বণিকরা ছিলেন না বলে মুকুন্দরাম বলেছেন। ওঁর রচনা থেকে মনে হয় যে অন্তর্বাণিজ্যর সবটাই ছিল হিন্দু বণিকদের হাতে যাদেরকে সহজে বাঙালী হিন্দু বলা যায়।

সমকালীন পর্তুগীজ লেখক টমে পিরেস মালাক্কা থেকে লিখেছেন যে বহু বাঙালী বণিক মালাক্কাতে বসতি করেছিল। এরা *জাঙ্কে* করে বাণিজ্য করত এবং এরাও খুব ধনী ছিল। মনে হয় এরা সবাই মুসলমান বণিক। দু-একজনের সমাধির পাথর বাংলা থেকে নিয়ে যাওয়া হয় তারও উল্লেখ আছে। অবশ্য বাংলাতে যে পশ্চিম এশিয়ার অন্য মুসলমান বণিক ছিল, তাদের কথাও পিরেস বলেছেন। বাংলার বন্দরের শুল্ক মালাক্কার তুলনায় বেশি এবং মালাক্কার তুলনায় বাংলার সোনার দাম প্রায় এক ষষ্ঠাংশ বেশি। সম্ভবত জাপানী সোনা রুপো প্রথমে মালাক্কাতে আসে ও পরে বাংলায়। তবে সমস্যা দেখা দেয় মাল্লাক্কার তুলনায় বাংলায় রুপোর দাম প্রায় এক-চতুর্থাংশ কম হওয়ায়। এর থেকে মনে হতে পারে যে পশ্চিম এশিয়া থেকে রুপো সোনার তুলনায় বাংলাতে বেশি আসত।

মা-হুয়ান বলেছেন বাংলার সুলতানরা নিজেদের জাহাজে বাণিজ্য করতেন। প্রায় একশো বছর পরে পর্তুগীজদের লেখায় একই তথ্য পাওয়া যায়। আলাউদ্দীন হোসেন শাহর দুটি জাহাজ পর্তুগীজরা দখল করে। সুলতানের নিজের বাণিজ্য থাকার ফলেই সম্ভবত আলাউদ্দীন হোসেন শাহর সময়ে বাংলার শুল্ক বিভাগের আমলারা বণিকদের উপর অত্যাচার করতে থাকে। হয়ত এর ফলে সপ্তগ্রামের *কর্জনা* বণিক সমাজ ভেঙে যায়। অবশ্য এই সমাজের অন্তর্দ্বন্দ্বের অন্য কারণও থাকতে পারে। পর্তুগীজরা দক্ষিণ-পূর্ব এশিয়াতে হানা দিলে বাংলার বাণিজ্য একটা বড় ধাক্কা খায়। পর্তুগীজ ভাগ্যান্বেষী ও আরাকানীরা ভাগীরথীর মোহনা ও সমুদ্র উপকূল ধরে হানা দিলে সপ্তগ্রামের বাণিজ্যর উপর বড় আঘাত আসে। গুজরাটি বণিকদের গায়ে ততটা আঁচড় লাগেনি যতটা লেগেছিল পশ্চিম এশিয়ার বণিকদের গায়ে। কিছুদিন পরে গুজরাটিরা পর্তুগীজদের সঙ্গে হাত মিলিয়ে বঙ্গোপসাগরের বাণিজ্যে জায়গা করে নেয়; ওলন্দাজ পর্তুগীজ লড়াইয়ের ফলে হয়ত তাদের এই সুবিধা হয়েছিল। উল্লেখযোগ্য যে দক্ষিণ-পূর্ব এশিয়ার

সঙ্গে বাংলার ওতপ্রোত বাণিজ্য সম্পর্কে বিশেষ ভাঁটা পড়েছিল বলে মনে হয় না। অন্ততঃ মুঘল আমলের শুরু থেকেই হুগলী বন্দরের উত্থান হওয়ায় এই বন্দর অবসন্ন সপ্তগ্রামের জায়গা নিয়ে বাংলার বৈদেশিক বাণিজ্যর চলমান প্রবাহকে অক্ষুণ্ণ রাখতে পেরেছিল। মনে হয় যে পর্তুগীজদের দক্ষিণ-পূর্ব এশিয়ার বাণিজ্য দখল করার প্রচেষ্টার ফলে গুজরাটি বণিক বাংলায় ঢুকেছিল। পঞ্চদশ শতাব্দীর দ্বিতীয়ার্ধ থেকে চিনদেশের সঙ্গে বাণিজ্যের মূল ধারা চলতে থাকে মালাক্কার মধ্য দিয়ে যার ফলে মাল্লাকার অভাবনীয় উত্থান লক্ষ্য করা যায়। ষষ্ঠদশ শতাব্দীর প্রথম দিকের পর্তুগীজ লেখকরা বাংলা ও দক্ষিণ-পূর্ব এশিয়ার নিবিড় বাণিজ্যর কথা বলেছেন, যার একপ্রান্তে রয়েছে চিন ও অন্য প্রান্তে বাংলা। মধ্যে সংযোগকারী সেতু ছিল মালাক্কা। পর্তুগীজদের মালাক্কা বিজয় এই শৃঙ্খলকে অন্যদিকে ঘুরিয়ে দেয়, যেখানে বাংলার বাণিজ্য দখল করা তাদের পক্ষে জরুরী ছিল। ওলন্দাজের মালাক্কা দখল এই প্রচেষ্টাকে ব্যহত করে। ততদিনে ইউরোপীয় বাণিজ্যের অন্যধারা চলে এসেছে। সমকালীন পর্তুগীজ ও বাংলা সাহিত্য থেকে আমরা ওই পূর্ব-শৃঙ্খলের মধ্যে একটা বাণিজ্যপথের দিশা পাই। উড়িষ্যা, করমণ্ডল, সিংহল ও মালাক্কা পার হয়ে এর একটি অংশ চলে গিয়েছে লোহিত সাগর ও আরবসাগরের দিকে। কতদূর পর্যন্ত বাংলার বণিক গিয়েছিলেন সে তথ্য এখনো অনাবিষ্কৃত। মঙ্গলকাব্যে বণিকের সিংহল পর্যন্ত যাবার বর্ণনা (যদিও বিশদ নয়) আছে। প্রথমে চৌদ্দ ডিঙা ও পরে সপ্তডিঙা নিয়ে এই যাত্রার বিবরণের অনেকখানি পরম্পরাগত ভাবে পাওয়া। ফরাসী লেখক দ্যলোচ মন্দিরের গায়ে ডিঙার খোদাই করা ছবি পেয়েছেন। অন্যান্য ছবিও (মন্দির থেকে) যা পাওয়া যায় তাতে একে জাহাজ বলা চলে না। মঙ্গলকাব্যে একশফুট লম্বা ও ওঁর আধাআধি চওড়া ডিঙা বানানোর বর্ণনা রয়েছে। এও সম্ভবত পরম্পরাগত ভাবে পাওয়া। এদের পক্ষে ভাগীরথীর মোহনার *হার্মাদ* এড়িয়ে পারস্য উপসাগর পর্যন্ত যাবার কোন সম্ভাবনা ছিল বলে মনে হয় না। উড়িষ্যা ও করমণ্ডল পেরিয়ে সিংহল অবধি গিয়েছিল কিনা সন্দেহ থেকে যায়। মঙ্গলকাব্যে সিংহলের বর্ণনা নেহাতই কাব্যিক। এছাড়া বঙ্গোপসাগরে পর্তুগীজদের আগমনের ফলে সিংহল নিয়ে পর্তুগীজরা লড়াই করছিল। বাঙালার ডিঙা এসব বাধা পেরিয়ে সিংহলে গিয়েছিল কিনা সন্দেহ রয়েছে।

মঙ্গলকাব্যে যে হিন্দু জমিদার বণিকের কথা আছে সেটা মেনে নেওয়া শক্ত। পূর্ব বাংলায় ষষ্ঠদশ শতাব্দীর দ্বিতীয়ার্ধে এরকম জমিদার (হিন্দু ও মুসলমান) ছিল যারা কাপড়ের বাণিজ্য করে। বাকলার হিন্দু জমিদার ১৫৪৫ সালে পর্তুগীজদের সঙ্গে বাণিজ্য চুক্তি করেছিলেন, যার কথা সুরেন্দ্রনাথ সেন বলেছেন। কিন্তু মঙ্গলকাব্যের হিন্দু জমিদার সপ্তডিঙা সাজিয়ে সমুদ্র যাত্রা করছেন প্রধানত মশলাপাতি নিয়ে। এই যাত্রা মঙ্গলকাব্যে ধর্মীয় আকার ধারণ করেছিল। ষষ্ঠদশ শতাব্দীর শেষ পাদে পূর্ব বাংলায় এই ধরণের জমিদার বণিক থাকলেও, সপ্তগ্রাম অঞ্চলে যে এরা প্রায় অদৃশ্য হয়ে গিয়েছিল, এটা বলা যায়।

ত্রয়োদশ শতাব্দীর ঐতিহাসিক মীনহাজ স্থলপথে হিমালয় পেরিয়ে বাংলার সঙ্গে বাণিজ্যে যোগাযোগের কথা বলেছেন। এই কারণে নদীয়া শহরে বখতিয়ার খলজীর

আবির্ভাব শহরবাসীর কাছে তাঁকে ঘোড়ার ব্যবসায়ী বলে চিহ্নিত করা অবাস্তব নয়। একাদশ শতাব্দী পর্যন্ত ঝাড়খণ্ডের মধ্য দিয়ে জৈন বণিকরা যে পশ্চিম বিহার থেকে বাংলা ও উড়িষ্যা যেতেন তার প্রমাণ আছে। ত্রয়োদশ শতাব্দীতে সেটি বন্ধ হয়ে গেলেও, হিমালয়ের সঙ্গে দেবকোটে ও পাণ্ডুয়ার স্থলপথে যোগাযোগ ছিল। উল্লেখযোগ্য যে বখতিয়ার দেবকোট রাজধানী স্থাপন করেন। সম্ভবত বাণিজ্যের উপর কর্তৃত্ব রাখা দেবকোটে রাজধানী স্থাপনের আর একটি কারণ ছিল। পঞ্চদশ শতাব্দী থেকে মঙ্গোলদের আক্রমণে চীন গুটিয়ে গেলে এই বাণিজ্য বাধা পায়। অন্যদিকে দক্ষিণ-পূর্ব এশিয়ার নতুন রাজ্যের উত্থান ও চট্টগ্রামে গোলমালের ফলে ভাগীরথী (সম্ভবত সরস্বতী নদী) দিয়ে বাণিজ্য চলাচল শুরু হয় যার ফলে সপ্তগ্রামের উত্থান সম্ভবপর হয়। গৌড় সপ্তগ্রামের এই বিকল্প পথ খোঁজার পালা পর্তুগীজদের আসার আগেই সম্পূর্ণ হয়েছিল। পঞ্চদশ শতাব্দীতে ভাগীরথীতে (আসলে সরস্বতী) সপ্তগ্রামের অতিদ্রুত ও অভাবনীয় উত্থান এই শতাব্দীর মাঝামাঝি থেকে লক্ষ্য করা যায়। সামুদ্রিক বাণিজ্য পঞ্চদশ শতাব্দীর শেষ হবার আগেই বাংলার অর্থনৈতিক জীবনের প্রধান বৈশিষ্ট্য হয়ে দাঁড়ায়।

এই বাণিজ্যের প্রধান যোগান ছিল কাপড়ের উৎপাদন, যদিও এর সম্পর্কে বিশদ তথ্য এই সময়ে পাওয়া শক্ত। সমকালীন বাংলার নাগরিক জীবনের স্বাছন্দ্য দেখলে বোঝা যায় যে তখন বাণিজ্য ও উৎপাদন বৃদ্ধি পাচ্ছে। সমকালীন বিদেশী পর্যটকরা তাঁতের কাপড় উৎপাদনের ভূয়সী প্রশংসা করে গিয়েছে। মা হুয়ান পঞ্চদশ শতাব্দীর গোড়ায় রেশমের কাপড়ের উৎপাদনের কথা বললেও সমকালীন বাংলা সাহিত্যে এর উল্লেখ বিরল। মনে রাখতে হবে যে মা হুয়ান উৎপাদন কেন্দ্রের কথা না বললেও উত্তরবঙ্গই ছিল গুটিপোকা চাষের প্রকৃত স্থান। উল্লেখযোগ্য যে মা হুয়ানের প্রায় এক শতাব্দী পরে পর্তুগীজরা এলেও তাদের প্রধান লক্ষ্য ছিল চাল, গোলমরিচ ও অন্যান্য মশলা। কাপড়ের চাহিদা তাদের কাছে প্রাধান্য পায় নি।

চিনি ছিল বাংলার অন্যতম প্রধান রপ্তানী দ্রব্য। মা হুয়ান নানা পণ্যের কথা বলেছেন, যদিও সেই সবই বাংলাতে উৎপাদন হতো কিনা সন্দেহ আছে। মুকুন্দরাম পেশাগত কারিগরদের বিশাল তালিকা দিয়েছেন, যার মধ্যে স্বর্ণকার, লৌহকার, কাগজী, মলঙ্গী (নুন-উৎপাদক) ইত্যাদি রয়েছে। কারিগরদের এই তালিকায় পর্তুগীজ ও চিনা লেখনীতেও পাওয়া যায়। তবে পঞ্চদশ শতাব্দীর তুলনায় পরবর্তী শতাব্দীতে উৎপাদনের যে বিশালতা তার সঠিক মূল্যায়ন তথ্যের অভাবে করা যায় না। পরবর্তীকালে বাণিজ্যের পরিমাণ থেকে তা কিছুটা অনুমেয়। গৌড় ও পাণ্ডুয়ার বিশাল ধ্বংসস্তূপ যা মাটির উপরে দাঁড়িয়ে রয়েছে (প্রত্নতাত্ত্বিক কাজ না হবার ফলে মাটির নিচের অংশের স্বরূপ জানা যায়নি), তার থেকে মনে করা যায় যে বাংলায় ভারী শিল্প ছিল এবং এর জন্য এক বিরাট কারিগর শ্রেণী ছিল। এদের দক্ষতার প্রমাণ একাধিক রং করা ইঁট ও টালির মধ্যে রয়েছে যা দেখে হুমায়ুনের সহকারী চমৎকৃত হয়েছিলেন।

বলা নিস্প্রয়োজন যে পাণ্ডুয়া ও গৌড়ের সৌধ নির্মাণের লগ্নী বৃদ্ধি পাচ্ছিল এবং এর একটা বড় অংশ আসত বাণিজ্য থেকে। এটাই ভারী শিল্প হিসেবে ধরা যায় কারণ পশ্চিমবঙ্গে বা দক্ষিণবঙ্গে জাহাজ তৈরির পরম্পরা পাওয়া যায় না। আগে আমরা

দেখেছি যে ভাগীরথীর উপর দিয়ে ডিঙা চলছে যাকে কোনও মতেই জাহাজ বলা চলে না। কিন্তু বাংলার পূর্ব উপকূলে জাহাজ তৈরির কথা পাওয়া যায়, যদিও পর্যটক ইবন বতুতার ব্যবহার করা আরবী *ধাও* বা চীনা *জাঙ্ক*, এখানে তৈরি হতো না। ১৫২১ সালে পর্তুগীজ দোভাষী গৌড়ের সামনে একটা ছোট জাহাজ দেখেছিলেন, যেটা পর্তুগীজ জাহাজ নয়, কিন্তু সেই জাহাজের মতো দেখতে। সম্ভবত পূর্ব বাংলার উপকূলে ওই জাহাজ তৈরি হয়েছিল বলে মনে হয়।

ক্রমবর্ধমান বৈদেশিক বাণিজ্যের ফলে সোনা ও রুপোর আমদানীও সহজ হয়ে যায়। আগেই আমরা দেখেছি যে প্রথম দিক থেকেই চিনারা বাংলায় রুপোর তঙ্কা ও কড়ি ব্যবহারের কথা বলেছেন। অধ্যাপক তরফদারের কাছে কড়ির ব্যবহার এত বহুল ছিল বলে মনে হয়নি। মনে রাখতে হবে যে উত্তর ভারতে বাংলা তুলনায় দ্রব্যমূল্য অনেক বেশী ছিল। বাংলার রৌপ্য মুদ্রার মধ্যে ঘাটতিও ছিল কম। ফলে দৈনন্দিন কেনাবেচার জন্য কম মূল্যের মুদ্রার প্রয়োজন ছিল যার অভাব মিটিয়েছিল কড়ি। এই কড়ি আসত মালদ্বীপ থেকে। বৈদেশিক বাণিজ্যর জন্য রুপোর তঙ্কা ব্যবহার করা হত। কিন্তু সাধারণ লোকদের ব্যবহারের জন্য ছিল কড়ি। এই দুই-এর মধ্যে যে কোন বিরোধ ছিল না। সেটা সমকালীন বাংলা সাহিত্য থেকে প্রচুর পরিমাণে পাওয়া যায়।

হোসেন শাহর আগে মাত্র দুটি সোনার মুদ্রা পাওয়া যায়। হোসেন শাহরই দুটি সোনার মুদ্রা পাওয়া গিয়েছে। তার পরে আর সোনার মুদ্রা পাওয়া যায় না। অধ্যাপক তরফদার বলছেন যে সোনার দাম কমে যাওয়ার ফলে লোকেরা, এমনকি সুলতানরাও সোনা জমিয়ে রাখতেন। এ যুক্তি মানা কঠিন। লোকেরা বরাবরই সোনা জমিয়ে রাখত। দাম পড়ে যাবার ফলে এই প্রবণতা বেড়ে গিয়েছিল তেমন প্রমাণ কিছু নেই। পিরেসের লেখা থেকে দেখা যাচ্ছে যে মালাক্কার তুলনায় বাংলায় সোনার দাম বেশি ছিল। এটাও পরিষ্কার যে মালাক্কার তুলনায় বাংলাতে সোনা কম আসত। বাংলাতে রুপোর তুলনায় সোনার উপর আমদানী শুল্ক বেশি। ফলে সোনা কম আসছিল। অধ্যাপক তরফদার সোনার অপ্রতুলতা মানতে চাননি। পিরেসের বক্তব্য না দেখার ফলে উনি এই মতামত দিয়েছেন। বলতে দ্বিধা নেই যে আগেকার সুলতানদের তুলনায় আলাউদ্দীন হোসেন শাহর সময়ে রুপো বেশি আসছিল, যদিও এতে সাধারণ লোকেদের বিশেষ উপকার হয়নি।

ক্রমবর্ধমান বাণিজ্যর ফলে বাংলার উৎপাদন বৃদ্ধি পাচ্ছিল। এর ফলে বাংলার কারিগররা সুখী ছিলেন বলেই মনে হয়। বাংলা সাহিত্য থেকে দেখা যায় যে তাঁতীরা লাল আলু কিনছে অন্যান্য জিনিসের সঙ্গে এমনকি তাদের স্ত্রীদের জন্যও বিলাস দ্রব্য কিনছে। অন্যান্য কারিগরদের তুলনায় বাংলার কোন কোন তাঁতীর অবস্থা ভালো হচ্ছিল। ক্রমবর্ধমান চাহিদার নিদর্শন হিসাবে বলা যায় যে তাঁতীদের পরিবারের মেয়েরা চরকা কেটে কাপড় বুনছে। তবে চিনারা যে মেয়েদের প্রচুর পরিমাণে রুপোর গয়না পরতে দেখেছিল তারা সম্ভবত বণিকদের পরিবারের। বারবোসা বাংলায় এসেছিলেন কিনা এ সন্দেহ কোন কোন ঐতিহাসিক করেছেন। কিন্তু ওঁর লেখার মধ্যে বাংলার দু শ্রেণীর লোকের জীবনযাত্রার ছবি পাওয়া যায়। ধনী মুসলমান বণিকরা

সূক্ষ্ম তাঁতের কাপড়ের (সম্ভবত মসলিন) জামাকাপড় পড়ত, যার উপর রেশমের রুমাল লাগানো থাকত। কোমরবন্ধে লাগানো থাকত সোনা বা রুপোর বাঁধানো ছোরা। আঙুলে মণি-মুক্তো বসানো আংটি ও মাথায় তাঁতের কাপড়ের পাগড়ী। এরা খেতে ও খাওয়াতে ভালবাসত। এদের বাড়ির মধ্যে পুকুর ছিল। এদের তিন চারটি স্ত্রী থাকত যাদের তারা প্রচুর সোনা-রুপো ও রেশমের কাপড় দিত। নিচু জাতের ও নিচু শ্রেণীর লোকেরা হাঁটু পর্যন্ত সাদা কাপড় পরত। এরা মাথায় ছোট পাগড়ী ও কেউ কেউ পায়ে জুতো বা চপ্পল পড়ত।

এই বর্ণনার মধ্যে নানা ধরনের কাপড়ের ব্যবহার দেখা যায় যার থেকে বিভিন্ন ধরনের কারিগরদের হিসেব পাওয়া যায়। কিন্তু মধ্যবিত্ত শ্রেণীর উল্লেখ এর মধ্যে নেই। সপ্তদশ শতাব্দীর দ্বিতীয়ার্ধের পর্যটক বার্নিয়ার বলেছেন যে ভারতে মধ্যবিত্ত শ্রেণী নেই। এর উপর নির্ভর করে ঐতিহাসিক মোরল্যান্ড বলেছেন মুঘল ভারতে মধ্যবিত্ত শ্রেণী ছিল না। বাংলা সম্বন্ধে এ বক্তব্য প্রযোজ্য নাও হতে পারে এমন কথা উনি বলেছেন। সাম্প্রতিক কালে অধ্যাপক ইকতিদার আলম খান দেখিয়েছেন যে উত্তর ভারতে সুলতানী যুগের শেষ থেকেই মধ্যবিত্ত শ্রেণীর উত্থান হয়েছিল। এই শ্রেণীর মধ্যে তিনি ধরেছেন ছোট বণিক, নিচুতলার রাজপুরষ, হাকিম, বৈদ্য ও পেশাদারী কিছু ধরনের লোকদের। অধ্যাপক তরফদার দেখাচ্ছেন যে হোসেন শাহী আমলে বাংলায় মধ্যবিত্ত শ্রেণী ছিল, উনি বণিক, ব্যবসায়ী, ব্রাহ্মণ শিক্ষক ইত্যাদিকে মধ্যবিত্ত শ্রেণী বলেছেন। বাংলা সাহিত্য থেকে আমরা 'লোভী কায়স্থ' রাজপুরুষের কথা নাই। কবিরাজ ও ছোট আমলাদের কথা পাই। নগরায়নের উজ্জ্বল ইতিহাসের পর্যালোচনা করলে এদের দেখা মেলে।

পর্যটকদের লেখা থেকে গ্রামের নিচুতলার লোকেদের কথা পাওয়া যায় না। বাংলা সাহিত্যের পাতায় এরা উঁকিঝুকি মারে। কিন্তু এদের জীবনযাত্রার ছবি পাওয়া সহজ নয়। ইবন বতুতা বলেছেন বাংলায় জিনিসপত্রের দাম খুব সস্তা এবং তার একটি তালিকাও দিয়েছেন। চিনারাও কম দামের কথা বলেছে। কিন্তু স্থানীয় লোকেরা এই দামকে সস্তা বলে মনে করত না। মনে হয় খুব স্বল্প লোকের হাতেই টাকা ছিল। বতুতা যে সস্তা দরে দাসী কিনেছিলেন সেটিও এই দিকে ইঙ্গিত করে। ১৫২১ সালে পর্তুগীজ দোভাষী গৌড়ের রাস্তায় শীতের সকালে লোক মরে থাকতে দেখেছেন। সুলতান গাড়ি গাড়ি অন্ন ও কাঁচা খাবার বিতরণ করছেন এটাও দেখেছেন। বিভিন্ন অঞ্চলে যে মাঝেমাঝে দুর্ভিক্ষ হচ্ছিল তার কথা সমকালীন বাংলা সাহিত্য থেকে পাওয়া যায়। কবি বলরাম দাস বলেছেন চৈতন্যর আসার আগে রাঢ়ে দুর্ভিক্ষ হয়েছিল। চৈতন্যর বাবা-মা সিলেটে দুর্ভিক্ষর দৃশ্য দেখেছেন বলে বৈষ্ণব কবিরা বলেছেন। বারবোসার মতানুসারে বণিকগোষ্ঠী ছিল একটা ক্ষুদ্র অংশের, যার মধ্যে দরিদ্রদের স্থান নেই।

১৫২১ সালে পর্তুগীজ দোভাষী গৌড় শহরের যে বর্ণনা দিয়েছেন তার থেকে দেখা যায় যে শহরটি দুটি নদীর মধ্যে প্রায় কুড়ি মাইল লম্বা ও চার মাইল চওড়া। অর্থাৎ প্রাক্তন রাজধানী পাণ্ডুয়ার থেকে প্রায় তিন গুণ বেশি বড়। এই শহরের লোকসংখ্যা অনুমান করা হচ্ছে প্রায় দুলক্ষের কাছাকাছি। দোভাষী গৌড় শহরকে জনবহুল বলেছেন।

একটি সমীক্ষায় দেখা যাচ্ছে যে জনসংখ্যার ঘনত্ব প্রতি বর্গমাইলে ছিল আনুমানিক দুহাজার।

দোভাষীর বর্ণনা ও ধ্বংসস্তূপের সমীক্ষা থেকে পাওয়া যাচ্ছে যে শহরের প্রধান দুটি রাজপথ ছিল বাঁধানো, এবং নানা রং করা টালি দেওয়া ইঁটের বাড়ি ছিল। সারা শহর জুড়ে খাল ও ছোট বড় সাঁকো। শহরটি বিভিন্ন মহল্লায় বিভক্ত ও বিভিন্ন মহল্লাতে ভিন্ন ভিন্ন পণ্য ও খাবার পাওয়া যেত। এর থেকে মনে হয় কারিগররা একপ্রান্তে বাস করত। প্রাসাদ এলাকার মধ্যে কোয়ার্জের কারখানা ও প্রাসাদের দক্ষিণে লালবাজার, যেটি প্রধানত বণিকদের এলাকা ও যেখানে মাটির প্রদীপের দোকান ইত্যাদি ছিল। তাঁতী পাড়া মসজিদ তাঁতীদের স্মৃতি বহন করছে। এই বিশাল শহর শুধু দরবারী আনুকূল্যে গড়ে উঠেনি। এর পিছনে ছিল বৈদেশিক বাণিজ্যের অবদান।

পর্তুগীজ ঐতিহাসিক কাস্তেনহেদা কয়েকটা বাড়ির বর্ণনা দিয়েছেন, যেগুলি অভিজাত. শ্রেণীর বলে মনে হয়। নিচু একতলা সাদা রংয়ের বাড়ির ছাদ সোনালী ও নীল রংয়ের টালি দিয়ে ঢাকা। হোসেন শাহর মৃত্যুর প্রায় কুড়ি বছর বাদে শের শাহ গৌড় শহর লুট করে গেলে হুমায়ুন এই শহরে আসেন। এই সফরের বর্ণনা দিয়েছেন তাঁর সঙ্গী শেখ রিজবুল্লাহ মুস্তাখী। ওঁর মতে পৃথিবীর কোন দেশের সঙ্গেই এর তুলনা করা চলে না। নাগরিক সভ্যতার বৈভবের যে কথা উনি বলেছেন তা বারবোসা বর্ণিত বিলাসী জীবনযাত্রাকে সমর্থন করে।

সমকালীন বাংলা সাহিত্য থেকে নবদ্বীপের বর্ণনা পাওয়া যায়। জয়ানন্দ বলছেন যে নবদ্বীপে বারাণসী, উড়িষ্যা, তিব্বত ও কাশ্মীরের পণ্য পাওয়া যেত। এসব পণ্য সপ্তগ্রাম বা গৌড় শহরের দোকানে সারি সারি সাজানো থাকত না। ছোট ছোট ব্যবসায়ীরা বাড়ি বাড়ি ঘুরে পণ্য বিক্রয় করতেন। বৈষ্ণব ধর্মের প্রভাবে কিছু বণিক নবদ্বীপে বাসা বেঁধেছিলেন। এছাড়া সমাজের এক বৃহৎ অংশ ছিল শিক্ষক যাদের বাড়ি ছিল নবদ্বীপে পঞ্চদশ শতাব্দী থেকেই। কিন্তু এ সত্ত্বেও বাড়ি বাড়ি ঘুরে বিদেশী পণ্য বিক্রির কারণ মনে হয় যে এই সব পণ্য কেনার মতো ক্রেতা বিশেষ ছিল না। এর ফলে মধ্যবিত্ত ব্যবসায়ী এই সব অনিয়মিত পণ্যর জন্য স্থায়ী দোকান করার মতো লগ্নী করতে উৎসাহ পেত না। ষোড়শ শতাব্দীর নবদ্বীপের চেহারা দেখে মনে হয় যে গঙ্গার ঘাটের কাছে বিভিন্ন প্রদেশের লোকেরা নিজ নিজ মহল্লা তৈরি করে ছিল। প্রান্তিক এলাকায় অনুন্নত শ্রেণীর বাস যাদের পেশাগত ভাবে ভাগ করা যায়। যেমন এক প্রান্তে ছিল গোয়ালাদের বাস, যাদের গরু চরানোর ক্ষেত্রর অভাব ছিল না। বেশ কিছু সংখ্যায় মুসলমান ছিল। এদের মধ্যে কাজী ও কোতোয়াল ছিলেন। প্রথম দিকে *শিকাদারের* কথা পাওয়া যায়। এই মুসলমানদের পেশা কি ছিল বলা শক্ত। মধ্যবিত্ত শ্রেণীর বাড়ি ইঁটের হলেও, অধিকাংশ বাড়িরই পাঁচিল ছিল না। বড়লোকেদের বাড়িতে অবশ্য সিংহ দরজার কথা পাওয়া যায়। কোন কোন ধনী ব্রাহ্মণ শিক্ষকের নিজের চণ্ডীমণ্ডপ ছিল, যেখানে তিনি সকালে ও বিকেলে ছাত্র পড়াতেন। মনে হয় পঞ্চদশ শতাব্দীর মাঝামাঝি থেকেই নদী সংলগ্ন জমি উচ্চশ্রেণীর হাতে চলে যায়। তখনই এই শহরের পরিবর্তন হতে শুরু করে। ওই সময় থেকেই

উড়িষ্যা, পূর্ববঙ্গ ইত্যাদি জায়গা থেকে উচ্চ মধ্যবিত্ত ও পেশাদারী কারিগর আসতে শুরু করে। এর সঙ্গেই শান্তিপুর বৃদ্ধি পেতে শুরু করে। কিন্তু নানান কারণে ওই শহরটি পরে আর বাড়েনি। বলা নিস্প্রয়োজন যে ভাগীরথীর পাড়ের ছোট শহরগুলি তাঁত উৎপাদনের কেন্দ্র হয়েছিল, যার মধ্যে ঐতিহাসিক কারণে নবদ্বীপ পড়ে না। এর সঙ্গে সপ্তগ্রামের উত্থান কতটা জড়িয়ে আছে সেটাই বিচার্য।

ভাগীরথীর পাড়ের এই সব ছোট শহরগুলির কোন পাঁচিল নেই, যার ফলে গ্রামাঞ্চলের সঙ্গে এদের কোন নির্দিষ্ট বিভাজন রেখা নেই। খড়দহ, কাটোয়া, শান্তিপুর, ফুলিয়া ইত্যাদি প্রধান উৎপাদন কেন্দ্র হয়ে দাঁড়ায়, যদিও নবদ্বীপের চেহারা ছিল ভিন্ন। এইসব শহরগুলিতে গ্রামীণ ও নাগরিক সভ্যতার মিশ্র সংস্কৃতি দেখা যায়। নিরামিষ ও দুগ্ধজাত খাবার, গুড় ও চিনির তৈরি নানান ধরনের মিষ্টি এসব জায়গায় পাওয়া যেত বলে বৈষ্ণব কবিরা বলেছেন। উত্তরভারতের থেকে বাংলায় চিনির দাম ছিল কম, যদিও আখের চাষ ভাগীরথীর পাড়ে হতো বলে তথ্য নেই। মনে করা যেতে পারে যে তাঁতের কাপড়ের বদলে যে চিনি ও অন্যান্য পণ্য আসে তার বিক্রয় কেন্দ্র ছিল সপ্তগ্রাম। এখান থেকেই এইসব দ্রব্য ছোট শহরগুলিতে ছড়িয়ে পড়ে।

ষষ্ঠদশ শতকের শেষে মুকুন্দরামের লেখায় শহরের মধ্যে দুটি সমান্তরাল অর্থনৈতিক ধারার উল্লেখ আছে, যেটি ওই শতাব্দীর গোড়ার দিকেও ছিল বলে ধরে নেওয়া যেতে পারে। কবি মুকুন্দরাম তাঁর লেখায় শহরে পাঁচিল দিয়ে গ্রামাঞ্চল থেকে আলাদা করেছেন যা তৎকালীন রাজনৈতিক অস্থিরতার দ্যোতক। নানা ধরনের হিন্দু ও মুসলমান কারিগর শহরের মধ্যে ছিল। নিচু শ্রেণী শহরের প্রান্তে ও অন্ত্যজ শ্রেণী পাঁচিলের বাইরে ছিল।অর্থাৎ পেশা ও জাতের বিভাজন খুব স্পষ্ট। শহরটি যে বাজারী অর্থনীতির উপর নির্ভরশীল তা বোঝা যায় শহরের একপ্রান্তে বেশ্যাদের উপস্থিতি থেকে। মিশ্র সভ্যতার অঙ্গ সাপ্তাহিক হাট থাকা সত্ত্বেও নগদ টাকায় পণ্যর ক্রয় বিক্রয় চলত। নদী পারাপার হতে গেলে পারানীকে নগদে কর দেওয়া হতো। শহরের মধ্যের জমিতে ঘাস কাটতে কয়েক কড়ি লাগত। প্রান্তে বসে দর্জিরা মাস মাহিনাতে কাজ করত। কিন্তু সব কারিগর দোকানে বা মাস মাহিনাতে কাজ করত না। মিষ্টান্ন বিক্রেতারা বাড়ি বাড়ি ঘুরে মিষ্টি বিক্রি করত। এখানে মালিক ও উৎপাদনকারীর মধ্যে কোনও তফাৎ নেই। কোনও মধ্যবিত্ত বাড়িতে ছানা তৈরি করছে। সম্ভবত মিষ্টান্নও তৈরি করছে। ফলে মিষ্টান্ন তৈরির কারিগর দোকান না করে বিভিন্ন বাড়ি ঘুরে বিক্রি করছে। এটা দর্জির ক্ষেত্রে প্রযোজ্য নয়। মাস-মাহিনার দর্জিরা সম্ভবত বাণিজ্যের জন্য বড় বণিকের পক্ষে উৎপাদন সপ্তদশ শতাব্দীতে ইউরোপীয়ানদের আসার পরে এই ধারা কিছুটা বদলেছিল। কয়েক ধরনের কারিগর যেমন নুন তৈরির *মলঙ্গীদের* (কবি এদের *মাল* বলেছেন) সঙ্গে হয়ত চণ্ডালদের যোগ ছিল। ঐতিহাসিক মুহম্মদ হাবিব বলছেন যে তুর্কি শাসন প্রতিষ্ঠিত হওয়ার পর নীচু জাতের কারিগররা মুসলমানদের তৈরি শহরে স্থান পেয়ে মুক্ত হয়েছিল। ব্রাহ্মণ অনুশাসনের দ্বারা পরিচালিত কন্ধির শহরে এমন হয়নি বোঝা যায়। বাজারী অর্থনীতিও সব জায়গায় যে কারিগরদের জাত-পাতের বাঁধন থেকে মুক্ত করতে

পারেনি, সেটা এখানে দেখা যায়। চৈতন্য এই মুক্তির সাধনা করেছিলেন, কিন্তু কতদূর সফল হয়েছিলেন বলা শক্ত।

ব্রাহ্মণ্যধর্মের অনুশাসনের ফলেই সম্ভবত কয়েকটি পেশার প্রতি মধ্যবিত্তের বিরূপ মনোভাবের কথা ব্রাহ্মণ কবি মুকুন্দরাম তাঁর লেখায় দেখিয়েছেন। যেমন, সুবর্ণবণিকেরা অসাধু, চিকিৎসকরা রোগীর শারীরীক অবস্থার অবনতি দেখলে স্থান পরিত্যাগ করে, রাজকার্যে ব্যস্ত কায়স্থরা লোভী ইত্যাদি। অর্থাৎ বাজারী অর্থনীতির চাপে পরম্পরাগত পেশার ক্ষেত্রেও গুণগত অবক্ষয়ের কথাই কবি প্রকারান্তে বলেছেন।

এই অবক্ষয় ব্রাহ্মণদের পেশার মধ্যেও দেখতে পাওয়া যায়। বহু ব্রাহ্মণ বাড়ি বাড়ি ঘুরে *যজমানী* করে বিনামূল্যে চাল, ডাল, তেল, ইত্যাদি সংগ্রহ করত। এদের অনেকেই শুধুমাত্র মন্ত্র শিখেই এই কাজ করতে শুরু করে। বাজারী অর্থনীতির সঙ্গে *যজমান* প্রথা, যার মধ্যে নগদ টাকার কারবার নেই, পরস্পর বিরোধী হলেও সহাবস্থান করছে।

ক্রমবর্ধমান বাজারী অর্থনীতি, বাণিজ্য ও নাগরিক সভ্যতার চাহিদার ফলে পেশাদারী কারিগর তৈরি হয়। কাপড় ও চিনি তৈরি ছাড়াও, ধাতুর কারিগরের কথাও পাওয়া যায়। বাংলা সাহিত্যে স্বর্ণকারদের কথা আছে। সোনার মুদ্রার অপ্রতুলতা থেকে বলা যায় যে সোনা প্রধানত গয়না হিসাবে তৈরি হয়ে অর্থনীতির বাইরে চলে যায়। মেয়েরা যে প্রচুর সোনার গহনা পরত সেটা আগেই দেখা হয়েছে। স্বর্ণকাররা ছাড়াও কামারদের কথা পাওয়া যায়। ১৫২১ সালের পর্তুগীজ দোভাষী বলছেন যে বাংলায় প্রচুর লোহা পাওয়া যেত এবং তিন পারাদোতে এক বাহার লোহা পাওয়া যেত (এক পারাদো ছয় টঙ্কার সমান ও এক বাহার প্রায় ৪২৭ কিলোগ্রাম)। বাজুয়া সরকারে লোহার খনিও ছিল। মা হুয়ান লোহার তৈরি নানারকম তৈজসপত্রের কথা বলেছেন। এ ছাড়া ছিল লোহার অস্ত্রশস্ত্র যেগুলি বিক্রির জন্য গৌড় শহরে আলাদা বাজার ছিল। লোহার ছুরি, কাঁচি ইত্যাদি সাধারণ বাজারেই পাওয়া যেত। বড় লোকেরা সোনা ও রুপোর থালা ইত্যাদি ব্যবহার করতেন। এছাড়া শিল্পের মধ্যে আগেই উল্লেখ করা হয়েছে নৌকা ও জাহাজ তৈরির শিল্প। বিভিন্ন ধরনের মাদুর তৈরি হতো বলে উল্লেখ আছে। *কাগজীর* কথা পাওয়া যায় মা হুয়ানের সময় থেকেই, যদিও কোথায় তৈরি হতো তার বিশদ তথ্য পাওয়া যায় না।

বাজারী অর্থনীতির বৃদ্ধির সঙ্গে সঙ্গে মালদ্বীপ থেকে আনা কড়ির ব্যবহার কিন্তু কমে নি। এক রুপোর টঙ্কায় ৯৬০ কড়ি পাওয়া যেত যদিও দর প্রতিদিনই ওঠানামা করত। সমকালীন বাঙালী কবিরা টাকা আনার কথা বলেছেন, যদিও কড়ির বিনিময় করা হত রুপোর টঙ্কার ভিত্তিতে। সুলতানী আমলের আনা পাওয়া যায় নি, কিন্তু রুপোর আধ টাকা ও এক চতুর্থাংশ টাকা পাওয়া গিয়েছে।

হোসেন শাহী শাসকরা প্রধানত রুপোর টাকাই বের করেছেন। কিন্তু নসরৎ শাহ ও মাহমুদ শাহ তামার মুদ্রাও বের করেছিলেন। কড়ি থাকার পরেও তামার মুদ্রার

প্রচলন কেন করেছিলেন তা খুব পরিষ্কার নয়। হোসেন শাহী যুগে রুপোর মুদ্রার প্রচলন অনেক বেড়ে যায়। বলা হয় উত্তরোত্তর বাণিজ্য বৃদ্ধি এর কারণ হোসেন। শাহীদের তিন ধরনের রুপোর মুদ্রা পাওয়া যায়, যার অন্তর্নিহিত গড়পড়তা রুপো উত্তর ভারতের সুলতানী মুদ্রার থেকে বেশি। ১৫১৯ সাল থেকে নসরৎ শাহর ছোট ছোট রুপোর মুদ্রা হোসেনাবাদ টাঁকশাল থেকে বেরিয়েছিল যেটি, ছিল সম্ভবত গৌড়ে প্রাসাদা এলাকার ভিতরে।

ক্রমবর্ধমান বৈদেশিক বাণিজ্য ও বিলাসবহুল নাগরিক সভ্যতা বিদেশী পর্যটকদের আকৃষ্ট করেছিল। এরা বাংলাকে সমৃদ্ধিশালী দেশ মনে করেছেন। এখানকার দরিদ্র অধিবাসীদের কথা সমকালীন বৈষ্ণব কবিতায় কিছু কিছু পাওয়া যায়। শহরের মধ্যে দরিদ্র লোকেদের জীবনযাত্রা কোন কোন বিদেশী লেখককে আকৃষ্ট করেছিল। গৌড়ের লোকেদের সম্বন্ধে পিরেস বলেছেন যে সম্পদশালী লোকেরা ইঁটের বাড়িতে বাস করত ও গরিবরা তালপাতার কুটিরে। বৃন্দাবন দাস বলছেন যে সাধারণ লোকেরা ধানের দাম ওঠাপড়া নিয়ে খুব উদ্বিগ্ন থাকত। ওদের কেনার ক্ষমতা এতই সীমাবদ্ধ ছিল যে দাম উঠলে খাদ্যদ্রব্য আয়ত্বের বাইরে যেত। এর ফলে দুর্ভিক্ষর সময় লোকে স্থানান্তরে যেত একথা জয়ানন্দ বলেছেন। সুতরাং বাংলায় প্রচুর পরিমাণে ধান চাল হলেও, সাধারণ লোকের জীবনযাত্রা কষ্টসাধ্য ছিল। বারবোসা বলছেন যে মুসলমান বণিকরা সারা দেশ ঘুরে দাস সংগ্রহ করত প্রধানত দুর্ভিক্ষ পীড়িত অঞ্চল থেকে। বৈষ্ণব সাহিত্যে এমন কিছু দরিদ্র ব্রাহ্মণের কথা আছে, যারা তাদের মেয়ের বিয়েতে কয়েকটা ফল ছাড়া আর কিছুই দিতে পারত না। কবি মুকুন্দরাম ফুল্লরার যে দারিদ্র্য বর্ণনা করেছেন তা সারা বছর স্থায়ী ছিল। ১৫২১ সালের পর্তুগীজ দোভাষী বলছেন যে অধিকাংশ লোকই এত দরিদ্র যে তাদের খাওয়া পরার সামগ্রী ছিল না। এরা ছেঁড়া চাদর বা মাদুর জাতীয় জিনিস পরিধান করত। নসরৎ শাহ যখন খাবার বিতরণ করছিলেন, তখন চার-পাঁচ হাজার লোক সেই খাবারের জন্য ভীড় করেছিল।

দেশীয় শিল্প ছিল বণিকের লগ্নীর উপর নির্ভরশীল। কিন্তু কয়েকটি বিশেষ ক্ষেত্র যেমন কাপড় তৈরি ছাড়া, মাস মাহিনার শ্রমিক লাগানো হতো না। সাধারণ চুক্তি হিসাবে শ্রমিক পাওয়া যেত যার ফলে শিল্পের উন্নতি হয়নি। উৎপাদনের যন্ত্রপাতি নিয়ে বণিকেরা মাথা ঘামায়নি এবং কারিগরও যন্ত্রের উন্নতির জন্য লগ্নী করতে রাজি হয়নি। তাছাড়া জাতপাত ও অন্যান্য বিচারের ফলে কারিগর ছিল সমাজের নিচু তলার স্তরে। এই অবস্থা কৃষিতেও দেখা যায়। উত্তর ভারতে *পারসিক চক্র* এসে গেলেও, বাংলায় তা আসেনি যার ফলে কৃষি ব্যবস্থার বিশেষ উন্নতি হয়নি। এছাড়া শাসনতান্ত্রিক গোষ্ঠীগুলি ইক্‌তা ও অন্যান্য প্রথার মাধ্যমে কৃষির উদ্বৃত্ত অংশ নিতে থাকে, যার ফলে লগ্নী করার জন্য অর্থ কখনোই জমেনি। বাংলার সুলতানরা যে বণিকদের উপর অত্যাচার করতেন, সেটা আগেই বলা হয়েছে। এর ফলে লগ্নী জমা বাধা পায়। আব্বাসীয় খলিফাদের পতনের পর পারস্য উপসাগর থেকে বাণিজ্য পথ লোহিত সাগর, খাম্বাজ, মালাক্কা দিয়ে অগ্রসর হতে থাকে যেখানে গুজরাটি, আরব ও চীনা বণিকদের প্রাধান্য ছিল। দক্ষিণ-পূর্ব এশিয়ার রাজ্যগুলির উত্থান ও পর্তুগীজ

আধিপত্যর ফলে বাণিজ্যজাত লাভ বাঙালী বণিকদের হাত থেকে চলে যায়। কবি মুকুন্দরামের ভাষায় সপ্তগ্রামের বণিক কোথাও না গিয়ে, ঘরে বসেই সব ধন ও মোক্ষ লাভ করে। চাঁদ সওদাগরের পালা মঙ্গলকাব্যের সাধু সওদাগরে রূপান্তরিত হয় যার সপ্তডিঙা ভাগীরথী পার হতে চায় না।

বাংলার ধর্ম

ইসলাম

বখতিয়ার খলজী বাংলায় আসার আগে দুজন সুফি এসেছিলেন বলে কেউ কেউ মনে করেছেন যদিও অনেকেই এ বিষয়ে একমত নন। বখতিয়ার লক্ষণাবতীতে মুসলমানদের সংখ্যাধিক্য হওয়ায় বহু মসজিদ, খানকা, মাদ্রাসা ইত্যাদি তৈরি করেছিলেন বলে মীনহাজ বলেছেন। তবে সে সবের কিছুই আর অবশিষ্ট নেই। আরব ভৌগোলিকদের লেখা থেকে মনে হয় যে চট্টগ্রাম অঞ্চলে দ্বাদশ শতাব্দীর আগেই আরব বণিকরা যেত, যদিও এবিষয়ে প্রামাণ্য তথ্য নেই। বৌদ্ধদের লেখা *শূন্য-পুরাণে* ইসলামের আগমনের জন্য ব্রাহ্মণদের দায়ী করা হয়েছে যেখানে জাতিভেদ প্রথা একটা বড় ভূমিকা নিয়েছিল।

পঞ্চদশ শতাব্দীর শেষ থেকে পাওয়া সমকালীন বাংলা সাহিত্যে মোল্লা ও কাজীদের গোঁড়া ও ধর্মান্ধ বলে দেখানো হয়েছে। ফলে কোন কোন ঐতিহাসিক মনে করেন সেই সময় হিন্দুদের উপর মুসলমানদের ধর্মীয় অত্যাচার হতো। উল্লেখযোগ্য যে সমকালীন কবিরা মুসলমান সুলতানদের প্রশংসা করেছেন। বর্তমানের ঐতিহাসিকরা ব্রাহ্মণ্যধর্মের সঙ্গে ইসলামের দীর্ঘস্থায়ী লড়াই ও রাজা গণেশের রাজত্ব পাওয়াকে হিন্দুদের পুনরুত্থান বলে ধরেছেন। তবে এই মত আমরা অগ্রাহ্য করেছি। গণেশ পূববর্তী সুলতান আজমের বিধবা স্ত্রীকে বিবাহ করেছিলেন। তাঁর ছেলে যদুর সঙ্গে আজমের মেয়ের বিয়ে দেন। পরবর্তীকালে আলাউদ্দীন হোসেন শাহর দুই কন্যার সঙ্গে দিনাজপুরের দুজন হিন্দু জমিদারের বিয়ে হয়। আলাউদ্দীন হোসেনের সময়ে কয়েকজন ব্রাহ্মণ রাজকর্মচারী ছিলেন। বহু কায়স্থ রাজকর্ম করতেন এমন বহু উল্লেখ রয়েছে।

মঙ্গলকাব্য থেকে জানা যায় শহরে হিন্দু ও মুসলমান সহাবস্থান করত। মুকুন্দরাম তার গুজরাট নগরে শহরের মধ্যেই মুসলমানদের জায়গা দিয়েছিলেন। গোঁড়া মুসলমানরা যে তাদের নিজস্ব কাজকর্ম নির্ভয়ে করত সে কথাও বলেছেন। যারা সদ্য মুসলমান হয়েছিল তাদের পেশা বজায় রাখছে এদেরও উল্লেখ করেছেন। কিন্তু এরা পুরানো সংস্কার ছাড়তে পারেনি তাও উল্লেখিত হয়েছে। এখানে কোন জোর জবরদস্তি বা সংঘাতের কথা পাওয়া যায় না। আসলে মুসলমানরা সুলতান ও কাজীরা জাতিভেদ প্রথার বিরোধিতা করেনি সম্ভবত এই কারণে যে রাজনৈতিকভাবে হিন্দুধর্মের বিভাজন তাদের পক্ষে সুবিধাজনক ছিল। নিম্নবর্গের হিন্দুরা যে বেশি সংখ্যায় ইসলামে দীক্ষিত হচ্ছিল, ব্রাহ্মণ কবি মুকুন্দরামের কথায় তার পরিচয় পাওয়া যায়। পর্তুগীজ লেখক বারবোসা বলেছেন যে ভয়ে এবং লোভে হিন্দুরা

মুসলমান হতো। উচ্চবর্ণের মধ্যে এরকম দৃষ্টান্ত রয়েছে যে মুসলমান হবার পর বড় রাজকার্য পেয়েছে। তবে এরা সংখ্যায় নগণ্য। নিম্নবর্গের মানুষরা হয় পেশাগত ভাবে বা কোন এলাকার সম্পূর্ণ গোষ্ঠী মুসলমান হয়েছিল। বিপ্রদাস ও বিজয় গুপ্তের লেখা আক্ষরিক অর্থে সত্য বলে মেনে না নিলেও বলা যায় যে মুসলমানরা লোকসংস্কৃতির উর্ধ্বে যেতে পারে নি। সাপের ভয়ে মুসলমানরা মনসা পুজোয় যোগ দিচ্ছে এ কথা দুই কবিই বলেছেন। নসরৎ শাহ কদম রসুলের (হজরত নবীর পদচিহ্ন) জন্য বাড়ি তৈরি করেছিলেন। শরিয়াত আইনে এই ধরনের পুজো করার কথা নেই। এক্ষেত্রে সম্ভবত বৌদ্ধদের অনুসরণ করা হয়েছিল। মুসলমান মরমিয়ারা এইভাবে অন্যধর্মের প্রভাব ইসলামের মধ্যে নিয়ে আসেন। সৈয়দ সুলতানের লেখা গোঁড়া ইসলামের একেশ্বরবাদের সঙ্গে মেলে না।

প্রয়াত এনামুল হক দুজন সুফির নাম করেছেন যারা ত্রয়োদশ শতাব্দীর আগেই বাংলাতে এসেছিলেন। একজন হলেন শাহ সুলতান রুমি যিনি সম্ভবত ১০৫৩ খ্রিস্টাব্দে মৈমনসিংহে আসেন। অন্য জন হচ্ছেন বাবা আদম যাকে বিক্রমপুরের রাজা বল্লাল সেন ১১১৯ খ্রিস্টাব্দে হত্যা করেন বলে ধরা হয়। এদের সম্বন্ধে অবশ্য কোন প্রমাণ নেই এবং কোন কোন ঐতিহাসিক এর বিরোধিতা করেছেন। উনি এরপরের সুফি শেখ জালালুদ্দীন তাব্রেজীর (মৃত্যু : ১২২৫ খ্রিস্টাব্দ) নাম করেছেন। তবে এ সম্পর্কে সন্দেহ আছে। হলায়ুধ মিশ্রর (লক্ষ্মণ সেনের সভাসদ) *শেখ শুভোদয়া* গ্রন্থে এর উল্লেখ আছে। কিন্তু এই বইয়ের ঐতিহাসিকতা সন্দেহজনক।

ত্রয়োদশ শতাব্দীর প্রথম থেকে চতুর্দশ শতাব্দীর শেষ পর্যন্ত বাংলার সুফিদের ওপরে উত্তর ভারতের সুফিদের প্রাধান্য ছিল। চতুর্দশ শতাব্দীর গোড়া পর্যন্ত উত্তর ভারত থেকে সুফিরা বাংলায় আসতে থাকেন। সেই সময়ে এদের প্রতিনিধিরা (*খলিফা*) ধর্মীয় নিয়মে বাংলার মুসলমানদের পরিচালনা করতে থাকেন। উত্তর ভারতের প্রাধান্যের কারণ বাংলার মুসলমানরা মনে করতে—পশ্চিম থেকে আগত ধর্মীয় লোকেরা বাংলা মানুষের তুলনায় অনেক বেশি জ্ঞানী। উত্তর ভারতের সুফিদের প্রাধান্য পঞ্চদশ শতাব্দীর শেষে কমে যায়। এরপর বাংলার সুফিরা উত্তর ভারতের প্রাধান্য থেকে মুক্তি পায়। উল্লেখযোগ্য যে চতুর্দশ শতাব্দীর মাঝামাঝি থেকে ইলিয়াস শাহর অধীনে বাংলা স্বাধীনতা ঘোষণা করে।

বাংলায় সুফিদের মধ্যে কয়েকটা গোষ্ঠী ছিল। এদের মধ্যে সুরাওয়ার্দি গোষ্ঠীর শেখ জালালুদ্দীন তাব্রেজী প্রথমে বাংলায় আসেন। সম্ভবত উত্তর ভারতে ওঁর জন্ম। উনি বাংলায় তুর্কি বিজয়ের সময়ে আসেন ও পাণ্ডুয়াতে ওঁর মৃত্যু হয় আনুমানিক ১২২৫ খ্রিস্টাব্দে। *শেখ শুভোদয়ার* কথা মানলে উনি অনেক হিন্দুকে ইসলামে দীক্ষিত করেন, যারা প্রধানত ছিল নিচু শ্রেণীর। বলা হয় যে রাজা লক্ষ্মণ সেন পাণ্ডুয়াতে একটা মসজিদ ও একটা খানকা তৈরি করেছিলেন। এই গোষ্ঠীর আর একজন সন্ত ছিলেন মাখদুম জাহানিয়া জাহানগস্ত বুখারী। উনি ছিলেন সৈয়দ বংশের। পাণ্ডুয়ার আলাউদ্দীন আলাউল হকের মৃত্যুর সময় বুখারী উপস্থিত ছিলেন। আর একজন

ছিলেন শাহ জালাল মুজারাদ-ই-ইয়ামিনি। উনি আসামে এসেছিলেন এবং সিলেটের রাজা গৌর গোবিন্দকে পরাজিত করেছিলেন।

সুরাওয়ার্দির পরেই চিস্তি গোষ্ঠীর সন্তরা আসেন। এদের মধ্যে উল্লেখযোগ্য ছিলেন শেখ ফরিজুদ্দীন (মৃত্যু ১২৬৯ খ্রিঃ)। এর কর্মক্ষেত্রে ছিল পূর্ববঙ্গে। দিল্লির সন্ত নিজামুদ্দীন আউলিয়া তাঁর শিষ্য শেখ আখী সিরাজুদ্দীনকে (মৃত্যুঃ ১৩৫৭ খ্রিঃ) বাংলায় পাঠান। ১৩২৫ সাল নাগাদ তিনি বাংলায় আসেন। উনি বহু শিষ্য রেখে গিয়েছেন।

এর পরে সম্ভবত আসেন সুফি কালান্দারী গোষ্ঠীর সন্তরা। শাহ সফিউদ্দীন শহীদ এসেছিলেন হুগলীর কাছে ছোট পাণ্ডুয়াতে। উনি ওখানকার জমিদারের সঙ্গে যুদ্ধ করেন ও ওঁর মৃত্যু হয় ১২৯০–৯৫ সালের মধ্যে। শেখ আলাউদ্দীন আলাউক হকের (মৃত্যু ১৩৯৮ খ্রিঃ) অলৌকিক কাজকর্মের মধ্য দিয়ে বাংলায় কালান্দারীদের প্রবেশ দেখা যায়। সম্ভবত চতুর্দশ শতাব্দীর গোড়ার দিকে এঁরা এসেছিলেন। এরপর থেকে বাংলায় কালান্দারীদের দলে দলে আগমন দেখা যায়। বাংলার প্রায় সব জায়গায় এঁরা ছড়িয়ে পড়েন এবং অন্যান্য গোষ্ঠীগুলির তুলনায় অনেক বেশি প্রাধান্য পেতে থাকেন। কবি মুকুন্দরাম বলেছেন যে কালান্দার দিনরাত ঘোরে। এই যুগের বাংলা সাহিত্যে সব মুসলমান দরবেশকেই কালান্দর বলা হয়েছে।

সুফিদের আর একটি গোষ্ঠী ছিল মাদারী। বাংলার বিভিন্ন জায়গায় শেখ মাদারের (মৃত্যু ১৪৩৬ খ্রিস্টাব্দ) পরম্পরা থেকে এই গোষ্ঠী পরিচয় পেয়েছে। ফরিদপুর জেলার মাদারীপুর ও অন্য কয়েকটি গ্রাম এখনো এদের স্মৃতি বহন করে। শাহ মাদার উত্তর ও পূর্ব বাংলায় বহু হিন্দুকে ইসলামে দীক্ষিত করেছিলেন। তাঁর পরে ওঁর কাজ শাহ আল্লাহ চালিয়ে যান। শাহ আল্লাহ ওঁর খলিফা হিসাবে গৌড়ে ছিলেন।

ইব্রাহিম-ইবন-আদম (মৃত্যু ৭৪৩ খ্রিঃ) এই গোষ্ঠীর প্রতিষ্ঠাতা। কবে এঁরা ভারতে এসেছিলেন বলা যায় না। কিন্তু পঞ্চদশ শতাব্দীতে ভারতে এঁরা ছিলেন তার প্রমাণ আছে। যারা এই গোষ্ঠীর মতবাদে বিশ্বাসী, তাদেরকে *মিদ্রিয়া* বলা হতো। এঁরা আরবী সন্ত মিদ্রীর মতবাদে বিশ্বাস করতেন। সম্ভবতঃ এঁরা ছিলেন মিদ্রীয়া গোষ্ঠীর ছোট একটা অংশ। বাংলায় বড় বড় নদীর পারে এঁরা *বেরা ভাসান* বলে বাৎসরিক উৎসব করত, যেটি পঞ্চদশ শতাব্দী থেকে পাওয়া যায়।

নাসকবাদী সুফিরা ষষ্ঠদশ শতাব্দীর শেষদিকে আসেন। যতদূর জানা যায় প্রথম নাসকবাদী সুফি যিনি ভারতে এই সম্প্রদায়ের ধর্ম প্রচার করেন, তিনি ছিলেন শেখ দানিশমন্দ মঙ্গলকোটের (বর্ধমান)। উনি এক পীরের শিষ্য ছিলেন এবং শাহজাহানের বিশেষ ঘনিষ্ঠ ছিলেন। ১৬৫৪ সালে শাহজাহান এঁর সমাধিতে একটা মসজিদ তৈরি করে দেন। বাংলার মুসলমানদের উপর এদের প্রভাব সপ্তদশ শতাব্দীর প্রথমার্ধ থেকে পাওয়া যায়।

সবশেষ সুফি সম্প্রদায় ছিলেন কাদিরী গোষ্ঠী। সম্ভবত ষষ্ঠদশ শতাব্দীর শেষ হবার আগেই এঁরা এসেছিলেন। প্রথমে আসেন হজরৎ শাহ কামিস। উনি কাদিরী গোষ্ঠীর প্রতিষ্ঠাতা জিলানীর আবদুল কাদেরের বংশধর। উনি মুর্শিদাবাদের সালারে

বসবাস শুরু করেন এবং ১৬৬৪ খ্রিস্টাব্দে মৃত্যু হয়। পরবর্তীকালে কাজ চালাতে থাকেন ওঁর শিষ্য সৈয়দ আবদুর রাজ্জাক।

বাংলার সুফিরা প্রথম দিকে উত্তর ভারতের সুফিদের অনুসরণ করলেও স্থানীয় আচার ব্যবহার ও সংস্কৃতির ফলে তাদের মধ্যে কিছু পরিবর্তন দেখা যায়। কালক্রমে পরিবর্তন বেশি হতে থাকলে সপ্তদশ ও অষ্টাদশ শতাব্দীতে এদের মতবাদের প্রচুর পরিবর্তন লক্ষ্য করা যায়। ত্রয়োদশ ও চতুর্দশ শতাব্দীতে উত্তর ভারত থেকে সুফিরা বাংলায় ছড়িয়ে পড়তে থাকে। এই সময়কার বাংলার প্রায় সব সুফিই উত্তর ভারতের সুরাওয়ার্দি ও চিস্তি গোষ্ঠীর অন্তর্গত। খাজা মইনুদ্দীন চিস্তি বা নিজামুদ্দীন আউলিয়ার মতো সুফিরা তাদের শিষ্যদের বাংলায় পাঠান। প্রথমদিকের সুফিরা মরমিয়ার মধ্যে না গিয়ে ইসলামের আগ্রাসী ভূমিকা পালন করেছেন। এঁরা অবশ্য ব্যবহারিক জ্ঞানকে অবজ্ঞা করতেন এবং অলৌকিক শক্তির উপর নির্ভর করে সাধারণ লোককে কাছে টানার চেষ্টা করতেন। সমস্ত মুসলমান গোষ্ঠীর নেতা হিসাবে এঁরা মন্দির ভাঙতে সাহায্য করেছেন এবং মুসলমান সৈন্যদের দিয়ে মসজিদ তৈরি করেছেন। হিন্দু-মুসলমান চিন্তাভাবনার সমন্বয়ের দিক থেকে এই যুগ ছিল বিচ্ছিন্ন। কিন্তু তার সবটাই ঠিক নয়। বাংলায় এই যুগে কয়েকটি ছোট ছোট গোষ্ঠীর জন্ম হয়। একদিক থেকে দেখতে গেলে এই অধীনস্থ গোষ্ঠীগুলি তাদের উচ্চ গোষ্ঠীগুলির থেকে আলাদা নয়। কিন্তু এই ছোট গোষ্ঠীগুলি স্থানীয় অবস্থার দ্বারা প্রভাবিত এবং এর উপর নির্ভরশীল ছিল। স্থানীয় চাহিদাগুলি পূরণ করে নিজেদের বিশ্বাসের মধ্যে নিয়ে আসার ফলে এই ছোট গোষ্ঠীগুলির মধ্যে অনেক পরিবর্তন চলে এসেছিল।

বাংলায় সুফি মতবাদের অন্য যুগ আসে পঞ্চদশ শতাব্দীতে এবং এটি চলতে থাকে সপ্তদশ শতাব্দী পর্যন্ত। উত্তর ভারত থেকে বাংলার সুফিরা আলাদা হয়ে শিকড় বৃদ্ধি করতে শুরু করে যেটা বাংলা রাজনৈতিক ভাবে দিল্লির নিয়ন্ত্রণ থেকে বেরিয়ে যাবার ফলে সম্ভব হয়েছিল। বাংলার বুদ্ধিজীবিদের সঙ্গে যোগাযোগের ফলে সুফিদের উপর যোগ ও তন্ত্রের প্রভাব পড়তে শুরু করে। বাইরের ধ্যানধারণার মধ্যে ইসলাম ও সুফি মতবাদের মিলন হতে শুরু করে। সাধারণ লোকরা ইসলাম সম্পর্কে বেশি কিছু জানত না। ইসলামের প্রতি হিন্দুদের নমনীয় ব্যবহারের ফলে দেড়শো বছরের মধ্যে সাধারণের কাছে ইসলাম গ্রহণযোগ্য হয়। এটি হবার সঙ্গে সঙ্গে হিন্দু ও মুসলমানদের একে অপরকে সহ্য করার প্রচেষ্টা দেখা যায়। হিন্দু ও মুসলমানদের সাংস্কৃতিক মিলনের ফলে উভয় সম্প্রদায়ের মধ্যে বৈষ্ণব, আউল, বাউল, কর্তাভজা, চিকড়, ফকীর সম্প্রদায় ও অন্যান্য গোষ্ঠীর জন্ম হয়।

বাংলায় সুফিরা রাজনীতির মধ্যে জড়িত হয়ে পড়েছিল। প্রথমদিকে এদের আগ্রাসী ভূমিকা থাকলেও ক্রমে ক্রমে এরা নিজেদের দৌত্য কার্যে পারদর্শী করে তোলে। বাংলার প্রায় সব স্বাধীন সুফিরাই জনমানসে থাকা কোন না কোন বিখ্যাত দরবেশের শিষ্য। কোন কোন সুলতানদের নিজেদের পরিবারের পীর ছিল এবং এরা বংশানুক্রমে হিন্দু কুলগুরুদের মতো প্রভাব বিস্তার করতে সক্ষম হয়েছিলেন। রাজ্যের রাজনৈতিক অবস্থার মধ্যে ওই সব সুফিরা রাজনৈতিক ঘটনাবলিতে অংশ নেবার

সুযোগ পান। রাজা গণেশের ঘটনাবলির আগে সুলতান সিকান্দার শাহ'র জীবনে প্রায় বিপর্যয় এসেছিল পীর শেখ রাজা বিয়াবাসীকে একডালার দুর্গে আটকে রাখার জন্য।

গৌড়ীয় বৈষ্ণববাদ

চৈতন্যর আবির্ভাবের বহু আগে থেকেই বাংলায় বৈষ্ণববাদ প্রচলিত ছিল। সেন রাজাদের এদিকে একটা দুর্বলতা ছিল এবং জয়দেবের *গীত গোবিন্দর* মধ্য দিয়ে রাধা-কৃষ্ণ পুজোর পরিবেশ তৈরি হয়েছিল। চৈতন্যর অনুগামীরা একে তাঁদের ধার্মিক ধারণার প্রধান উৎসাহ বলে ধরে ছিলেন।

ত্রয়োদশ শতাব্দীতে দক্ষিণ বিহার ও বাংলায় আফগান রাজ্য প্রতিষ্ঠিত হলেও মুসলমানরা বাঙালী সংস্কৃতি বা মানসিকতা ধ্বংস করার চেষ্টা করেনি। সুলতানদের কাছে বাধা না পেয়ে কাজীরা অনগ্রসর নিম্নবর্গের হিন্দুদের ধর্মান্তরিত করেছিলেন। মন্দিরও ভেঙেছিল কিন্তু এর ফলে বাঙালী হিন্দু সমাজ ভেঙে পড়েনি। অবশ্য বাংলায় ব্রাহ্মণদের পুরানো অধিকার অনেকাংশে খর্ব হয়েছে এবং রাজকীয় পৃষ্ঠপোষকতা মাত্র কয়েকটি হিন্দু জমিদারের এলাকায় আবদ্ধ থেকেছে। ব্রাহ্মণরা এই অবস্থায় তাঁদের জীবনধারার নতুন ব্যাখ্যা করলেন নব্যস্মৃতি তৈরি করে, যেটি সম্ভবত মিথিলাতে প্রথম প্রকাশ পায়। লৌকিক ধর্মানুষ্ঠান সমাজে যে গুরুত্বপূর্ণ জায়গা নিয়ে ছিল সেটা নব্যস্মৃতি স্বীকার করলেও হিন্দুদের মধ্যে সংহতি সৃষ্টি করা সম্ভব ছিল না। হিন্দু শূদ্রদের মধ্যে অনেকেই ছিল ধনী ও সুশিক্ষিত; কিন্তু এই স্মৃতিতে তাদের ব্যক্তি স্বাতন্ত্র্য রইল না। স্ত্রীলোকদের মানবিক অধিকারও দেওয়া হল না—শূদ্র ও স্ত্রীলোককে একই বন্ধনীর মধ্যে ফেলা হল। সুতরাং নতুন ব্যাখ্যার পরে হিন্দু সমাজের সমস্যার নিরসন হলো না। একদিকে নব্য-ন্যায়ের জটিল চর্চার সঙ্গে সংস্কৃত ভাষায় ব্যাকরণ পড়ানো চলতে থাকল। অন্যদিকে সমাজে লৌকিক দেবদেবীর পুজোও চলতে থাকল। এই ধর্মচর্চার মধ্যে সুফি পীররা প্রবেশ করে। যাদুবিদ্যার ক্রমবর্ধমান জনপ্রিয়তা, বৌদ্ধ তান্ত্রিক কুলাচার, শৈব নাথ যোগবাদ এ সবই ছিল চৈতন্যর ধর্ম আন্দোলনের সামাজিক পটভূমিকায়।

চৈতন্যর আবির্ভাবের সময়ে নবদ্বীপ ছিল বাংলার প্রধান সাংস্কৃতিক কেন্দ্র। শ্রীহট্টে পীর ধর্মযোদ্ধাদের অত্যাচারে বহু হিন্দু নবদ্বীপে চলে এসেছিলেন। শান্তিপুরে এসেছিলেন বারেন্দ্র ব্রাহ্মণ মাধবেন্দ্র পুরী নামে এক সন্ন্যাসী। এর অন্যতম শিষ্য ছিলেন কুমার হট্টের ঈশ্বরপুরী। সমকালীন বৈষ্ণব সাহিত্য বিশ্লেষণ করলে দেখা যায় যে ওই সময়ে বাংলাদেশে হিন্দু সমাজে ও কৃষিতে একটা সংকট নেমে আসছিল। মুসলমান সুলতানদের শাসনের মধ্যেও ধনী হিন্দুরা বিলাস বৈভবে কাল কাটাতেন। পূজাপার্বন যাদুবিদ্যার জনপ্রিয়তার ফলে তাদের মূল্যবোধ হারাচ্ছিল। উচ্চবর্ণের হিন্দু ও নিম্নবর্ণের হিন্দুদের মধ্যে কোন যোগাযোগ বিশেষ ছিল না। হিন্দু বুদ্ধিজীবীদের জীবন নব্য-ন্যায়-ব্যাকরণ চর্চার কচকচিতে ভরে উঠেছিল।

চৈতন্যর আদি জীবনীকারেরা বাংলায় মুসলমান অধিকারের থেকে বেশি জোর

দিয়েছেন হিন্দু-সমাজের ঘনীভূত সংকটের উপরে। এই সংকটের জন্য মুসলমান অধিকারকে দায়ী করেন নি ওই জীবনীকারেরী। জয়ানন্দ হিন্দুদের উপর কাজীর অত্যাচারের কথা বলেছেন। কিন্তু এই অত্যাচার হিন্দু সমাজের সংকটের প্রধান কারণ ছিল না। দীনেশচন্দ্র সেন মনে করছেন যে ভক্তি আন্দোলনের একটা উদ্দেশ্য ছিল অসামাজিক বৌদ্ধ তান্ত্রিকতা ও জৈন প্রভাব থেকে হিন্দু সমাজকে মুক্ত করা, যে ধরনের প্রচেষ্টা দাক্ষিণাত্যে শৈব ভক্তির মধ্যে দেখা যায়। চৈতন্যদের বৌদ্ধ ও মুসলমানদের কবল থেকে হিন্দু ধর্মকে রক্ষা করার চেষ্টা করেছেন এমন কথা বৈষ্ণব সাহিত্যে পাওয়া যায় না। বৃন্দাবন দাস হিন্দু ধর্মের দোষ ও দুর্বলতার জন্য হিন্দুদের দায়ী করেছেন। ওই সংকট থেকে মুক্তি পাবার পথ তাঁরা খুঁজেছেন মানসিকতার পরিবর্তন ও উদারতার অভ্যাসের মধ্যে। কিন্তু এর জন্য নতুন উৎস তাঁরা খুঁজে বার করার চেষ্টা করেন নি।

বলা প্রয়োজন যে ইতিমধ্যে সমগ্র ভারতে একটা ভক্তিমূলক মতাদর্শ গড়ে উঠেছিল। গীতার ভাগবতপুরাণের একাধিক ব্যাখ্যাও প্রচলিত ছিল। পঞ্চদশ শতকের আগে বাঙালী বুদ্ধিজীবীরা ভাগবতপুরাণের কথা জানতেন যার উল্লেখ বল্লাল সেনের *দানসাগরে* পাওয়া যায়। মালাধর বসু চৈতন্যর আবির্ভাবের আগেই *শ্রীকৃষ্ণ বিজয়* গ্রন্থে ভাগবতপুরাণের বাংলা অনুবাদ করেন। জয়দেবের *গীতগোবিন্দ* বাংলায় জনপ্রিয় ছিল। সম্ভবত চৈতন্যর জন্মের আগেই 'কৃষ্ণযাত্রা' অনুষ্ঠিত হয়েছিল। তবে ধনী বাঙালী হিন্দুরা এর পৃষ্ঠপোষকতা করেনি।

চৈতন্যর সমকালীন রূপ গোস্বামী ও জীব গোস্বামী ভক্তিবাদের বিশ্লেষণ করেছেন। (১) ভক্তির মধ্যে দৈহিক সুখের জন্য অহংকার ও অসৎসঙ্গ নিন্দনীয় বলে ধরা হয়েছে। ভক্তির সঙ্গে তান্ত্রিকতা বা যৌনতার কোন সম্পর্ক নেই। (২) বৈষ্ণব ভক্তিবাদ ছিল কর্মকাণ্ড বিরোধী এবং অহিংস। বাংলার বৈষ্ণববাদে কর্মকাণ্ড থাকলেও তার গুরুত্বকে কমিয়ে দেওয়া হয়েছে। বিষ্ণু বা বিষ্ণুর কোন অবতারকে একেশ্বর রূপে ধরা হয়েছে। ভক্তির সাধনায় পাপস্খালন হয়—এমন ধারণা দেওয়া হয়েছে। (৩) ভক্তিবাদে জাতিধর্ম নির্বিশেষে সকলেরই সমান অধিকার দেওয়া হয়েছে। সমকালীন হিন্দুসমাজে এই নতুন মূল্যবোধের গুরুত্ব অপরিসীম। এর মধ্য দিয়ে মানবজীবনের মূল্য সর্বসাধারণের কাছে প্রকাশ করা হল। (৪) এই তত্ত্বের মধ্য দিয়ে জাতীয় সংহতি শক্তিশালী করার ইঙ্গিত আছে, যার মধ্যে রয়েছে পরোপকার করার আদর্শ ও নিষ্কাম কর্ম করার আহ্বান। (৫) ভক্তিতন্ত্রে গুরুকে পরমেশ্বরের জায়গায় বসিয়ে অসম্ভব গুরুত্ব দেওয়া হয়েছে। এখানে জ্ঞানের মূল্য কম, গুরুর উপদেশই প্রধান। (৬) বেদান্তসূত্রে দৃশ্যমান জগতকে মায়া বলে উড়িয়ে দেওয়া হয়েছিল। এর বিরোধীতা আছে ভক্তিবাদে। কিন্তু এ সত্ত্বেও ভক্তিবাদ পার্থিব জীবনকে নিয়ন্ত্রিত করার চেষ্টা করেছে। ফলে পার্থিব জীবন সম্বন্ধে একটা নেতিবাচক ধারণা চলে আসে। একদিক থেকে দেখতে গেলে সমকালীন উচ্চবর্ণের হিন্দুদের ধর্মাচরণ করা সত্ত্বেও ভণ্ডামি ও পার্থিব জীবনের প্রতি মোহ ইত্যাদির চৈতন্য ব্যতীত আরো দুজন সমালোচনা করেছেন ভক্তিবাদে।

বাংলাদেশে যে গৌড়ীয় বৈষ্ণব ধর্মের উদ্ভব হয় তার জন্য চৈতন্য ব্যতীত আরো দুজন ব্যক্তির ভূমিকা ছিল অতীব গুরুত্বপূর্ণ। এঁরা হলেন অদ্বৈত আচার্য এবং নিত্যানন্দ অবধূত। অদ্বৈত আচার্য শান্তিপুর ও নদীয়াতে প্রতিক্রিয়াশীল ব্রাহ্মণ্য ধর্মের বিরুদ্ধে গোষ্ঠী তৈরি করতে শুরু করেন। সম্ভবত তিনি ভক্তি থেকে জ্ঞানকে বিচ্ছিন্ন করতে চাননি। তিনি বিষ্ণুর উপাসক ছিলেন এবং একই সঙ্গে বাউলদের সম্পর্কে তাঁর বিশেষ কৌতূহল ছিল। উনি ভক্তির সঙ্গে ভক্তি প্রবণতার সংমিশ্রণ ঘটাতে চেয়েছিলেন। ঘরে ঘরে বৈষ্ণব ধর্ম তিনি প্রচার করে বেড়াতেন।

নবদ্বীপে আরেক বিখ্যাত নেতা ছিলেন নিত্যানন্দ অবধূত, যিনি জাতিতে ব্রাহ্মণ ছিলেন বলে অনেকে বলেন। নিঃসন্দেহে তিনি প্রথমে বৈষ্ণব ছিলেন না; হয়ত দণ্ডধারী শৈব অবধূত ছিলেন। মাধবেন্দ্র পুরীর সঙ্গে পরিচিত হবার পর তিনি বৈষ্ণব ভাববাদী হয়েছিলেন। কিন্তু তিনি দাস্য এবং সখ্যভাবের উপরে জোর দিয়েছেন। জাতপাত জানতেন না এবং জ্ঞান সম্পর্কে জোর ছিল না।

বৃন্দাবন দাস বলছেন যে চৈতন্যর পিতা জগন্নাথ মিশ্র গরিব ছিলেন। বৈদিক ব্রাহ্মণ হিসাবে পুরোহিতের কাজ করাই তাঁর পেশা ছিল। ১৪৮৬ খ্রিস্টাব্দে নবদ্বীপে চৈতন্যর জন্ম হয়। কোন বিখ্যাত পণ্ডিতের টোলে তিনি পড়েন নি। তাঁর শিক্ষক ছিলেন গঙ্গাদাস। চৈতন্য প্রচলিত সংস্কৃত শিক্ষা পান। পরে তিনি নিজের টোল খুলেছিলেন। চৈতন্যর বড় ভাই সন্ন্যাস নেন এবং প্রথমা পত্নীর অপমৃত্যু হয়। অল্পবয়সে তাঁর পিতারও মৃত্যু হয়। গয়াতে পিতার শ্রাদ্ধ করতে গিয়ে ইশ্বরপুরীর সঙ্গে যোগাযোগ হয়। এর পরে তিনি নবদ্বীপের বৈষ্ণবদের নেতা হয়েছিলেন।

নবদ্বীপে বৈষ্ণব ধর্ম প্রচারে চৈতন্যর ভূমিকা অবিস্মরণীয়। ব্যক্তিগত জীবনধারার মধ্যে তিনি বৈষ্ণব ধর্ম প্রয়োগ করে বিনয়ী ও কৃষ্ণভক্ত হয়েছিলেন। বৈষ্ণবদের নেতা হলেও, কোন কেন্দ্রীয় সংগঠন গড়ে তোলেন নি। ব্রাহ্মণদের নানারকম বিরোধিতা সত্ত্বেও বৈষ্ণবদের নিজস্ব ভাবধারা বজায় রাখতে পেরেছিলেন চৈতন্য যার ফলে নবদ্বীপে একটা বৈষ্ণব সমাজ গড়ে ওঠে। চৈতন্য নবদ্বীপ শহরের নীচজাতির পেশায় নিযুক্ত ও নিম্নবর্ণের ব্যবসায়ীদের সঙ্গে ব্যক্তিগত যোগাযোগ রেখেছিলেন। ঘরে ঘরে কৃষ্ণের নাম-কীর্তন, নগর-কীর্তন, নাটক করা ইত্যাদির মধ্য দিয়ে তিনি প্রচার করতে থাকেন। বৈষ্ণব মতবাদের বিশুদ্ধতা রক্ষার জন্য তিনি হিংসার আশ্রয় নিয়েছিলেন।

চৈতন্যর কাজী দলন একটি সুবিদিত ঘটনা যদিও চৈতন্যর জীবনীকারদের মধ্যে ওই ঘটনা নিয়ে মতদ্বৈত আছে। বৃন্দাবন দাসের মতে কাজী সেই সময় হিন্দুদের 'হিন্দুয়ানী' দেখে ক্রুদ্ধ হন। কৃষ্ণদাস কবিরাজ অবশ্য কাজীর এই কাজের জন্য ব্রাহ্মণদের অভিযোগকে দায়ী করেছেন। মনে হয় কাজীর বিরুদ্ধে মুসলমানেরা যত শোভাযাত্রা করেছিল, তার থেকে বেশি ছিল ব্রাহ্মণদের। উল্লেখযোগ্য যে নবদ্বীপের কোতোয়াল এই শোভাযাত্রা ঠেকানোর কোন চেষ্টা করেননি এবং কাজী দলনের পরেও সপ্তগ্রাম সরকার চৈতন্যর বিরুদ্ধে কোন শস্তিমূলক ব্যবস্থা নেয় নি। কৃষ্ণদাস কবিরাজের কথা মানলে বলা যায় যে চৈতন্যর বিরুদ্ধে আমলারা কোন পদক্ষেপ যেন না নেয় সুলতান আলাউদ্দীন হোসেন শাহ তাই বলেছিলেন।

ভক্তিবাদের মধ্য দিয়ে চৈতন্য জাতিধর্ম নির্বিশেষে হিন্দুদের মধ্যে যে সংহতি এনেছিলেন তার ফলে ব্রাহ্মণ্য ধর্মের প্রভাব দুর্বল হয়ে পড়ে। প্রত্যক্ষভাবে তিনি ব্রাহ্মণদের বিরুদ্ধতা করেন নি। কিন্তু নিম্নবর্গের হিন্দুদের মধ্যে ভক্তি প্রচারে যতটা মন দিয়েছিলেন, ব্রাহ্মণদের মধ্যে ততটা মনোযোগ দেন নি। তাঁর আবির্ভাবের আগেই বেশ কিছু ব্রাহ্মণ, বৈদ্য ও কায়স্থ বৈষ্ণব হয়েছিলেন। তাঁরা চৈতন্যকে স্বভাবতই সমর্থন করেন। কিন্তু নবদ্বীপের অন্যান্যরা চৈতন্যর বিরুদ্ধে দল গঠন করেছিলেন। ফলে বিরক্ত হয়ে চৈতন্য নবদ্বীপ ত্যাগ করে পুরী চলে যান।

গৌড়ীয় দর্শন ব'লে বাংলায় যা প্রচারিত হয়ে আসছে তার মধ্যে চৈতন্যর অবদান কতটা তা নিরূপণ করা হয়নি। পুরীতে অধিকাংশ সময়ই চৈতন্য ভাবগ্রস্ত হয়ে থাকতেন। ওখানকার স্বরূপ, দামোদর ইত্যাদিরা সকলের সঙ্গে চৈতন্যর স্বাধীনভাবে কথা বলার অধিকার দেননি। সুতরাং চৈতন্য কোন একটি বিশেষ দর্শন বা ধর্মীয় তত্ত্ব তৈরি করেছিলেন কিনা সন্দেহ থেকে যায়—হয়ত সেটা করার তাঁর উপায় ছিল না। বৃন্দাবন দাস প্রধানত চৈতন্যর 'দাস্যভাব' এর উপরে জোর দিয়েছেন। এই 'দাস্যভাবই' চৈতন্যর ধর্মীয় চিন্তার মৌলস্তর বলে ধরা যেতে পারে। কিন্তু কৃষ্ণদাস কবিরাজ চৈতন্যর মধুর ভাবের উপরে জোর দেন, যেটি পরে গৌড়ীয় বৈষ্ণবদের আদর্শের প্রধান হয়ে দাঁড়াল।

চৈতন্যর পর বাংলাদেশে বৈষ্ণব ধর্ম প্রচারের কাজে ছিলেন অদ্বৈত আচার্য ও নিত্যানন্দ। সম্ভবত কামদেব নাগর নামে তাঁর এক শিষ্য একটা উপদল তৈরি করেন। গৌড়ীয় বৈষ্ণবরা একে স্বীকৃতি দেননি। অদ্বৈতর মৃত্যুর পর দলাদলি শুরু হয়ে যায়। পরবর্তীকালে অদ্বৈতর মতাবলম্বী বৈষ্ণবরা শ্রীহট্ট, ঢাকা, পাবনা, বগুড়া, নদীয়া, হুগলী, মালদহ ও বর্ধমান জেলায় তেইশটি বৈষ্ণবকেন্দ্র গঠন করেন। বৈষ্ণব ধর্ম প্রচারে আচার্যর স্ত্রী সীতা দেবী ও ছেলে অচ্যুতানন্দর বড় ভূমিকা ছিল।

বাংলায় বৈষ্ণব ধর্ম প্রচারে নিত্যানন্দ উল্লেখযোগ্য কাজ করেছিলেন। সপ্তগ্রামের রঘুনাথ দাসের আর্থিক সহায়তায় নিত্যানন্দ পানিহাটিতে বৈষ্ণব মহোৎসব করেন। ওই সময়ে বা তার কিছু পরে বারোজন গোপালদের সংঘটিত করা হয়। নিত্যানন্দ সপ্তগ্রামের বণিকদের 'উদ্ধার' করেন। পদযাত্রা ও কীর্তনের মাধ্যমে তিনি বাংলার বিভিন্ন জায়গায় বৈষ্ণবধর্ম প্রচার করে বেড়ান। শূদ্রদের মধ্যে ও গৃহস্থদের মধ্যেও তিনি ধর্মপ্রচার করেছিলেন। এর ফলে নিত্যানন্দের জনপ্রিয়তা বেড়ে যায়। চৈতন্যর মূর্তির সঙ্গে তাঁর মূর্তিরও পুজো শুরু হয়। এমনকি কোন কোন মুসলমান ফকির সখ্যভাবের মাধ্যমে প্রভাবিত হয়। গদাধর পণ্ডিতের সঙ্গে তাঁর বন্ধুত্ব ছিল এবং গদাধর বৈষ্ণব আন্দোলনে 'রাধা ভাব' নিয়ে আসেন। শ্রীখণ্ডের নরহরি সরকার চৈতন্যপূজার মধ্যে যৌন রহস্যবাদের মত নিয়ে আসেন।

যদুনাথ সরকার বৈষ্ণব ধর্মের সুফল ব্যাখ্যা করে বলেছেন যে বামাচারী শাক্ত উপাসনার প্রভাব কমে গেলেও হিন্দুরা বহু কুফল বা কুঅভ্যাস থেকে মুক্তি পায়। সমকালীন তথ্য এই সব সিদ্ধান্তকে সমর্থন করে না। তথ্য অনুযায়ী বামাচারী তন্ত্রের প্রভাব কমেনি এবং হিন্দুদের বর্বরতার বিরুদ্ধে বৈষ্ণবরা কোন আন্দোলন করেনি।

বৈষ্ণব ধর্ম প্রসারে বাঙালীরা কেন দুর্বল হয়ে পড়ল তারও কোন তথ্য নেই। কার্ল মার্ক্স পর্যন্ত চৈতন্যকে একজন সমাজ সংস্কারক বলে অভিহিত করেছেন।

বাংলায় বৈষ্ণব ধর্ম সংস্কৃতির ক্ষেত্রে নতুন জোয়ার এনেছিল বলে ধরা হয়। বাঙালীদের সঙ্গীত ও রসশাস্ত্র শিল্পে চিন্তা আরো উন্নত করেছিল। এই প্রসঙ্গে সীতা দেবী বা জাহ্নবীদেবীর ভূমিকা প্রশংসনীয় ছিল। এঁরা বাঙালী মেয়েদের জন্য স্বাধীনতার বার্তা নিয়ে আসেন। গৌড়ীয় বৈষ্ণবদের প্রভাবে বাংলার বিভিন্ন জায়গায় অসংখ্য মন্দির তৈরি হয়েছিল, যাতে মুসলমান শাসকরা বাধা দেয়নি। বিশিষ্ট শিল্পকর্ম ছাড়াও, এগুলি তৈরির মধ্য দিয়ে বহু লোকের কর্মসংস্থান হয়েছিল। বৈষ্ণব মহোৎসব মেলারও অর্থনৈতিক তাৎপর্য ছিল।

গৌড়ীয় বৈষ্ণবদের কোন কেন্দ্রীয় সংগঠন ছিল না। কিন্তু এই ধর্মের নিজস্ব তত্ত্ব জোরালো ছিল ফলে এই ধর্মানুসারীদের মধ্যে সংহতি এসেছিল। কিন্তু তত্ত্বের উপর অতিমাত্রায় নির্ভরশীল হয়ে পড়ায় এই ধর্মের অগ্রগতি ব্যাহত হয়েছিল। গৌড়ীয় বৈষ্ণব ধর্ম ব্রাহ্মণ্য পৌরাণিক দৃষ্টিভঙ্গীকে আশ্রয় করার ফলে ব্রাহ্মণদের ও উচ্চবর্ণের শূদ্র অভিজাত সমাজে সহজেই প্রবেশ করতে পেরেছিল। ব্রাহ্মণ জমিদার ও আঞ্চলিক রাজারা সহজেই বৈষ্ণব ধর্মে দীক্ষিত হন এবং পরে ব্রাহ্মণ বৈষ্ণব সমতার তত্ত্ব প্রচলিত হয়। ফলে শূদ্র অভিজাত ও ধনী ব্যক্তিদের পক্ষে এ মত মানতে বাধা হয়।

বৃন্দাবনের গোস্বামীরা ব্রাহ্মণ বৈষ্ণব সমতার তত্ত্ব প্রথমদিকে মানেন নি। তবে পরে তাঁরা মানতে থাকেন। গৌড়ীয় মতে সন্ন্যাস আশ্রমের গুরুত্ব বৃদ্ধি পেতে থাকে। বেশ কিছু বৈষ্ণব গৃহস্থ ও জমিদার সন্ন্যাসী হয়েছিলেন। কিন্তু ক্রমশ গরিব কৃষক ও গৃহস্থরা গৌড়ীয় বৈষ্ণব ধর্ম থেকে দূরে সরে যেতে থাকেন। গৌড়ীয় বৈষ্ণবরাও ক্রমে রক্ষণশীল হয়ে উঠলেন এবং নিজেদের ব্রাহ্মণ-স্বরূপ বজায় রাখতে সচেষ্ট হলেন। এর ফলে বৈষ্ণব কবিতা ও সঙ্গীতের ক্রমবিকাশের পথ রুদ্ধ হয়ে গেল।

১০

স্বাধীন রাজ্য ঃ বিজয়নগর

হাম্পি গ্রাম থেকে বিজয়নগর সাম্রাজ্যর প্রতিষ্ঠার ইতিহাস খুব স্পষ্ট নয়। বিংশ শতাব্দীর ঐতিহাসিকদের কাছে এই জয়যাত্রার মূলে ছিল হিন্দু জাতীয়তাবাদ। ইংরেজ ঐতিহাসিক রবার্ট সিওয়েল ১৯০০ সালে যে গ্রন্থ প্রকাশ করেন, তার প্রথম ভাগ রাজনৈতিক কার্যকলাপের ইতিহাস ও দ্বিতীয় ভাগে সমকালীন পর্তুগীজ ভ্রমণকারীদের বর্ণনার অনুবাদ। বিজয়নগরের বহু পরম্পরার উল্লেখ করে তিনি হিন্দু জাতীয়তাবাদী পরম্পরাকে বিশদভাবে বিবৃত করেছিলেন। ১৯৭৩ সালে সর্বভারতীয় পুরাতত্ত্ব সংরক্ষণ হাম্পির উপর যে পুস্তিকা প্রকাশ করেছেন তাতেও ওই ইংরাজ মনোভাবকেই সমর্থন করা হয়েছে। হিন্দুদের প্রতিরোধ ও হিন্দু জাতীয়তাবাদ থেকে যে বিজয়নগরের জন্ম এটা বারবার বলা হয়েছে। এই একই মনোভাব আমরা দেখি প্রয়াত ঐতিহাসিক বারটন স্টাইনের লেখায়। এই ধরনের দৃষ্টিভঙ্গির ফলে নানা দিক ও প্রধানত অর্থনৈতিক আলোচনা চাপা পড়ে যায়।

ঊনবিংশ ও বিংশ শতাব্দীর প্রত্নতত্ত্ববিদ ও ঐতিহাসিকরা বিজয়নগরের পতনের একমাত্র কারণ ধরেছেন সংগঠিত মুসলমান শক্তির আক্রমণ ও বিজয়নগরের মুসলমান সৈন্যদের বিশ্বাসঘাতকতা। এই ধরনের মনোভাবের ফলে বিজয়নগর সাম্রাজ্যের যে অভ্যন্তরীণ দ্বন্দ্ব সেটি চাপা পড়ে গিয়েছিল সেই সম্পর্কে এখানে আমরা বিশদভাবে আলোচনা করব।

বিজয়নগরের জন্ম হয় ওই সময়কার দক্ষিণী হিন্দু রাজ্যগুলির রাজনৈতিক দলাদলি ও দিল্লির সুলতানী আক্রমণের পরিপ্রেক্ষিতে। ১২৯৪ খ্রিস্টাব্দে সুলতান আলাউদ্দিন খলজীর আক্রমণের প্রাক্কালে বিন্ধ্য পর্বতের দক্ষিণে চারটি হিন্দু রাজ্য ছিল। দেবগিরির যাদবরা অধিকার করেছিলেন তাপ্তী থেকে কৃষ্ণা নদীর পাড় পর্যন্ত প্রায় সমগ্র পশ্চিম দাক্ষিণাত্য। ওয়ারাঙ্গলের কাকতীয় বংশ রাজত্ব করছিল পূর্ব-দাক্ষিণাত্যে। দোরসমুদ্রর হোয়সালা বংশ ও মাদুরার পাণ্ডু বংশ দাক্ষিণাত্য ও দক্ষিণের বাকি অংশে রাজত্ব করছিল। এদের সকলেরই অধীনে ছিল বহু সামন্ত রাজ্য। ওই রকমই একটা সামন্ত রাজ্য ছিল রাইচুর দোয়াব অঞ্চলের কাম্পিলি। এটি ছিল দেবগিরির যাদবদের অধীনে। আর্থিক দিক থেকে এই রাজ্যগুলি স্বচ্ছল অবস্থায়

ছিল। বহির্বাণিজ্য আসত কয়াল ও মথপালি বন্দর দিয়ে যেখানে আরব, পারস্য ও চীনদেশের বণিকরা আসত। কুইলন থেকে নেলোরের উপকূল আরবীতে বলা হতো মা'বার (পথ)। এই সব রাজ্যের রাজারা ধনরত্নে পূর্ণ বড় বড় মন্দির তৈরি করলেও এদের ধর্মীয় নীতি ছিল উদার। এই ধর্মীয় উদারতার ফলে আরব ও পারস্যের বণিকেরা বিভিন্ন বন্দরে আসতে বা বসবাস করতে দ্বিধা করেনি। তবে রাজ্যগুলির এই স্বাধীনতা ও স্বাচ্ছন্দ্য বিঘিয়ে উঠেছিল নিজেদের মধ্যে ক্ষুদ্র স্বার্থের তাড়নায় বংশানুক্রমিক যুদ্ধ বিবাদের ফলে। এমনকি সুলতানী আক্রমণের মুখেও এরা এক হতে পারেনি।

আলাউদ্দীন খলজী দক্ষিণের রাজ্যগুলি জয় করতে চাননি। শুধু তাদের ধনরত্ন ও উপঢৌকন নেবার ব্যবস্থা করেছিলেন। দক্ষিণী রাজ্যগুলি সুলতানী অভিযানের সময়ে উপঢৌকন দিতে প্রস্তুত থাকত এবং সৈন্য চলে গেলেই আবার স্বাধীনতা ঘোষণা করত। মুবারক শাহ খলজীর হত্যার পরে এখানকার রাজারা স্বাধীনতা ঘোষণা করলে গিয়াসুদ্দীন তুঘলক তার ছেলে জৌনাকে (পরবর্তীকালে মুহম্মদ শাহ তুঘলক) দক্ষিণে পাঠান। ১৩২৩ খ্রিস্টাব্দে কাকতীয় রাজা পরাজিত হয়ে আত্মহত্যা করেন। তেলিঙ্গানা দিল্লির অন্তর্গত হয়ে যায় ও এক মুসলিম শাসক পাঠানো হয়। ওই একই অবস্থা হয় মাদুরার। ১৩২৫ সালের মধ্যে দেবগিরি, ওয়ারাঙ্গল ও মাদুরায় মুসলমান শাসনকর্তা রাজ্য শাসন করতে থাকে।

যাদবদের পতনের ফলে কাম্পিলির রাজা স্বাধীনভাবে কাজ করতে থাকেন। রাইচুর দোয়াবে কাম্পিলি, আনেগুণ্ডি ও কুম্মাটা এদের রাজ্যের মধ্যে চলে আসে। কাম্পিলির এই উত্থান হোয়সালা বংশের তৃতীয় বল্লালের মনঃপুত হয়নি। ১৩২০ থেকে ১৩২৫ সালের মধ্যে এদের ক্রমাগত নিষ্ফল যুদ্ধ চলতে থাকে যখন তুর্কি সৈন্য দক্ষিণ ভারতে আবার প্রবেশ করছে।

১৩২৫ খ্রিস্টাব্দে মুহম্মদ বিন তুঘলক সুলতান হলে তাঁর দুঃসম্পর্কের ভাই বাহাউদ্দীন গুরশাস্প স্বাধীনতা ঘোষণা করেন। কিন্তু দেবগিরির কাছে যুদ্ধে বাহাউদ্দীন পরাজিত হয়ে কাম্পিলিতে আশ্রয় গ্রহণ করেন। সুলতান দিল্লি থেকে এসে সৈন্য পাঠালে পরপর দুবার তাঁরা পরাজিত হন। তৃতীয় অভিযানে কাম্পিলির রাজা, তাঁর পরিবার ও বাহাউদ্দীন পরাজিত হয়ে আনেগুণ্ডিতে আশ্রয় নেন। পরবর্তী যুদ্ধে কাম্পিলির রাজা ও অনুচররা মারা গেলে, ওঁর পরিবার জহরব্রত পালন করে মৃত্যু-বরণ করেন। বাহাউদ্দীন তৃতীয় বল্লালের কাছে পালিয়ে যান। কিন্তু বল্লাল বাহাউদ্দীনকে সুলতানের হাতে তুলে দেন। এর ফলে তাপ্তী থেকে কেপ কমোরিন পর্যন্ত সম্পূর্ণ ভূখণ্ডই দিল্লির অধীনে চলে যায়। মুহম্মদ তুঘলক দেবগিরিতে দ্বিতীয় কেন্দ্র স্থাপন করেন।

পর্তুগীজ পর্যবেক্ষক নুনিজ বলছেন যে মুহম্মদ তুঘলক দাক্ষিণাত্য থেকে চলে যাবার পরই চারপাশে বিদ্রোহ শুরু হয়। কাম্পিলির শাসনকর্তা মালিক নায়েব দিল্লির কাছে সাহায্য চাইলে, মুহম্মদ ছয়জন যুদ্ধবন্দীকে ছেড়ে দেন। এরা কাম্পিলিতে পৌঁছালে লোকেরা তাদের অভ্যর্থনা করে। মালিক নায়েব এদের কাছে রাজ্য সমর্পণ

করেন। সম্ভবত বর্তমান বেলারী জেলার সবটাই এবং রাইচুর দোয়াবের বড় অংশ এর মধ্যে ছিল। এখানকার রাজা হন দেও রাই এবং তিনি পণ্ডিত বিদ্যারণ্যর পরামর্শমতো আনেগুণ্ডির বিপরীত দিকে হাম্পি গ্রামে বিজয়নগর শহরের প্রতিষ্ঠা করেন। নুনিজ বলছেন এই ছয়জন যুদ্ধবন্দীর মধ্যে ছিলেন হরিহর ও বুক্ক। বিভিন্ন দানপত্র থেকে বলা যায় ১৩৩৬ সালে বিজয়নগর শহরের প্রতিষ্ঠা হয়েছিল। ইসামী ও বারানী দুজনেই এই ঘটনার সমর্থন করে বলেছেন যে এরা ইসলামে দীক্ষিত হয়েছিল, কিন্তু কাম্পিলিতে গিয়ে হিন্দু হয়ে যায়। এদের একজন পুরানো কাম্পিলি রাজার আত্মীয়। অর্থাৎ যাদেরকে বিদ্রোহ দমন করতে পাঠানো হয়েছিল তারাই বিদ্রোহ করে স্বাধীন হয়ে যায়। এমন নজীর অবশ্য ইতিহাসে আছে।

পরবর্তীকালের রাজাদের শিলালেখ থেকে দেখা যায় যে হরিহর ও তাঁর চার ভাই ছিলেন যাদব বংশের সঙ্গমের ছেলে। এই জন্য এই বংশকে সঙ্গম বংশ বলা হয়। পাঁচ ভাই-এর সম্মিলিত প্রচেষ্টায় বিজয়নগর সাম্রাজ্য গড়ে উঠে। কিন্তু ওই সময়ে ওঁদের কতকগুলো সুবিধা হয়েছিল। মুহম্মদ বিন তুঘলক উত্তরভারতের সমস্যা নিয়ে ব্যতিব্যস্ত ছিলেন এবং তৃতীয় বল্লাল তখন মাদুরার সুলতানের সঙ্গে যুদ্ধে ব্যস্ত ছিলেন। ১৩৩৯ সালের মধ্যেই হরিহর নিজেকে সুপ্রতিষ্ঠিত করে হোয়সালা রাজ্যর কিছুটা নিয়েছিলেন। ১৩৪২ সালে তৃতীয় বল্লাল পরাজিত ও নিহত হন। এর পর ওঁর ছেলে চতুর্থ বল্লালের কোন খোঁজ পাওয়া যায় না। সুযোগ বুঝে বিজয়নগর একের পর এক হোয়সালা রাজ্যর অংশ দখল করতে থাকে যার মধ্যে রয়েছে হাসান, সিমোগা, কোলার, মহিশূর, চিতলদুর্গ ইত্যাদি। বুক্কর শিলালেখ থেকে এই দুই হিন্দু রাজ্যর লড়াই এর কিছু খবর পাওয়া যায়। ১৩৪৬ সালের মধ্যে পুরো হোয়সালা রাজ্য বিজয়নগরের মধ্যে চলে আসে।

নতুন এলাকা জয় করার পর পাঁচ ভাই ওই সব এলাকার শাসনভার নেন। প্রথম হরিহর নেন পশ্চিম ও দক্ষিণ অংশ। প্রথম বুক্ক নেন পূর্ব ও মধ্য অংশ। অন্য ভাইরাও অন্যান্য অংশের ভার নেন। এরা যে যুগ্মভাবে রাজ্য চালনা করছেন বোঝা যায় যখন এরা যুগ্মভাবে কয়েকটি গ্রাম শৃঙ্গেরী মঠের ব্রাহ্মণদের দান করেন। এরা ছাড়াও রাজপরিবারের কয়েকজন এবং অন্য শাসনকর্তারাও কয়েকটা জায়গার ভার নিয়েছিলেন।

ইতিমধ্যে মুহম্মদ তুঘলকের আমলা আলাউদ্দীন হাসান শাহ বাহমণি নাম নিয়ে গুলবর্গাতে নতুন রাজ্য স্থাপন করেছেন। ইনি বিজয়নগরের উত্তর দিকে প্রসার বন্ধ করতে চাইলেন। ফেরিস্তা ও অন্যান্যরা বলছেন যে বাহমণি সুলতান ওয়ারাঙ্গল রাজ্যর কিছু অংশ জয় করে কর্ণাটকে সৈন্য পাঠিয়ে বিজয়নগরের শাসকদের পরাজিত করে। দক্ষিণে মাদুরার সুলতান চোল ও পাণ্ড্যদের পরাজিত করে শক্তি সঞ্চয় ও রাজ্য বিস্তার করছে। এদের হাতে হিন্দু মহিলাদের হত্যার কথা ইবন বতুতা বলেছেন। একদিকে বাহমণি ও অন্যদিকে মাদুরার মাঝখানে পড়ে যাবার ফলে বিজয়নগর চেষ্টা করছিল যাতে অন্তত একটা শক্তিকে সরিয়ে দিতে পারে।

মাদুরার সঙ্গে লড়াই দীর্ঘস্থায়ী হয়েছিল। ১৩৪৩–৪৪ থেকে ১৩৫৫–৫৬ সাল পর্যন্ত মাদুরার কোন মুদ্রা পাওয়া যায় না, যার ফলে বলা যায় যে মাদুরার অবস্থার অবনতি হয়েছিল। ১৩৫৫ সালে প্রথম হরিহর মারা গেলে বিজয়নগরে সংকট উপস্থিত হয়। বাহমণি সুলতান তেলিঙ্গানা অভিযান করেন এবং মাদুরাও পারিপার্শ্বিক অবস্থা সম্পর্কে সচেতন হয়। ১৩৫৬ সালে প্রথম বুক্ক সিংহাসনে বসলে ওঁকে দুই সীমান্তে যুদ্ধ করতে হয়। উনি নিজে বাহমণির বিরুদ্ধে যান ও পুত্র কুমার কম্পানাকে মাদুরার বিরুদ্ধে পাঠান। কাম্পানা মাদুরার সুলতানকে হত্যা করে কাঞ্চী দখল করেন। এক পাণ্ড্য শিলালেখ থেকে জানা যাচ্ছে কাম্পানা মাদুরা দখল করে আবার মন্দির চালু করেন। ১৩৬১ থেকে ১৩৭৪ সালের মধ্যে কাম্পানার দখল উত্তরে মহিশূর থেকে দক্ষিণে রামনাদ পর্যন্ত প্রসারিত হয়েছিল। ১৩৭৭ সাল মাদুরার সুলতানের মুদ্রা পাওয়া যায়। সমগ্র দক্ষিণ অবশ্য দখল করার কৃতিত্ব ছিল দ্বিতীয় হরিহরের ছেলে বিরুপাক্ষর, যিনি চোল ও পাণ্ড্য দেশ জয় করেছিলেন।

দীর্ঘস্থায়ী বাহমণি ও বিজয়নগরের যুদ্ধকে হিন্দু ও মুসলমান রাজ্যের মধ্যে ধর্মযুদ্ধ আখ্যা দেওয়া হয়েছে। এমনও বলা যায় যে, বিজয়নগর বাহমণির সামন্ত রাজার পর্যায় পৌঁছেছিল। এই সব ভুল ধারণার মূলে রয়েছে কয়েকজন মধ্যযুগীয় ঐতিহাসিকদের রচনা যারা রাজনীতি ও ধর্ম একসঙ্গে দেখেছে। আসলে কৃষ্ণা ও তুঙ্গভদ্রা নদীর মধ্যবর্তী এলাকা নিয়ে পশ্চিম চালুক্য ও চোলদের মধ্যে অনেকদিন লড়াই চলেছিল, যার মূলে ছিল অর্থনৈতিকভাবে সমৃদ্ধ এই অঞ্চলের উপর অধিকার কায়েম করা। এর পরেও এই অঞ্চলের অধিকার নিয়ে যাদব ও হোয়সালাদের মধ্যে দীর্ঘস্থায়ী লড়াই হয়। এদের উত্তরাধিকারী হিসাবে এই লড়াই চলে বাহমণি ও বিজয়নগরের মধ্যে। শাসকরা দুটি বিরুদ্ধ ধর্মের অনুগামী হওয়ার ফলে লড়াই-এর তীব্রতা অনেক বাড়ে। দ্বিতীয়বার বড় যুদ্ধের আগে বাহমণির মুজাহিদ শাহ তুঙ্গভদ্রার উত্তরের সব অংশই দাবি করেন। তখন প্রথম বুক্ক দাবি করেন যে রাইচুর ও মুদগল বরাবরই আনেগুণ্ডির পরিবারের হাতে ছিল। নুনিজ বলছেন যে নরসিংহ সালুভা (বিজয়নগরের দ্বিতীয় বংশের প্রতিষ্ঠাতা) উত্তরাধিকারদের উপর ভার দিয়ে গিয়েছিলেন রাইচুর ও মুদগল উদ্ধার করার জন্য। এ ছাড়াও, বিজয়নগরের রাজাদের বিশাল ধনরত্নের কথা উত্তরের প্রতিবেশীদের জানা ছিল। ফলে তাদের কাছে আক্রমণের এটাও একটা লক্ষ্য বলে ধরা যেতে পারে। সুতরাং এদের যুদ্ধকে কোনমতেই ধর্মযুদ্ধ আখ্যা দেওয়া যায় না। প্রধানত অর্থনৈতিক উদ্দেশেই এই যুদ্ধ চলেছিল, যা কয়েক শতাব্দী ধরে চলেছে। উল্লেখযাগ্য এই যুদ্ধে বাহমণি সুলতানের জয় হয়নি এবং তাঁরা বিজয়নগরের রাজাদের সামন্ত রাজা করতে পারেন নি।

১৩৫৮ সালে বাহমণির সুলতান আলাউদ্দীন হোসেন শাহর মৃত্যুর পর তাঁর ছেলে প্রথম মুহম্মদ শাহ সিংহাসনে বসেন। তিনি ওয়ারাঙ্গল ও বিজয়নগর রাজার কাছ থেকে উপঢৌকন দাবি করেন। তখন প্রথম বুক্ক তাঁর হারানো জমি ফিরে পেতে চান। কিন্তু ওয়ারাঙ্গল ও বিজয়নগরের সম্মিলিত বাহিনী পরাজিত হয়। ওয়ারাঙ্গলের রাজা মুহম্মদ শাহকে পঁচিশটা হাতি ও এক লক্ষ স্বর্ণমুদ্রা দিতে বাধ্য হন। ১৩৬২

সালে তেলিঙ্গানার রাজাকে বাহমণি সুলতান পরাজিত করে হত্যা করেন। কিন্তু ফেরার পথে বিভিন্ন হিন্দু জমিদারের হাতে তাঁর দুই তৃতীয়াংশ সৈন্য মারা যায় ও মালপত্র লুণ্ঠিত হয়। সুলতান জখম হলেও প্রাণে বেঁচে যান। ইতিমধ্যে তেলিঙ্গানার রাজা দিল্লির ফিরোজ শাহ তুঘলকের কাছে সাহায্য প্রার্থনা করলে তিনি নীরব থাকেন। প্রথম মুহম্মদ শাহ এবার সমগ্র তেলিঙ্গানা জয় করার পরিকল্পনা করেন। বাহমণি সৈন্যরা দুবছর ধরে দখল করে লুটতরাজ করার পর তেলিঙ্গানার রাজা প্রচুর উপঢৌকন ও গোলকুণ্ডা অঞ্চল ছেড়ে দিলে রাজ্য ফিরে পান। প্রথম বুক্ক এর মধ্য অংশ না নিলেও বাহমণি ওকে সামন্ত রাজা হিসাবেই ধরেছিল। এই সময় হঠাৎ আক্রমণ করে প্রথম বুক্ক মুদগল দুর্গ দখল করে নেন এবং একজনকে ছাড়া দুর্গের সব সৈন্যকে হত্যা করেন। কিন্তু বাহমণি সুলতান বর্ষার মধ্যে কৃষ্ণা নদী পার হয়ে মুদগল দখল করেন। প্রথম বুক্ক ওই অবস্থায় প্রথমে আদোনীতে ও পরে বিজয়নগরে পলায়ন করেন। বাহমণি সুলতান তুঙ্গভদ্রা পার হয়ে ওঁর পিছনে আসতে থাকেন। কয়েকমাস যুদ্ধ চলার পর বাহমণি সুলতান দুবার বিজয়নগর শহর দখল করার চেষ্টা করে ব্যর্থ হয়ে আশেপাশের সাধারণ লোকেদের হত্যা করেন। অবশেষে ব্রাহ্মণ ও বণিকদের অনুরোধে বুক্ক শান্তি দূত পাঠান। ফেরিস্তা বলছেন যে সুলতান যখন দেখলেন যে বুক্ক তাঁর সঙ্গীতশিল্পীদের পাওনা টাকা মিটিয়ে দিচ্ছেন, তখন সন্ধি করতে রাজী হলেন। তখন শর্ত হল যে ভবিষ্যতে অসামরিক অধিবাসীদের উপর অত্যাচার করা হবে না। কিন্তু সীমানা বা উপঢৌকন নিয়ে কোন শর্ত রইল না।

এপ্রিল ১৩৭৫ সালে মুহম্মদ শাহর ছেলে মুজাহিদ সিংহাসনে বসে দাবি করলেন যে তুঙ্গভদ্রা নদীর উত্তরের অংশ বাহমণি রাজ্যের অধীনে। বিজয়নগর এতে রাজি না হলে বাহমণি সৈন্যরা দুটি নদী পেরিয়ে আদোনী অবরোধ করে এবং সুলতান বিজয়নগর শহরের দিকে যাত্রা শুরু করেন। প্রথম বুক্ক সামনাসামনি যুদ্ধ এড়িয়ে পাহাড়ে আশ্রয় নেন। কিন্তু অসুস্থ হয়ে রাজধানীতে ফিরলে ফেব্রুয়ারি ১৩৭৭ সালে মারা যান।

বিভিন্ন শিলালেখতে প্রথম বুক্কের খুব প্রশংসা করা হয়েছে। উনি রাজধানীকে সুরক্ষিত করে বিদ্যানগর থেকে বিজয়নগর নাম রাখেন এবং দক্ষিণের অংশ তাঁর অধীনে নিয়ে আসেন। উনি বহু মন্দির পুনর্নির্মাণ করেন এবং বিজ্ঞজনকে সাহায্য করেন। ওঁর সময়েই সায়নাচার্য বেদের উপর টীকা লেখেন। বুক্ক বৈষ্ণব ও জৈনদের মধ্যে শান্তি নিয়ে আসেন। ফেরিস্তা বুক্কর সময়ের বিজয়নগরের সমৃদ্ধির খুব প্রশংসা করেছেন।

দ্বিতীয় হরিহর রাজা হয়ে মুজাহিদ শাহর আক্রমণ প্রতিহত করেন। মুজাহিদ সাত মাস আদোনী অবরোধ করার পর সন্ধি করতে বাধ্য হন এবং রাজা হরিহরের অধীনে দুর্গগুলি থেকে যায়। ১৩৭৮ সালের এপ্রিলে মুজাহিদ তাঁর কাকা দাউদের হাতে নিহত হন। পঁয়ত্রিশ দিন বাদে দাউদকে হত্যা করে তাঁর এক ভাইপো দ্বিতীয় মুহম্মদ শাহ নামে সিংহাসনে বসেন। ইতিমধ্যে দ্বিতীয় হরিহর রাইচুর দুর্গ অবরোধ করেছিলেন। কিন্তু দ্বিতীয় মুহম্মদ শাহ সুলতান হবার পর তিনি ফিরে যান। ফেরিস্তা

বলেছেন যে দ্বিতীয় হরিহর উপঢৌকন দিতে রাজি হয়েছিলেন। তবে এই তথ্য মানা যায় না।

ইতিমধ্যে ওয়ারাঙ্গলের রাজা শক্তিশালী হয়ে বাহমণিদের সঙ্গে হাত মিলিয়েছেন। শিলালেখ থেকে জানা যায় যে দ্বিতীয় হরিহর তেলিঙ্গানা আক্রমণ করে এই মিত্রতা ভাঙার চেষ্টা করে ব্যর্থ হন। এই সময় হরিহরের বড় ছেলে দ্বিতীয় বুক্ক তেলিঙ্গানার পানাগল দখল করেছিলেন। ১৩৯৮–৯৯ সাল নাগাদ বাহমণি ও বিজয়নগরের মধ্যে বড় একটা লড়াই হয়। ওই সময় দ্বিতীয় মুহম্মদ শাহর মৃত্যুর ফলে বাহমণি রাজ্যে অশান্তি চলছিল। ফিরোজ শাহ বাহমণি সুলতান হয়ে বিজয়নগরের আক্রমণ প্রতিরোধ করে বিজয়নগর অবরোধ করেন। শেষ পর্যন্ত সন্ধি হয় এবং দু দেশের সীমানা যুদ্ধের আগের অবস্থায় ফিরে যায়।

দ্বিতীয় হরিহরকে একজন বড়মাপের রাজা মনে করা হয়। তাঁর শাসনকালীন সময় তাঁর নিজের পক্ষে শুভ ছিল। মাদুরায় মুসলমান শক্তি বিনষ্ট হয়ে গিয়েছিল। দিল্লির ফিরোজ শাহ তুঘলক ও বাহমণির দ্বিতীয় মুহম্মদ শাহ প্রধানত শান্তিপ্রিয় ছিলেন। ওই সময় বিজয়নগরের রাজ্যের প্রসারের কথা বিভিন্ন জায়গায় প্রাপ্ত শিলালিপি থেকে পাওয়া যায়। মহিশূর, ধারওয়ার, কাঞ্চীপুরম, ত্রিচিনোপল্লী ইত্যাদি জায়গায় শিলালেখ পাওয়া গিয়েছে। সায়নাচার্য কিছুকাল হরিহরের মন্ত্রী ছিলেন। হরিহরের উপাস্য দেবতা ছিল বিরুপাক্ষ (শিবের আর এক রূপ)। কিন্তু উনি অন্য ধর্মকেও সমান উৎসাহ দিয়েছিলেন। এক জৈন ওঁর সেনাপতি ছিলেন।

আগস্ট ১৪০৪ সালে হরিহর মারা যান। ওঁর তৃতীয় ছেলে প্রথম দেব রায় ৭ই নভেম্বর ১৪০৬ সালে সিংহাসনে বসেন। মধ্যবর্তী সময়ে বিজয়নগরের দরবারে একটা ত্রিপাক্ষিক লড়াই হয় দ্বিতীয় হরিহরের তিন ছেলের মধ্যে। অন্য দুজন কয়েক মাসের জন্য রাজা হয়ে দেব রায়কে হত্যা করার চক্রান্ত করেন এবং মন্ত্রী লক্ষ্মীধরের তৎপরতায় তিনি বেঁচে যান। দুবছর এই টালমাটাল অবস্থা চলাকালীন কোন্দাভিড়ুর রেড্ডীরা উদয়গিরির বেশ কিছু সম্পন্ন অঞ্চল দখল করে নেন। এর অল্পদিনের মধ্যেই পশ্চিম মহিশূরের এক নেতা সমগ্র দেশ জুড়ে অত্যাচার শুরু করেন। ফিরোজ শাহ বাহমণি সেই সময় বিজয়নগর দুর্গ অবরোধ করেন। দেব রায় মালব, খান্দেশ ও গুজরাটের সুলতানদের কাছে সাহায্য চেয়ে না পেয়ে সন্ধি করতে বাধ্য হন। ওঁর এক মেয়ের সঙ্গে সুলতানের বিবাহ দিতে রাজি হন ও বাঙ্কাপুর দুর্গ সমর্পণ করেন। ফেরিস্তার মতে এই যুদ্ধের কারণ ছিল মুদগলের এক কৃষক মেয়ে। দেবরায় মেয়েটিকে অপহরণের চেষ্টা করেছিলেন। প্রথম দেব রায় এরপর কোন্দাভিড়ুর রেড্ডীদের কাছ থেকে জায়গাগুলি দখল করে নেন ১৪১১ সালের মধ্যে। নুনিজ বলছেন যে উনি গোয়া, দাভোল, চাউল ও সিংহল দখল করেছিলেন। কিন্তু গোয়া ও সিংহল ওঁর পিতার সময়েই দখল করা হয়েছিল।

১৪০৩ সালে কোন্দাভিড়ুর রাজার মৃত্যু হলে গৃহযুদ্ধ শুরু হয়। দেব রায় এক পক্ষকে সমর্থন করলে ফিরোজ শাহ অন্য পক্ষকে সমর্থন করে পানাগাল (নলগোণ্ডা)

আক্রমণ করেন। দুবছর যুদ্ধের পর ফিরোজ শাহ পরাজিত হয়ে ফিরে যান। এর কিছুকাল পরে সেপ্টেম্বর ১৪২২ সালে ফিরোজ শাহ মারা যান।

প্রথম দেব রায় বাঙ্কাপুর দুর্গ ছাড়লেও দৌত্য কার্যের মধ্য দিয়ে তেলিঙ্গানার রাজাকে বাহমণির মিত্রতা থেকে সরিয়ে নিজের দিকে নিয়ে আসতে পেরেছিলেন এবং বাহমণির সুলতানকে চূড়ান্তভাবে পরাজিত করেছিলেন। কিন্তু দেব রায়ের প্রধান সাফাল্য ছিল তুঙ্গভদ্রা নদীর উপর বাঁধ দিয়ে খালের সাহায্যে বিজয়নগর শহরের মধ্যে জল নিয়ে আসা যার বর্ণনা নুনিজ দিয়েছেন। এপ্রিল ১৪২২ সালে প্রথম দেব রায় মারা যান।

দ্বিতীয় দেব রায় যখন সিংহাসনে বসেন বাহমণি সুলতান প্রথম আহমদ শাহ তখন পানাগলের অপমানের শোধ নিতে প্রস্তুত হচ্ছিলেন। ওয়ারাঙ্গলের রাজা সৈন্য সমেত দেব রায়ের সাহায্যে এলেও যুদ্ধ না করে চলে যান। বাহমণি সুলতান বহু লোককে হত্যা করে প্রচুর ধনরত্ন নিয়ে চলে যান। ওয়ারাঙ্গলের রাজা যে বিজয়নগরের রাজাকে সমর্থন করেছিলেন একথা বাহমণি সুলতান ভুলতে পারেন না। ফলে ১৪২৪ সালে ওয়ারাঙ্গল আক্রমণ করে রাজাকে হত্যা করেন এবং তেলিঙ্গানার একটা বড় অংশ নিজের রাজ্যে নিয়ে নেন। অন্যদিকে দ্বিতীয় দেব রায়ও কোন্দাভিডুর রাজার সঙ্গে বাহমণির মিত্রতা ভালো চোখে দেখেন নি এবং ১৪৩২ সালের মধ্যে কোন্দাভিডু দখল করে নিজের রাজ্যের মধ্যে নিয়ে আসেন। প্রথম আহমদ শাহ ১৪৩৬ সালে মারা গেলে ওর বড় পুত্র দ্বিতীয় আলাউদ্দীন নাম নিয়ে সিংহাসনে বসেন। ওঁর প্রথম কাজই হয় বিজয়নগর আক্রমণ করা। দীর্ঘস্থায়ী যুদ্ধের পর দ্বিতীয় দেব রায় সন্ধি করেন, যার ফলে উনি কুড়িটি হাতি ও বিশাল অর্থ দিতে বাধ্য হন। ইতিমধ্যে দ্বিতীয় আলাউদ্দীনের ভাই মুহম্মদ খান বিদ্রোহ করলে বিজয়নগর মুদগল ও অন্যান্য কয়েকটা দুর্গ দখল করে। বিদ্রোহ মিটে গেলে বিজয়নগরের সৈন্যরা দুর্গগুলি ছেড়ে ফিরে আসে।

দ্বিতীয় দেব রায় দু হাজার মুসলমান সৈন্য নিজের দলে নেন এবং শহরের মধ্যে একটা মসজিদ তৈরি করে দেন। সৈন্যদের বেতনের জন্য জায়গীর দেওয়া হয়। ওঁর মন্ত্রী দাইনাং সিংহলের সঙ্গে যুদ্ধ করতে গেলে এপ্রিল ১৪৪৩ সালে দেব রায়ের ভাই কয়েকজন অভিজাতকে হত্যা করে দেব রায়কে হত্যার চেষ্টা করে ব্যর্থ হন। আবদুর রাজ্জাকের সমসাময়িক বর্ণনায় দেখা যায় যে বাহমণি সুলতান আবার আক্রমণ করলে যুদ্ধ হয়। কিন্তু এই যুদ্ধে বাহমণি সুলতান সুবিধা করতে পারেন না এবং বিজয়নগরে ধীরে ধীরে শান্তি নেমে আসে। এই সময়ে উড়িষ্যার রাজা গজপতি রেড্ডীদের আক্রমণ করলে, দেব রায় ওই আক্রমণ প্রতিহত করেন।

সঙ্গম বংশের সর্বশ্রেষ্ঠ রাজা ছিলেন দ্বিতীয় দেব রায়। উনি সাম্রাজ্যর সীমানা অক্ষুণ্ণ রেখেছিলেন ও কোন্দাভিডু দখল করে কৃষ্ণা নদীর পাড় পর্যন্ত সাম্রাজ্য প্রসারিত করেছিলেন। নুনিজের মতে সিংহল, কুইলন, পুলিকট, পেশু ও তেনাসরিমের রাজারা ওঁকে উপঢৌকন পাঠাতেন। নিজে শিবভক্ত হয়েও অন্য ধর্মকে সমান উৎসাহ দিয়েছেন। উনি ওঁর পরিষদে একজন খ্রিস্টানকেও নিয়েছিলেন এবং

সৈন্যদলে ছিল বেশ কিছু মুসলমান। ওঁর সভায় চৌত্রিশ জন কবি ছিলেন। নুনিজ ওঁর সঙ্গে সাক্ষ্যকারের বর্ণনা দিয়েছেন এবং বলেছেন ওঁর সাম্রাজ্যের মধ্যে যে তিনশো বন্দর ছিল তার প্রত্যেকটাই কালিকটের সঙ্গে তুলনীয়। ওঁর সৈন্যসংখ্যা ছিল এগার লক্ষ। সারা হিন্দুস্থানে এত বড় রাজা আর ছিল না।

সালুভা বংশ

সঙ্গম বংশের শেষ রাজা বিরুপক্ষ রায়ের সময়ে বিজয়নগরের অবস্থা খুব খারাপ হয়ে পড়ে। এই অবস্থা থেকে সালুভা বংশের নরসিংহ বিজয়নগরকে বাঁচান। সালুভা ও সঙ্গম বংশের মধ্যে এক সম্বন্ধ ছিল। দুটি বংশই যাদব পরিবার থেকে এসেছে বলে দাবি করে। সালুভা মঙ্গু ও তাঁর উত্তরাধিকারীরা বিজয়নগর সাম্রাজ্যে উচ্চপদে ছিলেন। মঙ্গুর নাতি দ্বিতীয় দেব রায়ের বোনকে বিবাহ করেন।

নুনিজ সঙ্গম বংশ শেষ হয়ে যাবার বর্ণনা দিয়েছেন। বিরুপাক্ষের অত্যাচারের ফলে অভিজাতরা বিদ্রোহ করে এবং বিরুপাক্ষের জ্যেষ্ঠ পুত্র ওঁকে হত্যা করে। এই রাজনৈতিক পরিস্থিতিতে নরসিংহ সালুভা অভিজাতদের নিয়ে সেনাপতি নরস নায়কের সাহায্যে প্রাসাদ দখল করলে বিজয়নগরের রাজা পালিয়ে যান। বিরুপাক্ষ রায়ের শেষ শিলালিপি পাওয়া যায় ২৯শে জুলাই ১৪৮৫ সালের এবং নরসিংহ সালুভার প্রথম শিলালেখ পাওয়া যায় পয়লা নভেম্বর ১৪৮৬। এই সময়ের মধ্যে রাজনৈতিক পালাবদল হয়েছিল বলে ধরা যেতে পারে। সমকালীন সংস্কৃত ও তেলুগু সাহিত্য থেকে এই ঘটনার সমর্থন মেলে।

প্রথম দিকে নরসিংহকে বিদ্রোহীদের দমন করতে হয়েছিল। ওই সময় গজপতি রাজা উদয়গিরি দখল করেন ও ১৪৮৪ থেকে ১৪৮৯ সালের মধ্যে সমুদ্র উপকূল দখল করে নেন। একটা শিলালেখতে দেখা যাচ্ছে যে গজপতি রাজার কাছে নরসিংহ পরাজিত হয়ে প্রচুর অর্থ দিতে বাধ্য হন। ক্রমে গোয়া, বেলগাঁও, কোন্দাভিড়ু, উদয়গিরি, রাইচুর ও মুদগল বিজয়নগরের দখল থেকে চলে যায়। পাঁচ বছর রাজত্বের পর নরসিংহ ১৪৯১ সালে মারা যান।

বলা হয়ে থাকে যে সেনাপতি নরস নায়ক বিশ্বাসঘাতকতা করে সিংহাসন দখল করেছিলেন। তবে সমস্ত তথ্য যাচাই করে দেখলে বোঝা যায় যে এর মধ্যে কোন সত্যতা নেই। ওই সময় বাহমণিতে গৃহযুদ্ধ চলছিল। কাশিম বারিদ ও ইউসুফ আদিল শাহর মধ্যে লড়াই চলছিল এবং কাশিম বারিদ বিজয়নগরের সাহায্য চান। নরস নায়ক নরসিংহর জ্যেষ্ঠ পুত্রকে সম্রাট করে বিজাপুরের সীমান্তে সৈন্য পাঠান। যুদ্ধে বিজাপুর হেরে গেলে (১৪৯১ সালের শেষে) রাইচুর ও মুদগল দুর্গ বিজয়নগরের অধীনে থাকে। কিন্তু নরসিংহর কনিষ্ঠ পুত্র সিংহাসনে দাবি জানালে গোলমাল শুরু হয়। বাহমণি সৈন্যরা আক্রমণ করলে নরস নায়ক এপ্রিল ১৪৯৩ সালে বাহমণি শক্তিকে পরাজিত করেন। কিন্তু সৈন্যদের উচ্ছৃঙ্খলতার ফলে শেষে তিনি হেরে যান এবং রাইচুর ও মুদগল বাহমণির করায়ত্ত হয়। যুদ্ধে জখম হয়ে নরসিংহের জ্যেষ্ঠ পুত্রের মৃত্যু হলে নরস নায়ক দ্বিতীয় পুত্রকে রাজা করেন। ১৪৯৩ থেকে ১৫০৩

সালেরও বেশি ইনি ধর্মরায় নাম নিয়ে রাজত্ব চালান। ১৫০৩ সালে নরস নায়ক মারা যান। সমকালীন সাহিত্যে ধর্মরায়ের নাম পাওয়া যায় না। এর কারণ বোধ হয় আসল ক্ষমতা ছিল নরস নায়েকের হাতে। শিলালেখ থেকে নরস নায়েকের বিভিন্ন যুদ্ধ জেতার উল্লেখ রয়েছে। ১৫০২ সালে ভাস্কো দা গামা বিজয়নগরের সামন্ত রাজা ভাটকলের উপর বিধিনিষেধ আরোপ করেন। তিন বছর পর পর্তুগীজরা বিজয়নগরের আরেক সামন্ত রাজাকে (হোনাভার) পর্তুগীজদের অধীনে আসতে বাধ্য করে। এদের সাহায্য করার কোন প্রচেষ্টা বিজয়নগর করেনি।

নুনিজ বলছেন যে নরস নায়ক মারা যাবার পর ওঁর জ্যেষ্ঠ পুত্র ভীর সিংহ সিংহাসন দখল করেন। তাঁর কয়েক বছরের রাজত্বের প্রায় সবটাই কেটেছে বিদ্রোহী অভিজাতদের দমন করতে। শিলালেখতেও ওঁর বীরত্বের প্রশংসা করা হয়েছে। সম্ভবত ধর্মরায়কে সরিয়ে উনি তুলুভ বংশের প্রতিষ্ঠা করেন।

তুলুভ বংশ

ভীর নরসিংহ সম্পর্কিত শেষ তারিখ পাওয়া যায় ৪ঠা মে ১৫০০ সালে। পরবর্তী রাজা কৃষ্ণ রায়ের সম্পর্কিত প্রথম তারিখ হচ্ছে ২৬শে জুলাই ১৫০৯। এই দুই তারিখের মধ্যে কোন এক সময়ে একুশ বছর বয়সে কৃষ্ণ রায় রাজা হন। যে কোন কারণেই হোক ওঁর অভিষেক হয় ৮ই আগস্ট ১৫০৯ সালে।

সিংহাসন আরোহণের শুরু থেকেই কৃষ্ণ রায় নানারকম বিপদের সম্মুখীন হন। উত্তরাধিকারীকে সরিয়ে সালুভা তিম্মা ওঁকে রাজা করেছিলেন। ফলে সেই রাজপুত্র এবং তার ভাইয়েরা সকলেই কৃষ্ণ রায়ের বিরুদ্ধে ছিলেন। উড়িষ্যার প্রতাপরুদ্র দেব সেইসময় সমুদ্র উপকূল দখল করে বিজয়নগর আক্রমণের পরিকল্পনা করছিলেন। একই সময়ে উত্তরের মুসলমান শাসকদের সঙ্গে বিজয়নগরের লড়াই চলছিল। পশ্চিমদিকে পর্তুগীজরা ধীরে ধীরে শক্তি বৃদ্ধি করছিল। কোচিন ও কানানোরে তারা কুঠি তৈরি করেছিল এবং ৩রা ফেব্রুয়ারি ১৫০৯ সালে মিশর ও কালিকটের সম্মিলিত নৌবাহিনীকে পরাজিত করে ভারত মহাসাগরে আধিপত্য কায়েম করার চেষ্টা করছিল। সমুদ্রের উপর দখল থাকায় ঘোড়া আমদানির ব্যবসা ওদের একচেটিয়া হয়ে যায়। জানুয়ারি ১৫১০ সালে এরা কালিকটের কাছে পরাজিত হলে, কৃষ্ণ রায়ের কাছে সাহায্য চেয়ে আলবুকার্ক দূত পাঠান। ওরা ভাটকল ও ম্যাঙ্গালরের মধ্যে কুঠি বসাতে চায়, পরিবর্তে তারা কৃষ্ণ রায়কে গোয়া দখল করতে সাহায্য করবে এবং ঘোড়ার আমদানির একচেটিয়া অধিকার পাবে। কৃষ্ণ রায় মাত্র পাঁচ মাস সিংহাসনে বসার মধ্যেই পাদ্রী লুই এসে হাজির হলেন এইসব প্রস্তাব নিয়ে।

কৃষ্ণরায় এই পরিস্থিতিতে অত্যন্ত কৌশলে সামলালেন। সালুভা তিম্মাকে তাঁর পদে পুনরায় নিয়োগ করে তার বৈমাত্রেয় ভাই ও ভাইপোদের চন্দ্রগিরি দুর্গে বন্দী করে রাখলেন। যাদের খাজনা ও উপঢৌকন বাকি ছিল, সেগুলি আদায় করলেন। পর্তুগীজদের তিনি কোন সরাসরি উত্তর দিলেন না এবং সামরিক শক্তিবৃদ্ধির চেষ্টা করতে লাগলেন। সমসাময়িক সূত্র থেকে উদয়গিরি অভিযানের আগে কৃষ্ণ রায়ের

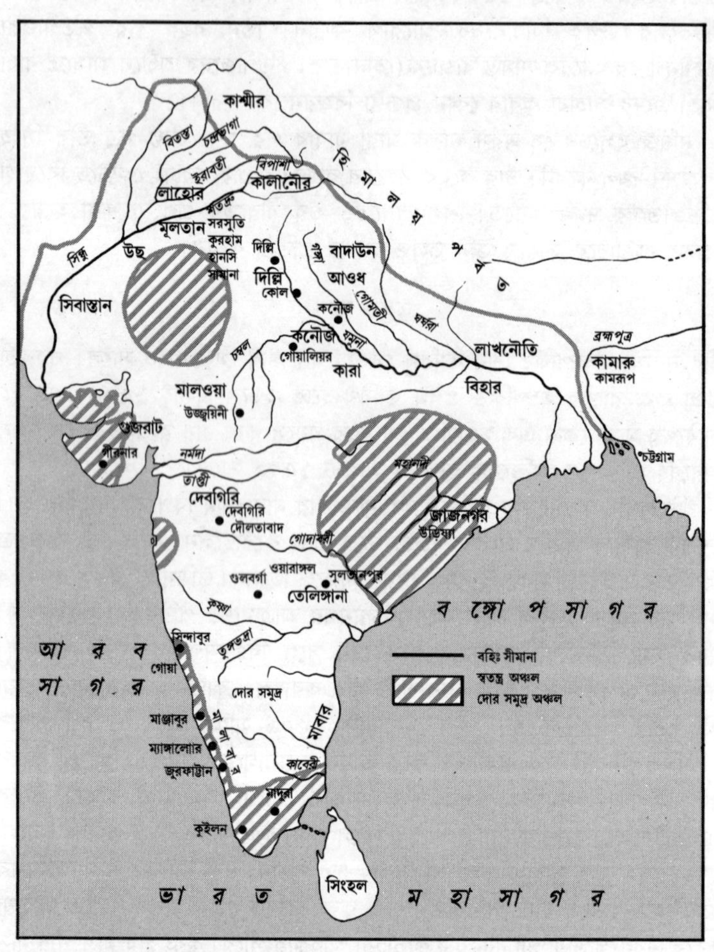

বিজয়নগর সাম্রাজ্য (আ. ১৫৬৫ খ্রি.)

সামরিক শক্তির পরিচিতি বিশেষ পাওয়া যায় না। এটুকু শুধু জানা যায় যে উনি মহিশূরে শিবসমুদ্রম দখল করে বিজাপুর, আহমদনগর ও গোলকুণ্ডার সুলতানদের পরাজিত করেছিলেন। এরপর তিনি উদয়গিরি অভিযানে যান। আলবুকার্কের লেখায় বিজাপুরের সঙ্গে ওঁর যুদ্ধের উল্লেখ আছে। জানুয়ারি ১৫১০ সালের আগে এই যুদ্ধ হয়। ইউসুফ আদিল শাহ মে মাসে গোয়া দখল করলে কৃষ্ণ রায় বিজাপুরের অন্য প্রান্তে আক্রমণ করেন। ইউসুফ ওখানে যাবার পথে মারা যান ও আলবুকার্ক সহজেই গোয়া দখল করতে পারেন। কৃষ্ণ রায় এরপর রাইচুর ও মুদগল দখল করে বাহমণি রাজা মাহমুদ শাহকে কারামুক্ত করে দেন। সেপ্টেম্বর ১৫১৪ সালের শিলালেখতে 'যবন বিজয়' উল্লিখিত আছে।

কৃষ্ণ রায় এবার গজপতি রাজাদের হাত থেকে পূর্বদিকের জায়গাগুলি দখল করতে মনস্থ করেন। প্রতাপরুদ্র দেবের হাতে সুরক্ষিত দুর্গ ছিল এবং আশেপাশের মুসলমান শাসকদের সঙ্গে তাঁর ভালো সম্পর্ক ছিল। কৃষ্ণ রায় প্রথমে কয়েকটি ছোট ছোট দুর্গ দখল করে ঘাঁটি তৈরি করেন। তীরুপতি মন্দিরে পুজো দিয়ে বিশাল সৈন্য বাহিনী নিয়ে কৃষ্ণ রায় গজপতি রাজার দক্ষিণ প্রান্তের উদয়গিরি দুর্গ আক্রমণ করেন। দেড় বছর যুদ্ধের পর দুর্গটি তাঁর দখলে আসে। দুর্গের শিলালেখতে আছে যে ৯ই জুন ১৫১৪ সালে দুর্গটির পতন হয়। ২৩শে জুন ১৫১৫ সালে আরো কয়েকটি দুর্গ দখল করার পর কৃষ্ণ রায় কোন্দাভিড়ু দখল করেন। ১৫১৫ সালের শেষে আর একটি অভিযান করে কৃষ্ণ রায় গজপতি শক্তিকে সমূলে বিনষ্ট করেন। গজপতি রাজা পলায়ন করলে উনি তাঁর পিছনে তাড়া করে আরো কয়েকটি দুর্গ দখল করে সিংহচলম পৌঁছে ওখানে ওঁর বিজয়ের কথা একটা স্তম্ভে লিখে রাখেন। নুনিজ বলছেন যে কৃষ্ণ রায় প্রতাপরুদ্র দেবের মেয়েকে বিবাহ করেছিলেন। শিলালেখ থেকে জানা যায় যে কৃষ্ণ রায় ১৫১৬ সালে বিজয়নগরে ফিরে এসেছিলেন। কিন্তু আগস্ট ১৫১৯ সালে আবার সিংহচলমে যান। ওখানে প্রতাপরুদ্রর সঙ্গে যুদ্ধে কৃষ্ণ রায় জয়ী হন। প্রতাপরুদ্র সন্ধি করতে বাধ্য হন।

প্রতাপরুদ্র দেবের সঙ্গে যুদ্ধের সময়ে বিজাপুরের সুলতান ইসমাইল আদিল শাহ হোনাভার আক্রমণ করেন ও বেলগাঁও দখল করেন। কৃষ্ণ রায় বিপদ বুঝে পর্তুগীজদের সঙ্গে একটা সমঝোতায় আসতে চেষ্টা করেন। ইতিমধ্যে পর্তুগীজ দূত পাদ্রী লুইকে এক তুর্কি বিজয়নগর শহরে হত্যা করেছে। কিন্তু তাতে পর্তুগীজদের সঙ্গে আলোচনার বিশেষ ক্ষতি হয়নি। আলবুকার্ক আদিল শাহকে হোনাভার আক্রমণ না করতে রাজী করান। কিন্তু বিজয়নগরের সঙ্গে গোয়ার কোন চুক্তি শেষ পর্যন্ত হয় না। ইতিমধ্যে ইসমাইল আদিল শাহ রাইচুর দুর্গ দখল করলে যুদ্ধ আসন্ন হয়ে ওঠে।

নুনিজ এই যুদ্ধের বিস্তারিত বর্ণনা দিয়েছেন। কৃষ্ণ রায় প্রথমে উত্তরের কয়েকটি মুসলমান শাসকের নিরপেক্ষতার কথা আদায় করেন। এরপর বিরাট সৈন্য বাহিনী নিয়ে তিনি রাইচুর দুর্গ অবরোধ করেন। ১৯শে মে ১৫২০ সালের যুদ্ধে কৃষ্ণ রায় বিজয়ী হন ও আদিল শাহর সেনাপতি বন্দী হন। কৃষ্ণ রায় প্রচুর ধনরত্ন পান। কিছুদিনের মধ্যে দুর্গের পতন হয়। এক পর্তুগীজ ঘোড়া বিক্রেতা ও বিশজন পর্তুগীজ

বন্দুকধারী কৃষ্ণ রায়কে সাহায্য করে। অন্যান্য মুসলমান রাজারা সেই সময় ওঁকে অনুরোধ করেন বিজিত জায়গাগুলি আদিল শাহকে ফিরিয়ে দেবার জন্য। কিন্তু কৃষ্ণ রায় রাজি হন না। নুনিজ বলছেন যে কৃষ্ণ রায় এর পর বিজাপুর দখল করে গুলবর্গা ধ্বংস করেন। কিন্তু ফেরিস্তা এর উল্লেখ করেন নি। সমকালীন সাহিত্যে কৃষ্ণ রায়ের গুলবর্গা আক্রমণের উল্লেখ আছে।

রাইচুর জয় ও গুলবর্গা আক্রমণের মধ্য দিয়ে কৃষ্ণ রায়ের সামরিক অভিযানের সমাপ্তি হয়। এর পরে কৃষ্ণ রায় তাঁর জীবনের শেষ কয়েক বছর পূজা ও শিল্পচর্চা নিয়ে ছিলেন। কৃষ্ণ রায় বিজয়নগরের সর্বশ্রেষ্ঠ রাজা। পর্তুগীজ ভ্রমণকারী কৃষ্ণ রায়ের সময়ের বিজয়নগরের বর্ণনা দিয়েছেন। কৃষ্ণ রায় সাম্রাজ্যের হৃত গৌরব পুনরুদ্ধার করেছিলেন এবং দাক্ষিণাত্যের শাসকবর্গকে দূরে সরিয়ে রেখেছিলেন। রাজধানীতে তিনি বিজয় প্রাসাদ, হাজারা রাজ মন্দির ও ভিটাল মন্দির তৈরি করেছিলেন। শহরতলিতে তিনি একটি নতুন শহর, নগলপুর, তৈরি করেন। সেচের জন্য রাজবংশীর কাছে তিনি এক বিশাল জলাধার তৈরি করেন। তিনি তেলুগু ও সংস্কৃত সাহিত্যে সুপণ্ডিত ছিলেন, যদিও ওঁর লেখা মাত্র দুটি বই এখনো পর্যন্ত পাওয়া গিয়েছে। ওঁর সময়েই তেলুগু সাহিত্যে নতুন ধারা আসে, যখন সংস্কৃত পুস্তকের অনুকরণ ছেড়ে স্বাধীন লেখা শুরু হয়ে যায়। ওঁর সভায় আটজন পণ্ডিত ছিলেন বলে মনে করা হয়। পর্তুগীজ ভ্রমণকারী বারবোসা ওঁর ধর্মীয় উদারতার বিশেষ প্রশংসা করেছেন।

কৃষ্ণ রায়ের শেষ জীবন নানা গোলমালের মধ্যে কাটে। ১৫২৪ সালে উনি তাঁর ছয় বছরের ছেলে তিরুমালাকে যুবরাজ হিসাবে নির্বাচিত করেন। আট মাসের মধ্যে যুবরাজ মারা যায়। নুনিজের মতে সালুভা তিম্মা ও তার ছেলেরা ওকে বিষ প্রয়োগে হত্যা করে। সালুভার এক ছেলে বিদ্রোহ করলে অতি কষ্টে তাকে বন্দী করা হয়। গোলমালের এই সুযোগ নিয়ে আদিল শাহ রাইচুর অভিযান করেন। কৃষ্ণ রায় এগিয়ে এলে আদিল শাহ পিছিয়ে যান ও কৃষ্ণ রায় বেলগাঁও দখল করেন। ২৭শে অক্টোবর ও ২৮শে ডিসেম্বর ১৫২৯ সালের মধ্যবর্তী সময়ে কৃষ্ণ রায়ের মৃত্যু হয়।

মৃত্যুর আগে কৃষ্ণ রায় তাঁর বৈমাত্রেয় ভ্রাতা অচ্যুৎ রায়কে উত্তরাধিকারী হিসেবে মনোনীত করেছিলেন। কিন্তু কৃষ্ণ রায়ের জামাই রাম রাজা এর প্রতিবাদ করেন। অচ্যুত রায় শেষ পর্যন্ত রাম রাজাকে শাসন ক্ষমতার অংশ ছাড়তে রাজি হলে অবস্থা শান্ত হয় ও এপ্রিল ১৫৩০ সালে অচ্যুত রায় সিংহাসনে বসেন।

অচ্যুত রায়ের রাম রাজার সঙ্গে সমঝোতার আর একটা জরুরী কারণ ছিল। ওই সময় উড়িষ্যার প্রতাপরুদ্র দেব ও বিজাপুরের ইসমাইল আদিল শাহ একযোগে বিজয়নগর আক্রমণ করেছিলেন। অচ্যুত রায় সহজেই প্রতাপরুদ্রকে হারিয়ে দেন। কিন্তু আদিল শাহ রাইচুর ও মুদগল দখল করেন। আদিল শাহের মোকাবিলা করার আগে অচ্যুত রায়ের সেনাপতি দক্ষিণে বিদ্রোহ করেন। ফলে অচ্যুত রায় দক্ষিণে চলে যান। ১৩৩২ সালের মধ্যে বিদ্রোহ দমন করা হলে অচ্যুত রায় উত্তরে গিয়ে রাইচুর দুর্গ অবরোধ করেন। আগস্ট ১৩৩৪ সালে ইসমাইল আদিল শাহর মৃত্যু হলে সিংহাসন নিয়ে লড়াই বাঁধে। মল্লু আদিল শাহ সুলতান হন। কিন্তু দুইমাস পরে, ওঁর ছোট ভাই

ইব্রাহিম ওঁকে সরিয়ে সুলতান হন। নুনিজ বলছেন যে বিজাপুরের অন্তর্কলহের সুযোগ নিয়ে অচ্যুত রায় রাইচুর দখল করেন।

এই সাফ্যলের ফলে অচ্যুত রায় বিলাসের মধ্যে ডুবে গেলে সমস্ত ক্ষমতা রাম রাজার হাতে চলে গেল। রাম রাজা এবার বিদ্রোহ করে অচ্যুত রায়কে কারারুদ্ধ করে রাখলেন। কিন্তু রাম রাজা সিংহাসনে বসতে পারেন নি; অচ্যুত রায়ের দলবল এতে বাধা দিয়েছিল। রাম রাজা তখন অচ্যুত রায়ের বড় ভাইয়ের ছেলে সদাশিবকে রাজা করার চেষ্টা করেন। ইতিমধ্যে দক্ষিণের অভিজাতরা রাম রাজার বিরুদ্ধে বিদ্রোহ ঘোষণা করলে, রাম রাজা দক্ষিণে চলে যান। এই সুযোগে অচ্যুত রায়ের দল তাঁকে বন্দীদশা থেকে মুক্ত করে। রাম রাজা ফিরে এলে গৃহযুদ্ধ অবশ্যম্ভাবী হয়ে ওঠে।

বিজয়নগরের মধ্যে গোলমাল শুনে ইব্রাহিম আদিল শাহ বিজয়নগর আক্রমণ করেন। পথে কোন বাধা না পেয়ে তিনি নগলপুর ধ্বংস করে রাজধানী অবরোধ করেন। রাম রাজা যুদ্ধ না করে তাঁর জায়গীরে চলে যান এবং অচ্যুত রায় কোন বাধা দেন না। সম্ভবত তাঁর আশঙ্কা হয় আক্রমণকারীকে বাধা দিলে তারা রাম রাজার সঙ্গে হাত মেলাবে। তবে সম্পূর্ণ অপ্রত্যাশিত দিক থেকে বিজয়নগর সাহায্য পায়। বুরহান নিজাম শাহ বিজাপুর আক্রমণ করলে ইব্রাহিম বিজয়নগর ত্যাগ করে ফিরে যান। সম্ভবত তিনি এর জন্য অচ্যুত রায়ের কাছ থেকে রাইচুর দুর্গ ও দশ লক্ষ স্বর্ণমুদ্রা নিয়েছিলেন।

অচ্যুত রায়ের শেষ কয়েকটা বছরে শাসন ব্যবস্থার আরো অবনতি হয়। ওঁর শ্যালকের পরামর্শ অনুসরণ করতে গিয়ে উনি অত্যন্ত স্বৈরাচারী হয়ে উঠেন এবং সব শ্রেণীর লোকের উপর অত্যাচার চালাতে থাকেন। এর ফলে দক্ষিণের এলাকায় শাসকরা আধা স্বাধীন হয়ে যায়। ওই সময়ে পর্তুগীজরা তুতিকোরিন এলাকায় নিজেদের দখল প্রতিষ্ঠিত করে। ১৫৪২ সালের মাঝামাঝি অচ্যুত রায় মারা যান। ওঁর পুত্র প্রথম ভেঙ্কট সিংহাসনে বসলেও ওঁর মামা সালাকা রাজু তিরুমাল সব ক্ষমতা কুক্ষীগত করেন। ভেঙ্কটের মা ছেলেকে এই অবস্থা থেকে মুক্ত করতে চাইলে ভেঙ্কটকে হত্যা করা হয়। সদাশিব ছাড়া বাকী সব সম্ভাব্য দাবিদারকেও হত্যা করা হয়। সদাশিব গুট্টির দুর্গে পালিয়ে আত্মগোপন করে। তিরুমাল এবার সিংহাসনে বসে অত্যাচার শুরু করলে রাম রাজা ও তার ভাইরা তাঁকে হত্যার ষড়যন্ত্র করে। তিরুমাল ইব্রাহিম আদিল শাহকে বিজয়নগরে আক্রমণ করিয়ে ওঁকে সিংহাসনে বসান। এই অপমানকর ঘটনার ফলে অধিকাংশ অভিজাতই রাম রাজার দলে যোগ দেয়। এরা তিরুমালকে প্রতিশ্রুতি দেয় যে ইব্রাহিমকে ফেরৎ পাঠালে এরা ওঁর বশ্যতা স্বীকার করবে। আদিল শাহ পঞ্চাশ লক্ষ স্বর্ণমুদ্রা নিয়ে ফিরে যান। এর পর রাম রাজা দলবল নিয়ে বিজয়নগরে এলে তিরুমালের সঙ্গীরা পালায় এবং তিরুমালকে ধরে মাথা কেটে ফেলা হয়। রাম রাজা তখুনি সদাশিবকে গুট্টি দুর্গ থেকে এনে সম্রাট করেন ১৫৪৩ সালে। সাম্রাজ্যে সকলেই সদাশিবকে ১৫৪৩ থেকে ১৫৬৭ সাল পর্যন্ত সম্রাট বলে ধরেছে। ওঁর শিলালেখগুলিও এই সাক্ষ্য দেয়। কিন্তু আসল ক্ষমতা ছিল

রাম রাজা ও তাঁর দুই ভাইয়ের হাতে। সদাশিব রায় শুধুই পুতুল সম্রাট হয়ে ছিলেন। ওঁর নিজের একরকম বন্দীদশার মধ্যে বড় হয়ে ওঠার ফলে ব্যক্তিত্বের স্ফূরণ হয়নি। রাম রাজা একজন তুখোর রাজনীতিক ছিলেন এবং ক্ষমতাশালী লোকেদের সঙ্গে তাঁর যোগাযোগ ছিল। রাম রাজার এক পূর্বতন আত্মীয় মুহম্মদ তুঘলকের সঙ্গে লড়াই করেছিলেন। আর একজন ছিলেন সালুভা নরসিংহর সেনাপতি। রাম রাজা ও তাঁর ভাই তিরুমাল ছিলেন কৃষ্ণ রায়ের জামাই। সুতরাং সদাশিব রায় যে এত বছর রাজত্ব করেছিলেন এবং বিজয়নগরের পুরানো গৌরব আবার ফিরে আসছিল, তার মূলে ছিল রাম রাজা ও তার ভাইদের রাজনৈতিক বিচক্ষণতা। ওঁর এক দুরসম্পর্কের ভাই, ভিঠাল, ত্রাভাঙ্করের উপর বিজয়নগরের দখল কায়েম করেন। কিন্তু উত্তরের মুসলমান শাসকদের অত সহজে দূরে রাখা যায় নি, যদিও প্রথমদিকে বিজয়নগর কিছু সাফল্য লাভ করেছিল।

সদাশিবের অভিষেকের দিন থেকেই মুসলমান শাসকদের সঙ্গে গোলমাল শুরু হয়ে যায়। ফেরিস্তা বলছেন যে বিজয়নগরের গোলমালের সুযোগ নিয়ে ইব্রাহিম আদিল শাহ তাঁর সেনাপতি আসদ খানকে পাঠান আদোনী দুর্গ দখল করার জন্য। রাম রাজার পক্ষ থেকে ভেঙ্কটাদ্রী ওখানে গিয়ে প্রতিরোধ করলে সন্ধি হয়। কিছুদিন পরে ইব্রাহিম শর্ত ভেঙে আহমদনগরের বুরহান নিজামের সঙ্গে মিলে বিজয়নগরের জায়গা দখল করেন। রাম রাজা এবার পরম্পরাগত প্রতিরক্ষানীতি ছেড়ে দুই মুসলমান শাসকের মধ্যে গোলমাল বাধাতে সক্ষম হন। বুরহানকে নিয়ে রাম রাজা পরপর তিনটি যুদ্ধে ইব্রাহিমকে পরাজিত করেন। ১৫৫২ সালের মধ্যে আদিল শাহ সম্পূর্ণভাবে বিধ্বস্ত হয়ে যান। রাম রাজা রাইচুর ও মুদগল দখল করেন। বুরহান নিজাম কল্যাণী ও শোলাপুর দখল করেন। এই সময়ের মধ্যে বিজয়নগর ও পর্তুগীজদের মধ্যে একটা বাণিজ্যিক চুক্তি হয় যার ফলে বিজাপুরে ঘোড়া চালান বন্ধ হয়ে যায়। বুরহান নিজাম ১৫৫৩ সালে মারা গেলে ওঁর উত্তরাধিকারী প্রথম হোসেন নিজাম শাহ গোলকুণ্ডার কুতুব শাহ'র সঙ্গে মিলে বিজাপুর আক্রমণ করলে দাক্ষিণাত্যের ভারসাম্য নষ্ট হয়ে যায়। এর ফলে বিজাপুরের আদিল শাহ রাম রাজার কাছে সাহায্য চাইলে রাম রাজা নিজে গিয়ে গোলকুণ্ডা ও আহমদনগরের শাসকদের ফিরে যেতে বাধ্য করেন।

১৫৫৭ সালে ইব্রাহিম আদিল শাহ মারা গেলে পর ওঁর ছেলে আলি বিজয়নগরে আশ্রয় নিতে বাধ্য হন। রাম রাজা ওঁকে অভ্যর্থনা করে হোসেন শাহ'র বিরুদ্ধে তিনটি যুদ্ধে সাহায্য করেন ও ওঁকে কল্যাণীর দখল দেন। এরপর আহমদনগরের শাসক পরাজয় স্বীকার করে ১৫৫৯ সালে একটি অত্যন্ত অপমানকর চুক্তিতে স্বাক্ষর করেন। গোলকুণ্ডার শাসকও একইভাবে রাম রাজার কাছে নতিস্বীকার করেন। এইভাবে প্রায় দুই দশক ধরে রাম রাজা উত্তরের মুসলমান শাসকদের ঠেকিয়ে রেখেছিলেন।

তবে ওই সব মুসলমান শাসকদের বিবাদের মধ্যে বারবার হস্তক্ষেপ করার ফলে সেই শাসকরা বীতশ্রদ্ধ হয়ে পড়ে, যদিও কোন কোন সময়ে তারা নিজেরাই ওঁর

হস্তক্ষেপ বা সাহায্য চেয়েছিল। রাম রাজাও মুসলমান শাসকদের প্রতি ক্রমশ উদ্ধত ব্যবহার করছিলেন এবং দৌত্য কার্যের রীতিনীতি ছেড়ে ওদের আমলাদের অপমান করছিলেন। আহমদনগরের যুদ্ধে রাম রাজার সৈন্য যথেষ্ট অত্যাচার করেছিল। ফেরিস্তা বলছেন যে ওরা মুসলমান স্ত্রীলোকদের সম্মান হরণ করেছিল, মসজিদ ভেঙে ছিল এবং কোরান অপবিত্র করেছিল। এর নিশ্চিত ফলস্বরূপ সুলতানরা মিলিতভাবে ঠিক করলেন যে বিজয়নগরের প্রাধান্য বিনষ্ট করবেন। কে প্রথম রামরাজার দর্পচূর্ণ করার প্রচষ্টো শুরু করেন, এ নিয়ে মতদ্বৈত আছে। ফেরিস্তা বলছেন যে আলি আদিল শাহ প্রথম এই ধরনের মিত্রশক্তি গঠনের পরিকল্পনা করেন। পর্তুগীজ লেখক কুতো ও সাইভিদ বলেছেন যে এই কাজ প্রথম শুরু করেন আহমদনগরের সুলতান। বর্তমান গবেষণায় দেখা যাচ্ছে যে গোলকুণ্ডার সুলতান ইব্রাহিম কুতুব শাহ আহমদনগর ও বিজাপুরের মধ্যে সমঝোতা করিয়ে দেন। এরা এতকাল শোলাপুর নিয়ে যুদ্ধ করছিল। সমঝোতার ফলে হোসেন নিজাম শাহ তাঁর মেয়ে চাঁদ বিবির সঙ্গে আলি আদিল শাহর বিবাহ দেন। বিবাহে যৌতুক দেন শোলাপুর দুর্গ। ইব্রাহিম কুতুব শাহ ছিলেন হোসেন শাহর জামাই। বিদরের আলি বারিদ শাহও এই মিত্র শক্তিতে যোগদান করেন।

যখন এই সবের প্রস্তুতি চলছে, তখন আলি আদিল শাহ বিজয়নগরের কাছ থেকে রাইচুর, মুদগল ও অন্যান্য কয়েকটি দুর্গ দাবি করেন। বিজয়নগর ওই দাবি প্রত্যাখ্যান করলে চার মুসলমান শাসক এক হয়ে ২৮শে ডিসেম্বর ১৫৬৪ সালে দক্ষিণের দিকে যাত্রা করেন। রাম রাজা কৃষ্ণা নদী থেকে সিংহল দ্বীপ পর্যন্ত তাঁর সমস্ত সামন্তদের ডেকে পাঠান। দুপক্ষই তাড়াতাড়ি এগোতে থাকে এবং কৃষ্ণা নদীর উভয়পাড়ে দুপক্ষই সৈন্যদল নিয়ে মুখোমুখি দাঁড়ায়।

তালিকোটার যুদ্ধ ঃ ১৫৬৫

যুদ্ধ ঠিক কোথায় হয়েছিল এ নিয়ে মতদ্বৈত আছে। কৃষ্ণা নদীর বাইশ মাইল দূরে তালিকোটাতে সৈন্য জড় হয়েছিল বলে একে তালিকোটার যুদ্ধ বলা হয়ে থাকে। কিন্তু কোন সূত্রতে বলা হয়নি যে যুদ্ধ ওখানে হয়েছিল। ফার্সী ভাষায় লিখিত ইতিহাসে বলা হচ্ছে যে মিত্র শক্তি যখন কৃষ্ণা নদীর উত্তর পাড়ে এসে পৌঁছান তখন দেখে যে রাম রাজা দক্ষিণ পাড়ে শক্ত দেওয়াল তুলে তার উপর কামান বসিয়েছেন এবং নদীর ঘাঁটিগুলিতে কড়া পাহাড়া রয়েছে। মিত্র শক্তি তখন দু তিনদিন উত্তর পাড় ধরে পশ্চিমে রওনা হলে দক্ষিণ পাড়ের বিজয়নগরের সৈন্যরাও তাই করে। হঠাৎ এক রাতে মিত্র শক্তি পিছনে ফিরে নদী পার হতে সমর্থ হয়। রাম রাজা এসে দেখেন মিত্র শক্তি দক্ষিণ পাড়ে রয়েছে। এরপর যুদ্ধ শুরু হয়। নীলকণ্ঠ শাস্ত্রী ও ভেঙ্কট রামান্যা তেলুগু সূত্র ধরে দেখাছেন যে ফার্সী লেখকদের মত গ্রহণযোগ্য নয়। যুদ্ধটি হয়েছিল রাকাসী ও তাঙ্গাডি নামে দুটি গ্রামের মাঝের মাঠে। এটি ছিল হনুগণ্ডা পরগণায় ও কৃষ্ণা ও মালাপ্রভ নদীর সঙ্গমস্থলে। মুহম্মদ হাবিব ও খালিক আহমদ নিজামী এই মত মেনে নিয়েছেন। কিন্তু সাম্প্রতিক কালে হারুণ খান শেরওয়ানী এ

মত মানেন নি। যে তেলুগু সূত্র আগের মতের ভিত্তি, সেই সূত্রের মধ্যে নানান অসঙ্গতি দেখিয়ে তিনি অন্য মত দিয়েছেন। উনি বলছেন যে মিত্র শক্তি রাত্রে যখন হঠাৎ ফিরে যায়, তখন তাঙ্গাডির বার মাইল দূরে ইঙুলগীরে বিনা বাধায় নদী পার হয়ে দক্ষিণে বাণিহাটি গ্রামের কাছে পৌঁছায়। এটি ছিল মাস্কি নদীর সঙ্গে তার দক্ষিণের শাখার সঙ্গমস্থল। এর পরই বিজয়নগরের প্রধান সৈন্যরা বাণিহাটিতে পৌঁছালে যুদ্ধ শুরু হয়। হারুণ খান শেরওয়ানী এই যুদ্ধকে বাণিহাটির যুদ্ধ বলছেন।

সব সূত্র থেকেই পাওয়া যায় যে যুদ্ধটি হয়েছিল তেইশে জানুয়ারি ১৫৬৫ সালে। হোসেন নিজামী মাঝখানে ছিলেন এবং ওঁর বিপরীত দিকে ছিলেন রাম রাজা। হোসেন নিজামীর ডান দিকে ছিলেন আলি আদিল শাহ ও বিপরীত দিকে ছিলেন টিম্মারাজা। নিজামীর বাঁ দিকে ছিলেন ইব্রাহিম কুতুব শাহ ও আলি বারিদ। এদের বিপরীত দিকে ছিলেন ভেঙ্কটাদ্রী।

বিজয়নগরের সৈন্যরা রকেট ছুড়ে যুদ্ধ শুরু করে ও তারপর ডান ও বাঁ দিক থেকে আক্রমণ করে। হাতাহাতি যুদ্ধের পর ইব্রাহিম কুতব শাহ পিছু হটতে থাকেন। অন্য দিকে আলি আদিল শাহও আক্রমণ সহ্য না করতে পেরে পিছু হটে যান। কিন্তু ইব্রাহিম পিছু হটে সৈন্য সাজিয়ে তীব্র আক্রমণ করলে সম্ভবত ভেঙ্কটাদ্রী মারা যান। অন্য প্রান্তে টিম্মারাজার চোখে তীর বিঁধলে, তিনিও পিছু হটে যান। এরপরে বিজয়নগরের সৈন্যরা আক্রমণ করতে থাকে। মাঝখানে রাম রাজা তীব্র আক্রমণ করলেও হোসেনের ধানুকী সেনাপতি ইখতাস খান ও তুর্কি গোলন্দাজ অধ্যক্ষ চেলাবি রুমী খান আক্রমণ প্রতিহত করতে পারেন। রুমীর গোলার আঘাতে বিশেষ কিছু ক্ষয়ক্ষতি হচ্ছিল না। বিজয়নগরের সৈন্যরা মাঝখানে দৃঢ়ভাবেই দাঁড়িয়েছিল। এইবার হোসেন নিজামীর নির্দেশে তাঁর সৈন্যরা বিখ্যাত কামান *মালিক-ই ময়দান* ও আরো কয়েকটি বড় কামান সামনে নিয়ে এসে গোলাবর্ষণ করলে বিজয়নগরের কেন্দ্রের সৈন্যরা অস্বস্তিকর অবস্থার মধ্যে পড়ে। এই সময়ে পিছন থেকে হোসেন নিজামীর সৈন্যরা এগিয়ে এসে আক্রমণ করলে বিজয়নগরের কেন্দ্র ছত্রভঙ্গ হয়ে যায়। এ বিষয়ে সন্দেহ নেই যে রাম রাজা, যিনি চলমান সিংহাসনে বসেছিলেন, গোলার আঘাতে মারা যান। তবে ওঁর মৃত্যু সম্পর্কে নানা মত রয়েছে। রাম রাজার মৃত্যুর ফলেই বিজয়নগরের সৈন্যরা পালাতে শুরু করে। যুদ্ধ শুরু হয়েছিল দুপুর নাগাদ এবং বিকেল পাঁচটার মধ্যেই শেষ হয়ে যায়—অর্থাৎ চার-পাঁচ ঘণ্টা যুদ্ধ হয়েছিল। দুপক্ষে কত সৈন্য ছিল তার কোন নির্ভরযোগ্য সূত্র পাওয়া যায় না। কারো মতে এক লক্ষ লোক। আবার কারো মতে তিন লক্ষ লোক মারা গিয়েছিল। তবে এটুকু বলা যায় যে বিজয়নগরের অধিকাংশ সৈন্যই পালিয়েছিল ও পরে বিজয়নগরের রাজার সঙ্গে মিলিত হয়েছিল।

বিজয়ীরা কেন তিন থেকে দশদিন যুদ্ধক্ষেত্রে ছিলেন, তার কোন সদুত্তর পাওয়া যায় না। সম্ভবত তাঁদেরও ক্ষয়ক্ষতি বিরাট হবার ফলে তারা আর পিছনে তাড়া করেনি। রাম রাজার ভাই তিরুমাল সদাশিব রায়কে নিয়ে বিজয়নগরে এসে সমস্ত ধনরত্ন ও রাজকীয় প্রতীক ইত্যাদি নিয়ে সাম্রাজ্যের অভ্যন্তরে চলে যান। এগুলি

সুরক্ষিতভাবে নিয়ে যাবার জন্য সৈন্যদল ছিল। ওঁরা চলে যাবার পরেই শহরের আশেপাশের উপজাতিরা শহর লুণ্ঠন করে। তারপরে সুলতানরা এসে প্রায় পাঁচ মাস থেকে বাকি যা কিছু ছিল নিয়ে যান। কিন্তু এঁরা শহরটিকে একেবারে ধ্বংস করেন নি। কারণ তিরুমাল ও সদাশিব রায় আবার বিজয়নগরে ফিরে এসে বসবাস শুরু করেন। উত্তরের মুসলমান শাসকদের সঙ্গে সন্ধি করে রাম রাজা যে সব জায়গা দখল করেছিলেন, সবই দিয়ে দিতে হয়। কিছুকাল পরে তিরুমাল ও সদাশিব মুসলমান শাসকদের ভয়ে রাজধানী বিজয়নগর থেকে পেনুগোণ্ডায় সরিয়ে নিয়ে যান ও বিজয়নগর শহর পরিত্যক্ত হয়ে যায়।

ইংরাজ ঐতিহাসিকদের মত গ্রহণ করে কোন কোন ভারতীয় লেখক একে হিন্দু মুসলমান যুদ্ধ বলে আখ্যা দিয়েছেন। ১৫৬৭ সালে পর্যটক সিজার ফ্রেডারিকের সাক্ষ্য থেকে বলা হচ্ছে যে বিজয়নগরের পরাজয়ের কারণ ছিল তাদের দুজন মুসলমান সেনাপতির বিশ্বাসঘাতকতা যারা চরম মুহূর্তে সুলতানদের পক্ষে যায়। একদিকে যেমন বিজয়নগরের সৈন্যদের মধ্যে মুসলমান সৈন্য দেখা যায়, তেমনি সুলতানদের সৈন্যদলেও মারাঠা সৈন্য ছিল। ওই দিক থেকে হিন্দু মুসলমান লড়াই বলা যুক্তিসঙ্গত কিনা ভেবে দেখা দরকার। আমাদের মনে রাখতে হবে যে উড়িষ্যার হিন্দু রাজারা বিজাপুরের মুসলমান শাসকদের সঙ্গে যোগ দিয়ে বিজয়নগরের বিরুদ্ধে বারবার বহু বছর ধরে লড়াই করেছেন।

সাধারণত বলা হয়ে থাকে যে বিজয়ী মুসলমান শাসকরা শহর গুঁড়িয়ে দিয়ে ধনরত্ন নিয়ে চলে যায়। এটি প্রধানত ফেরিস্তার লেখা থেকে নেওয়া। আমরা আগে দেখেছি যে ফেরিস্তার সব বক্তব্য মানা যায় না। যুদ্ধের পরে সিজার ফ্রেডারিক বিজয়নগরে এসে সাত মাস ছিলেন। উনি বলছেন যে বিজয়ী সুলতানরা যতদিন বিজয়নগরে ছিলেন, ততদিন তাঁদের আমলারা বাড়ির নীচে খুঁড়ে লুকানো ধনরত্ন বের করার চেষ্টা করছিল। ফ্রেডারিক বলছেন যে বিজয়নগর শহর সবটা ধ্বংস হয়ে যায় নি। কিন্তু শহরে কোন লোক ছিল না। বাড়িগুলিতে বাঘ ও অন্যান্য বন্যজন্তু বাস করছিল। তিরুমাল ফিরে এলে পরে উনি বলেছেন যে প্রাসাদের কোন ক্ষতি হয়নি এবং সৈন্যরা পাঁচটি দরজায় পাহারা দিচ্ছিল। অনেকগুলি মন্দির, বাজার ও বিভিন্ন সৌধ এখনো আছে, যার থেকে বলা যায় যে শহরটির বিশেষ ক্ষতি হয়নি।

বাণিহাটি বা তালিকোটার যুদ্ধে বিজয়নগর সাম্রাজ্য শেষ হয়ে যায় নি। সাম্রাজ্যের সামরিক শক্তি ও অর্থনৈতিক সমৃদ্ধির অবক্ষয় হয়েছিল, যার ফলে মুসলমান শক্তিগুলির পক্ষে আরো দক্ষিণে ঢোকা সহজ হয়ে যায়। ১৫৬৮ সালে সদাশিব রায় সাম্রাজ্যের সম্রাট থাকলেও হীরের সিংহাসনে বসে কাজকর্ম চালাতেন তিরুমাল। সিজার ফ্রেডারিক বলছেন যে তিরুমালের ছেলে রাজাকে হত্যা করে। কিন্তু ১৫৭৬ সাল অবধি ওঁর শিলালেখ পাওয়া গিয়েছে। ওঁর মৃত্যুর পর তিরুমাল অরভিদু বংশ বা চতুর্থ বংশ শুরু করেন। ওঁর মৃত্যুর পরে প্রথম শ্রীরঙ্গ রাজা হন। এরপর দ্বিতীয় ভেঙ্কট রাজা হন ১৫৮৬ সালে। ওঁর সময়েই বিজয়নগর শেষ দীপশিখার মতো জ্বলে ওঠে। আরো কয়েকজনের পরে তৃতীয় শ্রীরঙ্গ রাজা হন, যিনি ছিলেন বিজয়নগরের

বড় রাজাদের মধ্যে একজন। সপ্তদশ শতাব্দীর মাঝামাঝি বিজয়নগর ভেঙে টুকরো টুকরো হয়ে যায়। সপ্তদশ শতাব্দীর শেষে মুঘলরা জিঞ্জি দখল করে তৎকালীন রাজাকে হটিয়ে দেয়। রাজার শেষ আশ্রয়স্থল তাঞ্জোর মুঘলদের বশ্যতা স্বীকার করে এবং মুঘলরা এ জায়গাগুলি আর্কটের নবাব নামে অভিহিত করে প্রাদেশিক শাসনকর্তা নিয়োগ করে। তৃতীয় শ্রীরঙ্গের সময়েই বিজয়নগর সাম্রাজ্য শেষ হয়ে যায়।

বিজয়নগর শহর ঃ পর্যটকদের বিবরণ

তৎকালীন বিজয়নগর শহরের বিবরণ আমরা পাই সমকালীন বিদেশী পর্যটকদের লেখা থেকে। এর মধ্যে উল্লেখযোগ্য হচ্ছে দ্বিতীয় হরিহরের ছেলে প্রথম দেব রায়ের সময়ে ইতালীয় পর্যটক নিকোলাই কন্টির ভ্রমণ বৃত্তান্ত। এরপর দ্বিতীয় দেব রায়ের সময়ে বিজয়নগরে আসেন পারস্যের দূত আবদুর রাজ্জাক এবং কৃষ্ণদেব রায়ের সময়ে আসেন কয়েকজন ভ্রমণকারী যাদের মধ্যে রয়েছেন দুয়ার্ত বারবোসা, ডোমিঙ্গো পায়েস ও ফারনাও নুনিজ। সবশেষে তালিকোটা যুদ্ধের পরে আসেন সিজার ফ্রেডারিক।

১৭৭৯ সালে কর্নেল ম্যাকেঞ্জী বিজয়নগরের জঙ্গলে ঢাকা ধ্বংসস্তূপ পরিদর্শন করেন। ১৮৫৬ সালে আলেকজান্ডার গ্রীনশ ওই সব ধ্বংসস্তূপের ছবি তোলেন, যেগুলি এখনো অপ্রকাশিত। ১৮৮০ সাল থেকে মাদ্রাজ জরীপ বিভাগ বিজয়নগরের জমির জরীপ প্রকাশ করতে শুরু করে। ১৯৭৫ সাল থেকে ভারতীয় পুরাতত্ত্ব সর্বেক্ষণ সংস্থা ও কর্ণাটক প্রত্নতাত্ত্বিক সংস্থা বিজয়নগরে কাজ শুরু করেন। বর্তমান কালে মিশেল ও তাঁর সহযোগীগণ প্রাসাদ সংলগ্ন এলাকা ও মন্দিরের উপর আকর্ষণীয় প্রকাশনা করেছেন।

তুঙ্গভদ্রা নদী যেখানে ধনুকের মতো বাঁক নিয়েছে তার ভিতরের দিকের দক্ষিণ পাড়ে ছিল পাহাড়ে ঘেরা বিজয়নগর শহর। এর বিপরীত দিকে অর্থাৎ উত্তরপাড়ে ছিল আনেগুণ্ডি দুর্গ। এই ধরনের গঠনের ফলে রাজপ্রাসাদ ও তৎসংলগ্ন এলাকা নদীর থেকে বেশ দূরে ছিল। এখানকার জলের সমস্যার সমাধানের কথা আমরা পর্তুগীজ ভ্রমণকারীদের লেখা থেকে পাই। রাজপ্রাসাদ থেকে উঁচু এলাকায় পুকুর কেটে সেখান থেকে পাথরের তৈরি বড় বড় নালী দিয়ে প্রাসাদ এলাকায় জল আনার ব্যবস্থা করা হয়েছিল, যার চিহ্ন এখনো রয়েছে। শহরের তিনদিক পাহাড়ে ঘেরা, কেবল পশ্চিমদিকই খোলা ছিল। ফলে শহরের প্রসার পশ্চিম দিকে হয়েছে। বিজয়নগর শহর ঘিরে সাতটি পাঁচিলের অস্তিত্ব পাওয়া যায়। পর্তুগীজ ভ্রমণকারীরা সপ্তম পাঁচিলের বর্ণনা করেছেন, যদিও অন্য পাঁচিলগুলির ধ্বংসাবশেষ বর্তমান। সপ্তম পাঁচিলটি শহরকে ঘিরে ছিল। মাল্যবন্ত রঘুনাথ মন্দির থেকে এটি চলে গিয়েছিল। দক্ষিণ-পশ্চিম দিকে। এই পাঁচিলের দক্ষিণের শেষে ছিল দরোজি দরজা। পাঁচিলটা পাহাড়ের গায়ে তালারিগুট্টা দরজার কাছে শেষ হয়ে যায়। সম্ভবত পাঁচিলটা ঘুরে আবার মাল্যবন্ত রঘুনাথ মন্দিরে গিয়ে শেষ হয়েছিল। এই পাঁচিলের উত্তর-

পশ্চিম ও দক্ষিণ-পূর্ব দিকে কয়েকটা বুরুজ ছিল। আনেগুণ্ডি থেকে আসার দরজা ছিল তালারিগুট্টা ও শহরে ঢোকার প্রধান ছিল দরোজি দরজা। এই সাতটি পাঁচিল ছাড়া আরো কয়েকটি পাঁচিল একে অপরের সঙ্গে সংযোগ রক্ষা করেছিল। শহরটি থেকে আর একটা পাঁচিল দিয়ে প্রাসাদ এলাকা আলাদা করে রাখা ছিল। প্রাসাদ এলাকার পাঁচিলের মধ্যে অনেকগুলি দরজা দেখতে পাওয়া যায়। উত্তর-পূর্ব দিকের দরজাটি বড়—সম্ভবত এটিই ছিল পশুপতি বাজারে যাবার দরজা যার কথা পর্তুগীজ ভ্রমণকারীরা বলেছেন। নগলপুর (বর্তমান হসপেট) যাবার পথে অনেগুলি দরজা পড়ে, যার কথা পর্তুগীজ ভ্রমণকারীরা বলেছেন।

সমকালীন ভ্রমণকারীরা বিজয়নগরে সেচ ও জল আনবার ব্যবস্থার ভূয়সী প্রশংসা করেছেন। নুনিজ বলেছেন যে কৃষ্ণদেব রায় দুটি পাহাড়ের মাঝে একটা ছোট হ্রদ তৈরি করেছিলেন। এছাড়া তিনি ধনুকের মতো একটা বড় বাঁধ তৈরি করেন যার মুখে বড় দরজা বসানো ছিল ও নীচে ছিল পাথরের নালী। এই জল চাষের জন্য ব্যবহার করার ফলে খাজনা বছরে বিশ হাজার পারাদো বেড়ে যায়। ইংরাজ ঐতিহাসিক সিওয়েল বলছেন যে এই হ্রদ তৈরি করা হয়েছিল নতুন শহর নগলপুরে জল সরবরাহ করার জন্য। ঐতিহাসিক লংহার্স্ট বলছেন যে প্রাসাদে নালী দিয়ে জল আসত, কিন্তু তার প্রধান উৎস ছিল কুয়ো। সুতরাং প্রাসাদে নদী থেকে জল আসত না। অতএব নুনিজ ও পায়েসের অভিমত গ্রহণ করা যায় না। নালীর যা ধ্বংসাবশেষ পাওয়া গিয়েছে, তার থেকে বোঝা যায় যে প্রাসাদ সংলগ্ন এলাকা ও স্নানাগারগুলিতে জল আসত কুয়ো থেকে। নালী কিছু পরে দুভাগে ভাগ হয়ে যায়। একটি চলে যায় জেনানা মহল ও অষ্টকোণ স্নানাগারের এক দিকে ও অন্যটি যায় পশ্চিমদিকের পাঁচিলের সমান্তরাল হয়ে রানীর স্নানাগারের দিকে।

কমলাপুরম থেকে এগোলে একটি স্নানাগার পাওয়া যায়, যাকে অজ্ঞাত কারণে রানীর স্নানাগার বলা হয়। এর চারপাশে পরিখার চিহ্ন আছে। বাড়ির মাঝখানে জলাধার ও চারপাশ ঘিরে ছিল ঢাকা ঝুল বারান্দা। জেনানা মহল থেকে এটি প্রায় আধমাইল দূরে। এই বাড়ির উত্তর-পূর্ব দিকে প্রাসাদ এলাকা। এখানে ছিল বড় একটা পাথরের চাতাল যাকে বলা হত *মহানবমী ডিব্বা* বা *দশেরা ডিব্বা।* পর্তুগীজ ভ্রমণকারীরা এখানের উৎসবের বিশদ বর্ণনা দিয়েছেন। পায়েস বলছেন যে উড়িষ্যা বিজয়ের পরে কৃষ্ণদেব রায় এটি তৈরি করেন। পায়েস অবশ্য একে বলেছেন বিজয় প্রাসাদ। এটি যে বহু স্তম্ভ বিশিষ্ট বিচিত্র ছিল সেটিও বলেছেন। তিনস্তর বিশিষ্ট ধ্বংসাবশেষে খোদাই করা ভাস্কর্যের কাজ দেখা যায়। এর মধ্যে বহু বিদেশীর খোদাই করা মূর্তি রয়েছে, যার মধ্যে আরব ঘোড়া বিক্রেতাদের সহজেই চিহ্নিত করা যায়।

মহানবমী ডিব্বার প্রায় দেড়শ মিটার পশ্চিমে একটা বড় আকারের পাথরের জমি দেখা যায়। পর্যটক আবদুর রাজ্জাক বলেছেন যে প্রাসাদ সংলগ্ন এলাকায় এটিই ছিল সব থেকে উঁচু বাড়ি। এর মধ্যেকার স্তম্ভগুলি থেকে মনে হয় নীচে ছিল একশটি স্তম্ভযুক্ত হলঘর। এর মুখ ছিল উত্তরদিকে। এটিই রাজার দরবার কক্ষ বলে মনে করা হচ্ছে। এই কক্ষটি ওই ঐ এলাকার অন্য সৌধগুলির মধ্যে প্রাচীনতম।

দরবার কক্ষের দক্ষিণে একটা ঘেরা জায়গা ছিল মহিলাদের জন্য সংরক্ষিত। পায়েস বলছেন যে পথের দুধারে পঁয়ত্রিশটা একতলা বাড়ি ছিল জেনানাদের ও তাদের দাস-দাসীদের জন্য। এই দরবার কক্ষের সামনে ছিল বাঁধানো চাতাল যেখানে বিভিন্ন অনুষ্ঠান হতো। পর্যটকদের লেখা থেকে দেখা যায় যে এখানেই নর্তকী ও মল্লযোদ্ধারা নানা রকম নাচ ও খেলা দেখাতেন। সারা রাজ্যের অভিজাতরা উপঢৌকন নিয়ে এখানে জড় হতেন। এর বিপরীত দিকের জমিতে ধর্মীয় অনুষ্ঠান করা হত। এখানকার এক উৎসবে নুনিজ উপস্থিত ছিলেন এবং সেই উৎসবের মনোজ্ঞ বর্ণনা রেখে গিয়েছেন।

নুনিজ এখানকার খোদাই করা ভাস্কর্যের কথা বলেছেন যার চিহ্ন এখনো আছে। একটি শোভাযাত্রার মধ্যে লম্বা চুলওয়ালা পুরুষ ও মহিলাদের দেখা যায়। লংহার্স্ট এই লোকগুলিকে জৈন ধর্মাবলম্বী বলে ধরেছেন। এর কাছেই আছে প্রাসাদের ধ্বংসাবশেষ যেখানে পাথরের ভিত্তির গায়ে খোদাই করা ভাস্কর্য দেখা যায়। এখানেও ওই ধরনের শোভাযাত্রার দৃশ্য চোখে পড়ে। নুনিজ মুষ্টিযোদ্ধাদের বর্ণনা দিয়েছেন। সে দৃশ্যও দেখা যায়। ইউরোপীয় ভ্রমণকারীরা 'হোলি' খেলার কথা বলেছেন। নিকোলাই কন্টি দেখেছিলেন যে রাজা ও রানীর গায়ে হলুদ রং দেওয়া হচ্ছে। খোদাই করা ভাস্কর্যে সেই চিত্রও দেখা যায়।

হাজারা রাম মন্দিরের কিছু উত্তরে উঁচু পাঁচিল দিয়ে ঘেরা ইন্দো-সারাসেনিক স্থাপত্য রীতিতে নির্মিত একটা বড় সৌধ আছে। এটিকে জেনানা মহল বলে ধরা হয়। আবদুর রাজ্জাক বলছেন যে মহিলারা আলাদা বাড়িতে থাকতেন এবং রাজা তাদের ডেকে পাঠাতেন। কেউ কেউ এটিকে *দিওয়ান খানা* বা কাছারী বাড়ি বলেছেন। এর সব থেকে সুন্দর বাড়ি *পদ্ম মহল*। চারপাশ খোলা বাড়িটি ছিল দোতালা। বাড়িটিতে অনেক স্তম্ভ ছিল। এটি হিন্দু-মুসলমান স্থাপত্য শৈলীর চমৎকার মিশ্রণ।

জেনানা মহলের পূর্ব দিকে একতলা বাড়িতে সারিবদ্ধ ঘর ছিল। স্থানীয় জনশ্রুতি অনুযায়ী এই এগারটি ঘরওয়ালা বাড়িকে হাতিশালা বলা হয়েছে। আবদুর রাজ্জাক বলেছিলেন হাতিদের পায়ে শেকল বেঁধে মাটিতেও দুটো আংটার সঙ্গে লাগানো থাকত। কিন্তু এখানে ওই ধরনের কোন আংটা পাওয়া যায় না। এ ছাড়া জেনানা মহলের এত কাছে কেন হাতিশালা হবে তাও পরিষ্কার নয়। এর সামনে খিলান করা বারান্দা দেওয়া ভাঙা বাড়ি দেখা যায়। জেনানা মহলের ভিতরে রক্ষীদের যে ঘরগুলি ছিল, বাড়িটিও ওই ধরনের। পর্তুগীজ ভ্রমণকারীরা বলেছেন যে জেনানা মহলের মহিলা ও পুরুষ রক্ষী ছিল। এটি পুরুষ রক্ষীদের বাসস্থান বলে ধরা যেতে পারে। কেউ কেউ একে সংগীতমহল বলেছেন।

পূর্বদিকে নিচু মাটিতে হাম্পি বাজার যার সামনে ছিল বিজয়নগরের সব থেকে পুরানো মন্দির, যাকে পম্পাপতি বা বিরুপাক্ষ মন্দির বলা হয়। এর খোদাই করা স্তম্ভ কালো পাথরের, যেগুলি একাদশ বা দ্বাদশ শতাব্দীর বলে ধরা হয়। পায়েস এই মন্দিরে এসেছিলেন। উনি বলছেন যে এই মন্দিরটি ছিল প্রধান দরজার পূর্বদিকে। এর সামনে একটা সুন্দর পথের কথা বলেছেন, যার দুপাশের বাড়িগুলি সুন্দর ও

বারান্দা দেওয়া। এই রাস্তায় রাজার একটা প্রাসাদ ছিল। এখানে এসে রাজা থাকতেন। উচ্চ শ্রেণীর লোকেদের থাকার জন্য সুন্দর বাড়ি ছিল। পায়েস রথযাত্রার ও হাম্পি বাজারের বিশদ বর্ণনা দিয়েছেন। মন্দিরের বাইরে দুটি কাঠের রথ ছিল যেগুলি রাস্তায় কিছুদূরে টেনে নিয়ে যাওয়া হতো ও আবার মন্দিরে ফিরিয়ে আনা হতো। বিজয়নগরের চারটি বড় বাজারের মধ্যে এটি অন্যতম ছিল। এর সামনে গোপুরমের কথা পায়েস বলেছেন। এই মন্দিরের একটি বৈশিষ্ট্য যে তুঙ্গভদ্রা নদীর একটা ছোট শাখা মন্দিরের চাতালের মধ্যে দিয়ে নেমে গিয়েছে।

নদীর ধার ঘেঁষে উত্তর-পূর্ব দিকে গেলে আর একটা বড় ধ্বংসস্তূপ দেখা যায়। এটি ছিল সুলাই বাজার বা নাচনেওয়ালীদের রাস্তা। এই রাস্তা ধরে অচ্যুত রায়ের মন্দিরে যাওয়া যেত। রাস্তার দুধারের বাড়িগুলি ভেঙে পড়েছে। এখানে সম্ভবত নর্তকীরা থাকত। পায়েস বলছেন যে প্রত্যেক নর্তকীর আলাদা ঘর ছিল। উনি অবশ্য এই সব নর্তকীদের বেশ্যা বলে ধরেন নি। উনি বলছেন যে মন্দিরের যে কোন উৎসবে এরা অন্যান্য মহিলাদের সঙ্গে নাচগান করতে করতে যেত। এমনকি নবরাত্রি উৎসবেও পায়েস দেখেছেন যে এরা নানা ধরনের সোনা, হীরে ও মোতির গয়না পরে দুই সারিতে নাচছে। তিনি সকালে এদের মন্দিরের মধ্যেও নাচতে দেখেছেন। এদের ঐশ্বর্য্যর বর্ণনা করতে গিয়ে উনি বলেছেন যে এরা গলায় সোনা, হীরে, মোতি ও রুবির হার পরত, হাতে ও কোমরে ওই ধরনের অলংকার, এমনকি পায়েও ওরা ওই ধরনের গয়না পরত। এদের এত ঐশ্বর্য কেন এ নিয়ে পায়েস বিস্ময় প্রকাশ করেছেন। অন্যান্য মহিলাদের জমি দেওয়া হয়েছিল এবং ওদের এত দাস-দাসী ছিল, তার সংখ্যা নিরূপণ করা সম্ভব নয়। উনি শহরের এক মহিলার কথা বলছেন যার কাছে নগদ এক লক্ষ স্বর্ণমুদ্রা ছিল। প্রথম দলটি যে দেবদাসী সে বিষয়ে সন্দেহ নেই, যদিও পায়েস নিশ্চিত করে বলেন নি।

অসংখ্য মন্দির ও প্রাসাদে ভরা বিজয়নগর ছিল মধ্যযুগীয় ভারত ভূখণ্ডের সব থেকে বড় শহর। পায়েসের বর্ণনার সারাংশ এখানে দেওয়া যেতে পারে। কাছের একটা বড় পাহাড়ে উঠে, পায়েস সম্পূর্ণ শহরটিকে দেখার চেষ্টা করেছিলেন। তবে তেমন উঁচু পাহাড় তিনি পাননি বলে স্বীকার করেছেন কারণ শহরটা অনেকগুলো পাহাড়ের মধ্যে ছড়িয়ে ছিল।

পায়েস রোম শহরের সঙ্গে বিজয়নগর শহরের তুলনা করেছেন। এই শহরটি রোমের মতো চমৎকার দেখতে বলে প্রশংসা করেছেন। শহরের মধ্যে বহু বাগান ছিল, যার ফলে জায়গায় জায়গায় জঙ্গলের মতো দেখাত। কয়েকটা হ্রদ ছিল যার জল নালির মধ্য দিয়ে নিয়ে যাওয়া হতো। মুসলমানদের আলাদা এলাকা ছিল যার কাছ দিয়ে নিচু নদী বয়ে যেত। সাদা আঙুরের বাগিচা দেখা যেত। শহরে এত অগণিত লোক যে পথ চলতে কষ্ট হতো। এখানে সব থেকে সস্তায় ভালো শস্য ও খাবার পাওয়া যেত। এত অসংখ্য বলদ বাজারে মাল নিয়ে যেত যে রাস্তা পেরোনোর জন্য বহুক্ষণ অপেক্ষা করতে হতো। বাইরে জিনিসপত্রের দাম বেশি, কিন্তু শহরের মধ্যে দাম কম ছিল। নানারকম পাখির মাংস পাওয়া যেত। বাজারে জীবন্ত পশু পাখিও

কিনতে পাওয়া যেত। ইতালির পায়রার মতো পায়রা ও খরগোশ পাওয়া যেত। নানা ধরনের ফল ও দুধ সস্তায় পাওয়া যেত।

নুনিজ কৃষ্ণদেব রায়ের তৈরি নতুন শহর নগলপুরের কথা বলেছেন। শহরটি পাঁচিল দিয়ে ঘেরা ছিল। একটা বড় বাঁধানো পথ মাঝখান দিয়ে চলে গিয়েছিল যার দুপাশে সারিবদ্ধ বাড়ি। রাজার আদেশমত, অভিজাতরা এখানে বাড়ি তৈরি করেছেন। অন্যান্য রাস্তাও ছিল, যার মধ্যে একটা সুন্দর রাস্তার কথা নুনিজ বলেছেন। রাস্তাটি তখন ছিল দেড় মাইল লম্বা।

পর্তুগীজ ভ্রমণকারীরা বলেছেন যে বিজয়নগরে বা নগলপুরে কিছুই উৎপাদন হতো না। সবই বাইরে থেকে আসত। রাজা বিজয়নগরের প্রধান দরজা ইজারা দিয়েছিলেন বছরে বার হাজার পর্তুগীজ স্বর্ণমুদ্রায়। শহরের ভিতরে মাল নিয়ে ঢুকতে বা বেরোতে গেলে কর দিতে হতো। দুটি শহরেই প্রতিদিন বাইরে থেকে মাল নিয়ে দুহাজার বলদ আসত। অভিজাতদের জমি দেওয়া হতো রাজ্যের বিভিন্ন জায়গায়। এই জমির আয়ের শতকরা পঞ্চাশ ভাগ রাজাকে দিতে হতো। বাকি পঞ্চাশ ভাগ অভিজাতরা নিজেদের ও সৈন্যদের খরচের জন্য রাখত। ওই অর্থ রাজাকে দেবার জন্য অভিজাতরা সাধারণ লোকেদের উপর নানারকম জোর জবরদস্তি করে।

পায়েস শুনেছিলেন যে শহরে এক লক্ষ বাড়ি ছিল। নুনিজ বলছেন রাজার ছয় লক্ষ সৈন্য ছিল। ষোড়শ শতাব্দীর প্রথম দিকে যখন পায়েস বিজয়নগরকে রোমের সঙ্গে তুলনা করেছেন তখন রোমের জনসংখ্যা ছিল ত্রিশ হাজার। সুতরাং জনসংখ্যার দিক দিয়ে পায়েস রোমের সঙ্গে তুলনা করেন নি। এক লক্ষ বাড়ির মধ্যে পরিবার পিছু পাঁচজন লোক ধরলে, দাস-দাসী ও কুঁড়েঘর বাদ দিয়ে জনসংখ্যা হয় পাঁচ লক্ষ। ষোড়শ শতাব্দীর শেষের দিকে ফতেপুর সিক্রী ও বাংলার গৌড় শহরের জনসংখ্যার থেকে এটা দ্বিগুণেরও বেশি। সুতরাং শহরে এক লক্ষ বাড়ি ছিল—পায়েসের এই বক্তব্য মানা শক্ত।

পায়েস যখন রোমের কথা বলছেন তখন রোম শহরের প্রসার শুরু হয়েছিল নদীর ধার ঘেঁষে। পায়েস যদি মাতঙ্গ পাহাড়ে উঠে থাকেন তাহলে বলা যায় যে বিজয়নগরের প্রসার শুরু হয়েছিল নদীর ধার ঘেঁষে। অর্থাৎ হাম্পি গ্রাম থেকে শহর কৃষ্ণপুরমের দিকে এসেছিল। কিন্তু এ প্রসারও কিছুদূর গিয়ে দেয়ালে আটকে যায়। সম্ভবত শহরটি পাঁচিল অতিক্রম করে পাঁচিলের বাইরে এগিয়েছিল। কারণ পাঁচিলের বাইরে ধনাপুরম বলে একটা ছোট শহর পাওয়া যায়। অবশ্য প্রত্নতত্ত্বের কাজ না হওয়াতে বলা যায় না যে এটা কোন সময়ের শহর। রোম শহর যেমন পাহাড়ের মধ্যে তৈরি হয়েছে, পায়েস ওই দৃষ্টিতেই বিজয়নগরকে দেখেছেন।

নিকোলাই কন্টি পঞ্চদশ শতকের গোড়ার দিকে এসেছিলেন। তিনি শহরের ব্যাসার্ধ ধরেছিলেন ষাট মাইল। তা হলে পরবর্তী শতাব্দীর গোড়ার দিকে পাঁচ লক্ষ জনসংখ্যা ধরলে (যা নিয়ে সন্দেহ আছে), লোকসংখ্যার ঘনত্ব দাঁড়ায় প্রতি বর্গমাইলে বারশো লোকের কাছাকাছি, যা গৌড়ের জনসংখ্যার ঘনত্বের থেকে কম। কিন্তু কন্টির হিসাব থেকে পাহাড়, পুকুর, রাস্তা, মন্দির, প্রাসাদ এলাকা ইত্যাদি বাদ দিলে ঘনত্ব

আরো বেড়ে যাবে। সাম্প্রতিক প্রত্নতাত্ত্বিক গবেষণায় দেখা গিয়েছে যে শহরের প্রান্তিক এলাকার তুলনার মধ্যশহর এলাকার ঘনত্ব অনেক বেশি ছিল। গবেষক মরিসন দেখিয়েছেন যে প্রাসাদসংলগ্ন এলাকার তুলনায় শহরে মাঝখানে বসতি অনেক ঘন ছিল। ভ্রমণকারীরা প্রাসাদ এলাকা থেকে বেরিয়ে নদীর ধারে জনবহুল পথ, বাজারে ভীড় ও পায়ে হাঁটার সমস্যার কথা বলেছেন। পথের দুধারে সারিবদ্ধ বাড়ির ধ্বংসাবশেষ এই ঘনবসতির সাক্ষ্য দেয়।

এই বিশাল জনবহুল শহরের প্রধান চাহিদা ছিল খাদ্য ও অন্যান্য সামগ্রী। এই চাহিদা মেটাতে অন্তত চারটি বড় বাজারের নির্দেশ পাওয়া যায়। ভ্রমণকারীদের কেউ কেউ বলেছেন যে শহরের মধ্যে কোন কোন জায়গার ধান ও তরকারি হতো। এই উৎপাদন অবশ্যই সামান্য কিছু লোকের চাহিদা পূরণ করতে পারে মাত্র। সব মধ্যযুগীয় ভারতীয় শহরেই এই বৈশিষ্ট্য দেখা যায়। নুনিজ পরিষ্কার বলছেন যে বাইরে কোন খাবার উৎপাদন হতো না, দূরদূরান্ত এমনকি মালাবার থেকেও প্রতিদিন বলদে করে শহরে মাল আসত। এই শহর গ্রামাঞ্চল ও সুদূর প্রদেশগুলি উৎপন্ন ও মাল পাঠানোর উপর নির্ভরশীল ছিল। আগেই দেখা হয়েছে প্রদেশের মধ্যে অভিজাতদের যে জাগীর (ইক্তার সঙ্গে তুলনা করেছেন ইরফান হাবিব) ছিল, তার অর্ধেক খাজনা হিসাবে কেন্দ্রে পাঠাতে হতো। উল্লেখযোগ্য যে কয়েকটা ভারতীয় শহরের প্রান্তে ও শহরতলিতে যে কুটির শিল্প ও কারিগরদের উপস্থিতি দেখা যায়, এখানে তার কোন নিদর্শন নেই।

পর্যটকেরা বলেছেন যে বাইরের মাল ভিতরে এলে কর দিতে হতো। এর সঙ্গে মাল আনার খরচ ধরলে, এই শহরের মধ্যে খাদ্য ও জিনিসের দাম কম হবার কথা নয় গ্রামাঞ্চলের তুলনায়। কিন্তু পর্যটকেরা বলছেন যে শহরে জিনিসপত্রের দাম বেশ সস্তা ছিল। এর থেকে বলা যায় যে জোর করে উৎপাদন করানো হতো ও উৎপাদকরা তাদের শ্রমের যথার্থ মূল্য পেত না। নুনিজের বক্তব্য একে সমর্থন করে। সমকালীন শিলালেখ থেকেও এই ধারণা পাওয়া যায়। এই ধরনের ব্যবস্থার ফলে বিজয়নগর সাম্রাজ্যের চেহারা হয়েছিল পিরামিডের মতো যার চূড়ায় ছিল বিজয়নগর শহর। টাকা, পণ্য, বিলাস-সামগ্রী সবই কেন্দ্রীভূত হয়ে একটা পরগাছা শহর হিসাবে দাঁড়িয়েছিল।

বিজয়নগর শহরের মধ্যেকার সমাজে ব্রাহ্মণ্য ধর্মের কঠোর মনোভাব দেখা যায় না। স্থাপত্য ও সংস্কৃতিতে মিশ্র ভাব লক্ষ্য করা যায়। পর্তুগীজ ভ্রমণকারীরা মুসলমানদের এলাকা দেখেছেন এবং মুসলমান সৈন্যরা মহানবমী উৎসবে অংশ নিচ্ছে, এ কথাও বলেছেন। বাজার সম্বন্ধে বিদেশীদের মন্তব্য আরো স্পষ্ট। পর্তুগীজ পর্যটকরা বাজারে সবরকম পশুপাখি জীবন্ত অবস্থায় বিক্রি হতে দেখেছেন। নুনিজ বলছেন যে রাজা গরু ও মোষের মাংস ছাড়া আর সব পশুপাখির মাংস খেতেন। অভিজাতরা রাজাকে নানান ধরনের পশুপাখি উপহার দিতেন। মহানবমীর উৎসবে মোষ বলি দিতে পর্তুগীজ পর্যটক দেখেছেন। এই শহরে বিদেশী বণিক বিশেষত আরব ও পর্তুগীজরা ঘোড়া বিক্রি করতে আসত। এ সবের ফলে একটা মিশ্র সংস্কৃতি

গড়ে উঠেছিল যেখানে উৎসব উপলক্ষে রাজা, ব্রাহ্মণ, ঘোড়া ও দেবদাসীদের সহাবস্থান লক্ষ্য করা যায়। এর মধ্যে নিরামিশাষী জৈন বণিক ও বৌদ্ধদের সংখ্যা কম ছিল বলে মনে হয় না, কারণ তাদের অসংখ্য মন্দির পাওয়া গিয়েছে। এদের সঙ্গে সহাবস্থানের চিত্রও পাওয়া যায়। বিজয়নগরের স্থাপত্যশৈলীতে হিন্দু, বৌদ্ধ, জৈন ও ইসলামী রীতির পরিচয় সহজেই পাওয়া যায় যা মিশ্র সংস্কৃতি ও সহাবস্থানের দিকে ইঙ্গিত করে। বলা দরকার যে এই সব উৎসবে তুঙ্গভদ্রা নদীর কোন স্থান নেই। নদী এখানে উপেক্ষিত। নতুন শহর যেটি তৈরি হচ্ছিল সেটি নদী থেকে দূরে। উল্লেখযোগ্য যে পর্তুগীজ কর্মকাররা বিজয়নগরে এসেছিলেন হ্রদের জল ধরে ওই জল নালী দিয়ে নিয়ে আসার জন্য। নদীর জল কিন্তু আনার চেষ্টা হয়নি। এর এক সম্ভাব্য কারণ হয়ত ছিল যে শহরটা হাম্পি গ্রাম ও নদী থেকে অনেক উঁচুতে। যার ফলে বর্ষায় পাহাড় থেকে বেরিয়ে আসা জল ধরা ছাড়া আর কোন উপায় ছিল না।

বিজয়নগরের সাম্রাজ্যের প্রধান দ্বন্দ্ব নিহিত ছিল তার আর্থ-সামাজিক অবস্থার মধ্যে। একদিকে কর বাড়ানোর জন্য জোর-জবরদস্তি ও অন্যদিকে ছিল গ্রামাঞ্চলের উপর কেন্দ্রের সম্পূর্ণ নির্ভরতা। এর মধ্যে শাসকদের ও অভিজাতবর্গের বিলাসবহুল জীবনযাত্রার কথা বিদেশী পর্যটকেরা বলে গিয়েছেন। আগেই দেখা গিয়েছে যে তালিকোটার যুদ্ধ হিন্দু-মুসলমান যুদ্ধ নয়। একদিক থেকে বিজয়নগরের পতনের কারণ পররাষ্ট্রনীতির ব্যর্থতা। কিন্তু মুসলমান শাসকরা যে শহর ভেঙে দিয়েছিল এটা সত্য নয়। অন্তত সিজার ফ্রেডারিকের লেখা সেটাই দেখায়।

বিজয়নগরের আকস্মিক উত্থান-পতন সমকালীন আর্থ-সামাজিক ও রাজনৈতিক শক্তির সংঘাতের ফলে হয়েছিল। ঊনবিংশ শতাব্দীর ইংরাজ ঐতিহাসিকরা হিন্দু-মুসলমান লড়াইকে মূল কারণ বলে ধরেছেন। ওই মতবাদ বদলানোর সময় এসেছে।

১১

সুলতানী শাসন কাঠামো ঃ চরিত্র, আদর্শ, বিভাগ, জমি, বাণিজ্য

সরকারের চরিত্র

সুলতানাতের চরিত্র কেমন ছিল, চরিত্রটি ধর্মীয় কিনা— এ নিয়ে বিতর্ক আছে। সরকারের ধর্মীয় চরিত্র বলতে বোঝায় যে এমন একটা সরকার যেখানে ভগবানকে শাসক হিসাবে ধরা হয় এবং ওঁর আইনগুলি ভগবানের প্রতিনিধিরা মেনে চলেন। ইসলামিয় সরকারে আল্লাই শাসক এবং কোরান হচ্ছে আইন। ইসলামিয় আইন হচ্ছে ভগবানের ভক্তি যা নবীর মধ্য দিয়ে প্রকাশিত হয়েছে। এই আইনের ব্যাখ্যা নবী করেছেন, যেগুলি *হাদিস* হিসাবে এসেছে। এর মধ্যে আছে নবীর কথা ও কাজ। ইসলামিয় আইন *কোরান* ও *হাদিস* এর উপর ভিত্তি করে তৈরি। কাগজে কলমে ইসলামিক সরকারকে দিব্যতন্ত্র বলা যায়। কিন্তু নবী চলে যাবার পর কালক্রমে এতে এত পরিবর্তন আসে যে একে ইসলামিক বলে চেনা শক্ত হয়ে পড়ে, যদিও বলা হতে থাকে যে এটা ইসলামিয় রাষ্ট্র। রাজতন্ত্র এসে যাবার পর এই পরিবর্তন আরো চোখে পড়তে থাকে।

ভারতের সুলতানাত একটা রাজতন্ত্র যার সম্বন্ধে হজরত নবী কিছু বলেন নি। এখানকার মুসলমান রাজনৈতিক নেতারা এটা বুঝতে পেরেছিল যে নবীর যুগের আইন দিয়ে এখানে শান্তি ও শৃঙ্খলা রক্ষা করা যাবে না। এঁরা মনে করলেন যে ইরানের সম্রাটদের প্রচলিত আইন মেনে চললে সুবিধা হবে, যার ফলে একটা অন্যরকম অবস্থার সৃষ্টি হয়। সাধারণত মুসলমান রাজারা ইরানীয় তত্ত্ব গ্রহণ করেছেন। ফলে তাদের নিজেদের ক্ষমতা কুক্ষিগত করা সহজ হয়ে আসে, যেটা নবীর আদর্শের থেকে অনেক দূরে। রাজারা এই কাজে শহরের শিক্ষাবিদ ও উলেমাদের সাহায্য পেয়েছেন। সরকারি উৎসাহ পেয়ে তারা সুলতানের আদর্শকে ন্যায্য বলে স্বীকার করেছে। ধর্মীয় শাসন জানানোর জন্য ও শত্রুদের দূরে রাখার জন্য তারা সরকারের হাত শক্ত করার পক্ষে রায় দিয়েছে।

উলেমাদের সঙ্গে মুসলমান সরকারের একটা ফারাক গড়ে উঠেছিল। মদিনাতে

বসে উলেমারা যে সব আইন তৈরি করছিলেন, দেখা গেল মুসলমান সরকারের অবস্থার প্রভেদে সেগুলি কার্যকরী হচ্ছে না। মদিনার পতন হলে ও খলিফাকে বাগদাদে সরিয়ে নিয়ে যাওয়া হলে পারসিক প্রভাব মুসলমান সরকারগুলির উপর বেশি মাত্রায় পড়তে থাকে। আরবরা পারসিক পরম্পরার মধ্যে রাজ্য শাসনের কৌশল খুঁজে পায়, উপজাতীয় গণতন্ত্রের পরম্পরা নয়। পারসিক রাজার শাসনপদ্ধতি সরকারের বিভিন্ন বিভাগের কাজকর্ম, এমনকি হারেমের বিভিন্ন প্রথা সবই আসে। সামাজিক ব্যবহারেও ওই পারসিক রীতিনীতি চালু হয়ে যায়। সামাজিক উৎসব নওরোজ, পোলো ও দাবা খেলা সবই ওখান থেকে এসেছে। এর মধ্যে উল্লেখযোগ্য হচ্ছে পারসিক রাজাদের ঐশ্বরিক শক্তি। বাগদাদ থেকে এই সব ধারণা গজনীতে ছড়িয়ে পড়ে ও তারপর মুসলিম জগতের বিভিন্ন অংশে চলে যায়। দিল্লি সুলতানদের রাজনৈতিক চিন্তাধারার উৎস ছিল গজনী। দিল্লির সরকারে বিভিন্ন বিভাগীয় প্রধানদের উপাধিও নেওয়া হয়েছিল পারসিক দরবার থেকে। এমনকি মুকুটের চেহারাটাও ওই রকম ছিল। পুরানো পারসিক সাসানিদ বংশের চিন্তাধারা ও মনোভাব গজনীর সুলতানরা প্রায় সবটাই গ্রহণ করেছিলেন। এই ঐশ্বরিক রাজশক্তির ফলে পারসিক রাজারা সার্বভৌম শাসক হয়ে যান, যে ধারণার সঙ্গে ইসলামের প্রথম দিকের ধারণার তফাৎ আছে। সমস্যার সমাধান হয়েছিল যখন ঐশ্বরিক রাজশক্তি সুলতানকে আরোপ না করে, তার পদের উপরে আরোপ করা হয়। কাগজে কলমে এটা করা হলেও বাস্তবে সুলতানরাই এই দাবি ছাড়েননি। সুলতানকে বলা হতে লাগল ভগবানের ছায়া। বাস্তবে এতে কোন সমাধান হয় নি। দিল্লির সুলতানদের সামনে আভূমি নত হয়ে অভিবাদন জানানোর রীতি তৈরি হয়ে গিয়েছিল।

দিল্লির সুলতানরা প্রথম থেকেই রাজ্য বিস্তার ও সাম্রাজ্য গড়ার স্বপ্ন দেখে এসেছিলেন। ইলতুৎমিসের সময় থেকেই এটা শুরু হয়ে যায় এবং আলাউদ্দীন খলজীর সময়ে চরমে ওঠে। শেষকালে এত বড় সাম্রাজ্য শাসন করা প্রায় অসম্ভব হয়ে পড়ে। কিন্তু হিন্দুস্থানের মধ্যে নানা ধরনের পরম্পরা চলে এসেছিল। সেগুলির বড় অংশ গ্রহণ না করে সুলতান ও তাঁর অভিজাতদের কোন উপায় ছিল না। এগুলি এমনভাবে মুসলিম ভাবধারার মধ্যে মিশে গিয়েছিল যে তৈমুরলঙ্গ এই অছিলায় আক্রমণ করতে দ্বিধা করেন নি। মুসলমান রাষ্ট্রচিন্তা ও শাসনব্যবস্থার মধ্যে এই একটা সীমাবদ্ধতা কাজ করছিল।

দিল্লির সুলতানদের আরো একটি বৈশিষ্ট্য দেখা যায়। সুলতান ও তাঁর শাসক গোষ্ঠী একই ধর্মে বিশ্বাস করেন। ব্যক্তিগত জীবনে সুলতান সব ধর্মীয় নিয়ম না মানতেও পারেন, কিন্তু জনগণের সামনে তাঁকে ইসলামের আচার ব্যবহার মেনে চলতে হতো। ভারতে ইসলামের প্রথম যুগে সুলতান ও মুসলমান জনগণের মধ্যে ইসলামই ছিল বড় বাঁধন। ইসলামের প্রতি শ্রদ্ধা জানালে সুলতানের মর্যাদা আরো বাড়ত।

প্রথম দিকে ঐশ্বরীয় শক্তিতে আচ্ছন্ন হয়ে সুলতান তাঁর সৈন্য ও অভিজাতদের মাহিনা দিতেন এবং দেখাতেন যে তিনি সর্বসাধারণের উপরে। কিছুকাল পরে

শাসনব্যবস্থা আরো প্রতিষ্ঠিত হলে সুলতান নিজেকে দেখাতে চাইতেন যে তিনি সকলের রক্ষক। রাজ্যে শান্তি শৃঙ্খলা বজায় রাখা, ব্যবসা-বাণিজ্য বাড়ানো, দুর্ভিক্ষ ও অন্যান্য দুর্ঘটনার সময়ে দুর্গতদের সাহায্য করা ও বিচার ব্যবস্থা চালানো মুখ্য উদ্দেশ্য হয়ে দাঁড়াত। সুলতানী যুগের শেষ দিকে সুলতানের এই পিতৃসুলভ মনোভাবের পরিচয় পাওয়া যেতে থাকে। একদিক থেকে দেখতে গেলে সুলতানের ক্ষমতার সীমাবদ্ধতা ছিল না, কিন্তু বাস্তবে সুলতানরা বিভিন্ন বাধার সম্মুখীন হতেন।

মদিনা থেকে দামাস্কাসে সরকার চলে গেলে সরকারি নীতি ক্রমশ কোরানের আদর্শ থেকে সরে আসতে থাকে। সিরিয়া থেকে ক্ষমতার কেন্দ্র চলে গেলে শাসকদের মনোভাবের বদল হতে থাকে। হজরৎ মুহম্মদ সারা জীবন দারিদ্র্যর মধ্যে কাটাতে দ্বিধা করেন নি। তিনি চেয়েছিলেন যে তাঁর অনুচররা ধন-সম্পত্তির প্রতি আকৃষ্ট হবে না। কিন্তু আশেপাশের ধনী শহরগুলির পতন হলে প্রচুর ধনরত্ন ইসলামের রাজধানীতে আসতে থাকে, যেগুলি হজরৎ মুহম্মদের অনুচররা ব্যবহার করতে দ্বিধা করেনি। পুরানো পন্থীরা শঙ্কিত হলেও পরিবর্তনের জোয়ার ঠেকাতে পারেন নি। ফলে ভোগবাদী জীবনধারায় সব ভাসিয়ে নিয়ে যায়।

গজনীর পাহাড় ঘেরা রাজ্যে বা অন্য কোন মুসলিম শাসকদের এই ভোগবাদী জীবন উপভোগ করার সেরকম সুবিধা ছিল না যতটা ছিল দিল্লির সুলতানদের। সামরিক শক্তির দ্বারা প্রতিষ্ঠিত হিন্দুস্থানের সুলতানরা রাজকোষের অর্থ তাঁদের ব্যক্তিগত সম্পত্তি হিসেবে গণ্য করতেন। স্বেচ্ছাচার ও উৎপীড়ন ছিল তাঁদের রাজ্যশাসনের নীতি। এর সঙ্গে শরিয়তের মিল ছিল খুবই কম।

এই ফারাক বহুক্ষেত্রে দেখা যায়। সুলতানরা ইসলামের বহু বিধি অনুসরণ করতেন যার মধ্যে ছিল সুলতান নির্বাচনের নীতি, উত্তরাধিকারসূত্রে প্রাপ্ত সম্পত্তি ভাগ করার রীতি ইত্যাদি। দেখা যায় যে সুলতানী রাজত্বের আইনকানুন শরিয়ত থেকে পৃথক হয়ে পড়েছিল। সুলতানকে কোরানের আদর্শ মেনে কাজ করানোর ক্ষেত্রে সুলতানী আমলের ধর্মীয় ব্যক্তিদের কোন ক্ষমতা ছিল না। সুলতানের স্বেচ্ছাচারিতা বন্ধ করা বা তাঁর উপরে চাপ সৃষ্টি করার মতো উপায় তাঁরা খুঁজে পান নি। এর ফলে ধর্মীয় ব্যক্তিদের একটা অংশ সুলতানী শাসনের সঙ্গে সম্পর্ক রাখতেন না। এঁরা ছিলেন সুফি ও মরমিয়া গোষ্ঠীর। দ্বিতীয় গোষ্ঠী, যাঁদের *উলেমা* বলা হয়, সুলতানের সঙ্গে আপোষ করেছিলেন। এই ধরনের বোঝাপড়া সহজ হয়েছিল এই কারণে যে সুলতানরা প্রকাশ্যে তাঁদের আচার-ব্যবহারে ধর্ম রক্ষার নিয়মাবলী মেনে চলতেন। সুলতানদের ধর্মীয় ক্রিয়াকলাপ কতকগুলি কর্তব্য পালনের মধ্যে সীমাবদ্ধ ছিল। এর মধ্যে ছিল বিশেষ বিশেষ দিনে নমাজে যোগ দেওয়া, জনহিতকর কাজের জন্য অর্থ সংগ্রহ ও দান করা, ইসলাম বিরোধী নতুন ধর্ম বা অনুষ্ঠান দমন করা ইত্যাদি। বারানী বলছেন যে ইলতুৎমিস স্বীকার করেছিলেন যে সুলতানী শাসন ছিল ধর্মনিরপেক্ষ। ফলে ওই শাসনকালেই হিন্দুদের পরম্পরা চলে এসেছে। সুলতানরা বিচার বিভাগে প্রভাবশালী ধার্মিক মুসলমানদের নিয়োগ করতেন। যারা ভবিষ্যতে সুলতান বিরোধী হতে পারে, এরকম লোকদের সরিয়ে এনেছিলেন। বিরোধীপক্ষকে দুর্বল করা ছাড়াও বিশাল হিন্দু শক্তিগুলির

মধ্যে থেকে সুলতান ইসলাম ধর্মকে প্রধান আশ্রয় বলে মনে করেছিলেন। ইসলাম ধর্মের রীতিনীতি অবশ্য কেবলমাত্র প্রকাশ্য ধর্মীয় অনুষ্ঠান ও কয়েকটি কর্তব্যর মধ্যে সীমাবদ্ধ ছিল।

রাজ্য জয়ে ও রাজ্য শাসনে ব্যস্ত থাকার ফলে সুলতানরা ধর্মের প্রসারে মন দিতে পারেন নি। তাছাড়া ধর্মীয় অনুদান ও অনুষ্ঠান সুষ্ঠভাবে করার জন্য *শেখ-উল ইসলাম* ও *সদর-উস সুদুর* নামে দুটি পদ সৃষ্টি করেছিলেন। নতুন সুলতান হলে মসজিদ থেকে প্রার্থনার সময় সুলতানের নাম বলা হতো, যাকে খুৎবা বলা হয়। এছাড়া নতুন মুদ্রা চালু করে সুলতানের নাম উৎকীর্ণ করা হতো, যেগুলি ছিল সুলতানের সার্বভৌমতার প্রতীক। সুলতানরা বিভিন্ন জায়গায় মসজিদ তৈরি করেছিলেন, জুম্মার নমাজে যোগ দিতেন ও বছরে দুবার ঈদ উপলক্ষে প্রার্থনায় যোগ দিতেন। রাজনৈতিক কারণে হিন্দুশক্তির বিরুদ্ধে যুদ্ধ যাত্রা করলেও বলা হতো ধর্ম রক্ষার জন্যই তাঁরা যুদ্ধ করছেন। তবে এটাও ঠিক যে সুলতানী শাসনে হিন্দু প্রজাদের বিরুদ্ধে উত্তেজনা সৃষ্টি করার প্রশ্রয় দেন নি শাসকেরা, যদিও উলেমাদের এক অংশ ওই ধরনের চরম নীতি নেবার পক্ষপাতি ছিলেন। এ সত্ত্বেও উলেমারা সুলতানী শাসনকে ধর্মীয় ও ন্যায়সঙ্গত করার জন্য নানারকম ধর্মীয় ও নৈতিক কারণ খুঁজে বার করতেন। হিন্দু পরিমণ্ডলের মধ্যে মুসলমান জনগণের সাহায্য পাবার জন্য উলেমাদের মদত পাওয়া সুলতানের কাছে জরুরী ছিল। উলেমাদের ব্যাখ্যায় দিল্লির সুলতান ছিলেন আল্লা-নির্দেশিত ব্যক্তি এবং এই আদেশ ইমামের আদেশ ছিল মেনে চলাই হজরৎ নবীর আদেশ বা আল্লার বিধান। এর ফলে প্রজাদের কাছে সুলতান আল্লার প্রতিভূ হিসাবে পরিগণিত হতেন, যার উপর নির্ভর করে প্রজাদের কাছ থেকে আনুগত্য দাবি করা হতো।

জনসাধারণকে সুলতানের ঐশ্বরীয় মহিমা বোঝানোর জন্য উলেমারা ধর্মমতের নতুন ব্যাখ্যা করতে শুরু করেন। এতে বলা হচ্ছে যে ধর্মনিরপেক্ষ রাষ্ট্র ও ধর্মীয় রাষ্ট্র পরস্পরের পরিপূরক, কেবল কাজকর্মের প্রকৃতিতে পার্থক্য আছে। রাষ্ট্রের কাজকর্ম হজরত মুহম্মদের কাজের পরিপূরক। এর ফলে দাঁড়ায় যে সুলতানের বিরুদ্ধে কাজ করলে তা চরম অপরাধ বলে গণ্য করা হতো। অভিযুক্ত ব্যক্তি রাষ্ট্রের বিচারে যেমন অপরাধী, তেমনি ইসলাম ধর্মের বিধানে তাকে পাপী বলে ধরা হতো। ধর্মের পরিপূরক হওয়ার ফলে রাষ্ট্র সামরিক প্রয়োজনে যে কোন সম্পত্তি বা অর্ঘ নিতে পারে এবং সেই সম্পত্তি 'ইসলামের সৈনিকদের' মধ্যে ভাগ করে দিতে পারে। এই মতবাদের ফলে উলেমারা মেনে নিয়েছিল যে সুলতানের আদেশ পালন করা মানে খোদার আদেশ মানা। এই পরিপ্রেক্ষিতে মুঘল সম্রাট আকবর ভারতীয় মুসলমানদের ধর্মীয় ও লোকায়ত নেতা বলে দাবি করেছিলেন কয়েকটি শর্ত সাপেক্ষে। উল্লেখযোগ্য সব গোঁড়া ধর্মপ্রাণ ব্যক্তি এই মতবাদ মেনে নিতে পারেন নি। এটাও ঠিক যে কোন কোন সুলতান আন্তরিকভাবে ধর্মের নির্দেশ মেনে কাজ করতে চেষ্টা করেছিলেন। সুলতান না থাকলে অরাজকতার সৃষ্টি হবে এমন একটি মতবাদ সুলতানী রাজত্বের প্রথম দিকে মুহম্মদের বাণী বলে প্রচারিত হয়েছিল। মুহম্মদের বাণী বলে মেনে নিয়ে সুলতান মুবারক শাহ তাঁর গ্রন্থে এর

উল্লেখ করেছেন। এই মতবাদ বেশ জনপ্রিয়তা অর্জন করে। আমীর খসরু ও শামসুদ্দীন সিরাজ আফিফ একে ইসলামের অন্যতম বিধান বলে মেনে নিয়েছেন। পরে মুহম্মদ বিন তুঘলক এটি তাঁর মুদ্রায় খোদাই করে চালু করেন। বিভিন্ন প্রাদেশিক শাসন কর্তারা স্বাধীনভাবে কাজ শুরু করার সময় সুলতানী রাষ্ট্রের রাজনৈতিক আদর্শ অনুসরণ করেছিল। সুলতানই যে রাষ্ট্রের শান্তি ও শৃঙ্খলার একমাত্র রক্ষক এ নিয়ে জনসাধারণের মনে সন্দেহ জাগে নি। সুতরাং কোন সুলতানের আকস্মিক মৃত্যু হলে নানা উপায়ে জানানো হতো যে সুলতান আছেন। এর জন্য কল্পিত বার্তার বা মিথ্যার সাহায্য নিতে মন্ত্রীরা দ্বিধা বোধ করেনি। এটাই সকলে মনে দৃঢ়ভাবে গেঁথে দেওয়া হয়েছিল যে দেশে শান্তি ও শৃঙ্খলা রাখতে সুলতানের রাজত্ব অপরিহার্য।

মরমিয়া ও সুফি গোষ্ঠীর সাধুসন্তরা মুসলমান রাজনীতির এই ধারাকে মেনে নিতে পারেন নি। উলেমা ও এঁদের দৃষ্টিভঙ্গীর মধ্যে মূল পার্থক্য ছিল। সুফিরা সুলতানের কাছ থেকে দূরে থাকতেন, যার ফলে কোন কোন সুলতানের সঙ্গে এদের মনোমালিন্য হয়েছিল। এরা মনে করতেন যে মুহম্মদের বাণীই মুসলমানদের পথ দেখাতে পারে। কিন্তু বাস্তব জীবন নানা সমস্যার মধ্যে গড়ে উঠেছিল, যার মধ্যে অ-ইসলামিক বৈশিষ্ট্য এসে গিয়েছিল। মুহম্মদের অনুসারী জীবনাদর্শ আদর্শবাদী মুসলমানদের সংখ্যা ছিল কম। তারা ছিল আপোষ-বিরোধী কিন্তু শত্রুপক্ষকে পরাজিত করার রণকৌশল জানা ছিল না। অনেক আগেই মুসলমান ভারতে এই সংকট দেখা গিয়েছিল এবং এই পরাজিত মনোবৃত্তির প্রতিফলন সমকালীন সাহিত্যে দেখা যায়। এরা শেষ পর্যন্ত ধরে নিয়েছিলেন যে কোন মাহদী এসে ইসলামের পবিত্রতা ফিরিয়ে আনবেন যেটা আসে নি। সুফিদের ব্যাপক প্রসারের ফলে তারাই এই শূন্য স্থান পূরণ করতে চেষ্টা করেছিল। কঠোর নিষ্ঠার মধ্য দিয়ে সরল ও অনাড়ম্বর জীবনযাত্রা পালন করে সুফিরা সাধারণ মানুষ, এমনকি অভিজাতদের কাছেও জনপ্রিয় হয়েছিলেন। সুফিদের মতবাদ উগ্র হলেও যুক্তির দিক থেকে প্রায় অকাট্য ছিল। ওঁদের মতে সমকালীন মুসলমান সমাজে আধ্যাত্মিক জীবনধারা পাওয়া যায় না। জনসাধারণকে রুটি-রোজগারের জন্য সুলতানের দ্বারস্থ হতে হবে না—এই বক্তব্য আমীর খসরুর রচনায়ও উল্লেখিত আছে। এই মতবাদের বিপক্ষে উলেমারা ভারতের মুসলমান সমাজের উন্নতির পথে সহযোগিতার হাত বাড়িয়ে দিয়ে সফলতা লাভ করেছিলেন। রাজনীতির আবর্তের মধ্যে এসে অনেকেরই সংকীর্ণ দৃষ্টিভঙ্গী পালটে গিয়েছিল এবং ধর্মীয় ব্যাপারে উদারতা দেখিয়ে ছিলেন। এঁরা সুলতানদের স্বেচ্ছাচারিতা ঠেকাতে পারেন নি, কিন্তু ভারতে মুসলমান সংস্কৃতি গড়ে তুলতে সাহায্য করেছেন।

ভারত ভূখণ্ডে তুর্কি শাসন প্রতিষ্ঠিত হবার আগেই অনেক্ষ মুসলমান সন্ত এখানে এসেছিলেন। এরা বিভিন্ন জায়গায় কেন্দ্র গড়ে তোলেন। সংহতিপূর্ণ *শিলশিলা* শুরু হয় অবশ্য দিল্লি সুলতানতের প্রতিষ্ঠা থেকে। ওই সময় চিস্তি ও সুরাওয়ার্দি গোষ্ঠীরা ভারতে আসে। এঁরা জায়গা ভাগ করে নিয়ে নিজ নিজ অঞ্চলে প্রতিষ্ঠিত হন। কিছুদিনের মধ্যে

সমগ্র রাজ্যতে বিভিন্ন খানকা, ডেরা ইত্যাদি তৈরি হয়ে যায়। দিল্লি ও তার আশেপাশে ওই ধরনের বহু কেন্দ্র গড়ে ওঠে। ওদের খানকা সকলের জন্যই খোলা ছিল—হিন্দু, মুসলমান, ধনী, গরিব, দাস, গ্রামের লোক কেউই বাধা পায় নি। এর ফলে ওই কেন্দ্র-গুলিতে মিশ্র সংস্কৃতি গড়ে উঠেছিল, যেখানে সব ধরনের আলোচনা চলত। মইনুদ্দীন চিস্তি ও শেখ নিজামুদ্দীন আউলিয়ার কাছে দীন দরিদ্রের সেবা করাই ছিল পরম ধর্ম।

প্রথম দিকের দুটি *শিলশিলা*, চিস্তি ও সুরাওয়ার্দি সরকার সম্পর্কে তাদের মনোভাব বিপরীত প্রান্তে রেখেছিল। সুরাওয়ার্দিরা সুলতানের দরবারে যেতেন। এরা উপহার ও জাগীর গ্রহণ ও সরকারি পদ গ্রহণ করতে দ্বিধা করেন নি। সমকালীন মরমিয়ারা প্রায়শই এর বিরুদ্ধে বলেছেন। কিন্তু সুরাওয়ার্দিরা ওই বিরোধিতাকে অগ্রাহ্য করেছেন। চিস্তিরা সরকারের সঙ্গে কোন সংযোগই রাখতেন না। চিস্তিদের মতে সরকারের আয়ের সূত্রগুলি ইসলাম অনুমোদিত নয়। এছাড়া ওদের মতে দান নিলেই তার বদলে কিছু করা প্রয়োজন, যাতে সরকারি নীতিকে সাহায্য করা হয়। কিন্তু মরমিয়ারা তাদের শিষ্যদের সরকারি কাজ থেকে বিরত থাকার কথা বলেননি, তাদের শুধু সাবধান করে দেওয়া হতো। শেখ নিজামুদ্দীন আউলিয়া তাঁর কাছের শিষ্যদের সরকারি কাজ নিতে বারণ করেছিলেন। তিনি বলেছিলেন যে গ্রাসাচ্ছাদনের জন্য অনুর্বর জমি চাষ করতে ও না চেয়ে যা উপহার পাওয়া যায় সেগুলি ব্যবহার করতে। দ্বিতীয় পথটি বেশি ভালো কারণ প্রথমটির ক্ষেত্রে রাজস্ব বিভাগের আমলাদের সঙ্গে যোগাযোগ রাখতে হবে। প্রথম দিকে আউলিয়ার শিষ্যরা কষ্ট করলেও, পরের দিকে প্রচুর উপহার আসায়, এই কষ্ট দূর হয়ে যায়। প্রথম দিকের মুসলমান সন্তরা যে সরকারি পদের প্রস্তাব প্রত্যাখ্যান করেছিলেন, সমকালীন সাহিত্য থেকে তার প্রমাণ পাওয়া যায়। ইলতুৎমিস ও বলবানের সময়ে ওই সব ঘটনা ঘটেছিল।

সরকার ও মরমিয়াদের মধ্যে যে ঠাণ্ডা সম্পর্ক চলছিল মুহম্মদ বিন তুঘলকের সময়ে সেটা চরমে উঠে সঙ্কট উপস্থিত হয়। সম্রাট দিল্লির সন্তদের দৌলতাবাদে যেতে আদেশ করলে মরমিয়ারা রাজি হন না, কারণ তাদের কাজের ক্ষেত্র তাদের গুরুরা নির্ধারিত করে দিয়েছেন। সম্রাটের কাছে ধর্ম ও রাষ্ট্র যমজ ও একে অপরের পরিপূরক। শেষকালে অবশ্য সম্রাট সন্তদের যেতে বাধ্য করলে সম্পর্ক বদলে যায়।

ভারত-ভূখণ্ডে মরমিয়াদের ইতিহাসে মুহম্মদ বিন তুঘলকের সময় একটা নীতি বদলানোর ইতিহাস। ওঁর রাজত্বের শেষ দিক থেকে প্রাদেশিক শাসনকর্তারা স্বাধীন হয়ে যেতে থাকে। তখন স্থানীয় সন্তরা তাদের খানকার জন্য জাগীর নিতে শুরু করেন।

সন্তদের সঙ্গে সুলতানদের সরাসরি সাক্ষাৎ খুব কমই হয়েছে। শেখ নিজামুদ্দীন আউলিয়া ও মুবারক খলজীর সাক্ষাৎকারের ঘটনা আগেই লিপিবদ্ধ করা হয়েছে। শেখ নাসিরুদ্দীন চিরাগ মুহম্মদ বিন তুঘলককে বলেছিলেন তাঁর রাগ দমন করার জন্য। অনেক সময়ে শাসক শ্রেণীর লোকেদের গল্পচ্ছলে সাবধান করে দেওয়া হতো। সুলতানের ভালো কাজের প্রশংসাও তাঁরা করেছেন। শেখ নিজামুদ্দীন আউলিয়া ইলতুৎমিস সম্বন্ধে বলেছিলেন যে তিনি *হাউস-ই শামসী* করে অর্থাৎ জলকষ্ট দূর করে উদ্ধার পেয়েছেন। বিভিন্ন দেশ জয় করা ও বিলাসব্যসনে ডুবে থাকা যে সুলতান বা রাষ্ট্রের ধর্ম নয় এটা

মরমিয়ারা বারবার জানাতে ভোলেননি। কিন্তু তাতে সুলতানী রাষ্ট্রের নীতির কোন পরিবর্তন হয়নি।

সুলতানদের সার্বভৌমত্বের ধারণা

মুসলমান আইনজ্ঞরা সবসময়ে বলেছেন রাজ্যে অরাজকতা বন্ধ করার জন্য রাজতন্ত্রের প্রয়োজন। খলিফাকে প্রথম প্রথম বলা হতো বিশ্বাসীদের সেনাপতি (*আমীর-উল-মুমিনিন*)। তিনি সাধারণ মুসলমান সমাজের কাছে দায়বদ্ধ ছিলেন। খলিফা হিসাবে উনি শাসনব্যবস্থা দেখতেন এবং সমাজের ধর্মীয় দিকটিও দেখাশোনা করতেন। খলিফার এই দুই কর্তব্য থেকে পরে উলেমাদের আবির্ভাব হয়।

ভারতভূখণ্ডে সুলতানদের রাজতন্ত্র ও সার্বভৌমত্ব সম্পর্কে বিশদভাবে লিখেছেন জিয়াউদ্দীন বারানী যাঁর বক্তব্য এখানে আলোচনা করা প্রয়োজন।

বারানী এমনভাবে লিখেছেন যেন মানুষের ইতিহাসে বরাবরই রাজতন্ত্র ছিল। ওঁর কোনও ধারণা ছিল না যে বিভিন্ন ধরনের রাজতন্ত্র থাকতে পারে। এর ফলে উনি রাজতন্ত্র বিষয়টিকে সরল পর্যায়ে নামিয়ে আনেন। বারানী পরবর্তী কালের খলিফাতন্ত্রে বিশ্বাস করতেন না। বারানী বিশ্বাস করতেন মুসলমান রাজতন্ত্রের সঙ্গে পূর্ববর্তী রাজতন্ত্রের ফারাক আছে। ফ্যারাওদের মতো কোনও মুসলমান রাজা ঐশ্বরীয় শক্তির অধিকারী একথা তিনি মনে করতেন না। অবশ্য এই তফাৎ সম্বন্ধে বারানীর ধারণা খুব স্বচ্ছ নয়। উনি রাজতন্ত্রকে সম্পূর্ণভাবে ধর্মীয় বলেছেন। তাঁর মনে হয় প্রাক্-মুসলমান যুগের রাজতন্ত্রের রীতি সুলতানদের যুগেও অনুসরণ করা হয়। এর একটা কারণ হচ্ছে ভারতীয় সুলতানরা পারস্যর সাসানিদ দরবারী আচার-ব্যবহার নিয়ে ছিলেন। বারানী ওই দুই রাজতন্ত্রের তফাৎগুলো দেখেন নি। বলা দরকার যে পৃথিবীর ইতিহাস, এমনকি মধ্য এশিয়ার ইতিহাস সম্পর্কে বারানীর ধারনা প্রায় এবং অধিকাংশ ক্ষেত্রে ভ্রান্ত দেখা গেছে। দিল্লির সুলতানদের কাজকর্ম কাছ থেকে দেখার ফলে বারানীর রাষ্ট্রচিন্তা অনেক বেশি প্রামাণ্য বলে ধরা যেতে পারে। তাঁর এই ধারণাগুলি তাঁর বই *ফতোয়া-ই জাহান্দারী* তে প্রকাশ পেয়েছে।

রাজতন্ত্র সম্পর্কে বারানীর দুটি মত পাওয়া যায়। প্রথমটি পরম্পরার ওপর নির্ভরশীল, যেগুলি সাধারণ মোল্লারা ক্রমাগত অনুসরণ করে। এর মধ্যে গভীরতা নেই ফলে বারানী নানরকম দ্বন্দ্বের সম্মুখহীন হয়েছেন। প্রথম মতবাদের মধ্যে বারানী বলছেন যে রাজা হচ্ছেন ভগবানের ছায়া এবং তাঁর ও তাঁর উপদেষ্টাদের মানসিকতা ঐশ্বরীয় শক্তিতে অনুপ্রাণিত। উনি আগে যা বলেছেন তার বিপরীত এই মত। এছাড়া বাস্তবে দেখা যাচ্ছে যে রাজা ততদিনই ক্ষমতায় থাকেন যতদিন তিনি ভালোভাবে শাসন করেন এবং যতদিন তাঁর সামরিক শক্তি থাকে। এগুলি না থাকলে তাঁর শাসনক্ষমতা কেড়ে নেওয়া হয়। এর আগে বারানী বলেছেন যে রাজা তাঁর রাজচরিত্রের জন্য পাপী এবং তাঁর সব কাজ কোরান বা নবীর বক্তব্য দ্বারা অনুমোদিত নয়। তবে রাজা যদি উদার হাতে দান-খয়রাৎ করেন, তাহলে ওঁর পাপ কেটে যাবে। বারানীর এই সব বক্তব্য পরস্পর বিরোধী।

বারানীর আর একটি বক্তব্য হল যে ঈশ্বরের মতো রাজাও বৈপরিত্যের মধ্য দিয়ে কাজ করেন। কিন্তু সাধারণ মুসলমান জনগণ ঈশ্বরকে পরস্পর বিরোধী গুণসম্পন্ন বলে ভাবতে পারে না। একই ভাবে রাজার মধ্যেও পরস্পর বিরোধী গুণের সমন্বয় হবে ভাবা যায় না। রাজার প্রধান কতর্ব্য ছিল ভালোভাবে শাসন করা।

বারানীর দ্বিতীয় মতবাদ অনুযায়ী রাজতন্ত্র গড়ে উঠেছিল সামাজিক সংহতির ওপর ভিত্তি করে। এই মতবাদের প্রকাশ দেখা যায় বিচার ব্যবস্থা চালানোর মধ্যে। বারানী গণতন্ত্র সম্বন্ধে বা গ্রীক শহরগুলির দাসদের উপর ভিত্তি করে গঠিত 'রিপাব্লিকান' সরকার সম্পর্কেও অবহিত ছিলেন না। ভারতীয় সমাজ ছিল এর ভিত্তি। দিন-মজুরী দাসেদের শ্রমের উপর শাসনব্যবস্থা দাঁড়িয়ে ছিল না। ভারতের মুসলমান রাজনৈতিক চিন্তাধারা চাইছিল বড় এলাকা যেখানে কেন্দ্রীয় শাসনতন্ত্রের মাধ্যমে শাসন করা সম্ভব। ওই কেন্দ্রীয় সংস্থা ছিল রাজার অধীনে এবং রাজার শক্তির ভিত্তি ছিল সামরিক শক্তি। রাজা শাসনের জন্য রাষ্ট্রীয় আইন প্রণয়ন করবেন যেটা প্রয়োজনমতো শরিয়তের আইনকে চালু না করতে পারে। একবার এই আইন চালু করলে রাজাও সেটা মানতে বাধ্য। সুতরাং রাজার জ্ঞান বুদ্ধি ও শক্তির উপর এই আইন নির্ভর করত। অর্থাৎ বারানী রাজার ক্ষমতাকে একটা নৈর্ব্যক্তিক রাজতন্ত্রে পরিণত করতে চেয়েছিলেন। এর জন্য রাজা সতর্কতার সঙ্গে একটা পরিষদ তৈরি করেন। কিন্তু বারানীর মতে এই পরিষদ কখনও হয়নি। যে পরিষদ দিল্লি সুলতানদের ছিল (*মজলিস-ই খাস*) সেটি ছিল একটি ভিন্ন সংস্থা। একে বাদ দিয়ে বা এর মত না নিয়েও রাজা কাজ করেন। আলাউদ্দীন খলজী প্রথমে এর মত নিলেও পরের দিকে এই পরিষদকে আর আহ্বান করতেন না। সুতরাং বারানী রাজতন্ত্রে বিশ্বাস করতেন। রাজার হঠকারী ব্যবহারকে বারানী সমর্থন করেন নি। লক্ষ্য করার বিষয় যে ১২০০ সাল থেকে ১৩৫৭ সাল পর্যন্ত সতেরো জন রাজার মধ্যে ১০ জনকে হত্যা করা হয়েছিল। অর্থাৎ রাজাও শাস্তির যোগ্য। তাঁরও রাজ্যের প্রতি দায়বদ্ধতা ছিল। কিন্তু পরিষদ এই ধরনের শাস্তি দিতে পারত না। রাজারাও চেষ্টা করেছিলেন যে *মজলিস* যেন তার নিজের পরম্পরা গড়ে না তুলতে পারে।

তারিখ-ই ফিরোজ শাহী লেখার পর বারানী *ফতোয়া* লিখেছিলেন। কিন্তু পরবর্তী বই এর কতকগুলি বিষয় আগের বইতে আলোচিত হয়। *ফতোয়াতে* বারানী দেখাতে চাইছিলেন দিল্লি সুলতানদের আচরণবিধি মেনে চলা উচিত। কিন্তু ওঁর মতবাদের মধ্যে ছিল পরম্পরাগত ধারণা যার সঙ্গে ওর অস্বচ্ছ ধারণা মিলে গিয়েছিল। মুসলমান ধর্ম সম্বন্ধে ওঁর ধারণা ছিল খুবই সাধারণ এবং হিন্দুবিরোধী। সুলতানরা বারানীর হিন্দু বিরোধী মত গ্রহণ করেননি। এ সব সত্ত্বেও বলা যায় যে মধ্যযুগের রাজনৈতিক অবস্থা সম্পর্কে আর কোন বই মধ্যযুগীয় মতাদর্শর কথা এমনভাবে বলেনি।

দিল্লি সুলতানদের মতাদর্শ

সমকালীন একজন ঐতিহাসিক বলেছেন যে মুইজুদ্দীন লাহোরকে তাঁর দ্বিতীয় রাজধানী হিসাবে দেখেছিলেন। ফকরুদ্দীন তাঁর ইতিহাসে বলছেন যে মুইজুদ্দীন কুতুবুদ্দীন

আইবককে তাঁর ভারতীয় এলাকার শাসনকর্তা নিযুক্ত করেন। কিন্তু হাসান নিজামী এ সম্বন্ধে নীরব।

কুতুবুদ্দীন ছিলেন হানসীর শাসনকর্তা এবং দিল্লি ছিল ওঁর ব্যক্তিগত এলাকা। সেই সময় দিল্লি গুরুত্বপূর্ণ মুসলমান শহর হিসাবে আত্মপ্রকাশ করেনি। মুইজুদ্দীনের মৃত্যুর পর কুতুবুদ্দীন লাহোরে নিজের নামে খুৎবা পড়েন। লাহোর ওই সময়ে ছিল হিন্দু-ইসলামিক কেন্দ্র। লাহোরের অধিবাসীরা এতে সম্মতি জানিয়েছিল। ইলদিজ এর বিরুদ্ধাচরণ করলে উনি গজনী দখল করে লাহোরে ফিরে এসে স্বাধীন রাজা হিসাবে আত্মপ্রকাশ করেন। কিন্তু এ সত্ত্বেও কুতুবুদ্দীনকে মুসলিম ভারতের বা দিল্লির স্বাধীন রাজা হিসাবে দেখা ঠিক নয়। ওঁর নিজের নামের মুদ্রাও পাওয়া যায়নি, যদিও ঐতিহাসিকরা বলেছেন যে কুতুবুদ্দীন নিজের নামে মুদ্রা চালু করেছিলেন। সমসায়িক মুসলিম সেনানায়করা ওঁকে ওঁদের সুলতান বলে মেনে নিতে রাজী ছিলেন কিনা সন্দেহ। ইবন বতুতা ওঁকে দিল্লির প্রথম স্বাধীন রাজা হিসাবে দেখেননি। ফিরোজ শাহ তুঘলক খুৎবার জন্য যে স্বাধীন সুলতানদের তালিকা তৈরি করেছিলেন, তার মধ্যে ওঁর নাম ছিল না। ভারতে সার্বভৌম মুসলমান রাজাদের ইতিহাস শুরু হয় ইলতুৎমিসের সময় থেকে। কুতুবুদ্দীনের পুত্রের রাজা হবার প্রচেষ্টা ব্যর্থ হয়। লাহোর ওঁর দিকে ছিল বলে দিল্লি রাজধানীর গুরুত্ব পেতে থাকে। দিল্লির আমলাদের উনি ছিলেন প্রতিভূ। কুতুবুদ্দীনের রক্ষীরা আপত্তি করেছিল এবং আইনজ্ঞরা প্রশ্ন তুলেছিলেন ইলতুৎমিসের দাসত্ব নিয়ে। এর কোনোটাই টেকেনি। সুলতানী সাম্রাজ্য মূলতান থেকে গৌড় পর্যন্ত বাড়ালেও ইলতুৎমিস নিজের অবস্থা ভালো করার জন্য খলিফার কাছ থেকে খেলাৎ জোগাড় করেন। এর ফলে দিল্লির উপর খলিফার সার্বভৌমত্ব স্বীকার করে নেওয়া হল। কিন্তু এতে ইলতুৎমিসের দোষ বিশেষ নেই। গজনী ও ঘোরীদের পরম্পরা দিল্লির সুলতানরা বহন করে চলেছিলেন।

ইলতুৎমিস অবশ্য বুঝেছিলেন যে আসল ক্ষমতার উৎস হল সামরিক শক্তি, যেটা বাংলার গিয়াসুদ্দীনও বুঝেছিলেন। উনিও বাগদাদের খলিফার কাছ থেকে সনদ জোগাড় করেছিলেন। ইলতুৎমিস ক্ষমতা ভাগাভাগি করতে রাজি না হয়ে গিয়াসুদ্দীনকে পরাজিত করেন।

ইলতুৎমিস দিল্লিকে মুসলমান ভারতের রাজধানী করেন এবং উনি ছিলেন এর প্রথম স্বাধীন রাজা। সেই সময় থেকেই দিল্লির উত্থান শুরু হয় ও লাহোরের পতন আরম্ভ হয়। ইলতুৎমিসের এই সার্বভৌম ক্ষমতা তিনটি ভিতের উপর দাঁড়িয়েছিল। প্রথমটি হচ্ছে যে দিল্লির আমলারা ওঁকে নির্বাচিত করেছিল। দ্বিতীয়ত, ওঁর হাতে সামরিক শক্তি ছিল লোকের আনুগত্য পাবার জন্য। তৃতীয়ত বাগদাদের খলিফা ওঁকে সনদ দিয়ে স্বীকার করেছিলেন। এ সব সত্ত্বেও ইলতুৎমিস সিংহাসনে বসতে ইতঃস্তত করছিলেন। বড় বড় তুর্কি সেনাপতিদের উপর তিনি আধিপত্য দেখানোর চেষ্টা করেননি। একে ভণ্ডামী বলা যাবে না, কারণ ওই সময় রাজাকে এক বড় আমীর ছাড়া আর বিশেষ কিছু ভাবা হত না।

একদিক থেকে ইলতুৎমিস গজনী ও ঘোরী রাজাদের ছাড়িয়ে গিয়েছিলেন। তাঁর

জীবদ্দশায় তিনি তাঁর পুত্রদের বাদ দিয়ে তাঁর কন্যা রাজিয়াকে উত্তরাধিকারী নির্বাচিত করেন। তুর্কি আমলাদের আনুগত্য স্বীকার করাতে বাধ্য করানো হয় এই বলে যে শাসন করার ক্ষমতা থাকাই প্রধান গুণ। মুসলিম রাজনৈতিক চিন্তাধারায় এটা একটা নতুন সংযোজন। মন্ত্রী জুনায়িদের বিরুদ্ধতা সত্ত্বেও তুর্কি অভিজাতরা রাজিয়াকে সিংহাসনে বসায়। সমকালীন শেখ, সামরিক নেতারা ও সাধারণ মুসলমান আইনজ্ঞরা এর বিরোধিতা করেনি। এর থেকে ত্রয়োদশ শতাব্দীর তুর্কিদের খোলা মনের পরিচয় পাওয়া যায়।

ইলতুৎমিসের এই পছন্দ থেকে বোঝা যায় যে তৎকালীন অভিজাতরা ইলতুৎমিসের উত্তরাধিকারীদের শাসন করার অধিকার মেনে নিয়েছিলেন। মুসলমান জগতে এটা কিছু নতুন নয়। কিন্তু ভারতে মুসলমানদের মধ্যে এটাই ছিল প্রথম দৃষ্টান্ত। অভিজাতরা চেয়েছিলেন রাজা তাঁদের কথা শুনে শাসন করবেন। রাজিয়ার সাড়ে তিন বছরের রাজত্ব শেষ হলে পর, অভিজাতদের একজন নায়েক বা উপ-রাজা হবেন। এই শর্তে অভিজাতরা উত্তরাধিকার প্রথা মেনে নেন। ইসলামিয় সার্বভৌমিক ধারণায় এটা নতুন কিছু নয়—আনুগত্য প্রকাশ করা ছিল শর্তসাপেক্ষ 'কন্ট্রাক্ট'। কিন্তু একজনকে রাজার কাজ-কর্মর উপর নজরদারীর জন্য রাখা হতো। এটা ভারতে মুসলিম রাজতন্ত্রকে সীমাবদ্ধ রাখার প্রথম পদক্ষেপ ছিল। এই প্রথার মধ্যে অভিজাতদের অভিপ্রায় খুব স্পষ্ট ছিল। বাহরাম শাহ রাজা হয়ে শাসন করবেন, কিন্তু আসল ক্ষমতা থাকবে অভিজাতদের হাতে। প্রধান মন্ত্রী, হিসাব-পরীক্ষক ও নায়েবকে নিয়ে একটা পরিষদ গঠিত হল যাদের হাতে ছিল সব ক্ষমতা। ষড়যন্ত্রের ফলে নায়েব দরবারে খুন হন এবং প্রধান মন্ত্রী কোনওরকমে পালিয়ে বাঁচেন।

পরের ইতিহাস আমাদের জানা। হিসাব পরীক্ষক সব বড় অভিজাত ও আমলাদের সভা করে বাহরাম শাহকে সরানোর ব্যবস্থা করলেন। কিন্তু পুরানো প্রধান মন্ত্রী ষড়যন্ত্র ফাঁস করে দেওয়ায় ষড়যন্ত্রকারী অভিজাতদের হয় নির্বাসনে পাঠানো হল, না হয় হত্যা করা হল। প্রধান মন্ত্রী এবার বাহরাম শাহকে হত্যা করলেন। এর পরে এক পুত্র মঙ্গোলদের সভায় গিয়ে মঙ্গোলদের ডেকে আনেন। ইলতুৎমিসের পরবর্তী ইতিহাসের বৈশিষ্ট্য হচ্ছে রাজার সঙ্গে অভিজাতদের লড়াই। প্রথমদিকে অভিজাতরাই জয়ী হচ্ছিল। নাসিরুদ্দীন রাজা হলেও রাজকার্যে বিশেষ হস্তক্ষেপ করেননি। বলবানই কাজকর্ম দেখতেন। মঙ্গোলদের ক্রমাগত আক্রমণ ও ওঁর পূর্ববর্তী রাজাদের করুণ অবস্থার ইতিহাস দেখে নাসিরুদ্দীন ধর্মের দিকে বেশি মন দেন। প্রায় দুই দশক ধরে সৌম্যভাবে উনি প্রায় পুতুল রাজাই হয়ে ছিলেন।

নাসিরুদ্দীন কোন পুত্র সন্তান না রেখে মারা যান। বলবান নাসিরুদ্দীন মাহমুদের প্রধান মন্ত্রী ও একই উপজাতির ছিলেন। তিনি ইলতুৎমিসের জামাই ছিলেন এবং নিজের ছোট কন্যার সঙ্গে বিবাহ দেওয়ায় নাসিরুদ্দীনের শ্বশুর ছিলেন। কর্মদক্ষতার ফলে তিনি এতই সুপরিচিত ছিলেন যে সহজেই সিংহাসনে বসেন। ওঁর সামনে দুটি সমস্যা ছিল। একটি স্বার্থপর তুর্কি অভিজাতদের কড়া নেতৃত্বের দ্বারা দাবিয়ে রাখা ও দ্বিতীয়টি ছিল সুলতানাতের সীমান্তে ক্রমাগত মঙ্গোল হানা রোধ করা। এই কাজের

জন্য এমন একজন লোকের প্রয়োজন যার হাতে সমস্ত সামরিক ও অ-সামরিক ক্ষমতা থাকবে। এ কাজ করা সহজ ছিল না। তুর্কি অভিজাতরা তখন স্বৈরাচারী শাসন বিভিন্ন জায়গায় শুরু করেছে এবং সুলতানদের মর্যাদা অনেকটাই ভুলুণ্ঠিত।

বলবান স্থির করলেন যে অবস্থা ফেরাতে গেলে রাজাকে সাধারণ মানুষ ও অভিজাতদের থেকে অনেক উপরে তুলে নিয়ে যেতে হবে। তিনি নিজেকে এদের কাছ থেকে সরিয়ে নিয়ে গেলেন। দরবারে প্রধানমন্ত্রী ছাড়া আর কেউই ওঁর সঙ্গে কথা বলতে পারত না। এমনকি ব্যক্তিগত জীবনেও মাত্র কয়েকজন বিশেষ ব্যক্তি ওঁর সঙ্গে কথা বলতে পারত। এর আগে ওঁর বাড়িতে যেসব নাচ-গানের অনুষ্ঠান হতো সেগুলি বন্ধ করে দিলেন। উনি দাবি করলেন যে উনি উচ্চ পরিবার খাক্কান আফ্রিসিয়াবের বংশধর। এটা আরো ভালো করে বোঝানোর জন্য কেবল অভিজাত বংশের লোকদেরই উৎসাহ দিতে লাগলেন। উচ্চ অভিজাত-বংশীয় লোকেরাই পদ পেতে লাগল। এই নীতি এমন এক পর্যায়ে নিয়ে গেলেন যে নিচু বংশীয় ত্রিশজন আমলাকে ছাঁটাই করা হল। ওঁর প্রধান মন্ত্রী নিজামুল মুল্ক এক নিম্ন বংশীয় লোককে তার অভিজ্ঞতা ও দক্ষতার জন্য কাজে লাগানোর সুপারিশ করলে নিজামুল মুল্কের বংশ লতিকা নিয়ে অনুসন্ধান শুরু হয়। যখন দেখা গেল যে তিনি তাঁতির বংশধর, তখন তাঁকে আর রাজানুগ্রহ বিতরণ করা হল না। এই স্বৈরাচারী নীতি ওঁর পরিকল্পনা মাফিক অভিজাতদের শক্তি ধ্বংস করতে সাহায্য করল। সবরকম নীতি বিসর্জন দিয়ে বলবান যেসব লোক তাঁর পথের কাঁটা হতে পারে, তাদের ধ্বংস করতে সচেষ্ট হলেন।

বলবানের প্রধান উদ্দেশ্য ছিল দিল্লির সিংহাসনের মর্যাদা বাড়ানো। এজন্য তিনি তাঁর দরবারকে পুরানো পারসিক রাজাদের দরবারের অনুকরণে সাজান। দরবারে বলবান পারসিক আচার-ব্যবহার ও উৎসব-অনুষ্ঠান প্রচলিত করেন। ইলতুৎমিসের রাজত্বকালে মৌলানা নূরউদ্দীন পারসিক অভিবাদনের বিরুদ্ধে বলেছিলেন। কিন্তু বলবান আবার আভূমি নত হয়ে পারসিক প্রথায় *(পাবস)* অভিবাদন করার প্রথা চালু করেন। এর ফলে দরবারের জাঁকজমক এত বেড়ে যায় যে লোকেরা দূরদূরান্তর থেকে দেখতে আসত। দিল্লির দরবার গজনীর দরবারের সমকক্ষ এমন প্রচার করা হয়।

বলবানের রাজতন্ত্রের মতবাদকে উচ্চ শিখরে নিয়ে যাবার জন্য বলা হতে থাকে সুলতান ভগবানের দূত। এই ধরনের উপাধি খলিফাদের অধিকারে ছিল। কিন্তু সেলজুকদের সময় থেকেই অন্যরা ব্যবহার করলেও, বলবান এটা যত্ন সহকারে ব্যবহার করে ফায়দা তোলার চেষ্টা করেন। দিল্লির প্রতিদ্বন্দ্বী মঙ্গোলরা অতিমানবীয় দাবি করলে, বলবানের পক্ষে এই ধরনের প্রচারের প্রয়োজনীয়তা দেখা দেয়।

বাগদাদের খিলাফৎ ধ্বংস করে মঙ্গোলরা মুসলমান শক্তির উপর চরম আঘাত হেনেছিল। মধ্য ও পশ্চিম এশিয়ার মধ্যে দিল্লির সুলতান ছাড়া আর কোনও মুসলমান শক্তি সোজা হয়ে দাঁড়ানোর মতো অবস্থায় ছিল না। দলে দলে মুসলমান ভারতে আসতে থাকলে বলবান বাগদাদের খলিফার স্মৃতি ধরে রাখতে সচেষ্ট হন। খুৎবা ও মুদ্রাতে খলিফার নাম থাকত, যা ছিল মঙ্গোল খাক্কানদের শক্তির প্রতি আহ্বান।

বলবানের রাজতন্ত্রের মতাদর্শ নির্ভরশীল ছিল মর্যাদা, বিচার ও ক্ষমতার উপর। ওঁর উদ্দেশ্য ছিল সামরিক নেতা ও আমলাদের ওপর সম্পূর্ণ আধিপত্য বিস্তার করা। অভিজাতদের নেতৃত্ব দিয়েই উনি খুশি ছিলেন না। উনি রাজতন্ত্রকে একটা আলাদা মর্যাদা দিতে চেয়েছিলেন, যার শক্তির উৎস অভিজাতদের মধ্যে ছিল না, ছিল তার নিজস্ব জীবনীশক্তি। কিন্তু এর মানে নয় যে উনি যথেচ্ছাচার করতেন; উনি সবসময়েই মুসলিম রাজার কর্তব্য স্মরণ করে কাজ করার চেষ্টা করতেন। বলবান তাঁর পুত্র মুহম্মদকে উত্তরাধিকারী ঠিক করেছিলেন, কিন্তু সিংহাসনে বসার আগেই তাঁর মৃত্যু হয়। ওঁর কনিষ্ঠ পুত্র বোঘরা খান্ বাংলা ছেড়ে আসতে রাজী হয় না। তুর্কিদের যে পরিবর্তন বলবান আশা করেছিলেন, ওঁর মৃত্যুর পর দেখা গেল যে তাদের ধ্যান ধারণা ও জীবন যাত্রার বিশেষ কোন পরিবর্তন হয়নি।

একদিক থেকে দেখতে গেলে খলজী বিপ্লবের মূলে ছিল ক্রমাগত মঙ্গোল আক্রমণ। এদের ঠেকিয়ে রেখেই জালালুদ্দীন খলজী তাঁর সৈন্য ও সুনাম অর্জন করে ছিলেন। আলবেরী তুর্কিদের দিন শেষ হয়ে যায় যখন খলজীরা অল্পবয়স্ক রাজা কাইখাউসকে সরিয়ে দেয়। কিন্তু এই বিপ্লব জানিয়ে দেয় যে সুপ্তভাবে হলেও মুসলমান জনগণের ইচ্ছা-অনিচ্ছার একটা মূল্য ছিল। জালালুদ্দীন বীর যোদ্ধা ও ধার্মিক হলেও জনগণের মধ্যে উদ্দীপনার সৃষ্টি করতে পারেননি। প্রায় এক বছর তিনি রাজধানীতে ঢুকতে সাহস করেননি। বলবানের ভাইপো মালিক কাফুরের বিদ্রোহের খবর রাজধানীতে ভালোভাবেই গৃহীত হয়েছিল। তিনি পুরানো অভিজাতদের নিজের দলে টানবার চেষ্টা করছিলেন যা অল্পবয়স্ক খলজীরা মোটেও পছন্দ করেনি। যোদ্ধা হিসাবেও ওঁর মর্যাদা নষ্ট হয়েছিল যখন উনি রণথম্ভর জয় করতে পারলেন না। বিক্ষুব্ধ আভিজাতরা আলাউদ্দীন খলজীর পিছনে এসে দাঁড়ালে জালালুদ্দীনের ছেলের সঙ্গে গৃহযুদ্ধ হবার সম্ভাবনা হয়েছিল। সেটা হলে বলবানী অভিজাতদের ক্ষমতায় ফেরার সম্ভাবনা থাকত। কিন্তু আলাউদ্দীনের কৌশলে ও সাহসের ফলে বলবানী অভিজাতদের আশা পূর্ণ হয়নি।

আলাউদ্দীনের মেজাজ ও উৎসাহ খলজীদলের মনোমত ছিল। আলাউদ্দীনের প্রথম প্রচেষ্টা ছিল ইলতুৎমিস ও বলবানের সময়ের সামরিক শক্তি ফিরিয়ে আনা। ওঁর পূর্বসূরীদের মতো তিনিও সাম্রাজ্যবাদী ছিলেন। তিনি মঙ্গোলদের আক্রমণ প্রতিহত করে সাম্রাজ্যের সীমানা বাড়িয়েছেন। সেদিক থেকে তাঁর শাসনকে সামরিক শাসনতন্ত্র বলে আখ্যা দেওয়া চলে। এটাই বলবানের উদ্দেশ্য ছিল বলবান ও আলাউদ্দীনের মধ্যে মূলত কোনও তফাৎ নেই। শুধু আলাউদ্দীন আরো কয়েক ধাপ এগিয়েছিলেন।

সাধারণত বলা হয়ে থাকে যে আলাউদ্দীন ধর্ম মানেননি। এমনকি সমাকালীন কোনও কোনও লেখক এটাও বলেছেন যে আলাউদ্দীন নতুন ধর্মমত প্রতিষ্ঠা করা কথা ভাবছিলেন। এর কোনটাই ঠিক নয়। এটা ঠিক যে আলাউদ্দীন ধর্মের স্বার্থ থেকে রাষ্ট্র স্বার্থ বেশি দেখেছেন। কিন্তু উনি এমন কিছু করেননি যা ধর্মের পরিপন্থী। ভারতের বাইরে ধর্মের রক্ষক বলে ওঁর সুনাম ছিল। কোনও কোনও ধর্মান্ধ লেখকের বিরুদ্ধতা করে আমীর খসরু ওঁকে ইসলামের সাহায্যকারী বলে চিহ্নিত করেছেন। উনি উপাধি

নিয়েছিলেন 'সিকান্দার' এবং 'খলিফার ডান হাত' যার থেকে ওঁর মানসিকতার পরিচয় পাওয়া যায়। ভারত ভূখণ্ডের পরাক্রমশালী রাজাদের দমন করার পর ও বারবার মঙ্গোলদের পরাজিত করার পর খিলাফতের ধারণাকে উনি আগ্রাহ্য করেননি। জীবনের শেষদিকে উনি পাঁচ/ছয় বছরের পুত্র সিহাবুদ্দীনকে উত্তরাধিকারী হিসাবে মনোনীত করেন, যা তখনকার সামাজে প্রচলিত ছিল। আলাউদ্দীনের খোরাসান জয় করার অভিলাষ ছিল এবং উনিই প্রথম সুলতান যিনি ভারত ভূখণ্ডের বাইরের এলাকা জয় করতে চাইছিলেন। ওঁর পুত্র মুবারক শাহ আরো এক ধাপ এগিয়ে নিজেকে খলিফা বলে ঘোষণা করেছিলেন।

খলজীরা জাতিগত বৈশিষ্ট্য বা খলিফার সনদের ওপর নির্ভর করে রাজত্ব করেনি। তারা সামরিক শক্তির উপর নির্ভর করে রাজ্যশাসন করেছে। এখানেই আলবরেী তুর্কিদের সঙ্গে ওদের মূল তফাত। সুলতানী রাজতন্ত্রের মতাদর্শের ইতিহাসে খলজীদের শাসন একটা অন্য পদক্ষেপ বলে ধরা যায়।

তুঘলকদের চিন্তাধারায় আর একটা পরিবর্তন লক্ষ্য করা যায়। তুঘলকদের নিজেদের আলবেরি বা খলজীদের মতো বিশিষ্ট উপজাতি অনুচর ছিল না। তার ফলে তারা বিশেষ একটি সুবিধাভোগী শ্রেণীকে কোনও উৎসাহ দেয়নি। খলজীরা এটাও প্রমাণ করেছিল যে ধর্মের সাহায্য ছাড়া রাষ্ট্র চলতে পারে এবং রাজার চিন্তাধারা ধর্মীয় লোকেদের চিন্তাধারা থেকে পৃথক। এর ফলে ধর্মীয় সংস্থাগুলির কাছে খলজীরা বিশেষ জনপ্রিয় ছিল না, যার প্রকাশ বারানীর লেখায় পাওয়া যায়।

এর পরে তুঘলকদের সঙ্গে যে গৃহযুদ্ধ শুরু হয়, তার মধ্যে ধর্ম ও খলজীদের উত্তরাধিকারের অধিকার জড়িয়ে ছিল। গাজী মালিক যুদ্ধ জয় করে খলজীর কোনও বংশধর পাননি বলে দাবি করলে, খলজীদের উত্তরাধিকারের ব্যাপারে যবনিকা পড়ে। গাজী মালিকের ধর্ম রক্ষার প্রতিশ্রুতি সত্ত্বেও শেখ নিজামুদ্দীন আউলিয়া তুঘলককে সাদর অভ্যর্থনা জানাননি। তবুও তুঘলকরা ধর্ম রক্ষার জন্য অস্ত্র ধরেছেন বলে দাবি করেন। গিয়াসুদ্দীন তাঁর দরবার থেকে সঙ্গীতজ্ঞ ও নতর্কীদের বের করে দিয়েছিলেন। তুঘলকরা অভিজাতদের সঙ্গে অবাধে মেলামেশা করত। এইখানেই ছিল বলবান অথবা আলাউদ্দীনের থেকে গিয়াসুদ্দীনের পার্থক্য। কিন্তু অন্যদিক থেকে গিয়াসুদ্দীন আলাউদ্দীনের কর্মধারা থেকে প্রধানত রাজ্য জয়ের নীতি গ্রহণ করেছিলেন। সুতরাং খলজী সাম্রাজ্যবাদী নীতির বিরুদ্ধে তুঘলকরা এসেছিলেন, এটা বলা সঠিক হবে না। মুহম্মদ বিন তুঘলকের শেষ দিকের ব্যর্থতার পরিপ্রেক্ষিতে কেন্দ্রীয় শাসনের বিরুদ্ধে বিক্ষোভ প্রকাশ পায়।

তুঘলকরা দেখাতে চাইলেন যে তাঁরা খলজীদের নীতিই অনুসরণ করছেন। মুহম্মদ তুঘলক মুবারক শাহর সমাধির মর্যাদা বাড়িয়ে দিলেন! নিজে ওই সমাধিতে গিয়ে মুবারক শাহর পাদুকা চুম্বন করেন। কিন্তু এটা ছিল সাধারণ লোকের কাছে নিজের বিজ্ঞাপন মাত্র। এর মধ্যে কতটা সহৃদয়তা ছিল এটা বলা শক্ত।

গিয়াসুদ্দীন নিজেকে খলিফার ডান হাত বললেও মুহম্মদ তুঘলক খলিফার কোন উল্লেখ করেননি। তিনি নিজেকে খলিফা বলে দাবি করেননি। উনি ওঁর রাজত্ব শুরু

করেন যুক্তিবাদী মন নিয়ে। আলাউদ্দীন খলজী ও গিয়াসুদ্দীন তুঘলক সাম্রাজ্য বাড়ানোর পর, মুহম্মদ বিন তুঘলকের কাজ ছিল সেটি সুসংহত করে রাখা। তাঁর নিজের চারিত্রিক বৈশিষ্ট্য ছাড়াও বাধা ছিল দিল্লির সুফিদের উদাসীনতা ও প্রান্তিক অভিজাতদের তাঁর স্বেচ্ছাচারী হস্তক্ষেপ সম্পর্কে অভিযোগ। রাজ্যে তাঁর শাসন দৃঢ় করার জন্য মুহম্মদ তুঘলক তামার মুদ্রার সাহায্যে সরাসরি জনগণকে জানাতে লাগলেন সুলতানের মর্যাদা ও অবস্থান এবং সুলতানের প্রতি জনগণের কর্তব্য। একই সঙ্গে খলজীদের মতো তিনি নিচু শ্রেণী থেকে উচ্চপদে আমলা নিযুক্ত করতে লাগলেন। শেষের দিকে উনি নিজেকে খলিফার ছায়া বলে প্রচার করতে লাগলেন যাতে ধর্মের বিষয়ে গোলমাল না হয়। নানারকম বিপর্যয়ের সম্মুখীন হয়ে মুহম্মদ মিশরের খলিফার কাছ থেকে সনদ আনালেন। এরপর সব মুদ্রা ও খুৎবা থেকে নিজের নাম বাদ দিয়ে খলিফার নাম বসানো হল। কিন্তু বিপর্যয়ে এতেও কমেনি দেখে বারানী ওঁকে উপদেশ দিয়েছিলেন রাজত্ব ছেড়ে দিতে, যে প্রস্তাব সুলতানী ইতিহাসে প্রথম দেখা গেল।

সিন্ধু প্রদেশে মুহম্মদ তুঘলক মারা গেলে শেখ নাসিরুদ্দীন আওয়াধী ও গিয়াসুদ্দীন মাখদুম জাদা, যিনি আব্বাসিদ খলিফাদের বংশধর, পরিষদে খান মালিক, কাজী ও শেখদের সঙ্গে আলোচনা করে ফিরোজ তুঘলককে সুলতান মনোনীত করেছিলেন। মুহম্মদ তুঘলকের ভগ্নী বিরুদ্ধাচারণ করলেও সেটা বেশিদিন টেকেনি। ইতিমধ্যে ভুল খবর পেয়ে দিল্লিতে খাজা-ই-জাঁহা মুহম্মদ তুঘলকের পুত্র বলে একজনকে সিংহাসনে বসিয়েছিলেন। তবে ফিরোজের দল সেই পুত্রের অস্তিত্ব স্বীকার করল না। কিন্তু মুসলিম আইনজ্ঞরা পুত্রটি আসল না নকল—এই ব্যাপারে মাথা ঘামাতে রাজি ছিল না। তাদের বক্তব্য যে সার্বভৌমতা উত্তরাধিকারী সূত্রে আসে না। এছাড়া ছেলেটি ছিল অ-প্রাপ্তবয়স্ক; সুতরাং আইনত শাসন করার তার কোনও অধিকার ছিল না। আইনজ্ঞরা ফিরোজকেই বৈধ সুলতান বলে ঘোষণা করলেন।

ফিরোজের সিংহাসন প্রাপ্তির দুটি বৈশিষ্ট্য লক্ষ্য করা যায়। প্রথমত নির্বাচন প্রথার ফিরে আসা যা ক্রমশ অন্ধকারে চলে যাচ্ছিল। এর ফলে রাজতন্ত্রের বিরুদ্ধে অভিজাতদের ক্ষমতা বেড়ে যায়। দ্বিতীয় বৈশিষ্ট্য হচ্ছে যে স্থির হয়ে যায় উত্তরাধিকারী হলেই হবে না, রাজ্য শাসন করার উপযুক্ত গুণ তার থাকতে হবে। উল্লেখযোগ্য যে ধর্মীয় লোকজনেরা ফিরোজের পক্ষে রায় দিয়েছিল।

মুহম্মদ তুঘলক খুৎবা ও মুদ্রা থেকে তাঁর ও আগের সুলতানদের নাম সরিয়ে দিয়েছিলেন। তাঁর *ফুতুহা*তে ফিরোজ এটাই তাঁর বড় সম্মান বলে আখ্যা দিয়েছেন। ওঁর আন্তরিকতা সম্বন্ধে সন্দেহ ছিল না। উনিই প্রথম যিনি নিজেকে খলিফার নায়েব বলে বর্ণনা করেছেন। আগেও এই ধরনের উপাধি নেওয়া হয়েছিল। ফিরোজের একটা মধ্যপন্থা নিয়ে খলিফার সঙ্গে দিল্লির সুলতানদের সম্পর্ক স্থির করার চেষ্টা যেমন বেড়ে গেল, তেমনি ওঁর নিজের দুর্বলতা ঢাকার প্রচেষ্টাও সফল হল। খলিফা সুপারিশ করেছেন, এই যুক্তিতে দাক্ষিণাত্যে দিল্লির সুলতানদের দাবি বাহমণি সুলতানদের পক্ষে উনি ছেড়ে দিলেন।

আর একটি বৈশিষ্ট্য ছিল ফিরোজের নির্বাচনে। সিহাবুদ্দীন খলজী ছিলেন দিল্লির প্রথম সুলতান যাঁর মা ছিলেন হিন্দু। সন্দেহ করা হত যে গিয়াসুদ্দীন তুঘলকেরও হিন্দু রক্ত ছিল। কিন্তু ফিরোজের বেলায় এটা স্পষ্ট যে হিন্দু মাতৃরক্ত থাকার ফলে সুলতানের বীর যোদ্ধা হবার প্রয়োজন নেই। দু একটি ব্যতিক্রম ছাড়া বলবানের সময় থেকে পরম্পরা তৈরি হয়ে এসেছে যে সার্থক সামরিক সেনাপতিই সুলতান হবেন। সেই সময়ে সুলতানের পারিপার্শ্বিক অবস্থায় বোধ হয় এর প্রয়োজন ছিল। ফিরোজ বিজয়ী বীর ছিলেন না। সামরিক দিক থেকে দেখলে ওঁকে ব্যর্থ বলা যায়। তিনি যে বিশেষ গুণের অধিকারী ছিলেন তাও নয়। কিন্তু তিনি ছিলেন বিনম্র ও ভদ্র। এ সব সত্ত্বেও পূর্ববর্তী সুলতানদের তুলনায় উনি বেশি দিন রাজত্ব করেছিলেন। ওঁর এই দীর্ঘ রাজত্ব কালের কারণ পাওয়া যাবে সামরিক শক্তির বাইরে। সমগ্র মুসলমানদের সমর্থনেই যে তিনি এসেছিলেন—এটা ছিল প্রধান কারণ। খলজীদের সময় থেকেই মুসলিম জনগণের অভিমত প্রকাশ পেতে শুরু হয়, যা খলজীদের বিপক্ষে ছিল। ফিরোজের সময়ে মুসলিমদের মতামত আরো বেশি প্রকাশ পায়। এদের আনুগত্য যে ফিরোজের প্রতি ছিল, এ নিয়ে কোনও সন্দেহ নেই।

এছাড়া অন্য কারণও ছিল। ফিরোজের প্রধান নীতি ছিল সুন্নী মতবাদের লোকেদের বন্ধুত্ব পাওয়া ও তাদের খুশি করা। সামরিক বাহিনীতে উনি সবরকম স্বাধীনতা দিয়ে ছিলেন। হিন্দু মোড়ল, খট্, মুকদ্দম ইত্যাদি, ওঁর পূর্বসূরীদের তুলনায় সুখ-সমৃদ্ধির মুখ দেখতে পাচ্ছিল।

ইতিহাসের বিচিত্র গতিতে দেখা যায় যে ফিরোজের যেসব গুণাবলী তাঁকে দীর্ঘ শাসনে সাহায্য করেছে, সেগুলি তাঁর দুর্বলতা হয়ে দাঁড়িয়ে ছিল। ওঁর শেষ জীবনে উনি দেখতে পান যে ক্ষমতা তাঁর হাত থেকে চলে গিয়েছে, যদিও তাঁর জনপ্রিয়তা কিছু কমেনি। ফিরোজই প্রথম সুলতান যিনি সিংহাসন ত্যাগ করতে বাধ্য হন।

সাধারণ শাসনব্যবস্থায় হস্তক্ষেপ না করে মন্ত্রী ও বিশ্বাসভাজন আমলাদের হাতে প্রচুর ক্ষমতা দিয়ে, সব গুরুত্বপূর্ণ বিষয়ে আইনজ্ঞদের মতামত নিয়ে কাজ করার মধ্যে, ফিরোজ একটা সীমাবদ্ধ রাজতন্ত্রের প্রতীক গড়ে তুলেছিলেন যা দাঁড়িয়েছিল আনুগত্যর উপর ভিত্তি করে। সুলতানাতও ওঁর সময়েই বোধ হয় প্রথম সাংবিধানিক রাজতন্ত্রের কাছাকাছি এসেছিল। নানা কারণে ঐ দিকে অগ্রগতির পথ রুদ্ধ হয়ে যায় এবং সাধারণের অভিমত প্রকাশের পথও বন্ধ হয়ে যায়।

১৩৫৯ সাল নাগাদ ফিরোজ তাঁর পুত্র ফৎ খানকে উত্তরাধিকারী নির্বাচিত করেন। ফৎ খানের মৃত্যু হলে ফিরোজ তাঁর দ্বিতীয় পুত্র জাফর খানকে মনোনীত করেন। তারও মৃত্যু হলে উনি নিজের তৃতীয় পুত্রকে মনোনীত না করে ফৎ খানের পুত্র তুঘলক শাহকে মনোনয়ন দেন। এ সবের ফলে ষড়যন্ত্র শুরু হয় এবং ফিরোজ সিংহাসন ত্যাগ করেন। কিন্তু পরবর্তী সুলতানের নামের সঙ্গে মুদ্রায় ফিরোজেরও নাম পাওয়া যায়। খুৎবাতে অবশ্য শুধু সুলতানের নাম থাকে। ওঁর তৃতীয় পুত্র মুহম্মদ খান রাজকীয় সব প্রতীক ব্যবহার করতে থাকেন এবং সব ক্ষমতাই ওঁর হাতে থাকে। তবে মুহম্মদ খান ফিরোজের নাম সরাতে সাহস পাননি, যদিও তিনি ধর্মীয় শ্রেণী ও

সাধারণ লোকদের তাঁর প্রতি আনুগত্য স্বীকার করানোর বহু চেষ্টা করেছিলেন। তুঘলক শাহর সঙ্গে যুদ্ধে মুহম্মদ খান জয়লাভ করার মুখে ফিরোজ এসে উপস্থিত হলে মুহম্মদ খান পরাজিত হন। এই যুদ্ধ জয়ের কারণ ছিল বৃদ্ধ সুলতানের ব্যক্তিগত উপস্থিতি। এমনকি তুঘলক শাহর মৃত্যুর পরও মুহম্মদ খানকে সুলতান হবার জন্য আমন্ত্রণ জানানো হয়নি। কেবল আবু বকরের দল ভেঙে গেলে ওঁর সুলতান হবার সুযোগ আসে।

তুঘলকদের রাজ্য শাসনের মধ্যে আর একটি বৈশিষ্ট্য দেখা যায়। সিকান্দার তুঘলকের মৃত্যুর পর পনের দিন সিংহাসন খালি ছিল, কারণ অভিজাতরা মনস্থির করতে পারছিলেন না সিংহাসনে কাকে বসাবেন। সুলতানী ইতিহাসে এমন দৃষ্টান্ত প্রথম। অবশেষে মুহম্মদ খানের দশ বছরের পুত্রকে সুলতান করা হয় সবাইকে অবাক করে দিয়ে। এই প্রথম একজন অপ্রাপ্তবয়স্ক রাজ্য শাসন করার অধিকার পেল। সুলতান মাহমুদ তুঘলক দিল্লির আনুগত্য পেয়েছিলেন। তৈমুর লং চলে গেলে পর অভিজাতরা আবার ওঁকে দিল্লির সিংহাসনে বসতে আহ্বান করেন। ওঁর স্বাভাবিক মৃত্যুর পর আরো কয়েকজন সুলতান হন। শেষে দৌলত খান ও খিজির খান মুদ্রায় তুঘলকের নাম ব্যবহার করে রাজ্য শাসন করতে থাকেন।

খিজির খানের সামনে একটা বড় সমস্যা ছিল। তিনি ছিলেন মঙ্গোলদের মদতপুষ্ট এবং তাদের মতামত অগ্রাহ্য করার শক্তি তাঁর ছিল না। অন্যদিকে ভারত ভূখণ্ডের মুসলমানরা মঙ্গোলদের উপর তুষ্ট ছিল না। এর ফলে খিজির খান যে নীতি গ্রহণ করলেন মুসলমান ভারতে তার প্রতিফলন দেখা যায়নি। তিনি তুঘলকদের নামে মুদ্রা চালু করেন। খুৎবাতে মঙ্গোলদের নাম থাকত, যদিও শেষে খিজির খানের নাম থাকত। উনি নিজে 'রাযতি আলা' বলে উপাধি নিলেন যা আগে পাওয়া যায় না। এর ফলে খলিফার নাম বাদ পড়ে যায়।

এই দ্বিচারিতা অবশ্য বেশিদিন থাকেনি। আমীর ও মালিকদের সমর্থন নিয়ে খিজির খানের পুত্র সিংহাসনে বসে মঙ্গোলদের ও তুঘলকদের নাম বাদ দিয়ে দেন। শাহ সুলতান উপাধি নিয়ে, উনি নিজের নামে মুদ্রা চালু করেন ও পুরানো উপাধি *নায়েব-ই আমীর-উল মুমিনিন* ফিরিয়ে আনেন। এর ফলে মঙ্গোলরা আবার আক্রমণ শুরু করে এবং বিভিন্ন প্রদেশে বিদ্রোহ শুরু হয়ে যায়। সৈয়দের সার্বভৌম অধিকার ভারতে বা তার বাইরে কোথাও স্বীকৃতি লাভ করে না। দিল্লিতে একটা ষড়যন্ত্র গড়ে ওঠে যার ফলে সৈয়দ শাসককে সিংহাসন ছাড়তে হয়।

দিল্লির রাজতন্ত্রে সৈয়দদের বিশেষ অবদান নেই। দিল্লির জনসাধারণ ওদের মঙ্গোল অনুচর বলে ধরায় ওদের কখনোই সেই অর্থে সুলতান বলে ধরা হয়নি। ওদের প্রধান দুটি স্তম্ভ ছিল মঙ্গোলদের সাহায্য ও আফগানদের উৎসাহ। এই দুটি সরে গেলেই ওদের পতন হয়। দিল্লির ইতিহাসে আফগানদের উত্থান একটা নতুন ধরনের পদক্ষেপ। ওদের উপজাতি-ভিত্তিক স্বাধীনতার স্পৃহা ছিল তুর্কি রাজতন্ত্রের ক্ষমতাসীন রাজার বিরুদ্ধে। এর ফলে আফগানরা তুর্কি, হিন্দু ও ভারতীয় মুসলমানদের কাছ থেকে সাহায্য প্রত্যাশা করতে পারে নি। সুতরাং তাদের সম্পূর্ণভাবে নির্ভর করতে হতো

নিজেদের দেশবাসীর উপর। এর ফলে লোদী সুলতানরা আফাগান পরম্পরাকে ভুলতে পারেনি।

বাহলুল লোদীর পক্ষে ও বিপক্ষে তিনটি দল গড়ে উঠেছিল যারা হিন্দু মায়ের সন্তানকে সুলতান করতে চায়নি। এদিক দিয়ে আফগান মতবাদ তুঘলকদের মতবাদ থেকে ভিন্ন। এছাড়া, বাহলুলের বিরুদ্ধে একদল আমীর ছিল যারা শর্কী সুলতানদের সাহায্য করছিল। এর বিরুদ্ধে বাহলুল আফগান সম্মান রক্ষার জন্য আবেদন করলে বহু আফগান তাঁর পতাকার তলায় মিলিত হয়।

আফগানদের পরম্পরা অনুযায়ী বাহলুল নিজেকে মনে করতেন অভিজাতদের একজন। উনি নিজেকে সুলতান বলেই খুশি ছিলেন। ওঁর সময়ে আফগান সাম্রাজ্য ছিল কয়েকটি আফগান উপজাতি নিয়ে গঠিত যুক্তরাজ্যর মতো। এই যুক্তরাজ্য গঠন তুর্কিদের মতের সঙ্গে মেলে না এবং বলবান ও আলাউদ্দীনের মতকেও অস্বীকার করা হয়। দরবারেও বাহলুল সিংহাসনে বসতেন না। তিনি যে আদেশ দিতেন সেগুলি আগেকার আদেশের মতো ছিল না এবং আফগান অভিজাতদের অত্যন্ত সম্ভ্রমের সঙ্গে ডাকতেন। কেউ বিরক্ত হলে তার বাড়ি গিয়ে তরোয়াল রেখে চলে যাবার কথা বলতেন।

লোদীদের আবির্ভাব ছিল মনোনয়ন ও নির্বাচনের মাঝামাঝি পথ থেকে। আফগান উপজাতিরা বাহুলুলকে নির্বাচিত করেনি। ওঁর কাকা ওঁকে আফগানদের নেতৃত্বে বসিয়েছিলেন। উনি স্বেচ্ছাচারী ভাবে ক্ষমতার ব্যবহার করেননি; বরঞ্চ সর্বদাই প্রমাণ করতে সচেষ্ট ছিলেন যে তিনি আফগান অভিজাতদের থেকেই ক্ষমতা পেয়েছেন—তারাই ওঁর ক্ষমতার উৎস।

কিন্তু যুক্তরাজ্য তৈরি করার যে পরিকল্পনা বাহুলুল করেছিলেন তার মধ্যে অসুবিধাই ছিল বেশি। এতে অভিজাতদের সিংহাসনের জন্য ষড়যন্ত্র করার প্রবণতা কমে গেলেও, তারা নিজেদের ক্ষমতা ও প্রভাব সম্পর্কে সচেতন হয়ে ওঠে। সুলতানদের ক্ষমতা না বাড়িয়ে বাহলুল অভিজাতদের ক্ষমতা ও মর্যাদা বাড়ান। তুর্কিদের গড়া রাজতন্ত্রের যে মর্যাদা ছিল, উনি সেটিকে নামিয়ে এনে অভিজাতদের সমান করে দেন। কিন্তু সুলতানী স্বেচ্ছাচারিতার জায়গায় এখন অনেক স্বেচ্ছাচারী এসে যায়। আফগানদের কাছে এটি গ্রহণযোগ্য হলেও অ-আফগান জাতিদের কাছে এই নীতি গ্রহণযোগ্য ছিল না। তারা ওঁকে আফগানদের নেতা হিসেবে দেখছিল। দেশের রাজা হিসেবে নয়। রাজতন্ত্রের এই সংকীর্ণ দৃষ্টিভঙ্গী আলবেরি তুর্কিদের থেকে ছিল সম্পূর্ণভাবে পৃথক।

এই নীতিতে অবশ্য তখনকার মতো আফগানদের একটা সুবিধা হয়েছিল। বাহলুলের প্রতি আনুগত্য ছিল প্রতিটি আফগানের মনে। ওঁকে রক্ষার জন্য যুদ্ধ ছিল আফগানদের রক্ষার জন্য যুদ্ধ। এই নীতি গ্রহণ করার ফলে রাজতন্ত্র অনেকটা সংবিধানগত রাজতন্ত্রের কাছে এসে গিয়েছিল। কিন্তু অভিজাতদের দলাদলি ও স্বার্থ একে আর অগ্রসর হতে দেয়নি।

সিকান্দারকে তাঁর পিতাই উত্তরাধিকারী বলে মনোনীত করেন। বাহলুলের অভিজ্ঞতা থেকে তিনি সিকান্দারকে উপদেশ দিয়েছিলেন শূর ও নিয়াজী উপজাতিদের উচ্চপদ

না দিতে। এর থেকে বোঝা যায় যে আফগানদের মধ্যে সংহতি অনেক কমে গিয়েছিল। সিকান্দারও মনে করেছিলেন যে সিংহাসনের জন্য রক্তক্ষয়ী সংগ্রাম অবশ্যম্ভাবী, কারণ তাঁর আরো ছয় ভাই ছিল। বাহলুল সারা রাজ্যই বিভিন্ন অভিজাতদের মধ্যে ভাগ করে দিয়েছিলেন। তাঁর পুত্র বারবাক শাহর হাতে ছিল জৌনপুর। আফগানরা মনে করত যে সমগ্র সাম্রাজ্য মাত্র একজন শাসন করার যুক্তি নেই। একাধিক লোক সাম্রাজ্য শাসন করতে পারে। তাছাড়া সিকান্দারের খাঁটি আফগান রক্ত ছিল না। ওঁর মা ছিলেন স্বর্ণকার সম্প্রদায়ের।

সাম্রাজ্য বিভক্ত করে শাসনের কুফল সম্বন্ধে সিকান্দার অবহিত ছিলেন এবং অন্য কারোর সঙ্গে শাসন ভাগ করার বিরুদ্ধে ছিলেন। এছাড়া রাজ্য বিভক্ত করে শাসন করার মতবাদ মুসলমান রাজতন্ত্রের ধারণার বিরুদ্ধ। সিকান্দার যুদ্ধ করে তাঁর মতবাদ অক্ষুণ্ণ রাখেন। আফগান পরম্পরাকে শ্রদ্ধা করলেও সিকান্দারের ধারণা হয়েছিল যে ওই পরম্পরা সেই সময়ে ভারতের শাসনের উপযোগী নয়। সুতরাং উনি ধীরে ধীরে আফগান মতবাদের বদল ঘটাতে শুরু করেন। নিজে সিংহাসনে বসেন ও তাঁর পিতার বিনম্র স্বভাব ছেড়ে দিয়ে পুরানো তুর্কিদের দরবারী আচার-ব্যবহার চালু করতে থাকেন। অভিজাতদেরও বলা হয় রাজাকে শ্রদ্ধা জানানোর জন্য। যখন উনি অনুপস্থিত থেকেছেন তখনও ওঁর আদেশ শ্রদ্ধা ও অনুষ্ঠানের মাধ্যমে গৃহিত হতো। শহরের বাইরে ছয় মাইল গিয়ে আমীর এটি গ্রহণ করে মাথায় রাখতেন। খোলা সভায় সেটি পড়ে শোনানো হতো এবং সকলেই দাঁড়িয়ে শুনতেন। এটা স্পষ্ট যে সিকান্দার এ ক্ষেত্রে দিল্লির তুর্কি শাসকদের অনুসরণ করেছেন। কিন্তু স্বাধীনতাপ্রিয় আফগানরা এই ধরনের রাজতন্ত্রের সঙ্গে মানাতে পারছিল না।

সিকান্দারের এই দায়বদ্ধতা তাঁর পুত্র ইব্রাহিমের উপর পড়েছিল। পুত্রর দক্ষতা এবং ওঁর সাহস নিয়ে কোনও সন্দেহ ছিল না। সর্বসম্মতিক্রমে ওঁকে সিংহাসনে বসানো হয়। কিন্তু একই সঙ্গে ওঁর ভাই জালাল খানের সঙ্গে সাম্রাজ্য ভাগ করার প্রস্তাবও আসে। ইব্রাহিম পছন্দ না করলেও এই প্রস্তাবে তখনকার মতো রাজি হন। তবে একদল আফগান সাম্রাজ্য ভাগ করার বিরোধী ছিল। খান-ই জাঁহা সাম্রাজ্য ভাগ করার আদেশ দিলে জালাল নিজের নামে খুৎবা ও মুদ্রা চালু করেন। ইব্রাহিম জালালকে যুদ্ধে পরাজিত করে ওঁকে হত্যা করেন। এর পরে যে সব অভিজাতরা স্বাধীন ছিল তাদের বলা হয় যে সবাই রাজার ভৃত্য এবং সেখানে কোনও উপজাতি, বন্ধু বা আত্মীয় নেই। এই ঘোষণায় ইব্রাহিমের রাজতন্ত্রের ধারণা পরিস্ফুট হয়। ইব্রাহিমের এই মতের সঙ্গে বলবান, আলাউদ্দীন খলজী ও মুহম্মদ তুঘলকের মতবাদের মিল পাওয়া যায়। আফগান উপজাতি পরম্পরা সম্পূর্ণভাবে সরিয়ে দিয়ে এই মতবাদ বাহলুল লোদীর মতবাদকে অগ্রাহ্য করে। মণিমুক্তা দেওয়া বিশাল সিংহাসনে বসে ইব্রাহিম আদেশ দেন যে যতক্ষণ রাজা দরবারে থাকবেন ততক্ষণ কেউ বসতে পারবে না। গর্বিত আফগান অভিজাতরা, যারা একদিন নিজেদের বাহলুল লোদীর সমকক্ষ বলে মনে করত, তারা এখন হাতজোড় করে সিংহাসনের সামনে দাঁড়াতে বাধ্য হন। পরিবেশটাই সম্পূর্ণ বদলে যায় এবং বলবানী আচার-ব্যবহার চালু হয়ে যায়।

পুরানো আফগানরা এই নতুন নীতি পছন্দ করেনি। এরপর ইব্রাহিম নিয়াজীদের কাজে লাগালেন ফারমূলীদের দমন করার জন্য। পুরানো আফগানেরা তাঁর বিরুদ্ধে অস্ত্র ধরলেও ইব্রাহিম নিরস্ত হননি। বিদ্রোহীদের দমন করে ইব্রাহিম বুঝিয়ে দিলেন যে যত উচ্চপদস্থ হোক না কেন রাজার আদেশ মানতে সে বাধ্য। বলা নিষ্প্রয়োজন যে ইব্রাহিমের পিছনে একদল শক্তিশালী আফগান ছিল। এছাড়াও সাধারণ আফগানরা লোদী, ফারমূলী ও নিয়াজীদের আধিপত্য চাইছিল না।

পরাজিত বিদ্রোহীদের মধ্যে পাঞ্জাবের নিহানীরা এবার মুঘলদের সাহায্য চাইল ইব্রাহিমকে সরানোর জন্য। তারা এটা খেয়াল করেনি যে বাবরের সার্বভৌমতার আদর্শ ইব্রাহিমের থেকে কিছু আলাদা নয়। কিন্তু ইব্রাহিমের পতনের মধ্য দিয়েই শেষ হয়ে গেল লোদী, ফারমূলী ও নিহানীদের আধিপত্য।

যে নীতির জন্য ইব্রাহিম সিংহাসন ও জীবন দিয়েছিলেন সেটি তাঁর মৃত্যুর পরেও থেকে যায়। মুঘলরা আসার পর সেটি আরো জোরদার হয়। শূররা যখন ক্ষমতায় এল তখন তারা আবার এর মুখোমুখি হয়েছিল। আফগান উপজাতিদের স্বাতন্ত্র ও স্বাধীনতার সঙ্গে বিপরীত দিকে ইতিহাসের পথ বেয়ে গড়ে ওঠা সার্বভৌম সম্রাটের আদর্শ। উল্লেখযোগ্য যে দুজন সর্বশ্রেষ্ঠ আফগান শাসক—সিকান্দার লোদী ও শের শাহ শূর—মনে করতেন যে ভারতে সার্বভৌম ক্ষমতা কেবল মাত্র রাজার হাতেই থাকবে, আফগান উপজাতিদের মধ্যে নয়। ভারতে আফগান উপজাতির পক্ষে যুক্তরাজ্য গঠন করা সম্ভব নয়। সুতরাং ইব্রাহিম লোদীর নীতি বা আদর্শের মধ্যে ভুল ছিল না; গোলমাল ছিল ওই সময়ে এই আদর্শকে রূপায়িত করার চেষ্টার মধ্যে।

লোদীরা 'শাহ সুলতান' ছাড়া আর কোনও উচ্চতর উপাধি গ্রহণ করেনি। মুঘলদের আগেই এরা ছিল দিল্লির শেষ সুলতান, যারা নিজেদের 'নায়েব' বলেছিল এবং মিশরের দরবারের সঙ্গে এদের কোনও যোগাযোগের প্রমাণ পাওয়া যায় না। খলিফার নাম অনুষ্ঠানিক ভাবে ভারত থেকে বিদায় নিচ্ছিল, এমনকি প্রাদেশিক দরবারেও আর খলিফার নাম পাওয়া যায় না।

দিল্লি সুলতানদের রাজতন্ত্রের বা সার্বভৌমতার আদর্শ কখনও এক জায়গায় দাঁড়িয়ে ছিল না। নানা ঘটনার মধ্যে দিয়ে তার পরিবর্তন এসেছে। ওই পরিবর্তনের আভাস মুঘলদের মতবাদের মধ্যেও পাওয়া যায়।

উল্লেখ করা যেতে পারে যে সাম্প্রতিক কালে ইকতিদার আলম খান তুর্ক-মঙ্গোল সার্বভৌমতার ধারণা গ্রহণ করতে চাননি। আর. পি. ত্রিপাঠি দেখিয়েছিলেন যে সুলতানী আমলে দিল্লির সার্বভৌমতার ধারণার মধ্যে মিশ্রিত ছিল তুর্কি, ইরানি ও মঙ্গোল মতবাদ। তাঁর মতে সার্বভৌম ধারণার মধ্যে সর্বাধিক প্রভাবশালী মঙ্গোল পরম্পরা কোন ধর্মীয় সংস্পর্শ আনেনি। সুতরাং রাজার শক্তিকে সীমাবদ্ধ করার মতো কোন ধর্মীয় আইন ছিল না। কিন্তু আলমের সমালোচনা প্রধানত বাবর ও হুমায়ুনকে নিয়ে। দিল্লির সুলতানদের সম্পর্কে ওঁর বক্তব্য বিশেষ নেই। এখানে আমরা দেখেছি যে রাজশক্তির সীমাবদ্ধতা কেবল সম্ভব ছিল অভিজাতদের সংঘবদ্ধ প্রতিবাদের মধ্য দিয়ে, যার কয়েকটা উদাহরণ ত্রিপাঠি দিয়েছেন।

সুলতানী শাসন যন্ত্র ঃ বিভিন্ন বিভাগ

উজীর ঃ মুসলিম আইনজ্ঞরা দেখিয়েছেন যে ভগবানের আদেশে নবীও বড় কাজ নেবার আগে তাঁর অনুচরদের সঙ্গে আলোচনা করতেন। কিন্তু নবীর গণতান্ত্রিক আদর্শ উমায়দ ও আব্বাসিদ খিলাফতের সময়ে বদলে যায়। মুসলিম রাজনৈতিক কাঠামোতে দেখা যায় মন্ত্রীদের প্রয়োজনীয়তা অনুভব করা হচ্ছে, কিন্তু মন্ত্রীদের কাজ বা উপস্থিতির মধ্যে আইনের কোনও সম্মতি দেওয়া হচ্ছে না। যার ফলে মন্ত্রীরা জনগণের প্রতিনিধি হিসেবে স্বীকৃত হয় না এবং তাদের কাজকর্মের মধ্যে কোনও দায়বদ্ধতাও থাকে না। খলিফারা ও পরবর্তীকালে সুলতানরা মন্ত্রীদের রাজকর্মচারী হিসাবে ব্যবহার করার চাইতে নিজেদের কর্মচারী হিসাবে ব্যবহার করে। সুলতানের মর্জিতেই মন্ত্রীদের উত্থান ও পতন হয়। তবুও সুলতানেরা মন্ত্রীদের মতামত শুনতেন কারণ মতামত শোনা ছিল বিজ্ঞনীতি। বারানী বলছেন যে বোঘরা খান তাঁর পুত্র কাইকোবাদকে পরিষদের মতামত গ্রহণ করার উপদেশ দিয়েছিলেন। সুতরাং মতামত শোনা বা গ্রহণ করা বাধ্যতামূলক ছিল না এবং মন্ত্রীদের হাতে দু একটি ব্যতিক্রম ছাড়া আসল ক্ষমতা ছিল না। দিল্লির সুলতান হবার আগে মুসলমান রাষ্ট্রে মন্ত্রী পরিষদ রাখার পরম্পরা ছিল। মুসলিম আইনজ্ঞরা নানারকম আলোচনার মাধ্যমে ওই পরম্পরাকে শক্তিশালী করে তোলে।

মন্ত্রীদের সংখ্যা নির্দিষ্ট ছিল না। মুসলিম আইনজ্ঞরা পছন্দ করতেন এক রাজার একজন শক্তিশালী উজীর থাকবে এবং তার অধীনে বিভিন্ন বিভাগের কর্তারা থাকবে। তুর্কি গ্রন্থ *কানুন-নামাতে* চারটি স্তম্ভের কথা বলা হয়েছে, যারা হলেন উজীর, কাজী, অর্থমন্ত্রী ও সচিব। গজনীর সুলতান মাহমুদ সাসানিদ শাসনসংস্থা পেয়েছিলেন এবং ওঁর পাঁচজন মন্ত্রী ছিল। দিল্লির সুলতানরা গজনীর পরম্পরা নিয়েছিলেন। তাঁদের মন্ত্রীসংখ্যা বেশি হলেও চারজন মাত্র উচ্চ মর্যাদা পেতেন। তুর্কি শাসনের গোড়ার দিকে অবশ্য মন্ত্রীর সংখ্যা কম ছিল। যার ফলে প্রত্যেক মন্ত্রীকেই একাধিক বিভাগীয় কর্তব্য করতে হতো। তবে তখন বিভাগগুলির কাজের সীমানা নির্দিষ্ট ছিল না। উজীর প্রথম থেকেই গুরুত্বপূর্ণ ভূমিকা পালন করে এসেছে। বলবানই প্রথম যিনি বিভিন্ন বিভাগের কাজ নির্দিষ্ট করে দেন, যার উল্লেখ বোঘরা খানের উপদেশের মধ্যে ছিল।

পারসিকদের কাছ থেকে আব্বাসীদ খলিফারা 'ওয়াজিরাত'কে সংস্থা হিসাবে নিয়ে আসে। মুসলিম আইনজ্ঞরা এই পদটি নিয়ে প্রচুর আলোচনা করেছেন। বিখ্যাত আইনজ্ঞ মাওয়ার্দী উজীরকে দুই ভাগে ভাগ করেছেন—তফওইদ ও তনফিদ। প্রথম ধরনের উজীরের হাতে অসীম ক্ষমতা, যা খলিফা তাঁকে দিয়েছেন। তবে উনি খলিফার নিয়োজিত কোনও আমলাকে ছাঁটাই করতে পারতেন না। দ্বিতীয় ধরনের উজীর ছিলেন সীমাবদ্ধ ক্ষমতার অধিকারী। উনি কেবলমাত্র খলিফার আদেশ মেনে চলতেন। এর ফলে ওঁর অবস্থান ছিল শাসক ও জনগণের মধ্যে। সীমাবদ্ধ ক্ষমতা থাকা সত্ত্বেও উনি ছিলেন সরকারের সবথেকে উচ্চপদস্থ কর্মচারী। কোনও কোনও মুসলিম আইনজ্ঞ মত দিয়েছেন যে সীমাবদ্ধ উজীরের পদে অ-মুসলমানদের নিয়োগ করা যেত। খিলাফতের প্রথম দিকেই সীমাবদ্ধ উজীর এসে যায় এবং কালক্রমে তার হাতে অসীম ক্ষমতাও আসে।

দিল্লির সুলতানরা নায়েব বা উজীরের ক্ষমতা সীমাবদ্ধ করে রেখেছিলেন। কেবল মাত্র বলবান তাঁর নায়েবীর সময়ে অসীম ক্ষমতার অধিকারী উজীরের কাছাকাছি আসতে পারেন। দিল্লিতে উজীরের ক্ষমতাবৃদ্ধির প্রধান অন্তরায় ছিল অভিজাতদের ঈর্ষা যার ফলে ত্রয়োদশ ও চতুর্দশ শতাব্দীতে উজীরকে হত্যা করতে অভিজাতরা দ্বিধা করেনি।

দিল্লির সুলতানদের উজীররা প্রথম দিকে ওঁদের কর্মপদ্ধতি চিহ্নিত করতে পারেননি। ইলতুৎমিসের উজীর, নিজামুল মুল্ক মুহম্মদ জুনাইদি অর্থবিভাগ দেখতেন এবং প্রয়োজন হলে সৈন্য নিয়ে যুদ্ধ যাত্রাও করতেন। কিছু সময়ের জন্য ইলতুৎমিস আর একজন উজীর নিযুক্ত করেছিলেন। সুলতানদের দুর্বলতার সুযোগ নিয়ে কোনও কোনও উজীর প্রচুর ক্ষমতা সংগ্রহ করেছিলেন। কিন্তু উজীরের ক্ষমতা হ্রাস পায় যখন নায়েব হিসাবে বলবান সমস্ত ক্ষমতা কুক্ষিগত করেন। সুলতান হবার পর বলবান খাজা হাসান বাসারিকে উজীর করেছিলেন। কিন্তু তার হাতে কোন ক্ষমতা ছিল না। এছাড়া ইমাদুল মুল্ক *দেওয়ান-ই আরজ* হিসাবে ভালো কাজ করলে ওই বিভাগের মর্যাদা বেড়ে যায়। জালালুদ্দীন খলজী খাজা খাতিরকে উপ-উজীর হিসাবে নিয়োগ করেন। উনি আলাউদ্দীন খলজীর প্রথম দিকের রাজত্বকাল পর্যন্ত ছিলেন। পরবর্তী কালে আলাউদ্দীন নসরৎ খানকে উজীর করেন ও তার মৃত্যুর পর মালিক কাফুরকে নায়েব পদে মনোনীত করেন। এর ফলে উজীরের পদের মর্যাদা বৃদ্ধি পায়। খসরু খান উজীর হলে ওই মর্যাদা আরো বাড়ে।

গিয়াসুদ্দীন তুঘলক প্রথমে মালিক শাদীকে উজীর করেন। কিন্তু সাধারণ শাসনতান্ত্রিক কাজ বাদে আর কিছু ওঁর হাতে ছিল না। গিয়াসুদ্দীন তিনজন পুরানো উজীরের পরামর্শ নিতেন। মুহম্মদ তুঘলক খাজা-ই জাঁহাকে উজীর করেন। আফিফ বলেছেন সমস্ত শাসনতান্ত্রিক ক্ষমতাই উজীরের হাতে ছিল।

শেষ তুঘলক সুলতানের সময়ে একটা নতুন পদ *ভকিল-ই সুলতানাত* সৃষ্টি করা হয়। ওঁর কাজ ছিল উজীরকে সাহায্য করা, কিন্তু কিছু কাল পরে উনি সব ক্ষমতা নিয়ে নেন। এই পদের অস্তিত্ব অবশ্য বেশিদিন ছিল না। সৈয়দের সময়ে উজীরকে অনেক সময়েই সৈন্য নিয়ে যুদ্ধে যেতে হত। কিন্তু তার কাছ থেকে অর্থ বিভাগের দায়িত্ব কেড়ে নেওয়া হয়নি। ফলে উনি একাধারে ছিলেন সেনাপতি ও অন্যধারে ছিলেন অর্থ বিভাগের কর্তা ও হিসাব পরীক্ষক। লোদীদের সময়ে উজীরের গুরুত্ব অনেক কমে যায়। সম্ভবত বাহলুলের কোনও উজীর ছিল না। সিকান্দার মিয়া ভুঁইয়াকে উজীর করেছিলেন যিনি ইব্রাহিমের রাজত্বকালের প্রথমদিকে ছিলেন। কিছুকাল পরে উদ্ধত ব্যবহারের জন্য উনি বরখাস্ত হন।

চার মন্ত্রীর মধ্যে অন্যতম হলেও উজীর সব সময়েই উঁচু মর্যাদা পেয়ে এসেছেন। সাধারণত সুলতাদের অনুমতি নিয়ে উজীর কাজ করতেন। কখনো কখনো বিভাগীয় কর্তাদের মতও বাতিল করেছেন। অর্থ বিভাগের দায়িত্বে থাকার ফলে সরকারের আয় ও ব্যয়ের হিসাব রাখতেন। সামরিক বিভাগ ও অন্যান্য বিভাগের মাহিনা ইত্যাদি দেবার ব্যবস্থা করতেন। বিভিন্ন দান-খয়রাত তাঁর বিভাগের মাধ্যমে হতো।

উজীরের অধীনে ছিল টাঁকশাল, বিভিন্ন সৌধ, নানারকম সম্পত্তি, কৃষি বিভাগ, কারখানা ও ওয়াকফ বিভাগ। ওঁকে সাহায্য করার জন্য একজন নায়েব থাকতেন। ওঁর অধীনে আরো কয়েকটা ছোট বিভাগ ছিল। এগুলি অধিকাংশই অর্থ, হিসাব ইত্যাদির। জালালুদ্দীন খলজী উজীরের অধীনে *দেওয়ান-ই ওয়াকফ* নামে একটি বিভাগ খোলেন। এর কাজ ছিল খরচের কাগজপত্র ঠিক মতো রাখা। এর ফলে আয় ও ব্যয় আলাদা হয়ে যায়। পরবর্তীকালে এ বিভাগটি বড় হয়ে ওঠে এবং একজন নায়েব এর কর্তা হন।

সম্পূর্ণ খাজনা সংগ্রহ করার জন্য আলাউদ্দীন খলজী খাজনার জন্য আলাদা একটি বিভাগ খোলেন। অর্থ বিভাগের অধীনে *দেওয়ান-ই মুস্তাখারাজ* নামে এই বিভাগ খোলা হয়। এর প্রধান কাজ ছিল অর্থ সংগ্রহকারকদের যে সব খাজনা বাকি আছে সেগুলি সংগ্রহ করা। এদের হাতে শাস্তি দেবার ক্ষমতা দেওয়া হয়েছিল।

মুহম্মদ তুঘলক *দেওয়ান-ই আমীর-ই কোহী* নামে একটি নতুন বিভাগ খোলেন। এই বিভাগের কাজ ছিল সুলতানের পরিকল্পনা মাফিক অনুর্বর জমিতে চাষ শুরু করানো। সরকারী অর্থে ও পরিচালনায় এ কাজ করার উদ্দেশ্য ছিল। দিল্লির সুলতানাত শাসনব্যবস্থায় সুলতানের পরেই ছিলেন উজীর।

দেওয়ান-ই আরজ ঃ এই বিভাগ ছিল সামরিক ব্যবস্থাপনার দায়িত্বে। এর কর্তাকে বলা হত *আরজ-ই মুমালিক*। দিল্লির সুলতানাতের প্রধান স্তম্ভ ছিল সামরিক শক্তি, ফলে এই বিভাগের ক্ষমতা ও দায়িত্ব ছিল প্রচুর। *আরজ-ই মুমালিক* প্রধানত সৈন্য ও ঘোড়া পরীক্ষা করে দলে নিতেন। যুদ্ধের সময়ে তাঁর কাজ ছিল সৈন্য সংগ্রহ করে যুদ্ধ ক্ষেত্রে পাঠানো। যুদ্ধের পর তিনি পরাজিতদের কাছ থেকে হাতি ও অন্যান্য মালপত্র বাজেয়াপ্ত করতেন। ওঁর সহকারী ছিলেন একজন নায়েব ও একদল কেরানী। ফিরোজ শাহর সময়ে সৈন্য ভর্তির জন্য কেরানীরা ঘুষ নিতেন বলে জানা যায়।

দেওয়ান-ই রিসালত ও দেওয়ান-ই রিয়াসত ঃ *দেওয়ান-ই রিসালত* এর দপ্তরে সাধারণের অভিযোগ জমা পড়ত। ফিরোজ শাহ তুঘলকের সময়ে এই দপ্তরের গুরুত্ব বোঝা যায়। সুলতানতের প্রতিনিধি হিসাবে তখন সাধারণ লোকেদের অভিযোগের নিস্পত্তির চেষ্টা হয়।

আলাউদ্দীন খলজীর সময়ে *দেওয়ান-ই রিয়াসত* শুরু হলে রিসালতের উল্লেখ পাওয়া যায় না। আলাউদ্দীনের বাজার সংস্কারের ফলে সাধারণ লোক, দোকানদার ও বণিকদের মধ্যে সেইসময় সমন্বয়ের প্রয়োজন ছিল। বণিকরা এই বিভাগে তাদের নাম নথিভুক্ত করত এবং এই দপ্তর পণ্য কর বসানো ও সংগ্রহের কাজ করত। বাজারের ওজন দেখাশোনার ভারও ছিল এই বিভাগের হাতে। এরা শাস্তিও দিতে পারত। এই বিভাগ প্রতিদিনের বাজারদর এবং কেনাবেচার হিসাব সরকারকে দিত। আলাউদ্দীনের মৃত্যুর পর এর গুরুত্ব কমে যায়।

দেওয়ান-ই ইনশা ঃ এই বিভাগ প্রধানত স্থানীয় সরকারের কাজকর্ম দেখত ও

সুলতানের আদেশ তৈরি করে পাঠানোর ব্যবস্থা করত। মুক্তা ও আমিলদের পাঠানো কাগজপত্রও এদের কাছে আসত। প্রাদেশিক সরকার এবং তাদের আমলাদের সঙ্গে যোগাযোগ রাখার দায়িত্বও ছিল এদের হাতে। ওদের সব আর্জি এরা সুলতানের সামনে নিয়ে আসত। প্রাদেশিক কর্তাদের বিদ্রোহের প্রবণতা থাকায়, ওদের কাজের গুরুত্ব বেড়ে যায়। যেহেতু কাজটি ছিল প্রধানত চিঠিপত্র, প্রতিবেদন ও আদেশ আনা-নেওয়ার, এই বিভাগের অধিকর্তা ছিলেন সুলতানের ব্যক্তিগত সচিব। সুলতানের প্রায় সব আদেশের খসড়া ইনি করতেন। ফিরোজ তুঘলকের সময়ে এই বিভাগের গুরুত্ব অনেক কমে যায় এবং এটি অর্থ বিভাগের অর্ন্তভুক্ত হয়ে যায়।

অন্যান্য বিভাগ ঃ দিল্লির সুলতানদের বিভিন্ন আমলার অধীনে আরো কয়েকটি বিভাগ ছিল। অধিকাংশ সময়ই এই ছোট বিভাগগুলি স্বাধীনভাবে কাজ করত সরাসরি সুলতানের অধীনে। এগুলির মধ্যে সুলতানের প্রাসাদের বিভিন্ন বিভাগ ও গুপ্তচর বিভাগের স্বভাবতই গুরুত্ব ছিল বেশি। প্রাসাদের বিভাগের অধিকর্তারা ছিলেন অভিজাতরা।

সুলতানের প্রাসাদের সমস্ত কর্মচারীদের অধিকর্তা ছিলেন *ওয়াকিল-ই দর*। ওঁর অধীনে সুলতানের খাবার ব্যবস্থা, আস্তাবল এমনকি সুলতানের পুত্র কন্যাদের তত্ত্বাবধানেরও ভার ওঁর উপর ছিল। এ সবের জন্য ওঁর দপ্তর ছিল আলাদা, যেখানে প্রাসাদ সংক্রান্ত সুলতানের যাবতীয় আদেশ নথীভুক্ত করে বাইরে জমানো হতো। প্রাসাদের অন্যান্য বিভাগের অধিকর্তা বা আমলাদের সঙ্গে ওঁকে সাবধানতার সঙ্গে কাজ করতে হতো। কারণ তারাও সুলতানের দল থেকেই মনোনীত হয়েছে। ওয়াকিলকে সাহায্য করার জন্য আর একজন উচ্চপদস্থ আমলা নায়েব ছিলেন। এঁরই সংবাদের সৌজন্যে আলাউদ্দীন খলজী আকাৎ খানের ষড়যন্ত্রের হাত থেকে রক্ষা পান।

ওয়াকিলের প্রায় সমকক্ষ ছিলেন *আমীর-ই হাজীব*, যাকে কখনো কখনো *আমীর-ই হাজীব-ই বারবক* বলা হতো। উনি ছিলেন সমস্ত অনুষ্ঠানের অধিকর্তা। দরবারে বিভিন্ন লোকেদের আগমন নিয়ন্ত্রণ করা ও অন্যান্যদের স্থান নির্বাচন করার ভার ছিল ওঁর উপর। ওঁকে একজন নায়েব ও কয়েকজন হাজীব সাহায্য করতেন। এই পদে সুলতানের ঘনিষ্ঠ লোকেদের বসানো হতো এবং পালা-বদলের খেলায় এঁদের অবদান ছিল গুরুত্বপূর্ণ।

সুলতানের দেহরক্ষীদের অধিকর্তা ছিলেন *সর-ই জানাদার।* এরা খোলা তরোয়াল নিয়ে সুলতানকে সর্বদাই ঘিরে রাখত। সুলতানের ডান ও বাঁদিকের জন্য দুজন অধিকর্তা ছিলেন। প্রাসাদ বিপ্লবে এঁদের অবদান ছিল অপরিসীম।

গুপ্তচর বিভাগের অধিকর্তা ছিলেন *বারিদ-ই মুমালিক।* সাধারণ গুপ্তচরদের *বারিদ* বলা হত এবং এরা সারা রাজ্যে ছড়িয়ে ছিল। *বারিদ* শব্দটি ল্যাটিন শব্দ *'ভেরেদুস'* থেকে এসেছে। এর মূল অর্থ রানার। এরা সংবাদ গোপনে সংগ্রহ করে পৌঁছে দেবার ব্যবস্থা করত। অনেক সময়ে এরা খোলাখুলিভাবে সংবাদ সংগ্রহ করে পাঠাত গুপ্তসংবাদ

ছাড়াও। বলবানের সময়ে এদের গুরুত্ব তেমন বাড়েনি। আলাউদ্দীন এদের সংখ্যা ও কাজের পরিধি বাড়িয়ে দেন। এদের সংবাদ পাঠানোর ফলে প্রাদেশিক শাসনকর্তা ও আমলাদের নিয়ন্ত্রণে রাখা সম্ভব হয়েছিল। এদের পাঠানো সংবাদকে বলবান গুরুত্ব দিতেন বলে জানা যায়।

দাস বিভাগ ঃ আফিফ ও বারানীর লেখা থেকে ফিরোজ শাহ তুঘলকের সময়ে দাস বিভাগের কথা জানা গেলেও, অর্থনৈতিক দিক থেকে এদের গুরুত্ব ছিল কম। দাসেরা উৎপাদনের মধ্যে বিশেষ ছিল না। প্রধানত এরা প্রাসাদে ও অভিজাতদের গৃহস্থালীর কাজে নিযুক্ত ছিল। দিল্লি রাজধানী হবার পর প্রথম দিকে দাসেদের দিয়ে উৎপাদনের কাজ করানো হয়েছিল। কিন্তু ক্রমে কারিগররা এসে যাওয়ার ফলে দাসেরা গৃহস্থালীর কাজে চলে যায়। উল্লেখযোগ্য যে মুসলিম সমাজে এদের ঘৃণার চোখে দেখা হতো না। এদের অনেকেই দাসত্ব থেকে মুক্তি পেয়ে সুলতান হয়েছিল। মুহম্মদ তুঘলক নিয়ম করে মাসে একদিন দাস ও দাসীদের মুক্তি দিতেন। তুর্কিদের মধ্যে দাসদের কর্মদক্ষতা ও প্রভাব ছিল বেশি। ফিরোজ তুঘলক ওই প্রথা ফিরিয়ে আনার উদ্দেশ্যে দাসদের জন্য আলাদা বিভাগ খোলেন। উনি চেয়েছিলেন ওখানে ওদের উপযুক্ত শিক্ষা দেওয়া হবে। অতি উৎসাহের বশবর্তী হয়ে উনি এক লক্ষ আশি হাজার দাস সংগ্রহ করেন। এদেরকে বিভিন্ন কাজের শিক্ষা দেওয়া হয়েছিল। আফিফ বলেছেন যে এর ফলে বার হাজার দাস কারিগরী শিক্ষা লাভ করে। সুলতানের রক্ষী হিসাবে ছিল চল্লিশ হাজার দাস। এই বিভাগের অধিকর্তা ছিলেন *মজুমদার*। এছাড়া এদের জন্য আলাদা অর্থের ব্যবস্থা হয়েছিল যার জন্য আলাদা কোষাধ্যক্ষ নিয়োগ করা হয়। এদের ঠিকমতো দেখাশোনা করার জন্য আলাদা অধিকর্তা রাখা হয় যাকে বলা হতো *আসাব-ই দিওয়ান-ই বন্দেগান।*

সাধারণ সৈন্যদল থেকে দাসদের সৈন্যদল ছিল আলাদা। এদের মধ্যে ছিল ধানুকী, তরোয়ালধারী, কুড়ুল ও পতাকাধারী ও অন্যান্যরা। প্রাসাদের বিভিন্ন কাজেও এদের নিয়োগ করা হয়েছিল যাদের মধ্যে ছিল আতরদার, পর্দাদার, শরাবদার, জমাদার, শামদার, শিলাহদার, পিলবান ইত্যাদি। বিভিন্ন কারখানাতেও এদের নিয়োগ করা হয়েছিল।

কারখানা ঃ কোন সময় থেকে দিল্লির সুলতানরা প্রাসাদের প্রয়োজনীয় সামগ্রী পাবার জন্য কারখানা তৈরি করেছিলেন জানা যায় না। আলাউদ্দীন খলজী ও মুহম্মদ তুঘলকের সময়ে কারখানার উল্লেখ আছে। আফিফের লেখা থেকে ফিরোজ তুঘলকের কারখানার বিশদ বিবরণ পাওয়া যায়। আফিফ বলছেন যে ফিরোজ কারখানাতে প্রচুর অর্থব্যয় করেছিলেন। ছত্রিশ রকমের কারখানা ওঁর সময়ে ছিল। এগুলিকে দুটি ভাগে ভাগ করা হয়েছিল *রাতিবী ও ঘইর-রাতিবী।* প্রথম ভাগের মধ্যে ছিল পিলখানা (হাতির আস্তাবল), পাইগাম (ঘোড়া পাওয়ার জন্য), মুতাবাগ (রান্নার), শরাবখানা, শামাখানা (আলো), সূতরখানা, শাগখানা, আবদারখানা (জল) ইত্যাদি। আফিফ বলছেন যে এই বিভাগের কর্মচারীদের মাহিনা হিসেবে মাসে এক লাখ ষাট হাজার তঙ্কা খরচ করা হতো। অন্যান্য আমলাদের জন্যও একই অঙ্কের টাকা বরাদ্দ ছিল।

দ্বিতীয় ভাগের মধ্যে ছিল জমাদারখানা (রাজকীয় পোষাক), আলমখানা (নিশান), ফরাসখানা (তাঁবু ও আসবাব) রেকাবখানা (ঘোড়ার জীন, রেকাব ইত্যাদি), গরদখানা (অস্ত্রশস্ত্র), সিলাহখানা (অলঙ্কার) তাসীদারখানা (হাম্মাম ও স্নান) ইত্যাদি। বছরে একবার করে এই বিভাগের চাহিদা তৈরি করা হতো। শুধুমাত্র শীতকালীন পোষাকের জন্য বছরে ছয় লক্ষ তঙ্কা খরচ করা হতো। নিশান ইত্যাদির জন্য বছরে দুই লক্ষ তঙ্কা খরচ করা হতো। প্রত্যেকটি কারখানাই একজন উচ্চপদস্থ আধিকারিকের অধীনে ছিল।

সুলতানাতের যে কয়েকটি সংস্থা মুঘল আমলে চলেছিল কারখানা তার মধ্যে অন্যতম। মুঘল আমলেও কারখানার বিশদ বিবরণ পাওয়া যায়। বোঝা যায় যে সুলতানাত কারখানার কাঠামো মুঘল আমলেও অক্ষুণ্ণ ছিল।

সুলতানী আমলে ইক্‌তা প্রথা ঃ ইসলামিক জগতে কৃষকের উদ্‌বৃত্ত উৎপাদন শাসক শ্রেণী করের মাধ্যমে নিত। করের হার নিয়ে মুসলমান আইনজ্ঞরা স্পষ্টভাবে লিখলেও, দিল্লির সুলতানদের মধ্যে প্রথম দিকে উপঢৌকন নেওয়ার এবং লুণ্ঠন করার রেওয়াজ ছিল। রাজ্য বিস্তারের সঙ্গে সঙ্গে অবস্থা বদলে যেতে থাকে। তখন নিয়মিত কর নেওয়া শুরু হয়। একই সঙ্গে সুলতানদের বড় বড় আমলা বা অভিজাতদের মাহিনা দেবার প্রশ্নও ওঠে। রাজনৈতিক কাঠামো অক্ষুণ্ণ রেখে ইক্‌তা প্রথার সাহায্যে কর সংগ্রহ ও বিতরণ করা সম্ভব হয়। ভূমি রাজস্ব নেবার অধিকারকে বলা হতো ইক্‌তা এবং যারা এই অধিকার পেয়েছিল তাদেরকে বলা হত *মুক্তি* বা *মুক্তা*। উত্তর ভারতে ঘোরীদের আক্রমণের আগে লিখিত এক তুর্কি বই থেকে ইক্‌তা প্রথার মূল রূপটি পাওয়া যায়।

লেখক ওই বইতে বলছেন যে কৃষকদের উপর মুক্তাদের কোনও অধিকার নেই। মুক্তা কেবল মাত্র পাওনা খাজনা সংগ্রহ করতে পারে। এই খাজনা দেবার পর মুক্তা কৃষক ও তাদের পরিবার এবং ধনসম্পত্তির উপর আর কোনও দাবি করতে পারে না। দাবি করলে, কৃষকরা রাজদরবারে এসে অভিযোগ করতে পারে এবং সুলতান চাইলে মুক্তাদের সম্পত্তি বাজেয়াপ্ত করে শাস্তি দিতে পারেন। লেখক বলছেন যে মুক্তাদের বোঝা উচিত যে কৃষকসহ সমগ্র দেশ সুলতানের অধিকারে এবং মুক্তাদের নিয়োগ করা হয়েছে বিশেষ কয়েকটি কাজের জন্য। অবশ্য মুক্তারা যতদিন ক্ষমতায় আছে ততদিন তারা ভূমি রাজস্ব সংগ্রহ করে ভোগ করতে পারবে। কিন্তু মুক্তাদের আর একটা দায়িত্ব আছে। তারা একটা সৈন্যদল রাখবে যাতে প্রয়োজনে সুলতানকে সৈন্য দিয়ে সাহায্য করতে পারে। মুক্তাকে খাজনা নেওয়ার অধিকার দেওয়া হচ্ছে প্রধানতঃ এই কারণে। ইক্‌তার প্রসার হবার আগে সুলতানরা নগদ টাকা দিয়ে সৈন্য রাখতেন। ইক্‌তার প্রসার হবার পরও নগদে মাহিনা দেবার প্রথা একেবারে বন্ধ হয়ে যায়নি। এর ফলে সৈন্যদল দুভাবে রাখা হচ্ছে— বড় অংশে মুক্তারা কর সংগ্রহ করত ও অন্য অংশ সুলতানের দেওয়া নগদ মাহিনাতে চলত। সুতরাং মুক্তা একসঙ্গে তিন-চারটি কর্তব্য পালন করতেন—কর সংগ্রহ, সেনানায়ক ও সৈন্যদের মাহিনা দেওয়া, তাঁর এলাকাতে শান্তি-শৃঙ্খলা রাখা, খরচ সম্পর্কে হিসাব পাঠানো ইত্যাদি।

কিছু এলাকা ছিল সরাসরি সুলতানের তত্ত্বাবধানে, যেখানে ইক্‌তা নিয়োগ করা হতো না। এই ধরনের জমিকে বলা হতো *খালিসা*। এসব জমি থেকে সরকারী আমলারা কর সংগ্রহ করে সরকারী কোষাগারে জমা দিতেন।

ঘোরীরা উত্তরভারত জয় করলে, সেনানয়করা নিজেদের মধ্যে এলাকাগুলি ভাগ করে নেয়। ওই সময়ে লুটতরাজ করে ও উপঢৌকন নিয়ে তারা নিজেদের ও তাদের অধীনস্থ সৈন্যদের রক্ষণাবেক্ষণ করে। ইক্‌তা প্রথার প্রসারের পর ওই সেনানায়করা নিজেদের মুক্তি বলতে শুরু করে যার ফলে এলাকার উপর সাময়িকভাবে হলেও একটা নায্য দাবি থেকে যায়। ততদিনে ওই এলাকাগুলিকে ইক্‌তা বলা হচ্ছে। অনেক সময়ে ওগুলোকে *ওয়ালিয়াৎ* এবং ওদেরকে *ওয়ালি* বলা হতো যে শব্দটি ছিল স্থায়িত্বের প্রতীক।

সুলতানী শাসন প্রতিষ্ঠিত হবার সঙ্গে ইক্‌তা প্রথার পরিবর্তন দেখা যায়। ইলতুৎমিসের সময় থেকেই মুক্তাদের এক ইক্‌তা থেকে অন্য ইক্‌তাতে বদলি করার প্রচেষ্টা ছিল। কিন্তু মুক্তাদের দায়িত্ব বদল হয় না। প্রথম দিকে কত সংখ্যক সৈন্য রাখতে হবে বা কত টাকা সরকারী কোষাগারে পাঠাতে হবে এরকম কোনও সুনির্দিষ্ট নীতি কিছু পাওয়া যায় না। মুক্তারা করসংগ্রহের খরচ ও ঝামেলা এড়ানোর জন্য নিজেদের এলাকার মধ্যে সৈন্যদের ছোট ছোট ইক্‌তা দিতে থাকে। সম্ভবত নগদ টাকায় সৈন্যদের মাহিনা দেওয়া ওই সময়ে শক্ত ছিল।

নিজেদের আয় বাড়ানোর জন্য সুলতানরা চাইতেন *খালিসা* জমির পরিমাণ বাড়াতে। ইলতুৎমিসের সময়ে ভারতভূখণ্ডে *খালিসার* প্রথম দৃষ্টান্ত পাওয়া যায়। উনি তাঁর এক দাসকে ভাতিন্দার *খালিসার* তত্বাবধায়ক হিসাবে নিযুক্ত করেছিলেন। সমকালীন ইতিহাস থেকে বোঝা যায় যে দিল্লির আশেপাশের অঞ্চল ও দোয়াবের কিছু অংশ *খালিসা* হিসাবে রাখা হতো। পরবর্তী কালে লেখা ইতিহাস একটি পরম্পরার উল্লেখ করছে যে ইলতুৎমিস দু-তিন হাজার সৈন্যদের ইক্‌তার সাহায্যে রক্ষণাবেক্ষণ করছেন, যার সঙ্গে মুক্তাদের প্রথার কোনও তফাৎ নেই। বলবানের আমলেও ওই একই প্রথা চলতে থাকে। নানারকম অপব্যবহারের কথা জানা গেলেও বলবান এর বদল করেননি। কেবলমাত্র যেসব সৈন্যদের কাছ থেকে কোনও কাজ পাওয়া যাচ্ছিল না, তাদেরকেই ইক্‌তা থেকে সরিয়ে দেওয়া হয়।

সুলতানরা কবে থেকে মুক্তাদের কাছ থেকে সংগৃহিত খাজনার একটা অংশ চেয়েছিলেন সেটা খুব পরিষ্কার নয়। সম্ভবত বলবানী বংশ শেষ হবার আগেই ওই অংশ চাওয়া হচ্ছিল। মুক্তাদের ব্যক্তিগত আয় ও সৈন্যদের খরচ বাদ দিয়ে ওই অংশ চাওয়া যেতে পারত। কিন্তু বলবানের সময় থেকেই কেন্দ্রীয় সরকার জানতে চেষ্টা করত যে ইক্‌তা থেকে কতটা কর সংগ্রহ হতো ও কতটা খরচ হতো। এর জন্য বলবান হিসাব পরীক্ষক নিয়োগ করেছিলেন। এর মূলে ছিল সুলতানের সঙ্গে অভিজাতদের ক্ষমতা দখলের লড়াই এবং কেন্দ্রীয় সরকারের সঙ্গে মুক্তাদের সম্পর্ক।

আলাউদ্দীন খলজীর সময়ে দিল্লির সুলতানদের প্রসার হয় এবং পুরানো এলাকা-গুলিতে পূর্ণমাত্রায় সরকারী হারে কর সংগ্রহ করার চেষ্টা হয়। এর পরিপ্রেক্ষিতে

আলাউদ্দীনের সময়ে ইক্‌তা প্রথার কিছু রূপ বদল হয়। দূরপাল্লার এলাকাগুলি সাম্রাজ্যের মধ্যে এলে, ওই সব এলাকাতে ইক্‌তা প্রথা চালু হতে থাকে এবং দিল্লির কাছের এলাকাগুলি *খালিসাতে* পরিণত করা হয়। সমস্ত দোয়াব অঞ্চল এবং রোহিলখণ্ডের বড় অংশ *খালিসার* মধ্যে চলে আসে। একই সঙ্গে *খালিসার* প্রসারের ফলে সুলতানের ব্যক্তিগত অশ্বারোহী সৈন্যদের মাহিনা নগদে দেওয়া হতে থাকে। অর্থাৎ সৈন্যদের মাহিনা ইক্‌তাতে দেওয়া বন্ধ হয়ে যায়। বলা বাহুল্য এই নগদ টাকায় বেতন দেওয়া হতো *খালিসার* ফসল বিক্রি করে। আলাউদ্দীন এর ফলে পণ্যর মূল্য নির্ধারিত করে দিতে বাধ্য হন। মুহম্মদ তুঘলকের রাজত্বের শেষ পর্যন্ত এই অবস্থা চলছিল। একই সঙ্গে আলাউদ্দীন তাঁর সেনানায়কদের ইক্‌তাতে বেতন দিতেন। কিন্তু ব্যতিক্রম হিসেবে কেন্দ্রীয় সরকার তখন ইক্‌তার অভ্যন্তরীণ ব্যবস্থাপনায় হস্তক্ষেপ করতে শুরু করে। এছাড়া বিস্তীর্ণ অঞ্চল জুড়ে আলাউদ্দীন নতুনভাবে কর ধার্য ও সংগ্রহের ব্যবস্থা করেন। এই বিস্তীর্ণ অঞ্চলের অনেকাংশে ইক্‌তা ছিল। এর ফলে সুলতানের সঙ্গে মুক্তাদের একটা নতুন সম্পর্ক তৈরি হয়। গিয়াসুদ্দীন তুঘলকের ব্যবস্থার আগেকার চেহারা দেখলে এই সম্পর্ক ধরা যায়।

কেন্দ্রীয় সরকারের *দেওয়ান-ই ওয়াজিরাত* ভুমিরাজস্ব ঠিক করে দিতেন যা ইক্‌তার পক্ষেও প্রযোজ্য। ফসল কত হবে অনুমান করে এই রাজস্ব ঠিক করা হতো। কেন্দ্রীয় বিভাগ সব সময়ে চেষ্টা করত উৎপন্ন ফসলের পরিমাণ বাড়িয়ে ধরতে। এই আনুমানিক আয় থেকে কেন্দ্রীয় সরকার একটা অংশ বাদ দিত মুক্তার সৈন্যদের খরচ হিসাবে। যেসব এলাকার আয় ওই খরচের সমান হবে সেসব এলাকা কেন্দ্রীয় সরকার আলাদা করে চিহ্নিত করেছিল। ইক্‌তার বাকি এলাকার আয়ের একটা অংশ ধরা হতো মুক্তার ব্যক্তিগত খরচ যার মধ্যে থাকত ইক্‌তার আমলাদের মাহিনা ইত্যাদি। এই সব খরচ বাদ দিয়ে বাকি যে আয় আছে, সেটাই খাজনা হিসাবে সরকারী কোষাগারে পাঠাতে হতো। স্বভাবতই মুক্তারা তাদের আয় কমিয়ে ও ব্যয় বেশি দেখিয়ে সুলতানের প্রাপ্য আয় থেকে নিজের জন্য অর্থ তুলে নিতে চেষ্টা করত। এই ধরনের অর্থ আত্মসাৎ ইক্‌তার কর্মচারীরাও করত মুক্তাদের সঙ্গে। হিসাবের গরমিল হলে মুক্তারা যেমন তাদের কর্মচারীদের কঠোর শাস্তি দিত, কেন্দ্রীয় সরকারও তেমনি মুক্তাদের শাস্তি দেবার প্রচেষ্টা করত। আলাউদ্দীনের মন্ত্রী শরফকুলি খান খাজনার হিসাব পরীক্ষার জন্য গ্রামের পাটোয়ারী ও মোড়লদের কাগজপত্র দেখতেন। হিসাবে গরমিল থাকলে খাজনার কর্মচারীদের নানারকম অত্যাচার ও উৎপীড়ন সহ্য করতে হতো। ঐতিহাসিক আফিফ বলছেন যে ওই মন্ত্রী ইক্‌তার আয় এত বেশি বাড়িয়ে দেন যে সাম্রাজ্য ছাড়খার হয়ে যায়। কিন্তু ওঁদের লেখা থেকে মনে হয় যে হিসাব পরীক্ষা করেই কর বাড়ানো হয়েছিল, অনুমানের উপর নির্ভর করে নয়।

গিয়াসুদ্দীন তুঘলক কোনও মৌলিক পরিবর্তন করেননি, তিনি চেষ্টা করছিলেন সবশ্রেণীর লোকেদের উপর থেকে বোঝা কমানোর। তিনি অর্থবিভাগকে আদেশ দেন যে মুসলিম আইন অনুযায়ী এক দশমাংশ বা বিশভাগের একভাগের বেশি কর ধার্য না করতে। সৈন্যদের জন্য এলাকা ইক্‌তার মধ্যে নির্দিষ্ট করা হয়েছিল। মুক্তারা ওই

সব এলাকার কোনও খাজনা পাবে না। মুক্তাদের বলা হয় যে হিসাবের সামান্য গরমিলের জন্য তারা যেন তাদের কর্মচারীদের উৎপীড়ন না করে। একদিক থেকে নিচুতলার লোকেদের উপর থেকে বোঝা কমলেও এটা পরিষ্কার যে কেন্দ্রীয় সরকার ইক্‌তা পরিচালনার মধ্যে হস্তক্ষেপ করছে।

মুহম্মদ তুঘলকের সময়ে এই নিয়ন্ত্রণ আরো বাড়ানোর চেষ্টা হয়। কেন্দ্রীয় সরকার জানায় যে কর সংগ্রহ করা ও সৈন্য রক্ষণাবেক্ষণ করা দুটি সম্পূর্ণ আলাদা কাজ এবং আলাদাভাবেই দেখা হবে। বলা নিস্প্রয়োজন যে মুক্তাদের কাছ থেকে বেশি অর্থ আদায় করার জন্যই এই বিভাজন করা হয়েছিল। এর ফলে অভিজাতদের মধ্যে ইক্‌তা সম্বন্ধে অনীহা দেখা যেতে লাগল এবং বহু নিচু শ্রেণীর লোক ও বণিকরা বহু টাকার প্রতিশ্রুতি দিয়ে ইক্‌তার কর্তৃত্ব নিতে লাগল, যার উল্লেখ আমরা বারানীর লেখায় পাই। সমকালীন আর একজন ঐতিহাসিকের লেখা থেকে দেখা যায় যে শরণ নামে এক হিন্দু গোবরার ইক্‌তা বেশি টাকা দেবার প্রতিশ্রুতি দিয়ে নিয়েছে। বারানীর লেখা থেকে মনে হয় যে এই সব বাড়তি টাকা দিতে প্রতিশ্রুতবদ্ধ লোকেদের কাছ থেকে সৈন্য রক্ষণাবেক্ষণের দায়িত্ব চাওয়া হতো না অন্ততঃ প্রথম দুবছর। এর পর থেকে বোধ হয় ইক্‌তার মধ্যে সৈন্য রক্ষণাবেক্ষণের ব্যবস্থা আলাদা হয়ে গিয়েছিল। ইবন বতুতার লেখা থেকে ইক্‌তার মধ্যে দ্বৈত শাসনব্যবস্থা কিভাবে চলছিল তার একটা ছবি পাওয়া যায়।

আমরোহার ভূমিরাজস্বর দায়িত্ব ছিল ওয়ালির (বা মুক্তার) উপর, যিনি আমরোহার বাজারের উপর কর্তৃত্ব করতেন। এঁর অধীনে ছিল পনেরশো গ্রাম যার থেকে ষাট লক্ষ তঙ্কা বছরে খাজনা আসত। এর থেকে ওয়ালি নিতেন বিশভাগের একভাগ এবং বাকি কোষাগারে জমা পড়ত। এই ওয়ালির পাশাপাশি ছিলেন একজন আমীর যিনি ওই এলাকার অধিকারী হিসাবে ছিলেন। ইনি একজন সেনানায়ক এবং তাঁর অধীনে সৈন্য ছিল, যেটা প্রয়োজনমতো ব্যবহার করা হতো। ওয়ালির সঙ্গে গোলমাল হলে ওই আমীর সৈন্য ব্যবহার করতেন। কিন্তু আমীরের সৈন্যরা মাহিনা নিত ওয়ালির কাছ থেকে। ওয়ালি এরপর অভিযোগ করেন যে আমীরের এক দাস তাঁর তহবিল থেকে টাকা তছরূপ করেছে। বিভিন্ন ইক্‌তায় দ্বৈত-শাসনের মধ্যে এ ধরনের গোলমাল লেগেই থাকত, যেটা হয়ত সুলতানে অপছন্দ করতেন না।

সমকালীন আরবী বই *মাসালিক-আল অবসরে* মুহম্মদ তুঘলকের সময়ের ইক্‌তার পূর্ণ বিবরণ পাওয়া যায়। সর্বোচ্চ সেনানায়ক খান থেকে নিচু সিপাহসালার পর্যন্ত মাহিনা পেত নগদ টাকার বদলে ইক্‌তায়। মাহিনা থেকে ইক্‌তার আয় ছিল সবসময়েই কম। কিন্তু সাধারণ সৈন্যদের মাহিনা দেওয়া হতো কোষাগার থেকে নগদ টাকায়। এর থেকে বলা যায় যে খলজীদের ও গিয়াসুদ্দীন তুঘলকের সময়ে যে প্রথা ছিল তার বদল হয়েছে। প্রাক্-মুহম্মদ তুঘলকের সময়ে সেনানায়করা নিজেদের ইক্‌তা থেকে সৈন্যদের মাহিনা দিতেন। মুহম্মদ তুঘলকের সময়ে মুক্তা সেনানায়কদের হাতে থাকে কেবলমাত্র ইক্‌তার শাসনের ও নিজেদের খরচের জন্য নির্দিষ্ট টাকা। ইবন বতুতা যে ইক্‌তা প্রথার কথা বলেছেন আরবী গ্রন্থে তার ইঙ্গিত রয়েছে, যার ফলে ওই ধরনের দ্বৈত শাসন সামগ্রিকভাবে ইক্‌তা প্রথার মধ্যে চলে এসেছিল। এর ফলে সেনানায়কদের

ক্ষমতা ও আয় দুইই কমে গিয়েছিল। ওই সেনানায়কদের সঙ্গে মুহম্মদ তুঘলকের বিরোধ বাধে। বারানী দৌলতাবাদ অঞ্চলে ওই সংঘর্ষের কথা বলেছেন।

রাজনৈতিক সংকটের মধ্যে ফিরোজ তুঘলক সিংহাসনে বসেন এবং তিনি বিভিন্ন শ্রেণীর লোকেদের সুবিধা দেবার নীতি নেন। উনি খাজনার নতুন অনুমান তৈরি করার আদেশ দেন। চার বছর কাজ করার পর সাম্রাজ্যের আয়ের অঙ্ক দাঁড়ায় সাড়ে আটষট্টি কোটি টাকা, যাকে সুলতানী যুগের প্রথম *জমা* বলা যায়। সম্ভবত খাজনা না বাড়িয়েই এটা করা হয়েছিল, যার ফলে কৃষক বা মুক্তাদের উপর চাপ বাড়েনি। ফিরোজ অভিজাতবর্গদের মাহিনা বাড়িয়ে দেন। মুহম্মদ তুঘলকের সময়ে সর্বোচ্চ আমীর পেতেন বার্ষিক দুলাখ টাকা। ফিরোজের সময়ে এটা বেড়ে আট লাখ টাকা পর্যন্ত হয়ে যায়। তাঁর উজীর পেতেন এক কোটি তিরিশ লক্ষ তঙ্কা। এই মাহিনা ইক্‌তাতে দেওয়া হতো। আফিফের লেখা থেকে মনে হয় যে কাগজে কলমে সৈন্যদের জন্য ইক্‌তার অঙ্ক নির্দিষ্ট করা ছিল। কিন্তু কোনও নিয়ন্ত্রণ না থাকায় সেটা কতটা কার্যকরী ছিল বলা শক্ত। অর্থাৎ বাস্তবে ইক্‌তা প্রথা আবার প্রাক্‌-মুহম্মদ তুঘলক যুগে ফিরে যেতে থাকে। আফিফের লেখা থেকে বোঝা যায় যে ফিরোজ ইক্‌তার প্রসারণ করেন যার ফলে *খালিসার* পরিমাণ কমে যায়। এছাড়া সৈন্যদের নগদ টাকায় মাহিনা দেবার পরিবর্তে গ্রামের খাজনা আদায় করার অধিকার দেন। একে বলা হতো *ওয়াজা*। যারা এটা পেত না তাদের নগদ টাকায় মাহিনা দেওয়া হতো। অনেক সময়ে ইক্‌তার থেকে যে খাজনার টাকা কেন্দ্রীয় সরকার প্রাপ্য, তার উপর *বরাৎ* বা *ইৎলাক* দেওয়া হতো। আফিফ বলছেন যে সৈন্যরা নগদ টাকায় মাহিনার একটা অংশ পেত এবং বাকি অংশ ওই *বরাতের* জোরে গ্রামের খাজনার থেকে তুলে নিত, অবশ্য ফসল হবার পর। *বরাৎ* থেকে টাকা সংগ্রহ করা সহজ ছিল না বলে সৈন্যরা তাদের *বরাৎ* অন্যদের কাছে নগদ টাকায় এক তৃতীয়াংশ দামে বিক্রি করে দিত। ফলে সৈন্যদের প্রাপ্য মাহিনা তারা পেত না এবং একটা মধ্যবর্তী শ্রেণী ওই অর্থ আত্মসাৎ করত।

ফিরোজের রাজত্বকালের বৈশিষ্ট্য হচ্ছে যে ওই সময়ে উত্তাধিকারীস্বত্ব জোরদার হয়ে ওঠে। খলজীদের আসার পর থেকে অভিজাতবর্গের ইক্‌তার স্থায়িত্ব ছিল না। বারানীর মতে অভিজাত শ্রেণীর চরিত্র বদলে গিয়েছিল, কারণ নিচু শ্রেণীর লোক অভিজাত হয়ে গিয়েছিল। আফিফ সাধারণভাবে বলেছেন যে উত্তরাধিকার শুধু পুরুষদের মধ্যেই সীমাবদ্ধ ছিল।এই উত্তরাধিকারস্বত্ব পরিবারের মধ্যে চলতে থাকে। *ওয়াজার* ক্ষেত্রে পরিষ্কার নির্দেশ আছে যে কিভাবে এবং কার কাছে ওই উত্তরাধিকারস্বত্ব যাবে।

ফিরোজের পর কেন্দ্রীয় নিয়ন্ত্রণ আরো শিথিল হয়ে যায়। মুবারক শাহ্‌র সময়ে মুক্তাদের অশ্বারোহী সৈন্য বদলি হওয়ার খবর পাওয়া যায়। মনে হয় এই বদলিগুলি রাজনৈতিক কারণে করা হয়েছিল এবং এ ছিল ব্যতিক্রম।

লোদীদের সময়ে প্রথাটির বদল হয়েছিল বলে ধরে নেওয়া যায়। তখন আর ইক্‌তা শব্দটি পাওয়া যায় না। এর বদলে আসে *সরকার* ও *পরগণা।* কতকগুলি পরগণার সমষ্টিতে একটা *সরকার*; অর্থাৎ এগুলি সবই জমির বিভাজন। *সরকার* শব্দটি এসেছে অভিজাতদের নিজেদের সম্পত্তির ব্যবস্থাপনা থেকে। কতকগুলি *পরগণা*

একটি অভিজাতের *সরকারে* রাখা হতো। এরই পুরানো শব্দ ছিল ইক্তা। প্রত্যেক *সরকারের* একটা আনুমানিক *জমা* বা খাজনার আয় ছিল, যার থেকে ওই অভিজাত তাঁর নিজেদের খরচ করতেন ও সৈনিকদের রক্ষণাবেক্ষণ করেন। সিকান্দার লোদী সম্বন্ধে বলা হয় যে কোনও *সরকারের* উদ্বৃত্ব অর্থ থাকলে, সেটা নিতে তিনি অস্বীকার করতেন। অভিজাতরা তাদের কর্মচারীদের ও সৈনিকদের ছোট ছোট এলাকার ভার দিতেন। অর্থাৎ ইক্তার মৌলিক উপাদানগুলি তখনও বলবৎ ছিল। এর থেকেই মুঘলরা পরে *জায়গীর* প্রথা শুরু করে, যেটা *মনসবদারী* প্রথার সঙ্গে মিলে একটা নতুন প্রথার সৃষ্টি করে।

বাণিজ্য

রামশরণ শর্মা তাঁর বিভিন্ন লেখার মধ্যে দেখিয়েছেন যে সপ্তম থেকে দশম শতাব্দী পর্যন্ত প্রধানত উত্তর ভারতে সামন্ত্রতন্ত্রের যুগ চলছিল এবং ওই সময় বিদেশী বাণিজ্য প্রায় বন্ধ হয়ে যায়। এর ফলে প্রাচীন বড় শহরগুলি হারিয়ে যেতে থাকে। বহির্বাণিজ্য সম্পূর্ণরূপে বন্ধ হয়েছিল কিনা এ নিয়ে বিতর্ক আছে। পূর্ব ভারত বা দক্ষিণ ভারতের শহরগুলি ধ্বংস হয়ে গিয়েছিল কিনা এ নিয়েও সংশয় আছে। আন্দ্রে উইঙ্ক অবশ্য আরবদের সঙ্গে পূর্ব ভারতের বাণিজ্যিক যোগাযোগের কথা বলেছেন, যার আভাস বহু আগে আলজেরীয় ফরাসী পণ্ডিত মরিস লোমবার্ড দিয়েছিলেন।

ত্রয়োদশ শতাব্দীতে ভারতে সুলতানী শাসন প্রতিষ্ঠিত হবার পর উত্তর ভারতে ও পূর্ব ভারতে নতুন শহর প্রতিষ্ঠিত হতে শুরু করে যাকে মুহম্মদ হাবিব দ্বিতীয় শহরাঞ্চলের বিপ্লব বলে আখ্যা দিয়েছেন। সুলতানী শাসন ছড়িয়ে পড়ার সঙ্গে সঙ্গে উত্তর ভারতে শহর তৈরি ও শাসকদলের চাহিদা অনুযায়ী নানা ধরনের শিল্প উৎপাদন শুরু হয়ে যায়। এর ফলে শহরগুলিতে প্রথমদিকে দাস-কারিগর, বিদেশী ও স্থানীয় কারিগররা মিলে যে শিল্পপণ্য উৎপাদন করে সেগুলি অভ্যন্তরীণ বাণিজ্যের পক্ষে উপযোগী ছিল। শহর ও তার জনসংখ্যা বাড়ার ফলে স্থলপথে বিদেশের সঙ্গে বাণিজ্য চলতে থাকে। ইরফান হাবিব তাঁর লেখায় এই মূল্যায়নের কিছুটা পরিবর্তন করলেও মূল কাঠামোটি প্রায় অবিকৃত রয়ে গিয়েছে।

পূর্ব ভারতের কাঠামোটি ছিল কিছুটা অন্য ধরনের। বখতিয়ার খলজী আসার আগেই ভাগীরথীর উপর অন্তত ছটি শহরের কথা পাওয়া যায়, যেগুলির সঙ্গে স্থলপথে ও সমুদ্রপথে বিদেশের বাণিজ্যিক যোগাযোগ ছিল বলে ধরে নেওয়া যেতে পারে। দক্ষিণ ভারত ও পশ্চিম ভারতের উপকূলের সঙ্গে মধ্যপ্রাচ্য ও সম্ভবত দক্ষিণ-পূর্ব এশিয়ার শহরগুলির বাণিজ্যিক যোগাযোগ মুসলমান শাসক গোষ্ঠী আসার আগে থেকেই ছিল। এরা আসার পর অন্তত পশ্চিম উপকূলবর্তী শহরগুলির সঙ্গে বিদেশের বাণিজ্যিক যোগাযোগ বৃদ্ধি পায়।

এই পরিপ্রেক্ষিতে আমরা সুলতানী যুগের বাণিজ্যিকে দুটি ভাবে ভাগ করে দেখব। (১) অভ্যন্তরীণ ও স্থলপথের বৈদেশিক বাণিজ্য ও (২) সামুদ্রিক বাণিজ্য।

(১) অভ্যন্তরীণ ও স্থলপথে বৈদেশিক বাণিজ্য ঃ চতুর্দশ শতাব্দীর প্রথম দিক

থেকেই সুলতানী অর্থনীতিতে নগদ টাকার প্রচলন দ্রুত বৃদ্ধি পেতে থাকে। মুদ্রার ইতিহাস পর্যালোচনা করলে দেখা যাবে যে মুদ্রিত টাকার পরিমাণ বৃদ্ধি পাচ্ছে। কৃষকরা যে শস্য বিক্রি করে নগদ টাকায় খাজনা দিচ্ছে তার উল্লেখ আগেই করা হয়েছে। সাম্রাজ্য বাড়ার সঙ্গে এবং একই শাসনতান্ত্রিক রীতিনীতি প্রচলিত হবার সঙ্গে সঙ্গে নগদ টাকায় খাজনা দেবার প্রবণতা বেড়ে যাচ্ছিল।

গ্রামাঞ্চল থেকে শহরে খাদ্য, কাঁচা মাল, শাকসবজি ও অনান্য পণ্য আসছিল। কিন্তু এই বিক্রির টাকা গ্রামাঞ্চলে কতটা থাকত সন্দেহ আছে। খাজনা হিসাবে উৎপাদন ও বিক্রির একটা বড় অংশ চলে আসত শহরে। ইরফান হাবিব এজন্য ওই সময়ের শহরগুলিকে পরগাছা শহর বলে অভিহিত করেছেন। অবশ্য ও গ্রামাঞ্চলের কেন্দ্রগুলিতে চলে যায় ও পরে কেন্দ্রগুলি শহরে রূপান্তরিত হয়।

উৎপন্ন শস্য বিক্রি করে কৃষকরা যে নগদ টাকায় খাজনা দিচ্ছে তার প্রমাণ পাওয়া যায় আলাউদ্দীন খলজীর সময়ে। বারানী লিখছেন যে ওই সময় চড়া হারে নগদ টাকায় খাজনা দেবার নিয়মের ফলে দোয়াবের কৃষকরা তাদের ফসল মাঠের ধারে অপেক্ষারত কারাভানিসদের বিক্রি করতে বাধ্য হতো। এরা ওই উৎপন্ন শস্য নিয়ে যেত বিক্রির জন্য। বারানী এই কারাভানিসদের সম্বন্ধে বলছেন যে এরা এক জায়গা থেকে আর এক জায়গায় শস্য নিয়ে গিয়ে বিক্রি করে। আর এক সমকালীন লেখক নাসিরুদ্দীন বলছেন যে এরা হচ্ছে নামক যারা দশ হাজার বা বিশ হাজার বলদে করে শস্য নিয়ে গিয়ে বিক্রি করত। পরিব্রাজক ইবন বতুতা লিখছেন যে তিন হাজার বলদ আমরোহা থেকে দিল্লিতে ত্রিশ হাজার মন শস্য নিয়ে আসত। ইরফান হাবিব এদের মুঘল যুগের বাঞ্জারা বলে ধরেছেন।

আমরা আগে দেখেছি যে আলাউদ্দীন খলজীর সময়ে মুক্ত বাণিজ্য ছিল না। সরকারী নিয়ন্ত্রণের মধ্যে কারাভানিসদের কাজ করতে হতো, যার ফলে খাদ্যশস্যের মূল্য ছিল অত্যন্ত কম। বারানী যে ধরনের পদ্ধতির মধ্য দিয়ে নিয়ন্ত্রণ করার কথা বলছেন, তার মধ্যে রয়েছে জামিন রাখা, ভীতি প্রদর্শন ইত্যাদি। কিন্তু নাসিরুদ্দীনের লেখা থেকে অন্য এক ছবি পাওয়া যায়, যার মধ্যে নানাধরনের উৎসাহব্যঞ্জক কাজ ছিল।

সুলতানী যুগে বাণিজ্য বৃদ্ধির সঙ্গে সঙ্গে দূরপাল্লার বাণিজ্যের জন্য যাতায়াতের পথও তৈরি হয়ে গিয়েছিল। এ পথ ছিল কাঁচা এবং বর্ষাকালে ওই পথে যাতায়াত ছিল দুঃসাধ্য ব্যাপার। মুঘল যুগেও যে ওই ধরনের পথ ছিল, ইরফান হাবিব সে কথা বলেছেন। দূরপাল্লার পথের গুরুত্ব বাড়ার সঙ্গে সঙ্গে পথের মধ্যে নির্দিষ্ট দুরত্বে স্থাপন করা হয় মিনার। এছাড়া ছিল সরাইখানা। সরকারের নিজস্ব ডাকের ব্যবস্থা ছিল। মনে হয় বিভিন্ন ব্যবসায়িক গোষ্ঠীরা রায়ত নিজস্ব ডাকের ব্যবস্থা যার সম্বন্ধে মুঘল যুগে তথ্য পাওয়া যায়।

দূরপাল্লার অভ্যন্তরীণ বাণিজ্যে প্রধানত বলদের সাহায্যে মালপত্র আনা নেওয়া হত। বলদের গাড়ির প্রচলন ছিল। তবে তার ব্যবহার ছিল সীমিত, প্রধানত পথের অসুবিধার জন্য। যে সব পণ্যের দাম কম ছিল, তার পরিমাণ বেশি না হলে খরচে

পোষাত না। এই বাণিজ্যে কি কি পণ্য যেত, তার তথ্য পাওয়া যায় না খাদ্য শস্য ছাড়া। তবে গাঁটরি বেধে তাঁতের কাপড় যেত এটা মনে করা যেতে পারে। কাপড়ের বাজার ও ব্যবসায়ীদের ওপর আলাউদ্দীন খলজী নানা ধরনের নিয়ন্ত্রণ চাপিয়ে ছিলেন।

স্থলপথে অভ্যন্তরীণ ও বৈদেশিক বাণিজ্যের মধ্যে ঘোড়া, দাসদাসী, নানা ধরনের ফল, কাপড় ও অন্যান্য পণ্যের কথা পাওয়া যায়। ঘোড়া আসত বিদেশ থেকে ও দাসদাসী বিদেশে রপ্তানী হতো। রেশম আমদানী হতো বাইরে থেকে যার মধ্যে লাভ ছিল বেশি। ইরান ভারত থেকে নীল নিত। স্থলপথে বৈদেশিক বাণিজ্যর একটা কেন্দ্র ছিল মূলতান। রপ্তানীর জন্য ভারতের অন্যান্য শহর থেকে মূলতানে মাল চালান করা হতো। দিল্লি থেকে মিছরি, সরৌতি থেকে ঘি মূলতানে যেত। দিল্লিতে আমদানী পণ্যর চাহিদার ফলে দিল্লি ও মূলতানের মধ্যে একটা বিশেষ সম্পর্ক গড়ে ওঠে। খোরাসানের কিছু বণিক ঘোড়া নিয়ে মূলতানে এসে শুল্ক দিয়ে দিল্লিতে আসত। এখানে ঘোড়া বিক্রি করে দাসদাসী কিনে নিয়ে যেত। ওরা সম্ভবত দুবার শুল্ক দিত। এরপর আবেদন করে ওরা মূলতানের বদলে দিল্লিতে শুল্ক দিত। এর ফলে দিল্লিতে ঘোড়া ও দাসদাসীর বাজার গড়ে উঠেছিল, যা অষ্টাদশ শতাব্দী শেষ পর্যন্ত ছিল বলে প্রমাণ পাওয়া যায়। দিল্লিতে দূর থেকে যেমন আলিগড়, আমরোহা, মীরাট ইত্যাদি জায়গা থেকে খাবার আসত। মালব ছিল প্রায় চব্বিশ দিনের দূরত্বে অবস্থিত। ওখান থেকে আসত পান। সাধারণ কাপড় আসত অযোধ্যা থেকে। বাংলা থেকে নানাধরনের রং করা কাপড়, দেবগিরি থেকে মসলিন, ইরান থেকে ব্রোকেড, গুজরাট থেকে পাটোলা কাপড় আসত দিল্লিতে।

বাংলাতেও ঘোড়া আনার খবর পাওয়া যায়। হিমালয় অঞ্চল থেকে ছোট ঘোড়া আসত, যেগুলিকে *টাঙ্গন* ঘোড়া বলে সমকালীন বাংলা সাহিত্য উল্লেখ করেছে। বাংলার বাণিকরা এই ঘোড়া নৌকা করে উড়িষ্যায় নিয়ে যাচ্ছে এটাও জানা যায়। ষষ্ঠদশ শতাব্দীর শেষের লেখক মুকুন্দরাম এই ধরনের ঘোড়া নিয়ে বাণিজ্যে যাবার কথা বলেছেন। তবে বড় ঘোড়াও আসত বলে মনে হয়, যদিও এই ধারনার কোন নির্দিষ্ট সূত্র পাওয়া যায় না। বাংলার শাসকবর্গ যে বড় ঘোড়া ব্যবহার করতেন তাতে সন্দেহ নেই। ষষ্ঠদশ শতকের প্রথম দিকে হাজীপুরে (পাটনার বিপরীত দিকে) ঘোড়া বিক্রির কেন্দ্র ছিল। সেখান থেকে সুলতান আলাউদ্দীন হোসেন শাহ ঘোড়া কিনতেন। চীনদেশ থেকে বড় ঘোড়া প্রাক্-মুসলমান বাংলায় আমদানী করা হতো বলে ধরা হয়। এগুলি আসত প্রধানত জলপথে। মীনহাজ বলছেন যে বখতিয়ার খলজী যখন সতেরজন অশ্বারোহী নিয়ে নদীয়াতে পৌছান, তখন সবাই তাকে ঘোড়া বিক্রেতা বলে মনে করেছিল। সাইমন ডিগবী অবশ্য বলছেন যে হিমালয় অঞ্চল থেকে আমদানী করা ঘোড়াগুলি টাট্টু ঘোড়া নয়। ওগুলি বড় ঘোড়া। এটা হতে পারে যে দু ধরনের ঘোড়াই স্থলপথে বাংলায় আসছিল। সমকালীন মুদ্রা ও শিলালেখতে ওই ধরনের বড় ঘোড়ার ছবিও উল্লেখ পাওয়া যায়, যার পরিবর্তে যেত মসলিন ও পরবর্তীকালে রেশম।

বিভিন্ন গোষ্ঠীর বণিকরা এই দূরপাল্লার বাণিজ্য চালাত। মধ্যএশিয়া থেকে বণিকরা আসত দিল্লিতে বাণিজ্য করার জন্য। এই ধরনের বণিকদের মধ্যে ধর্মীয় ব্যক্তিও ছিল।

দিল্লি ও গজনীর মধ্যে দাসদাসীর বাণিজ্য চালাত বিহারের এক সুফি। আলাউদ্দীন খলজী মূলতানের এক বিখ্যাত বণিককে দিল্লির প্রধান কাজী করেছিলেন। বারানী বলছেন যে উনি পিতৃপুরুষদের কাছ থেকে শুধু সুদ নেওয়াই শিখেছিলেন। কিন্তু সুফিরা এঁকে খুব শ্রদ্ধা করত।

বারানীর লেখা থেকে মনে হয় যে দূরপাল্লার বাণিজ্য তখন ছিল মূলতানীদের হাতে। এদের অধিকাংশই ছিল হিন্দু একরকম আভাস বারানীর লেখায় পাওয়া যায়। এরা পেশাগতভাবে টাকা সুদে খাটাত এবং বাণিজ্যের সঙ্গে যুক্ত ছিল। পরবর্তীকালের লেখায় মূলতানীদের এই ধরনের কাজকর্মের উল্লেখ পাওয়া যায়। মধ্যযুগে এই ধরনের হিন্দু বণিকদের *সাহু* বলা হত, যারা অপরের টাকা গচ্ছিত রাখত বা 'ব্যাঙ্কার'-এর কাজ করত।

আলাউদ্দীন খলজী মূলতানীদের ব্যবসা নিয়ন্ত্রণ করার চেষ্টা করেন তাদের আনা পণ্যের বিক্রয়লব্ধ মূল্য নির্ধারণ করে। বাইরে থেকে ভালো ভালো পণ্য আনার জন্য উনি মূলতানী বণিকদের বিশ লক্ষ টাকা আগাম দেন। মূল্য নির্ধারণ করা সত্ত্বেও মূলতানী বণিকদের লাভ ছিল প্রচুর। মূলতানীরা দিল্লীর শাসকগোষ্ঠীকে টাকা ধার দিত। এই টাকার প্রয়োজন ছিল শাসকগোষ্ঠীর বিলাসবহুল জীবনযাত্রার জন্য। বারানী লিখছেন যে বলবানের সময়ে শাসকগোষ্ঠী মূলতানীদের কাছ থেকে প্রচুর টাকা ধার করেছিল, যার কতটা তারা ফেরত দিত সে সম্বন্ধে সন্দেহ আছে। কিন্তু মুসলমান মূলতানী বণিক ও সাহুরা যে বিশাল ধনদৌলত করেছিলেন তাতে সন্দেহ নেই। আলাউদ্দীন খলজীর সময়েও তারা ওই সম্পদ রক্ষা করতে পেরেছিল।

ইবনে বতুতা সাহুদের উল্লেখ করেছেন। উনি দৌলতাবাদের হিন্দু বণিকদের সম্বন্ধে বলেছেন যে ওরা অনেকটা মিশরের করিম বণিকগোষ্ঠীর মতো। কতকগুলি মুসলমান বণিক মিলে একটা গোষ্ঠী গড়ে তোলে যাকে *করিম* বলা হতো। এরা দ্বাদশ শতাব্দী থেকে চতুর্দশ শতাব্দীর শেষ পর্যন্ত ভারত মহাসাগর ও লোহিত সাগরে বাণিজ্য করত। দৌলতাবাদের হিন্দু বণিক ও মূলতানের সাহুদের সঙ্গে এদের মিল খুঁজে পাওয়া কঠিন। মনে হয় বতুতা বলতে চেয়েছেন যে করিমদের মতো সাহুরা বাণিজ্যের ক্ষেত্রে একে অপরের সঙ্গে সহযোগিতা করত। এদের মধ্যে জাতের বন্ধন কতটা কাজ করেছে বলা শক্ত।

হিন্দু বণিকদের যে সমাজ ছিল তা সপ্তগ্রামের ইতিহাস থেকে পাওয়া যায়। ষষ্ঠদশ শতাব্দীর শেষে লেখা মুকুন্দরামের বিভিন্ন উল্লেখ থেকে মনে হয় যে হিন্দু বণিকরা প্রধানত অভ্যন্তরীণ বাণিজ্যের সঙ্গে যুক্ত ছিলেন। এই সমাজের মধ্যে যে মেলবন্ধন ছিল তা *কর্জনা* সমাজ বলে পরিচিত ছিল। সম্ভবত পর্তুগীজদের বাংলায় আসার পর ষোড়শ শতাব্দীতে *কর্জনা* সমাজ ভেঙে যায় যদিও মুকুন্দরাম ওই সমাজের উল্লেখ করেছেন।

চতুর্দশ শতাব্দী থেকে দালালদের কথা পাওয়া যায় যাদের কাজকর্ম ও আয় নিয়ন্ত্রণ করার চেষ্টা করেছিলেন আলাউদ্দীন খলজী। বারানী সুলতানের কঠোর নিয়ন্ত্রণ ব্যবস্থার প্রশংসা করেছেন যার থেকে মনে হয় জনমানসে এদের ভাবমূর্তি খুব উজ্জ্বল

ছিল না। পণ্যের অহেতুক দাম বাড়ার জন্য এদেরকে দায়ী করা হতো। কিন্তু এদেরকে উপস্থিতি ও কার্যকলাপ প্রমাণ করে যে পণ্যের বাজার দ্রুত বেড়ে চলেছিল। বলা নিস্প্রয়োজন যে এদের সম্পূর্ণভাবে বিতাড়িত করা সম্ভব হয় নি।

সুলতানী যুগে দিল্লির ও মূলতানের বাজার, অনেকাংশে লাহোর, মধ্য এশিয়ার কারাভানিসদের কাজকর্মের সঙ্গে যুক্ত ছিল। ষষ্ঠদশ শতকের শেষ থেকে মধ্যপ্রাচ্যর কারাভান বাণিজ্যের পতন ঘটে বলে ফারনান্দ ব্রদেল ও স্টিনসগার্ড উল্লেখ করেছেন। এই পতনের জন্য তাঁরা প্রধানত দায়ী করেছেন ইউরোপীয় কোম্পানীগুলির আবির্ভাব ও সামুদ্রিক বাণিজ্যর প্রসারকে। কিন্তু মধ্যএশিয়া ও ভারতের দিকের কারাভান বাণিজ্য মঙ্গোলদের ক্রমাগত অভিযানে ব্যহত হয়ে পড়ে। এর ফলে মূলতান ও দিল্লির বাজারও *সঙ্কুচিত* হয়ে যায়। মুঘলদের দুই উপকূল বিজয়ের ফলে অভ্যন্তরীণ বাণিজ্য অনেকাংশে সমুদ্রমুখী হয়ে পড়ে। এর জন্য আমাদের সামুদ্রিক বাণিজ্যের ইতিহাসের দিকে দৃষ্টিপাত করতে হবে।

২। সামুদ্রিক বাণিজ্য ঃ ত্রয়োদশ থেকে পঞ্চদশ শতাব্দীর সামুদ্রিক বাণিজ্যর মধ্যে স্থিতিশীলতা যেমন দেখা যায় তেমনি পরিবর্তনও চোখে পড়ে। রোমান সাম্রাজ্য এবং প্রাচীন ভারতের পশ্চিম উপকূল ও করমণ্ডলের বাণিজ্যর খবর এখন অনেক বেশি পাওয়া যায়। এই বাণিজ্যর প্রধান পসরা ছিল কাপড় যা ভারত থেকে রপ্তানী হতো। এছাড়া মালাবার উপকূলের টিক কাঠ, মসলা, ওষুধ, মণিরত্ন এবং বিভিন্ন বিলাসদ্রব্য চালান যেত।

এসবের পরিবর্তে ভারত আমদানী করত ঘোড়া, মসলা, ওষুধ, খেলনা, দামী কাপড় ও পিতল। চতুর্দশ শতাব্দীতে দিল্লির দরবারী চাহিদার জন্য বিলাসী কাপড় আমদানী বাড়তে থাকে। পঞ্চদশ শতাব্দীর দাক্ষিণাত্যে ইউরোপীয় কাপড়ের আমদানী করার কথা পাওয়া যায়। দিল্লির সুলতানরা চীনামাটির বাসন ও চীনা রেশম ব্যবহার করতেন। বাংলার রাজধানী গৌড়ে ও বন্দর সপ্তগ্রামে চীনামাটির বাসনের যে প্রচুর ব্যবহার শাসকগোষ্ঠী করতেন তার বহু প্রমাণ পাওয়া গিয়েছে। কায়রোর *গেনিজা* দলিল থেকে দেখা যাচ্ছে যে কায়রোর ইহুদী বণিকরা ভারতীয় কাপড়, নানাধরনের বাসন, বিভিন্ন ধাতু ও কাচের বাসনের বাণিজ্য করছে।

রোমান ঐতিহাসিকরা বলেছিলেন যে ভারতে একবার সোনা বা রুপো ঢুকলে আর বেরোয় না। সপ্তদশ শতাব্দীর ফরাসী পরিব্রাজক ফ্রাঁসোয়া বার্নিয়ার ওই একই কথায় পুনরাবৃত্তি করেছেন। এই ধারনা অষ্টাদশ শতাব্দীর শেষ পর্যন্ত চলেছিল। এই সোনা ও রুপো আসত প্রধানত মধ্যপ্রাচ্য থেকে পণ্যের বিনিময়ে। জাপান থেকেও রুপোর আমদানী ছিল ঘুরপথে। তবে সব সময়ই যে এই আমদানী নিশ্চিত ছিল তা নয়। চতুর্দশ শতাব্দীর শেষে রুপোর আমদানী কমে গেলে মুদ্রা সংকট শুরু হয়ে যায়। কোন কোন ঐতিহাসিকের মতে এই সোনা বা রুপো মুষ্টিমেয় অভিজাতর বিলাসী জীবনযাত্রায় সাহায্য করেছিল। নানা কারণে এই সোনা ও রুপো মাটির নীচে লুকিয়ে রাখা হতো। সুলতানী যুগের প্রথম দিকের আরবী ভৌগোলিক আল-উমারী এই কথা বলেছেন। কিন্তু সমকালীন বাংলা সাহিত্যে সোনা-রূপার ব্যবহারের প্রচুর উল্লেখ

পাওয়া যায়। কবিদের উচ্ছ্বাস বলে ধরে নিলেও সম্ভবত বাংলায় রুপোর সংকট উত্তর ভারতের মতো তীব্র হয় নি। এটাও ঠিক যে এই সোনা-রূপা অলংকার হিসাবে তৈরি হয়ে গেলে বাণিজ্যিক লগ্নীতে আর কাজে লাগত না।

মাটির নীচ থেকে সোনা বা রুপোর তাল পাওয়া যায় নি। কিন্তু ব্রোচ (বর্তমান ভারুচ) শহরে চতুর্দশ শতাব্দীর মুদ্রা প্রচুর পরিমাণে পাওয়া গিয়েছে। এর অধিকাংশই মিশর, সিরিয়া, ইরান ও ইয়েমেনের সোনা ও রুপোর মুদ্রা। ভারতীয় স্বর্ণমুদ্রার সংখ্যা খুবই কম। মধ্যপ্রাচ্যে যে বৈদেশিক বাণিজ্য চতুর্দশ শতাব্দীতে পূর্ণমাত্রায় চলছিল ওই স্বর্ণ-রৌপ্য মুদ্রা তারই নিদর্শন। সম্ভবত ওখানে কোন বণিকের বাড়ি ছিল। উল্লেখযোগ্য যে কিছু ইউরোপীয় মুদ্রাও পাওয়া গিয়েছে, যেগুলি মধ্যপ্রাচ্য ঘুরে ভারতে পৌঁছেছিল।

মনে করা হয় যে প্রাক্-সুলতানী যুগে ভারতের সঙ্গে চীনদেশের যোগাযোগ ছিল স্থলপথে সংকীর্ণ গিরিপথের মধ্য দিয়ে, যার উল্লেখ আগে করা হয়েছে। আদি মধ্যযুগে প্রায়শই নানা কারণে এই পথ নতুন করে আবিষ্কার করার জন্য ইউরোপীয় প্রত্নতত্ত্ববিদ ও শাসকবর্গ যথেষ্ঠ উৎসাহ দেখিয়েছিলেন। এই পথ অনিশ্চিত হয়ে গেলে পর সপ্তম খ্রিস্টাব্দ থেকেই চীন ও পারস্য উপসাগরের মধ্যে সামুদ্রিক যোগাযোগ বাড়তে থাকে। প্রথম দিকে পারসিক বণিকরা তাদের জাহাজে করে পণ্য নিয়ে আসে। অষ্টম শতাব্দী থেকে আরব বণিকরা নিজেদের জাহাজে ক্যান্টন বন্দরে আসে। একাদশ শতাব্দীতে মিশরের ফাতিমাইদ বংশ লোহিত সাগরের উপর গুরুত্ব দিলে কায়রো ও আলেকজান্দ্রিয়া বাণিজ্যিক কেন্দ্র হয়ে দাঁড়ায়। ভূমধ্যসাগরীয় অঞ্চলের সঙ্গে একটি ইসলামিক বাণিজ্যমণ্ডল তৈরি হয়ে যায়। তৎকালীন শহরগুলির মধ্যেকার বাণিজ্যিক সম্পর্কের কথা কে. এন. চৌধুরীর লেখায় পাওয়া যায়।

চীনাবন্দরে বিদেশী বণিকরা বাণিজ্য করলেও চীনা শাসকরা ওই বাণিজ্য নিয়ন্ত্রণ করত। সাধারণত এই জাহাজগুলি ছিল মালাবার টিক কাঠের। অনেকে মনে করেন যে *ধাও* ধরনের জাহাজ ভারতীয় উপকূলেই তৈরি করা হতো। ভারতীয় বাণিজ্য মধ্যপ্রাচ্যের সঙ্গে বৃদ্ধি পাওয়ার পর ইহুদী, খ্রিস্টান, জোরোয়াস্ট্রিয়ান ও আর্মেনীয় বণিকরা ভারতের পশ্চিম উপকূলে বসবাস শুরু করে। প্রায় সঙ্গে সঙ্গেই মুসলমান বণিকরা আসতে থাকে। প্রাক্-সুলতানী যুগ থেকেই এই প্রক্রিয়া শুরু হয়েছিল, যা সুলতানাত প্রতিষ্ঠিত হবার পর বাড়তে থাকে।

দক্ষিণ-পূর্ব এশিয়াতে হিন্দু ও ভারতীয় বৌদ্ধদের উৎসাহে নতুন সংস্কৃতি গড়ে উঠেছিল বলে ভারতীয় ঐতিহাসিকরা উল্লেখ করেছেন। ভারত থেকে ওই সব দেশে নতুন পদ্ধতিতে ধান উৎপাদন করার প্রক্রিয়া প্রচলিত হলে সেইসব দেশে চালের উৎপাদন বেড়ে যায় ও চাল রপ্তানী হতে থাকে। দেশগুলি সমৃদ্ধিশালী হলে ভারতের সঙ্গে সামুদ্রিক বাণিজ্য বাড়তে থাকে। ভারত থেকে ওই সব দেশে কাপড় রপ্তানী বেড়ে যায়। পরিবর্তে ভারত নিয়ে আসে মসলা ও ওষুধ। ওই সব দেশে ইসলামিক সংস্কৃতি ও শাসন শুরু হলে পর বাংলার সঙ্গে সেই দেশগুলির বাণিজ্য বেড়ে যায় বলে নীহাররঞ্জন রায় ধরেছেন। কিন্তু তামিল বা *ক্লিং* বণিকদের সঙ্গে ওইসব দেশের যে যোগাযোগ আরো গভীর ছিল সেটা কেউ কেউ বলেছেন। বোরোবুদরের মন্দিরের গায়

জাহাজের যে ভাস্কর্য পাওয়া যায়, এদের মতে সেটি ছিল *ক্লিং* বণিকদের জাহাজ। কিন্তু এ তত্ত্ব এখনো সম্পূর্ণ প্রমাণিত নয়। যেটা অবশ্য জানা যায় তা হল ওই সব দেশগুলির মাধ্যমে চীনা বণিকদের সঙ্গে ভারতীয় বণিকদের যোগাযোগ ঘটেছিল। দ্বাদশ শতাব্দীর একটি চীনা সাক্ষ্য থেকে জানা যায় যে *ক্লিং* বণিকদের জাহাজে করে চীন দেশ থেকে পণ্য রপ্তানী হচ্ছিল সিংহল ও করমণ্ডল উপকূলে। অন্যদের জাহাজ ব্যবহার করার একটা কারণ হতে পারে যে চীনাদের বিদেশে যাওয়ায় উপর নিষেধাজ্ঞা ছিল। কিছুকাল পরে অবশ্য চীনারা বড় জাহাজ *(জাঙ্ক)* তৈরি করে মাল পাঠাতে থাকে। এ সত্ত্বেও দক্ষিণ-পূর্ব এশিয়ার দেশগুলিতে চীনা ও ভারতীয় মালের বিক্রি ও বিনিময় হতো যা প্রায় পঞ্চদশ শতাব্দী পর্যন্ত চলতে থাকে।

মৌসুমী বায়ুর উপর নির্ভরশীল পালতোলা জাহাজের গতি নির্ভর করত পালের সংখ্যা ও জাহাজের আয়তনের উপর।পারস্য উপসাগর থেকে আসা জাহাজ সরাসরি চীনদেশে যেতে পারত না বলে ভারতের পশ্চিম উপকূলে থামতে বাধ্য হতো। এছাড়া দক্ষিণ-পূর্ব এশিয়ার অনান্য বন্দরেও থামত, যেখানে চীন দেশ থেকে আসা জাহাজের সঙ্গে মাল বিনিময় করা সম্ভব ছিল। এর ফলে ভারত থেকে যাওয়া সামুদ্রিক বাণিজ্য দুটি ভাগে ভাগ হয়ে যায়—একটি যায় পূর্বদিকে ও অন্যটি পশ্চিম দিকে। এটি মধ্যযুগে প্রায় অপরিবর্তিত ছিল বলে বলা যায়। ষোড়শ শতাব্দীর প্রথম দিকে মালাক্কাতে বসে পর্তুগীজ টমে পিরেস বলেছেন যে ভারতের বাণিজ্যর দুটি হাত —একটি পূর্বদিকে ও অন্যটি পশ্চিমদিকে গিয়েছে।

ত্রয়োদশ শতাব্দীর আগেই বাণিজ্য চলছিল প্রধানত দুই ধরনের জাহাজের উপর নির্ভর করে। একটি চলত পূর্ব প্রান্তে ও অন্যটি পশ্চিমপ্রান্তে। পূর্বপ্রান্তের জাহাজটিকে *জাঙ্ক* বলা হয় এবং পশ্চিমপ্রান্তের জাহাজটিকে বলা হয় *ধাও*। শেষোক্ত ধরনের জাহাজটির জন্ম হয়েছিল পশ্চিম এশিয়াতে যদিও কেউ কেউ একে আরবী শব্দ ধরে আরবী জাহাজ বলে অভিহিত করেছেন। পঞ্চদশ শতাব্দীর রুশ পর্যটক নিকিতিন এই ধরনের জাহাজে চেপে ভারতে এসেছিলেন, কিন্তু উনি একে *তাভা* বলে অভিহিত করেছেন। এই নামকরণের কারণ সুস্পষ্ট নয়। জাহাজটি ছিল দড়ি দিয়ে বাঁধা এবং এর দুই প্রান্তেই দুটি বৈঠা ছিল। এতে দুটি পাল থাকত। সম্ভবত এই জাহাজগুলি ভারতের পশ্চিম উপকূলে মালাবারের টিক কাঠ দিয়ে তৈরি। পশ্চিম উপকূলের মুসলমান বণিকদের এই ধরনের জাহাজ ছিল বলে অনুমান করা হয়।

ভারতীয় জাহাজগুলির আকৃতি বড় হলেও, বিশেষত প্রাক্-পর্তুগীজ যুগে, ইউরোপীয় পর্যটকরা এগুলিকে পলকা বলে মনে করতেন সম্ভবত দড়ি বাঁধা বলে। কিন্তু ভারতীয় বন্দরগুলির সামনের বড় বড় ঢেউয়ে ওই জাহাজগুলি ভাঙেনি। আধুনিক কালের ঐতিহাসিক মোরল্যান্ড এগুলিকে ১২টি আধুনিক টনের বলে মনে করেছেন। এই ধরনের জাহাজে ৭০টি ঘোড়া, ১০০ সৈন্য, খালাসী ও যাত্রীরা যেতে পারত। প্রচুর মালে বোঝাই এই ধরনের জাহাজে সমুদ্র যাত্রা যে সুখকর ছিলনা তা সমকালীন বিবরণে পাওয়া যায়। পঞ্চদশ শতাব্দীতে দূত আবদূর রাজ্জাক এই ধরনের জাহাজে

করে কালিকট বন্দরে আসেন। জাহাজ থেকে যে উৎকট গন্ধ আসছিল তাতে তিনি প্রায় অজ্ঞান হয়ে পড়েছিলেন।

দক্ষিণ-পূর্ব এশিয়াতে ব্রাহ্মণ্য সংস্কৃতির উদ্যোগে রাজ্যগুলি গড়ে উঠলেও, কিছুকাল পরে আরব প্রভাব অনেক বেশি পড়তে থাকে। ফলে ওই সব রাজ্যের ইতিহাসের সূত্রগুলি চীনা ও আরবিক ভাষায় লেখা, সংস্কৃত সাহিত্যে এর উল্লেখ কম। ষোড়শ শতাব্দীর বাংলা *মঙ্গল* কাব্যে সমুদ্রযাত্রার যে বিবরণ আছে তার সীমানা বোধহয় উড়িষ্যা ও সিংহল পেরিয়ে যায় নি। অন্যদিকে দক্ষিণ ভারতের সঙ্গে দক্ষিণপূর্ব এশিয়ার যোগাযোগ ছিল অনেক বেশি। একাদশ শতাব্দীতে চোল রাজারা নিজেদের জাহাজে চীনদেশে দূত পাঠিয়ে ছিলেন। করমণ্ডলের *ক্লিং* বণিকরা নিজেদের জাহাজে দক্ষিণ-পূর্ব এশিয়ার সঙ্গে বাণিজ্য করতেন। চীনা *জাঙ্ক*-এর তুলনায় এদের জাহাজগুলি ছিল ছোট। চতুর্দশ শতাব্দীর মাঝামাঝি মাদুরার সুলতান মালদ্বীপ দখল করার পরিকল্পনা নিয়েছিলেন, যদিও সেটি কার্যকর করা যায় নি। ষষ্ঠদশ শতাব্দী থেকে পূর্ব উপকূলের হিন্দু বণিকদের সমুদ্রযাত্রার কথা পাওয়া যায় না। ওই শতাব্দীর পর্তুগীজ ভ্রমণকারী ভারথেমা বলেছেন যে মুসলমান বণিকরা প্রধানত বৈদেশিক বাণিজ্য করছে। জাহাজ তৈরিতে ইউরোপীয় প্রভাব আসার পরও *ধাও* জাহাজ সম্ভবত পশ্চিম উপকূলে তৈরি হতে থাকে। কেন চীনা পরম্পরার জাহাজ, যা ওই সময়ে সবথেকে উন্নত জাহাজ ছিল, ভারতে তৈরি হয় নি কেন সেটা ভাববার বিষয়।

ঐতিহাসিক মোরল্যান্ড বঙ্গোপসাগরের ইতিহাস বিশেষ আলোচনা করেন নি সূত্র পাননি বলে। পশ্চিম উপকূলের তুলনায় বঙ্গোপসাগরের বাণিজ্যের সূত্র অনেক কম। কিন্তু বিভিন্ন সূত্র একত্র করলে টুকরো টুকরো ছবি পাওয়া যায়। ষষ্ঠদশ শতাব্দীর প্রথম দিকের ইউরোপীয় লেখকরা মালাক্কাতে চীনা *জাঙ্ক* জাহাজের যাতায়াত লক্ষ্য করেছেন। অবশ্য চীনারা ওই *জাঙ্ক* গুলির মালিক ছিল কিনা সন্দেহ আছে। ইবন বতুতা বলেছেন যে চীনা *জাঙ্ক* গুলি চীনদেশের উপকূলে তৈরি হতো। কিন্তু উনি যে *জাঙ্কে* করে ভারতে প্রত্যাবর্তন করেছিলেন তার মালিক ছিলেন সুমাত্রার শাসক। কালিকট বন্দরের আর এক বণিকের জাহাজ বাণিজ্য উপলক্ষ্যে চীনদেশে যাতায়াত করত। সুং ও মিং রাজবংশের সময়ে মুসলমান বণিকরা দক্ষিণ চীনে কয়েকটা জায়গা নিয়েছিল।

ষষ্ঠদশ শতাব্দীর বাংলা সাহিত্যে ডিঙার উল্লেখ পাওয়া যায়, যার ভাস্কর্য চিত্র কয়েকটি মন্দিরের গায়ে রয়েছে। রীতিমত পুজো করে এই নৌকা বানানো হতো। এগুলি সাধারণত একশো হাত লম্বা ও বিশ হাত চওড়া হতো, যার মধ্যে *টাঙন* ঘোড়া অন্যান্য মালের সঙ্গে নেওয়া হতো বলে মনে করা হয়। এগুলি সামুদ্রিক বাণিজ্যে যাচ্ছে বলা হলেও উড়িষ্যা ও সিংহল পর্যন্ত যেত উপকূল ধরে। পরম্পরার ভিত্তিতে এই কাব্যগুলি লিখিত হলেও, ওই ধরনের নৌকা, এমনকি ছোট জাহাজ বাংলাতে চলছে তার প্রমাণ পাওয়া যায়। ষষ্ঠদশ শতাব্দীর প্রথমদিকের এক পর্তুগীজ দোভাষী গৌড়ের সামনে সোনারগাঁও সুলতানের ছোট জাহাজ দেখেছিলেন, যেটি তাঁর মনে হয়েছিল পর্তুগীজ জাহাজের মতো। বাংলার সুলতান আলাউদ্দীন হোসেন শাহ (মৃত্যু

১৫১৯ খ্রিস্টাব্দ) মালক্কাতে তাঁর নিজের জাহাজ পাঠাতেন, যেটি পর্তুগীজরা পুড়িয়ে দেয়। সপ্তদশ শতাব্দীর প্রথম দিকে মীর্জা নাথান বাংলাতে বিভিন্ন ধরনের নৌকা বানানোর কথা বললেও জাহাজ তৈরি করার উল্লেখ করেন নি। চতুর্দশ শতাব্দীতে ইবন বতুতা লাখনৌতি (গৌর) ও সোনারগাঁওর মধ্যে জলযুদ্ধের কথা বলেছেন, কিন্তু নৌকা বা জাহাজের উল্লেখ করেন নি। মনে হয় উনি ছোট জাহাজের কথা বলেছেন। কিন্তু সপ্তদশ শতাব্দীর প্রথমে মুঘলদের সঙ্গে জলযুদ্ধে বাংলার ভুঁইয়ারা জাহাজ ব্যবহার করে নি। এর থেকে মনে করা যেতে পারে যে বাংলাতে জাহাজ তৈরির কাজ শুরু হলেও থেমে যায়। অবশ্য বাংলার সঙ্গে মালদ্বীপের বাণিজ্য বরাবর ছিল। এখান থেকে চাল যেত মালদ্বীপ থেকে কড়ি ও দড়ি আমদানীর জন্য। এ জন্য বড় নৌকা ব্যবহার করা হতো। বাঙালী হিন্দু এই ধরনের বাণিজ্য করত না সেটা সহজেই বোঝা যায়। ষষ্ঠদশ শতাব্দীর শেষদিকে ও সপ্তদশ শতাব্দীর প্রথমে জেসুইট পাদ্রীরা বলেছেন পূর্ববাংলার উপকূলের জমিদারদের কাছ থেকে চাল ও কাপড় কিনতে সারা ভারতেরও বিদেশী বণিকের দল আসছে। কিন্তু ওই জমিদাররা যে নৌকা বা জাহাজ করে মাল পাঠাচ্ছে এরকম উল্লেখ পাওয়া যায় না। ১৫৪৫ খ্রিস্টাব্দে বাকলার জমিদার পর্তুগীজদের সঙ্গে যে চুক্তি করেন তাতে পর্তুগীজদের জাহাজ এসে মাল কিনবে বলে বলা আছে।

চতুর্দশ ও পঞ্চদশ শতাব্দীতে বাংলায় যে জাহাজ চলছিল সেগুলি বাংলায় তৈরি নয় বলেই মনে হয়। চীনা সূত্র থেকে পাওয়া যায় যে বাংলার জাহাজে করে অন্তত তিনবার দূত গিয়েছিল সুমাত্রা বা ব্রুনেই বন্দরে। এগুলি বাংলার সুলতানদের নিজস্ব জাহাজ এবং ওই অঞ্চলের সঙ্গে বাংলার জাহাজ চলাচলের যে পরম্পরা ছিল, সেটা পরিষ্কার। কিন্তু এগুলি কি ধরনের জাহাজ তা জানা যায় না। প্রথমদিকের পর্তুগীজ লেখকরা এগুলি চীনা *জাঙ্ক* ও আরব *ধাও*র সঙ্গে তুলনা করেছেন। কিন্তু এটা নিশ্চিত যে বাংলার সুলতানদের ওই ধরনের কয়েকটি জাহাজ থাকলেও, সামগ্রিকভাবে বাংলার বণিকরা বাংলাতে জাহাজ তৈরি করিয়েছিলেন এ কথা বলা যায় না। পর্তুগীজ লেখক টমে পিরেস মালাক্কাতে বাঙালী বণিকদের বসবাসের উল্লেখ করেছেন। কিন্তু তারা জাহাজী মালিক ছিল কিনা বলেন নি। সম্ভবত এরা মুসলমান বণিক কারণ এদের কিছু কবর ও তার শিলালেখ পরবর্তীকালে পাওয়া গিয়েছে।

পারস্য উপসাগর ও চীন দেশের মধ্যেকার প্রথম দিকের বাণিজ্য ছিল পারসিক বণিকদের হাতে। এরপরে আরবরা এসে চীনসাগরে পাড়ি জমায় ও ক্যান্টন বন্দরে বসতি স্থাপন করে। পরবর্তীকালে দক্ষিণ ভারতীয় ও সিংহলী বণিকরা এই বাণিজ্যর মধ্যে আসতে থাকে। দ্বাদশ শতাব্দী থেকে করমণ্ডলের *ক্লিং* বণিকরা চীনা বাণিজ্যে অংশ নিতে থাকে। ওই সময় থেকেই চীনারা বড় জাহাজ তৈরি করলে বাণিজ্যর অধিকাংশই চীনাদের হাতে চলে যায়। ১১১৯ সালে চীনারা দিকদর্শন যন্ত্র (কম্পাস) ব্যবহার করা শুরু করলে বড় জাহাজ চালানোর সুবিধা হয়। ১১৩০ সালে চীনারা রাজধানী হ্যাংচাওয়ে সরিয়ে নিয়ে গেলে কয়েক বছরের মধ্যেই বড় বড় যুদ্ধজাহাজ তৈরি করতে সক্ষম হয়। কিন্তু তখনো বঙ্গোপসাগর ও চীনাসাগর মুক্ত ছিল অর্থাৎ তারা নিজেদের আইন সাগরের অন্য বণিকদের উপর খাটানোর চেষ্টা করে নি।

ত্রয়োদশ ও চতুর্দ্দশ শতাব্দীতে চীনা *জাঙ্ক* জাহাজ ছিল সমকালীন জগতের উন্নততর জাহাজ। চীনা মানচিত্র থেকে বোঝা যায় যে ওই জাহাজগুলি উত্তমাশা অন্তরীপ পর্যন্ত গিয়েছিল। চতুর্দশ শতাব্দীতে একটি চীনা জাহাজ উত্তমাশা অন্তরীপ ঘুরে টেমস নদীর মুখে পৌঁছে যায় যা সমকালীন আরবিক বা পারসিক জাহাজগুলির নাগালের বাইরে ছিল।

প্রথম দিকে চীনা জাহাজগুলি তৈরি হতো বাঁশ দিয়ে। কিন্তু দ্বাদশ শতাব্দী বা তার কিছু আগে থেকেই ভারী কাঠের ব্যবহার শুরু হয়ে গিয়েছিল। যখন ভারতীয় ও আরব জাহাজে মাত্র দুটো পাল ছিল, তখন বড় চীনা জাহাজে পালের সংখ্যা ছিল ছয় কি সাত। এর মধ্যে বড় চৌকো পাল ছিল বাঁশ দিয়ে মোড়া যার ফলে বাতাসের সুবিধা বেশি পেত। চীনাসাগরের ঝড়ের মুখে পালগুলি সহজেই নামানো যেত। এর ফলে চীনা জাহাজের গতিও ছিল বেশি।

সব ইউরোপীয় পর্যটকরাই চীনা *জাঙ্কের* বিশাল আয়তনের কথা বলেছেন, যার থেকে মনে হয় সমকালীন পর্তুগীজ *গ্যালি* বা অন্যান্য ইতালিয় জাহাজ থেকে এগুলি ছিল বড়। প্রত্নতত্ত্ব সমীক্ষায় বিশাল আয়তনের চীনা *জাঙ্ক* পাওয়া গিয়েছে। সবগুলির অবশ্য আয়তন সমান ছিল না। পরিব্রাজক মার্কো পোলোর লেখা থেকে মনে হয় যে তাঁর সময়ের আগের জাহাজগুলির আয়তন আরো বড় ছিল। পোলো একটি জাহাজে দুশো থেকে তিনশো খালাসীর কথা বলেছেন। অন্যান্যরা অবশ্য সাতশো খালাসীর কথা বলেছে। ইবন বতুতা ওই রকম একটা *জাঙ্কে* হাজার লোকের উপস্থিতি লক্ষ্য করেছেন, যদিও তার মধ্যে চারশোজন সৈন্য ছিল। পোলো যেখানে একটা জাহাজে পঞ্চাশ/ষাটটা ঘরের কথা বলেছেন সেখানে অনান্যরা একশোটি ঘরের উল্লেখ করেছেন। নিকোলাই কন্টির বর্ণনা থেকে জানা যায় যে ওই ধরনের জাহাজ প্রায় হাজার টন মাল বহন করত। চীনা নৌ-সেনাপতি বেঙ হোরের জাহাজের যে হাল পাওয়া গিয়েছে তার থেকে মনে হয় যে জাহাজটি ছিল লম্বায় পাঁচশো ফুট। চতুর্দশ শতাব্দী থেকেই ওই ধরনের বড় জাহাজ চীনারা তৈরি করছিল বলে মনে করা হচ্ছে।

দ্বাদশ শতাব্দী শেষ হবার আগেই মাল চলাচলের ব্যবস্থা পাকা হয়ে গিয়েছিল। আরবসাগরের জাহাজগুলি নিয়মিত মালাবার ও করমণ্ডল উপকূলে যেতে থাকে। ওখানকার বন্দরগুলির মধ্যে আমরা এলি, কুইলন, কালিকট, কোচিন, নেগাপট্টনমের উল্লেখ পাই। এসব বন্দর থেকেও যাত্রীরা মাল নিয়ে পূর্ব উপকূলের বন্দরে যেতে থাকে। এ পথ ততদিনে প্রচলিত হয়ে গিয়েছিল। একাদশ ও দ্বাদশ শতাব্দীতে আরব জাহাজগুলি থেকে দক্ষিণভারতে আসার জন্য *ক্লিং* বণিকদের জাহাজে মাল পাঠাত। মার্কো পোলোর লেখা থেকে মনে হয় যে বাতাসের গতিপ্রকৃতি তখনো সঠিকভাবে বোঝা যায় নি। ফলে পঞ্চদশ শতাব্দীতে জাহাজ চালানোর যে দক্ষতা দেখা যায়, আগেকার শতাব্দীতে ওই জ্ঞান সম্ভবত প্রচলিত ছিল না। ইবন বতুতার লেখা থেকে দেখা যায় যে বড় *জাঙ্ক* প্রায়ই চড়ায় আটকে যেত। ফলে *জাঙ্কের* আয়তন কমতে থাকে, যেটা আভাস মার্কো পোলোর লেখায় পাওয়া যায়। আরব পাইলট আহমদ বিন মজিদের নির্দেশাবলী পঞ্চদশ শতাব্দীতে অবস্থার উন্নতি বুঝতে সাহায্য করে।

আগেই বলা হয়েছে চীনারা সমুদ্রে তাদের জোর খাটানোর চেষ্টা করেনি, অন্যান্য বণিকদের সরিয়ে দেবার চেষ্টাও করেনি। পরম্পরা অনুযায়ী চীনাদের দূর পাল্লার বাণিজ্য ছিল *ক্লিং* বণিকদের হাতে। সাধারণ চীনা বণিকরা ছিল কনফুসিয়াস অভিজাতদের পরিমণ্ডলের বাইরে। দক্ষিণভারতে *ক্লিং* বণিকরা ক্রমশ হারতে থাকে ঠিকই, কিন্তু তাদের কাজকর্ম ছিল প্রধানত বঙ্গোপসাগর, পেগু ও মালাক্কাতে যেখানে তারা স্থানীয় শাসকগোষ্ঠীর কাছ থেকে নানারকম সুবিধ পেয়েছিল। মালাক্কাতে *ক্লিং* বণিকদের একজন বন্দরের অধ্যক্ষ ছিলেন যাঁর স্থান ছিল স্থানীয় রাজসভায়।

বন্দরে বিদেশীদের অধিকার অন্য জায়গাতেও ছিল। চীনদেশে ক্যান্টনের পরিবর্তে যখন জাইটন বন্দরের উন্নতি হয়, তখন তার জনসংখ্যার বড় একটা অংশ ছিল বিদেশী বণিক। এদের মধ্যে খ্রিস্টানরাও তাদের আলাদা সংস্কৃতি নিয়ে ছিল যার ফলে একটা মিশ্র জনগোষ্ঠী ও মিশ্র সংস্কৃতি গড়ে উঠতে শুরু করে। দক্ষিণ ও পশ্চিম ভারতের কয়েকটি বন্দরেও পশ্চিম এশিয়ার জনগোষ্ঠীর স্বাতন্ত্র্যবোধ লক্ষ্য করা যায়।

জাইটন বন্দরে বড় ও প্রভাবশালী মুসলমান বণিকগোষ্ঠী নিজেদের স্বাতন্ত্র্য বজায় রাখার চেষ্টা করলেও ধীরে ধীরে চীনা জনগোষ্ঠীর সঙ্গে মিশে যেতে থাকে। ইবন বতুতা তাঁর ধর্মের লোকজনদের বাসস্থানের কাছেই থাকতেন। এই মুসলমান বণিক গোষ্ঠীর অনেকের সঙ্গেই ভারতের পশ্চিম উপকূলের ও বাংলার বন্দরের যোগাযোগ ছিল। ১৪৪০ খ্রিস্টাব্দের পর মিং রাজারা বৈদেশিক বাণিজ্য নীতি বন্ধ করতে থাকেন। তখন কালিকটের নাবিকদের পারসিক ভাষায় বলা হতো চীনাদের ছেলে। কিন্তু মুসলমান বণিকদের প্রভাব কমে নি। সুংদের সময়ে নৌ চলাচলের প্রধান অধ্যক্ষ ছিলেন একজন মুসলমান, যিনি মঙ্গোলদের সঙ্গে যোগ দিলে সুং বংশের পতন হয়। মঙ্গোলদের অধীনে নৌচলাচলের এক-তৃতীয়াংশের অধ্যক্ষ ছিল মুসলমান।

ইউরোপীয় ঐতিহাসিকরা ভারত মহাসাগরের বাণিজ্যকে দেখেছেন ইউরোপের দৃষ্টিকোণ থেকে। এই ধরনের দৃষ্টিভঙ্গী ওদের পক্ষে স্বাভাবিক, কারণ ইউরোপের বিভিন্ন মহাফেজখানায় যে বিশাল সংখ্যক দলিল আছে, তার থেকে ওই দৃষ্টিভঙ্গী তৈরি হয়েছে। এর থেকে মনে হয় যে ইউরোপীয় কোম্পানিগুলির বাণিজ্যের তুলনায় এশিয়ার বণিকদের বাণিজ্যের অনেক কম অগ্রগতি ছিল। সাম্প্রতিক গবেষণায় দেখা যাচ্ছে যে সপ্তদশ শতাব্দীতেও ইউরোপীয় কোম্পানিগুলির তুলনায় এশিয়ার বণিকদের পুঁজি অনেক বেশি ছিল। ষষ্ঠদশ শতাব্দীর আগে যখন ইউরোপের জনসংখ্যা বিশেষ বাড়ে নি, তখন ইউরোপীয় বাণিজ্যর প্রাধান্য এশিয়ার বণিকদের তুলনায় যে অনেক কম ছিল এটা বলাই বাহুল্য। আরো আগের পর্যটক মার্কো পোলো বলেছেন যে চীনাদের মসলার বাণিজ্যর তুলনায় ইউরোপীয় মসলার বাণিজ্য শতকরা এক ভাগ। ইবন বতুতা বলছেন যে জাইটন বন্দরে (চুয়ান-চু) একশোটি প্রথম শ্রেণির *জাঙ্ক* জাহাজ একসঙ্গে নোঙর করতে পারে সঙ্গে ছোট ছোট নৌকা নিয়ে।

'ভগবানের পুত্র' হিসাবে চীনা সম্রাটরা চারপাশের 'অসভ্য' জাতির উপর নিজেদের সার্বভৌম ক্ষমতা দাবি করতেন, যে ধরনের দাবি ইসলামিক রাজারাও

করতেন। এই বিপরীত নিরসন হবার সম্ভাবনা না থাকলেও বণিক গোষ্ঠীরা সমঝোতা করে নিয়েছিল। চীনারা এই দাবি স্বরূপ ভেট ও উপঢৌকন পাঠানো হোক চাইতেন। ভারতীয় শাসকবর্গ ওই রকম দাবি করলেও দৌত্যকার্যর মধ্য দিয়ে ওই দাবি পূরণ করার চেষ্টা করতেন। মালাক্কা বা ব্রুনেইতে সদ্য প্রতিষ্ঠিত সুলতানরা চতুর্দশ এবং পঞ্চদশ শতাব্দীতে চীনদেশে ওই ধরনের ভেট পাঠাতে চাইতেন যাতে তার বদলে সামরিক সাহায্য পাওয়া যায়। একাদশ ও দ্বাদশ শতাব্দীতে চোল রাজারা ওইরকম সম্পর্ক তৈরি করছিলেন; পঞ্চদশ শতাব্দীর গোড়ায় মালাবারের ছোট ছোট রাজারা ওই ধরণের সম্পর্ক চাইছিলেন। বাংলার সুলতানরা নিজেদের জাহাজে করে দূত ও ভেট পাঠাতেন, যখন চীনাদের উৎসাহ অনেক কমে গিয়েছে। ১৪১৪ খ্রিস্টাব্দে বাংলার সুলতান চীনা সম্রাটকে আফ্রিকার জিরাফ পাঠিয়েছিলেন যেটি বিশেষ সমাদর লাভ করে। মিং সম্রাট ইয়ূং লো প্রধানত মুসলমান দাসদের সাহায্যে ভাইপোর কাছ থেকে ক্ষমতা কেড়ে নিলে, মুসলমান গোষ্ঠীর প্রাধান্য বাড়তে থাকে। অবশ্য মঙ্গোল আক্রমণের ভয়ে দক্ষিণে নান কিং থেকে মিং সম্রাট উত্তরে পিকিং (বেজিং)-এ চলে গেলে সামুদ্রিক বাণিজ্যর উৎসাহে কিছুটা ভাঁটা পড়ে।

চীনা সম্রাটের এই সার্বভৌম দাবির পরিপ্রেক্ষিতে ইবন বতুতা মুহম্মদ বিন তুঘলকের সময়ে দূত বিনিময়ে বর্ণনা দিয়েছেন। মুহম্মদ বিন তুঘলক যখন চীনদেশ জয় করার পরিকল্পনা করছেন, তখন চীনা সম্রাটের দূত দিল্লিতে এসে কারাচিল (হিমালয়) পর্বতের পাদদেশে ভাঙা একটা বৌদ্ধ মন্দির পুনর্গঠন করার আবেদন জানায়। এর কতটা ছিল ধর্মের জন্য বা কতটা সার্বভৌমতার অধিকার দাবি করার জন্য তা বলা শক্ত। চীনা দূতের সঙ্গে আনা উপহারের তালিকা বতুতা দিয়েছেন। এতে দেখা যাচ্ছে দুশো দাসদাসী, পাঁচশো ব্রোকেড কাপড়ের খণ্ড, পাঁচ মন (৬৪ কিলোগ্রাম) মৃগণাভী, পাঁচটি রত্নখচিত পোষাক, পাঁচটি সোনা লাগানো তূণ ও পাঁচটি তরোয়াল। এর বদলে ইবনে বতুতাকে দূত করে সুলতান পাঠান একশটি রেকাবশুদ্ধ ঘোড়া, দুশটি দাসদাসী প্রধানত হিন্দুদের থেকে, পাঁচ ধরনের একশোটি সূক্ষ কাপড়, পাঁচশো খণ্ড উলের কাপড় এবং একশোটি কাপড়। এছাড়াও ছিল তাঁবু, সোনা ও রূপার বাসন, খেলাৎ ও টুপি, দশটি তূণ, দশটি তরোয়াল ইত্যাদি।

ইবন বতুতা ঐ পাঁচ ধরনের সূক্ষ্ম কাপড়ের নামও দিয়েছেন। চাররকম ছিল মসলিন, সম্ভবত বাংলার। একটি ছিল *জুজ* রেশম যেটি সম্ভবত রাজার কারখানায় করা। উলের কাপড় সম্ভবত হিমালয়ের উল। সাধারণ কাপড়টি পশ্চিম এশিয়া থেকে আমদানী রাজধানী দিল্লির উৎপাদন সামুদ্রিক বাণিজ্যর মধ্যে আসেনি।

পঞ্চদশ শতাব্দীর প্রথমে চীনা মুসলমান মা-হুয়ান কেবলমাত্র বাংলার মুসলমানদের সংস্পর্শে এসেছিলেন, কারণ তিনি সব অধিবাসীকেই মুসলমান বলে ভেবেছেন। উনি বলেছেন যে ধনী বণিকরা নিজেদের জাহাজে তৈরি করে বিদেশ বাণিজ্য করেন এবং তাদের সংখ্যা খুব বেশি। উনি বলেছেন যে বাংলার সুলতান বাণিজ্যে অংশ গ্রহণ করে। সুলতান লোক পাঠিয়ে বিদেশ থেকে স্থানীয় পণ্য, মুক্তো ও দুর্মূল্য রত্ন কেনেন। বাংলার সুলতান একটা বড় জাহাজে করে উপহার পাঠিয়েছিলেন, তা আগেই বলা হয়েছে।

চীন সম্রাটের আদর্শবাদ ও কয়েকটি ঘটনার ফলে ভারত মহাসাগরের বাণিজ্য প্রভাবিত হয়। আগেই দেখা হয়েছে যে ১৪০৫ সালে ইয়ুং লো প্রাসাদের মুসলমান দাসদের সাহায্যে সম্রাট হলে মুসলমান বণিকগোষ্ঠী উৎসাহিত হয়ে জাইটনের মুসলমান বণিকদের সঙ্গে যোগাযোগ করে বাইরের মুসলমান শাসকদের সঙ্গে দৌত্যকার্য্যের মাধ্যমে সার্বভৌমতার বিস্তার করার চেষ্টা করতে থাকে। জাভার মাঝিপাতিদের বিরুদ্ধে মালাক্কার সুলতান ইসকান্দারকে শাসক করা হয় যার ফলে মালাক্কার দ্রুত উত্থান হতে থাকে। কিন্তু এর ফলে চীনাদের জাহাজ দূরদূরান্তে না গিয়ে মালাক্কাতে আরব সাগর ও বঙ্গোপসাগর থেকে আসা মাল বিনিময় করতে থাকে। চীনা বাণিজ্যে এর ফলে অনেক দুর্বল হয়ে পড়ে। ১৪৩৪ সালে শেষ চীনা দূত বঙ্গোপসাগরে যায়। এর পরেই প্রাসাদের দাসচক্রকে হঠিয়ে দিয়ে কনফুসিয়াস আমলাতন্ত্র ক্ষমতা দখল করে। রাজধানী উত্তরে সরিয়ে নেওয়া হয় ও বৈদেশিক বাণিজ্য ও বিদেশী সংখ্যালঘু বণিকরা ক্রমশ ক্ষমতা হারাতে থাকে। জাপানী জলদস্যুদের উৎপাতে দক্ষিণ চীনের উপকূলবর্তী শহরগুলি প্রায় পরিত্যক্ত হয়ে যায়। চীনা বাণিজ্য অবশ্য একেবারে পরিত্যক্ত হয় নি, কিন্তু অনেক কমে গিয়েছিল।

ঐতিহাসিকরা সাধারণত মধ্যযুগে এশিয়ার বাণিজ্য বলতে মসলা ও বিলাসদ্রব্য ধরেছেন। জাহাজের আবশ্যকীয় ভার নিত প্রধানত মসলা, যার চাহিদা নানা বাধা সত্ত্বেও চীনদেশে কমে নি। অন্যদিকে চীনামাটির নানা রঙের বাসন বিভিন্ন দেশে যেত তার বহু প্রমাণ আছে। মা-হুয়ান বলছেন যে একটা বড় জাহাজ ১৫০০ মেট্রিক টন মাল নিতে পারত, যার মধ্যে প্রধান ছিল চীনামাটির বাসন। পঞ্চদশ শতাব্দীর দ্বিতীয়ার্ধে ও ষষ্ঠদশ শতাব্দীর প্রথমার্ধে গৌড় ও সপ্তগ্রামের শাসকবর্গ ও ধনী বণিকরা যে এগুলো নিয়মিত ব্যবহার করতেন, তার বহু নিদর্শন পাওয়া গিয়েছে।

পশ্চিমদিকে আরবসাগরের জাহাজগুলি ছিল আয়তনে ছোট কিন্তু সংখ্যায় বেশি। ভারতের উপকূলেও দুএকটি বন্দর ছাড়া, এই প্রথা চালু ছিল যে জাহাজডুবি হলে মাল স্থানীয় শাসকবর্গ ও লোকেরা পাবে। ফলে ওই অবস্থায় মূল্যবান মাল বাঁচানোর চেষ্টা চলত। মার্কো পোলো বলছেন যে জাহাজডুবি হবার সম্ভাবনা হলে মূল্যবান মাল চামড়ার থলিতে পুরে ছোট নৌকার সঙ্গে বেঁধে দেওয়া হতো। ভারী মাল অবশ্য নেবার কোন প্রশ্ন ছিল না।

ষষ্ঠদশ শতাব্দীর একটা দলিল থেকে জানা যায় চতুর্দশ শতাব্দীতে ভারতীয় শাসকবর্গ কি ধরনের পণ্য উপহার হিসাবে পাঠাতেন। পারসিক উজীর রসিদ আল-দীনকে সুলতান আলাউদ্দীন খলজী কতকগুলি উপহার বসোরার বণিকদের মাধ্যমে পাঠিয়েছিলেন। ওই তালিকার মধ্যে প্রথমে ছিল কাপড় যার অধিকাংশই এসেছিল খাম্বাজ থেকে। এর পরে ছিল মূল্যবান রত্ন, আচার, মসলা, ওষুধ, বিভিন্ন ধরনের পশুপাখি। চীনের চা এর মধ্যে ছিল। আর ছিল বিছানা, বালিশ, চামড়ার মাদুর, সুগন্ধি তেল, সোনার বাসন, পাঁচশোটি চীনামাটির পাত্র, মার্তাবানের কলসী ও বোতল যার মধ্যে ছিল আচার, নানাধরনের ফল (তিনহাজার নারকেল সমেত), নানাধরনের

কাঠ (লাল চন্দন কাঠ সমেত) ও হাতির দাঁতের তৈরি জিনিস। এছাড়া পাওয়া যায় মালয় ও সুমাত্রার পাখির ঠোঁট, জেব্রা ও ওরাং ওটাং।

গুজরাটের কিছু পণ্য থাকলেও উত্তর ভারতের কোন পণ্যের উল্লেখ নেই। হীরকের উল্লেখ আছে যা এসেছিল দাক্ষিণাত্যের খনি থেকে। অন্যান্য মূল্যবান রত্ন এসেছিল সিংহল থেকে। মৃগনাভী সম্ভবত তিব্বত থেকে এবং মধু কাবুল থেকে। ভারত মহাসাগরের বাণিজ্য যে আফ্রিকা ও চীনদেশ পর্যন্ত পরিব্যপ্ত ছিল তার প্রমাণ পাওয়া যায়। অবশ্য কোন কোন ঐতিহাসিক দলিলটিকে জাল বা প্রক্ষিপ্ত বলে ধরেছেন। কারণ কতকগুলি পণ্য চতুর্দশ শতাব্দীতে তৈরি হতো না।

চীনদেশ থেকে ভারতে মাল আসার উল্লেখ প্রাক্-সুলতানী যুগ থেকেই পাওয়া যায়। শাসকবর্গর কাছে চীনা রেশম, যাকে *চীনাংশুক* বলা হয়েছে, তার চাহিদা ছিল। চীনা ব্রোকেড ভারতে আসার পর পশ্চিম এশিয়ার কাপড়ের (*মাশরুহ* নামে অভিহিত) সঙ্গে সূক্ষ্ম তাঁতের কাপড় নতুন করে বোনা হতো। চীন থেকে মসলা ও ওষুধ আসত। আবার অন্য ধরনের মসলা ও ওষুধ ভারত থেকে চীনে যেত। চীনদেশের একচেটিয়া উৎপাদন ছিল চীনামাটির (*পোর্সেলিন*) বাসনপত্র যার নিদর্শন দিল্লি থেকে গৌড় পর্যন্ত পাওয়া গিয়েছে। বড় বড় কলসী দূরপ্রাচ্যের বিভিন্ন জায়গায় তৈরি হতো ও মারগুই বন্দর থেকে রপ্তানি হতো। চতুর্দশ শতাব্দী থেকে এগুলিকে বলা হতো মার্তাবান। ইন্দোনেশিয়ান দ্বীপপুঞ্জ, আফ্রিকা ও পশ্চিম এশিয়া থেকে চীনদেশে রপ্তানী হতো মসলা ও ওষুধ। হিমালয়ের পাদদেশে একধরনের শিকড়ের চাহিদা ছিল। ষষ্ঠদশ শতাব্দীর গোড়ায় পর্তুগীজরা বলেছে যে খাম্বাজ থেকে এটি রপ্তানী হতো।

মসলার পরেই চীনদেশে তাঁতের কাপড়ের চাহিদা ছিল খুব বেশি, যার কথা ইবন বতুতা বলেছেন। গুজরাট, করমণ্ডল ও বাংলা উপকূল থেকে ওই কাপড় চীনদেশে চালান যেত। মা-হুয়ান বাংলার তৈরি পাঁচ-ছয় রকমের কাপড়ের নাম দিয়েছেন। চীনদেশে মরীচের চাহিদা ছিল খুব বেশি। মার্কো পোলো বলছেন যে হ্যাংচাও শহরে দিনে প্রায় হাজার পাউন্ড মরীচ ব্যবহার করা হতো। বারবোসাও চীনে মরীচের চাহিদার কথা বলেছেন। সিংহল ও ইন্দোনেশিয়াতে মরীচ পাওয়া গেলেও প্রধানত মালাবার থেকেই মরীচ চীনে যেত।

এছাড়াও চীনে খেলনা ও বিস্ময়কর পণ্যর চাহিদা চীনা অভিজাতবর্গর কাছে ছিল বেশি। দাক্ষিণাত্য থেকে হীরক আসত যা জেড পাথর কাটায় কাজে লাগানো হতো। এগুলি আনত পারসিক বণিকরা যারা পরে গোলকুণ্ডার রাজসভায় জায়গা করে নিয়েছিল। এছাড়া চীনে আসত সিংহল থেকে রুবী ও অন্যান্য রত্ন। পারস্য উপসাগর ও ভারতীয় উপকূলের মানারি থেকে মুক্তো এবং পারস্য উপসাগর, ভূমধ্যসাগর ও করমণ্ডল উপকূলের কোরাল। আফ্রিকার দাসদের চীনে ব্যবহার করা হতো দ্বাররক্ষী ও জাহাজের সৈন্য হিসাবে।

ইন্দোনেশিয়ার সঙ্গে ভারতের বাণিজ্য কিরকম ছিল বিশেষ জানা যায় না। দিল্লির সুলতানদের কাছে মাকাসারের চন্দনকাঠের চাহিদা ছিল। কিন্তু শ্রীবিজয় সাম্রাজ্যের পতনের পর ইন্দোনেশিয়াতে রাজনৈতিক অস্থিরতা বৃদ্ধি পেলে বাণিজ্য ব্যহত হতে

থাকে। পঞ্চদশ শতাব্দীর শেষদিকে মালাক্কার সুলতানদের আবির্ভাবে রাজনৈতিক অস্থিরতা চলতে থাকে।

উত্তর-পূর্ব সুমাত্রায় মরীচের চাষ শুরু হলে বসতি আরম্ভ হয়। এই বাণিজ্য ছিল ভারতীয় মহাসাগরের মুসলমান বণিকদের হাতে এবং এই বাণিজ্য বাড়ার সঙ্গে সঙ্গে ওদের রাজনৈতিক প্রভাবও বাড়তে থাকে। সুমাত্রার উপকূল ধরে জাভা ও মালয় পর্যন্ত মুসলমান শাসন শুরু হয়ে যায়। অবশ্য চতুর্দশ শতাব্দীর গোড়া থেকেই পাসেরে সুলতানী যুগ শুরু হয়ে গিয়েছিল। পর্তুগীজরা আসার আগেই ইন্দোনেশিয়ার বড় অংশে ইসলামিক রাষ্ট্রগঠন ও সংস্কৃতির সূচনা হয়ে গিয়েছিল। উল্লেখযোগ্য যে ধর্ম ও রাষ্ট্র ভিন্ন মতাদর্শের হলেও বাণিজ্যে বাধা হয় নি।

ষষ্ঠদশ শতাব্দীর গোড়ায় পর্তুগীজ সূত্র থেকে জানা যায় যে প্রচুর পরিমাণে কাপড় বাংলা থেকে ইন্দোনেশিয়ায় রপ্তানী হতো। গুজরাটের মুসলমানদের সঙ্গে ইন্দোনেশিয়ার দ্বীপপুঞ্জের মুসলমানদের যোগাযোগ ছিল ও গুজরাট থেকে মুসলমান বণিকরা ইন্দোনেশিয়ার উপকূলে বসতি স্থাপন করতে থাকে। পর্তুগীজ সূত্র থেকে বলা হচ্ছে যে ষষ্ঠদশ শতাব্দীর প্রথমে মালাক্কায় প্রায় একহাজার মুসলমান বণিক বসতি করেছিল।

আফ্রিকার উপকূলের সঙ্গে ভারতীয় বাণিজ্য বরাবরই চলেছিল। আরব অধিবাসীরা ভারতীয় পণ্যের উপর বেশি মাত্রায় নির্ভরশীল ছিল। ভারতের প্রধান রপ্তানী ছিল কায়রো শহরে। ওই সময়ে এটি ছিল সব থেকে জনবহুল শহর। ভারতীয় মাল চালান যেত হরমুস বন্দরে। ওখান থেকে ওই মাল ছড়িয়ে পড়ত ইরান, পশ্চিম এশিয়া ও মধ্য রাশিয়াতে। পঞ্চদশ শতাব্দীর মাঝামাঝি আবদুর রাজ্জাক হরমুসের অধিবাসীদের বর্ণনা দিয়েছেন। ওই বর্ণনা থেকে দেখা যায় যে হরমুসে চীনারা ও ভারতীয়বংশোদ্ভূত ইন্দোনেশিয়ার অধিবাসীরা আছে। এদের মধ্যে কিছু হিন্দুও ছিল। এছাড়া এডেন ও জিড্ডার বণিক, পশ্চিম এশিয়া ও ইউরোপীয় বণিকরাও রয়েছে। ইউরোপীয় বণিকরা প্রধানত বাণিজ্য করত বাগদাদ ও তাব্রিজ শহরে। ভেনিস শহরের বণিকরাও এদের মধ্যে ছিল বলে অনুমান করা হয়।

কায়রোতে প্রাপ্ত দ্বাদশ শতাব্দীর *গেনিজা* দলিল থেকে দেখা যায় যে ইহুদি বণিকরা ভারত থেকে মসলা, সুগন্ধি, ওষুধ, রং, লোহা ও ইস্পাত আমদানী করছে যার মধ্যে শেষ দুটিই ছিল প্রধান সামগ্রী। এ ছাড়া ছিল ভারতীয় পিতলের বাসনপত্র ও অল্প পরিমাণে কাপড়। কায়রোর পূববর্তী শহর আল-ফুসতাতে ভারতীয় কাপড় পাওয়া গিয়েছে। সম্ভবত এগুলি ছিল গুজরাটি কাপড় যার বাজার ছিল অনেক সুসংহত।

বড় জাহাজ আরব সাগর পেরিয়ে পারস্য উপসাগর বা লোহিতসাগরে ঢুকতে পারত না। ফলে বড় জাহাজ থেকে ছোট ছোট জাহাজে মাল নেওয়া হতো। স্থানীয় শাসকরা ওই সব পণ্যের উপর কর নিতে থাকে। ফলে আরবসাগরের মুখে বড় জাহাজগুলি কোন বন্দরে মাল খালাস করে স্থলপথে কায়রো বা আলেকজান্দ্রিয়াতে পাঠাতে থাকে। এখান থেকে এই পণ্য যেত ভূমধ্যসাগর অঞ্চলে। মার্কো পোলো উটের পিঠে চাপিয়ে নীলনদ পর্যন্ত স্থলপথে মাল পাঠানোর কথা বলে মন্তব্য করেছেন যে এটাই ছিল সবথেকে ছোট ও সহজ পথ। পঞ্চদশ শতাব্দীর গোড়া থেকে

ইয়েমেনের সুলতানরা করের মাত্রা বাড়িয়ে দিলে পথ বদল করার চেষ্টা করা হয়। পঞ্চদশ শতাব্দীর শেষে আবার পুরানো পথ ফিরে আসে।

প্রথমদিকে ভারতের সঙ্গে লোহিতসাগরের তুলনায় পারস্য উপসাগরের বাণিজ্য ছিল বেশি। কিন্তু কায়রোর উত্থানের সঙ্গে সঙ্গে লোহিতসাগরে বাণিজ্যর জোয়ার এলেও, পারস্য উপসাগরের বাণিজ্য একেবারে অস্তমিত হয়ে যায় নি। ব্রোচের জমানো মুদ্রারাশির মধ্যে কায়রোর মুদ্রার তুলনায় দামাস্কাসের মুদ্রা বেশি পাওয়া গিয়েছে। আরবদের নিজের কাজে লাগানোর জন্য দিল্লির সুলতানরা হরমুস বন্দরে জাহাজ পাঠাতেন। কায়রোর মসলা বা কাপড় আসত বসোরা থেকে নৌকায়। মামেলুক সুলতানদের সাম্রাজ্যের বিশাল পশ্চাদ্‌ভূমি এই বাণিজ্যে সাহায্য করেছে। এছাড়া ভারতে বসবাসকারী বিদেশী মুসলমান বণিকরা এসেছিল পারস্য উপসাগরের উপকূলবর্তী এলাকা থেকে বা দক্ষিণ পারেস্যের শহরগুলি থেকে। এই সব বণিকরা পারস্য থেকে ঘোড়া নিয়ে যেত দক্ষিণ ভারতের রাজ্যগুলিতে। ইবন বতুতা কয়েকজন মুসলমান বণিকের উল্লেখ করেছেন। দুএকজন বাদে সবাই পারস্যর। কালিকট বন্দরের শাহবন্দর ছিলেন বাহরিণের লোক।

পারস্য উপসাগরে পণ্য যেত প্রধানত হরমুস বা বাহরিণ বন্দরে। ওখানে ছোট জাহাজে মাল তুলে পাঠানো হতো বসোরা বা আল-উবুলার বন্দরে। হরমুসের শাসকরা উপসাগরের দক্ষিণ উপকূল নিয়ন্ত্রণ করতেন। হরমুস বা কিশ বন্দরের শুল্ক যেত পারস্যর সম্রাটের কাছে। হরমুস বন্দর থেকে মাল যদি অন্য জায়গায় যেত, তাহলে শুল্ক ছিল মালের মূল্যের এক-দশমাংশ। পারস্য-উপসাগর থেকে ভারতে আসতে আবদুর রাজ্জাকের সময় লেগেছিল আঠার দিন। নিকিতিন ও নিকোলাই কন্টি পারস-উপসাগর থেকে পশ্চিম এশিয়ার উপকূল ঘেঁষে খাম্বাজ বন্দরে পৌঁছান। সপ্তদশ শতাব্দীর মাঝামাঝি সময়ে ফরাসীরা উপকূল ঘেঁষে সুরাত থেকে হরুমুসে পৌঁছেছিল।

প্রাক্‌-ইসলামিক যুগে ভারত যুদ্ধের জন্য হাতি আমদানী করত। কিন্তু কামানের উন্নতি হবার ফলে যুদ্ধের জন্য হাতির প্রয়োজনীয়তা কমে যেতে থাকে। ভারতীয় রাজন্যবর্গ ঘোড়া আমদানীর উপর অনেক বেশি গুরুত্ব দিয়েছেন সামরিক প্রয়োজনে। এই ধরনের ঘোড়া আমদানী করলে শুল্কের ছাড়ও তারা দিয়েছেন।

প্রাক্‌-সুলতানী যুগ থেকেই ভারতের টিক কাঠ জাহাজ তৈরির ক্ষেত্রে ব্যবহৃত হয়েছে। ওই সব জাহাজ আরব সাগরে যাতায়াত করত। জাহাজ তৈরির জন্য ভারতীয় টিক বিদেশে রপ্তানী হতো পারস্য উপসাগরে ও দক্ষিণ আরবে। এ ছাড়াও ওই টিক পারস্য উপসাগর এলাকায় ও দক্ষিণ আরবে ব্যবহার করা হতো বাড়ির স্তম্ভ, ছাদ ইত্যাদি তৈরির কাজে। বাংলার রাজধানী পাণ্ডুয়াতে পঞ্চদশ শতাব্দীর প্রথমার্ধের চীনা দূতরা রাজসভায় স্তম্ভ, ছাদ ইত্যাদি ওই কাঠে তৈরি দেখেছিলেন। টিক ছাড়া ভারত থেকে রপ্তানী হতো চাল ও অন্যান্য খাদ্যশস্য পারস্য উপসাগর এলাকায়, দক্ষিণ আরবে ও মালদ্বীপে। গুজরাট, করমণ্ডল ও বাংলা থেকে যেত

তাঁতের কাপড়। ইবন বতুতা বলছেন যে দক্ষিণ আরব ও ওমানের লোকেরা ওই কাপড়ের উপর সম্পূর্ণ নির্ভরশীল ছিল।

মার্কো পোলো ভারতে ঘোড়া আমদানীর কথা বিশদভাবে বলেছেন। স্থানীয় লোকেরা ঘোড়া নিয়ে আসে হরমুস ও কিশ বন্দরে। ওখানে ওগুলি বিক্রি হয়ে ভারতে চালান হয়। পারসিক বণিক গোষ্ঠীর সঙ্গে দক্ষিণ ভারতের পাণ্ড্য রাজার যে চুক্তি হয়েছিল তাতে কিশ বন্দর থেকে বছরে ১৪০০ ঘোড়া পাঠানোর কথা ছিল। মাঝপথে ঘোড়ার মৃত্যু গেলে তার জন্যও মূল্য দিতে হতো। পশ্চিমের বিভিন্ন বন্দর মিলিয়ে কোন কোন বছরে দশ হাজার ঘোড়া পাঠনো হয়েছিল। বিভিন্ন বন্দরের আয় ও বারবধুদের উপর কর থেকে এইসব ঘোড়ার মূল্য দেওয়া হয়েছিল। পারস্য উপসাগরের দক্ষিণ দিকে প্রায় সবকটি জায়গা থেকে ভারতে ঘোড়া চালান যেত। আরব অঞ্চল ছিল এদের পশ্চাদ্‌ভূমি। এখানকার ঘোড়াগুলিকে দিল্লিতে বলা হতো *শামি* ঘোড়া বা সিরিয়ার ঘোড়া। ইয়েমেন ও ইরাক থেকে ঘোড়া ভারতে আসত। ইরাকী ঘোড়ার মূল্য ছিল সবথেকে বেশি। বাহরিণ বন্দর থেকেও ঘোড়া চালান হতো। ওখানে আলি মনসূর নামে এক ঘোড়া ব্যবসায়ীর কথা জানা যায়। মার্কো পোলোর লেখা থেকে আরো কয়েকটি বন্দরের কথা পাওয়া যায় যেখান থেকে ঘোড়া ও মালবাহী পশু ভারতে চালান হতো। পর্তুগীজদের আসার আগে আরব অর্থনীতির মধ্যে ঘোড়ার রপ্তানীর উপর লাভ ছিল প্রধান আয়ের পথ।

ভারতের সঙ্গে পূর্ব আফ্রিকার উপকূলের বাণিজ্য ছিল বহুদিনের। আফ্রিকা থেকে এশিয়াতে আসত প্রধানত দাস-দাসী। দিল্লির তুর্কি দাসবংশ সিংহাসন পেলেও ওরা আগেই দাসত্ব থেকে মুক্তি পেয়েছিল। সুলতানী যুগে দাসেরা উচ্চপদে অধিষ্ঠিত ছিল এবং রাজনীতিতেও অংশগ্রহণ করেছিল। সুলতান ফিরোজ শাহ তুঘলক শামস দামখানী নামে এক দাসকে গুজরাট প্রদেশ ইজারা দিয়েছিলেন এই শর্তে যে সে বছরে চারশো হাবসী (আবিসিনিয়ান) দাস দিল্লিতে পাঠাবে। আমীর খসরু বিদেশ থেকে দাস কেনার কথা বলেছেন এবং হাবসী দাস ও জাঞ্জিরা দাসের মধ্যে তফাৎ করেছেন। পরবর্তীকালে জাঞ্জিরা সিদ্দীরা মুঘলদের নৌবিভাগ পরিচালনা করত। পঞ্চদশ শতকে আফ্রিকার দাসরা দিল্লি, বাংলা ও গুজরাটের শাসনব্যবস্থায় সক্রিয় অংশগ্রহণ করে। বাংলার হাবসী দাসরা কিছুকালের জন্য বাংলার সিংহাসনেও বসে। চতুর্দশ শতাব্দীর পর সুলতানী সাম্রাজ্যের সংকটের পর থেকে হাবসী দাসদের গুরুত্ব কমে যায়। মনে করা হয় যে জৌনপুরের সুলতানরা আফ্রিকান দাসেদের বংশধর।

আফ্রিকার পশুরও চাহিদা ছিল ভারতে। বাংলা থেকে চীনদেশে আফ্রিকার জিরাফ পাঠানের কথা আগেই বলা হয়েছে। পঞ্চদশ শতাব্দীর শেষে, বাহমণি সুলতান জিরাফ পাঠিয়েছিলেন তুর্কি সুলতানের কাছে। আগেই বলা হয়েছে যে আলাউদ্দীন খলজী পারস্যর উজীরের কাছে জেব্রা পাঠিয়েছিলেন। মুঘল সম্রাটদের কাছেও জেব্রা পাঠানো হয়েছিল।

একসময়ে ঐতিহাসিকরা ধরে নিয়েছিলেন যে পর্তুগীজরা ভারত মহাসাগরের বাণিজ্য নিয়ন্ত্রণ করছিল। বর্তমান গবেষণায় দেখা যাচ্ছে যে পর্তুগীজরা ভারতীয়

উপকূল বাণিজ্যে বিশেষ ভাগ বসাতে পারে নি। এছাড়া ভারত মহাসাগরের বাণিজ্যের জন্য তারা কতকগুলি শক্তির সঙ্গেও হাত মিলিয়েছিল। ফরাসী পণ্ডিত ফারনান্দ ব্রদেল পর্তুগীজদের ভারত মহাসাগরের শুল্ক আমলা বলে অভিহিত করেছেন। আগে এটাও বলা হতো যে পর্তুগীজরা ভারত মহাসাগরে কামান ও বন্দুকের ব্যবহার চালু করেছিল। কিন্তু পর্তুগীজরা ভারত মহাসাগরে আসার প্রায় এক দশক আগেই বন্দুকের ব্যবহার চালু ছিল। ইন্দোনেশীয় দ্বীপপুঞ্জে বন্দুকের ব্যবহার অজানা ছিল না। ১৪৭৫ সালে একটি গুজরাটি পুঁথিচিত্রে দেখা যাচ্ছে যে ভারতীয়রা বন্দুক নিয়ে যাচ্ছে। ১৫২০ সাল নাগাদ এক মাপিলা বণিক সিংহলের রাজাকে কামান বিক্রি করেছিলেন। ভারতীয় পশ্চিম উপকূলে নীচের দিকের ছোট রাজ্যগুলির ক্ষমতা পর্তুগীজরা সীমিত করলেও, ধ্বংস করতে পারে নি।

পশ্চিম এশিয়ার বিভিন্ন মুসলমান বণিক গোষ্ঠী ভারতের পশ্চিম উপকূলে ও দক্ষিণ ভারতে কয়েক শতাব্দী ধরে বসবাস করেছিল। কয়েকটা গুরুত্বপূণ জায়গা পারসিক বণিকরা নেয়। মালাবারের কোলাখিড়ি রাজবংশ বহু পূর্বেই মুসলমান হয়ে যায়। এদের প্রাসাদের মধ্যে ১১২৪ খ্রিস্টাব্দে তৈরি একটা মসজিদ পাওয়া গিয়েছে।

কিন্তু দক্ষিণ এশিয়াতে মুসলমান সৈন্য আসার সঙ্গে ভারতমহাসাগরে মুসলমান বাণিজ্যের কোন সম্পর্ক পাওয়া যায় না। অষ্টম শতাব্দীতে সিন্ধুদেশ বিজয় বা লাহোরে মুসলমান শাসন প্রতিষ্ঠা করার সঙ্গে এর কোন সম্বন্ধ নেই। বিজয়নগর সাম্রাজ্য প্রতিষ্ঠা ও প্রসারিত হলে দক্ষিণ ভারতে মুসলমান শাসন ও প্রভাব বড় রকমের ধাক্কা খায়।

কোন কোন ঐতিহাসিক দেখিয়েছেন যে একদিকে মুসলমান বণিক গোষ্ঠীর শান্তিপূর্ণ বাণিজ্য ও অন্যদিকে মুসলমান শাসকদের সামরিক অভিযানের মধ্যে একটা বিপরীত চিত্র পাওয়া যায়। এখন দেখা যাচ্ছে যে এই দুইয়ের মধ্যে দ্বন্দ্ব অনেক কম। প্রচুর দৌলতের অধিকারী মুসলমান বণিকরা বহুসময়ে গুরুত্বপূর্ণ প্রভাব বিস্তার করেছেন। তাদের বাণিজ্য যে সব সময়ে শান্তিপূর্ণ ছিল এ কথাও বলা যায় না। একদিকে তারা জলদস্যুদের রুখতেন ও অন্যদিকে স্থানীয় শাসকদের বর্ধিত করের দাবি অস্বীকার করতেন। ঘোড়া আমদানী করে বিক্রি করার মধ্যে প্রভাব খাটোনোর সুযোগ ছিল। রাজনীতির ক্ষমতা দখলের লড়াইতে তারা অনেকসময় সরাসরি হস্তক্ষেপ করেছে। মুসলমান সৈন্যদের গুজরাট অভিযানের সময়ের আগে চালুক্যদের এক মন্ত্রীর সঙ্গে এক মুসলমান বণিকের সশস্ত্র সংগ্রাম হয়। ত্রয়োদশ শতাব্দীতে পাণ্ড্য রাজের শাসকদের অর্ন্তকলহে মুসলমান বণিকরা যোগ দিয়েছিল। ইবন বতুতা বলছেন যে খাম্বাজের মুখ্য মুসলমান বণিক উপসাগরের মুখে পেরিম দ্বীপ দখল করার পরিকল্পনা করেছিলেন।

ইবন বতুতার লেখা থেকে ভারতের পশ্চিম ও পূর্ব উপকূলের সশস্ত্র বাণিজ্য তরীর কথা পাওয়া যায়। যখন উনি ক্যাম্বে উপসাগর থেকে চারটি জাহাজ নিয়ে যাত্রা করেন, তখন তাঁর জাহাজে পঞ্চাশটি তীরন্দাজী ও পঞ্চাশটি হাবসী সেনা ছিল। চতুর্থ জাহাজটি ছিল যুদ্ধ জাহাজ যেখানে দাঁড়ীরা ঢাকনার মধ্যে থেকে দাঁড় টানত।

পরবর্তীকালে একটি জলযুদ্ধের সময় বতুতা বাহান্নটি যুদ্ধ জাহাজের কথা বলেছেন। এর মধ্যে দুটি এমন জাহাজ ছিল যার সামনের অংশ খুলে পাটাতন বেরিয়ে পড়ত এবং সৈন্যরা সরাসরি ডাঙায় নামতে পারত। কালিকটে ও কুইলনে সশস্ত্র চীনা *জাঙ্ক* আসত। হাজার খালাসীর মধ্যে অন্তত চারশোজন ছিল যোদ্ধা। এদের মধ্যে তীরন্দাজীরা ন্যাপথার আগুনের তীর ছুঁড়তে পারত।

পশ্চিম উপকূলে জলদস্যুতা ও বাণিজ্য দুইই ছিল সুসংহত। পরবর্তীকালে পর্তুগীজদের প্রচলিত *কার্তাজ* প্রথার নিয়মাবলীর মধ্যে ওই সময়কার সামুদ্রিক নিয়ামাবলীর আভাস পাওয়া যায়। রোমান সময় থেকেই গুজরাটের উপকূল থেকে মালাবার উপকূল পর্যন্ত জলদস্যুতা ছিল। কিন্তু মার্কো পোলোর বর্ণনা থেকে মনে হয় ক্যাম্বে উপসাগর, সিন্ধুনদীর মোহনা, কাথিয়াওয়াড় ইত্যাদি অঞ্চলে জলদস্যুতা কমে গিয়েছিল। পশ্চিম উপকূলের অধিবাসীরা খালাসীর কাজ বা জাহাজের অনান্য কাজ করত। অনেক সময়ে জোর জবরদস্তি করা হতো। ওই সব জায়গায় জাহাজ ভেঙে পড়লে মাল বাজেয়াপ্ত করা হতো বা চড়া শুল্ক দিতে হতো, যে প্রথা অষ্টাদশ শতকের শেষ পর্যন্ত চলেছিল। কেবল স্থানীয় জাহাজগুলি এসব থেকে অব্যাহতি পেত। কালিকট ছিল এদিক থেকে স্বতন্ত্র। ভাঙা জাহাজের মাল বাজেয়াপ্ত করা হতো না। পূর্ব উপকূলেও এই প্রথা বলবৎ ছিল। কাকতীয় বংশের গণপতিদেবের একটা শিলালেখ থেকে দেখা যাচ্ছে যে তিনি এই নিয়ম বাতিল করে দিয়েছিলেন। অনেক সময়ে জলদস্যুদের জাহাজগুলি স্থানীয় শাসকদের আশ্রয়ে থেকে কাজ চালাত। মধ্যযুগের বণিকদের যাত্রা বিপদসঙ্কুল হলেও তাদের হত্যা করা বা দাসে পরিণত করার কোন উল্লেখ পাওয়া যায় না। মার্কো পোলো ভারতের পশ্চিম উপকূলের জলদস্যুদের সম্বন্ধে বলেছেন যে তারা পৃথিবীর সবথেকে উদ্ধত জলদস্যু। বিশ বা ত্রিশটি জাহাজ নিয়ে এরা উপকূল ঘেঁষে দস্যুতা করত। এক জাহাজ থেকে আরেক জাহাজের দূরত্ব ছিল পাঁচ মাইল এবং সংকেতের সাহায্যে এরা কাজ করত। এরা প্রায় আফ্রিকার উপকূল পর্যন্ত পৌঁছে গিয়েছিল। পর্তুগীজরা আসার পর ষষ্ঠদশ শতাব্দীর ত্রিশের দশক থেকে বাংলার উপকূলে পর্তুগীজ জলদস্যু ও আরাকান রাজা মিলে উপকূল অশান্ত করে তুলেছিল। এমন কি এরা সন্দীপ দ্বীপ নিজেদের দখলে রেখেছিল যেখান থেকে নুনের ব্যবসা ও জোর করে দাস-দাসী বিক্রি করে চলতে থাকে। সুতরাং ভারতের দুই উপকূলে বাণিজ্য, রাজনৈতিক শক্তি ও জলদস্যুতা মিলে মিশে ছিল নানারকম দ্বন্দ্বের মধ্য দিয়ে।

ষোড়শ শতাব্দীর পর্তুগীজ কাগজপত্র থেকে কানোনোরে মাপিলা বণিক গোষ্ঠী সম্বন্ধে বিস্তারিত তথ্য পাওয়া যায়। এলি ও কানানোর থেকে এরা মালদ্বীপের সুলতানের উপর প্রভাব বিস্তার করে জাহাজের দড়ি ইত্যাদি চালান দেবার একচেটিয়া আধিকার পেয়েছিল। এদের সঙ্গে পর্তুগীজদের বিরোধ ছিল তীব্র এবং কালিকটের থেকে সৈন্য এনে কানানোরে পর্তুগীজ কুঠি অবরোধ পর্যন্ত করেছিল। এছাড়া গুজরাট থেকে যুদ্ধজাহাজ এনে এরা মালদ্বীপে পর্তুগীজ কুঠি আক্রমণ করে। এমন কি ১৫১৬–১৭ খ্রিস্টাব্দে আরবসাগরের পর্তুগীজ কুঠিগুলি আক্রমণ করতে দ্বিধা করে নি।

কোন কোন মুসলমান বণিক ছিল জাহাজের মালিক এবং প্রচুর ধনরত্ন আহরণ করেছিল। এদের রাজনৈতিক ক্ষমতা ও প্রভাব ছিল। নিকোলাই কন্টি করমণ্ডলের বণিকদের অত্যন্ত ধনী বলেছেন এবং তারা যে নিজেদের জাহাজে বাণিজ্য করে সে কথাও উল্লেখ করেছেন। ইবন বতুতা এক ধনী মুসলমান বণিকের—তাজ আলদিন আল কাওয়ালামি—কথা বলেছেন। ইনি সম্ভবত মিশরের করিম গোষ্ঠীর বংশধর। কেরালা উপকূলে কুইলন বন্দরের সঙ্গে এর যোগাযোগ ছিল। ইনি আলেকজান্দ্রিয়াতে একটি মাদ্রাসা তৈরি করে দেন। প্রচুর মূল্যবান উপঢৌকন নিয়ে তুর্কিদের থেকে স্থলপথে ইনি মুহম্মদ বিন তুঘলকের দরবারে আসেন। সুলতান ওঁকে বারো লাখ রুপোর টাকা দেন ও খাম্বাজ বন্দরের শাসনকর্তা করে দেন। ওখান থেকে কাওয়ালামি মালাবার, সিংহল ও অন্যান্য জায়গায় জাহাজ পাঠিয়ে বাণিজ্য করে বিশাল ধনী হয়ে যান।

ইবন বতুতার মতে খাম্বাজের অধিকাংশ জাহাজের মালিকরা ছিলেন বিদেশী বণিক। সেইসময় ওই বন্দরের বণিকদের প্রধান (মালিক উল তুজ্জার) ছিলেন পারস্যের কাজারাণ শহরের অধিবাসী। কাস্পিয়ান সাগরের গিলান থেকে আর এক ধনী বণিক খাম্বাজে আসেন। বাগদাদ শহরের এক ধনী বণিককে বতুতা দিল্লির দরবারে দেখেছিলেন।

কিন্তু পশ্চিম ভারতের সব ধনী মুসলমান বণিক বিদেশী নয়। খাজা বোহরা বা ইসমাইল গোষ্ঠীভুক্ত ধনী বণিক ছিলেন। ইসমাইল গোষ্ঠী গান্ধারে শাসকবর্গের মধ্যে ছিলেন। কুইলনের বণিকদের বলা হতো *সুলি* এবং তারা খুব ধনী ছিল। হেনাড়ুর সব থেকে প্রভাবশালী বণিক ছিলেন সুলতান জামালুদ্দীন যার প্রভাব সমস্ত পশ্চিম উপকূল ধরে ছিল। ইনি স্থানীয় লোকেদের বংশধর এবং জাহাজী মালিকের ছেলে। হেনাড়ুর মুসলমান গোষ্ঠী ছিল সুফি ধর্মমতে বিশ্বাসী এবং প্রধানত বাণিজ্য করত।

ভারতের পশ্চিম উপকূলের বাণিজ্যে শাসকবর্গ যে অংশ নিতেন তার উল্লেখ ইবন বতুতা করেছেন। দিল্লির সুলতানের জাহাজ ছিল। সিহাব আলদীন নামে এক বণিক সুলতানের প্রতিনিধি হিসাবে খাম্বাজ থেকে হরমুস বন্দরে মাল কিনে নিয়ে যেতেন। পরবর্তী সময়ে ইবন বতুতা দিল্লির সুলতানের কয়েকটা জাহাজ কালিকট বন্দরে দেখেছিলেন। গান্ধারের হিন্দু শাসক একটি বাণিজ্যিক জাহাজ ও একটি যুদ্ধ জাহাজ ইবন বতুতার অধীনে দিয়েছিলেন।

বতুতা অন্যান্য জাহাজী মালিকের কথাও বলেছেন। কালিকট বন্দরের কয়েকটি জাহাজী মালিকের মধ্যে উনি মিথকাল নামে একজনের উল্লেখ করেছেন। ইনি অত্যন্ত ধনী বণিক ছিলেন এবং পূর্ব ও পশ্চিমদিকে জাহাজ চালাতেন। অন্যান্য জাহাজী মালিকদের মধ্যে বতুতা খাম্বাজের অধিবাসী ইলিয়াস এবং ওই বন্দরের বোহরা ইব্রাহিমের উল্লেখ করেছেন। শেষোক্ত জনের ছটি জাহাজ ও ওর ভাইয়ের একটি জাহাজ ছিল। সপ্তদশ শতাব্দীর সুরাট বন্দরের বিখ্যাত জাহাজী মালিক বোহরা ভাইরা সম্ভবত এদেরই বংশধর।

ভারতীয় মহাসাগরের বাণিজ্যে ধনী বণিকরাই শুধু ছিলেন তা নয়, সাধারণ ছোট বণিকও ছিলেন। এরা অনেক সময়ে নিজেদের মাল নিয়ে যেতেন বা অন্য কোন

বণিকের কাছে দিতেন। ইবন বতুতা যে জাহাজে করে ভারতে এসেছিলেন তার মধ্যে এরকম যাত্রী ছিলেন। রুশ ভ্রমণকারী নিকিতিন ছোট ছোট বণিকের কথা বলেছেন যারা ঘোড়ার ব্যবসা করে। সম্ভবত ১৪৬৯ খ্রিস্টাব্দে তিনি ঘোড়ার ব্যবসার জন্য হরমুস বন্দর থেকে ঘোড়া কিনে বাহমণি সুলতানদের বন্দর চাউলে এসেছিলেন। অনেক গোলমালের পর একটি মাত্র ঘোড়া নিয়ে তিনি গুলবর্গা পৌঁছান। সেখানে তখন সুফি সাধকদের উরস উৎসব চলছিল। নিকিতিন বলেছেন যে ওই উৎসবে বিশ হাজার ঘোড়া বিক্রি হয়েছিল, যদিও উনি তাঁর ঘোড়া বিক্রি করতে পারেন নি। শেষে বিদরে গিয়ে উনি ওই ঘোড়া বিক্রি করেন।

এই সময়ে বৈদেশিক বাণিজ্যে হিন্দু বণিকরা অংশ গ্রহণ করত কিনা সে বিষয়ে সংশয় আছে। নিকিতিন খাম্বাজে কোন হিন্দু বণিকের নাম করেন নি। ইবন বতুতার লেখাতেও হিন্দু বণিকদের উল্লেখ নেই। ১৫২১ সালের পর্তুগীজ দলিলে বাংলাতে তুর্কি, আরব ও পারসিকদের কথা আছে, কোন হিন্দু বণিকের উল্লেখ নেই। আগেই বলা হয়েছে ষষ্ঠদশ শতাব্দীর বাংলা সাহিত্যে মধ্যে হিন্দু বণিকদের নাম পাওয়া যায়। সম্ভবত এরা সকলেই অভ্যন্তরীণ বাণিজ্য করতেন। *মঙ্গলকাব্যে* হিন্দু-জমিদার-বণিক সমুদ্র যাত্রায় যাচ্ছে উড়িষ্যা ও সিংহলে। কিন্তু করমণ্ডল ও পশ্চিম উপকূলে হিন্দু বণিকদের কথা পাওয়া যায়। মার্কো পোলো দক্ষিণ গুজরাটে লার গোষ্ঠীর বানিয়াদের কথা বলেছেন। এরা শাসকদের প্রতিনিধি হয়ে দূরে যেত বহুমূল্য রত্ন আনার জন্য। ষষ্ঠদশ শতাব্দীর গোড়ায় পর্তুগীজ ভ্রমণকারী বারবোসা বলছেন যে করমণ্ডলের চেট্টি (হিন্দু) বণিকরা অত্যন্ত ধনী এবং জাহাজের মালিক। এরা মালাক্কায় মুসলমান বণিকদের সঙ্গে বাণিজ্য করে। গুজরাটে মুসলমান বিজয়ের আগে ওখানকার হিন্দু বণিকদের সঙ্গে পুরানো হরমুসের বণিকদের ঘনিষ্ঠ যোগাযোগ ছিল। এমনকি পঞ্চদশ শতাব্দীর মাঝামাঝি হিন্দু বণিকরা হরমুসে বসতি করেছিল। এসব থেকে বোঝা যায় যে ভারত মহাসাগরের বাণিজ্যে জাতপাতের বিচার বা ধর্মীয় তফাৎ বিশেষ আসেনি। পর্তুগীজদের আসার আগে ভারত মহাসাগর ছিল মুক্ত, কোন একটি বণিকগোষ্ঠী বা রাজনৈতিক শক্তি এর নিয়ন্ত্রণ করে নি।

১২

সুলতানী আমলে দিল্লির স্থাপত্য ও ভাস্কর্য

ইন্দো-ইসলামিক স্থাপত্য যাকে সাম্রাজ্যবাদী শৈলী বলা হয়, তার নিদর্শন প্রধানতঃ দিল্লিতে দেখা যায়। ত্রয়োদশ থেকে ষোড়শ শতাব্দীর মধ্যে একে পাঁচটা ভাগে ভাগ করা যায় যুগ ও শৈলী অনুযায়ী। এগুলি হল (ক) ১২৪৬ সাল পর্যন্ত; (খ) ১২৯০ থেকে ১৩২০ সাল; (গ) ১৩২০ থেকে ১৪২৩ সাল; (ঘ) ১৪১৪ থেকে ১৪৪৪ ও (ঙ) ১৪৫১ থেকে ১৫৫৭ সাল। বিভিন্ন যুগের সুলতানদের মধ্যে কেউ কেউ তাঁদের ব্যক্তিত্বের ছাপ স্থাপত্যর মধ্যে রেখে গিয়েছেন।

কুতুবুদ্দীন আইবক কিল্লা রাই পিথোরা দখল করে দিল্লিতে রাজধানী প্রতিষ্ঠা করেন। উনি ওখানে ২১২ ফিট লম্বা ও ১৫০ ফিট চওড়া একটা মসজিদ (কোওয়াউল মসজিদ) নির্মাণ করেন। ওই মসজিদের চারপাশ দেওয়াল দিয়ে ঘেরা ছিল। পার্শ্ববর্তী অঞ্চল থেকে পাথর এনে হিন্দু কারিগরদের দিয়ে মসজিদটি তৈরি করা হয়। এর উঠানটি ছিল ১০৫ ফিট এবং এতে স্তম্ভযুক্ত খিলান শ্রেণী ছিল। পশ্চিমদিকে, অর্থাৎ মক্কার দিকে, খালি গম্বুজ ছাদে লাগিয়ে ভিতরে বেশি জায়গা করা হয়েছিল। এর সামনে ছিল প্রাক্-ইসলাম যুগের বিখ্যাত লৌহ স্তম্ভ যা মথুরা থেকে আনা হয়েছিল। দুবছর পরে সামনের দিকে কিছু অদল বদল করা হয়। মদিনার মসজিদে খিলানের পর্দার মতন এখানেও খিলান ব্যবহার করা হয়েছে পর্দার মতো করে স্তম্ভগুলি ঢাকার জন্য। এই মসজিদের শিল্পশৈলী অনুসরণ করলে বোঝা যায় যারা এই মসজিদ তৈরি করেছিল, তারা সঠিকভাবে জানতনা যে তাদের কাছে কি চাওয়া হচ্ছে। খিলানগুলি দেখলে বোঝা যায়, এগুলি পারসিক ও আরবী সৌধের শৈলী নিয়ে ভারতীয়ভাবে করা। কুতুবুদ্দীনের শেষ দিকে উনি কুতুব মিনার তৈরি করা শুরু করেন। প্রথমদিকে এর উচ্চতা ছিল ২৩৮ ফিট, যার দেওয়ালে কোরানের অংশ খোদাই করা হয়েছে। এটি যদি পূর্বদিকে ইসলামের সীমানা বলে ধরা যায় তাহলে উল্লেখযোগ্য যে ওই একই সময়ে স্পেনের সেভিল শহরে প্রথম ইউসুফ 'জিরাল্ডা' নামে কুতুবের থেকে উঁচু মিনার তৈরি করে ইসলামের পশ্চিম সীমানা ঠিক করে দিয়েছিলেন।

কুতুব মিনারের চারটি স্তর আছে এবং এটি ক্রমশ উঁচুতে সরু হয়ে এসেছে। এর

ভিত্তি হল ৪৬ ফিট ব্যাসার্ধের যেটি উঁচুতে দশ ফিট হয়ে যায়। প্রত্যেক স্তরে একটি বাইরের বরান্দা আছে। পরবর্তীকালে আর একটি স্তর বাড়ানো হয়। ১৩৬৮ সালে এই মিনারে ভাঙন ধরলে ফিরোজ তুঘলক মার্বল পাথর দিয়ে সারান। ১৫০৩ সালে সিকান্দার লোদী এটি আবার মেরামত করে দেন। শৈলীর দিক থেকে এটি গজনীর দুটি ইঁটের তৈরি মিনারের কাছাকাছি।

আজমীরে 'আড়াই দিন কা ঝোপড়া' কুতুবুদ্দীনের তৈরি বলা হয়। সম্ভবত আড়াই দিনের একটা মেলা বসত যার থেকে এই নামকরণ হয়েছে। দিল্লির মসজিদ থেকে বেশি জায়গা নিয়ে এই মসজিদ করা হয়েছে বলে এবং দিল্লি মসজিদের পরে নির্মিত বলে এর অংশ বিশেষ আরো সুন্দরভাবে তৈরি। মাটি থেকে ছাদ প্রায় বিশ ফিট, যেটি দাঁড়িয়ে আছে স্তম্ভগুলির উপর। ইলতুৎমিসের সময়ে স্তম্ভের পর্দা লাগানো হয়। পূর্বদিকে খোলা চত্বর থেকে চারধাপে সিঁড়ি আছে, যেখান থেকে ঢুকলে বড় উঠান পাওয়া যায়।

ইলতুৎমিস কুতুবুদ্দীনের ও আজমীরের মসজিদের প্রসার করেছিলেন। এছাড়া তাঁর ছেলের ও নিজের সমাধি সৌধ তৈরি করেন। আজমীরের মসজিদের সামনের কারুকার্য স্থাপত্য শৈলীতে বিশেষ অবদান বলে ধরা হয়। আজমীরের মসজিদে কোনও উপরের তলা নেই। কিন্তু প্রধান দরজার ছাদের কানাতের পাশে ছোট মিনার করা হয়েছে দুধারে। এর প্রধান খিলানটিও দিল্লির মসজিদের থেকে কম বাঁকানো এবং তার ফলে এর শৈলী আলাদা।

ইলতুৎমিস ১২৩১ সাল নাগাদ যে সমাধিসৌধ তৈরি করেন সেটি ভারত ভূখণ্ডে প্রথম ওই ধরনের স্থাপত্য বলে ধরা হয়। দিল্লি থেকে তিন মাইল দূরে এটা করা হয়েছিল প্রধানত তাঁর পরিবারের লোকজনদের শ্রদ্ধা জানানোর জন্য। উঁচু ভিতের উপর বিশাল দরজা ছিল পশ্চিম দিকে। ভিতরে মাটির নীচে সমাধিস্থ ব্যক্তির স্মৃতি স্তম্ভ। বাইরে ছিল খয়েরি গ্রানাইট পাথরের ভারী দেওয়াল, যার বিভিন্ন কোণে ছিল বুরুজ। চেহারাটা ছিল কেল্লায় ঢোকবার আগে রক্ষীদের থাকার মতো। দেওয়ালের ভিতরে উঠান প্রায় ষাট ফিট চওড়া, যার মাঝখানে অষ্টকোণাকৃতি উঁচু আল মতন রয়েছে, যেটি নীচের সমাধির ঘরের ছাদ। সম্ভবত এই আলের উপর পিরামিড আকৃতির ছাদ ছিল যেটি এখন গ্রানাইটের বিপরীত দৃশ্যের সৃষ্টি করে। এটি করা হয়েছিল পূর্বে ও পশ্চিমে দুটি স্তম্ভযুক্ত খিলান তৈরি করে। এর মাঝখানে চক্রনাভিযুক্ত গম্বুজ আছে যার তলায় রয়েছে সুন্দর খিলানযুক্ত *মিহরাব*। এর দুপাশে মার্বল খিলানযুক্ত পথ রয়েছে।

সম্ভবত ইলতুৎমিসের সময়ে বাদাউনের জামী মসজিদ নির্মান করা হয়েছিল। এটি বিশাল মসজিদ এবং এর সামনেটাই ছিল ২৪৪ ফিট। বহুবার এটি মেরামত করা হয়েছে, যার ফলে এর প্রথমবারের চেহারা আর পাওয়া যায় না। মুহম্মদ তুঘলক এটিকে সারানোর পর ১৫৭৫ সালে আকবর মেরামত করেন। তারপরেও মেরামতি চলতে থাকে। ফলে এর খিলানগুলি, যা পর্দার মতো করে ব্যবহার করে হয়েছিল, আর দেখা যায় না।

পুরানো দিল্লিতে ১২৩৫ সাল নাগাদ ইলতুৎমিস তাঁর সমাধিসৌধ নির্মাণ করেন। এটা একটা চতুষ্কোণ সৌধ। এর পাশটা বিয়াল্লিশ ফুট এবং এতে তিনদিকেই ঢোকবার দরজা আছে। পশ্চিমদিক বন্ধ কারণ ওদিকে পাশাপাশি তিনটে মিহ্‌রাব ভিতরে রয়েছে। দরজাগুলি খিলান দেওয়া। ভিতরের হলঘরটি ত্রিশ ফুট খোদাই করা। লাল পাথরের দেওয়ালে সাদা মার্বল পাথরের উপর বিভিন্ন ইসলামিক শৈলীতে কোরানের অংশবিশেষ খোদাই করা। দেওয়ালের গায়ে নানা ধরনের জ্যামিতিক চিত্রবিচিত্র খোদাই করা রয়েছে। ছাদের অনেকখানি ভেঙে পড়ে গেলেও বোঝা যায় যে খালি গম্বুজ নিয়ে ছাদ তৈরি করা হয়েছিল। স্থপতিদের কাজ থেকে বোঝা যায় যে গম্বুজটি এত বড় ছিল যে ওর ওজনেই ছাদ পড়ে যায়। এটাই ভারতে বোধহয় প্রথম প্রচেষ্টা যে নীচের অষ্টকোণাকৃতি ঘরের সঙ্গে গোলাকার গম্বুজের মিল করে সমস্যার সমাধান করা। এই সমস্যাকে কৌশলগতভাবে 'পরিবর্তনের স্তর' বলা হয় এবং কয়েকটি প্রথার মধ্য দিয়ে এই সমস্যা সমাধান করার চেষ্টা করা হয়েছিল। ইলতুৎমিসের সমাধি সৌধে যে প্রথা ব্যবহার করা হয়েছিল তাকে 'স্কুইনচ' (ইংরোজি শব্দ) বলা হয়। এ হল ছাদের ভিতরের দিকে খিলান করে চতুস্কোণ ঘরকে অষ্টকোণাকৃতি করার পদ্ধতি। উল্লেখযোগ্য যে এই যুগের শেষ দিক থেকে হিন্দু মন্দিরের বা হিন্দুদের সৌধের ধ্বংসাবশেষ আর ব্যবহার করা হচ্ছিল না। ভারতে সঠিক খিলানের ব্যবহার এই যুগেই প্রথম করা হয়ে থাকে যার মূল্য স্থাপত্যবিদ্যায় ছিল অপরিসীম। ওই সমাধির প্রতিটি দিকেই খিলানের দ্বারা সৌধকে ধরে রাখা হয়েছে, যেটা প্রথম আবিষ্কার করেন রোমান স্থপতিবিদরা। সুতরাং এই সৌধের মধ্যে কি আছে তার থেকেও মূল্যবান হচ্ছে যে এই সৌধ ভবিষ্যৎ উন্নতির দিশারী।

গজনীর কাছে খলজী গ্রাম থেকে যাঁরা এসেছিলেন তাদের মধ্যে আলাউদ্দীন অন্যতম। তিনি কুতুবের পাশে এক বিশাল সৌধ করার পরিকল্পনা করেন। ওই কাজ তাঁর ১৩১৬ সালে মৃত্যুর পর আর এগোয়নি। বলা নিষ্প্রয়োজন যে ত্রয়োদশ শতাব্দীর শেষে দিল্লি জনসমাগমে পরিপূর্ণ হয়ে গিয়েছিল।

এই বিশাল পরিকল্পনার মধ্যে মাত্র একটি সৌধই শেষ করা হয়েছিল যার থেকে স্থাপত্যশৈলীর আভাস পাওয়া যায়। এটি একটি পরিপূর্ণ দরজা যাকে 'আলাই দরওয়াজা' বলা হয়। ওই দরজা ১৩০৫ সালে শেষ করা হয়েছিল। এটি মসজিদের উঠানে যাবার দক্ষিণদিকের দরজা। এর স্থাপত্য শৈলী থেকে বোঝা যায় যে দক্ষ স্থপতিরা এর সঙ্গে যুক্ত ছিল, যারা নতুন ধারণা নিয়ে এসেছিল। খিলানগুলির চেহারা, দেওয়াল তৈরি করার রীতি, গম্বুজকে ধরে রাখার ব্যবস্থা এবং গম্বুজের ধারণার থেকেই এই নতুন প্রভাব দেখা যায়। এমনকি দেওয়ালের গায়ে চিত্রবিচিত্র করার মধ্যেও নতুনত্ব দেখা যায়। প্রশ্ন উঠতে পারে যে কোথা থেকে এই নতুন ধারণা এল। এর উত্তর এই স্থাপত্যই মধ্যেই রয়েছে। দিল্লির স্থাপত্য সংস্কৃতি প্রধানত সেলজুক তুর্কিদের দ্বারা প্রভাবিত। পুরানো শহর কোনিয়াতে সেলজুক তুর্কিদের স্থাপত্যর প্রভাব স্পষ্ট দেখা যায়। আলাই দরওয়াজাতে পাথর ও চুন-সুরকির ব্যবহার কোনিয়ার প্রভাবকে মনে করিয়ে দেয়। মঙ্গোলদের আক্রমণে সেলজুক তুর্কি সাম্রাজ্য ভেঙে গেলে বহু তুর্কি

ভারতে আশ্রয় নেয়। পণ্ডিত ও সংস্কৃতিবান লোক ছাড়াও বিভিন্ন বিষয়ের দক্ষ কারিগররা এসেছিল যার ফলে সেলজুক কৃষ্টি, শিল্প ও সংস্কৃতি ভারতে প্রবেশ করে। উল্লেখযোগ্য যে পার্থিয়া ও পরে সিরিয়াতে কাটা পাথর বাড়ি তৈরিতে লাগানো হয়েছিল। এই ধরনের স্থাপত্য ভারতে এসে স্থায়ীভাবে থেকে গিয়েছিল। পশ্চিম এশিয়ার এই শৈলী এলেও কালক্রমে একটা নতুন চেহারা বেরিয়ে আসে, যদিও এর আসল সত্তা ঢাকা পড়ে যায়। আলাই দরওয়াজার বৈশিষ্ট্য হচ্ছে যে এর মধ্যে স্থানীয় শিল্পের ছাপ রয়েছে যা অন্য বৈশিষ্ট্যের সঙ্গে সুন্দরভাবে মিশে গেছে। এই দরজা ছিল মসজিদের চারটি দরজার অন্যতম, যার দুটো ছিল লম্বা ও পূর্ব দিকে। বাকিগুলো ভেঙে যাওয়ার ফলে একমাত্র পূর্বদিকের দরজাই দাঁড়িয়ে আছে। আধাগোলাকৃতি খিলান এই স্থানীয় বৈশিষ্ট্যর নির্দেশক এবং এর চেহারা, নানা ধরনের চিত্রবিচিত্র করা গোঁড়া ইসলামিক পরম্পরার থেকে আলাদা। এর গম্বুজ দেওয়া ছাদ 'পরিবর্তন স্তরের' মতো এবং ছাদের প্রতিটি কোণায় ভিতর থেকে আধাখিলান করে চোর-কুঠুরির চেহারা নিয়েছে। হলের ভিতরে জাফরিকাটা পাথরের জানালা বাইরের খিলানের ফাঁকের সঙ্গে মেলানো হয়েছে।

নিজামুদ্দীন আউলিয়ার দরগাতে আর একটি মসজিদ (জামাত খান মসজিদ) দেখা যায়, যেটি আলাই দরওয়াজা ধরনের, কিন্তু তার মতো সুন্দর নয়। মনে হয় যে কারিগররা দরওয়াজা করে ছিল, তাদের আর পাওয়া যায়নি, এই মসজিদে 'ঘোড়ার ক্ষুরের মতো' খিলানের স্থাপত্য থেকে সেটা বোঝা যায়। এর সামনে খিলানযুক্ত তিনটি দরজা আছে, যার দুপাশে খোদাই করা কারুকার্য আছে। তিনটি দরজা তিনটি ঘরকে সংযুক্ত করেছে এবং প্রত্যেক ঘরেই গম্বুজ লাগানো। এর ভিতরটা আলাই দরওয়াজার হলের কাছাকাছি এবং প্রায় একই রকম চওড়া। প্রত্যেকটি দেয়ালের মাঝখানে বিস্তৃত দরওয়াজা বাইরের মতো এবং এখানে কোরানের অংশ খোদিত। কেবল হলের দেয়াল ও গম্বুজের ভিতের মধ্যে ছোট একটা তলা রাখা আছে, যা আলাই দরওয়াজা থেকে আলাদা। খলজী শৈলীর স্থাপত্য দিল্লির বাইরেও দেখা যায়।

তুঘলক যুগে সেনানায়ক গিয়াসুদ্দীন তুঘলকের তুঘলকাবাদ শহরের এখন শুধুই ধ্বংসাবশেষ আছে। ইবন বতুতা বলছেন যে এখানে তুঘলক রাজা সোনার ইঁট দিয়ে বিশাল প্রাসাদ তৈরি করেছিলেন, যা সূর্য ওঠার সঙ্গে রোদ পড়ে ঝলমল করত। তুঘলকাবাদের দুটি ভাগ ছিল—একটি দুর্গ ও অন্যটি শহর। চতুর্দিক ছিল পাঁচিল দিয়ে ঘেরা। তুঘলকাবাদের পরিকল্পনা ছিল অসমান যার কারণ ছিল পাথুরে জমির বিশেষ সংস্থান। সমকোণাকৃতি চতুষ্কোণের প্রতিটি দিকই ২২০০ গজ। চারমাইল ব্যাসার্ধ নিয়ে বিস্তৃত পাঁচিলের মধ্যে কাছাকাছি ছিল গোলাকার বড় বড় বুরুজ। দুর্গ প্রাচীরের মতো চেহারার মধ্যে ফাঁক ছিল যাতে ভিতর থেকে তীর ছোঁড়া যায়। এর বাহান্নটা দরজার মধ্যে দক্ষিণদিকের কয়েকটা অবশিষ্ট আছে। দরজার দুই পাশের মিনারের মধ্যে যথেষ্ট ফাঁক আছে যাতে হাতি যেতে পারে। প্রতিটি এত বড় বিশাল পাথর দিয়ে তৈরি যেন মেগালিথিক যুগের বলে মনে হয়।

পাঁচিলের ভিতরে শহরের ধ্বংসস্তূপ থেকে কিছু বোঝা যায় না। দুর্গের চারপাশে পরিখা ছিল। দুর্গটির মধ্যেই প্রাসাদ ছিল বলে এটিকে দুভাগে ভাগ করা যায়। প্রথমটি

ঢাকা লম্বা পথ। ঢোকবার মুখে রক্ষীদের ঘর ছিল। দ্বিতীয়টি ছিল রাজার বাসস্থান, জেনানা মহল ও দরবার হল। মাটির নীচে একটা লম্বা নিচু চলার পথ পাওয়া যায়, যা দিয়ে বাইরে বেরেনো ও ঢোকা যেত। বাইরের জগতের সঙ্গে সহজেই এর মাধ্যমে যোগাযোগ রাখা যেত।

এই ধ্বংসস্তূপের মধ্যে রাজার সমাধি অটুট রয়েছে। এটি ছিল একটি হ্রদের মাঝখানে এক আলাদা সৌধ। কিন্তু দুর্গের সঙ্গে এর যোগাযোগ ছিল একটা উঁচু রাস্তা দিয়ে যা লম্বায় ছিল আড়াইশ গজ। ফলে এর চেহারা একটা ছোট দুর্গের মতন। এর পিছনে ছিল শহর। অন্যদিকে মনে করা যেতে পারে যে এটা ছিল রাজার শেষ আশ্রয়। এর দরজা এমনভাবে তৈরি যে জোর করে ঢুকতে গেলে মৃত্যুর সম্মুখীন হতে হবে। ভিতরে উঠানে মাটির নীচে কতকগুলি চোরা কুঠুরি আছে, যার ভিতরে কিছু নেই। ইবন বতুতার কথা বিশ্বাস করলে বলা যায় সেগুলো একসময় ধন-রত্নে পরিপূর্ণ ছিল।

এই সমাধি দুর্গের বাইরের চেহারাটা ছিল অসমান পঞ্চকোণ। এর প্রতিটি কোণে বড় বুরুজ ছিল এবং এক একটি দিক তিনশ ফুটের বেশি নয়। পাথুরে দ্বীপের জন্য এই রকম অস্বাভাবিক চেহারা নিয়েছিল। মক্কার দিকে মুখ করার জন্য ভিতরের উঠানের চেহারাও অস্বাভাবিক হয়েছিল। দেয়াল ও অন্যান্য অংশ লাল পাথরে করা হলেও গম্বুজটি ছিল সাদা মাবল পাথরের। এর দেওয়ালগুলি পঁচাত্তর ডিগ্রি কোণ করে নেমে গিয়ে পিরামিডের চেহারা নিয়েছে। এর চতুষ্কোণ ভিতের পরিমাপ ছিল একষট্টি ফুট এবং এর উচ্চতা ত্রিশ ফুটের উপরে। প্রত্যেকটি দিকের মাঝখানে একটি খিলানযুক্ত দরজা যার তিনটি দিক খোলা এবং পশ্চিমদিকেরটি বন্ধ মিহরাব করার জন্য। এই খিলানযুক্ত দরজার চেহারাটা আলাই দরওয়াজার মতো। কিন্তু কিছু অমিল রয়েছে। এর খিলানগুলি পরিষ্কার 'ঘোড়ার ক্ষুরের মতো' নয় ও মাঝখানটা একটু বাঁকানো। এছাড়া এই প্রথম খিলানের নীচে চৌকাঠ দেখা যায়। এটি সম্ভবত খিলান ও কড়িকাঠকে সাহায্য করার জন্য করা হয়েছিল। এই কড়িকাঠের আবির্ভাব স্থানীয় পরম্পরা শৈলীর ফল। অবশ্য এর মধ্যে দুটি প্রথার মিশ্রণ করা হয়েছে। কিন্তু কড়িকাঠ এইভাবে ব্যবহার করার জন্য এটি কাঠামোর কাজে বিশেষ লাগেনা, কেবল মাত্র অলংকার হিসাবে থেকে যায়। পরবর্তীকালে এই কড়িকাঠকে অন্যভাবে ব্যবহার করা হয়েছিল।

সমাধিসৌধের ভিতরে ত্রিশ ফুট চতুষ্কোণ একটা ঘর আছে যার মধ্যে আলো আসে খিলানযুক্ত খোলা জায়গা দিয়ে। উপরে গম্বুজওয়ালা ছাদ চারটি 'স্কুইনচ' খিলানের উপর দাঁড়িয়ে আছে অনেকটা আলাই দরওয়াজার মতন। কিন্তু তিনটে পাথরের টুকরো বন্ধনীর কাজ করছে। গম্বুজটার একটা বৈশিষ্ট্য আছে। এটা একটাই গম্বুজ এবং 'তার্তার' গম্বুজের মতো দেখতে যেগুলি পরে ভারতে বিশেষভাবে প্রচলিত হয়। এর মধ্যে ইঁট ও সুরকির সঙ্গে মার্বেল পাথর লাগানো এবং একটা ধাতু লাগানো ছিল। গম্বুজের ব্যাসার্ধ প্রায় পঞ্চান্ন ফুট এবং চূড়াটা *কলস* ও *আমলা* ধরনের, যা সাধারণত হিন্দু মন্দিরে দেখা যায়। এটি যথেষ্ট শক্তিশালী বলে সমগ্র সৌধটি শক্তিশালী বলে বোধ হয়। কিন্তু এর কয়েকটা অংশ, যেমন খিলানগুলি যেভাবে পাথর দিয়ে বাঁধানো তা

খুবই দুর্বল বলে মনে হয়। এর অষ্টকোণাকৃতি মার্বল পাথরের সারি শক্তিশালী চেহারার সঙ্গে মেলে না। কেবল পরিকল্পনার একটা অংশ পরিষ্কারভাবে বোঝা যায়না—প্রধানত দেয়ালের ঢালু অংশ। সম্ভবত এর একটা কারণ ছিল। গিয়াসুদ্দীন ওই একই সময়ে মূলতানের সন্ত শাহ-রূকন-ই-আলমের সমাধিসৌধ তৈরি করছিলেন। ওই শহরে আরো কয়েকটি সমাধিসৌধ ছিল যা পারসিক পরম্পরায় তৈরি হয়েছিল। ওই সব সৌধতে নানা কারণে ঢালু দেওয়াল তৈরি হয়েছিল, যা গিয়াসুদ্দীন গ্রহণ করেছিলেন। পাঞ্জাবের ইঁটের স্থাপত্য যে গিয়াসুদ্দীনকে প্রভাবিত করেছিল, এ বিষয়ে সন্দেহ নেই। মুহম্মদ তুঘলক দিল্লির চতুর্থ শহর তৈরি করেছিলেন, যদিও তিনি সাম্রাজ্যবাদী শৈলীকে বিশেষ প্রভাবান্বিত করতে পারেননি। খুব শক্ত ও মোটা সুরক্ষিত পাঁচিল দিয়ে তিনি প্রথম ও দ্বিতীয় শহরকে ঘিরে দেন, যাকে 'জাহানপনা' বলা হতো। এই পাঁচিলের অল্প অংশই এখন দেখা যায়। কিন্তু এর ভিতরের কয়েকটি সৌধ পাওয়া যায়। একটি ছিল দোতালা সাতখিলানের পুল (নাম সাতপুল), যার মধ্যে জল আটকানোর দরজা ছিল। এই দরজার দুই ধারে দুটি মিনার ও খিলানযুক্ত দরজা ছিল। নতুন শহরের মধ্যে কৃত্রিমভাবে জল নিয়ন্ত্রণ করার জন্য এটা করা হয়েছিল। আরেকটি সৌধের অংশে ছিল 'হাজার স্তম্ভের প্রাসাদের অংশ' যাকে 'বিজাই মণ্ডল' বলা হয়, যার মধ্যে কয়েকটা 'ঘোড়ার ক্ষুরের' খিলান দেখা যায়। গম্বুজ দেওয়া একটা চতুষ্কোণ সমাধিসৌধ এর কাছে রয়েছে।

ধর্মীয় সৌধ ছাড়া সাধারণত দুর্গ ও প্রাসাদ পাওয়া যায়। কিন্তু এখানে পঞ্চদশ শতাব্দীর এক অভিজাতের বাড়ি পাওয়ার গিয়েছে, যাকে স্থানীয় ভাবে 'বরা খাম্বা' বলা হয়। পাঁচিল ঘেরা উঠানের মধ্যে কুয়ো ও স্নানের জায়গা রয়েছে মাঝখানে, যার চতুর্দিকে ভৃত্যদের থাকার জায়গা ও আস্তাবল। ভিতরের সিঁড়ি দিয়ে সমতল ছাদে যাওয়া যায়, যার কানায় পাঁচিল রয়েছে যাতে গরমের সময়ে ছাদ বেড়ানোর জন্য ব্যবহার করা যায়। এর সঙ্গে লাগানো স্তম্ভযুক্ত ঘর রয়েছে যেগুলি অন্দর মহলের মধ্যে পড়ে। ঘরের ছাদের ভিতরের দিকটাও সুন্দর। এই স্তম্ভ থেকেই বাড়িটির নামকরণ হয়েছে। বাইরে পাঁচিল দেওয়া বাগান ও বসার জন্য চবুতরা রয়েছে। সবটাই উঁচু সুরক্ষিত পাঁচিল দিয়ে ঘেরা। উল্লেখযোগ্য যে একটা তিনতলা চৌকো মিনার এমন ভাবে বসানো হয়েছে যে প্রতিটি তল থেকেই এতে যাওয়া যায়। মিনারের ঢালু দেওয়াল এবং সমকালীন সময়ের সুরক্ষার ভাবনা ও একান্তে থাকার বাসনা এর মধ্যে দেখা যায়।

ফুতুহাতে বলা হয়েছে ভগবানের ইচ্ছানুযায়ী ফিরোজ শাহ তুঘলক সরকারী সৌধ বানানোর দায়িত্ব নেন এবং তাঁর দীর্ঘ সাঁইত্রিশ বছরের রাজত্বকালে সে ইচ্ছা তিনি পূরণ করতে পেরেছিলেন, তাঁর তৈরি সৌধগুলির একটা বৈশিষ্ট্য ছিল, যা তাঁর নিজস্ব এবং আগেকার সৌধগুলির স্থাপত্য শৈলী থেকে পৃথক। ফিরোজের যুগের সৌধগুলির মূলগত বৈশিষ্ট্য ছিল যে সৌধগুলি একটি নতুন দিক নিয়ে আসে। মুহম্মদ তুঘলকের দৌলতাবাদে বহু কারিগরকে নিয়ে যাওয়ার ফলে সম্ভবত দক্ষ কারিগর ও স্থপতি দিল্লিতে ছিল না। মুহম্মদ তুঘলকের সময়ের বিভিন্ন বিদ্রোহের ফলে সরকারী

কোষাগারের অবস্থাও খারাপ হয়ে পড়েছিল। এর ফলে অন্তত প্রথম দিকের সৌধগুলিতে বাস্তুপদার্থ চুন-সুরকি লেপা হয়েছিল ভালো করে না কাটা পাথরের উপর। দরজা, চৌকাঠ, পাঁচিল এমনভাবে তৈরি যেন বড় অসমান। এক ধরনের অনুজ্জ্বল রং অনেক সময়ে লাগানো হয়েছিল যা মোটেই উৎসাহব্যাঞ্জক নয়। এ ধরনের পদার্থ ওইরকমভাবে ব্যবহার করার ফলে স্থাপত্য শৈলী প্রভাবিত হয়েছে। কোনও কোনও অংশে চুন-সুরকি বেশি লাগানো হয়েছে, কোথাও কম। মিনারের সরু হয়ে যাওয়া চুন বা দেওয়ালের ঢাল বেড়ে যাওয়ার মধ্যে তা দেখা যায়। কখনো কখনো এর ফলে মনে হয় সৌধটি শক্তিশালী। কিন্তু নিচু গম্বুজ চারকোণায় লাগানোর ফলে এ ধারণা ভেঙে যায়। এর কিছুদিন আগেকার মূলতানে ইঁটের তৈরি সমাধি সৌধগুলি একটা নতুন ধরনের প্রচেষ্টা যা গিয়াসুদ্দীনের সমাধিসৌধতে দেখা গিয়েছিল এবং সেটা ফিরোজ চালু রাখার চেষ্টা করেছিলেন। কিন্তু মূলতানে ইঁটের ভাস্কর্যের কাজ ছিল চমৎকার, যার সঙ্গে মিশে ছিল উজ্জ্বল রং এর টালির কাজ। শেষের অংশটি ছিল পারসিক যার দৃষ্টান্ত দিল্লিতে বিরল। ফিরোজের সময়ের ভাস্কর্য ছাড়া স্থাপত্যর কাজ ভারতীয় পরম্পরা বিরোধী ছিল। অলংকার ছাড়া স্থাপত্য নিতান্তই নিস্প্রাণ লাগে, যা ছিল ফিরোজের যুগের স্থাপত্যর বৈশিষ্ট্য। কেউ কেউ এর মধ্যে পতনোন্মুখ সাম্রাজ্যের প্রতিফলন দেখতে পেয়েছেন।

ফিরোজের স্থাপত্যের মধ্যে অন্তত চারটি দুর্গশহর এবং একটা শহর আছে, যাকে দিল্লির পঞ্চম শহর বলে ধরা হয়। এই শহরকেই ফিরোজাবাদ বলে। এছাড়া ছিল কয়েকটা সমাধি সৌধ ও বহু মসজিদ। ফিরোজ লিখে গিয়েছেন যে কোনও কোনও ঐতিহাসিক সৌধ তিনি সারিয়েছেন। চারটি দুর্গ শহরের মধ্যে ছিল জৌনপুর, ফতাবাদ এবং হিসার। চতুর্থ শহরটিতে তাঁর রাজধানী দিল্লি তৈরি করা হয়েছিল যমুনার পাড়ে ১৩৫৪ সালে। এর পরিকল্পনা তুঘলকাবাদের নগরদুর্গের মতোই ছিল। কিন্তু এখানে এটি আরো উন্নত। চারপাশে পাঁচিল দিয়ে ঘেরা এর মধ্যে সব সুযোগ সুবিধা ছিল। নদীর পারে সমতল ভূমিতে, কোটলা ফিরোজ শাহ আধ মাইল লম্বা ও এক চতুর্থাংশ মাইল চওড়া জায়গায় শক্ত উঁচু পাঁচিল দিয়ে ঘেরা যার মধ্যে কিছু দূরে দূরে বুরুজ বসানো। এর প্রধান প্রবেশ পথ ছিল পশ্চিম দিকে, যেখানে শক্ত দরজা রয়েছে। এই দরজাকে সুরক্ষিত করা হয়েছে বাইরে বেরোনো উঁচু তোরণদ্বার দিয়ে যেখানে রক্ষীরা থাকত। পিছনের উঠানে ছিল রক্ষীদের থাকার জায়গা। কোটলার বিপরীত দিকে নদীর পারে একটা বড় অষ্টকোণাকৃতি ঘেরা জায়গা রয়েছে যেখানে প্রাসাদ ও অভিজাতদের বাড়ি ছিল। এগুলি পাঁচিলের গায়ে সারি দিয়ে লাগানো।

কোটলার বাকি অংশটা চৌকো ও অষ্টকোণ উঠানে ভাগ করা। এর সবথেকে বড় উঠানটা ছিল দরবার কক্ষ, যার চারপাশ ঘিরে ছিল থামওয়ালা বারান্দা। বাকি জায়গায় অনেক ধরনের সৌধ, বাগান, হাম্মাম, জলাধার, রক্ষীদের থাকার জায়গা, অস্ত্রশস্ত্র রাখার জায়গা এবং ভৃত্যদের থাকার জায়গা ছিল। এর মাঝখানে ছিল জামী মসজিদ যার মধ্যে দশহাজার লোক সমবেত হতে পারত। রাজপরিবারের লোকেদের জন্য এর ভিতরে আলাদা জায়গা ছিল। মাঝামাঝি জায়গায় চৌকো খিলান দেওয়া বারান্দা সরু

হয়ে ধীরে ধীরে উপরে উঠে গিয়েছে। এর চূড়োয় ফিরোজ বসিয়েছিলেন আম্বালার কাছাকাছি জায়গা থেকে আনা অশোক স্তম্ভ যা বহুদিন আগে কুতুবুদ্দীন আইবকের লৌহস্তম্ভ বসানোর কথা স্মরণ করিয়ে দেয়। দিল্লি ও তার আশেপাশে ওঁর সময়ে বেশ কয়েকটা মসজিদ তৈরি হয়েছিল, যেগুলি মোটামুটি অক্ষত অবস্থায় রয়েছে। এর মধ্যে দুটি খিড়কী ও কালান, *তহখানা* বা মাটির নীচের খিলানের উপর বসানো যার সঙ্গে সুলতান ঘোরীর সমাধি সৌধের মিল আছে। এদের ঢোকার সিঁড়ি বাইরের দিকে বের করা, সব মিলিয়ে দেখতে দুর্গের মতন। প্রতিটি কোণা থেকে গোলাকার বুরুজ বাইরে বেরিয়ে আছে। যেটা তফাৎ সেটা হচ্ছে ঢালু হয়ে যাওয়া বুরুজ ও সরু হয়ে যাওয়া মিনার। এই ধরনের মসজিদের দরজা হচ্ছে খিলান-কড়িকাঠ এবং ভিতরের দুই স্তম্ভের মধ্যবর্তী স্থান শক্ত হয়ে বেরিয়ে এসে কাঠামোকে মজবুত করে তুলেছে। খিড়কী ও কালান মসজিদ ক্রুশাকার পরিকল্পনায় তৈরি। দুই প্রধান পথ সমকোণে একে অন্যকে আঘাত করে চলে গিয়েছে। অন্যান্য গোঁড়া পরিকল্পনার তৈরি মসজিদের প্রধান বৈশিষ্ট্য ছিল ভিতরে খোলা বিশাল উঠান। এর চারপাশ ঘিরে 'টিউডর' ধরনের খিলান ছোট ছোট কুঠুরী মতন তৈরি করেছে। উল্লেখযোগ্য এর ঢোকবার মুখে সামনে বিরাট খিলানযুক্ত তোরণদ্বার মাঝখানে উঁচুতে উঠে গিয়েছে, যার ফলে ভিতরে ঢোকার তিনটে জায়গা খোলা থাকে। এই ধরনের সামনের চেহারা সাধারণত খিলান পর্দা বা *মকসুরা* থেকে এসেছে। এই উঁচু সামনের চেহারা পিছনের গম্বুজকে লুকিয়ে রাখে যার ফলে এর সৌন্দর্যর হানি ঘটেছে।

স্থাপত্য শৈলীর দিক থেকে তিনটি সমাধিসৌধ উল্লেখযোগ্য। প্রথমটি ফিরোজের, দ্বিতীয়টি ওঁর প্রধান মন্ত্রীর ও তৃতীয়টি কবীর-উদ্দীন আউলিয়ার। এটি কিছু পরে নির্মিত। ফিরোজের সমাধিসৌধ ছিল একসারি সৌধর মধ্যে। এটি *হাউস-ই খাসে* এবং সমাধিসৌধের সঙ্গে লাগানো ছিল মাদ্রাসা, যার সবটাই একটা হ্রদের মধ্যে ছিল। সমাধি সৌধের মধ্যে ছিল স্তম্ভের সারি ও চৌকাঠযুক্ত খিলান। সৌধটি চৌকো ও পাশে পঁয়তাল্লিশ ফুট চওড়া। বাইরের দেয়াল ধীরে ধীরে ঢালু হয়ে গিয়েছে এবং দুটো জায়গা বেরিয়ে আছে যেখানে খিলান দেওয়া ঢোকার ব্যবস্থা আছে। একটা গম্বুজ যার তলায় একটা অষ্টকোণ 'ড্রাম' ওটিকে ধরে রেখেছে। সিকান্দার লোদী এই গম্বুজটিকে যখন মেরামত করেন তখন বাইরের দেয়ালে নানারকম অলঙ্কার খোদাই করে দেন। এই সমাধিসৌধের সরলতা ও মহিমা শাসকের ওই ধরনের জীবনযাত্রা স্মরণ করিয়ে দেয়।

ফিরোজের প্রধানমন্ত্রী খান-ই জাঁহা তেলঙ্গানীর মৃত্যু হয় ১৩৬৮-৬৯ সালে। এঁর সমাধি সৌধটি একটু নতুন ধরনের। এর বাইরের দিকটা আগেকার সমাধি সৌধগুলির যে সুরক্ষিত চেহারা সেটা দেখায় প্রধানত শক্ত দেওয়াল ও মিনারের মাধ্যমে। সৌধের ভিতরের পরিকল্পনায় নতুনত্ব দেখা যায়। এ পর্যন্ত সমাধি সৌধ ছিল চতুষ্কোণ। কিন্তু এই সমাধি সৌধটি অষ্টকোণ এবং সমাধির কাজটি খুব সূক্ষ্মভাবে করা হয়নি। একদিক থেকে এটা হয়ত ভারতীয় স্থপতিদের কাছে পরীক্ষা নিরিক্ষার ব্যাপার ছিল। অন্য দিক থেকে এর সঙ্গে জেরুজালেমের ওমরের মসজিদের ('প্রথম শুরু সপ্তম শতাব্দী') মিল

আছে। এছাড়া এই সমাধিসৌধতে আটটি দিকে আটটি বারান্দা আছে। যার প্রত্যেকটির উপর তিনটি করে 'টিউডর' খিলান রয়েছে। এর আটকোণা ছাদের উপর আটটি চোর-কুঠুরি করা। এই ছোট অষ্টকোণা সমাধিসৌধ থেকেই পরবর্তী কালের বড় বড় অষ্টকোণা সমাধি-সৌধ নির্মিত হয়েছে।

কবীর-উদ্দীন আউলিয়ার সমাধিসৌধ অনেকটা গিয়াসুদ্দীন তুঘলকের সমাধিসৌধের আমলে গড়া। এই সৌধটিতে লাল পাথর ও মার্বেল লাগানো হয়েছিল এবং এটা গিয়াসুদ্দীনের সমাধিসৌধ থেকে ছোট। সম্ভবত মার্বেল পাথরের গম্বুজের বাইরের খোলসটা উঠে গিয়েছিল, যার ফলে এর অবস্থা ভালো ছিল না। কিন্তু ফিরোজের মৃত্যুর পর ও তৈমুরের আক্রমণের পর সাম্রাজ্যর যে অবনতি হয়, এটাই হয়ত তার সূচনা। তৈমুর সমরখন্দতে জামী মসজিদ বানানোর জন্য দিল্লির ভালো স্থপতি ও কারিগরদের নিয়ে যান যার ফলে দিল্লি ফাঁকা হয়ে যায়।

সৈয়দ ও লোদীদের সময়ে পতনোন্মুখ দিল্লি সাম্রাজ্যে নতুন কিছু বিশেষ তৈরি হয়নি। তখন প্রাসাদ ও দুর্গ তৈরি করার দিন শেষ হয়ে গিয়েছে। কেবল সমাধি ও সমাধি সৌধ হচ্ছে দিল্লি ও তার আশেপাশের এলাকা নিয়ে যার সংখ্যা পঞ্চাশের উপরে। এর মধ্যে বড় তিনটে সমাধি সৌধ ছিল শাসকদের। বাকি অধিকাংশ অভিজাতদের। এগুলি স্তম্ভযুক্ত ছত্রী থেকে বড় পাঁচিল দেওয়া সমাধি সৌধ। কিন্তু এগুলি আর দুর্গের মতো চেহারা নয়। বরঞ্চ মাঝখানের সমাধির চারপাশ দিয়ে ছোট ছোট কুঠুরি দিয়ে ঘেরা, যার চেহারা অনেক শান্তিপূর্ণ।

সব থেকে গুরুত্বপূর্ণ সমাধি সৌধের মধ্যে দুটো আলাদা পরম্পরার প্রভাব দেখা যায়। একদিকে ছিল অষ্টকোণ সৌধের পরিকল্পনা যার চারপাশে ছিল খিলান যুক্ত বারান্দা। এগুলি সবই একতলা। অন্যদিকে ছিল চৌকোণা সৌধ যার কোনও বারান্দা নেই এবং যেগুলি কখনো দোতলা বা তিনতলা। দু ধরনেই গম্বুজ ছিল। অষ্টকোণগুলির প্রতিটি কোণায় মিনার উঠে গিয়ে ছোট ঘর মতন তৈরি করেছে, যেগুলি চৌকোণাতে চারটি কোণায় দেখা যায়। সৈয়দ ও লোদী শাসকদের তিনটি সমাধিসৌধ অষ্টকোণ এবং ধরা যেতে পারে যে রাজাদের সমাধির এটাই ছিল নির্দিষ্ট পরিকল্পনা। এগুলি খান-ই জাঁহার অষ্টকোণ সমাধি সৌধ থেকে এসেছে। পরবর্তীকালে সাসারামে তিনটি ও দিল্লিতে অভিজাতদের দুটি সমাধিসৌধ এই পরিকল্পনা অনুযায়ী দেখা যায়। সূরী শাসকদের সময়েও এই পরিকল্পনা চলেছিল। এমনকি মুঘলদের প্রথম দিকে আদম খানের সমাধি সৌধেও এটা দেখা যায়।

সৈয়দ ও লোদীদের সময়কার যে তিনটি রাজকীয় সমাধি দেখা যায়, তার মধ্যে প্রথম দুটোর অনেকাংশ ভেঙে গিয়েছে। তৃতীয়টি সিকান্দার লোদীর (মৃত্যু ১৫১৭)। এটি ভালো অবস্থায় আছে। বড় পাঁচিল দিয়ে ঘেরা অলংকারযুক্ত দরওয়াজা ছিল দক্ষিণদিকে। এর পশ্চিমদিকে আছে একটা মসজিদ এবং অষ্টকোণ মিনার আছে দুদিকে। বাইরের ব্যবস্থাটা দুই ধরনের মধ্যেকার একটা স্তর—প্রথম দিকের সমাধিসৌধ গুলিতে যুদ্ধকালীন দেওয়াল ও পরেকার বাগান-চত্বর দেওয়ার মাঝামাঝি ব্যবস্থা। অন্যদিকে থেকে দুজন সৈয়দ শাসকের সমাধিসৌধের মধ্যে কোনও প্রভেদ নেই। প্রথম সমাধিসৌধটির (মুবারক

সৈয়দ) গম্বুজটি একটু নিচু (৫০ ফিট), যেখানে অন্য দুটির গম্বুজের উচ্চতা ৫৪ ফিট। এটা পরিষ্কার যে এটি প্রথমে হয়েছিল যখন গম্বুজের চারপাশে ছোট ছোট ঘর করে একটা পরীক্ষা নিরিক্ষা করা হয়েছিল। কিন্তু এগুলো যথেষ্ট উঁচু না করায় মনে হয় উচ্চতাটা হঠাৎ আটকে গিয়েছে।

পরের সমাধিসৌধতে (মুহম্মদ সৈয়দ, মৃত্যু ১৪৪৪) এই সমস্যার সমাধান করা হয়েছে উচ্চতা বাড়িয়ে। সিকান্দারের সমাধিসৌধেও উচ্চতা বাড়ানো হয়। মুহম্মদ সৈয়দের সমাধি সৌধের আটকোণের প্রতিটি দিক ত্রিশ ফিট, যেটি কোণের চূড়া সমেত ওর উচ্চতার সমান ভিত। এই মাপ সমস্ত সৌধটির উচ্চতার অর্ধেক। আটকোণের প্রতিটি দিকেই তিনটি খিলানযুক্ত খোলা জায়গা আছে স্তম্ভ দিয়ে ভাগ করা। মাঝখানেরটা বড় অন্য দুটোর তুলনায়। এর উচ্চতার রেখাগুলি খাড়া কেবল যেগুলি কোণে রয়েছে সেগুলি ছাড়া। এই কোণগুলি চালু হয়ে চলেছে প্রায় সব সমাধিসৌধের মধ্যে। ভিতরের ঘরটি অষ্টকোণ এবং প্রতিটি দিকেই কাছাকাছি খিলান-দরজা আছে। ঘরের ব্যাসার্ধ ২৩$^{১/২}$ ফিট।

মুহম্মদ সৈয়দের প্রায় পঁচাত্তর বছর পরে সিকান্দারের সমাধিসৌধও অষ্টকোণ করা হয়। আগের সৌধের থেকে এর অল্প ফারাক আছে উচ্চতায়। লোদীর সমাধিতে গম্বুজের চারপাশে ছোট ঘর নেই এবং এর কাঠামোরও কিছু পরিবর্তন করা হয়েছিল। এতকাল এটাই চলে আসছিল যে গোলাকার গম্বুজটি পাথর দিয়ে শক্ত করা হবে। লোদীর সৌধতে গম্বুজের অর্ধেকটি করা হয়েছে সুরকি মিশিয়ে এবং এর ভিতরে ও বাইরের অংশের মধ্যে অল্প জায়গা আছে। এটাই ভারতীয় স্থাপত্যে প্রথম দুটি গম্বুজ তৈরি করা। ১৫০১ সালে তৈরি সিহাবুদ্দীন তাজ খানের সমাধিসৌধ তৈরি করার সময় এই ধরনের পরীক্ষা করা হয়েছিল। কিন্তু সিকান্দারের সৌধে এই দুটি গম্বুজের ধারণা ঘটনা হয়ে দাঁড়ায়। পারস্য, ইরাক ও পশ্চিম এশিয়াতে গোলাকার গম্বুজের উন্নতির সঙ্গে সঙ্গে এই ধরনের গম্বুজ ভারতে ব্যবহার করা আশ্চর্যের কিছু নয়। গম্বুজের উচ্চতা বাড়ানো হচ্ছিল আরো ভালো দৃশ্যমান গম্বুজ করার জন্য এবং যার ফলে সমগ্র কাঠামোর চেহারাই বদলে যায়।

দিল্লির আশেপাশে বহু চৌকা সমাধিসৌধ দেখা যায়, যদিও সবগুলো সনাক্ত করা সম্ভব হয়নি। অনেকগুলি যে রাজকীয় পরিবারের ছিল তাতে সন্দেহ নেই। কতকগুলি দিল্লির আগেকার চৌকা সমাধিসৌধের থেকে অনেক বড়। এগুলোকে স্থানীয় নাম দেওয়া হয়েছে 'গম্বাজ।' এদের অধিকাংশই আলাদা ও পাঁচিল ছাড়া। অষ্টকোণ সমাধি-সৌধগুলি চৌকো সমাধিসৌধের থেকে গড়ে প্রায় এক-তৃতীয়াংশ বড়। কিন্তু চৌকো গুলি সাধারণত অষ্টকোণ সমাধিসৌধ থেকে উঁচু। বরা খাম্বার গম্বুজের চূড়ো পর্যন্ত প্রায় আশি ফুট উঁচু এবং এগুলোতে কোনও ঢালু অংশ নেই। চৌকো সমাধি সৌধগুলি দু-তিন তলা উঁচু হলেও সেগুলিকে এক একটি তল না বলে খিলানযুক্ত জায়গা যা স্থাপত্যর জন্য করা হয়েছে বলে ধরা হয়। এদের সামনেটা সমকোণী চতুর্ভুজ। মাঝখানে রয়েছে খিলানযুক্ত জায়গা, এটি প্রায় ছাদ সমান উঁচু। এই খিলানযুক্ত ফাঁকা জায়গায় আছে দরওয়াজা, যার উপরে খিলান সমেত জানালা রয়েছে। সবটাই অবশ্য স্থাপত্য

শৈলীর দিক থেকে অষ্টকোণ সমাধিসৌধের মতই তৈরি করা। ভিতরে একটাই ঘর যেটা চৌকো এবং প্রতিটি দিকে ঢোকানো খিলান রয়েছে। পশ্চিমদিকের মধ্যে রয়েছে মিহরাব। গম্বুজকে ধরে রাখার জন্য প্রতি কোণে একটা খিলান আছে। চৌকো সমাধিসৌধের মধ্যে পুরানো যুগের শৈলীর আভাস রয়ে গিয়েছে। এমনকি আলাই দরওয়াজার বৈশিষ্ট্য একেবারে চলে যায়নি।

সৈয়দ ও লোদীর সময়ে বড় কোনও মসজিদ নির্মাণ হয়নি। কয়েকজন লোকের ব্যক্তিগত বদান্যতায় কিছু হয়েছে যেগুলির অধিকাংশই সমাধির সঙ্গে যুক্ত। একটা আলাদা মসজিদ পাওয়া যায়। একে বলা হয় মোতিকা মসজিদ, যেটি তৈরি করেছিলেন সিকান্দার লোদীর প্রধান মন্ত্রী। এই ধরনের চারটি মসজিদের মধ্যে প্রথমটা ছিল বরা খাম্বার সঙ্গে লাগানো মসজিদ। এর সামনে পাঁচটা খিলানযুক্ত খোলা জায়গা আছে, যেগুলি অত সুন্দর হয়ে ওঠেনি। কিন্তু সেটা আগেকার মসজিদের থেকে আলাদা। এর প্রায় দশ বছর পরে (আনুমানিক ১৫০৫) মোতি মসজিদে সামনের অংশটিতে জোর দেওয়া হয়েছে এবং ভিতরের জায়গাও বেশি। নানা ধরনের রং ব্যবহার করা হয়েছে এবং গম্বুজকে ধরে রাখার জন্য বিশেষ ব্যবস্থা নেওয়া হয়েছে। কোণাগুলিতে 'পরিবর্তনের যুগের' মতো অলঙ্কারযুক্ত খিলান নিয়ে আসায় সৌন্দর্য বৃদ্ধি পেয়েছে। সাধারণভাবে বাঁকগুলি না করে নানাধরনের প্যাটার্ন প্লাস্টারে করা খিলানের উপরে করে ইসলামিক অলঙ্কার তৈরি করা হয়েছে। অত্যন্ত দক্ষ শিল্পীরা এই কাজ করেছে বলে মনে করা হচ্ছে।

ত্রয়োদশ শতাব্দী থেকে দিল্লির সুলতানরা সমাধিসৌধ, মসজিদ, নগর-দুর্গ ইত্যাদির মাধ্যমে একটা নতুন স্থাপত্যশৈলী এনেছিলেন, যুগে যুগে তার পরিবর্তন করা হয়েছে। খিলান, অলঙ্কারযুক্ত ও চৌকাঠ খিলান, মিনার, উচ্চতা ও জমির ব্যবহারের মধ্য দিয়ে তারা নানারকম পরীক্ষা নিরিক্ষা করেছিলেন, যা লোদীদের সময়ে একটা বিশেষ জায়গায় পৌঁছে যায়। ভারত ভূখণ্ডে ইন্দো-ইসলামিক শিল্পকলায় এটি অসামান্য অবদান।

১৩

সুলতানী যুগে বিজ্ঞান ও প্রযুক্তি চর্চ্চা

ভারতবর্ষে যে কোনরকম প্রযুক্তিকেই বহু প্রাচীন বলে ধরে নেওয়ার জন্য নানারকম প্রচেষ্টা চলেছে, যার ফলে প্রযুক্তির ইতিহাসের আলোচনা কিছু পরিমাণে ব্যহত হয়েছে। যেগুলিকে পরম্পরাগত প্রযুক্তি বলে বলা হয়, সেগুলি বহু সময় ধরে এবং বিভিন্ন সময়ে গড়ে উঠেছে। ঐতিহাসিকের কতর্ব্য এগুলির তারিখ নিরূপণ করে এই প্রযুক্তির বিশ্লেষণ করা। বিখ্যাত সংস্কৃত পণ্ডিত পি. কে গোড়ে বোধহয় প্রথম যিনি যত্ন সহকারে এই কাজে প্রয়াসী হয়েছেন।

প্রযুক্তির পরিবর্তন বা নতুন ধরণের প্রযুক্তি সমাজের ভিতর থেকে আসতে পারে অথবা বাইরের কোন সভ্যতার থেকেও আসতে পারে। কিন্তু একই প্রযুক্তি বা তার পরিবর্তন একই সময়ে দুই পৃথক স্থানে শুরু হচ্ছে এটা বিরল। প্রাক্-শিল্প যুগের প্রযুক্তির পরিবর্তন এত কম যে তা সহজেই নির্ধারণ করা যায়। কিন্তু বাইরে থেকে প্রযুক্তি বা তার পরিবর্তন এলে সেই সমাজই ওই প্রযুক্তি গ্রহণ করতে পারে যার মধ্যে ওই প্রযুক্তি গ্রহণ করার প্রয়োজনীয়তা ও সম্ভাবনা আছে।

ভারতে ঘোরীদের সঙ্গে সঙ্গে ত্রয়োদশ শতাব্দীতে কতকগুলি প্রযুক্তি এসেছিল। এর পরে সেইসব প্রযুক্তি ভারতে প্রচলিত হতে থাকে। চতুর্দশ শতাব্দীর পরে আরো কতকগুলি প্রযুক্তি আসে যেগুলি প্রধানত পশ্চিম ইউরোপীয় প্রভাবের ফলে হয়েছিল।

প্রাক্-ঘোরী অভিযানের আগে ভারতীয় সমাজ কতটা প্রযুক্তি বিদ্যা নিতে পারত এ সম্বন্ধে প্রমানের অভাবে কিছু বলা শক্ত। একাদশ শতাব্দীর পরিব্রাজক আল-বেরুনী একটা অনড় ও গোঁড়া ভারতীয় সমাজের কথা বলেছেন। তিনি এই ধারণার জন্য তথ্য পেয়েছিলেন সমকালীন আইনী পুঁথি ও ব্রাহ্মণদের দেওয়া সূত্র থেকে। এই ছবি কতটা বাস্তবসম্মত সেটাও বলা যায় না। তখন পরম্পরা ও আচার ব্যবহারের কিছু কিছু পরিবর্তন আসছিল। *পঞ্চরত্নের* শেষ যে সংকলন এই যুগে বেরোয়, সেটা একটা বদ্ধ সমাজের কথা বলছে না। একাদশ শতাব্দীর রাজা ভোজের লেখা বা যেসব যন্ত্রপাতি বা লেখা উৎপাদন পদ্ধতির প্রযুক্তি সম্বন্ধে সম্পূণ উদাসীন ছিলেন। এটা অবশ্য হতে পারে যে ওই সব যন্ত্রপাতি পাওয়া গিয়েছে তার থেকে মনে করা যায় না যে ওই সময়ের অভিজাতবর্গ প্রযুক্তি সম্বন্ধে নয়। কিন্তু এ সত্ত্বেও বলা যায় যে প্রযুক্তির

পরিবর্তনের প্রত্যক্ষ প্রমাণ রয়েছে। সম্ভবত তুলো বাছাই করার জন্য ধনুকের ব্যবহার একাদশ শতাব্দীতেই হয়েছিল যখন একাদশ শতাব্দীর পারসিক কবি ওই বিষয়ে কবিতা লিখেছেন। দশম শতাব্দীর মধ্যে ঘোড়ার রেকাব চামড়া বা দড়ি দিয়ে বোনা হয়েছিল। দ্বাদশ শতাব্দীতে এতে ধাতু লাগানো হয়।

আগেকার এ সব সূত্র থাকলেও ত্রয়োদশ ও চতুর্দশ শতাব্দীতেই প্রযুক্তির বহুল প্রসার হতে থাকে। এই পরিবর্তন সমাজের ভিতর থেকে আসেনি, এটি এসেছিল সম্পূণ বাইরে থেকে। ঘোরীদের বিজয় অভিযানে দিল্লিতে সুলতানাতের প্রতিষ্ঠা এবং দাক্ষিণাত্য বিজয় ইত্যাদির ফলে ভারত ইসলামিক পরিমণ্ডলের মধ্যে চলে আসে। সুলতান অভিজাতবর্গ ও সৈন্যরা এমন সব পণ্য দাবি করতে থাকে যেগুলিতে তারা নিজেদের দেশে অভ্যস্ত ছিল। এর ফলে ইসলামিক জগৎ থেকে ভারতে নানা ধরনের শিল্প ও কলা আসতে থাকে। বিজয়ীরা এই দেশের বিশাল অর্থনৈতিক ব্যবস্থার মধ্যে ওদের উৎসাহ দিতে থাকে। কিন্তু এটাও সত্য যে মুক্ত ভারতীয় কারিগরেরা ওই শিল্প ও কলা নিতে উৎসাহী ছিল— সম্ভবত ওদের ধারণা ছিল নতুন শিল্প-প্রযুক্তি নিলে ওদের আয় বাড়বে।

বলা হয় পাঁচশো খ্রিস্টপূর্বাব্দ নাগাদ ভারতে চরকার উৎপত্তি হয়েছিল, যদিও প্রাচীন পুঁথিতে এর কোন উল্লেখ পাওয়া যায় না। ইউরোপে এটি প্রচলিত হতে সময় লাগে। ত্রয়োদশ শতাব্দীর শেষে ইউরোপের একটি বস্ত্রব্যবসায়ী সঙ্ঘ আইন করেছিল যে চরকায় কাটা সুতো দিয়ে দড়ি বানানো চলবে না। দু-এক জায়গায় চরকায় সুতো কাটা নিষিদ্ধ হয়ে যায়। সুতরাং নিশ্চিতভাবে ইউরোপে চরকার প্রচলন তখন শুরু হয়ে গিয়েছিল। চরকার মধ্যে বিভিন্ন যন্ত্র ছিল—যেমন বেল্ট ড্রাইভ, ফ্লাই হুইল ও পৃথক পৃথক ঘূর্ণন বেগ ইত্যাদি। ঐতিহাসিক লিন হোয়াইট এই সব যন্ত্রগুলির ইতিহাস পরীক্ষা করে বলেছেন যে প্রাচীন ভারতে চরকার প্রচলন ছিল এরকম কোন নথিভুক্ত প্রমাণ পাওয়া যায় না। তিনি বলছেন যে সম্ভবত পশ্চিম ইউরোপে যন্ত্রটির উদ্ভাবন হয়েছিল। ঐতিহাসিক নীডহামও প্রাচীন ভারতে চরকার অস্তিত্বের কথা খুঁজে পাননি। কিন্তু তিনি বলেছেন যে ১২৭০ সাল থেকে সরলতম চরকার ব্যবহার চীনদেশে দেখতে পাওয়া যায়।

প্রাচীন ভারতের নথীপত্রে সুতোকাটা সম্পর্কে চরকার কোন উল্লেখ পাওয়া যায় না। কেবলমাত্র হাতে ঘোরানো নাটাই ও তকলি সম্ভবত ব্যবহার করা হতো। কোনো ভাস্কর্য বা চিত্রাঙ্কনেও চরকার উপস্থিতি পাওয়া যায় না। সংস্কৃত সাহিত্যে চরকার কোন প্রতিশব্দ পাওয়া যায় নি। চরকা শব্দটি এসেছে ফার্সী শব্দ "চরখহ" থেকে। কিন্তু তকলি শব্দ দেশজ। এর ফার্সী প্রতিশব্দ হল *দুক্*।

ভারতে প্রথম চরকার ছবি পাওয়া যায় মুঘল চিত্রকলায় ১৬০৬ সালে। কিন্তু ১৩৫০ সালে লেখা ইসামির *ফুৎ আস সামীতিনে* এর উল্লেখ আছে। এর লেখা দুটি ছত্র থেকে ইরফান হাবিব মনে করছেন যে চতুর্দশ শতাব্দীর মধ্যভাগে ভারতে মহিলাদের ব্যবহৃত যন্ত্রাদির মধ্যে চরকা ছিল পরিচিত। সুতরাং বলা যায় যে কোন সভ্যাতাতেই চরকার আবির্ভাব ত্রয়োদশ শতাব্দীর আগে হয়নি। সাদির কবিতায় (১২৫৭ সাল) এর

উল্লেখ থাকায় বলা যায় যে ত্রয়োদশ শতাব্দীর মাঝামাঝির আগেই পারস্যে এর ব্যবহার শুরু হয়ে গিয়েছিল। সম্ভবত ত্রয়োদশ শতাব্দীর কিছু আগে চীনদেশে যন্ত্রটির উদ্ভব হয় এবং মঙ্গোল সাম্রাজ্য বিস্তারের মধ্য দিয়ে এটি দ্রুত ছড়িয়ে পড়ে মধ্য প্রাচ্য ও ইউরোপে।

ভারতে এর প্রচলন যে ত্রয়োদশ শতাব্দীর আগে হয়নি এটা বেশ পরিষ্কার। আমাদের মনে রাখা দরকার যে চরকাতে সুতোর উৎপাদন বেড়ে যায়, কিন্তু উৎকর্ষ বাড়ে না। সুতরাং উৎকৃষ্ট সুতো তৈরি হতো পুরানো হাতে ঘোরানো নাটাই ও তকলিতে। ঢাকার সুবিখ্যাত মসলিনের সুতোও ওই প্রাচীন পদ্ধতিতেই কাটা হতো। চরকার ব্যবহার ছিল তুলো থেকে মোটা সুতো কাটার জন্য। কিন্তু চরকায় প্রতি কাটুনী পিছ উৎপাদন ছয়গুণ বেড়ে যেত।

বলা প্রয়োজন যে আরো দুটো যান্ত্রিক প্রক্রিয়া ছিল সুতো তৈরি করার। প্রথমটি ছিল কাঠের তৈরি একধরনের ফাঁদ, যার মধ্যে দুটো করে রোলার থাকত। এ দুটি দাঁতে দাঁতে এমনভাবে লাগানো হতো যাতে একটি অন্যটির বিপরীত দিকে ঘুরতে পারে। রোলারগুলির মধ্যে তুলো ঢুকিয়ে দিলে বীজ থেকে তুলো আলাদা হয়ে যেত। এটি হাতল ঘুরিয়ে চালাতে হতো। বিভিন্ন জায়গায় এটির বিভিন্ন নাম ছিল যেমন চরকি, বেলুনা ইত্যাদি। দ্বিতীয় যন্ত্রটি ছিল ধনুর্গুণ যার কম্পনের সাহায্যে তুলো ও আঁশ আলাদা হয়ে যেত। চরকিতে উৎপাদন খালি হাতের উৎপাদনের থেকে চার-পাঁচ গুণ বেশি হতো।

চরকিতে দুটো যন্ত্র ছিল—সমান্তরাল প্যাঁচ বা গিয়ার এবং আগুপিছু করার হাতল বা ক্র্যাংক। সমস্ত যান্ত্রিক প্রযুক্তির মধ্যে গিয়ারই ছিল বোধহয় সবথেকে আকর্ষণীয় প্রযুক্তি কারণ এর সাহায্যে সমান্তরাল গতিকে খাড়া ও নিচু গতিতে বদলানো সম্ভব হতো। কিন্তু উৎপাদন পদ্ধতিতে এর সম্ভাবনা প্রচুর থাকলেও রোমান সাম্রাজ্য বা আব্বাসিদ খলিফারা এর বিশেষ ব্যবহার করেনি। একাদশ শতাব্দীতে রাজা ভোজের সময়ে ভারতীয় যন্ত্রবিদরা গিয়ারের মূল বিষয়গুলি জানতেন, যদিও এ ব্যাপারে খুব বেশি জানা যায় না। প্রাচীন ভারতীয় প্রযুক্তি বিদ্যার ইতিহাসে গিয়ারের প্রয়োগ পাওয়া যায় কাঠের চরকিতে তুলো ধোনার জন্য। কিন্তু এর ব্যবহারও গিয়ারের মূল উদ্দেশ্য—গতি নিয়ন্ত্রণ এর মধ্যে ছিল না।

চরকি ছাড়া ধনুর্গুন বিশিষ্ট যন্ত্রটির ব্যবহার প্রাচীন ইউরোপে অজানা ছিল। এর প্রথম উল্লেখ পাওয়া যায় ১৪০৯ খ্রিস্টাব্দে যখন ইউরোপের একদল পশম-শ্রমিকরা এর ব্যবহারের বিরোধিতা করছে। এর থেকে মনে হয় ইউরোপে যন্ত্রটি সদ্য ব্যবহৃত হতে শুরু করেছিল। মধ্যপ্রাচ্যে চতুর্দশ শতাব্দীর শেষার্ধে ধুনুরীরা কাজ করছে—এর উল্লেখ আছে। লক্ষণীয় যে ইউরোপে ও মধ্যপ্রাচ্যে প্রায় একই সময়ে এই যন্ত্রটির আবির্ভাব ঘটে।

চতুর্দশ শতাব্দীর আগেই ভারতে ওই যন্ত্রটির উল্লেখ পাওয়া যায়। এটা প্রমাণিত নয় যে যন্ত্রটির উদ্ভব হয়েছিল এদেশে বা যন্ত্রটি বিদেশ থেকে এসেছিল। এদেশে এর ব্যাপক ব্যবহার দেখে চীনা প্রযুক্তির ঐতিহাসিকরা মনে করছেন যে এটি মূলত ভারতে

উদ্ভাবিত। উল্লেখযোগ্য যে এই বক্তব্যর পিছনে জোরালো যুক্তি না দেখানো হলেও বলা যায় যে বিভিন্ন অঞ্চলে মুসলমানরা এই যন্ত্র ব্যবহার করছে। এর থেকে দুটি সিদ্ধান্ত করা সম্ভব। প্রথমটি হল যে এটি মুসলমানরা বাইরে থেকে এনেছিল এবং দ্বিতীয় হল চতুর্দশ শতাব্দীর আগেই এ দেশে উদ্ভব হয়েছিল।

চরকা ও ধনুর্গুন বিশিষ্ট যন্ত্র যে চতুর্দশ-পঞ্চদশ শতাব্দীতে কাপড়ের উৎপাদনের পরিমান অনেকগুণ বাড়িয়ে দিয়েছিল তাতে সন্দেহ নেই। অন্যান্য তথ্যাদি থেকে জানা গিয়েছে যে ত্রয়োদশ ও চতুর্দশ শতাব্দীতে ভারতে পণ্য উৎপাদন, বিশেষত বাজারী পণ্য, উৎপাদন বেড়েছিল। অন্যদিকে চরকার সাহায্যে মোটা ও মাঝারি সুতোকাটা বেড়ে যায় যার ফলে তাঁতীদের সংখ্যাও বাড়ে। এর ফলে সম্ভবত জাতপাতের সংমিশ্রণ ঘটেছিল যার আভাস কবীরের লেখা থেকে পাওয়া যায়।

গিয়ারের ব্যবহারে উল্লেখ পাওয়া যায় *সাকিয়া* বা পারসিক চক্রর মধ্যে যা জল তোলার কাজে ব্যবহৃত হতো। ঐতিহাসিক স্থীয়লার *(Schioler)* দেখাচ্ছেন যে খ্রিস্ট যুগের প্রথম দিকেই রোমন জগতে এই যন্ত্রটির গুরুত্বপূর্ণ অংশ জানা হয়ে গিয়েছিল যার মধ্যে ছিল দক্ষিণ-কোণ বিশিষ্ট গিয়ার। চতুর্থ ও পঞ্চম খ্রিস্টাব্দে যন্ত্রটি সুপরিচিত হতে থাকে যখন শিকলের সঙ্গে মাটির ঘট লাগানো হয় এবং পিছনদিকে যাবার গতি অর্জন করে। একাদশ খ্রিস্টাব্দ নাগাদ যন্ত্রটি বাগদাদে পৌঁছে যায়।

কোন কোন ঐতিহাসিক এই পারসিক চক্রকে প্রাচীন ভারতের যন্ত্র বলে ধরেছেন। সমকালীন সাহিত্যে অস্পষ্ট উল্লেখ থেকে বলা যায় যে খ্রিস্টের জন্মের সময় থেকেই 'অরহট্ট' বা ঘটিযন্ত্র নামে জল তোলার একটি যন্ত্র ছিল। এই ব্যবস্থায় চাকা ঘোরার সঙ্গে সঙ্গে মাটির এক পাত্রের জল তার পরের পাত্রটিতে এসে পড়ত। কিন্তু ওই পাত্রগুলি যে শিকলে বাঁধা থাকত এরকম কোন আভাস পাওয়া যায় না। কোন গিয়ারের কথাও পাওয়া যায় না—এমন কি কুয়ো থেকে জল তোলার কাজে যে এটা ব্যবহার করা হচ্ছে, এরকম কোন ইঙ্গিত পাওয়া যায় না। ঐতিহাসিক নীডহাম বলছেন যে এই যন্ত্রটির সঙ্গে মিল আছে অনেক বেশি *নোরিয়া* যন্ত্রের সঙ্গে, *সাফিয়ার* সঙ্গে নয়। *নোরিয়ার* ছিল বেড় বরাবর বালতি লাগানো চক্র। এ দুটির মধ্যে তফাৎ আছে, কিন্তু সেচ প্রযুক্তির সাহিত্যে এই তফাৎ ধরা পড়ে নি। বর্তমানে 'অরহট্ট' শব্দটিকে পারসিক চক্রর প্রতিশব্দ হিসাবে দেখানো হয়। কিন্তু উইলসনের শব্দকোষে এটিকে *নোরিয়া* কাছাকাছি বলে ধরা হয়েছে। *নোরিয়া* ও পারসিক চক্রর মধ্যে প্রধান পার্থক্য এই যে *নোরিয়া* ব্যবহার করা যেত কেবলমাত্র খোলা জলে (নদী বা পুকুরে)। কিন্তু পারসিক চক্র দিয়ে গভীর কুয়ো থেকেও জল তোলা যেত।

পারসিক চক্রে পশুশক্তির সাহায্য নেবার ফলে গভীর কুয়ো থেকে জল তোলা সম্ভব ছিল। শিকল ও গিয়ার থাকার ফলে এর বেগ নিয়ন্ত্রণ করাও সম্ভব হতো। কিন্তু এই দুটি বৈশিষ্ট্য এসেছিল বিচ্ছিন্নভাবে। শিকল দিয়ে প্রথমে *নোরিয়ার* মতো কাজ করানো হতো পায়ের সাহায্যে। গিয়ার যন্ত্র চালু করার ফলে বিশাল ক্ষেত্রে অবিরাম জল দেওয়া সম্ভব হয়েছিল।

ভারতে ব্যবহৃত পারসিক চক্রের প্রথম বিশদ বর্ণনা পাওয়া যায় বাবরের আত্মজীবনীতে (রচনা ১৫২৬–৩০ সাল) এবং সুজন রাই ভাণ্ডারীর লেখায় (১৬৯৫ সাল)। সপ্তদশ শতাব্দীর মুঘল চিত্রকলায় এর নিদর্শন পাওয়া যায়। শাহজাহানের আমলের একটা চিত্রতে এই চক্র দেখা যায়। ওই চক্রের শিকলগুলি জোড়া-কাছির হতো এবং জল ধরে রাখা ও ছেড়ে দেওয়ার জন্য মাটির পাত্রের সঙ্গে কাঠের টুকরো বাঁধা থাকত। গিয়ার ব্যবস্থা ছিল কাঠের তৈরি।

পশুশক্তি কাজে লাগিয়ে একটা পিন-ড্রাম ঘোরানো হতো যেটি যুক্ত ছিল কুয়োর উপরে শিকলবাঁধা চাকার সঙ্গে যেটি একটি পিন-হুইলের সঙ্গে একটা কাঠের দণ্ডের উপর ছিল। ঊনবিংশ শতাব্দীর পারসিক চক্রের যে বর্ণনা ইংরেজরা দিয়েছেন, তার সঙ্গে এটি মিলে যায়। বাবর বলেছেন যে লাহোর, দিপালপুর ও সরহিন্দ অঞ্চলে যন্ত্রটির ব্যাপক ব্যবহার ছিল। অযোধ্যায় ঊনবিংশ শতাব্দীতেও এর উল্লেখ পাওয়া যায় না।

ঊনবিংশ শতাব্দীর ইংরেজদের ব্যাখ্যা ধরলে বলা যায় যে গাঙ্গেয় অববাহিকায় এর প্রচলন বিলম্বিত হয়েছিল এবং পূর্ব-ভারতে চক্র প্রবেশ করেনি। সম্ভবত অগভীর জলাশয় থেকে জল তোলার জন্য যন্ত্রটির ব্যবহার বিশেষ ছিল না। এ সমস্ত ক্ষেত্রে কপিকল দিয়ে চামড়ার বালতিতে *(চরস)* করে জল তোলা হতো। পূর্বাঞ্চলে পারসিকচক্রে অনুপস্থিতির আর একটা কারণ হিসাবে বলা যেতে পারে যে যন্ত্রটির উদ্ভব হয়েছিল পশ্চিমে যার ফলে এটি পশ্চিম পারস্য, মিশর পেরিয়ে স্পেনে পৌঁছেছিল এবং যে কারণে সিন্ধুপ্রদেশে এর অবস্থিতি বোঝা যায়।

চরস এর প্রাচীনতম উল্লেখ পাওয়া গিয়েছে বাইজান্টিয়ামের ফিলোর রচনায় (তৃতীয় বা দ্বিতীয় খ্রিস্টপূর্ব)। রোম সাম্রাজ্যে তখন এর ব্যাপক প্রচলন হয়েছিল। অবশ্য পশুশক্তির নিয়ন্ত্রণের জন্য গিয়ার ব্যবস্থার প্রচলন হয়েছিল পরে। সম্ভবত গিয়ার ব্যবস্থা শুরু হয়েছিল যদিও তার ব্যাপক প্রচলন হয়নি।

ইসলামিক প্রযুক্তিতে ১২০৬ খ্রিস্টাব্দের রচনায় সারি সারি জলপাত্রকে দাঁতাল চাকায় ঘোরানোর কথা পাওয়া যায়। আরবভূমি থেকে এটি স্পেনে পৌঁছায় এবং চীনে পৌঁছায় ১৩১৩ সাল নাগাদ। সুতরাং ভারতে এর প্রবেশ চতুর্দশ শতাব্দীর পরে হয়েছিল বলে ধরা যেতে পারে। ষষ্ঠদশ শতাব্দীর শেষে সম্ভবত এই যন্ত্রের সাহায্যেই পাঞ্জাবের কুয়ো থেকে জল তুলে কৃষির প্রসার হতে থাকে। একশ বছর পরেও দেখা যাচ্ছে যে পাঞ্জাবের কৃষি ছিল কূপ নির্ভর। প্রথম দিকে পাঞ্জাব ছিল প্রায় জনশূন্য এবং কোন কোন জায়গায় কৃষিকাজ চলত। মঙ্গোল হানাদাররা মাঝেমাঝে সেগুলি বিধ্বস্ত করত। পঞ্চদশ শতাব্দীতে এই অঞ্চলে বিপুল জনবসতি ঘটে। এই বিকাশের মূলে ছিল পারসিক চক্রের অবদান যদিও সুজন রাই ভাণ্ডারী এখানে পারসিক চক্রের উল্লেখ করেন নি। উল্লেখযোগ্য যে জাঠেরা যেখানকার অধিবাসী ছিল, সেখানেই এই যন্ত্রের প্রচলন হয়েছে। একাদশ শতাব্দীতে এরা ছিল সিন্ধু নদীর অববাহিকায়। ষষ্ঠদশ শতাব্দীর মধ্যে এরা পাঞ্জাব ও উত্তরভারতে ছড়িয়ে পড়ে। ওই সময়ের মধ্যেই এরা

পশুপালক থেকে কৃষিজীবিতে রূপান্তরিত হয়ে যায়। এদের সঙ্গে যে পারসিক চক্রের প্রচলনের যোগাযোগ ছিল সেটা সহজেই অনুমেয়।

কাগজের প্রস্তুতি ও ব্যবহার সম্পর্কে বলা যায় যে এর জ্ঞান দুটি ভিন্নধারায় ছড়িয়ে পড়েছিল। একশো খ্রিস্টাব্দ নাগাদ চীনে প্রথম কাগজ তৈরি হয়। অষ্টম শতাব্দীতে কাগজ তৈরি কারিগরি পৌঁছে যায় সমরখন্দ ও বাগদাদে। নবম শতাব্দীতে এটি মিশরে যায় এবং দ্বাদশ শতাব্দীতে সম্ভবত উত্তর আফ্রিকা হয়ে স্পেন ও ফ্রান্সে পৌঁছে যায়। চতুর্দশ শতাব্দীর আগে কাগজ তৈরির জার্মানিতে কৌশল আসে নি কেন তার কোন ব্যাখা নেই। ভারতে কাগজ তৈরির ধারণা থাকলেও কাগজের ব্যবহার একাদশ শতাব্দীর আগে পাওয়া যায় না। আলবেরুনী বলছেন যে একাদশ শতাব্দীতে ভারতে মুসলমানরা কাগজের ব্যবহার শুরু করে দিয়েছিল। ভারতীয়রা তখনও তালপাতায় ও গাছের ছালে লিখছিল। সম্ভবত ত্রয়োদশ শতাব্দীর আগে কাগজ তৈরি ভারতে শুরু হয়নি। ওই শতাব্দীর শেষদিকে আমীর খসরুর রচনায় কাগজের উল্লেখ পাওয়া যায়। কিন্তু তখনও এর ব্যাপক প্রচলন হয় নি। বলবানের সময়ে লেখা মুছে আবার একই কাগজে লেখা হচ্ছিল। পারস্য থেকে প্রথম কাগজের দলিল পাওয়া যায় ৭১৮ খ্রিস্টাব্দে। ভারতে যে প্রাচীনতম পাণ্ডুলিপি নকল করা হয়েছিল কাগজে সেটি গুজরাটের ১২২৩-২৪ খ্রিস্টাব্দে লেখা। কাগজের ব্যাপক প্রচলন হওয়ায় শুধু জ্ঞান বিজ্ঞানের প্রসার হয়েছিল তাই নয়, মধ্যযুগের বাণিজ্যের ক্ষেত্রে এর অবদান ছিল অপরিসীম। নৌ-চালনার সহায়ক হিসাবে চৌম্বক কম্পাসের ব্যবহার কাগজের তুলনায় সীমিত ছিল। নীডহাম বলছেন যে চীনদেশে এর ব্যবহার শুরু হয় একাদশ শতাব্দীর শেষভাগে এবং ইউরোপে এর ব্যবহার শুরু হয়ে যায় ১১৯০ খ্রিস্টাব্দের আগে।১২৩২ খ্রিস্টাব্দে লেখা থেকে এর ব্যবহার ইসালামিক জগতে শুরু হয়েছিল বলে ধরা হয়। লেখক আওয়াফি সমুদ্রপথে খাম্বাজ গিয়েছিলেন এবং সেখানকার জাহাজে এর ব্যবহার সম্ভবত লক্ষ্য করে থাকবেন। ত্রয়োদশ শতাব্দীর লেখায় উল্লেখ আছে যে কম্পাস ভারতীয় মহাসাগরে ও ভূমধ্যসাগরে ব্যবহৃত হতো। এর থেকে মনে করা যায় যে ত্রয়োদশ শতাব্দীর শুরু থেকেই ভারতীয় বন্দরে আসা জাহাজগুলিতে কম্পাসের ব্যবহার শুরু হয়ে গিয়েছিল। খ্রিস্টিয় যুগের প্রথম শতাব্দী থেকেই মৌসুমি বায়ুর কথা জানার পরই কম্পাসের ব্যবহার ছিল বিশেষ গুরুত্বপূর্ণ।

একাদশ শতাব্দীর মধ্যেই জ্যোতির্বিজ্ঞান মধ্যএশিয়াতে বিশেষ সমাদর লাভ করেছিল। ইতিমধ্যেই প্রচলিত মতের বিরুদ্ধে কয়েকজন সন্দেহ প্রকাশ করতে থাকে। আল বেরুনী বলেছিলেন যে পৃথিবী সূর্যের চারদিকে ঘোরে। মধ্যএশিয়ার বিভিন্ন রাজ্যের শাসকরা বৈজ্ঞানিক চিন্তা ভাবনাতে উৎসাহ দিতে থাকে। আল বেরুণির পরে আমীর খসরু ও একই মত প্রকাশ করেন। আমীর খসরুর অন্যান্য রচনা থেকে বোঝা যায় যে জোতির্বিজ্ঞান ও জ্যোতিষবিদ্যায় তাঁর দখল ছিল। এই বিষয়ে হিন্দুরা কি করেছে সেটা জানার তাঁর কৌতূহল ছিল।

দিল্লিতে সুলতানী যুগে শাসকবর্গের মধ্যে জ্যোতিষ নিয়ে প্রচণ্ড উৎসাহ ছিল। খোরাসান ও মধ্যএশিয়া থেকে যারা দিল্লিতে এসেছিল তারা মানুষের উপর গ্রহের

প্রভাব সম্বন্ধে নিশ্চিত ছিল যদিও এটি ছিল ইসলাম বিরুদ্ধ এবং উলেমারা এর বিরুদ্ধে ছিলেন। জ্যোতির্বিজ্ঞানীরা জীবন ধারণের জন্য জ্যোতিষবিদ্যার চর্চা করতেন যার সম্বন্ধে শাসকবর্গের বিশেষ উৎসাহ ছিল। দিল্লির সুলতানাত প্রতিষ্ঠিত হবার বহু আগেই মধ্য এশিয়াতে জ্যোতিষচর্চা জ্যোতির্বিজ্ঞানের অন্তর্ভুক্ত হয়েছিল। ত্রয়োদশ শতাব্দীর প্রথমে হাসান নিজামী দিল্লিতে এসে বিভিন্ন গ্রহ সম্পর্কে ও মানুষের উপর তাদের প্রভাব নিয়ে লেখেন। অপর লেখক সামসুদ্দীন সিরাজ আফিফও জ্যোতির্বিজ্ঞান ও জ্যোতিষবিদ্যাকে সঠিক বলে ধরেছিলেন। উল্লেখযোগ্য যে গোঁড়া উলেমারা জ্যোতির্বিজ্ঞান নিয়ে চর্চা করার বিপক্ষে ছিলেন। জিয়াউদ্দীন বারানী ত্রয়োদশ ও চতুর্দশ শতাব্দীর বিখ্যাত জ্যোতির্বিজ্ঞানীদের তালিকা দিয়েছেন এবং বলেছেন যে কিভাবে হিন্দু ও মুসলমান জ্যোর্তিবিজ্ঞানীরা একে অপরের সঙ্গে সহযোগিতা করছিল। উনি বলেছেন যে বহু বিজ্ঞানী বাইরে থেকে ভারতে এলে আলাউদ্দীন খলজীর সময়ে বিজ্ঞানের বিকাশ বাড়ে। সুলতান ও তাঁর অভিজাতবর্গ জ্যোতিষীদের কথায় চলতেন এবং প্রচুর উপহার দিতেন। এদের মধ্যে হিন্দু জ্যোতিষীও ছিল। ফলে জ্যোতির্বিজ্ঞানের সঙ্গে জ্যোতিষশাস্ত্র একই স্থান অধিকার করেছিল। সুলতান ফিরোজ শাহ তুঘলক এই দুই বিদ্যায় বিশেষ অনুরাগী ছিলেন এবং তাঁর সময়ে কয়েকটা গ্রন্থ রচনা করা হয়। জ্যোতিষচর্চার উপর প্রাচীন সংস্কৃত পুঁথি অনুবাদ করা হয় এবং এর উপর নির্ভর করে সুলতান একটি গ্রন্থ রচনা করেন। সুলতান জ্যোতিষে বিশ্বাস করতেন।

এই ধরনের বিদ্যাচর্চা করতে গেলে যে সব যন্ত্রের প্রয়োজন সুলতানাতে সেগুলিরও উদ্ভব হতে থাকে। বিদেশীদের সঙ্গে চৌম্বক কম্পাস ও অ্যাস্ট্রোলাব ভারতে পৌঁছে যায়। ১২৩০ সালে লেখা সৈয়দ-উদ্দীন মুহম্মদ আওয়াফির লেখা থেকে চৌম্বক কম্পাসের ব্যবহারের কথা জানা যায়। আরব সাগর ও ভারতীয় মহাসাগরের নাবিকরা তখন এটি ব্যবহার করছিল।

সম্ভবত ত্রয়োদশ শতাব্দীর প্রথম দিকেই অ্যাস্ট্রোলাব ভারতের নাবিকরা ও জ্যোতির্বিজ্ঞানীরা ব্যবহার করতে শুরু করে, যার ফলে বলা যায় যে ওই যন্ত্র বাইরে থেকে এসেছিল। নবম শতাব্দীতে আব্বাসিদ যুগ থেকে আরবরা গ্রীক জ্যোতির্বিজ্ঞানের কাজে উৎসাহ দেখাতে থাকে। খলিফাদের উৎসাহে উত্তর আস্ট্রোলাব ও দক্ষিণ-আস্ট্রোলাব আরবরা তৈরি করে। মধ্য এশিয়াতে এই যন্ত্র তৈরি করা শুরু হয় একাদশ শতাব্দীতে। আল বেরুনী একটা চ্যাপ্টা অ্যাস্ট্রোলাবের বর্ণনা দিয়েছেন। অন্য ধরনের যন্ত্রও স্পেনের আরব জ্যোতির্বিজ্ঞানীরা তৈরি করতে থাকে, যেগুলি মুসলমান রাজ্যগুলিতে ধীরে ধীরে আসতে থাকে। এরপর থেকে বিভিন্ন ধরনের আস্ট্রোলাব তৈরি হতে থাকে। দিল্লি সুলতানাতে লেখা বিভিন্ন বইতে ঐ সেসব যন্ত্রের উল্লেখ আছে।

ঐতিহাসিক আফিফ বলছেন যে সুলতান ফিরোজ শাহ তুঘলক উঁচু মিনারের উপর একটা বড় অ্যাস্ট্রোলাব (উসতারলাব-ই ফিরোজ শাহী) বসান, যার মধ্যে উত্তর ও দক্ষিণ অ্যাস্ট্রোলাবে কাজ করা যেত। আফিফ এর বিভিন্ন যন্ত্রাংশের উল্লেখ করেছেন। এই বড় অ্যাস্ট্রোলাব ছাড়াও সুলতান সব সময়ে তাঁর কাছে একটা ছোট অ্যাস্ট্রোলাব রেখেছিলেন।

অর্থনৈতিক কার্যকলাপ নিয়ন্ত্রণের জন্য সময় রাখার গুরুত্ব খুব বেশি। অ্যাস্ট্রোলাব, যা ছিল একটা বহুমুখী সূক্ষ্ম যন্ত্র, সময় নিরূপন সাহায্য করত। ফিরোজ শাহর প্রধান কবি, কারার মুথার, বলেছেন যে সুলতান তাঁর নতুন শহর ফিরোজাবাদে তাঁর প্রাসাদের উপর একটি যন্ত্র বসিয়েছিলেন যার সাহায্যে সময় নির্ধারণ করা সম্ভব হতো। ওই যন্ত্রের আওয়াজ শুনে লোকেরা রমজানের উপবাস, প্রার্থনা ইত্যাদি করত। আফিফ একে বলেছেন জলঘড়ি। যন্ত্রটিকে নিয়ন্ত্রণে রাখার জন্য বিশেষ ব্যবস্থা নেওয়া হয়েছিল যাতে দিন ও রাত্রির সময় ঠিকমতো জানা যায়। এর আওয়াজ রাজধানীর বিভিন্ন জায়গা থেকে শোনা যেত। বলা নিস্প্রয়োজন যে এটি ধর্মীয় কারণেই তৈরি করা হয়েছিল।

আফিফ বলছেন যে এই যন্ত্রটি দেখার জন্য লোকে খোরাসান থেকে বাংলা পর্যন্ত উদগ্রীব হয়েছিল। সুতরাং একে প্রাচীন ভারতীয় জলঘড়ি বলা যায় না। তাহলে লোকেদের এত বিস্ময় হতো না। আফিফের বর্ণনা থেকে মনে হয় যে এটি জলঘড়ি ও সূর্যঘড়ির মূল কৌশল মিলিয়েই তৈরি করা হয়েছিল। জলঘড়ির মধ্যে যে ত্রুটিগুলি ছিল সেগুলি সূর্য ঘড়ির সাহায্যে ঠিক করে নেওয়া হয়েছিল। দ্বাদশ শতাব্দী থেকেই এই ধরনের যন্ত্র মধ্যপ্রাচ্যে ধর্মীয় কারণে সুপরিচিত ছিল। সম্ভবত ফিরোজ শাহ একটা ক্লেপসিডও বসিয়ে ছিলেন মেঘাচ্ছন্ন আকাশে নির্ভুল সময় রাখার জন্য। কিন্তু দিন ও রাত্রির দৈর্ঘ্য বদলের সঙ্গে তাল রেখে অদলবদল করতে গিয়ে ওই যন্ত্রগুলি অসমান মাপ সম্পর্কে ভ্রান্ত ধারণাকে মেনে নিয়েছিল।

দিল্লি ছাড়াও দেশের অন্যান্য জায়গায় বিজ্ঞান ও প্রযুক্তিবিদ্যার প্রয়োগ চলতে থাকে। পঞ্চদশ শতাব্দীতে গুলবর্গার বাহমণি সুলতান তাজউদ্দীন ফিরোজ বিজ্ঞান ও প্রযুক্তিবিদ্যায় উৎসাহী ছিলেন। দৌলতাবাদের কাছে বালাঘাট পাহাড়ের উপরে একটা মানমন্দির তৈরি করার কাজ শুরু করেছিলেন ফিরোজ, যদিও ওই কাজ সম্পূর্ণ করা যায় নি।

জৌনপুরের পঞ্চদশ শতাব্দীর সুলতান ইব্রাহিম শর্কী সম্পর্কে ইরানের শিনাব হাকিম বিশদ বিবরণ দিয়েছেন। উনি একটা *পানিমহল* তৈরি করেছিলেন যার নালীগুলি রাজার বাগানে গিয়ে পড়ত। এছাড়া উনি একটা স্বয়ংক্রিয় ঘড়ি তৈরি করেছিলেন যেটি প্রতি চব্বিশ মিনিটে আওয়াজ করত। ওই আওয়াজের সঙ্গে সঙ্গে একটি রত্নখচিত পদ্মফুল একটি বাক্সের ভিতর থেকে বেরিয়ে আসত। বাক্সটি ঘড়ির সঙ্গে লাগানো ছিল। এই ঘড়িটি বসানো ছিল রাজপ্রাসাদের দরজার পুবদিকের খিলানের উপরে। শিকাব হাকিম বলছেন যে খিলানের মধ্যে ঘড়িটি জল ও আগুনের সাহায্যে চলত। অর্থাৎ খিলানের মধ্যবর্তী কোষগুলিতে বাষ্পর সাহায্যে হাওয়াশূন্য করে ঘড়িটি চালানো হতো। সময় বাঁধা ছিল ষাট ঘড়ির (চব্বিশ মিনিটে এক ঘড়ি) উপর যার ফলে একটা স্থায়ী সময়ের একক পাওয়া যেত।

ভারতে সাধারণভাবে প্রাচীন জলঘড়ির সাহায্যে সময় রাখা হতো। কিন্তু লোদী যুগের কয়েকজন অভিজাতের কথা জানা যায় যারা সূর্যঘড়ি বসিয়েছিল নিজেদের বাড়িতে। এজন্য লোক নিযুক্ত ছিল যারা ছায়া দেখে সময় নিরূপণ করবে। লাহারের

মুক্তা দৌলত খান লোদী এবং আগ্রার মিঞা সুলেমান ফারমূলী এরকম ঘড়ি ব্যবহার করতেন। ভারত বিজয়ের পর বাবর বলছেন যে প্রায় সব শহরেই জলঘড়ি ও সময় জানানোর জন্য লোক নিযুক্ত করা ছিল। এদের *ধড়িয়াল* বলা হতো। একটা উঁচু জায়গায় পিতলের চাকতির উপর কাঠের হাতুড়ি দিয়ে প্রতি চব্বিশ মিনিটে শব্দ করা হতো। আশেপাশের মুসলমান রাজ্যগুলিতে ধরা হতো ষাট মিনিটে এক ঘণ্টা এবং চব্বিশ ঘন্টায় একদিন। কিন্তু ভারতের মুসলমান শাসকরা পুরানো প্রথাতে সময় রাখার ব্যবস্থা করেছিলেন।

তুর্কি বিজয়ের ইতিহাস নিয়ে যা লেখালেখি হয়েছে তাতে দেখা যাচ্ছে যে ওই যুদ্ধগুলিতে ঘোড়সওয়ারের ভূমিকাই ছিল মুখ্য। পদাতিক ও হাতির ভূমিকা ছিল গৌণ। এই পরিপ্রেক্ষিতে লোহার রেকাব ও ঘোড়ার খুরের নাল কবে এসেছিল তা জানা প্রয়োজন। ঐতিহাসিক লিন হোয়াইট বলছেন যে ঘোড়ার রেকাবের ক্রমবিবর্তনে ভারতীয় কারিগরদের একটা ভূমিকা ছিল। খ্রিস্ট জন্মের দুই/এক শতাব্দী আগে একটা আলগা জিনবন্ধনী ছিল যার পিছনে ঘোড়সওয়ার পা ঢোকাতে পারত। বুড়ো আঙুলের জন্য ছিল একটা ছোট রেকাব। এই দুটিই ছিল সম্ভবত দড়ির তৈরি। প্রায় একশো খ্রিস্টাব্দ নাগাদ উত্তর-পশ্চিম ভারতে জিন থেকে ঝোলানো আঁকশির ব্যবহার শুরু হয়ে ছিল। এগুলিতে আংশিকভাবে পা রাখার কাজ হচ্ছিল, কিন্তু এর উপর দাঁড়িয়ে যুদ্ধ করার উপায় ছিল না। প্রাচীন ভারতীয় সাহিত্যে রেকাব সম্পর্কে এ পর্যন্ত কিছু পাওয়া যায় নি।

ষষ্ঠ শতাব্দীতে চীনে লোহার রেকাব দেখা যায়। পরের শতাব্দীতে সেটি ইসলামিক জগতে প্রবেশ করে। ফকরুদ্দীন মুদাব্বির ত্রয়োদশ শতাব্দীর দিল্লিতে এর উল্লেখ করেছেন। ত্রয়োদশ শতাব্দীর শেষদিকের ভারতীয় ভাস্কর্যে এর কিছু নিদর্শন পাওয়া যায়।

ঘোড়ার নাল রেকাবের পরে এসেছে। সাইবেরিয়ায় সমাধি খনন করে নবম-দশম শতাব্দীর কিছু নমুনা পাওয়া গিয়েছে। নবম শতাব্দীতে বাইজান্টিয়ামের লেখায় এর উল্লেখ পাওয়া যায়। একাদশ শতাব্দীতে ইউরোপে এর ব্যাপক প্রচলন শুরু হয়ে যায়। নাল শব্দটির মানে বোঝায় জুতা বা উটের পা-ঢাকনি। এ ক্ষেত্রে বোঝায় ঘোড়ার খুর ঢাকবার চামড়ার একটা আভরণ যা সম্ভবত গ্রীকো-রোমান যুগে ব্যবহৃত হতো। মুদাব্বিরের লেখা থেকে জানা যায় যে ভারতে আগত তুর্কিরা তাদের ঘোড়ার খুরে লোহার পাত লাগত। উনি আরো বলেছেন যে বসোরার শাসককে যে ঘোড়া উপহার দেওয়া হয়েছিল তাতে এটা ছিল। ওই লেখকই বলছেন যে সৈন্যদলে একজন *নালবন্দ* (কামার যে নাল লাগায়) থাকা দরকার।

পরবর্তীকালে ভারতীয়দের মধ্যে রেকাব ও নাল চালু হয়েছিল। কিন্তু দ্বাদশ শতাব্দীর শেষভাগ পর্যন্ত বিদেশীরাই এর সুযোগ বেশি পেয়েছিল। এর ফলে তাদের ঘোড়সওয়ার বাহিনীর গতি ও ভেদশক্তি বৃদ্ধি পেয়েছিল, এ বিষয়ে সন্দেহ নেই। ভারতের দুটি মন্দির গাত্রের ভাস্কর্যে ঘোড়ার প্রতিলিপি পাওয়া যায়—খাজুরাহোর লক্ষ্মণ মন্দির (দশম শতাব্দী) ও কোণারকের মন্দির (একাদশ-দ্বাদশ শতাব্দী)। এদের

রেকাবগুলি লোহার নয়। কারণ এগুলি বিরাট বড় ও চওড়া যা লোহার হতে পারে না। রেকাবগুলি হয় চামড়ার নয় কাঠের। কোনারকের যে দুটি ঘোড়া থেকে জিন ঝুলছে সেগুলি গোলাকৃতি। ফলে ওই রেকাবের উপর দাঁড়ানো সম্ভব নয়। সুতরাং বলা যায় যে ওই সময়ের ভারতীয় ঘোড়সওয়ারদের কাছে লোহার সরু রেকাব ছিল না।

ঐতিহাসিক সাইমন ডিগবী ভারতীয় সৈন্য ও বিদেশী আক্রমণকারীদের মধ্যে কোন তফাৎ ছিল বলে মনে করছেন না। কিন্তু বিদেশী আক্রমণকারীদের কাছে ছিল ক্রুশাকার ধনুক। এর দক্ষিণ-কোণায় একটা চোঙা থাকত যার মধ্যে তীর বসানো থাকত। এর ফলে তীরের গতিবেগ ও লক্ষ্যমাত্রা বৃদ্ধি পেয়েছিল অনেক বেশি। খ্রিস্টজন্মের আগেই চীনদেশে এর উদ্ভব হয় এবং রোমান সাম্রাজ্যে এর ব্যবহার ছিল। এই অস্ত্রটি অবশ্য মধ্যযুগের ইউরোপ ইসলামিক সৈন্যদলে খুব বেশি ব্যবহৃত হয়েছিল। পারসিকরা এর নাম দিয়েছিল *নাভাক*। বলা হচ্ছে যে লম্বা চোঙটা ছিল সাধারণত কাঠের। কিন্তু কখনো কখনো ওই চোঙা লোহার হতো। ফার্সি সাহিত্যে *নাভাক* শব্দটির প্রায়ই উল্লেখ আছে এবং চতুর্দশ শতাব্দীর গোড়ায় আমীর খসরুও এর উল্লেখ করেছেন। এই চোঙাই ছিল পরবর্তীকালের বন্দুকের পূর্বসূরী।

সুলতানী যুগে বারুদের ও রকেটের ব্যবহার যুদ্ধের একটা গুরুত্বপূর্ণ পর্যায় এ সম্বন্ধে কোন সন্দেহ নেই যে ন্যাপথা বা গ্রীক আগুন ভারতে এনেছিলো আরবরা ৭১২–৭১৪ খ্রিস্টাব্দে। সিন্ধুতে তার প্রথম ব্যবহার করে এরা। আরবরা সিন্ধুতে ক্ষেপনাস্ত্র *(মঞ্জানিক)* ব্যবহার করেছিল এবং এই দুইয়ের ব্যবহার সুলতানী যুগ ধরে চলতে থাকে।

কামান ব্যবহারের আগেই আগ্নেয়াস্ত্র হিসাবে রকেটের ব্যবহার শুরু হয়ে যায়। লিন হোয়াইট বলছেন যে ত্রয়োদশ শতাব্দীতে চীন ও ইউরোপে একসময়েই রকেটের ব্যবহার নিয়ে উৎসাহ দেখা যায়। সম্ভবত চীনদেশেই রকেট তৈরির ও ব্যবহার অনেক এগিয়ে যায়। পি. কে. গোড়ে সংস্কৃত সাহিত্যের উপর নির্ভর করে বলছেন যে ১৪৫০ সাল নাগাদ চীন থেকে ভারতে এই প্রযুক্তি আসে। এর সঙ্গে সম্ভবত আলাদাভাবে বারুদ মেশানো আরো ভয়ঙ্কর রকেট *(বান)* চলে আসে। এগুলি ইসলামিক জগতের মধ্য দিয়ে আসে নি, চীনদেশ থেকে সরাসরি এসেছিল। ষোড়শ শতাব্দীর আগে উনি বাণের কোন উল্লেখ খুঁজে পান নি। ইকতিদার আলম খান বলছেন যে চতুর্দশ শতাব্দীর আগে বারুদ দেওয়া কামাদের কোন অস্তিত্ব ভারত ভূখণ্ডে ছিল না। কিন্তু তিনি বলছেন যে চতুর্দশ শতাব্দীর শেষ দিকে বারুদ দেওয়া রকেট বাহমনীদের রাজ্যে ও উত্তরভারতে এসে গিয়েছিল। এটা মেনে নিলে বলা যায় যে রকেট চীনদেশ থেকে ভারতে আসতে সময় নিয়েছিল প্রায় একশো বছর, যাকে বেশ অল্প সময় বলে ধরা যেতে পারে। সপ্তদশ শতাব্দীতে ভারতীয়রা বাণের প্রচুর ব্যবহার করেছিল।

চতুর্দশ শতাব্দীর মাঝামাঝি থেকে ইউরোপ ও চীনদেশে বারুদ দেওয়া কামান ধাতুর বা পাথরের গোলা সমেত ব্যবহার করা শুরু হয়েছিল। কিন্তু ১৫৭৫ সাল নাগাদ এক পর্তুগীজের মতে চীনা কামান ইউরোপীয় কামানের থেকে নিকৃষ্ট মানের

ছিল। ষষ্ঠদশ শতাব্দী থেকে ইউরোপীয়রা প্রথমে ব্রোঞ্জের ও পরে লোহার বড় কামান তৈরি করে যার লক্ষ্যভেদ করার ক্ষমতা ছিল খুব বেশি। কার্ল সিপোলা বলেছেন যে চতুর্দশ শতাব্দীর শেষে ভারতে কামান পৌঁছে যায়। ওঁর দেওয়া প্রমাণ খুঁটিয়ে দেখে ইকতিদার আলম খান বলেছেন যে বারুদ দেওয়া কামান ভারতে পঞ্চদশ শতাব্দীর শেষে এসেছিল। সম্ভবত ইউরোপ থেকে এনে অটোমান সাম্রাজ্য ভারতকে ওই কামান প্রদান করে। ষষ্ঠদশ শতাব্দীর প্রথমে বাবরের ও পর্তুগীজদের লেখায় এর উল্লেখ পাওয়া যায়, কিন্তু কতদূর এর প্রচলন ছিল জানা যায় না। পরবর্তীকালে ভারতীয়রা কেবলমাত্র ব্রোঞ্জের কামানই তৈরি করতে পারত, যা কিছুকাল পরে আর বিশেষ কাজে লাগে না।

গাদা বন্দুক সাধারণত কার্যকরী হয় না তার ঘোড়া ও যে অংশের সাহায্যে বন্দুক দাগা হয় সেটি ঠিকমতো তৈরি না করার জন্য। ষষ্ঠদশ শতাব্দীর শেষে আবুল ফজল ওই বন্দুকের বর্ণনা দিয়েছেন। কিন্তু সপ্তদশ শতাব্দীর গোড়ায় ভারতের পশ্চিম উপকূলে এই বন্দুক বিস্ময়ে উৎপাদন করেছিল।

প্রাসাদ ও সৌধ তৈরির প্রযুক্তি যে সুলতানাতের প্রতিষ্ঠার সঙ্গে এসেছিল তার নিদর্শন খিলান ও গম্বুজে পাওয়া যায়। এই বিদেশী বৈশিষ্ট্য সৌধ তৈরির ক্রমবিবর্তনের সঙ্গে জড়িত। প্রাচীন ভারতে সঠিক খিলান তৈরি করার পদ্ধতি একেবারে অজানা ছিল না, কিন্তু এর ব্যবহার ছিল সীমিত। খিলান তৈরি করতে প্রাচীন ভারতীয় স্থপতিকাররা পাথর ব্যবহার করতেন যখন খিলানের নির্দিষ্ট মাপ থাকত। তা না হলে তারা মাটি ও কাঠ দিয়ে বানাতেন। বড় পাথর দিয়ে উঁচু খিলান করে ভিতরে অনেক জায়গা রাখা যেত। কিন্তু কেবল ইঁটের সাহায্যেই সঠিক খিলান, গম্বুজ ও ধনুকাকৃতি ছাদ করা সম্ভব। ওই ধরনের সৌধ করতে ইঁটের যে ব্যবহার প্রয়োজন প্রাক্-সুলতানী যুগে তা জানা ছিল না। চুন-সুরকি দিয়ে ইঁট গাঁথার ব্যবহার এদেশে মুসলমানদের সঙ্গে এসেছিল। আগে এর ব্যবহার পাওয়া যায় নি। পাহাড় থেকে দূরবর্তী শহরে এই ইঁটের বাড়ি ছিল অপরিহার্য। চুন-সুরকির ব্যবহারের ফলে পুকুরের দেওয়াল ও মেঝে জলবিহীন করা যেতে পারত। নীল চাষের ক্ষেত্রে এই ধরনের গর্ত ছিল অত্যন্ত প্রয়োজনীয় যা ১৬২৬ সালে পেলসার্ট দেখেছিলেন।

মনে করা হয় যে ইসলামিক জগতে অষ্টম থেকে একাদশ শতাব্দীর মধ্যে মদ চোলাই করার প্রযুক্তির যথেষ্ঠ উন্নতি হয়েছিল। পরিশোধিত তেল চোলাই করে গোলাপ জল তৈরি করার প্রযুক্তিতে ইসলামিক জগৎ এগিয়েছিল। কিন্তু বর্তমান ধারণা অনুযায়ী মদ তৈরি করার প্রযুক্তি আরব ও পারসিকদের জানা ছিল না। আরবিক চিকিৎসা ও অন্যান্য গ্রন্থে চোলাই করার পদ্ধতির কোন উল্লেখ নেই। সাম্প্রতিক কালের ঐতিহাসিক আর জে. ফরবস মনে করছেন যে আবুল ফজলের *আইন-ই আকবরীই* প্রথম বই যেখানে মদ প্রস্তুতির পদ্ধতি লেখা আছে। এর ভিত্তিতেই তিনি বলেছেন যে দ্বাদশ শতাব্দী থেকে ইতালিতে এই পদ্ধতির উদ্ভব হয়। কিন্তু ত্রয়োদশ শতাব্দীর শেষ দিকে মদ প্রস্তুতকরণ একটা শিল্প হিসেবে গড়ে উঠেছিল

দিল্লিতে তার বহু প্রমাণ আছে। ১৩৫৭ সালে জিয়াউদ্দীন বারানী লিখছেন যে সুলতান কায়কোবাদের আমলে (১২৮৭–৯০) কোয়েল ও মীরাটের মদ্যপ্রস্তুতকারকরা সুগন্ধি মিষ্ট আরাক (*চাকানিদা*) নিয়ে আসত দু-তিন বছরের জন্য। উনি আরো বলছেন যে সুলতান আলাউদ্দীন খলজী (১২৯৬–১৩১৬) যখন প্রকাশ্যে মদ বিক্রি করা বন্ধ করে দিলেন, তখন লোকেরা বাড়িতে সিদ্ধকার বসিয়ে চিনি থেকে মদ তৈরি করে চোলাই করত। প্রায় ষাট-সত্তর বছর আগেও যে মদ তৈরি হতো সেটা বলতে বারানী দ্বিধা করেন নি। এরপরেও যদি মেনে নেওয়া যায় যে দ্বাদশ শতাব্দীতেই ইতালিতে মদ তৈরি শুরু হয়েছিল, তাহলে বলা যাবে যে ওই প্রযুক্তি খুব তাড়াতাড়ি ভারতে প্রবেশ করেছিল সম্ভবত ইসলামিক জগতের মধ্য দিয়ে। বোধহয় ইসলামিক জগতে গোলাপ জলের নির্যাস তৈরি শুরু হবার পরেই এই প্রক্রিয়া শুরু হয়ে যায়। সাধারণত আমরা ভুলে যাই যে সম্ভ্রান্ত কোন মুসলমানেই তাঁর বইতে মদ তৈরি করার প্রক্রিয়ার কথা লিখবেন না। ইসলামিক জগতে এটা ছিল চোরাগোপ্তা শিল্প। আবার এমনও হতে পারে ইসলামিক জগতে থেকে মধ্যপ্রাচ্য আক্রমণের পর ইতালিয়ানরা যখন ফিরছিলেন তখন তাঁরা এই প্রযুক্তিটি নিয়ে যান। সেক্ষেত্রে মনে করা যায় যে ঘোরী আক্রমণের সঙ্গেই এই প্রযুক্তি ভারতে এসেছিল। বারানীর মত মানলে মদ চোলাই কারা নতুন প্রযুক্তি শুরু হয়েছিল আখের রস দিয়ে। কিন্তু ইরানে শুরু হয় আঙুরের রস থেকে। আবুল ফজলও এই পদ্ধতির বর্ণনা দিয়েছেন যা হতো চিনির রস থেকে। সপ্তদশ শতাব্দীতে ফরাসী পরিব্রাজক বার্নিয়ার এইভাবে দিল্লিতে আরাক তৈরি হবার কথা বলেছেন। সপ্তদশ শতাব্দীর আগে থেকেই তাড়ি থেকে মদ চোলাই করার কথা পাওয়া যায়। সরকারী বাধানিষেধ ও মোল্লাদের ভ্রূকুটি সত্বেও এই শিল্প খুব সহজেই বিস্তার লাভ করেছিল।

সুগন্ধী তেল তৈরি করার ব্যাপারে আদি ইসলামিক সভ্যতা কৃতিত্বের দাবি করতে পারে। পি. কে. গোড়ে বলছেন যে গোলাপ বা গোলাপজলের কোন উল্লেখ প্রাচীন সংস্কৃত সাহিত্যে নেই। উনি আরো বলছেন যে গোলাপ জলের উল্লেখ ষষ্ঠদশ শতাব্দীর আগে পাওয়া যায় না। কিন্তু আমীর খসরুর রচনায় (মৃত্যু ১৩২১) গোলাপজলের উল্লেখ আছে। সুতরাং গোলাপজল তৈরি করার প্রযুক্তি বিজয়ীদের সঙ্গে এসেছিল। ক্রমে ক্রমে তেল ও চন্দনকাঠ থেকে চোলাই করে সুগন্ধী তেল তৈরি করা শুরু হয়ে যায়।

উপরিউক্ত আলোচনা থেকে বোঝা যায় যে ত্রয়োদশ বা চতুর্দশ শতাব্দীর ভারতীয় সমাজ অচল ছিল না এবং নতুন প্রযুক্তি গ্রহণ করতে কৃষক ও কারিগরদের আপত্তি ছিল না। এটা ঠিক যে কৃষিকার্যে প্রযুক্তি ব্যবহারের ফলে বাজারী পণ্য উৎপাদন বৃদ্ধি পায় ও নগদ টাকার লেনদেন বাড়তে থাকে। এর ফলে বড় লগ্নীকারী কৃষক ও বণিকদের হাতে বেশি টাকা আসতে থাকে এবং শ্রেণী সম্পর্ক আরো দৃঢ় হতে থাকে। অন্যদিকে ঘোড়সওয়ারের নতুন প্রযুক্তির ফলে ছোট ও সীমাবদ্ধ শাসকবর্গের হাতে ক্ষমতা বৃদ্ধি পেতে থাকে। সুতরাং বলা যেতে পারে নতুন প্রযুক্তি মুক্তির স্বাদ আনে নি।

একই সঙ্গে দেখা যাচ্ছে যে প্রাক্-শিল্পবিপ্লবের ইউরোপীয় কয়েকটা গুরুত্বপূর্ণ প্রযুক্তি ভারত গ্রহণ করে নি। কারণ সেইসব প্রযুক্তি গ্রহণ করতে গেলে যে ধরনের লগ্নীর প্রয়োজন তা সাধারণ কৃষক বা কারিগরের ছিল না। শাসকবর্গ এই অভাব পূরণ করতে পারতেন যা আকবর বা জাহাঙ্গীরের উৎসাহে খুব অল্প পরিমাণে হয়েছিল। আসলে শাসকবর্গ কৃষির উৎপাদনের অংশ ও পরগাছাশ্রয়ী শহরগুলির সম্পদ আহরণ করছিল। যতদিন ওই প্রথায় সংকট না আসে ততদিন তাদের কোন উৎসাহ ছিল না নতুন প্রযুক্তিতে লগ্নী করার, দু একটি ব্যতিক্রম ছাড়া। এটা ঠিক যে কারখানা তৈরি হয়েছিল সুলতান ও অভিজাতদের বদান্যতায়। কিন্তু তার প্রধান কারণ ছিল অত্যন্ত মূল্যবান মালের ব্যবহার যা বাইরের কারিগরদের দেওয়া সম্ভব ছিল না। কারিগররা তাদের নিজেদের পুরানো যন্ত্র নিয়েই কাজ করছিল। সুতরাং যন্ত্র বা মূলধন বড় কোন লগ্নীকে আকর্ষণ করতে পারে নি। বণিকরাও যন্ত্রের পিছনে লগ্নী করতে চাইছিল না কারণ চালু পদ্ধতিতেই তারা প্রচুর অর্থ লাভ করছিল। সুতরাং কৃষিপদ্ধতি শোষণ করে যে জীবন চলছে, সেখানে ইউরোপীয় প্রযুক্তির অনুকরণের কোন উৎসাহ পাওয়া যায়নি।

শ্রেণীসম্পর্কে অবশ্য কিছু না কিছু রূপান্তর এসেছিল। নতুন প্রযুক্তি শেখানোর জন্য দাসপ্রথা বাধ্যতামূলক প্রশিক্ষণ ও ব্যক্তিগত বশ্যতার চেহারা নিয়ে ত্রয়োদশ ও চতুর্দশ শতাব্দীতে এসেছিল। দক্ষ কারিগর তৈরি হবার সঙ্গে সঙ্গে দাসপ্রথা অর্থনৈতিক জীবন থেকে চলে যেতে থাকে। ব্যক্তিগত জীবনে ও গৃহস্থালীর কাজে অবশ্য দাসপ্রথা বহুকাল অবধি ছিল। কিন্তু প্রযুক্তি ভারতীয় সমাজে মুক্তি আনেনি যার আর একটা উদাহরণ পাওয়া যায় আমেরিকার দাসপ্রথা থেকে।

BIBLIOGRAPHY

Ahmed, S. Maqbul. *Arabian Classical Accounts of India and China*, Shimla 1989.

Ashraf, K.M. *Life and Conditions of the People of Hindustan*, New Delhi, 1988 (Reprint).

Barros, Joao de *Decadadas* (see M. L. Dames, *Barbosa* Vol. II Appendix I, pp. 241-248)

Basu, K. K. *Tarikh-I Mubarak Shahi*, (English translation), Baroda, 1932.

Benevetto & Ricki (tr.). *The Travels of Marco Polo*, New Delhi, 1994 (Reprint).

Bouchon, G. & Thomas, L. F. (tr. & ed.) *Voyage Dans les Deltas du Gange, 1521*, Paris, 1988.

Brown, Percy *Indian Architecture*, Bombay, 1995 (Reprint)

Cortesao, A. (tr. & ed.), *The Suma Oriental of Thome Pires*, AES, 1990, 2 Vols. (Reprint).

Dames, M. L. (tr. & ed.) *The Book of Duarte Barbosa*, AES, 1989, 2 Vols (Reprint).

Day, U.N. *The Government of the Sultanate*, Delhi, 1993, 2nd ed. (Ist ed. 1972).

Deyell, John. *Living Without Silver*, Oxford University Press, Indian ed., 1999.

Digby, Simon. *War-Horse and Elephants in the Delhi Sultanate*, Oxford, 1971.

Digby, Simon. 'The Maritime Trade of India'. in Tapan Raychoudhuri & Irfan Habib (ed.), *The Cambridge Economic History of India*, Vol. I, Orient Longman, Indian ed., 1982 (Reprint), pp. 125-162.

Enamul Haq, M. *A History of Sufism in Bengal*, Dhaka, 1975.

Fazl, Abud, *The Ain-I Akbari*, (tr. & ed. By H. S. Jarette and annotated by Jadunath Sarkar), 3 Vols., Delhi, 1978 (reprint).

Gibb, H. A. R. (tr. & ed.) *Ibn Battuta*, New Delhi, Ist Indian ed. 1986 (Reprint of 1929 ed.).

Gode, P. K. *Studies in Indian Cultural History*, 3 Vols. Hosiarpur & Pune, 1960-69

Goitien S. D. *Letters of the Medieval Jewish Travellers*, Princeton University, 1973.

Habib, Irfan. 'Technological Changes and Society : 13th and 14th Centuries', *Presidential Address, Proceedings of the Indian History Congress, 31st Session, Varanasi Session, 1969.*

Habib, Irfan. 'Changes in Technology in Medieval India' in *Studies in History*, 1980, Vol. II, N* 1, pp. 15-39.

Habib, Irfan. 'Formation of the Sultanate Ruling Class in the Thirteenth Century' in Irfan Habib (ed.), *Medieval India-1*, Aligarh, 1992.

Habib, Muhammed. *Life and Works of Hazrat Amir Khusro*, Aligarh, 1927.

Habib, Muhammed. *Sultan Mahmud of Ghaznin*, Delhi, 1951.

Habib, Muhammed. & Begum, Afsar. *Ziauudin Barani : Fatwa-i Jahandari* (English translation), Aligarh.

Habib, Muhammed. and Nizami, Khaliq Ahmed. *Comprehensive History of India : The Delhi Sultanate*, Vol. V, Indian History Congress, 1970.

Habibulla, A. B. M. *The Foundation of Muslim Rule in India*, Allahabad, 1961, 2nded. (Isted. 1945).

Hasan, Mohibul. *Historians of Medieval India*, New Delhi, 1968.

Hussain, A. M. *The Tugluq Dynasty*, Delhi, 1976 (Reprint).

Irani, G. *Arab Seafaring in the Indian Ocean*, Princeton, 1951.

Jones, J. W. (tr.) *The Itinerary of Ludvico de Varthema*, AES, 1997 (Reprint).

Khan, Iqtedar Alam. 'The Turko-Mongol Theory of Kingship' in *Medieval India - A Miscellany*, Vol. II, Aligarh, 1972.

Khan, Iqtedar Alam, 'Origin and Development of Gunpowder Technology in India, 1250-1500,' in *The Indian Historical Review*, July 1977, Vol. 4, N* 1,pp. 202-229.

Kunjari, D. Deva *Hampi*, Archaeological Survery of India, 1983.

Lal, K. S. *History of the Khaljis*, New Delhi, 1980.

Longhurst, A. H. *Hampi Ruins*, AES, 1996 (Reprint, Indian ed.).

Mahalingam, T. V. *Administrative and Social Life under Vijayanagar*, Madras, 1962, 2 Vols.

Major, R. H. (ed.) *India in the Fifteenth Century*, New Delhi, 1974 (Indian ed.) for the accounts of Nicole Conti, Abdur Razzak and A. Nikitin.

Mills, J. D. (tr. & annotated) *Ma Huan*, Hakluyt Society, 1970.

Moreland, W. H. 'The Ships of the Arabian Sea' in *The Journal of the Royal Asiatic Society*, 1920, pp. 64-74.

Nigam, S.B.P. *Nobility Under the Sultans of Delhi*, Delhi, 1968.

Nizami, Khaliq Ahmed *Some Aspects of Religion and Society in India During the Thirteenth Century*, Aligarh, 1961.

Nizami, Khaliq Ahmed (ed.), *Politics and Society During the Early Medieval Period*, PPH, 1981, 2 Vols.

Nizami, Khaliq Ahmed. *State and Culture in Medieval India*, New Delhi, 1982.

Purchas, Samuel *Purchas His Pilgrimages*, Glasgow, 1905, Vol. X, for the account of Caeser Fredericki.

Qureshi, I. H., *The Administration of the Sultanate of Delhi* , Karachi, 4th ed. (revised), no date.

Rammanya, N. Venkata, *Vijayanagar : Origin of the City and Empire*, AES, 1990 (Reprint, Indian ed.).

Salimulla. *Tarik-I Bangla*, (tr. by F. Gladwin), Calcutta, 1798.

Sarkar, Jadunath. *History of Bengal*, Vol. II, Dacca University, 1972 (Reprint of Ist ed. 1948).

Sewell, Robert. *The Forgotten Empire*, New Delhi, 1970, 2nd Indian ed.

Sherwani, H. K. *History of the Qutb Shahi Dynasty*,New Delhi, 1994.

Siddiqui, Iqtedar Hussain. 'Science and Scientific Instruments in the Sultanate of Delhi', Address of the President, Medieval Section in *The Proceedings of the Indian History Congress*, Mysore Session, 1999, pp. 137-148.

Steensgard, Niels *The Asian Trade Revolution of the Seventeenth Century*, Chicago, 1973.

Tripathi, R. P. *Some Aspects of Muslim Administration*, Allahabad, 1936.

গ্রন্থপঞ্জী

আবদুল করিম, *বাংলার ইতিহাস—সুলতানী আমল*, ঢাকা, ১৯৮৭, দ্বিতীয় সংস্করণ (প্রথম সংস্করণ ১৯৭৭)।

কৃষ্ণদাস কবিরাজ, *শ্রী চৈতন্য চরিতামৃত*, বসুমতি সংস্করণ, নবম মুদ্রণ, ১৩৮৬।

গোলাম হোসেন সলিম, *বাংলার ইতিহাস* (আকবরউদ্দীন অনূদিত) ঢাকা, ১৯৭৪।

জিয়াউদ্দীন বারানী, *তারিখ-ই ফিরোজশাহী* (গোলাম সামদানী কোয়ারসি অনূদিত), ঢাকা, ১৯৮২।

জয়ানন্দ, *চৈতন্যমঙ্গল* (সুখময় মুখোপাধ্যায় ও সুমঙ্গল রাণা সম্পাদিত), বিশ্বভারতী, ১৯৯৪।

বিপ্রদাস, *মনসা-বিজয়* (সুকুমার সেন সম্পাদিত), কলকাতা (তারিখ নেই)।

বৃন্দাবন দাস, *শ্রী চৈতন্যভাগবৎ*, নবদ্বীপ, ৪৯৭ গৌরাব্দ, পুণর্মুদ্রণ।

মিনহাজ-ই সিরাজ, *তবাকত-ই নাসিরি* (এ. কে. এম জ্যাকেরিয়া অনূদিত ও সম্পাদিত), ঢাকা, ১৯৮৩।

মুকুন্দরাম চক্রবর্তী, *চণ্ডীমঙ্গল* (পঞ্চানন মণ্ডল সম্পাদিত), কলিকাতা, ১৯৯২।

মুকুন্দরাম চক্রবর্তী, *কবিকঙ্কন চণ্ডী* (শ্রীকুমার বন্দ্যোপাধ্যায় ও বিশ্বপতি চৌধুরী সম্পাদিত), কলিকাতা, ১৯৭৪, পুণর্মুদ্রণ।

মুহম্মদ কাশিম ফেরিস্তা, *ভারতে মুসলিম বিজয়ের ইতিহাস* (মুহম্মদ শহীদুল্লাহ অনূদিত), ঢাকা, ১৯৭৭।

সুখময় মুখোপাধ্যায়, *বাংলা ইতিহাসের দুশ বছর : স্বাধীন সুলতানদের আমল*, কলকাতা, সংশোধিত ষষ্ঠ সংস্করণ, ১৯৯৮।

সুখময় মুখোপাধ্যায়, *বাংলায় মুসলিম অধিকারের আদিপর্ব*, কলকাতা, ১৯৮৮।

অনিরুদ্ধ রায়, *মধ্যযুগের ভারতীয় শহর*, কলকাতা, ১৯৯৯।

রমাকান্ত চক্রবর্তী, 'গৌড়ীয় বৈষ্ণব ধর্মের ইতিহাস' অবন্তীকুমার সান্যাল ও অশোক ভট্টাচার্য্য সম্পাদিত, *চৈতন্যদেব : ইতিহাস ও অবদান, কলকাতা, ২০০০, পৃঃ* ১৯২-২২২।

সুলতান ফিরোজ শাহ তুঘলক, *ফুতুহাত-ই-ফিরোজ শাহী* (বাংলা অনুবাদ : আবদুল করিম), ঢাকা, ১৯৮৯

আবদুল করিম, 'বাংলার সুফি সমাজ', আবদুল করিম, *মুসলিম-বাংলার ইতিহাস ও ঐতিহ্য*, ঢাকা, ১৯৯৪, পৃঃ ১৮২-২১১।

রমাকান্ত চক্রবর্তী, 'মধ্যযুগে বাংলায় বৈষ্ণব ধর্ম ও তার প্রভাব', অনিরুদ্ধ রায় ও রত্নাবলী চট্টোপাধ্যায় (সম্পাদিত), *মধ্যযুগে বাংলার সমাজ ও সংস্কৃতি*, কলকাতা, ১৯৯২। পৃঃ ১৪১-১৭০।

মুহম্মদ হাবিব, 'দিল্লীর হজরত আমির খসরু', ইরফান হাবিব (সম্পাদিত) *মধ্যকালীন* ভারত, দ্বিতীয় খণ্ড (অনুবাদক : রাজা মুখার্জী), কলকাতা, ১৯৮৯, পৃ: ১-২৮।

নির্দেশিকা

খ

ভ

ম

র

ল

শ

স

হ

ওরিয়েন্ট ব্ল্যাকসোয়ানের অন্যান্য বই

আর্যদের ভারতে আগমন
রামশরণ শর্মা

প্রাচীন ভারতের সামাজিক ও অর্থনৈতিক ইতিহাস
রামশরণ শর্মা

প্রাচীন ভারতে বস্তুগত সংস্কৃতি ও সমাজ গঠন
রামশরণ শর্মা

আদি মধ্যযুগের ভারতীয় সমাজ
সামন্ত-প্রক্রিয়া বিষয়ে এক সমীক্ষা
রামশরণ শর্মা

প্রকাশিত হবে

পলাশী থেকে পার্টিশান
আধুনিক ভারতের ইতিহাস
শেখর বন্দ্যোপাধ্যায়

FORGOTTEN CIVILIZATIONS

Rupa Gupta is an editor, writer and an ex-journalist. Her love for research and history evolved in tandem with her reporting, and now she has to her credit around 40 published books for children and bylines in leading publications like *India Today, Times of India, Statesman, Economic Times, Gulf News* and many more.

Gautam Gupta is a retired bureaucrat whose research interests focus on history. His special areas of study have been the Raj period, the rise of Germany during World War II, and biographies of eminent people across the spectrum.